国家社科基金重大项目"中国诗词曲源流史"（11&ZD105）
子课题"中国古代律诗文体源流研究"结项成果
广西民族大学语言文学一流学科建设经费资助出版

律诗文体建构与礼乐文化传统

张国安 著

上 册

中华书局

图书在版编目(CIP)数据

律诗文体建构与礼乐文化传统/张国安著. —北京:中华书局,2021.7

ISBN 978-7-101-15274-6

Ⅰ.律… Ⅱ.张… Ⅲ.古典诗歌-律诗-诗歌-研究-中国 Ⅳ.I207.227

中国版本图书馆 CIP 数据核字(2021)第 137426 号

书　　名	律诗文体建构与礼乐文化传统(全三册)
著　　者	张国安
责任编辑	罗华彤　白爱虎
出版发行	中华书局
	(北京市丰台区太平桥西里 38 号　100073)
	http://www.zhbc.com.cn
	E-mail:zhbc@zhbc.com.cn
印　　刷	北京市白帆印务有限公司
版　　次	2021 年 7 月北京第 1 版
	2021 年 7 月北京第 1 次印刷
规　　格	开本/920×1250 毫米　1/32
	印张 40¼　插页 6　字数 930 千字
国际书号	ISBN 978-7-101-15274-6
定　　价	198.00 元

目　录

上　册

中　册

下　册

导论:律诗体建构的文化文体学生态

"律诗"是中国诗歌体类之名,在唐代是与"古体"相对的诗歌类别,与唐人所谓"近体"、"今体"同义。正式定义"律诗",或始于中唐元稹。元氏《唐故工部员外郎杜君墓系铭并序》云:"唐兴,官学大振,历世之文,能者互出,而又沈宋之流,研练精切,稳顺声势,谓之为律诗。"① 至南宋方回则明确将"律诗"、"近体"与"古体"关联并言。其《瀛奎律髓》卷一云:"陈拾遗子昂,唐之诗祖也。不但《感遇》诗三十八首为古体之祖,其律诗亦近体之祖也。"②

唐人"律诗"之名,其具体所指诗文本对象,理论上可由唐人自编的各类诗文集而获得直观的把握。遗憾的是,依清人冯班的观点,"唐人集分体者少,今所传分体集,皆是近日妄庸人所更定,不足据"③。然冯氏又同时认为,后之所见唐人集"元、白、韩、杜

---

① [唐]元稹撰,冀勤点校:《元稹集》,北京:中华书局,1982年,第601页。
② [元]方回选评,李庆甲集评校点:《瀛奎律髓汇评》卷一,陈子昂《度荆门望楚》评语,上海:上海古籍出版社,2005年,第1页。
③ [清]冯班著,何焯评:《钝吟杂录》卷三《正俗》,北京:中华书局,1985年,第39页。

等是旧次"①。今就《元氏长庆集》《白氏长庆集》②观之,其编次归类甚为复杂。"古诗"、"古体"、"古调诗"、"格诗"、"半格诗"与"律诗"并行,体类名目繁多,诸概念皆有待辨析。当然,其律诗概念的外延还是非常清晰的,它包括了后人所谓的五言七言律诗、五言七言绝句以及排律(长律)诸名之全部所指。

　　律诗名义,在宋代已有变化。冯班《钝吟杂录》谓:"宋人集所幸近人不肯读,古本多存,中亦有分律诗绝句者,如《王临川集》,首题云七言律诗,下注云绝句,甚分明。"③今观文渊阁四库《临川文集》百卷本,卷一至卷十三皆题"古诗",下无注,而卷十四至卷三十四所题"律诗"下皆注明言数句数:或五言八句,或七言八句,或五言绝句,或七言绝句。是编者已将律诗作八句律诗与绝句之分。宋庠《元宪集》诗类编次题目已明确分出五言古诗、五七言律诗、五言长律和五六七言绝句三类。而五七言律诗皆为八句,八句以上者名为长律。时至宋末元初,方回首编律诗选评《瀛奎律髓》,尽管以题材分类选评,所选评者大多为八句的五七律,偶选

---

① [清]冯班著,何焯评:《钝吟杂录》卷三《正俗》,北京:中华书局,1985年,第39页。

② 参见《文渊阁四库全书》本。四库本源于明清较为流行的明万历马元调刻本,该本当属冯氏所见本之一。今人发现《四库全书》编纂者存在出于政治目的或其他原因而改动收录文献文本的现象,故普遍轻视库本收录文献的版本价值。其实不能一概而论,就元集而言,便有学者经过考证,认为《元氏长庆集》是存世诸本中唯一经过校勘且错误最少的本子。(参周相录:《文渊阁〈〈四库全书〉本〈元氏长庆集〉优劣小议》,载《四库学》第二辑。)退而言之,编纂者虽有改补个别文字的现象,但于收录文献的题目、编次则没有必要加以改动,故拙文不避四库本。

③ [清]冯班著,何焯评:《钝吟杂录》卷三《正俗》,北京:中华书局,1985年,第39页。

四句律绝，超出八句者亦不多，方氏时以长律称之。可见，在宋元之际，律诗之名已见出专称五七言八句律诗的趋势。

元杨士弘《唐音》首创"排律"之名。明代以还，律诗（五言八句、七言八句）、绝句（五言四句、七言四句）、排律（八句以上）已确然成为三个类别，此可验之于高棅《唐诗品汇》。四库本《唐诗品汇》分体编次，其类题有：五言古诗、七言古诗、五言六言七言绝句、五言律诗、五言排律、七言律诗、七言排律。冯班《钝吟杂录》云："高棅《唐诗品汇》出，今人不知绝句是律矣。高棅又创排律之名，虽古人有排比声律之言，然未闻呼作排律。"① 四库馆臣已指出《唐诗品汇》体例实因元杨士弘《唐音》而稍变之，排律之名亦因袭杨氏，而非首创。② 虽然如此，但以律诗、绝句、排律三者作为唐诗编次的平行类名，确始于高氏。要言之，律诗对象实体异于唐人，定限于八句篇制的五律、七律，其由来已久，实非始于今人。

由唐人白氏律诗五言七言自两韵至一百韵混而不分，至明代以还，律诗、绝句、排律三名鼎立，反映了律诗名义的收缩——约句准篇的历史过程。此一进程折射的是律诗观的变化，律诗文体学的建构，同时亦是律诗文体学本质的发现与确认。故而，今人论律诗以五言七言八句体制为样板对象，自有其合理性与必然性。

第一节　对象、问题与方法

一般而言，今人若要研究律诗源流的课题，对中国诗歌走向

---

① ［清］冯班著，何焯评：《钝吟杂录》卷三《正俗》，北京：中华书局，1985年，第39页。

② 参［清］永镕等撰：《四库全书总目》卷一八八《集部·总集类三·唐音十四卷》，北京：中华书局，1965年，第1709—1710页。

律诗发展道路的历史进程作出客观描述和全面深入的科学理解，最切近的任务和方式便是律诗辨体。而辨体的意义在于为律诗文本研究对象之确认提供客观依据。然而，律诗名义变化流动的事实不过是律诗观、诗学观乃至整个诗歌美学变化历史的表象，故律诗辨体本身就是律诗源流课题有机构成中不可分割的部分。于是，律诗辨体便与律诗文本确认一道构成了我们所研究问题的相依共存联动的逻辑结构，同时需要加以历史学对待。

　　纵观过往的律诗研究，就其方法论而言，无论是偏重于文本阐释的文学史论述还是偏重于诗体分析的文体学论述，大多对上述问题的逻辑结构缺乏足够的意识与自觉，以致在选择研究的逻辑起点时就出现偏差。其具体表现便是不约而同地据晚近出现的某家诗律学理论以确认文本研究对象，进而分析文本对象内容及其形式格律或其他相关问题，而罔顾任何一家诗律学都是时代的产物，都是基于自身的诗学观、美学观，依据有限的诗歌文本所作出的带有主观性、片面性的逻辑建构，其本身亦是律诗源流史的一个环节这样的事实。研究方法的选择，注定会影响律诗史研究的客观性与科学性。下举实事为例，以略作申说。

　　律诗体的最终确立固然与唐人自觉的具有群体性意义的文学实践行为有关——这是学界的常识、共识；且唐五代亦有大量的类似于《唐朝新定诗体》的"诗格"、"诗法"性质的理论著述传世，但最基本的事实则是：可信的唐人自编的分体诗文集文献极为罕见；唐五代"诗格"类著述所述内容又参差不一，多有龃龉，探索意义明显，远非后世声调谱意义的诗律学著述，并不可无条件地视为唐代律诗定体的法律文献。

　　宋元以往，诗家辨体意识增强，各种分体的唐宋人之诗文别集、选集流行，各种诗文评类的著述对诗歌文本对象的诗体性质与特征亦多有审辨,但事实表明,凡所有这些文献,其蕴含的诗歌定体的标准都植根于该时代的诗学且具有极强的个体性。如,唐崔颢《黄鹤楼》一诗,南宋严羽《沧浪诗话》宣称其为唐人七言律诗第一,宋元之际的方回《瀛奎律髓》、明高棅的《唐诗品汇》、清沈德潜的《唐诗别裁集》等著名选本,亦将此诗视作七律,加以推崇;而明清诗论家胡应麟、胡震亨、王士禛、王琦等却视之为入律古风或七古短章。再如,杜甫本人自注"戏为吴体"的《愁》诗,方回《瀛奎律髓》标为"拗字类"律诗(后人又称拗体或拗律)。吴体究竟何指,是否等同于拗体律诗,千年争讼不已,至今无有定谳,甚至于宋人创始的拗律概念用于唐代是否成立亦在审问之中。其实,老杜并无"拗体"概念,更无创格"拗律"的自白。明明是老杜自注吴体的诗,宋人终弄出个吴体拗律的公案来,意欲何为?不过为"江西诗"提供文体学意义上的合法性依据、为宋代诗学的独立张本而已。①

　　吴体拗律的公案一出,后人未必皆明究竟,为了破案,又弄出了大拗、小拗、拗救等一大堆说辞。清代的诗律学家王士禛、赵执信竟至于替古诗的句法也要弄出个"拗"的格律来。这律依据近人丘琼荪在《诗赋词曲概论》中的归纳有如下十点:

　　(一)全平全仄者拗。

　　(二)叠用六平六仄者拗。

　　(三)叠用五平五仄者拗。

---

① 参郭绍虞:《论吴体》,载《古典文学论丛》(复旦学报社会科学版增刊),上海:上海人民出版社,1980年;邝健行:《论吴体和拗体的贴合程度》《吴体与齐梁体》,载氏著:《诗赋与律调》,北京:中华书局,1994年;刘明华:《拗体三论》,《漳州师院学报》,1998年第3期;张秋娥:《方回〈瀛奎律髓〉中"吴体"之所指分析》,《殷都学刊》,2007年第1期;王奎光:《方回的"吴体"诗论及其诗学批评意义》,《文学遗产》,2008年第4期。

（四）叠用四平四仄者拗。

（五）句末叠用三平者拗。

（六）七言末叠用三仄，上又叠用三平者拗。

（七）五言末叠用三仄，上不用二平者拗。

（八）五言之二四两字与七言之四六两字成二平二仄者拗。

（九）七言之二四两字成二平二仄者拗。

（十）七言之二六两字成一平一仄者拗。

近人洪为法在其《古诗论》一书中转引了丘琼荪的十点归纳，而后直言，"综观王赵诸人的说法，无非竭力证明古诗平仄与近体诗相反，以拗强为和谐"，其实"这十点只是王赵两氏的一家言，古诗声调方面，在实际上多不与此相符"。[1]清人牟愿相《小澥草堂杂论诗》曰："近有赵执信又著《声调谱》，言古诗中有律调，更气死人。唐韩昌黎明于平韵古诗故作聱牙诘曲之调，苏东坡和之，我用我法耳，赵执信遂以律人耶。"[2]

这里不妨再参引一段当代学者对王、赵诗律学的议论：

今天，我们再翻阅这些清人的著作，审视王士祯、赵执信费尽心思所得到的诗词格律"奥秘"，会时常觉得有隔靴搔痒之感。他们探索的路径，包括所得到的结论，时而并不准确，有的甚至误入歧途。比如他们所谓的"拗救"、"犯孤平"、"三平调"云云，都只是得之仿佛，难免以偏概全、舍本逐末，使普通读者茫然如堕迷雾中，所举例证不多，论断又过于绝对。如王士祯在《律诗定体》中分析"五言仄起不入韵"律诗

---

[1] 参洪为法：《古诗论》，上海：商务印书馆，1937年，第105—106页。

[2] 牟愿相：《小澥草堂杂论诗》，见郭绍虞编选，富寿荪校点：《清诗话续编》第2册，上海：上海古籍出版社，1983年，第917页。

"粉署依丹禁"首联时说:"如单句'依'字拗用仄,则双句'爽'必拗用平。"分析第二联时又说:"如上字拗用平,则第三字必用仄救之。"又说:"五律,凡双句二四应平仄者,第一字必用平,断不可杂以仄声,以平平止有二字相连,不可令单也。"这就开了"拗救说"、"犯孤平"的端绪。王士祯在《古诗平仄论》中,说平韵到底的七言古诗"其要在第五字必平",过于拘泥。又说七言古诗"古大家亦有别律句者……间有杂律句者,行乎不得不行,究亦小疵也",似是而非。对此翁方纲驳斥说:"且推其本言之:古诗之兴也,在律诗之前。虽七言古诗大家多出于唐后,而六朝之前已具有之。岂其预知后世有律体而先为此体以别之耶? 是古诗体无'别律句'之说审矣。"因此,翁方纲推测上述说法非由深思熟虑,而只是王士祯偶然提及,匆匆语次,并非定论(参见上海古籍出版社《清诗话》上册 P240)。后世不断有人对王士祯、赵执信的上述提法提出批评意见,表示不以为然。清人崔旭《念堂诗话》有云:"王阮亭之《古诗平仄》《律诗定体》,赵秋谷之《声调谱》,不见以为秘诀,见之则无用。"清人袁枚《随园诗话》(卷四)亦云:"近有《声调谱》之传,以为得之阮亭(指王士祯)。作七古者,奉为秘本。余览之,不觉失笑。夫诗为天地元音,有定而无定,恰到好处,自成音节。此中微妙,口不能言。……杜甫、王维七古中,平仄均调,竟有如七律者。韩文公(七古)七字皆平,七字皆仄。阮亭不能以四仄三平之例缚之也。"今人启功《诗文声律论稿》也说:"五七言古体诗的句式和篇式,本无固定的规格,赵执信《声调谱》等曾举一些名作加以评点,这只能算是某种风格的推荐,并不能算必遵的谱式。"袁枚、启功虽然只是就五七言古诗而言,但是其基本精神与诗词创作的一般规律也是完全相通的。①

上陈事实表明，后世诗律学的律诗辨体首推声调平仄、句式结构等形式的标准，正如王力《汉语诗律学》所谓，律诗要素有三，即字数格律、对仗格律、平仄格律，平仄格律又多据为定体的核心。然存在于种种声调谱中的所谓格律形式并非是先验的、绝对的客观存在物，而是出于唐后诗学家们的不断体认与建构。其建构的思路固然有一定的唐代近体文本案例为依据，但可为分析的定体案例毕竟有限，故通过有限案例归纳出来的格律谱式难免以偏概全，漏洞百出。质言之，晚近的诗律学不足以成为今人研究不加反思的理论凭借。

以今人的处境研究律诗，不得不首先予以关注的对象与问题是：作为传统文体学视野中的律诗及律诗的历史是如何在文体学的自觉及其运动中被建构起来的。对象、问题意识决定了本文的研究方法——在律诗辨体与律诗文本相依共存联动的逻辑结构及其运动规律的体认中把握律诗体的本质，进而阐释律诗文体生成流变的历史动因及其所蕴含的文化、美学意义。

由于本研究确立的是文体学视野，是在古代"文体"的整体中把握"律诗"体的本质及其源流，而非简单地以后世诗律学为理论依据，仅仅通过量化分析的方法去描述中国诗歌律化的进程，故此，就实现本研究的目标而言，最为有效的方式便是通过对中国传统文体学及其相关问题的考察与辨析，来确立研究的逻辑起点。

---

① 李中华：《钩沉申论　推陈出新——石观海〈诗词格律新说〉评析》，《珠江论丛》，北京：社会科学文献出版社，2014年。

第二节　传统文体学中的"文体"概念辨析

关于传统文体学的研究，当今学者已取得丰硕且相对成熟的研究成果，虽说其可资借鉴，但无法照搬，合理取舍，反思批判是必要的。唯有如此，才能保证当下的研究建立在一个相对科学的理论基础之上。这里，需要先行澄清的是"文体"概念。鉴于当代学者吴承学、姚爱斌在中国古代文体学研究领域的代表性，兹选择其相关论述作为本文反思的起点。为行文之方便，结合二氏全部文体学研究成果，将其有关"文体"概念的论述分别概括为"六义说"与"文章整体说"。

一、"六义"说与"文章整体"说述评

（一）"六义"说

在传统的学术话语中，"文体"之"文"的概念，其含义极为广泛，尤其是在具体语境中使用，更是灵活多变。吴承学等认为：

> 古代的"文"是一个由文教礼制、文德、典籍、文辞等组成的多层次共生系统，各层次之间既相区别又相错杂。它同时还是一个价值评估系统：在系统外部，它与"武"相对并高于"武"；在系统内部，体现出"道"的那一部分与徒呈外在形式美的那一部分相对，前者高于后者。……就"文体"之"文"而言，范围也是相当宽泛的，几乎所有出自人类情感而运用技巧和修饰的语言文字形式都可称为"文"。除了像诗歌、辞赋以及日常公私所常用的文字等，还有大批我们现在已经很少

了解的"文"。①

上述看法大体符合实际,只是前半段似乎忽略了"自然之文",而后半截"出自人类情感"的修饰,又似乎限制了"文体"之"文"的外延,使之无法涵盖其后的一段陈述。其实,"自然之文"在传统思维中总是以其先在性与"人文"发生关联的,具有本源、道的意义。《易传》有云:"观乎'天文',以察时变;观乎'人文',以化成天下。"②"仰则观象于天,俯则观法于地,观鸟兽之文,与地之宜。近取诸身,远取诸物,于是始作八卦,以通神明之德,以类万物之情。"③《易传》之谓"文"正说明了此层含义。刘勰专论文学、文章之"文",其《文心雕龙·原道》之所谓"文之为德也大矣,与天地并生者"、"道沿圣以垂文"④,亦不过再次凸显了"自然之文"与"人文"的原初性关联及其"道"的意义。

作为"文体"之"体"的概念,其指义的特点,一如"文体"之"文",同样具有多义性与不确定性。吴承学等学者亦据文献及其具体语境,做过系统的分析归纳,得出如下六种含义:

(1)体裁或文体类别。

(2)具体的语言特征和语言系统。

(3)章法结构与表现形式。

(4)体要或大体。

(5)体性、体貌。

---

① 吴承学、沙红兵:《中国古代文体学学科论纲》,《文学遗产》,2005年第1期。

② 李学勤主编:《十三经注疏·周易正义·贲卦·彖辞》,北京:北京大学出版社,1999年,第105页。

③ 李学勤主编:《十三经注疏·周易正义·系辞下》,北京:北京大学出版社,1999年,第298页。

④ 周振甫:《文心雕龙今译·原道第一》,北京:中华书局,1986年,第9、14页。

（6）文章或文学之本体。①

以上六种指义，可对照《中国古代文体学学科论纲》（以下简称《论纲》）一文的论述，作进一步解读。

胡应麟云："文章自有体裁，凡为某体，务须寻其本色，庶几当行。"② 胡氏所谓"体"被归入上述第一种含义——体裁或文体类别。

"本色当行"说涉及了诗、词、曲、赋，五律、七律等概念，其义实指：诸概念作为体裁类别，各有其规范，因此规范而形成相互之间的界划。这种"体裁"概念尽管具有定文学特质，别文学类型的意义，但与现代文体学的"文类"概念又不能完全等同。因为传统的文学分类，大都不依据逻辑意义上的类型去分类，换言之，传统的文学分类缺乏始终如一的逻辑标准。吴承学亦曾指出："有些是从功能来分的，有些是从应用来分的，有些又是从表达方式或形态来分的，文体之间又有互相交叉甚至矛盾之处。"③

金代刘祁云："文章各有体，本不可相犯欺，故古文不宜蹈袭前人成语，当以奇异自强。四六宜用前人成语，复不宜生涩求异。如散文不宜用诗家语，诗句不宜用散文言，律赋不宜犯散文言，散文不宜犯律赋语，皆判然各异。如杂用之，非惟失体，且梗目难通。"④ 李东阳有云："言之成章者为文，文之成声者则为诗。诗与文同谓之言，亦各有体而不相乱。"⑤ 引文中"有体"与"失体"之

---

① 参吴承学、沙红兵：《中国古代文体学学科论纲》，《文学遗产》，2005年第1期；吴承学：《中国古代文体学研究》，北京：人民出版社，2011年，第5页。

② ［明］胡应麟：《诗薮》内编卷一，北京：中华书局，1962年，第21页。

③ 吴承学：《中国古代文体学研究》，北京：人民出版社，2011年，第5页。

④ ［金］刘祁撰，崔文印点校：《归潜志》，中华书局，1983年，第138页。

⑤ ［明］李东阳：《怀麓堂集》卷六十四《文后稿四·匏翁家藏集序》，《文渊阁四库全书》第1250册，第668—669页。

"体"之所指即被归入上述第二种含义——不同体裁所应有的具体可辨的语言特征与系统。

此"体"指义应类似于今人所谓的"语体"。不过,"语体"征象未必只具体裁辨别的意义。如清人洪亮吉言:"《三百篇》无一篇非双声叠韵。降及《楚辞》与渊、云、枚、马之作,以迄《三都》《两京》诸赋,无不尽然。唐诗人以杜子美为宗,其五七言近体,无一非双声叠韵也。间有对句双声叠韵,而出句或否者,然亦不过十分之一。"① 这里,"双声叠韵"作为语体"征象",并不意味着某一体裁的特质,反而具有跨体裁的意义。

依《论纲》之论述,"体要"、"大体","指的是文体的内在质的规定性",是"古人在综合考虑具体文体的题材资料、语言特征、体制结构等的基础上","对于文体的整体性的把握"。如《文心雕龙·明诗》"若夫四言正体,则雅润为本",《诠赋》"丽词雅义,符采相胜……此立赋之大体也",《颂赞》"原夫颂惟典懿,辞必清铄……其大体所底,如斯而已"等等;合者谓之"得体",不太合者谓之"别调"或者"失体"。②

据其引例看,所谓"体要"、"大体"之"体"实指不同文体类型的内质规定性。

《论纲》所谓体性、体貌近于今人所说的"风格",即文学的风貌特色,亦是对于文体的整体性的把握。其细分则有六种指义:(1)某一类文体的风格,即某一体裁类型的整体风貌特色,如"夫文本同而末异,盖奏议宜雅,书论宜理,铭诔尚实,诗赋欲丽";"诗

---

① [清]洪亮吉著,陈迩冬校点:《北江诗话》,北京:人民文学出版社,1983年,第2页。

② 参吴承学、沙红兵:《中国古代文体学学科论纲》,《文学遗产》,2005年第1期。

与文体迥然不类：文尚典实，诗尚清空；诗主风神，文先道理"等等。（2）具体作家风格。（3）具体作品风格。（4）"某一历史时期文章的总体风貌特色"，亦即文学文章的时代风格。如《沧浪诗话·诗体》"建安体"云云，李东阳《怀麓堂诗话》"汉、魏、六朝、唐、宋、元诗，各自为体"等等。（5）体貌类型或风格类型，如《文心雕龙·体性》"若总其归途，则数穷八体：一曰典雅，二曰远奥……八曰轻靡"，将一切不同的文章体貌，尽归入此八体之中便属此类。（6）流派风貌特征，如建安体、西昆体、四灵体等等。①

　　在"体性"、"体貌"之六义中，"具体作家风格"、"具体作品风格"诸项易于理解，而"体貌类型或风格类型"则有必要稍作解释。《文心雕龙·体性》"八体"之"体"似乎穷尽天下文章风貌类型，很形而上，然究实而言，作为"体性"之"体"未必抽象。曹丕《典论·论文》云："文以气为主；气之清浊有体，不可力强而致。譬诸音乐，曲度虽均，节奏同检；至于引气不齐，巧拙有素，虽在父兄，不能以移子弟。"②魏文帝以作家主体才性论文章风格，刘勰"八体"说乃同样理路，《文心雕龙·体性》"才性异区，文辞繁诡"③说的正是人之才性不同，文章的体貌亦丰富多样之义。只是刘氏才性论的具体内容已超越了魏文的气质论而已，这也是需要先行点明的。"体要"、"大体"、"体性"、"体貌"四者在具体语境中，指义虽有差异，但作为自成一体（整体），又别它体的大义是一致的，而对"体貌"概念的分析可兼及"体性"之内在才性，又可兼及"体要"、"大体"之外在

---

① 参吴承学、沙红兵：《中国古代文体学学科论纲》，《文学遗产》，2005年第1期。

② ［梁］萧统编，［唐］李善注：《文选》，上海：上海古籍出版社，1986年，第2271页。

③ 周振甫：《文心雕龙今译·体性第二十七》，北京：中华书局，1986年，第259页。"文辞"，它本多有作"文体"者。作"文体"是。

体制,且具整体风貌特征之意。故四者可以"体貌"一语概之。

之于"文章或文学之本体"之义,《论纲》举文献两例加以疏解:

> 1.文章之体,标举兴会,发引性灵,使人矜伐,故忽于持操,果于进取。(《颜氏家训·文章第九》)

> 2.由两汉而还,文之体未尝变,而文渐以靡,诗则三百篇变而骚,骚变而赋,赋变而乐府,而歌行而律而绝,日新月盛,互为用而各不相袭,此何以故,则安在斤斤沿体为?体者法也,所以法非体也。离法非法,合法亦非法,若离若合,政其妙处不传,而实未尝不传。《易》曰"拟议以成其变化",不有体,何以拟议?不知体之所从出,何以为体,而极之于无所不变。(范应宾:《文章缘起注·题辞》)

作者疏解前者说:"文章之体指的是文章的本质,在于发引性灵,也带来一些毛病。"又疏解后者说:"'未尝变'的'文之体'指的是文章的本体、本质,是永恒不变的。而变动不居的则是具体的文章体裁,如诗而变为骚,骚而变为赋,赋而变为乐府等。"合而言之,两者为传统哲学范畴"体用"之"体"。

上述两例,"体"作"体用"之"体"读解自然行得通,但是否只有"本体"一解,尚可存疑。尤其是"文章之体"的用法,读作"文章之用(功能)"或许更合语境,文句的意脉更通畅。将"未尝变"的"文之体"读作"本体"、"本质"于今人而言确实很顺畅,但细究起来亦疑窦丛生。范应宾话题的核心在文学的发展变化,变化的特点是"互为用而各不相袭"。何谓"互为用而各不相袭"?从原文看,互为用的是"三百篇"、"骚"、"赋"、"乐府"、"歌行"、"律"、"绝",也就是说,"三百篇"之用化为"骚","骚"之用化为赋,依次而下。"各不相袭"是说:"骚"脱化于"三百篇"而独立于"三百篇"；"赋"脱化于"骚"而异于"骚"。"此何以故，则安在斤斤沿体为"之设问，又意味着"三百篇"、"骚"、"赋"、"乐府"、"歌行"、"律"、"绝"之间亦是互为"体"的关系，即"三百篇"之于"骚"，"三百篇"为"体"，而"骚"成其"用"；"骚"之于"赋"，"骚"为"体"，而"赋"成其"用"，依次而下。然"安在斤斤沿体为"又同时否定了上述逻辑。"体者，法也"是说"三百篇"是"体"，"骚"以之为法；"骚"是"体"，"赋"以之为法，如此等等。这里的体用相生可以说是有形的继承，但仅此并不能解释文学发展与文体的创新。故范氏又推出了"所以法"之语，"所以法"无论何意，但应该是上述"体用关系"得以发生并成为现实的最后依据，而此根据虽无形又存在于此。因其初无形，故有"所以法，非体也"，"离法非法，合法亦非法"之谓也；因其在于此，故范氏引《易》曰"拟议以成其变化"之后，有"不有体，何以拟议"之反问。但由"不知体之所从出，何以为体"一语可见，"所以法"才是范氏话语的归宿，范氏给出的答案是"极之于无所不变"。此语看似泛泛而论，旨在强调文学文体创新的意义而已，未必有实质性内容，但如果考虑《易经》在中国传统文化中的特殊地位和影响，则完全可以说，"极之于无所不变"实指"易"本体，天下文章本于"易"。综上可见，"未尝变"的"文之体"与文中其他"体"的用法是不一致的，可落实为"易本体"，这与将其理解为抽象的"本体"概念还是大有区别的。

吴承学等学者有关传统文体学核心概念"文体"内涵的"六义"说，应该说是基于传统文体学实际所做出的分析概括，但从以上分析解读中亦不难发现，其说难免纬繣相纠，未为圆融。对此，作者自己也是有清醒意识的，故《论纲》不忘提醒读者：

> 我们对"文体"的疏解也未必完备和精确，重要的是表明中国古代文体学内容的丰富性、复杂性与模糊性。事实上，

　　这些已经使西方学者感到奇怪，因为在西方无法找到与"文体"对应的术语。美国学者宇文所安曾感叹中国文论中"体"的内涵，"既指风格（style），也指文类（genres）及各种各样的形式（forms），或许因为它的指涉范围如此之广，西方读者听起来很不习惯"。在西方文论中，"文类"、"风格"与"形式"词义各异，在理论上，分工明确，但在中国古代却统一在"文体"之上，"体"是本体与形体之奇妙统一。中国古代文体学的综合性极强，包括了文类学、风格学与相关审美形式等理论。

　　这里有必要指出，引文中，作者不仅承认"六义"说并非要给"文体"概念找到一个原始的完备且精确的定义，恰恰相反，"六义"说则意在表明"中国古代文体学内容的丰富性、复杂性与模糊性"。这等于变相承认了"文体"概念在传统语境中是不可定义的。但作者终究不能免俗，还是从美国学者宇文所安，将中国"文体"的复杂多义作了风格（style）、文类或体裁（genres）、形式或形象（forms）三位一体的西式定义。[①] 其实，当代中国文体学研究，对传统"文体"概念的理解，大多亦未能越出这"三位一体"的西式定义，只不过是取其一、二还是三的区别。[②]

　　（二）文章整体说

　　"三位一体"式的定义固然消除了中国古代文体学的模糊性，

[①] 本文简称之"三位一体"说。

[②] 参王运熙：《中国古代文论中的"体"》，载《中国古代文论管窥》，济南：齐鲁书社，1987年；罗宗强：《魏晋南北朝文学思想史》第八章第五节，北京：中华书局，1996年；钱志熙：《论中国古代的文体学传统——兼论古代文学文体研究的对象与方法》，《北京大学学报》，2004年第5期；钱志熙：《再论古代文学文体学的内涵与方法》，《中山大学学报》，2005年第3期；徐复观：《〈文心雕龙〉的文体论》，载氏著《中国文学精神》，上海：上海书店出版社，2006年。

也有利于中国现代文体学话语的建构,进而有利于与西方学术话语的对话,但无可讳言,它同时也遮蔽了古代文体学内容的丰富性、复杂性。问题还在于,风格(style)、文类或体裁(genres)、形式或形象(forms)三者在西方从属于不同的学科话语背景,这不同学科的话语概念何以能够以一种逻辑结构的方式在中国古代文体学中成为"三位一体",且又如何保证其在与西方学术对话中不失本位呢? 这样的问题如果得不到合理的解决,则不能不说古代文体学的真相尚未揭开。也许是基于同样的问题意识,学者姚爱斌回归本源,运用整体思维的方法对古代文体学作了较为深入的研究,提出了许多异于主流学者同时又不乏启发性的观点和结论。① 其突出的成果首先表现在从原始文献出发,对原始语境中的纷繁复杂的"文体"语义,作出了贯通一致的解释,高度凝练的概括,使"文体"概念作为古代文体学的核心范畴在"三位一体"式的通常界定之外获得了有中国古代文体学自身特色的逻辑定义。

　　纵观古代文献所有"体"、"文体"的用法,姚爱斌发现,中国古代"文体"概念有一个基本内涵,即指"具有丰富特征、构成和层次的文章整体存在"②。"古人对文体的诸多描述乃是指文体的某种特征和构成,并非指文体本身,文体的生成和发展包含文章的基本文体、文类文体与具体文体三个基本层次"。姚氏认为,"文体"

---

① 文中凡涉及姚爱斌观点与论述均源自氏著:《论中国古代文体论研究范式的转换》,《文学评论》,2006年第6期;《有特征的文章整体与有特征的语言形式——中国古代文体论与西方Stylistics的本体论比较》,《郑州大学学报》,2007年第1期;《中国古代文体观念与文章分类思想的关系——兼与西方文类思想比较》,《海南大学学报》,2007年第3期;《论徐复观〈文心雕龙〉文体论研究的学理缺失》,《文化与诗学》,2008年第2期;
② 本文因此简称之"文章整体"说。

与 style 有一定的对应性,主要表现在两个方面:(1)在各自语境中的位置和表意特征之间,二者都与语言作品有关,而且都与语言作品的特征有关;(2)"从语言作品以外的文化语境来看","二者还可分别表征中西方对各种人类文化产品和社会事物的特征性样式的认识"。除此对应性外,"文体"与 style 之间的差异则是根本的,其差异是:

　　"文体"表示的是有特征的文章整体,而 style 表示的主要是有特征的语言表达方式;或者说"文体"范畴同时涉及"说什么"和"怎么说"这两个方面的问题,中国古人描述的文体特征也是既有文章内容方面的,也有语言形式方面的;而 style 范畴则主要涉及的是"怎么说"的问题,人们对 style 特征的描述也主要是从语言表达方式层面着眼。在中国古代文体论中,语言自然包含在文章整体之中,但只是文章整体的一个构成要素;而在西方 stylistics 中,语言则是被研究的主要对象。

　　申而论之,"文体"范畴反映了中国古人对文章的一种整体感受、整体认识和整体把握,基本思想可以称之为"文章整体观",这种"文章整体观"是作为中国传统文化基本思想的生命整体观在文体论中的具体体现,其中蕴涵着深厚广大的生命本体意识。西方 style 范畴的背后则是一种"语言本体观"。无论在西方关于 style 的传统理论还是在西方现代语体学中,语言都是 style 的本体因素。西方现代语体学正是吸收了索绪尔等人的现代语言学成果发展起来的,20 世纪西方文化整体上的语言学转向,更增强了语言在语体学中的本体位置。西方语体学的研究对象既是 style,也是语言;剥离掉语言学,西方的语体学也将不复存在。

　　姚氏的文体论，还立足于自己的"文体"定义，深入揭示了存在于传统文论中的"文体"与"文类"之间的辩证关系：

　　　　文章之"体"与文章之"类"既有深刻关联，也有本质区别。概括地说，二者的联系在于：文体是文章分类的对象，也是文章分类的根据（即根据"文章整体"的特征对一个个"文章整体"进行区分。特征的差异可能主要体现于文章整体的部分因素，但是文章整体的部分因素的差异也自然造成了有差异的文章整体，因此古人始终将文章整体作为分类的对象），而文类则是具有各种特征的文体的类别，是通过各种文体之间的比较、区分和归纳所得到的文体的集合。文章之"体"与文章之"类"的主要区别在于："体"强调的是各类文章或各种文章自身的整体存在，其着眼点是相对具体的文章整体；"类"强调的则是各种具体的"文体"的集合，其着眼点是具体"文体"之间的相似与区分的关系。换句话说，"体"是一个实体范畴，"类"则是一个关系范畴。同一种文章，从具体的文章本身来看是"体"，从不同文体之间的关系来看属于"类"——这就是中国古代文体论的"体"与"类"的辩证法。

　　在上述辩证关系揭示的基础上，姚氏又进一步指出："在整个古代文体论中，'体裁'一词始终没有狭隘为专指文类文体的规范性和特征性构成，而一直是就各种类型文体的规范性和特征性构成而言。'体裁'用于专指文类文体的规范性和特征性构成应是现代文论中发生的事，在现代文学批评论著中，这种用法极其广泛。"这里澄清了人们在认识传统文论话语的"体裁"概念时所存在的"体裁"与西方"文类（genres）"概念混淆不分的问题，进一步捍卫了"文章整体"说在逻辑上的严整性。

　　笔者以为，比较而言，"文章整体"说是迄今逻辑性最强，且最为接近古代文体学话语"以体论文"实际的"文体"范畴定义。

二、"文体"非独立概念与范畴

"文章整体"说的理论价值毋庸多言,其论证的逻辑严密性也显而易见,但它毕竟是今人对古代文体学话语的重构,并不等于古代文体学话语的事实本身。这里必须指出的事实是,"文体"在古代文献中自始至终也没有成为一个固定组合的复合词语,复合词"文体"始成立于现代。质而言之,"文体"的用法在传统学术话语中是否具有概念甚或作为某个知识体系核心范畴的意义仍然有待确认。

姚爱斌在《论中国古代文体论研究范式的转换》文中举了两条"文体"早期用例:

> 自龀未成童,著书十余箱,文体思奥,烂有文章,箴缕百家。(汉末卢植《郦文胜诔》)

> 三公以罪免,亦赐策,文体如上策。(蔡邕《独断》论"策")

其中"文体"何谓,作者未作解释,但从上下文看,理解为"文章整体"显然是不妥的。"文体思奥"之"奥"形容陈述"思"一目了然,则据文言语构习惯和语境推断,其中之"体"也必然是对"文"的形容和陈述,故"文体思奥"一语可以理解为:其所著文章有法度(或规模);其所思之理义深奥。"文体如上策"之"文体"一目了然,明指"策文"固定的书写格式,即上文所说"起年月日,称皇帝曰"之类。最能说明姚爱斌"文章整体"意义的是《文心雕龙》中的如下用例:

> 至于夫惟盖故者,发端之首唱;之而于以者,乃札句之旧体;乎哉矣也,亦送末之常科。据事似闲,在用实切。巧者回

运，弥缝文体，将令数句之外，得一字之助矣。(《章句》)①

　　若统绪失宗，辞味必乱；义脉不流，则偏枯文体。(《附会》)②

　　况文体多术，共相弥纶，一物携贰，莫不解体。(《总术》)③

　　而去圣久远，文体解散，辞人爱奇，言贵浮诡，饰羽尚画，文绣鞶帨，离本弥甚，将遂讹滥。盖《周书》论辞，贵乎体要；尼父陈训，恶乎异端；辞训之异，宜体于要。(《序志》)④

　　"弥缝文体"是说，立言行文中多用虚字，看似无益文义，但如果能有效使用，则可使章句之文连缀成一篇完整的文章。其中的关键应是，虚字对应于志气、辞气、文气，是文的气脉使"文句"结成有机的完整独立的篇体。"弥缝文体"之"文体"实即文之篇体——"文篇"之义。"偏枯文体"，"偏枯"显然是一个形象化的说法，"枯"是说植物萎败，缺乏生气与活力；这里用来论"文体"——文章整体，无非是说如果立言行文没有主旨义理贯穿的话，整篇文章就会失去生气活力，即萎败而毫无感染力。理解"文体多术"之"文体"，应该注意上下文语境。本篇题为《总术》，是讲文章的写作方法："是以执术驭篇，似善弈之穷数；弃术任心，如博塞之邀遇"，"文场笔苑，有术有门"。"文体多术"之"术"亦即"执术驭篇"之"术"，其"术"之多，虽未历数，但无论何术，要在"共相弥纶"。何谓"弥纶"？巧加综合，精心组织之意。《章句》谓"夫人之立言，

------

① 周振甫：《文心雕龙今译·章句第三十四》，北京：中华书局，1986年，第310—311页。

② 周振甫：《文心雕龙今译·附会第四十三》，北京：中华书局，1986年，第374页。

③ 周振甫：《文心雕龙今译·总术第四十四》，北京：中华书局，1986年，第384页。

④ 周振甫：《文心雕龙今译·序志第五十》，北京：中华书局，1986年，第445页。

因字而生句,积句而成章,积章而成篇。篇之彪炳,章无疵也;章之明靡,句无玷也;句之清英,字不妄也"①便是多术共相弥纶的范例之一。不难看出,"文体多术"之"文体"实有篇体之义,但未必只能作名词解,完全可以视为短语。如此,"文体多术"便可读成:谋文成篇(体),方法很多。若按今天的习惯,直接说成"写好一篇文章,谋篇布局的方法很多"亦未尝不可。"文体解散"之"文体"何解?解为具体"文篇"——"文章整体"显然不通。"文体解散"的原因是后世"去圣久远";"文体解散"的事实则是:"辞人爱奇,言贵浮诡,饰羽尚画,文绣鞶帨"。这里的事实并不是说明后世文章皆无完篇,而是如后文"盖《周书》论辞"云云所谓失之"体要"、"大体"。何谓"体要"、"大体"?《序志》开篇即已明言:"盖《文心》之作也,本乎道,师乎圣,体乎经,酌乎纬,变乎骚:文之枢纽,亦云极矣。"②"文之枢纽"便是文之"体要"、"大体"之所在。《宗经》云:"文能宗经,体有六义:一则情深而不诡,二则风清而不杂,三则事信而不诞,四则义直而不回,五则体约而不芜,六则文丽而不淫。"③《序志》又释"'文心'者,言为文之用心也"④,依其例,则"文体解散"之"文体"亦即为文之体要(大体)也。而体要(大体)亦即源于经典文章的六义典范。

　　综上可见,汉魏以下直至刘勰《文心雕龙》,"文体"的用法,确实表现了"文章整体观的自觉",但"文"、"体"的离合,并未形成一个独尊的"文体"概念与范畴,这也是确凿的事实。下面再引后世

①周振甫:《文心雕龙今译·章句第三十四》,北京:中华书局,1986年,第306页。
②周振甫:《文心雕龙今译·序志第五十》,北京:中华书局,1986年,第447—448页。
③周振甫:《文心雕龙今译·宗经第三》,北京:中华书局,1986年,第30页。
④周振甫:《文心雕龙今译·序志第五十》,北京:中华书局,1986年,第443页。

数例以明之：

1.《尧典》曰："光被四表，格于上下。"《舜典》曰："重华协于帝。"二典相因而成书也。盖尧舜之德，充实辉光之德，充塞乎天地之间，初无异也。而史官欲经纬错综以成文体，故于《尧典》先言"钦明、文思、安安、允恭、克让"，而后言"光被四表，格于上下"。盖言尧有如是之德，故能有如是之辉光也。《舜典》先言"重华协于帝"，而后言"濬哲文明"，盖言所以有如是之辉光也，以其有如是之德也。是皆错综其体以成文，以见尧舜一道。非善形容圣人之德美者，岂足及此也。（宋林之奇《尚书全解》卷二）①

2.国初士大夫例能四六，然用散语与故事尔。杨文公刀笔豪赡，体亦多变，而不脱唐末与五代之气。又喜用古语，以切对为工，乃进士赋体尔。欧阳少师始以文体为对属，又善叙事，不用故事陈言而文益高，次退之云。（宋陈师道《后山诗话》）②

3.景，凡天文地理物象皆景也，景以气为主。意，凡议论思致曲折皆意也，意以理为主。事，凡实事故事皆事也，事生于景则真。情，凡喜怒哀乐爱恶欲之真趣皆情也。意出于情则切。凡文体虽众，其意之所从来，必由于此四者而出。故立意之法必依此四者而求之，各随题之所宜，以一为主而统三者于中。凡文无景则枯，无意则粗，无事则虚，无情则诬。立意之法，必兼四者。（元陈绎曾《文说·立意法》）③

----

① [宋]林之奇：《尚书全解》，《文渊阁四库全书》第55册，第31页。
② [清]何文焕辑：《历代诗话·后山诗话》，北京：中华书局，1981年，第310页。
③ [元]陈绎曾：《文说·立意法》，《文渊阁四库全书》第1482册，第246页。

4.我皇上圣训谆谆,厘正文体,操觚之士皆知以先正为步趋。是书又在明前。法虽小异,而理则相通。录而存之,或亦先河后海之义欤!(清四库馆臣《作义要诀提要》)①

5.国初气化浑厚,士有实学,故发而为文,论事析理,足裨世教。近时文体衰薄,动以古书句字相模拟,求其中则索然无有。不惟文不成体,学不成章,往往居官任职,乖理偾事,俱学术之祸也。(李邺嗣:《副都御史王定斋先生应鹏》,见清胡文学辑《甬上耆旧诗》卷八)②

6.评者谓其体凡三变。初为浑灝踔厉之文;嘉靖辛酉甲子间,风气冗弱,先生与同里赵玉虹独为古学,救之以精练典则;隆庆辛未后,文体复振,皆先生力也。(清沈季友《檇李诗系》卷十四"碧山学士黄洪宪"条)③

7.隋炀帝初属文,学庾子山体。及见柳謇以后,文体遂变,气格遒迈,一洗靡丽锢习。(清田雯《古欢堂集》卷十七)④

例1"经纬错综以成文体"与下文"错综其体以成文"意同,皆指"先言什么而后言什么",抽象点说即叙述的方式与结构。⑤其中,"文"既指《尧典》《舜典》各自之文篇,又指两篇相因所成书;"体"即以"形容圣人德美","以见尧舜一道"之旨所统摄的具体的叙述方式与结构。本例说明,"文"、"体"分合,意义相同;成对出

---

① [清]永瑢等:《四库全书总目·卷一百九十六·集部·诗文评类二·作义要诀一卷》,北京:中华书局,1965年,第1791—1792页。

② [清]胡文学辑:《甬上耆旧诗》,《文渊阁四库全书》第1474册,第177页。

③ [清]沈季友:《檇李诗系》,《文渊阁四库全书》第1475册,第342页。

④ [清]田雯:《古欢堂集卷十七杂著·论五言古诗》,《文渊阁四库全书》第1324册,第198页。

⑤ 该例可参上面所引《文心雕龙》"弥缝文体"诸例。

现时，"文"定指相对独立、内部由章句构成的、具有有机统一性与某种特殊功能的语言文字整体，此"文"即古代文论中最稳定的且据核心地位的概念范畴——文章；而"体"则指使"文章"得以完形成立的所有因素的集合。故"体"不可能离开"文"而独立，也不可能如"文章"那样成为内涵简单清晰，外延固定明确的概念范畴。

例2"欧阳少师始以文体为对属"，意思很明确，说的是欧阳修开始运用散文句法作骈体文章，主要表现就是以四、五、六、七言等参差不一的句式组成隔句对。正如陈善所言："以文体为诗，自退之始；以文体为四六，自欧公始。"① 这里"文体"显然为"散文之体"的表述，"体"即散文之为散文的文法，其中之一便是言数不一的句法。②

例3出自元陈绎曾撰《文说·立意法》，是专论文章写作立意的。由此语境就不难判断其所说之文应该是不分文类的，"文体虽众"之"文体"不应该指文类意义上的"体裁"。如果理解为文章体裁多样，则其后云"其意之所从来，必由于此四者而出"显然是语义不通。故此"文体"应与具体的文章有关，但不等于文章。其义实偏"体"，当作"为文之体多样"解，此与《文心雕龙》"文体多术，共相弥纶"用法相近。依陈绎曾说，即为文之术虽多，但立意之法则一，要在必依景、意、事、情四者共相弥纶，"各随所宜，以一为主而统三者于中"。

例4"厘正文体"意即树立文章典范(轨范)，其"文体"自然可读成为文之典范(轨范)。

---

① [宋]陈善：《扪虱新话》上集卷一"文体"条，丛书集成初编本，北京：中华书局，1985年，第7页。
② 该例涉及了古代文章学实践与批评中经常使用和提及的"文体互参"现象。

例5"文体衰薄",作者自己于文中有明确指说:"动以古书句字相模拟,求其中则索然无有","文不成体,学不成章"。实指时人为文风气一味模拟古人字句,而无古人文章精神,用陈绎曾的话说就是:无自己立意,不知依景、意、事、情四者共相弥纶,"各随所宜,以一为主而统三者于中",故学人字句之文而终不能成就有自己"体格"的文章。本例"文体衰薄"与"文不成体,学不成章"互文见义,"文体"可作"文章体格"解。

例6"文体复振"、例7"文体遂变气格遒迈"之"文体"用法皆与例5大同小异,皆可作"文章体格"解。

以上说明了今人视为中国古代文体学得以成立的核心范畴——"文体",不过是在传统文学理论、文学批评话语中相伴出现的离合自由的一对概念。其中的"文"实即中国古代文论中外延最广、稳定性极强的且居核心地位的概念范畴——文章。文章可初步定义为:由章句构成而具有机统一性、相对独立而具各种特征与文化功能的语言文字整体。"整体性"本来就是"文章"的一般属性,而"体"则是指使"文章"得以完形树立,获得有机生命的所有因素的集合。故"体"是"文"的陈述性概念,不可能离开"文"而独立,也不可能如"文章"那样成为内涵简单清晰,外延固定明确的概念范畴。进而言之,"体"概念的引入,使中国古代的"文章学"获得了特色鲜明、开放性极强的话语结构和思维、言说方式——以"体"论"文"。

三、"文体":以"人体"隐喻"文章"的话语言说方式

在中国传统文体学中,以"体"论"文"的特色最直接的表现是以"人体"隐喻"文章"。

"体"繁体字写作"體",《说文》释曰:"总十二属也,从骨,豊

声。"段玉裁注："十二属许未详言。今以人体及许书核之。首之
属三：曰顶，曰面，曰颐。身之属三：曰肩，曰脊，曰尻。手之属三：
曰肱，曰臂，曰手。足之属三：曰股，曰胫，曰足。"① 黄宗炎谓"耳、
目、口、鼻、四肢、身心，二窍为十二也"②。古人对人体构成部属的
认识虽有差异，但"体"作为有构成属性的生命整体的认识是一致
的。当古人说"文之有体，犹人之有体"③，以"人体"喻"文章"时，
并未越出认识人之生命机体的理路，前此所说的汉魏以来的文章
生命整体观便是借人体之喻加以呈现的。

　　刘勰《文心雕龙·附会》云："夫才童学文，宜正体制，必以情志
为神明，事义为骨髓，辞采为肌肤，宫商为声气。"④《颜氏家训·文
章》亦有类似说法："文章当以理致为心肾，气调为筋骨，事义为
皮肤，华丽为冠冕。"⑤ 自此以降，身体之喻，日广日繁，不胜枚举。
这里再略引数例，以资观感和讨论：

　　　　诗有三本：一曰有窍。二曰有骨。三曰有髓。以声律为
　　　窍；以物象为骨；以意格为髓。（白居易《金针诗格》）⑥

　　　　诗有肌肤，有血脉，有骨格，有精神。无肌肤则不全，无
　　　血脉则不通，无骨格则不健，无精神则不美。四者备，然后成

①［汉］许慎撰，［清］段玉裁注：《说文解字注》，上海：上海古籍出版社，1988年，
　第166页。
②［清］黄宗炎：《周易象辞》卷一，《文渊阁四库全书》第40册，第173页。
③［明］沈承：《文体》，载《毛孺初先生评选即山集》，《四库禁毁书丛刊》集部第41
　册，第636页。
④周振甫：《文心雕龙今译·附会第四十三》，北京：中华书局，1986年，第373页。
⑤［隋］颜之推著，王利器集解：《颜氏家训集解》，北京：中华书局，1993年，第
　267页。
⑥［唐］白居易：《金针诗格》，载张伯伟：《全唐五代诗格汇考》，南京：凤凰出版
　社，2002年，第352页。

诗。(吴沆《环溪诗话》)①

文章之无体,譬之无耳目口鼻,不能成人。文章之无志,譬之虽有耳目口鼻,而不知视听臭味之所能,若土木偶人,形质皆具而无所用之。文章之无气,虽知视听臭味,而血气不充于内,手足不卫于外,若奄奄病人,支离憔悴,生意消削。文章之无韵,譬之壮夫,其躯干枵然,骨强气盛,而神气昏瞀,言动凡浊,则庸俗鄙人而已。有体有志有气有韵,夫是谓之成全。(李廌《答赵士舞德茂宣义论弘词书》)②

余尝论诗,气、格、声、华,四者缺一不可。譬之于人,气犹人之气,人所赖以生者也,一肢不贯,则成死肌,全体不贯,形神离矣;格如人五官四体,有定位,不可易,易位则非人矣;声如人之音吐及珩璜琚瑀之节;华如人之威仪及衣裳冠履之饰。(归庄《玉山诗集序》)③

以上所列的文章人体之喻,形式上或许还只是平行结构的明喻或暗喻,但如果合观古代文论话语里经常出现的诸如"体气"、"体性"、"体格"、"体调"、"体韵"、"体貌"、"体制"、"风骨"、"风神"、"形神"、"神韵"、"主脑"、"诗眼"、"格力"、"肌理"之类的概念术语,我们就不得不承认,中国式的文章人体之喻诚如钱锺书所言,"文跟人无分彼此,混同一气,达到《庄子·齐物论》所谓'类与不类,相与为类,则与彼无以异'的境界","把文章通盘的人化或生命化"了。④

---

① [宋]吴沆:《环溪诗话》,丛书集成初编本,北京:中华书局,1985年,第11页。
② [宋]李廌:《济南集》,《文渊阁四库全书》第1115册,第817页。
③ [清]归庄:《归庄集》,北京:中华书局,1962年,第206页。
④ 参钱锺书:《中国固有的文学批评的一个特点》,《文学杂志》第1卷第4期,上海:商务印书馆,1937年8月1日版。

　　中国古代文章学、文论、文评话语以"人体"喻"文章"的现象，自钱锺书置入比较文化视野加以揭橥以来，引起广泛关注，也启发了当代的中国古代文体学研究，"以体论文"也因此获得了更加深入的研究和进一步阐发。[①] 学者们的阐发皆不乏新意，也提供了不少有价值的观点和结论。但总的来说，这些观点和结论主要还是围绕着凸显文章生命整体观展开的，因而对人体之喻现象固有的其他一些特征未及关注并予以思考与发明，故不嫌续貂之讥，试为如下揭示，以作抛砖之思。

　　（一）"人体之喻"与文章构成论的多元化及其意味

　　尽管所有"人体之喻"都指向文章生命整体观，但对文章生命整体结构的构成及其构成生命本质的理解，于原始文献，所能看到的则是众说纷纭的格局，相互之间存在巨大差异。下面据前此所引文献，略作例解。

　　刘勰《文心雕龙·附会》中，以"体制"命文章整体构成，其构成为"情志、事义、辞采、宫商"一体的四元结构，与之对应的人体则是"神明、骨髓、肌肤、声气"构成的四元一体的结构。两相对照可发现，刘勰所谓的文章体制实际上是从内至外，由隐至显秩序的形神合一的二元结构，其间，"情志"居于文章生命整体核心地位，是文章构成的四元体获得生命整体意义的决定性因素。而在《颜氏家训》的人体之喻中，文章整体则以"理致、气调、事义、华丽（辞采）"四元构成一体结构，与之对应的人体为"心肾、筋骨、皮肤、冠冕"四元一体的结构。两相对照似乎也存在一个从内至

―――――――――

[①] 参姚爱斌：《论中国古代文体论研究范式的转换》，《文学评论》2006年第6期；吴承学：《中国古代文体学研究》第三章"生命之喻"，北京：人民出版社，2011年。

外,由隐至显的秩序,但与《文心雕龙》比较,则立显差异:(1)前者"冠冕"之喻的有机性远弱于后者"声气"之喻。(2)"理致、气调、事义、华丽(辞采)"与"情志、事义、辞采、宫商"相比,"理致"与"情志",体位虽同而性质相反;"气调"与"事义",体位同,但虚实有异;"事义"同为构成之一元,但体位次第轻重有异。(3)后者"形神"合一,与人体"无分彼此,混同一气";而前者则偏形实而少神虚,外重而内轻。(4)整体言之,以"理致"为先还是以"情志"为先,反映了两种不同的韵调,以及对文章生命本质的不同理解。

　　以上比较为一般文章之例,我们再来看看体类文章之例。

　　白居易《金针诗格》云诗有三体,其"体"实指诗体文章整体的构成元素,三元即:"声律"、"物象"、"意格";与之对应的人体构成亦有三元,即"窍"、"骨"、"髓"。《庄子·应帝王》云"人皆有七窍","窍"实即人体眼、耳、口、鼻、尿道、肛门等有孔之器官,有贯通人体内外之功用;"骨"质实有形位,"髓"质实而形虚。两相对照,可以发现诗体三元构成是以"声律"形实为先,由外而内,由形实而形虚的秩序结构。"声律"的贯通意义,使得"三元"构成了一个完整而有生命的整体结构。"声律"形实的特点说明,《金针诗格》的构成论具有本质特征识别、区分文章体类的意义。

　　吴沆《环溪诗话》诗体构成的"肌肤、血脉、骨格、精神"四元论,脱离语境看,人文一体,无以辨之。何为诗之肌肤、血脉、骨格、精神,不得而知。故"无肌肤则不全,无血脉则不通,无骨格则不健,无精神则不美。四者备,然后成诗"云云,只能是一个大象征,象征诗体是有四元构成的生命体。此与《金针诗格》的人体之喻相较,并无本质特征识别、区分文章体类的意义。但如果结合具体语境,还是能隐约发现其构成论实义的。《诗话》的人体之喻是在有关百韵诗(排律诗)的一段答问之后引出的议论,其答问内

容如下:

> 或人问环溪曰:"《百韵诗》见士大夫讽咏多矣,然而所赏往往不同。或喜'霜皮围四十,水击里三千',或喜'山河归整顿,天地入陶甄'。或云'但存忠贯日,未问写凌烟',乃是假对中之妙者。或云'远吸金茎露,高攀玉井莲',洒落不凡。或云'风度优囊笏,恩光绕赐鞭',最善用事,为张相是风流宰相,又是勋业大臣,'囊笏'所以誉其风流,'赐鞭'所以表其勋业,又皆是张家事。或云'李唐光夹日,炎汉赫中天',二事最好,为张相有平难之功,又有中兴之功。或云'共承天柱折,独斡斗杓旋',为见得众人共难,而他独有功之意。或云'怀古歌鸿雁,伤今拜杜鹃',于时最切,'歌鸿雁'有怀想宣王中兴之意,'拜杜鹃'有感伤明皇入蜀之意。"环溪笑云:"予初作此诗之时,一夕要成百韵,是事皆使,是韵皆押,何暇及此?是亦诸公求予诗之过,然亦见诸公好恶之不同也。此诗大概读而不厌者,为一气贯之,其间无甚歇灭而已。"或人又问:"为百韵岂无灼然得意者乎?"环溪云:"有美者,人与之鉴,予之妍丑,何能逃于诸公?然始者私心自谓得意处,缘有两联,乃诗家精神,不意诸公所赏,皆不及此。"或人问故,环溪云:"如'王气周旋内,兵机语笑边'乃是形容张相扈驾之精神,如'浮云开斥堠,飞鸟避戈鋋'乃是形容张相入蜀之精神。如诸公所赏,皆是诗中骨格而已。自是而外,或发以椒兰,或润之丹漆,以通血脉,以成肌肤,备体而已。"①

由引文可知,作者最重"王气周旋内,兵机语笑边"、"浮云开斥堠,飞鸟避戈鋋"两联,因其最得诗中人物之精神,而人物之精

---

① [宋]吴沆:《环溪诗话》,丛书集成初编本,北京:中华书局,1985年,第10—11页。

神亦乃诗家精神之所在。至于诗中善用事之类,事义之属皆是诗中骨格而已。其他如"椒兰"之类,当为诗中物象之属,皆是诗之血脉;"丹漆"之类或为诗中偶对声韵之属,当归诗之肌肤。通血脉,成肌肤,又不过备体而已。以此推断,环溪眼中,诗体乃由"声律(辞彩)、物象、事义、精神"四元构成的有机整体。但它却是一个由外而内,自形实就神虚,而又以神虚为重的言说结构,这说明了环溪只是就具体诗歌赏鉴而谈诗,其诗体的人体之喻虽触及诗体生命本质,然并无多少区分文章体类的意义。

《玉山诗集序》论诗体构成亦四元,即气、格、声、华。与人体对应,即生气、五官四体(人之形体)、音吐及珩璜琚瑀之节、人之威仪及衣裳冠履之饰,此四者之喻中,珩璜琚瑀之节、人之威仪及衣裳冠履之饰,已超越人体有机,若《颜氏家训》"冠冕"之喻,已涉及人之"礼体",不仅具有一般生命意义,而且具有文化生命之意义。由此可见《玉山诗集序》与《金针诗格》《环溪诗话》之间在诗体构成论上的巨大差异。此外,《玉山诗集序》论构成四元"缺一不可",形神虚实并重,以气贯通文章整体生命,这也是区别于《金针诗格》《环溪诗话》的重要特色。再者,其构成论重在诗体构成的生命整体性而忽略整体构成的特征,则与《环溪诗话》同而与《金针诗格》异。

尚有一种构成论用例,即"体"名文章整体构成之一元,如宋代"苏门六君子"李廌《答赵士舞德茂宣义论宏词书》所谓"凡文之不可无者有四:一曰体,二曰志,三曰气,四曰韵"者便是。凡四者,李氏各立其义:

> 述之以事,本之以道,考其理之所在,辨其义之所宜,庳高巨细,包括并载而无所遗,左右上下各若有职而不乱者,体也。体立于此,折衷其是非,去取其可否,不徇于流俗,不谬

于圣人，抑扬损益以称其事，弥缝贯穿以足其言，行吾学问之
力，从吾制作之用者，志也。充其体于立意之始，从其志于造
语之际，生之于心，应之于言，心在和平则温厚尔雅，心在安
敬则矜庄威重，大焉可使如雷霆之奋，鼓舞万物，小焉可使如
脉络之行，出入于无间者，气也。如金石之有声，而玉之声清
越；如草木之有华，而兰之臭芬芗；如鸡鹜之间而有鹤，清而
不群；如犬羊之间而有麟，仁而不猛；如登培楼之丘以观崇山
峻岭之秀色，涉潢污之泽以观寒溪澄潭之清流；如朱弦之有
余音，太羹之有遗味者，韵也。①

其"体"等四元之义在文章者如上，譬之于人体则："体"为耳
目口鼻之形质，"志"似形体之用，"气"属人体之盎然生意，而"韵"
通于人之脱俗清雅。此构成论乃兼形神、体用、雅俗的模式，已非
简单的人体之喻。

上述例解只是说明了人体之喻在构成论上的复杂性、多义性
与不确定性，之于其背后的意味尚有待进一步阐明。

就上述诸例看，作者虽然各自为论，观点不一，但亦不难发现
其共通之处，即：其论之所由出，皆缘于目前有具体文章在。《环溪
诗话》例最明显，其说诗体构成，直接环绕自己的百韵长律。《金
针诗格》之所作，概如唐人惯例，其意不外乎指导初学或服务于科
举。② 故其云诗体有三，目中自有唐人具体律诗文章在。归庄在
《玉山诗集序》中论诗体构成，其语境更具体，其序云：

> 近世作诗者日多，诗之为途益杂。声或鸟言鬼啸；华或
> 雕题文身；按其格，有颐隐于脐，肩高于顶，首下足上如倒悬

---

① ［宋］李廌：《济南集》，《文渊阁四库全书》第1115册，第816—817页。
② 参张伯伟：《全唐五代诗格汇考》，南京：凤凰出版社，2002年，第349页。

者；视其气，有尫羸欲绝，有结轖臃肿，不仁如行尸者。使人
而如此，尚得谓之人乎哉！今读诸君之诗，大抵皆气达而格
正，声华亦琅琅烨烨，盖魁然肤革充盈，容貌端整，杂珮锵鸣，
衣冠甚伟之丈夫也。加之膏粱以助其养，济之药物以去其
病，继之导引服食之术以神其用，吾知此魁然丈夫者，由是
以游八极，享千龄，无难也。抑吾于玉山之名，又有戚焉！
玉山者，昆山也。元末顾仲瑛居昆山之界溪，构玉山草堂，
招致四方名士杨廉夫、张仲举辈，觞泳其中，有《玉山名胜
集》……读是集者（按：指《玉山诗集》），知玉山之多才，安知
无文人名士如杨、张辈者，闻风而至，唱和流连，而诸君兴会
益到，才藻益发，则他日玉山之诗，或与昔人竞爽而增华，未
可知也！①

可见，归庄作论之时，满眼是诗，有世人之恶诗，更有《玉山
诗集》诸君子之佳构，何况尚有其他感慨寄寓其中。之于刘勰《文
心雕龙》，其论之所发并无例外，其《序志》有明言："若乃论文叙
笔，则囿别区分，原始以表末，释名以章义，选文以定篇，敷理以举
统。"岂能目中无文章！《颜氏家训·文章》篇论文章构成之后，接
着便说：

> 今世相承，趋末弃本，率多浮艳。辞与理竞，辞胜而理
> 伏；事与才争，事繁而才损；放逸者流宕而忘归，穿凿者补缀
> 而不足。时俗如此……古人之文，宏材逸气，体度风格，去今
> 实远；……吾家世文章，甚为典正，不从流俗。②

---

① [清] 归庄：《归庄集》，北京：中华书局，1962年，第206—207页。
② [隋] 颜之推著，王利器集解：《颜氏家训集解》，北京：中华书局，1993年，第
 267、268、269页。

是语可证,颜氏所论实感古今之文,家世文章而发也。

综上可以说,古人论文章生命整体构成,其主观"个体性"极强,其异彩纷呈的缘由正在于此。这种个体性构成,可缕析演述为如下几个层面:

(1)所论文章非一般抽象的文章,而是其心目中极为具体的文章,其中甚或自己的文章。

(2)具体文章有优劣,优劣以是否具有生命整体性为判据。

(3)文章是否具有生命整体性意义之判定,又以自己心目中先行视为优秀的具体文章为依据。

(4)因以上三点故,任何文章构成论观点的得出,都发生在具体的情境中。

(5)情境性又决定了现场有关文章整体构成的所有论述,包括构成论观点本身,生成为所论"文章整体"的现实①,换种说法,亦即论者的论说本身同时包含在论者所论对象中,获得对象同等的生命意义。这种生命意义既源于对象又源于论者个体生命的镜像或投射。

(6)申言之,人体之喻的文章构成论,并没有一个与论者保持一定距离且抽象的客观对象,但亦非没有一个对象。②套用范应

---

① 清代王兆芳《文体通释》尚持学术、文章一体,学术亦文章的观念。他把中国古代的文章粗别为"修学"与"措事"两大类。"综厥大体,不外修学、措事二科。考道、传道为修学,率道为措事。知其措事则知文章为有用之具,知其措事之必由修学,则知文章为载道之器"。尔后又在两类之下细别之,"凡修学之文章四十八体","措事之文章九十有四体"。参吴承学:《〈文体通释〉的文体学思想》,《古典文学知识》,2007年第5期。

② 客观对象性是认知主体性的现实,而以体论文的对象则是身体主体性的现实。身体主体性现实依赖的是感性的觉知与征验,而非理性的范畴。

宾说"法"的表述,即:对象非对象,非对象亦非对象,若是若非,正为实情。此种实情,可于埃舍尔《手画手》的著名悖论画中去体会。在原画面中,可见两只都在执笔画画的手。右手正在仔细摹画左手的衣袖,几近画完;而与此同时,左手亦正在细致地描绘着绘画进行时的右手,并且恰好与右手的刻画处于同样的进程。两只手于二维平面中同时相互创造着对方,而成为三维世界活生生的手。

概言之,"人体之喻"的文章整体构成论,不能视为一般意义上的知识论。若拟议为知识论,则发现其所依托的分明是价值论的精神;若拟议为价值论,则又发现其所呈现的分明又是知识论的体格。同样情形,若究其主体论面目,则其对象性又时而隐匿不明;若无视其主体论面目,则其生命个体性的影响又无处不在。严格点说,古人"人体之喻"式的"以体论文"不足以视为学科意义上的"文体学",以其从属于"文章学"尚不至于淆乱名实,但仍属差强人意,因为"以体论文"话语构成之整体,本身即是"文章"。这里,或许可以说,古人论文章生命整体构成中所体现的"个体性",是"文章整体"生命正在开显、拓展、实现的实际进程中的"个体性"。如此"个体性",得以揭示的最好方式,便是以上文所提及的题为《手画手》的著名悖论画作为象征,它同时亦可用作中国古代文章学整体的象征。①

(二)"人体之喻"与"辨体"的四个层次

文章是有生命的构成,是整体,而放在所有有生命的文章整体的大集合中,同时亦是独具生命特质的个体。"诗文各有体"②,

---

① 或以为,本土的太极图亦可用为象征,但比较而言,作为学术性话语,笔者以为还是《手画手》的象征更形象直观,能见以往之未见,现代意义更强。

② 宋黄庭坚语,陈师道《后山诗话》引。参[清]何文焕辑:《历代诗话》,北京:中华书局,1981年,第303页。

"文辞以体制为先"①。古人所谓"辨体"首先正是针对所有"文章整体"构成的个体特性特征而言的。

辨体既然针对的是文章的个体，而具体文章的特性特征的辨识，又总是在具体的情境关系中发生的，故必然具有复杂性。纵观古人辨体的实际，大致有如下四个层次。

1. 辨语体

金代刘祁云："文章各有体，本不可相犯欺。故古文不宜蹈袭前人成语，当以奇异自强。四六宜用前人成语，复不宜生涩求异。如散文不宜用诗家语，诗句不宜用散文言，律赋不宜犯散文言，散文不宜犯律赋语。皆判然各异，如杂用之，非惟失体，且梗目难通。"② 李东阳有云："言之成章者为文，文之成声者则为诗。诗与文同谓之言，亦各有体而不相乱。"③ 清方苞谓"古文中不可入语录中语、魏晋六朝人藻丽俳语、汉赋中板重字法、诗歌中隽语、南北史俳巧语"。④ 刘氏、李氏、方氏所辨皆是文章整体构成在语言方面表现出来的各种特征，这些特征即今人所谓的"语体"。在以上语境中，文章"语体"特征的辨识，同时具有文章别类，即今人所谓划分"体裁"的意义。但古人辨"语体"的意义并非纯然如此，如清人洪亮吉言："《三百篇》无一篇非双声叠韵。降及《楚辞》与渊、云、枚、马之作，以迄《三都》《两京》诸赋，无不尽然。唐诗人以杜子美为宗，其五七言近体，无一非双声叠韵也。间有对句双声

① [明]吴讷《文章辨体序说》"凡例"，北京：人民文学出版社，1998年，第9页。
② [金]刘祁撰，崔文印点校：《归潜志》卷十二，中华书局，1983年，第138页。
③ [明]李东阳：《怀麓堂集》卷六十四《文后稿四·匏翁家藏集序》，《文渊阁四库全书》第1250册，第668—669页。
④ 参[清]沈廷芳：《书方望溪先生传后》称述，载《隐拙斋集》卷四十一，乾隆二十二年刻本。

叠韵,而出句或否者,然亦不过十分之一。"① 这里,"双声叠韵"作为语体"征象",并不意味着某一体裁的特质,反而具有跨体裁的意义。

2. 辨体制、体格

刘勰非常重视学文辨体,《附会》篇云:"夫才童学文,宜正体制,必以情志为神明,事义为骨髓,辞采为肌肤,宫商为声气。"刘勰所谓"宜正体制"说的是文章构成的四大元素——情志、事义、辞采、声气等各就其位,合理布局方能使文章成为有机的整体。抽象点说,"体制"即文章内容的架构。颜之推《颜氏家训》"辞与理竞,辞胜而理伏"云云亦是从文章内容的架构来辨文章雅体与俗体、古体与今体的不同。李廌《答赵士舞德茂宣义论宏词书》云:"述之以事,本之以道,考其理之所在,辨其义之所宜,卑高巨细,包括并载而无所遗,左右上下各若有职而不乱者,体也。"李氏辨体,辨的显然是"体制"。归庄《玉山诗集序》谓"格如人五官四体,有定位,不可易,易位则非人矣",而世俗之诗,"按其格,有颐隐于脐,肩高于顶,首下足上如倒悬者"。其所辨遵循的大凡亦是诗的架构,只是名为"格"而已。由此亦可发现,古人"体制"和"体格"的概念往往是混用的。清田同之《西圃词说》谓:"词与诗体格不同,其为摅写性情,标举景物,一也。"② 其意诗词二体,内容构成元素无非性情、景物,但其情景构成的方式却有不同。因此架构不同遂别为诗、词二体。可见其所谓"体格"亦同"体制"。只是其"体制"之辨具有文章别类,即今人所谓划分"体裁"的意义。

① [清]洪亮吉著,陈迩冬校点:《北江诗话》,北京:人民文学出版社,1998年,第2页。
② [清]田同之:《西圃词说》,唐圭璋编:《词话丛编》第2册,北京:中华书局,1986年,第1450页。

3.辨体式、体势

刘勰《文心雕龙·体性》篇有"事义浅深，未闻乖其学；体式雅郑，鲜有反其习"①的说法，其中用到"体式"的概念。文章体式的雅正与淫巧是作者学习雅正与淫巧文章的结果，习雅得雅，习郑得郑，不可能与之相反。一般阅读将"体式"等同"风格"，笔者不以为然。"雅郑"固然可以表示文章风格，但在语境中，亦可暗示人之习染所凝聚的性情。本篇重点是讲"情动而言形，理发而文见，盖沿隐以至显，因内而符外者也"的文章创作之理，亦即言文之外与情理之内相符契的关系。前句"事义浅深"涉及"事义"的"言文"呈现，"体式雅郑"的论述重点也应该在此范围。直言之，"体式雅郑"大义是人之性情或雅或郑，正邪不同，其文章的表现形式亦必然合于雅郑。此一理解可通过与刘勰有关"体势"的论述合参而得到证明。《文心雕龙·定势》云：

> 夫情致异区，文变殊术，莫不因情立体，即体成势也。势者，乘利而为制也，如机发矢直，涧曲湍回，自然之趣也。圆者规体，其势也自转；方者矩形，其势也自安。文章体势，如斯而已。是以模经为式者，自入典雅之懿；效《骚》命篇者，必归艳逸之华。②

文中"是以模经为式者，自入典雅之懿；效骚命篇者，必归艳逸之华"为"体势"例释，正好用以说明"体式"。刘氏用法中，体势、体式意义是相通的，皆指文章法式——包括情理及其言文呈现方式，自然兼及其体貌风格、审美效果。

---

① 周振甫：《文心雕龙今译·体性第二十七》，北京：中华书局，1986年，第255页。
② 周振甫：《文心雕龙今译·定势第三十》，北京：中华书局，1986年，第276—277页。

　　后世文章辨体,多有从"体式"着眼的例子。宋吕祖谦《古文关键总论》论学古文辨体,其中"看文字法"便涉及"体式":

　　　　学文须熟看韩柳欧苏,先见文字体式,然后遍考古人用意。下句处,苏文当用其意,若用其文恐易厌,盖近世多读。第一,看大概主张;第二,看文势规模;第三,看纲目关键:如何是主意首尾相应,如何是一篇铺叙次第,如何是抑扬开合处;第四,看警策句法:如何是一篇警策,如何是下句下字有力处,如何是起头换头佳处,如何是缴结有力处,如何是融化屈折剪截有力,如何是实体贴题目处。看韩文法:简古,一本于经。学韩文简古,不可不学他法度,徒简古而乏法度,则朴而不华。看柳文法:关键,出于《国语》。当学他好处,当戒他雄辨议论,文字亦反覆。①

　　文中虽标目"看文字法",只提及"文字体式",但观其内容,涉及古文所有层面:字法、句法、篇法、意法等整个文法,实际上说的就是整个古文体式。明陈懋仁《文章缘起·赞注》云:

　　　　赞,飏言以明事,而嗟叹以助辞也。四字为句,数韵成章。盖文约而寓褒贬也,又句可短长,惟韵不可失。真德秀曰:"赞颂体式相似,贵乎赡丽宏肆而有雍容,俯仰顿挫起伏之态乃佳。"②

　　文中辨"赞"体,关乎"体式",其所涵盖内容包括赞体众多"体式"规范,涉及意法、字词法、句法、章法、言文表述方式之特点,引真德秀语又兼及体貌风格。

———————————

①［宋］吕祖谦:《古文关键》,《文渊阁四库全书》第1351册,第718页。
②［南朝梁］任昉著,［明］陈懋仁注:《文章缘起》,《文渊阁四库全书》第1478册,第217页。

4.辨体貌风格

"风格"本是汉魏以降品藻鉴识人物的术语。《世说新语》谓"李元礼风格秀整,高自标持,欲以天下名教是非为己任"①,便是对人物的激赏。唐赵璘《因话录》卷二形容李司徒泝公,"其风格容仪真神仙也"②。其例"风格"、"容仪"连言。从文献用例看,"风格"主要指一个人的风神气度等内在品质在其体貌上所表现出来的个性特征。刘勰开始正式使用"风格"一词来论辨作家文体。《文心雕龙·议对》云:"仲瑗博古,而铨贯有叙;长虞识治,而属辞枝繁;及陆机断议,亦有锋颖,而腴辞弗剪,颇累文骨:亦各有美,风格存焉。"③《夸饰》篇又曰:"文辞所被,夸饰恒存。虽《诗》《书》雅言,风格训世,事必宜广,文亦过焉。是以言峻则嵩高极天,论狭则河不容舠;说多则子孙千亿,称少则民靡孑遗;襄陵举滔天之目,倒戈立漂杵之论,辞虽已甚,其义无害也。"④两例"风格"用义有同有异。相同之处在于,都涉及文章体貌,都有风范的意义;相异之处在于,前者偏于同体裁文章在体貌上所表现出来的作家个性差异,而后者重在所有文章在文辞外貌上所共同表现出来的夸饰之特征。颜之推在《颜氏家训·文章》中亦云:"古人之文,宏材逸气,体度风格,去近实远。"⑤语中辨古人文章风格,仍似人物品藻,只是将人物身体体貌延伸替换为作家文章体貌,个体变为群

---

① 余嘉锡撰,周祖谟、余淑宜整理:《世说新语笺疏上卷上·德行第一》第4条,北京:中华书局,1983年,第6页。

② [唐]赵璘:《因话录》,《文渊阁四库全书》第1035册,第477页。

③ 周振甫:《文心雕龙今译·议对第二十四》,北京:中华书局,1986年,第220页。

④ 周振甫:《文心雕龙今译·夸饰第三十七》,北京:中华书局,1986年,第328页。

⑤ [隋]颜之推著,王利器集解:《颜氏家训集解》,北京:中华书局,1993年,第268页。

体的集合而已。宋代王辟之论子瞻文章，"议论独出当世，风格高迈，真谪仙人也"①，既是品鉴人物，又是品赏文章，混而为一，已难区辨。"风格"概念的人体之喻形成了悠久之传统，今人文论中尚有"风格即人"一说，可视为这一传统的现代延续。

这里有必要指出的是，古代文献中经常有辨文章体貌风格之实而不必出现体貌风格之名的情形。如，刘勰《文心雕龙·明诗》"若夫四言正体，则雅润为本，五言流调，则清丽居宗；华实异用，唯才所安"②；《体性》"贾生俊发，故文洁而体清；长卿傲诞，故理侈而辞溢；子云沉寂，故志隐而味深；子政简易，故趣昭而事博；孟坚雅懿，故裁密而思靡；平子淹通，故虑周而藻密；仲宣躁锐，故颖出而才果；公幹气偏，故言壮而情骇；嗣宗俶傥，故响逸而调远；叔夜俊侠，故兴高而采烈；安仁轻敏，故锋发而韵流；士衡矜重，故情繁而辞隐"③；遍照金刚《文镜秘府论·南卷·论体》"称博雅，则颂、论为其标。语清典，则铭、赞居其极。陈绮艳，则诗、赋表其华。叙宏壮，则诏、檄振其响"④。诸如此类，尽管未概之以体貌风格之名，但雅润、清丽、博雅、清典、绮艳、宏壮，其实都是人之体貌的转喻，具有风格典范的意义。"贾生俊发，故文洁而体清"云云，则直接将作家个体"风格"与其"文章"体貌作了因果的链接。此外，大多情形，"风格"的用法都是褒义的，突出的都是具有个体性、生命性、典范性意义的文章体貌特征。上述引例，无不如此。

---

① [宋]王辟之：《渑水燕谈录》，《文渊阁四库全书》第1036册，第492页。
② 周振甫：《文心雕龙今译·明诗第六》，北京：中华书局，1986年，第62页。
③ 周振甫：《文心雕龙今译·体性第二十七》，北京：中华书局，1986年，第257页。
④ [日]遍照金刚撰，卢盛江校考：《文镜秘府论汇校汇考》，北京：中华书局，2006年，第1458页。

以上从身体之喻的角度说明了古人是如何辨体的。诚如姚爱斌氏所言,古人辨体总是紧系具体文章整体构成的特性特征系统的。我们据文献,将其简分为四个方面。四个方面若平行视之,其间界限并不绝对分明,而时有交叉重叠;若以层递视之,则大体是其后面层次更高,高层次的体辨,必以低层次的体辨作为基础依据。尤其是体貌风格层次,如果离开语体、体制体格、体式体势之辨,则无从把握,尽管体貌风格的把握最终需要对文体其他层次的统觉与体悟。在某种意义上,完全可以说,中国古代文体论实即文章风格论。

中国古代文论的诗性特征,决定了它并不擅长于哲学思辨和逻辑演绎。中国古代文论的诸多术语、概念和范畴,在其诞生之初,本来就缺乏明确的内涵界定和严格的外延限制;而后,在其发展演变的漫长过程之中,历朝历代的使用者和阐释者,在缺乏辨析和限定的前提下,不断地添加或删削内涵,不断地扩展或减缩外延,从而使其意蕴渐趋复杂,使其义项渐趋多元。

第三节　《文心雕龙》的创作及其文体论意义

上面介绍文章体貌风格之辨时,已指出古人辨文章体貌风格,客观上具有突出文章个体性、生命性、典范性意义的主旨。实际上,古人文章辨体的目的与意义就蕴含在此一主旨当中。当然,论及辨体的目的,如落实到具体时代与个体,难免有所不同。而本节的论述,采取的则是存异求同的方式,主要通过刘勰《文心雕龙》这一个案的分析以揭示古人辨体的深层文化目标及其个体性意义。

一、《文心雕龙》的结构与性质

刘勰《文心雕龙》是学界公认的古代文体论的集大成之作,体制宏大,析理周密,气象高远,可谓空前绝后。《序志》交代了《文心雕龙》的创作缘起、动机、方法、态度,以及思想主旨和内容结构等等。《序志》云:

> 盖《文心》之作也,本乎道,师乎圣,体乎经,酌乎纬,变乎骚;文之枢纽,亦云极矣。若乃论文叙笔,则囿别区分;原始以表末,释名以章义,选文以定篇,敷理以举统:上篇以上,纲领明矣。至于割情析采,笼圈条贯;摛神性,图风势,苞会通,阅声字;崇替于《时序》,褒贬于《才略》,怊怅于《知音》,耿介于《程器》;长怀《序志》,以驭群篇:下篇以下,毛目显矣。位理定名,彰乎大易之数;其为文用,四十九篇而已。①

根据《序志》,《文心》全书共五十篇,"彰乎'大易'之数"。除本篇之外,其论文主体四十九篇,所谓"其为文用,四十九篇而已"。五十篇又粗分为上下篇,上篇二十五篇为"纲领",下篇二十五篇为"毛目"。四十九篇又细分为"文之枢纽"、"论文叙笔"、"割情析采,笼圈条贯"三个部分。在此基础上,今人据现代文学理论及自己的理解,对《文心》全书结构又做了其他各种各样的划分,"四分法"、"五分法"、"六分法"、"七分法"皆有之②。最典型的是四分法:

---

① 周振甫:《文心雕龙今译·序志第五十》,北京:中华书局,1986年,第447—448页。
② 尚有分《书记》以上为文体论,《神思》以下为文术论的"二分法",以及在二分基础上,以《序志》独立的"三分法"。持前说者有叶联芳、曹学佳、范文澜等;持后说者有罗根泽、周勋初等。

（一）总论（枢纽论）:《原道》《征圣》《宗经》《正纬》《辨骚》（《序志》,全书序言,归入总论）。

（二）文体论:

1.论文:《明诗》《乐府》《诠赋》《颂赞》《祝盟》《铭箴》《诔碑》《哀吊》《杂文》①、《谐隐》。

2.论笔:《史传》《诸子》《论说》《诏策》《檄移》《封禅》《章表》《奏启》《议对》《书记》。

（三）创作论:《神思》《体性》《风骨》《通变》《定势》《情采》《熔裁》《声律》《章句》《丽辞》《比兴》《夸饰》《事类》《练字》《隐秀》《指瑕》《养气》《附会》《总术》。

（四）批评鉴赏论:《时序》《物色》《才略》《知音》《程器》。

以上结构在今人的学术视域中固然显得对象清晰,条理分明,但如果带上这样的眼镜重新阅读《序志》的自白,便会顿感淤滞扞格、问题丛生。如,《辨骚》篇属问题——《辨骚》为何不入"文体论"而侧身"枢纽论"? ② 再如,《物色》篇次问题——《物色》究竟归属创作论还是批评论? ③ 对第一个问题,20世纪60年代,段熙仲曾做过解答。段氏论证说:"依据《序志》所言,文体论二十篇

①《杂文》列《文心雕龙》的第十四篇,主要论述出于汉晋之间的杂体作品。《杂文》中"文"（韵文）、"笔"（散文）兼有;第十五篇《谐隐》亦是如此。故《杂文》篇以上所论皆属于"文"类,《谐隐》篇以下所论皆属于"笔"类。

②事实上,确有学者,如范文澜、刘大杰、郭绍虞、陆侃如、牟世金等,将《辨骚》列入"文体论"。参范文澜《文心雕龙注》;刘大杰《中国文学发展史》;郭绍虞《中国文学批评史》,陆侃如、牟世金《文心雕龙译注》。

③梁绳祎在《文学批评家刘彦和评传》（载郑振铎编:《中国文学研究》下,上海:商务印书馆,1927年）中提出此问题,学者们的答案纷纭不一。参:范文澜《文心雕龙注》;刘永济《文心雕龙校释》;郭晋稀《文心雕龙注释·前言》;周振甫《文心雕龙注释·前言》。

的一般结构分为四部分:'原始以表末'是述演变,'释名以章义'是定界说,'选文以定篇'是举范作,'敷理以举统'是标规格……但以《辨骚》篇内容作具体分析时,并不如此结构,所以也可知其非文体论。"①此论后有王元化、王运熙等学者附和。但缪俊杰则持与段式同样理路来证明《辨骚》篇亦同样符合文体论二十篇的结构,认为"《辨骚》之作为文体论,是符合刘勰所规定的文体论的要求的"。故缪氏主张:"《辨骚》篇既可以尊重刘勰的原意,作为'文之枢纽'即基本文学观的部分来研究,也可以作为文体论的第一篇加以分析。这不是两种意见的折中,而是它本身就兼有这两种特点所决定的。"②本文无须卷入《辨骚》归属的论争,只须指出,论争反映的是今人的尴尬,刘勰并无这样的纠结。今人尴尬的全部根源在于对《文心》"文体"范畴所作的预设,这就是将"文体"视为今人理解的"文类"或"体裁"。

　　20世纪50年代,台湾学者徐复观在《〈文心雕龙〉的文体论》③一文中指出:"明、清以来,提到《文心雕龙》的文体的,几乎是无一不错。"其错安在?误将"文类"认作"文体"。徐氏认为,"文体"即文学作品中的"艺术性的形相";"文学中的形相,在英国、法国一般称之为style,而在中国则称之为文体"。《文心雕龙》全书都可视作文体论,而下篇则是文体论的基础,也是文体论的重心。因为,上篇讲历史性文体,下篇所论则是普遍性文体。而

① 段熙仲:《〈文心雕龙·辨骚〉的从新认识》,载甫之、涂光社:《〈文心雕龙〉研究论文选》,济南:齐鲁书社,1988年,第346页。
② 以上参缪俊杰:《〈文心雕龙〉研究中应注意文体论的研究》,见《古代文学理论研究》第四辑,1981年。
③ 徐复观:《〈文心雕龙〉的文体论》,见氏著《中国文学精神》,上海:上海书店出版社,2006年,第145—209页。

下篇的《体性》篇又显得尤为重要，是《文心》文体论的核心，因为文体论最中心的问题就是人与文体的关系。徐氏还同时认为，《文心》中"体"的观念，包含三个层面的意义，一是体制、二是体要、三是体貌。其中"体貌"为最高层次的形相，《文心》的文体论即是要"由语言文字之多少所排列而成的形相"的"体制"和来自五经系统"以事义为主"的"体要"，向"体貌"升华而归结于体貌。《文心》的文体论标志着中国"文学的自觉"。徐氏的《文心雕龙》的文体论研究在两岸都有不少的追随者，同时亦有众多的批评者，前此提及的大陆学者姚爱斌就是其中之一。在笔者看来，姚氏批评的要义在于严格地分辨了西方 style、stylistics 与中国"文体"概念、"文体学"的文化差异，但徐氏并非意识不到其间的差异，其"体貌"的意义显然是超越语言修辞学的，是体被"说什么"和"怎么说"两种意涵的，将两者联系起来只是为了实现"通中西文学理论之邮"目的之不得已之举。徐氏的文体由体制、体要向体貌升华而归结于体貌，以及历史性文体、普遍性文体之类的说法，与姚氏"文体的生成和发展包含文章的基本文体、文类文体与具体文体三个基本层次"、"文体是指具有丰富特征、构成和层次的文章整体存在"之类的观点，都立足于文章乃生命有机整体的人体之喻的文章观要义，并无本质性冲突。相较而言，用"体貌"来凝聚古代文体观，比直接以"文章整体存在"来定义"文体"更贴近古人以体论文的实际，也更科学。因为如本文前此所揭示，在以体论文的语境里，"文体"并非是一个复合词构成的稳定的独立的概念或范畴；况且，有机性或整体性至迟在汉魏之际已是"文章"概念的固有之义，"文体"只是对"文章"这一固有含义的喻指、象征与言说，以文章整体来定义文体显然是本、喻的颠倒。笔者以为，尽管徐氏观点难免有思虑不周之处，如"明、清以来，提到

《文心雕龙》的文体的，几乎是无一不错"之断言，但将文章的体貌风格作为文体观的核心问题并无大错，这是六朝文体论的传统，自魏文、士衡以来就是如此。从"体制、体要、体貌"三次元递进结构说去看，将《文心雕龙》全书都视作文体论，亦非全无道理。既然《文心雕龙》全书都可视作文体论，则《辨骚》归属问题自然也就变得多余了。不唯《辨骚》问题可不去理会，《物色》篇次问题亦可悬置。文源论、文体论、创作论、批评论毕竟是今人的思维逻辑，刘勰并无同样的逻辑。

二、刘勰之"文心"

"文心"者，为文之用心也。让我们来看看刘勰论文的动机、目的与用心究竟何在。《序志》云：

> 敷赞圣旨，莫若注经，而马郑诸儒，宏之已精；就有深解，未足立家。唯文章之用，实经典枝条；五礼资之以成，六典因之致用，君臣所以炳焕，军国所以昭明，详其本源，莫非经典。而去圣久远，文体解散，辞人爱奇，言贵浮诡，饰羽尚画，文绣鞶帨，离本弥甚，将遂讹滥。盖《周书》论辞，贵乎体要；尼父陈训，恶乎异端；辞训之异，宜体于要。于是搦笔和墨，乃始论文。①

以上文字有几层含义。首先，说明自己本有注经以敷赞圣旨之志②，然苦于前贤"弘之已精"，自己即便有深刻见解，亦不足以超越前贤而自成一家之言。其次，说明文章本源在于儒家经典，

①周振甫：《文心雕龙今译·序志第五十》，北京：中华书局，1986年，第445页。
②《征圣》篇又引《礼记》"作者之谓圣，述者谓之明"以赞古之圣贤文章，于此可见刘勰希圣希贤之意。参周振甫：《文心雕龙今译·征圣第二》，北京：中华书局，1986年，第18页。

故成经世之用,这与魏文"文章乃经国之大业"的文章价值观一致。再次,说明近世文坛"去圣久远,文体解散",文章失去经典体制,文辞不得要领,文风日益走向浮华讹滥之邪路。最后,托出自己由初欲注经转而论文之意。

可见,刘勰论文辨体的最切近的因缘是,不满于近世以来文风日趋娱情声色("讹滥"),失去文体"六义",而试图指弊拨正,复振文体。指陈所谓"讹滥"之弊,《文心》诸篇所在皆是,兹略为示例:

> 俪采百字之偶,争价一句之奇,情必极貌以写物,辞必穷力而追新。此近世之所竞也。(《明诗》)①

> 而后之作者,采滥忽真,远弃风雅,近师辞赋,故体情之制日疏,逐文之篇愈盛。(《情采》)②

> 然文术多门,各适所好。明者弗授,学者弗师。于是习华随侈,流遁忘反。(《风骨》)③

> 自近代辞人,率好诡巧。(《定势》)④

> 孟轲所云,"说诗者不以文害辞,不以辞害意"也。自宋玉景差,夸饰始盛,相如凭风,诡滥愈甚。……夸过其理,则名实两乖。(《夸饰》)⑤

类似刘勰的不满,在时人著述中多有反映,甚至对文学新变持肯定态度的萧子显亦有同情。其《南齐书·文学传论》云:

---

① 周振甫:《文心雕龙今译·明诗第六》,北京:中华书局,1986年,第61页。
② 周振甫:《文心雕龙今译·情采第三十一》,北京:中华书局,1986年,第287页。
③ 周振甫:《文心雕龙今译·风骨第二十八》,北京:中华书局,1986年,第265页。
④ 周振甫:《文心雕龙今译·定势第三十》,北京:中华书局,1986年,第280页。
⑤ 周振甫:《文心雕龙今译·夸饰第三十七》,北京:中华书局,1986年,第328—331页。

今之文章，作者虽众，总而为论，略有三体。一则启心闲绎，讬辞华旷，虽存巧绮，终致迂回。宜登公宴，本非准的。而疏慢阐缓，膏肓之病，典正可采，酷不入情。此体之源，出灵运而成也。次则缉事比类，非对不发，博物可嘉，职成拘制。或全借古语，用申今情，崎岖牵引，直为偶说。唯睹事例，顿失清采。此则傅咸五经，应璩指事，虽不全似，可以类从。次则发唱惊挺，操调险急，雕藻淫艳，倾炫心魂。亦犹五色之有红紫，八音之有郑、卫。斯鲍照之遗烈也。①

论中所陈三体之病与舍人所谓"讹滥"现象大体一致。有趣的是，今人论定魏晋以降进入"文学自觉"、"审美主义"文学崛起的时代，大多是以刘勰、萧子显等批评家眼中的"讹滥"之文作依据的。

当然，单凭对现实文风的明察与批判不足以成就刘勰论著《文心》之事业，对现实的不满只是外缘。最终选择论著《文心》的最大的动力还是缘于刘勰经世致用的文章价值观，以及树德建言，藉文章命世，名逾金石，生命不朽的人生观。经世致用的文章价值观决定了刘勰不会以庄子无用之用的哲学，或曰今人所谓的文学审美主义，替当时文风辩护，而是采取了一种批判的立场。经世致用的文章价值观源于刘勰对儒家经典皆为圣贤文章的体认："道沿圣以垂文，圣因文而明道，旁通而无滞，日用而不匮。"有了这样的体认，衰败了几百年的经学话语再次敞开，刘勰因此而获得了针砭当世文章的底气，论文辨体的准绳与形上依据。也正是这样的体认充实了魏文"文章乃经国之大业，不朽之盛事"的内

---

①［梁］萧子显：《南齐书卷五十二·列传第三十三·文学》，北京：中华书局，1972年，第908页。

涵,使得刘勰长怀叙志,放出如下豪言:

> 夫宇宙绵邈,黎献纷杂,拔萃出类,智术而已。岁月飘
> 忽,性灵不居,腾声飞实,制作而已。夫人肖貌天地,禀性五
> 才,拟耳目于日月,方声气乎风雷,其超出万物,亦已灵矣。
> 形同草木之脆,名逾金石之坚,是以君子处世,树德建言,岂
> 好辩哉? 不得已也! ①

行文之中,充满了人生的自信与豪迈。当然,刘勰的人生体
认最关键的还有源之于现实生活中南齐武帝推重儒教的鼓舞。②

上述推测虽然不乏事实的根据,但并未解释或有的疑难,如
针对梁绳祎所作刘勰创作《文心雕龙》是受了"名山事业"念想的
驱使之推测③,罗根泽就曾以"'制作'的方面很多,何必独作'论
文'"④相质。此一质疑,《序志》固有自释。刘勰本志在注经,敷
赞圣旨,转而论文实因自视不能成一家之言。且相较一般诗赋文
章而言,论文最接近敷赞圣旨大义。须知最能体现六朝人树德立
言之义的文章是"诸子"之类能成一家之言的论体文。⑤刘勰自
然亦持同样观念,《诸子》篇云:

> 诸子者,入道见志之书。太上立德,其次立言。百姓之
> 群居,苦纷杂而莫显;君子之处世,疾名德之不章。唯英才特

---

① 周振甫:《文心雕龙今译·序志第五十》,北京:中华书局,1986年,第444页。
② 冈村繁认为,南齐武帝推重儒教,是刘勰撰述《文心雕龙》的直接契机。参
　[日]冈村繁:《〈文心雕龙〉中的五经和文学美之关系》,见氏著《冈村繁全
　集》(卷三),上海:上海古籍出版社,2002年,第587—588页。
③ 参梁绳祎:《文学批评家刘彦和评传》,载郑振铎编:《中国文学研究》(下),上
　海:商务印书馆,1927年。
④ 罗根泽:《中国文学批评史》,上海:上海书店出版社,2003年,第216页。
⑤ 参[日]冈村繁:《论曹丕的〈典论·论文〉》,文见氏著《冈村繁全集》卷一,上
　海:上海古籍出版社,2002年。

达,则炳曜垂文,腾其姓氏,悬诸日月焉。①

其义一目了然。最为要紧的还在于,纵观魏晋以来的论文著作,刘勰充满了自成一家之言的自信,这在《序志》表现得非常明显:

> 详观近代之论文者多矣:至于魏文述典、陈思序书、应场文论、陆机《文赋》、仲治《流别》、弘范《翰林》。各照隅隙,鲜观衢路;或臧否当时之才,或铨品前修之文,或泛举雅俗之旨,或撮题篇章之意。魏典密而不周,陈书辩而无当,应论华而疏略,陆赋巧而碎乱,《流别》精而少巧,《翰林》浅而寡要。又君山公干之徒,吉甫士龙之辈,泛议文意,往往间出,并未能振叶以寻根,观澜而索源。不述先哲之诰,无益后生之虑。②

前辈论文,皆未能"振叶以寻根,观澜而索源,不述先哲之诰,无益后生之虑"云云,大有"天不丧斯文",舍我其谁之慨与使命意识。明了以上关节,回首再来看《序志》前此叙述的两个梦境就不会感到意外,且别有一番意味了:

> 予生七龄,乃梦彩云若锦,则攀而采之。齿在逾立,则尝夜梦执丹漆之礼器,随仲尼而南行。旦而寤,乃怡然而喜,大哉圣人之难见哉,乃小子之垂梦欤! ③

七龄之梦可喻刘勰的文才自负;而逾立之梦,又可与孔子梦周公相参。周公之梦隐喻孔子从周之文,复兴礼乐之诚之志;梦"执丹漆之礼器,随仲尼而南行"岂非作者诚志于复振圣贤文

---

①周振甫:《文心雕龙今译·诸子第十七》,北京:中华书局,1986年,第154页。
②周振甫:《文心雕龙今译·序志第五十》,北京:中华书局,1986年,第446页。
③周振甫:《文心雕龙今译·序志第五十》,北京:中华书局,1986年,第445页。

体，敷赞圣旨之象征！孔子曰："有德者，必有言；有言者，不必有德。"合两梦观之，其隐喻，神合孔子"德言"之义。又《左传》云："言，身之文也。"①可见，文才与德性相合，乃成文人；言之文采与言之德性相合而成文体。纵观《文心》论文，其"大体"之义不过如此。据《梁书·文学传下》本传记载，《文心》撰成，"未为时流所称，勰自重其文，欲取定于沈约。约时贵盛，无由自达，乃负其书候约出，干之于车前，状若货鬻者。约便命取读，大重之，谓为深得文理，常陈诸几案"②。可见，撰《文心》又岂止于"名山事业"，仿佛子曰"沽之哉！沽之哉！我待贾者也"情景之再现，于《文心》，刘勰所寄寓者，可谓深矣！③ 其所寄寓者亦可谓担当文德道统而已。

三、刘勰论文辨体之意义

刘勰论文的最切近动机、目的与用心已如上述，那么其论文辨体的意义又何在呢？下面还是从《文心》文本的结构体例中寻求答案。

《文心》辨体，最易引人关注的便是"论文叙笔"，"囿别区分"的文章分类。按六朝人的文笔观念，将文章论次为三类：自《明

①杨伯峻：《春秋左传注·僖公二十四年》，北京：中华书局，2009年，第418—419页。

②参[唐]姚思廉：《梁书卷五十·列传第四十四·文学下·刘勰传》，北京：中华书局，1973年，第712页。

③《程器》篇又谓"君子藏器，待时而动"，"摛文必在纬军国，负重必在任栋梁；穷则独善以垂文，达则奉时以骋绩。若此文人，应梓材之士矣"，此一节足以彰显其论著《文心》之用心。今人视该篇为所谓批评论，失之远矣。其实，《程器》篇，甚或整个《文心》，就是刘勰所谓的"君子藏器"的大文章。

诗》至《哀吊》皆论有韵之文;《史传》以下,则论无韵之笔;而《杂文》《谐隐》二篇,或韵或不韵,故置于中。这里貌似从以韵之有无类别文章之俗,但究其实,刘勰所理解的"文"是兼韵与文采二说而用之的①,是质文之文。故六经、诸子、史传皆可成文而进入"论文"之列,其与"诗"、"赋"之类的区别,不是文笔的区别,更不是今人所谓的文学与非文学的区别,而是文之"体"的区别。

《序志》谓《文心》之作,"本乎道,师乎圣,体乎经,酌乎纬,变乎骚"②,是自述自己为文之枢纽,亦是一般意义上的文章之"体要"或"大体"。《文心》"文之枢纽"言及的文章之体,依"文章"外延的不同,大约有两层含义。作为名词的"文章"——言辞之文体,其体实即文章构成之体。此体含义,鉴之于经典,即所谓"文能宗经,体有六义"之"六义":"一则情深而不诡,二则风清而不杂,三则事信而不诞,四则义直而不回,五则体约而不芜,六则文丽而不淫。"③"六义"之体为所有"正体"文章的标识与准的,是文章体制构成的原则与典范,贯穿上下篇的论述,这是第一层。"六义"之"体"是刘勰"体乎经"得出的辨体结论,但经典文章还不是文章的本源,更不是文体生成的终极依据。而《序志》自谓《文心》之作"本乎道,师乎圣"则是在本源生成意义上使用"文章"的概念,是"文"即"道之文"。《原道》云:

　　　文之为德也大矣,与天地并生者何哉?夫玄黄色杂,方

---

①由《总术》"夫文以足言,理兼诗书;别目两名,自近代耳"语可以见之。黄侃《文心雕龙札记》:"六朝人分文笔,大概有二途:其一以有韵者为文,无韵者为笔;其一以有文采者为文,无文采者为笔。谓宜兼二说而用之。"见氏著《文心雕龙札记》,上海:上海古籍出版社,2000年,第220页。
②周振甫:《文心雕龙今译·序志第五十》,北京:中华书局,1986年,第447页。
③周振甫:《文心雕龙今译·宗经第三》,北京:中华书局,1986年,第30页。

圆体分;日月叠璧,以垂丽天之象;山川焕绮,以铺理地之形:此盖道之文也。仰观吐曜,俯察含章,高卑定位,故两仪既生矣。惟人参之,性灵所钟,是为三才。为五行之秀,实天地之心。心生而言立,言立而文明,自然之道也。

……故形立则章成矣,声发则文生矣。夫以无识之物,郁然有彩,有心之器,其无文欤?

人文之元,肇自太极,幽赞神明,《易》象惟先。庖牺画其始,仲尼翼其终。而《乾》《坤》两位,独制《文言》。言之文也,天地之心哉!

……爰自风姓,暨于孔氏,玄圣创典,素王述训,莫不原道心以敷章,研神理而设教,取象乎《河》《洛》,问数乎蓍龟,观天文以极变,察人文以成化;然后能经纬区宇,弥纶彝宪,发挥事业,彪炳辞义。故知道沿圣以垂文,圣因文而明道,旁通而无滞,日用而不匮。《易》曰:"鼓天下之动者存乎辞。"辞之所以能鼓天下者,乃道之文也。①

"道之文"包括天文地理的"自然之文"与成化人文之"人文"两个方面,贯穿这两个方面的是自然之道的生成变化。而自然之道向人文之道生成的关键是"天地之心"的成立。"天地之心"实即参天地的圣人之用心。所以说,"道沿圣以垂文,圣因文以明道,旁通而无滞,日用而不匮"。正因为圣人"莫不原道心以敷章,研神理而设教,取象乎《河》《洛》,问数乎蓍龟,观天文以极变,察人文以成化",故其文章"文成规矩,思合符契;或简言以达旨,或博文以该情,或明理以立体,或隐义以藏用","繁略殊形,隐显异

---

①周振甫:《文心雕龙今译·原道第一》,北京:中华书局,1986年,第9—14页。

术,抑引随时,变通适会"。① 一言以蔽之,圣人文章以"易"体为
"体"。子夏《易传》云:"夫易者,刚柔相推,情伪相偶者也。"② 郑
康成作《易赞》云:"易一名而含三义:易简,一也;变易,二也;不
易,三也。"③ 可见"易"之为"体",性情文采,自然符契;简易而通
达,变易而有常。"易"之为体,是《文心》"文体"的第二层含义,具
有本源、本体的意义。"易体"为用的本质,实即"通变"。

观《文心》论文辨体实以"通变"为要义。因"酌乎纬,变乎骚"
而立《正纬》《辨骚》之篇于"文之枢纽"之区,以明经典文章体变之
肇始;《通变》"文律运周,日新其业。变则可久,通则不乏","矫
讹翻浅,还宗经诰,斯斟酌乎质文之间,而檃括乎雅俗之际,可与
言通变矣"④,《定势》"循体而成势,随变而立功"⑤,《时序》"时运
交移,质文代变","文变染乎世情,兴废系乎时序"⑥,《物色》"古
来辞人,异代接武,莫不参伍以相变,因革以为功,物色尽而情有
余者,晓会通也"⑦,凡上诸端无不在突出文体通变的宗旨。至
于自《明诗》至《书记》二十篇,《序志》名为"囿别区分",实则不过
绳之经体"六义",以陈文体繁衍之实,以明文体通变之理。詹锳
《义证》云:"'原始以表末'是论述每一体文章的起源和流变。'释

---

① 参周振甫:《文心雕龙今译·征圣第二》,北京:中华书局,1986年,第20页。
② [周]卜商:《子夏易传》卷七,《文渊阁四库全书》第7册,第100页。
③ 李学勤主编:《十三经注疏·周易正义·卷首》,北京:北京大学出版社,1999
　年,第5页。
④ 周振甫:《文心雕龙今译·通变第二十九》,北京:中华书局,1986年,第274、
　271页。
⑤ 周振甫:《文心雕龙今译·定势第三十》,北京:中华书局,1986年,第278页。
⑥ 周振甫:《文心雕龙今译·时序第四十五》,北京:中华书局,1986年,第392、
　404页。
⑦ 周振甫:《文心雕龙今译·物色第四十六》,北京:中华书局,1986年,第412页。

名以章义',是解释各种文体名称的含义,就是从每一体文章的命
名上来表明这类文章的性质。'选文以定篇',是选出各种文体的
代表作品来加以评定,就是评论每一体文章的代表作家和代表作
品。'敷理以举统',是敷陈事理来举出文章的体统,就是说明每
一体文章的规格要求,或标准风格。"① 这里举《明诗》篇为例。自
"大舜云"至"莫非自然",属释名以章义。自"昔葛天氏乐辞云"至
"而纲领之要可明矣",属原始以表末,选文以定篇,亦即叙诗体源
流以及评定历代代表作家和代表作品。以下敷理以举统。推诗
体缘起,始于葛天、黄帝乐辞《玄鸟》《云门》,至尧有《大唐》之歌,
舜造《南风》之诗。观其文体,辞达而已,亦即偏于质。逮及近世
"俪采百字之偶,争价一句之奇,情必极貌以写物,辞必穷力而追
新",文体竞文。始质末文,皆属偏枯文体。其间,唯"《雅》《颂》圆
备,四始彪炳,六义环深",也就是说,至文质彬彬的《诗经》方得诗
体典要,该"情深而不诡"之"六义",而与诗体"持人情性"名义相
符契。至于五言之变,《古诗》为其冠冕,因为"观其结体散文,直
而不野,婉转附物,怊怅切情",核之《诗经》、"六义",变而通之,不
失体要。"若夫四言正体,则雅润为本,五言流调,则清丽居宗",
此为"举统",说的是诗以"四言"为正体(《诗经》以四言居正),
"五言"为变调。"四言"本色"雅润","五言"主调"清丽"。可见,
诗体有正、变,风格亦不一。"举统"是归纳现象,说明道理,亦即
"敷理"之意。"华实异用,惟才所安"、"随性适分,鲜能通圆"便是
其所敷之理。② 此正如黄侃《札记》所言,"已将古今家数派别不

---

① 参詹锳:《文心雕龙义证》,上海:上海古籍出版社,1989年,第1926—1927页。
② 参周振甫:《文心雕龙今译·明诗第六》,北京:中华书局,1986年,第61、56、
 58、62页。

同之故包罗无遗矣"①。以上示例可证,举以史实以明文体通变之理,确是二十篇"文体论"的主旨。《神思》以下,"割情析采,笼圈条贯",总二十四篇,今人或谓之"创作论"、"批评鉴赏论",或统谓之"文术论"。究之二十四篇,固然论及文章创作与批评鉴赏,亦即为文、识文之术,但纵观二十四篇内容,结合《序志》"古来文章,以雕缛成体"之说,可以说其核心则在于分析文体构成,概括文章如何散文,如何"雕缛成体"之规律。②上篇纵向文体论以"原道"、"征圣"、"宗经"为本源,下篇横向文体论则以"才性"、"性情"为枢纽。而连接文体"源流论"与"才性"论、"性情"论,打通古今的无非"通变"之理。《通变》有云:"夫设文之体有常,变文之数无方,何以明其然耶?凡诗赋书记,名理相因,此有常之体也;文辞气力,通变则久,此无方之数也。名理有常,体必资于故实;通变无方,数必酌于新声;故能骋无穷之路,饮不竭之源。"其《赞》曰:"望今制奇,参古定法。"③故条贯下篇二十四篇的必然是"通变"的道术与道理。前此所举《通变》《定势》《时序》《物色》无须赘言,其他诸篇,亦无不蕴含文体通变之义,例如:

　　若情数诡杂,体变迁贸。拙辞或孕于巧义,庸事或萌于新意。视布于麻,虽云未费,杼轴献功,焕然乃珍。④

　　八体虽殊,会通合数,得其环中,则辐辏相成。故宜摹体

---

① 黄侃:《文心雕龙札记·明诗第六》,上海:上海古籍出版社,2000年,第31页。

② 参周振甫:《文心雕龙今译·序志第五十》,北京:中华书局,1986年,第448、443页。

③ 参周振甫:《文心雕龙今译·通变第二十九》,北京:中华书局,1986年,第269、274页。

④ 周振甫:《文心雕龙今译·神思第二十六》,北京:中华书局,1986年,第250—251页。

以定习,因性以练才,文之司南,用此道也。①

　　若夫镕铸经典之范,翔集子史之术,洞晓情变,曲昭文体,然后能孚甲新意,雕画奇辞。昭体,故意新而不乱,晓变,故辞奇而不黩。②

　　情理设位,文采行乎其中。刚柔以立本,变通以趋时。③

　　是以将阅文情,先标六观:一观位体,二观置辞,三观通变,四观奇正,五观事义,六观宫商。斯术既形,则优劣见矣。④

比较特别的是《程器》一篇,纪昀评《程器》"彦和亦愤而著书者",又云"有激之谈,不为典要"。意思是《程器》的价值在言志抒情,在其文章,而之于全书的理论结构并不重要。《程器》兴寄明显,明眼人都能看得出。刘永济《校释》以历史学眼光对此作了剖析,刘氏云:

　　今细绎其文,可得二义:一者,叹息于无所凭借者之易招讥谤;二者,讥讽位高任重者,怠其职责,而以文采邀誉。于前义可见尔时之人,其文名藉甚者,多出于华宗贵胄,布衣之士,不易见重于世,盖自魏文时创为九品中正之法,日久弊生……宋齐以来,循之未改。……至隋文开皇中,始议罢之,是六代甄拔人才,终不出此制,于是士流咸重门第,而寒族无进身之阶,此舍人所以兴叹也。于后义可见尔时显贵,但以辞赋为勋绩,致国事废弛。盖道文既离,浮华无实,乃舍人之

---

① 周振甫:《文心雕龙今译·体性第二十七》,北京:中华书局,1986年,第258页。
② 周振甫:《文心雕龙今译·风骨第二十八》,北京:中华书局,1986年,第264页。
③ 周振甫:《文心雕龙今译·熔裁第三十二》,北京:中华书局,1986年,第292页。
④ 周振甫:《文心雕龙今译·知音第四十八》,北京:中华书局,1986年,第432页。

所深忧,亦《文心》之所由作也。①

　　刘氏解释了作者郁郁之情的来由,说明了作者著述的动机。依此解释,其内容应入《序志》篇,似无独立成篇的必要。故纪昀"不为典要"的问题仍然存在。实际上,《文心》下篇的文体论论述是以"才性"、"性情"论为枢纽的。《论衡·程材》篇云:"世名材为名器,器大者盈物多。然则儒生所怀,可谓多矣。"②"程器"实即"程才",《程器》自然可视为下篇的总结性论述。当然,本篇的才器的意义与《体性》《才略》诸篇的"才性"专指文章之士的偏才尚有所区别,诚如詹锳所言,它"包括道德品质、政治识见在内的全面的修养"③。但刘勰《文心》在汉魏六朝特异独出,截断众流的地方恰恰在于,论文章缘起,打通天文人文,直抵圣贤道德文章。《周易·系辞》云:"形而上谓之道,形而下谓之器。化而裁之谓之变,推而行之谓之通。"④才器有大小,圣贤之器乃道德成化之器。故圣贤文章自然彪炳,达政致用。《程器》篇立足于德行而论德行化文体而达政致用,其实质乃"道沿圣以垂文,圣因文以明道,旁通而无滞,日用而不匮"所言圣贤文章体用通变理论的回响,既升华了下篇才性文体论,又回护突出了"本乎道,师乎圣,体乎经"之主旨。至此,文章义脉周流,神气完足,文体圆成。

四、文体通变:动态的整体和谐观

　　"通变"思想可谓贯穿《文心》全书,那么其本质究竟是什么

①刘永济:《文心雕龙校释》,北京:中华书局,1962年,第188—189页。

②黄晖:《论衡校释》,北京:中华书局,1990年,第545页。

③参詹锳:《文心雕龙义证》,上海:上海古籍出版社,1989年,第1868页。

④李学勤主编:《十三经注疏·周易正义·系辞上》,北京:北京大学出版社,1999年,第292页。

呢? 对刘勰"通变"思想的理解,龙学界的传统观点无外乎如下两种:

(一)复变说。纪昀云:

> 齐梁间风气绮靡,转相神圣,文士所作,如出一手,故彦和以"通变"立论。然求新于俗尚之中,则小智师心,转成纤仄,明之竟陵、公安,是其明征,故挽其返而求之古。盖当代之新声,既无非滥调,则古人之旧式,转属新声,复古而名以"通变",盖以此尔。①

"复古而名以通变",是说刘勰以复古变今为通变。黄侃亦持同调,氏著《文心雕龙札记》云:"此篇大指,示人勿为循俗之文,宜反之于古……彦和此篇,既以通变为旨,而章内乃历举古人转相因袭之文,可知通变之道,惟在师古,所谓变者,变世俗之文,非变古昔之法也。"②

(二)通古与新变并重说。刘永济云:

> 此篇本旨,在明穷变通久之理。所谓变者,非一切舍旧,亦非一切从古之谓也,其中必有可变与不可变者焉;变其可变者,而后不可变者得通。可变者何? 舍人所谓文辞气力无方者是也。不可变者何? 舍人所谓诗赋书记有常者是也。舍人但标诗赋书记者,略举四体,以概其余也。诗必言志,千古同符,赋以讽谕,百手如一,此不可变者也。故曰:"名理相因,有常之体。"若其志孰若,其辞何出,作者所遇之世,与夫所读之书,皆相关焉,或质或文,或愉或戚,万变不同。此不

_____

① [南朝梁]刘勰著,[清]黄叔琳注,[清]纪昀评,李详补注,刘咸炘阐说,戚良德辑校:《文心雕龙·通变第二十九》,上海:上海古籍出版社,2015年,第187页。

② 黄侃:《文心雕龙札记》,上海:上海古籍出版社,2000年,第104页。

可不变者也。故曰："文辞气力,无方之数。"准上所论,舍人于常变之界,固分之甚明矣。①

日本学者斯波六郎亦有相同理解,氏曰:"通变——此语盖据《系辞上》传,但其义互异。此篇之用法,'通'者与前人之作相同,即师古之意。'变'者时代之变化,即作者之创作。从'参伍因革,通变之数也'观之,'参伍'谓'变','因革'谓'通'(《物色》第四十六:"莫不参伍以相变,因革以为功。"),从'望今制奇,参古定法'观之,上句谓'变',下句谓'通'。范氏注三谓'此篇虽旨在变新复古'云云,盖据自黄侃《札记》'所谓变者,变世俗之文'语,恐非彦和之所谓'变'之意。"②通古与新变并重,也就是通常所谓的继承与革新相结合。该说在龙学界极具代表性。

与传统观点对"通变"的理解局限于《通变》本篇不同,新锐的研究认为,刘勰的"通变"思想是《文心》全书文章论述的基点,是《文心》全书论述的思维结构与基本图式。学者吴海清对"继承与创新"说作过如下批评:

> 应当说,刘勰《通变》篇确实谈到了"规略文统,宜宏大体"的规范与"凭情以会通,负气以适变"的变化之间的关系。但是,"规范与变化"并不就是"继承与创新"。首先,将"通"理解为文学发展过程中的"前后相继"并不符合刘勰的原意。刘勰所理解的"通"指的是存在于所有文学活动中、贯穿具体历史阶段的普遍性规范,这种规范是自古至今一直保持统一性的存在,不受历史的影响,当然也不能被理解成发展过程

---

① 刘永济:《文心雕龙校释》,北京:中华书局,1962年,第110—111页。
② [日]斯波六郎:《文心雕龙范注补正》(汉译本),黄锦鋐编译:《文心雕龙论文集》,台北:学海出版社,1979年,第73页。

中前后相继的问题。其次，在刘勰时代不存在"创新"的理论，"创新"理论描述的是不断进步、面向未来的开放性过程，是一个远离道也远离经典的往而不复过程。这种观点与刘勰的文学历史观中强调道的至高无上和永恒是大相径庭的。刘勰肯定文学活动的变化，讲过"文律运周，日新其业"，但这里的"新"指的是文学史前后的差异，而不是带有进化意义的"创新"。

在吴氏看来，《文心》是在《易》的文化空间中构思文学变化与形而上的世界本体之间关系的，"通变"是"要在形而上的'道'与变动的历史世界中探索统一关系"。具体言之，所谓"变"，是文学"要因时代及创作者的'志气'之不同而变化，要'各师成心，其异如面'，使作者的创作个性得以充分表现，要做到'歌谣文理，与时推移'，使文学能将时代生活全面表现出来，要能'通变无方，数必酌于新声'，使文学的美学探索对各种可能性保持开放。这是一个具体的历史世界"。所谓"通"，"是文学活动要'神理共契，政序相参'，保证文学变化发生于其中的文化空间的连续性和整体性，要'巨细或殊，情理同致'，使文学创作能体现天地之理、人伦之序，要保证文学的变化能够回到整体性的统一中，不至于'不能复化'。这是一个超历史的形而上世界"①。

吴氏建立在《易》哲学基础上的论说以及对"复变"说、"继承与创新相结合"说的批判，无疑是深刻的，也是中肯的。但由于其整个论述偏于形而上学，而有意无意之中又似乎忽略了刘勰所面对的具体文学世界，故而难免有过度阐释之嫌，如"使作者的创作

---

① 以上参吴海清：《形而上世界与历史世界的统一——释刘勰的通变观》，《南京师范大学文学院学报》，2005年第3期。

个性得以充分表现"云云很难说代表了刘勰本意；此外，也导致了有关论述暧昧而不能尽意，如谓刘勰所理解的"通"，一方面说"指的是存在于所有文学活动中、贯穿具体历史阶段的普遍性规范，这种规范是自古至今一直保持统一性的存在，不受历史的影响"，一方面又说指的"是文学活动要'神理共契，政序相参'，保证文学变化发生于其中的文化空间的连续性和整体性，要'巨细或殊，情理同致'，使文学创作能体现天地之理、人伦之序，要保证文学的变化能够回到整体性的统一中，不至于'不能复化'"。两说显然是矛盾的，前者"普遍性规范"不受历史影响，而置于后者语境，"普遍性规范"不可能不受历史影响。其实，无论形而上的"道"还是"普遍性规范"都是在变动的历史世界中呈现的，不可能不受历史的影响。吴氏未及阐明的意义是，"通变"思想的核心是整体和谐的思想。实现"整体和谐"是文学活动的普遍规范，是"通"的源动力与标的，而"整体和谐"又是动态的，是因时序变化及作家才性、文辞气力差异等变数所促成的变异重构，即通而变之。概而言之，刘勰"通变"思想的要义是"动态的整体和谐"观。

台湾学者陈秀美亦认为"通变"观是《文心雕龙》理论体系的基础性观念，与吴氏不同的是陈氏的论说限定在六朝人的"文体"观念中。在陈氏看来，"刘勰乃以'通变'的观念贯串全书，建构一部以'文体'为范畴的理论专著"。陈氏首先分析揭示了"通变"一词所具有的"辩证性"义涵：

　　何谓"通变"？从"通变"一词的语词概念义分析与界定，可以得出"通变"是具有"辩证性"义涵的复词，因此从"通"字之"共通"、"贯通"、"通晓"与"通达"之义，可以推论出"通"本身隐含着"客观事物"之"道"的"共通"与"贯通"义涵，以及"主观认知"之人的"通晓"与"通达"义涵，而且在"客观事物"

与"主观认知"两者之间的"通"字,自然形成一种辩证迴圈的形式。至于"变"字之"变化"、"变动"、"流变"、"变通"与"权变"之义,同样也隐含着"客观事物"之"变化"、"变动",或"流变"的义涵,以及"主观认知"之"变通"与"权变"义涵,两者之"变"也是具有辩证性义涵。同时从《周易》"通则变,变则通,通则久"的观念中,也可看出"通变"一词,在中国文化思想的发展中,其本身隐含着"辩证性"的宇宙规律与文化思想思维。

以上现代性释义,呼应作者的一个基本假定:《文心雕龙》"文体通变观",预设了"文体"是一种处在"动态历程"中的文化产物。此一假定又直接源于颜昆阳《论〈文心雕龙〉"辩证性的文体观念架构"》①一文所提出的"辩证性的文体观念"说。在陈氏看来,其议论焦点虽非"通变",但其所论《文心雕龙》之文体观念的"辩证性"架构本身,其实隐含着文体的"通变"观念。而陈氏反思的最终目的则是要凸显"文体通变观"作为《文心雕龙》理论体系基础性观念的地位:

> 重新解读刘勰《文心雕龙》"文体通变观",应先从刘勰如何运用"通变"之辩证思维,使其成为全书文体理论之"主客辩证融合"的哲学基础,所以对于"通变"之"辩证性关系"(事物与事物间的相互对立与统一的结构)在刘勰的运用中,所展现之"本体与现象"、"普遍与殊异"、"主体与客体"的辩证性结构,以及其体现"文体"演变历程之"万物并作,吾以观复"的"变与不变"、"往复代变"的辩证性规律等,都是刘勰展现其"化而裁之存乎变,推而行之存乎通"(《周易》)的"通变"

---

① 参颜昆阳:《论〈文心雕龙〉"辩证性的文体观念架构"——兼辨徐复观、龚鹏程〈文心雕龙的文体论〉》,载氏著《六朝文学观念丛论》,台北:正中书局,1993年,第94—187页。

哲学观,这种结合中国传统文化之"辩证逻辑"思维,是刘勰将"通变"从天道、人道之"实在层"与"思维层"中,具体落实在文学的"语言层"上,于是形为其"文体通变"的文学观点,于是"通变"不但是文体"生成"的原理原则,也是文体"创作"与"批评"等的实践性法则。①

陈氏的"辩证性"解释模式,立足于刘勰"通变"之辩证思维,及其"辩证性的文体观念"假定,从历时与共时两个维度,论说了《文心雕龙》作为"文体论"体系的逻辑统一性。此一解释模式视"文体通变观"为《文心》全书理论架构逻辑统一性的基础,是合乎实际的,无疑具有理论概括力和阐释力。但同时我们亦不难发现,作者所依托的颜昆阳"辩证性的文体观念"说引进了现代认识论哲学的主、客范畴,而其本人对"通变"观念"辩证性"的阐释又显然依托超越主、客观念的中国传统的生命哲学。认识论哲学与生命哲学能否有效融合是一个极大的问题。刘勰曾明确指出时文"去圣久远,文体解散,辞人爱奇,言贵浮诡,饰羽尚画,文绣鞶帨,离本弥甚,将遂讹滥"(《序志》篇),这里所谓的"文体"解散、讹滥,或许涉及"质"、"文"关系的范畴,但显然与"主客辩证融合"与否无关。如从"主客辩证融合"的视角去看,"爱奇"、"浮诡"的文章仍然不失为"主客融合",因为人们自然不难从"爱奇"、"浮诡"的言辞中发现一个与之相应的主观精神世界——以今人之论,这里有一个对客观世界作纯粹审美观照并娱乐于其中且发挥着游戏精神的主观。可见,如果要套用现代的哲学、美学话语,我们可

①以上参陈秀美:《反思〈文心雕龙〉"文体通变观"之近现代学者的问题视域》,中国《文心雕龙》学会编:《文心雕龙研究》第9辑,保定:河北大学出版社,2011年。

以说刘勰深忧的"文体解散"之本质在于文章作为形式主义的审美空间脱离了现实整体世界秩序而自在，这样的自在对应的是审美、游戏、娱乐的主观精神，人的片面主体性。对此，传统的生命哲学意识是无法理解也是无法接受的。因为，它意味着文章生成得以发生的"天文——人文"交感互渗、自然绵延的文化空间秩序构成的连续性和整体性之崩解：彝伦失叙，文学活动失去了天道、人伦、性情作为有机世界的生命贯通与和谐。

质言之，陈氏"辩证性"解释模式未能把握刘勰"文体通变观"作为立足于生命哲学基础的"动态整体和谐"观的要义。以"动态整体和谐"来定义"文体通变观"，使得我们对刘勰《文心》创作之性质有了更深体认——《文心》一如太史公所言，乃"究天人之际，通古今之变，成一家之言"的文体创构。此外，若衡之"动态整体和谐"的"文体通变观"，我们不能不说，今人以六朝"文体论"作中国超越功利的审美主义文学自觉之标志，失之远矣。

五、文章体类与文统

以"动态的整体和谐"的"文体通变观"反观文章，文章首先必须是形神兼备、文质彬彬、表里一体且各构成要素高度有序、和谐统一的有机整体。此所谓文必有体，方成文章，文章是个体意义上的文体。但个体意义上的文体并不是自我封闭的，因为此种意义上的任何文体，其个体性都是由其语言样式及其风貌特色显现的。而这种语言样式及其风貌的生成是超越作者个人因素的，并非单凭作者的先天才气等自然因素决定的。

《体性》云："才力居中，肇自血气；气以实志，志以定言。"才、气固然为作者个人的先天因素，但"力"、"志"显然都与后天学习、染习有关。故刘勰强调"夫才有天资，学慎始习"；"宜摹体以定习,因性以练才"。① 定习之"体"便是文类之"体","因情立体,即体成势"②,"规范本体","设情以位体"③,其"体"皆指文类之"体"。为文不仅要有摹体定习,因性练才的训练,而且临事缀文成篇,亦须"曲昭文体",方能构思运笔。文类之"体"是有常之"体","凡诗赋书记,名理相因,此有常之体也",曲昭文体,便是详察明辨不同名理的文类文体。"名理有常,体必资于故实"④ 意味着个体意义上的文体创作,都是在先在的文类文体的历史文化空间中发生的。这一历史文化空间代表了超越作者个人才情、气质的文化秩序,先在的文化秩序规定了文体的人文意义和美学目的。就此而言,龚鹏程针对徐复观"文体论",说刘勰等六朝人心目中"文体"本来就是指文章体裁,是"语言文字的形式结构,是客观存在,不与作者个人因素相关涉的语言样式",虽不无武断,但其谓"'设情以位体',不是素朴地感物吟志而已"、刘勰"不是由才性规定文体"等观点⑤ 仍然是有道理的。依龚氏看法,刘勰之所以说"弃术任心,如博塞之邀遇","才之能通,必资晓术"⑥,要强调文术,"乃是在文体论思考下,由文气论那种'引气不齐,虽在父兄,不能以移子弟'的天才说脱化转出的制衡观点。一方面具体

---

① 参周振甫:《文心雕龙今译·体性第二十七》,北京:中华书局,1986年,第257、258页。

② 周振甫:《文心雕龙今译·定势第三十》,北京:中华书局,1986年,第276页。

③ 参周振甫:《文心雕龙今译·熔裁第三十二》,北京:中华书局,1986年,第292、293页。

④ 周振甫:《文心雕龙今译·通变第二十九》,北京:中华书局,1986年,第269页。

⑤ 参龚鹏程:《〈文心雕龙〉的文体论》,载氏著《中国文学批评史论》,北京:北京大学出版社,第127、132、133页。

⑥ 参周振甫:《文心雕龙今译·总术第四十四》,北京:中华书局,1986年,第383、382页。

指出术有恒数，可以制巧拙；一方面借此将文气论消融于文体论中，承认才气是创作者最主要的动力，但才气须依文术之运作，体现于文体之中，乃能有所表见"①。其实，龚氏看到的是文类文体对个体意义上的文体创作的范导作用。文类文体的范导作用，往往是通过"术"来实现的。《章句》云："句司数字，待相接以为用；章总一义，须意穷而成体。其控引情理，送迎际会，譬舞容回环，而有缀兆之位；歌声靡曼，而有抗坠之节也。"②龚氏认为"抗坠之节、舞踏之位，不是用来'表现'情理，而是'控引'情理的"。③龚氏的说法大义是明确的，但"表现"情理的说法似有含混之嫌，主观之情自然可以说表现，而客观之理则不好说是表现。这里的含混也导致了对"控引情理"一语理解的含混。何谓"控引情理"，龚氏没有更多的说明。笔者以为，其理解不仅要结合"缀兆之位"、"抗坠之节"的比喻，还要与"送迎际会"一语合参。"送迎际会"说的是情理之关系。送者是情，迎情者是理，会情合理之义明矣。"控引情理"与"按部整伍，以待情会"近义，"部伍"是"理"，其用会"情"。"情"，"洞晓情变"之"情"，不但指作者情感之情，亦包括作者的情思、想象与世情；其"理"，《文心》总谓之"文理"。此"文理"又与"名理相因"的文类文体的范式相应。"控情引理"，换种说法也就是以"文体"之理导引"情性"。此合乎五经"义既埏

①参龚鹏程：《〈文心雕龙〉的文体论》，载氏著《中国文学批评史论》，北京：北京大学出版社，2008年，第132页。

②周振甫：《文心雕龙今译·章句第三十四》，北京：中华书局，1986年，第307页。

③参龚鹏程：《〈文心雕龙〉的文体论》，载氏著《中国文学批评史论》，北京：北京大学出版社，2008年，第131—133页。

乎性情,辞亦匠于文理"①、"雕琢性情,组织辞令"②之体义。故《总术》又云:"才之能通,必资晓术,自非圆鉴区域,大判条例,岂能控引情源,制胜文苑哉。"③"控引情理"的根本在"控引情源",其"源"便是"宗经",圣人经典才是文类文体名理相因的本源。

综上可见,正文类之名,析文类之理,以成文章个体,以明文章统绪是刘勰文章辨体的一个重要方面。此举的意义在于,通过对文类文体文理格律意义的强调,来保证所有文章个体变化能在一个更大的历史文化空间秩序中各就各位,因此使得这一历史文化空间不失其整体性和连续性。

由于"文体通变观"以"动态整体和谐"为义,故它预设了个体意义上的文体与类别意义上的文体之统一性。同时,在类别意义上,"和谐整体"的文体标准也预设了文体正变统一而不分轩轾。《风骨》云:

> 若夫镕铸经典之范,翔集子史之术,洞晓情变,曲昭文体,然后能孚甲新意,雕画奇辞。昭体,故意新而不乱,晓变,故辞奇而不黩。④

文中"文体"实指文类文体,体通经典之范,子史之术。以此文体会合情变,而后能"孚甲新意,雕画奇辞",自然生成"意新而不乱,辞奇而不黩"的文章新体。20世纪的法国超现实主义诗人彼埃尔·勒韦尔迪曾经说过:"文艺作品的逻辑体现在它的结构上。只要作品的整体是均衡的,只要保持着整体,那么它就是合乎逻辑的。在某些混合性的作品中,保留过去遗下来的东西是为

---

①周振甫:《文心雕龙今译·宗经第三》,北京:中华书局,1986年,第26页。
②周振甫:《文心雕龙今译·原道第一》,北京:中华书局,1986年,第12页。
③周振甫:《文心雕龙今译·总术第四十四》,北京:中华书局,1986年,第382页。
④周振甫:《文心雕龙今译·风骨第二十八》,北京:中华书局,1986年,第264页。

了引进似乎是新的东西。结果,这种由不同的两部分构成的作品却较完整的作品更容易被人接受。"① 现代诗人的似乎矛盾的表述,如果用来观照刘勰的文体创作论中文类文体建构个体文体的逻辑,不仅不矛盾,而且可转换成对文体创作论的一个非常不错的现代描述。

文类文体建构的逻辑同时亦可表达为文体正、变的统一。《明诗》云：

> 故铺观列代,而情变之数可监;撮举同异,而纲领之要可明矣。若夫四言正体,则雅润为本;五言流调,则清丽居宗;华实异用,惟才所安。故平子得其雅,叔夜含其润,茂先凝其清,景阳振其丽;兼善则子建仲宣,偏美则太冲公幹。然诗有恒裁,思无定位,随性适分,鲜能通圆。若妙识所难,其易也将至;忽以为易,其难也方来。至于三六杂言,则出自篇什;离合之发,则萌于图谶;回文所兴,则道原为始;联句共韵,则柏梁余制;巨细或殊,情理同致,总归诗囿,故不繁云。②

情变促成了文体的多样性和流变,于是,诗之体类便有了四言正体与五言变体之别。虽然"正体"、"流调"有强分文体品类之嫌,但在诗体大类中,正体、变体是不分轩轾而统一的。因为无论变体如何,只要不失"纲领之要","情理同致,总归诗囿"。问题的关键在于,文类文体的建构是在不解构道源、经典、六义的整体文化空间中发生的,不失"自然——人伦"的整体和谐,否则"变体"就演化成"谬体"、"讹体"的文体解散与衰蔽了。正因此关节,刘

①［法］昂利·巴比塞等著,王忠琪等译：《法国作家论文学》,北京：生活·读书·新知三联书店,1984年,第134页。
②周振甫：《文心雕龙今译·明诗第六》,北京：中华书局,1986年,第62页。

勰将《楚辞》视作《诗经》"变体",称扬其为"取镕经旨,自铸伟辞","体宪于三代,而风杂于战国,乃《雅》《颂》之博徒,而词赋之英杰也",终置《辨骚》之篇于《文心》"文之枢纽"之区。

要之,刘勰《文心雕龙》的文章体类之辨关乎"文统"——文章体统的建构。

第四节　"礼体"与文类文体之发生

行文至此,我们不得不直面文类文体生成的问题了。如果抽象点说,则所有个别文体的存在总有其可辨识或直觉把握的特征在。具有相同或近似特征的个别文体,便可归为同一类文体。换言之,文类文体是通过后人的逻辑归纳而生成的。但问题在于,放眼古代文体分类的事实,逻辑归纳的生成说难免捉襟见肘。如果逻辑归纳的生成说为历史事实的话,则古代文章的分类应该日趋概括与简约,应该有一个统一的逻辑标准,但事实却恰恰相反。宋代真德秀《文章正宗》的分类是空前绝后的另类,况且,其"辞命、诗赋、叙事、论说"四分①也并非严格遵循了统一的逻辑标准。基于古代文章分类实际情形,部分学者干脆将分类学清理出文体学门户,把"体裁"、"文类"的概念从"文体"中剥离出去,试图通过纯洁文体概念而取消问题。如徐复观、姚爱斌等人的做法就是如此。无论是徐氏的"艺术的形象"的文体定义,抑或姚氏的"文章整体"的文体概念设定,都只是罔顾事实的鸵鸟策略。仅就《文心》而言,如"详观论体"之类的说法所在多是,我们能说其"体"无关"文体",无关"文类"吗?

---

① [宋]真德秀:《文章正宗·纲目》,《文渊阁四库全书》第1355册,第5页。

　　吴承学、李冠兰二位学者撰文就中国早期文体观念的发生作了专门探讨,他们认为:"命篇与命体是文体观念发生最重要的表现形态。篇章的出现是文体产生的基础,篇章意识的出现可以视为文体观念的萌芽。命篇标志了篇的独立,反映了古人对篇的内容、结构等方面的认识,是文体认定与命体的前提,命体是文体观念发生的标志。"① 传统的命篇、命体无疑基于文章篇体意识,但中国传统篇体意识不能简单视为自足的个体意识,而是有机整体观念与个体观念、类别观念的先在统一。就篇体自身而言,篇体意识即有机整体观念;就篇体自身以外更大的文化秩序空间、有机整体或过程而言,篇体意识既是文章篇体的个体意识也是文章篇体的类别意识。两者显性的统一是命名,是命名行为不可分割的两个面向。文章命名行为既是对文章篇体构成的结构性特征的发现,也同时是对文章活动置身于其间的文化世界秩序的发现和规划。

　　缘起于命名行为的传统文体观念及其现实是,篇体与体类划分绝非简单的分析、抽象而后归纳别类的关系逻辑,这在文章命名行为的成熟形态——篇名与体类名组合为题,如《天子游猎赋》《神雀颂》《州箴》之类中可以明显看出。为何如此?答案在于:文章类体观念的发生并不始于文献称引、文献整理、文章结集,而是始于礼乐活动中的言语行为的命名。礼乐行为的命名显然从属于礼乐的体制,是在整个礼乐文化的秩序空间中发生的。任何一次礼乐言语行为的发生,无论其具体内容如何,但都必须合乎礼的义类。《左传》载:"晋侯与诸侯宴于温,使诸大夫舞,曰:'歌诗

---

① 吴承学,李冠兰:《命篇与命体——兼论中国古代文体观念的发生》,《中国社会科学》,2015年第1期。

必类。'齐高厚之诗不类。"① 其中的"类"就是礼的义类。孔子曰："必也正名乎……名不正,则言不顺;言不顺,则事不成;事不成,则礼乐不兴;礼乐不兴,则刑罚不中;刑罚不中,则民无所错手足。故君子名之必可言也;言之必可行也。"② 孔子的"正名"亦即辨礼的义类。《左传·哀公十六年》载子赣论鲁哀公诔孔子:"生不能用,死而诔之,非礼也。"③《礼记·曾子问》论诔:"贱不诔贵,幼不诔长,礼也。唯天子称天以诔之。诸侯相诔,非礼也。"④《左传·襄公十九年》记载臧武仲论季武子作铭:"非礼也。夫铭,天子令德,诸侯言时计功,大夫称伐。今称伐,则下等也;计功,则借人也;言时,则妨民多矣。何以为铭?"⑤ 以上都是辨言语行为合乎礼类的论述,诔、铭之名都是特定礼乐言语行为的义类之名。于此,礼类命名在先,命名本身即已规定好礼乐言语行为的类义;辨类就是辨每一次发生的礼乐言语行为是否合乎其义类,也都是正名。正名辨类的目的、意义无非是要维持个别的言语行为与礼乐文化空间的整体性和谐,保证礼乐文化整体性和谐的延续。可见,个别言语行为的具体自其发生时就已包含在礼类之中——个体即类,类即个体,其所意味的是礼乐文章(言者,身之文也)的观念和礼学思维的逻辑。

　　最早的文本文献显然来自礼乐文化及其言语行为的文字存留,故后世的文献整理分类及命名行为必然要因袭礼乐文化的架

---

① 杨伯峻:《春秋左传注·襄公十六年》,北京:中华书局,2009年,第1026—1027页。

② 杨伯峻:《论语译注·子路篇第十三》,北京:中华书局,2009年,第131—132页。

③ 杨伯峻:《春秋左传注·哀公十六年》,北京:中华书局,2009年,第1699页。

④ 李学勤主编:《十三经注疏·礼记正义·曾子问》,北京:北京大学出版社,1999年,第601页。

⑤ 杨伯峻:《春秋左传注·襄公十九年》,北京:中华书局,2009年,第1047页。

构、礼乐文章的观念及礼学思维的逻辑。《诗序》释《诗》"风、雅、颂"类之名义及"正变"之说自然是显例,但远不限于此,直至今之学者所谓文体学成熟期的六朝亦复如是。如:班固著录文献,条理类别,章赋之义而引《毛诗传》曰"不歌而诵谓之赋。登高能赋,可以为大夫",刘勰《诠赋》同样引之。《书》曰"诗言志,歌永言",刘勰释诗体名,章其类义因之,并云"诗者,持也,持人情性"。刘勰于其他体类释名章义,一依此轨则;论体类始末源流变化及后出之体类又依正变流别释之。又如昭明《文选》以来,历代文章总集所遵循的所谓"唯假文以辨体,非立体而选文"的编纂方式及其"因文立体"的文体分类意识。郭英德研究发现,历代"文选"类总集的文体序列结构普遍表现出"先文后笔、先源后流、先公后私、先生后死、先雅后俗等基本规则",而这些规则"分别体现了文体排序的语体特征、时间特征、空间特征、功能特征和审美特征"。在郭氏看来,以上规则及特征又"分别根基于中国古代的学术文化分类观念,'通古今之变'的历史观念,尊卑亲疏的宗法观念,'重生'、'贵生'的传统伦理观念以及雅俗之辨的文化观念"。①其实,就根源而言,以上诸端所体现的学理、伦理或价值观念,一言以蔽之,礼乐文化传统也;究其思维逻辑,礼学思维也。

　　在礼乐文化的秩序中,个体的"身体"并非只限于血气生命的意义和性灵所钟的形体意义,而更是"天地—人文"的合体、人文化成的现实与成化人文的才器。"身体"乃礼制符号,礼的意象、仪表——一言以蔽之,曰"礼体",其活动实际上构成了"自然—历史—文化—社会生活"作为和谐整体现身的特有方式;是通天人、

————————

① 参郭英德:《论"文选"类总集文体排序的规则与体例》,《北京师范大学学报》2005 年第 3 期。

古今、群己的存在。① 要言之,"身体"即文章。而身文言语,载见文字亦不过身体文章的复现——空间延展,时间延续而已。树德建言,文章不朽信仰的终极依据在此。后世文章学以"身体"之"体"喻"文体",虽然可以视为生命哲学观念的征象,但最值得重视的是身体之喻形成背后的思维构造——礼学思维的转喻。体本字"體",《说文》释曰:"总十二属也,从骨,豊(礼)声。"清黄宗炎《周易象辞》卷一:"體,总十二属也,从骨从豊(礼)。耳、目、口、鼻、四肢、身、心,二窍为十二也。体附于骨,有贵有贱。视、听、言、动,礼之所出也;牲有全体,十三体、十一体,行礼各致其诚,即借此为用者。"②《礼器》有云:"礼也者,犹体也。体不备,君子谓之不成人。设之不当,犹不备也。礼有大有小,有显有微。大者不可损,小者不可益,显者不可掩,微者不可大也。"③

综上可知,身体与礼的关系不止于借喻,究其本来面目就是礼实存的样态。礼乐文化因身体而为体,亦因身体而为用。文体的身体之喻是礼学思维的必然,而文体文章与作为礼体的身体文章在礼学思维中是天然同构的。正因为后世文章学观念及其思维植根于礼乐文化观念及礼学思维,故文章学体现为文体学意识。其名类(文章类体)因文体(文章个体)而显义,其体依类而成己,成己成类,体、类一如,这才是"假文辨体"、"因文立体"的原理。

"假文辨体"、"因文立体"的原理既非归纳逻辑,亦非演绎逻辑。钱锺书早就指出:"吾国文学,横则严分体制,纵则细别品类。

① 参张国安:《另类"行为艺术"——〈仪礼〉"仪注"呈现的中国古代仪式礼乐》,《艺术百家》,2009年第3期。
② [清]黄宗炎:《周易象辞》卷一,《文渊阁四库全书》第40册,第173页。
③ 李学勤主编:《十三经注疏·礼记正义·礼器》,北京:北京大学出版社,1999年,第740页。

体制定其得失，品类辨其尊卑，二事各不相蒙"，"体制既分，品类复别，诗文词曲，壁垒森然"。① 其中道及文学的分体定体，细别品类，虽一纵一横，都是分门别类的行为。辨其尊卑是文学价值的评判，定其得失（得体失体）亦关乎文章文体的价值。但分体定体，细别品类的最终目的和意义则是为丰富多彩的文章世界规划一个"壁垒森然"的秩序。这种秩序的规划，显然不是依据知识论、认识论的学理以及与其相关的归纳或演绎逻辑，而只能理解为礼乐文化观念深层结构的重演，礼学思维图式的复现。若非得论其学理，则其理亦多源于礼乐文化观念的情理，而非逻辑之理。②

①参钱锺书：《中国文学小史序论》，《国风》第3卷第8期，1933年10月。

②行文及此，有必要指出中国传统的"名"类与现代"概念"分类两者的本质差异。《荀子·正名》杨倞注引尹文子语曰："形以定名，名以定事，事以验名。察其所以然，则形名之与事物无所隐其理矣。名有三科：一曰命物之名，方圆白黑是也；二曰毁誉之名，善恶贵贱是也；三曰况谓之名，贤愚爱憎是也。"（王先谦：《荀子集解》，北京：中华书局，1988年，第411页）可见，"名"虽可别类，但不离形实具体，蕴善恶贵贱，贤愚爱憎。而现代学术的"概念"则恰恰相反，如苏格拉底对话《美诺篇》说"美德"概念。苏格拉底认为：美德，无论它们有多少种，无论它们有何不同，它们都有一种共同的本性，要着眼于美德本身，而不要着眼于具有美德的那些事物。（柏拉图：《柏拉图文集》，北京：中国戏剧出版社，2008年，第149—178页）故"名类"标志的分类学，其思维、学理的基底仍然在于礼乐文化的架构；而"概念"标志的分类学依据的则是脱离形实具体的抽象理念，其思维、学理的基底是形而上学。"概念"或有因袭旧名，但义则整体转换，横绝时空，其类必纯一。"名"之义可随形实具体俱化，且必有因袭，其类可错综；而正因为"名类"的性质如此，故正名、考镜源流与释名章义是学术的首务。

第五节　破体与参体新辨

当然，唐以后在辨体尊体的同时，出现了"破体"的说法。"破体"的文化文体学意义也是需要阐明的。

李商隐《韩碑》诗曰："点窜尧典舜典字，涂改清庙生民诗。文成破体书在纸，清晨再拜铺丹墀。"其"体"何指？钱锺书引证《释道源注》曰：

> 释道源注："'破'当时为文之'体'，或谓'破书体'，必谬"，是也。此"纸"乃"铺丹墀"呈御览者，书迹必端谨，断不"破体"作行草。……欧阳修《五代史·唐臣传》一六庄宗美任圜曰"儒士亦破体邪？仁者之勇，何其壮也"，则"破体"复可施于人。以为"破体"必是行草书，见之未广也。①

诗中"破体"实指"文"体。陈师道《雪后》："送往开新雪又晴，故留腊白待春青。稍回杉色伸梅怨，并得朝看与夜听。已觉庭泥生鸟迹，遽修田事带朝星。暮年功利归持律，不是骚人故独醒。"元方回谓"此诗第一句至第六句皆出格破体，不拘常程。于虚字上极力安排"②。所言"破体"乃破律诗体格，也是文体意义上的"破体"。文章创作中的"破体"现象早已有之。项安世《项氏家说》云"贾谊之《过秦》、陆机之《辨亡》，皆赋体也"，刘孝绰《昭明太子集序》云"孟坚之颂，尚有似赞之讥；士衡之碑，犹闻类赋之贬"，说的都是文体创作中出现的"破体"现象。钱锺书曾揭明"文章之

---

① 钱锺书：《管锥编》，北京：中华书局，1979年，第890页。
② ［元］方回选评，李庆甲集评校点：《瀛奎律髓汇评》卷二十一，上海：上海古籍出版社，2005年，第889页。

体可辨别而不堪执着",“名家名篇,往往破体,而文体亦因以恢弘焉";同时认为唐人所谓"破体"即刘勰《文心雕龙·论说》之"参体"。① 刘勰《文心雕龙·论说》云:

> 详观论体,条流多品:陈政,则与议说合契;释经,则与传注参体;辨史,则与赞评齐行;诠文,则与叙引共纪。故议者宜言,说者说语,传者转师,注者主解,赞者明意,评者平理,序者次事,引者胤辞;八名区分,一揆宗论。论也者,弥纶群言,而研精一理者也。②

蒋寅亦认同钱锺书联系刘勰"参体"说唐以后"破体"概念的做法,并解释上面引文说:“刘勰注意到,‘论’这种文体支派极多,在处理不同内容时很容易与议、说等八种文体相出入。"③细读上引《论说》原文,刘勰欲阐明的是"论体"的流别、正变的,故首言"详观论体,条流多品",次说"八名区分",终归论者"弥纶群言,而研精一理"之旨。依"论"体主旨,接着刘勰便说"是以庄周《齐物》,以论为名;不韦《春秋》,六论昭列;至石渠论艺,白虎讲聚,述圣通经,论家之正体也"。考文体流别、正变,反映了刘勰文体通变的思想。但这里,刘勰主要通过正名来辨体的。“论"作为"论"体之名,是体之正名,其他八名是"论"名之属名或别名。正名对应正体,别名对应变体。文中的"参体"概念与"合契"、"齐行"、"共纪"应该是顾及行文需要的平行用法,意义没有本质上的区别。就此而言,《文心》注家多近似。范文澜《文心雕龙·论说

①以上参钱锺书:《管锥编》,北京:中华书局,1979年,第889—891页。
②周振甫:《文心雕龙今译·论说第十八》,北京:中华书局,1986年,第166页。
③蒋寅:《中国古代文体互参中"以高行卑"的体位定势》,《中国社会科学》,2008年第5期。蒋文特别强调钱氏所说"破体"是书法中的"破体",或有误读钱文之嫌,笔者前此所引钱氏之文证李商隐《韩碑》诗"破体"一节可明之。

注》：“《说文》：‘论，议也。’《广雅·释诂二》：‘说，论也。’详本篇及《议对篇》。毛公注《诗》，安国注《书》，皆称为传。传即注也。贾逵曰：‘论，释也。’《汉书》曰赞，《后汉书》曰论，《三国志》曰评，其实一也。”① 詹锳曰：“‘契’，符契。‘合契’，与合符同义。”② 张立斋曰：“传注之体可互参，盖其旨同，皆说经之义也。”③ 又李曰刚引《博物志》作解云：“上古去先师近，解释经文皆曰传，传师说也；后世去师远，或失其传，故谓之注，注下己意也。前者如左氏，公羊、穀梁之传《春秋》，后者如赵岐之注《孟子》、杜预之注《左传》，何休之注《公羊》。”④ 刘知几《史通·论赞》有云：“《春秋左氏传》每有发论，假‘君子’以称之。《二传》云‘公羊子’、‘穀梁子’，《史记》云‘太史公’，既而班固曰‘赞’，荀悦曰‘论’，《东观》曰‘序’，谢承曰‘诠’，陈寿曰‘评’，王隐曰‘议’。……其名万殊，其义一揆。”⑤ 郭晋稀注文引《文心雕龙·颂赞》篇“及迁史固书，托赞褒贬，约文以总录，颂体而论辞。又纪传后评，亦同其名”，以释此处“赞评亦与论同也”。⑥

　　综观诸家作解，出入细微，大多认可八名虽殊，其体义与“论”

① ［梁］刘勰撰，范文澜注：《文心雕龙注·论说第十八》，北京：人民文学出版社，1958年，第331页。

② ［南朝梁］刘勰撰，詹锳义证：《文心雕龙义证·论说第十八》，上海：上海古籍出版社，1989年，第669页。

③ 张立斋语转引自詹锳《文心雕龙义证·论说第十八》，上海：上海古籍出版社，1989年，第670页。

④ 李曰刚语转引自詹锳《文心雕龙义证·论说第十八》，上海：上海古籍出版社，1989年，第670页。

⑤ ［唐］刘知几著，姚松、朱恒夫译注：《史通全译·内篇卷四·论赞第九》，贵阳：贵州人民出版社，1997年，第139页。

⑥ 参郭晋稀：《文心雕龙注译》，兰州：甘肃人民出版社，1982年，第216页。

相合的观点。这是符合刘勰本义的。当然,尽管八名所指,义归宗论,但作为"论"之流变与别枝,刘勰还是做出了两两的归类细分,在两两的归类细分中复又指出两者不过名异实同罢了。两两的归类细分,刘勰依据的是文用和题材的标准,即"陈政"云云。蒋寅是将八名所指文体与"论"体视为平行且各自独立的文体,而未考虑到刘勰所论两者是正名别名、正变流别的关系,而误以为刘勰说的是论体易于与其他八体相杂,且两两各自相混。其实,刘勰此处乃依"原始以表末,释名以章义"法论文体的惯例,其"参体"云云,与唐人与以后的"破体"、"文体相参"的说法确有异趣。

　　当然,刘勰对"参体"的现象是有所认识的,且立足于文体通变对之加以肯定。如其论《离骚》:"陈尧舜之耿介,称禹汤之祗敬,典诰之体也;讥桀纣之猖披,伤羿浇之颠陨,规讽之旨也;虬龙以喻君子,云蜺以譬谗邪,比兴之义也;每一顾而掩涕,叹君门之九重,忠怨之辞也;观兹四事,同于《风》《雅》者也";"至于托云龙,说迂怪……异乎经典者也";然"观其骨鲠所树,肌肤所附,虽取熔经意,亦自铸伟辞"。① 《物色》亦云:"古来辞人,异代接武,莫不参伍以相变,因革以为功。"② 故"参体"有其必然性,"参伍因革,通变之数也"。只是"参体"是"变体",而非"破体"。参体以变,是以"规略文统,宜宏大体"为原则的。③《诠赋》云:"文虽新而有质,色虽糅而有本,此立赋之大体也。然逐末之俦,蔑弃其本,虽读千赋,愈惑体要;遂使繁华损枝,膏腴害骨,无贵风轨,莫益劝

① 参周振甫:《文心雕龙今译·辨骚第五》,北京:中华书局,1986年,第43—45页。
② 周振甫:《文心雕龙今译·物色第四十六》,北京:中华书局,1986年,第412页。
③ 参周振甫:《文心雕龙今译·通变第二十九》,北京:中华书局,1986年,第272、273页。

戒。"① 文中"大体"与"体要"义同，质文相须，本末不离，合乎类序文统，可谓文变不失"大体"也。《颂赞》篇论"颂"之"参体"，其"大体"亦合乎此义："原夫颂惟典雅，辞必清铄，敷写似赋，而不入华侈之区；敬慎如铭，而异乎规戒之域。揄扬以发藻，汪洋以树义。唯纤曲巧致，与情而变。其大体所底，如斯而已。"刘勰"参体"，实以"大体"为限。《文心》无"破体"之名，但有"谬体"与"讹体"的说法。《颂赞》篇云："至于班傅之《北征》《西巡》，变为序引，岂不褒过而谬体哉！……陆机积篇，惟《功臣》最显，其褒贬杂居，固末代之讹体也。"② 所谓"谬体"、"讹体"，实即出离文统，失去大体之意。③ "谬体"、"讹体"无疑说的都是创作中的"破体"现象，刘勰是加以贬斥的。

刘勰参体以变的观念是其文体通变观的重要内容，参与变在刘勰那里是辩证统一的，与唐宋以下的尊体与破体各执一端的文体美学观念相较，其区别是明显的。问题在于，刘勰贬斥的"谬体""讹体"——"破体"现象，不仅在其所处时代的创作中已司空见惯，而且不乏理论自觉。如《南齐书·张融传》载融《问律自序》云："吾文章之体，多为世人所惊，汝可师耳以心，不可使耳为心师也。夫文岂有常体，但以有体为常，政当使常有其体。"④ 融之所言即破文类大体而为文的例子，钟嵘谓之"有乖文体"。其"文

---

① 周振甫：《文心雕龙今译·诠赋第八》，北京：中华书局，1986年，第80页。
② 以上参周振甫：《文心雕龙今译·颂赞第九》，北京：中华书局，1986年，第86、84—85页。
③ 就"颂"体而言，在刘勰看来，其文统始于《诗》"颂"，据詹锳《义证》，其大体可见于三端：一、序不可长；二、与赋不同，应分其体；三、义主颂扬，有美无刺。
④ [梁]萧子显：《南齐书·卷四十一·列传第二十二·张融传》，北京：中华书局，1972年，第729页。

岂有常体"之论显然是对刘勰"规略文统,宜宏大体"这一整体和谐的文统文体观的突破;"有体为常,常有其体"之说,则又明显出于对文章所构有机之体及作家个体风格的强调,而表现出对"文统大体"的无视。后世"破体"观念,大多踵融之武。《邵氏闻见后录》云"子美、太白、退之,于诗无遗恨矣,当自有体邪"①,即是对诗人自成一体的肯定与赞美,其间自然不及"文统大体"的考虑,更多反映的应是时人"参体"、"破体"的观念。金人王若虚《滹南遗老集》卷三十七《文辨》有载:"或问:'文章有体乎?'曰:'无。'又问:'无体乎?'曰:'有。''然则果何如?'曰:'定体则无,大体则有。'"钱锺书谓之"不啻为张融语作注"②。王氏文中"大体"与融"有体为常,常有其体"说近而与刘勰"文统大体"说远。

第六节　也说文体尊卑与"以高行卑"

　　关于古代诗文创作、批评中的参体与尊体、破体现象以及文体尊卑观念的研究,今之学者已有不少成果,各有贡献,多有启发③,在此笔者不拟过多涉及,下面只欲就"参体"现象中的所谓"以高行卑"的体位定势问题,谈谈自己的看法。

　　较早涉及此一问题的是吴承学。在《辨体与破体》一文中,吴氏就曾明确指出:"在破体为文中出现了一种极为普遍的情况,即以正体、品位高的文体去改造变体、品位卑的文体,以提高它们的

---

① [宋]邵博撰,刘德权、李剑雄点校:《邵氏闻见后录》卷第十八,北京:中华书局,1983年,第144页。

② 钱锺书:《管锥编》,北京:中华书局,1979年,第889页。

③ 对其中代表性成果,蒋寅《中国古代文体互参中"以高行卑"的体位定势》已指陈其各自贡献,可参考。蒋文载《中国社会科学》,2008年第5期。

格调和品位。相反的情况却非常罕见。……这种破体为文的习惯,从其深层意义看,反映了中国古老崇尚古典、朴素与风骨的审美价值取向。"① 而立专题且从艺术原理的高度来讨论此一问题的则是蒋寅《中国古代文体互参中"以高行卑"的体位定势》一文。蒋氏虽然承认审美理想决定了文体的高卑,但同时又认为"文体互参的直接目的并不是着眼于文体的提升和改造,乃是着眼于表现力的拓展,其间的核心问题是控制艺术效果的机制"。故此,若不究明文体互参的方向性或者说规则,亦即体位定势所依据的艺术原理是什么,则关于"破体"的认识就会始终停留在较表面的层次。较早明确表达体位意识的是明代许学夷《诗源辩体》中的一段话:

> 古之于律,犹篆之于楷也。古有篆无楷,故其法自古。后人既习于楷而转为篆,故其法始敝。汉魏有古无律,故其格自高。后人既习于律而转为古,故其格遂降。②

而"毛先舒《题如水堂诗词》更鲜明地打出了以体位高卑论诗词互参的旗帜,虽然他着重强调的是诗高词卑的不可通涉:'诗卑之不可入词,词高之不可入诗。此中界画非神明于斯道者不能辨也。'"然古人"虽明显出于体位意识,能从不同文体的体位高卑来论述互参的可能性,但就互参的方向性而言,基本只限于从禁忌的角度立论,说明卑不可入高的理由,而很少阐发高可入卑的道理"。那么文体互参中显现出的以高行卑的体位定势或价值取向,究竟是由什么决定的呢?蒋文总的答案是所谓的"木桶原理",具体言之,"即作品整体的风格品位取决于体位最低的局部,以高行卑可

---

① 参吴承学:《辨体与破体》,《文学评论》,1991年第4期。
② [明]许学夷著,杜维沫校点:《诗源辩体》卷三,北京:人民文学出版社,1987年,第50—51页。

以提升作品的风格品位，反之就会降低作品的风格品位"①。

纵观蒋文，其新意在于：其一，文体互参"以高行卑"的体位定势与书法美学价值观关系的认识和发现；其二，以木桶原理形象化地阐明"以高行卑"体位定势的美学意义。但就文体的高卑体位本身的形成，文中并未有超出前人的阐述。至于说"文体的高卑取决于产生的时代，书体、画法的高卑也莫不如此，都与以古雅为核心的古典美学的价值观紧密关联。也就是说，高是由古决定的。'古'从来就是传统美学的理想范畴，它包含着雅、正、清、淳、和、重、厚、朴、淡等诸多正价的美学要素，与之相对的'今'则与俗、邪、浊、漓、厉、轻、薄、巧、艳等负价的美学要素相联系"，这仍然是在重复"古典美学理想"说的论调。其实，相对于木桶理论的风格审美论阐释，对文体互参"以高行卑"的体位定势而言，以古雅为核心的古典美学价值观更具有本质性和决定性意义。蒋文在实际行文过程中，表述上是有内在矛盾的。一方面在正文中说"文体互参的直接目的并不是着眼于文体的提升和改造，乃是着眼于表现力的拓展"，明确表明自己与吴承学论破体为文的通例是"以正体、品位高的文体去改造变体、品位卑的文体，以提高它们的格调和品位"观点之间的区别，但另一方面则又在全文摘要概述"木桶原理"时，非常清晰地指出：文体互参中以高行卑，"可以提升作品的风格品位，反之就会降低作品的风格品位"。尽管其表述方式直接强调的是"以高行卑"的美学功能，而不是文体互参的直接目的。但如将"以高行卑"视为文体互参的可能性手段之一，则其实际产生的美学功能自然亦可视为文体互参中"以高行卑"的

---

① 以上参蒋寅：《中国古代文体互参中"以高行卑"的体位定势》，《中国社会科学》，2008年第5期。

直接目的。仅就此而言,它与吴承学的观点并无本质性的不同。当然,蒋氏的表述与吴氏相较稍显严谨,因为蒋氏表述预留了文体互参、破体为文越出"以高行卑"体位定势之外的现实可能性。

问题的关键在于,以木桶为喻的原理未必能阐明"以高行卑"的意义。木桶盛水功用的大小固然取决于短板,短板的改进可以提升其功用大小的级别。但文体互参之"以高行卑"并不能带来卑体体位的实质性改变,卑者仍卑。如以诗入词,尽管具体词作的风格有所变化,但词体作为卑体的位势或品级并不能因此而有所改变。要言之,一般的艺术原理无以阐明文体互参之"以高行卑"现象的意义;"以高行卑"首先应理解为文学的文化现象,其意义只有通过文化文体学原理才能得到阐明。

文学创作中的文体选择实际上代表的是一种文化行为,它反映的是对特定话语方式的选择。文体学中所谓的正体与变体,雅体与俗体,高体与卑体对应的都是对特定话语方式背后行为主体文化身份等级的认定与别类,它是礼乐文化观念及其思维建构起来的文化秩序或统绪。任何新的话语方式出现都意味着可能的文体流变及其可能波及的对既定文体文化秩序或统绪整体和谐的破坏或解构。故文体文化秩序或统绪自身的再调节与再整合就势所必然,这也正是前文所论刘勰"文体通变观"和"文统大体说"所蕴含的文化文体学原理。

文体互参,"以高行卑",就其客观效果而言,固然有利于卑体艺术表现力的拓展,有助于增强其作品格调和品位得以提升的审美观感,但这些都只是表面现象,其本真意义则在于:其一,文化上据高位的文人介入卑体之后,其正统文化身份的再确认;其二,新俗或卑下的文体话语方式因此得以整合,进入既定的文体文化秩序或统绪,而不至于流放失所,演化为对整体和谐构成颠覆性的话语力量;其三,文体文统在新的调节和整合中获得新生的力量和绵延的保证。文人介入卑体,"以高行卑",犹君子体尊,行礼就下而化俗,这是礼乐文化观念中的君子文人之本位、本志。① 明了这里所揭示的文化文体学原理,我们也就可以理解"以卑行高"为何往往会成为文体互参的大忌。不难想象,"以卑行高"势必构成对先在文体文化秩序或统绪的颠覆或解构,此与礼主礼体卑而犯上,僭越制度(季氏庭舞八佾之类),异趣同归,实无二致。

　　当然,若纵观文体创作与批评的全部历史,事实或正如蒋文所提醒的那样:

　　　　艺术绝无一成不变的规则,也无不可逾越的雷池,偶然和例外总是在追求独创性和陌生化的冲动下产生。尽管上文如此繁复地讨论了以高行卑的体位定势,最后我仍不能不指出,以高行卑也不是放之四海而皆准的定律,它在某些场合同样表现出不确定性,就我所见起码有三种情形:(一)在有些文体之间,体位的高卑并不明确。这除了表现在跨韵、散两大文类之际,更主要地集中于杂多的应用文体中。(二)有些文体,体位高卑虽很明确,但互参的方向性却不固定,

―――――――――

① 参张国安:《另类"行为艺术"——〈仪礼〉"仪注"呈现的中国古代仪式礼乐》,《艺术百家》,2009年第3期。《王直方诗话》:"东坡尝以所作小词示无咎、文潜曰:'何如少游?'二人皆对云:'少游诗似小词,先生小词似诗。'"(见郭绍虞辑:《宋诗话辑佚》,北京:中华书局,1980年,第93页)其中论及东坡"以诗为词"和少游"以词为诗",前者开一代风气,而后者则见弃于后世。命运不同如此,其因在于前者以古雅化近俗,正统文人身份得到重新确认;而后者则是以近俗猲古雅,自甘身份堕落。今人杨海明亦认为,宋人之"以诗为词",不过是恢复士大夫文人的本来面目和男性风貌罢了。杨说可谓得其精神。参氏著:《唐宋词美学》第四章《别立一宗:词中"变体"的向诗回归》,南京:江苏教育出版社,1998年,第338—408页。

而且也不是单向的,宋代陈善《扪虱新话》名之曰"相生法"。
(三)在某些跨类的文体之间,高卑虽明确但以高行卑的规则
却不适用。凡跨韵、散两大文类的文体互参,经常会感到体
位高卑不好说,互参定势也不像同类文体之间那么清楚,这
就是因为有文体表现机能的问题横亘在中间。

这里,具体文体之间体位孰高孰卑问题可暂且不论,我们又
如何看待"破体为文"现象的复杂性呢?就诗文创作而言,表现个
体艺术创造性的一般性原理在其中发挥作用是必然的,故"破体
为文"现象的发生不可避免。问题的关键在于辨清"破体为文"现
象之种种,是如何发生的,又是如何为其后的文学史、文体学批评
所论衡或接纳的。"破体为文"现象古已有之,早期文体学多以正
变视之。此风中晚唐以后渐盛,宋则演为常态。但就文体批评、
理论自觉而言,继之此一进程的首先是宋代突出"辨体"、"尊体"
意识的"本色当行"说之兴起,而后才有"破体为文"通例或"以高
行卑"这一体位定势原则的形成与确认。至于陈善"相生法"的提
出,则显然是在"本色当行"说流行之后、明代许学夷《诗源辩体》
明确表达体位意识之前。陈善《扪虱新话》云:

> 韩以文为诗,杜以诗为文,世传以为戏。然文中要自有
> 诗,诗中要自有文,亦相生法也。文中有诗,则句语精确;诗
> 中有文,则词调流畅。谢元晖曰:"好诗圆美流转如弹丸。"
> 此所谓诗中有文也。唐子西曰:"古人虽不用偶俪,而散句之
> 中,暗有声调,步骤驰骋,亦有节奏。"此所谓文中有诗也。前
> 代作者皆知此法,吾谓无出韩、杜。观子美夔州以后诗,简易
> 纯熟,无斧凿痕,信是如弹丸矣。退之《画记》,铺排收放,字字
> 不虚,但不肯入韵耳。或者谓其殆似甲乙帐,非也。以此知杜
> 诗、韩文,阙一不可。世之议者,遂谓子美无韵语,殆不堪读,

而以退之之诗但为押韵之文者,是果足以为韩、杜病乎? ①

文中所提及"为戏"之论,自然代表的是"本色当行"说的尊体立场。而以"文中有诗,则句语精确;诗中有文,则词调流畅"为义的所谓"相生法",实际上只是出于一般艺术原理的泛论。难道"句语精确"唯诗体独有,"词调流畅"乃"文"体独享吗? 可见,"相生法"算不上对韩以文为诗,杜以诗为文的文体学辩护。不过,同为戏作的韩之"以文为诗"后世日显,杜之"以诗为文"则湮没不彰,其个中因缘,值得深味。对此,吴承学有过通释:

> 这一方面可能因为批评家们认为杜甫缺乏古文创作的高超能力,但另一方面,也可能反映了批评家对"以诗为文"的轻视。

> 在中国古代,无论创作还是理论,关于"以诗为文"的文献极少,也许这种现象本身就说明"以诗为文"不太符合古人的审美习惯。在古人的文体分类传统中,文以载道,诗以缘情。古人的散文和我们现代的文学性散文并不完全一致,它主要是实用性的文体,以记叙、议论、说理、载道为主,其中有些文体如游记等,也颇有写得充满诗意的,但不能形成一种以诗为文的创作风尚和方法。"以诗为文"的内涵是什么,古人似乎没有明确阐释过。清人邓绎《藻川堂谭艺》"唐虞篇"说:"'以诗为文'者,始于《文言》之释《易》,而六朝之骈俪继之。"潘德舆《养一斋诗话》卷2云:"以诗为文,六朝俪偶之文是也。"他们的"以诗为文"似乎是指具有诗歌声韵、整饬与凝练之美的文章。六朝俪偶之文注重隶事用典、追求声律和谐、句式趋于齐整。有些骈文名篇如陶弘景《答谢中书书》、

---

① [宋]陈善:《扪虱新话》,丛书集成初编本,北京:中华书局,1985年,第3页。

吴均《与朱元思书》、丘迟《与陈伯之书》等都是雅洁精致的小品,确有诗化的倾向。然而若是从正宗古文的标准来衡量,六朝俪偶之文价值并不高。从古文家的眼中,六朝俪偶之文正是属于"八代之衰"。"以诗为文"之弊可能就是因为形式上有所拘束,因此不够自由开阔,显得过于工巧纤弱。在中国古代尚没有人大力提倡以诗为文,而在创作上,像晚明小品,独抒性灵,清新工巧,富有诗情画意,似乎可称为以诗为文的作品,但在正统的文学批评看来,晚明小品过于小巧,只能算旁门而非正宗散文。在《四库全书总目》集部与子部的提要中,对于晚明这类文章几乎都是强烈贬斥的,这也反映出以诗为文在人们心目中的地位。而且严格地说,古人也对以诗歌语言入古文不感兴趣。桐城派领袖方苞倡导"雅洁",反对以"诗歌中隽语"入古文,就是一个例子。①

吴释涉及艺术原理,但其艺术解释最终还是归结为崇尚古朴、自由、自然与风骨这一中国古典美学理想在文体学上的体现。这当然也可视为"以高行卑"这一体位定势原则的形成与确认。在此必须说明的是,"以高行卑"体位定势原则的形成,只是文化文体学整合"破体"文学、"规略文统"策略的新形态,而突出"辨体"、"尊体"意识的"本色当行"说,仍然是后世文化文体学的主旋律。即便接受"以高行卑"体位定势原则的清代潘德舆,仍然说出"韩昌黎、苏眉山皆以文为诗,故诗笔健崛骏爽,而终非本色;以诗为词,则其功过亦若是已矣"②之类的话,就是一个明显的例子。

----

① 吴承学:《中国古代文体学研究》,北京:人民出版社,2011年,第146—147页。
② 潘德舆《养一斋诗话》卷二,见郭绍虞编选,富寿荪校点:《清诗话续编》第4册,上海:上海古籍出版社,1983年,第2035页。

"辨体"、"尊体"的"本色"说之所以历久不衰，大行其道，其根源在于它是礼乐文化、礼学思维"正统"观念在文章、文体学领域的同构反映。其实，文体家族谱系高卑秩序的确定，是以综合文体源流、本末、古近、雅俗、正变以及功能等要素作为依据的，其原理亦存在于礼乐文化、礼学思维的"正统"观念中。

第七节　"礼体"大、小之喻
与破体为文之体位定势

以身体喻文章，固然体现了古代文体学的生命哲学意识，但决定古代文化文体学性质的不是身体的自然生命意义，而是身体作为"礼体"这一文化生命的本质。以"礼体"观"身体"便有了"大体""小体"之辨。

《孟子·告子上》载有如下对话：

> 公都子问曰："钧是人也，或为大人，或为小人，何也？"孟子曰："从其大体为大人，从其小体为小人。"曰："钧是人也，或从其大体，或从其小体，何也？"曰："耳目之官，不思而蔽于物，物交物，则引之而已矣。心之官则思，思则得之，不思则不得也。此天之所与我者，先立乎其大者，则其小者弗能夺也，此为大人而已矣。"①

这里，孟子是将人的身体视作礼义之身体。赵注曰："大体，

心思礼义；小体，纵恣情欲。"①朱注曰："大体，心也。小体，耳目之类也。"②孙奭疏又曰："荀子云：心，君也。居中虚而治五官者也。是以心思之大者，而小者不能夺，则耳目不为利欲之所蔽，兹所以从其大体而为大人也。彼小人者，以其不思而为利欲所蔽故也。"③康熙钦定的《日讲四书解义》亦云："孟子曰体之大小有辨，而人之从违亦于此见焉。如耳司听，目司视，各有所职而不能思，故声色之外物得以蔽之。夫至不能思而蔽于外物，是耳、目亦一物而已。以彼声色之物接于此耳目之物，其引之而去不难矣，所以耳目为小体也。若心则至虚至灵而以思为职，心率其职而勤于思，则得其理而物不能蔽，旷其职而怠于思，则不得其理而物来蔽之。理之得失惟系于心，所以心为大体也。"④明石邦彦《熊峰集》卷六《德寿堂序》文云："何体有大小也？耳目鼻口四支肝腹肾肠，以至齿牙毛发，所以为康宁之具也，体之小者也；心所以为好德之本也，体之大者也。"⑤心腹口鼻耳目之类皆身体之属，"天之所与我者"，其大小有辨，实源于礼义、理义也。喻人如是，喻事亦如此也。《论语》谓："子贡欲去告朔之饩羊。子曰：赐也！尔爱其羊，我爱其礼。"⑥朱子《论孟精义》卷二上引范氏曰："事若无益，而不可损；若无有，而不可亡。存其名而实不去，睹其物而礼不废者，

①李学勤主编：《十三经注疏·孟子注疏·告子章句上》，北京：北京大学出版社，1999年，第314页。

②[宋]朱熹撰：《四书章句集注》，北京：中华书局，1983年，第335页。

③李学勤主编：《十三经注疏·孟子注疏·告子章句上》，北京：北京大学出版社，1999年，第315页。

④[清]陈廷敬编撰，薛治点校：《日讲四书解义》，北京：华龄出版社，2012年，第355页。

⑤[明]石珤撰：《熊峰集》卷六，《文渊阁四库全书》第1259册，第597页。

⑥杨伯峻：《论语译注·八佾篇第三》，北京：中华书局，2009年，第29页。

告朔之饩羊是也。子贡知爱羊而不知爱礼,是养其小体而亡其大体也。"① 贾谊《新书》卷十云:"夫移风易俗,使天下回心而向道,类非俗吏之所能为也。俗吏之所务在于刀笔筐箧而不知大体,陛下又不自忧,窃为陛下惜之。夫立君臣,等上下,使父子有礼,六亲有纪,此非天之所为,人之所设也!"②

　　实际上,传统论述中,凡任何成体系的事物,其体系构成要素之间的主从关系、统属关系、体用关系、本末关系,直至源流正变关系,皆可视为"大体"、"小体"礼义理义之喻的展开与衍化。《潜夫论》卷一"凡为治之大体,莫善于抑末而务本,莫不善于离本而饰末。夫为国者,以富民为本,以正学为基。民富乃可教,学正乃得义"③云云,尚可见出此一展开与衍化的踪迹。文章、文体学的论述亦不例外。《文心雕龙》中,凡涉"大体"之论,多类如此,如:"文虽新而有质,色虽糅而有本,此立赋之大体也"④、"理既切至,辞亦通畅,可谓识大体矣"⑤、"文场笔苑,有术有门。务先大体,鉴必穷源。乘一总万,举要治繁。思无定契,理有恒存"⑥。凡此,皆是在衍生关系范畴中的"大体"、"小体"关系论述。

　　"大体"、"小体"的礼义理义之喻尽管突出强调了两者关系中的"大体"的地位、作用和意义,但并不意味着"小体"可弃之不论。废"小体",则"大体"亦不得而立,无以为用,人、事、物皆无以成

①[宋]朱熹:《论孟精义》卷二上,《文渊阁四库全书》第198册,第72页。
②[汉]贾谊:《新书》卷第十,《文渊阁四库全书》第695册,第467页。
③[汉]王符撰,[清]汪继培笺:《潜夫论》,上海:上海古籍出版社,1978年,第15页。
④周振甫:《文心雕龙今译·诠赋第八》,北京:中华书局,1986年,第80页。
⑤周振甫:《文心雕龙今译·奏启第二十三》,北京:中华书局,1986年,第212页。
⑥周振甫:《文心雕龙今译·总术第四十四》,北京:中华书局,1986年,第385页。

体。《说苑》卷八云："一节见,则百节知矣。由此观之,以所见可以占未发,睹小节固足以知大体矣。"①"节"即"小体"也。以此识"大体"之论可见:"小体"并非孤立闲置,其百节相连相须而为体,"大体"赖之成形而用神。"小体"见"大体"、形"大体"的思维体现的是体在用中,体用合一,即用即体的观念。就价值取向而言,此一观念对"小体"的推重,必然要突破"大体"、"小体"之辨的主从、统属、体用、本末、源流、正变等关系定势。这在文章文体论中也得到了实际表现,前文所提及张融"有体为常、常有其体"、王若虚"定体则无,大体则有"说便是其例。所谓"常体"、"大体",其实肯定的是具体文章"小体"形"大体"的意义,所形"大体"亦不必即刘勰"文统大体"或礼义、理义所喻之大体,更不必是后世所谓"诗文各有体"之"本色",而重在独成其大体。对"文统大体"或礼义、理义所喻之"大体"的适度偏离或悬置,自然有利于摆脱崇古传统对创造性思维的束缚,有利于文体之创新,有利于文章之士实现变古通今、其命惟新的价值追求。此处所论"大体"、"小体"之辨的新面向同样是古代文化文体学原理构成的重要内容,它是"破体为文"的理论依据。依其原理,"破体为文"之下手处必在"小体"。在辨体、尊体的传统中,"小体"为末为用,其变化置换本属常态,"文本同而末异",无伤大体;而在"破体为文"者看来,"小体"之变则可产生独特的审美效果,带来文章风格"大体"之变,且又不犯"文统大体"之论。两得其便,何乐不为? 文体创作的实际也正是如此,可以韩愈、苏轼的"以文为诗"及苏轼"以诗为词"作例。

---

① [汉]刘向撰,王锳、王天海译注:《说苑全译》,贵阳:贵州人民出版社,1992年,第321页。

　　程千帆曾经指出，韩愈以文为诗之艺术手段不外乎两途：一是以古文章法句法为诗，句法具体言之，常表现为化复句为单句，语尾虚字入诗的特征；一是以古文所习见的议论入诗。"其实际意义就在于要突破诗的旧界线，开拓诗的新天地"，借之形成自我之独特面目和美学风貌。① 王水照于宋代苏轼等人"以文为诗"亦有两点明确指认：一是指把散文的一些手法、章法、句法、字法引入诗中"；一是指"吸取散文的无所不包的、犹如水银泻地般地贴近生活的精神和自然、灵动、亲切的笔意笔趣"。"前者属于诗歌的外在体貌层"，而"后者则属内在素质层"。② 程论所及章法、句法、议论总为艺术手段，王氏概之以"体貌"，无疑皆属体之小者。至于王氏所谓的"内在素质"属抽象而得，自然须理解为是以艺术手段，外在体貌加以显现的，但它的内容涉及诗学观念、美学精神，显然已是文章风格"大体"之局部改变了。

　　至于苏轼"以诗为词"，其具体内涵，今人的理解稍显复杂。但大体形成了两种代表性观点。一种观点是：苏轼"借鉴了诗体在题材范围之广阔性和风格倾向之刚健性这两个优点对词体进行了改造"，将诗歌的表现手法移植到词中，扩大了词体的表现内容、题材，突破了词的音律与形式，创新拓展了词的风格与意境。但苏轼等的"以诗为词"并未"泯灭诗体与词体的界限"：苏词题材范围比苏诗狭隘，而苏词风格则比苏诗更倾向于"柔美和婉"或曰"婉曲多折的审美特性"；"苏辛一派，乃至姜张一派，其成功之作，

① 参程千帆：《韩愈以文为诗说》，见莫砺锋编：《程千帆全集》第八卷，石家庄：河北教育出版社，2001年，第303—327页。
② 参王水照：《文体丕变与宋代文学新貌》，《中国文学研究》，1996年第4期。

大抵是词的适度范围内的诗化,但绝不是与诗同化或'合流'"。①
另一种观点则认为苏轼的"以诗为词"恰恰"打破了诗词之间的界
限,体现出词体不断向传统诗歌靠拢的趋势"。其具体表现是:
"题材上实现诗词合流,风格上诗词界限不断消弭,文本与音乐不
断疏离,在功能上体现出由娱情向述志的转变,创作观念上诗词
渐可等量齐观,技法上进一步向诗歌领域借鉴",摆脱"艳情",向
"诗言志"靠拢,其创作旨趣亦指向教化。② 第一种观点,重点涉
及了苏词在内容题材、音律形式方面的诗化及随之而来的词风词
境的变化。但就苏词、苏诗全体而言,诗、词体性有别,其内显的
差异是存在的。第二种观点,就诗化的艺术方法③ 而言,其揭示
或更为细致,但大目与第一种观点不远。与第一种观点比较,其
特异之处在于:"诗化"并未只是局限于"小体"变异以促动词风词
境"大体"的有限改变且保持诗、词体性边界,而是泯灭体制边界

---

① 参莫砺锋:《从苏词苏诗之异同看苏轼"以诗为词"》,《中国文化研究》,2002
年第2期;王水照:《文体丕变与宋代文学新貌》,《中国文学研究》,1996年第
4期。

② 参木斋、彭文良、梁英岩:《苏轼"以诗为词"涵义综论》,《长春师范学院学
报》,2008年第6期;诸葛忆兵:《"以诗为词"辨》,《北京大学学报》,2011年
第1期。

③ 关于宋人"以诗为词"方法的细节,据彭玉平《唐宋语境中的"以诗为词"》文,
类分其例,主要有"七类说"和"十类说"。七类为:全用前人诗句、将前人诗
句减字、将前人诗句增字、将前人诗句增减字、将前人诗句易字、全首融化诗
句、檃括诗语成句。十类为:泛用唐诗字面、截取唐诗字面、增损唐诗字面、
改易唐诗字面、化用唐诗句意、袭用唐诗成句、合集唐诗成句、檃括唐人诗
篇、引用唐人故实、综合运用各类方法等十类。彭氏认为:"这些分类,容或
有再行斟酌的必要,因为其中有差异极小者,但也确实将宋人以诗为词的基
本形态包容其中了。"苏词诗化手段或亦不外乎其目,兹引之以为参考。彭
玉平论文载《复旦学报》,2009年第5期。

的全面诗化。两种观点究竟何者更接近事实,存而不论,这里我们更关心其背后蕴藏的文化文体学意义。前一种观点反映了此前论及的"以高行卑"的"破体为文"的体位定势;而依后者的"合流"说,"以诗为词"则突破了"以高行卑"这一文体通变规律,变"以高行卑"为"以高代卑"了。若"合流说"成立,也就意味着苏词大行其道后,不复有诗体、词体之辨了,这显然不合事实。看来第一种观点更为可取,也更接近事实。要言之,以苏轼为代表的"以诗为词",其诗化止于变"小体"而促动词之风格"大体"的有限改变及其品格的提升。这不仅不伤文统"大体",而且代表了文体系统在"文统大体"论原则引导下实践了新的整合和秩序重建。韩愈、苏轼的"以文为诗",包括陆游的"以文为词"①,其文体学意义皆可作如是观。

　　有必要进一步说明的是,上述"以文为诗"、"以文为词"或"以诗为词"虽为变"小体"而成风格"大体"之变,但于传统既定的文体秩序,无论所因之体还是所变之体,都面临着各自礼义理义"大体"的出离。出离之于因体,即以高行卑,若行礼之屈"小体"之尊以就卑,自然合乎礼义理义;出离之于变体,即逾卑近而获尊,若行礼之"小体"获尊而忘"大体"之卑。于礼,这是尊卑双方和谐相处的仪式;于文体则是尊卑古近得以有效整合,和谐有序,文统相续的最佳策略。但策略的实施,尊者必是主体。理论上说,以高行卑是以"小体"为度的。如"以文为词"、"以诗为词",无论如何,词体永远不能代替诗、文行政教之大用的。就文体互参而言,诗、

①陈模《论稼轩词》云:"(稼轩)尝作《贺新郎》云:'绿树听鹈鴂……'此尽是集许多怨事,全与李太白《拟恨赋》手段相似。又止酒赋《沁园春》:'杯汝来前……'此又如《宾戏》《解嘲》等作,乃是把古文手段寓之于词。"参[宋]陈模著,郑必俊校注:《怀古录校注》,北京:中华书局,1993年,第60—61页。

文人词是教化之行，可见其"大体"之义，而反之为用则是淆乱文体名实了。质言之，诗、文、词合流，体制不辨，与以器名假人或僭礼而行相仿佛，是万万不可的。即便偶或有之，也是不可能成为主流的。

第八节　大小体之辨与文体命名

前此我们已说过，文体家族谱系高卑秩序的确定，是以综合文体源流、本末、古近、雅俗、正变、功能等要素作为依据的。源流、本末、古近、雅俗、正变、功能的综合体系所形成的秩序，构成了文统或文类大体的理义。然而，类体体性的突破、边界的设定及其命名却大多又源之于小体的性状与特征。上文已述及体性突破，下面则重点考察文体边界设定、命名与"小体"的关系。

关于古人"辨体"，姚爱斌曾类分其例如次：

一是文类文体的辨析，如诗体、赋体、词体、颂体、论体、序体、古体、近体、四言体、五言体、乐府体、歌行体等。二是时代文体的辨析，如建安体、黄初体、正始体、太康体、元嘉体、永明体、齐梁体、南北朝体、唐初体、盛唐体、大历体、元和体、中唐体、晚唐体等。三是作者文体的辨析，如苏李体、曹刘体、陶体、谢体、徐庾体、沈宋体、陈拾遗体、少陵体、太白体、王右丞体、韩昌黎体、柳子厚体、李商隐体、东坡体、山谷体等。四是流派文体的辨析，如竟陵体、公安体、边塞体、田园体、元白体、西昆体、太学体、江西宗派体等。五是地域文体的辨析，如南朝体、北朝体等。六是根据典型特征所作的文体辨析，如形似体、质气体、情理体、直置体、飞动体、婉转体、清切体、菁华体等。七是根据具体写作技巧所作的文体辨析,如五韵体、五平体、五仄体、仄律体、失黏体、借韵体、拗体、变体、流水体、实对虚体、单对双体、景对情体、用事体、重字体、回文体、顿挫体、问答体等。

姚氏认为,"除此之外,还有其他形式的多种'辨体'"①。就其所立七类而言,学界多关心其中"体"的含义区分。一般将第一类"辨体"论中的"体"释为"体裁"或"体制",将第二类至第六类"辨体"论中的"体"释为"风格"或"体貌",将第七类"辨体"论中的"体"释为"语言形式"或"语体"等。而在姚氏看来,其"体"义一如,皆可释为"篇体"或"文章整体",上述种种"辨体",不过是从不同角度对"文章"所作的分类罢了。他还以皎然《诗式·辨体有一十九字》中的"体"义辨读为例,引皎然文中"一首举体便高"、"一首举体便逸"、"体有所长,故各归功一字"之语式,证明皎然所辨之"体"乃是指一首诗歌的整体。而且,皎然所列"一十九字"(如"高"、"逸"、"贞"、"忠"、"节"、"志"、"气"等)乃是诗歌"举体"之"所长","也即诗歌整体的某种最突出的特征。换言之,皎然所说的'体'与'高'、'逸'、'贞'、'忠'、'节'、'志'、'气'等,并非'体'概念与具体所指的关系,而是诗歌整体与其特征的关系"。②就实际而言,以体论文不过是象喻,是一种话语方式。究其必然性,它象征了中国古代礼乐文化观念及其思维方式。"体"的象喻固然有指"篇体"或"文章整体"的义例,如姚氏认定的皎然《诗式》例,但它同时还有"类体"、"大体"、"小体"等其他义例。在以体论文的所有用例中,除了隐含人体借喻这一基本义之外,很难强求

①以上参姚爱斌:《论徐复观〈文心雕龙〉文体论研究的学理缺失》,《文化与诗学》,2008年第2期,第74页。

②参姚爱斌:《论徐复观〈文心雕龙〉文体论研究的学理缺失》,《文化与诗学》,2008年第2期,第74—77页。

一律。上述七类辨体中,第一类诠释为"体裁"或"体制"固然可商榷,但一律释为"篇体"或"整体"亦未必切实。其他各类同例。当然,姚氏说皎然所列"一十九字"(如"高"、"逸"、"贞"等)是对不同"诗歌整体"最突出特征的指认,无疑是中肯的。但"高"、"逸"、"贞"等特征之名或概念的共名或属概念是什么呢? 当然是"体"。那么此"体"与"五韵体"、"五平体"、"五仄体"之类的"体"难道就无丝毫区别了吗? 仅就名或概念所指而言,"高"、"逸"、"贞"等与"五韵"、"五平"、"五仄"之类相较,前者虚,后者实,则是一目了然的。如从诗歌篇体(整体)特征辨识而言,前者显然是辨者于诗歌整体形貌所获得的综合感知、体认,而后者显然是辨者对诗歌整体局部或不同层次的形质特征的认知与把握。人们将前者"体"义释作"风格",而将后者"体"义释为"语言形式"或"语体"等便是考虑到了其间的差异。诚如姚氏所言,辨体就是辨文章整体特征,同时也是分类,而这一切又体现于命名的行为中。若以体喻的思维看,辨文章整体特征,亦有观于大体和观于小体的区别,如孟子观人有以心神之体为大,耳目口腹之形体为小。观于文章形实即可谓之观于小体,观于文章神虚便可谓之观于大体。学者们所谓"风格"多为大体之辨,而体裁、体制或"语言形式"、"语体"之类便是小体之辨。姚氏所列七类辨体形式,第二至第五类涉及"风格"多,故大多属大体之辨,而第六类所谓典型特征多指文体的局部和相应层次的性状,异于风格的综合把握、整体感知与体认,它可以通过字法句法、艺术形象、结构形式等的具体分析得以辨识,因而本质上属小体之辨。第七类概可归于"语言形式"、"语体"之类,故总属小体之辨。之于第一类,情形复杂。"四言体""五言体"偏小体之辨可以定论,其他则需结合具体辨体的实际情形方可定夺其大小体的归属。辨体的情形虽复杂,但若以体有大小之辨论之，不外乎观大体、观小体与兼观大小体三途。

就文体命名而言，从大体而命名，其名义多虚，如时代体、流派体之类；从小体而命名，其名义自然较实，如四言五言体、形似体、五韵体、四六体之类。相较而言，大体虚，小体实。体虚则其用多变难测，体实则其形可法可则。体之命名虽有从大体或从小体之别，但凡体皆含虚实两端。故文体之相参多是小体的相互移置与借鉴，是以实就虚，以虚用实，以小体变大体，以大体涵小体。问题在于，无论命名是从大体还是从小体的文体，相参过程中都有可能因小体之变而导致大体突破，淆乱先在的文体名实。如前例论断苏轼"以诗为词"的第二种观点所说的那样。这里自然会引起破体为文的"度"在哪里，各体的边界又是如何设定的追问。仍然以苏轼的"以诗为词"作例。如按上述第一种观点的解释，则其"度"仍然是词体抒情柔美和婉的风格大体，则风格大体也就构成了词体的边界。但据第二种观点，事实则是苏轼的"以诗为词"已是变词体的婉约艳情转向诗体的言志教化，不仅是风格大体的突破，也是功用大体的突破。词体的诗化似乎无度，也是不见边界的。因此，诗、词合流，原来的名实淆乱。在苏轼那里，事实是否如此，可存而不论，但变词体的婉约艳情转向诗体的言志教化作为"以诗为词"的趋势则肯定是存在的。若此一趋势演为事实的话，则词的诗化是否就真的无度无界，诗词不辨了呢？事实作出的答案显然是否定的。词体的成熟形态——"律词"告诉我们，词体的"格律"便是诗化的度，构成词体的边界，使得诗词之名各自名实相依，诗体词体可辨，而高卑仍然有序。这里值得注意的是引之为度、设定边界的恰是格律形式之"小体"特征，而于"大体"则当从历时角度观察其意义。即此而言，词作为诗体的变态——律诗变体而被纳入文体通变的谱系，文统大体得以延续。

　　大小体之辨之于辨体、破体为文的意义，还可以在"以诗为文"例中得到进一步阐述。最早关注诗文互参现象的是晚唐的司空图。其《题柳柳州集后》云："杜子美祭太尉房公文，李太白佛寺碑赞，宏拔清厉，乃其歌诗也。张曲江五言沉郁，亦其文笔也。岂相伤哉？"① 意为杜甫、李白、张九龄的创作实践，诗文互渗，两不相伤。宋人黄庭坚、陈善则明确提出了"以诗为文"的命题。黄庭坚强调："诗文各有体，韩以文为诗，杜以诗为文，故不工尔。"② 而陈善《扪虱新话》则以为："韩以文为诗，杜以诗为文，世传以为戏。然文中要自有诗，诗中要自有文，亦相生法也。"③ 前者强调诗文有体制边界，而后者则认为诗文本相生。关于"以诗为文"，目前学术界有两种代表性看法：

　　一种看法是，"以诗为文"，是中国古代文学史上的一种普遍且必然的现象。古代"以诗为文"的全体表现，可概括为五个方面，即：（一）古代散文多用诗歌的句式节奏、追求"偶文韵语"、"音以律文"，追求"暨音声之迭代，若五色之相宜"的语言形式之美；（二）比兴取象艺术手法在文中的广泛运用；（三）强化个性化抒情，突破"文以载道"、偏重记事说理的文体功能界限；（四）将诗歌倚重的跳跃和想象引入散文，使散文获得了诗一般的灵动和自由；（五）在文的创作中重视语言锤炼与意境营构。"以诗为文"之所以具有普遍性意义，是因为"诗乐分而诗体流为散文，散文亦可谓从诗体演来"，"文有骈散，而根源皆在诗"。"在中国文学史上众多的文体当中，诗歌无疑是第一强势文体。文学的起源自歌谣

①［唐］司空图：《司空表圣文集》，四部丛刊初编本，上海：商务印书馆，1936年，第10页。
②［清］何文焕辑：《历代诗话·后山诗话》，北京：中华书局，1981年，第303页。
③［宋］陈善：《扪虱新话》，丛书集成初编本，北京：中华书局，1985年，第3页。

始，《诗经》的出现标志着中国文学的成熟，成为中国各体文学流变的滥觞"。"诗歌在文体间的互渗过程中当然也会吸收其他文体的因素，但主要是向外辐射扩张，可以说，作为强势文体的诗歌，对文学史上各种文体的渗透几乎无所不在，散文自不能免。秦汉以下的历代散文，都存在着程度不同的'以诗为文'现象，追求诗语诗情、诗意诗境，成为包括散文家在内的中国各体文学作家共同的'情意结'"。① 与上述观点恰恰相反，以吴承学为代表的另一种看法则认为，"在中国古代，无论创作还是理论，关于'以诗为文'的文献极少"，"以诗为文"不太符合古人的审美习惯。②

上述两种看法虽然对古代"以诗为文"的事实认知及其价值判断绝然相反，但至于诗文辨体，则大同小异。大同者：诗、文体征不同，大体、小体皆有别。就大体而言，诗主性情讲意境，文以载道务实用；就小体而言，诗，句式齐整，讲求声韵格律；文，句式参差自然，擅记叙、议论、说理。小异者：前者对诗小体的理解强调了想象思维、比兴手法，而后者则无此侧重。③ 综而言之，第一

---

① 参杨景龙：《试论"以诗为文"》，《文学评论》，2010年第4期。尚有不少个案分析，各有侧重，但论及"以诗为文"的具体表现，大体不出杨文概括的范围，如：赵仁珪《苏轼"以诗为文"论》（《文学遗产》，1988年第1期）、姚静《论柳宗元的"以诗为文"——以〈永州八记〉为中心》（《唐代文学研究》十一辑）、莫道才《以诗为文：骈文文体诗化特征论》（《广西师范大学学报》，1997年第2期）等。需要明确的是唐中叶以后诗文对举的例子方成趋势，此前多为诗笔、文笔对举，宋人以"文"代替了笔。故"以诗为文"说法中的"文"实指唐宋"古文"，亦即骈散相对的散文。参逯钦立遗著，吴云整理：《汉魏六朝文学论集·说文笔》，西安：陕西人民教育出版社，1984年。
② 参吴承学：《中国古代文体学研究》，北京：人民出版社，2011年，第146—147页。
③ 这里的小体之辨，实际上是建立在"文笔之辨"基础上的现代延伸。

种看法言及的诗体体征差不多包括了现代意义上的"文学"概念的主要涵义，"诗"即"文学"的原始范型，故其所谓"诗化"亦即"文学"化，得出"以诗为文"具有普遍性和必然性的结论自然可以理解，亦易于实证。而后者尽管在"大体"的意义上承认了部分"游记"、"小品文"的诗化性质，但其在诗文小体理解上与前者的微妙差异，使其得以将"以诗为文"的现象更多限定在"六朝俪偶之文"一类。于是便以正宗古文的标准维护了诗文之体界，同时也就轻而易举地贬低了"以诗为文"的价值。吴承学之所以得出与前者迥然有异的看法，也许与其对文体互参中的"体位定势"的整体认识有关。吴氏曾明确指出："在破体为文中出现了一种极为普遍的情况，即以正体、品位高的文体去改造变体、品位卑的文体，以提高它们的格调和品位。相反的情况却非常罕见。……这种破体为文的习惯，从其深层意义看，反映了中国古老崇尚古典、朴素与风骨的审美价值取向。"①"文"，如按"文笔之辨"将其理解为与"韵文"相对的"散文"，则其文体类型显然极为复杂多样。故诗文体位高卑的关系，实难以遽定。但从吴氏对"以诗为文"现象的认识判断来看，他是倾向于文高诗卑的。此与第一种看法认定诗体乃强势文体，"诗乐分而诗体流为散文，散文亦可谓从诗体演来"，"文有骈散，而根源皆在诗"显然大异其趣。正因为文高诗卑，从参体的规律来说，"以诗为文"必然违背古人审美习惯，难以演为风尚。

　　上述两种看法无论有多大差异，但以语言句式和声韵格律之类的小体特征来标识诗体、文体边界则是一致的。就此而言，"文"即"散文"，它是以从"小体"而命名的。"以诗为文"即散文的

---

① 吴承学：《辨体与破体》，《文学评论》，1991 年第 4 期。

诗化,如果限于强化散文创作的想象思维、比兴手法等小体特征的话,尽管会带来散文诗性诗情或曰文学性的增强、散文风格大体的变化,但未必导致散文功用大体的隐匿或流失。相反,想象思维、比兴手法的恰当运用还可以加强散文叙事、说理与载道的功能,这是很容易在诸子散文、史传散文,尤其是《庄子》《史记》等文章中找到佐证的。诸子散文、史传散文当然也代表了吴承学所谓的正宗古文的正体。如此诗化自然是有度,那便是以散文的功用大体为度。当诗化更多表现为注重隶事用典、追求声律和谐、句式齐整对偶之小体征象时(如六朝俪偶之文,后人谓之四六、骈文),难免会带来散文叙事性、说理性的弱化,这已妨碍载道,伤及散文大体了。更为严重的是,如此诗化不仅伤害了散文功用大体,也突破了散文小体设定的边界,以至于诗文难辨,文统失序。六朝俪偶之文兴起而演为一时风尚且其流风余韵绵延上千年,自有其复杂的历史因缘。但从文化文体学的观点看,俪偶之文已非散文变体,而是独为新体了。① 故唐宋古文运动的古文家们以"八代之衰"视之,奋而力倡汉魏以上正宗古文以救文体之弊。既然俪偶之文作为新体已致诗文体界模糊,文统乱序,那么新体之文统整合势所必然。此一整合最直接的方式便是将其纳入诗体流变的秩序体系,故宋人王铚有"世所谓笺、题、表、启,

---

① 骈文学者莫道才论曰:"把另一种文学形式的表现特点借鉴过来以构筑一种文体,在中国文学史上恐怕只有骈文足以担当。骈文正是完全移植了诗歌的种种表现艺术从而形成了'以诗为文'的文体特征。"莫文还表明:随诗化趋势的增强,"骈文就其主体来说,押韵亦是很显著的形式特征",且"在诗化声律规则方面,骈文远不止押韵,还有平仄对应与黏接规则"。参莫道才:《以诗为文:骈文文体诗化特征论》,《广西师范大学学报》,1997年第2期。

号为四六者,皆诗赋之苗裔也"①之论。而班固早就说过"赋者,
古诗之流也"②;清人孙梅又谓"自赋而下,始专为骈体。其(指
《骚》)列于《赋》之前者,将以《骚》启俪也"③。如此一来,《诗》
《骚》、赋、骈体源流谱系卓然建立,俪偶新体得其归属,失序的文
体文统似乎重归和谐。④ 但稍加审视,便会发现这是一个依诗
之小体征象构拟的诗体源流谱系,其合法性在汉代就已被质疑,
"诗人之赋,丽以则;辞人之赋,丽以淫"⑤是为例。问题的要害
在于,骈体置于这样一个以小体征象构拟的诗体源流谱系中,于
"诗"体之变而言,因笺题表启之类各宗其功用而与诗之言志缘
情大体相抵牾;于"文"体之变而言,因设定散文边界的小体特征
的诗化而失去自身体位,且随诗之大体征象及其表现效果的强
化而大大弱化了笺题表启之文用大体。可见,骈体无论作为散
文变体还是诗体之流,其造成文统秩序的紧张与冲突都是难以
避免的。它意味着文体礼义理义大体与小体之间一体关系的断
裂、错位和矛盾。

　　骈体作为"以诗为文"的案例显然是一个极端的案例,已超出

---

① [宋]王铚:《四六话》卷首,《文渊阁四库全书》第1478册,第943页。
② [梁]萧统编,[唐]李善注:《文选·班孟坚·两都赋序》,上海:上海古籍出版
　　社,1986年,第1页。
③ [清]孙梅著,李金松校点:《四六丛话》,北京:人民文学出版社,2010年,第
　　46页。
④ 依此统序,清代扬州学派力倡骈文以与桐城古文抗争。方东树云:"扬州汪
　　氏(中)谓:文之衰,自昌黎始。其后扬州学派皆主此论,力诋八家之文为伪
　　体。"参方东树:《汉学商兑》,载江藩等:《汉学师承记》(外二种),北京:生
　　活·读书·新知三联书店,1998年,第384页。
⑤ [汉]扬雄:《法言卷二·吾子》,北京:中华书局,1985年,第5页。

文体互参的范畴而具有更为深刻的文化文体学意义。①它兴起确立于六朝,是传统功用主义的泛文学观走向极致的必然表现。换而言之,它也是六朝文学观发生变化的表征。今人多将此一变化视为中国古代文学的独立与自觉而与现代审美主义的文学观念等量齐观。笔者以为,今人的判断不能说无关乎真相,毫无道理,但显然言过其实了。对此,我们可以结合时人的文笔之辨加以阐明。

第九节　大小体之辨与文笔之辨

众所周知,关于六朝时的"文笔之辨",最早明确指出其义界的是刘勰。《文心雕龙·总术》曰:"今之常言,有'文'有'笔',以为无韵者'笔'也;有韵者'文'也。"②"文笔论"在唐以后随着古文的得势渐趋沉寂,直至清代骈文派兴起,阮元重新发起"文笔之辨"。阮氏将刘勰文中所说有韵无韵之别进一步解释为骈散之分,产生了广泛影响,引起了持续的更加广泛和深入的讨论。正如论者所言,阮氏重提"文笔之辨",其意图在确立骈文观念的正统合法性,建构骈体文的统序,给予骈文派以理论支撑,抗衡桐城古文派。晚清民国以来众多学者参与了由阮元引发的文笔之辨所涉及的文学论争,如刘师培、章太炎、黄侃、逯钦立、郭绍

---

① 实际上,唐宋以往的"尊体"、"破体"之辨,以及文体互参中所显现出来的"体位高卑"的不确定性,其深层根源在于礼乐文化背景中所形成的汉语文言的结构性矛盾,以及由此矛盾结构所衍生出来的文统文体观的对立。骈体作为"以诗为文"的案例只有立于这样的视野,方能获得理解。兹不详论,是义将在随后及正文的论述中有不同层次、不同向度的呈现。

② 周振甫:《文心雕龙今译·总术第四十四》,北京:中华书局,1986年,第380页。

虞等;"文笔论"的性质因此不可避免地打上了现代文学理论的烙印。①

在"文笔论"讨论中最见现代性与体系性的是郭绍虞的研究。对此,今之学者周兴陆在其所撰《"文笔论"之重释与近现代纯杂文学论》一文中已有较为全面揭示。在周氏看来,郭绍虞文笔论的要义在于:将"文笔之辨"的内涵转换为"纯文学"与"杂文学"的分别,即从文章体制之异上升为"文学性质之分别","以与现代文学观念相接榫,并将这种分别上溯至先秦两汉的'文学''文章'之辨,据此将中国文学批评史'系统化'"。周氏在肯定郭氏借鉴近现代理论将旧学系统化的现代学术眼光和探索精神的同时,亦指出其与阮元一样对六朝的文笔之辨作了"六经注我"式的过度阐释。正面言之,依周氏的认知与判断,六朝时期的文笔之辨与区分纯文学、杂文学的意识无关。它只能意味着"抒情性诗赋在当时的文体中得到重视,但并未从应用与审美的角度做出明显的区分。梁元帝的'吟咏风谣,流连哀思者,谓之文',也并非'接近于近人所谓的纯文学'"。②笔者认同这一观点,但遗憾的是,周氏对自己这一正面观点并未给出进一步分析与论证。兹结合周氏观点,以对六朝文笔之辨试作新的阐释。

六朝的"文笔之辨",情形复杂,我们还是从刘勰的"文笔论"说起。

刘勰著《文心雕龙》之时代流行以韵之有无将文章体制分为

①参周兴陆:《"文笔论"之重释与近现代纯杂文学论》,《文学评论》,2015年第5期;冯源:《20世纪"文笔"说研究述评》,《南都学坛》,2005年第3期;李裕政:《文笔之辨研究述略》,《三峡大学学报》,2015年第2期。

②参周兴陆:《"文笔论"之重释与近现代纯杂文学论》,《文学评论》,2015年第5期。

文笔两类是毫无疑义的,但此一分别,始于何时,刘勰的态度究竟如何,并非一目了然。至于前者,《总术》有云:"夫文以足言,理兼《诗》《书》,别目两名,自近代耳。"① 刘勰所谓"近代"或即刘宋,但并非确指,故其始出尚有探讨的空间。对此,逯钦立通过详实的史料,严密的考证,给出了较为切实的答案。逯氏的三点结论是:"文笔说的由来在东晋初年";有韵的文指诗、赋、颂、诔一类的制作,无韵的笔指书、论、表、奏一类的制作;"经、子、史等专门著述,不入单篇的文笔范围"。② 至于后者,一般论者据《序志》"若乃论文叙笔,则囿别区分"③ 一语,加之《文心》论文体的二十篇文章先"文"后"笔"的次序排列以及全书随处可见文笔对举的事例而断定刘勰认同有韵无韵的文笔观。④ 但若审察《文心雕龙》论文体的二十篇文章,便会发现从《明诗》篇到《谐隐》篇论"文"的部分,其所举作品便有无韵之文,如孔悝、蔡邕之《鼎铭》(《铭箴》篇)、蔡邕之《郭有道碑文序》(《诔碑》篇)、宋玉之《登徒子好色赋》(《谐隐》篇)等;而从《史传》篇到《书记》篇叙笔的部分,其所举作品又含有韵之文,如钟会之《檄蜀》与陈琳之《讨曹操檄》(《檄移》篇)、《书记》篇之"谚语"。据此,有学者断言,刘勰不以韵之有无作为区分文笔的绝对标准,而是以"情意"作为主要标准。⑤ 若从刘勰"夫文以足言,理兼诗书"云云之语气看,他对流行的文笔之辨将

---

① 周振甫:《文心雕龙今译·总术第四十四》,北京:中华书局,1986年,第380页。
② 参逯钦立遗著,吴云整理:《汉魏六朝文学论集·说文笔》,西安:陕西人民教育出版社,1984年。
③ 周振甫:《文心雕龙今译·序志第五十》,北京:中华书局,1986年,第448页。
④ 此派观点可以刘师培为代表。参刘师培:《中国中古文学史讲义·宋齐梁陈文学概略·文笔之区别》,北京:人民文学出版社,1957年。
⑤ 参蒋祖怡:《刘勰对"文笔之辨"的卓越贡献》,《杭州大学学报》,1988年第1期。

经典排除在文笔之外显然是不满意的。①那么刘勰对以韵之有无区别文笔的态度究竟如何呢？是否赞成将文章著述作文笔的类分呢？仅从《总术》中的论述是难以得出确切答案的。而就《文心雕龙》全书言之，既能找出如前所述文体论篇章文中有笔、笔中有文，不受韵之所限的例子，也能找到"论文叙笔，囿别区分"的例子，如刘师培所作检视。②综之，刘勰从时人文笔之说区分文章体制是可以肯定的，但其区分又不执着于韵之一端似乎也是可以求证的。只是刘勰区分文笔的标准若依个别论者视为"情意"则又显得过于泛泛，无以为别。这里的矛盾表现似乎只能解释为刘勰大体上顺从了时人以韵之有无分文笔的标准而又不坚守时人的"文笔之辨"。③学者陶礼天并不满足于此一矛盾解释而作出了新的理解，他认为："刘勰《文心雕龙》虽以'常言'即有韵为'文'而无韵为'笔'作为准则区别'文笔'，但他对'文'的文学性的分析，是包括了'情采声韵为文'的理论内容的，而且这是很明确的。"陶氏的理解其实是基于方法论而对刘勰"文笔之辨"问题作了不同

①文中"诗书"二字，通行注释本视作通言，均不标书名号。笔者以为，彦和此处"诗书"当实指《诗经》《尚书》，以之兼指流行文笔论以韵之标准区分文笔且将经典排斥于文笔之外之二义。这不难从此后续文并引颜延之观点及其所作批评中看出："别目两名，自近代耳。颜延年以为：'笔之为体，言之文也；经典则言而非笔，传记则笔而非言。'请夺彼矛，还攻其盾矣。何者？《易》之《文言》岂非言文；若笔果言文，不得云经典非笔矣。将以立论，未见其论立也。"

②参刘师培：《中国中古文学史讲义·宋齐梁陈文学概略·文笔之区别》，北京：人民文学出版社，1957年。

③黄侃读《文心雕龙·总术》论"文笔"云云而得出结论："以此而观，知彦和不坚守文笔之辨明矣。"参黄侃：《文心雕龙札记》，上海：上海古籍出版社，2000年，第215页。

性质的区分,正如其所言:

> 《文心雕龙》"文笔之辨"论,实际上可以分为两个相互联
> 系的问题来看待,一为"文笔之辨"中的"文笔之别"论问题;
> 二为由"文笔之别"论而引发的关于"文"与"笔"的文学性问
> 题,刘勰的"文笔之别"论和其关于"文"与"笔"的文学性认识
> 有区别,虽都与文学观念有一定联系,但仍应该将其"分别"
> 论和关于"文"与"笔"的文学性观念本身作为两个层次的而
> 且是相互联系的问题来看待。①

这种处理问题的方式有其聪明之处,也有助于澄清问题。按
笔者的理解,"文笔之别"涉及的是区别文类的文体学问题。就文
体别类而言,刘勰顺从了设韵为体界的传统观点。所谓"'文'与
'笔'的文学性观念本身",是就"文笔之同"而言的,其所涉及的
是关于"何为文学"的文学本体论的问题。就此而言,文、笔皆属
"文",或曰"文学"以"情采声韵"为其标志,不独限于声韵。究其
实质,是扩大了"文"的外延。刘勰此举的意义何在呢? 回到《文
心雕龙·总术》的论述,最直接的用意便是针对颜延之论文笔而
排除经典的做法。颜延之以为:"'笔'之为体,'言'之文也;经典
则'言'而非'笔',传记则'笔'而非'言'。"②颜氏以言笔之辨别经
传为二,经典为言,传记为笔。言质笔文,经典非文。可见,颜氏
之"文"乃"文饰修辞"的意思。在其眼中,经典记录的圣人言语未
作修饰,自然不文,而传记则是经过了文饰之言语,故属笔。③刘

---

① 以上参陶礼天:《六朝"文笔"论与文学观——〈文心雕龙〉"文笔之辨"探微》,
　《文艺研究》,2005年第5期。
② 周振甫:《文心雕龙今译·总术第四十四》,北京:中华书局,1986年,第380页。
③ 颜延之的"笔体言文"之说,客观上突出了书写阅读以及笔体文章的文学价
　值,其蕴藏了丰富的历史信息。

飚以"《易》之《文言》，岂非言文？若笔果言文，不得云经典非笔矣"相质，由此可以看出，刘勰显然是同意颜氏广义的"文"乃"文饰修辞"之看法的。又从前此刘勰引"文以足言"一语看，其"文"之义亦与此相合。① 而据《南史·颜延之传》"帝尝问以诸子才能，延之曰'竣得臣笔，测得臣文'"②之记载，可知颜氏也有"文笔之别"层面的文体论观念。就此层面而言，声韵为其体别之标准亦是可以肯定的。因为若以"文饰修辞"为准，则"文"、"笔"也就不具有别类的意义了。通而观之，刘勰文笔之辨之体别标准及"文"的观念基本上是与颜延之一致的。

早在 20 世纪初，逯钦立就把颜延之、刘勰、萧统的文笔说归为承袭晋宋旧说的正统派，以为最能代表晋宋以后革新派文笔说的是梁元帝萧绎的文笔之辨了。萧绎《金楼子·立言》曰：

> 古之学者为己，今之学者为人。学而优则仕，仕而优则学，古人之风也。修天爵以取人爵，获人爵而弃天爵，末俗之风也。古人之风，夫子所以昌言；末俗之风，孟子所以扼腕。然而古人之学者有二，今人之学者有四。夫子门徒，转相师受，通圣人之经者谓之儒；屈原、宋玉、枚乘、长卿之徒，止于辞赋，则谓之文。今之儒，博穷子史，但能识其事，不能通其理者，谓之学。至如不便为诗如阎纂，善为章奏如伯松，若此之流，泛谓之笔；吟咏风谣，流连哀思者，谓之文。而学者率

---

① "文以足言"语出《左传·襄公二十五年》："仲尼曰：《志》有之：'言以足志，文以足言。'不言，谁知其志？言之无文，行而不远。晋为伯，郑入陈，非文辞不为功。慎辞也。"（杨伯峻：《春秋左传注》，北京：中华书局，2009 年，第 1106 页。）"文以足言"可释作"文以成言"，其"文"即"文辞"，文饰其言辞的意思。

② [唐]李延寿：《南史卷三十四·列传第二十四·颜延之传》，北京：中华书局，1975 年，第 879 页。

多不便属辞,守其章句,迟于通变,质于心用。学者不能定礼乐之是非,辩经教之宗旨,徒能扬榷前言,抵掌多识。然而挹源知流,亦足可贵。笔退则非谓成篇,进则不云取义,神其巧慧,笔端而已。至如文者,维须绮縠纷披,宫徵靡曼,唇吻遒会,情灵摇荡。而古之文笔、今之文笔,其源又异。①

依逯钦立说,梁元帝的革新主要体现为两点:其一,将阎纂的诗归为笔,文笔区分不再以有无韵脚作标准了;其二,"文"应具备的条件,"已不限于所谓韵脚,而要'绮縠纷披,宫徵靡曼,唇吻遒会,情灵摇荡'了"。其实,这两点都是从"文笔之别"说的,重点在"文"的义界。其义界"绮縠纷披,宫徵靡曼,唇吻遒会,情灵摇荡"即"声律情采",而所谓"声律"非止韵脚,实为永明声律了。故逯氏引《文镜秘府论》南卷所引梁元帝《诗评》"作诗不对,本是吼文,不名为诗"、《文心雕龙·声律》"和体抑扬"、沈约《答陆厥书》中语为证。至于笔的义界也由篇翰取义变为制作技巧了(神其巧慧)。逯氏总评萧绎文笔说云:

　　他放弃以体裁分文笔的旧说,而开始以制作的技巧,重为文笔定标准,可说是一种化古为新的文笔说。宋齐以后,文笔说的大家,虽常常能为文笔下定义、分等级,而不仅象晋人似的仅视为一种分类法,然而真正把文笔的间架,与晋宋以来的文章评论,熔为一炉而铸成一种新文论的,实不得不推之梁元帝,在这一点说,《金楼子》的文笔说,尤其重要了。②

①[梁]萧绎:《金楼子第四卷·立言篇九下》,《文渊阁四库全书》第848册,第853页。
②以上参逯钦立遗著,吴云整理:《汉魏六朝文学论集·说文笔》,西安:陕西人民教育出版社,1984年。

　　逯氏谓元帝以制作技巧为文笔定标准,是放弃了以体裁分文笔的旧说,语义稍显含混,尚待澄清。所谓旧说标准无非是韵脚,以韵脚分文笔是以小体征象为文章所作的体类之分,而非体裁之别。其所谓体裁实指诗赋诔颂之名类,旧说的韵脚自然不能成为区别诗赋诔颂之类的标准。逯氏之所以有如上说法,笔者推测依据的是元帝文中视阉纂之诗如伯松章奏,"泛谓之笔"的批评。如果逯氏的观点合乎事实的话,那么这里也只能说明元帝对"诗"的批评标准更谨严了,仅合韵而不善偶对声律不可谓之诗,此与其云"作诗不对,本是吼文,不名为诗"是同一件事。① 将不合声律辞采的诗归为笔,亦说明在元帝那里,与"笔"相对的"文"的义界似乎大大收缩了,但在旧说中属笔而不押韵的有辞采的俪偶之文却可纳入诗文之流别了。至于元帝将笔的义界由篇翰取义转为制作技巧,实则又是扩大了"笔"的意涵,以笔赅文了,如同旧说别

---

① 杨明认为逯先生解"不便为诗"句为"把阉纂的诗也归到笔里去"有误。"'不便为诗'和'善为章奏'视作互文,意谓不擅长作诗、擅长章奏者,如阉纂、伯松之流,一般被称为长于'笔'的作者,亦即诗不属笔,章奏属笔"。又,针对黄侃说萧绎文笔之说"最为详明,其于声律以外,又增情、采二者"(即有情、采、韵者为文,无者为笔——逯氏说同),杨氏亦有辩驳:齐梁人所谓韵,确既可指脚韵,又可指句中音韵。但他们区分文笔,实未曾以句中声韵为断。当时人盛称"沈(约)诗任(昉)笔"(见钟嵘《诗品》中),萧纲《与湘东王书》云"近世谢朓、沈约之诗,任昉、陆锤之笔,斯实文章之冠冕,述作之楷模",即上引《金楼子》文之后,也有任昉"才长笔翰"之语。而任、陆所作不押韵的公家之文,都是很讲究句中声律的。即此一端,便可见"苟悭声律,皆可名文,音节粗琉,通谓之笔"的说法是难以成立的。杨氏是要证明:"萧绎之说不但未突破押不押脚韵的界线,而且其说实与刘勰并无不同,所谓'文笔'的概念实无所谓传统革新、前期后期之别。"杨氏可自成其说,但不足以破逯、黄之见。参杨明:《六朝文论若干问题之商讨》,《中州学刊》,1985年第6期。

之文笔,合则谓文。① 套用前引陶礼天有关"文"的说法,在"文"与"笔"的文学性观念层面,"笔"所意味的"制作技巧"成了"文学性观念"的基本内涵。就此而言,其与旧说"文饰修辞"的文学性观念则并无二致。从"文学性观念"的层面上说,萧绎之说与刘勰并无本质上的不同,六朝"文笔"的概念亦确无所谓传统革新、前期后期之别。尽管如此,"文饰修辞"的文学性观念在萧绎那里更加具体化了,亦即将以赅"文笔"的"文"明确定义为"骈语"这一语体征象。王国维云及一代有一代之文学的观点时曾说过:"楚之骚,汉之赋,六代之骈语,唐之诗,宋之词,元之曲,皆所谓一代之文学,而后世莫能继焉者也。"② 王氏概六代文学异于其他各代,不以"体裁"之体为代表而以语体称谓,考虑的恰是"文笔"之"文"的现实——汉魏以来,赋、诗、文语体的渐次骈化及其完成。③

---

① 黄侃云《文心雕龙》中的文笔用法,"散言有别,通言则文可兼笔,笔亦可兼文"。但黄氏未措意于《金楼子》"笔退则非谓成篇,进则不云取义,神其巧慧,笔端而已"之说,此间无论散言还是通言,笔皆可兼文了。参黄侃:《文心雕龙札记》,上海:上海古籍出版社,2000年,第209页。

② 王国维著,彭林整理:《〈宋元戏曲考〉自序》,《观堂集林》,石家庄:河北教育出版社,2003年版,第711页。

③ 有关汉魏以下赋、诗、文骈语化,学界早有论述且愈来愈具体细致。仅以单篇论文为例,当代就有:王运熙:《从文论看南朝人心目中的文学正宗》(《文学遗产》,1984年第4期),《从〈文选〉所选碑传文看骈文的叙事方式》(《上海大学学报》,2007年第3期);于景祥:《〈文心雕龙〉与〈文选〉所揭示的赋体骈化轨迹》(《社会科学辑刊》,2006第6期);程方勇:《从骈俪倾向谈范晔〈后汉书〉的序、论》(《中国社会科学院研究生院学报》,2005年第1期);代莉莉:《从〈史记〉〈汉书〉叙事散偶之别看骈化之轨迹》(《贵州师范学院学报》,2014年第7期);王丹:《东汉谏文的骈化》(《社会科学辑刊》,2005年第4期);张鹏兵《六朝文的骈化与士族意识》(《忻州师范学院学报》,2014年第4期);陈鹏:《论六朝表文的骈化及其艺术得失》(《青岛大学师范学（转下页）

　　问题在于，以上揭示的文笔观究竟是属萧绎自身的立场还是属萧绎对世俗之见的批判，并非一目了然。从全文语境看，萧文谈的是古今学风的不同，以及古今学者的分化。古代学者只有通圣人之经的通儒、止于辞赋的文人两类，而今之学者则变为通儒、学者、笔者、文人四类。"学者"实今之儒，异于通儒者，虽博穷子史，"挹源知流，亦足可贵"，但不通经义且又"多不便属辞"。观其语气，今之儒之逊色于古之儒可谓多矣。由此不难读出其崇古薄今之倾向，由此倾向亦可顺理成章地发现，文中萧氏对今之笔者、文士为文之风气实寓褒贬。故读"笔退则非谓成篇，进则不云取义，神其巧慧，笔端而已。至如文者，维须绮縠纷披，宫徵靡曼，唇吻遒会，情灵摇荡"一节，尤须留意"而已"、"维须"的语气。这里，萧氏实际上旨在批评今之笔者、文士文章制作的不良风气：笔者既不考虑篇章体制，又不追求义理精当，只是炫耀笔端技巧而已；而文士亦唯声律情采是求。此两者显然为萧氏文笔观所不取，那么其文笔观的标准又当如何呢？我们还是从"而已"、"维须"的语气中逆推。由此语气逆推可知，萧氏所立的"笔"类作品既要不失为文技巧而又要合乎篇章体制且义理精当；"文"类作品亦不应仅限于声律情采。至于"文"类作品在声律情采之外还有什么要求，

（接上页）院学报》，2008年第4期），《论六朝诔文的骈化及其艺术成就》（《嘉兴学院学报》，2008年第4期），《论六朝颂文的骈化及其艺术得失》（《盐城工学院学报》，2008年第4期），《论六朝书牍文的骈化及其艺术得失》（《三明学院学报》，2009年第1期），《论六朝赋的骈化及其艺术成就》（《湖北社会科学》，2009年第9期），《论六朝论文的骈化及其艺术得失》（《五邑大学学报》，2009年第1期）；邓心强：《论魏晋批评文体的赋化与南北朝批评文体的骈化》（《理论与现代化》，2013年第5期）；丁宏武：《〈抱朴子外篇〉的骈化倾向》（《宁夏师范学院学报》，2007年第4期）；莫道才：《六朝诗赋文的同步骈化与文体互融》（《求索》，2017年第4期）等。

可从《金楼子·立言》接下来的一段文字中读出:

> 至如《彖》《系》《风》《雅》,名、墨、农、刑,虎炳豹郁,彬彬君子。卜谈四始,刘言七略,源流已详,今亦置而弗辨。潘安仁清绮若是,而评者止称情切,故知为文之难也。曹子建、陆士衡皆文士也。观其辞致侧密,事语更明,意匠有序,遣言无失。虽不以儒者命家,此亦悉通其义也。①

文中谓潘安仁"清绮若是","评者止称情切",说明三点:首先表明"清绮"只体现了情采相符的文学评价标准;其次表明萧氏对此标准也是加以肯定的;最后表达了遗憾:文类作品做到了"情切"——情采相符,可谓"彬彬君子",然犹有不足,故感叹"为文之难也"。云文士曹子建、陆士衡"辞致侧密,事语坚明,意匠有序,遣言无失"实乃为潘安仁"情切"之对比,点明了其遗憾之所在。"虽不以儒者命家,此亦悉通其义也"云云,则直接宣告了为文须切合儒家经义的宗旨。此一标准不仅适合文类作品,而且也构成了前此所言笔类作品"义理精当"标准的具体内涵。由此看来,元帝的文笔论亦含有宗经观点,此又与刘勰无异。

综上可见,刘勰、萧绎文笔论几无区别,他们与颜延之的不同只在于对待经典态度的不同,前者论文笔不含经典,而后者则以"经典非言之文"为理由而将经典排除在文笔论之外。然文就文笔合言而论(今人之谓"文学性观念"),无论是以文贬笔抑或以笔贬文,其"文"其"笔",在六朝都未越出"文"为"文饰修辞"、"文采"这一意蕴。通言之,"文",大抵未脱离质、文辩证范畴所设立的意义框架。六朝如此,上溯先秦,下流唐宋,直至明清,亦是如此。以质文范畴言文体实即语体。

---

① [梁]萧绎:《金楼子第四卷·立言篇》,《文渊阁四库全书》第848册,第853页。

　　那么六朝文笔之辨的意义究竟何在呢？逯钦立以为出于"应乎文章新分类的需要"①，学者詹杭伦则更进一步将"文笔"的讨论置于中国目录学"集部"沿革的背景之上。如此一来，文笔之辨实际就变成了文献分类的问题。魏晋南北朝时期，目录学的四部分类架构已经形成。"集部"的分类，渊源于刘歆"七略"分类的"诗赋略"；名之为"集"，则从梁阮孝绪《七录》"文集录"之名演变而来。"传统图书分类里的'集部'，其内容驳杂，性质不一，与'文学（纯文学）'的观念颇有差异"，"学者所撰述的学术专书，通常根据其书之性质归类于经部、史部或子部之中；专书以外，撰写的其他诗赋、奏疏、书信、序跋或墓志铭等，便归结为一'集'"。"别集或总集之中，固然有文、笔两类作品，却也不乏经义、传记、论辨之文，就其性质而言，其实也属于经学、史学或子学领域，惟其尚未成专书，所以才编入集中"。以此为背景，关于六朝文笔论，詹氏的结论是：《文心雕龙》之"文"是一个广义的概念，相当于"集部"的概念，"而'文笔'之文，是一个狭义的概念，它只是'集部'之中的'有韵'的文类"。"刘勰与颜延之对'有韵为文，无韵为笔'的体认，并无歧义，颜延之也并无言、文、笔的三分法。颜、刘的不同仅在于，颜延之站在'文士'的立场上，主张讨论'文笔'问题，可以与经典分开；刘勰则站在'宗经'的立场上，认为既然要振叶寻根，讨论'文笔'问题，就不能脱离经典"。至于萧绎，也是在"集部"的范围内讨论"文笔"问题的，对"文笔"概念的体认与刘勰基本一致，微有不同的是，其论述体现了一种"重文轻笔"的思想倾向，但"并

────────────

①逯钦立遗著，吴云整理：《汉魏六朝文学论集·说文笔》，西安：陕西人民教育出版社，1984年，第340页。

不能视为'文笔'发展的新阶段，也没有所谓'纯文学'的涵义"。①

　　詹杭伦论"文笔"问题结合目录学"集部"沿革背景，有利于突破"文笔之辨，缴绕纠缠"的困局。其观点大体说来是合乎事实的，只是说萧绎有"重文轻笔"的思想倾向，如果对照萧绎本人的相关论述也许阐释过度了。詹氏的主要观点，实际上早就存在于萧统的《文选》及《文选序》中。《序》云：

> 若夫姬公之籍，孔父之书，与日月俱悬，鬼神争奥，孝敬之准式，人伦之师友，岂可重以芟夷，加以剪截？老庄之作，管孟之流，盖以立意为宗，不以能文为本，今之所撰，又以略诸。若贤人之美辞，忠臣之抗直，谋夫之话，辨士之端，冰释泉涌，金相玉振。所谓坐狙丘，议稷下，仲连之却秦军，食其之下齐国，留侯之发八难，曲逆之吐六奇，盖乃事美一时，语流千载。概见坟籍，旁出子史，若斯之流，又亦繁博，虽传之简牍，而事异篇章，今之所集，亦所不取。至于记事之史，系年之书，所以褒贬是非，纪别异同，方之篇翰，亦已不同。若其赞论之综缉辞采，序述之错比文华，事出于沉思，义归乎翰藻，故与夫篇什，杂而集之。远自周室，迄于圣代，都为三十卷，名曰《文选》云耳。②

　　《序》清楚地说明了其作为"文集"的性质。其"文"之名义甚为了然：一是指"文采"——综缉辞采、错比文华、沉思翰藻；二是指可独立成篇的"文章"——篇章、篇翰；三是"以能文为本"。萧统并非否定经、史、子有文采，而是从集部"文"之三义出发方将经、史、子三类排除在"文集"之外。合取三义作为"文选"的标准倒确实体现

---

① 以上参詹杭伦：《〈文心雕龙〉"文笔"说辨析——附论"集部"之分类沿革》，《文艺研究》，2009年第1期。
② ［梁］萧统编，［唐］李善注：《文选·序》，上海：上海古籍出版社，1986年，第2—3页。

了一种"重文轻笔"的思想倾向。虽然《文选》包括有韵之"文",无韵之"笔"两种体类的文章,但笔类作品入选"文集"与其"尚用"的功能无关,而在于"以能文为本"。故《序》特为强调:

> 又诏诰教令之流,表奏笺记之列,书誓符檄之品,吊祭悲哀之作,答客指事之制,三言八字之文,篇辞引序,碑碣志状,众制锋起,源流间出。譬陶匏异器,并为入耳之娱;黼黻不同,俱为悦目之玩。作者之致,盖云备矣!　①

其况笔类作品"譬陶匏异器,并为入耳之娱;黼黻不同,俱为悦目之玩",诚如论者所言"明确地表露了他对齐梁时期注重声韵、辞采的文学观念的认同"②。但这里最值得深辩的是"入耳之娱"、"悦目之玩"所体现的"以能文为本"的思想。

先秦以降的文论传统和主流,都是在"文质彬彬"这一礼乐文化观念的框架中发生并展开的。"文以足言","言之无文,行而不远"。故"文"作为"文字"、"纹饰"、"修辞"从来都是因服务于它者的功用或目的而得以定义或定位的。换言之,它只有工具手段的意义。"文"自身的体性或本质始终晦暗不明,故"能文"也就不可能以其自身为目的。而"以能文为本"的思想却欲以"文"自身为目的,这显然是颠覆了传统和主流的文学观念。更让人吃惊的是,萧统明确宣示了"文"的存在意义恰恰在于其提供的"入耳之娱"、"悦目之玩"的娱乐价值。从文化文体学的角度去看,笔体文章,本来都有其各自文化功能构成的礼义理义"大体"作为其本质规定,而据"以能文为本"的观念,以笔类作品入"文集"无疑是

---

① [梁]萧统编,[唐]李善注:《文选·序》,上海:上海古籍出版社,1986年,第2页。

② 李亚:《论阮元"沉思翰藻"说对〈文选序〉的某些误读——以阮元、萧统对"文"的不同理解为着眼点》,《郑州大学学报》,2006年第6期。

解构了其大小体辩证统一的体制格局。其"大体"的文体学意义大大虚化了，空前凸显的则是以声律、辞采等为征象的且以娱耳悦目为目的的"小体"地位。不仅无韵之"笔"体如是，而且有韵之"文"体在"文集"中被赋予的文体学意义亦复如是。

上述分析表明，南朝文笔论虽然具有目录学背景，但它超越了目录学本身的意义。在四部目录结构中，合文笔为一部的"文集"的独立，客观上形成了"文集"与经、史、子三部的区隔。至于这种区隔背后蕴含的观念和意义，理论上说，完全可以有相反的解释。一种解释是，严守文章畛域，防止文笔类作品僭越淆乱经史子。颜之推《颜氏家训·勉学》篇云："吾初入邺，与博陵崔文彦交游，尝说《王粲集》中难郑玄《尚书》事。崔转为诸儒道之，始将发口，悬见排蹙，云：'文集只有诗赋铭诔，岂当论经书事乎？且先儒之中，未闻有王粲也。'崔笑而退，竟不以《粲集》示之。魏收之在议曹，与诸博士议宗庙事，引据《汉书》，博士笑曰：'未闻《汉书》得证经术。'收便忿怒，都不复言，取《韦玄成传》，掷之而起。博士一夜共披寻之，达明，乃来谢曰：'不谓玄成如此学也。'"[①]詹杭伦认为，颜之推在文中举例，"是想说明某些学者学识简陋，思想呆板，不能融会贯通经、史、子、集，但同时也证明了当时的确有一批学者有严格区分经、史、子、集畛域的思想倾向"[②]。在例中严格区分经、史、子、集畛域的学者眼中，四部区隔显然有防止文笔类作品僭越淆乱经史子的意义。其中自然体现了以"文笔"之文为卑的思想观念。与此种解释形成鲜明对照的自然是昭明编辑《文选》行为

---

① ［隋］颜之推著，王利器集解：《颜氏家训集解》，北京：中华书局，1993年，第183—184页。

② 参詹杭伦：《〈文心雕龙〉"文笔"说辨析——附论"集部"之分类沿革》，《文艺研究》，2009年第1期。

本身及其《文选序》"文"之三义标准的确立,尤其是"以能文为本"的思想。其中显然蕴含了推重"文笔"之文的解释。从刘勰针对颜延之有关经典的文笔观的辩驳中亦能看出,六朝的合文、笔为"文集",以与经史子三部相区隔,确有推重文、笔之文的思想倾向与意义。这种重"文"的倾向,在萧统那里实已构成了对经典的无视与远离,以及对传统和主流文学观念的颠覆。正因为此,刘勰在文笔的争辩中,要不遗余力地证明经典为"文"体之本源。故其《序志》云:"唯文章之用,实经典枝条;五礼资之以成,六典因之致用,君臣所以炳焕,军国所以昭明,详其本源,莫非经典。"①

　　萧统所持文笔观与萧绎所批评的笔者炫耀笔端技巧,文士唯声律情采是求的为文风气是高度相应的,两者体现的都是对"文"、"笔"作品作为"文"的娱乐价值的追求。但相对而言,萧统的主张比萧绎所批评的观念更为激进。因为萧统提示的娱乐价值只是源于声色,而萧绎批评所提示的娱乐价值不止于声色,还系于"神其巧慧"。声色之文多对应人之感官,只是文之小体;而巧慧则关乎人之心智,尚未全失文之大体。前者属娱乐感官,而后者则是娱乐心智。以现代美学话语去表述,两者所反映的正是快感与美感之别。今人于此多不辨,一律视为美感与审美,故将六朝的"重文"与"文集"的独立当成中国文学观念自觉与文学独立的表征。六朝的文笔创作与观念确实具有开导出所谓审美文学或曰纯文学观念的可能性,但毕竟只是一种可能性而不是事实。我们姑且不考虑刘勰、萧绎等人的批评实与此背道而驰,仅以萧统《文选》所选作品看,亦能得出同样结论。收入《文选》的笔类作品诚文采斐然,不仅娱耳悦目,甚或亦能收赏心怡情之效,

---

① 周振甫:《文心雕龙今译·序志第五十》,北京:中华书局,1986年,第445页。

但无论如何，笔体文章作为公私实用文体的性质并不能因此而改变，文体实用性目的与"以能文为本"的矛盾总是客观存在的。当然，若以西方现代文论的观点看，这并不是问题。美国结构主义文论家乔纳森·卡勒说过，"一部文本成为一首诗，并不一定取决于语言属性"①。诗之所以为诗，或者说一个文本之成为文学性文本，完全取决于其文体的独特形式，取决于潜在的文学读者的存在。"恰如以某种语言说话的人吸收同化了一套复杂的语法"，"文学的读者，通过与文学作品的接触，也内省地把握了各种符号程式，从而能够将一串串句子读作具有形式和意义的一首一首的诗或一部一部的小说"。其诗学研究便是"致力于理解那些使文学之所以成为文学的程式"。②譬如如下例子：

　　　　我吃了放在冰箱里的李子，它们大概是你留着早餐吃的，请原谅，它们太可口了，那么甜，又那么凉。

　　这显然不是诗，甚至文学性散文都不是，它只是厨房餐桌上留着的一张便条。但乔纳森·卡勒则告诉我们，若将其改为如下分行排列的形式，则其产生的效果就大为不同了：

　　　　我吃了
　　　　放在
　　　　冰箱里的
　　　　李子
　　　　它们
　　　　大概是你

---

① 参[美]乔纳森·卡勒著，盛宁译：《结构主义诗学》，北京：中国社会科学出版社，1991年，第241页。
② 参[美]乔纳森·卡勒著，盛宁译：《结构主义诗学》，北京：中国社会科学出版社，1991年，第16、17页。

留着

早餐吃的

请原谅

它们太可口了

那么甜

又那么凉

　　它摇身一变似乎成了一首诗，其实，它正是美国著名诗人威廉斯的一首名为《便条》的诗。是什么使得一张普通的便条演为一首诗呢？若依乔纳森·卡勒说法，是那分行排列的独特的外在形式。正是分行排列这一诗的文体形式使得"有关诗义产生的程式立刻就起作用了"，于是"便条本身在当时当地的实用意义被剔除"，读者将一张日常生活中的"便条"当成诗而不是实用意义的便条或散文来阅读的"程式化期待"被唤醒。① 我们不能不承认，当笔体文章的书写越来越多地凸显声律辞彩这一小体征象时，其"文"的形式所造成的文体与现实相隔离的效果自然越来越强。② 至于萧统将此类文章收入《文选》并公开声明其"众制锋起，源流间出。譬陶匏异器，并为入耳之娱；黼黻不同，俱为悦目之玩"，亦确实表现出将所选笔体文章当初制作时的所有实用意义剔除

---

① 以上参［美］乔纳森·卡勒著，盛宁译：《结构主义诗学》，北京：中国社会科学出版社，1991年，第262页。

② 王运熙曾将《文选》所选蔡邕、任昉、沈约的碑传文，与《后汉书》《南齐书》所记同一传主的篇章相比较，证明了《文选》选录的碑文、墓志、行状等碑传文，由于用骈体写作，崇尚对偶、辞藻、声韵、用典等修辞美，故而对传主的德行、功业等叙述往往就概括笼统，这与散体文传记如实地描绘传主的话语、行为等风格大异其趣。参氏著：《从〈文选〉所选碑传文看骈文的叙事方式》，《上海大学学报》，2007第3期。

出去的阅读心态。这种阅读心态未尝不可视为以声律辞彩为能文的"程式化期待"。即便如此,笔体文章制作的日趋形式化——或曰"文"化,以及萧统专注于其小体的"文"化阅读,其与威廉斯将其夫人留下的一张便条转化为一首诗的情形以及卡勒的理论阐释仍然有着本质的差异。就制作而言,当留言便条获得诗体的形式,变为诗《便条》时,其作为现实文本的功能性语境已被制作者彻底隐匿了。① 如果威廉斯没有自注,卡勒也未解密的话,读者于《便条》文本无论如何也不会作出它曾经只是一张留言便条的现实联想。而《文选》中收录的任何一篇笔体文章,都不存在转化现实语言文本的制作情形,它本身就是一个现实的文本;无论其"文"化程度如何深刻,其作为实用文本的功能性语境并未被作者主动隐匿,相反,在标题及正文中随处可见。就文学观念而言,"便条"案例虽然反映了"反本质主义"的西方后现代哲学思潮在文学创作和文学理论中的影响,但它仍然是一种纯文学的观念。只是这种纯文学观念将语言文本的文学性,不再单纯视为文本语言结构形式客观形态所固有的属性,而是更进一步将文本语言结构形式客观形态的文学性的获得视为读者的文学阅读方式,以及使读者的文学阅读方式得以可能的种种"符号程式"。文学阅读方式与"符号程式"的假定,将文本的语言形式置换为文学形式,使其产生了超越语言意义的文学意义。因此,语言文本成为文学文本。作为文学文本,其形式即意味,形式与意义是不可分割的。如卡勒在揭示所谓"诗可以读作关于诗本身的陈述这一程式"的应用时说道:"如果一首诗看上去平庸至极,那么很可能它就是以

————

① 尽管《便条》的标题尚有某种暗示的意义,但这种暗示并不能告知读者诗歌文本与便条的直接关联,其所能表明的不过是:"便条"乃诗歌主题而已。

平庸的陈述来说明平庸,以此暗示诗不能超越语言,它最终与我们的直接经验不同,或者,它暗示诗充其量只能给世界上万事万物一个简单的称谓来赞颂它们,仅此而已。"①

在《文选》作品的阅读中,"以能文为本"的"程式化期待"确乎也能暗示出萧统"文即声律辞彩"的文学观,但声律辞彩这一形式显然不可能成为所有具体作品(包括文笔两类作品)的全部意义和主题。因为具体作品制作者所赋予其文本形式的意义毫无疑问超出了这一意义而千差万别。如《文选》中《甘泉赋》首序云:"孝成帝时,客有荐雄文似相如者。上方郊祀甘泉泰畤、汾阴后土,以求继嗣,召雄待诏承明之庭。正月,从上甘泉还,奏《甘泉赋》以风。"② 无论《序》出之本文抑或他人之手,"声律辞彩"这一形式本身的文学观意味并不能涵盖《甘泉赋》文本制作意图及读者阅读《甘泉赋》之意义期待。《序》的存在反而消解了萧统所赋予"声律辞彩"这一形式本身的文学观意味。要言之,声律辞采的"文"只是一种纯粹的形式。虽然具有程式化的特点,但它只是文体小体征象,而并不能成为生成一个具体文本意义的语法。以上说明,萧统的"以能文为本"与"纯文学"观念毫无干系,其"文"的观念与传统观念亦无任何实质性区别。

萧统的"以能文为本"的观念可谓六朝"尚文"风气的极致,其新义在于:明确了文章以声律、辞采为征象的"小体"在实现其大体功用价值之外,亦可具有自身娱耳悦目乐心的独立价值。这样的一种文体功能论或文章价值观确实有利于今人所谓的"纯文学"文体观的生成。但遗憾的是,《文选》及后世的"文集"、辨体

---

① 参[美]乔纳森·卡勒著,盛宁译:《结构主义诗学》,北京:中国社会科学出版社,1991年,第265页。

② [梁]萧统编,[唐]李善注:《文选·扬子云·甘泉赋》,上海:上海古籍出版社,1986年,第321—322页。

皆未超出六朝人的文笔范畴之外的事实说明,这一可能性并未成为现实。个中缘由虽然复杂,但质言之,传统文论与批评始终未能突破礼文化观念、礼学思维架构下的"大小体之辨"的文化文体学格局则是其主因。在"大小体之辨"的格局中,"文"作为"小体"的地位是先定的。文体之小体作为隐喻的"礼体",其所对应的总是人之感官嗜欲,物化之义,一旦脱离了礼义理义大体的节制,随时都会被视为一种解构道德文化的非人化力量。① 可见,中国传统之"文"是在"人化"的道德实践领域——而非西方传统将文学亦视为人类获取真理的特殊方式的认知领域,被定义的。因此,声律辞采作为文章的形式很难被视为真理的形式、某种观念的实体。前此,我们曾说过声色之文多对应人之感官,只是文之小体;

① 古人对执"文"逐"巧"的戒备心理可在《韩非子》"楚人鬻珠"、"秦伯嫁女"的寓言中看得非常清楚:"楚王谓田鸠曰:'墨子者,显学也。其身体则可,其言多不辩,何也?'曰:'昔秦伯嫁其女于晋公子,令晋为之饰装,从文衣之胜七十人,至晋,晋人爱其妾而贱公女。此可谓善嫁妾而未可谓善嫁女也。楚人有卖其珠于郑者,为木兰之柜,薰以桂椒,缀以珠玉,饰以玫瑰,辑以羽翠。郑人买其椟而还其珠。此可谓善卖椟矣,未可谓善鬻珠也。今世之谈也,皆道辩说文辞之言,人主览其文而忘有用。墨子之说,传先王之道,论圣人之言以宣告人。若辩其辞,则恐人怀其文忘其直,以文害用也。此与楚人鬻珠,秦伯嫁女同类。故其言多不辩。'"(《韩非子·外储说左上》)至隋朝王通更直贬前朝文士以文自陷为"小人"、"不利人"了:"子谓文士之行可见:'谢灵运,小人哉! 其文傲,君子则谨。沈休文,小人哉! 其文冶,君子则典。鲍照、江淹,古之狷者也,其文急以怨。吴筠、孔珪,古之狂者也,其文怪以怒。谢庄、王融,古之纤人也,其文碎。徐陵、庾信,古之夸人也,其文诞。'或问孝绰兄弟,子曰:'鄙人也,其文淫。'或问湘东王兄弟,子曰:'贪人也,其文繁。''谢朓,浅人也,其文捷。江总,诡人也,其文虚。皆古之不利人也。'子谓颜延之、王俭、任昉'有君子之心焉,其文约以则'。"(《中说·事君篇》)参[清]王先慎撰,钟哲点校:《韩非子集解》,北京:中华书局,1998年,第266页;张沛撰:《中说校注》,北京:中华书局,2013年,第79—80页。

而巧慧则关乎人之心智,尚未全失文之大体。之所以说巧慧未全失文之大体,只在于前者属娱乐感官,而后者则是娱乐心智。但行文至此,我们又不得不辨,作为心体之心亦有义理之心与情欲之心的分别。当巧慧为义理之心之发用,其乐心为道心之乐,其乐方可谓之美感;当巧慧专为情欲之心之发用,则其乐之心便只能被斥为娱耳悦目、淫心荡志的快感了。正所谓:"好乐而杂以郑卫,则淫心荡志而入于奢,穷幽极渺而惑于术数,则违叛正道而入于贼。"① 故巧慧虽出于人心,但它只设为文采以供声色之乐、耳目之观时,也就只能被体认为有损于礼义理义大体的奇技淫巧了。

第十节　文体与才性、德性

以上论述表明,六朝"文笔之辨"就其历史意义而言,不过是汉魏以降笔体文章整体趋向"文"化或曰"诗化"、"骈语化"的反映。而对此历史进程单纯从文学观念的变化而不从文章之士身份、政治制度、文化学术风气整体之演变的角度,是无法得到透彻理解的。② 至于"文笔之辨"所折射的文学观念并无文学本体论意义,

---

① [清]乾隆:《钦定礼记义疏卷六十三·经解第二十六》,《文渊阁四库全书》第126册,第99页。
② 近有学者发现,从两晋到南朝,由于选官制度的变迁,拟制公文的尚书省、中书省两个机构中的文学家数量不断增加,且"这一变化与南朝章表、诏令、策问等公文的骈体化进程相一致",进而得出"南朝公文的骈体化直接受到政治制度演变的影响"之结论。此外还有学者研究表明:"由东晋到南朝,诗赋创作主体由实际执掌政权的高门士族转向依附于皇室宫廷的文学侍从,这是晋宋之际,文风由清虚淡远日益走向绮靡浮华的关键。而中央集权的加强导致了官僚体制的复归,笔札的地位日益上升,最终促成了文笔之辨。"两说合参,颇具意味。参王相飞:《南朝政治制度演变与公文骈体化》,《北方论丛》,2011年第5期;王晓萌:《论晋宋之际文笔之辨的社会背景》,《文学遗产》,2011年第4期。

其所涵摄的仍然是文章"小体"的意义，尚停留在声色之乐、耳目之观与人心巧慧的理解层面上。它与卡勒"如果一首诗看上去平庸至极，那么很可能它就是以平庸的陈述来说明平庸"云云所指向的文学形式即文学意味即文学本体的文学观是不可同日而语的。尽管如此，六朝"文"的观念还是具有深刻的文化文体学意义，值得进一步揭示。

一、"文"之"小体"的律化及其"大体"意味

汉魏六朝文学之"文"的发展，是一个日趋形式化、程式化、仪式化的过程。"文"之观念的成熟定型，其实始于曹丕"诗赋欲丽"、陆机"诗缘情而绮靡，赋体物而浏亮"命题对诗赋之"丽"、"绮靡"与"浏亮"之文体征象的文学体认。当论者说出"在汉魏六朝骈体盛行时代，文士们认为那些讲求对偶、辞藻、音韵、用典等修辞美的作品才具有优美的文学性，而那些散体写实的传记则缺乏文学性"①的事实时，则说明了文章文体诗赋化的最终完成。在文体诗赋化的进程中，诗赋不仅化散体为骈体，而且诗赋自身亦相互渗透影响，日益改变着自身的文体学面貌。当诗赋化的笔体文章与诗赋之语体形式一道骈化时，其"文"的观念就其表象而言，已由纹饰修辞、文采的泛指，经由"丽"、"绮靡"与"浏亮"之类的近指，逐渐定型为文章之小体特征——对偶、辞藻、音韵、用典四者错综交织的文体"语言形式"或曰"文士"的文学"言说方式"之特指。当这种特定的"语言形式"或"言说方式"成为某一群体的自觉意识和重复的文化行为时，它已具有高度程式化特点和仪

---

① 王运熙：《从〈文选〉所选碑传文看骈文的叙事方式》，《上海大学学报》，2007第3期。

式化性质。从文体学的角度而言,程式化、仪式化,可广义地称之
为律体化,它意味着"文士"文化身份标识的成立和自我意识的对
象化确认。因此,作为"小体"形式之"文"获得体质而具有了"大
体"的意味,其"大体"意味所对应的正是汉魏以来所推重的文士
个体的才气、才情、才学与才性。

　　文笔的趋同与合流及文之语体的程式化、仪式化,就其内质
而言是推崇文士个体才气、才情、才学与才性的表现。扬雄云辞
赋雕虫小技,壮夫不为;班固谓屈原露才扬己。这里,二人虽然立
足于文用观,对"文"、"文士"作了负面评价,但将文章辞采与文士
个体才情相联系则是一致的。"自魏氏膺命,主爱雕虫,家弃章句,
人重异术"①,文士个体才情得到了正面的肯定。陆机《文赋》所
谓"诗缘情而绮靡,赋体物而浏亮",萧统重"入耳之娱"、"悦目之
玩",萧绎云文士之笔"神其巧慧",都一致说明,六朝尚"文",其实
张扬的是个体的才情和才学。②刘勰的相关论述在理论上极其
清楚地阐明了此一关节。《文心雕论·事类》云:"夫姜桂同地,辛
在本性;文章由学,能在天资。才自内发,学以外成,有学饱而才
馁,有才富而学贫。学贫者迍邅于事义,才馁者劬劳于辞情,此内
外之殊分也。是以属意立文,心与笔谋,才为盟主,学为辅佐。主

---

①［梁］沈约:《宋书卷五十五·列传第十五·臧焘徐广傅隆列传》,北京:中华
　　书局,1974年,第1552页。
②学者张峰屹曾撰文专门论述了逞才游艺与魏晋南朝诗歌、诗学的关系。作
　　者认为:"魏晋南朝诗坛,普遍存在着逞竞才学、游戏文字的创作情境。此种
　　情形之形成,与其时张扬才学的社会文化氛围、帝王权贵常常招聚文士酬唱
　　的风气以及寒士以文才求仕进的现实密切相关。"参氏著《逞才游艺与魏晋
　　南朝诗歌及诗学》,《文学评论》,2011年第5期。

佐合德，文采必霸，才学褊狭，虽美少功。"① 文中论述的主题"事类"即"用典"，用典切当，自是文章文采不可或缺的成分，而文章善于用典又关乎人之才学智识。但刘勰同时又认为文采更多地表现于辞情，而辞情则发乎人之才气、才性，故云"才为盟主，学为辅佐，主佐合德，文采必霸"。与学识相比，六朝人更偏重的还是人的才情、才性。"事类"固然见学识，但学识成文章之用尚待人之"巧慧"。萧绎云"今之儒，博穷子史，但能识其事，不能通其理者谓之'学'"，"而学者率多不便属辞"。又谓笔者"神其巧慧，笔端而已"。② "笔者"亦属"文士"，可见时人理解"事类"之"文"虽始于学，但终于巧慧，而巧慧的体质还是人的才气或才性。故刘勰在《情采》篇中突出论述了"三文"：

> 故立文之道，其理有三：一曰形文，五色是也；二曰声文，五音是也；三曰情文，五性是也。五色杂而成黼黻，五音比而成韶夏，五情发而为辞章，神理之数也。③

　"三文"形似泛论，涉及礼文、乐文、言语文章，但其实可视为文章文采构成的辞藻物色、声韵与辞情。如果考虑刘文本身就是骈体，"三文"句式为互文，则"三文"最终落实于"五性"、"五情"，而文章为人所作，故文章性情的体质自然非人之才气、才情、才性、才学莫属。故刘勰于《体性》篇又云："夫情动而言形，理发而文见，盖沿隐以至显，因内而符外者也。然才有庸俊，气有刚柔，学有浅深，习有雅郑，并情性所铄，陶染所凝，是以笔区云谲，文苑波诡者矣。故辞理庸俊，莫能翻其才；风趣刚柔，宁或改其气；事义浅深，未闻乖

① 周振甫：《文心雕龙今译·事类第三十八》，北京：中华书局，1986年，第337页。
② 参[梁]萧绎：《金楼子第四卷·立言篇》，《文渊阁四库全书》第848册，第853页。
③ 周振甫：《文心雕龙今译·情采第三十一》，北京：中华书局，1986年，第285页。

其学；体式雅郑，鲜有反其习；各师成心，其异如面。"①

　　文献中以"才气"论人较早见于《史记》，但不系于"文才"而更多指人过人的勇气、体能或身体的灵巧：

　　　　籍长八尺余，力能扛鼎，才气过人，虽吴中子弟皆已惮籍矣。（《史记》卷七）②

　　　　匈奴日以合战。典属国公孙昆邪为上泣曰："李广才气，天下无双，自负其能，数与虏敌战，恐亡之。"（《史记》卷一百九）③

　　《后汉书》直至唐修《晋书》尚延续此一用法，如《后汉书》卷十三谓牛邯"有勇力才气，雄于边垂"④、《晋书》卷六十一云周嵩"狷直果侠，每以才气陵物"⑤等。但由《晋书》⑥已可看出时人以"才气"称谓"文才"的趋势：

　　　　济尝诣湛，见床头有《周易》，问曰："叔父何用此为？"湛曰："体中不佳时，脱复看耳。"济请言之。湛因剖析玄理，微

---

① 周振甫：《文心雕龙今译·体性第二十七》，北京：中华书局，1986年，第254—255页。

② ［汉］司马迁撰，［宋］裴骃集解，［唐］司马贞索隐，［唐］张守节正义：《史记·项羽本纪第七》，北京：中华书局，1959年，第296页。

③ ［汉］司马迁撰，［宋］裴骃集解，［唐］司马贞索隐，［唐］张守节正义：《史记·李将军列传第四十九》，北京：中华书局，1959年，第2868页。

④ ［宋］范晔撰，［唐］李贤等注：《后汉书卷十三·隗嚣公孙述列传第三·隗嚣传》，北京：中华书局，1965年，第531页。

⑤ ［唐］房玄龄等：《晋书卷六十一·列传第三十一·周嵩传》，北京：中华书局，1974年，第1659页。

⑥ 今人所读《晋书》虽为唐修，但其史料来源多为晋宋人所著晋史或晋代国史，故下面所引传记中所出现的"才气"等概念基本上可视为晋人的观念。参聂溦明：《晋唐间的晋史编撰——由唐修〈晋书〉的回溯》，《中华文史论丛》，2016年第2期；范市兵：《〈晋书〉的编纂及其文献学成就·〈晋书〉的史料来源》，安徽大学硕士论文，2010年。

妙有奇趣,皆济所未闻也。济才气抗迈,于湛略无子侄之敬。既闻其言,不觉栗然,心形俱肃。遂留连弥日累夜,自视缺然,乃叹曰:"家有名士,三十年而不知,济之罪也。"(《晋书》)①

论议精辩,有纵横才气。(《晋书》)②

顾恺之字长康,晋陵无锡人也。父悦之,尚书左丞。恺之博学有才气,尝为《筝赋》成,谓人曰:"吾赋之比嵇康琴,不赏者必以后出相遗,深识者亦当以高奇见贵。"(《晋书》)③

世基,绚之子也,有才气。临死为连句诗曰:"伟哉横海鳞,壮矣垂天翼。一旦失风水,翻为蝼蚁食。"晦续之曰:"功遂侔昔人,保退无智力。既涉太行险,斯路信难陟。"晦死时,年三十七。(《宋书》)④

王籍字文海,琅邪临沂人。祖远,宋光禄勋。父僧佑,齐骁骑将军。籍七岁能属文,及长好学,博涉有才气,乐安任昉见而称之。尝于沈约坐赋得《咏烛》,甚为约赏。齐末,为冠军行参军,累迁外兵、记室。(《梁书》)⑤

于引文不难看出,晋宋以来,已普遍将"论议精辩"、"博学文章"之能与人的"才气"相关联。

---

①[唐]房玄龄等:《晋书卷七十五·列传第四十五·王湛传》,北京:中华书局,1974年,第1959页。

②[唐]房玄龄等:《晋书卷九十二·列传第六十二·赵至传》,北京:中华书局,1974年,第2379页。

③[唐]房玄龄等:《晋书卷九十二·列传第六十二·顾恺之传》,北京:中华书局,1974年,第2404页。

④[梁]沈约:《宋书卷四十四·列传第四·谢晦传》,北京:中华书局,1974年,第1361页。

⑤[唐]姚思廉:《梁书卷五十·列传第四十四·文学下·王籍传》,北京:中华书局,1973年,第713页。

　　最可注意的是,当时人恃才气越礼义而不以为过,且以才气服人已演为风气。上述湛、济叔侄故事可例,至于西晋时孙楚,史谓其"体英绚之姿,超然出类"、"而负才诞傲,蔑苞忿奕,违逊让之道,肆陵愤之气"①,又刘宋羊戎"有才气,而轻薄少行检"②。诸如此类,绝非偶然。

　　与"才气"的用法不同,"才情"始见文献便指人的"文才":

　　　　裴郎作《语林》,始出,大为远近所传。时流年少,无不传写,各有一通。载王东亭作《经王公酒垆下赋》,甚有才情。(《世说新语》)③

　　　　邢昕,字子明,河间人,尚书峦弟伟之子。幼孤,见爱于祖母李氏。好学,早有才情。萧宝夤以车骑大将军开府讨关中,以子明为东阁祭酒,委以文翰。在军解褐荡寇将军,累迁太尉记室参军。(《魏书》)④

　　此后,"才情"指谓基本上定格于文士的文学天赋与才华。⑤是故,六朝论诗论文多不离"缘情"、"吟咏性情""绮縠纷披,宫徵靡曼,唇吻遒会,情灵摇荡"之类,而世之文士又多名"才士"、"才

---

① [唐]房玄龄等:《晋书卷五十六·列传第二十六·孙楚传》,北京:中华书局,1974年,第1547页。

② [梁]沈约:《宋书卷五十四·列传第十四·羊玄保传》,北京:中华书局,1974年,第1536页。

③ 余嘉锡撰,周祖谟、余淑宜整理:《世说新语笺疏·上卷下·文学第四》第90条,北京:中华书局,1983年,第269页。

④ [北齐]魏收:《魏书卷八十五·列传第七十三·邢昕传》,北京:中华书局,1974年,第1873—1874页。

⑤ 如,王穉登《李翰林分体全集序》"李才情俊,杜才情郁",辛文房《唐才子传》卷一"希夷天赋俊爽,才情如此"、"(温庭筠)才情绮丽,尤工律赋",陈锐颖《徐孝穆集笺注后跋》"岂曰孝穆才情仅娴宫体而已哉"云云,皆属此类。

颖之士"、"辞人才子"、"才子"。①

　　"才情"与"才气"相互关联，皆出乎人之"才性"。孟子曰：
"乃若其情，则可以为善矣，乃所谓善也。若夫为不善，非才之罪
也。恻隐之心，人皆有之。羞恶之心，人皆有之。恭敬之心，人
皆有之。是非之心，人皆有之。恻隐之心，仁也。羞恶之心，义
也。恭敬之心，礼也。是非之心，智也。仁、义、礼、智，非由外铄
我也，我固有之也，弗思耳矣。故曰：求则得之，舍则失之。或相
倍蓰，而无算者，不能尽其才者也。"②在孟子，"才"与"性"分言，
其实"才"、"性"不分，即指人人之所禀天赋善端，虽然存有天命论
的影子，但具有空前的平等性，富含道德主体性的自由精神。汉
赵岐注云："仁义礼智，人皆有其端，怀之于内，非从外销铄我也。
求存之，则可得而用之；舍纵之，则亡失之矣。故人之善、恶，或相
倍蓰，或至于无算者，不得相与计多少，言其绝远也。所以恶乃至
是者，不能自尽其才性也。故使有恶人，非天独与此人恶性。其
有下愚不移者也，譬若乎被疾不成之人，所谓童昏也。"③赵注之
"才"、"性"合言实基于才性无差等的"才性"观。然汉代的"才性"
观已有很大变化，较之孟子已表现出差等和宿命论的倾向。郑

---

① 如，《三国志·魏书》卷二十一："评曰：昔文帝、陈王以公子之尊，博好文
　采，同声相应，才士并出。"《文赋》："余每观才士之作，窃有以得其用心。"
　《文心雕龙·通变》："今才颖之士，刻意学文，多略汉篇，师范宋集。"《宋
　书》卷六十七："自汉至魏四百余年，辞人才子，文体三变。"《旧唐书》卷
　九十四："访当时才子为谢表，托于味道，援笔而成，辞理精密。"《旧唐书》卷
　一百六十："江南士女语才子者，多云元白。"
② 李学勤主编：《十三经注疏·孟子注疏·告子章句上》，北京：北京大学出版
　社，1999年，第300页。
③ 李学勤主编：《十三经注疏·孟子注疏·告子章句上》，北京：北京大学出版
　社，1999年，第300—301页。

玄笺《诗·匏有苦叶》"深则厉,浅则揭"云:"既以深浅记时,因以水深浅喻男女之才性贤与不肖及长幼也。"①由"才性"可别男女,可见"才性"出乎自然;由男女"才性"有"贤与不肖及长幼"之状,实可见"才性"的概念又关乎人之"德性"与修养也。郑笺已见"才性"天赋差等,淡化了孟子道德主体性的自由精神。于是,才性与德性相分离,从而突出了"德性"与修养的意义。由于"才性"与"德性"相分离,"德性"失去了孟子"善端"的内在依据,故其"德性"修养并非尽其才性所能隐括,更多只能指向道德教化。

东汉后半期举人选官而品鉴人物蔚为风气,尤其是预言性批评成为显著现象。其突出的表现便是对一个人天赋之"才"的强调,如某某为"名师才"、某某为"王佐才"、某某为"千石才"或"百里才"的评语俯拾皆是。②循此风气,魏刘邵撰《人物志》,于人主备德(按:实圣王之谓)之外,别"才"十二等而谓之偏才,偏才各有所能。人的才分与能力是由人的"性"、"质"决定的。刘氏原人物才性之本云:"人物之本,出乎情性","凡有血气者,莫不含元一以为质,禀阴阳以立性,体五行而著形"。③诚如日本学者冈村繁所言:"刘邵并不把'质'视为人人皆同的基质,而更倾向于认为人的基质一开始就多种多样。能调和各种不同'质'的是'中和之质'(又称"中庸之质"),具备'中和之质'者为圣人,为众人之冠;而众

---

① 李学勤主编:《十三经注疏·毛诗正义·邶风·匏有苦叶》,北京:北京大学出版社,1999年,第138页。
② 参[日]冈村繁:《后汉末期的评论风气》,载《冈村繁全集》(三),上海:上海古籍出版社,2002年,第80—169页。
③ 参[魏]刘邵著,[西凉]刘昞注:《人物志·九征第一》,上海:上海古籍出版社,1990年,第4页。

人则是持种种'胜体'(分殊之天性)之'质'者。""人们是由于各自命运所得'元一'(元气)之厚薄多少而形成不同之'质'的。"① 故刘氏曰:"夫学所以成材也,恕所以推情也;偏材之性不可移转矣。虽教之以学,材成而随之以失。虽训之以恕,推情各从其心,信者逆信,诈者逆诈。故学不入道,恕不周物,此偏材之益失也。"② 不难发现刘论之特点:首先,离析"才"、"性",不再关注孟子以来所强调的"德性",更为突出人之才用器能;其次,突出了才性构成中的"情"、"气"的原型地位;"才"、"性"分疏,亦显各自差等,且"不可移转"。其实,刘氏之论否定了才学而能达至德性修养,甚至否定了道德教化的可能性,表现出了明显的天才宿命论倾向。其后,傅嘏"常论才性同异,钟会集而论之"③;钟会"尝论《易》无互体、才性同异。及会死后,于会家得书二十篇,名曰《道论》,而实刑名家也"④。《世说新语·文学》篇又谓"钟会撰《四本论》"。何谓"四本"? 刘孝标《世说注》引《魏志》曰:"会论才性同异,传于世。四本者,言才性同、才性异、才性合、才性离也。尚书傅嘏论同,中书令李丰论异,侍郎钟会论合,屯骑校尉王广论离。"⑤ 齐代王僧虔《诫子书》云:"《才性四本》《声无哀乐》,皆言家口实,如客

① 参[日]冈村繁:《刘邵〈人物志〉的人物论构想及其意图》,载《冈村繁全集》(三),上海:上海古籍出版社2002年,第247页。

② [魏]刘邵著,[西凉]刘昞注:《人物志·体别第二》,上海:上海古籍出版社,1990年,第9页。

③ [晋]陈寿撰,[宋]裴松之注:《三国志卷二十一·魏书二十一·傅嘏传》,北京:中华书局,1959年,第627页。

④ [晋]陈寿撰,[宋]裴松之注:《三国志卷二十八·魏书二十八·钟会传》,北京:中华书局,1959年,第795页。

⑤ 余嘉锡撰,周祖谟、余淑宜整理:《世说新语笺疏·文学第四》第5条,北京:中华书局,1983年,第195页。

至之有设也。"①可见，傅嘏发起的"才性四本论"是六朝清谈家嘴边常设的话题，甚至演为一种待客方式。由此可以想见，"才性"问题影响之深广。无论六朝人如何论才性的同异离合，器能才用意义上的"才性"与品行操守意义上的"德性"的分离，以及越来越多地以才性定位文章之士的大趋势是形成了。《晋书·戴若思传》云："（王）敦参军吕猗昔为台郎，有刀笔才，性尤奸谄。"②《魏书·游雅高闾传》载："定殷弟幼成，员外郎。颇有文才，性清狂，为奴所害。"③《北齐书·文苑传》载："祖珽奏立文林馆，于是更召引文学士，谓之待诏文林馆焉。珽又奏撰《御览》……御览成后，所撰录人亦有不时待诏，付所司处分者。凡此诸人，亦有文学肤浅，附会亲识，妄相推荐者十三四焉。虽然，当时操笔之徒，搜求略尽。其外如广平宋孝王、信都刘善经辈三数人，论其才性，入馆诸贤亦十三四不逮之也。"④由此数例及前此所言，可略见世之文士独得"才士"、"才子"尊名之消息。

要言之，六朝论"才性"，渐与人之德性操行相分离，日趋定格于文士的才气、才情。曹丕论文以气为主，陆机赋诗发"缘情绮靡"之调；刘勰虽不弃才学，但亦限于"摹体以定习，因性以练才"⑤以为说；简文帝更有"立身之道，与文章异，立身先须谨重，

①［梁］萧子显：《南齐书卷三十三·列传第十四·王僧虔传》，北京：中华书局，1972年，第598页。

②［唐］房玄龄等撰：《晋书卷六十九·列传第三十九·戴若思传》，北京：中华书局，1974年，第1847页。

③［北齐］魏收：《魏书卷五十四·列传第四十二·游雅高闾传》，北京：中华书局，1974年，第1210页。

④［唐］李百药：《北齐书卷四十五·列传第三十七·文苑传》，北京：中华书局，1972年，第603—604页。

⑤周振甫：《文心雕龙今译·体性第二十七》，北京：中华书局，1986年，第258页。

文章且须放荡"①之骇论。凡此，皆立于六朝"才性"论的大格局之中。此种格局，为确立性情文章的独立价值，以及文士文化身份的独立且获得合理性与合法性，提供了话语阐释空间。

二、文才获得尊崇的人文哲学依据及其历史意义

文士之才气、才情、才性源自"天赋"②，"天赋"说明了文章、文士与自然之道的先验关联。《中庸》云："天命之谓性，率性之谓道，修道之谓教。"③何谓"率性之谓道"？宋代丁易东《易象义》释曰："道出乎性，所谓率性之谓道也。"④郭店出土的战国中期的一篇竹简文献《性自命出》亦有类似思想："性自命出，命自天降。道始于情，情生于性。始者近情，终者近义。"⑤虽然古代"性情论"、"才性论"甚为复杂，各家之论多有不一，"性情"时有善恶清浊之分，"才性"又有同异离合之辨，但六朝"才性论"的主流实已剥离性情论、才性论中先秦儒家"德性"及其修养与礼乐教化的内容。"修道之谓教"、"终者近义"云云，则退隐幕后，不再是人们关注的焦点。于是，"才性"、"性情"，便可直接于天道自然中得到安放

---

① [梁]萧纲：《诫当阳公大心书》，严可均辑：《全上古三代秦汉三国六朝文·全梁文》，北京：商务印书馆，1999年，第113页。

② 颜之推《家训·文章》云："必乏天才，勿强操笔。"刘勰《文心雕龙·事类》云："文章由学，能在天资。才自内发，学以外成。"可见，将文士之"才"视为天赋是时人一般性观念。

③ 李学勤主编：《十三经注疏·礼记正义·中庸》，北京：北京大学出版社，1999年，第1422页。

④ [宋]丁易东：《易象义》卷十四，《文渊阁四库全书》第21册，第727页。

⑤ 刘钊：《郭店楚简校释》，福州：福建人民出版社，2005年，第88页。

了。① 而在推重性情自然的基础上,六朝才性论,又在才分、性分的意义上将"文才"专属于文士。② 这里自然会生出疑问,既然"性情"乃顺天道自然,"才分"亦人之天赋自然,而凡人皆得性情,皆禀天命才分,那么为何"文士之才"可作为人才或才情之极而独得推崇呢?

对此,龚鹏程有独到的解释。依其看法,这与传统的"创作者的神圣性"观念有关,《礼记·乐记》"作者谓之圣,述者谓之明"的说法就代表了这样的观念。依这种观念,"创作者靠着一种神圣、神秘、神奇的力量,才能撰构出一篇具有奥义、音辞又非常特别的文章,此即为一种特殊能力,非常人所能及。常人至多只是可以传述其言而已"。这是天才观,也是圣人观。"圣人之所以为圣,就是因为他具备了这种能力,故能昭示真理,创制礼乐文章"。孔子曰:"若圣与仁,则吾岂敢。"又曰:"所谓圣人者,知通乎大道,应变而不穷,能测万物之情性者也。"其"圣"亦偏向传统的才智说,以才智论圣,是"圣"的本义或通义,代表了传统的"圣人观"。孟子将传统的"圣人观"作了一个转折,"不仅从才上说圣人,更要

---

① 在天道自然中安放"性情"是魏晋玄学家的不二法门,兹引数例以见一斑:"越名教而任自然。"(《嵇中散集》)"夫喜、惧、哀、乐,民之自然,应感而动,则发乎声歌。"(王弼《论语释疑·泰伯》)"有生则有情,称情则自然。若绝而外之,则与无生同,何贵于有生哉! 且夫嗜欲,好荣恶辱,好逸恶劳,皆生于自然。"(向秀《难养生论》)"物无非天也,天也者,自然也,人皆自然。""夫率性而往者,自然也;往而伤性,性伤而能返者,亦自然也。"(郭象《庄子·大宗师注》)"自己而然,则谓之天然。天然而非为也,故以天言之;以天言之,所以明其自然也。"(郭象《庄子·齐物论注》)

② 龚鹏程认为,视"文人"为"立基于生命之先天而定然的强烈才情之充实发挥者"始于汉魏,以文才为人才之极在班固、王充的相关言论中已见端倪。可参氏著《中国文学批评史论》,北京:北京大学出版社,2008年,第209—210页。

从仁义恻隐之心上说圣人"。孟子的贡献在于"以仁说圣"，"人皆可以为尧舜，系就人之仁心说。在才智上，则常人绝对不及圣人"。（按："才智"即"才性"，"仁心"即"德性"。）从圣人才性论出发，"圣人因能作文，故有神圣性。文也因是圣人所作，故也有神圣性"。"圣人"是"作者"，其所作虽在"典章制度"、"文献言论"，但"又以文辞为主"，是故"圣人与文人才子被视为一体"。刘勰论文原道、征圣、宗经的理路正在于此。"后世论圣人，受宋明理学之影响，偏于从道德上说，以致难以将圣人与文人关联起来看。一谈到圣贤，也仅偏于由其人格说，而不由其开物成务、化成人文处见其才干。故圣人也者，仅为进德修身、穷理尽性以至天命之人格典范而已。这其实不是古人的思路。古人认为圣人之德，乃是与其才分不开的"。"其圣在其才，也在其文。有此文乃可以见圣人之德"。①

依据龚氏的解释，汉魏以来"文士之才"作为人才或才情之极而独得推崇是有传统"圣人观"作底蕴的。六朝人主性情文章并文士身份独立，自有其文化渊源和历史必然性。

龚氏基于"圣人述作观"所作的解释，具有合理性且吻合古人从文章制作的角度推崇文章之士的事实。最值得一提的是东汉王充有关"文士鸿儒"的论述。其《论衡·超奇篇》云：

> 通书千篇以上，万卷以下，弘畅雅闲，审定文读，而以教授为人师者，通人也。杼其义旨，损益其文句，而以上书奏记，或兴论立说，结连篇章者，文人、鸿儒也。好学勤力，博闻强识，世间多有；著书表文，论说古今，万不耐一。然则著书

① 以上参龚鹏程：《中国文学批评史论》，北京：北京大学出版社，2008年，第211—218页。

表文,博通所能用之者也。入山见木,长短无所不知;入野见草,大小无所不识。然而不能伐木以作室屋,采草以和方药,此知草木所不能用也。夫通人览见广博,不能掇以论说,此为匾生书主人,孔子所谓"诵诗三百,授之以政不达"者也,与彼草木不能伐采,一实也。孔子得史记以作《春秋》,及其立义创意,褒贬赏诛,不复因史记者,眇思自出于胸中也。凡贵通者,贵其能用之也。即徒诵读,读诗讽术,虽千篇以上,鹦鹉能言之类也。衍传书之意,出膏腴之辞,非俶傥之才,不能任也。夫通览者,世间比有;著文者,历世希然。近世刘子政父子、扬子云、桓君山,其犹文、武、周公并出一时也。

同篇又云:

> 故夫能说一经者为儒生,博览古今者为通人,采掇传书以上书奏记者为文人,能精思著文连结篇章者为鸿儒。故儒生过俗人,通人胜儒生,文人逾通人,鸿儒超文人。故夫鸿儒,所谓超而又超者也。以超之奇,退与儒生相料,文轩之比于敝车,锦绣之方于缊袍也,其相过,远矣。①

可见,自东汉始,读书人就有儒生师士与著述文章之士的分野,而且在当时人心目中,著述文章之士实已并作笔的文士(吏)与作赋论著的鸿儒而言,更将鸿儒置于圣人之行列。尽管如此,龚氏解释有待进一步辨析的问题仍然存在。

首先,龚氏以"作者"之义将圣人与文人关联起来似有表象之嫌,尚不够究竟。刘邵《人物志》云:"兼德而至,谓之中庸。中庸

---

① 以上参黄晖:《论衡校释》,北京:中华书局,1990年,第606、607页。

也者,圣人之目也。"① 刘氏所谓圣人中庸之德乃"兼德而至",其实是其心目理想中的人主之德。而"主德不预焉"(目不求视,耳不参听),主德之才"聪明平淡,总达众材,而不以事自任者也。是故主道立,则十二材各得其任也","众材既达,则人主垂拱无为而理"。② 可见,刘邵才性论中的"圣人"与开物成务而化成人文的才德、文德以及仁心德性都失去了关联。"圣人"显然被"虚无"化了,它倒似清虚以自守的黄老圣人,或者说更合乎以道释儒的玄学理想中的圣人形象。其神圣性与神秘性不在圣人"有所作"而后道德文章,而恰在于无为而治,无为而理,一言以蔽之:"无为自然。"刘勰以"道沿圣以垂文"论圣人文章,显然亦是在"无为自然"的意义上立论的。当其论曰:"文之为德也大矣,与天地并生者何哉?夫玄黄色杂,方圆体分;日月叠璧,以垂丽天之象;山川焕绮,以铺理地之形:此盖道之文也。仰观吐曜,俯察含章,高卑定位,故两仪既生矣。惟人参之,性灵所钟,是谓三才。为五行之秀,实天地之心。心生而言立,言立而文明,自然之道也。"③ 则更是如此。文人才子之所以能分享圣人的神圣性,并不因其为"作者"。如论"作者",成一家之言的"诸子"更近圣人,而"诸子"却不在文人才子的行列。其实,"有所作"只是表象,文人才子的"神圣性"的获得,本质上缘于对其善于感通万物情性的天赋才性及性情、为文书写时所表现出来的灵感状态,以及所成诗文功用的神秘性

① 魏]刘邵著,[西凉]刘昞注:《人物志·九征第一》,上海:上海古籍出版社,1990年,第6—7页。

② 参[魏]刘邵著,[西凉]刘昞注:《人物志·流业第三》,上海:上海古籍出版社,1990年,第10页。

③ 周振甫:《文心雕龙今译·原道第一》,北京:中华书局,1986年,第9—10页。

之体认："寂然凝虑，思接千载；悄焉动容，视通万里"①、"照烛三才，晖丽万有。灵祇待之以致飨，幽微藉之以昭告。动天地，感鬼神，莫近于诗"②、"下笔如有神"③、"含情而能达，会景而生心，体物而得神，则自有灵通之句，参化工之妙"④。此类有关"文才"显用的描述，与儒家文献赞美圣人的开物成务而化成人文的才德、文德和仁德，无疑是形似同构的表述："所谓圣人者，智通乎大道，应变而不穷，能测万物之情性者。"⑤"唯天下至诚，为能尽其性。能尽其性，则能尽人之性。能尽人之性，则能尽物之性。能尽物之性，则可以赞天地之化育。可以赞天地之化育，则可以与天地参矣。"⑥何谓大道，又何谓情性？孔子答哀公问曰："大道者，所以变化而凝成万物者也。情性也者，所以理然不然取舍者也，故其事大。配乎天地，参乎日月；杂于云蜺，总要万物。穆穆纯纯，其莫之能循；若天之司，莫之能职，百姓淡然，不知其善。"⑦何谓"诚"者？《中庸》曰："诚者，天之道也。""诚者不勉而中，不思而

① 周振甫：《文心雕龙今译·神思第二十六》，北京：中华书局，1986年，第246页。
② 吕德申：《钟嵘〈诗品〉校释》，北京：北京大学出版社，1986年，第35页。
③ ［唐］杜甫著，［清］仇兆鳌注：《杜诗详注·奉赠韦左丞丈二十二韵》，北京：中华书局，1979年，第74页。
④ ［清］王夫之著，戴鸿森笺注：《姜斋诗话笺注》卷二《夕堂永日绪论内编》，上海：上海古籍出版社，2012年，第97页。
⑤ 黄怀信主撰，孔德立、周海生参撰：《大戴礼记汇校集注》上册卷一《哀公问五义第四十》，西安：三秦出版社，2005年，第66页。
⑥ 李学勤主编：《十三经注疏·礼记正义·中庸》，北京：北京大学出版社，1999年，第1448页。
⑦ 黄怀信主撰，孔德立、周海生参撰：《大戴礼记汇校集注》上册卷一《哀公问五义第四十》，西安：三秦出版社，2005年，第66—70页。

得,从容中道,圣人也。"① 可见,尽管战国秦汉儒家的"圣人观"推
崇圣人制作礼乐文章,化成人文的功德,与魏晋玄学之圣人"无为
而治而理"的观念有异,但就圣人尽其圣智、德性而赞天地化育、
成礼乐文章的观念而言,其与文人缘情体物,参化工之妙,尽其才
情而化为诗文实有可会合处,其会合处又无非天赋自然也。而最
能发挥文人天赋才情、曲尽化工之妙、最具神秘性的是诗赋。故
文才更多以诗才为考量,谢灵运论陈思八斗之才即指诗才。六朝
文笔至唐演为诗笔、才子独称诗人,其缘亦在于此。

　　其次,圣人开物成务而化成人文的才德、文德与其仁心德性
应是一体的,而汉魏以下的文章之士、文人才子则是文章一得之
士、是偏才,故其德性、其才情与其文较之圣人德性、才情与文章
又是不可同日而语的。

　　刘勰云:"心生而言立,言立而文明,自然之道也。"②"言文"
作为"自然之道"尽管可通圣人与文人,但两者"德性"之差异决
定了两者"言文"在古人正统文章观念中实有天壤之别。孔子
曰:"有德者必有言,有言者不必有德。仁者必有勇,勇者不必有
仁。"③ 圣人固不世出,孟子说"五百年必有王者兴"④,其王乃圣
德之王。孔子这里所谓"有德者"非专指圣德之王,但包括有德有
位的仁人君子,此类"有德者"与孟子备天爵人爵于一身的贵族相
仿佛。而朱熹《论语集注》曰:"有德者,和顺积中,英华发外。能

---

① 参李学勤主编:《十三经注疏·礼记正义·中庸》,北京:北京大学出版社,
　　1999年,第1446页。
② 周振甫:《文心雕龙今译·原道第一》,北京:中华书局,1986年,第10页。
③ 杨伯峻:《论语译注·宪问篇第十四》,北京:中华书局,2009年,第144页。
④ 李学勤主编:《十三经注疏·孟子注疏·公孙丑章句下》,北京:北京大学出
　　版社,1999年,第125页。

言者，或便佞口给而已。仁者，心无私累，见义必为。勇者，或血气之强而已。"①其所谓"有德者"实变为一般修身意义上的道德君子，是否有其位则已在其次了。

　　关于"言文"性质之差异，于儒家文献可找到进一步申说。《礼记·表记》载："子曰：君子不以辞尽人。故天下有道，则行有枝叶；天下无道，则辞有枝叶。"②宋代卫湜《礼记集说》引孔氏说云："此明君子之行，不可虚用其辞。不以辞尽人，言不得以言辞之善谓行亦尽善也。有道之世则所行美好，似树干之外更有枝叶，无道之世人不诚实，但言辞虚美。"又引横渠张氏说云：

　　　　有道是有实也。有实则行有文章也，无实则言有文章也。行有文章，则莫非实是也。言尚浮华，则唯虚辞相誉而已，无其实也。故君子问寒则衣之，称美则爵之。今言无有实，其求益与夫相亲相依之言，皆相奉而已。故仲尼欲无言，直欲务实。君子先行其言，而后从之。至如近世之语功实者，犹徒具文而已，亦不以实求也。③

　　参据以上所述"有德者"、"仁者"与"君子"之"言文"，亦可说明圣人"言文"乃德行之英华，有礼体质实为支撑；而"文人"之"言文"乃"言辞虚美"，无礼体质实支撑，"犹徒具文而已"。由圣人之"道德文章"流于文人之"情性文章"，盖导源于世之才、德的分离。清人胡渭有云：

　　　　上古之才德出于一，中古之才德分为二。惟其出于一

①［宋］朱熹：《四书章句集注》，北京：中华书局，1983年，第149页。
②李学勤主编：《十三经注疏·礼记正义·表记》，北京：北京大学出版社，1999年，第1493页。
③以上参［宋］卫湜：《礼记集说》卷一四十，《文渊阁四库全书》第120册，第417页。

也，故皋陶陈九德不复言才，而八元八恺谓之才子亦不复言德。盖以才者德之用，德者才之体也。中古之人或有德而无才，或有才而无德，于是分为二。世遂以德为无用之物，才为济恶之具，而不知其非也。《文言》以仁礼义智为四德，德岂无用之物？孟子云："为不善非才之罪。"则才非济恶之具也。其所以无才者，气为之拘也。其所以无德者，欲为之累也。然德与才虽无善恶之分，而有本末之辨。本可以兼末，末不可以兼本。故孔子曰："有德者必有言，有言者不必有德。仁者必有勇，勇者不必有仁。"①

胡氏不以善恶辨德才，但主张德才有本末体用之别。其有关"德"与"才"的论述源之于对陈龙正《学言》一段话的辩证。陈氏《学言》曰："有守是德，有为是才。才之中又分猷、为二种。盖人有思虑者未必能挥霍，能挥霍者未必能精详。合猷、为而其才始备。"而在胡氏看来，"有德者必有才，有才者不必有德。不协于极，盖有猷有为而不克有守者"。何谓"不协于极"？胡氏引朱鹤龄《尚书埤传》语曰："三代以下布衣，任侠之雄作气势、结私交植党、行权以立强于时者，荀悦之所谓'三游'，而自皇极之主视龙正之皆有猷、有为者也。弃之于下则为淫朋败德之徒，收之于上则为奉职首（守）公之士。圣王在位，鼓舞之以功名、程课之以实效，使猷、为者进于有守。由是人无废才，国无死党，风俗正而大化成矣。"所谓"不协于极"乃指"皇极之主"亦即人主不能"诱掖奖劝，使猷、为者进于有守耳"。"此等有才者初亦未为淫朋"，"惟弃之于下，则彼将愤其才之不见用，而相激为淫朋，作好作恶以

---

① ［清］胡渭：《洪范正论》卷四，《文渊阁四库全书》第68册，第52页。

罹于咎"。① 胡氏言下之意,德才二分相离,根源在于圣王缺席,人主不德,礼乐德政不施。尽管胡氏所谓德者、才者为在圣人之外的一般人,且亦非专论文德、文才,但以其观点视"言文",不难推断在胡氏心目中,上古圣人成化人文的道德文章固为楷式,然亦不至于因文士之才偏而断然否弃才者之性情文章。此无须多论。胡氏文中最可留意的是其对"中古之人或有德而无才,或有才而无德,于是分为二"现象的理论阐释。有德者所以无才,乃拘限于气;而有才者所以无德,乃牵累于欲。所谓"气"应指人之先天气质禀赋,但德的"无才"并非是说其德性之体中不具才气,而是因为某种原因(当为"不协于极")而未能尽其才性才气罢了。何以见之? 其云"有德者必有才",而辨德才本末又引孔子"有德者必有言"为结,可以为证。② 由此亦可见其所谓"才气"更多地落实在能"言"或"言文",而其所谓"欲"亦当指人之情气所化之欲。这里胡氏表现出了将才与文才等同,并且视情气为"言文"本质的倾向。至于有才而无德者亦非才者天性禀赋中无德,而是因为纵其才气才情而终至无节。这似乎是很传统的"性其情"的观点。何谓"性其情"?《礼记·乐记》云:"先王之制礼乐也,非以极

---

① 以上参[清]胡渭:《洪范正论》卷四,《文渊阁四库全书》第68册,第51、52页。
② 此处胡渭之论当非空言,应有历史经验为其依据。《晋书》史臣曰:"江统风检操行,良有可称,陈留多士,斯为其冠。《徙戎》之论,实乃经国远图。然运距中衰,陵替有渐,假其言见用,恐速祸招怨,无救于将颠也。逮愍怀废徙,冒禁拜辞,所谓命轻鸿毛,义贵熊掌。彭位隆端右,竭诚献替。惇遗忽荣利,聿修天爵。虽出处异途,俱难兄弟矣。孙楚体英绚之姿,超然出类,见知武子,诚无愧色。览其贻皓之书,谅曩代之佳笔也。而负才诞傲,蔑苞忿奕,违逊让之道,肆陵愤之气,丁年沈废,谅自取矣。"《晋书》"史臣曰"可为之注脚。([唐]房玄龄等:《晋书卷五十六·列传第二十六·江统传》,北京:中华书局,1974年,第1547页)

口腹耳目之欲也,将以教民平好恶,而反人道之正也。"①王弼《周易注》云:"不为'乾元',何能通物之始? 不性其情,何能久行其正? 是故'始而亨者',必'乾元'也。利而正者,必'性情'也。"②《礼记集说》引长乐刘氏曰:"凡在学者,孰敢不性其情以蹈于中和之域哉! 此三代之王,所以后世无及也。"③程颐云:"其中动而七情出焉,曰喜怒哀乐爱恶欲。情既炽而益荡,其性凿矣。是故觉者约其情使合于中,正其心,养其性,故曰性其情。愚者则不知制之,纵其情而至于邪僻,梏其性而亡之,故曰情其性。"④"性其情"与"极口腹耳目之欲"的"情其性"正相反,乃"约其情使合于中,正其心,养其性"也。一言以蔽之:和情养性。但综言之,在胡氏看来,中古之人的才德分离——守德者不能尽其才,逞才者不能性其情,根源在于世主无德,礼乐不施,德政失衡,而非关乎个人,乃时势之使然。

　　由于德才不一,文人才子之为文或逐情性或尚浮华在所难免。当然,文才虽为偏才,然若尽其才情则亦当尽物之情,尽物之情则亦不失妙合天道自然。故于圣德隐匿之际,文才得尊亦在情理之中。但如此一来,圣人道德文章奠定的儒家文统亦随之失序。正因此,挚虞《文章流别论》强调"文章者,所以宣上下之象,

①李学勤主编:《十三经注疏·礼记正义·乐记》,北京:北京大学出版社,1999年,第1081页。

②李学勤主编:《十三经注疏·周易正义·乾卦》,北京:北京大学出版社,1999年,第20—21页。

③[宋]卫湜:《礼记集说》卷三十三,《文渊阁四库全书》第117册,第678—679页。

④[宋]程颢、程颐著,王孝鱼点校:《二程集·伊川先生文·颜子所好何学论》,北京:中华书局,1981年,第577页。

明人伦之叙，穷理尽性，以究万物之宜者也"①；刘勰叹"文体解散"、文体大小体裂变，著《文心》重构文统，申言文章必宗圣人"言文"—"经典"，方达道源，方成文体。

综上所述不难看出，汉魏以来文人文才的圣化及诗才化趋势的形成，以及缘情体物，重感兴、崇才情、尚文采之文学观的确立，当与经学式微，天才论、玄学思潮勃兴之文化史的生态有关。此一生态结构实际上蕴含了诸多二元对立：天道—人道、天文—人文、道—德、礼—乐、德—才、名教—自然、性—情、情—志、自然—智巧、才—学、言—意、词—物、情—气、情—理、文—笔、言体—文体等等。凡此二元对立构成了文化史生态的张力，正是文化史生态的张力，促成了文体自觉以及律诗文体的发生与演化。当然，以上文化史又当置于汉魏六朝士夫政治、门阀制度、社会物质形态演变的历史进程中方能得到合理的阐释。但无论如何，文体自觉及其律化都与文章语体全域骈化之事实密切相关，故言文或曰"文言"的问题实际构成了所有文体学讨论的最基本的也是必须首先澄清的问题。兹引刘麟生在《中国骈文史》中就骈文与西洋文学形式差异所作的一段比较论述以开启拙文本体部分的论述。刘氏曰：

> 西洋文学中，亦有平行之语气，而骈文则无有。此则彼方文字之本身，有以限之，匪有他故。中国文字单音只义，遂造成骈文之绝大机会，盖单音只义，易于属对，且单音之字，说话作文时，有时甚感不便，则复其字以释之，如名词中之丝绸，丝即绸也。形容字之泄沓，泄即沓也。动字中之欺骗，欺

---

① 辑自[唐]欧阳询撰，汪绍楹校：《艺文类聚卷五十六·杂文部二·赋》，北京：中华书局，1965年，第1018页。

即骗也。缘此类推,不可悉数。反之则单音只义之字,不特工于属对,抑且使作风易于凝炼,如《书经》中之"兼弱攻昧,取乱侮亡,推亡固存,邦乃其昌"。《诗经》中之"弗躬弗亲,庶民弗信;弗问弗仕,勿罔君子。式夷式已,无小人殆。琐琐姻亚,则无膴仕"等句子,无不言简意赅,而文字简炼,实能增加偶俪之可能性。要之或重复其词,或凝炼其意,皆所以谋骈俪之成功也。①

---

① 刘麟生:《中国骈文史》,北京:东方出版社,1996年,第2—3页。

第一章　汉语文言与礼乐文化

　　律诗体的最基本的体类征象无疑是声律，而声律的具体表现又无非是汉语平仄四声按照人为的结构规律所形成的声文体制，其从属于语体的范畴。一般而言，考察律诗体的建构当从永明声律运动和永明体开始，因为四声之目的出现及其运用于诗歌创作、形成人为的声律都始于宋齐之间、永明之际。但本书对律诗体的考察并非孤立的声律考察，而是采取了文统文体观的视角，结合律诗体大小体的整体考察。换言之，我们是将律诗体之建构置入文体整体自觉、独立的大背景中加以审视的。故我们需要解决的并非只是律诗体语体层面的声律表现形式及其演化的历史问题，而且还要解决整个文体语体的演化是如何特异化为律诗语体的逻辑问题。两个问题首先都与古汉语性质、演化的认识与考察密切相关，故正文开篇由此契入。

第一节　古汉语定义及其发生

一、古汉语即文言

　　现代语言学将人类语言分为两大类：声调语言与非声调语言。中古以来的汉语属声调语言毫无疑问，但上古汉语的情况则要复杂得多。自明代陈第"四声之辨,古人未有"说[①]提出以来,上古汉语之声调问题一直是古汉语研究领域的焦点问题。现代学者一般都受永明始辨四声说的影响,自然倾向于上古汉语无四声的观点,认为汉语的声调是语言历史演化的结果。当然,现代语言学者之所以得出如是论断,究其根源还在于现代语言学的理论原理和研究范式一概出自西方。西方语言学是建立在西方非声调语言的基础上,无形之中也就将认识非声调语言所得出的观点和结论视为语言学的普遍原理。当有西方语言学背景的学者去研究声调语言时,声调语言自然被视为异类,对声调语言的研究也就难以避免成为非声调语言原理的延伸。国内学者江荻曾将美国著名语音学家维多利亚·佛洛姆金(Victoria A.Fromkin)提出的关于声调研究的7项基本问题表述为:(1)生理上和心理上与声调相关联的是什么?(2)声调和非声调特征是怎样相互作用的?(3)什么是必要而又充分的声调特征?(4)声调究竟以音段还是超音段方式在词汇中表现?(5)声调规则的本质是什么? 是类似于还是/或者不同于其他音系规则?(6)声调历史变化的规则是什么? 声调为什么产生(声调发生学)?(7)儿童怎样掌握母语声调系统和声调规则;有声调和无声调音系习得是否有相似性和差异性? [②]由此表述不难看出,其问题提出本身就是基于非声调语言学背景的。

　　声调为什么产生的问题显然蕴含了两个基本命题:非声调语言是原始自然的语言、声调语言的终极问题只是声调语言的声调如何由非声调语言自然产生的问题。江荻《论声调的起源和声调

①参[明]陈第:《毛诗古音考·读诗拙言》,北京:中华书局,1988年,第204页。
②参江荻:《论声调的起源和声调的发生机制》,《民族语文》,1998年第5期。

的发生机制》一文以及国内其他学者有关古汉语声调问题的研究
大多是以这两个基本命题为逻辑出发点的。当然,尽管现代语言
学者有关汉语声调问题的研究难免西方语言学立场,但并非毫无
实际意义。至少,其有关声调语言非自然始发语言、声调语言产
生是有条件的观点对认识汉语声调语言的性质是有启发意义的。
但这种观点本质上则是将汉语声调视为非声调语言自然演化的
结果,即便有条件限制,也大多被理解为不同语言之间的相互接
触与影响。以西方语言学理论作为研究汉语的出发点,最大的问
题在于使得学者们普遍忽略了汉语史的一个重要事实——"言"、
"文"分离,亦即"言"、"文"不一致。①"言",指自然语言或口语;
"文"即"文言"。这里,必须明确一点,汉语的"文言"不是简单的
以字母拼音记录自然语言而形成的书面语言,而是独立的以表意
文字体系构成的人创符号语言体系。尽管从理论上说,自然的汉
语体系与汉语的文言体系有着相互依存的关系,但自然汉语早期
的历史形态究竟如何是很难确认的。今天的学者一般都认为先
秦"雅言"以周人方言为基础,但这是一个非常模糊的说法。"雅
言"本质上是"文言",周人方言也许实际上影响了"文言(雅言)"
的语汇与音读,但它并不等同于"文言(雅言)"。"文言(雅言)"作
为人工语言的体系至迟在殷商甲骨文时代已经确立,而从自然语
言的角度去认领"汉"这一语言主体,显然不能将周族的方言作为
"汉"文言(雅言)发生的"汉"自然语言生态,如果要追溯的话,影
响"汉"文言(雅言)发生的自然语言也应该是商族的自然语言,其

---

① 参任学良:《先秦言文并不一致论——古书中口语和文言同时并存》,《杭州
　师范学院学报》,1982年第1期;李春阳:《20世纪汉语的言文一致问题商
　兑》,《中山大学学报》,2011年第5期。

至更有可能是夏族的自然语言。基于华夏或汉作为民族共同体的标志不是血缘，亦不是某个地区或族群的自然语言，而是人创符号——汉文字构成的"文言"及以"文言"所负载的独特文化，故我们今天所谓的具有主体统一性的汉语言只能定义为"文言"。"文言"的构造及"言—文"离合关系的问题才是汉语研究的核心问题，汉语语音学也只有围绕着这一核心问题展开研究才能获得科学的结论。

二、汉文字与文言之发生

许慎《说文解字叙》云："仓颉之初作书，盖依类象形故谓之文；其后形声相益即谓之字。"[1]说明汉字体系有一个从"文"到"字"，亦即从象形表意符号到表意兼表音符号的发展过程。汉字体系获得表音功能之后，"文言"始告成立。最初的"文言"音韵体系究竟如何已不得而知，但就其后来的发展情况看，可以肯定两点：首先，"文言"是与汉字体系相一致的单音节表词的声调语言体系，相对于自然语言具有很强的独立性和继承性；其次，形文的先在本体性与音节的依附性决定了"文言"的音韵体系并无独立自存且稳定传承的先天条件，因此，"文言"音韵体系的发展始终都具有某种程度的变异性与开放性。以上两点在汉语言发展史上的体现便是"言—文"的离合互动关系。

关于汉字起源，在学界仍然是个悬而未决的问题。在美国学者来国龙看来，目前国内外学术界占主导地位的汉字起源论在理论上就有所偏颇："这些研究往往只用'语言学眼光'来判断汉字

---

[1]　[汉]许慎撰，[宋]徐铉校订：《说文解字》，北京：中华书局，2013年，第316页。(本章凡涉《说文》皆用此本，下不另注)

的源头,把汉字起源的重点放在是否表音上,把汉字起源从无到有的整个过程的研究简化为只是对文字定义的争论,从而忽视了原始文字(prto-writing)和成熟文字体系在社会制度层面的连续性,割裂了前后发展的联系,看不到汉字产生的源头。"来氏的"原始文字"概念出之裘锡圭,即"还不能完整记录语言的文字"。对裘锡圭"原始文字"概念,来氏一并提出了批评,认为是一个逻辑上不严谨的术语。"首先,该定义没有说清楚这里记录的'语言'是指完整的口语语句还是部分单词的语音;其次,怎样才算是'完整地'记录语言? 严格说,文字并不能完整地记录语言。口语中的语音语调经常对意义的表达有重要作用,但一般并不记录在文字中"。"文字并不完全等同于语言,文字的起源和发展有它自身的规律和特点"。① 汉字作为象形表意文字,其源起确实与表言无关,然汉字从"文"到"字"的演化毕竟与语言发生了关系,这就是"文言"之产生。从许慎的说法及"文言"发展的实际情形看,汉字从"文"到"字"的演化具有很强的连续性,似乎内含一种逻辑必然性。现在的问题不是以"语言学眼光"来定义文字之偏颇与否的问题,而是汉文字所表之"言"即"文言"究竟是何种性质的语言问题。这是研究汉文字起源的学者迄今尚未认真考虑过的问题。

　　基于上古礼乐文化传统形成之历史研究的现有成果,笔者推断:最早的"文言"与自然语言无关,而极有可能是专属礼乐仪式上使用的神圣语言。既然是沟通天地鬼神的神圣语言,其语词及

---

① 以上参来国龙:《文字起源研究中的"语言学眼光"和汉字起源的考古学研究》,北京大学考古文博学院编:《考古学研究(六)》,北京:科学出版社,2006年。

其结构乃至发声方式都应该是异于自然语言的。中国上古礼乐传统从原始"乐礼文化"形态到成熟的"礼乐文明"的制度形态,其间,"巫"这个阶层扮演的都是极为重要的角色。礼乐传统的连续性决定了"文"与"字"的发明都是由"巫"这个阶层与群体实现的。学界认定为文字的早期符号,大多出现在"巫"墓葬的礼器上;后世传说"昔者仓颉作书,而天雨粟,鬼夜哭",凡此都暗示了"巫"创始文字的线索。① "文"向"字"转化,亦即"文"与仪式"巫言"的结合,因礼乐制度连续性的保证而具有逻辑的必然性。这种结合促进了"文"向表音文字的过渡。因此,"文字"转成表言的"文言"。由于"巫言"的神秘性、垄断性,故"文言"的使用范围多限于神圣言说。随着礼乐文化的发展,巫阶级出现分化,成为大大小小的王公贵族和各类职官,"文言"的使用范围亦逐渐扩大,日趋世俗,但其垄断性并未改变,直至周代,其使用范围仍然限于贵族和专业职官。从《左传》、"三礼"等文献我们仍然能看出春秋时"文言"(雅言)与礼仪、礼乐制度的关联。其时设有"行人"职官,所谓"行人"也就是外交官。《周礼·秋官·大行人》云:"七岁属象胥,谕言语,协辞命;九岁属瞽史,谕书名,听声音。"② 大行人既要承担语言翻译的责任,又要熟悉外交辞令,还要会审声辨音,通达复杂的礼乐涵义。《左传·文公四年》载:

> 卫宁武子来聘,公与之宴,为赋《湛露》及《彤弓》。不辞,

①以上内容可参张国安相关论文:《乐礼文化·礼乐文明——先秦乐教原始背景管窥》,童庆炳主编:《全球化语境与民族文化、文学》,北京:中国社会科学出版社,2002年;《〈周礼〉乐官与先秦乐文化源流考述》系列论文,《艺术百家》,2007第6期、2008年第2期、2008年第5期。

②李学勤主编:《十三经注疏·周礼注疏·秋官·大行人》,北京:北京大学出版社,1999年,第1005页。

又不答赋。使行人私焉。对曰："臣以为肄业及之也。昔诸侯朝正于王，王宴乐之，于是乎赋《湛露》，则天子当阳，诸侯用命也。诸侯敌王所忾，而献其功，王于是乎赐之彤弓一、彤矢百、玈弓矢千，以觉报宴。今陪臣来继旧好，君辱贶之，其敢干大礼以自取戾？"①

《左传》中类似的例子还很多。《左传》引文，至少传达了两点信息：(1)春秋时期，诸夏各国之间的日常语言交往还需要凭借翻译才能进行；(2)礼乐本身就是外交活动中传达信息的重要方式。从第一点，我们可以推断：今天学者推测的"雅言"即所谓的周代王畿地区方言并没有成为诸夏各国政治交往中的官方语言，也就是说，周代没有形成推行京畿语言的"雅言"制度。以此结论结合第二点，可以推测，所谓的"雅言"其实就是依附于三代相因袭的上古礼乐制度的"文言"。故春秋时熟悉"雅言"的仍然属特定人群，其使用多在礼仪场合，配合礼仪，其内容多与《诗》《书》、执礼等有关。②《左传·襄公十四年》有戎子驹支答范宣子责难而赋诗的记载：

> "我诸戎饮食衣服不与华同，贽币不通，言语不达，何恶之能为？不与于会，亦无瞢焉！"赋《青蝇》而退。③

有意味的是，尽管诸戎四夷与华夏制度不同，言语不达，但戎子谙熟"中国"礼乐，能够理解"中国"礼乐所传达的信息与意义，并利用赋《诗》言志的方式，与"中国"交往，表现出了"君子"

①杨伯峻：《春秋左传注·文公四年》，北京：中华书局，2009年，第535—536页。
②《论语·述而》云："子所雅言，《诗》《书》、执礼，皆雅言也。"杨伯峻：《论语译注·述而篇第七》，北京：中华书局，2009年，第70页。
③杨伯峻：《春秋左传注·襄公十四年》，北京：中华书局，2009年，第1007页。

之风范,正应了孔子之所谓"古之君子,不必亲相与言也,以礼乐相示而已"①。例中赋《诗》显然用的是"文言"(雅言)。实际上,许慎所谓依类象形之"文"随着礼乐制度的演化与《诗》之类的"微言"②同时保留在礼仪之"文"中。对此,今之学者邹昌林有很好的阐述:

> 礼仪的发展路数,基本与文字一样,开始是象形,是人们在劳动中对各种自然物的模仿。例如,纳西族的东巴教的宗教舞蹈……实际是一种礼仪活动。这种模仿,实际就是象形。由最初的这种简单的象形向复杂化和抽象化发展,于是,就有像天地、像风雨、像三光、像日月、像阴阳、像四时等内容出现。最后发展成符号系统,作为表达人事社会的各种事情和意义。所谓"礼仪三百,威仪三千"就是这种复杂性的反映……正是由于这种特点,所以古代把礼仪都称为"象"。③

综上可以说明,"文言"既载见文字,同时亦依托礼仪。由于礼乐制度包括了世袭的职官制度,"文言"依托于文字的表意与表音体系才能得到有效的传承。④《周礼》谓"行人"喻言语于"象胥"之官实指学习"方言"之事;而"属瞽史,谕书名,听声音"则明

---

① 参李学勤主编:《十三经注疏·礼记正义·仲尼燕居》,北京:北京大学出版社,1999年,第1386页。
② 《汉书·艺文志》云:"古者诸侯卿大夫交接邻国,以微言相感,当揖让之时,必称《诗》以谕其志。"([汉]班固撰,[唐]颜师古注:《汉书卷三十·艺文志第十》,北京:中华书局,1962年,第1755—1756页)
③ 邹昌林:《中国礼文化》,北京:社会科学文献出版社,2002年,第52页。
④ 必须说明的是,严格说来,汉文字获得表音功能之后,其所谓"表意"首先仍然是"象义",其"意"实即"意象",而并非直接对应于一般语言学所谓的"词(word)",汉字的一字多音多义现象可为参证。

确表明向史官学习文字书写,向瞽乐官学习文字、文言的正确发音。《周礼》谓"大师"乐官教"六诗","以六德为之本,以六律为之音"①,显然涉及歌"诗",但传统的歌唱——"歌永言"与诗辞的"文读"或曰"讽诵"之间是没有绝对界限的。②讽诵"诗"而"以六律为之音",说明诗辞的"文读"是要以乐律调其音的。至于所本之"六德",当指《周礼》"大司乐"所教的"乐德",即中、和、祗、庸、孝、友等"六德"。大司乐所教"六德",其义主要表现于"乐"之礼文和理义,重在内容。③而大师教学本之"乐德",则是指教声诗要立足于"德性"。④此处所谓"德性"实即中和之气,律调其音的出发点和归宿一在于此。中和之气喧而和乐之声发,如是方为德音之至,这里说明大师的声诗教学涉及养气、运气与发声的整套技术。

要言之,汉文字与"文言"始创于礼乐文化早期的"巫";早期的"文言",其性质属仪式"巫言"而非自然语言;"文言"是随着礼乐制度文化形态的演化而不断丰富与发展的;周代所继承的前代"文言"体系是依赖礼乐制度条件下的史官体系与乐官体系的密切合作而得以持续的,史官守其文,乐官宣其音。

---

① 李学勤主编:《十三经注疏·周礼注疏·春官·大师》,北京:北京大学出版社,1999年,第610、611页。

② 参张国安:《"言"与商周礼仪及其歌咏——汉文化歌唱传统探源》,《文艺理论研究》,2014年第5期。

③ 参张国安:《〈周礼〉"乐德"教义通释》,《中文自学指导》,2007年第4期。

④《礼记·乐记》载师乙答子贡"声歌各有宜也"之问曰:"歌者,直己而陈德也。"郑玄注"声歌各有宜也"云:"气顺性也。"此处言"德"、"性"、"气"者可参。

第二节　文言音系之统一性与继承性

先秦"文言"在语言学界被视为汉语的上古音系。语言学界的"上古"概念,其外延差不多可由东汉上溯到殷商。这是一段相当长的历史,故古汉语学者洪波明确指出:

> 研究上古汉语的语音,当然不可能求得这么长历史的统一音系,因为它是不存在的。实际存在过的只有殷商音系、西周音系、春秋音系、战国音系、两汉音系等。这些音系之间虽然有继承关系,但也必定有或大或小的差异。早在四百年前,陈第就曾说过:"盖时有古今,地有南北,字有更革,音有转移,亦势所必至。"因此,我们研究上古汉语的语音,脑子里必须有一个明确的历史观念,所研究的上古音是上古的哪一个时期的语音。没有这样的历史观念,上古汉语的语音将永远是一笔糊涂帐。[①]

语言的历史变化以及地域的差异都是毫无疑问的,上述观点显然是正确的。严格地说,若就自然语言而言,所谓统一的上古汉语的殷商音系、西周音系、春秋音系、战国音系、两汉音系等实际上也是不存在的。

实际存在的只能是上古汉语"文言"的诸音系,我们今天所能研究的也只能是"文言"的语音。学者们研究上古音依据的最直接材料无非是《诗经》、金文等韵文材料;此外尚有其他材料9种:(1)谐声偏旁;(2)通假字及通假性异文;(3)声训;(4)读若;(5)又音异切;(6)联绵字;(7)方言;(8)汉藏系语言同源词比较;

---

①洪波:《关于〈说文〉谐声字的几个问题》,《古汉语研究》,1999年第2期。

（9）外汉对音（主要是梵汉对音）。① 可见，学者们研究上古语音实际上利用的主要还是上古文字文献材料。至于汉藏系语言比较，实立足于一个假定前提：汉语和藏语是关系极为密切的亲属语言。但汉藏语言这种亲缘关系究竟有多近，还是有待论证的。有语言学者就认为，"目前我们不能说藏语跟汉语的关系有多么密切，更不能把一千年前的古藏文或者现代藏语的形态现象强加给二千年前的上古汉语"②。更何况这里所说的汉语与藏语，其外延都是极其模糊的。利用上古文字文献材料研究的语音显然是"文言"的音系，故所谓的殷商音系、西周音系云云绝非其时代的自然语言。其自然语言乃各地域的方言，即便周代，其京畿地区的周人使用的语言，亦只能是众多方音之一种，尽管带有周人方音色彩的文言音读在其时或被视作雅音、正音。而现有的研究则表明，"文言"的统一性至少跨越了两周以及黄河、长江流域的广大区域。

王国维在《两周金石文韵读序》中早就指出，金文韵文中"有杞、鄫、许、朱、邾、徐、楚诸国之文，出商、鲁二《颂》与十五《国风》之外；其时亦上起宗周，下迄战国，亘五六百年，然其用韵与《三百篇》无乎不合"③。郭沫若亦有同样认识，其《两周金文辞大系考释序》云："自春秋而后，氏族畛域渐就混同，文化色彩亦渐趋画一，证诸彝铭，则北自燕晋，南迄徐吴，东自齐邾，西迄秦都，构思既见从同，用韵亦复一致，是足征周末之中州，确已有'书同文，行同

---

① 参冯蒸：《论汉语上古声母研究中的考古派与审音派——兼论运用谐声系统研究上古声母特别是复声母的几个问题》，《汉字文化》，1998年第2期。
② 参耿振声：《论谐声原则——兼评潘悟云教授的"形态相关"说》，《语言科学》，2003年第5期。
③ 参王国维：《王国维全集》（第六卷），杭州：浙江教育出版社，2010年，第3页。

伦'之实际。未几至嬴秦而一统,势所必然也。"① 当代学者罗江文对已见著录的8000多条两周金文进行了穷尽性的搜集、梳理,从中找到有韵金文317条,通过统计分析,得出了支持王、郭观点的结论:"金文邻近韵的分合情况与《诗经》一致,金文用韵同《诗经》用韵大体相似。"② 这里有必要提及的是董同龢等学者的"楚音"概念,这一概念的提出,间接否定了上述"文言"统一性的看法。提出"楚音"概念的学者们认为,《老子》与《楚辞》等楚系文献同有一个独特的方音:"楚音。"具体言之,作为"楚音"标志的是6种合韵:东阳合韵、之幽合韵、真耕合韵、真文合韵、侯鱼合韵、支歌合韵。但很快便有学者利用金文材料证伪了楚系文献"楚音"独特说。实际上,"东阳、之幽、真耕、真文合韵,在金文中使用的区域很广,延续的时间很长";"侯鱼、支歌两种合韵没有出现,在很大程度上和金文韵文中侯、支、歌部字极少入韵有关"。"因此,要把它们作为楚音的标志,是很难成立的"。③

时至今日,先秦有统一的"文言",应该说是毫无争议的问题。如果我们能明确"文言"的文化独立性,不只是一般意义上的书面语,也就不至于轻易得出不同地域出现的汉文字文献乃负载不同地域音系的判断了。事实上,尽管汉文字体系是发展变化的,但从来也没有充当过某一个方音音系的整体表征。即便今天,汉文字也还不可能用以完整地记录口语,更不要说某个方言音系了。当然,不同时代、不同地域的方音口语因素对"文言"的影响从来

---

① 郭沫若:《周代金文图录及释文三》(增订本),台北:大通书局,1971年,第4—5页。
② 罗江文:《〈诗经〉与两周金文韵部比较》,《思想战线》,2003年第5期。
③ 参喻遂生:《两周金文韵文和先秦"楚音"》,《西南师范大学学报》,1993年第2期。

都是存在的,但这种影响都是通过"文言"体系内部的自我调整加以吸收同化的方式实现的,并不可能造成"文言"性质的突变,亦即"文言"传统的中断,整个"文言"音义体系的替换。因此,所谓"文言"的殷商音系、周代音系、汉代的楚音系、晋宋以下的吴音系,显然是不切实际的想当然。现在的问题只能是,在承认"文言"体系的独立性与继承性前提下去说明解释"文言"不同时代的整体面貌及其历史变化。实际上,汉语音韵学界的上古音研究,无论自觉抑或不自觉,无论是"考古派"还是"审音派",都得受这一前提条件限制。① 其具体表现是,凡上古音的研究或构拟都是以中古音——《切韵》音系为参照的,否则就无从措手。《切韵》音系代表的无疑是"文言"发展的一个特殊阶段,以此为参照的上古音研究或构拟必然是对先此阶段"文言"的音韵体系或曰《诗经》体系的把握及其向《切韵》音系演化的历史说明。正如王力所言,"至于先秦古韵的拟测,虽然也可以利用汉藏语来比较,但是我们的目的不在于重建共同汉藏语";"所谓拟测或重建,仍旧只能建立一个语音系统,而不是重建古代的具体音值。如果拟测得比较

---

① "考古派"与"审音派"的称谓是针对清代古音学对古韵部研究而言的,当代音韵学家冯蒸扩大了其使用范围。冯蒸认为,就古韵部研究而言,其区分标准是:"纯归纳《诗经》用韵入声不独立或不完全独立者为考古派,除归纳诗韵外,并重音理的演绎推理,将入声韵部全部独立分出者为审音派。"就上古声母研究而言,两派分野的标志是对《说文》等谐声材料的使用情况:"系统全面使用谐声材料并研究复杂谐声的复声母结构规律和重视音理推理者为审音派,反之为考古派。"在冯蒸那里,"考古派"与"审音派"的称谓不只是对清代学者而言,也是对当代学者而言的。"考古派"以王力为代表,"审音派"则以高本汉为代表。参冯蒸:《论汉语上古声母研究中的考古派与审音派——兼论运用谐声系统研究上古声母特别是复声母的几个问题》,《汉字文化》,1998年第2期。

合理,我们就能看清楚古今语音的对应关系以及上古语音和中古语音的对应关系,同时又能更好地了解古音的系统性"。① 所谓的"古音的系统性"应该是指古代"文言"的,而不可能是中国历史上实际存在过的众多的方言音系。当然,在实际的研究中,"审音派"学者,如梅祖麟、潘悟云等的上古音研究已表现出了超越上述条件限制的倾向,这就是在上古音研究或构拟中,越来越倚重基于汉藏语言亲缘关系假定及普遍性音理所作出的有关汉语上古音体系的假设。② 这无疑是突破了本文所谓的汉"文言"研究的范畴,其研究大有重建假定的"共同汉藏语"之势了,自然可存而不论。

第三节　礼崩乐坏之后的"文言"声/文统一性与继承性之保证

　　前此表明,"文言"体系的建立与存续发展依赖于三代的礼乐制度。而战国时,周代的礼乐制度确实受到了前所未有的破坏,王官体系解体,那么,"文言"的持续及统一性又如何得到保证呢? 周代礼乐制度的崩溃,不过是旧的宗法秩序的破坏,"文言"作为文化资本、权利象征的传统观念早已建立,不可能随着一种现实的权力秩序的崩塌而消失,反而会获得更大的发展空间。王

---

① 参王力:《先秦古韵拟测问题》,《北京大学学报》,1964年第5期。
② 参陈新雄:《梅祖麟〈有中国特色的汉语历史音韵学〉讲辞质疑》,《语言研究》,2003年第1期;薛凤生:《中国音韵学的性质与目的——从两个"事件"说起》,《古汉语研究》,2003年第2期;耿振声:《论谐声原则——兼评潘悟云教授的"形态相关"说》,《语言科学》,2003年第5期;郭锡良:《音韵问题答梅祖麟》,《古汉语研究》,2003年第3期。

官体系解体实际带来的则是王官下移,文化的匀质传播,以及"文言"的普及,"文言"的发展亦因此获得了前所未有的开放性。这种开放性今人所能直接考见的便是战国时的"文字异形"现象。

战国时代"文字异形"的说法最早见于许慎《说文解字叙》:

> 孔子书"六经",左丘明述《春秋传》,皆以古文,厥意可得而说。其后诸侯力政,不统于王,恶礼乐之害己,而皆去其典籍。分为七国,田畴异亩,车涂异轨,律令异法,衣冠异制,言语异声,文字异形。

在今人看来,所谓的"文字异形",主要是指文字形体及书写风格,包括用字习惯都形成了区系特点。关于战国古文字区系的划分,古文字学界一般倾向于齐、燕、三晋、楚、秦五系说。① 今人凭大量新出土的先秦文字材料,见证了许慎"文字异形"的说法,但这种"文字异形"的程度及其性质究竟如何,则值得全面考量。裘锡圭是赞成区系说的,但他亦明确指出:

> 尽管战国时代"文字异形"现象严重,各系文字之间,彼此相同或大体相同的字形,仍然是大量的。即使是彼此相异之形,它们之间表示同一个字或词的关系,多数也应该是容易看出来的。真正会对使用不同系文字的人形成理解上的障碍的特殊字形,大概并不太多。使用不同系文字的人们通过文字进行交流,虽然很难完全避免"郢书燕说"的情况,但肯定要比讲距离较大的方言的人们通过语言进行交流有效得多。②

---

① 参周波:《战国时代各系文字间的用字差异现象研究》,复旦大学博士论文,2008年,第3页。

② 裘锡圭:《〈战国文字及其文化意义研究〉绪言》,《出土文献与古文字研究》第六辑,上海:上海古籍出版社,2015年。

　　裴锡圭同时又指出："在春秋时代的主要诸侯国中,建立在宗周故地的秦国,是最忠实地继承了西周王朝所使用的文字的传统的国家。"尽管进入战国时代以后,大约从战国中期开始,秦国简俗字体字亦有迅速发展,但"在俗体跟正体的关系上,秦国文字跟东方各国文字也有不同的特点","秦国的俗体比较侧重于用方折、平直的笔法改造正体,其字形大都与正体有比较明显的联系"。忠实继承了西周晚期文字正体传统的秦国文字的正体,后来也有所简化——为后人熟悉的秦统一的规范文字"小篆","但其总体面貌并无很大变化"。①要言之,战国时代的"文字异形"及秦的"书同文"仍然可视为商周文字体系的继承与发展,其所有的变化构形都是遵循着"六书"的普遍规律。②正如学者李运富所言,"汉字是表意文字系统,是超方言的,具有统一的民族性。暂时的政治分裂,不可能促使原本统一的汉字分化为不同的体系"③。

　　至于许慎所谓的"言语异声",比照"文字异形"的实际,我们亦可以推断,《诗经》、金文代表的"文言"音系尽管有演化,但绝不至于突破了其系统的规律,而变成了不可在国际舞台上交流的地域方音。换而言之,经历战国,至秦书同文,秦汉继承的仍然是周代统一的"文言"音系。

　　汉文字体系的孳乳发展在春秋战国即已进入形声结构的勃兴时期,形声字日益增多,《战国文字编》中见于《说文》的形声字

---

①参裴锡圭:《〈战国文字及其文化意义研究〉绪言》,《出土文献与古文字研究》第六辑,上海:上海古籍出版社,2015年。

②参蒋德平:《从失传的楚简新出字看战国时期的"文字异形"》,《古汉语研究》,2015年第1期。

③参李运富:《战国文字"地域特点"质疑》,《中国社会科学》,1997年第5期。

就有2341个。① 谐声字固然增强了"文言"音读的暗示性,亦有
利于"文言"音读的教学和"文言"音系的传承,但这并不能改变汉
文字非表音文字的性质;加之书写条件的限制,故之于汉文字形
音义统一的"文言"音读教学和"文言"音系的传承,周代"文言"
讽诵的制度在战国秦汉乃至后世相当长的历史阶段都是不可或
缺的。

　　《汉书·艺文志》云:"凡三百五篇,遭秦而全者,以其讽诵,
不独在竹帛故也。"② 不仅学《诗》要习讽诵,凡文献的学习概莫能
外。先秦固然,秦汉以后亦复如是。司马迁在《史记·太史公自
序》中自谓"年十岁则诵古文"③;《史记·滑稽列传》中载时人称
东方朔"讽诵《诗》《书》百家之言,不可胜数"④;《后汉书·延笃
传》谓延笃"少从颍川唐溪典受《左氏传》,旬日能讽诵之,典深敬
焉"⑤。汉人讽诵者,不限于前代经典。据《后汉书·隗嚣传》,嚣
"每所上事,当世士大夫皆讽诵之"⑥;《后汉书·班彪传》谓班固
"自永平中始受诏,潜精积思二十余年,至建初中乃成。当世甚

---

①参陈鸿:《战国文字谐声系统与古音研究》,福建师范大学博士论文,2005年,
　第10页。

②[汉]班固撰,[唐]颜师古注:《汉书卷三十·艺文志第十》,北京:中华书局,
　1962年,第1708页。

③[汉]司马迁撰,[宋]裴骃集解,[唐]司马贞索隐,[唐]张守节正义:《史记卷
　一百三十·太史公自序第七十》,北京:中华书局,1959年,第3293页。

④[汉]司马迁撰,[宋]裴骃集解,[唐]司马贞索隐,[唐]张守节正义:《史记卷
　一百二十六·滑稽列传第六十六》,北京:中华书局,1959年,第3206页。

⑤[宋]范晔撰,[唐]李贤等注:《后汉书卷六十四·吴延史卢赵列传第五十
　四·延笃传》,北京:中华书局,1965年,第2103页。

⑥[宋]范晔撰,[唐]李贤等注:《后汉书卷十三·隗嚣公孙述列传第三·隗嚣
　传》,北京:中华书局,1965年,第526页。

重其书,学者莫不讽诵焉"①。可见,时人文章亦在讽诵之列。《汉书·艺文志》云:"汉兴,萧何草律,亦著其法,曰:'太史试学童,能讽书九千字以上,乃得为史。又以六体试之,课最者以为尚书御史史书令史。吏民上书,字或不正,辄举劾。'"②"讽书"之"书"即汉时所编的字书,乃汉代的蒙学课本。唐兰说:"汉初,通行的字书,是合并了《爰历》《博学》的《仓颉篇》,那时的人都喜欢摹仿它,像司马相如的《凡将篇》,史游的《急就篇》,李长的《元尚篇》都是。""这种字书,都是把日用的文字,编成文句,以便记忆。"③黄德宽亦指出:"作为一种童蒙识字书,《仓颉篇》以当时通行的四言韵文形式编排零散的汉字,尽量将意义相同、相近、相关的编到一起,有助于习诵和记忆,使字的认识与词的掌握融为一体。"④凡字书皆取韵文形式,讽诵字书显然具有辨习文言书音的意义。《后汉书·齐武王演传》载齐武王孙敬王睦,"少好学,博通书传,光武爱之,数被延纳。显宗之在东宫,尤见幸待,入侍讽诵,出则执辔"⑤。由此"讽诵"例尚能窥见周代天子听政,瞍赋蒙诵的情景。何谓"讽诵"?郑玄注《周礼》"乐语"条云:"倍文曰讽,以声节之曰诵。"所谓"倍文"、"以声节之",孔颖达《疏》曰:"云'倍文曰讽'者,谓不开读之。云'以声节之曰诵'者,此亦皆背文,但讽是直言

①[宋]范晔撰,[唐]李贤等注:《后汉书卷四十上·班彪列传第三十上·班固传》,北京:中华书局,1965年,第1334页。
②[汉]班固撰,[唐]颜师古注:《汉书卷三十·艺文志第十》,北京:中华书局,1962年,第1720—1721页。
③参唐兰:《古文字学导论》,济南:齐鲁书社,1981年,第340—341页。
④黄德宽、陈秉新:《汉语文字学史》,合肥:安徽教育出版社,1990年,第14页。
⑤[宋]范晔撰,[唐]李贤等注:《后汉书卷十四·宗室四王三侯列传第四·齐武王演传》,北京:中华书局,1965年,第556页。

之，无吟咏，诵则非直背文，又为吟咏以声节之为异。"① "讽诵"单言之有"直言"、"吟咏"之别，又有"背诵"之同。上引史传中的"讽诵"皆为合言，重在"吟诵"、"吟咏"，与汉人所谓的"歌"有别。《汉书·艺文志》云："不歌而诵谓之赋，登高能赋可以为大夫。"② 此所谓"赋诵"或指春秋赋《诗》言志之赋《诗》，不依琴瑟，不配乐，与歌《诗》稍异，实际上即"吟咏"。若准之《尚书·舜典》"歌永言"，"吟咏"自然亦有声律之讲究的，亦未尝不可以徒歌视之。"吟咏"的声律之讲究与《周礼》"大师"教"六诗"，"以六德为之本，以六律为之音"③ 未必全同，但吟咏之间有声之长短高下抑扬的节奏与旋律则应该是没有问题的。《汉书·艺文志》载录有"河南周歌声曲折"、"周谣歌诗声曲折"④ 之类的文献，其"声曲折"概念，音乐史界的学者有三种理解：其一，视之类似于后世宗教音乐"曲线谱"一类的乐谱；其二，理解为用文字记录歌声旋律的"旋律谱"；其三，推断为以声字记录歌辞语言音韵的"音韵谱"。⑤ 三种说法都无当时实物印证，但第三种说法可能性最大。因为无论歌唱还是吟咏，其乐感、旋律都是通过歌辞字声的声韵调来体现的，故其涉及歌辞的"文言"音韵和正确发声是可以理解的。

---

① 李学勤主编：《十三经注疏·周礼注疏·春官·大司乐》，北京：北京大学出版社，1999年，第575页。
② ［汉］班固撰，［唐］颜师古注：《汉书卷三十·艺文志第十》，北京：中华书局，1962年，第1755页。
③ 李学勤主编：《十三经注疏·周礼注疏·春官·大师》，北京：北京大学出版社，1999年，第610、611页。
④ ［汉］班固撰，［唐］颜师古注：《汉书卷三十·艺文志第十》，北京：中华书局，1962年，第1755页。
⑤ 参修海林：《"声曲折"概念的重新界定与音韵学研究视点》，《音乐研究》，1999年第1期。

　　总而言之,汉代的"讽诵"、"吟咏"决不是随意运用时俗方音的背书,更不是临文晓其义,不问其声韵的书本默读,而是有特定音韵和发声方法,表现为一定节奏和旋律的且接近于歌唱的"文言"传述。"讽诵"、"吟咏"作为"文言"传述形式固然具有艺术表演性,但在当时其主要的意义和价值则在于经典暨"文言"的学习与传承。正是凭借讽诵吟咏,先秦文献的"文言"音义尚能于秦汉一脉相承。

第四节　讽诵吟咏与小学传统建立及古音之变

　　章太炎论小学云:"言形体者始《说文》,言故训者始《尔雅》,言声韵者始《声类》。三者偏废,则小学失官。"① 小学兴起于汉,三书皆为汉魏人所著,自然得归因于汉代经学制度的确立。讽诵吟咏亦当视为支撑小学的经学制度的重要内容,如果无讽诵吟咏的"文言"传述方式,小学作为整体的可靠性则无以确立。正是经学制度继承了讽诵吟咏的"文言"传统,才保证了"汉魏经师们用于读经讲经的语音基本是一致的"② 。今人将汉魏音划为"文言"的上古音应该是有事实依据的。清人洪亮吉著有《汉魏音》一书,广集汉魏古音。洪氏云:"今《汉魏音》之作,盖欲为守汉、魏诸儒训诂之学者设耳。止于魏者,以反语之作始于孙炎,而古音之亡亦由于是,故以此为断焉。"③ 文中涉及对"古音"的看法,言下之

①章太炎:《小学略说》,《国故论衡》,上海:上海古籍出版社,2003年,第9页。
②参刘莉:《汉魏音读异读字研究》,北京大学博士论文,2012年,第20、25页。
③洪亮吉:《汉魏音》卷一,《续修四库全书》第245册,第569页。

意,"古音"亡于汉魏人孙炎《尔雅音义》反切注音。洪氏实际上也是将汉魏视为"文言"上古音阶段,魏晋以下视为"文言"近音即今人的"中古音"阶段的。洪氏将古音之亡与孙炎作反语加以关联确实有点让人摸不着头脑,但其意义在于,启示今人将古音变化趋势的形成与学术风气转移联系起来加以考察。

论魏晋学术风气转移的本质,若加以追溯的话,显然与经学式微,经学制度衰亡有关。具体言之,以雅正古音讽诵吟咏经典的传统,随着经学制度的衰亡失去了最适宜的土壤。《晋书·阮籍传》载东海王越语云:"礼,年八岁出就外傅,明始可以加师训之则;十年曰幼学,明可渐先王之教也。然学之所入浅,体之所安深。是以闲习礼容,不如式瞻仪度;讽诵遗言,不若亲承音旨。"①又《晋书·谢安传》云:"安本能为洛下书生咏,有鼻疾,故其音浊。名流爱其咏而弗能及,或手掩鼻以效之。"②"洛下书生咏"故事既说明南方名士以洛下书音为雅正,同时亦可为司马越"式瞻仪度"、"亲承音旨"之语作注脚。当然,南方名流亦有吟咏不以洛下书音为然者,如顾恺之自谓吟咏得先贤风制,而嘲洛生咏为老婢声者便是。《晋书》载袁瓌上疏文云:

> 畴昔皇运陵替,丧乱屡臻,儒林之教渐颓,庠序之礼有阙,国学索然,坟籍莫启,有心之徒抱志无由。昔魏武帝身亲介胄,务在武功,犹尚废鞍览卷,投戈吟咏,况今陛下以圣明临朝,百官以虔恭莅事,朝野无虞,江外谧静,如之何汲汲之风漠然不闻,洋洋之美坠于圣世乎！古人有言:"《诗》《书》义

---

① [唐]房玄龄等:《晋书卷四十九·列传第十九·阮籍传》,北京:中华书局,1974年,第1363—1364页。
② [唐]房玄龄等:《晋书卷七十九·列传第四十九·谢安传》,北京:中华书局,1974年,第2076—2077页。

之府,礼乐德之则。"实宜留心经籍,阐明学义,使讽诵之音盈于京室,味道之贤是则是咏,岂不盛哉! ①

　　袁瓌《上疏》之言,显然有极强的针对性。质而言之,玄学势夺经学,性情吟咏压倒经典讽诵,古音之变,势所必然。

第五节　反语、反切音注及其意义与功能

　　颜之推《颜氏家训·音辞》谓:"孙叔言创《尔雅音义》,是汉末人独知反语。至于魏世,此事大行。"②陆德明《经典释文序录》删去"是汉末人独知反语",径直云"古人音书,止为譬况之说,孙炎始为反语,魏朝以降,蔓衍实繁"。③孙炎始为反语遂转为千古成说。此间"反语"实指反切注音法,其于经籍可考者始于东汉服虔、应劭的《汉书音义》。"在颜师古《汉书注》等文献中,存有服虔音注124条、应劭音注103条。其中服虔存反切8条、应劭存反切11条,这是今见最早的反切。"④孙炎虽非创反切音注第一人,且《尔雅音义》后世不传,但据《经典释文》所引孙氏《尔雅音义》反切条例就多达65条⑤,其数量则远远超过我们所知服虔、应劭《汉书音义》中使用的反切条例,无疑具有典型意义,足以说明至于魏世

---

①[唐]房玄龄等:《晋书卷八十三·列传第五十三·袁瓌传》,北京:中华书局,1974年,第2167页。

②[隋]颜之推著,王利器集解:《颜氏家训集解》,北京:中华书局,1993年,第529页。

③参吴承仕著,秦青点校:《经典释文序录疏证》,北京:中华书局,1984年,第6页。

④万献初:《服虔、应劭〈汉书音义〉音切考辨》,《古汉语研究》,2013年第3期。

⑤参刘盼遂:《文字音韵学论丛·反切不始于孙叔然辩》,人文书店,1935年,第121页。

此事大行。

反切注音的法则，今人多认同陈澧《切韵考·条例》中所作的概括："切语之法，以二字为一字之音：上字与所切之字双声，下字与所切之字叠韵；上字定其清浊，下字定其平上去入。"① 当然作为音韵学术语，从"反语"到"反"、"切"，直至"反切"不分是有一个历史变化过程的。学者张鹏飞认为：

> 反，始作音学术语含有三义：（1）通"翻"，即翻译；（2）反覆、反过来；（3）附有"讹略、省略"义。切，用于论音始作"精当、确切"讲，从唐代中叶开始其语用义变迁与"反"略同，中唐以后人们认为二字无别，都表示用两个汉字为一个汉字注音的注音方法术语，合称反切。中唐以前主要用"反"标记，即"反"占主导，而后或用"反"或用"切"，及至晚唐"切"占了主导地位，这展现了遴选反语的日趋精确的动态过程，反映了语音学者们认识的不断进步和汉语审音水平的日渐提高。②

张氏历史线索的梳理，显然受到了"反切之学传自西域"说的影响。顾炎武《音论》卷中云："汉以前未有反切之学，许氏《说文》、郑氏《笺注》，但曰读若某而已。其于后世，四声七音，又岂能尽合哉！反切之学自西域入中国，至齐梁盛行，然后声病之说详焉。"③ 此说的要义是，佛经汉译催生了反切之音学。尽管张氏承认梵汉对音依据的是汉语合音，双声叠韵的原理，但其认定"'反'最早使用于音学领域是佛教译经中用汉语音二合对译梵文音，进

---

① ［清］陈澧撰，罗伟豪点校：《切韵考卷一·序录·条例》，广州：广东高等教育出版社，2004年，第3页。
② 张鹏飞：《辨章"反切"》，《江汉大学学报》，2008年第6期。
③ ［清］顾炎武：《音学五书·音论卷中》，北京：中华书局，1982年，第31页。

而作为专门的二合注音术语"则明显是倾向于"西域"说的。佛经翻译之于反切注音的完善以及汉语审音水平的提高无疑具有积极意义,但最早可考的反切用例实出自服虔、应劭的《汉书音义》,而其时有规模影响的佛经翻译则尚未展开。据史籍,佛教与中土的联系最早可追溯到汉明帝永平八年(公元65年)。能认定的最早的译经则是明帝时摄摩腾译的《四十二章经》,而此经性质"盖并非根据梵文原本比照翻译,实撮取群经精要,摹仿此土《孝经》《老子》,别撰成篇。质言之,则乃撰本而非译本也"[①],梁任公对此早有明辨。汉末桓、灵时代,有安世高、支谶、支曜、安玄、康巨、严佛调等译经家,其中唯严佛调一人为汉人,其他皆西域僧。其时佛经翻译全系私译而无官译,私译限于财力、人力,故规模甚小。[②] 若要说汉末服虔等的反切注音受佛经翻译的影响,其可能性是非常小的。

考反切之原始,首先还是要弄明古人"反语"的本义。"反语"一词最早见称于《三国志》。《吴志》卷十九载:"童谣曰:'诸葛恪,芦苇单衣蔑钩落,于何相求成子阁。'成子阁者,反语石子冈也。建业南有长陵,名曰石子冈,葬者依焉。钩落者,校饰革带,世谓之钩络带。恪果以苇席裹其身而篾束其腰,投之于此冈。"[③] 此事亦见载于《晋书》《宋书》之《五行志》。"成子阁"与"石子冈"互为反语。依《广韵》音反,成字为是征切,石字为常只切;阁字为古落切,冈字为古郎切。若按切音,前两字韵部显然不同,一清部,一

---

① 参梁启超:《四十二章经辨伪》,载氏著《佛学研究十八篇》,上海古籍出版社,2001年,第30页。

② 参王铁均:《中国佛典翻译史稿》第一章,北京:中央编译出版社,2006年。

③〔晋〕陈寿撰,〔宋〕裴松之注:《三国志卷六十四·吴书十九·诸葛恪传》,北京:中华书局,1959年,第1441页。

昔部；后两字韵部亦不同，一铎部，一唐部。"阁"、"冈"为双声字无疑，但四字无同韵字。若按今人对中古音的等韵学研究，"成"、"石"与"阁"、"冈"分别是：禅母清韵平声开三等韵，禅母昔韵入声开三等韵；见母铎韵入声开一等韵，见母唐韵平声开一等韵。可断定"成"、"石"与"阁"、"冈"两组字之间皆为双声字。但由于四字韵部、韵等不一，故本例的"反语"之"反"很难看出两字合切一字的意味，倒是有"讹略"、"变化"的意义。"成子阁"与"石子冈"在当时人的语读中，音声应该很接近，发声稍有"讹略"，"成子阁"就变成"石子冈"了。① 从语音学的角度去看，任何声母相同相近或韵母相同相近的词语在语读中都可能讹变成对方，互为反语。六朝史传文献中记录的"反语"事例还有不少，再举几例以促思考：

> 1. 废帝殷，字正道，文宣帝之长子也，母曰李皇后。天保元年，立为皇太子，时年六岁。性敏慧。初学反语，于"迹"字下注云自反。时侍者未达其故，太子曰："迹字，足傍亦为'迹'，岂非自反耶？"
>
> ——《北齐书》②

---

① 以上注音参上海高校比较语言学 E–研究院主办"东方语言学网（http：//118.24.95.172/）"中古音在线查询版，此处依准《切韵》音是考虑到上古音至中古音演变，魏已是临界点。据今人唐作藩《上古音手册》的研究归纳，成，禅母耕部平声；石，禅母铎部入声；阁，见母铎部入声；冈，见母阳部平声。可见，即便按今人所拟的上古音，"阁"与"成"拼切也不能准确地得出"冈"，因为"成"在上古音与"冈"亦不同韵部。参唐作藩：《上古音手册》，南京：江苏人民出版社，1982 年。

② ［唐］李百药：《北齐书卷五·帝纪第五·废帝高殷纪》，北京：中华书局，1972年，第 73 页。

2. 初,帝创同泰寺,至是开大通门以对寺之南门,取反语以协同泰。自是晨夕讲义,多由此门。

——《南史》①

3. 悛本名忧,宋明帝多忌,反语"刘忧"为"临雠",改名悛焉。

——《南史》②

今人从修辞学角度将六朝"反语"理解为"隐语",又从音韵学的正纽倒纽原理来解释"反语"构成——两个字先正切得反语第一字,再倒切得反语另外一个字。从上引文献看,前者有一定道理,但后者则嫌以偏概全。第2例可解为同泰反切为大,泰同反切为通;第3例亦可解作刘忧反切为临,忧刘反切为雠。但音节多于或少于两个,如前引"成子阁"例及上引第1例中自"反语"就有点不适合这个规则了。据今人的中古音研究,"迹"字精母昔韵入声开三等,"足"字精母虞韵去声合三等。又,"亦"字以母昔韵入声开三等。足、迹为双声字,迹、亦为叠韵字。③ 文中"注自反"似乎有直接注音的意思,但足、迹两字尽管母同但毕竟不同韵,亦、迹两字同韵却不同声。故以"足"注"迹"或以"亦"注"迹"皆不切。或以为"迹"乃"足"、"亦"正纽亦即反

<hr>

① [唐] 李延寿:《南史卷七·梁本纪中第七·武帝下》,北京:中华书局,1975年,第205页。

② [唐] 李延寿:《南史卷三十九·列传第二十九·刘悛传》,北京:中华书局,1975年,第1002页。

③ 以上根据上海高校比较语言学 E-研究院主办"东方语言学网(http://118.24.95.172/)"中古音在线查询版。又据"韵典网"(http://ytenx.org/)提供《广韵》音查询:"迹"字精母昔韵开三等,"足"字精母烛韵开三等,"亦"字以母昔韵开三等。查《原本广韵》及《切韵指掌图·检图之例》可知:迹,精母昔韵;亦,喻母昔韵;足,精母烛韵。三字皆为入声字。

切得声,但文中"自反"一语可作其他理解。"迹字足傍亦为迹",其言下之意,"迹"、"亦"谐声,"足"、"迹"亦可谐声。三字之间,音可翻转,故这里"自反"与其说是切音,不如说在玩文读音转的游戏。就语构而言,任何单音节词及单音节复合的语词或短语在反复吟咏变读中都有可能转换成与此语词或短语意义不同但对应音节语音相谐(或双声或叠韵)的新语词或短语,亦即"反语"。故"反语"可称"翻语"——翻转之语。《文镜秘府论·西卷》"文二十八种病"就有"翻语病"。"翻语病者,正言是佳词,反语则深累是也。如鲍明远诗云:'鸡鸣关吏起,伐鼓早通晨。''伐鼓',正言是佳词,反语则不祥,是其病也。崔氏云'伐鼓',反语'腐骨',是其病。"①"伐鼓"本是佳词,入诗则成"文病",无非因吟咏之故,易于音变而翻转为与其谐声协韵且意义不详之"腐骨"。

　　"反语"的概念并非一开始就是由音素、音段、音位以及声母韵母声调之类的分析而得来的语音学概念,从"正言"到"反语",实际上是具体的吟咏诵读有意识地讹略音素、滑动音位所造成的音义变化,所依据的是"正言"、"反语"之间的谐声协韵的语感、听感。"反语",就其构造形式而言,未尝不可视为古人以吟咏诵读的方式追求谐声协韵效果的"语—文"游戏。只是这种游戏蕴含了严肃的游戏规则:趋吉避凶,预言吉凶;这种规则显然植根于汉代的谶纬诗学观、谶纬经学世界观。赵翼谓"六朝多以反语作谶"②,确为精要之论。

---

① [日]遍照金刚撰,卢盛江校考:《文镜秘府论汇校汇考》,北京:中华书局,2006年,第1143页。
② [清]赵翼:《廿二史札记》,北京:中华书局,1963年,第233页。

　　顾炎武《音论》卷下云："按反切之语，自汉以上即已有之。宋沈括谓古语已有二声合为一字者，如不可为'叵'，何不为'盍'，如是谓'尔'，而已谓'耳'，之乎谓'诸'。郑樵谓慢声为二，急声为一。慢声为'者焉'，急声为'旃'；慢声为'者与'，急声为'诸'；慢声为'而已'，急声为'耳'；慢声为'之矣'，急声为'只'是也。"① 宋人实际上指明了上古文言吟咏诵读对造字构词的影响。明赵宧光论梵译曰："释典译法真言中，此方无字可当梵音者，即用二字聚作一体，谓之切身。"顾炎武谓赵氏"切身"即"自反字"，并以上引反语第1条"迹（足亦正纽得音）"为例说明"自反字"先释典翻译已有之。② 顾氏显然是从造字的角度来解释反切之语的，此乃二声急读合为一字的例子，形符兼声符的形声字或多属此类。单字慢声显然也是同义复音词孳乳的途径之一，它与"自反字"的二声合一，同样说明了文言吟咏诵读中客观存在的音变规律——谐声协韵。当然，若论正言反语之间的变化，两者还是有区别的。二声合而为一是字声声、韵分离讹略之后的相合，而一声衍生为二则是声、韵分离之后的声、韵讹增。

　　汉魏以前"反语"的实际存在也间接说明了上古文言经典吟咏诵读的原理，而汉魏"反语"的构成及训诂学的反切音注实基于同一原理，只是汉魏以后的"反语"概念所负载的文化意义是不同的。但"反语"形式的造字构词，以及谶诗童谣中的"反语"意识及自觉利用，乃至反语式的"语—文"游戏，凡此种种无疑深化了人们对汉语连绵词的认识，提高了人们对汉字音节声、韵离合性及声调、语调的审辨水平，促进了人们对汉语语读音变规律的把握

---

① [清]顾炎武：《音学五书·音论卷下》，北京：中华书局，1982年，第50页。
② 参[清]顾炎武：《音学五书·音论卷下》，北京：中华书局，1982年，第53页。

与自觉运用。

　　"反语"合声原理用之于训诂音注有历史的必然性,汉末以"反语"为谶的风气加速了反切音注的自觉。故服虔、应劭《汉书音义》首创,经孙炎《尔雅音义》,反切音注演为大道。众所周知,反切注音之前,古人训诂"皆考名物之同异,不显声读之是非也",既有音字,亦多以譬况假借为证。然譬况假借者多趣于近之而已,未必字音之正。"而古语与今殊别,其间轻重清浊,犹未可晓;加以外言内言,急言徐言、读若之类,益使人疑"[1]。故文言正音多赖经师授受,经典讽诵,口耳相承。但口耳相承不是没有问题,诚如陆德明所言,口耳相受亦乃"各师成心,制作如面"。而"楚夏声异,南北语殊,是非信其所闻,轻重因其所习",难免"数家竞爽","踳驳非一"。[2]这说明文言的统一性即便有统一的政治、文化生态作为保证,但其具体的诵读都会因诵读者方音的影响而有所差异。但这种差异不至于改变整个文言的音系,也不至于造成不同方音背景之人交流之障碍。至于汉末三国鼎立,魏晋之后南北分裂,汉文言的政治文化生态确实发生了很大变化,南北士人的文言在文字、书语音读层面差异加大的趋势在所难免。但隋统一南北之后,陆法言、颜之推数人于一宿之间即能商定《切韵》大纲,是说明上古文言的体系还是得到了有效传承。那么,反切音注在其间究竟起到了何种作用呢?

　　前所揭明,反切合音从技术层面而言,无非是通过特殊的语读方式,将两切字的声、韵分离讹略变读成一个新的音节。这种

---

① 参[隋]颜之推著,王利器集解:《颜氏家训集解》,北京:中华书局,1993年,第529页。

② 参吴承仕著,秦青点校:《经典释文序录疏证》,北京:中华书局,1984年,第1、7页。

变读合声依据的无非是从切字到被切字拼读过程中的谐声协韵的语感、听感,其个性化、主观性都是很强的。即便确定了后世普遍认可的取上字为声,从下字韵调的反切规则,反切取字及拼读过程的主观性、个性化仍然是普遍存在的。故就音注的正音效果而言,反切并不比直音更为优越,尤其是在一个经学制度的统一性不复存在,家为经史,人作韵切,文章之路大开,性情吟咏方盛的时代,更是如此。不唯如此,反切之语的流行甚而会加剧经文音读统一性的解构。"自兹厥后,音韵锋出,各有土风,递相非笑。指马之谕,未知孰是。"①颜之推所言者,正是反切之道兴起之后的文言书音变乱的实况。可见,清人洪亮吉谓古音亡于反语之兴,虽说有点言过其实,但绝非想当然。要言之,反切之法或有助于治音韵之学者审音水平的提高,但反切音注本身之于文言正音、书语统一并无决定性意义。当然,我们又不得不承认,在继承经典讽诵吟咏传统的基础上,利用反切原理的造字构词,包括反切音注对于整个文言体系的继承与发展还是具有积极意义的。

第六节　《通俗文》之性质
及其所反映的言、文互动

　　由于政治文化生态的更迭,上古文言于汉魏即已形成变化趋势。这种变化,一方面表现为方俗之音对于经典雅言正音(古音)的变乱;另一方面则表现为方言俗语的文言化。两个方面皆可视

①〔隋〕颜之推著,王利器集解:《颜氏家训集解》,北京:中华书局,1993年,第
　529页。

为"言文互动"的表现，这也是文言体系得以发展的内在动力。对此，我们以汉末服虔所撰的一部重要的小学著作《通俗文》为例，略作说明，以窥一斑。

服虔撰《通俗文》一卷，《隋书·经籍志》有著录，宋以后亡佚。今之所见为清代以来学者各种辑佚本，共有八种，即：《小学钩沉》收录的任大椿辑本；《邃雅斋丛书》收录的臧庸辑本；《汉学堂丛书》收录的黄奭辑本；《玉函山房辑佚书》收录的马国翰辑本；《小方壶斋丛书》收录的顾怀三辑本；《小学钩沉续编》收录的顾震福辑本；《小学搜佚》收录的龙璋辑本以及今人段书伟辑校本。服虔是否为《通俗文》作者，颜之推曾有所怀疑。经清代洪亮吉及后来众多学者考辨，服虔为《通俗文》作者差不多已成定论。[1]

《通俗文》究竟是何种性质的一部书呢？顾名思义，结合佚文，主要形成了三种代表性观点。第一种观点认为，"通俗文"即"通世俗之殊言"，《通俗文》是"第一部专释俗言俚语、冷僻俗字的训诂学专著"。[2] 第二种观点认为，"通俗文"应理解为"通—俗文"，即"通晓—常用语词"，《通俗文》"是我国第一部面向当时通语的规范语文辞书"。[3] 第三种观点认为，"通俗文"的"文"，字面意义虽指"文字"，而实际含义则是指用文字所记载的词语。因此，"通俗文"即"通俗词语"。《通俗文》可视为"中国语言学史上

---

① 参陈建梁：《〈通俗文〉作者考》，《文献》，1995年第2期。

② 参《邃雅斋丛书》本《通俗文》林蔚曾《序》，北平邃雅斋，1934年；段书伟《通俗文辑校·前言》，郑州：中州古籍出版社，1993年。

③ 参林源：《〈通俗文〉书名考》，《中国语文》，2009年第3期；《〈通俗文〉的体例与特点》，《浙江师范大学学报》，2016年第1期。

专门研究当代方俗语词的第一部专著"。① 综合各家所辑佚文及已有研究成果看，"通俗文"中的"俗"与"文"都应该从属于"文言"范畴，是"文言"中的雅、俗之别。"俗"通文字记录的当代方俗词语，"文"则偏指经典文章代表的古雅书语；"通"即训释、沟通。"通俗文"可理解为通过训释以通古今雅俗书语，它包括了字、音、义三个层面，而以词语释义为枢纽。

华学诚在《论〈通俗文〉的方俗语词研究》文中，以任大椿辑本378条佚文为据，经过比较分析统计，得出了一组数据。佚文共计词语424个。其中，单音词338个，占总数比79.72%，双音词86个，占总数比20.28%；所释新词（首次解释的词）168个、新义（首次解释的词义）60条，两者之和228，占释词总数比为53.77%。新词可分三类：见于先秦文献用例的23个，占新词的13.7%；见于秦汉间文献用例23个，占新词的13.7%；汉时文献未见用例，有些见于魏晋以后文献的共122个，占新词的72.6%。在168个新祠中，双音词61个，占新词的36.61%。而先秦两汉未见用例的122个新词中，双音词共有52个，占122个新词的42.42%。新义词又分两类：见于先秦两汉文献用例者20个，占新义词的三分之一；先秦两汉未见用例者40个，占新义词的三分之二。华氏认为以上数据表明三点：其一，汉代新词增加很多，且绝大部分直至东汉都尚未进入文学语言；其二，汉代方言口语中双音词增幅越来越大，汉语词汇双音化的主导趋势于汉实已形成；其三，汉代新词激增的同时，旧词新义也不断产生。"它既客观地反映了词义发展变化的事实，也说明了词义的变化往往首先是从方言口语中开

① 参华学诚：《论〈通俗文〉的方俗语词研究》，《汉语史学报》第二辑，上海：上海教育出版社，2002年。

始的"。

　　华氏就数据所作三点推断大体可以成立,但尚有进一步探讨的空间。华氏主要依据《通俗文》之前的《尔雅》《小尔雅》《方言》《说文解字》四书是否收释为判断标准来决定新词、新义词的,"凡《通俗文》中首次解释的词视作新词,凡《通俗文》首次解释的词义视作新义"。华氏选择这样的标准,目的是要突出自己对《通俗文》作为"中国语言学史上专门研究当代方俗语词的第一部专著"的性质认定。如果撇开这一先验标准,严格说来,在先秦文献中有过用例的23个新词只能说是旧词。既然是旧词,那么服虔收释的意义何在? 此外,其他新词、新义词训释条例,以及音注条例,其训释特点及其意义如何,皆有待分别举例,一一加以分析揭示,并作规律性总结。

一、见于先秦文献的旧词训释分析举例

　　"细小曰麼"条。① 华学诚认为"麼"同"麽",并举《列子·汤问》"江浦之间生麼虫",张湛注"麼,细也"为证,说明"麼"为见于先秦文献的新词。张湛注《列子》文是否先秦之旧难以断言,但"麼"实见于《说文》,《说文》曰"麽,细也。"可见"麼"字为古词古字,《列子·汤问》"麼"已是汉所出现的俗体或简化字。《汉书》曰:"又况幺麽,尚不及数子。"颜师古注:"郑氏曰:'麽音麼,小也。'晋灼曰:'此骨偏麽之麽也。'师古曰:'郑音是也。幺、麼,皆微小之称也。幺音一尧反,麼音莫可反,骨偏麽自音麻,与此义不

---

① 本条例参段书伟:《通俗文辑校》,郑州:中州古籍出版社,1993年,第27页。段本"麼"作"麽"。

相合。晋说失之。'"① 颜师古的说法可以进一步说明，汉代"麽"的异体或俗体不仅有"麼"，还有"幺"、"麿"。综上分析可以推断，《通俗文》原文应为："细小曰麼。"段书伟辑校本是。可见，此例乃以古词训释新字。若与《说文》及其他异体字相较，服虔新释旨在通古今字，属规范用字的范例。

"密藏曰弆"条。② 《左传·昭公十九年》："及老，托于纪鄣，纺焉以度而去之。"陆德明《释文》曰："去，起吕反。裴松之注《魏志》云，古人谓藏为去。案今关中犹有此音。"正义曰："去即藏也。"③ 可见，"弆"字条属古有其词而无专字，借"去"为字，"弆"乃汉所造新字，以表"去"字"密藏"之意。此属疏通古今字义。"弆"后世取代"去"成为古词正字。与此条相类的还有"雷声曰磤"条。先秦"殷"本属借字拟声词，汉专造"磤"字之，遂成为本正字。

诸如上述条例甚多，不一一分析。要言之，服虔训释旧词新字，无非通古今字义，规范用字，可简谓之正字。值得一提的是正字例兼有正音的意义，反映的都是文言词语用字通变的现象。

二、见于秦汉文献的新词训释分析举例

华氏所定见于秦汉间文献用例的23个词可视为新词，我们通过案例分析，来看看服虔训释的特点及其意义。

"直视曰瞪"条。④ 王褒《洞箫赋》："迁延徙迤，鱼瞰鸡睨。垂

① ［汉］班固撰，［唐］颜师古注：《汉书卷一百上·叙传第七十上》，北京：中华书局，1962年，第4209、4210页。
② 本条例参段书伟：《通俗文辑校》，郑州：中州古籍出版社，1993年，第18页。
③ 李学勤主编：《十三经注疏·春秋左传正义·昭公十九年》，北京：北京大学出版社，1999年，第1381—1382页。
④ 本条例参段书伟：《通俗文辑校》，郑州：中州古籍出版社，1993年，第8页。

喙蜎转，瞪瞢忘食。"李善《文选注》引《埤苍》曰："瞪，直视也。直耕切。"①王延寿《鲁灵光殿赋》："齐首目以瞪眄，徒脉脉而狋狋。"李善《文选注》引《埤苍》曰："瞪，直证切。"②两处反切用字稍有出入。《诗·邶风·泉水》："毖彼泉水，亦流于淇。"陆德明《音义》云："毖，悲位反，《韩诗》作'祕'，《说文》作'聀'，云'直视也'。"③《说文》中释文为"直视也"的词语尚有"眙"、"瞠"、"盯"等。《方言》卷七："儊、眙，逗也。南楚谓之儊，西秦谓之眙。逗，其通语也。"郭璞《注》云："儊，音际。眙，敕吏反。逗，即今住字也。眙，谓住视也。西秦，酒泉、敦煌、张掖是也。"④《史记·滑稽列传》："男女杂坐，行酒稽留，六博投壶，相引为曹，握手无罚，目眙不禁。"《集解》："徐广曰：'眙，吐甑反，直视貌。'"《索隐》："眙音与'瞪'同，谓直视也，丑甑反，又音丑二反。"⑤以上说明，先秦书语中同义异字异音的方言词很多，大多为后来的文言所继承。"瞪"是由汉代通语"逗"谐声而造的新字，表直视义，亦是通语；"直视"更是源于先秦文言。"瞪"由于是通语新词新字，故服虔以古雅文言"直视"作了训释，属以古释今，通古今雅俗。与本例相同的还有"手足坼裂曰皲"条等，皆属以古之雅言释今之俗语。该类训释

①［梁］萧统编，［唐］李善注：《文选·王子渊·洞箫赋》，上海：上海古籍出版社，1986年，第788—789页。
②［梁］萧统编，［唐］李善注：《文选·王文考·鲁灵光殿赋》，上海：上海古籍出版社，1986年，第514页。
③李学勤主编：《十三经注疏·毛诗正义·邶风·泉水》，北京：北京大学出版社，1999年，第166页。
④［汉］扬雄撰，［晋］郭璞注，［明］吴琯校：《方言》，丛书集成初编本，北京：中华书局，1985年，第71页。
⑤［汉］司马迁撰，［宋］裴骃集解，［唐］司马贞索隐，［唐］张守节正义：《史记卷一百二十六·滑稽列传第六十六》，北京：中华书局，1959年，第3199页。

条例亦兼有规范音韵亦即正音的效果。

"织毛褥曰氍毹"条。①《乐府诗集·陇西行古辞》:"请客北堂上,坐客毡氍毹。"②"毡氍"作为新词源自西域大宛,是译音词。这个方言或外来词语早有规范用字,史游《急就篇》"今时锦绣绫罗及氍毹毲氊之属"③云云可证。《说文解字》"氍"字条曰:"氍毹、毲氊,皆毡緂之属,盖方言也。从毛,瞿声。""毹"字条曰:"氍毹也,从毛,俞声。"氍、毹都是按照形声法造的新字,两个形声字复合方能表达这个复音新词。瞿、俞都是旧字,顾其形可辨声,虽有形旁,但并不能准确识别词义,故服虔以"毛褥"释之。"褥"也是汉代新造的形声字,所表乃当时通语。"褥",刘熙《释名》谓之"辱也,人所坐亵辱也"④,即坐卧用的垫具。作为当时通语,"褥"字所表并不能说是个新词。先秦文献中有"茵"字所表词与"褥"字所表同义。《诗·秦风·小戎》:"文茵畅毂,驾我骐馵。"孔颖达《正义》曰:"茵者,车上之褥,用皮为之。言文茵,则皮有文采,故知虎皮也。刘熙《释名》云:'文茵,车中所坐也,用虎皮,有文采是也。'"⑤"文茵"又作"文鞇"。"褥"可视作"茵"、"鞇"所表词语在汉代的规范用字,以"褥"释"茵"是以今释古,通古今字。以"毛褥"释"氍毹"则是以汉代文言通语释方言外来语。

---

① 本条例参段书伟:《通俗文辑校》,郑州:中州古籍出版社,1993年,第63页。

② [宋]郭茂倩编撰:《乐府诗集》,北京:中华书局,1979年,第542页。

③ [汉]史游撰,[唐]颜师古注:《急就篇》,《文渊阁四库全书》第223册,第22页。

④ [汉]刘熙撰,[清]毕沅疏证:《释名疏证》卷六,丛书集成初编本,北京:中华书局,1985年,第178页。

⑤ 李学勤主编:《十三经注疏·毛诗正义·秦风·小戎》,北京:北京大学出版社,1999年,第415、417页。

三、未见于两汉文献的新词训释分析举例

"爪案曰掐"条。①《世说新语·雅量》:"以爪掐掌,血流沾褥。"②"爪"之一词多见于先秦两汉文献,如,《诗·小雅·祈父》中的"予王之爪士"③、《史记·蒙恬传》的"公旦自揃其爪以沉于河"④。"案"通"按",亦见于先秦两汉文献。如,《管子·霸言》"案强助弱"⑤、《战国策·东周》"案兵而勿出"⑥、《史记·郦生陆贾列传》"郦生瞋目案剑"⑦。可见,"爪案"是文言短语,"掐"是汉代新造的形声字,为俗词新字,以"爪案"为释,显然属于以俗就雅,以雅化俗,与前所举例一致,只是尚未进入当时的文学领域而已。"钱戏曰赌"诸条例亦属此类。

"言过谓之謰謱"条。⑧"謰謱"为双音词条例,见于《三国志·魏书·程晓传》。其文曰:"以谨慎为粗疏,以謰謱为贤

①本条例参段书伟:《通俗文辑校》,郑州:中州古籍出版社,1993年,第1页。

②余嘉锡撰,周祖谟、余淑宜整理:《世说新语笺疏中卷上·雅量第六》第1条,北京:中华书局,1983年,第343页。

③李学勤主编:《十三经注疏·毛诗正义·小雅·祈父》,北京:北京大学出版社,1999年,第673页。

④[汉]司马迁撰,[宋]裴骃集解,[唐]司马贞索隐,[唐]张守节正义:《史记卷八十八·蒙恬列传第二十八》,北京:中华书局,1959年,第2569页。

⑤黎翔凤撰,梁云华整理:《管子校注卷九·霸言第二十三》,北京:中华书局,2004年,第470页。

⑥[西汉]刘向编集,贺伟、侯仰军点校:《战国策卷一·东周》,济南:齐鲁书社,2005年,第3页。

⑦[汉]司马迁撰,[宋]裴骃集解,[唐]司马贞索隐,[唐]张守节正义:《史记卷九十七·郦生陆贾列传第三十七》,北京:中华书局,1959年,第2704页。

⑧本条例参段书伟:《通俗文辑校》,郑州:中州古籍出版社,1993年,第34页。

能。"①"謥詷"与"谨慎"对言，也就是不"谨慎"，与"言过"义合。
"谨"、"慎"为先秦经典中常用词语，近义。《左传》僖公五年："初，
晋侯使士蒍为二公子筑蒲与屈，不慎，置薪焉。"②《尚书·胤征》：
"先王克谨天戒，臣人克有常宪。"《孔传》："言君能慎戒，臣能奉有
常法。"③《急就篇》卷四："不肯谨慎自令然。"注曰："已则招之又
谁咎也。"④可见，汉代"谨慎"已成近义复音词。"言过"实即"言
语过其行"，乃经典文言中言语失之谨慎的通俗说法。"詷"字见
于《说文》，曰："共也。一曰譀也。从言，同声。《周书》曰：'在夏
后之詷。'"《周书》即《顾命》篇，今见《释文》作"在后之侗"，并云：
"侗徐音同，又敕动反，马本作詷，云：'共也。'"⑤《礼记·祭统》：
"铺筵设同几，为依神也。"注云："同之言詷也。"孔颖达疏曰："'同
之言詷'，詷，共也。"⑥"謥"字则不见于先秦文献。《后汉书·邓
皇后纪》载《和熹邓皇后简敕外戚宾客诏》云："每览前代外戚宾
客，假借威权，轻薄謥詷。"李贤注"謥詷"云："言忽遽也。謥音七

---

①［晋］陈寿撰，［宋］裴松之注：《三国志卷十四·魏书十四·程郭董刘蒋刘传
　　第十四·程晓传》，北京：中华书局，1959年，第430页。
②杨伯峻：《春秋左传注·僖公五年》，北京：中华书局，2009年，第303页。
③李学勤主编：《十三经注疏·尚书正义卷第七·胤征第四》，北京：北京大学
　　出版社，1999年，第181页。
④［汉］史游撰，［唐］颜师古注：《急就篇》，《文渊阁四库全书》第223册，第
　　56页。
⑤［唐］陆德明撰，黄焯断句：《经典释文·尚书音义下·顾命第二十四》，北京：
　　中华书局，1983年，第50页。
⑥李学勤主编：《十三经注疏·礼记正义·祭统》，北京：北京大学出版社，1999
　　年，第1354—1355页。

洞反。詷音洞。"① 可证"諴詷"为东汉新词,已用于文章,华学诚
判断或有误。该新词或为新造的形声译音词。扬雄《方言》:"賦,
多也。南楚凡大而多谓之羛,或谓之纕。凡人语言过度及妄施
行亦谓之纕。"戴震疏证:"《后汉书·崔骃传》:'若夫纷纕塞路',
注引《方言》:'纕、盛,多也。'音奴董反。纕、羛古通用,盛、賦古
通用。"②《诗·采苹》"于以盛之,维筐及筥",《音义》谓"盛,音
成"。③ "諴"音应近"盛"、"賦",而"纕"、"羛"、"羛"实为同词异
体形声字,而"詷"亦是如此。故"諴詷"即"盛(纕)"或"賦(纕)",
表"语言过度及妄施行"。"諴詷"皆从言,当为正字,转译楚语,已
有音变,谐㤊、同得声,当更近文言古音。要而言之,虽然"諴詷"源
于方俗语,但以本双音节字表词本来就有正字、正音、正义的意义;
"言过"尽管乃经典文言中言语失之谨慎的通俗说法,但以之为释
同样见出化方俗为文雅的效果。

四、用例见于先秦文献的新义词训释分析举例

"蹙頞曰矉"条。④《庄子·天运》:"西施病心而矉其里。"⑤

---

① [宋]范晔撰,[唐]李贤等注:《后汉书卷十上·皇后纪第十上·和熹邓皇后
纪》,北京:中华书局,1965年,第423页。
② [清]戴震:《方言疏证》卷十,《戴震全集》第5册,北京:清华大学出版社,
1997年,第2430页。
③ 李学勤主编:《十三经注疏·毛诗正义·召南·采苹》,北京:北京大学出版
社,1999年,第73页。
④ 本条例参段书伟:《通俗文辑校》,郑州:中州古籍出版社,1993年,第7页。
⑤ 郭庆藩撰,王孝鱼点校:《庄子集释·外篇天运第十四》,北京:中华书局,
1961年,第515页。

《诗·大雅·桑柔》"国步斯频"①，《说文》作"国步斯矉"，训"矉"云："恨张目也。"许慎训释与《庄子》不合。《周易》复卦六三爻辞："频复，厉无咎。"虞翻曰："频，蹙也。"② 又《周易》巽卦九三爻辞："频巽吝。"虞翻曰："频，频也。"③ 频即矉，后作颦。频通矉，可以蹙、颡为训，则蹙、颡义近。《诗》多见"蹙"字。《节南山》："我瞻四方，蹙蹙靡所骋。"笺云："蹙蹙，缩小之貌。"④《召旻》："今也日蹙国百里。"传曰："蹙，促也。"⑤《小明》："政事愈蹙。"传曰："蹙，促也。"笺云："愈，犹益也。何言其还，乃至于政事更益促急。"⑥《江有汜》："不我过，其啸也歌。"郑笺云："啸，蹙口而出声。"⑦ 可见，"蹙"的用法皆有"局促"、"收缩"之义。颡、额、额，是异体形声字，取声字不同而已，又作"颁"、"题"、"颡"、"颜"等。《尔雅》卷三云："颁，题也。"郭注："题，额也。诗曰：'麟之定。'"⑧《方言》云："瀚、额、颜、颡也。湘江之间谓之瀚，中夏谓之额，东齐谓之

---

① 李学勤主编：《十三经注疏·毛诗正义·大雅·桑柔》，北京：北京大学出版社，1999年，第1179页。

② [清]曾钊：《周易虞氏义笺》卷三，《续修四库全书》第32册，第497页。

③ [清]曾钊：《周易虞氏义笺》卷六，《续修四库全书》第32册，第553页。

④ 李学勤主编：《十三经注疏·毛诗正义·小雅·节南山》，北京：北京大学出版社，1999年，第705页。

⑤ 李学勤主编：《十三经注疏·毛诗正义·大雅·召旻》，北京：北京大学出版社，1999年，第1270页。

⑥ 李学勤主编：《十三经注疏·毛诗正义·小雅·小明》，北京：北京大学出版社，1999年，第803页。

⑦ 李学勤主编：《十三经注疏·毛诗正义·召南·江有汜》，北京：北京大学出版社，1999年，第98页。

⑧ 李学勤主编：《十三经注疏·尔雅注疏》，北京：北京大学出版社，1999年，第76页。

颡,汝颍淮泗之间谓之颜。"① 以上反映了先秦文字异形,言语异声的一般情况,诸多异形异声而同义的词语都被整合到文言书语的体系,为后世所继承。但"颡"、"颜"、"额"为中夏之音,故后来成为通用正字。蹙、頞,先秦即有连用之例。《孟子·梁惠王下》:"百姓闻王钟鼓之声,管籥之音,举疾首蹙頞而相告。"朱熹《孟子集注》释曰:"举,皆也。疾首,头痛也。蹙,聚也。頞,额也。人忧戚则蹙其额。"②《庄子·至乐》有"深矉蹙頞"③ 之语,宋戴侗《六书故》谓"深频者,深蹙其眉目也"。又云:"频,眉目之交也。孟子曰:'仲子频蹙。'"书中小字注又曰:"若如《通俗书》之说,不当言深矉而复言蹙頞。"④ "频"本义为"眉目之交","蹙眉"亦谓之"频",引申为局促、危急。后遂造新字"矉",专表"蹙眉"。"深矉蹙頞"即深皱眉目,收紧面额,两者实为人的面部皮肤肌肉在忧戚状态中的自然联动反应,故同言之,所表情义虽同,但不属重言反复。也许"蹙頞"更具全局性,更为直观,又可含"蹙眉",故在汉代作为雅言通语流行,而"矉"字所表之义反而不彰了。可见,本例属以当今雅言通语释古字旧词,扩大了古字词义。

与上例类似的尚有"钩鱼曰饵"条⑤。"饵",先秦文献只作名词,服虔训释说明汉代"饵"动词化了,古字词获得新义。《后汉书·冯衍传》载冯氏《显志赋》曰:"夫庄周之钓鱼兮,辞卿相之显

①[清]戴震:《方言疏证》卷十,《戴震全集》第5册,北京:清华大学出版社,1997年,第2426页。

②[宋]朱熹:《四书章句集注·孟子集注》,北京:中华书局,1983年,第214页。

③[清]郭庆藩撰,王孝鱼点校:《庄子集释·外篇至乐第十八》,北京:中华书局,1961年,第619页。

④[宋]戴侗:《六书故》卷十,《文渊阁四库全书》第226册,第173页。

⑤本条例参段书伟:《通俗文辑校》,郑州:中州古籍出版社,1993年,第96页。

位。"① 东汉之时，"钓鱼"作为词组或复合词语已进入文学语言。可见，以"钓鱼"释"饵"实为以当今雅言通语训古之雅词，赋古字词以新义。

五、用例未见于先秦文献的新义词训释分析举例

"事不利曰踬"条。②《左传·宣公十五年》："杜回踬而颠，故获之。"③"踬"，跌倒的意思。华学诚谓该条例为先秦文献未有用例或有不审，该例实与"钓鱼曰饵"等例一样，先秦有其字词，未见文献用其义而已。《南史·王僧孺传》："中年遭踬。"④ 其中"踬"为不顺利，由跌倒义引申而来，与服虔释义合。《易经》卦爻辞多有"利"与"不利"之言，"利"即"吉利"、"顺利"之义。以"事不利"训"踬"，属句子释字词，句子显然属文言雅正之语。以文言雅正之语释古字词，无非是通雅词正字之古今用义。

"唇不覆齿谓之齖"条。⑤《重修玉篇》《广韵》皆以"齖"通"齟（龃）"，指牙齿不平正。清代吴玉搢《别雅》卷三云：

> 鉏铻、岨峿、鉏牙，齟龉也。《说文》："齟龉，齿不相值也。"又铻，鉏铻也，重文作铻。《楚辞》宋玉《九辨》："圆凿而方枘兮，吾固知其鉏铻而难入。"鉏铻即鉏铻，亦不相值之义也。《文选》陆机《文赋》："或岨峿而不安。"李善注："岨峿，不

<hr/>

① [宋]范晔撰，[唐]李贤等注：《后汉书卷二十八下·冯衍传第十八下》，北京：中华书局，1965年，第1001页。
② 本条例参段书伟：《通俗文辑校》，郑州：中州古籍出版社，1993年，第22页。
③ 杨伯峻：《春秋左传注·宣公十五年》，北京：中华书局，2009年，第764页。
④ [唐]李延寿：《南史卷五十九·列传第四十九·王僧孺传》，北京：中华书局，1975年，第1463页。
⑤ 本条例参段书伟：《通俗文辑校》，郑州：中州古籍出版社，1993年，第30页。

安貌。"亦引《楚辞》鉏铻为证。《周礼·考工记》玉人："大琮十有二寸,射四寸。"《注》:"射,其外鉏牙。"《疏》:"言其外八角锋也。"岨峿、鉏牙,义皆与龃龉同。古吾、牙声近,故或借用牙。《尔雅·释乐注》:"敔如伏虎,背上有二十七龃龉。"亦此义也。①

先秦已有"龃龉"一词,只是用字或假借。"龃龉"当为汉代规范用字,"齚",乃口语"龃牙"的合音字(《重修玉篇》音五加切;《类篇》又作鱼驾切)。故"齚"当为旧词俗字,有音变而已,义近"龃龉","齿不相值",上下牙齿有错位,其所指犹今俗之所谓龅牙,亦即"唇不覆齿"。若视作新义词,但见于词性的变化。与"龃龉"的形容摹状相比,"齚"更趋名词化。服虔释文,更直观形象,因而也更为通俗易懂。

上述两例,第一例字词取之于旧而释文则释放新义;第二例字词皆有新变,而释文则释放新义的同时重新建立了与旧词的联系。此外,释文皆属一时通语,故新义词因释文被纳入雅言通语而具有了通义。进而言之,释文固为当今通语,而其声字语义皆承之于古,故新义词自然也就成了文言体系构成的新元素。

六、音注分析举例

以上考察说明,《通俗文》的旧词新释,以及新词、新义词的训释条例具有规范用字、疏通古今雅俗词义,化方俗为典雅的作用与意义,而其规范用字时的声符取舍本身亦兼有正音的意义。当然,直接见出正音特点的还是其音注条例,下面就其音注条例作一简单考察与分析。《通俗文》的音注主要有直音与反切两种形式。

①［清］吴玉搢:《别雅》卷三,《文渊阁四库全书》第222册,第683页。

（一）直音条例

"脂在腰曰肪。肪，音方"条。①该条例为《文选·魏文帝·与钟大理书》李善注所引。扬雄《太玄经》卷四："脂牛正肪，不濯釜而烹，则欧歇之疾至。"《太玄经》卷末"释音"曰："肪，音坊。"②《礼记》目录"坊记第三十"，陆德明《经典释文》云："坊，音防。徐，扶访反，经文皆同。郑云：'名坊记者，以其记六艺之义，所以坊人之失也。'"③可见经典中，"坊"与"防"音同。而"方"亦通"防"，在先秦即如此。《墨子·备城门》："疾犁、壁，皆可善方。"④其"方"即"防"。"肪"虽为汉代新词和新字，服虔注音则使用的是经典正音。《广韵》："肪，脂肪。又音方。"⑤用的仍然是服虔音注。

"载丧车谓之辁辂。辁，音六。辂，音卫"条。⑥《释名》卷六："碑，被也。此本葬时所设也，施鹿卢以绳被其上，引以下棺也。"⑦《别雅》卷五："鹿卢，辁辂也。《礼记·丧大记注》：以绋绕碑间之鹿卢，挽棺而下之。鹿卢即辁辂也。《广韵》：'辁辂，圆转

---

① 本条例参段书伟：《通俗文辑校》，郑州：中州古籍出版社，1993年，第50页。段本无音注，据《文选》李善注补。参［梁］萧统编，［唐］李善注：《文选》，上海：上海古籍出版社，1986年，第1900页。

② 参［汉］扬雄撰，［晋］范望注：《太玄经》，上海：上海古籍出版社，1990年，第43、117页。

③ ［唐］陆德明撰，黄焯断句：《经典释文卷十三·礼记音义之三·坊记第三十》，北京，中华书局，1983年，第206页。

④ ［清］毕沅校注，吴旭民校点：《墨子第十四卷·备城门》，上海：上海古籍出版社，2014年，第265页。

⑤ ［宋］陈彭年：《重修广韵》卷二，《文渊阁四库全书》第236册，第285页。

⑥ 本条例参段书伟：《通俗文辑校》，郑州：中州古籍出版社，1993年，第80页。段本"辁"作"輇"，现据文渊阁四库全书本《太平御览》卷七百七十三改。

⑦ ［汉］刘熙撰，［清］毕沅疏证：《释名疏证》卷六，丛书集成初编本，中华书局，1985年，第196页。

木也。井上汲木亦为辘轳。'"① 可见，辘，即鹿卢、辘轳。今所谓滑轮也。轊，通槽，棺柩之名。《汉书》卷一下："令士卒从军死者为槽。"注云："服虔曰：'槽，音卫。'应劭曰：'小棺也，今谓之椟。'"②《汉书》卷十："令郡国给槽椟葬埋。"师古注曰："槽椟谓小棺。槽音卫。椟音读。"③《史记·季布栾布列传》："乃髡钳季布，衣褐衣，置广柳车中。"④ "广柳车"即丧车。《类篇》卷四十一："鹔，汪胡切。《博雅》：'鹔头，柳车也。'又于五切。"⑤ 明朱谋㙔撰《骈雅》卷四《释器》引《指南记》云："鹔头、轩薄、辘轊，柳车也。"⑥ "辘轊"是汉代新词，与"柳车"一词因丧车覆柳为饰得义不同，当因丧车装有鹿卢滑轮以引轊（即棺柩）而得名。就字音而言，辘轊若当时音读从鹿轊谐声，则服虔无须另为音注。《礼记·曲礼上》："彗邲勿驱，尘不出轨。"陆德明《音义》云："彗，音遂，徐虽醉反，又囚岁反。"⑦ 以上说明，"辘轊"实际音读与"鹿彗"有异。"六"、"卫"属先秦就存在的文言旧词，服氏直音"辘轊"为"六卫"，说明其为当时流行的音读，亦即当时的正音。"辘轊"虽为新词，但其音字却属于通行的文言书语。

---

① ［清］吴玉搢：《别雅》卷五，《文渊阁四库全书》第222册，第743页。
② ［汉］班固撰，［唐］颜师古注：《汉书卷一下·高帝纪第一下》，北京：中华书局，1962年，第65页。
③ ［汉］班固撰，［唐］颜师古注：《汉书卷十·成帝纪第十》，北京：中华书局，1962年，第311页。
④ ［汉］司马迁撰，［宋］裴骃集解，［唐］司马贞索隐，［唐］张守节正义：《史记卷一百·季布栾布列传第四十》，北京：中华书局，1959年，第2729页。
⑤ ［宋］司马光：《类篇》卷四十一，《文渊阁四库全书》第225册，第473页。
⑥ ［明］朱谋㙔：《骈雅》卷四，《文渊阁四库全书》第222册，第531页。
⑦ 李学勤主编：《十三经注疏·礼记正义·曲礼上》，北京：北京大学出版社，1999年，第98页。

（二）反切条例

"形美曰嫷。嫷，汤火反"条。① 宋玉《神女赋》有"嫷被服"语。《列子·杨朱》云："穆之后庭比房数十，皆择稚齿婑嫷者以盈之。"②"嫷"，源于方言，先秦就已成为文学书语词。扬雄《方言》卷二云："娃、嫷、窕、艳，美也。吴楚衡淮之间曰娃，南楚之外曰嫷，宋卫晋郑之间曰艳，陈楚周南之间曰窕。自关而西，秦晋之间，凡美色或谓之好，或谓之窕。故吴有馆娃之宫，秦有榛娥之台。秦晋之间，美貌谓之娥，美状为窕，美色为艳，美心为窈。"③ 服虔释"嫷"比《方言》具体，且有音注。郭璞《方言注》云："嫷，诺过反。言婑嫷也。"④ 与服氏音反异。《神女赋》"嫷被服"，李善《文选注》曰"嫷，他卧切"⑤，《六臣注文选》直音"唾"、陈第《屈宋古音义》直音"妥"⑥。《列子·杨朱》张湛注云："嫷，音奴坐切。"⑦张湛与郭璞音反近，其他则与服氏近。郭、张都是晋人，说明其时书音与东汉已有不同。而李善以下，则多近服虔，说明后世以服

<hr>

① 本条例参段书伟：《通俗文辑校》，郑州：中州古籍出版社，1993年，第54页。

② ［晋］张湛注，［唐］卢重玄解、［唐］殷敬顺、［宋］陈景元释文，陈明校点：《列子卷七·杨朱第七》，上海：上海古籍出版社，2014年，第198页。

③ ［汉］扬雄撰，［晋］郭璞注，［明］吴琯校：《方言》，丛书集成初编本，北京：中华书局，1985年，第13—14页。

④ ［汉］扬雄撰，［晋］郭璞注，［明］吴琯校：《方言》，丛书集成初编本，北京：中华书局，1985年，第133—14页。

⑤ ［梁］萧统编，［唐］李善注：《文选·宋玉·神女赋》，上海：上海古籍出版社，1986年，第887页。

⑥ 参［梁］萧统编，［唐］李善等注：《六臣注文选》，北京：中华书局，1987年，第350页；［明］陈第撰：《屈宋古音义》卷三，文渊阁四库全书本。

⑦ ［晋］张湛注，［唐］卢重玄解、［唐］殷敬顺、［宋］陈景元释文，陈明校点：《列子·杨朱》，上海：上海古籍出版社，2014年，第200页。

虔音注为古之正音。实际上，"汤火"作为复音词已见于秦汉文献。《列子·杨朱》云："践锋刃，入汤火，得所志矣。"①《史记·律书》有云："太史公曰：'文帝时，会天下新去汤火。'"②"汤"、"火"二字，《说文》都有谐声字例，如："瑒，金之美者，与玉同色。从玉，汤声。""焜，地名。从邑，火声。"这里说明，服氏以"汤火"反音"婿"确实是有取于古音的。

　　"容丽曰嫶，莫豹反"条。③《列子·周穆王》："简郑卫之处子娥嫶靡曼者。"张湛注云："娥嫶，妖好也。靡曼，柔弱也。"④《方言》："秦晋之间，凡好而轻者谓之娥。自关而东，河济之间谓之嫶，或谓之姣……好，其通语也。"郭璞注云："今关西人亦呼好为嫶，莫交反。"⑤"嫶"显然是方言词，而释文"容丽"则是通语。"丽"，一字多义，表容丽词义汉代文献已多见，如《史记·平津侯传》"状貌甚丽"⑥。且"容丽"已为复音词，如《古文苑》所辑枚乘《梁王菟园赋》"容丽人"之"容丽"。"嫶"就其字形看属形声造字，造字之初当从"苗"得声。《说文》："苗，蓨也。从艹，由声。"又《说文》："覒，择也。从见，毛声。读若苗。""苗"，徐铉又释作"莫袍

---

①［晋］张湛注，［唐］卢重玄解，［唐］殷敬顺、［宋］陈景元释文，陈明校点：《列子·杨朱》，上海：上海古籍出版社，2014年，第203页。

②［汉］司马迁撰，［宋］裴骃集解，［唐］司马贞索隐，［唐］张守节正义：《史记·律书》，北京：中华书局，1959年，第1243页。

③本条例参段书伟：《通俗文辑校》，郑州：中州古籍出版社，1993年，第54页。

④［晋］张湛注，［唐］卢重玄解，［唐］殷敬顺、［宋］陈景元释文，陈明校点：《列子·周穆王》，上海：上海古籍出版社，2014年，第77、80页。

⑤［汉］扬雄撰，［晋］郭璞注，［明］吴琯校：《方言》，丛书集成初编本，北京：中华书局，1985年，第1—2页。

⑥［汉］司马迁撰，［宋］裴骃集解，［唐］司马贞索隐，［唐］张守节正义：《史记·平津侯主父列传》，北京：中华书局，1959年，第2949页。

切"。陆德明谓《周易》泰卦初九爻辞"茅"字,郑音读"苗"也。①
张湛《列子注》又云:"媌,音茅。"②《仪礼·士相见礼》"草茅",陆
德明《音义》曰"茅,莫交反"③。可见汉代以来,"苗"、"茅"、"毛"
诸字音读应该差别不大。媌,莫豹反与莫交反用字稍异,但诵读
时的音反效果亦当接近,只是依照《切韵》系韵书的审音,其声调
有异,前读去声,后读平声。要而言之,"媌"字义训,服虔从当代
文言通语,音反则从文言古音。

　　"以箸取物曰敁。箸音治虑反"条。④《说文》:"敁,持去也。
从支,奇声。"服虔训释之"敁"是新词,但文献中几无用例。"箸",
一字多义。"以箸取物"之"箸"指筷子。《说文》:"箸,饭敁也。从
竹,者声。"徐铉音注:"陟虑切,又迟倨切。"《礼记·曲礼》:"饭
黍毋以箸。"陆德明《音义》:"饭,扶晚反。箸,直虑反。"⑤又《礼
记·曲礼》:"羹之有菜者用梜,其无菜者不用梜。"郑《注》云:"梜,
犹箸也。今人或谓箸为梜提。"陆德明《音义》:"梜,古协反,沈又

①[唐]陆德明撰,黄焯断句:《经典释文卷二·周易音义·上经泰传第三》,北
　京,中华书局,1983年,第21页。
②[晋]张湛注,[唐]卢重玄解、[唐]殷敬顺、[宋]陈景元释文,陈明校点:《列
　子·周穆王》,上海:上海古籍出版社,2014年,第80页。
③[唐]陆德明撰,黄焯断句:《经典释文卷十·仪礼音义·士相见礼第三》,北
　京,中华书局,1983年,第146页。
④本条例参段书伟:《通俗文辑校》,郑州:中州古籍出版社,1993年,第21页。
　段本无反音,据《玄应音义》补。参徐时仪校注:《一切经音义三种校本合刊》
　(修订版),上海:上海古籍出版社,2012年,第331页。
⑤李学勤主编:《十三经注疏·礼记正义·曲礼上》,北京:北京大学出版社,
　1999年,第61页。

音甲，《字林》作笑，云：'箸也，公洽反。'箸，直虑反。"① 由上可见，"敆"或即汉代"箸"之俗语"梜提"的合音字，其俗语义或偏取食的动作，故服虔"以箸取物"这种雅正文言释之。由于时俗多谓"箸"为"梜提"，则"箸"字文言古读极易为俗音淆乱，故服氏特加音反音注。其音反上下字则皆为当代文言通语词，且直承先秦经典文言。因此，"箸"字反音当在某种程度上保存了文言正音。后世"箸"字音切基本上因袭了服氏反音，也正说明了此一意义。

以上分析表明，服虔音注无论是直音还是反语，其所取音字皆源于当代文言通语用字。从词语音读的角度看，《通俗文》同样体现了方俗词语文言化的倾向，多取文言正音。《颜氏家训·书证》篇谓"《通俗》反音，甚会近俗"②，当指服虔音注会通古今雅俗音义的性质与特点。

七、文言"语体"的"文体"化趋势及其意义

任何语言的发展都源于人类社会生活的变化。社会生活变化的动力在于人类的社会实践，由于社会实践，新事物不断产生，于世界有更新的发现。在诸多的新变中，亦包含了不同文化交流所带来的新事物、新发现。社会生活的新变最终必然要反映到语言文字中来，于是便促成了词语、文字的孳乳繁衍，甚至于语法的变化。汉文言的发展自然亦不例外，以上对《通俗文》案例的考察表明，汉代文言已有了很大变化，方俗语言直接关联到了这一变化。之所以如此，无非是因为方俗语言最接近正在变化中的生活

① 李学勤主编：《十三经注疏·礼记正义·曲礼上》，北京：北京大学出版社，1999年，第66页。
② ［隋］颜之推著，王利器集解：《颜氏家训集解》，北京：中华书局，1993年，第481页。

世界。

　　汉代方俗语言所带来的文言变化，就《通俗文》案例来看，其最值得关注的是：新词、新义词、谐声新字的增多，以及双音节构词趋势的形成。这种现象虽然还有待更加深入的社会学、历史学、文化学的考察，但仅就语言学而言，理解当代活的方言俗语促成了文言新变显然不够，我们还必须明确方言俗语影响文言的方式及其运作规律，如此，方能理解文言自身继承与发展相统一的辩证关系。这里，可以明确的是，方俗语言影响文言，首先必须在词语层面获得汉文字的形态。文字所表方俗之词，或借现成音字或造形声新字。前者使得旧文言词获得新义，此无须多论。后者虽为纯粹新词，而新字的形符、声符则多假借旧字，故新词音义必然对文言旧词有所继承。即便纯粹的外来译音词亦不例外，如《通俗文》"织毛褥曰氍毹"之"氍毹"，即因汉字转化而变成了汉文言特点的双音节词。其特定的形符、声符，使得这个译音词的音义都与汉文言词语的集合体发生了微妙的联系而隐匿了其为外来词语的痕迹。加之服虔"织毛褥"之释文，其虽属当代通俗语，但字声词义皆古已有之，故"氍毹"作为书语词，其"形—音—义"之整体自然呈现了文言体系古今雅俗通变的规律。再如梵语译音词"佛陀"。梵语Buddham，除"佛陀"的汉译对音，尚有"佛陁"、"浮屠"、"浮图"等。《后汉书·西域传》："西方有神，名曰佛……桓帝好神，数祀浮图、老子。"[1]《后汉书·襄楷传》："又闻宫中立黄老、浮屠之祠。"李贤注云："浮屠即佛陀，但声转耳，并谓

①[宋]范晔撰，[唐]李贤等注：《后汉书卷八十八·西域传第七十八》，北京：中华书局，1965年，第2922页。

佛也。"①《魏书·释老志》:"浮屠正号曰佛陀。佛陀与浮图声相近,皆西方言,其来转为二音。华言译之则谓净觉,言灭秽成明,道为圣悟。"②沈约《佛知不异众生知义》云:"佛者,觉也。觉者,知也。"③"浮觉"可谓音译加意译所构成的新词,除此之外,佛、佛陀等皆属纯粹的译音词了。而这些对音都讹略梵音依照汉语单音节或双音节构词规律字音化了,加之"觉也"、"知也"的意译与训释而彻底文言化了。

　　总而言之,以上对《通俗文》训释音注条例举例分析表明:文言向方俗语言的开放促成了自身的变化,而这种变化自始就是通过方俗词语文言化的途径实现的。故尽管变化偶尔会造成文言局部的无序与混乱,但并不会改变文言的形音义体系和语法规律,加之文字规范与音义训诂的即时跟进,无序归于有序,文言体系最终得以丰富与发展。由此过程,我们亦可想见,作为体系的"文言",在字形、字声与字义相耦合的语汇所构成的语体层面,就已经内含了"言"与"文"的双重属性。"言"指向今与俗,"文"指向古与雅。故文言体系之"语体"复有"言体"与"文体"之辨。但"言"、"文"互动的总趋势则是"言体"之"文体"化,这是由"言"向"文言"的渗透必经"文字化"之中介所决定的。文言语体的"文体"基因决定了文言的言说(书语)天然趋向于单音节语义节奏或

①[宋]范晔撰,[唐]李贤等注:《后汉书卷三十下·郎顗襄楷列传第二十下》,北京:中华书局,1965年,第1082—1083页。

②[北齐]魏收:《魏书卷一百一十四·释老志十第二十》,北京:中华书局,1974年,第3026页。

③[南朝梁]沈约著,陈庆元校笺:《沈约集校笺·佛知不异众生知义》,杭州:浙江古籍出版社,1995年,第182页。

双音节语义节奏、意象化以及古雅化。①

第七节 "音韵蜂出"与"五声命字"

《通俗文》之类的辞书,其积极意义在于:通过字词训释,沟通古今雅俗文辞,保证日益频繁的言文互动不至于造成文言文辞"形—音—义"整体失去内在关联与条理——进而导致文言统绪的解构,但它并不能保证文言书语实际音读的规范与统一。文言书语实际音读的通俗性或统一性还只能通过口耳相承的吟咏讽诵的制度。从《通俗文》佚文看,服虔收释的大多是新词语,但加以音注的条例并不多,说明东汉时文言书语实际音读的统一性还是很高的。这无疑得益于严格的经学体制中的经典讽诵传统。如前所言,魏晋以后,政局动荡,南北分裂,玄风炽盛,玄旨清谈为高;文章大业,宴集酬酢,性情吟咏为雅。凡此种种,就其对文言书语音读的影响而言,无疑是朝着名士化、个性化与方俗化的方向发展,这正是文言"言体"与"文体"(此言、文之别为声体之别,文读为规范化的古读正体,言读为个性化的今读变体)矛盾的表现。如《颜氏家训·音辞》篇云:"江南学士读《左传》,口相传述,自为凡例。军自败曰败,打破人军曰败(补败反)。诸记传未见补败反,徐仙民读《左传》唯一处有此音,又不言自败、败人之别。此

---

① 就语音层面而言,方俗言语的文言化或文体化距离本音已有很大改变。今人若通过文言中的"语体"反测当代方俗之音实际上已很难做到。现代语言学者的研究表明,用分析书语音节声韵调的手段去描写汉语活的方言很难完全表达其音节结构的具体特征。这充分说明了"文言"音系的体系性与独立性。参沈钟伟:《方言音节结构的分析问题》,《东方语言学》创刊号,上海:上海教育出版社,2006年。

为穿凿耳。"① 于此可见一斑。此种情形自然不利于文言体系的统一与传承，但却促成了音韵蜂出的传统小学新格局。

一、《声类》与《韵集》的性质与意义

治中国音韵学史的学者，一般将《声类》《韵集》视为韵书之滥觞。两书为魏晋人李登、吕静先后相继而作，唐以后皆亡佚。《隋书·经籍志》著录《声类》十卷、《韵集》本十卷、六卷，并云"魏左校令李登撰"及"晋安复令吕静撰"。新旧《唐书》亦有两书著录，只是《韵集》为五卷。最早提及两书的是《魏书·江式传》："忱弟静别放故左校令李登《声类》之法，作《韵集》五卷，宫、商、角、徵、羽各为一篇，而文字与兄便是鲁卫，音读楚、夏，时有不同。"② 文中吕静兄吕忱乃《字林》的作者。由于全书后世不传，故今人对《声类》《韵集》两书性质、体例及创作目的之认识只能依据有限的史料及存于其他典籍的少量佚文加以推断，故难免歧见。

据陆法言《切韵序》"吕静《韵集》、夏侯该《韵略》、阳休之《韵略》、周思言《音韵》、李季节《音谱》、杜台卿《韵略》等，各有乖互。江东取韵，与河北复殊"③ 云云，《韵集》为韵书似乎疑义不大。《隋书·潘徽传》载其《韵纂序》云："至于寻声推韵，良为疑混，酌古会今，未臻功要。末有李登《声类》、吕静《韵集》，始判清浊，才分

①[隋]颜之推著，王利器集解：《颜氏家训集解》，北京：中华书局，1993年，第562页。
②[北齐]魏收：《魏书卷九十一·列传术艺第七十九》，北京：中华书局，1974年，第1963页。
③[清]严可均辑，史建桥审订：《全上古三代秦汉三国六朝文·全隋文卷二十七·切韵序》，北京：商务印书馆，1999年，第315页。

宫羽,而全无引据,过伤浅局,诗赋所须,卒难为用。"①据潘氏序,
《声类》亦应属韵书。而唐封演《封氏闻见记》"文字"条有云:"魏
时有李登者,撰《声类》十卷,凡一万一千五百二十字,以五声命
字,不立诸部。晋有吕忱,更按群典搜求异字,复撰《字林》七卷,
亦五百四十部,凡一万二千八百二十四字。诸部皆依《说文》,《说
文》所无者是忱所益。"②则《声类》归为字书。今之学者亦不乏此
论。③《韵集》是效法《声类》体例所编制,既然《声类》判为字书,
那么《韵集》亦应视作字书。然20世纪以来新发现的三种王仁昫
《刊谬补缺切韵》唐写本(即敦煌本、项跋本和宋跋本)皆存韵目小
注,其注明了陆法言《切韵》以前五家韵书分韵的异同,其中就包
括了吕静的《韵集》。④有学者据此推断,《韵集》已有完整的韵部
分类,甚而结合佚文重构了《韵集》的韵部系统。⑤但学者们大多
比较谨慎,如赵诚基于当时"四声说"未立且封演说《韵集》效《声
类》体制,而《声类》"以五声命字,不立诸部",故否定了上述可能
性。赵氏同时又推测《韵集》编排体例为:1.按宫、商、角、徵、羽分
为五篇;2.不分韵部;3.每一篇中,同音字皆列在一起。⑥若依赵
氏的思路,《声类》亦应与此体例相应。

---

①[唐]魏征等:《隋书卷七十六·列传第四十一·文学·潘徽传》,北京:中华
　书局,1973年,第1745页。
②[唐]封演:《封氏闻见记卷二·文字》,北京:中华书局,1985年,第8—9页。
③参姜亮夫:《切韵系统》,《浙江师范学院学报》,1995年第1期;殷正林:《李登
　〈声类〉性质管窥》,《辞书研究》,1983年第6期。
④参姜亮夫:《姜亮夫全集》卷十《瀛涯敦煌韵书卷子考释》,昆明:云南人民出
　版社,2002年。
⑤参张平忠:《试论吕静〈韵集〉韵部系统》,《福建教育学院学报》,2007年第
　4期。
⑥参赵诚:《中国古代韵书》,北京:中华书局,2003年,第11—15页。

从《声类》《韵集》的佚文看，两书都以字音、字义的注释为构成单元，音注既有反切，亦有直音。但两者比较，《声类》尚兼释字形，释义详于《韵集》，还兼录了多种字义。就此而言，《声类》字书的性质更为明显。① 其实，综合现有文献看，两书最大的同异应蕴含于"以五声命字，不立诸部"的相似体例及"声类""韵集"的不同命名之中。

何谓"以五声命字，不立诸部"？依《闻见记》上下文语境，即指《声类》不像吕忱《字林》纯依《说文》部首为收字分类的原则，而是按宫、商、角、徵、羽五声为其收字编类的标准。真正的问题在于：此处"五声"概念究竟应该如何理解？

按赵诚的推测，"五声命字"即指以宫、商、角、徵、羽分为五篇且每篇类聚同音字。如果宫羽之类得不到确指，则无异于抽象的序号，若甲乙丙丁之类而已。这是一种过于谨慎的不解之解。目前学界的主流意见主要有三种："声调说"、"发音部位说"、"韵部说"。声调说的理论依据是宫、商、角、徵、羽作为乐学术语表示相对音高，后之用之于音韵学自然亦表示字音高低的"声调"。"声调说"的不谐在于："四声"发明于齐梁，沈约视四声之发现为"独得胸衿"，当时梁武帝尚且不辨，何以几百年前的李登已具有据声调以辨析字音声类的能力；况且"五声"又如何能谐配于"四声"？认为"五声"实对应于五个声调者，近代有王国维为其代表。② 主

---

① 参殷正林：《李登〈声类〉性质管窥》，《辞书研究》，1983年第6期。《声类》收释词以单音节词为主，有少量的连绵词和叠音词。并参李丽静《〈慧琳音义〉引〈声类〉佚文考》，《南阳师范学院学报》，2010年第1期。

② 参王国维著，彭林整理：《五声说》，《观堂集林》，石家庄：河北教育出版社，2003年，第169页。其具体情形，下文有关"上古声调五声说"的讨论将会涉及。

张声调说者都得牵合"四声",如北齐李季节《音谱决疑序》便认为"宫"、"商"同律,合角徵羽三声当为"四声"。①"发音部位说"受后世等韵学之启发,将宫、商、角、徵、羽理解为唇、齿、舌、喉、牙之发音部位。但《声类》《韵集》"五声"与五个发音部位的对应关系则已无法考实。据宋司马光的《切韵指掌图》,两者的对应关系则是:羽唇、商齿、徵舌、宫喉、角牙且有舌头舌上、唇重唇轻、齿头正齿之别。其"辨五音例"歌诀云:"欲知宫,舌居中;欲知商,开口张;欲知角,舌缩却;欲知徵,舌柱齿;欲知羽,撮口聚。"《指掌图》中的口诀则来源于南梁汉比丘守温《辨宫商徵羽角例》:"欲知宫、舌居中;欲知商,口开张;欲知徵,舌柱齿;欲知羽,撮口聚;欲知角,舌缩却。"②只是次第稍异。由于《指掌图》的"五声"是据发音部位来类系声母,故郭绍虞便认为《声类》是将所有不同声母的字依据五个发音部位加以编类的。③唐兰则认为此"五声"实指韵部,"宫者东冬,商者阳唐,角者萧宵,徵者咍灰,羽者鱼虞。创始者粗疏,故但列五部耳";又云"或以五声指声母,即喉牙齿舌唇,此更不然。韵目所示,吕书以韵分,不能每韵析入喉牙等类也"。④殷正林认为,唐兰是从吕静《韵集》的体例反推《声类》的体例。"即便认定吕静《韵集》分立韵部(姑且不顾有的学者所持

---

① 参[日]遍照金刚撰,卢盛江校考:《文镜秘府论汇校汇考》,北京:中华书局,2006年,第317页。

② 参《守温韵学残卷》,见周祖谟:《唐五代韵书集存》(下册),北京:中华书局,1983年,第805页。

③ 参郭绍虞:《声律说续考——关于〈声类〉〈韵集〉的问题》,《古代文学理论研究丛刊》第三辑,上海:上海古籍出版社,1981年。

④ 参唐兰:《刊谬补缺切韵跋》,见《唐写本王仁昫刊谬补缺切韵》,故宫博物院,1947年。

的异议),设若这些韵部不是'析入喉牙等类',而是反复出现在各类之中,那么唐兰先生的论点就失据了"。① 殷氏的批评显然是立足于偏声母的"发音部位说"的,且亦以此说法移置于《韵集》。但这里有一个问题仍然是不可回避的,即:"声类"与"韵集"命名中的"声"、"韵"是否有区别的意义? 郭绍虞的"发音部位说"是考虑到了这个问题的。在郭氏看来,《声类》中的"声"即指声母,《韵集》中的"韵"当指韵母,两书的性质是有所不同的。至于吕静之所以能在《声类》的基础上,结合李登的五声说加以发展而写成《韵集》这部书,郭氏作出了两点解释性说明。首先,引黄侃《音略》中的一段话以说明声韵本有相通的关系,这是《声类》《韵集》能够沟通的理由之一。其引《音略》云:"古声既变为今声,则古韵不得不变为今韵。以此二物相挟以变,故自来谈字母者以不通古韵之故,往往不悟发音之由来;谈古音者,以不憭古声之故,其分合又无的证。"其次,类比日本假名五十音图来推测说明《韵集》的"五声"说。"日本假名的五十音图,于'ア'行表示韵,于'カ'行以下表示声,于是'ア'行的アイウエオ五段就都与表示声的各行发生联系了"。言下之意,アイウエオ五段以首行排列,表示韵,相当于《韵集》之"五声";"カ"行以下则表示声,声即声母。如此,则《韵集》的"五声命字"便偏于韵了。尽管《声类》《韵集》类聚音字分别考虑到了声、韵,但整体上属字书性质,而与后世韵书还是有很大差异。故潘徽说"诗赋所须,卒难为用"②。郭说所作猜想有其合理性,可以成为进一步思考的出发点。

①参殷正林:《李登〈声类〉性质管窥》,《辞书研究》,1983年第6期。
②参郭绍虞:《声律说续考——关于〈声类〉〈韵集〉的问题》,《古代文学理论研究丛刊》第三辑,上海:上海古籍出版社,1981年。

　　假设《韵集》收字的音序类似于五十音图,那么其具体情形又当如何想象呢? 显然,我们不能想象吕静已按发音部位析出后世的36声母字,亦不能想象其析出了后世的韵部,那么,《韵集》收字的音序排列又是如何具体实施的呢? 王立达在其《汉语研究小史》中曾推断《声类》《韵集》可能是“把属于同一‘反切’的字聚集在一处,而按照‘反切’的下一字加以分类编纂成书的”[①]。王说还是有一定启发意义的。结合“发音部位”说,我们可以推想:《韵集》按照发音部位的不同,分类汇集了当时常见的所有用之于反切音注的下字,另加音注释义;而《声类》则是分类汇集了当时常见的所有用之于反切音注的上字,另加音注释义。上字重声,下字重韵,故两书命名有《声类》《韵集》之异。尽管上述看法仍然出于猜想,但新的猜想可以使得我们对《声类》《韵集》的性质与创编的目的及其在音韵学史上的地位获得新的认识,并且亦能结合当时文言发展的大背景得到客观的理解。

　　《声类》《韵集》虽然收字不免重音义之训诂,且《声类》尚兼释字形,但他们一致放弃偏旁部首的类字原则而采取了根据发音部位或发音方法的音序编类方式。其音序编类,无论偏声还是偏韵,但整体上都超越了字书的框架。这种超越无疑体现了不同于字书的目的与性质。根据我们对两书体例的推断,可以说它们从发音部位或发音方式的角度整理当时各类音注,无疑具有规范时人诵读吟咏文言书语的意义与目的。即便它们成书的宗旨不在于便利诗赋创作,但作为音韵学之发轫,韵书之滥觞的地位是无可取代的。《大般涅槃经音义序》之谓“观《说文》以定字,捡《韵

[①]转引自周广荣《梵语〈悉昙章〉与等韵学的形成》,《古汉语研究》,2001年第4期。

集》以求音",可证本文此处所发不为虚语。如果从音韵学的角度去看《声类》《韵集》,我们将会有更多的发现与思考。

二、"始判清浊,才分宫羽"与上古文言声调及其自觉

现在看来,潘徽谓李登《声类》、吕静《韵集》,始判清浊,才分宫羽,实分别言之,即:《声类》始判清浊,《韵集》才分宫羽。前者从发声角度类分反切上字即判声母清浊,后者从发声角度类分反切下字(即韵字)谓之才分宫羽。既然都是五声命字,仅偏声偏韵之异,为何潘徽独以"才分宫羽"称《韵集》呢? 秘密在于此"宫羽"非《江式传》之"宫羽"。沈约《宋书·谢灵运传论》云:"欲使宫羽相变,低昂互节,若前有浮声,则后须切响。一简之内,音韵尽殊;两句之中,轻重悉异。妙达此旨,始可言文。"[①]沈约此处借用"宫羽"之目,实指声调。四声之目发明之后,因习惯而时有借旧名"宫羽"以表声调的现象发生。潘徽称《韵集》当属此例,换而言之,在潘徽看来,吕静撰《韵集》始具声调意识。那么潘徽眼中的"吕氏声调"究竟属于四声还是五声呢? 两种可能性都存在,但我们认为"五声"的可能性更大。下面试作分析说明。

(一)古之"五声"辨:礼乐体制与上古文言声调

我们先来看看宋齐以前,古人对"五声"的发音与审听的认识。最早的论述见载于《管子·地员》篇:

> 其木宜蚖蓄与杜松,其草宜楚棘。见是土也,命之曰五施,五七三十五尺而至于泉,呼音中角,其水仓,其民强。……见是土也,命之曰四施,四七二十八尺而至于泉,呼音中商……

---

①[梁]沈约:《宋书卷六十七·列传第二十七·谢灵运传》,北京:中华书局,1974年,第1779页。

凡听徵，如负猪豕，觉而骇。凡听羽，如鸣马在野。凡听宫，如牛鸣窌中。凡听商，如离群羊。凡听角，如雉登木以鸣，音疾以清。①

《地员》篇"以凿井至泉，指出因井之深浅不同，于井口呼喊而得宫、商、角、徵、羽五音的源泉位所，其所居地员之情实；并以不同之音声喻说五音，以及起五音之弦丝数"②。虽然这里无关语言的声韵调，但毕竟涉及了"五声"特点的描写及其审听，且"呼音中角"之类已论及发音器官发出"五声"的方式——"呼"。《韩非子·外储说右》云："教歌者先揆以法，疾呼中宫，徐呼中徵。疾不中宫，徐不中徵，不可谓教。"③此论声歌宜教之法，就此可作如下几点分析与推断。

其一，"疾呼"、"徐呼"云云涉及宫、徵二声发音方法的差异。"呼"，《说文》云"外息也"。《庄子·逍遥游》："生物之以息相吹也。""息"，气息也；"外息"即"吐气"，故《素问》云"呼尽乃去"。"疾不中宫，徐不中徵，不可谓教"，说明声歌的吐气发声不是一种自然的发声，而是一种需要专门教学和练习的发声方法和技术。这种发声方法或技术的要领首先表现于：通过自由调控气息声门、震动声带以发出高低不同的音声。

关于声歌中的气声之术，唐宋以后人有许多具体精到的论述。唐朝段安节《乐府杂录》云："善歌者，必先调其气。氤氲自脐

①黎翔凤撰，梁运华整理：《管子校注卷第十九·地员第五十八》，北京：中华书局，2004年，第1072、1080页。

②参陈福滨：《〈管子·地员〉五音说之探究》，《贵州大学学报》（艺术版），2013年第4期。

③［清］王先慎撰，钟哲点校：《韩非子集解卷第十三·外储说右上第三十四》，北京：中华书局，1998年，第326页。

间出，至喉乃噫其词，即分抗坠之音。既得其术，即可致遏云响谷之妙也。"① 以今人的理解，这段话的大意是："擅长唱歌的人，一定是先要调节呼吸，使气息均匀合适，源源不断的气息从丹田发出（即我们习惯讲的丹田气，横隔膜的支持点），气息到了喉震动声带吐字发音，就能够发出高低不同的声音，如果能得到用气的技术，歌者便可以发出似能让天上的流云停住和让山谷震响起来的好声音。"② 《杂录》行文说明，"擅歌者"平时多练习胸腹联合式呼吸，养丹田之气，气息深厚，故临歌之时，能自如运用气息，调节声门，震动声带而发出高低不同的字声。宋朝张炎的《词源·讴曲旨要》云："忙中取气急不乱，停声待拍慢不断。好处大取气流连，拗则少入气转换。"当代音乐学者吉联抗对这段话的语译是："唱快速的曲调时换气要急而不乱，唱延长音停声待拍时要慢而不断，好处理的是大口取气能使气息留连，腔调曲折不断时小口换气使气息得到转换。"③ 可见张炎说的曲唱要领亦关乎气息调控的技术，其关键在于处理好气、声的辩证关系。实际上，《旨要》论之所及亦近于今人所谓民族唱法中最关键也是最难掌握的起音技术、连音技术及断音技术④。较之唐宋人论述，《韩非子》显见粗略，但其对声歌技术中的气声本质的认识应该是一致的。

其二，"疾呼"、"徐呼"指示了吐气的"疾"与"徐"，但"宫"、

---

① [唐]段安节:《乐府杂录》，丛书集成初编本，北京：中华书局，1985年，第15—16页。

② 崔泉馨:《谈近现代中国民族声乐唱法中呼吸技术之阶段性嬗变》，《中国音乐》，2013年第3期。

③ 吉联抗:《〈词源·讴曲旨要〉试译》，《中国音乐》，1983年第3期。

④ 参但夏:《浅析民族唱法的发声特点及技术训练》，《北方音乐》，2014年第2期。

"徵"的意味自然不限于基音而也应该包括腔韵。因为无论吐气的"疾"与"徐",气息总要上行抵达口腔或头腔。北宋沈括的《梦溪笔谈》有云:"古之善歌者有语,谓'当使声中无字,字中有声。'凡曲,止是一声清浊高下如萦缕耳,字则有喉唇齿舌等音不同。常使字字举本皆轻圆,悉融入声中,令转换处无磊块,此谓'声中无字',古人谓之'如贯珠',今谓之'善过度'是也。"① 值得进一步追问的是,《韩非子》文中的"宫"、"徵"作为腔韵之声是否即纯粹的乐音,若沈括《梦溪笔谈》所云"止是一声清浊高下如萦缕耳"而与"字声"无关的"曲声"呢?《文心雕龙·声律》篇云:"古之教歌,先揆以法,使疾呼中宫,徐呼中徵。夫商徵响高,宫羽声下;抗喉矫舌之差,攒唇激齿之异,廉肉相准,皎然可分。"② 刘勰理解的古之声歌之教中的"宫徵"显然关乎字声。这种可能性是完全存在的。古时礼乐,"歌者在上,匏竹在下,贵人声也"③。上古不如后世曲辞分离,离《诗》无以言乐,离乐亦无以言《诗》。《荀子·劝学》曰:"《诗》者,中声之所止也。"④ 所谓"中声",即宫、商、角、徵、羽五正声。《韩非子》记录的声歌之法当承之于古,由其"不可谓教"语,合《荀子》"中声"概念而推之,其教法当属礼乐正声的传统。礼乐传统中的声歌之教既传承礼乐亦传承文言,故断其声教

---

① [宋]沈括撰,胡道静校注:《新校正梦溪笔谈》卷五,北京:中华书局,1957年,第61页。

② 周振甫:《文心雕龙今译·声律第三十三》,北京:中华书局,1986年,第299页。

③ 参李学勤主编:《十三经注疏·礼记正义·郊特牲》,北京:北京大学出版社,1999年,第776页。

④ [清]王先谦撰,沈啸寰、王星贤点校:《荀子集解卷第一·劝学篇第一》,北京:中华书局,1988年,第11页。

取今人谱声哼唱而弃字声吟咏之法，于理不当。质而言之，由《韩非子》声歌之法可以推断，宫、商、角、徵、羽在先秦既可指乐学中的音阶，同时也可用以代表字声吟咏之律则。

其三，礼乐歌咏，依其字声即可别为"五声"而成其声文。《尚书·舜典》有云："诗言志，歌永言。声依永，律和声。""歌永言"之"言"属字声无疑，"声依永"之"声"据《传》乃宫、商、角、徵、羽五声。"歌永言"之"永"，《传》云"以长其言"①，亦即《礼记·乐记》所谓"歌之为言也，长言之也"②。其实，长言、短言是相对的，歌咏不可能一味长言，要者，言之有"文"也。《礼记·乐记》云："声成文，谓之音。"又云："凡音之起，由人心生也。人心之动，物使之然也。感于物而动，故形于声。声相应，故生变。变成方，谓之音。"③《乐记》是由情气本体论乐，与《舜典》声歌乐教之论，角度有所不同，但理义相通。所谓"声成文"即"五声"高低相杂，比而成文。就其本体论观之，物感人心必情气动，情气动必发于外，发于外必形于声。声与情气相应，随着情气的起伏而生变化。如果这种变化不失其方，亦即变而有"文章"（见郑注）便可谓之"音"。所谓"文章"不外乎"五声"杂比而有伦序。以《乐记》之"音"反观《舜典》"歌永言"，其"永"自然兼短长而言之。长言短言亦当与歌者情气相应，只是《舜典》中的"典乐"夔，"乐德"已成于先，情气有恒常，故其情气外发而为诗声之咏，自然成文。当然，这样说难免

---

① 李学勤主编：《十三经注疏·尚书正义·舜典》，北京：北京大学出版社，1999年，第79页。

② 李学勤主编：《十三经注疏·礼记正义·乐记》，北京：北京大学出版社，1999年，第1148页。

③ 以上参李学勤主编：《十三经注疏·礼记正义·乐记》，北京：北京大学出版社，1999年，第1077、1074页。

会引发种种质疑，但如果无此假定，我们就不能合乎逻辑地理解经文随之而来的"声依永，律和声"一语。《韩非子》"疾呼中宫，徐呼中徵"与《乐记》"变成方"两者，概言"五声"之文独立于外，是范导气声吐发或字声吟咏的律则；而《舜典》"声依永"则言"五声"之文以诗声吟咏为依据，且吟咏所定"五声"自然与律调相应。这显然与前者语法不同。有了前此假定，我们则可以说，恰因此不同，《舜典》方言夔教胄子诗言歌咏，可成其"直而温，宽而栗；刚而无虐，简而无傲"之德性。《舜典》整体叙事难免理想主义，与事实相较或有不小差距。但其中可以视为事实的是：礼乐传统中的典范性歌咏是有一定的律调的，其歌辞字声的吟咏与五声之文是高度一致的。周代的歌《诗》之教，其终极目标无疑为养正国子情气德性，但其途径亦不能绕过教其正确的吐气发声，雅化其字音。推而言之，当时情境，依其字声的吟咏，本身即可别为"五声"而成其声文。

其四，若以礼乐歌咏、诗声之教而论，文言字音是可别为宫、商、角、徵、羽五声的。既然音文（后世声曲）直接由文言字声转化而来（今人之所谓"以文化乐"），则理论上说，脱离歌咏情境的上古文言单字音读也应该是有声调的，且为宫、商、角、徵、羽五种声调。如此推论是有文言单音节语性质的认知及声调概念的现代理解作为前提的。

当代语言学家徐通锵指出：

> 语言基本结构单位的语音形式是单音节还是多音节，这涉及语言系统的一系列根本原则问题，其中包括寄生于音节的非线性语音特征。声调的起源和发展需要联系这种结构特征进行讨论。基本的情况是：词是多音节语的基本结构单位，字是单音节语的基本结构单位。词的超音段语音特征是

重音,着眼于词内音节之间的强弱对比;字的超音段语音特征是声调,着眼于音节内部的音高变化。①

关于汉语声调音位及属性的问题,汉语学界已达成一致性理解,即:(1)汉语声调是音节内有区别作用的一种相对音高;(2)这种相对音高的变化是滑动的,即是连续的、渐变的,而非跳动的。② 汉语的一个音节由声母、韵母、声调三部分构成,一个音节对应于一个汉字,故声调亦可称之为字调。声母一般是由辅音充任(零声母除外);韵母可分为韵头、韵腹、韵尾,一般辅音可充任韵头、韵尾,韵腹必为元音。徐通锵将音节结构的规则用公式表述为:t/o(m)n(c)。其中,"o表声母或音首,m表韵头或介音,n表韵核或韵腹,c表韵尾,t表驾驭整个音段的声调,(　)中的成分可以出现,也可以不出现"③。假定音节声母韵母的构成音素不变,则音节内相对音高的变化(即不同声调)只能理解为音节内的各音素的发声产生了相应的、整体的、结构性变化。语言学家江荻认为,决定声调的根本音素在于声门状态,"各种音段或特征都只是声门状态的表征";"凡是影响和制约嗓音声源的因素都不能排除在声调发生的可能性之外"。④ 在江荻观点的基础上,香港学者朱晓农直接提出了"声调起因于发声"说。其核心观点是:"发声引发声调,并且是唯一的语音因素。""发声指的是声门在调节

① 徐通锵:《声母语音特征的变化和声调的起源》,《民族语文》,1998年第1期。
② 参刘俐李:《二十世纪汉语声调理论的研究综述》,《当代语言学》,2004年第1期。
③ 参徐通锵:《声母语音特征的变化和声调的起源》,《民族语文》,1998年第1期。
④ 参江荻:《论声调的起源和声调的发生机制》,《民族语文》,1998年第5期。

气流时的各种活动(主要是声带,再加相关的喉部组织)。"① 虽然两位学者是从历史语言学和一般原理的角度来讨论声调问题的,并非专门针对汉语声调,但"发声态"概念的提出确实抓住了声调问题的本质,无疑有助于汉语声调的理解与认识。

从"发声态"原理看,同声韵音节的不同声调只是该语言独特发声态的表征或固化(朱晓农称之为"音法化")。传统音韵学的牙、喉、唇、舌、齿"五音"及"四呼"等概念无疑都是对汉语文言(包括文言歌咏)发声态的正确描述。尽管"发声态"是人类发音器官系统在自控条件下发声时所呈现的整体状态,但气息、声门、嗓音这些声源性因素在说明描写"发声态"影响发声和音高时无疑更具有本质性意义。对此,中国上古之哲人早就有过科学的论述。《黄帝内经·忧恚无言》云:

> 黄帝问于少师曰:"人之卒然忧恚,而言无音者,何道之塞?何气不行,使音不彰?愿闻其方。"少师答曰:"咽喉者,水谷之道也。喉咙者,气之所以上下者也。会厌者,音声之户也。口唇者,音声之扇也。舌者,音声之机也。悬雍垂者,音声之关也。颃颡者,分气之所泄也。横骨者,神气所使,主发舌者也。"②

文中的"少师"乃通音声之道的"乐师",其对发声生理学、发声态已非常了然。

清代徐大椿《乐府传声》论唱字发声云:"欲改其声,先改其形,形改而声无弗改也。惟人之声亦然,谓之五音,此审字之法

---

① 参朱晓农:《声调起因于发声——兼论汉语四声的发明》,《语言研究集刊》(第六辑),上海:上海辞书出版社,2009年。
② 杨永杰、龚树全主编:《黄帝内经》,北京:线装书局,2009年,第355页。

也。声出于喉为喉,出于舌为舌,出于齿为齿,出于唇为唇。"又云:"开口谓之开,其用力在喉。齐齿谓之齐,其用力在齿。撮口谓之撮,其用力在唇。合口谓之合,其用力在满口。欲得此字,必得此字之读法,则其字音始真,否则终不能合度,然此非喉、舌、齿、牙、唇之谓也。盖喉、舌、齿、牙、唇者,字之所从生;开、齐、撮、合者,字之所从出。"以上兼论字声字韵发声控制要领。更值得注意的是徐氏对音强、音高概念的区分。其在《乐府传声》中明确指出:"声之高低,与轻重全然不同。今则误以轻重为高低,所以唱高字则用力叫呼,唱低字则随口带过,此大谬也。""轻重者,气也。"尤为精彩的是其对唱法中如何处理音高字调问题的精细之论:"声虽不用力而音总高,此在喉中之气向上向下之别耳。凡高音之响,必狭、必细、必锐、必深;低音之响,必阔、必粗、必钝、必浅。如此字要高唱,不必用力尽呼,惟将此字做狭、做细、做锐、做深,则音自高矣。凡遇当高揭之字,照上法将气提起透出,吹者按谱顺从,则听者已清晰明亮,唱者又全不费力。"[1] 此一论述说明了,音高字调的唱法无关着意用力,而完全取决于发音器官的控制,亦即气息、声门、嗓音等声源性因素主导的发声态的自由掌握与运用。具体言之,它也就是古人所谓的"啭喉"的发音技巧。

今人康保成认为,"啭喉"发音技巧的精髓是"气发丹田,将四声与切音有机地结合起来,唱好一个字的头、腹、尾,同时又在声与声、字与字之间从容过渡,做到'声中无字',婉转悠扬"[2]。这里

---

[1] 以上参[清]徐大椿撰,吴同宪、李光译注:《〈乐府传声〉译注》,北京:中国戏剧出版社,1982年,第86—87、93页。

[2] 参康保成:《从"啭喉"看昆曲的发声技巧及渊源》,《戏剧艺术》,2003年第6期。

值得关注的是"啴喉"与传统音韵学的关联,对此,明代沈宠绥《度曲须知·字母堪删》说得尤为直接:

> 予尝考字于头腹尾音,乃恍然知与切字之理相通也。盖切法,即唱法也。何言之? 切者,以两字贴切一字之音,而此两字中,上边一字,即可以字头为之,下边一字,即可以字腹、字尾为之。如东字之头为多音,腹为翁音,而多翁两字,非即东字之切乎? 箫字之头为西音,腹为鏖音,而西鏖两字,非即箫字之切乎? 翁本收鼻,鏖本收呜,则举一腹音,尾音自寓,然恐浅人犹有未察,不若以头、腹、尾三音共切一字,更为圆稳找捷。试以西鏖呜三字连诵口中,则听者但闻徐吟一箫字;又以几哀噫三字连诵口中,则听者但闻徐吟一皆字,初不觉其有三音之连诵也。夫儒家翻切,释家等韵,皆于本切之外,更用转音二字(即因、烟、人、然之类),总是以四切一,则今之三音合切,奚不可哉。①

引文可见,若将本字音节按照等韵学的原理分成头腹尾三个音段,另寻与本字音段相应,能够拼切本字的三个音字以为替换,曲唱之时依次唱出三个替代音字,便极易收到字正腔圆,声中无字的审美效果。"切字唱法"的要领在转音字。一字三音,声韵调皆在其中。三音字自成音高走势,自成旋律腔调。音字之转,实际上是发声态的转换,故名"切字唱法"为"啴喉"、为"依字声行腔"都非常确切。需要说明的是,曲唱与一般吟诵虽无绝对界限,但还是有些许区别的,区别在于其有固定的调式、旋律、节奏及与器声的配合。故曲唱要臻于字清、腔纯、板正三绝合一之境,

---

① [明]沈宠绥:《度曲须知》,《中国古典戏曲论著集成》五,北京:中国戏剧出版社,1959年,第223—224页。

还是有更多技法讲究的。此外行虽一时难以体会深究,但曲唱啭喉,化字声字韵为腔调节奏旋律,而字调亦在其中则是可以肯定的。清代王德晖和徐沅澂在其《顾误录》中说得非常明白:"惟腔与板两工,唱得出字真,行腔圆,归韵清,收音准,节奏细体乎曲情,清浊立判于字面,久之娴熟,则四声不召而自来,七音启口而即是。"①

　　之于"啭喉"唱法的渊源,学者们多谓传自唐乐。而唐乐又直承佛教经诵、梵呗影响,不唯如此,四声反切的中国音韵学亦借此机缘而得以发明。②此种说法虽有一定根据,但未必反映了全部事实与真相。事实的究竟远未明朗,暂且不论。这里可以明确地说,明清曲唱的"啭喉"技法及其音韵学解释皆可视为明清戏曲文人化的过程,它接续的是中国文人文化的传统。具体言之,也就是"歌永言,声依永"的歌《诗》传统。"啭喉"作为唱法的名目最早见于繁休伯之《与魏文帝笺》。繁钦行文云:"时都尉薛访车子,年始十四,能喉啭引声,与箫同音。"又形容其唱法之妙:"天壤之所生,诚有自然之妙物也。潜气内转,哀音外激,大不抗越,细不幽散,声悲旧箫,曲美常均。及与黄门鼓吹温胡,迭唱迭和,喉所发音,无不响应,曲折沉浮,寻变入节。"③"喉啭"义同"啭喉"。《汉书》卷二十二云成帝时"郑声尤甚。黄门名倡丙强、景武之属富

---

① [清]王德辉、徐沅澂:《顾误录》,《中国古典戏曲论著集成》九,北京:中国戏剧出版社,1959年,第56页。
② 参康保成:《从"啭喉"看昆曲的发声技巧及渊源》,《戏剧艺术》,2003年第6期。
③ 参[梁]萧统编,[唐]李善注:《文选·繁休伯·与魏文帝笺》,上海:上海古籍出版社,1986年,第1821页。

显于世"①，李善据此推测，"黄门"为集乐之所。其所集者当包括
"郑声"。据繁钦之文，车子又"咏北狄之遐征，奏胡马之长思，凄
入肝脾，哀感顽艳"②。文中描述的"啭喉"技法可用于歌咏当时的
文人五言诗，其要点亦无非是引丹田气以出声，充分利用喉咽腔
及口腔的共鸣效果，重字音的韵调。可见，汉魏黄门乐人是熟悉
"啭喉"技法的。进而言之，此种技法亦是由黄门乐人承自先秦新
乐郑声的唱法传统。而"郑声"与"雅乐"的区别仅在于：后者音阶
限于五正声，曲调限于中音区③；前者则无所限制。故就唱法而
言，两者具有本质上的一致性，自后世言之，皆属于"歌永言，声
依永"的歌《诗》传统。综上所述，"啭喉"源于中国传统，佛教经
诵、梵呗即便对其产生过影响，那也只是外缘性的而不具有本质
意义。

　　明清曲家对"啭喉"的音韵学意识，其启发意义在于：我们可
以设想，先秦文言字音之声韵调，与"歌永"的发声态有着内在逻
辑关联。当然，"歌永言"未必有切字意识，但字声之永中有咬字
头，转韵腹，收韵尾的感受应该是毫无疑问的，《诗经》中处处可见
的双声叠韵字多少可以说明这一点。咬字头涉及辅音声母，可通
过发声部位喉、舌、唇、牙、齿的成阻除阻状态的感受体验加以识
别。转韵腹与元音的发声有关。元音是"在音节中作为韵核并且

---

①［汉］班固撰，［唐］颜师古注：《汉书卷二十二·礼乐志第二》，北京：中华书
　　局，1962年，第1072页。
②参［梁］萧统编，［唐］李善注：《文选·繁休伯·与魏文帝笺》，上海：上海古籍
　　出版社，1986年，第1821页。
③据文献及音乐考古学的发现看，周代重大礼乐，如"六乐"等，禁用"商"声，其
　　他雅乐则概具"五声"。参王子初：《周乐戒商考》，《中国历史文物》，2008年
　　第4期。

口腔内没有明显阻碍的音"①。清末劳乃宣《等韵一得》②已非常清楚五个主要元音的发声性质,且依据五个主要元音的不同将韵母分为阳声、阴声与下声三类:"阿,喉音之阳声也,厄,喉音之阴声也,伊、乌、俞,喉音之下声也。此五字为生声之元。"(《内篇》)在劳氏看来,阿、厄、伊、乌、俞是纯喉声,乃生声之元。就其三类之分,许世瑛云:"盖彼所谓阳声,系指最开口元音,阴声为较闭口元音,而下声最闭口元音。"③若以徐大椿语,亦可谓"此在喉中之气向上向下之别耳"。劳氏依据韵尾收音又将韵目分成六部。"一音之终,必有所收。收于喉为喉音,收于鼻为鼻音,收于舌齿为舌齿音,收于唇为唇音"(《内篇》),故立韵之目有喉音一部、喉音二部、喉音三部、鼻音部、舌齿音部、唇音部。其原理即所谓"相生之理":

> 何谓相生之理? 后五部之音皆生于第一部是也。第一部所对为扬麻歌支微齐鱼虞,有阿厄伊乌俞五音,天下之音自发声至收声始终如一,不转他音者,惟此五音为然。故此五音为喉声之纯,以之辗转相生得前三部之喉声,以之收声于鼻舌齿唇则得后三部之鼻声、舌齿声、唇声,其辗转相生也。(《外篇》)

劳氏又将其六部与曲家的穿鼻、展辅、敛唇、抵颚、直喉、闭口之"曲韵六部"作了对应性阐释:

> 穿鼻即鼻声部,展辅即喉声二部,敛唇即喉声三部,抵

---

① 朱晓农:《说元音》,《语言科学》,2008年第5期。
② [清]劳乃宣:《等韵一得》(内外篇),光绪戊戌吴桥官廨刻本。下面引文皆据此本。
③ 许世瑛:《等韵一得研究》,载《许世瑛先生论文集》,台北:弘道文化事业公司,1974年,第176页。

颚即舌齿声部,直喉即喉声一部,闭口即唇声部。惟直喉谨列歌麻,而支微齐专属展辅,以鱼虞专属敛唇,未明伊乌皆直收本字,而喉声二部收声于伊字,喉声三部收声于乌字之理。其次第直喉居后,穿鼻居前,亦未合自然之序,而其形容六部收声之状,则可谓工于体会者矣。(《外篇》)

以今人拟音,劳氏的喉音一部无韵尾,如[a]、[ia];喉音二部韵尾收音为[i];喉音三部韵尾收音为[u];鼻音部韵尾收音为[ŋ];舌齿音部韵尾收音为[n];唇音部韵尾收音为[m]。[①] 要而言之,字声之永中的咬字头,转韵腹,收韵尾都与"嗓喉"有关,无论字的韵母是否有韵头或介音。"嗓喉"是声源的切换,造成音节的浊化。据现代汉语语音学的实验,汉语声调的信息"主要反映在音节浊化部分的基频曲线上,而音节的浊化部分一般都集中在音节的韵母部分和部分声母上"[②]。部分声母主要是指浊辅音声母。声母韵母及复合韵母本身在具体发声态中,自然构成基频曲线高低升降的变化趋势,这也就是所谓字音的声调。可见声调不能仅视为音高,而应该从音高结构或音阶模式的角度来理解。"嗓喉"唱法的依字声行腔,意味着不同字音声调的连续自然构成了曲调旋律,同时亦意味着字音声调是曲调旋律的最小单位。由此我们不难推断,上古"歌永言"之"言"即"字音"与"声依永"之"声"在发声态中具有音高变化趋势的同构性。换一种角度说,"声依永"观念的产生是以这种同构性作为事实基础的。古者教以《诗》乐,诵之、歌之、弦之、舞之,即《墨子·公孟》篇所谓"诵《诗三百》、

---

① 参李新魁:《汉语等韵学》,北京:中华书局,2004年,第376页。
② 参刘造杰等:《汉语自然口语中声调识别的研究》,《物理学报》,2007年第12期。

弦《诗三百》、歌《诗三百》、舞《诗三百》",说明了古人教学《诗》乐的关键是要保证在不同传《诗》态中,《诗》言(字声)之音节在声韵调结构上的一致性。

综上可以推定,上古文言字音是有声调的,且字调与乐调有着同构性关联。从方法论的意义上说,由上古礼乐调声结构的特点去认识上古文言声调是合理的。

无论具体音乐曲调如何,其旋律进程都应该由音阶音列的组合模式决定。可以肯定的是上古雅乐歌咏不外乎宫、商、角、徵、羽五正声的音阶音列组合模式。考虑到字声行腔,曲调旋律构成的最小单位是字声单音节内部音高变化的字调,而字调有区别意义的功能,且雅乐声区又具同一性的礼制①,故《诗》乐的单位音阶音列组合,理论上不能超过也不能少于三声。因为超过三声,单音节字调与乐调的同构性关联就不复存在,而少于三声则很难获得最佳乐感。当代民族音乐的田野调查发现,我国民歌音调系统(新疆除外)普遍存在一种所谓"三声腔"(或"核腔")的"声韵"结构。它主要包括五类音调结构,即:

A.宫(do)、角(mi)、徵(sol);

B.羽(la)、宫(do)、角(mi);

C.徵(sol)、宫(do)、商(re)【含商(re)、徵(sol)、羽(la)和羽(la)、商(re)、角(mi)】;

D.羽(la)、宫(do)、商(re)【含徵(sol)、羽(la)、宫(do)】;

E.宫(do)、商(re)、角(mi)【含商(re)、角(mi)、徵(sol)和角(mi)、徵(sol)、羽(la)】。

---

① 《国语·周语下》云:"(乐)大不逾宫,细不过羽。夫宫,音之主也,第以及羽。"（胡文波校点:《国语》,上海:上海古籍出版社,2015年,第83页）

　　此五类音调又分别称之为大、小、宽、窄、中声韵,五种声韵以不同方式组合成民歌旋律。民歌演唱具有即兴表演性质,未受训练的民间歌手不可能每次歌唱都精确重复唱出相同的细小音程,因而音程具有一定弹性和运动性,如江汉民歌中的突然转调。[①]民歌得之于口头传承,具有相对的稳定性,可视之为历史文化的活化石。不同地域民歌音调具有不同风格,这应该与其语言的声韵特点密切相关。"礼失求诸野",今天民歌所普遍存在的"三声腔"音调结构形式,某种程度上可以说反映了上古礼乐歌咏的真实形态。今天出土的上古编钟普遍体现出三三编组,五声音阶,三声音列的特点亦可以证明此一推断。[②]只是礼乐歌咏受"大不逾宫,细不过羽"之类的制度影响,其腔格与民歌相比或更具有规范性和音程的稳定性。因此,礼乐歌咏的"三声腔"当规范于荀子所谓的"中声"区,不应出现突然转调的现象。

　　综上可以推断《诗》声歌咏之行腔的声韵结构,逻辑上不外乎上述民歌的五类形式(无转调)。若从腔调旋律音高变化趋势的角度去看,以五度标示(忽略其间音差之不均),上述五类调值分别为:134;513;412(245,523);512(451);123(234,345)。其调势(音高走势)大体可描写为由低渐高、高急降渐升、高急降稍升、

---

① 以上参杨匡民:《湖北民歌的地方音调简介——湖北民歌音调的地方特色问题探索》,《音乐研究》,1980年第3期;蒲亨强:《论民歌的基础结构——核腔》,《中央音乐学院学报》,1987年第2期;蒲亨强:《Do Mi Sol三音列新论》,《黄钟》,1987年第3期;陈文安:《"三声腔"与"核腔"之比较》,《民族音乐》,2014年第2期。

② 参黄翔鹏:《新石器和青铜时代的已知音响资料与我国音阶发展史问题》,载氏著《溯流探源》,北京:人民音乐出版社,1993年;杨匡民:《曾侯乙编钟音列及其它》,《黄钟》,1988年第4期。

次高次急降稍升、稍高急降等五类。第五类可直接视为降调。如果考虑歌咏时值拉长的因素，第四类、第三类尾音稍升可解释为拖腔，故皆可视为降调。第一类可视为升调，第二类可视为曲折调。如此，则上古歌咏腔调主要有升调、降调、曲折调三种调势。由于字调与腔调有内在逻辑关联，故上古字调调势亦可判为三种。以中古四声类之，即平、上、入三声。当然，字调的纯平调音节长言之亦可转化为歌咏腔调的升调，故反推之，上古字调的平调亦可能存在阴平与阳平之分。此外，字调的去声在歌咏吟诵中如徐呼之则可转为升平调，而急呼之则自然可以转为降调，故上古字调亦是有可能存在去声调的。可见，从歌咏的角度去看，上古字声调类应不少于三类，不多于五类。关键是去声究竟有无的问题。清代以来就有学者认为古无去声，如段玉裁、王力等。王力将入声分为长入、短入，长入变为中古去声。黄侃甚至认为古无上去二声，只有平入二声。针对黄氏观点，周祖谟撰《古音有无上去二声辨》加以驳斥，并证明了古音平上去入四声皆备的观点。[①] 殷焕先论证了破读现象始于殷商，并揭示了"离去无破"的声调破读规律——平上入三声皆可与去声构成破读，而其相互之间则不构成破读，从而最终证明了上古去声作为一个独立调类的事实。[②] 要而言之，上古文言字调已备五声。

（二）今人上古声调五声说之辨析

从上古吟诵歌咏腔调的调势推断上古文言字调存在五声，这与清代以来的部分古音学者的推断基本上是一致的。

[①] 参周祖谟：《古音有无上去二声辨》，太原：山西人民出版社，2015年。

[②] 参张树铮：《反切、破读与方言音韵——殷焕先先生在音韵学领域的贡献》，《文史哲》，2011年第5期。

　　王国维《五声说》较早集中阐释了其上古五类声调说，其所谓"五声"，即"阳类一与阴类之平、上、去、入四是也"。王氏自断云：

　　　　此说本诸音理，征诸周秦汉初人之用韵，求诸文字之形声，无不吻合。颇疑李登、吕静之五声，舍此无以当之。李、吕二氏撰韵书时，所以不用魏晋音而用古音者，犹许叔重撰《说文解字》不用隶而用篆，孙叔然、徐仙民等作诸经音不从俗读而从师读(师读非必古音。)也。故五声者，以古音言之也。宋、齐以后，四声说行而五声说微。①

　　文中主要是就《切韵》系韵部的收韵即韵尾特点来上推古音声调的。所谓阳声即带次浊鼻音韵尾 m\n 的韵，阴声是指不带辅音韵尾的韵，而入声乃带送气清塞音韵尾 p\t\k 的韵。经顾炎武以来众多古音学家的考辨，古韵阴、阳、入三声分立，已成为古音学界的常识。王氏的五声说主要是从音理、用韵及文字谐声的事实加以论证的。从音理上说，阳声收声"其性质常悠扬不尽，故其为平声，与阴声之平声绝不同，更不容有上、去。自汉以后，阳声有上、去者，乃因事物滋多，故稍促其音以微别于本音"，故古音阳声必自别为一类。就事实而言，"群经、《楚辞》中，今所谓阳声之上、去，多与平声通协；而阴声之上、去，虽偶与平声协，而仍多自相协"；阳声字"以平声为声者十之八九"，阴声字"以上、去、入为声者乃多于平声"；"《广韵》阳声诸部之上、去，多兼收于平韵中，以东、冬、钟、江四韵字言之，上、去共二百五十八字，其中兼收于平

---

①以上参王国维著，彭林整理：《观堂集林》，石家庄：河北教育出版社，2003年，第 168、169 页。

韵者一百二十五字,几居其半"。① 王氏证明未必与事实全合,依王力所见,阳类韵亦可有上声、入声。②

持古音五声说者,具有代表性的尚有陆志韦与李新魁。

陆说五声为平、上、长去、短去、入五声。王力否定古去声,为了使后世去声能找到合理的来源,将入声分作长入、短入,且用以解释上古用韵去入通押的现象。但《诗经》用韵存在去声分押且大于去入混押的现象,这说明上古是有去声调类的。③ 陆志韦则基于此,猜测"上古有两个去声,一个是长的,跟平上声通转;又一个是短的,跟入声通转。不论长短,他们的调子都是可升可降,有方言的分别"④。陆说在保留入声的同时,将去声分为长去、短去。其最大的问题是,如果去声调可升可降,则无异于取消了去声调类。⑤

李新魁亦从上古阴、阳、入韵三分着眼,推求上古声调:

> 阴声韵在上古时的声调只有甲、乙两类(即念成两种不同的高低),这相当于后代的平和上;阳声韵只有甲类一类,也相当于后代的平声;入声韵有甲、丙两类,甲类相当于后代的入声(其高低可能与阴阳声韵的甲类——即后代的平声相同),丙类相当于后代的去声。在调值上(实际念法的高低)三种甲类可能都相同,但丙类不同于乙类,乙、丙类也不同于

① 以上参王国维著,彭林整理:《观堂集林》,石家庄:河北教育出版社,2003年,第170、171页。

② 参王力:《汉语语音史》,北京:中国社会科学出版社,1985年,第72页。

③ 参胡安顺:《音韵学通论》,北京:中华书局,2004年,第303、310页。

④ 参陆志韦:《古音说略》,《陆志韦语言学著作集》(一),北京:中华书局,1985年,第174页。

⑤ 古韵学学者们通过《切韵》系韵书不同四声的韵部字在上古韵文中或分押或混押的现象来推求上古调类,就其方法而言,是将永明以来的"四声制韵"的韵制同时推广到了上古韵文的用韵,未必可靠。

甲类。这样,合起来上古时期汉语的声调大概共有五类,在调值上则只有三种。按照后代四声的区分标准,阴声韵和阳声韵的甲类因为高低相同,所以合在一起不分开来讲,统称为平声;入声韵的甲类的高低虽与阴阳声韵的甲类相同,但音质(韵值)不同,所以另立一类,称为入声;阴声韵的乙类即是上声;入声韵的丙类(就是次入韵所管的字)后来因为喉塞音韵尾发生消变,变为阴声韵,而这类字的调值又与原来的甲、乙类不同,仍自成一类,这一类就相当于后代的去声。这样,依后代的习惯,上古的声调也可以说是有四种声调,即平声(阴声韵和阳声韵的甲类)、上声(阴声韵的乙类)、去声(入声韵的丙类)、入声(入声韵的甲类)。①

按李氏新说,从调值音高来看,上古只有甲、乙、丙——平、上、去三声;若考虑音质(韵值)则又分平上去入四声;若考虑韵分阴、阳则又有阴平、阳平、上、去、入五声之分。李说明显给人一种杂糅的感受,而其杂糅的特点实导源于声调概念的暧昧。

声调是音节内部相对音高的走势亦即调势。调势本质上是由发声决定的,音节的音素构成相同,但发声态(声门开合,声带松紧,气流强弱,气流成阻除阻部位及缓急,气流运行路径等)的变化自然导致调势的变化。透过音节韵尾收音,可以在某种程度上测度发声态。入声韵字的塞音韵尾决定了音节的闭合性,其发声缺少变化,不可延长;这与阴声韵尾音节的可变化和可延长的开音节特性正好形成鲜明的对照。故入声韵字的发声只能为降调,而阴声韵字的发声自可平、上、去、入,灵活多变。至于阳声韵字,因收音发声部位与发声方式的特点决定了其音节发声虽具

---

① 李新魁:《古音概说》,广州:广东人民出版社,1979年,第66—67页。

有延长的特性但其变化则有所限制,故阳声韵字多平声。当然,音节调势并非单由韵尾决定,声母、韵核元音都影响音节发声,故阳声韵字的调势亦可有上、去。但就上古谐声、《诗经》用韵的材料而言,阳声韵字还是平声字居多。汉字音节多平声的特点非常显著,《广韵》尚且如此,上古便可想而知。依前此所引劳乃宣说,阿、厄、伊、乌、俞五字为纯喉声,乃生声之元。"天下之音自发声至收声始终如一,不转他音者,惟此五音为然。故此五音为喉声之纯,以之辗转相生得前三部之喉声,以之收声于鼻舌齿唇则得后三部之鼻声、舌齿声、唇声,其辗转相生也"。理论上说,最早的汉字应该多属五元声字,而元声字又当以语气词居多。《尚书》中出现频率高低依次为呜呼、俞、咨、已、都、吁、嗟、于、噫的十个叹词①,皆可视为元声字或由元声字稍变而得。元声字"自发声至收声始终如一,不转他音者",故其调势必为平调,而阿、厄、伊、乌、俞五元声字啭喉发声,从开口至合口,依次形成音高递升的五种平调。五种平调自然构成五声音阶,上古礼乐之所以以宫、商、角、徵、羽为五正声,其根由在于礼乐以人声为正,而汉字音又源于五元声词。汉字音节,平调居于大半的格局,实在汉字音系形成的源头即已注定。故王国维谓阳声韵字多平声,与阴声之平声绝不同,大体上是合乎古音实际的,尽管"更不容有上、去"之说稍显武断。

　　问题在于,王国维并未说明阴平与阳平究竟有何不同。若依王氏思路,阴平调与阳平调或有音色、音高等区别,但终未指出调势差异。如无调势差异,则阳平调自然也就不可以成为一个独立的调类。实际上,如从发声角度看,五元音中的任何一个元音构

①参沈丹蕾:《试论今文〈尚书〉的叹词》,《广西师范大学学报》,1998年第2期。

成的韵核与阳声韵尾一起发声时，都需要啭喉，构成声带松紧的变化对比。元音松而阳声韵尾紧，故阳声韵字的平调实际上是音节内部音高由低到高的升调。如果弄明了阴平、阳平的区别，则王国维的古音五声调说是可以成立的。古音五声调就调类而言，或即普通话阴平、阳平、上、去四声加中古入声，这与李新魁五声的表述实际相吻合。

三、《声类》《韵集》之"五声命字"与文言的语音规范

持古音五声说的学者大都肯定《声类》《韵集》的"五声"即古音五类声调。王国维说得最明白："颇疑李登、吕静之五声，舍此无以当之"，"故五声者，以古音言之也"。从后世等韵学看，宫、商、角、徵、羽是用来表示辅音声母发音部位的。日本悉昙家安然《悉昙十二例》云："真旦五音谓宫、商、角、徵、羽，即是喉、腭、舌、齿、唇字。其处音也，天竺五音谓迦、左、吒、跛、多，即是喉、腭、舌、齿、唇处所发音也。"天竺五音即梵文毗声（梵文辅音）。① 郑张尚芳认为，"在梵文韵学汉化结合'五音'的又一说，是李登《声类》、吕静《韵集》的'以五声命字'"。郑张氏赞成唐兰"五音韵部说"，并解释《切韵》系统韵书的韵目次序由"东冬"排起，是因袭了李登《声类》、吕静《韵集》的"以五声命字"。自后汉至唐，盛行五音配姓氏，张清常《李登〈声类〉和"五音之家"的关系》一文裒辑分析其遗存资料，论述了李登"以五声命字"即依宫商角徵羽字韵类字的可能性。从张清常说，郑张氏进而得出"依韵配五音，那可能是古有的传统"的结论。②

---

① 参储泰松：《等韵发音部位认知探源》，《语言科学》，2015年第2期。
② 参郑张尚芳：《〈辨十四声例法〉及"五音"试解》，《语言研究》，2011年第1期。

先来看看五音发声部位说。

最早将五声与发音部位关联起来加以论述的是刘勰。《文心雕龙·声律》篇云："夫商徵响高，宫羽声下；抗喉矫舌之差，攒唇激齿之异，廉肉相准，皎然可分。"[1] 其中涉及了"喉舌唇齿"四音，尽管没有提到牙音。文献中全面论及"唇齿喉舌牙"五音的是孙愐，其《唐韵序》云："又纽其唇齿喉舌牙，部仵而次之。"[2] 可以看出，孙愐已有等韵学的五音观念，亦即五音代表了声纽的发音部位。学界一般认为，等韵学五音观念的形成及成熟与佛典翻译、"悉昙"声明学的影响有关，两汉人对发音部位的认识还是比较模糊的，尚未形成清晰的五音定位。[3] 刘勰以前的文献，亦未发现将五声与发音部位关联起来的记录。如此看来，《声类》"以五声命字"与等韵学的五音观念是否等同，一时难以遽定。但文献缺载并不意味刘勰之前就不可能存在五音发声部位的观念，除非刘勰的说法毫无传统影响而孤明独发或移植于它方。

再来看看五声韵部说。

"韵部说"若就吕静的《韵集》书名及其对《切韵》的影响看，切中事实的可能性还是很大的。这里需要明确的是"韵部"的概念。在传统音韵学术语里面，有韵腹加韵尾加声调的韵部概念，也有不加声调的韵部概念。《切韵》的193韵则属于带声调的韵部，韵与韵部概念是不加区别的。[4] 此种韵部的概念是小于等韵学的将韵尾相同、韵腹相近的韵归并为一类的韵摄概念的。王力理解的先秦韵部概念既不同于韵摄，亦不同于《切韵》的韵部，"每一个韵

---

① 周振甫：《文心雕龙今译·声律第三十三》，北京：中华书局，1986年，第299页。
② 周祖谟：《广韵校本》（上册），北京：中华书局，2004年，第20页。
③ 参储泰松：《等韵发音部位认知探源》，《语言科学》，2015年第2期。
④ 参王开扬：《从术语学论"韵"和"韵部"的定义》，《古汉语研究》，2004年第2期。

部只有一个主要元音"①。从战国以来的"五姓说"的五音配韵的传统看,《韵集》的五音韵部显然属先秦的韵部概念。如从分韵的角度去看,五音韵部显然是非常粗疏的。故后人谓之"诗赋所须,卒难为用"②。以此推断,就体例而言,《韵集》对《切韵》的影响并不大。如果说《韵集》的体例对《切韵》有影响的话,那么我们只能反推是《韵集》的"以调统韵"。以往拘于"四声"之目始创于齐梁间的观念,且倚重于佛教影响之解释,大多不敢想象魏晋人已有声调意识且制定了"以调统韵"的韵书。以上我们既已证明古音有五声,则许多传统的问题都可以重新审视了。

较早描述字声的是秦代文献。《吕氏春秋·审应览》云:"君呿而不唫,所言者'莒'也。"③《尚书古文疏证》卷五下引之并云:"高诱注:'呿开唫闭。'颜之推谓:'北人之音多以举、莒为矩,惟李季节云齐桓公与管仲于台上谋伐莒,东郭牙望桓公口开而不闭,故知所言者莒也。然则莒、矩必不同呼。'此为知音矣。"④先秦时人无疑对字音发声的口形变化——开口呼、合口呼以及气流的缓急——送气、不送气是敏感的。换而言之,秦汉人急气、缓气、闭口、笼口之类的发声描述是蕴含了声调意识的。

秦汉对字声的描述与先秦乐论是密不可分的。《左传·昭公二十年》中晏子论乐云:"声亦如味,一气,二体,二类,四物,五声,

---

① 参王力:《先秦古韵拟测问题》,《北京大学学报》,1964年第5期。

② [唐]魏徵等:《隋书卷七十六·列传第四十一·文学·潘徽传》,北京:中华书局,1973年,第1745页。

③ 许维遹撰,梁运华整理:《吕氏春秋集释第十八卷·审应览第六·重言》,北京:中华书局,2009年,第481页。

④ [清]阎若璩撰,黄怀信、吕翊欣校点:《尚书古文疏证(附:古文尚书冤词)》卷五下第七十四,上海:上海古籍出版社,2013年,第269页。

六律、七音、八风、九歌，以相成也；清浊、小大、短长、疾徐，哀乐、刚柔、迟速、高下、出入、周疏，以相济也。"① 其中，清浊、高下两对概念直接关联音调高低，其他组概念亦与之有关。《韩非子》所言"先呼而诎之，其声反清徵者"、"疾呼中宫，徐呼中徵"② 之类更直接将五音音调描述为不同的呼气即发声方式。实际上，《左传》中晏子用几组概念共同描述乐声已不只是涉及音声高低，更描述了乐调调势旋律及其情感色彩。秦汉对字声的描述直接受启发于先秦乐论，如学者们经常提到的《淮南子》高诱注（或曰许慎注）中的"急舌、急气、缓气、闭口、笼口"、刘熙《释名》中的"舌腹、舌头、横口合唇、踧口开唇"之类说法：

　　《淮南子·本经训》：愚夫蠢妇皆有流连之心。《注》：蠢读近贮益之朜戆，笼口言之也。

　　《椒真训》：夫牛蹏之涔。《注》：涔读延（近？）袥曷问，急气闭口言也。

　　《说山训》：牛车绝辚。《注》：辚读近蔺，急舌言之乃得也。

　　《修务训》：胡人有知利者而人谓之駤。《注》：駤读似质，缓气言之者，在舌头乃得。

　　《释名·释天》：天，豫司兖冀以舌腹言之，天，显也，在上高显也。青徐以舌头言之，天，坦也，坦然高而远也。风，兖豫司冀横口合唇言之，风，泛也，其气博泛而动物也。青徐言风踧口开唇推气言之，风，放也，气放散也。③

　　《释名》二例，前者舌腹、舌头指发音部位不同，是声母的差

<hr />

① 杨伯峻：《春秋左传注·昭公二十年》，中华书局，2009年，第1420页。
② [清]王先慎撰，钟哲点校：《韩非子集解卷第十三·外储说右上第三十四》，北京：中华书局，1998年，第326页。
③ 示例参引自储泰松《等韵发音部位认知探源》，《语言科学》，2015年第2期。

异。天，方音读显、坦，乃叠韵关系，声母不同但韵调应该相同。后者横口合唇、踧口开唇推气主要涉及发音方式，是韵调的差异。风，方音读泛、放，属双声关系。《淮南子》四例，《注》谓某读近或似某字，实指两字声、韵相同相近。贮，笼口言之便成蓄；袺，急气闭口言之为浌；蘭，急舌言之为辚；质，缓气言之乃成斝，"在舌头乃得"说明缓气言之导致了质字韵母和声调的变化。要言之，《注》客观上通过描述字音发声方式区别了字调。

示例表明，基于文言歌咏吟诵的传统，受先秦乐论影响，两汉时期，人们对文言字音的声韵调之区别及其发声部位、发声方式已有深刻的辨析和体认。尽管这种辨析与体认更多表现为经验形态，异于后世的科学分析，亦尚未建立一套统一的音韵学的术语体系，但无论如何，音韵学已具备了发生的条件。事实上，汉末魏晋反语、反切音注的盛行，以及文言与方音俗语之间互动的日益频繁，加速了传统小学由训诂学向音韵学的转化。《声类》《韵集》的产生即其标志性事件。

尽管黄侃早就说过，今人研究古音，"不能离声而言韵，亦不能离韵而言声，此声韵之不能分也"，但亦有学者通过通假、声训与谐声材料的研究得出结论："上古时期人们对待字与字之间语音关系有明显的重韵轻声倾向。""两个字只要韵母是相同或相近的，听起来就是相近的、和谐的。"① 还有学者认为，"在语音演变中，韵这个部分比较稳定，而声则时有转化，游移性较大"；"训诂中强调双声比叠韵更重要"②。前者是就语音审听而言，后者是

---

① 参洪波：《关于〈说文〉谐声字的几个问题》，《古汉语研究》，1999 年第 2 期。
② 参胡从曾：《三十六字母与等韵——兼证古声十九纽》，《浙江师范大学学报》，1987 年第 4 期。

就语音演变而言,都一致说明了韵这个部分在古音中的地位和作用。汉魏反语是有意通过音素讹略滑变以获得某种特殊的审听效果,此种风气盛行显然是不利于古音传承和雅言正音的。此外,带有不同方音的读书音亦极易造成文言音变。故汉魏之际,规范用字、文言正音逐渐成为经学小学的当务之急。由于音变多与声母有关,故李登《声类》首先应运而生。"双声"、"叠韵"的名目,最早出现于宋。据《南史·谢弘微传》:"王玄谟问庄何者为双声,何者为叠韵。答曰:玄护为双声,碻磝为叠韵。"①"双声"、"叠韵"名目出现虽晚,但"反语"、"反切"、"声训"的实践表明,声韵调概念、双声叠韵的原理早就为古人所掌握。故断《声类》中的"声"即"声母"可以说是有历史依据的。音乐五声分清浊,字音亦可别清浊,定字音清浊主要是定声母的清浊。而声母清浊主要又与发声部位有关,故李登以五声命字,从发声部位来类分规范反切用字上字即声母字是有其历史必然性和可能性的。②可见,潘徽谓《声类》"始判清浊"实非虚语。然从语音规范的角度而言,定声母清浊、发声部位还永远不够。因为,反语之类的游戏许多都是通过改变字音韵调来实现的,如"伐鼓、腐骨"之例。定字音的韵调,尤其是调,理所当然地摆上了议事日程。吕静《韵集》的"以五声命字"便是通过定韵调来规范反切下字的,此举开创了韵书"以调统韵"的先例。潘徽以"才分宫羽"来评价《韵集》的创例之功是合乎客观实际的。

①[唐]李延寿:《南史》卷二十,北京:中华书局,1975年,第554页。
②这种可能性若参照曹丕《典论·论文》"文气说",可获得另一角度的认识和理解。

结　论

以上所有论述表明："文体"最直接的表现是"文言"的"语体"问题，而文言"语体"就其发生学而论，其始出便依附于礼乐体制的讽诵。仪式的"讽诵"虽同构于字声的声韵调，但文字符号所表征的"文言"，其原始乃仪式"巫言"，故"文言"的声韵调绝非简单地可以等同于任何一种自然语言，"文言"有其自身的形文声义体系，具有很强的文化独立性和继承性。"言（自然语言）"、"文（文言）"不一的矛盾及其互动是文言发展及其"语体"建构的内在动力，文言"语体"建构的本质与趋势是"言体"的"文体"化。"文体"化的意味是文言的言说始终面临着文言字形字义与字音体系的统合与通变的问题。换而言之，文言言说的语体建构内在地关联于文言的统一与规范化或曰广义的律化。小学因文学（这里使用的是广义的文学概念，包括经学）而起，文学以小学为用，相互联系，密不可分。这种密不可分的关系是以文言语体建构和文言统绪的维护为逻辑依据的。文学文体问题既是语言学问题，同时也是文化、政治意识形态问题。

第二章 四声之目：
诗乐分离与文体独立

　　刘宋以来，音韵学由早期的"五声"之名转为"四声"之目，不仅是中国古代音韵学的重大进展，更是中国文化、文学史的重大事件。就音韵学而言，借乐论五音概念描述文字音韵的模糊性得到了极大的改观。以"五音"描述音韵，既可指字音之声韵调，又可指字声音段之发音部位，而四声之目创用之后，文字音韵学有了异于乐论且界划分明的字音独立的声韵调概念。就文化、文学史而言，"四声"之目创始之后始有四声制韵、文体八病之说、四声二元化直至近体诗律的发展，这已是众人皆知的历史常识。不唯如此，更为重要的是："四声"之目隐喻了诗乐分离，诗文之体孕育且脱胎于乐体而独立的历史与逻辑。

第一节 "四声"缘起：发明抑或发现

　　如果从本书第一章论述的观点去看，"四声缘起"说之悖论并不存在。但本章并不打算沿袭已有的观点来取消问题，而是通过独立的论述来印证、丰富并推进已有的观点。

一、外启说

"四声"缘起的问题成为学术界关注的焦点源自于陈寅恪1934年在《清华学报》第九卷第二期发表的论文《四声三问》①的影响。在该篇论文中，陈氏相继提出了如下三个问题：

初问曰：中国何以成立一四声之说？即何以适定为四声，而不定为五声，或七声，抑或其他数之声乎？

再问曰：四声说之成立由于中国文士依据及摹拟转读佛经之声，既闻命矣。果如所言，天竺经声流行中土，历时甚久，上起魏晋，下迄隋唐，六七百年间审音文士善声沙门亦已众矣。然则无论何代何人皆可以发明四声之说，何以其说之成立不后不先适值南齐永明之世？而创其说者非甲非乙，又适为周颙沈约之徒乎？

三问曰：读《宋书谢灵运传论》《南史陆厥传》所载《厥与沈约问答之书》及《诗品》所记王融告钟嵘之语，窃有疑焉。凡约之所论，及厥之问约，约之答厥，融之语嵘者，皆四声之问题也。然俱以宫商五声为言，而绝不及四声一语。若四声与五声同物，则约仍用五声之旧说可矣。何必又新创四声之说，别撰四声之谱乎？若四声与五声不同物，则约论非所论，融语非所语，厥问非所问，约更答非所答也。然则四声与五声之同异究何在耶？

针对第一个问题，陈氏的答案是：汉语除去本易分别自为一类的入声，其余平上去三声，三声合而为四声。入声之外之所以分别为三者，"实依据及模拟中国当日转读佛经之三声，而中国当日转读佛经之三声又出于印度古时声明论之三声也"。之于第

---

① 陈寅恪：《四声三问》，《清华学报》，第九卷第二期，1934年。

二个问题的解答，陈氏强调了南齐武帝永明七年二月二十日竟陵王子良大集善声沙门于京邸，造经呗新声一事之因缘。在陈氏看来，造经呗新声实为当时考文审音之一大事。虽然此略前之时，"建康之审音文士及善声沙门讨论研求必已甚众而且精"，但永明七年竟陵京邸之结集则促成了此新学说研求成绩之发表。"此四声说之成立所以适值南齐永明之世，而周颙沈约之徒又适为此新学说代表人之故也"。关于五声、四声之关系，陈氏本同光"中学为体，西学为用"为说："五声说与四声说乃一中一西，一古一今，两种截然不同之系统。论理则指本体以立说，举五声而为言；属文则依实用以遣词，分四声而撰谱。苟明乎此，则知约之所论，融之所言，及厥之问约，约之答厥，所以止言五声，而不及四声之故矣。"

　　陈说的实质显然在于认为四声源于外来启发，故可以称之为"外启说"。由于该说的重点在于突出了除入声之外的汉语三声"实依据及模拟中国当日转读佛经之三声，而中国当日转读佛经之三声又出于印度古时声明论之三声"之观点，且其比较五声四声又以体用、论理实用而为说，并未解决其时汉语实际的调类问题，故陈氏外启说本质上应该是主张四声缘起于宋齐永明间善音文士的文学发明。

　　《四声三问》发表以来，影响深远，大多数学者从其说且证其说，即便反对者亦不得不围绕陈说而发声。[1] 赞成者无须多论，最值得注意的是对陈说持异议而又保留陈氏外启说思路、最具代

---

[1] 具体情况可参：谭洁《关于"四声"与佛经转读关系的研究综述》，《河北大学学报》，2009年第3期；赵静《"永明声律论"百年研究综述》，《南阳师范学院学报》，2005年第7期；戴燕《20世纪中古文学研究与佛教的因缘》，《杭州师范大学学报》，2011年第4期；卢盛江《四声发现与佛经转读关系的再考察》，《社会科学战线》，2015年第9期。

表性且影响极大的饶宗颐与郭绍虞的观点。

　　饶宗颐撰文,借用域外有关围陀声明的研究成果,求得围陀三声真相,进而认为,陈氏"以《围陀》诵法之三声,比附中国之四声,颇多枘凿之处"。饶宗颐主要提出了五点质疑:一者,《围陀》诵法,亦即抑扬混合三声,当波你尼在世的公元前4世纪时,其音尚存。而至公元前2世纪《大疏》书作之时,读法已亡。既然如此,则六朝时的中国僧徒又何以能转读之? 二者,据《文镜秘府论》引刘善经《四声论》"宋末以来,始有四声之目",证四声兴起当在刘宋之际,而非永明年间。且永明时集沙门所造梵呗,乃诵佛经之声曲折,而实与永明声病说无关。三者,佛氏戒律,禁用四吠陀、阐陀、髀陀等外书声音,三声为《吠陀》诵法,沙门自不得讽诵。四者,"佛徒传教,原不用雅言之梵语,而用巴利语;间亦用原始东部语言"。"佛教盛行后,其经典乃或以梵语写成,与俗语杂揉,成为一种混合梵语"。故而"印度本土此种变相之佛教诵音,与围陀三声有无关系,已难明了。若乎汉土佛徒转读之方,在吠陀诵法失传已久之六朝时代,此三声究竟如何,更无从拟议;遂取与平上去比况,诚难令人首肯"。更何况"四声之分别,本不始于南朝"。五者,竟陵王新制转读佛曲时,"文士实未闻参与其事",故不能断言"善声沙门与审音文士交互影响,遂有四声之创制"。①

---

① 参饶宗颐:《印度波你尼仙之围陀三声略论——四声外来说平议》,载氏著《梵学集》,上海古籍出版社,1993年,第79—92页。之于佛教戒律,经诵禁用外书音声,俞敏《后汉三国梵汉对音谱》亦有指陈,并认为只有赞佛德、诵三启经时例外。故佛徒不可能学习吠陀声明论,且梵呗跟svara也不是一回事。说"'围陀之声明'等于说'诗大雅之广韵',世上就没这么种东西"。"说汉人研究语音受声明影响没毛病,说汉人分四声是摹拟和依据声明可太胡闹了"。俞文载氏著《俞敏语言学论文集》,北京:商务印书馆,1999年,第1—62页。

　　饶氏质疑的要义在于：佛经转读与四声发明并演为永明声律无关，永明时集沙门所造梵呗亦与之无关，进而言之，从音乐的角度来解释四声与永明声律或声病说都不可能是正确的思路。

　　尽管饶宗颐否定了陈氏说的具体观点，但并未抛弃其论四声、永明声律的整体思路。在《〈文心雕龙·声律篇〉与鸠摩罗什〈通韵〉》一文中，饶宗颐最终还是力图证明：四声制韵、永明声律实启发于悉昙，取资于敦煌《鸠摩罗什通韵》。其论证思路如下：

　　唐封演《闻见记》"声韵"条云："周颙好为体语，因此切字皆有纽，纽有平、上、去、入之异。永明中，沈约文词精拔，盛解音律，遂撰《四声谱》。文章八病有平头、上尾、蜂腰、鹤膝，以为自灵均以来，此秘未睹。"[①] 所谓"体语"，即梵语子音之体文，今谓之字母或声母。"周颙既善体语（文），是深明梵音纽字，故能以切字为纽，以论四声，为沈约之前导。约进而造四声谱，取以制韵，定其从违，示人以利病，遂成独得之密"。可见沈谱中的反音实从悉昙悟得。悉昙学乃印度学童学习字母拼音之法门，梵书东传，随之入华。僧佑《出三藏记》卷三《新集安公失译经录》中有《悉昙慕》二卷，其注云："先在安公注经录，或是晚集所得。"说明晋时道安已传其书。此外《高僧传》等文献亦传宋谢灵运著十四音训，叙列梵汉，从悉昙章法。足证沈氏声谱可与悉昙家言构成血脉相承之关系。故有关四声问题，饶氏文章结论云：

　　　　通过华梵双方语音之接触，产生新的反音方法。正纽、傍纽通韵，本当为梵音现象，亦得移用于汉语音律。周颙之以体文合四声，可谓华梵比较语音学孕育之奇葩。梵语拼音现象之了解，对于"韵"之认识，视前进步，故悉昙家曰："当字

<hr>

① [唐]封演：《封氏闻见记》卷二，北京：中华书局，1985年，第15页。

直呼日声,并字助声日韵",韵必并字者,二个字音相合乃可构成韵,此什公《通韵》所以大有造于四声说也。唐武周时武元之《韵诠》之说韵例云:"一则四声有定位,平上去入是也;二则正纽以相证,人忍仞日是也;三则傍通以取韵,春真人伦是也"……《四声谱》有四字一纽与六字总归一纽两式。下式以入声字居于中央,故又名"总归一入"。何以如此重视入声用作纽字,向来未见有人说明,空海大师亦不甚了了。窃疑吴音系统之入声以喉塞声-ʔ收尾为主……总归一入之事料其初必观摩于梵音涅槃点之ḥ……从悉昙音理可以联想到种种法门,后来之等韵学,亦有悉昙孳乳而出,四声说不过其开端而已。①

要言之,饶氏论证了梵语语音学对中土语言学的影响,进而促进了四声之目的发明及永明声律说产生。就观点而言,饶说并非新奇,同调者甚多,如语言学家俞敏便有同样看法且表述更为直截了当。其在《后汉三国梵汉对音谱》一文中批评陈寅恪说:"说汉人研究语音受声明影响没毛病,说汉人分四声是摹拟和依据声明可太胡闹了。汉人语言里本有四声,受了声明影响,从理性上认识了这个现象,并且给它起了名字,这才是事实。"②俞说并不排斥外来语音学启发,但本质上与发明说不同,外来启发只是促进了对汉语客观上存在的四声这一语音现象的自觉。俞说可称之为"四声发现说"。饶宗颐否定陈说甚为有力,尽管其并未就陈寅恪的"四声三问"中所有问题都给出了比陈氏本人更为精

①以上参饶宗颐:《文心雕龙声律篇与鸠摩罗什通韵》,载氏著《梵学集》,上海:上海古籍出版社,1993年,第93—120页。

②俞文载氏著《俞敏语言学论文集》,北京:商务印书馆,1999年,第1—62页。

准的回答。饶说既认可梵语语音学有功于"四声之目"的发明,而同时又肯定了"四声之分别,本不始于南朝",乃汉语本具的前人观点。整体言之,饶说与俞说可为同调,为"四声发现说"无疑,这与陈说是有本质区别的。

近来,立足于外来说,维护陈说而反对饶氏之说且论证有所推进的是卢盛江与梅维恒、梅祖麟的新论。

卢盛江新撰《四声发现与吠陀三声的两点思考》《四声发现与佛经转读关系的再考察》①两篇论文,认为吠陀诵法暨吠陀三声在印度本土并未失传,吠陀三声应该以某种方式延伸到古典梵语。其力图证明四点:一是佛陀虽曾禁止用外道婆罗门诵法,但即使早期佛教,赞大师德和诵三启经可用婆罗门诵法,吠陀诵法并未完全禁绝;二是吠陀诵法进入了中土;三是中土佛经转读讲究声法,吠陀三声进入了中土佛经转读;四是宋末以来发现四声或有多方面原因,但其中有佛经转读三声的影响。卢文无疑有力回应了饶宗颐吠陀诵法暨吠陀三声在印度本土早已失传之论对陈氏说的质疑和颠覆,因此而推进了陈说之论证。但笔者以为,卢文关系陈说最终能否成立的关键仍然在于:有关吠陀三声是如何进入中土佛经转读,而后又是如何影响四声发现的这一基本问题的论证。卢氏发现,"晋宋齐间的转读,重要的一点是讲声法",而据《高僧传》的相关描述,转读声法和印度佛教梵语经呗诵法的描述是一致的,都是"梵音"、"梵响"。此一论述无疑有齐同"转读的诵"与"经呗的唱"之嫌。因为转读的佛经必定是汉译的佛经,不可能是梵文,故所谓梵音、梵响只能理解为音乐、梵曲。其所谓"转读需要解决的重要问题,是梵

_____

① 卢文分别见载于:《人文中国学报》第15期(香港浸会大学),上海:上海古籍出版社,2009年;《社会科学战线》,2015年第9期。

声与汉语之间的矛盾"一语也正点明了这一点。卢文引用了《高僧传·经师论》论"西方辞体"的两条材料以说明此一矛盾。其一曰："自大教东流,乃译文者众,而传声盖寡。良由梵音重复,汉语单奇。若用梵音以咏汉语,则声繁而偈迫;若用汉曲以咏梵文,则韵短而辞长。是故金言有译,梵响无授。"[①] 其二曰："改梵为秦,失其藻蔚,虽得大意,殊隔文体。有似嚼饭与人,非徒失味,乃令呕哕也。"[②] 可见,矛盾的实质在于梵音梵曲与汉译声辞之间的矛盾。如何解决这一矛盾呢?卢氏认为,"从《高僧传》'经师'的记述看,创经呗新声是一个重要办法",创经呗新声的原则是声文两得。而卢氏理解的声文两得的转读之"声",亦指梵声,即梵音声法。《高僧传》"经师论"有如下论述:

> 若能精达经旨,洞晓音律。三位七声,次而无乱;五言四句,契而莫爽。其间起掷荡举,平折放杀,游飞却转,反叠娇弄。动韵则流靡弗穷,张喉则变态无尽。[③]

依卢氏看法,引文中的"五言四句"即指所造经呗,或六言,或七言,或五言,说"五言四句",不过是统而言之。所谓"契而莫爽",指与梵响声法契合无间。五言、六言、七言等的经呗与梵响声法密相契合,这就是声文两得。具体来说,就是与前面所说的"三位七声"契而莫爽。于是,就造成了经呗新声。

这里,姑且不论梵呗新声与佛经转读的区别,但说卢氏对问

---

① [梁]释慧皎撰,汤用彤校注,汤一玄整理:《高僧传》卷第十三,中华书局,1992年,第507页。

② [梁]释慧皎撰,汤用彤校注,汤一玄整理:《高僧传》卷第二,中华书局,1992年,第53页。

③ [梁]释慧皎撰,汤用彤校注,汤一玄整理:《高僧传》卷第十三,中华书局,1992年,第508页。

题的理解或已出现偏差则并非毫无根据。梵呗新声如果是不变梵曲，则声文两得自然重在汉译声辞字音节奏韵律的组织，即在准确传达经呗义理的前提下，尽可能调制汉译文辞的言数多寡、声韵调节奏，以达到与梵曲的最佳配合。如果新声指新创曲调，则声文两得便是依汉译声辞重新配曲。卢氏理解的梵呗新声乃倾向于第一种情形，实指汉译声辞与梵曲相契。但问题在于，无论何种情形，都不可能改变汉语文言声辞的音读，其与梵响声法实无干系。若事实如此，则谓转读之"声"即指梵声、梵音声法，进而以此为基础来讨论转读与吠陀诵法、吠陀三声的关系，其发生偏误也就在所难免。

　　卢文强调了"三位七声"的理解之于澄清转读与吠陀诵法、吠陀三声关系的重要意义，那么，什么是"三位七声"呢？在综合分析李小荣、沙维帕里·罗达克里希那博士、武田丰四郎等中外学者观点的基础上，作者指出："《高僧传》'经师论'所说的'三位七声'即后来唐窥基《妙法莲花经玄赞》所说的'西域三契七声'，所谓'三契七声'，应该是指吠陀Uddtta（鸟达塔）等三种声调和shadja（具六）等印度音乐七个音阶"。之所以称"三位七声"，而不直接称"三契七声"，是因为"三位"还当指发声的三个部位——婆罗多《舞论》中"三种音域"（sthdna）。三种音域是头部、喉部和胸部，分别发出高音、中音和低音。而据《舞论》，"三位"也指印度戏剧用头部、喉部、胸部发声的发声方法，这种发声应该源自吠陀。说"七声"可以同时指吠陀三声；说"三位"，可以既指吠陀三声，又含指这三个部位的发声方法。因此《高僧传》说"三位七声"，而不直接称"三契七声"。据上所述不难看出，"三位七声"不过是指梵曲高音、中音和低音的三种乐调及其唱法，以及梵曲所使用的七声音阶，并非指梵语声调，具体到梵呗新声自然亦是如此。故吠陀三声如何能影响梵呗新声中的汉语声辞的声调，或影响佛经转读中的汉译文言声调，仍然不得而知。卢氏认为，宋末以来人们能发现四声，提出四声之目，并不是汉语声调自然发展的结果。尽管其承认汉语本有声调，以及四声自觉的悉昙学影响，但同时又强调："悉昙主要涉及拼音原理，而未涉及声调。切字有纽，未必可以直接推出汉字四声。"最终，卢文还是回到了"四声"之目源于佛经转读影响之假说，整体上倾向于"四声"发明说，但又只能矛盾地将"四声"视之为推论或发明。说"矛盾"是因其承认汉语本有声调，而这又可以导向"四声"发现说。

　　至于梅维恒、梅祖麟的新论，对《四声三问》的观点并无新的论证，只是因循陈寅恪开辟的方向，把论述的重心推进到了近体诗声律模式之形成的问题。其结论无外乎佛教的影响，具体言之，"沈约及其追随者在梵语诗病理论的影响下创制了汉语声律，目的在于使汉语诗歌取得与梵文诗歌同样悦耳动听的艺术效果"，近体诗律的整体构建都是对梵文诗律的模仿。① 由于二梅新论已越出本节论题，故不拟深究。下面我们还是来看看郭绍虞的相关论述。

　　郭绍虞是有条件地赞成陈氏说的。《永明声病说》一文引陈氏说之后，加案语道："古人论音只有长言短言之别。顾炎武《音论》谓'长言即今之平上去声，短言即入声'，那么声调之分昔人早已见到。何况古代经师还有一字两读之例呢。所以，陈氏谓平上去三声实依据及模拟中国当日转读佛经之三声固极有理，但只能说是受转读佛经的启发才完成这个文字学音韵学上的新发明。"②

---

① 参梅维恒、梅祖麟著，王继红译：《近体诗律的梵文来源》（上下），见载于《国际汉学》，2007年第2期。
② 郭绍虞：《永明声病说》，载氏著《照隅室古典文学论集》（上编），上海：上海古籍出版社，1983年，第220页。

而《声律说考辨》一文则申明："四声之定,固然与当时转读佛经之声调有关,但……只是近因而不是远因。"①在《中国文学批评史》中,郭氏论及"永明体与声律问题"时,对这一近因又作了更加具体的解释："从文字方面讲,字音的研究,魏晋以来亦渐注意","宋齐以来,加上佛经转读的风气,于是为了要把单奇的汉语,适合重复的梵音,也就利用二字反切之学使声音的辨析,更趋于精密"。"永明体之声律说,一方面也是借助于文字审音的成果。所以这种音节,也就成为发挥文字特点的书面语之音节。此说甚新,但只能说是原因之一。这是永明体所由成立,而齐梁文人所以能提出声律问题的原因"。②可见,郭氏所肯定的只是佛经转读对反切之学的利用,使得文士审音更趋精密而已,但并未认为已经解决四声缘起的根本问题,亦即远因或内因。解决四声之分及永明声律的关键在于,诗与音乐关系的演变。在郭氏看来四声之分的真正内因是诗乐分离,诗歌趋于吟诵的缘故。对此,郭氏在《再论永明声病说》中作了非常明确的论述,其论述概括为两点：

　　一、永明声病说是运用于当时新体诗的,重在吟而不重在歌。吟的音节,以文字之标准而固定的读音为主,所以顾炎武《音论》说"文者一定而难移"。至于歌的音节,则是顾炎武所谓"古者为诗,主乎音者也"。所谓主乎音,不是主乐音,就是主语音。乐音的高低虽固定,但与诗无关。语音既以乐音为标准,故成为无方而易转。所以永明声病说以四声为主,而并不以字调的高低为主；而且由于字音的参差变动,也

---

① 郭绍虞:《声律说考辨》,载氏著《照隅室古典文学论集》(下编),上海:上海古籍出版社,1983年,第266页。

② 参郭绍虞:《中国文学批评史》,上海:上海古籍出版社,1979年,第81、82页。

不可能以字调的高低为主。讲四声可以兼包高低，而讲高低则不能赅四声，这是一个主要分别。

二、永明声病说既是文字的音节，所以要求文字读音的正确而固定。四声之起，就是在这种关系上产生的。所以四声之定，固然与转读佛经之声调有关，但只是近因而不是远因。求其远因，则四声之起可能还与以前经师一字两读字例有关。经师为了分别字义，于是"好"又有"呼报反"之读，"恶"又有"乌路反"之读。这种分别，并不是古音之旧，但对四声之分，却起了推动的作用。钱大昕《音韵答问》谓"自葛洪徐邈等创立凡例，强生分别，而休文据以定四声，习俗相因，牢不可破，而汉魏以前之正音遂无可考矣"（《潜文堂文集》卷十五），此说正说明了文字读音由混而析的过程。文字读音有此倾向，而古音的部分阳声，也有转化为上去二声的情况。所以沈约等受到转读佛经声调的影响，自然会受到启发，而创为四声之论。从阳声三、阴声三与入声一，简化而为四声，那么五声与四声是同一事物，不是二事；若以五声看作旋律之高低，那才成为不同性质的二项事物了。①

上述两段文字，具体是针对《四声三问》中的第三问，即四声与五声的关系问题，但如果要理解其全部涵义，还有必要对郭氏的文学语言观和文化文体学的思想有一个基本的了解。文学的物质基础是语言，而中国古代的口头语言与文字语言是不一致的，存在着独立、平行且交互影响的发展关系，这似乎是常识。在郭氏看来，"中国的文学正因语言与文字之专有特性造成了语言

---

① 郭绍虞：《再论永明声病说》，中华书局上海编辑所编：《中华文史论丛》第四辑，中华书局，1963年，第176页。

与文字之分歧,造成了文字型、语言型与文字化的语言型三种典型之文学"。理解中国文学发展的规律必须结合文体的演化,亦其所谓"欲说明文学本身之演变,便只有重在形式方面,就是所谓体制之殊了"。据体制的演化,他将中国文学史划分为五个时代,即:诗乐时代、辞赋时代、骈文时代、古文时代、语体时代。具体言之,春秋以前为诗乐时代,"这是语言与文字比较接近的时代",文字组织"虽与习常所说的不必尽同,然仍是人人所共晓的语言。所以此时代的语言与文字最相接近,最不分离",自然亦无骈散之分。战国至两汉为辞赋时代,这是"语言文字开始分离的时代","语体与文言也显生差别"。魏晋南北朝是骈文时代,"这才是充分发挥文字特点的时代","是文学语言以文字为工具而演进的时代"。隋唐至北宋,是"文字型的文学既演进到极端,于是起一个反动而成为古文时代"。南宋至现代为"语体时代",语录体、小说戏曲、方言文学皆在此时兴盛。本阶段文学充分发挥语言的特点,亦即文学语言"以口头语言为标准"。这个时代"也可说是文学以语言为工具而演进的时代"。① 具体到中国韵文诗歌,其重在音节,讲求节奏,而"韵,可以看作节奏的符号作用"②。至于中国诗歌的音节则有语言的音节与文字的音节之区分,如"古诗句式之长短无定,句数之多寡亦无定,节奏跟了意义而决定,而且多用双声叠韵以调和唇吻,所以说是声音语的音节。至于律体:讲究平仄,讲究对偶,句数有一定,字数有一定,完全使之规律化,所以成为文字型的文学,而变成文字语的音节,只适于吟而不

---

① 参郭绍虞:《中国语言与文字之分歧在文学史上的演变现象》,载《照隅室古典文学论集》(上编),上海:上海古籍出版社,1983年,第489—496页。
② 郭绍虞:《照隅室诗谈》,载《照隅室杂著》,上海:上海古籍出版社,1986年,第358页。

适于诵"①。而"重在吟的须押韵,重在歌的不必押韵。吟,必须拉起了调子来唱,所以重韵。歌,则有时可以结合舞蹈,再由动作来表现,所以可以不必押韵"②。言下之意,与音乐关系密切的诗,对韵的要求不严;反之,不歌而吟诵的诗,由于缺失了音节的乐律标准,自然须建立以字音本身作依据的内在的人为声律标准,故而对韵的分别自然趋向越来越严格。郭氏是承认永明以前有声调或四声的区别的,故说"盖四声之分别,虽有赖于专门学者之研习审辨,然而最重要的条件,必须是当时的语音已有或本有这些标准"。问题在于,尽管"当时或以前的语音已有这些分别的标准,然而始终只听到抽象的'一宫一商'之论,或空泛的音声迭代之说。始终不曾走上人为的声律,以平上去入四声制韵者",其根源在于,四声分辨之前,声调的存在虽然是事实,由于诗乐的关系紧密,诗歌用韵并不欲其分别之严。"所以当时四声之分,虽是音韵学上的事情,而永明体却利用之以定其人为的声律者,正因当时之诗重在吟诵而不重歌唱的缘故"③。

明白了郭氏永明四声吟诵说的逻辑,我们还要看到上述两段引文与陈寅恪一样,也受到了王国维四声专主属文说及其"五声说"的影响。只要比较阅读王国维《五声说》中的如下文字,事实就再清楚不过了:

　　　　阳声一与阴声平、上、去、入四,乃三代秦汉间之五声,

---

① 参郭绍虞:《中国语言所受到文字的牵制》,载《照隅室语言文字论集》,上海:上海古籍出版社,1985年,第113页。

② 参郭绍虞:《照隅室诗谈》,载《照隅室杂著》,上海:上海古籍出版社,1986年,第361页。

③ 参郭绍虞:《永明声病说》,载《照隅室古典文学论集》(上编),上海:上海古籍出版社,1983年,第224页。

此说本诸音理,征诸周秦汉初人之用韵,求诸文字之形声,无不吻合。颇疑李登、吕静之五声,舍此无以当之。李、吕二氏撰韵书时,所以不用魏晋音而用古音者,犹许叔重撰《说文解字》不用隶而用篆,孙叔然、徐仙民等作诸经音不从俗读而从师读(师读非必古音)也。故五声者,以古音言之也。宋、齐以后,四声说行而五声说微。然周颙、沈约等撰韵书者,非不知有五声,约答陆厥书曰:"宫商之声有五,文字之别累万。以累万之繁,配五声之约"云云。约知有五而作《四声谱》者,以四声为属文而作,本非韵书。(四声之说,专主属文,不关音韵。读《宋书·范晔传》《谢灵运传》,《南齐书·陆厥传》,《梁书·王筠传》,《南史》沈约、庾肩吾诸《传》自明。)且其时阳类已显分三声,与阴类三声及入声而七,用之诗文,则阴阳可以互易,而平仄不能相贸,故合阳阴两类而为四声。①

由于关注的是文学问题,故从音韵学的角度看,郭绍虞于四声、五声皆无太多的发明。但郭氏吟诵说还是为四声之目的创始找到了一个基于文化文体学的传统诗学的理由②,这比陈氏"体用说"的解释要充实进步了许多。至于对四声、五声性质的认识,郭论也是有其独到之处和积极意义的。五声、四声,今人都可理解为声调,但声调的实际意义确实不止于字调的高低,它还包括了字声音节的其他属性,故古人可以用清浊、轻重、飞沉、抑扬、平

---

① 王国维著,彭林整理:《五声说》,《观堂集林》,石家庄:河北教育出版社,2003年,第169页。

② 郭绍虞的"吟诵说"与朱光潜的"诗乐分离说"一道为后来人认识四声问题、永明声律问题奠定了文化文体学以及诗学的基础,成为学界主流。"诗乐分离说"见于《中国诗何以走上"律"的路》一文,载朱光潜《诗论》,北京出版社,2005年,第237—272页。

仄等众多二元对立的概念去加以描述。此外,他也约略其实含糊地指出了"(汉)文字读音由混而析的过程"。说其含糊,是其将四声之论创世之后的文字音视为析,此前的古文字音视为混,未必尽合事实,有未为明辨之嫌。但它毕竟隐含了正确的观点,即:汉文字音读是变化中的继承,这种继承也是文字音读规范化的过程,永明四声之论及其诗学实践便具有如此意义。这里结合王国维说可以进一步推论,音韵学意义上的四声之分早已体现在汉魏以来的诗歌创作实践中了,否则"当时或以前的语音已有这些分别的标准"就无从谈起。李登、吕静作《声类》《韵集》实为存古音之统绪,其所针对的恰是时代的文字音读之变异,其中自然包括当时文学新声对文字音读的影响。就四声问题缘起而言,郭氏肯定外启说,但显然异于陈氏说,本质上可归为"发现"说。

二、内生说

以上对郭说所作的简单评说,已包括了引申,目的是为了深入地发现问题。现在可以指出,郭氏的论说,之于汉文字音节从五声到四声的变化并未给出更为切近的历史学解释。故郭说发表以来,仅就四声问题而言,陈氏的提问并未得到很好的解决,大多数情况下,人们不得不陷入悖论的状态。一方面坚持四声主属文而无关音韵说,如此,则无异于说四声只是文学的发明而与现实生活中的语言语音无关;另一方面又不得不同时承认俞敏观点:"汉人语言里本有四声,受了声明影响,从理性上认识了这个现象,并且给它起了名字,这才是事实。"这实际上意味着四声说只是对汉语音韵的发现与命名而非文学的发明创造。

为了超越上述悖论的纠缠,有后辈学者干脆放弃了外来说影响,索性悬置前辈学者早已奠定的学术理路,直接从本土语言、思

想或文学文化事实及其逻辑中寻求突围的方向。其中的代表者
有陈顺智、戴伟华与吴相洲的相关研究。

立足于佛经转读实相的重新理解,彻底否定佛经转读与四声
的关系是探新路者的普遍做法。慧皎《高僧传》云:"然天竺方俗,
凡是歌咏法言,皆称为呗。至于此土,咏经则称为转读,歌赞则
号为梵呗。"① 陈顺智通过分析此条材料及其他涉及"转读"的材
料,结合相关历史背景,最终证明:"第一,转读乃运用汉语,而非
梵文;第二,其出现并非源于天竺梵音;第三,转读的出现乃是为
了'适时'的结果;第四,转读于佛教界中地位较低下而遭到鄙薄。
因此从总体上看,佛经之转读是难以发现汉语声调特征的。即使
佛经转读对汉语声调形式有过影响,也不能归功于佛教,因为转
读之兴并非渊源于梵文,而是深受魏晋以来追求语言之美的风会
所致",从而得出了"四声"之形成与佛经"转读"无关的结论。②
戴伟华思路与之相仿佛。戴氏据上引材料认为,佛经歌咏在天竺
本称为呗,传入中国则析为二事,咏经称为"转读",歌赞称为"梵
呗"。所谓"转读"应含有两种内容,即转和读,"转"指翻译佛经,
"转读"即将梵文或音译、或意译为汉语,再按一定声腔、节奏去
诵读。而"梵呗"则指佛经诵读中的歌赞部分,在中土仍然保留了
天竺咏唱方式。但由于佛经翻译在梵、汉语之间进行,梵文以表
音见长,而汉字以表意为主,故两者之间不可能有声调上的联系。
既然如此,在佛经翻译和转读中,也就不可能发现四声。③ 两位

①[梁]释慧皎撰,汤用彤校注,汤一玄整理:《高僧传》卷第十三,北京:中华书
　局,1992年,第508页。
②参陈顺智:《"四声"之形成与佛经"转读"无关论》,《西南师范大学学报》,
　2005年第1期。
③参戴伟华:《佛经转读与四声发现献疑》,《世界宗教研究》,2013年第1期。

学者的质疑都重点强调了一个事实：佛经转读中的"声文两得"之美听效果的追求只能与汉语运用有关而与梵文之音无涉。陈顺智据慧皎《高僧传序》"其转读宣唱，虽源出非远，然而应机悟俗，实有偏功"① 之说法，还同时指出："转读"无论是诵读还是歌咏都表现出随时就俗的倾向。显而易见，时俗只能是中土的时俗，是说明转读音声只能源出于汉语音韵或本土乐调。总之，所谓的围陀声明三声无从影响转读，自然亦无助于四声发现。

　　与以上两位学者思路略有不同，吴相洲一开始便将音韵学的四声知识来源与使用四声知识的永明声律运动别为两事，且否定了诗乐分离而导致永明声律的传统观点，故其采取的思考角度是："不再顺着语言学家的思路，只是着眼于四声、八病等知识是否来自梵文，而是具体考察佛经转读和永明体创作的具体情境，看这两个活动的内容之间是否有关联。"在吴氏看来，"佛经转读是一种歌唱，永明新体诗也是为了入乐歌唱，二者遇到的问题一样，理想目标一样"。理论上说，二者之间存在互相借鉴、互相启发的可能性。但吴氏最终还是否定了这种可能性，因为这里存在两点质疑：

　　　　其一，沈约等人创立永明体不是为了佛经转读，而是为了歌诗传唱；其二，诗与乐的配合是一个老问题，并不是有佛经转读以后才有的，佛经之转读，需要解决文与乐的配合问题，其他歌曲演唱也需要解决这一问题，佛家转读的经验可能是永明体创立的一个来源，俗世歌诗传唱经验也有可能是永明体创立的来源，而且可能是更重要的来源。

　　而吴氏恰恰认为，沈约等人是从民间获得四声八病知识的。

① [梁]释慧皎撰，汤用彤校注，汤一玄整理：《高僧传》卷第十四，北京：中华书局，1992年，第525页。

其主要文献证据有齐太子舍人李概《音韵决疑序》"平上去入,出行闾里,沈约取以和声之,律吕相合",以及钟嵘《诗品》"蜂腰、鹤膝,闾里已具"两条。两条文献材料清楚地说明四声和八病来自闾里。由此分析并推断:"闾里之人在说话时讲究四声八病是不可想象的,最有可能的是民间歌者,只有他们才需要知道什么样的歌词便于入乐歌唱,也懂得什么样的歌词便于入乐歌唱。"实际上,吴氏的观点与推断是基于日本学者佐藤大志的《乐府文学与声律论的形成》一文的启发。吴氏论文引证了佐藤的研究成果,以之作为事实依据。比较鲍照的五言诗和乐府诗,佐藤发现鲍照已经注意到了声病的运用,尤其是其源于南朝乐府民歌的作品,讲究声病的作品比例更高。经过四十二首《子夜歌》统计比较,佐藤发现:"四种声病(平头、上尾、蜂腰、鹤膝)完全避免的比率,较之鲍照源于南朝民歌的乐府诗要高,与鲍照的五言诗相比,四种声病完全避免的占压倒多数。"吴氏认为,"南朝乐府民歌正是闾里演唱的歌曲",民歌早已自觉地运用四声、避免声病。故沈约发现的秘密,不过是试验民间歌者"以字行腔"的经验,结果发现了四声可以用来标识声音并与音乐相合的原理罢了,这也正是文献"平上去入,出行闾里,沈约取以和声之,律吕相合"云云所道出的历史事实。当然,这里还有一个"闾里"概念的问题。吴氏是将《洛阳伽蓝记》所记"洛阳大市"中"调音、乐律二里"视为"闾里"的,且推断南朝首都也有"闾里"。而佛经转读发生于寺庙与官舍,肯定与"闾里"无关,自然也就不可能与文献明确记载的永明体声律来源发生任何关系。吴氏还进一步考虑到了这样一种可能性:文士与名僧造经呗新声讲究四声,进而影响到文士作乐歌讲究四声。吴氏通过三点质疑否定了这种可能性。其一,隋代刘善经推崇沈约声律说,其作《四声论》证明四声和五音之间的关

系,并没有说沈约以四声作诗是受到了佛经转读的影响。其二,
唐代日僧安然作《悉昙藏》在谈四声五音起源时,未及印度之声明
学,反而持沈约同样观点,认为出自中国的五行理论。日僧遍照
金刚作《文镜秘府论》亦未言明永明声病说出自佛经转读。其三,
据学者田青对佛经转读采用的记音方法研究成果可证:同作为音
乐活动的佛经转读与永明体,采用了不同的标音方法。前者继续沿
用了汉代以来的声曲折,而后者则是"以文章之音韵,同弦管之声
曲"。可见"沈约等人显然是发明了一种新的作诗合乐的方法,即通
过四声的合理组合,便可写出合乐的诗歌。如果这种方法来自佛经
转读,沈约是不会说'自灵均以来,此秘未睹'这样的话的"。①

　　以上第一、第二条质疑中所涉及的材料也正是陈顺智提出沈
约"四声"说本于传统文化之四象理论这一观点的重要证据之一。
陈氏说依据的最基本的证据源自保存于《文镜秘府论·天·四声
论》中的沈约《答甄公论》。《答甄公论》云:

　　　　昔神农重八卦,无不纯,立四象,象无不象。但能作诗,
　　无四声之患,则同诸四象。四象既立,万象生焉,四声既周,
　　群声类焉。经典史籍,唯有五声,而无四声,然则四声之用,
　　何伤五声也?五声者,宫商角徵羽,上下相应,则乐声和矣。
　　君臣民事物,五者相得,则国家治矣。作五言诗者,善用四
　　声,则讽咏而流靡;能达八体,则陆离而华洁。明各有所施,
　　不相妨废。昔周、孔所以不论四声者,正以春为阳中,德泽不
　　偏,即平声之象;夏草木茂盛,炎炽如火,即上声之象;秋霜凝
　　木落,去根离本,即去声之象;冬天地闭藏,万物尽收,即入声

①以上参吴相洲:《永明体的产生与佛经转读关系再探讨》,《文艺研究》,2005
　年第3期。

之象。以其四时之中,合有其义,故不标出之耳。是以《中庸》
云:"圣人有所不知,匹夫匹妇,犹有所知焉。"斯之谓也。①

　　要言之,在陈氏看来,以上引文最直接地证明了:沈约四声说
是以四象模式作为理论基础的,两者构成的是一种异质同构的关
系。"四象模式不仅决定了沈约确定汉语声调的调数,而且还确
定了汉语声调的调值",他通过将五音消减为四声,或者说从更为
深远的文化渊源上将五音所属的五行模式还原为更为古老的四
象模式,从而解决了五声与四声不协调这一理论问题。陈氏的论
述是从理论思维生成结构的角度来论述四声问题的,自然也会意
识到随之而来的另一个问题,即:沈约为何选择四象模式而不选
择五行模式?对此,陈氏只能藉口沈约没有论述而保持阙疑的态
度。② 当陈氏如此设问且如此作答时,他显然是倾向于认为四声
是理论的建构或曰发明而非对语言语音事实的理论自觉或曰发
现,尽管行文之中用到了"四声发现"的名目。否则,他必答以俞
敏之观点并以"沈约对当时语言中客观存在的四声现象又作了源
自于四象模式的理论阐释"一句作结。

　　吴相洲的"和乐说"一开始就将音韵学的"四声"问题从永明
声律说中切分了出去,自然无须直面四声的音韵学来源问题。尽
管如此,我们还是可以从其具体观点中推导出其可能持有的态度
与看法。当他说永明声律说源之于民间歌者"以字声行腔"的经
验时,实际上已表明"四声"代表了吴音或南方书音的特性。这实
际上指向的是一条解决四声来源问题的语言学思路,戴伟华论文

①[日]遍照金刚撰,卢盛江校考:《文镜秘府论汇校汇考·天·四声论》,北京:
　中华书局,2006年,第303页。
②参陈顺智:《沈约"四声"说本于传统文化之四象理论》,《武汉大学学报》,
　2000年第5期。

《四声与南北音》① 正是循此思路加以探索的。

戴氏的基本观点是:四声的发现是在汉语内部的不同语音之差别的辨析中完成的。具体言之,"四声发现之时正是吴音与洛下音,即南方音与北方音双音并存的时期。南北音系之间的相互对比,促进了汉字语音之间的比较语音学的产生",最终促成了四声的发现以及永明声律说的形成与完善。"发现四声的过程,是先发现汉字有声调,然后才发现有四个声调",而实际的四声分类并不是面对所有语音形态的,它"首先是在诗歌写作中提出的问题,解决问题后又在诗歌写作中实验"。因为"在诗歌写作中探讨语音调类的规则比在日常生活中探讨语音调类的规则相对要容易点,换句话说,四声的探讨只是在书面语中进行,可以舍弃生活交流中语音的复杂性而更单一"。声调辨析及四声分类的具体步骤是:"文人在写作中选择适当的字来满足美听的要求,一字不同的两种读音必然会成为反复比照的对象,也必然会发现某个具体字的发音官话和吴音不同,这是第一步,可以以简单的听觉来判断;然后会发现官话和吴音发音最大差异在调类,官话的调类和吴音不同,官话调类相对简单,吴音调类相对繁杂,这是第二步,这一步较难;当把官话的调类大致分为四个调类时,这一步非常难,如果说前面所言尚多为现象,而将汉字音调分类归纳才是本质的分析。至此,以《四声谱》为标志的所谓四声之发现才大致完成"。为何说是"大致"呢? 戴氏的解释是,"如果用今天的语音分析的方法,官话当不止四个调类"。究极言之,"戴氏说"是基于凡人类对事物的注意、意识自觉源于比较这一普遍性原理而作出的推论。南朝时期,南北语言的直接交流的事实确实为比较语音学产

---

① 戴伟华:《四声与南北音》,《学术研究》,2013 年第 10 期。

生与发展提供了条件，也有利于四声的发现，故其思路有一定的合理性。但其将《四声谱》视为四声之发现的标志显然有误，更为关键的是，其整体论述有失严谨。试简析如下：

戴氏说官话（北方音）不止四个调类，其依据主要有三：第一，当代语言学家的方音调查，亦即唐作藩《音韵学教程》列出的中国12种方音调类整体上呈现出来的北简南繁的分布规律：北京4、银川3、济南4、汉口4、大同5、长沙6、梅县6、苏州7、厦门7、温州8、广州9、博白10。对此，戴氏所作解释说明是："这些地区除在地域上南北的远近之分，还要考虑到受官话或北方话影响程度以及方言独立程度，如梅县地属岭南，但北方南下的士人很多，即客家人多，官话或北方话对之影响就大。虽然经过学者调查研究，方言的调类或有增减，但唐作藩所列方言调类分布基本可以参用。在一定程度上，今天之方言存在状况可以理解为古今语音存在之状况，即古之语音调类繁，今之语音调类简，普通话则只有四个调类。"第二，个别语言音韵学家的对古音声调情况的推断。第三，梁武帝不知四声。戴氏在全文的总结中说：

> 南朝宋齐间语音实际上不止四声，包括当时使用的官话（北方音）和土著音（吴音），此即周祖谟所云"故知字有声调之别，自古已然。惟古之声调是否有四，实不易辨。"而归纳为四声是文人为写作诗歌而探索的规则，如果是实际语言中的发音规则，就不会出现皇帝不管或不遵用的事实。沈约是南方人，于辨音有其优长之处。周祖谟《切韵的性质和它的音系基础》一文中说："至于北齐邺下或洛阳的读书音与南方相去多少，还无法说明。就颜之推所说而论，除崔子约、李祖仁等少数人以外，语音切正者不多，足见辨音分韵不如南方精切。"沈约比较南、北音之同异，并用于写作实践，发古之未

睹之秘，实得益于南人辨音精切。

由于周祖谟对古音声调及南北读书音差异所持的是不确定性判断，加之今天方音声调多元化并南北分布整体上呈自北向南由简趋繁的大势，于是，戴文便轻而易举地得出了"南朝宋齐间语音实际上不止四声，包括当时使用的官话（北方音）和土著音（吴音）"这一结论。全文论证，其概念的使用极为混乱。前此才说"四声发现之时正是吴音与洛下音，即南方音与北方音双音并存的时期。南北音系之间的相互对比，促进了汉字语音之间的比较语音学的产生"，亦即将"南北音"视为南北的不同方音，而此处则又将"南北音"当成官话与土著方音（吴音）的对立，而置周氏读书音的"北齐邺下或洛阳与南方"之分而不顾。其实可以比较的"南北音"只能是当时带有南北各地方音的读书音，而不是什么官话与方音。与读书音有关的语言本体是汉文字语言，即所谓文言。由于汉文字非拼音的特性，故文言的具体音读既有源之于传统师承的一致性与独立性，又同时具有特定诵读者所难免的自身方音所带来的影响。这种影响在声、韵、调方面都会有所表现，但这种影响应该是有限度的，即最低限度可以保证当时南北文士的文言交流。即便我们以北方书音——所谓官话为标准，南方文士诵读文言时也应该只是个别声母、韵母的发声与标准音有所差异，这与今天南方许多地方的人说普通话时平舌翘舌、鼻音边音、前后鼻音分辨困难的情形没有太大区别。就声调而言，当然也会因方音影响，存在唐代李涪《切韵刊误》所说的吴音"上声为去，去声为上"现象，但这也只是就具体个别字的音读而言的，不应该是体系性的。总而言之，以上南方文士之读书音与文言标准音读的差异，更多表现的是个体在审音发声方面的问题，这种差异显然是不能说明官话北音与吴语方音调类多寡的，更不要说定论为"不止四声"了。至于梁武帝不知四声的材料，在论文的语境中是直接用来说明：四声是文人为写作诗歌而探索的规则而与实际语言中的发音规则无关。其逻辑是：如果实际语言中存在四声规则的话，皇帝自然得遵用。实际上，戴氏的逻辑是源于对文献的误读误用。文献中的"不知四声"与"遵用四声"显然是不同性质的命题，百姓日用而不知是常有的事，前者绝对推不出后者，何况文献中说的实际是梁武帝无视或不遵用沈约等人的四声制韵及为诗歌创作设定的避忌"八病"的规则。戴氏对文献的误读，客观上加强了其"宋齐间语音实际上不止四声"的主观认定。逻辑上说，即便戴氏的误读可以成立，自然亦存在"当时使用的官话（北方音）和土著音（吴音）"少于四声或当时使用的官话（北方音）少于四声而土著音（吴音）多于四声的种种可能性。可见，戴氏出于主观需要，单凭今天南方方音调类多于四声的情形便推断宋齐间语音多于四声，进而把这种推断直接当成了历史事实。

戴氏谓："南朝宋齐间语音实际上不止四声，包括当时使用的官话（北方音）和土著音（吴音），此即周祖谟所云'故知字有声调之别，自古已然。惟古之声调是否有四，实不易辨'。"其中"南朝宋齐间语音实际上不止四声"云云之表意与周氏判断差距极大，无任何阐释，直接将两者等同实属无视论理与逻辑的表现。论文前面曾说"发现四声的过程，是先发现汉字有声调，然后才发现有四个声调"，而此处引周文则根本无视"故知字有声调之别，自古已然"的说法与自己已有说法的不谐。其假设声调辨析及四声分类的具体步骤：文人写作为美听之需而择字，因择字而比照该字官话吴音两种读音而发现两者之不同，进而发现官话吴音最大不同在调类——官话调类相对简单，吴音调类相对繁杂。这里的官话自然可以理解为北方读书音，而吴音呢？是方音还是带有方音的吴地文士读书音？如说是纯粹方音则不当有择字之说，故所谓"吴音"应即南方文士所操读书音。作文者若是审音精切之文士，其所择字只有一音——官话标准音；如为不善审音之文士，其所择字亦只有一音——音读见齐北方读书音且带有浓重方音而不自知。无论何种情形都不可能引起所谓的一字不同的两种读音的反复比照。至于所谓"官话吴音调类不同"，其表述中的"吴音"又只能指涉成体系的吴地方音，与吴地文士读书音无关，故所述两个步骤之间实在无法构成因果、递进、逻辑甚或语义关系。此外，既然这里明明说官话的调类简单，吴音的调类复杂，为何又随之说官话调类实际不止四声？如此混乱的表述实源于太多的想当然，它大大影响了论证的科学性及其观点的可靠性。

尽管戴氏论文有上述问题，但其所辟蹊径对建立解决四声问题的新思路不无启发意义。其所谓"南朝宋齐间语音实际上不止四声"而"归纳为四声是文人为写作诗歌而探索的规则"之观点，超越了纯粹的语言学立场，四声的来源因此变得可以理解为：文士因作文需要发现了当时的官话——洛下书音调类多于四声而取其四声为文，定其名目平上去入。于此，"四声"究竟是发现还是发明的问题亦随之消解，"四声"既是发现亦是发明。遗憾的是，戴氏或由于本来倾向于"发现"说的思路（文中多用"四声发现"的表述），而对为何宋齐文士只取四声为文之问题则缺乏任何论证。当然，如果戴氏坚持语言学立场，则依其局部论述得出四声之发现与成立源于吴地读书音或方音影响之结论也是完全可能的，但如此一来，"南朝宋齐间语音实际上不止四声"之观点必得抛弃。

要之，整体去看，戴文虽不无启发意义，但由于其逻辑自洽性的欠缺，显然未能真正解决四声缘起问题。

综上所述，"内生说"仍然未能彻底摆脱四声说缘起是发明抑或发现问题的纠缠。

三、《切韵》体现的文言规范性与"四声缘起"说悖论的化解

实际上，语言学界同样存在四声缘起属发明抑或发现的分歧。语言学家朱晓农在其《声调起因于发声》[①] 一文中，就此从事实和原理两个层面谈过自己的看法：

> 王力曾说，声调不是个人所能"发明"的，沈约不过是"发现"了当时语言中存在的四声。我在讲课时为沈约辩护，说是他"发而明之"的。现在看来，还真是沈约发明（invent）的，是他和周颙等人把声调音法化为四个类，创造了声调这个概念，建立起这样的认识，也创造发明了语言中这样的范畴。这么说当然不是"唯心主义"，而是说，声调这样的概念是人类认识的产物，而不是客观世界的自然之物。自然之物只是一些声带变化引起的发声和音高的变化，而在沈约把它概念化、范畴化之前，当然没有声调。就像今天在一些藏缅语言中，有没有、有几个声调，不要说当地人，就连学者都可能有分歧。即使被确定有声调的语言，到底是"四声"、"八声"、"九声"，还是"六声"，同样是不同学者的发明，你很难说客观上有"几声"。比如广东话，从丹尼尔·琼斯到赵元任都沿袭了西方语音学中的长短音概念，把入声短调配相应长调，结果粤语给发明了个"六声"……前文提到的广东话两个低元音 a ～ ɐ 也是如此，它们是否有长短区别，是概念问题，理论问题，而不是简单的"客观""事实"问题。

---

① 朱晓农：《声调起因于发声——兼论汉语四声的发明》，《语言研究集刊》第六辑，上海：上海辞书出版社，2009年。

　　在以上引文中,朱晓农结合现代语言学认识语言声调问题的经验,从原理层面说明了汉语"四声"的发现,归根结底还是具有理论建构性质,故"发现"与"发明"的概念并非势不两立,而是可以统一的。朱氏认为,"说沈约创造发明四声,也就是承认南朝书音比北朝书音更早把音高音法化",朱氏甚而猜想魏晋以下汉语大规模南下,与壮侗苗瑶语发生全面接触,南方民族语影响到汉语声调的音法化。但他同时亦强调,"汉语声调是自生的,是自然演化的结果"。因为"发声态是声调产生的原因(cause),音节结构是内部的有利条件"。至于与其他有发声态语言的接触只是外部的缘起或机遇(opportunity)而已。这种接触"提供了触发或激发的媒介,促使声调范畴化的进程加快,或者声调类更容易定型,也可能启动范畴化的进程"。朱氏这里所说语言接触的原理是以他的"声调起因于发声"的理论为核心的。为了强调汉语声调的内因性,朱氏以北方汉语的语言接触情况加以说明:"一方面北方汉语即使跟无声调、无发声态的阿尔泰语接触,依然能够把声调范畴化;另一方面,满语、蒙语即使跟汉语长期而深度接触,却接触不出来声调——这都是因为发声态这个内因在那儿起着主导作用。"

　　朱晓农的看法是以历史比较语言学理论与实践经验作支撑的,显然具有一定的科学性,其"汉语声调是自生的,是自然演化的结果"的论断整体上说是可信的,但与大多数论者一样,在其表述中,"汉语"本体的概念是抽象的,不确定的。本文前此已说明,以"汉"作为限定语的本体语言只能是"文言"或"书语";"文言"是人工语言而非自然语言,离开了象形表意的汉文字,"文言"便无从谈起。汉文字的形义特点决定了"文言"单音节特性,这应该是"文言"确立之初就决定了的。"文言"的"形—音—义"是离合结构,简而言之,文言单元的三个构成要素是可分可合的。分是指三者可相互独立，个别习得与传承，而其合则需要制度性的保证。就合而言，周秦及以前的制度性保障是礼乐职官制度；两汉则是是经学的经典讽诵制度以及乐府制度。"文言"对于汉文化圈的任何个体而言都不具母语性质而需要作为第二语言加以习得，故具体的"文言"音读难免地域方音色彩。故文言"音变"是必然之趋势，但无论如何，有制度性的保障，通过师承示范，文言音系的统一性总是有效传承的。即便社会动荡，制度转型，文言音系变乱，但随之而来的文言规范化运动必使得文言音系恢复其统一性，如：秦汉之际的"书同文"必内涵"书同音"；汉魏六朝的音注、音韵声律学运动直至《切韵》音系的建立。总而言之，文言音系是在变易与规范化相统一的矛盾运动中得到继承与发展的。下面可结合《切韵》性质的讨论，对此作进一步说明。

　　关于《切韵》的性质的讨论，一直是语言学界的热点，至今亦很难说得到彻底解决。今借李海英《〈切韵〉性质各家论点列表》① 以醒耳目并作为进一步论述之凭借：

口语音	代表人物	语音来源＼地点	读书音	代表人物	语音来源＼地点
单一论	[唐]李涪	吴音	单一论	陈寅恪	洛阳旧音
	[瑞]高本汉 [法]马伯乐	中古长安音		周法高	长安音
	[清]阎若璩	洛阳音(参合洛阳旧音)		潘悟云	金陵、洛阳两地士人的书音系统
	李荣	洛阳活音			
	李于平	当时的洛阳语音		胡和平	旧时洛阳读书音

①参李海英：《〈切韵〉研究性质综论》，《鲁东大学学报》，2014年第3期。

口语音	代表人物	语音来源\地点	读书音	代表人物	语音来源\地点
吸收论	邵荣芬	洛阳活音(参考金陵语音)	吸收论	周祖谟董志翘	金陵、邺下的雅言
	唐作藩	洛阳话,吸收古音和方音			
	王显	洛阳话,吸收魏晋河北和金陵音		张玉来	六朝读书音(参考活方言、古今字书)
综合论	[清]段玉裁	其时之音读	综合论	黄淬伯	综合六朝旧韵
	章太炎	古今方国之音			
	董同龢罗常培	古今南北方音		李新魁	流行于黄河流域的共同语
	劳乃宣	诸方之妙音		史存直	政治文化中心地域的读书音
	王力	洛阳话为基础,兼顾古音的混合物		赵诚	当时读书音为基础,兼顾古、方音
	张世禄	南北方音和古音			
	曾晓渝刘春陶	异质程度较高的综合系统		何九盈	古今南北杂凑

　　表格中的单一论、综合论、吸收论,在学者论文中尚有单一论、杂凑论、主从论的对应表述,但含义与指称对象则大体一致。李氏表格归类的一个最大特点是,指出了学界对《切韵》性质认知的最大分野是口语音与读书音判定的不同,然后才是音系的单质与异质的判断。据李氏论文,目前,"《切韵》本于书音"说的认同程度最高,其中周祖谟的书音说得到了大多数学者的认同。周祖

谟认为：“《切韵》音系的基础，应当是公元六世纪南北朝士人通用的雅言。至于审音方面细微的分别，主要根据的是南方承用的书音。”① “《切韵》五卷，着重保持了当时传统书音的音位系统，并参校河北与江东语音，辨析分合，而不以一地方音为准，以利于南北人应用，虽然自成一家言，而实际上是为了适应当时的政治统一形势的需要而作的。”② 潘悟云甚至认为《切韵》的性质及其音系基础的讨论，周祖谟的文章具有终结性的意义。③ 其实，有关讨论还在继续，很难说已形成定论。但李海英在其《综论》中还是指出：将《切韵》“认定为一种现实中并不存在的‘读书音’、‘雅音’的趋势越来越明显”。这种推断正吻合了朱晓农的观点。朱氏认为：“《切韵》不代表某个活音系。也就是说，每个字都念得出，却不是任何人的母语，甚至不是任何地方的书音系统。这是一个理想系统。”④

　　《切韵》不代表任何人的母语是由文言固有特性决定的，文献载录亦可说明这一点。颜之推是《切韵》音系的主要编定者之一，祖籍琅琊临沂，其九世祖南渡迁居建康。其前期主要生活在建康，后期主要生活在邺下、关中。虽然几地皆为当时政治文化中心，但其《颜氏家训·音辞》篇却云：“吾家儿女，虽在孩稚，便渐督正之；一言讹替，以为己罪矣。云为品物，未考书记者，不敢辄名，汝曹所

---

① 周祖谟：《切韵的性质和它的音系基础》，《问学集》，北京：中华书局，1981年，第471页。
② 周祖谟：《唐五代韵书集存·总述》，北京：中华书局，1983年，第11页。
③ 参中古音讨论组：《关于〈切韵〉性质和音系基础的讨论》，《语言研究集刊》第4辑，上海：上海辞书出版社，2007年。
④ 朱晓农：《陆法言和〈切韵〉》，见氏著《方法：语言学的灵魂》，北京：北京大学出版社，2008年，第189页。

知也。"又云:"吾见王侯外戚,语多不正,亦由内染贱保傅,外无良师友故耳。"①可见,金陵、邺下方音不等于文言正音,换而言之,文言正音非任何人母语,否则金陵、邺下音自然习得即可,何须督正之,何来保傅师友之论;文言正义即字义,否则名物何须考书记。至于谓《切韵》非任何地方书音系统,亦有不少内证外证。故宫博物院藏唐写本《王仁昫刊谬补缺切韵》(宋濂跋本)中的63处分韵小注,说明了《切韵》与吕静《韵集》、夏侯泳《韵略》、阳休之《韵略》、李季节《音韵》、杜台卿《韵略》等5家韵书在分韵上的异同。据其说明可知《切韵》"取诸家音韵"有一个大致原则,即"因其或异而分,不因其或同而合"②。此例多被用以说明《切韵》非一地且非一时之书音的观点。在本文看来,文言书语非母语的性质决定了《切韵》不可能为"一地一时之书音"。后来的事实表明,《切韵》一出便淘汰了六朝蜂出的韵书,天下文士普遍认同,几乎人手一册③,而且一次又一次地被改编并为官方科举所取用。是亦足以说明,《切韵》非一地且非一时之书音。上述事实也证明了,《切韵》音是可以宣诸口吻的。既然可以宣诸口吻,则意味着它必有一个基础音系。至于这个基础音系的来源和性质学界尚有争议,但这个基础音系与六世纪前后流行于金陵洛下的书音系统有关则是毫无疑问的,颜之推"共以帝王都邑,参校方俗,考核古今,为之折衷。榷而量之,独金陵与洛下耳"云云可以为证。但它不等于当时金陵洛下的书音也是可以在《音辞》篇得到证明的:"然冠冕君子,南方为优;闾

①参[隋]颜之推著,王利器集解:《颜氏家训集解》,北京:中华书局,1993年,第530、564页。
②参罗常培:《罗常培语言学论文选集》,北京:中华书局,1963年,第16页。
③参王国维著,彭林整理:《观堂集林》,石家庄:河北教育出版社,2003年,第172—187页。

里小人,北方为愈。易服而与之谈,南方士庶,数言可辩;隔垣而听其语,北方朝野,终日难分。而南染吴、越,北杂夷虏,皆有深弊,不可具论","至邺已来,唯见崔子约、崔瞻叔侄,李祖仁、李蔚兄弟,颇事言词,少为切正。李季节著《音韵决疑》,时有错失;阳休之造《切韵》,殊为疏野"①,可见,在颜氏看来,其时南北书音皆有深弊错失,非浅弊小失,故不可具论。陆法言《切韵序》"吴楚则时伤轻浅,燕赵则多伤重浊,秦陇则去声为入,梁益则平声似去"②之批评显然包括了金陵洛下书音,自然亦可为之印证。要言之,当初颜、萧、陆等八人审定《切韵》,脑子里肯定有一个超越当时南北流行书音的正音,否则就无从"参校方俗,考核古今,为之折衷",无以"论南北是非,古今通塞"。这个"正音"只能是周秦一贯的文言雅音。这意味着《切韵》音通于南北古今而又不同于南北古今,而是统一南北,变通古今。郑张尚芳认为:"南北是非","讨论的是北洛下、南金陵两种读书音的孰是孰非(因为金陵的读书音也是南下移民从洛阳带过来的,所以原是同一种书音的分派),那只是对南北两派书音中有限的不同之点的审定。因为所讨论的是有限的议题,故能由'我辈数人'半宿论定";"古今通塞","也是依据当时书音、依古通于今来审定的。并非从古改今"。郑张氏的意见大体上是中肯的。以上看法,换一个角度表述,正如施向东所言:"《切韵》以中原正音为基础,构建了一个规范的音系,开启了中国历史上继秦始皇以后的第二次语言规范,后来唐代的正字运动也是这一规范化

---

① 参[隋]颜之推著,王利器集解:《颜氏家训集解》,北京:中华书局,1993年,第529、530页。
② [清]严可均辑,史建桥审订:《全上古三代秦汉三国六朝文·全隋文卷二十七·切韵序》,北京:商务印书馆,1999年,第314页。

的余绪。"① 与其如个别学者将《切韵》表述为"一个理想系统",某种意义上还不如说是文言的规范系统更为贴近事实。

其实,当看到《切韵》完成了一个文言规范系统的构建时,人们自然会意识到六朝蜂出的韵书及六朝文学语言、宋齐永明声律运动本来就是文言规范化运动的一个一个的环节,是它们为文言规范化运动提供了历史的动机,为《切韵》的成功奠定了理论与实践的基础。陆法言等之所以能毕其功于一役,除历史大势与前代的基础,亦乃时运也。隋朝的统一不仅提供了文言统一和规范化的内在需求,同时亦为文言规范系统的构建提供了成熟的政治、文化条件,以及制度上的保证。

既然四声缘起实即文言规范化运动本身之一部分,则四声是发现还是发明的争议自然在逻辑上也就变得多余了。

第二节　音韵学规范文言之标准
及其文体象征、语体功能

一、《切韵》规范之标准及其象征意义

《颜氏家训·音辞》篇、《切韵序》都反映了一个历史事实:魏晋南北朝的政治分裂造成了文言的分裂,正音的变异。这种分裂变异具体表现为方音俗语对文言的浸染与渗透,而当时文言的现实或者说活着的文言便是文学语言,它是通过文士们的长期的文章创作去体现的。六朝出现了大量的前所未有的新词,许多都

---

① 所引郑张尚芳、施向东语均出自"中古音讨论组":《关于〈切韵〉性质和音系基础的讨论》,《语言研究集刊》第4辑,上海辞书出版社,2007年。

是源自于方音俗语的复音词,在折合成文言词汇时,不少都是取音译法。有的是借旧音字新词,扩大字义;有的是通过谐声造新字记新词。无论何种情形都大大冲击了既定的文言秩序。而这些文言新词主要见之于文人诗文①,故规范统一文言,重构雅言正音的统绪,实际针对的只能是文学领域。《切韵序》云:"欲广文路,自可清浊皆通;若赏知音,即须轻重有异。"文中正隐含了陆法言编纂《切韵》的目的——为文章诵读、诗文用韵提供字音的标准。"广文路"关乎文学无须多辩,"赏知音"亦不离文学。《切韵序》下文陆氏又云:"今返初服,私训诸弟子:凡有文藻,即须明声韵。"②"文藻"、"声韵"相连显然特指讲究声韵的诗文创作。周祖谟对魏晋南北朝诗文用韵情况的研究表明:"齐梁陈隋时期一共有一百三十九年(479—617),这一个时期,包括北齐、北周在内,韵文押韵的部类比前代刘宋时期更加细密","韵部的分类跟《切韵》的分韵更加接近了"。"谢朓、沈约审音最细,用韵最严",他人不分的地方,他们都"完全与《切韵》相同"。刘勰《文心雕龙》中"赞语"用韵亦是如此,大都"跟《切韵》相符,若合一契"。③ 可见,陆法言等的雅言正音的标准是包含了永明声律探索及其诗文创作成果的。这提示我们,陆氏等人心目中的雅言正音既非以古为据,亦非以帝王都邑为据,而确实具有理想的性质。作为理想形

①语言学者王云路对中古语言有全面系统而深入的研究,抉发了一大批新词新义并系统总结了其构成规律,而这一工作主要是通过中古诗歌语言的研究得以实现的。参氏著《中古诗歌语言研究》,西安:世界图书出版西安有限公司,2014年。

②[清]严可均辑,史建桥审订:《全上古三代秦汉三国六朝文·全隋文卷二十七·切韵序》,北京:商务印书馆,1999年,第315页。

③参周祖谟:《齐梁陈隋时期诗文韵部研究》,《语言研究》,1982年第1期。

态的语音,不仅是声音的物质形式而且也是特定观念的形式。理想的雅音究竟是什么样子呢?"清浊可辨,轻重悉异"是对理想的文学语言亦即理想的雅言正音的一种描述,它显然具有观念的色彩。那么其观念的内涵究竟如何,自然有待进一步揭示。

我们还是系统回顾一下颜之推对世俗语言语音的批评。

颜之推在《颜氏家训·音辞》篇中谈到古之语言语音及其传承情况时说道:"夫九州之人,言语不同,生民已来,固常然矣。自《春秋》标齐言之传,《离骚》目楚词之经,此盖其较明之初也。后有扬雄著《方言》,其言大备。然皆考名物之同异,不显声读之是非也。逮郑玄注六经,高诱解《吕览》《淮南》,许慎造《说文》,刘熹制《释名》,始有譬况假借以证音字耳。而古语与今殊别,其间轻重清浊,犹未可晓;加以内言外言、急言徐言、读若之类,益使人疑。"①此段说法表明了先秦文言古音经两汉,其间文献无以有效传之的事实。而自孙叔言创《尔雅音义》,汉末人独知反语,至于魏世,此事大行之后,"音韵锋出,各有土风,递相非笑,指马之谕,未知孰是"。②是说明文言记音的手段虽有改善,但各家音韵之书多为方音所染,何为雅正之音,实难分辨。既然如此,颜氏又何以通晓之呢?这里除其特殊的母语背景之外,可以想到的便是其多良师友及深厚的学识使然了。当他说"共以帝王都邑,参校方俗,考核古今,为之折衷。权而量之,独金陵与洛下耳"时,主要凭依的是自己的学识以求之。然"折衷"、"权而量之"之谓透漏的消息则绝非知识考古可以涵盖,这里显然隐含了主观的裁断。而

---

① [隋]颜之推著,王利器集解:《颜氏家训集解》,北京:中华书局,1993年,第529页。

② 参[隋]颜之推著,王利器集解:《颜氏家训集解》,北京:中华书局,1993年,第529页。

其主观裁断的标准又是什么呢？颜氏虽未明言，但已蕴含在对南北语言的批评中了。颜氏云："南方水土和柔，其音清举而切诣，失在浮浅，其辞多鄙俗。北方山川深厚，其音沈浊而鈋钝，得其质直，其辞多古语。"①这里的批评涉及语音形式与语辞内容。南方语音优在清举而切诣，失在浮浅；其语辞则多鄙俗，可取不多。北方语音得在沈浊质直，失在鈋钝；而其语辞，古雅之语为多，乃可取之处。陆法言《切韵序》所谓"吴楚则时伤轻浅，燕赵则多涉重浊"②亦属类似评语。语言本为中性的事物，无论何种语音语辞都无优劣得失可言，颜、陆二人这里所做的分明是一种价值的判断，投射的是文学的审美观念。在颜氏看来，文学的语辞应该多古典之义而去鄙俗之气，文学的语音应该是浊质而不鈋钝，清举而不浮浅。这样的文言才是颜、陆心目中的雅言正音，也是理想的文学语言。

　　《荀子》曰："《诗》者，中声之所止也。"③荀子是从礼乐论《诗》声的。在《论语》中，曾子谓君子"出辞气，斯远鄙倍矣！"④荀子、曾子所论无疑都与雅言正音有关，既涉及语音亦涉及辞义且皆以礼乐为话语背景，析之无非是中庸思维与中和的审美观念。不难看出，颜、陆对南北语言的批评所立足的正是源于先秦的中庸思维以及中和的审美观念。这种思维与观念必然会影响他们对语

---

① [隋]颜之推著，王利器集解：《颜氏家训集解》，北京：中华书局，1993年，第529页。
② [清]严可均辑，史建桥审订：《全上古三代秦汉三国六朝文·全隋文卷二十七·切韵序》，北京：商务印书馆，1999年，第314页。
③ [清]王先谦撰，沈啸寰、王星贤点校：《荀子集解卷第一·劝学篇第一》，北京：中华书局，1988年，第11页。
④ 杨伯峻：《论语译注·泰伯篇第八》，中华书局，2009年，第78页。

音的审辨，以及对南北书音的取舍与校正，最终反映于《切韵》，呈现的必然是一种具有规范意义的文言雅音的理想形态。

中庸、中和作为礼乐话语转喻语言音韵，其间蕴含了诸多中介环节与历史事实，这里可先行指出的是：文言的基本语音形态异于一般语言之处在于，它不是说出的，而自始便是通过吟诵现形的。无声或声无定音的"文言"也是存在的，这便是看或读的文学文本语言。正因为如此，《切韵序》才会有"广文路"与"赏知音"之辨。"广文路"之"文"是书写重义的文学，可供读与思，自然"清浊皆通"。而"赏知音"涉及的是有文藻的文学，是用于吟咏讽诵的文学。吟咏讽诵自然有了美听的需求，讲究节奏韵律则势所必然，故字音的清浊、轻重的辨析与巧妙安排就显得尤其重要。正因如此，陆法言才会有"清浊皆通"与"轻重有异"的分别对待。不唯如此，分别对待的本质还在于它是一种隐喻的结构。于是，"文言"二分为"文—言"，"文"偏于形义，隐喻"礼"，"言"偏于声情，隐喻"乐"。在"礼体"二元结构中，"礼别异，乐合同"。故作为隐喻乐的吟咏讽诵之"言"必然重"韵"，而作为礼体构成之一元的"乐"复自成体，其体同构于礼，故礼乐与俗乐又当有别。礼乐重在别义，所求在"和而不同"，而与俗乐同感官娱乐异趣。正是此一曲折隐喻，制《切韵》声韵者才倾向于分韵谨严，关注吟咏讽诵之间，字"言"之清浊、轻重差异及其调协。刘勰《文心雕龙·声律》篇云："是以声画妍蚩，寄在吟咏；吟咏滋味流于下句，气力穷于和韵。异音相从谓之和，同声相应谓之韵。"[1]不难看出语言音韵学与文学理论探讨表现出来的美学精神的高度一致，这应该是意料之中的事，因为雅言、文言与文学语言本来就是一回事。

---

[1]周振甫：《文心雕龙今译·声律第三十三》，北京：中华书局，1986年，第300页。

明了以上关节，我们就不难推知，文学语言之追求和韵，提出声律之要求乃礼体深层结构之重构、礼乐美学精神之复现。它只能是在"乐"脱离"礼体"，"乐体"构成中的"言"转而成"文"，且"文"有了独立成"体"的需要之后方能发生的事件。

二、四声、五声同义：文体独立与吟咏讽诵规范化

刘勰《文心雕龙·章句》篇云："夫人之立言，因字而生句，积句而成章。"①《练字》篇云："心既托声于言，言亦寄形于字，讽诵则绩在宫商，临文则能归字形矣。"②《情采》篇又云："故立文之道，其理有三：一曰形文，五色是也；二曰声文，五音是也；三曰情文，五性是也。"③刘勰所言乃在逻辑的层面上说明了"言"转而成"文"，"文"独立成"体"，亦即"文体"独立的形态及过程。非常清楚，刘勰讨论的是文言文学。文言文学文体形态的构成为形文、声文与情文。"三文"合而成"体"，其"体"显然不再是"乐体"，而只能是"文体"。论声文虽云"绩在宫商"，但其宫商显非合乐之宫商。宫商指字音讽诵而成文之义一目了然，宫商喻指字音字调亦毋庸置辩。刘勰的论述显然包含了对永明声律实践的理论总结，而其论述本身则蕴藏了四声及声病说兴起的逻辑契机与历史线索。"讽诵则绩在宫商，临文则能归字形"一语告诉我们，诗文讽诵是有其规范和标准的，而这规范与标准不止于美听，它还得受形文即字义的客观限制。讽诵吟咏的腔调无论如何悦耳动听，但终须能归字于形，也就是说不致于让听者将甲字音听成了乙字

---

① 周振甫：《文心雕龙今译·章句第三十四》，北京：中华书局，1986年，第306页。
② 周振甫：《文心雕龙今译·练字第三十九》，北京：中华书局，1986年，第346页。
③ 周振甫：《文心雕龙今译·情采第三十一》，北京：中华书局，1986年，第285页。

音。这也就是后世唱论字声行腔所要求的字正腔圆的问题,佛经转读中的声文双得亦正是此意。正是在声文双得,音义并重的情境中,字音辨义的问题才凸显出来。

汉字本表意文字,故其表音及音声别义能力先天不足。指事日繁,故新词日孳,谐声字日增。如不临文,很难听声而归字。双音节词的构造,部分缓解了文言音声辨义的压力,但不可能从根本上解决问题。声文与形文的矛盾具有根本性,汉魏以来兴起的反语、双声叠韵游戏、清谈中的谐趣,以及诗文中的双关语修辞,大都是有意识地利用文言的这一矛盾而达到的特殊效果。就此而言,文言先天就具有诗性特质。然而,对文言这一特质的刻意利用客观上加剧了文言的固有矛盾,作为语言,文言在具体言说亦即讽诵吟咏过程中的音义统一问题,总是一个迫切需要解决的问题。这样的问题,在《诗》乐普及、经典讽诵成为风气与制度,且习用文言的共同体相对固定或稳定的时代自然不明显,但习用文言的主体不断扩大,共同体已经分裂,而文言的个体性创作以及燕集吟咏演为风气的时代,则情形就大为不同了。汉魏之际,文言的历史便开始进入这样的时代,汉末经典音注正音、魏晋以后音韵蜂出都是为了缓解文言日益突出的音字形文不一的固有矛盾。由于记音正音技术的有限与局限(反切亦不例外),故一时很难奏效,被颜之推视为"音韵锋出,各有土风,递相非笑,指马之谕,未知孰是"①的情形亦在所难免。"土风"问题是文言字音审定因方音影响呈现多元化的问题,这样的问题当然可以通过颜氏

---

① [隋]颜之推著,王利器集解:《颜氏家训集解》,北京:中华书局,1993年,第529页。

"共以帝王都邑,参校方俗,考核古今,为之折衷"① 的规范性手段加以解决,这只是一个时代机遇问题。更具有语言学意义的问题是,在字音得以规范的前提下如何尽可能保证在讽诵的过程中,字音不容易发生音变造成听感的扭曲而归错字形。李登《声类》、吕静《韵集》正是在此方向上所作出的最早努力。

众所周知,较平常发声,在吟咏讽诵的过程中,发声器官状态有整体性变化,因此,咬字不准极易造成音变。咬字不准也就是字母头音发声部位的错位,而《声类》的五声命字就是用以规范统一字母头音发声部位的。如果王国维的推断不错的话,李登的努力主要还是针对反语游戏以及清谈、诗赋吟诵中崇尚带有方音的个性化吟诵风尚对文言古音的涌乱。存留古音字,将其与当代文学语言加以隔离也许是其主要目的。吕静《韵集》的创制在动机与目的上与李登《声类》应该是大体一致的,但其针对的问题和解决问题的方法都有了变化。解决了咬字头问题仍然不能保证绝对避免音变的发生,因为对于单音节的汉字来说,拉长了的音节,如果字音收韵得不到有效控制,发生音变亦所难免。所以吟咏讽诵中的定韵问题同样不可忽视。也许在解决定韵问题的过程中,吕静对汉字音节字调的意义有了新的发现。这一发现意味着在吟诵的过程中,若能保证汉字音节声势结构的一致性,就不容易发生字音的变易,便能保证单字音节的吟诵在听感上仍然具有相对的独立性与完整性,而不至于与其他字声音节发生混淆。我们相信《韵集》的五声命字是五声定韵,五声是古字音的调类而非《切韵》的韵目或其他。《切韵》受到《韵集》影响是不争的事实,陆法言在《切韵

---

① [隋]颜之推著,王利器集解:《颜氏家训集解》,北京:中华书局,1993年,第529页。

序》中说"以今声调,既自有别"① 显然指《韵集》的"五声"(古)与
四声(今)之别。空海《文镜秘府论·天卷》谓"齐太子舍人李节,
知音之士,撰《音谱决疑》",其《序》云:"案《周礼》:'凡乐,圆钟为
宫,黄钟为角,大簇为徵,姑洗为羽。'商不合律,盖与宫同声也。
五行则火土同位,五音则宫商同律,暗与理合,不其然乎?吕静之
撰《韵集》,分取无方。王微之制《鸿宝》,咏歌少验。平上去入,出
行闾里。沈约取以和声之律吕相合。窃谓宫商徵羽角,即四声也。
羽,读如括羽之羽。亦之和同,以拉群音,无所不尽。岂其藏埋万
古,而未改于先悟者乎?"② 唐代徐景安《乐书》则进一步将四声与
五声作了如次对应:"凡宫为上平,商为下平,角为入,徵为上,羽
为去。"③ 日本学者远藤光晓据《音谱序》及《乐书》推测,《切韵》分
上平、下平两卷固然因平声字多,但亦有可能是继承了《韵集》宫、
商的分别。④ 在本文看来,这种推测基本上是可以成立的。至于
《韵集》的分韵,今有学者依据新发现的三种王仁昫《刊谬补缺切
韵》唐写本下小注、《韵集》佚文材料结合相关韵文材料,重构《韵
集》韵部系统,得出155韵。⑤ 当然,这种重构是以四声定韵的,其
方法的可靠性是值得怀疑的。因为《韵集》是依据古音定韵,规范
字音字义的,与沈约《四声谱》的性质还是有所不同的,故南朝韵文

---

① [清]严可均辑,史建桥审订:《全上古三代秦汉三国六朝文·全隋文卷
二十七·切韵序》,北京:商务印书馆,1999年,第314页。
② 参[日]遍照金刚撰,卢盛江校考:《文镜秘府论汇校汇考·天·四声论》,北
京:中华书局,2006年,第317页。
③ [清]纪容舒:《孙氏唐韵考》卷一引,《文渊阁四库全书》第242册,第340页。
④ 参[日]远藤光晓:《关于〈切韵〉的韵序》,《南阳师范学院学报》,2014年第
11期。
⑤ 参张平忠:《试论吕静〈韵集〉韵部系统》,《福建教育学院学报》,2007年第4期。

材料不可为据。也正因为此，李季节谓其分取无方。这与说"王微之制《鸿宝》，咏歌少验"的意思应该大同小异。

《文镜秘府论》"调四声谱"有论反切之辞如右："上谐则气类均调，下正则宫商韵切。"王利器引安然释云："其反音者，连呼两字成一音，但低昂依下，轻重依上，上下相和，以发诸响。"①可见，沈约所谓"气类"即指声母清浊，同李登"声类"；"宫商"即字调，同吕静"五声"。反语、反切原理相通，所用则正好相反，一为变声之方，一为切音之术。李登均调"气类"实为定声母发音部位；吕静正音则是以调切韵。两人共同推进了"反语"向"反切"的转化，尽管之前已有"反语"注音，但成为精密的切音技术应该在二人之后。从沈约的话语表述方式不难看出其受到过《声类》《韵集》的影响。宋代沈括《梦溪笔谈》云："至于所分五音，法亦不一。如乐家所用，则随律命之，本无定音，常以浊者为宫，稍清为商，最清为角，清浊不常为徵、羽。切韵家则定以唇、齿、牙、舌、喉为宫、商、角、徵、羽。其间又有半徵、半商者，如来、日二字是也，皆不论清浊。五行家则以韵类清浊参配，今五姓是也。"②行文至此，似可以论定，李登、吕静借乐家术语命字声韵调，是受到五行家之五行思维模式影响的。但这里得说明一点，它不是一般的借用，而是有内的理路：字声乐音都源之于五行之气。所谓"清浊"说的是气，曹丕谓"文以气为主，气之清浊有体，不可力强而致"③。《声

---

①［日］弘法大师原撰，王利器校注：《文镜秘府论校注》，北京：中国社会科学出版社，1983年，第29、30页。

②［宋］沈括撰，胡道静校注：《新校正梦溪笔谈》卷十五，北京：中华书局，1957年，第159页。

③［梁］萧统编，［唐］李善注：《文选·魏文帝·典论论文》，上海：上海古籍出版社，1986年，第2271页。

类》《韵集》分五声不唯有内在理路,而且也是时代的风云际会。就此而言,郭绍虞谓永明声律说始于"文气说"确乃真知灼见。对此将有专论,暂不深究。

综上所述,"四声说"与"五声说"就音韵学的实际功能而言具有同样的意义,只是"五声"说之借用宫、商、角、徵、羽五声之名,乃源于意图厘正古音,以古调规范吟咏诵读故也。其间反映了李、吕二氏"文言"观的崇古倾向,同时也体现了两汉魏晋五行观念、文章主气之文学理论的深刻影响。

第三节　四声名目创制的历史因缘

陆法言所谓的声调的古今之别——五声与四声之别,更多的应该是具体字调诵读——诸如上声读去、去声为入之类的差异,就调类而言,只是认识上的不同罢了,故本质上反映的是理论观念或文言观的古今之别。前此所言,魏晋以下的大量的文人拟乐府等诗文创作已大大改变了文言的生态,是否接纳新的文学语言成了文言观古今之别的分水岭。与"五声说"的厚古薄今不同,"四声说"无疑是在新的文学语言土壤中结出的花朵。

一、学界关于四声之目出现时间与创始者的争论及其辨析

四声名目之出现,据《文镜秘府论》保存的隋朝刘善经《四声指归》的说法,当不早于宋末。刘氏云:"宋末以来,始有四声之目。沈氏乃著其谱、论,云起之周颙。"① 据此,逯钦立认为"四声

---

① [日]遍照金刚撰,卢盛江校考:《文镜秘府论汇校汇考》,中华书局,2006年,第214页。

之创立实始于刘宋,而齐永明中沈约等人文用宫商则尚在其后也"①。受逯氏说启发,近来学者高华平撰文指出:

> 细绎前人所说四声发明的论据,我们认为,论者似乎有意无意地混淆了两个概念:文字音韵上发明四声和文学创作中应用四声的不同。换言之,四声的发明,乃属于文字音韵上的新成果,而文章"始用四声",属文学创作领域创作方法之运用。具体来说,古代文献中真正言及发明四声的地方,实只有沈约《四声谱论》"起自周颙"与宋人阮逸注《中说·天地》所谓"四声起自沈约"之说;其余诸人所言,仔细推敲,实乃论四声应用于文学创作之始,故有所谓起自沈约、周颙、谢朓、王融、刘绘诸人之说。如《南史·陆厥传》"汝南周颙善识声韵,为文皆用宫商,以平、上、去、入为四声,以此制韵"云云,所说的就是周颙很擅长语言声韵之学,并依其规则"为文",使用平、上、去、入"四声",而非是周颙首次发现了"四声"规则并创为"四声之目"。②

高华平将文字音韵上发明四声和文学创作中应用四声视为两个概念加以区别是有见地的做法。那么,四声之目的发明权究属何人呢?高氏的观点是:宋齐时代的琅邪王斌。关于"四声",刘善经《四声指归》又曰:

> 洛阳王斌撰《五格四声论》,文辞郑重,体例繁多,割析推研,忽不能别矣。魏定州刺史甄思伯,一代伟人,以为沈氏《四声谱》,不依古典,妄自穿凿,乃取沈君少时文咏犯声处以

<hr>

① 参逯钦立遗著,吴云整理:《汉魏六朝文学论集·四声考》,西安:陕西人民教育出版社,1984年,第514页。
② 高华平:《"四声之目"的发明时间及创始人再议》,《文学遗产》,2005年第5期。

诘难之。又云："若计四声为纽，则天下众声无不入纽。万声万纽，不可止为四也。"①

文中涉及一个重要人物"王斌"，撰有《五格四声论》。而《南史·陆厥传》亦载有一位名为王斌的人物。《传》云：

> 时有王斌者，不知何许人，著《四声论》行于时。斌初为道人，博涉经籍，雅有才辩，善属文，能唱导而不修容仪。尝弊衣于瓦官寺听云法师讲《成实论》，无复坐处，唯僧正慧超尚空席，斌直坐其侧。慧超不能平，乃骂曰："那得此道人，禄薇似队父唐突人。"因命驱之。斌笑曰："既有叙勋僧正，何为无队父道人。"不为动。而抚机问难，辞理清举，四座皆属目。后还俗，以诗乐自乐。人莫能名之。②

文献所载的两个王斌，事迹有出入，以往学界多视之为同一人。而据高氏考证，史上有两个王斌，且都有关于四声的著述。《传》中那位撰《四声论》的道人王斌生活于齐梁。主要理由是：道人王斌尝于瓦官寺听云法师讲《成实论》，且与僧正慧超为坐席发生争执，而"慧超为僧正，乃在梁天监之初"。之所以断《四声指归》中的洛阳（实为琅邪之误）王斌为刘宋人，高氏的主要理由有三：

其一，据史料考订，一代伟人甄思伯生于北魏太武帝太平真君十一年、宋文帝元嘉二十七年（450），卒年约七十四岁。沈约、周颙等人文章始用四声在齐永明之末。永明年号始于公元483年，终于公元493年，共十一年，如果沈约诸人始用四声在永明十

---

①[日]遍照金刚撰，卢盛江校考：《文镜秘府论汇校汇考·天·四声论》，中华书局，2006年，第285页。

②[唐]李延寿：《南史卷四十八·列传第三十八·陆厥传》，北京：中华书局，1975年，第1197页。

年（492），则沈约为五十二岁，思伯为四十二岁，与沈约等人年龄
相差不大。既然王斌其人及其著《五格四声论》之事，放在被刘善
经视作一代伟人的甄思伯之前叙述，只有一种可能，王斌是甄思
伯的前辈。

其二，刘善经既然说"宋末以来，始有四声之目"，则其肯定见
过有关王斌的更多记载。

其三，据《续高僧传·释僧若传》，有一琅邪王斌，任吴郡
太守，与释僧若有交集。释僧若卒于"梁普通元年（520），春秋
七十"。"卒年较甄琛早四年，亦小四岁，则二人为同龄"。据《传》
王斌任吴郡太守时"赖得若公言谑，大忘衰老"之言考察，"则王斌
与当时高僧僧若之间的年龄差距，亦即王斌与甄琛的年龄差距，
若王斌与甄深年龄相距二十岁，则此王斌应生于宋文帝元嘉七年
（430）前后。刘宋之末时（齐代宋在公元479年），此王斌综合前
人成果而作《四声论》是完全可能的"。

依据以上三点下结论，在逻辑上确实有不小的问题。就第一
条理由而言，单凭《文镜秘府论》所载《四声指归》的叙次，就断王
斌年龄一定大于甄琛，则大有可疑。此一推断具有逻辑可能性，
至少得满足两个条件：《文镜秘府论·四声论》一依《四声指归》
原序；所载《四声指归》全部内容都是按时代先后叙述的。即便
第一个条件能满足，但第二个条件显然不成立，因为原文叙述王
斌事迹之前，依次叙列的则是钟嵘、刘勰。之于第二条的成立是
以第一条理由为基础的，第一条可疑，则此一条便失去了逻辑分
量。各别言之，此条亦是有问题的。因为刘善经原文在说过"宋
末以来，始有四声之目"之后，接着便说"沈氏乃著其谱论，云起自
周颙"，而不是洛阳王斌如何。有关王斌叙事的安排差不多已进
入全文论述的尾声。可见，按原文语境去理解，在刘善经心目中，

创始四声之目可能性最大的即便不是周颙，也绝不会轮到所谓王斌。至于第三条，其依据《续高僧传·释僧若传》所作的有关王斌年龄的比较推断有诸多的不确定性。① 舍此不论，最大的问题还在于，焉知此王斌不是另外一个王斌呢？何况刘氏说的是洛阳王斌，而此处说的是琅琊王斌；前者撰有《五格四声论》，而后者是否有著述则无从得知。既然材料之间有如此大的差异，则进一步证明两个王斌为同一人，在逻辑上便是必不可少的，而高氏文中于此关节则付之阙如。

正因高文立说论证尚有疏漏，故杜晓勤对王斌是否首创四声之目的公案又作了新的考证。杜氏引入新史料，参证排比，得出结论：

> 齐梁时期至少有三个王斌，一为曾任吴郡太守之琅邪王斌（一作琅邪王份），一为曾任吴兴郡太守之琅邪王彬，一为"反缁向道"之洛阳（或略阳）王斌，三人生年均晚于沈约，其中前二人未见有论四声之作，沙门王斌虽撰有声病著作，然生年可能比刘勰、钟嵘还晚……归根结底，对于"四声之目"的首创者，我还是相信《文镜秘府论》中隋刘善经《四声指归》所云："宋末以来，始有四声之目。沈氏乃著其谱、论，云起自周颙。"当如沈约夫子自道，周颙才是四声之目的首创者。至于沈约，功在首倡诗文创作中四声调谐之法，而非创立四声之目。②

---

① 卢盛江据此则材料，对相关人物年龄进行推断，结果大异："这个王斌应该比周颙、沈约晚，至多与周颙、沈约同时。只从年龄考虑，即使这个王斌提出了四声之目，也未必早于周颙、沈约。"卢氏认为周颙始创四声之目，而时间当在刘宋之末。参卢盛江：《调四声谱研究》，见《罗宗强先生八十寿辰纪念文集》，北京：中华书局，2009年，第285、287页。

② 杜晓勤：《"王斌首创四声说"辨误》，《文学遗产》，2012年第3期。

　　杜氏就问题本身所得出的终极结论未超出卢盛江"周颙于刘宋之末始创四声之目"的观点。如果没有其他更为可信且与刘氏说相左的材料，则卢氏、杜氏经由《文镜秘府论》中的刘善经提示而形成的观点差不多可成为定论了。但问题恰恰在于，本来就存在与卢氏、杜氏理解的刘氏说明显矛盾且众所周知的史料，只是两位学者没有提及罢了。据《文镜秘府论·四声论》，刘善经《四声指归》同时还引用了齐太子舍人李季节的《音韵决疑序》。《序》云："平上去入，出行闾里，沈约取以和声之律吕相合。窃谓宫商徵羽角，即四声也。"①与李季节说法相似的材料还有钟嵘《诗品序》，钟序曰："至平上去入，则余病未能。蜂腰鹤膝，闾里已具。"②如二《序》可信，则《四声指归》前此所说的"宋末以来，始有四声之目。沈氏乃著其谱论，云起自周颙"云云便有了重新解读的必要。

　　从杜晓勤的理解看，原文中"沈氏乃著其谱论"一句基本上是被无视了，否则不可能得出唯一的结论。细读原文，便会发现，完全可有另外一种解读。由于前面刘善经已说过"宋末以来，始有四声之目"，且沈氏实著有《四声谱》，故"乃著其谱论"自然可以理解为沈约著《四声谱》《四声论》或者理解为《〈四声谱〉论》。现存文献中找不到沈氏著有《四声论》，故陈顺智猜测"谱论"之中的"论"即《四声指归》里面提及的《答甄公论》。这一猜测应该说是有道理的。在《四声指归》中，刘氏云："魏定州刺史甄思伯，一代伟人，以为沈氏《四声谱》不依古典，妄自穿凿，乃取沈君少时文咏犯声处以诘难之。又云：'若计四声为纽，则天下众声无不入纽。

①［日］遍照金刚撰，卢盛江校考：《文镜秘府论汇校汇考·天·四声论》，中华书局，2006年，第317页。

②［梁］钟嵘著，吕德申校释：《钟嵘〈诗品〉校释》，北京：北京大学出版社，1986年，第157页。

万声万纽,不可止为四也。'"① 可见,沈约《答甄公论》主要针对的是甄公对其《四声谱》"四声纽字"的质疑。甄公质疑的要点有二:其一,《四声谱》不依古典,即四声与五声不合;其二,四声为纽,不可穷尽天下众声。针对两点质疑,文中刘善经则先拟代作答。刘氏答曰:

> 经以为,三王异礼,五帝殊乐,质文代变,损益随时,岂得胶柱调瑟,守株伺兔者也。古人有言:"知今不知古,谓之盲瞽;知古不知今,谓之陆沉。"孔子曰:"温故而知新,可以为师矣。"《易》曰:"一开一阖谓之变,往来无穷谓之通。"甄公此论,恐未成变通矣。且夫平上去入者,四声之总名也;征整政只者,四声之实称也。然则名不离实,实不远名,名实相凭,理自然矣。故声者逐物以立名,纽者因声以转注。万声万纽,纵如来言,但四声者,譬之轨辙,谁能行不由轨乎?纵出涉九州,巡游四海,谁能入不由户也?四声总括,义在于此。②

是后,刘氏方引出沈氏《答甄公论》原文,重点针对的是甄公的第一点质疑。沈氏云:

> 昔神农重八卦,无不纯,立四象,象无不象。但能作诗,无四声之患,则同诸四象。四象既立,万象生焉,四声既周,群声类焉。经典史籍,唯有五声,而无四声,然则四声之用,何伤五声也?五声者,官商角徵羽,上下相应,则乐声和矣。君臣民事物,五者相得,则国家治矣。作五言诗者,善用四声,则讽咏而流靡;能达八体,则陆离而华洁。明各有所施,

---

① [日]遍照金刚撰,卢盛江校考:《文镜秘府论汇校汇考·天·四声论》,中华书局,2006年,第285页。

② [日]遍照金刚撰,卢盛江校考:《文镜秘府论汇校汇考·天·四声论》,中华书局,2006年,第285—286页。

不相妨废。昔周、孔所以不论四声者，正以春为阳中，德泽不偏，即平声之象；夏草木茂盛，炎炽如火，即上声之象；秋霜凝木落，去根离本，即去声之象；冬天地闭藏，万物尽收，即入声之象。以其四时之中，合有其义，故不标出之耳。是以《中庸》云："圣人有所不知，匹夫匹妇，犹有所知焉。"斯之谓也。①

综上，不难推断，刘氏所谓的"论"的内容即《答甄公论》，且直接与《四声谱》有关。故"沈氏乃著其谱论"的较为可靠的解读应该是："沈氏乃著《〈四声谱〉论》。"文中的"其"即前文所说的"四声"，如此理解才能顺承上句义脉和语气。至于周颙，众所周知著有《四声切韵》，亦以四声纽字。故"云起自周颙"便承上句可理解为：沈氏在《〈四声谱〉论》中说自己的《四声谱》是受周颙四声纽字的启发而作的，或读作：沈氏在《〈四声谱〉论》中说《四声谱》以四声纽字起自周颙。这样原文两句之间便显得既层次分明又有逻辑关联。否则，原文则变成："宋末以来，开始有四声之目。沈约写了他的《谱》《论》，说四声之目起自周颙。"是沈约在《谱》中说，还是沈约在《论》中说？刘善经不至于有如此不通文脉，不成语体的叙述。高华平并未象卢盛江、杜晓勤一样，因刘善经《四声指归》"云起自周颙"的提示就匆忙将四声之目的发明权坐实到周颙头上，其主要缘由或在于此。因从行文看，高氏是将"谱论"视作《〈四声谱〉论》的。如此解读正好吻合了唐封演《封氏闻见记》的看法：切字始于周颙。"周颙好为体语，因此切字皆有纽，纽有平、上、去、入之异"，沈约遂因之，而撰《四声谱》。② 尽管如此，当确

---

① [日]遍照金刚撰，卢盛江校考：《文镜秘府论汇校汇考·天·四声论》，中华书局，2006年，第303页。

② 参[唐]封演：《封氏闻见记》卷二，北京：中华书局，1985年，第15页。

定了"谱论"即《〈四声谱〉论》之后,刘氏原文理解为沈氏《〈四声谱〉论》云"四声之目"于宋末创自周颙,无论是从语气还是从语义逻辑上说,都是没有问题的。如此一来,则形成了"周颙说"与"闾里说"两说并存的格局。

那么这里是否只能作孰是孰非的排除性选择呢? 其实大可不必,因为《音韵决疑序》作于沈约《四声谱》后,其时,永明声律的诗学实践已大行其道,且从上下文语境看,李氏说的显然指四声之运用于新体诗创作而无关音韵学之声韵。至于钟嵘《诗品序》,情形亦是如此。而从相关史料看,周颙则更多涉及的是语言声韵。逯钦立所辑《先秦汉魏晋南北朝诗》,周颙无一首诗入集。周颙"虽谙熟声韵,且有《四声切韵》之作,但大约在创作上影响不大"①。又据《南齐书》相关传记,"颙音辞辩丽,出言不穷,宫商朱紫,发口成句。泛涉百家,长于佛理";"每宾友会同,颙虚席晤语,辞韵如流,听者忘倦。兼善《老》《易》,与张融相遇,辄以玄言相滞,弥日不解"②。故学者们认为,周颙主要是一位学者(尤为佛教学者)和清谈家。史书称其"善识声韵",显然肇自他的谈论而出此言,与诗歌中的"声律"是有别的。③ 可见,"周颙说"与"闾里说"并非在一个逻辑层面,自然不存在必然的矛盾冲突,而且可互相补充,推进我们对四声问题的认识。

---

① 参王运熙、杨明:《魏晋南北朝文学批评史》,上海:上海古籍出版社,1996年,第226页。

② 参[梁]萧子显:《南齐书卷四十一·列传第二十二·周颙传》,北京:中华书局,1972年,第731、732页。

③ 参蔡平、张学松:《〈南齐书·陆厥传〉"永明体"内涵辨证》,《中州学刊》,2012年第5期。

二、"周颙说"与"闾里说"并存的历史意味

刘宋"周颙说"与刘宋"闾里说"实可两存的原因在于：钟嵘、李概显然是站在周颙、永明四声即声病说理论的角度反观以往的民间文学语言时才得出"闾里"之说的。这里既可以说是"圣人有所不知，匹夫匹妇，犹有所知焉"，又可以说"百姓日用而不知也"。说以前者，民间文学语言或歌辞运用四声、回忌声病出乎自然而善音文士未必皆有所知；说以后者，恰恰是善音文士如周颙、沈约之辈发现并重塑了民间文学语言的意义与形象。此一关联的形成当然只有在民间文学语言与文人文学语言（文言或雅言）有了交集且前者对后者产生了实质性影响的条件下才有可能。存有交集并有互动自古已然，至于实质性影响则无疑晋宋最剧。

以下择其事实之显著者以略作说明。

（一）文言观之转向：从遵从文言经典到褒扬文言今体

文言观转变之契机于魏晋已经出现——经典讽诵之势渐为玄言清谈所夺，"讽诵遗言，不若亲承音旨"无异于宣言，宣告了一个新的文言时代的即将到来。正是置身于这样一种历史背景，西晋葛洪才有可能发出提升今体文学语言地位的强音。《抱朴子·外篇·钧世》云：

> 且古书之多隐，未必昔人故欲难晓，或世异语变，或方言不同；经荒历乱，埋藏积久，简编朽绝，亡失者多，或杂续残缺，或脱去章句，是以难知，似若至深耳。且夫《尚书》者，政事之集也，然未若近代之优文、诏、策、军书、奏、议之清富赡丽也。《毛诗》者，华彩之辞也，然不及《上林》《羽猎》《二京》《三都》之汪濊博富也。然则古之子书，能胜今之作者，何也？然守株之徒，喽喽所玩，有耳无目，何肯谓尔！其于古人

所作为神,今世所著为浅,贵远贱近,有自来矣。……今诗与古诗,俱有义理,而盈于差美。方之于士,并有德行,而一人偏长艺文,不可谓一例也;比之于女,俱体国色,而一人独闲百伎,不可混为无异也。若夫俱论官室,而奚斯《路寝》之颂,何如王生之赋《灵光》乎?同说游猎,而《叔畋》《卢铃》之诗,何如相如之言《上林》乎?并美祭祀,而《清庙》《云汉》之辞,何如郭氏《南郊》之艳乎?等称征伐,而《出车》《六月》之作,何如陈琳《武军》之壮乎?则举条可以觉焉。近者夏侯湛、潘安仁并作《补亡诗》,《白华》《由庚》《南陔》《华黍》之属,诸硕儒高才之赏文者,咸以古《诗三百》,未有足以偶二贤之所作也。……书犹言也若入谈语,故为知有(音),胡、越之接,终不相解,以此教戒,人岂知之哉?若言以易晓为辨,则书何故以难知为好哉!若舟车之代步涉,文墨之改结绳,诸后作而善于前事,其功业相次千万者,不可复缕举也。世人皆知之快于曩矣,何以独文章不及古邪? ①

在文中,葛洪发愤激之辞,深刻批判了时人文章崇古的风习。在其看来,今人的时体文章不仅不逊于古典,而且超越经典者触目即是。葛洪所论无疑代表了一种新的"文言"观,其为方俗之音进入"文言","言体"进入"文体"的合法性提供了理论论证,打开了方便之门。风气虽开,然传统"文言"观的势力仍然强大且亦不可能退出。就诗歌五言今体而言,虽有魏氏三祖以帝王之尊强力推动,但在魏晋正统文士眼中,一时尚难改变其俗体之定位,代替不了四言体而成为雅正之音。身处东晋的大文士挚虞,在其《文

---

① 杨明照:《抱朴子外篇校笺》(下),北京:中华书局,1997年,第67、69—71、74—75、78页。

章流别论》中便正言道："夫诗虽以情志为本，而以成声为节，然则雅音之韵，四言为正，其余虽备曲折之体，而非音之正也。"① 所谓"其余"者便包括后世成为文言诗体主流的五言、七言，在挚虞眼中，它们都属于不登大雅之堂而只能侧身于"徘谐倡乐"之中的俗体。② 此一格局延至刘宋，则不能不发生突破，其全部根源在于政治生态的改变。

　　整体而言，魏晋属门阀士族的政治，随着刘宋政权的登场，纯粹的士族政治趋于终结。刘氏皇族祖出自北方闾里，兴起于军功，开国之君刘裕自己及其家族都未接受过士族据为身份标志的典雅教育。虽然如此，兴起于士族政治中的武夫刘裕为增加自己的立身资本，却不由自主地养成了亲近尊事风雅的习性。据史书，刘裕"少事戎旅，不经涉学，及为宰相，颇慕风流"③，即大位之后，尚有戎事凯旋，大会群臣于彭城，命纸笔赋诗之盛举。④ 正因为刘裕家族无任何经学、玄学、文学之类的文化传统，所以也没有对任何文化门类的成见。而对于急于提高文化修养的刘宋统治者来说，"文学无疑比经学、玄学更易上手"。因此，刘宋统治者在子女教育中就特别重视文学教育，以至于刘宋皇帝大都心向文学。⑤ 其中，刘裕之子文帝刘义隆与孙孝武帝刘俊最为突出。文帝自谓

①［清］严可均：《全上古秦汉三国六朝文·全晋文》，北京：商务印书馆，1999年，第820页。

②关于五言、七言诗体的早期生态，戴伟华《论五言诗起源》一文已有涉及，可参读。戴文见《中国社会科学》，2005年第6期。

③参沈约：《宋书卷六十四·列传第二十四·郑鲜之传》，北京：中华书局，1974年，第1696页。

④参［唐］李延寿：《南史·谢晦传》，北京：中华书局，1975年，第522页。

⑤以上参王欣：《中古文学场域研究》，苏州大学博士论文，2011年，第86页。

"吾少览篇籍,颇爱文义,游玄玩采,未能息卷"①。元嘉十五年,宋
文帝开设玄、儒、史、文四馆,"文学"继"鸿都门学"之后重新立于
国学之巅。为此,《南史·宋文帝本纪》载评曰:"上好儒雅,又命
丹阳尹何尚之立玄素学,著作佐郎何承天立史学,司徒参军谢元
立文学,各聚门徒,多就业者。江左风俗,于斯为美,后言政化,
称元嘉焉。"②"文学"真正具有了独立地位,声誉从此日隆。至于
孝武帝刘骏,其文学才华为世所公认。刘勰赞"孝武多才,英采云
构"③,钟嵘谓其诗"雕文织彩,过为精密,为二藩希慕"④。《南史》
云:"先是宋孝武好文章,天下悉以文采相尚,莫以专经为业。"⑤孝
武影响文学风气可见一斑。梁朝裴子野《雕虫论》对此有更为详尽
之描述,曰:"宋初迄于元嘉,多为经史。大明之代,实好斯文,高
才逸韵,颇谢前哲,波流相尚,滋有笃焉。自是闾阎年少,贵游总
角,罔不摈落六艺,吟咏情性。学者以博依为急务,谓章句为专鲁。
淫文破典,斐尔为功。无被于管弦,非止乎礼义。深心主卉木,远
致极风云。其兴浮,其志弱,巧而不要,隐而不深,讨其宗途,亦有
宋之风也。"⑥明胡应麟说诗入刘宋为"古今诗道升降之大限"⑦,
清沈德潜亦云:"诗至于宋,性情渐隐,声色大开,诗运一转关

---

① 参[梁]沈约:《宋书卷九十五·列传第五十五·索虏传》,北京:中华书局,1974
　年,第2341页。
② 参[唐]李延寿:《南史·宋本纪二》,北京:中华书局,1975年,第45—46页。
③ 周振甫:《文心雕龙今译·时序第四十五》,北京:中华书局,1986年,第404页。
④ 吕德申:《钟嵘〈诗品〉校释》,北京:北京大学出版社,1986年,第186页。
⑤ 参[唐]李延寿:《南史·王昙首附僧绰传》,北京:中华书局,1975年,第595页。
⑥ [清]严可均:《全上古秦汉三国六朝文·全梁文》,北京:商务印书馆,1999
　年,第575页。
⑦ [明]胡应麟:《诗薮》,北京:中华书局,1962年,第143页。

也。"① 此一升降、转关的节点应该在孝武时代。这一根本性转变归根结底是由军功贵族主导的门阀士族政治的特殊生态造成的。

于是,"文学"具备了脱离经史束缚的政治条件,闾里民间文学语言经过今体文学语言的折合,得以堂而皇之地进入到了雅正文言的殿堂,葛洪提升今体文学语言地位的愿景终于可以成为现实了。宋临川王刘义庆《世说新语·排调》有条有关东晋名士郝隆的记载,甚为有趣。文曰:

> 郝隆为桓公南蛮参军,三月三日会,作诗。不能者,罚酒三升。隆初以不能受罚,既饮,揽笔便作一句云:"娵隅跃清池。"桓问:"娵隅是何物?"答曰:"蛮名鱼为娵隅。"桓公曰:"作诗何以作蛮语?"隆曰:"千里投公,始得蛮府参军,那得不作蛮语也!"②

上引条例,值得注意的有几点:其一,诗本忌方音俗语,但此一规矩已为东晋名士所轻视;其二,东晋之时,诗已演为名士聚会逞才斗艺之具;其三,其时,诗是可以书写的,方音俗语入诗依其本音而不依其词义而直接折合成双音节文言声字。总之,刘义庆将上述谐趣故事作为见证名士风度的素材编入自己名为《世说新语》的著述,说明刘宋之时,文士以方音俗语为诗,"言体"化作"文体"已成为常态。今人可见的刘义庆的两首残诗,亦可引之为证:

> 《乌夜啼》:笼窗一不开。乌夜啼,夜啼望郎来。
>
> 《游鼊湖诗》:暄景转谐淑,草木日滋长。梅花覆树白,桃杏发荣光。③

---

① [清]沈德潜:《说诗晬语》卷上,《续修四库全书》1701册,第7页。
② 余嘉锡撰,周祖谟、余淑宜整理:《世说新语笺疏》,北京:中华书局,1983年,第806页。
③ 逯钦立辑校:《先秦汉魏晋南北朝诗》,北京:中华书局,1983年,第1202页。

诗中"一不开"、"郎"与"谐淑"之类,以往经典文言从未出现,显见为当时方俗之语的文言化。

(二)今体文言吟诵与方俗之音

诗本来是吟诵歌咏的,虽然因纸张的发明而书写变得便利,魏晋名士也因此创下了书写诗的惯例,但吟诵歌咏传统仍然延续着。据《世说新语·文学》第八十八条载,东晋"袁虎少贫,尝为人佣载运租。谢镇西经船行,其夜清风朗月,闻江渚间估客船上有咏诗声,甚有情致。所诵五言,又其所未尝闻,叹美不能已。即遣委曲讯问,乃是袁自咏其所作《咏史》诗。因此相要,大相赏得"。原《注》谓谢尚以"声既清会,辞文藻拔"之辞激赏之。① 只是东晋士人为玄学清谈之风所被,讽诵经典的兴趣确实不大,如阮瞻"读书不甚研求,而默识其要"②、王承"清虚寡欲,无所修尚。言理辩物,但明其指要而不饰文辞,有识者服其约而能通"③。尽管如此,晋代亦非不重音声之美,只是更重自咏己之所作诗文而已,袁宏便是其例。又《世说新语·文学》第五十五条载有如下故事:

> 支道林、许、谢盛德,共集王家。谢顾谓诸人:"今日可谓彦会,时既不可留,此集固亦难常。当共言咏,以写其怀。"许便问主人有《庄子》不?正得《渔父》一篇。谢看题,便各使四坐通。支道林先通,作七百许语,叙致精丽,才藻奇拔,众咸称善。于是四坐各言怀毕。谢问曰:"卿等尽不?"皆曰:"今

① 参余嘉锡撰,周祖谟、余淑宜整理:《世说新语笺疏》,北京:中华书局,1983年,第268页。
② [唐]房玄龄等:《晋书卷四十九·列传第十九·阮瞻传》,北京:中华书局,1974年,第1363页。
③ [唐]房玄龄等:《晋书卷七十五·列传第四十五·王承传》,北京:中华书局,1974年,第1960页。

日之言，少不自竭。"谢后粗难，因自叙其意，作万余语，才峰
秀逸。既自难干，加意气拟托，萧然自得，四坐莫不厌心。支
谓谢曰："君一往奔诣，故复自佳耳。"①

　　这是有关东晋名士共题清谈玄义的故事。从"作七百许语"、
"作万余语"、"叙致精丽，才藻奇拔"等语看，清谈之言是讲文藻，
折合成声字的，或者事先有可能书写成文章的。否则百语、万语
便无从说起，百语、万语也就是百字百言，万字万言。而从谢安
"当共言咏，以写其怀"一语看，尽管清谈以得其玄义为高，但此处
借以言咏情怀的意味更浓。谢安的胜出正在自叙其意，一往奔诣
的自由发挥。此外，"当共言咏"之事即便有成文在先，但终还是
以吟咏出之，故清谈自然亦有美其音制的问题。

　　至于刘宋，吟诵的风气大盛。《宋书·袁粲传》谓"粲闲默寡
言，不肯当事，主书每往咨决，或高咏对之，时立一意，则众莫能
改"，又云其"好饮酒，善吟讽，独酌园庭，以此自适"②。一个不肯
当事，平时闲默寡言的人，遇事则以高咏代之，且独处又以吟讽自
适，足见吟诵风气之一斑。那么袁粲高咏的内容是讽诵《诗》《书》
遗言之类，还是别出心裁而自为文辞呢？从史书叙述情境及"时
立一意，则众莫能改"看，自然属后者。关于刘宋之重吟咏讽诵，
这里再举几例以为印证。史载王华"每闲居讽咏，常诵王粲《登楼
赋》曰：'冀王道之一平，假高衢而骋力。'"③；沈约"笃志好学，昼

① 余嘉锡撰，周祖谟、余淑宜整理：《世说新语笺疏》，北京：中华书局，1983年，
　第237—238页。
② 参[梁]沈约：《宋书卷八十九·列传第四十九·袁粲传》，北京：中华书局，
　1974年，第2232页。
③ [梁]沈约：《宋书卷六十三·列传第二十三·王华传》，北京：中华书局，1974
　年，第1677页。

夜不倦","而昼之所读,夜辄诵之"①;任昉"四岁诵诗数十篇,八岁能属文,自制《月仪》,辞义甚美"②。以上几例讽诵应多涉诗文今体,当然亦应包括经典的讽诵,如史载范云"六岁就其姑夫袁叔明读《毛诗》,日诵九纸"③便是其例。上述诸人,后因多入齐梁,故史家作传归于齐梁,但所载诸人少时讽诵之事,当发生于宋代。

要而言之,吟咏讽诵已在宋代成为风气,其所吟诵者亦多文言今体制作。但与晋代不同的是,经典的讽诵亦随之而复兴。于是,一个非常现实的问题便凸显了出来:具体的吟咏讽诵究竟依据什么样的音声字调?魏晋之时,文言观已悄然生变,刘宋文言今体的概念随着时体文学地位的体制性确立,被普遍接纳自在情理之中。东晋之时,东海王司马越"讽诵遗言不如亲承音旨"的言论,虽说有重玄学义理之意,但同时亦意味着经师口授的吟咏讽诵经典的古音古调不再是文言雅正之音的唯一标准。谢安"洛下之咏"的故事说明了清谈、文学名士的自为吟咏之音演为时代正音,势所必然。史载东晋孙绰博学善属文,"绝重张衡、左思之赋,每云:'《三都》《二京》,五经之鼓吹也。'尝作《天台山赋》,辞致甚工,初成,以示友人范荣期,云:'卿试掷地,当作金石声也。'荣期曰:'恐此金石非中宫商。'然每至佳句,辄云:'应是我辈语。'"④此种情形,正

---

① [唐]姚思廉:《梁书卷十三·列传第七·沈约传》,北京:中华书局,1973年,第233页。
② [唐]李延寿:《南史卷五十九·列传第四十九·任昉传》,北京:中华书局,1975年,第1452页。
③ [唐]李延寿:《南史卷五十七·列传第四十七·范云传》,北京:中华书局,1975年,第1415页。
④ [唐]房玄龄等:《晋书卷五十六·列传第二十六·孙绰传》,北京:中华书局,1974年,第1544页。

是裴子野在其《雕虫论》中极力抨击的"淫文破典,斐尔为功。无被于管弦,非止乎礼义"①的刘宋文章之风气,其中自然包括了文字字形及字音字调对文言古典的僭越。裴子野难免存有以经典的吟咏讽诵音为正统的意味,但就现实而言,刘宋时代确实已面临经典讽诵与时体文学讽诵音调不一的问题。因为前者更多的是承文言古音,而后者则浸染了时俗方音。以上问题不仅是出于事理的推断,而是事实上就存在的。如嫌前面一再涉及的颜之推、陆法言等音韵学家的描述尚不足以说明事实的话,这里可引《宋书》材料一则以为互证。《宋书》卷五十二载袁湛弟袁豹的事迹云:"豹善言雅俗,每商较古今,兼以诵咏,听者忘疲。"②袁豹的事迹足以证明刘宋时代已经清醒意识到了文言的古今雅俗及其吟咏讽诵问题。

(三)佛教唱诵与文言问题

关于佛教唱诵与文言关系的问题,围绕四声缘起问题的讨论,前贤已有深度涉及。前此已用相当的篇幅作了介绍,但不难看出,其现状仍然是一个众说纷纭的格局。在本文看来,尽管研究者对局部问题的研究已非常深入细致,为进一步研究奠定了坚实的基础,但遗憾的是,抓住文言固有矛盾作为立足点以统摄全局的研究,迄今尚未发现。

我们还是从梵呗谈起。理论上说,既称梵呗则当重在梵音而不在梵文(义),与文言关系最远。但具体考察之后,还是发现,传说中的梵呗与梵音无关而终与文言脱不了干系。《高僧传》"经师论"曰:

　　自大教东流,乃译文者众,而传声盖寡。良由梵音重复,

---

① [清]严可均:《全上古三代秦汉三国六朝文·全梁文》,商务印书馆,1999年,第576页。
② [梁]沈约:《宋书卷五十二·列传第十二·袁湛传》,北京:中华书局,1974年,第1500页。

汉语单奇。若用梵音以咏汉语，则声繁而偈迫；若用汉曲以咏梵文，则韵短而辞长。是故金言有译，梵响无授。始有魏陈思王曹植，深爱声律，属意经音。既通《般遮》之瑞响，又感鱼山之神制。于是删制《瑞应本起》，以为学者之宗。传声则三千有余，在契则四十有二。其后帛桥、支钥亦云祖述陈思，而爱好通灵，别感神制，裁变古声，所存止一千而已。至石勒建平中，有天神降于安邑厅事，讽咏经音，七日乃绝。时有传者，并皆讹废。逮宋齐之间，有昙迁、僧辩、太傅、文宣等，并殷勤嗟咏，曲意音律，撰集异同，斟酌科例。存仿旧法，正可三百余声。自兹厥后，声多散落。人人致意，补缀不同。所以师师异法，家家各制。皆由昧乎声旨，莫以裁正。[1]

《经师论》还告诉我们，"天竺方俗，凡是歌咏法言，皆称为呗"。只是进入中国之后，才有"梵呗"与"转读"之别："咏经则称为转读，歌赞则号为梵呗。"[2] 歌、咏本为一事，故《论》曰："诗序云：'情动于中，而形于言。言之不足，故咏歌之也。'然东国之歌也，则结韵以成咏；西方之赞也，则作偈以和声。虽复歌赞为殊，而并以协谐钟律，符契宫商。"[3] 又云："昔诸天赞呗，皆以韵入弦缩。"[4] 可见，之所以"歌赞"仍称"梵呗"而"咏经"则更名为"转

① ［梁］释慧皎撰，汤用彤校注，汤一玄整理：《高僧传》卷第十三，北京：中华书局，1992年，第507—508页。

② 参［梁］释慧皎撰，汤用彤校注，汤一玄整理：《高僧传》卷第十三，北京：中华书局，1992年，第508页。

③ ［梁］释慧皎撰，汤用彤校注，汤一玄整理：《高僧传》卷第十三，北京：中华书局，1992年，第507页。

④ ［梁］释慧皎撰，汤用彤校注，汤一玄整理：《高僧传》卷第十三，北京：中华书局，1992年，第508页。

读",其缘由或在于:歌赞需合乐,更多保留了梵音,尤其是咒呗;而"咏经"不再入弦缩则是可以肯定的。那么,所谓的"梵音"究竟是梵文之音还是梵曲的曲谱之音呢?从"既通《般遮》之瑞响,又感鱼山之神制"的鱼山梵呗的传说看,似乎两者应该兼之。事实究竟如何,尚需进一步讨论。中国古代记谱体系比较复杂,《汉书·艺文志》有"声曲折"之名目,学者大多认为是古老的曲谱,而其具体形态如何却难以确证。逯钦立《四声考》①则引道教《玉音法式》所载道乐《步虚吟》谱(见附录)实证"声曲折"谱故式②,且又参考宋刘敬叔所撰《异苑》卷五"梵唱"所载传言:

> 陈思王曹植,字子建。尝登鱼山,临东阿。忽闻岩岫里有诵经声,清通深亮,远谷流响,肃然有灵气,不觉敛衿祗敬,便有终焉之志,即效而则之。今之梵唱,皆植依拟所造。一云:陈思王游山,忽闻空里诵经声,清远道亮。解音者则而写之,为神仙声。道士效之,作步虚声也。③

---

① 逯钦立遗著,吴云整理:《汉魏六朝文学论集·四声考》,西安:陕西人民教育出版社,1984年,第513—554页。

② 学者王德埙认为"声曲折"乐符谱乃汉魏六朝间的七弦琴谱式——一种曲折形象的古琴手法乐符谱。逯钦立所引的《步虚》道曲曲谱,与"声曲折"虽形似,实则有本质的区别。道曲曲谱"既不是'宫商代号曲线谱',也不是汉魏六朝的古琴指法乐符曲线谱,而属于另外的一类。或可名之为'无固定音高的诵经音调升降式曲线谱'。这显然只是一种低层次的、诵念音调信息含混不清的'乐谱'"。参王德埙:《中国乐曲考古学理论与实践》,贵阳:贵州人民出版社,1998年,第47—48、68页。逯钦立临摹《步虚》曲谱见附录,转引自逯钦立遗著,吴云整理:《汉魏六朝文学论集·汉诗别录》,西安:陕西人民教育出版社,1984年,第97—99页。

③ [南朝宋]刘敬叔撰,范宁校点:《异苑》(与《谈薮》合集),中华书局,1996年,第48页。

进而推断，"释道乐谱本出于同源，故皆托始于陈王，神仙步虚，其双方之代表也"，且"其音制之特色亦同"。就音制而言，《步虚吟》声字"于御污于"、"衣宜义"等，皆以字音之转写歌声之转，故《步虚吟》即转唱之歌乐也。而《法华文句经》引宋宣验记鱼山事则云陈思"私制转七声"。"转七声"即《高僧传》论"转读""三位七声次而无乱"之"七声"。《高僧传》对"经师"转读之音制有诸多描述，如"四飞却转"、"反叠娇弄"、"有无穷声韵"等。且看《步虚吟》之声字，如"贺俄阿"、"何下"、"下下"之类，乃"状写声节，各成定组，此即为音，即为逗，'音'者，自其为歌曲之声者言，逗者，自其为曲折中之住节作用者言，如'于御污于'专于'虚'字下用之，'乌娱悟'专于'无'字下用之，此类字因辞变换，要需与本辞为叠韵，凡此则所谓韵，自其与本辞为叶韵者言也。'于御污于'因本辞'虚'而屡转之，故曰韵转，或曰却转，或曰还喉叠弄，加之以'何何'、'贺俄阿'等声节之音，故曰有无穷音韵也"。至于佛曲鱼山诸调，其转声之制，今日已无可考，但其乐谱同源，故其音制亦同。而道曲转声如"于御污于"、"衣宜义"、"乌娱悟"等，皆与《文镜秘府论》中的四声之"纽"转极相类，故"转读"对周颙创纽字之法应该是有影响的。

从《步虚吟》辇谱看，确实如学者王德埙所言，其诵念音调信息含混不清，并非像逯氏所说的那么规整——曲唱时的余韵衬声皆与本辞为叠韵，可与四声纽字比类。这里还有必要指出，逯氏文中梵呗与转读并未作严格区分，若仅就歌咏性质，讲究声法而言自然无可厚非。但《高僧传》已说得很明白，中土以歌赞为呗，咏经为转读。前者韵文入乐，故有曲谱；而后者不被弦缦，自然无须定谱。既然"金言有译，梵响无授"，则中土歌赞用的肯定不是梵曲。《经师论》有云：

　　原夫梵呗之起，亦兆自陈思，始著《太子颂》及《睒颂》等，因为之制声。吐纳抑扬，并法神授。今之《皇皇顾惟》，盖其风烈也。其后居士支谦，亦传梵呗三契，皆湮没而不存。世有《共议》一章，恐或谦之余则也。唯康僧会所造《泥洹》梵呗，于今尚传。即《敬谒》一契，文出双卷《泥洹》，故曰泥洹呗也。爰至晋世，有高座法师初传觅历。今之《行地印文》，即其法也。籥公所造六言，即《大慈哀愍》一契，于今时有作者。近有西凉州呗，源出关右，而流于晋阳，今之《面如满月》是也。凡此诸曲，并制出名师。①

　　今撇其神秘色彩或可能的附会，引文可以肯定三点：所说颂赞梵呗，其梵文梵语声辞已译为中文汉言或本即汉文，"籥公所造六言"、"著《太子颂》及《睒颂》"等语可为暗示；其音制乐曲为中土制作而非原来梵曲，"凡此诸曲并制出名师"一语可以为证；梵呗之起兆自陈思或为伪托，但可证中土梵呗始于汉魏。《论》中古呗赞文，今大体可考实者如下：

　　康僧会所传《泥洹呗》之《敬谒》一契出自双卷《泥洹》，即《般泥洹经》卷一之颂②：

　　　　敬谒法王来，心正道力安，
　　　　最胜号为佛，名显若雪山。
　　　　譬华净无疑，得喜如近香，
　　　　方身观无厌，光若露耀明。

---

① [梁]释慧皎撰，汤用彤校注，汤一玄整理：《高僧传》卷第十三，北京：中华书局，1992年，第508—509页。

② [日]高楠顺次郎、渡边海旭主编：《大正新修大藏经》第1卷《般泥洹经》（失译），台北：财团法人佛陀教育基金会出版部印赠本，1990年3月初版，第179页。（以下《大正新修大藏经》版本皆同此）

　　　　唯佛智高妙，明盛无瑕尘，

　　　　愿奉清信戒，自归于三尊。

　　簫公所撰六言梵呗《大慈哀愍》一契，出自《佛说超日明三昧经》卷上①：

　　　　大慈哀愍群黎，为阴盖盲冥者；

　　　　开无目使视瞻，化未闻以道明。

　　　　处世间如虚空，若莲花不着水；

　　　　心清净超于彼，稽首礼无上圣。

　　觅历所传"高声梵呗"《行地印文》，当出自《佛说须赖经》②：

　　　　行地印文现，无畏威远震，

　　　　齿齐肩间回，当礼释中神。

　　　　我赞十力王，檀独欢喜诚，

　　　　自归佛得福，愿后如世尊。

　　所谓"西凉州呗"《面如满月》，或出之《佛说太子瑞应本起经》卷一③：

　　　　面如满月色从容，名闻十方德如山；

　　　　求佛像貌难得比，当稽首斯度世仙。

　　要之，中土梵呗的声辞都是已翻译为汉文的经中所附偈颂。而《论》又云："若用梵音以咏汉语，则声繁而偈迫；若用汉曲以咏梵文，则韵短而辞长。"④故凡此为名师所制诸曲必为汉曲，与梵

---

① 《大正新修大藏经》第15卷《佛说超日明三昧经》（［西晋］聂承远译），第532页。

② 《大正新修大藏经》第12卷《佛说须赖经》（［曹魏］白延译），第56页。

③ 《大正新修大藏经》第3卷《佛说太子瑞应本起经》（［吴］支谦译），第477页。

④ ［梁］释慧皎撰，汤用彤校注，汤一玄整理：《高僧传》卷第十三，北京：中华书局，1992年，第507页。

音无涉。此外，《论》中既已说明"昔诸天赞呗皆以韵入弦绾，五众既与俗违，故宜以声曲为妙"，故中土梵呗的唱法应更接近传统的吟咏讽诵，就节乐而言已不用丝弦乐器，自后世观之主要使用的应该是磬、拍板、手铃与木鱼之类的打击乐器。

　　传说中的《鱼山梵呗》之类的呗曲之所以失传，除与记谱技术落后有关之外，更重要的是与梵唱在佛教传播中的功能定位有关。《经师论》云："如听呗，亦其利有五：身体不疲，不忘所忆，心不懈倦，音声不坏，诸天欢喜。"① 可见，唱呗的利益在于辅助经教的传播，其中"音声不坏"疑与文言字声的传承有关。转读、倡导中的对音声美感的追求具有同样的意义。故《经师论》又云："但转读之为懿，贵在声文两得。若唯声而不文，则道心无以得生；若唯文而不声，则俗情无以得入。故经言，以微妙音歌叹佛德，斯之谓也。"②《高僧传·唱导论》曰："唱导者，盖以宣唱法理，开导众心也。昔佛法初传，于时齐集，止宣唱佛名，依文致礼。至中宵疲极，事资启悟。"③《法华经踊出品》曰：'是四菩萨，于其众中，最为上首唱导之师。'大部补注九曰：'启发法门，名之为唱。引接物机，名之为导。'"④《倡导论》在解释《高僧传》"转读"、"倡导"编次时表达得更为明白透彻："当尔之时，导师之为用也。其间经师转读，事见前章。皆以赏悟适时，拔邪立信。其有一分可称，故编高

<hr />

① ［梁］释慧皎撰，汤用彤校注，汤一玄整理：《高僧传》卷第十三，北京：中华书局，1992年，第507页。
② ［梁］释慧皎撰，汤用彤校注，汤一玄整理：《高僧传》卷第十三，北京：中华书局，1992年，第508页。
③ ［梁］释慧皎撰，汤用彤校注，汤一玄整理：《高僧传》卷第十三，北京：中华书局，1992年，第521页。
④ 丁福保：《佛学大辞典·唱导》，上海：上海书店出版社，1991年，第1988页。

僧之末。"① 要言之,佛教唱诵重在因时就俗,总归方便法门。既然如此,佛教唱诵不可能始终呈现为一种固定不变的曲调与腔调。

《高僧传·经师》所附录的并齐代知名的诸位转读经师的转读风格便各自不同,慧皎以自己理解的佛教唱诵美学标准,分别给予了褒贬:"释法邻:平调牒句,殊有宫商。释昙辩:一往无奇,弥久弥胜。释慧念:少气调,殊有细美。释昙干:爽快碎磕,传写有法。释昙进:亦八能流,编善还国品、释慧超:善于三契,后不能称。释道首:怯于一往,长道可观。释昙调:写送清雅,恨功夫未足。"慧皎随之又曰:"其浙左、江西、荆陕、庸蜀亦颇有转读。然止是当时咏歌,乃无高誉,故不足而传也。"② 可见,佛教转读唱诵的多元化是必然的。慧皎之所以认为其时地方转读经师不足传,固然如其所说"乃无高誉"故,但更为关键的恐怕还是受当时音乐、文言古今雅俗观念的影响。地方的转读,作为当时咏歌,其音韵腔调难免会受方音的影响。之于齐代知名的诸位转读经师自然不可能使用梵音梵曲去唱诵吟咏,但必定与时人认为的雅乐正音更为接近。今有学者认为梵呗所用的音律、音阶及其曲调,原则上都是属于"清商"乐。③ 今寺院梵呗《五方赞》中的《赞礼北方》之赞词还有"渠流韵吐清商"的句子。④ 有关"清商乐"的概念及其源流,宋代郭茂倩《乐府诗集》"清商曲辞题解"有如下叙述:

① [梁]释慧皎撰,汤用彤校注,汤一玄整理:《高僧传》卷第十三,北京:中华书局,1992年,第522页。

② [梁]释慧皎撰,汤用彤校注,汤一玄整理:《高僧传》卷第十三,北京:中华书局,1992年,第505—506页。

③ 参胡耀:《佛教与音乐艺术》,天津:天津人民出版社,1992年,第12页。

④ 参东方文化艺术研究所编:《禅门日诵》,四川成都文殊院印行,1995年,第148页。

　　清商乐，一曰清乐。清乐者，九代之遗声。其始即相和三调是也，并汉魏已来旧曲。其辞皆古调及魏三祖所作。自晋朝播迁，其音分散，苻坚灭凉得之，传于前后二秦。及宋武定关中，因而入南，不复存于内地。自时已后，南朝文物号为最盛。民谣国俗，亦世有新声。故王僧虔论三调歌曰："今之清商，实由铜雀。魏氏三祖，风流可怀。京洛相高，江左弥重。而情变所改，稍复零落。十数年间，亡者将半。所以追余操而长怀，抚遗器而太息者矣。"后魏孝文讨淮汉，宣武定寿春，收其声伎，得江左所传中原旧曲，《明君》《圣主》《公莫》《白鸠》之属，及江南吴歌、荆楚西声，总谓之清商乐。[①]

　　不难看出，"清商乐"是一个复杂概念，自唐宋后人视之，它应该包括了汉魏古调以及晋宋齐三代新声，故推测早期佛教唱诵与清商乐调有关系自然毫无问题。然在刘宋人王僧虔眼里，清商乐只是汉魏古调，也只有汉魏古调才是雅乐正声，而其时流行的江南吴歌、荆楚西声则是不入雅乐正声之列的。慧皎谓浙左、江西、荆陕、庸蜀之转读，止是当时咏歌，故不足而传也，其所持观念应该与王僧虔是一致的。郭茂倩将汉魏古调与江南吴歌、荆楚西声不作分别，总谓之清商乐，则意味着后者的雅化的历史进程已经结束，而在南朝，其间的古今雅俗之辨一直都是存在的，尽管宋齐之时，吴歌西曲已风靡于宫廷、文人雅士之间。故顺帝升明二年，尚书令王僧虔上表论三调歌时"追余操而长怀，抚遗器而太息"。僧虔所太息者在清商古调为情变所改，所谓"情变者"即其表中所云："自顷家竞新哇，人尚谣俗，务在噍危，不顾律纪，流宕无涯，未

------

①［宋］郭茂倩编撰：《乐府诗集》，北京：中华书局，1979年，第638页。

知所极,排斥典正,崇长烦淫。"①"朝廷礼乐,多违正典,人间竞造新声"。僧虔上表请正声乐,齐高帝辅政,乃使侍中萧惠基调正清商音律,一缘于此。②风俗如此,不可能不影响文士们的性情吟咏,同时亦必然会影响到因时就俗的佛教唱诵。这种影响终归体现于文言的唱诵吟咏之因时俗新声所造成的声文离合问题。

《经师论》形容好的唱诵"起掷荡举,平折放杀;游飞却转,反叠娇弄;动韵则流靡弗穷,张喉则变态无尽",此种音声足以深入俗情,愉悦人耳,但如果只为迎合时俗之音,一味追求字声吟咏的"四飞却转"、"反叠娇弄"、"无穷声韵"的话,则难免"经文起尽,曾不措怀。或破句以合声,或分文以足韵"了。"岂唯声之不足,亦乃文不成诠。听者唯增恍忽,闻之但益睡眠"。③这显然不是声文两得,五言四句契而莫爽,只能说是"裁得首尾余声",因声害文,听者不知所云,适得其反了。那么,这里的声文分离仅仅是声法技术问题吗?或许问题没有这么简单。

慧皎《高僧传·译经论》在论及早期佛经翻译时说:"然夷夏不同,音韵殊隔,自非精括诂训,领会良难。属有支谦、聂承远、竺佛念、释宝云、竺叔兰、无罗叉等,并妙善梵汉之音,故能尽翻译之致。一言三复,词旨分明,然后更用此土宫商,饰以成制。"④由此可以看出,当初支谦等人的经译,首先按义理的标准,慎重选择汉

---

①[梁]沈约:《宋书卷十九·志第九·乐一》,北京:中华书局,1974年,第553页。

②参[唐]李延寿:《南史卷二十二·列传第十二·王僧虔传》,北京:中华书局,1975年,第602页。

③参[梁]释慧皎撰,汤用彤校注,汤一玄整理:《高僧传》卷第十三,北京:中华书局,1992年,第508页。

④[梁]释慧皎撰,汤用彤校注,汤一玄整理:《高僧传》卷第三,北京:中华书局,1992年,第141页。

文言字词,力求词旨分明,准确传达佛理经义;然后还要依据当时的文言正音标准或乐律,核准规范经文的声字音韵以及经文吟咏讽诵的节奏韵律与腔调,"更用此土宫商,饰以成制",说的便是此种情形。依照当初译经家的规制去唱诵转读,自然声文两得。问题在于,佛家唱诵的入俗情、愉人耳的功能定位决定了其既定的规制不得不为情变所改,故声文分离在所难免。

前此,我们在解释传说中的《鱼山梵呗》之类的呗曲为何失传时已涉及这一原理。这里我们有必要对《经师论》的有关经呗之声的叙事,作进一步解读。《论》所谓魏王陈思删制《瑞应本起》,事涉《瑞应本起经》的翻译,当时支谦主持并口授,"陈郡谢锵,吴郡张洗等笔受,魏东阿王植详定"[①],说明曹植参与了《瑞应本起经》汉译文言的审定工作。这一工作自然包括了"更用此土宫商,饰以成制"的字音声韵及吟咏腔调的审定工作,故《论》接着便说"传声则三千有余,在契则四十有二"[②]。那么应该如何理解这句话呢?有音乐学者认为,这里说的是曹植"创作了梵呗的优美歌辞三千多首,曲调是根据华严字母42个音节而创作"。[③]这显然是脱离语境的解读。

据学者考证,讲授梵语字母及相关知识的教材《悉昙章》之传

---

① 参《大正新修大藏经》第49卷《历代三宝记》([隋]费长房撰),第57页。
② "用此土宫商,饰以成制"一句,治音乐史的学者,大多视之为经呗曲调"改梵为秦"的证据,而王小盾等学者则以为这是一个很大的误解。王氏等认为,"此土宫商"并非指音乐曲调,而是方言的语音语调。(参王小盾、金溪:《经呗新声与永明时期的诗歌变革》,《文学遗产》,2007年第6期)此说未必不是误解,因为此处论译经,经译必转换为当时的文言或雅言,其音当然亦当时书音雅音,断不可能是方言的语音语调。"此土宫商"不必是音乐曲调,但"饰以成制"说明其必然是规范的字音声韵及吟咏腔调。
③ 参傅暮蓉:《佛教梵呗华化之始考辨》,《中国音乐》,2012年,第4期。

入中土大约在379至382年之间,释道安《悉昙慕》一书的撰写可作为其传入的标志。而在近100年之前,四十二字门,已通过《大品般若经》相关内容的译入而为中国人所了解。翻译于晋宋之际的《大般涅槃经》中的十四音亦属于《悉昙章》系统的梵文字母。① 可见,曹植生时根本无以得见并了解四十二字门——即所谓华严四十二字母。即便四十二字门其时已传入中土,植参与译经之审定属事实,也不能说明其熟悉梵文字母,更不要说用四十二字母音节去谱曲写音了。这里对"契"字所指的确认至关重要。"契"之本义无非"契合",《经师论》"三位七声,次而无乱;五言四句,契而莫爽"② 用的是其本义,是指呗赞之声文相合。至于居支谦传梵呗三契,康僧会所造《泥洹》梵呗之传于今者《敬谒》一契云云,其"契"当是引申义。论其引申义应指声文相合的"曲"。《论》叙述支谦传梵呗三契等内容之后而总之曰"凡此诸曲并制出名师",此亦可证明所谓的"契"就是"曲",四十二契即四十二曲。其他经师所制梵呗多不过三契三曲,曹植一人之制作能有如此之多吗?不得不令人怀疑。

唐窥基《妙法莲华经玄赞》云:"陈思登渔山闻岩岫诵经,清婉遒亮远谷流响。遂拟其声而制梵呗,故今俗中谓之渔梵,冥合西域三契七声,闻俱胝耳等所作也。"③ 窥基称赞他的制作冥合印度圣贤亿耳(闻俱胝耳)等所作的三契七声。"三契七声"可以理解为以七声音阶制作的三首梵曲,如果我们的理解可信的话,则陈思

---

① 参见周广荣:《梵语〈悉昙章〉在中国的传播与影响》,北京:宗教文化出版社,2004年。

② [梁]释慧皎撰,汤用彤校注,汤一玄整理:《高僧传》卷第十三,北京:中华书局,1992年,第508页。

③ 《大正新修大藏经》第34卷《妙法莲华经玄赞》([唐]窥基撰),第727页。

制作的呗曲多不过三首。《高僧传·经师》"释慧忍"条云：

> 释慧忍，姓蕢，建康人。少出家，住北多宝寺，无余行解，止是爱好音声。初受业于安乐辩公，备得其法。而哀婉细妙，特欲过之。齐文宣感梦之后，集诸经师，乃共忍斟酌旧声，诠品新异。制《瑞应》四十二契，忍所得最长妙。于是令慧满、僧业、僧尚、超朗、僧期、超猷、慧旭、法律、昙慧、僧胤、慧象、法慈等四十余人，皆就忍受学，遂传法于今。忍以隆昌元年卒，年四十余。①

据上述记载，则《瑞应》四十二契乃齐文宣王萧子良感梦之后，集诸善声经师，由多宝慧忍为首，共斟酌旧声，诠品新作，集体创作出来的。其中多宝慧忍所制最为精妙，故文宣王命慧满等四十余人皆从之受学，使其唱法流传久远，盛行于梁代。《高僧传·经师》"释僧辩"条亦有记载可与之呼应：

> 释僧辩，姓吴，建康人。出家止安乐寺。少好读经，受业于迁、畅二师。初虽祖述其风，晚更措意斟酌。哀婉折衷，独步齐初。尝在新亭刘绍宅斋，辩初夜读经，始得一契，忽有群鹤下集阶前，及辩度卷，一时飞去。由是声振天下，远近知名，后来学者，莫不宗事。永明七年二月十九日，司徒竟陵文宣王梦于佛前咏《维摩》一契。同声发而觉，即起至佛堂中，还如梦中法，更咏古《维摩》一契，便觉韵声流好，著工恒日。明旦即集京师善声沙门龙光普智、新安道兴、多宝慧忍、天保超胜，及僧辩等，集第作声。辩传古《维摩》一契、《瑞应》七言偈一契，最是命家之作。后人时有传者，并讹漏失其大体。

---

① [梁]释慧皎撰，汤用彤校注，汤一玄整理：《高僧传》卷第十三，北京：中华书局，1992年，第505页。

辩以齐永明十一年卒。①

由文中"辩传《瑞应》七言偈一契"一语,似可推断《释慧忍传》所谓《瑞应》四十二契,其准确的理解应是《瑞应》等四十二契。合两则"经师传"材料则可推知,《论》所谓"在契则四十有二"应该是指在齐文宣王集众经师商校古今所制的《瑞应》四十二契中就包含了曹植的《瑞应》七言偈诵一契。植"删制《瑞应本起》,传声则三千有余",《瑞应》七言偈诵一契当然亦属于这"三千余声"。那么,"三千余声"能够理解为三千多首歌辞吗?

还是来看《经师论》下文。其文曰:"其后帛桥、支钥亦云祖述陈思……裁变古声,所存止一千而已。至石勒建平中,有天神降于安邑厅事,讽咏经音,七日乃绝。时有传者,并皆讹废。逮宋齐之间,有昙迁、僧辩、太傅、文宣等,并殷勤嗟咏,曲意音律,撰集异同,斟酌科例,存仿旧法,正可三百余声。"②斟酌文字不难看出,至帛桥、支钥裁变古声,三千余声只存一千;中有石勒建平中讽咏经音,时有传者而一并皆讹废;逮宋齐之间,齐文宣王等存仿旧法得三百余声。旧法三百余声应与曹植三千余声相关。而此处所言齐文宣王等"撰集异同,斟酌科例,存仿旧法"与齐文宣王集众经师商校古今而共制《瑞应》四十二契实属同一事件。因此,可以判断三千余声不能理解为三千首梵呗歌辞,否则三百余声就变成了三百余契梵呗古曲,这与四十二契显然矛盾。

曹植所传三千余声应该包括了呗曲和经音。《广弘明集》卷五云:"植每读佛经,辄流连嗟玩,以为至道之宗极也。遂制转读七

①［梁］释慧皎撰,汤用彤校注,汤一玄整理:《高僧传》卷第十三,北京:中华书局,1992年,第503页。

②［梁］释慧皎撰,汤用彤校注,汤一玄整理:《高僧传》卷第十三,北京:中华书局,1992年,第507页。

声升降曲折之响,故世之讽诵,咸宪章焉。尝游鱼山,闻空中梵天之赞,及摹而传于后。"[①] 是说明曹植所创音制,既有转读七声升降曲折之响又有鱼山梵呗。三千余声写于声曲折谱,其谱极有可能属逯钦立摹写的道曲《步虚吟》之类的曲线谱。谱大致规范了经文或赞文字声吟咏的韵腔。韵,通过声字去标记,腔,则主要通过曲线的升降流转的走势去描写。故三千余声实指经文或赞文的声字,不包括谱中的韵字以及配合说明曲线走势的文字符号。

中土的佛教梵唱、转读始于魏晋,盛于刘宋。其本质上属文言吟咏讽诵的范畴,作为佛教传播的方便法门,最易于受时俗之音的影响。但其因时就俗吸纳当时歌咏的韵腔时,原来的文言字音的声韵调都会随之发生变化,此种情形同样发生于诗文吟咏的领域。正因为此,宋末升明年间才会有"僧虔上表请正声乐,高帝乃使侍中萧惠基调正清商音律"[②] 的举措。作为历史的行为,其意义实际上不仅是正乐,同时也是文言正音,以及诗文吟咏讽诵腔调的规范与统一。当然,这种规范与统一,既非厚古,亦非薄今,而是辨析古今以至于通古今之变。之于宋齐之间,"齐文宣感梦之后集诸经师,乃共忍斟酌旧声,诠品新异,制《瑞应》四十二契"[③] 亦应具有同样的意义,而不应单纯视为佛教古乐修集的事件。入齐之后,文宣王子良移居鸡笼山邸,又"集学士抄五经、百家,依《皇览》例为《四部要略》千卷。招致名僧,讲语佛法,造经呗

---

① 《大正新修大藏经》第52卷《广弘明集》([唐]道宣撰),第119页。
② [唐]李延寿撰:《南史卷二十二·列传第十二·王僧虔传》,北京:中华书局,1975年,第602页。
③ [梁]释慧皎撰,汤用彤校注,汤一玄整理:《高僧传》卷第十三,北京:中华书局,1992年,第505页。

新声"①。此举确属"道俗之盛,江左未有",参与其事者有善声名僧,亦有善音文士。《南齐书·刘绘传》云:"永明末,京邑人士盛为文章谈义,皆凑竟陵王西邸。绘为后进领袖,机悟多能。时张融、周颙并有言工,融音旨缓韵,颙辞致绮捷,绘之言吐,又顿挫有风气。"②"皆凑竟陵王西邸"当与集学士抄写经子百家与撰辑《四部要略》事有关;而张融、周颙与刘绘俱精通声律音韵,是说明其举不仅涉及文字训诂,亦当关乎文言正音,且造经呗新声亦不得置身于事外,因为所造经呗之新声终得依托于文言之文辞。

第四节　周颙与"四声之目"之创始

一、《切韵》与《四声切韵》之四声观念

正是上述晋宋以来的文言观转向,以及道俗吟咏诵读风气的勃兴,从文言的内部提出了规范统一文言字音以及吟咏讽诵腔调的历史要求,并酿成了促使这一要求得以实现的持续的文言规范化运动。宋齐更代之际的"四声之目"之创始只是这一历史大势演出的一个必然性事件,周颙只是扮演了一个让它适时现身的角色而已。

周颙字彦伦,汝南安城人。其生年史无确载,但大明年间已释褐。《南齐书·周颙传》云:"宋明帝颇好言理,以颙有辞义,引入殿内,亲近宿直。帝所为惨毒之事,颙不敢显谏,辄诵经中因缘罪福事,帝亦为之小止。……颙音辞辩丽,出言不穷,宫商朱紫,

---

① [梁]萧子显:《南齐书卷四十·列传第二十一·武十七王传》,北京:中华书局,1972年,第698页。

② [梁]萧子显:《南齐书卷四十八·列传第二十九·刘绘传》,北京:中华书局,1972年,第841页。

发口成句。泛涉百家，长于佛理。著《三宗论》。……每宾友会同，颙虚席晤语，辞韵如流，听者忘倦。兼善《老》《易》，与张融相遇，辄以玄言相滞，弥日不解。"①周颙曾为文惠太子仆。《南史》卷四十四载："永明三年，于崇正殿讲《孝经》，少傅王俭令太子仆周颙撰为义疏。"②并云太子解声律，从容有风仪，音韵和辩。此亦当与周颙有关。《南史》卷三十四有载："（颙）始著《四声切韵》行于时。"③从有限的史记看，周颙精通内外典，尤其是佛理玄言；善于清谈讽诵，精切音韵。周颙的音韵实践及其通三宗、好言理的学养与秉性为其创始四声之目、制作《四声切韵》提供了必要且充分的主观条件。

　　《四声切韵》一书后虽失传，但不是没有留下一点历史痕迹。据日本学者平山久雄的研究，《四声切韵》通过夏侯咏的《四声韵略》被整合进了陆法言的《切韵》。至于夏侯咏的《四声韵略》的具体细节尚可通过王仁昫《刊谬补缺切韵》几个版本的下面小注得知一二。陆书的韵序大结构是，使通摄东韵居于全书的开头，使咸摄乏韵居于全书的末尾。而《刊谬补缺切韵》（包括《王三》）"乏"韵下的小字注曰："吕与'业'同，夏侯与'合'同，今并别。"据此看来，蓝本《韵集》《韵略》可能都没有"乏"韵。故此推测"乏"韵该是为模拟《说文解字》而新从业韵分出来的，这是对《说文解字》"始一终亥"循环结构的模拟。"稿本始'东'终'乏'不但在字

<hr />

① ［梁］萧子显：《南齐书卷四十一·列传第二十二·周颙传》，北京：中华书局，1972年，第730—732页。

② ［唐］李延寿：《南史卷四十四·列传第三十四·文惠太子长懋传》，北京：中华书局，1975年，第1099页。

③ ［唐］李延寿：《南史卷三十四·列传第二十四·周颙传》，北京：中华书局，1975年，第895页。

义方面,而且从字音方面来看也是巧妙的,因为东韵[uŋ]、[iəuŋ]和乏韵[iəp]一为拢口韵,一为闭口韵,构音方法相近,乏韵[iəp]如果使其韵尾通鼻并将闭锁稍微松开一点,那么就近乎是东韵三等[iəuŋ],所以它们在语音上也足以结成'终则复始'的结构"。① "合"字,学者们的拟音主要有[kA(p)](高本汉)、[k‹p](周发高)、[kp](王力)三种,无论是哪一种,如果吟咏的话都可通转为东韵三等。从字义方面来说,则直接隐喻了四时自然万物的生、长、收、藏(合)的生命节奏。《切韵》分韵的"终则复始"的"易"理结构,是《韵集》以"业"韵终篇所未及考虑的,如果《四声切韵》通过夏侯《韵略》而被整合进了陆法言《切韵》之观点可信,则分韵之合乎"易"理显然始于周颙。周颙兼善《老》《易》,具有这样的认知与思维的可能性,而沈约以四时气象释"四声",恰吻合周颙分韵之理,要亦始于周颙。

　　日本学者赖惟勤通过《切韵》系韵书的综合研究发现,《切韵》平声韵从1东韵到10虞韵韵首2小韵的清、浊一定互异,表现出极强的规律性。但11模韵以后就不一定如此了。还有一条规则:"在语音上构成近音韵组的2韵(在止摄是3韵)之间韵首2小韵的声母多是互相一致的,例如1东韵和2冬韵韵首2小韵都是端母和定母,13佳韵和14皆韵韵首2小韵都是见母和匣母"。此条规则适应于全部平声。至于韵首2小韵的声母清浊配合的目的,赖氏则解释为《切韵》编者藉此提醒读者,平声诸韵因声母清浊不同而实有细微的音调差异,尽管这一差异并不影响韵部的分合。赖氏是认为虞韵以前这一清浊配合应该是《切韵》编者对诸蓝本的有

---

① 参[日]平山久雄:《陆法言〈切韵〉十卷稿本的假定及其蓝本的探讨》,《语言学论丛》第五十辑,北京:商务印书馆,2014年。

意调整，至于为何这一调整只到虞韵为止，则属编者主观性所致，即觉得到此已经足以让读者自然明白清浊同韵的道理了。① 本文以为以上现象未必为《切韵》编者之有意调整，也许正可用来说明编者对蓝本的有所因循。平声韵的清浊配合，应该是对《韵集》的继承。李登《声类》始分清浊，由于吕静定韵继承了李登的清浊、五声观念，故将平声韵按清浊二分以适合五声。而实际的字声吟咏，声母的清浊对韵调的影响确实细微，故重韵调的韵书将五声合为四声是合乎情理的。可以推想，周颙的《四声切韵》在观念上虽然与吕静已有分别，但在具体分韵中对《韵集》还是应该有所继承的。沈约说四声在音理上通于五声亦应该有所依据。要而言之，从观念上说，《四声切韵》应该体现了从五声定韵向四声定韵的过渡性。

二、《调四声谱》与周颙《四声切韵》

下文拟通过《文镜秘府论》中的"调四声谱"的分析，加深对上述认识的理解。

诸家调四声谱，具例如左：

1. 平上去入配四方：

东方平声（平伻病别）

南方上声（常上尚杓）

西方去声（祛麩去刻）

北方入声（壬衽任入）

凡四字一纽。

---

① 赖惟勤之说，参考平山久雄文。

2.或六字总归一纽：

皇晃璜　镬　禾祸和

傍旁徬　薄　婆泼綍

光广珖　郭　戈果过

荒恍㤪　霍　和火华

上三字,下三字,纽属中央一字,是故名为总归一入。

3.四声纽字,配为双声叠韵如后：

郎朗浪落　　黎礼丽捩

刚呐钢各　　笄伃计结

羊养恙药　　夷以异逸

乡响向谑　　奚蒵哇缬

良两亮略　　离逦詈栗

张长怅著　　知伽智窒

凡四声,竖读为纽,横读为韵,亦当行下四字配上四字即为双声。若解此法,即解反音法。反音法有二种:一纽声反音,二双声反音。一切反音有此法也。

一般认为以上内容源自沈约《四声谱》。①

(一)四方四声谱与双声叠韵四声谱

我们先来看看四字一纽的特点与意义。四字纽以四声配四方,说明了四声的象征意义或音理依据。卢盛江指出：

这个四声谱图有几点可注意:其一,较早地以平上去入四字称指四声。之所以选用这四字称指四声,首先因为这四字的发声恰好是平、上、去、入四声,其次,还可能认为这四字

①以上参[日]遍照金刚撰,卢盛江校考:《文镜秘府论汇校汇考》,北京:中华书局,2006年,第41—64页。

的字义与这四声的发音特征有关。平声平长故称"平"声；上
声往上升扬故称"上"声；去声声调去落下降，故称"去"声；入
声短足，发声即须收闭入藏，故称"入"声。其二，平、上、去、
入和它们各自音形相同而声调相异的另外三字表示四字一
组，又各自在平、上、去、入的位置上，用这一方法表示，既为
表明四声概念，又为表示四字一组的概念。其三，四声配四
方和《四声论》引沈约《答甄公论》以四声配四时一样，都是要
用天地造化来说明四声的意义，这也说明《调四声谱》和沈约
有密切关系。①

卢氏解说极具启发性，只是"纽"的意义似乎还是让人有点疑
惑。"音形相同而声调相异"是指每组四字声韵相同，声调相异，具
体言之如"平伻病别"四字声韵全同而只是平上去入的区别吗？
理论上说应该如此，下面我们试作具体分析。四声纽十六字的声
韵调情况，可据《原本广韵》《切韵指掌图》标示如下：

东方平声：平伻病别

平，房连切，又皮明切，下平声，二仙部（先仙同用）。又，符兵
切，下平声，十二庚部（庚耕清同用）。或奉母（轻唇全浊）或並母
（重唇全浊）。

伻，普耕切，下平声，十三耕部。滂母（重唇全浊）。

病，皮命切，去声，四十三映部（映诤劲同用）。並母。

别，皮列切，入声，十七薛部。並母。

南方上声：常上尚杓

常，市羊切，下平声，十阳部（唐同用）。又时亮切，去声，

---

①［日］遍照金刚撰，卢盛江校考：《文镜秘府论汇校汇考》，北京：中华书局，
　2006年，第51页。

四十一漾部（宕同用）。禅母（正齿半浊半清）。

上，时掌切，上声，三十六养部（荡同用）。又时两切，去声，四十一漾（宕同用）。禅母。

尚，市羊切，下平声，十阳部（唐同用）。又时亮切，去声，四十一漾部（宕同用）。禅母。

杓，市若切，入声，十八药铎同用，禅母。又止遥切，下平声，四宵部，照母正齿全清。又抚招切，下平声，四宵部，敷母轻唇全清。又都历切，入声，二十三锡部，端母舌头全清。

西方去声：祛麸去刻

祛，《原本广韵》未收。卢氏《汇校》："六寺本旁注：祛，去留反；麸，却吕反"，则推《广韵》"祛"，属下平声，十八尤部，声母同"去"，溪母；又属去声，在宥部，溪母。

麸，羌举切，上声，八语部（独用）。又却吕切，去声，九御部（独用）。溪母，牙音次清。

去，羌举切，上声，除也，又丘据切五。八语部（独用）。又去，离也。却吕切，去声，九御部（独用）。溪母，牙音次清。

刻，苦德切，入声，二十五德部。溪母，牙音次清。

北方入声：壬衽任入

壬，接也，又辰名。如林切，下平声，二十一侵部（独用）。日母正齿音不清不浊。又任，善也，他鼎切，上声，四十一迥部（独用），透母舌头次清。

衽，卧席也。如甚切，上声。四十七寝部（独用）。又衽，衣衿。如鸩切，去声，五十二沁部（独用）。日母正齿音不清不浊。

任，如林切，下平声，二十一侵部（独用）。又任，去声，如鸩切，五十二沁部（独用）。日母正齿音不清不浊。

入，人执切，入声，二十六缉部（独用）。日母正齿音不清不浊。

　　"纽"一般指声母，从以上标音看，四方四组字，确实各自同纽，唯东方平声组有"伻"字例外。其他三字概为"並"母，而"伻"为"滂"母，但"並"、"滂"皆属重唇全浊声母，发音方式区别不大（或许只是送气与不送气的区别），自然可忽略不计。可注意的是，各纽例字，大多一字多音，即便我们按需选择，谱中也不能全部构成平、上、去、入各纽四字，每纽又自成平、上、去、入四声的规律，如东方平声组就缺上声字，尽管平、上、去、入四字在每纽各自的位置上。当然，这只是个别现象。但很明显的问题是，如果每纽四字皆有平上去入之别的话，则四纽之前复总别为平上去入又意义何在呢？难道只有特定的字无论平上去入都可转化为平读，而另外的一些字如此这般或上或去或入？或者如顾炎武说："四声一贯"而遂歌咏者之意？事实究竟如何，下面还是结合"双声叠韵四声谱"的分析加以探讨。

　　《文镜》"调声谱"原文说"凡四声，竖读为纽，横读为韵，亦当行下四字配上四字，即为双声"①，此段文字是在第3段叙述完"四声纽字，配为双声叠韵"字例之后所作的总结性说明。毫无疑问，按照我们现在的书写格式，即是说横读为纽，竖读为韵。横行前四字与后四字共纽即声母相同，是为双声；竖行上下六字同韵，视为叠韵。而横行前后四字各四声一纽，如："郎朗浪落"为平上去入，"黎礼丽捩"亦为平上去入。② 我们来具体分析一下这个双声叠韵四声谱的特点与意义。

_____

①[日]遍照金刚撰，卢盛江校考：《文镜秘府论汇校汇考》，北京：中华书局，2006年，第64页。
②参[日]遍照金刚撰，卢盛江校考：《文镜秘府论汇校汇考》，北京：中华书局，2006年，第63页。

　　首先，该谱将同声母的字依平上去入四声的次序结成一组，这样的字组当不止一组，若制成表格自然可以无限延伸，这横向延伸的字组不断重复四声的起伏。横向字组的所有字都可以构成双声关系。但本谱只列两组，其意义何在？别声之阴阳而已，而阴阳既涉及韵，也涉及声调。如"郎朗浪落"、"黎礼丽挄"二组，除入声字外，"郎"组属阳声韵，"黎"组属阴声韵，且"郎"在《广韵》下平声，"黎"在《广韵》上平声。可见，《广韵》平声分上下实即分阴阳——上平声即阴平，而下平声即阳平。换言之，双声叠韵四声谱影响过《切韵》系韵书的分韵，"四声"观念虽异于"五声"，然究其实则与"五声"相通。

　　其次，同纽四字除四声相异之组合关系外，还有韵母相同或相近的关系。如依《原本广韵》：

　　郎，鲁当切，下平声，在十一唐部（唐，徒郎切）。朗，鲁党切，上声，在三十七荡部（荡，徒朗切）。浪，去声，来宕切，四十二宕（徒浪切）。浪，又下平声，鲁当切，在十一唐部（唐，徒郎切）。洛，入声，卢各切，十九铎部（铎，徒洛切）。

　　黎，上平声，郎奚切，在十二齐部（齐，徂奚切）。礼，上声，卢启切，在十一荠部（荠，徂礼切）。丽，去声，郎计切，在十二霁部（霁，子计切）。又平声吕支切，卢计切，在五支部（支，章移切。脂之同用）。挄，入声，练结切。在十六屑部（屑，先结切。屑薛同用）。

　　从以上析例看，除入声字外，其他三字韵母应该相同。入声字与其他三字虽然不同，但其与其他三字的差异则主要在韵尾，而韵首韵腹应该一致。值得注意的还有，凡各字所在的《广韵》韵部韵目字反切下字大多即该字，另有三字，其反切下字与所在韵目字反切下字同。这亦说明《切韵》系韵书，与本双声叠韵四声谱关系密切。

　　复次，每纽四字各构成的竖行六字，声母不同，但韵母、字调全同，如郎刚羊乡良张（阳唐同用）等。① 这里说明所谓叠韵，不仅韵母相同而且声调也同，故只谓"横读为韵"（本文格式"竖读"），而竖行各纽虽韵母同亦只谓"竖读为纽"（本文格式"横读"）。韵调皆同的叠韵字之于吟咏而言，实即韵腔同。

　　再次，各纽入声字与其他三声字在韵母上的差异说明入声字确实具有某种特殊性。至于入声韵调的特殊性究竟何在，暂不深究，伺机再论。

　　最后，双声叠韵四声谱通于反音法。原文又曰："若解此法，即解反音法。反音法有二种：一纽声反音，二双声反音。一切反音有此法也。"② 所谓"此法"即双声叠韵四声谱的制作法式。关于此谱与反音之关系，王利器《文镜秘府论校注》引任学良注曰：

　　　　反切之法，反切上字必须与所切成字为双声，即同纽也；下字必与所切成之字为叠韵，即同韵也。故知反切之法，粗分之则惟一，凡双声之字皆可用也；然细别之则有二：一曰共四声纽之双声，即此所谓纽声反音也，如郎落反得落，朗浪反得浪，此朗与落与浪，即共四声纽之双声。推之，凡与落同韵之字，均可切成落字，如朗各得落、朗药得落等是也。此种反音，即纽声反也，但为反切之特例耳；若以傍纽、正纽分之，此则为正纽反音矣。二曰双声反音，即不共四声之双声也，如

----

① 不过这里需要指出的是，"良两亮略"、"离逦詈栗"二纽属来母，此二纽与"郎朗浪落"、"黎礼丽捩"竖读不仅叠韵，而且还双声，实际上是同音字。

② [日]遍照金刚撰，卢盛江校考：《文镜秘府论汇校汇考》，北京：中华书局，2006年，第64页。

郎礼反得礼、朗丽反得丽，此朗与礼与丽为共纽，但不同四声之纽，即无平上去入四声之关涉。……其又可称之为旁纽反音，世所知之矣。①

任氏将正纽、旁纽的概念与纽声反音、双声反音联系起来加以解说，其义易明，但将反切下字与被切字等同则遭到了质疑。日本学者马渊和夫就指出："一般说来，所谓反切是由两字的音导出未知的一个字的音，因此反切下字与归字是同一个字，这样的反切自身就没有什么意义。"基于此，卢盛江认为，纽声反音是指反切上字与归字即被切之字为四声纽之外的双声字，不是指与反切下字构成双声。纽声反音即所谓"竖读为纽"，而"当行下四字配上四字即为双声"说的正是双声反音，亦即反切上字与归字同为双声。至于"横读为韵"当为说明反切下字与归字的关系，这种关系必是韵与调皆同。例言之，如：朗各反—落，羊各反—药，黎计反—丽等便是纽声反；朗节反—捩，羊结反—逸，黎刚反—郎等便是双声反。②由其示例看，被切字与反切上字同纽，而反切下字则为与被切字有叠韵关系的旁纽字，此即为纽声反音。被切字与反切上字各属阴阳对反双声纽，而反切下字则为与被切字有叠韵关系的旁纽字，此即为双声反音。卢氏之说可从。

当然，本谱本质上只是四声纽字，且分阴阳的双声叠韵谱，其为分韵、反音提供了依据，但不等于反音谱。反音之法二分是基于该谱四声纽字阴阳对立的制法而作的区别，其实反音之法只有一种：取反切上字为声，反切下字为韵调即可切新字。本谱显然

为反音切字取字提供了极大的方便。

明确了以上关节，我们回过头来再看"四方四声谱"。

上面分析"双声叠韵四声谱"所依据的"凡四声，竖读为纽，横读为韵"这段《文镜》释文是否也可适用"四方四声谱"呢？应该不合适。释文后半段"亦当行下四字配上四字即为双声"之"亦"字及"下四字配上四字"足以说明，补充解释针对的只是双声叠韵四声谱的。事实亦正如此，这里不妨恢复"四方四声谱"汇校汇考本书写格式①，以便于检验：

<table>
<tr><td>平</td><td></td><td>上</td><td></td><td>去</td><td></td><td>入</td><td></td></tr>
<tr><td>平</td><td>病</td><td>常</td><td>尚</td><td>祛</td><td>去</td><td>壬</td><td>任</td></tr>
<tr><td>伻</td><td>别</td><td>上</td><td>杓</td><td>麩</td><td>刻</td><td>衽</td><td>入</td></tr>
</table>

若准之"竖读为纽，横读为韵"原则，则平伻、病别，常上、尚杓，祛麩、去刻，壬衽、任入当构成竖读为纽例，平病、伻别，常尚、上杓，祛去、麩刻当构成横读为韵例。然从实际的标音看，即便考虑一字多音例，每纽四字之间，声母亦全部一致（个别如入声纽字组"壬"有两读，声母有异，但其中日母声读却与其他字相同）。换言之，每纽字横竖都可以构成双声关系。至于韵母，组内四字则大多不同韵部，四组横读两字之间亦无以构成一律的叠韵关系。可见，这里不能以双声叠韵四声谱例去看待四方四声谱。四方四声谱究竟何种性质，尚待进一步探讨。

兹将谱中四声纽字的声韵调集中呈现于如下表格，便于直观与对比研究：

---

① 每纽四字为双字平行竖排的小字注。参［日］遍照金刚撰，卢盛江校考：《文镜秘府论汇校汇考》，中华书局，2006年，第41页。

四声纽／声韵调	东方平声				南方上声				西方去声				北方入声			
	平	伻	病	别	常	上	尚	杓	祛	麩	去	刻	壬	衽	任	入
声纽	奉母轻唇全浊或並母重唇全浊	滂母重唇全浊	並母	並母	禅母正齿半浊半清	禅母	禅母	禅母照母正齿全清敷母轻唇全清端母舌头全清	溪母牙音次清	溪母	溪母	溪母	日母正齿不清不浊透母舌头次清	日母	日母	日母
韵部	仙庚（庚耕清同用）	耕	映	薛	阳漾	养漾	阳漾	药宵锡	尤	语御	语御	德	侵迥	寝沁	侵沁	缉
声调	下平	下平	去	入	下平去	上去	下平去	入下平	下平	上去	上去	入	下平上	上去	下平去	入

　　看上去，如加以选择，除了平声纽不能构成平上去入四声关系外，其他三纽则是可以做到四声相异的，而与之相反，即便有意选择，每纽四字声调亦不能构成与纽之标题字平上去入完全一致的关系，这又应该如何理解呢？这里似乎只能回到原先假定：本谱中每纽四字本来构成的就是平上去入或同声韵而调异的关系。但如前所述，一声之中复分四声的现象仍然需要予以解释。如果我们直接排除此一可能性，亦即假设每纽四字同声调，又将如何呢？很显然，如此一来，也就意味着每纽四字既双声又叠韵，实乃同音字。当作如此假定时，我们又不得不考虑这样的现象：依次

分别出现于各纽中的平、上、去、入四字皆当其位的位置安排；每纽第一字皆可选择读下平声，且平声、去声二纽只有唯一选择；每纽第四字皆可选择读入声，且平、去、入三纽亦只有唯一选择。此一现象无疑暗示了制谱之人于每纽四字是各别四声的。行文至此，卢说必须得到肯定。现在唯一可行的便是寻求对本谱一声之中复分四声之现象的合理解释了。

　　本谱最值得注意的是：尽管每纽四字属多音者不少，但若略加选择，其声母则完全可以做到一致。至于个别多音字异母，或反映了上古音声母的分化并向中古音声母的过渡。如依四声共纽去看，平上去入四纽呈现了声母清浊递变的规律：全浊、半浊半清、次清、不清不浊，这种清浊的变化完全可以与四方象征四时节气的观念相呼应。可见，本谱四声之辨首先与声母清浊之辨有关。以此不妨推断四方四声谱以四声定纽，于李登《声类》或有继承，所不同者，不用五声而例以四声而已。此外，本谱也确实注意到了韵，因为，尽管按《切韵》系韵书，看不出每纽四字究竟是同韵调还是异韵调的规律，但除入声字外①，每纽其他三字同韵母则是可以肯定的。既然如此，每纽再复分四声是完全可能的，也是完全有意义的。其意义在于，此四声之辨不同于四方四声的声母清浊之辨，而是同声纽字的韵调之辨。韵调之辨本质上是分韵定韵，此举或于吕静《韵集》有所继承，所不同者，亦属不用五声而例以四声而已。要之，四方四声谱中"四声"概念具有双重含义，不在同一个逻辑层面上，故出现了四声之纽内复分四声的现象。这

---

① 入声字的特殊性亦见于本谱。与入声配合的其他三字皆属阳声韵，且各纽平声字一律为下平声。凡此现象说明了阳声韵与入声韵关系的密切，印证了王国维以及部分语言学家所描述的上古音韵向中古音韵演变的规律。此义在下文"一入谱"的分析中将有具体涉及。

也说明了四方四声谱的原始性、过渡性、字声韵调的可变性以及制谱之人规范字声韵调的努力。联系双声叠韵四声谱，我们可以想象，创谱之人当初将声母相同，韵母相近的四字依四声清浊别为四纽的时候，他只是按声母系字，而在此基础上复别四声则显然欲以四声来别韵调或曰规范韵腔。① 后来出现的双声叠韵四声谱虽继承了原始四声谱的以声母系字，四声定韵的观念，但其四声的分辨已由辨声母清浊（包括发音部位）而向韵调倾斜，且以声母系字的同时又考虑到了韵之阴阳，因而完善了四声谱的结构。双声叠韵四声谱客观上为《切韵》一书的编撰奠定了理论基础。也许，双声叠韵四声谱创制时已将四方四声谱中的四声纽字纳入到了新的四声谱结构网络中，重新调整了原谱中出现过的声字韵调，而这种调整与新的规范亦为《切韵》系韵书部分继承，故以致于据《切韵》系韵书，我们既无法将每纽一致读成平上去入四声，又不能将每纽四字依每纽名目完全读成各组名目所标示的四声韵调。

综上可以说明，四方四声谱重在以声母纽字，然后才以内含韵调观念的平上去入四声为各纽定韵。据《封氏闻见记·声韵》载："周颙好为体语，因此切字皆有纽，纽有平、上、去、入之异。"② 悉昙"体语"概念实即声纽、声母，与双声语有关。可见，四方四声

---

① 依班固《西都赋》、张衡《西京赋》，平字与通、庭、庭、东、墉可通韵，据颜延之《陶徵士诔》，病与林、阴、琴、命等字亦可通押。又据唐作藩《上古音手册》，袪、去皆属鱼韵，壬、衽、任皆属侵韵。可见，依上古音，本谱中不仅同纽中有同音字，而且异纽中也有同韵字。吕静《韵集》应多取上古音，假如制作"四方四声谱"者熟悉吕韵，结合谱字在上古音的用法，可以设想，本来在吕韵中的同韵字，制谱者重新加以分辨，以四声规范了其韵调。
② [唐]封演：《封氏闻见记》卷二，北京：中华书局，1985年，第15页。

谱的形象与文献描述高度一致，故可以推断，该谱实应归于周颙名下。

（二）"六字总归一入"谱：五声韵调向四声韵调的过渡

前此在分析双声叠韵四声谱的特点时，已经提及入声韵调的特殊性，下面便结合《调四声谱》中罗列的第二谱，即"六字总归一入"谱，作一必要的阐述，以推进本文的探讨。

六字纽谱最显著的结构特点是：上（左）三字，下（右）三字，纽属中央一字，而中央一字为入声字，是故名为总归一入。为便于考察，我们将谱字及其在《原本广韵》中的音读平行标出如下：

皇晃璜　镬　禾祸和

傍旁徬　薄　婆泼綊

光广珖　郭　戈果过

荒恍佖　霍　和火货

皇，胡光切，下平声，十一唐部；晃，胡广切，上声，三十七荡部；璜，同皇；镬，胡郭切，入声，十九铎部；禾，古奚切，上平声，十二齐部。又户戈切，下平声，八戈部。又五嘅切，去声，十九代部；祸，古火切，上声，二十四果部；和，户戈切，下平声，八戈部。又胡卧切，去声，三十八个部（过同用）。

傍，步光切，下平声，十一唐部。又普浪切，去声，四十二宕部；旁，步光切，下平声，十一唐部；徬，步光切，下平声，十一唐部。又普浪切，去声，四十二宕部；薄，傍各切，入声，十九铎部；婆，下平声，薄波切，八戈部；泼（《广韵》无，《韵补》卷五，匹各切，入声，又《礼部韵略》卷五，普活切，入声）；綊，博禾切，下平声，八戈部。又匹美切，上声，四纸部。

光，下平声，古黄切，十一唐部；广，古晃切，上声，三十七荡部。又鱼检切，上声，五十琰部。又鱼掩切，上声，五十二俨部；

珖（《广韵》无，《集韵》姑黄切，下平声，十一唐部）；郭，古博切，入声，十九铎部；戈，古禾切，下平声，八戈部；果，古火切，上声，三十四果部；过，同戈。又古卧切，去声，三十九过部。

荒，呼光切，下平声，十一唐部；恍，古黄切，下平声，十一唐部，又通悦，许昉切，上声；侊，古黄切，下平声，十一唐部；霍，虚郭切，入声，十九铎部；和，户戈切，下平声，八戈部，又胡卧切，去声，三十八个部（过同用）；火，呼果切，上声，三十四果部（果，古火切）；货，呼卧切，去声，三十八个部（过同用，个古贺切）。

为了直观，制作相关表格如下：

声韵调 字组	声调	韵部	声母
皇晃璜　镬 禾祸和	下平，上，下平/入/上平下平去，上，下平去	唐，荡，唐/铎/齐 戈代，果，戈个	匣喉全浊，匣，匣/见牙全清，匣，匣
傍旁徬　薄 婆泼皱	下平去，下平，下平去/入/下平，入，下平上	唐宕，唐，唐宕/铎/戈，铎末，戈纸	滂重唇全浊，滂，滂/並重唇全浊/並，滂，帮重唇全清（滂）
光广珖　郭 戈果过	下平，上，下平/入/下平，上，去	唐，荡琰俨，唐/铎/戈，　果，过（个同用）	见牙全清，见，见/见，见，见
荒恍侊　霍 和火货	下平，下平上，下平/入/下平去，上，去	唐，唐，唐/铎/戈个，果，个	晓喉次清，见晓，见/晓/匣，晓，晓

先来考察一下声纽情况。

王利器《校注》引任学良注曰："右每纽七字，上四字为平上去入同一纽者，下三字为平上去同一纽者，而七字皆共一纽，以中央一字即第四字之纽为准，如光广珖郭戈果过七字，郭为见纽一等大音，余六字亦同在见纽一等是也，故名总归一入。"① 任氏解释的体例或能成立。但据《广韵》音及《切韵指掌图》，上述规律已有例外显现。镀纽匣母，喉音全浊，但该纽禾、祸都有见母音例，见母牙音全清。薄纽並母，重唇全浊，而该纽傍、泼皆为见、滂母音例，重唇次清。郭纽见母，牙音全清，该纽相对一致。霍纽晓母，喉音次清，而该纽恍、侊则为见母，和则为匣母。

再来看看四声的情况。

各纽中央入声纽字皆为入声，无有变化，非常整齐。若对各纽其他字声依例加以选择，仍然会有违例现象：

镀纽璜字按例为去声，但却为平声。

薄纽上（左）三字：平平去，旁当为上声却为平声或去声（平上去应依次向中央入声字凑集）；下（右）三字：平入平（上），依例应为去上平。

郭纽上（左）三字：平上平，珖当为去声却为平声；下（右）三字：平上去，而本应去上平。

霍纽上（左）三字：平上去或去上去，无论何种情形，皆有违例之处。

以上各纽下（右）三字若以向中央入声纽字辏积的形式为正例的话，则仅一例合乎标准。若改为平上去顺序为正例的话，惟有三纽可以通过。然同时考虑上三字，则无一纽相合。

要而言之，本谱所立的规则，依《切韵》系韵书去看，已有些混乱。

小西甚一说："'过'的古卧反不能不让人看到齐梁的反切

---

① ［日］弘法大师原撰，王利器校注：《文镜秘府论校注》，中国社会科学出版社，1983年，第25页。

与《切韵》系的反切之间用字习惯的不同(音相同)”,“本为平声的‘旁’、‘恍’以及本为入声的‘泼’用作上声,本为平声的‘恍’、‘綍’而用作去声,等等,也许是齐梁的用韵”。① 小西甚一所谓的本为某某声是以《切韵》系音作为标准的,因此他将谱中的音韵理解为齐梁的用韵。卢盛江则认为小西所说的字例是否反映齐梁用韵不得而知,但又说“据《集韵》,‘恍’本有上声。‘过’,《广韵》本作古卧切。这两个字的反切当与《切韵》系一致。又‘璜’、‘珖’平声而用作去声,‘璜’或当从《眼心钞》作‘潢’,‘珖’或当从《切韵指掌图》《韵镜》作‘桄’(一作古旷切),或齐梁用韵如此”。② 卢氏最终还是倾向于认为本谱反映了齐梁用韵的情况且与《切韵》系有所差异。

关于本谱韵纽图的上段,据卢盛江介绍,小西甚一发现其有一种表示反切关系的组合:

> “光”,若从宝寿院本正智院本当作古皇反,上声的“广”用了平声的反切下字的古光反,同样应该改作“古晃反”(《新撰字镜》即如此)(又盛江按:六地藏寺本等即作“古晃反”)“珖”如果和“桄”同音则是古旷反,“郭”是古镬反(《玄应音义》卷十七中),“果”在《新撰字镜》为古祸反,“和”在同书为胡诳反又呼过反,这样修正一下,即成为:

> 皇—胡光　晃—胡广　璜—胡光　镬—胡郭　禾—胡
> 戈　祸—胡果　和—胡过

> 光—古皇　广—古晃　珖—古旷　郭—古镬　戈—古

禾　果—古祸　过—古卧

　　这里有意思的事实是，整个两行，"璜"、"珖"、"过"之外，全部的反切下字都与邻行的同位字相同。……"上段既要体现'纽'的成立，又要想办法一再体现反切的构成。下段却没有这样周到，只要表示'纽'的成立就可以"。①

　　卢盛江认为下段亦间接呈现出了上段的反切关系。因为："除个别字（如"旁"、"泼"等）可能古今音异外，其反切下字虽不直接与邻行的同位字相同，却与邻行同位字的韵母相同。'傍'、'荒'和'皇'、'光'均同为唐韵，'恍'与'晃'、'广'均为荡韵，'薄'、'霍'和'镬'、'郭'均为铎韵，'婆'、'和'和'禾'、'戈'均为戈韵，'火'与'祸'、'果'均为果韵，'货'与'和'、'过'均为过韵"。这实际上和上段一样，不仅体现纽的关系，而且也同样体现了反切的成立。② 如果论韵，据本文前此标注，加以选择的话，则图示出来即是：

　　　　皇—唐韵　　晃—荡韵　　璜—唐韵　　镬—铎韵　　禾—戈韵　祸—果韵　　和—个韵

　　　　傍—唐韵　　旁—唐韵　　傍—唐韵　　薄—铎韵　　婆—戈韵　泼—铎韵　　緅—戈韵

　　　　光—唐韵　　广—荡韵　　珖—唐韵　　郭—铎韵　　戈—戈韵　果—果韵　　过—过韵

　　　　荒—唐韵　　恍—唐韵　　侊—唐韵　　霍—铎韵　　和—戈韵　火—果韵　　货—个韵

---

①［日］遍照金刚撰，卢盛江校考：《文镜秘府论汇校汇考》，北京：中华书局，2006年，第59、60页。

②参［日］遍照金刚撰，卢盛江校考：《文镜秘府论汇校汇考》，北京：中华书局，2006年，第61页。

　　由上可见，小西甚一揭示的反切关系之所以成立，是因为大体看来，本谱似乎亦具有竖读（横读）为声，横读（竖读）为韵的双声叠韵谱的性质，且以四声定韵。当然，具体到四声定韵，其例已混乱，此处只能解释为其谱具体到个别字的声韵调与《切韵》系韵书有差异。这既可以视为古今音的差异，但更多的时候应该视作文言规范的选择性差异。《切韵》系韵书一字多音现象很普遍，但性质不一。有的因义而别，属于造字的范畴；有的义同音异，则属于个体审音或方音诵读差异的遗存。后一种差异与古今音未必有关，今据后来韵书或音注考见的某字的多音恰恰是古代本来就存在的，谱中的例外字音乃制谱之人的规范性选择，而《切韵》系韵书不用，亦是陆法言等人考较筛选的结果。

　　既然说"总归一人"谱亦具有双声叠韵谱的性质，那么它与前此已经提及的第三谱有何区别呢？只要对我们上面标出的韵图稍加观察就会发现，"总归一人"谱不仅体现了四声的概念，而且还表现了阴阳入韵三分及其与四声关系的概念与认知。对此，小西甚一亦有较为透彻的分析，卢盛江《文镜秘府论会校汇考》引述其观点云：

　　　　《研究篇》上指出："所谓'凡四字一组，或六字总归一入'。这里所说的'六字'决不是表示任意的数，其意是说，不管怎样必须是'六字'。之所以必须是'六字'是因为阳声的平上去和阴声的平上去之和为六声的缘故。""皇晃璜—禾祸和。光广珖—戈果过。上三字属阳类，下三字属阴类，体韵彼此相等"，六字恰好成为阴阳对转。"古代的'声'由一个阳类，一个入类，以及由几个阴类构成。阴类的声调分为几种，但是，阳类和入类一般认为只有唯一的声调。但是后来，以致阳类的声调也和在阴类一样分化了，而且诗赋中产生了考

虑声调区别的风气，因此，不管阳类和阴类，把类似的声调归
纳在一起，作为平上去三声，把这和入相配作为四声，……
就是说把阳类和阴类转换为平上去，和入声并列，就是'总归
一入'。"①

按小西甚一的理路，"总归一入"谱的七声实际上反映了"五
声"到"四声"的转化。所谓"五声"即入声、阳声配阴声的平上去
三声，故某种意义上说，本谱的分析恰恰呼应了王国维的观点：阳
声与入声本各自为一类，与阴声上去二声合为五声，而"其时阳类
已显分三声，与阴类三声及入声而七，用之诗文，则阴阳可以互
易，而平仄不能相贸，故合阳阴两类而为四声"。②王氏说中所涉
及的音韵变化亦已被其他音韵学家的韵文韵部演变研究的成果
所印证。周祖谟的研究表明，"从晋代起入声韵和阳声韵关系转
密，和阴声韵关系渐疏，即入声韵和阴声韵不相配，而和阳声韵配
合得较好。晋宋之间，凡阳声韵有变革，其相对的入声韵也同样
有变革"，"宋代阴声韵的分类虽然跟晋代大体相同，而阳声韵和
入声韵的分类则跟晋代出入甚多。宋代正是由魏晋音发展为齐
梁音的过渡阶段，也就是上承魏晋，下启齐梁"，齐梁音的韵部已
经出现了新的格局。③而本谱与《切韵》系音的大同小异，恰恰说
明了其处于魏晋音发展为齐梁音的过渡阶段，具有由五声韵调规
范向四声韵调规范过渡的性质。这也正是其与第三谱—双声叠

①［日］遍照金刚撰，卢盛江校考：《文镜秘府论汇校汇考》，北京：中华书局，
　2006年，第61—62页。
②参王国维著，彭林整理：《五声说》，《观堂集林》，石家庄：河北教育出版社，
　2003年版，第168页。
③参周祖谟：《魏晋宋时期诗文韵部的演变》，载罗常培、周祖谟合著《汉魏晋南
　北朝韵部演变研究》（第一分册），北京：中华书局，2007年，第328页。

韵四声谱性质不同的地方。

日本学者中泽希男《文镜秘府论札记续记》以为："四声一纽谱"（即第三谱）是阳声和阴声二纽的对应，如"郎朗浪落——黎礼丽捩"那样；而"一入谱"（即第二谱）则是阳声纽和阴声纽结束于入声，后者是从前者脱化出来的。前者属沈约一系，后者属刘滔一系。① 之所以说后者为刘滔一系，是因为《文镜秘府论·文二十八种病·蜂腰》载有刘滔相关的说法："四声之中，入声最少，余声有两，总归一入。"② 中泽希男说"四声一纽谱"亦有阴阳二声的对应是符合事实的，它反映了"四声一纽谱"与"一入谱"的联系，但说后者是从前者脱化出来的则还是可以商榷的。明显的是"四声一纽谱"已有了阴入与阳入同归一入且与其他三声等同的观念，而"一入谱"则还保留了阴阳入对立而三分的痕迹以及入声与平上去三声有别的观念。因此，若论源流，"四声一纽谱"应该脱化于"一入谱"，而不是相反。至于刘滔的"余声有两，总归一入"之"有两"并非指阴阳两声，而是除平声之外的上去，这可以从刘善经《四声指归》的上下文中看出：

> 刘滔亦云："为其同分句之末也。其诸赋颂，皆须以情斟酌避之。如阮瑀《止欲赋》云：'思在体为素粉，悲随衣以消除。'即'体'与'粉'、'衣'与'除'同声是也。又第二字与第四字同声，亦不能善。此虽世无的目，而甚于蜂腰。如魏武帝《乐府歌》云：'冬节南食稻，春日复北翔'是也。"

> 刘滔又云："四声之中，入声最少，余声有两，总归一入，

---

① 参[日]遍照金刚撰，卢盛江校考：《文镜秘府论汇校汇考》，北京：中华书局，2006年，第62、63页。

② [日]遍照金刚撰，卢盛江校考：《文镜秘府论汇校汇考》，北京：中华书局，2006年，第956页。

如征整政只、遮者柘只是也。平声赊缓，有用处最多，参彼三声，殆为太半。且五言之内，非两则三，如班婕妤诗云：'常恐秋节至，凉风夺炎热。'此其常也。"①

从分韵的角度看，"四声一纽谱"大体已与《切韵》系韵书一致，而"一入谱"则有很大差异，且其情形同于"四方四声谱"。此外，从分纽的次第去看，"一入谱"递变的次序是：重浊、重浊、全清、次清，其中声母由浊至清次序的安排亦类似于"四方四声谱"。要之，"一入谱"更接近"四方四声谱"。

综上所述，大致可以推定"四方四声谱"及"一入谱"皆有可能源之周颙的《四声切韵》，惟"双声叠韵四声谱"出自沈约；《四声切韵》最直接的意义便是以四声规范字声韵调。

三、周颙四声定韵与规范吟诵方式

周颙为何用四声来规范字声韵调呢？我们还是从入声韵调的特殊性说起。

关于"入声"，王力有一个解释：

中国语的声调没有绝对的音高，其特征只在乎它的曲线的形状。所谓形状，非但指起伏的形状，同时也指长短的形状而言。声音短者，其音高的曲线必短；声音长者，其音高的曲线亦长。我们须知，纵使起伏的形状相同，如果长短的形状不同，其调类亦可因之殊异。例如一个准平的曲线（大致看来似乎始终如一），如果长了一倍，就是平声；短了一半，就

---

① [日]遍照金刚撰，卢盛江校考：《文镜秘府论汇校汇考》，北京：中华书局，2006年，第956页。

是入声。①

　　其中涉及平、入二声,是以声音长短的标准去加以衡量的,换而言之也就是王氏的舒声与促声的二分。实际上它是古人观点的继承,顾炎武就曾说过,"长言则今之平上去声也,短言则今之入声也","平音最长,上去次之,入则诎然而止,无余音矣"。②从声音长短舒促去界定声调主要是照顾了入声的特殊性。但学者夏中易认为,处于同一范畴的"四声"却用两套标准去建立:入声调是建立于音长标准而成的一个调类,而平、上、去各调则是建立于音高标准而成的三个调类,这在学理上是不妥当的。声调仅指字音的高低升降,而与长短无关。尽管音长在现在的方言如广州话里具有别义的作用,但"音长要素并不与以音高为依据的声调发生关系,而是依附于音质成分元音之上,并且广泛地表现于三大韵类中"。广州话里的"入声"也有固定的调值,如识【sik】、法【fa:k】、食【sik】分别是55、33、22,按音高说,其分别相当于上平、上去、下去。广州话的"入声"并不能成为一个独立的调类,它是韵而不是调,其发声及听感上的"短促急收藏"的语音现象是由不除阻的塞音韵尾【−P、−t、−k】造成的。因此,中古音声调系统里也只能有平、上、去三个以音高相对立的调类。③实际上,语言学界利用现代分析语音学和实验语音学来讨论古四声问题,也不完全只依据音高这唯一的标准。如在朱晓农等学者看来,声调的基本性质固然体现为音高的走向,但声音的时长、音段与发声态这

──────────

① 王力:《王力文集·第四卷·汉语音韵学》,济南:山东教育出版社,1986年,第41页。
② 参顾炎武:《音学五书·音论卷中》,北京:中华书局,1982年,第41、43页。
③ 参夏中易:《论"入声短促急收藏"——入声论之九》,《成都大学学报》,2006年第3期。

三个次要的、独立的因素也能影响声调的性质。① 音高与这三个因素在古人的四声感受与体验中都发挥了作用则是一个重要的事实，认识入声问题无疑应该紧密结合古人的经验事实。因为我们最终要弄明白的是：古人凭何将入声与平上去合为四声。

　　四声之目创始之后，古人对四声的各自特性作了大同小异的描述。早期最具代表性的无疑属唐释处忠、明释真空的描述了。前者的《元和韵谱》曰："平声哀而安，上声厉而举，去声清而远，入声直而促。"② 后者的《玉钥匙门法》云："平声平道莫低昂，上声高呼猛烈强，去声分明哀远道，入声短促急收藏。"③ 今人启功在《汉语诗歌的构成及发展》一文中还有更为形象化的说法，他将四声的发现与汉魏名士的效驴之鸣的故事联系到了一起：

　　　　注意到汉字四声，大概是汉魏时期的事。《世说新语》里说王仲宣死了，为他送葬的人因为死者生前喜欢驴叫，于是大家就大声学驴叫。为什么要学驴叫？我发现，驴有四声。这驴叫有 ēng、éng、èng，正好是平、上、去，它还有一种叫是"打响鼻"，就像是入声了。王仲宣活着的时候为什么爱听驴叫？大概就是那时候发现了字有四声，驴的叫声也像人说话的声调。后来我还听王力先生讲起陆志韦先生也有这样的说法。还有一个问题，就是入声字在北方话里的消失。入声字都有一个尾音，如"国"，入声读 guk。有人说是后来把那个

① 参朱晓农、焦磊、严至诚、洪英：《入声演化三途》，《中国语文》，2008年第4期。

② ［清］王德晖、徐元澂撰：《顾误录·四声纪略》引，《中国古典戏曲论著集成》（九），北京：中国戏剧出版社，1959年，第37页。

③ ［明］程明善辑：《啸余谱·玉钥匙门法·明四声》，《续修四库全书》1736册，第546页。

尾音丢了，所以北方没有入声字。其实不是。北方没有入声
字，是读的时候把元音读长了，拉长了一读，就成了guó了。
我认为这就是"入派三声"的原因。①

名士学驴叫是否与四声有关已无从考实，但用以描写四声确
实非常形象，尤其是以驴的打响鼻比拟入声，确实抓住了入声的
特点。尤其是其解释入声字后来在北方的消失，更值得注意。表
面上，启氏说与韵尾失落说也没什么本质性差异，但细究之，其
区别却是非常大的。韵尾失落是语音现象或语言自然演化的结
果，而元音拉长说则解释了这种现象的本质或此一现象作为语音
演化结果所产生的原因。它直接点明了，四声之别实即发声方式
的不同。以上所有描述显然都表现为听觉感知，但听觉感知归根
结底还是源于人的发声的内觉体验。无论何种感知与体验都具
有信息的综合性。我们不能以科学分析的标准，简单地去怀疑感
知、体验的切实可靠性。启功在《汉语诗歌的构成及发展》一文中
所提及的一次音高感知体验，极具启示性和说服力，其文曰：

> 有一回我坐火车，那时还是蒸气机车头，坐在那里反复
> 听着"突突"、"突突"的声音，一前一后，一轻一重。这使我联
> 想到诗的平仄问题，平平、仄仄也是两个一组一组的，一前一
> 后，一轻一重。当时我有一位邻居乔东君先生，是位作曲家。
> 我向他请教这个问题，他说，火车的响声，本无所谓轻重，也
> 不是两两一组，一高一低，这些都是人的耳朵听出来的感觉，
> 是人心理的印象。人的喘息不可能一高一低，而且是两高两
> 低才能缓得过气来。这一下子使我找到平仄长竿的规律：汉

①启功：《汉语诗歌的构成及发展》，见《诗文声律论稿》"附录一"，中华书局，
　2009年，第162—163页。

字的音节在长竿中平平仄仄重叠，人才喘得过气来。①

启功的故事说明，客观上不具有高低轻重的音节，由于心理的作用，完全可以听出高低轻重的区别。推而言之，焉知入声在古人的听觉中就不能听出异于三声的高低轻重来呢？当然，故事中说的情形是有条件的，这条件便是一般人的喘息都具有的生理节奏。值得注意的是，在古人对四声的描述中，重点还不在听感知，而在于发声的体验。"去声分明哀远道，入声短促急收藏"之类显然具有观念的心理暗示性，未尝不可以视为发声方法的传授与训练。文言本来具有规范性，其正确发声是要通过学习和训练来完成的。经历过学习和训练的人所具有的听感知心理，较之于一般人是有区别的。这种心理的条件反过来会影响到人的听感知。正因为如此，同样的外国语之于有无该语言学习与发声训练的人、同样的声曲之于有无声乐唱法训练的人的听感知所呈现的意义是不一样的。四声无论其实际音高如何，都不妨碍被感受体验为不同的音高走势：平声平稳而延长，上声微降而高升，去声高而降，入声降而收。去声、入声都具有短促的性质，无论其音高是否为高平、中平还是低平，但其为感知则都具有下降的趋势，入声所不同之处或在于它同时还具有"忍气吞声"的感受与体验。

"忍气吞声"的感受与体验，对应的正是入声的特殊发声方式——呼促急收藏，而其他三声亦可以由发声方式的学习训练获得差异性的感受与体验。从发声方式的角度说，四声具有区别性特征而成为同一逻辑层面的范畴。

就诸家"调四声谱"的分析看，周颙"四方声纽谱"、"一入谱"，

---

① 启功：《汉语诗歌的构成及发展》，见《诗文声律论稿》"附录一"，中华书局，2009年，第163页。

虽然与沈约"双声叠韵四声谱"结构形态稍异，但其制谱的最初的动机和目的实有一致之处——规范字声韵腔与歌咏吟诵方式。依据音理及发声经验，我们亦不难发现，在字声同纽或近纽的情况下，字韵相近的字是极易相互通转的，也就是所谓的韵转。大多数的反语游戏都是利用了双声字的韵转。韵转是歌咏讽诵追求韵腔美感的主要方式，但如果仅考虑韵腔美感的话，那么就必然会以牺牲字声的稳定性为代价。而要保证字声的稳定性，亦即维护声字别义功能，做到韵转归于本字，那么首先就要考虑对字声的韵腔实施必要的规范。周颙四方声纽谱的平上去入四声归类声纽，"一入谱"又以阴阳六声总归一入的方式统摄双声叠韵字，其动机和目的主要在于规范转韵、韵腔或曰"切韵"。而依据上面对四声性质的分析可知，四声纽字定韵本质上又是规范字声的发声方式。规范字声的发声方式牵涉到文言正音是毫无疑问的，但它亦同时规范了歌咏吟诵的方式。前此已说明，晋宋以来，佛教和文人的歌咏吟诵对时俗新声之韵律美感的追求，造成了文言字声发声方式的改变，使得声文分离，声不能还字。因此，周颙四声定韵本质上又是规范歌咏吟诵方式，将歌咏吟诵控制于字声行腔的范畴之内。沈约的双声叠韵四声谱建构了一个以双声叠韵关系为经纬，以四声为纽节的声字网络体系。依据谱表，体系内部的任何一个声字与其他声字之间的声韵调关系一目了然。它不仅为文言韵读及反音切字建立了规范性体系，而且四声纽字使得所有字声的韵调得以规范，因此，字声吟咏时的韵腔就有了一个依准而保证了声字统一，声文两得。可见沈约的双声叠韵四声谱是在周颙谱规范歌咏吟诵的韵腔和吟诵方式的道路上又前进了一步。今天众所周知的字声行腔之说，其实是在四声发明之后，对此规范性有了普遍性自觉和认同之后的表述。文言的字声吟咏讽诵自古便有规范性的韵腔且不断生出新的规范，但实际的吟咏讽诵则自始至终都难以避免南腔北调，正因为如此，文言的吟咏讽诵可以成为技艺，亦可以成为一个人文化修养或文化身份的标志。

在新的历史条件下，规范歌咏吟诵方式，周颙虽有创始之功，但距离其所欲实现的目标尚有很大距离，直至沈约制定双声叠韵四声谱，将之运用于诗文创作并提出声病理论之后，文言吟咏讽诵之韵腔及吟诵方式的规范性才大体建立起来。

余论：周颙取平上去入命名四声的缘由

至于周颙以平上去入的名目来称述四声，其缘由为何，史无明证，今人只能推测。而推测必须尊重并依据如右事实情理：首先，平上去入本音就分属四声；其次，平上去入本字具有沈约所揭示的象征意义；其三，以太极易理作为音韵学原理去论说语音在南朝具有普遍性，如：刘勰以"易体"为文之本体、《文心雕龙》全书架构循易理之数、钟嵘《诗品序》所引王融"宫商与二仪俱生，自古词人不知之"语等；其四，有迹象表明《切韵》一书合乎易理的分韵结构或源于周颙的《四声切韵》；最后，周颙精通内外典，融儒道释为一炉，著《三宗论》，表现出了精湛的"太极"思想[1]。以上数端说明了周颙创四声名目本于四象理论，其因缘具足，最具可能性。

当然，学者未必皆能认同以上推断，逯钦立、詹锳就认为四声

---

[1] 参吴正岚：《论南齐江东士族"太极"说滞后于新兴思潮及其原因》，《南京大学学报》，2016年第2期。

之目当有取于乐调名。逯钦立《四声考》云:"然如平上二字,魏晋以降,久为声乐上之专辞。如当时通行的清商三调,其一皆为平调。又如吴声有上声曲一调。"① 詹锳《四声五音及其在汉魏六朝文学中之应用》亦推断云:"曩日颇疑平上去入之名或与乐调有关。……又《相和歌》有《平调曲》《侧调歌》,'平仄'之名,疑当蜕变于是。但平调侧调命名之源如何,莫得而详。至《上声歌》,则《古今乐录》云……似谓其调高亢急促,而究其与沈约所谓'上声'有何关系,亦难明焉。"② 当时周颙规范字声韵调和歌咏吟诵方式时,对源之于当时流行音乐的文人创作的声辞韵腔有所取材乃情理中之事,既然如此,借用其乐调名亦可谓顺理成章。但即便这是事实,四声名目的最终完型仍然有待于四象理论的思维建构。

附录:《步虚吟》曲线谱

步虚第一　　七十字

①逯钦立著,吴云整理:《汉魏六朝文学论集·四声考》,西安:陕西人民教育出版社,1984年,第527页。
②詹锳:《四声五音及其在汉魏六朝文学中之应用》,载氏著:《语言文学与心理学论集》,济南:齐鲁书社,1989年,第44—45页。

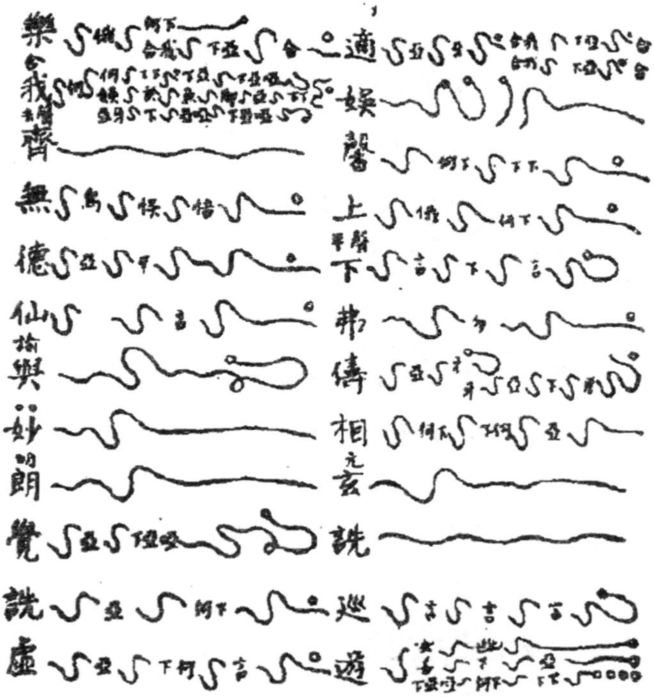

第三章　永明声律运动初论

　　周颙等的四声切韵或调四声,其目的在于规范歌咏吟诵方式,而规范歌咏吟诵方式与文言正音是一体之两面。就歌咏吟诵方式而言,实即回归传统的"歌永言",亦即"字声行腔"。晋宋以来的佛教经呗唱诵、佛经转读以及文士的吟咏讽诵都表现出了共同倾向——因时就俗,追求韵律美感,最终导致了文言雅音的变异,声文分离,进而促成了文言正音及歌咏吟诵方式的规范化运动。在此规范化的过程中,悉昙学的传播确实影响了汉文言音韵学的发展,进而对四声切韵或调四声起到了间接推动作用,此外,经呗唱诵以及佛经转读声文两得的理想,亦直接推动了歌咏吟诵方式的规范化运动。至于文士的新声造作,亦有待雅乐正声传统的接纳,完成雅化历程,自然亦有文言正音即歌咏吟诵方式规范化的内在需要。如果我们将有关四声理论及永明声律运动置于上述逻辑背景中,佛教影响说、诗乐分离说、闾里说以及合乐说完全可以并行不悖,彰显出各自的历史意义,同时永明声病说及永明新体诗亦可得到全新的理解与认识。

第一节　两种吟诵方式：歌咏、吟诵的离合

《尚书·舜典》曰："诗言志，歌永言。"[①] 此中所指的歌咏，尽管与吟诵有别，但字声行腔则是一致的。《诗》毛传云："曲合乐曰歌，徒歌曰谣。"[②] 所谓合乐实指配器与舞，歌别为乐歌和谣歌。诗歌则属乐歌，吟诵则接近谣歌。又《汉书·艺文志》云："传曰：不歌而诵谓之赋。"[③] 这里的不歌当指不合乐，"赋"实即赋《诗》，亦是诵《诗》。诵《诗》未尝不是歌，徒歌而已。在以上礼乐语境中，诗、歌一体，其体为乐，歌咏、吟诵也是合谐的。当诗乐分离，亦即诗脱离了乐体，文人化的徒诗成立之后，歌咏、吟诵也就变成了两事。尽管如此，歌咏吟诵一致的字声行腔的方式还是作为传统在文言雅诵中延续着，而同时在文言的吟诵中亦存在着一种无问声字，偏重语文声韵的吟诵方式。前此对佛教唱诵的论述表明，晋宋时这种吟诵方式应该是非常流行的。下面还是以《玉音法事》所载的道曲吟诵谱《步虚吟》及《宋书·乐志》所载乐府《巾舞歌诗》作例，对这种吟诵方式加以具体探讨。

一、《步虚吟》之吟咏方式

本谱是声辞合写并加曲线符号暗示的吟诵谱，大体能看出其

---

① 李学勤主编：《十三经注疏·尚书正义·舜典第二》，北京：北京大学出版社，1999年，第79页。

② 李学勤主编：《十三经注疏·毛诗正义·魏风·园有桃》，北京：北京大学出版社，1999年，第365页。

③〔汉〕班固撰，〔唐〕颜师古注：《汉书卷三十·艺文志第十》，北京：中华书局，1962年，第1755页。

吟诵方式的特点。我们还是取其中首两句声辞为样本,据《广韵》《切韵指掌图》对本辞与声辞的声韵调先做个标注,以便分析与探讨。两句如下(大字本辞,小字声字;"—""。"表曲线及其止号;上中下代表声字平行排列当行,或为和声):

　　稽—伊—何下—下,下—。首—言—言—何—下下。

　　礼—衣—宜—义—。太—下亚哑—何下—。

　　上—何下—贺我何—何下—。烧—乌—下亚哑—何下—。

　　香—言—牙—(上)。—牙亚—下亚—(下)。归—衣—何下—(上)。—牙亚—何下—(中)。—下亚哑—何下—(下)

　　虚—于御—污于—何下—。—下无—亚—下牙—。

　　以上本辞五言两句十字,声字"—。—下无"表示上"虚"字韵少顿又与"无"字相续连诵,其他每字韵之间,大多有止号隔开。逯钦立云:"《步虚吟》之声字,如'贺俄阿'、'何下'、'下下'之类,状写声节,各成定组,此即为音,即为逗,'音'者,自其为歌曲之声者言,'逗'者,自其为曲折中之住节作用者言。如'于御污于'专于'虚'字下用之,'乌愠悟'专于'无'字下用之,此类字因辞变换,要须于本辞为叠韵,凡此即所谓韵,自其与本辞为叶韵者言也。'于御污于'因本辞'虚'字而屡转之,故曰韵转,或曰却转,或曰还喉叠弄,加之以'何何'、'贺俄阿'等声节之音,故曰有无穷音韵也。"① 依据逯氏的看法,《步虚吟》声辞分为两类:其一为声节之音,其二为转韵。声节之音或相当于后人所说的歌曲中的衬字,以凑足音节。转韵为本辞的叠韵字,增强乐感的腔韵。下面我们将案例中的本辞声字的声韵调分别标出:

①逯钦立遗著,吴云整理:《汉魏六朝文学论集·四声考》,西安:陕西人民教育出版社,1984年,第526—527页。

1. 声纽

稽（见全清牙音）－伊（影全清喉音）－何（匣全浊喉音）－下下，下（同何）──

首（审全清正齿音）－言言（疑不清不浊牙音）－何（匣全浊喉音）下下（同何）──

礼（来不清不浊舌齿音）－衣（影全清喉音）－宜（疑不清不浊牙音）－义（疑不清不浊牙音）──

太（透次清舌头音）－下（匣全浊喉音）－亚（影全清喉音）－哑（影全清喉音）－何（匣全浊喉音）－下（同何）

上（禅半浊半清正齿音）－何（匣全浊喉音）－下（同何）──

烧（审全清正齿音）－乌（影全清喉音）－下（匣全浊喉音）－亚（影全清喉音）－哑（影全清喉音）－何（匣全浊喉音）－下（同何）──

香（晓次清喉音）－言（疑不清不浊牙音）－牙（疑不清不浊牙音）。－牙－亚（影全清喉音）－下（匣全浊喉音）－亚（影全清喉音）。

归（见全清牙音）－衣（影全清喉音）－何（匣全浊喉音）－下（同何）。牙（疑不清不浊牙音）－何（匣全浊喉音）－下（同何）。下－亚（影全清喉音）－哑（影全清喉音）－何（匣全浊喉音）－下（同何）。

虚（晓次清喉音）－于（影全清喉音）－御（疑不清不浊牙音）－污（影全清喉音）－于（影全清喉音）－何（匣全浊喉音）－下－下－下（同何）

无（微不清不浊轻唇音）－亚（影全清喉音）－下（匣全浊喉音）－牙（疑不清不浊牙音）。

2. 韵部

稽（十二齐）－伊（六旨平）－何（七戈平）－下下，下（三十五马上）──

首（四十四有或四十九宥）－言言（二十二元平或二十阮上）－何（七戈平）－下下（三十五马上）

礼（十一荠）－衣（八微）－宜（五支）－义（五寘）—

太（十四泰）－下（三十五马）－亚（四十祃）－哑（三十五马）－何（七戈）－下（三十五马）

上（三十六养荡同用）－何（七戈）－下（三十五马）

烧（三十五笑去）－乌（十虞模同用）－下（三十五马）－亚（四十祃）－哑（三十五马）－何（七戈）－下（三十五马）—

香（十阳唐同用）－言（二十二元或二十阮）－牙（九麻）。－牙－亚（四十祃）－下（三十五马）－亚（四十祃）。

归（八微独用）－衣（八微）－何（七戈）－下（三十五马）。牙（九麻）－何（七戈）－下（三十五马）。下－亚（四十祃）－哑（三十五马）－何（七戈）－下（三十五马）。

虚（九鱼或十虞模同用）－于（九鱼）－御（九御）－污（十虞模同用或九鱼）－于（九鱼）－何（七戈）－下－下－下（三十五马）

无（十虞模同用平）－亚（四十祃去）－下（七戈平）－牙（九麻平）。

3．声调

稽（平）－伊（平）－何（平）－下（上）下（上），下（上）—

首（上或去）－言言（平或上）－何（平）－下下（上上）

礼（上）－衣（平）－宜（平）－义（去）—

太（去）－下（上）－亚（去）－哑（上）－何（平）－下（上）

上（上）－何（平）－下（上）

烧（去）－乌（平）－下（上）－亚（去）－哑（上）－何（平）－下（上）—

香（平）－言（平或上）－牙（平）。－牙（平）－亚（去）－下（上）－亚（去）。

归（平）－衣（平）－何（平）－下（上）。牙（平）－何（平）－下（上）。下（上）－亚（去）－哑（上）－何（平）－下（上）。

虚（平）－于（平）－御（去）－污（平）－于（平）－何（平）－下－下－

下（上）

无（平）－亚（去）－下（上）－牙（平）。

从声纽看，本辞字音大多为牙齿唇舌等前音，主要是清声母。声字多转为喉音，而下一个本字又回到前音位置，整个吟咏实际上构成的是啭喉。从韵部看，无论是转韵字还是声节字，与本字韵部都接近，相互之间亦如此，有的是叠韵关系。综合声韵，确属啭喉吟唱咏诵，还喉叠弄，有无穷音韵也。我们结合声调观察，就会发现本字啭喉叠韵至收韵时，大都远离本字韵调，已无法还归本字，声文离异得非常厉害。这种吟咏实际上解构了歌咏与吟诵在腔韵结构上的一致性，已不再是歌永言的字声行腔传统，《高僧传·经师论》批评世俗化转读之所谓"或破句以合声，或分文以足韵，岂唯声之不足，亦乃文不成诠"大抵如此。传说道曲与佛唱有共同的音乐方面的来源，应该是可信的。那么其共同的来源究竟是什么呢？

理论上说，宗教都有借俗化俗的需要，故其共同之源无非是当时的俗乐。正是这种俗乐的影响使得晋宋以来的宗教经诵、诗文吟咏背离了字声行腔的传统。下面我们可举《宋书·乐志》等文献所载录的《巾舞歌诗》例加以印证。

二、《巾舞歌诗》之歌咏方式

《宋书》卷二十二《乐志四》载"《巾舞》歌诗"一篇，又称之为《公莫巾舞歌行》。《乐府诗集》卷五十四亦录其全篇，名之为《巾舞歌诗》，《南齐书·乐志》载其首尾片段，称之《公莫辞》或《公莫舞歌》。《南齐书·乐志》云："《公莫》辞：'吾不见公莫时 吾何婴公来 婴姥时吾 思君去时 吾何零 子以耶 思君去时 思来婴 吾去时母那 何去吾。'右一曲，晋《公莫舞歌》，二十章，无定句。前是第一解,后是第十九、二十解。杂有三句,并不可晓解。建武初,明帝奏乐至此曲,言是似《永明乐》,流涕忆世祖云。"[①] 其文本来声辞合写,大字是辞,小字是声,后不复可辨,向称天书。20世纪初,逯钦立始将声辞析出,稍显条理,但仍难卒读。20世纪50年代以来,杨公骥、赵逵夫等学者对文本作了更加细致的考释与研究,使得今天学界能看到一个大致接近本来面目的文本。[②] 杨公骥的研究最具影响力。杨氏的突破在于对《巾舞歌诗》所作的"代言体歌舞剧"之定性,因此原文本的解读方法随之发生了重大的改变。文本的解读就不仅是原来据奏舞歌诗的性质认定而析离声辞,而且还要涉及"舞蹈动作"、"舞台提示字"和"角色标识字"等成分的辨析。20世纪末,杨氏弟子姚小鸥于此用力甚勤,推进师说,给出了一个相对完善的《巾舞歌诗》歌舞剧本,引之如下:

> 1. **吾不见公莫[姥]**,(时)吾何婴,
>
> **公**来婴**姥**(时)吾(哺声)**何为茂?**(时)为来婴,
>
> **当思**吾**明月之土**,(转起)吾何婴**土**来婴(转)。
>
> 2. **去**吾(哺声)**何为?土【士】**(转南)来婴**当去吾!城上羊下**

① [梁]萧子显撰:《南齐书卷十一·志第三·乐》,北京:中华书局,1972年,第194页。

② 参逯钦立辑校:《先秦汉魏晋南北朝诗·汉诗》卷九"舞曲歌辞",北京:中华书局,1983年,第278—279页;逯钦立遗著,吴云整理:《汉魏六朝文学论集·汉诗别录》,西安:陕西人民教育出版社,1984年,第105—108页。杨公骥:《西汉歌舞剧巾舞〈公莫舞〉的句读和研究》,《中华文史论丛》,1986年第1辑;白平:《汉〈公莫舞〉歌词试断》,《山西大学学报》,1987年第1期;赵逵夫:《我国最早的歌舞剧〈公莫舞〉演出脚本研究》,《中华文史论丛》,1989年第1辑;叶桂桐:《汉〈巾舞歌诗〉试解》,《文史》第三十九辑;李文衡:《晋初民间歌舞剧〈公莫巾舞歌行〉试解》,《四川师范大学学报》,1992年第2期;姚小鸥:《〈巾舞歌辞〉校释》,《文献》,1998年第4期。

食草吾何婴**下**来吾**食草**吾(哺声)。

汝何三年(针【振】缩)何来婴,**吾亦老**!

吾(平平门【频频扪】)**淫涕下**吾何婴,何来婴,**涕下**吾(哺声)。

3.**昔结**吾**马,客**来婴吾**当行**吾!

度四州,洛【略】四海吾何婴,**海**何来婴,**海**何来婴,**四海**吾(哺声)。

熇【鄗】西马头香【杳】来婴吾,

洛道五吾**五丈度汲水**吾噫邪【哺)。

4.**谁当求儿?母何意零!** 邪【钱【践】健步哺)。

谁当吾**求儿?**

5.**母:**何吾!(哺声三针【振】一发交时还弩心)**意何零!**

意(弩心遥【还】)来婴(弩心哺声复相头巾)**意何零!** 何邪!

(相哺头巾相吾来婴[头巾])。

母:何何吾(复来推排)**意何零!**(相哺推相来婴,(推非【排】)

母:何吾!(复车【转】轮)**意何零!**

子:以邪!(相哺转轮)吾来婴(转),

母:何吾!**使君去时意何零!**

子:以邪!**使君去时,使**来婴**去时,**

母:何吾!**思君去时意何零!**

子:以邪!**思君去时,思**来婴吾**去时,**

母:何何吾吾。

姚小鸥已做了很大努力,但还是留有诸多疑惑。如,前三个"时"字作剧本提示语,究竟提示什么呢?杨公骥推测这时加入和唱,姚小鸥则认为此时加入乐器的可能性最大。孰是孰非,不得而知。乐器?伴唱?和唱?舞蹈动作?似乎都不是。因为,除复唱明显无须标出外,其他诸项皆可考实,唯"时"不知具体所云。

是因互文而省略？应该不是，因为下文被认作舞台提示语者繁复
具体多样，无法构成互文，何况互文亦是书前省后，不可能一出场
就省略。看来此处"时"为声辞的可能性大。还有"母"、"子"为角
色身份字的认定，其意义重大固不待言，但此处亦是最令人犯疑
之处。赵逵夫就曾说过："杨先生将《公莫舞》全篇分为5节，前4
节均没有标明哪几句歌辞及表演动作属谁，只第5节从原词中分
出'母'、'子'二字来作为角色标识字。前4节分不出来可作为标
识的字，似乎前4节都不是代言体。"① 对此，姚氏反驳说："赵文
的上述分析十分无理。《巾舞歌辞》前4节未列角色标识字，这是
古代流传下来的剧本固然。难道能怪罪于杨公骥先生吗？原剧
本角色标识字标示不全，就要全部推倒重来，另造一套附赘全篇，
这是文献校勘的正确做法吗？……况且《巾舞歌辞》从第五节开
始标明角色标识字，并非无说。杨公骥先生早已指出，从'母何意
零'开始，是《巾舞歌辞》的主要'舞段'。角色标识字不但指示了
唱词的角色归属，更重要的是指示舞蹈动作的角色归属。所以，
作为实用的'科仪本'，《巾舞歌辞》从这里开始标明角色标识字是
合乎情理的。"② 姚氏驳文实际上还是承认了前4节与第5节的性
质是不同的，后者重舞，可谓舞谱，而前者重歌，可谓歌谱。但从
姚氏释文的实际看，则是从第一节开始，舞蹈动作提示语就频频
出现，从未中断过。故姚氏对赵氏质疑所作的反驳与解释，整体
上的说服力还是不够的。这里涉及对《巾舞歌诗》剧本性质认定的
可靠性问题。青年学者张玉新曾运用考古学材料对汉代巾舞存在

① 赵逵夫：《我国最早的歌舞剧〈公莫舞〉演出脚本研究》，《中华文史论丛》，
　 1989年第1辑。
② 姚小鸥：《关于〈巾舞歌辞〉的角色标识字问题》，《中华戏曲》第31辑，北京：
　 文化艺术出版社，2004年。

形态及其演变作了专题性考察,基本上否定了《巾舞歌诗》为"西汉歌舞剧"的论断。① 本文以为,即便"巾舞"实际上已具有了歌舞剧性质,但《宋书·乐志》等文献的传本必为歌诗本或传唱本,绝对不会是舞谱本或舞台演出本。很显然,舞谱本或舞台演出剧本在"史书乐志"或《乐府诗集》中是找不到第二例的。当然,本文尽管不赞成《巾舞歌诗》为剧本之定性,但前辈学者对《巾舞歌诗》研究所作出的卓越贡献是不可轻易否定的,尤其是涉及文本的具体考释考证,有许多成果都是我们不得不继承的。

这里,据《南齐书·乐志》"二十章"、"二十解"的提示,以张玉新校释本为基本框架,综合其他学者研究成果并出以己意②,整理出一个新的《巾舞歌诗》文本如下:

吾不见公莫[姥]时③ 吾何婴,公来婴**姥**时吾(一解)

(哺声)**何为茂【姥】**时,为来婴,**当恩**吾(二解)④

明月之土转起吾何婴,土来婴**转去**吾(三解)⑤

---

① 参张玉新:《汉代考古新资料与汉乐府古辞〈巾舞歌诗〉研究》,东北师范大学博士论文,2014年。

② 由于张玉新校释本所涉及前人成果已标明出处,故本文下面注释部分重点指出对张玉新校释本的改动之处,并简要说明理由,不再对所有吸纳的前人成果一一注明原始出处。

③ 新本(张玉新本简称,以下同例)此"时"及第二解"何为茂时"之"时"皆作本辞,本文一律拟作本字。否则,原文于义不可解。且若理解为"时间"词,后面的"时"亦应作本辞复唱。本辞整句大意应即不见爹娘或离别爹娘的意思。

④ 本解为辅声伴唱。第二个"为",新本作声字,此处作本辞复唱。"茂",张玉新释通"莫【姥】"可从。本解大意是,爹娘是那当感恩的人。

⑤ 新本释"转去"为"转起"复唱,意即"离去",可从。姚小鸥释本认为"明月之土"意为"明月照耀的土地",喻指故乡土地或故乡亲人,此解甚善。本解大意为:告别故乡,远离亲人,与第一解呼应。

（哺声）**何为土转**南来婴，**当去**吾（四解）①

城上羊下食草吾何婴，**下**来吾**食草**吾（五解）②

（哺声）**汝何三年针缩【征戍】**何来婴吾，**亦老**吾（六解）③

平平门④ **淫涕下**吾何婴，何来婴**涕下**吾（七解）

（哺声）**昔结**吾**马**，**客**来婴吾**当行**吾（八解）⑤

度四州，洛【略】四海，吾何婴，**海**何来婴**四海**吾（九解）⑥

（哺声）**熇【鄗】西马头，香【杳】**来婴吾**洛道**，吾吾**五丈度汲水**吾噫邪（十解）⑦

（哺）**谁当求儿**母，何意零邪，**钱【遣】健步**，（哺）**谁当**吾**求儿**

---

① 辅唱谓离别之缘由乃"当去"，"当去"即指离家的正当性，事关第六解"三年征戍"，乃去家为国之情怀。

② 本解，白平《汉〈公莫舞〉歌词试断》引《诗经·王风·君子于役》"日之夕兮，牛羊下来"为解甚妙，其正可承上启下。可见，《巾舞歌诗》本辞歌咏的确是"君子于役"的主题。

③ 新本释本解义为："丈夫三年未归，而三年如箭一样快，我也老了。"新释定"针"为"箭"，又将本辞读成妻子口吻，不可从。"针缩"，白平《汉〈公莫舞〉歌词试断》、赵逵夫《我国最早的歌舞剧〈公莫舞〉演出脚本研究》读作"征戍"最为妥帖。本解为爹娘口吻，大意为：儿三年征戍未归，生死未卜，而须知为娘的也在一天一天地老去啊！

④ "平平门"，杨公骥、姚小鸥释作"频频扣"，白平释作"凭门"于义皆通。本解写不见儿归，爹娘伤心至极！

⑤ 新本第一个"吾"作本辞，"客"作声字，今依次改为声字与本辞。本解转折，第八、九、十三解叙三年征戍之情。

⑥ "洛"作"略"从姚小鸥校释本。"海何来婴"之"何"，新本作本辞，今改作声字。因前本辞无"何"字，此处复唱作本辞无义，何况"何婴"、"来婴"大多作声字。

⑦ "香"作"杳"从姚小鸥校释本。声字"噫邪"，张玉新移至第十一解解首，此举实自乱体例，今不从。

母,何吾(十一解)①

(哨声)**三针【征】一发,交【几】时还**(十二解)②

弩心,意何零,意**弩心**,遥来婴**弩心**(十三解)③

(哨声)**复相头巾**,意何零,何邪,相(哨)**头巾**,相吾来婴**头巾**母,何何吾(十四解)

---

① 新本"母"一律作声字"吾"之音转替代字,暂无更好选择,姑且从之。之于"儿"作声字,今则改为本辞。"钱健步",新本从逯钦立作"遣健步"。但逯钦立未作进一步解释,新本亦如是。《三国志》中,"健步"代"使臣",故"遣健步"即派遣使者之意。本解大意即:是谁选择吾儿,派遣他去做使臣?

② "交",从白平《汉〈公莫舞〉歌词试断》文作"几"。"三针一发",新本作"三箭一发",比喻家中事繁,一人无暇顾及,心念丈夫早日回家。为妻子思夫口吻。新释不可从。"三针一发"应结合上文"三年征戍"、"遣健步",下文"使君"称谓作一以贯之的理解。"三针一发"当作"三年征戍,一次被遣作使臣"解。"发",文献中本有"派遣"之用法。

③ "弩心",姚小鸥从杨释,作舞蹈动作"仰胸挺首"解。新本拟作弓弩舞的射箭动作,只是"公莫巾舞"中是否同时上演弓弩舞则是个大大的疑问,除非是礼乐大舞,文舞武舞兼备。《礼记·乐记》云:"始奏以文,复乱以武。治乱以相,迅疾以雅。"这里说的便是礼乐大舞,而"公莫舞"或"巾舞"毕竟为乐府,文舞武舞兼之的可能性不大。故"弩心"以杨解为优。凡以下各解出现的"相头巾"、"推排"和"转轮",姚小鸥本皆作舞台提示语。其中,"头巾"、"推排"、"转轮"与舞蹈动作有关,"相"则是节乐之乐器。本文以为,"相"指乐器可能性不大,理由如上述,"相"是用来节奏大乐武舞,而"巾舞"最后以武舞收束可能性不大。何况"相"前置于"头巾"而成词组,"头巾"乃文舞标志。此处"相"实际上就是"看"、"视"的意思,这里说的是舞蹈动作与眼神之间的配合。凡自十三解至十六解出现的舞蹈动作皆即本辞,不宜视作舞台提示语。对此,新本所作的考释说明可取,亦即乐府歌辞歌咏舞蹈动作是正常现象。如吴均的《小垂手》:"且复小垂手,广袖拂红尘。折腰应两笛,顿足转双巾。"参李学勤主编:《十三经注疏·礼记正义卷三十八·乐记》,北京:北京大学出版社,1999年,第1120页;[宋]郭茂倩编撰:《乐府诗集》,北京:中华书局,1979年,第1070页。

复来推排，意何零，相（哺）**推**，相来婴**推非【排】**母，何吾
（十五解）

复车【转】轮，意何零，子以邪，相（哺）**转轮**，吾来婴**转**母，何吾
（十六解）

使君去时，意何零，子以邪（十七解）

使君去时，**使**来婴**去时**母，何吾（十八解）

思君去时，意何零，子以邪（十九解）

思君去时，**思**来婴吾**去时**母，何何吾吾（二十解）①

如果上面的文本大体合乎实际的话，则可以推断《巾舞歌诗》
类似于说唱结合的演艺形式。本辞主体有节奏地说（诵）出，句尾
字咏叹之，又取句中部分关键声字复永之，声字有取句尾两字或
句中一字，不一。如第一解中的"公姥"、第二解中的"为"字。下
面以前六解为例，具体考察一下《巾舞歌诗》声辞之间的韵调转换
情况。

时吾何婴：

时：禅纽（正齿音半浊半清），七之部韵，平声。

吾：疑纽（牙音不清不浊），十一模部韵，平声。

何：匣纽（喉音全浊），七歌部韵，平声。

婴：影纽（喉音全清），十三耕部韵，平声。

四声字从声纽看，发声表现出自外而内，即由齿牙音向喉音
转换的转喉特点。自韵部看，主元音相同或相近，由阴声韵向阳
声韵过渡，表现出阴阳对转的特点。就声调而言，皆为平声。

莫【姥】时：

---

① 整体而言，《巾舞歌诗》反映的歌舞表演，涉及的是"君子于役"，母子相思的
　主题与情感。

姥：明纽（唇音重不清不浊），十姥部韵，上声。

时：禅纽（正齿音半浊半清），七之部韵，平声。

自声纽看，两字声构成由外唇向内齿的过渡变化。韵部由合口向开口变化，而声调则随之由上声转为平声。发声及韵调变化合乎自然。

婴公：

婴：影纽（喉音全清），十三耕部韵，平声。

公：见纽（牙音全清），一东部韵，平声。

自声纽看，两字声构成由内喉向外牙的转换。韵部相近，形成由开口向合口变化的趋势，声调皆为平声。发声及韵调变化合乎自然。

（以上第一解）

茂【姥】时：

茂：明纽（唇音重不清不浊），五十候部韵，去声。

时：禅纽（正齿音半浊半清），七之部韵，平声。

莫【姥】至茂【姥】，声纽未变，但韵调已有变化。"茂"、"时"之间的声韵调变化同"莫"、"时"。

时为：

时：禅纽（正齿音半浊半清），七之部韵，平声。

为：喻纽（喉音不清不浊），五支部韵（与脂之同用），平声。

声纽自外向内喉转，韵调同。易于形成合音。

为来：

为：喻纽（喉音不清不浊），五支部韵（与脂之同用），平声。

来：来纽（舌齿音不清不浊），十六哈部韵（灰哈同用），平声。

声纽喉外转，韵调接近，韵转自然。

来婴：

来：来纽（舌齿音不清不浊），十六哈部韵（灰哈同用），平声。

婴：影纽（喉音全清），十三耕部韵，平声。

声纽自外向内喉转，韵由阴转阳，声调皆为平声，自然转韵。

婴当：

婴：影纽（喉音全清），十三耕部韵，平声。

当：端纽（舌头音全清），十一唐部韵，平声。

声纽喉外转，皆为阳韵平调，形成开合之势，易于形成合音。

恩吾：

恩：影纽（喉音全清），二十四痕部韵，平声。

吾：疑纽（牙音不清不浊），十一模部韵，平声。

声纽喉外转，韵阳声转阴声，平调，形成开合之势，韵转自然。

（以上为第二解）

吾何婴：

吾：疑纽（牙音不清不浊），十一模部韵，平声。

何：匣纽（喉音全浊），七歌部韵，平声。

婴：影纽（喉音全清），十三耕部韵，平声。

三字声韵调关系参第一解。

起吾：

起：溪纽（牙音次清），六止部韵，上声。

吾：疑纽（牙音不清不浊），十一模部韵，平声。

声纽发声部位同，同为阴声韵，上、平调，与韵母元音由开渐合的趋势相应，韵转自然。

婴土：

婴：影纽（喉音全清），十三耕部韵，平声。

土：透纽（舌头音次清），十姥部韵，上声。

声纽喉外转，韵阳转阴，平上调，韵母元音形成由开渐合的趋势。后字不易纽转。

土来：

土：透纽（舌头音次清），十姥部韵，上声。

来：来纽（舌齿音不清不浊），十六哈部韵（灰哈同用），平声。

声纽发声部位近，自外向内转，同为阴声，上、平调，韵母元音形成由合渐开的趋势，韵转自然。

来婴：

同第二解，声纽自外向内喉转，韵由阴转阳，声调皆为平声。

婴转：

婴：影纽（喉音全清），十三耕部韵，平声。

转：知纽（舌上音全清），二十八獮部韵，上声。

声纽喉外转，同为阳声韵，平上调，开合趋势向开，后字易纽转。

去吾：

去：溪纽（牙音次清），九御部韵，去声。

吾：疑纽（牙音不清不浊），十一模部韵，平声。

声纽发声部位同，同为阴声，韵母主元音同，去平调，从低平到高平，转化自然。

（以上为第三解）

转南：

转：知纽（舌上音全清），二十八獮部韵，上声。

南：泥纽（舌头音不清不浊），二十二覃部韵，平声。

声纽发声部位近，韵母同，阳声，上平调。前字韵尾同后字声纽，极易纽转。

南来婴：

南：泥纽（舌头音不清不浊），二十二覃部韵（谈同用），平声。

来：来纽（舌齿音不清不浊），十六咍部韵（灰咍同用），平声。

婴：影纽（喉音全清），十三耕部韵，平声。

三字声纽喉内转，韵构成阳阴阳的变化，韵调平，韵转自然。

婴当：

参第二解。声纽喉外转，皆为阳韵平调，形成开合之势，易于形成合声。

去吾：

参第三解。声纽发声部位同，同为阴声，韵母主元音同，去平调，从低平到高平，转化自然。

（以上为第四解）

草吾：

草：清纽（齿头音次清），三十二晧部韵，上声。

吾：疑纽（牙音不清不浊），十一模部韵，平声。

开合随纽，韵转自然。

吾何婴：

三字声韵调关系参第一解。

婴下：

婴：影纽（喉音全清），十三耕部韵，平声。

下：匣纽（喉音全浊），七歌部韵（戈同用），平声。

发声部位同，清浊有异。前字阳声，后字阴声，同为平调。后字不易受前字影响而纽转。

下来：

下：匣纽（喉音全浊），七歌部韵（戈同用），平声。

来：来纽（舌齿音不清不浊），十六咍部韵（灰咍同用），平声。

喉外转，阴声韵，韵母主元音自高位至低位，自然形成合口之势。

来吾：

来：来纽（舌齿音不清不浊），十六哈部韵（灰哈同用），平声。

吾：疑纽（牙音不清不浊），十一模部韵，平声。

声纽发声部位近，同为阴声韵，韵部距离不远，又为平调，韵转极易。

吾食：

吾：疑纽（牙音不清不浊），十一模部韵，平声。

食：禅纽（正齿音半浊半清），二十四职部韵（德同用），入声。

字声韵调较远，不易造成后字纽转。

草吾：

同本解首条。

（以上为第五解）

缩何：

缩：审纽（正齿音全清），一屋部韵，入声。

何：匣纽（喉音全浊），七歌部韵，平声。

齿喉内转，韵母主元音近，入平调，字声过渡自然。

何来婴吾：

何：匣纽（喉音全浊），七歌部韵，平声。

来：来纽（舌齿音不清不浊），十六哈部韵（灰哈同用），平声。

婴：影纽（喉音全清），十三耕部韵，平声。

吾：疑纽（牙音不清不浊），十一模部韵，平声。

先喉外转，次喉内转，再喉外转。第一次外转，韵成开口之势；第二次内转，韵成合口之势；第三次外转，韵顺承前韵转撮口之势。韵调和谐自然。

吾亦：

吾：疑纽（牙音不清不浊），十一模部韵，平声。

亦：喻纽（喉音不清不浊），二十二昔部韵，入声。

牙喉内转，平入调，形成开口之势，易于合音。

老吾

老：来纽（舌齿音不清不浊），三十二晧，上声。

吾：疑纽（牙音不清不浊），十一模部韵，平声。

声纽发声部位靠近，自然外转；同为阴声，上、平调，形成开合之势，韵转自然。

（以上为第六解）

综上分析发现，本辞后面的声字，都是进入咏叹时气息变化而形成的字声纽转与韵转，自然和谐，余韵悠长。但这种自然咏叹固然音声和美，但其余韵曼声如果节奏不当，亦极易造成本辞的音变，尤其是在本辞复唱时。案例中，本辞吟咏时的余韵曼声，已不可能再还归本字。本辞的复唱似乎有提示意义，但复唱本身追求韵律美感，且本辞又具选择性，故而，它不仅不能让人听出本辞，反而使得完句的本辞更显支离破碎。

要而言之，上述《巾舞歌诗》所代表的一唱三叹的歌咏吟诵方式，实际上只能加剧文言声文分离的固有矛盾，而晋宋以来，这种起于乐府的歌咏吟诵方式对道俗的文言吟诵都产生过深刻影响。《南齐书·乐志》载建武初，明帝奏乐及晋《公莫舞歌》，"言是似《永明乐》，流涕忆世祖云"，进一步说明了这一点。①

---

① 刘宋时期的诗文用韵情况研究表明，此期入声韵与阳声韵关系变得密切，或许与这一吟诵方式有关。因为入声韵字在这种缓吟叠咏的过程中，其韵调势必要发生改变，其变异必得从鼻音化开始，故而转为阳声韵。

第二节　《永明乐》与永明声律

　　明帝所谓《永明乐》当涉及永明五年左右,竟陵王萧子良集谢
朓、王融、沈约等文士及高僧于鸡笼山西邸创作的一组同题共咏
的乐府歌诗,今存于《乐府诗集》"杂曲歌辞"中,共二十一首。其
中谢朓、王融各十首,沈约仅存一首。郭茂倩《乐府诗集》"解题"
云:"《南齐书·乐志》云:'《永明乐歌》者,竟陵王子良与诸文士造
奏之。人为十曲。道人释宝月辞颇美,武帝常被之管弦,而不列
于乐官。'按此曲永明中造,故曰永明乐。"① 今见于《乐府诗集》中
的《永明乐》为章曲歌辞,每首亦即每章五言四句。郭茂倩将其列
入"杂曲歌辞",显然是基于曲调来源的考虑。据《南齐书·乐志》
明帝语,其当源于晋《公莫舞歌》的舞曲,但将其与《巾舞歌诗》古
辞比较,其文人化的性质则一目了然。不论其内容,但观其形式,
便能说明很多问题。下面仅以谢朓十首的前四首及王融、沈约各
一首为例,略作分析:

永明乐

谢朓四首 ②

一

十五青

帝图闰九有,　去平去上上,

皇风浮四溟。　平平平去平。

永明一为乐,　上平入平入,

---

①[宋]郭茂倩编撰:《乐府诗集》,北京:中华书局,1979年,第1062—1063页。

②[宋]郭茂倩编撰:《乐府诗集》,北京:中华书局,1979年,第1063页。

咸池无复灵。平去平去平。①

二

八微

民和礼乐富，平平上入去，

世清歌颂徽。去平平去平。

鸿名轶卷领，平平入上上，

称首迈垂衣。去上去平平。

三

三十二晧

朱台郁相望，平平入平去，

青槐纷驰道。平平平平上。

秋云湛甘露，平平平平去，

春风散芝草。平平去平上。

四

十四清

龙楼日月照，平平入入去，

淄馆风云清。平去平平平。

储光温似玉，平平平上入，

藩度式如琼。平去入平平。

王融一首②

十四清（庚耕清同用）

玄符昭景历，平平平上入，

茂实偶英声。去入上平平。

―――――――――

① 句中"池"应读去声，通"施"。

② ［宋］郭茂倩编撰：《乐府诗集》，北京：中华书局，1979年，第1063页。

> 长为南山固，平去平平去。
> 永与朝日明。上上平入平。
> 　　　沈约一首①
> 　　二十陌（麦昔同用）
> 联翩贵游子，上平去平上，
> 侈靡千金客。上上平平入。
> 华毂起飞尘，平入上平平，
> 珠履竟长陌。平上去平入。

观以上歌诗辞体，显然与颂赞同类。就韵式看，除沈约一首、谢朓一首平起仄韵外，其余皆平起平韵。从韵脚字看，其诗分韵已密合《切韵》系韵书。句制五言，章制四句。凡此都是律化的表现。这里，还可参考永明诗律的标准进一步去考察诸歌辞的律化水平。永明诗律，学界一般皆认同避忌平头、上尾、蜂腰、鹤膝四种声病，具体内容见载于《文镜秘府论·西卷》"文二十八种病"中：

> 平头诗者，五言诗第一字不得与第六字同声，第二字不得与第七字同声。同声者，不得同平上去入四声，犯者名为犯平头。

> 或曰：沈氏云："第一、第二字不宜与第六、第七同声。若能参差用之，则可矣。"

> 上尾诗者，五言诗中，第五字不得与第十字同声，名为上尾。

> 沈氏亦云："上尾者，文章之尤疾。自开辟迄今，多慎不免，悲夫。"若第五与第十故为同韵者，不拘此限。

---

① [宋]郭茂倩编撰：《乐府诗集》，北京：中华书局，1979年，第1064页。

蜂腰诗者,五言诗一句之中,第二字不得与第五字同声。言两头粗,中央细,似蜂腰也。

鹤膝诗者,五言诗第五字不得与第十五字同声。言两头细,中央粗,似鹤膝也,以其诗中央有病。

沈氏云:"人或谓鹤膝为蜂腰,蜂腰为鹤膝。疑未辨。"①

考察发现:王融一首无病犯;沈约一首"联侈"、"华珠"两处犯平头②,其他三病全免。谢朓四首,第一首只第一联"图风"犯平头,韵句"风溟"犯平声蜂腰;第二首"和青"犯平头、韵句"清晖"犯平声蜂腰;第三首四处全犯平声平头、"望露"犯同去声鹤膝;第四首"龙淄"、"储藩"属首字犯平头,该诗与王融一首每句二、四字亦无同声之犯,与唐近体诗律相合。有必要说明的是,以上标准或已掺入后人见解,未必全等同于沈约永明的"八病"标准。沈约永明的标准较之或许更为宽松。从上面所引沈约的片言只语看,永明最忌讳的是"上尾"病,至于"平头"只是说"不宜",较之"上尾者,文章之尤疾"之口气要和缓得多。故上述诸诗主要的病犯在"平头","上尾"、"鹤膝"几乎全免,也很少犯"蜂腰",所犯者只在韵句犯同平声之蜂腰,极有规律。整体观之,声病意识在三人诗中已体现得甚为明显。可以推知,创制《永明乐》时,沈约、王融、谢朓诸人已形成共同的声律理论与诗律标准。上引王融、沈约的两首可以说代表了标准的"永明体"。

既然已经推定《永明乐》歌诗就是依据永明声律理论创作的"永明体",那么是否可以说永明声律说就是为了解决诗歌合乐的

①[日]遍照金刚撰,卢盛江校考:《文镜秘府论汇校汇考》,北京:中华书局,2006年,第913、922、931、939—940、949、973、982页。

②如果按后世"一三五不论,二四六分明"的律诗观念,此处的平头之犯是可以接受的。

问题而兴起的呢？答案是否定的。

　　据《南齐书·乐志》，当时创制《永明乐》者，除竟陵王萧子良与沈约等文士外，还有僧人释宝月。人为十曲，但流传下来的却只有谢朓等二十一首。齐武帝认为"道人释宝月辞颇美"，故"常被之管弦，而不列于乐官"。释宝月的《永明乐》歌辞不传是否因为未列入乐官？反之，见于《乐府诗集》的二十一曲得以流传是否因为列入乐官呢？从建武初明帝还提及《永明乐》的事实看，这种可能性是存在的。但就当时武帝言语中的喜好而言，其首先看重的应是文辞之美，其次才是声乐之美。尽管释宝月的《永明乐》歌辞面目已不得而知，但可以推断，齐武帝所谓的"文辞之美"或在丽藻胜义，而绝非永明体的声律之美，否则他没有理由不喜欢王融、沈约的歌辞并被之管弦。不合永明声律的歌辞同样可以披之管弦的事实说明，永明声律与是否合乐并无必然联系。当然，有人会说，王融等合乎永明声律的歌辞毕竟列入乐官得以传承，至少可以说明它们更合谐于乐。姑且承认这种可能性，只是还得追问：所合之乐的"乐"究竟如何？据《南齐书·乐志》，《永明乐》的曲调与齐建武年间尚在演奏的晋代《公莫舞歌》的曲调相似，而配其曲调的《巾舞歌诗》则为"二十章，无定句"，其与所知《永明乐》歌辞体制的差距不言自明，但我们显然不能说《永明乐》歌辞比《巾舞歌诗》更合乐。可见，"合乐说"并不能最终解释并揭示永明声律说兴起的真实原因及其本义。

　　上述《永明乐》例，最值得注意的是，诸诗尽管创为乐章，但其辞体则属颂赞之类，是诉诸文言书写，偏文且可以独立的文体。它的音声形态得以实现的原始凭借无疑是吟诵的方式，故永明声律的最终秘密只能于吟诵方式中去寻找。

第三节 "吴音吟诵"说批判

王小盾、金溪所撰《经呗新声与永明诗歌的变革》①一文认为,永明声律说及永明体诗歌实践代表了一种新的诗歌吟诵方式的形成,其语音基础是吴地方音。姑且称之为"吴音吟诵"说。其说角度新颖,局部认识也很深刻,触及到了永明声律运动的本质。但其具体观点或结论则似是而非,尚待辩明。对"吴音吟诵"说的批判,有助于推进本文已有认识成果。

下面结合《经呗》一文的论证过程,以按语的形式加以分析考察。

该文首先证明了转读和呗赞都是基于已有汉文佛经而实施的吟咏方式,作为魏晋南北朝佛教的末学,转读、呗赞对中国文化的影响主要表现在艺术或声乐技巧方面,而不可能从实质上影响当时的诗文声律理论。最有力的证据是,通过对《大藏经》中所有汉唐典籍所作的逐一考察表明,在这些佛经中找不到任何符合近体诗律或"永明声律"的呗赞作品。"这一点也说明,转读、呗赞同四声说的出现并无直接关系。相反,应该说,作为佛教音韵学和佛学义解研究的拼音理论、声韵调理论,才是当时诗文声律改革的先驱"。

按:以上论说大体是可信的。

其次,论文证明了南齐时期的佛教经呗新声和永明文人新体诗歌创作,是互相影响、互相促进的关系。证据是:两者都由竟

---

①王小盾、金溪:《经呗新声与永明时期的诗歌变革》,《文学遗产》,2007年第
　6期。

陵王发起，时间、地点等客观条件重合；文人呗赞新声的创作；经呗新声与永明诗歌的创作宗旨和创作方式相似——具有某种计划性、理想性的文化活动，它们不是在创作作品的过程中总结规则，而是在确定一定规则之后，创作新作品来体现新规则；唱和、同题共赋的集体性创作方式。关于经呗新声的创作宗旨，论文的表述是："在永明时期，梵呗曲调和歌辞的汉化进程从未中断，文学性的加强正是其表现。永明七年二月的集会，集合了以江南籍贯为主的善声沙门，为转读定声法，为梵呗定曲调，可以视为在此前基础上，对经呗汉化成果所进行的一次大规模的总结。"之于永明体诗歌的创作，论文的表述则是：沈约完成《宋书》在永明六年（488）二月，其中《谢灵运传论》提出了被视作永明体纲领的声律理论。此前，"八友的诗作普遍不多，而作为文学集团之表现的唱和之作更是寥寥——只有沈约、谢朓、王融的《永明乐》及几首奉和萧子良的诗作而已。这意味着，当时西邸文学集团尚未完全形成。而八友作为一个整体来进行诗歌创作，探讨诗歌技法，其事则主要集中在永明八年、九年。在这一时期，八友创作了大量唱和作品、同赋作品"。这说明"永明诗歌创作也是对规则进行实践的产物"。

　　按：第二点论述，基于事实考辨，结论大体上可信。但具体细节值得商榷。论文低估了永明五年左右的《永明乐》创作的意义。本文前此有关《永明乐》的考察表明，作为永明体纲领的声律理论已体现于沈约、谢朓、王融等人的《永明乐》创作实践。《宋书》整体上完成于永明六年，并不等于永明声律理论的正式提出必得延至此时，何况四声定韵宋末就已开始。此外，《永明乐》案例还说明，不仅文士参与了经呗新声的创作，善声沙门也参与了永明歌诗的创作。

复次,论文欲证明南朝经呗之声的语音基础是以建康方言为主的吴音。其完成论证经历四个步骤:

第一步,从理论上说明佛教声唱迁就各地方言,是佛教传统;第二步,通过对《高僧传》《出三藏记集》《历代三宝记》《大唐内典录》等相关材料的解读,说明魏晋南北朝佛经翻译,方言的影响是不可忽视的一个因素;第三步,结合以上两点,进而推论:"魏晋南北朝佛教是用方言而非当时雅言通语来翻译佛经,然后再用方言加以诵读宣讲的。这是一个流行于当时的惯例";第四步得出结论:在南朝宋、齐之时,建康成为佛教中心,因而,佛教经呗的主流趋势是使用吴语。

按:此间错乱至为严重。理论上说,佛教传播,因时就俗,借助于传播地的语言以利传播,这是必然的现象。不惟佛教,所有的文化传播都是这样,且历来如此。问题在于,汉地佛教传播所借助的"汉语"是否等同于各地的"方言",尤其是佛经的汉译。答案显然是否定的。论文尽管在解读文献有关汉地佛经译本差异的相关论述,如引用僧佑"案中夏彝典,诵《诗》执《礼》,师资相授,犹有讹乱"等说法时,亦曾用过"方言因素"的概念,但最终还是将"方言因素"对佛经汉译的影响,直接理解成了用各地方言去翻译佛经。这显然严重地悖离了常识。须知,无论何时何地的佛经汉译,都是异常神圣的,必设严格的译经程序以为遵循。以早期《瑞应本起经》的翻译为例,整个程序便由支谦口授,"陈郡谢镕,吴郡张洗等笔受,魏东阿王植详定"。① 可见,佛经翻译不仅有口授,而且有多人笔记,最后还需要对文本进行参校审定。由于佛教的中土传播自始走的便是上层路线,故参与译经者必是精通梵汉,

---

① 参《大正新修大藏经》第49卷《历代三宝纪》([隋]费长房撰),第57页。

深明佛理的高僧，以及当时一流的文人学者，如支谦、曹植者。慧皎《高僧传·译经论》述及早期佛经翻译时，说得非常明白："然夷夏不同，音韵殊隔，自非精括诂训，领会良难。属有支谦、聂承远、竺佛念、释宝云、竺叔兰、无罗叉等，并妙善梵汉之音，故能尽翻译之致。一言三复，词旨分明，然后更用此土宫商，饰以成制。"① 不难看出，"精括诂训"、"一言三复"说的都与梵汉对译时，如何慎重选择文言字词，准确传达佛教义理的问题有关。既然经译的最终完成必为汉字文本，则所谓"更用此土宫商，饰以成制"当然只能理解为：依据当时的文言正音（当时的雅言通语）标准或乐律，核准规范经文的声字音韵以及经文吟咏讽诵的节奏韵律与腔调。而《经呗》一文则断章取义，引用"更用此土宫商，饰以成制"一语，便断言"它证明了另外一个事实，即魏晋南北朝佛教是用方言来翻译佛经，然后再用方言加以诵读宣讲的"，岂不荒谬！要之，尽管在南朝宋、齐之时，建康已成为佛教中心，但无论如何亦无法以前此的论述做基础，推导出"宋、齐之时佛教经呗的主流趋势是使用吴语"之结论。

再次，以上述"宋、齐之时佛教经呗的主流趋势是使用吴语"之推论为基础，进而证明，永明七年，经呗新声确立了吴音经呗范式，又为诗歌吟诵理论的成型提供了参考，推动了以"吟"为标志的吟诵方式的最终形成。其主要论证如下：

陈寅恪《东晋南朝之吴语》云："东晋南朝官吏接士人则用北语，庶人则用吴语，是士人皆北语阶级，而庶人皆吴语阶级。"而据《高僧传·经师传》所载南齐经师，"凡著有籍贯者，除释昙迁为月

---

① ［梁］释慧皎撰，汤用彤校注，汤一玄整理：《高僧传》卷第三，北京：中华书局，1992年，第141页。

支人，释昙凭、为键为南安人外，他皆为建康人氏；善声沙门中的翘楚释僧辩、释慧忍师徒亦然"，且"辩、忍二公皆非士族，而宣唱之时须面对庶人，故其使用吴语一事，是可以肯定的"。又"《高僧传·经师传》称二人声法，僧辩'哀婉折衷，独步齐初'，慧忍'哀婉细妙，特欲过之'"，这其实是将二人声法视作南齐时期"纤婉为工"之经呗风格的代表。既然萧子良所造的经呗新声，以此二人所制最为长妙，"为命家之作"，则当时"在唱诵腔调方面所确立的轨范，便应当是联系于吴语语音的轨范"。

之于文学作品的吟咏，先秦便有"诵"、"咏"、"吟"等多种方式。"诵"原指声音的低昂顿挫，即直诵。"咏"古通"永"，即长言，多指上古的北方歌唱。"吟"与"呻"互文，指声之悠长动人，字较晚起，多用于描写吴、越地区的早期民歌。"此三字之区别，与其说是朗诵方式的区别，不如说是其地方声腔的区别"，"洛咏"、"吴吟"等熟语可为证明。自东晋至刘宋，文人吟诵诗歌多称"咏"，此种吟诵方法以东晋士族语音（洛阳音和其他北方语音）为基础。刘宋末，"吴吟"成为主流，它"意味着朗诵声腔的改变，即文人朗诵普遍采用了含有吴音成分的金陵音，并向南方民歌腔调取材"。这同时反映了一个重要事实：诗人对百年前的北音已经比较陌生，"咏"的吟诵方式遂不再适合使用。因此，与"咏"相关的诗歌创作也进入了瓶颈。于是刘宋中后期，诗人们开始探索新的吟诵方式。探索找到的突破口在于："尝试将僵死的北语改变为'自然'语音，亦即当时通用的带有很多吴语成分的金陵音"。《永明乐》二十一首，正是体现这一变革的阶段性成果。而永明七年，经呗新声确立了吴音经呗范式，"又为诗歌吟诵理论的成型提供了参考，推动了以'吟'为标志的吟诵方式的最终形成"。

按，此部分论证亦多属臆测。佛经转读为接济庶人，使用带有吴音的金陵书音当然有可能,但使用吴语绝无可能。因为经本乃文言文本,即便在今天,用纯粹方音去诵读普通话的书面文本亦很难做到,何况当时吴地方言较北方方言与文言正音的差距要大得多。而换一角度说,带有方音的文言书音却不影响本方言区人对文言文本的听读。故辩、忍二公尽管皆非士族,但其宣唱的语音基础只能说是带有吴音的金陵书音而绝非吴语方音。进而言之,有关永明七年之经呗新声的最为可靠的说法应是:它提升了金陵书音之地位,在整合吸纳带有吴音的金陵书音基础上重新定义并规范了文言经呗范式。至于文人诗歌吟诵的所谓的"洛咏"、"吴吟"之声腔区别可存而不论,但说"刘宋之时,诗人对百年前的北音已经比较陌生,'咏'的吟诵方式遂不再适合使用",诗人们探索新的吟诵方式就是"尝试将僵死的北语改变为'自然'语音,亦即当时通用的带有很多吴语成分的金陵音",实属想当然,不合逻辑亦不合事实。

　　先说事实。《南齐书·张融传》载:

　　　　(融)出为封溪令。从叔永出后渚送之,曰:"似闻朝旨,汝寻当还。"融曰:"不患不还,政恐还而复去。"广越嶂崄,獠贼执融,将杀食之,融神色不动,方作洛生咏,贼异之而不害也。①

　　张融身处刘宋末,且为吴人,正如陈寅恪所言,其"临危难仍能作洛生咏,虽由于其心神镇定,异乎常人,要必平日北音习熟,否则决难致此无疑也"②。獠贼尚且能辨"洛生咏",何况吴地一般书生呢! 正因此,陈寅恪论定:

　　　　凡东晋南朝之士大夫以及寒人之能作韵者,依其籍贯,

①[梁]萧子显:《南齐书·卷四十一·列传第二十二·张融传》,北京:中华书局,1972年,第721页。
②陈寅恪:《东晋南朝之吴语》,《金明馆丛稿二编》,北京:生活·读书·新知三联书店,2015年,第305页。

纵属吴人,而所作之韵语则通常不用吴音,盖东晋南朝吴人之属于士族阶级语者,其在朝廷论议社会交际之时尚且不操吴语,岂得于其摹拟古昔典雅丽则之韵语转用土音乎? 至于吴之寒人既作典雅之韵语,亦必依仿胜流,同用北音,以冒充士族,则更宜力避吴音而不敢用。故今日东晋南朝士大夫以及寒人所遗传之诗文虽篇什颇众,却不能据以研究东晋南朝吴音与北音异同及韵部分合诸问题也。①

事实恰恰表明,"刘宋之时,诗人对百年前的北音已经比较陌生","'咏'的吟诵方式遂不再适合使用"之说,确属无稽之谈。

再论逻辑。既然说诗人对北音洛咏已陌生,北音已僵死,金陵吴音已通用,又何来"尝试改变"一说? 既然诗人于刘宋中期已开始探索新的吟诵范式,且永明五年《永明乐》的创制已体现了探索成果,换而言之,以"吴吟"为标志的新的诗歌吟诵理论和吟诵方式已经成型,何以要等到永明七年方确立的以吴音经呗为范式的经呗新声来提供参考,来加以推动呢? 既然前此论文已经证明南齐时期的佛教经呗新声和永明文人新体诗歌创作,是互相影响、互相促进的关系,为何不说是诗歌的"吴吟"为经呗新声的吴音范式的成型与确立提供了参考与推动呢? 凡此种种,说明论文作者的诸多说法或推论缺乏逻辑的严谨性,且相互之间亦不具备内在的统一性。

最后,论文欲证明经呗新声对永明诗歌吟诵方式的影响不仅体现于吴语的语音基础,还体现于特定的"声腔"。作者认为:

> 早在永明以前,南朝经师已经总结出一整套吟经音调和

①陈寅恪:《东晋南朝之吴语》,《金明馆丛稿二编》,北京:生活·读书·新知三联书店,2015年,第308—309页。

规范。在当时的经呗声法中,有"平调"、"侧调"等名词,指的
是基本的曲调;有"好存击切"、"写送清雅"、"起掷荡举"、"平
折放杀"、"游飞却转"、"反叠娇弄"等术语,指的是具体的吟
诵方法。曲调是大体上固定的,而具体方法的运用则相当灵
活。因此当时经师的唱诵风格各不相同,并且按照师承分成
不同流派。竟陵王萧子良造经呗新声的结果,是在各家吟诵
腔调的基础上确定了一个权威的转读法。葛兆光认为,"在
佛经诵读中,除了一种是始终保持在高音调上的朗读法,即
所谓'高调清澈','声调陵陵,高超众外'……应该还有以下
几种,一种是高低音交替相间的诵读法,大概就是所谓的'举
掷'、'腾掷'或'起掷'……再一种是长短音交替相间的诵读
法,大约就是所谓的'停驻飞走'……再有一种是洪细音交替
相间的诵读法"。由此看来,佛教转读非常重视高低、长短、
轻重、洪细等不同音节的搭配。

　　而沈约《宋书·谢灵运传论》有云:"欲使宫羽相变,低昂互
节,若前有浮声,则后须切响。一简之内,音韵尽殊;两句之中,轻
重悉异。妙达此旨,始可言文。"①《文心雕龙·声律》亦云:"凡声
有飞沉,响有双迭。双声隔字而每舛,迭韵杂句而必睽;沉则响发
而断,飞则声飏不还。"②沈、刘之说表明,永明时期的诗歌吟诵方
式,在声腔上的特点即是非常注意高低、轻重等音调的搭配,这与
佛教转读非常重视高低、长短、轻重、洪细等不同音节的搭配是非
常一致的。此外,沈、刘说中表示平仄的术语"飞"与"切"都是来

---

① [梁]沈约:《宋书卷六十七·列传第二十七·谢灵运传》,北京:中华书局,
　　1974年,第1779页。
② 周振甫:《文心雕龙今译·声律第三十三》,北京:中华书局,1986年,第300页。

自佛教吟诵的术语。据以上论述,论文得出最终结论:

> 以上这种情况—诗歌吟诵理论借用佛经转读术语的情况—是具有象征意义的。它意味着,永明文人所创立的新的吟诵方式,在声腔上借鉴了南朝时期的佛经转读腔调;即使退一步,也可以说,这两者在声腔上有着相当大的共通。

按:论文最后的论述,虽然以"吴音吟诵说"实现了经呗新声与永明声律运动的贯通,但在逻辑上却陷入了自我解构。为了说明佛经转读腔调影响了永明文人所创立的新的吟诵方式,论文不惜篇幅反复论证佛经翻译及其唱诵的方言性质。而论文人吟诵亦不遗余力,试图表明刘宋吴吟已成主流,且论腔调又说其取之于南方民歌。既然如此,自然可以说,佛经转读对永明声律运动的吟诵方式并无直接影响。甚而言之,无论从语音基础,还是从声腔,两者之所以"有着相当大的共通",那只能去南方民歌中去求解了。果真如此的话,《经呗》一文也就失去立场,变得毫无新意了。这里最有必要指出的是,贯通经呗新声与永明声律运动的"吴音吟诵说"无论是否接受"民歌影响说",都得直面自己给自己设置的如下问题:

《经呗》作者开篇便化大量篇幅,试图说明"转读、呗赞对中国文化的影响主要表现在艺术或声乐技巧方面,而不可能从实质上影响当时的诗文声律理论";而论文行将结篇则说,"到永明七年,经呗新声所确立的吴音经呗范式,又为诗歌吟诵理论的成型提供了参考,推动了以'吟'为标志的吟诵方式的最终形成"。"诗文声律理论"与"诗歌吟诵理论"、"吟诵方式"的表述之间,毫无内容上的联系吗?如果抽走了"吟诵理论"和"吟诵方式"亦即作者所引用的沈约于《宋书·谢灵运传论》所表述的"浮声切响"之说、刘勰于《文心雕龙·声律》中所论及的"飞沉"之说,永明"诗文声律理论"还能剩下多少内容呢？

　　论文所使用的概念如此游移不定，表述如此首鼠两端，其根本原因在于，作者"吟诵方式"的概念，除"吴音"有所确指之外，其他则一片茫然。即便"声腔"概念已落实为"高低、长短、轻重、洪细等不同音节的搭配"，亦即"浮声切响"、"飞沉"之说，但作者亦不敢予以确认。因为，不同音节特点的搭配只是一个抽象的原则，适合于所有的吟诵方式；更为关键的是，一当确认便等于说转读、呗赞对永明"诗文声律理论"亦有实质性影响，因此，论文不得不陷入自相矛盾。最为致命的是，作为支持转读、呗赞对永明"诗文声律理论"不可能有实质性影响之说法最为有力的证据：《大藏经》找不到任何符合近体诗律或"永明声律"的呗赞作品，无异于一颗定时炸弹，如果做出了如上确认，也就引爆了这颗定时炸弹，宣告了论文整体立论的破产。不难想象，无论如何理解"吴音吟诵"，只要与永明"诗文声律理论"发生联系，就必须要为《大藏经》中找不到任何符合近体诗律或"永明声律"的呗赞作品的现象作出一个合理解释。问题在于，"吴音吟诵"说不仅不能予以合理解释，而且连直面这一现象的可能性都不存在，因为正是"吴音吟诵"贯通了经呗新声与永明声律运动。不是别的，恰是论文的终极结论"吴音吟诵说"，成了论文致命的阿基里斯之踵。

第四节　呗赞新声非律化的解释
与永明声律运动本义的初步揭示

　　王小盾、金溪对《大藏经》汉唐典籍中的呗赞作品的声律情况所作的结论是否可信呢？本文作了随机抽样检验，确如所言，尚未发现有整首符合近体诗律或"永明声律"的呗赞作品。当然，局部合律作为偶然或概率性事件是必然存在的,否则只能如唐代古体创作有意回避诗律。但即便如此,局部偶然合律的小概率性事件仍然是不可避免的。故而,本文认为,王小盾、金溪的判断整体上是可信的。那么,此一现象除了说明永明呗赞与永明声律运动无实质性关联之外,它之于推进对永明声律运动的认识还会有意义吗? 我们还是结合对《高僧论·经师论》中提及的"四十二契"中两首五言呗赞的声律情况的具体分析,来回答这一问题。

康僧会传《泥洹呗·敬谒》①:

敬谒法王来(去入入平平),心正道力安(平去上入平)。

【寒部韵】

最胜号为佛(去去去平入),名显若雪山(平上入入平)。

【山部韵】

譬华净无疑(去平去平平),得喜如近香(入上平去平)。

【阳部韵】

方身观无厌(平平平平去),光若露耀明(平入去去平)。

【庚部韵】

唯佛智高妙(平入去平去),明盛无瑕尘(平去平平平)。

【真部韵】

愿奉清信戒(去上平去去),自归于三尊(去平平平平)。

【魂部韵】

帛氏传《高声梵呗·行地印文》②:

行地印文现(平去去平去),无畏威远震(平去平上去)。

【震部韵】

---

① 《大正新修大藏经》第1卷《般泥洹经》(失译),第179页。
② 《大正新修大藏经》第12卷《佛说须赖经》([曹魏]白延译),第56页。

齿齐肩间回（上平平去平），当礼释中神（去上入平平）。

【真部韵】

我赞十力王（上去入入平），檀独欢喜诚（平入平上平）。

【清部韵】

自归佛得福（去平入入入），愿后如世尊（去上平去平）。

【魂部韵】

若依据前此曾套用于《永明乐》的或参和后人见解的永明声病说的标准，上述《泥洹呗·敬谒》6韵12句，犯平头3处、上尾2处、蜂腰2处、鹤膝1处；《高声梵呗·行地印文》4韵8句，犯平头3处、上尾3处、蜂腰3处、鹤膝0处。与前此所分析《永明乐》歌辞谢朓4首相比，似乎只是犯病比例稍高而已，但其实，两者的性质则是不同的。因为，整体上去看，《永明乐》歌辞已明显表现出了永明声律的自觉，而此处两首呗赞若放进呗赞整体中去看，其合律的部分并不能说明亦是永明声律自觉的表现。这一判断通过两者韵式的比较可以得到更有力的证明。永明声律的基础是四声定韵，分韵极严（与《切韵》一致），且平韵必平，仄韵必仄。此一韵式在《永明乐》歌辞的创作中得到了毫无例外的体现，而上述两首呗赞与此却有极大的差异。

且看《泥洹呗·敬谒》。尽管阳声平韵到底，但前三韵与后三韵为不同韵，属换韵，且用韵极宽，每韵脚字在《切韵》都分属于不可通押韵部，只是因为主元音相同而押韵。至于《高声梵呗·行地印文》，押的也是阳声韵，情形与前者大体相同，稍有不同者，去声与平声相押，更显宽松而已。此种用韵充分证明了其与有永明声律自觉的《永明乐》歌辞的巨大差异。由于两者皆属可入乐歌辞，我们尝试过用吴相洲的永明声律缘起于便于合乐需要之说来解释这种差异。当真正实施的时候，却发现难免捉襟见肘。如欲维护其说，只能假定呗赞与永明诗歌所入之乐的乐调或曲调不同，或者呗赞不便于入乐。但随之而来的问题是，合乎永明声律的歌诗只配一种曲调吗？即便按照吴氏考察的永明主要诗人喜欢且大量创作的南朝的新声乐府而言就有吴声、西曲两类，总不能说两者为同一种乐调吧。姑且承认新声乐府只是一种乐调，但此种乐调毕竟起于民间，我们能说其原始歌辞较之完全合乎永明声律的歌辞更不配这种曲调吗？显然不能。最为致命的是沈约、谢朓等永明诗人所创作的乐府诗仍然有不低的病犯比率，其合律程度不可能高于永明诗人的非乐府五言诗。据杜晓勤的研究，晋宋以来的吴声西曲歌辞合乎永明诗律的程度明显低于文人五言诗的总体水平。① 如此看来，永明声律之兴实在无关乎便利入乐，自然也就不能用以解释呗赞与有永明声律自觉的《永明乐》歌辞的巨大差异。现在，又只能回到"诗乐分离说"或"吟诵说"的理

---

① 为了证明永明声律本之合乐，起于民间，吴相洲依据《乐府诗集》，对晋宋齐三代流行的有代表性的吴歌和西曲226首歌辞的声律情况进行了分析统计。结果表明，除犯平头的比率较高之外，70—80%的歌辞能够避免其他三病；四病全避的有10首。吴氏认为这是对"平上去入，出行闾里"、"蜂腰、鹤膝，闾里已具"之类说法的最好注解。至于四病全避的歌辞比率不高，吴氏的解释是："这说明民间歌者没有将这一经验上升到理论，并以此规范歌唱。"但杜晓勤亦运用声律数据分析统计比较的方法，得出了足以推翻吴说的结论："晋宋吴声西曲歌辞在句、联等各方面都不甚合乎永明诗律，其合律程度不仅低于同时期的文人五言诗的总体水平，而且明显低于篇制相同的文人五言四句诗，更未超过其出现概率。近来一些学者所提出的永明体诗律系受晋宋吴声西曲歌辞声律特点启发的新说，未能得到现存作品诗律分析数据的支撑，且不符合历史发展逻辑，其论证的欠缺和立论的偏误就显而易见了。"以上参：吴相洲《永明体与音乐关系研究》，北京：北京大学出版社，2006年，第56—92页；杜晓勤《吴声西曲与永明体成立关系的诗律学考察》，《陕西师范大学学报》，2012年第2期。

路。问题在于,前此批判的"吴音吟诵说"在此已沉沙折戟,难道除掉"吴音"二字就能柳暗花明吗?确实如此,只是传统的"诗乐分离说"和"吟诵说"有待重新定义。

若论及"诗乐分离说",最为精审和完备者当属朱光潜20世纪40年代创作的《中国诗何以走上"律"的路》(上下篇)。在朱光潜看来,中国诗律的要义在于音义对偶。针对中国诗的律化之路,朱氏梳理出如下历史线索:

> 一、声音的对仗起源于意义的排偶,这两个特征先见于赋,律诗是受赋的影响。

> 二、东汉以后,因为佛经的翻译与梵音的输入,音韵的研究极发达。这对于诗的声律运动是一种强烈的刺激剂。

> 三、齐梁时代,乐府递化为文人诗到了最后的阶段。诗有词而无调,外在的音乐消失,文字本身的音乐起来代替它。永明声律运动就是这种演化的自然结果。

而要理解上述线索背后的逻辑意义,就必须了解朱光潜所总结的诗歌进化原理。依据这一原理,世界诗歌都得经历四个发展阶段:一、有音无义时期;二、音重于义时期;三、音义分化时期;四、音义合一时期。中国诗歌史亦不例外。第一个时期除少数现行儿歌外,已无史籍可考。可考的是《诗经》。《诗经》里的调与词虽相谐合,却可分立,大体上处于音重于义的时期。而至孔子时期,《诗经》已由音重于义时期转进为音义分化时期了。《三家诗》只重训诂,诗的乐调更无人过问了。而后,诗歌在汉流为乐府。乐府之初,属音重于义时期,有调的虽不尽有词,有词的却必都有调。但五七言古诗由乐府酝酿出来时,乐府便由音重于义时期转入音义分化时期。而其契机则存在于乐府机构中的乐师与文人各司其职的运行机制中,因为乐师制调、文人制词,本具离异分化之基因。其初,乐府机构中乐师是主体,文人只是附庸,一切由协律都尉李延年统辖,自然是音重于义。但稍后,"司马相如作诗颂,延年辄承意弦歌所造诗,为之新声曲",文人与乐师的地位改变了,词渐变为主体,乐调反成附庸了,它开启了词离调而独立的先声。"诗离乐调而独立时期就是文人诗正式成立的时期",亦即音义合一,有词无调的时期。"诗既离开乐调,不复可歌唱,如果没有新方法来使诗的文字本身上见出若干音乐,那就不免失其为诗了。音乐是诗的生命,从前外在的乐调的音乐既然失去,诗人不得不在文字本身上做音乐的功夫,这是声律运动的主因之一。齐梁时代恰当离调制词运动的成功时期,所以当时声律运动最盛行"。①

朱氏"诗乐分离"说最具价值的有两点:第一点便是其诗学观;第二点便是通过诗学观与中国诗史观的结合以揭示永明诗律运动的必然性及其文体学意义。在朱氏看来,诗歌的本质是音乐性,音乐是诗歌的母体,脱离了母体的诗歌,总是有复归母体的冲动。因此,诗歌"无论变到什么程度,总不能与音乐完全绝缘"。这里所谓的"音乐"便是"语言节奏",而"语言的节奏音调则必于歌词的文字本身上见出"。可见,诗歌脱离其母体——乐体之后的复归运动,促成了诗歌的成长与自我完成——诗歌文体的独立与成熟。"文人诗"的成立及永明声律运动只是诗歌文体独立与成熟过程中次第相依的两个特定历史阶段。文人诗始脱离乐调,依文字辞义而立体,却仍有节奏音调的需要。此一需要拓展了诗歌成长的空间,直至永明声律的出现,音义始趋向合一,声文方至

---

① 以上参朱光潜:《中国诗何以走上"律"的路》,载氏著《诗论》,北京:北京出版社,2005年,第237—273页。

兼备,诗歌文体走向成熟的道路。"诗乐分离说"之于永明声律运动的兴起确实具有一定的解释力,但就永明经呗新声运动之后,呗赞的创作为何并未同时走向声律化道路之问题而言,"诗乐分离说"则难以顾及。依其理路,所作的解释应是呗赞新声的词尚未与调分离,仍然依附于乐体,音重于义,故其无须声律化。但问题是,永明时期的呗赞新声制作,确已是有文人参与其中的词先于调的创作了;换而言之,理论上说,永明时期及其后的呗赞亦应声律化才是,而事实与逻辑却不相吻合。以上说明,单就"诗乐分离"去解释永明声律运动,难免存在认识上的盲区。实际上,"诗乐分离"说是包含"吟诵说"的,所以朱光潜也说"文人诗虽不可歌,却仍须可诵"。只是他并未就"吟诵"问题去展开论述,而郭绍虞的相关研究则于此用足了功夫。

　　郭氏观点前此已有介绍,不再赘述。这里只就与朱光潜诗歌文体的音乐性有关的内容复述于此,以利解决问题。在郭氏看来,诗歌的语言节奏对于汉诗来说,有必要做出进一步区分。这实际上是由汉语言文不一的特点决定的,故郭氏将传统韵文的语言节奏区别为"声音语的音节"与"文字的音节"两类。"古诗句式之长短无定,句数之多寡亦无定,节奏跟了意义而决定;而且多用双声叠韵以调和唇吻,所以说是声音语的音节。至于律体:讲究平仄,讲究对偶,句数有一定,字数有一定,完全使之规律化,所以成为文字型的文学,而变成文字语的音节,只适于吟而不适于诵"。① 为了便于论述,可简称前者为"言体音节",后者为"文体音节"。"言体音节"是自然的节奏,适合歌,"文体音节"则是人为

────────

① 参郭绍虞:《中国语言所受到文字的牵制》,载《照隅室语言文字论集》,上海:
　　上海古籍出版社,1985年,第113页。

的节奏,适合吟。之所以说"文体音节"不适合"诵",正因其不自然,与口语或语体相脱节。郭氏还认为,所谓适合歌的音节,即顾炎武所谓"古之为诗,主乎音者也"。"所谓主乎音,是兼指乐音和语音两方面讲的"。乐音的高低难固定,但与诗无关。"语音可以乐音为标准,所以成为'无方而易转'"。而所谓适合吟的音节,即顾炎武所言"文者一定而难移",以文字之标准而固定的读音为主。① 又,"重在吟的须押韵,重在歌的不必押韵。吟,必须拉起了调子来唱,所以重韵。歌,则有时可以结合舞蹈,再由动作来表现,所以可以不必押韵"。② 理解郭说的关键在于,我们必须意识到,尽管我们今天所能看到的古代诗歌都是文字载录或曰文言化的诗歌,但还是需要且能够区分出"言体"与"文体"的差别。其区分的标志可以从其韵律或押韵见出,凡押韵严谨的便是"文体"表现,而不押韵或用韵宽松的则是"言体"之表现。这种韵律的不同,对应了"歌"与"吟"两种不同的宣音方式。前者语音以乐音为标准,故语音无须特别安排,可随乐音升降而流转;而后者则以文字之标准而固定的读音为主,故其音乐性必得体现于字的音节的人为安排以及字声行腔的吟咏方式。

　　这里,如果按照郭氏的观点去对照我们曾经分析过的《永明乐》歌辞及两首呗赞作品,确实能发现"文体"与"言体"韵律之差异。也就是说,前者是主乎字音的吟咏,而后者则是主乎乐音的歌咏。如此一来,创作上的词先于调,并不必然导致声律化,因为这里还有一个是以"言体"方式去制辞还是按"文体"方式去制辞

---

① 参郭绍虞:《声律说考辨》,载《照隅室古典文学论集》(下编),上海:上海古籍出版社,1985年,第265—266页。
② 参郭绍虞:《照隅室诗谈》,载《照隅室杂著》,上海:上海古籍出版社,1986年,第361页。

的选择性差异。这也就比较好地解释了永明诗歌变革走向了声律化道路，而同时发生的呗赞新声的运动并未走向同样道路的原因了。当然，这里的解释并非毫无瑕疵，如上面举例的两首呗赞歌辞，一五言六韵十二句，一五言四韵八句，其结构整饬，如果说只是出于自然语体节奏的安排则难以令人信服。尽管如此，郭氏"吟诵"说的大方向是正确的，因而也是可取的，其最值得肯定的便是对永明声律的"文体"定性。

小　结

总而言之，永明声律运动通过四声制韵、声病避忌，重新规范了字声韵调及字声行腔的吟咏方式。换言之，晋宋以来因时就俗的道俗唱诵、歌咏促使了古文言的变异，永明声律运动在重新规范字声韵调及其字声行腔的吟咏方式的同时，亦重新定义了文言，实现了晋宋以来渗透了"言体"色彩的新声文学的雅化。实际上，永明的诗文变革虽名为声律运动，但其聚焦则在"文"，目标在文言歌咏与吟咏再次归于统一。① 至于呗赞新声，尽管亦关涉文言，但其聚焦在"声"而不在"文"，并无承担永明文人声律运动使

①谢无量曾说过："永明文学，始精研声律，不惟用之于诗，亦用之于文。至是以后，文体务为音节清丽，是骈俪之极盛时代矣。"今之学者张炜撰文认为："'永明体'指文章之体，并非仅指诗体更不是仅指五言诗。"以上说法基本符合事实。永明声律运动的重要目标之一便是规范文言吟诵，故其所涉及之"文体"当兼文笔。但其时"文体"观念的代表自然属诗赋，主要是五言诗。参：《骈文指南》，《谢无量文集》第七卷，北京：中国人民大学出版社，2011年，第203页；张炜：《论"永明体"之为文章之体》，《中国韵文学刊》，2016年第2期。

命的内在需求,自然亦无须走向"文体"探索的道路。

　　以上便是本文从文言变化与发展及文言文学语体建构的角度,对永明声律运动本义的初步揭示。它对于理解中国诗歌走向律化的道路,对于厘清律诗文体源流问题,皆具有基础性的意义。

律诗文体建构与礼乐文化传统

张国安 著

中册

中华书局

第四章　沈约"八病"说、声律论与"永明体"

沈约作为永明文学的领袖,其有关"声律"的理论无疑是通过沈约等"永明体"的诗歌创作加以体现的,而今人所理解的"永明声律"最终亦须结合"永明体"诗歌的声律分析而获得感性确认。但"永明体"概念毕竟出于后世史家传记,加之沈约《宋书·谢灵运传论》所提出的"声律论"只是一个纲领,故沈约"声律论"与"永明体"各自内容的要领及其相互关系究竟如何,尚待澄清辩明。

"永明体"概念,最早见于萧子显《南齐书·陆厥传》:

> 永明末,盛为文章。吴兴沈约、陈郡谢朓、琅琊王融以气类相推毂。汝南周颙善识声韵。约等文皆用宫商,以平上去入为四声,以此制韵,不可增减,世呼为"永明体"。①

后出唐人李延寿的《南史·陆厥传》亦有类似文字记载:

> (永明)时盛为文章,吴兴沈约、陈郡谢朓、琅琊王融以气类相推毂。汝南周颙善识声韵。约等文皆用宫商,将平上去入四声,以此制韵,有平头、上尾、蜂腰、鹤膝。五字之中,音韵悉异,两句之内,角徵不同,不可增减。世呼为"永

---

① [梁]萧子显:《南齐书卷五十二·列传第三十三文学·陆厥传》,北京:中华书局,1972年,第898页。

明体"。①

对比两《传》可以发现，"永明体"声律问题，在《南史》中得到了细化，增加了"八病"前四病的内容；此外，还多了"五字之中，音韵悉异，两句之内，角徵不同"的表述。而其表述的内容实取之沈约《宋书·谢灵运传论》：

> 爰逮宋氏，颜、谢腾声。灵运之兴会标举，延年之体裁明密，并方轨前秀，垂范后昆。若夫敷衽论心，商榷前藻，工拙之数，如有可言。夫五色相宣，八音协畅，由乎玄黄律吕，各适物宜。欲使宫羽相变，低昂互节，若前有浮声，则后须切响。一简之内，音韵尽殊；两句之中，轻重悉异。妙达此旨，始可言文。至于先士茂制，讽高历赏，子建函京之作，仲宣霸岸之篇，子荆零雨之章，正长朔风之句，并直举胸情，非傍诗史，正以音律调韵，取高前式。自《骚》人以来，多历年代，虽文体稍精，而此秘未睹。至于高言妙句，音韵天成，皆暗与理合，匪由思至。张、蔡、曹、王，曾无先觉，潘、陆、谢、颜，去之弥远。世之知音者，有以得之，知此言之非谬。如曰不然，请待来哲。②

较之沈约的"一简之内，音韵尽殊；两句之中，轻重悉异"，《南史》将"一简之内"坐实为"五字之中"，亦即五言诗的一句之内。文献表述的差异，难免造成后人对"永明体"理解和考察角度的差异，进而形成不同的问题意识和不同的研究结论。由于萧子显论"永明体"声律只明确提到"四声制韵"，而未及"四声分用"与"八

---

① [唐]李延寿：《南史卷四十八·列传第三十八·陆厥传》，北京：中华书局，1975年，第1195页。
② [梁]沈约：《宋书卷六十七·列传第二十七·谢灵运传》，北京：中华书局，1974年，第1778—1779页。

病",故如何理解沈约"声律论"意义和内容,"永明体"声律是否与沈约"声律"论、"八病"说直接相关,至今仍然是学界讨论"永明体"文学的焦点问题。

上述文献,《宋书·谢灵运传论》为最早,当在永明六年二月《宋书》毕功之前撰成;萧子显生于永明五年,撰成《南齐书·陆厥传》当在梁天监年间;至于《南史·陆厥传》,其出最晚,无须赘言。由于萧子显年少经历永明文学之盛,故《南齐书·陆厥传》所载录者当最能反映"永明体"文学实况,理所当然成为今人考察"永明体"文学声律特点最原始的文献依据。《宋书·谢灵运传论》成于"竟陵八友"文人集团开始集结,永明文学格局初成之时,"永明体"文学之确立虽然在永明末年(永明八年)①,但沈约毕竟为永明文学领袖,故其于《宋书·谢灵运传论》中所提出的文学思想作为永明文学实践的理论纲领,不能不影响到"永明体"文学的整体风貌,其声律说自然不会于"永明体"中无所体现。《南史》对"永明体"的载录和描述,尽管出自唐人之手眼,难免掺杂了永明以后的文学经验和说法,但我们并不能因此就可断然否定其所言及的"病犯"说不是当初"永明体"文学创作的轨范。如此看来,在考察"永明体"文学声律问题时,我们不能简单依据文献出现的早晚对文献的史料价值过早分出轩轾,轻易取舍,而是要排比推考,综合利用,方能得出接近历史真相的结论。

---

① 永明为齐武帝年号,共十一年。据刘跃进考证,《南齐书》专门提及的对"永明体"文学有重要贡献的沈约、谢朓、王融与周颙四人中,周颙恰卒于永明八年。故萧子显所论"永明体"成立的"永明末"之确定,不宜早于本年,亦不宜晚于本年。参刘跃进《门阀士族与永明文学》之附录《周颙卒年新探》,北京:生活·读书·新知三联书店,1996年,第364—367页。

第一节　沈约与"八病"说创始

　　"八病"之名最早见于隋末王通之著述，其《中说·天地篇》云："李伯药见子而论诗，子不答。伯药退谓薛收曰：'吾上陈应、刘，下述沈、谢，分四声八病，刚柔清浊，各有端序。'"① 到了唐代，人们已普遍视"八病"说创始于沈约。如卢照邻《南阳公集序》云"八病爰起，沈隐侯永作拘囚"②，皎然《诗式》谓"沈休文酷裁八病，碎用四声"③，封演《封氏见闻记》云"永明中，沈约文辞精拔，盛解音律，遂撰《四声谱》。文章八病，有平头、上尾、蜂腰、鹤膝，以为自灵均以来，此秘未睹"④。以上文献不仅将"八病"说与沈约加以关联，其中封演《封氏见闻记》还如《南史·陆厥传》一样涉及了"八病"的具体名目。当然，名目不全，具体内容不详则是以上文献的遗憾。幸运的是，今人仍能见到的唐代日僧遍照金刚大师的《文镜秘府论》载录了"八病"的全部内容，更为珍贵的是其保留了沈约以来众多声律学家对八病的系统阐释及与之相关的声律思想。依据这些唐代文献，基本上可以确定"八病"是永明声律的重要内容，沈约是"八病"说的创始者。20世纪初以来，许多重要学者，如郭绍虞、逯钦立、林庚、刘大杰、罗宗强、王运熙以及日本学者清水凯夫等，大多持这样的看法，尽管具体的理解各有差异。

　　然而，对唐人说法的质疑声自古就存在，清代纪昀《沈氏四声考》就认为"八病"只是唐人说法，与沈约、永明声律无关。当代学

① 张沛：《中说校注卷二·天地篇》，北京：中华书局，2013年，第43页。
② ［清］董诰等编：《全唐文》，北京：中华书局，1983年，第1692页。
③ 张伯伟：《全唐五代诗格汇考》，南京：凤凰出版社，2002年，第223页。
④ ［唐］封演：《封氏闻见记》卷二，北京：中华书局，1985年，第15页。

者刘跃进曾撰《四声八病二题》一文,在深入研读"八病沈约始创说"的各式论证,尤其是清水凯夫的论证之后,提出了四点疑问:一问"永明诗人、特别是沈约何以不言八病";二问"关于八病的文献记载何以越来越详";三问"沈约所推崇的作家作品何以多犯八病";四问"沈约自己的创作何以多不拘八病"。基于"四问",刘跃进得出了"八病之说,恐非沈约创始"的观点。在他看来,沈约无疑注意诗文声律的调配,但"他不可能如此超前地创造出连用律最严的唐人都难以遵从的八病之说"。"八病之说大约是累积制造而成的"。隋唐之际,近体诗初兴,加之以诗赋取士,所以人们对于诗歌的声律问题,兴趣越来越浓,考究越来越细,"八病之说很可能就是在这样文化背景下提出来的"。因为有齐梁声病理论作为基始,唐人不敢自视为独创,便攀附到了以创立声律说闻名于世的沈约。①

　　针对刘氏"四问"给出满意答案的并不多,近来卢盛江教授连续发表三篇论文②,就刘氏及类似于刘氏的疑问作出了系统而有力的回应。

　　《齐梁声律论几个问题新探》一文论证了《文镜秘府论·西卷·文二十八种病》前八病皆有原典可据,其分别为刘善经《四声指归》、元兢《诗髓脑》、《文笔式》和上官仪《笔札华梁》,《文镜秘府论》的声病材料是可靠的。以这些材料为基础,结合其他材料,自然推出"齐梁时代存在八病之说,并且与沈约有关系"的结论。

---

① 参刘跃进:《门阀士族与永明文学》之附录《四声八病二题》,北京:生活·读书·新知三联书店,1996年,第351—363页。

② 卢盛江:《齐梁声律论几个问题新探》,《江西师范大学学报》,2010年第5期;《〈四声指归〉与唐前声病说》,《北京大学学报》,2011年第2期;《蜂腰论》,《文学遗产》,2011年第3期。

其推论的主要过程是：首先证明《文二十八种病》前八病所引材料中提及的刘滔、王斌、沈氏和沈东阳就是齐梁时的刘绍、王斌与沈约。材料中引述"沈氏"声病之说的有"第一平头"、"第二上尾"、"第三蜂腰"、"第四鹤漆"、"第七傍纽"。这些材料，皆引自隋刘善经《四声指归》。引述"沈东阳"声病之说的有"第四鹤膝"，当出自《文笔式》。进而以之证明沈约及齐梁其他探索者已注意到"八病"中的"六病"。其次，重点回应了刘跃进在《四声八病二题》中对沈氏《答甄公论》中的"八体"即"八病"这一传统解读的质疑，重新论证了沈约"八体"即"八病"主张的可靠性，从而证明"齐梁时代存在八病之说，并且与沈约有关系"。论文还初步涉及了齐梁声病说与创作的关系问题：首先，通过《文选》卷二十二游览部所收沈约《钟山诗应西阳王教》诗五章40句的声律情况分析，说明沈约早在二十岁，在其创作中就追求声律和谐，回避声病；其次，统计了魏晋至初唐26位诗人的病犯情况，利用数据的统计分析说明了永明以来的诗人最为注意回避上尾病，蜂腰、鹤膝病次之。至于数据反映的其他诸病的情况，论文指出了其复杂性，未作分析与交代。《〈四声指归〉与唐前声病说》一文，主要是说明《四声指归》一书的价值。在作者看来，该书大量吸收、采纳齐梁遗说甚至沈约遗说，也吸收了齐梁之后的材料和声病之说，自身对八病也有全面系统的阐述，是隋代以前声韵病犯说集大成的著作。论文部分重复了《齐梁声律论几个问题新探》一文的观点，而相关论证并无推进。最值得注意的是《蜂腰论》一文。该文以《文二十八种病》的材料为依据，对永明"蜂腰"病的内涵与意义作了确认。作者认为，"追求诗歌节奏的匀称美，是五言诗发展的一个审美趋向。永明声病说，说到底也是追求诗歌的匀称。不同的是，沈约他们不仅追求语义的节奏匀称之美，而且追求声律的节奏匀称之美。把语义节奏之美和声律节奏之美结合起来,融为一体,在两两相对的二三句式语义节奏基础上,提出上二下三的声律句式,提出第二字不得与第五字同声的调声要求,提出这样的蜂腰之说,是很自然的"。至于"蜂腰病何以与创作实践相矛盾,是因为永明以来的声律追求是多方面的,蜂腰病与入律①追求有一致的方面,也有矛盾的方面"。而后来与"蜂腰"病相关的二四不同声、首腰或初腰以及平声非病诸说得以提出,正是为了解决蜂腰说与创作实践的矛盾。《蜂腰论》不仅较好回应了刘跃进"四问"中的后"三问",而且还揭示了从永明声律向近体诗律演进的历史与逻辑,其深刻之处正在于此。然而,这里亦不得不指出,就永明以来的声律的全部探索而言,卢氏之说无疑极具启发意义,问题在于具体到沈约和"永明体"的论述,还是暴露了些许缺憾。试想,我们能否说沈约的声律追求和表现是多方面的,"永明体"体现的声律追求也是多方面的呢? 如果做出肯定回答,则无异于承认"沈约声律"是缺乏内涵规定、多余的不成熟的概念或命题,"永明体"亦同样如此。如果回答是否定的,则"沈约所推崇的作家作品何以多犯八病"、"沈约自己的创作何以多不拘八病"之类的问题仍然没有得到彻底解决。至于说沈约、永明"蜂腰病与入律追求有一致的方面,也有矛盾的方面",这虽然揭示了永明声律与近体诗律的矛盾这一客观存在的事实,但以此来解释上述刘氏之问,显然不合逻辑,也无济于事。因为我们不能说沈约或"永明体"诗人既有自身的声律追求,同时还要考虑如何合乎唐律(或者说唐律具有先验的规范性),这样的逻辑显然是荒谬的。这里反映了唐律优先的观念,而永明声律和近体诗律都是人为的声律,唐律优

---

① 这里,卢盛江所谓的"入律"实指合乎唐代近体诗律。

先的观念是没有理由的。

尽管本文指出了卢氏研究中的问题，但其"《文镜秘府论》材料可据"、"齐梁时代存在八病之说，并且与沈约有关系"的论断则是完全可以接受的。

第二节　沈约"八病"说的初步重建

这里，我们还是暂时悬置"刘氏之问"，先依据《文二十八种病》的材料，对沈氏"八病"说作一初步的具体审视。

第一，平头。

> 平头诗者，五言诗第一字不得与第六字同声，第二字不得与第七字同声。同声者，不得同平上去入四声，犯者名为犯平头。平头诗曰："芳时淑气清，提壶台上倾。"（如此之类，是其病也。）又诗曰："山方翻类矩，波圆更若规。树表看猿挂，林侧望熊驰。"又诗曰："朝云晦初景，丹池晚飞雪。飘枝聚还散，吹杨凝且灭。"

> 释曰：上句第一、二两字是平声，则下句第六、七两字不得复用平声，为用同二句之首，即犯为病。余三声皆尔，不可不避。三声者，谓上去入也。①

《文二十八种病》中"释曰"之前"八病"首义，包括"释曰"皆属空海引自《文笔式》，②将《文笔式》定义列为首义，说明空海视《文笔式》中"八病"定义为正义。以下多引异说。"平头"条所引异

---

① [日]遍照金刚撰，卢盛江校考：《文镜秘府论汇校汇考》，北京：中华书局，2006年，第913—914页。

② 参卢盛江：《文镜秘府论研究》，北京：人民文学出版社，2013年，第206页、第419页。

说有：

> 或曰：此平头如是，近代成例，然未精也。欲知之者，上句第一字与下句第一字，同平声不为病，同上去入声一字即病。若上句第二字与下句第二字同声，无问平上去入，皆是巨病。此而或犯，未曰知音。今代文人李安平、上官仪，皆所不能免也。①

此说第二字严，第一字宽，第一字同平声不为病。以下引沈说：

> 或曰：沈氏云："第一、第二字不宜与第六、第七同声。若能参差用之，则可矣。"谓第一与第七、第二与第六同声，如"秋月"、"白云"之类，即《高宴》诗云："秋月照绿波，白云隐星汉。"此即于理无嫌也。②

综上可以看出，沈约平头病定义或大体上与《文笔式》同。就此，本文在分析《永明乐》歌辞的声病情况时已有所点明。这里，尤其值得注意的是，空海所引"上句第一字与下句第一字，同平声不为病"之异说。此说未定出自何人，但其云及"近代"，又论及"今代文人李安平、上官仪"，当属初唐人无疑。其说否定了近代"平头"成例而谓首字"同平声不为病"。而初唐人称"近代"，上溯至齐梁亦未尝不可。③要之，除"参差用之"的提法，以及"上句第一字与下句第一字，同平声不为病"的观念外，《文笔式》的平头定

---

① [日]遍照金刚撰，卢盛江校考：《文镜秘府论汇校汇考》，北京：中华书局，2006年，第920页。

② [日]遍照金刚撰，卢盛江校考：《文镜秘府论汇校汇考》，北京：中华书局，2006年，第922—923页。

③ 一般认为，此条引自元兢《诗脑髓》。但无论如何，从文中语气看，"平声非病"说显然非论者首创而是出自先代遗说。

义或亦承沈约永明而来。问题是,《永明乐》歌辞主要病犯是"平头",而其所犯者又以首字同平声之例居多,且据引语中沈约之口气,相对而言,明显视"平头"为轻病。据此似乎又可假定,初唐人之"或曰"乃于沈约永明诗人那里有所发现而作如是论定,换言之,在其看来,"首字同平声"在沈约永明诗人那里是完全合律合体的,并不以之为病。进而言之,"首字同平声非病"亦可被认作沈约的病犯说。姑且如是假定。

第二,上尾。(或名土崩病。)

上尾诗者,五言诗中,第五字不得与第十字同声,名为上尾。诗曰:"西北有高楼,上与浮云齐。"(如此之类,是其病也。)又曰:"可怜双飞凫,俱来下建章。一个今依是,拂翮独先翔。"又曰:"荡子别倡楼,秋庭夜月华。桂叶侵云长,轻光逐汉斜。"(若以"家"代"楼",此则无妨。)

释曰:此即犯上尾病。上句第五字是平声,则下句第十字不得复用平声,如此病,比来无有免者。此是诗之疵,急避。[①]下引异说,除显特例,基本同调:

或云:如陆机诗云:"衰草蔓长河,寒木入云烟。"("河"与"烟"平声。)此上尾,齐梁已前,时有犯者。齐梁已来,无有犯者。此为巨病。若犯者,文人以为未涉文途者也。唯连韵者,非病也。如"青青河畔草,绵绵思远道"是也。(下句有云"郁郁园中柳"也。)[②]

"唯连韵者,非病也"属特例。上尾巨病,齐、梁以来,无有犯

[①] [日]遍照金刚撰,卢盛江校考:《文镜秘府论汇校汇考》,北京:中华书局,2006年,第931—932页。

[②] [日]遍照金刚撰,卢盛江校考:《文镜秘府论汇校汇考》,北京:中华书局,2006年,第937页。

者。下引或曰涉沈约说,亦为同调:

> 或云:其赋颂,以第一句末不得与第二句末同声……沈氏亦云:"上尾者,文章之尤疾。自开辟迄今,多慎不免,悲夫。"若第五与第十故为同韵者,不拘此限。即古诗云:"四座且莫喧,愿听歌一言。"此其常也,不为病累。①

由上可以推知,沈氏"上尾病"亦当以"第一句末不得与第二句末同声。同韵者,不拘此限"为义。"同韵者"应涉及首句入韵的诗例。

第三,蜂腰。

> 蜂腰诗者,五言诗一句之中,第二字不得与第五字同声。言两头粗,中央细,似蜂腰也。诗曰:"青轩明月时,紫殿秋风日。瞳胧引夕照,晻暧映容质。"又曰:"闻君爱我甘,窃独自雕饰。"又曰:"徐步金门出,言寻上苑春。"

> 释曰:凡一句五言之中而论蜂腰,则初腰事须急避之。复是剧病。若安声体,寻常诗中,无有免者。②

"释曰"提及"初腰"概念。何谓"初腰"?一联两句中第一句犯同声急,第二句犯同声则缓,大概便是"初腰"说的要义。但《蜂腰》又引"或曰"认为:"君"与"甘"非为病;"独"与"饰"是病。"所以然者,如第二字与第五字同去上入,皆是病,平声非病也"。可见"蜂腰"亦有"平声非病"的说法。

《蜂腰》又引刘善经《四声指归》云:

> 蜂腰者,五言诗第二字不得与第五字同声。古诗云:"闻

---

① [日]遍照金刚撰,卢盛江校考:《文镜秘府论汇校汇考》,北京:中华书局,2006年,第939—940页。

② [日]遍照金刚撰,卢盛江校考:《文镜秘府论汇校汇考》,北京:中华书局,2006年,第949—950页。

君爱我甘,窃独自雕饰"是也。此是一句中之上尾。沈氏云:
"五言之中,分为两句,上二下三。凡至句末,并须要煞。"即
其义也。①

刘善经将"蜂腰"视为一句之"上尾",并引沈氏说为证。其
要义在于句五言之中复分两句,如五言一联分作两句,第五字、第
十字同在句末。所引刘滔语正是对沈说的解释。刘滔云:"为其
同分句之末也。其诸赋颂,皆须以情斟酌避之。如阮瑀《止欲赋》
云:'思在体为素粉,悲随衣以消除。'即'体'与'粉'、'衣'与'除'
同声是也。"②

以上说明沈氏的"蜂腰"病即句五言之中第二字第五字同声。
但沈约的说法实具有一定弹性。"凡至句末,并须要煞",而其"句
末"的概念是语义单位的节奏点。前面既论五言二、三为两句,二、
五句末两字不得同声,则"凡"、"并"的语气显然预设了其他禁例。
要之,分句末字不得同声。就五言句而言,分句末字既可是二、五
两字,也可以是二、四、五三字,最终决定于五言句的语法语义结
构;而声音节奏的重点,自然亦可随之而有变化。因此,可以说《四
声指归》下文所引刘滔的话,皆可视为对沈说的阐释和发挥:

"又第二字与第四字同声,亦不能善。此虽世无的目,而
甚于蜂腰。如魏武帝《乐府歌》云:'冬节南食稻,春日复北翔'
是也。"

刘滔又云:"四声之中,入声最少,余声有两,总归一入,
如征整政只、遮者柘只是也。平声赊缓,有用处最多,参彼三

①［日］遍照金刚撰,卢盛江校考:《文镜秘府论汇校汇考》,北京:中华书局,2006
年,第956页。
②［日］遍照金刚撰,卢盛江校考:《文镜秘府论汇校汇考》,北京:中华书局,2006
年,第956页。

声,殆为太半。且五言之内,非两则三,如班婕妤诗云:'常恐秋节至,凉风夺炎热。'此其常也。亦得用一用四。若四,平声无居第四。如古诗云'连城高且长'是也。用一,多在第二。如古诗云'九州不足步',此谓居其要也。然用全句平,止可为上句,取固无全用。如古诗云'迢迢牵牛星',亦并不用。若古诗云'脉脉不得语',此则不相废也。犹如丹素成章,盐梅致味,宫羽调音,炎凉御节,相参而和矣。"①

换而言之,刘滔的以上观点是能够从沈氏"五言之中,分为两句,上二下三。凡至句末,并须要煞"之说法中演绎出来的。对此,本文下面的章节还要分析。

第四,鹤膝。

> 鹤膝诗者,五言诗第五字不得与第十五字同声。言两头细,中央粗,似鹤膝也,以其诗中央有病。诗曰:"拨棹金陵渚,遵流背城阙。浪蹙飞船影,山挂垂轮月。"又曰:"陟野看阳春,登楼望初节。绿池始沾裳,弱兰未央结。"

> 释曰:取其两字间似鹤膝,若上句第五"渚"字是上声,则第三句末"影"字不得复用上声,此即犯鹤膝。故沈东阳著辞曰:"若得其会者,则唇吻流易;失其要者,则喉舌塞难。事同暗抚失调之琴,夜行坎壈之地。"蜂腰、鹤膝,体有两宗,各立不同。王斌五字制鹤膝,十五字制蜂腰,并随执用。②

依"释曰"所谓"蜂腰、鹤膝,体有两宗,各立不同。王斌五字制鹤膝,十五字制蜂腰,并随执用",则沈东阳(沈约)与王斌的蜂

---

① [日]遍照金刚撰,卢盛江校考:《文镜秘府论汇校汇考》,北京:中华书局,2006年,第956页。

② [日]遍照金刚撰,卢盛江校考:《文镜秘府论汇校汇考》,北京:中华书局,2006年,第973—974页。

腰、鹤膝概念不同，正好互易，五字制蜂腰，十五字制鹤膝。刘善经《四声指归》引沈氏曰："人或谓鹤膝为蜂腰，蜂腰为鹤膝。疑未辨。"① 沈约所指或与王斌有关。

第五，大韵。（或名触绝病。）

> 大韵诗者，五言诗若以"新"为韵，上九字中，更不得安"人"、"津"、"邻"、"身"、"陈"等字，既同其类，名犯大韵。诗曰："紫翩拂花树，黄鹂闲绿枝。思君一叹息，啼泪应言垂。"又曰："游鱼牵细藻，鸣禽呀好音。谁知迟暮节，悲吟伤寸心。"

> 释曰：如此即犯大韵。今就十字内论大韵，若前韵第十字是"枝"字，则上第七字不得用"鹂"字，此为同类，大须避之。通二十字中，并不得安"筛"、"羁"、"雌"、"池"、"知"等类。除非故作叠韵，此即不论。②

第六，小韵。（或名伤音病。）

> 小韵诗，除韵以外，而有迭相犯者，名为犯小韵病也。诗曰："搴帘出户望，霜花朝漾日。晨莺傍杼飞，早燕挑轩出。"又曰："夜中无与悟，独寤抚躬叹。唯惭一片月，流彩照南端。"

> 释曰：此即犯小韵。就前九字中而论小韵，若第九字是"漾"字，则上第五字不得复用"望"字等音，为同是韵之病。③

以上两病，未见沈约有所论述，但如果《文镜秘府论·天卷·调四声谱》中的"双声叠韵四声谱"与沈约有关的话，则沈氏

---

① [日]遍照金刚撰，卢盛江校考：《文镜秘府论汇校汇考》，北京：中华书局，2006年，第982页。

② [日]遍照金刚撰，卢盛江校考：《文镜秘府论汇校汇考》，北京：中华书局，2006年，第1000—1001页。

③ [日]遍照金刚撰，卢盛江校考：《文镜秘府论汇校汇考》，北京：中华书局，2006年，第1008—1009页。

考虑过大韵、小韵病是可以想象的。大韵、小韵分别指十字之中不能用与韵脚同韵字,九字之内亦不能重复使用除韵字之外的同韵字,亦即第九字前面的用字不能与第九字同韵,实质上都属叠韵关系。① 所谓"故作叠韵不论",亦即叠韵词的使用(或叠韵不隔字)不在此例。下文言及纽病亦即双声病,沈约别为大纽、小纽,其命名与此处大韵、小韵命名方式同,猜测《文笔式》中的大韵、小韵袭之沈约。

第七,傍纽。(亦名大纽,或名爽切病。)

> 傍纽诗者,五言诗一句之中有"月"字,更不得安"鱼"、"元"、"阮"、"愿"等之字,此即双声,双声即犯傍纽。亦曰,五字中犯最急,十字中犯稍宽。如此之类,是其病。诗曰:"鱼游见风月,兽走畏伤蹄。"如此类者,是又犯傍纽病。又曰:"元生爱皓月,阮氏愿清风。取乐情无已,赏玩未能同。"又曰:"云生遮丽月,波动乱游鱼。凉风便入体,寒气渐钻肤。"

> 释曰:"鱼"、"月"是双声,"兽"、"伤"并双声,此即犯大纽,所以即是,"元"、"阮"、"愿"、"月"为一纽。今就十字中论小纽,五字中论大纽,所以即是,"元"、"阮"、"愿"、"月"为一纽。王斌云:"若能回转,即应言'奇琴'、'精酒'、'风表'、'月外',此即可得免纽之病也。"②

五言句中若著声纽相同的字便犯傍纽,又称大纽。王斌或考虑到了声调因素。"奇琴"平平,"精酒"平上,"风表"平上,"月外"入去。也许除同平声的同纽字非病之外,同上去入声的同纽字出

① 这里的"同韵"应指同韵部,包括声调。大韵、小韵的避忌,意图在于不乱韵律,保证韵体的完整性。

② [日]遍照金刚撰,卢盛江校考:《文镜秘府论汇校汇考》,北京:中华书局,2006年,第1015—1016页。

现在五言句中都属犯傍纽，不同上去入声者非病。那么沈约的看法如何呢？刘善经《四声指归》曰：

> 傍纽者，即双声是也。譬如一韵中已有"任"字，即不得复用"忍"、"辱"、"柔"、"蠕"、"仁"、"让"、"尔"、"日"之类。沈氏所谓"风表"、"月外"、"奇琴"、"精酒"是也。刘滔亦云："重字之有'关关'，叠韵之有'窈窕'，双声之有'参差'，并兴于《风》如《诗》矣。"王玄谟问谢庄："何者为双声？何者为叠韵？"答云："'悬瓠'为双声，'碻磝'为叠韵。"时人称其辨捷。如曹植诗云："壮哉帝王居，佳丽殊百城。"即"居"、"佳"，"殊"、"城"，是双声之病也。凡安双声唯不得隔字，若"踟蹰"、"踯躅"、"萧瑟"、"流连"之辈，两字一处，于理即通，不在病限。沈氏谓此为小纽。刘滔以双声亦为正纽。其傍纽者，若五字中已有"任"字，其四字不得复用"锦"、"禁"、"急"、"饮"、"荫"、"邑"等字，以其一纽之中，有"金"、"音"等字，与"任"同韵故也。如王彪之《登冶城楼》诗云："俯观陋室，宇宙六合，譬如四壁。"即"譬"与"壁"是也。沈氏亦云以此条谓之大纽。如此负犯，触类而长，可以情得。韵纽四病，皆五字内之瘢疵，两句中则非巨疾，但勿令相对也。①

依刘善经的说法，一韵之中，亦即五言诗两句十字之中论傍纽，出自沈约，与王斌观点正好相对。"奇琴"、"精酒"、"风表"、"月外"在王斌非病，而沈约则视为病。刘氏又引刘滔说，说明用双声词(不隔字双声)不在病限。只是此双声"旁纽"，沈约名之为"小纽"，刘滔则命之为"正纽"。刘滔五字论"傍纽"又有不同，声

---

① [日]遍照金刚撰，卢盛江校考：《文镜秘府论汇校汇考》，北京：中华书局，2006年，第1030—1031页。

纽相近且韵母相同相近,无论声调皆属"傍纽"①。而刘滔"傍纽",
沈约则谓之"大纽"。

　　第八,正纽。(亦名小纽,亦名爽切病。)

　　　　正纽者,五言诗"壬"、"衽"、"任"、"入",四字为一纽。一
　　句之中,已有"壬"字,更不得安"衽"、"任"、"入"等字。如此
　　之类,名为犯正纽之病也。诗曰:"抚琴起和曲,叠管泛鸣驱。
　　停轩未忍去,白日小跅蹰。"又曰:"心中肝如割,腹里气便燋。
　　逢风回无信,早雁转成遥。"("肝"、"割"同纽,深为不便。)

　　　　释曰:此即犯小纽之病也。今就五字中论,即是下句第
　　九、十双声两字是也。除非故作双声,下句复双声对,方得免
　　小纽之病也。若为联绵赋体类,皆如此也。②

----

① 卢盛江谓刘滔"傍纽"即五字中有异纽不同声调的同韵字(参卢盛江:《文镜
　　秘府论研究》,北京:人民文学出版社,2013年,第432页)。依《切韵指掌
　　图》去看例字,确实如此。如:"金"属"见"母、"吟"属"疑"母、"任"属"日"
　　母,"甓"属"帮"母、"壁"属"滂"母等。但除了韵母相同或相近之外,刘滔是
　　否没有考虑声母因素呢? 答案显然是否定的,因为示例表明,各字虽声母有
　　异,但其发声部位或发音方式则相同或相近:"日"母属舌齿音,不清不浊;
　　"见"母、疑母同属牙音,前者全清,后者不清不浊。又,"帮"母、"滂"母皆属
　　重唇音,前者全清,后者次清。之所以刘滔要避忌异母而发声部位或发音方
　　式相同或相近且同韵的字,无非是因其字相互之间极易发生音转。可见,刘
　　滔"傍纽"的避忌是非常严格的。至于沈约是否如此严格则不宜遽定,因为
　　《指归》引刘滔说后所谓"沈氏亦以此条谓之大纽"一句也许重点只在强调其
　　"名目"之异,未必涉及其内容之同,而就《文病》下文"正纽"条四字纽用例全
　　同于《调四声谱》中的周颙"四方四声谱"看,沈约"大纽"同于下文"正纽"的
　　可能性大,当宽于刘滔"傍纽",换言之,只有五字中出现同纽(声母)且同韵
　　近韵(母)字才是沈约所谓的"大纽"。

② [日]遍照金刚撰,卢盛江校考:《文镜秘府论汇校汇考》,北京:中华书局,2006
　　年,第1038—1039页。

　　"正纽"条虽无与沈约相关之信息，但根据"傍纽"条的分析，沈约纽病有小纽、大纽之别，而其"大纽"实同于此处"正纽"。凡十字中犯双声即为"小纽"；五字句中，若有声纽相同且韵母相同相近的字出现，无论声调如何皆属"大纽"。沈约"大纽"估计与"小纽"也一样，双声叠韵词（不隔字双声叠韵）亦当不在病限。据刘善经的看法，"韵纽四病，皆五字内之瘕疵，两句中则非巨疾，但勿令相对也"①，这也许是齐梁一种较为普遍的认识。

　　根据以上分析，初步归纳沈约八病条例如下：

　　平头：五言两句十字之中第一、第二字与第六、第七字同声（第一、第七字，第二、第六字同声不为病；首字同平声不为病）。

　　上尾：五言两句十字之中，第五字与第十字同声（同韵者，不拘此限。"同韵者"涉及首句入韵的诗例）。

　　蜂腰：五言句中第二字第五字同声（理论上包括第二字与第四字同声）。

　　鹤膝：五言四句二十字之中，第五字与第十五字同声。

　　大韵：五言两句十字之中复用与韵脚同韵字（叠韵词的使用不在此例）。

　　小韵：五言两句九字之内复用韵字之外的与第九字同韵部字（叠韵词的使用不在此例）。

　　大纽：五言一句之中，使用声纽相同且韵母相同相近的字（不论声调，双声叠韵词不在此例）。

　　小纽：五言两句十字之中犯双声（双声词的使用不在此例）。

　　上述条例只是根据《文二十八种病》的片段材料而归纳出来

---

①　[日]遍照金刚撰，卢盛江校考：《文镜秘府论汇校汇考》，北京：中华书局，2006年，第1031页。

的沈约"八病"说条例,有待结合沈约的声律思想及其作品声律情况的分析加以检验、修正。如此,方能对沈约永明声律及其病犯说获得一个相对全面而具体且接近事实真相的认识与把握。

第三节 沈约声律思想
与其"八病"说之关系

今人考察沈约声律思想,所依靠的主要文献是其《宋书·谢灵运传论》。人们关注的焦点在如下一段文字的解读:

> 欲使宫羽相变,低昂互节,若前有浮声,则后须切响。一简之内,音韵尽殊;两句之中,轻重悉异。妙达此旨,始可言文。①

以上这段文字关乎沈约声律思想的原则性问题,准确理解上述文字所涉及的概念与命题至为重要。目前看来,由于解读的重点和角度不同,各家最终所形成的观点和结论亦不尽一致。纵观各家的解读,能将沈约的声律思想原则与"四声八病"说联系起来加以整体考察的研究成果还不是太多。本文以为,在已有的研究成果当中,影响较大且最值得关注的是郭绍虞、清水凯夫的观点以及卢盛江的新论。

一、前人之说概述及反思与新解

(一)郭绍虞说

郭绍虞认为,沈约所谓"八体"实即"八病"。在郭氏看来,永

---

① [梁]沈约:《宋书卷六十七·列传第二十七·谢灵运传》,北京:中华书局,1974年,第1779页。

明体声律的核心问题即"四声八病"，简言之即"声"与"病"的问题。沈约的"声"与"病"在刘勰的声律说明中即"韵"与"和"。刘勰谓"同声相应谓之韵"，这是"永明体"成立的条件，即所谓"以平上去入为四声，以此制韵，不可增减"。"四声的作用固亦有关于病的方面，然而更重要者在于韵的分析"。刘勰谓"异音相从谓之和"，"八病"的作用便是"和"的问题——避忌同韵、同纽、同声与同调。这与"永明体"成立的条件"五字之中音韵悉异，两句之内角徵不同"正相吻合。"八病"之目定于沈约，而后人对"八病"的解释，常常以古诗的音节或律体的音节去加以附会，而不能立于"永明体"的立场，以至于非常混乱。郭氏认为，"八病"应分为四组，平头上尾、蜂腰鹤膝、大韵小韵、旁纽正纽各自为组，分别为同声之病、同调之病、同韵之病与同纽之病。四组又别为两类：前两组是就两句的音节而言的，后两组是就一句的音节说的（因为就一句为限，故两句中就宽些，不为病累）。《宋书·谢灵运传论》"一简之内，音韵尽殊；两句之中，轻重悉异"，《南史·陆厥传》"五字之中音韵悉异，两句之内角徵不同"，其中的"音韵"应当"如邹汉勋《五韵论》所讲，谓为纽与韵的问题，而这纽与韵的问题也只能是一句内的问题"。"角徵"也应当"如邹汉勋《五韵论》所解，以商角为阴阳平，徵羽为去入，各为一类"。至于"轻重"二字，则当如蔡宽夫、仇兆鳌诸人之说以清浊平仄调当之。"而这角徵轻重之不同，又是两句内的问题"。

　　具体到"八病"的解释，平头上尾，郭氏赞成《文二十八种病》中的首义，其"同声"之义，乃指"四声"。解蜂腰鹤膝，郭氏则不依《文二十八种病》而采用了蔡宽夫说。《蔡宽夫诗话》有云："所谓蜂腰、鹤膝者，盖又出自双声之变。若五字首尾皆浊音，而中一字清,即为蜂腰;首尾皆清音,而中一字浊,即为鹤膝。"① 其"清浊"即等韵学之所谓清浊轻重。蔡氏所谓清浊当沈约之所谓轻重,"沈约轻重之说当指那时以平上为一类,去入为一类的问题"。故以平仄解轻重清浊亦不为无据。此外,郭氏又认为:"进一步讨论音之轻重与蜂腰鹤膝的关系,大抵沈约所谓'音韵'、'轻重'与刘勰所谓'声有飞沉,响有双叠'正是同实异名。轻重即飞沉的问题,音韵又双叠之异称。多用轻音,则刘勰所谓'飞则声扬不还',多用重音,则刘勰所谓'沉则响发而断'。这正是蜂腰鹤膝所以宜避的理由。"要言之,无论是以平仄还是非平仄解轻重之说,说均可通,但蜂腰鹤膝绝非指第二字第五字、第五字第十五字同声的问题。大韵是指与押韵之字同韵之病,小韵则除韵以外而有叠相犯者。此一解释依据的是《文笔眼心钞》之说:"五字中二五用同韵字名触绝病,是为大韵;一三用同韵字明伤音病,是谓小韵。"傍纽即双声,正纽则双声而兼韵亦即同四声一纽字相犯。韵纽病皆为一句中的病,在永明体中不为巨病。②

　　本文以为,将沈约的"四声八病"说理解为刘勰所谓的"和韵"问题,确乃卓识,无疑拓展了学术思考的空间,抓住了永明声律的本质。但郭说亦存在自身的弱点,这就是较为严重的逻辑不自洽。一方面,依据"一简之内,音韵尽殊;两句之中,轻重悉异"的

---

① 参郭绍虞:《永明声病说》,载《照隅室古典文学论集》(上编),上海:上海古籍出版社,2009年,第231页。其实,郭氏所引恰是蔡宽夫否定之说,因为引文"即为鹤膝"后尚有"尤可笑也"一句。参郭绍虞辑《宋诗话辑佚》,北京:中华书局,1980年,第380页。

② 以上参郭绍虞:《永明声病说》,载《照隅室古典文学论集》(上编),上海:上海古籍出版社,2009年,第218—242;《声律说考辨》,载《照隅室古典文学论集》(下编),上海:上海古籍出版社,2009年,第251—290页。

理解,将"韵"、"纽"两类四病与"音韵"概念相对应,皆视为一句中的病,将"声"、"调"两类四病与"轻重"概念相对应,皆视为二句中的病;而另一方面则又采用蔡宽夫之说,将蜂腰鹤膝二病理解为轻重清浊或平仄问题,皆视为一句中的病,混同于"韵纽"之病。先后之论发生了严重的冲突与矛盾。

(二)清水凯夫说

日本学者清水凯夫亦赞同"八体"即"八病"之说,在处理沈约声律说与八病说关系时则避免了郭说的矛盾。在清水氏看来,"尽管'八体'这一原有的名称被改变了,但是今日所说的'八病'(平头、上尾、蜂腰、鹤膝、大韵、小韵、傍纽、正纽)明白无误的是沈约创始的声病"。沈约声律原则与"八病"的对应关系是:"若前有浮声,则后须切响",乃四声的错综安排所体现的声律和谐,具体对应的是平头、上尾、蜂腰、鹤膝的避忌;"一简之内,音韵尽殊",乃通过韵母关系,即叠韵(包括隔句叠韵)的安排所体现的声律和谐,具体对应的是大韵和小韵的避忌;"两句之中,轻重悉异",乃通过声母关系,即双声(包括隔句双声)的安排所体现的声律和谐,具体对应的是正纽和傍纽的避忌。而对"八病"的具体解释是以《文二十八种病》为基本依据的。要言之,清水氏认为沈约的"永明声律论","是由最新的'四声'安排的和谐法与较为传统的'双叠'安排的和谐法两大要素构成的"。①

在清水凯夫的研究中,避忌"八病"的作用即"致和",这与郭绍虞的看法显然是一致的。当涉及"音韵"等概念的解释以及诸命题与"八病"关系的具体认定时,两者之间的差异无疑是巨大

---

① 参[日]清水凯夫著,韩基国译:《六朝文学论文集》,重庆:重庆出版社,1989年,第194—270页。

的。清水凯夫的论述中最见特色的是,将"若前有浮声,则后须切
响"的声律原则,理解为四声的错综安排,具体落实为平头、上尾、
蜂腰、鹤膝的避忌。他显然是不赞成将沈约的"八病"说局限于两
句之中的,而是肯定了《文二十八种病》中"第五字与第十五字不
得同声"的"鹤膝"概念并视之为永明声律要求的体现。

(三)卢盛江说

卢盛江的新论正是基于蜂腰、鹤膝二病的重新解释。

卢盛江在《文镜秘府论汇校汇考》天卷《四声论》的相关考释
中,涉及了沈约《谢灵运传论》。征引诸家观点之后,卢氏加按
语道:

> 这些概念,未必可以直接和平仄对应。它可能与平仄联
> 系,也可能还同时与声、韵联系。"一简之内,音韵尽殊;两句
> 之中,轻重悉异",和刘勰所说的响有双叠、双声隔字、叠韵离句之
> 类未必有本质的区别,它们都可能强调一简或两句声的轻重和
> 韵的变化。这里可能意识到声之二元问题,但所谓二元,可能
> 只是意识到声、韵、调诸方面均须前后上下有异,均须如刘勰所
> 说的"异音相从","和体抑扬",未必仅是四声之二元。①

以上看法在其《齐梁声律论几个问题新探》中得到了更为明
确的表达:

> "音韵尽殊"的"音韵"在这里指四声的可能性不大,更可
> 能就指音韵。"轻重悉异"的"轻重",可能指声调的轻重,但
> 在这里更可能指声纽的清浊轻重。这样理解,沈约就综合考
> 虑了汉语各方面的因素,既考虑了四声,又考虑了声纽和音

---

① 以上参[日]遍照金刚撰,卢盛江校考:《文镜秘府论汇校汇考》,北京:中华书
局,2006年,第232—238页。

韵。这正与八病相合，八病当中，平头上尾蜂腰鹤膝为四声之病，大韵小韵为音韵之病，傍纽正纽为声纽之病。声律问题要综合考虑汉语各方面的因素，这是沈约声律说基本思想和原则的一个方面。①

卢氏在论文中又同时指出：二元化倾向是沈约声律基本思想的又一方面，它是一种比较宽泛的汉语声韵调二元的思想。而这种二元的思想实际上又是沈约在"变化中求和谐"的美学追求的具体体现。

不难看出，卢氏新论所理解的"音韵"、"轻重"概念、沈约声律思想的二元化，以及"和体抑扬"的说法，显然于郭绍虞说有所借鉴。其最大的区别在于，卢氏与清水凯夫一样，具体确认沈约"八病"说的主要文献依据是《文镜秘府论》，尽管亦如郭绍虞，对蜂腰鹤膝的理解侧重于《文二十八种病》"两头粗，中央细"与"两头细，中央粗"的提示语，且同样以字音的轻重清浊解粗细，但郭氏将二病理解为一句之中或两句之中的病，又引《蔡宽夫诗话》为据，而卢氏则纯依原本文献将"鹤膝"定位为超出两句之外的病，故两人的立足点已有很大不同。卢氏《蜂腰论》一文，赞同杨明、小西甚一的观点：蔡宽夫所谓蜂腰鹤膝，并非指声病，而是指一种带有文字游戏性质的诗体。如果说蜂腰是声纽清浊之病，那就和同样是声纽之病的正纽旁纽相重复了。这实际上是否定了郭说的历史依据。

────────

① 卢盛江：《齐梁声律论几个问题新探》，《江西师范大学学报》，2010年第5期。卢说此后似乎有变化，在《文镜秘府论研究》一书中，是将刘滔"傍纽"直接等同于沈约"大纽"的，亦即认为"异纽同韵为大纽"，其与此处所说的沈约的"傍纽正纽为声纽之病"就难免有矛盾之处了。参卢盛江：《文镜秘府论研究》，北京：人民文学出版社，2013年，第433页。

卢氏设问：为什么一般是以五言诗第二字不得与第五字同声论蜂腰，以第五字不得与第十五字同声论鹤膝，而王斌却五字制鹤膝，十五字制蜂腰，沈约又说"疑未辨"？这是不是意味着沈约不辨也就是不了解蜂腰鹤膝？

设问之后，又给出了如下解答：

　　这个问题也很简单。一以五字制蜂腰，十五字制鹤膝，一以五字制鹤膝，十五字制蜂腰。同一问题，看法（准确地说是名称提法）相反，看似不可思议，其实细想一下，两家都各有道理。按照西卷"第三蜂腰"首段的解释，蜂腰是"两头粗，中央细，似蜂腰也"。但蜂腰病说并没有规定第二字与第五字一定要用重浊之音，第二字和第五字之间的字一定要用轻清之音。如果反过来，第二字与第五字同为轻清之音，而第二字和第五字之间的字为重浊之音（实际这种情况是存在的），这种情况，就不是"两头粗，中央细"，而是"两头细，中央粗"，就应该成为鹤膝了。同样的道理，何以五言诗第五字与第十五字同声就被称为"鹤膝"？按照西卷"第四鹤膝"首段的解释，是"两头细，中央粗，似鹤膝也"。这里的"细"和"粗"，同样分别指轻清之音和重浊之音。第五字与第十五字同为轻清之音，而第五字和第十五字之间的字为重浊之音，因此是"两头细，中央粗，似鹤膝也"。也是同样的道理，鹤膝病说并没有规定第五字与第十五字一定要用轻清之音，第五字和第十五字之间的字一定要用重浊之音。如果反过来，第五字与第十五字同为重浊之音，而第五字和第十五字之间的字为轻清之音，这种情况，就不是"两头细，中央粗"，而是"两头粗，中央细"，就应该成为蜂腰了。所以王斌五字制鹤膝，十五字制蜂腰，也是有道理的。同一问题有不同的提法，这是声病说初创阶段探索过程出现的正常现象。①

蜂腰鹤膝本是以比喻拟体的方式立的名,以音的轻重清浊释其喻义自然是合适的。就名义符契的角度去看,诚如卢氏所言,二说只是同一问题之不同提法而已。换而言之,卢氏是圆通的,但圆通的背后却掩盖了二说本质的差异。一般说法(实即沈约说法),"蜂腰"是二句一联之体病,"鹤膝"则是四句两联一章之体病;王斌的说法正好相反。按沈约的说法,二句一联之体犯"鹤膝",四句两联之章犯"蜂腰"皆不为病;而依王斌的说法,二句一联之体犯"鹤膝",四句两联之章犯"蜂腰"皆为病。也就是说,第二字与第五字用重浊之音,第二字和第五字之间的字用轻清之音在沈约是不允许的,而在王斌却不是问题;第二字与第五字用轻清之音,第二字和第五字之间的字用重浊之音在沈约是没有禁忌的,而在王斌却是不允许的。同样情形,第五字与第十五字用轻清之音,第五字和第十五字之间的字(应即第十字)用重浊之音在沈约是不允许的,而在王斌却不是问题;第五字与第十五字用重浊之音,第五字和第十五字之间的字(应即第十字)用轻清之音在沈约是没有禁忌的,而在王斌却是不允许的。可见,对于王斌五字制鹤膝,十五字制蜂腰,沈约说"疑未辨",显然不是泛泛之论。

这里,还有必要指出的是,卢氏新论在否定郭氏蜂腰鹤膝说的同时又继承了郭绍虞等韵学意义上的轻重清浊概念,而这恰是卢氏否定郭说时引用的小西甚一观点的要害之处:如果说蜂腰是声纽清浊之病,那就和同样是声纽之病的正纽旁纽相重复了。在此,卢氏不仅难免陷入严重的自相矛盾,而且还要同时面对郭说

①以上参卢盛江:《蜂腰论》,《文学遗产》,2011年第3期。

的问题：为何沈约说"两句之中，轻重悉异"，而蜂腰鹤膝之病却又
不在两句之中？

（四）反思与新解

综合学者们的研究，确实给人一种治丝益棼的印象。但在沈
约声律思想与八病说关系问题上面，学者们的看法较为确定、相
对一致的地方还是存在的。如，韵纽四病与双声叠韵有关，关涉
"音韵"、"轻重"的概念；避忌"八病"的意义在于"致和"等。这里，
如果要在不同理论观点中选择一种作为进一步探讨的基础的话，
应该遵循的标准至少有两个：逻辑自洽性强与公约度高。按照这
个标准去衡量，在以上三说中，清水凯夫的观点无疑具有优先性。

本文认为，沈约所谓"欲使宫羽相变，低昂互节，若前有浮声，则
后须切响"，确实如清水凯夫所言与"四声"的运用有关，具体对应于
平头上尾蜂腰鹤膝四病的避忌。但这里有必要作出进一步解释。

首先，"四声"病是两联四句之体所犯的病。其中，"平头"、"上
尾"是一联两句首尾对比所犯的病；蜂腰是每五言句内部分句之末
字（第二、第五字），亦即所谓节奏点或音步、音顿的对比所犯的病；
鹤膝是两联四句第一联出句之末字（第五字）与第二联出句之末字
（第十五字）的对比所犯的病。为何两两对比会出现病犯现象，是
因为只有相反相成才构成对比和谐关系，才符合"宫羽相变，低昂
互节，前有浮声，后须切响"的声律原则，如果"四声"相同的话，也
就失去了对比关系，违背了声律和谐的原则。声律和谐是永明诗
歌构体的内在结构原则，失去结构原则，自然也就如同体解犯病。

其次，既然说到了两两对比之关系，自然就要涉及四声二元
化的问题。由于作为对立范畴的平仄概念，其时尚未出现，故四
声是否二分或如何二分便是一个有待探讨的问题。问题的解答
关系到认识四声的角度。郭绍虞依据"轻重悉异"而认为"沈约轻

重之说当指那时以平上为一类，去入为一类的问题"，但如果从
"低昂浮切"去认识，则是另一种情形。结合刘勰《文心雕龙·声
律》"凡声有飞沉，响有动静……沉则响发而断，飞则声飚不还"之
说，俞敏便认为这是平上去三声与入声的对立。"切"、"沉"用"响
发而断"去定义显然指入声，"飞"、"浮"用"声飚不还"去定义显然
是就平上去三声说的。沈约的四声分类与周颙的平声与上去入
声二分，以及后来的平仄二分是不同的。① 此种分类，主要是就
字音发声的抑扬长短缓急的方式去二分的。刘善经《四声指归》
在说"蜂腰"病时引沈约语云："五言之中，分为两句，上二下三。
凡至句末，并须要煞。"所谓"煞"有"疾"、"猛"、"降"诸义，用以喻
指入声当与疾呼的发声方式有关。故文中"煞"显然应与"切"、
"沉"同义，当与入声有关。《文镜秘府论·调四声谱》有"总归一
入谱"，前此我们推测与周颙有关，但不排除沈约于四声有与周颙
不同的观念。总而言之，沈约将四声作平上去与入声的二元分类
也是有可能的。但事实究竟如何，还有待进一步分析。

　　这里，我们必须弄清这种二元分类的声律意义究竟是什么。
浮切、飞沉之说只是规定了声律的大原则——互节致和，而"凡至
句末，并须要煞"则看出声律的具体了。沈约"句"的概念首先是
语义节奏的单位，然后才是音节节奏的单位。音节节奏是依从语
义节奏的，而从语义节奏去看，新体五言诗最小的节奏单位依沈
约说法主要是二言、三言节奏，亦即沈约所谓"五言之中，分为两
句，上二下三"。因此其音节的节奏点自然也就落在了第二字与
第五字。那么，我们又如何理解"凡至句末，并须要煞"呢？既然

---

① 参俞敏：《永明运动的表里》，《俞敏语言学论文集》，北京：商务印书馆，2008
年，第291、296页。

依上文的解释,"煞"与"入声"有关,那么沈约是说第二、第五字必须用入声吗? 按"前有浮声,后须切响"的原则,则第一字,第三、四字只能用平上去三声吗? 如依逻辑情理似乎只能如此理解。但这样就变成了"句"内的互节致和而不是"句"间的互节致和了,"句"间则构成了同声关系。这显然与"蜂腰"句末犯"同"是一回事。而刘善经引"沈氏曰"后则谓"即其义也",其义亦即"蜂腰者,五言诗第二字不得与第五字同声"。看来,"凡至句末,并须要煞"是省略的说法,完整的意义应该是:五言一句之中,第二字与第五字之间应该构成的是平上去与入声的对比关系。反之,若第二字为入声,则第五字必须是平上去。此例应该通于"上尾"、"鹤膝",因为"句末"是语义节奏点的概念,而语义节奏点的对比关系自然可以随着语义节奏单位的扩大而自然延伸。第五字与第十字、第十五字自然都可以构成语义节奏点的对比关系。事实上,沈约"浮声切响"亦是通用的说法。

　　问题在于,从字音发声的抑扬长短缓急的方式去看四声,四声显然还存在另一种分类的可能性。《四声指归》引刘滔语云:"四声之中,入声最少,余声有两,总归一入,如征整政只、遮者柘只是也。平声赊缓,有用处最多,参彼三声,殆为太半。"[①] 上去二声,总归一入并为一类,与平声对立,而平声自为一类,这也就是后世的平仄二元化了。那么,"凡至句末,并须要煞"的意义就应该理解为:五言一句之中,第二字与第五字之间应该构成的是平与上去入三声的对比关系。反之,若第二字为上去入声,则第五字必须是平声。第五字与第十字、第十五字亦应如此。这里有必要对

---

① [日]遍照金刚撰,卢盛江校考:《文镜秘府论汇校汇考》,北京:中华书局,2006年,第956页。

"余声有两,总归一人"的说法作出解释。从刘滔示例看,无论阴声还是阳声,声纽韵母相同的字都可分出四声。但平入二声最为特别,因为平声赊缓,入声短促,直接构成对立的两极。上去二声在平入两者之间,如果从吟咏诵读的角度去看:上去二声既可缓呼又可疾呼,缓呼自然近平声,疾呼自然趋入声;当然还可以上声缓,去声急。如此看来,四声的吟咏诵读就其二元化,必然同时存在三种可能性:上去同归一平,上去同归一入与上归平、去归入。俞敏的分类是上去同归一平,郭绍虞则是上归平、去归入,但刘滔采用的则是同归一入。那么,刘滔的"同归一入"是否代表了沈约的做法呢?答案应该是肯定的。

请看《梁书·王筠传》的一段记载:

> 约制《郊居赋》,构思积时,犹未都毕,乃要筠示其草,筠读至"雌霓连蜷(按:通蜷)",约抚掌欣抃曰:"仆尝恐人呼为霓。"次至"坠石磓星",及"冰悬坎而带坻",筠皆击节称赞。约曰:"知音者希,真赏殆绝,所以相要,政在此数句耳。"筠又尝为诗呈约,即报书云:"览所示诗,实为丽则,声和被纸,光影盈字。夔、牙接响,顾有余惭,孔翠群翔,岂不多愧。古情拙目,每佇新奇,烂然总至,权舆已尽。会昌昭发,兰挥玉振,克谐之义,宁比笙簧。思力所该,一至乎此,叹服吟研,周流忘念。昔时幼壮,颇爱斯文,含咀之间,倏焉疲暮。不及后进,诚非一人,擅美推能,实归吾子。迟比闲日,清觐乃申。"筠为文能压强韵,每公宴并作,辞必妍美。约常从容启高祖曰:"晚来名家,唯见王筠独步。"①

---

① [唐]姚思廉:《梁书卷三十三·列传第二十七·王筠传》,北京:中华书局,1973年,第485页。

王筠激赏《郊居赋》实因其声律之美,而沈约自负亦在于此。"雌霓连蜷"一句中的"霓"依韵书有平去入三读,是个异读字。在俞敏看来,王筠读的是入声(nie),沈约恐人呼为平声(ni)。这里沈约"喜欢的不是王念仄声,他喜欢的是他用切响"。[1] 俞说无疑是正确的,但意犹未尽。文中所谓的"读"并不能理解为一般的字声阅读,而是能够呈现出声韵之美的"吟读",它与沈约所说的"叹服吟研"中的"吟"本质上无异。"吟研"之"吟"或为"吟诵",但"吟读"与"吟诵"的差异只在临文与背文的不同而已。也许一般意义上的读、诵,"霓"字读诵为平、去应该没什么问题,"仆尝恐人呼为霓"间接说明了这样读诵的通用合法。但在沈约那里,吟读、吟诵就不宜一味地照搬原来的字声,而要同时考虑遵循"前有浮声,后须切响"这一声律和谐的原则。王筠按"平入平平"去吟读"雌霓连蜷"显然是符合这一原则的。"霓"与"蜷"同在句末,而"蜷"平读是唯一的选择,只有"霓"尚可读作平去,故沈约才会生出"恐人呼为霓"之忧。如果仅就平仄而言,"霓"读去声照样可以构成和声对比,而沈约只取"入声",这说明在沈约的吟诵中,上去二声是按照入声处理后方产生所谓"切响"效果的,这也是"同归一入"的本义。如此理解,沈约规范的吟诵则是倾向于上去同归一入、平声与上去入三声二分的。

我们再来看看王筠击节称赞的其他两句的声律情况。"坠石硠星"的声调为:去入平平;"冰悬坎而带坻"的声调为:平平上平去平。从分句末字的声调对比看,"坠石硠星"同"雌霓连蜷"。唯一的区别是首字去、平的不同,如果按上去归于一入的法则,则此

---

① 参俞敏:《永明运动的表里》,《俞敏语言学论文集》,北京:商务印书馆,2008年,第291页。

去声吟诵时作入声,全句便作:入入平平,前两音节低沉,顿挫而有力,后两音节高昂,平远而悠扬。当然,我们亦不能完全排斥去声吟作平声,如同"雌霓连蜷"。如果是这样,那就是另一种二元化的分类了,但同样符合浮切飞沉的和声原则。但此种二元化在沈约可能性不大,"冰悬坎而带坻"一句可以提供部分说明。仅就平仄对比而言,该句分句末字声调的上平对比自然合乎要求,但与浮切的原则却不全吻合。故句中的第三字、第六字必有一字吟作入声。如果按照平上去与入各自为类或平上与去入各自为类的话,则第三字、第六字就只能吟成平平了,那么本句的吟诵自然也就违背浮切飞沉的和声原则。本句只能吟作:平平入平入平,因此,我们推断沈约的二元化是上去"归于一入"的二元化。

再次,基于以上分析,我们说郭绍虞、俞敏等学者立于"归于一入"之外的二元化理解,大都没有考虑沈约、刘勰的浮切飞沉的和声原则是对吟诵方式的规定,它与"八病"说的字声安排的四声分用是两回事,但可并行不悖。不得同平上去入的严格规定,加上"上去归于一入"的要求,自然绝对能保证吟诵不离浮切飞沉的和声原则。然而,既然有了"上去归于一入"的吟诵规范,字声安排除不得同平声、入声之外,不得同平上去入的规定也就显得多余了。因为上去入在吟诵中只是一类。要言之,平仄的二元化是蕴含在沈约的吟诵方式的规范中的。

现在我们可以说,俞敏将沈约与周颙的声律原则对立起来的做法是有欠妥当的。在俞敏那里,沈约是主张平上去与入声二分的,周颙则是主张平声与上去入声二分的。据我们上面的分析,在四声二元化的倾向方面,沈、周并无不同。此外,俞敏还认为,"周的主张跟沈最有分歧的地方还是他允许字调的重复。重复的长度是两个音节"①。这种说法显然是不合事实的,《梁书·王筠传》中的三例"平平"便是两个音节字调的重复,如果考虑吟诵的法则,两个音节字调的重复则更为显著。

最后,再来看看沈约的和声原则与蜂腰鹤膝病的"粗细"概念之间的关系。"蜂腰"限于五言一句内两分句末字所犯同声之病,鹤膝则是两联之内的韵句之外的两句句末字所犯同声之病。同声为同声调,声调如何以"粗细"来定义,确实令人犯惑。那么能否以声纽清浊的对比来解释"粗细"概念呢?这里以事实来回答这一问题。引《文二十八种病》所举蜂腰鹤膝病例各一例:"闻君爱我甘,窃独自雕饰"②、"拨棹金陵渚,遵流背城阙。浪蹙飞船影,山挂垂轮月"③,其声纽清浊情况如下:

闻君爱我甘(蜂腰):不清不浊—全清—全清—不清不浊—全清

窃独自雕饰(蜂腰):全清—全浊—全浊—全清—全清

渚—阙—影(鹤膝):全清—次清—全清

以上病例,从清浊角度,根本看不出有什么明显的"两头粗,中央细"或"两头细,中央粗"的问题,唯"鹤膝"例近似。但"次清"亦不能说就是重浊,就是"粗"。再看沈约《郊居赋》三例:

1. 霓连蜷:不清不浊—不清不浊—全浊

2. 石碿星:半清半浊—全清—半清半浊

---

① 俞敏:《永明运动的表里》,《俞敏语言学论文集》,北京:商务印书馆,2008年,第297页。

② [日]遍照金刚撰,卢盛江校考:《文镜秘府论汇校汇考》,北京:中华书局,2006年,第956页。

③ [日]遍照金刚撰,卢盛江校考:《文镜秘府论汇校汇考》,北京:中华书局,2006年,第973页。

3. 坎而带坻：次清—不清不浊—全清—全浊

综合三例看，沈约亦并未刻意回避声纽清浊的所谓"粗细"问题，第2例最为明显，若依清浊论"粗细"，则犯蜂腰病无疑，但却仍然为王筠激赏且为沈约首肯为知音。可见，"两头粗，中央细"或"两头细，中央粗"的说法实与声纽清浊无关。以所谓"粗细"论"蜂腰"、"鹤膝"二病，要么属后起之说，要么当有别解。那么是否可以推测，"粗细"的说法与低昂浮切飞沉的吟诵法则有关呢？下面不妨做一个检验。

假如以平声对应"昂浮飞"，为细；入声对应"低切沉"，为粗，那么，《郊居赋》三句可吟作：平入平平，入入平平，平平入平入平，全都避免了所谓"两头粗，中央细"的问题，但除第2句外，其他两句或多或少存在"两头细，中央粗"的问题，只是沈约并无一句之中的鹤膝避忌。至于所引《文二十八种病》蜂腰鹤膝三例情况则稍显复杂，具体如下：

1. 闻君爱我甘（蜂腰）：平平去上平；吟作：平平入入平
2. 窃独自雕饰（蜂腰）：入入去平入；吟作：入入入平入
3. 渚—阙—影（鹤膝）：上入上；吟作：入入入

第1例应为两头细中央粗；第2例大略可说两头粗中央细；第3例只取第5、10、15三句末字，很难说是"两头细中央粗"还是"两头粗中央细"。这里如果非要判作"两头细中央粗"的"鹤膝"，则只能说是"上归平"或"上去归平"的另一种吟法了。当然，这里还有一种思考问题的方式，即中央的粗细由第5字与第15字之间的所有字声或节奏点字声平入情况的整体决定，如考虑渚、影之间所有字则声调为：

上。平平去平入。去入平平上。当吟作：入。平平入平入。入入平平入。

中间入声有4,庶几可以比较而言谓之"粗",仅就节奏点而言,亦有两个入声,故同样可以谓之"粗"。一般而言,两联之内论"鹤膝",还是以句末三字为两头中央的结构为妥。引例属仄声韵诗,如果以"总归一入"的沈约吟法,"两头细中央粗"的鹤膝病可免。只是这样一来,"和"的问题转成了"韵"的问题,与"前有浮声后有切响"的和声原则就不一致了。这里,为了坚持和声的原则,则得允许"上去归平"这一二元化吟诵法式的存在。但如此一来却又犯了"两头细中央粗"鹤膝病。要之,以粗细比喻"蜂腰"、"鹤膝"究竟何义,又始于何人何时,仍然是一个难以说清的问题,有待进一步探讨。但这里我们可以推论,沈约和声原则决定了隔句平韵诗成为永明新体诗之主流,直至为唐代近体诗律所确认。因为,若是平韵诗,以沈约吟法,"两头细中央粗"的"鹤膝"病是不可能发生的。

清水凯夫谓"一简之内,音韵尽殊;两句之中,轻重悉异"的声律原则涉及传统的"双叠"安排的和谐法,对应于大韵小韵与傍纽正纽四病,这应该是较为准确的说法。但这里需要明确的是,沈约原文乃骈体,有时上下句宜作互文理解。也就是说,"双叠"病皆是以一联两句而论的,除连绵词外,十字之中若犯"双叠"皆为病,但五字内犯与十字内犯以及犯诗韵或不犯诗韵,其间病犯的程度是有很大差异的。"大韵"病之为大是因为与诗韵同——既同韵母又同声调;"小韵"病之谓小是因为其未犯诗韵。隔字双声即"傍纽",沈约谓之"小纽";声纽相同且同韵亦即一纽之字的重复便是"正纽",沈约谓之"大纽",大纽声韵皆同只是声调稍别而已。韵纽四病无论大小,正如刘滔所言,"皆五字内之瑕疵,两句中则非巨疾"。这里还有必要指出的是,永明声病说尽管涉及了"双叠"的安排,但其性质及意义与传统的语言文学的"双叠"游戏正好相反。后者在韵字节奏之外复又追求字声音韵的易转与共鸣，且其转声韵不限于共鸣所带来的韵腔美感，往往又带有转义双关的修辞目的；而前者追求的则是，在韵律之外，强化字声音韵对立所带来的声律之和谐，努力回避在吟诵中因"双叠"所造成的不必要的文字语义之转义双关。

综上可见，沈约关乎韵纽四病的声律原则与避忌声调四病的声律原则是呼应的，具有内在的逻辑一致性。这种逻辑一致性在于：对传统源自民间的吟咏方式的否定，并在四声制韵的基础上确立了新的吟诵规范。沈约病犯说主要针对五言诗两联四句的篇体，已涉及律句律联。避忌侧重于句内二五节奏点，语义节奏与声音节奏相一致。在四声制韵基础上所确立的新的吟诵规范以及八病之说本具平仄二元化的倾向，且使得隔句平韵诗成为必然。语义节奏点和声原则以及韵纽四病的避忌，其实际意义在于：追求吟诵时语音的和美雅正，音义合一，声文同体。

二、如何看待所谓沈约理论与实践的矛盾

明确了沈约声律思想、八病说的意义与内涵，我们便可以进一步来讨论刘跃进的最后二问了：沈约所推崇的作家作品何以多犯八病？沈约自己的创作何以多不拘八病？①

问题本身除了"八病"说内涵标准的认定之外，首先是一个事实考辨的问题，即相关作品声律情况的具体考察。如果标准认定一致，至为关键的便是考察对象的确定。刘氏所考察的沈约所推崇的作家作品主要指曹植《赠丁仪王粲诗》、王粲《七哀诗》三首其

---

① 参刘跃进：《门阀士族与永明文学》之附录《四声八病二题》，北京：生活·读书·新知三联书店，1996年，第351—363页。

一、孙楚《征西官属送于涉阳候作诗》、王赞《杂诗》。刘氏判断之所据乃向长清《谈〈文心雕龙·声律篇〉与齐梁时代的声律论》一文所作的分析。据其分析,四诗八病皆有所犯。犯平头:曹植9联6处,王粲诗10联8处,孙楚诗10联3处,王赞诗6联4处;犯上尾:曹植诗2处,王粲诗5处,孙楚诗2处,王赞诗2处;犯蜂腰:曹植诗4处,王粲诗5处,孙楚诗8处,王赞诗4处;犯鹤膝:曹植诗3处,王粲诗3处,孙楚诗4处;犯大韵:王赞诗1处;犯小韵:王赞诗4处;犯旁纽:曹植诗1处,王粲诗1处,孙楚诗3处。刘氏因此怀疑沈约也有"八病"之说,其理由是:沈约若是"八病"说之创始者,应该于上述四诗犯病处有所指正,而事实却不然。此处的理由值得进一步分析。须知,沈氏赞赏四诗旨在说明四诗"直举胸情,非傍诗史"而能"讽高历赏"的原因。在沈氏看来,其原因在于:四诗"正以音律调韵取高前式",亦即四诗在声律方面的成就有超越前人之处。这里,只是以此强调"声律"之于诗歌的重要性而并无以此四诗的音律调韵来诠释自己的声律规则或病犯之说。故沈氏随之并说"自骚人以来,此秘未睹。至于高言妙句,音韵天成,皆暗与理合,匪由思至。张蔡曹王曾无先觉,潘陆谢颜去之弥远"。可见,沈氏肯定四诗只是其中的"高言妙句",未必及其全篇。正是因为四诗局部的合律,尚有病犯之处,沈约才断定其属于"音韵天成,暗与理合,匪由思至",才会说"张蔡曹王曾无先觉","自骚人以来,此秘未睹"。因此,考察四诗的重点应在其合律之处而不在其不合之处。若就沈氏称引的四诗四联而言,对照"八病"的避忌,其音律调韵显然值得赞叹。具体观之:曹植诗"从军度函谷,驱马过西京"(平平去平入,平上去平平)、王粲诗"南登霸陵岸,回首望长安"(平平去平去,平上去平平)、孙楚诗"晨风飘歧路,零雨被秋草"(平平平平去,平去去平上)、王赞诗"朔风动秋草,边马有归心"(入平上平上,平上上平平)。可见,四联都回避了"蜂腰"病与"上尾"病;王瓒诗联完全避免了"平头"病。至于其他三诗,皆属上下句第一字同平声而犯"平头"。而前此已推断,首字同平声可免平头病之说法或乃由初唐人基于齐梁以来新体诗创作经验的发现与总结,故在沈氏完全有可能不以此为病。此外,四诗大韵、小韵、旁纽(沈约名"大纽")三病皆无犯。要言之,刘氏不足以据此四诗之例否定沈约已有"八病"之说,相反的倒是恰恰说明了沈约的"八病"意识。

刘跃进说,如果从"八病"的角度看"四诗","不仅全诗不合者甚多,就是沈约所欣赏的四联诗亦多犯八病"。前半句所言大抵是事实,后半句则不知从何说起。至于刘氏解释沈约之所以欣赏四联,是因为"每联下句都是入律句,可谓'音律调韵'",亦即"字与字之间,句与句之间的平仄'颠倒相配'",而无关"八病"意识,此乃将律诗定型后的近体律句作为沈约的衡量标准,显然是不妥的。实际上,这里如果欲从声律二元化的角度去衡量,也应该从"浮声切响"的吟诵规范去理解。

若从吟诵方式的角度去看,以王粲诗为例,四联正可转化为:

　　从军度函谷,驱马过西京。平平入平入,平入入平平。
　　南登霸陵岸,回首望长安。平平入平入,平入入平平。
　　晨风飘歧路,零雨被秋草。平平平平入,平入入平入。
　　朔风动秋草,边马有归心。入平入平入,平入入平平。

可见,四联在二、五字这一重要节点都是吻合"浮声切响"这一互节规律的。只是"零雨被秋草"(平入入平入)稍有例外,故整体言之,四联还是适合沈约式吟诵的。

关于沈约自身作品声律问题的考察既要遵循永明声律的标准,还需要确认考察对象的系年,当以沈约《宋书》完成前后永明年间所制五言新体诗为准,刘跃进指证沈约犯病的诗例整体上是合乎这一原则的。① 换言之,刘氏对沈约作为"八病"说倡始者的质疑是有事实依据的。但针对这些犯病的诗例,尚存在进一步讨论的空间,有进一步阐释的必要。

日本学者井上一之对沈约自犯其例的诗歌创作曾作出如下三点解释:

> 一是当时声病说初起,诗坛上是古体、新体并存。而新体诗尚处于试验阶段,其体屡变,声律规则亦未完全确定,正如顾炎武《音论》中所说,梁天监前、永明后,去声入声仍有混用的地方,则沈约的创作中也难免有所出入了。二是"八病"之中有轻有重,其避忌处亦有急与缓、严与不严之分。以轻缓之病来诘难沈约,似乎有失公道。三是沈约有意识地"犯病",这是特别引人注目并值得探讨的。②

井上所谓有意识地"犯病",本质上是指沈约实际创作中避忌"八病"所表现出来的灵活性,这种灵活性根源于沈约"重视传统的创作方法和作品的情感内容",追求"情、采"或曰"质、文"兼备的文学。如犯平头诗三例:

岧嵘玄圃上,聊攀琼树枝。(《和竟陵王游仙诗》)
凄锵笙管遒,参差舞行乱。(《乐将殚恩未已应诏》)

---

① 当然亦有个别作品系年存在歧义,如《游钟山诗应西阳王教》,据卢盛江考证,该诗当作于沈约弱冠之年,亦属甄思伯诘难沈君少时文咏犯声之作(参卢盛江:《齐梁声律论几个问题新探》,《江西师范大学学报》,2010年第5期)。至于"新体"诗确认,单凭准确系年亦未必能保证。因为同期"新体"虽为作者创作主流,但不能排除作者有其他诗体的创作。故同期的犯病作品并非全都可以直接用来证明沈约理论追求与实践矛盾的命题。
② 井上一之:《沈约声病说新探》,《学海》,2000年第2期。

沧浪有时浊,清济涸无津。(《新安江水至清浅深见底贻
京邑游好》)

沈约之所以不避,实因为例中"峥嵘"、"凄锵"、"参差"、"清
济"都是双声,"沧浪"则为叠韵。为不牺牲传统诗歌手法追求的
语音之双声叠韵之美,故而不避。它如《郊居赋》"冰悬坎而带坻,
雪萦松而被野"等犯上尾句,井上皆归入此例。如果承认井上的
三点解释具有合理性,则凭病例不足以得出沈约不可能创始八病
之说的结论。

类似于井上一之上述解释者不乏其例,这里最值得提及的
仍然是卢盛江的解释。卢氏之说系统全面,深入而具体,充满辩
证思考。其要点在《蜂腰论》①一文中概括为三点:其一,声律理
论追求自身存在矛盾,永明以来的声律追求是多方面的;其二,
"从永明声病说的发展来看,一些病犯规则从理论的提出到创作
中实际运用有一个过程";其三,"一些病犯本没有实践性,比如
旁纽病。双声之字随处皆是,几于无法避免"。文中,卢氏还据
《文二十八种病》中所载"初腰"说——第一句须避蜂腰,第二句
可以不避,对永明至初唐的四句至十二句五言诗作了统计,其中
永明三人303首2214句,梁陈四人450首3418句,北朝六人241
首1844句,初唐十人531首4358句。结论是:"首句不入律的蜂
腰仅分别为1.7%、0.5%、0.16%和0.14%,实在微乎其微了。"此
外,又据《文二十八种病》中所载"蜂腰"同平声非病的提法,查检
永明以来诗句,其中:"永明三人蜂腰382句中,平声蜂腰337句,
仄声蜂腰45句,比例是8.87:1。梁陈四人蜂腰723句中,平声蜂
腰676句,仄声蜂腰54句,比例是13.86:1。北朝六人蜂腰459句

①卢盛江:《蜂腰论》,《文学遗产》,2011年第3期。

中,平声蜂腰437句,仄声蜂腰16句,比例是27.88∶1。初唐十人蜂腰1118句中,平声蜂腰1022句,仄声蜂腰95句,比例是11.29∶1。仄声蜂腰所占比例很小。"要之,"首腰或者初腰说,对于一般的二五不得同声之说,是一个修正,也是一个完善"。这一完善,加上入律的二四不得同声之说,以及永明以来人们确认的蜂腰之平声非病的说法,仄声蜂腰中,仅首句不合律的仄声蜂腰就更微乎其微。声律追求的矛盾及"蜂腰"说与创作实践的矛盾就基本解决了。

卢氏新说,引进新材料,运用数据分析的方法,以蜂腰病为例,从理论到实践动态解释了永明以来声律追求的矛盾以及"八病"说与创作实践的矛盾,从而证明了沈约与"八病"说的始初关联。

由于卢文只提供了具体数据,无从得知其所分析统计作品的具体情况,故这里无以复检。但本文以为,卢氏的研究结果的关键是证明了"初腰"说、"蜂腰平声非病"说、"二四异声"说在永明新体诗的创作实践中已成为自觉,只是其将之视为永明声律的多方面追求或理论矛盾罢了。实际上,本文前此论述已说明,沈约论蜂腰,有"凡至句末,并须要煞"的说法,其原则是声音节奏合于语法语义节奏,故沈约永明"蜂腰"本来就可包含"二四异声",不必局限于"二五异声"。此外,从对《永明乐》歌辞以及沈氏所赞赏的古人诗联的分析去看,平头例中已体现出首字同平声非病的病犯意识。《永明乐》歌辞差不多亦已杜绝"蜂腰",所犯两处,皆属韵句犯同平声,似极有规律。这里亦未尝不可说《永明乐》歌辞已包含了"初腰"或"蜂腰平声非病"的观念。下面我们再随机抽选刘跃进重点指出的沈约犯病诗例,作一必要的分析以推进此一认识。

应王中丞思远咏月 ①

月华临静夜，　入平平上去，
夜静灭氛埃。　去上入平平。
方晖竟户入，　平平去上入，
圆影隙中来。　平上入平平。
高楼切思妇，　平平入去上，
西园游上才。　平平平去平。
网轩映珠缀，　上平去平去，
应门照绿苔。　去平去入平。
洞房殊未晓，　去平平去上，
清光信悠哉。　平平去平平。

本诗押"哈"平声韵。据刘跃进指认：平头：方圆、高西、楼园、轩门、房光；蜂腰：园才、门苔、光哉；小韵：一联内两用祃韵"夜"字。

所指三病，平头最显著，次蜂腰，再次小韵。但稍作观察并可发现一个规律，即：平头四例皆属平声病犯，且方圆、高西为一联首平声相犯。而前此推测《文二十八种病》所载一联上下句首两字同平声非病的说法，有可能承之沈约永明新体诗创作经验，此两处所谓的"平声相犯"恰可为我们的推测添加一证。至于楼园、轩门、房光三例虽属第二字同平声，未能避平头之病，但考虑上联第二平声字在本句中都未犯"蜂腰"且符合"前有浮声，后须切响"的吟诵范例；而下联又乃平声韵句，故其句中第二字所著平声，合乎"初腰"或"蜂腰平声非病"之特例，显然都避免了"蜂腰"之病，亦即刘氏所指认的"园才"、"门苔"、"光哉"不为病例。① 小韵病例两"夜"字,一属上联末字,一属下联首字,在严格的"八病"避忌中,与"大韵"相比亦属病之小者,况且尚未"隔字"。此例,沈约不避或许还有其他原因。一者,此处继承了乐府、古诗常用的顶针艺术手法;再者,"夜"字去声,可处理为入声吟诵,又分别处在句尾句首。故无论是修辞提示,还是四声安排,都可避免吟诵时出现韵移其义,离文破句现象的发生,保证声文同体。这也许才是沈约一联之中未避同字的根本原因。总而言之,刘氏所指认《应王中丞思远咏月》一诗中的"八病"只有三处"平头"为实,且有合理解释,其他皆不构成本质意义上的病犯。

　　这里,尚值得指出的是,"西园游上才"的语义节奏点可析为二、二、一节奏。"游上"可解作复合词,即"上游"的意思。尽管"游上"作为词语不多见,但"上游"一词,在《史记》里就已出现。《项羽本纪》载:"义帝曰:'古之帝者,地方千里,必居上游。'"《唐文粹》卷十六上载释皎然《读张曲江诗集》谓张诗云:"诗流据上游,才兼荆衡。"宋魏齐贤、叶棻同编《五百家播芳大全文粹》卷三十八载无名氏《谢乡举启》文直呼"闽中之上游才钟玉洞"。可见,沈氏诗"西园游上才"五言句中的声音节奏的重点亦当从语义节奏而转至二、四字对比与四、五字的对比。如此,则"平平平去平"就与"蜂腰"病无涉。与之对应,其上句"高楼切思妇"的音义节奏的重点亦在二、四字。"切思"乃复合词语,深深悲哀之意。"思"本有平去两读,此处当读去声。"高楼切思妇"四声为:平平入去上,亦无犯"蜂腰"之病。

_____

① 由此可推测,沈约的病犯意识或许有蜂腰、平头的缓急轻重之别的。换言之,沈约在调四声时,若遇不得已处,宁犯"平头"不犯"蜂腰"。

领边绣①

纤手制新奇，　平上去平平，

刺作可怜仪。　去去上平平。

萦丝应凤子，　平平去去上，

结缕坐花儿。　入上上平平。

不声如动吹，　平平平上去，

无风自移枝。　平平去平平。

丽色傥未歇，　去入去去入，

聊承云鬓垂。　平平平去平。

本诗押支（脂之同用）平声韵。据刘氏指认：上尾：吹枝；蜂腰：声吹、风枝、承垂；大韵：押支韵，复用支韵"移"字；旁纽：纤新（同属心母）。

本诗"蜂腰"病三处，最显眼。但"吹"字有平去两读，属异读字，刘氏定为平读，作动词。当读名词"鼓吹"，作去声，则"声吹"不为病。至于"风枝"、"承垂"，皆一联下句且属平声韵句，同《应王中丞思远咏月》诗"蜂腰平声非病"例，亦未可视之为病。此外，"聊承云鬓垂"从语法语义节奏看属"二、二、一"句式，故"承垂"一例，若依照二四异声去看，自无病犯。关键的是四、五字亦不同声，全句很好吻合了"凡至句末，并须要煞"的声律原则。本诗依照一般看法，"丽色傥未歇"一句倒是犯了"蜂腰"，只是刘氏由于一时疏忽而未加点出。但现在看来，此句未可言病。因为作为"聊承云鬓垂"的上句，两者的语法语义结构是一致的。"傥未"在句中是固定词语，在中古诗歌中经常出现，如何逊《秋夕叹白发》"故人傥未弃，求

①［南朝梁］沈约著，陈庆元校笺：《沈约集校笺》，杭州：浙江古籍出版社，1995年，第411页。

我谷之嵋"、王绩《山中叙志》"孟光傃未嫁,梁鸿正须妇"。此句虽然第二字与第五字同入声,但与第四字去声相异,且第四字、五字复构成异声对比。

　　本诗"上尾"虽只一例,但沈约及后人皆视之为巨病,沈约不会不避。问题出在刘氏于"吹"字声读有误,故方有本诗犯"上尾"之病的统计。至于"移"字犯大韵例,尚有版本选择,原句四库全书本《玉台新咏》作"无风自袅移"、《玉台新咏考异》《古诗纪》《石仓历代诗选》《汉魏六朝百三家集》皆作"无风自袅枝",故该诗是否犯大韵未可遽定。本诗真正能算作病例的只有一处,即:首句"纤新"为旁纽病。但必须注意的是:此处属五字之中犯双声。仅犯双声沈约谓之"小纽",而沈约所谓"小纽"是一联两句十字之内的病犯。至于一句五字之内,沈约谓之"大纽"即"正纽":五字句中,使用声纽相同且韵母相同相近的字(不论声调)。纤,心母盐韵;新,心母真韵,声母同而韵母不同。可见,在沈约的大纽、小纽病说中,本诗例中的"纤新"并不算什么严重的纽病。要之,本诗例几近于无病。

初春 ①

扶道觅阳春,　平上入平平,

佳人共携手。　平平去平上。

草色犹自菲,　上入平去平,

林中都未有。　平平平去上。

无事逐梅花,　平去入平平,

空教信杨柳。　平平去平上。

且复共归来,　平去去平平,

―――――――――

①［南朝梁］沈约著,陈庆元校笺:《沈约集校笺》,杭州:浙江古籍出版社,1995年,第401页。

含情寄杯酒。平平去平上。

　　本诗押有（厚黝同用）上声韵。据刘氏指认：上尾：菲有；鹤膝：花来（平声）。

　　本诗"菲"字，刘氏读上声。"菲"读上声，意为薄也、微也；读平声则意为芳菲。"草色犹自菲"之"菲"读平声、上声两可，而读平声则诗意更佳。草色芳菲实可指草色方破土而出时所夹杂的泥土之芬芳，以之摹状初春的气息及其活力甚为贴切入微。至于"花来"隔句尾字（五、十五字）同平声，于本诗不是孤例而是通例，"春菲"亦同平声。同平声，其义一目了然。本诗押上声韵，从吟诵的角度而言，上去归入声，若欲贯彻"凡至句末，并须要煞"，"前有浮声，后须切响"的声律原则，非韵句必须著平声，别无选择。凡上去入声韵诗皆当如此。由此可以推论，依沈约、永明"八病"说，上去入声韵诗或简称入声（仄声）韵诗，五字、十五字同平声不为病。与之相反，同上去入声皆为病；如果第五字为上去入（韵字除外，因为犯大韵），第十五字平声亦不为病。之所以如此？前者于两联一章背离了"浮声切响"的声律原则，而后者则无此弊故也。

脚下履①

丹墀上飒沓，平平上入入，
玉殿下趋锵。入去上平平。
逆转珠珮响，入去平去上，
先表绣袿香。去上去平平。
裾开临舞席，平平去上入，
袖拂绕歌堂。去入去平平。

---

①［南朝梁］沈约著，陈庆元校笺：《沈约集校笺》，杭州：浙江古籍出版社，1995年，第411页。

　　　　　　　所叹忘怀妾，上平去平入，
　　　　　　　见委入罗床。去上入平平。

　　本诗押阳（唐同用）平声韵。据刘氏指认：平头：转表；蜂腰：转响；鹤膝：席妾（入声）；小韵：飒沓（同属合韵）；旁纽：趋锵（同属清母）。

　　平头例字"转"，刘氏作上声。作上声的"转"是转运的意思，与本诗例语境不合。此"转"当解作"旋转"，为去声。例中"表"字只上声一读，故"转表"不同声，不存在犯平头的问题。小韵"飒沓"不隔字叠韵，属叠韵词，不算病犯；旁纽"趋锵"属不隔字而双声的双声词，亦不可谓之病犯，何况此"旁纽"在沈约则名为"大纽"，而沈约"大纽"不仅双声且同韵。由于"转"读去声，故"转响"实际上不存在同声而犯"蜂腰"病的问题。唯一可断为病犯的是"席妾"鹤膝病，但本例亦有值得探讨的地方。

　　本诗押平声韵，如欲隔句押韵且一韵到底，则非韵句四声选择必然上去入居其一。而就吟诵的角度而言，上去终归于入声，故平声韵诗五、十五字同上去入并不违背"浮声切响"相对偶的原则。由此推之，沈约永明声律，平声韵诗除首句入韵之外，五、十五字同平声犯鹤膝病，同上去入声不一定就被视为多么严重的病犯。但如此推测确实与《文二十八种病·鹤膝》的如下解释相矛盾：

　　　　释曰：取其两字间似鹤膝，若上句第五"渚"字是上声，则第三句末"影"字不得复用上声，此即犯鹤膝。故沈东阳著辞曰："若得其会者，则唇吻流易，失其要者，则喉舌蹇难。事同暗抚失调之琴，夜行坎壈之地。"[1]

---

[1] ［日］遍照金刚撰，卢盛江校考：《文镜秘府论汇校汇考》，北京：中华书局，2006年，第973页。

　　由上述解释,可以明确看出不得同平上去入四声的"鹤膝"避忌。着一"故"字而引出沈约的话,似乎在告诉阅读者,本解释是依据沈约的看法。究竟如何看待这里的矛盾现象呢?稍作审视便会发现,所引述的沈约的话并无"鹤膝"的具体内容细节,我们最多只能推测:沈约所欲强调的是,若避免或触犯了某病,将如何影响到诗文吟诵的效果。沈约的话倒是说明了避忌"八病"与吟诵方式的规范之间的密切关系。就平声韵诗而言,"鹤膝"同上去入声确实不会带来吟诵方式和吟诵效果的改变。但同平声则意义就大不一样了,不仅从文体上造成了韵体结构的改变、诗歌韵律的失落,而且破坏了"浮声切响"相比偶的吟诵方式及其吟诵效果。那么强调"鹤膝"而避忌同四声的意义究竟何在呢? 一言以蔽之:文体意义。郭绍虞早就说过,永明声律的要义是"韵"与"和"。"韵"主要表现于四声定韵,亦即一韵到底的韵式体制。此一体制保证了诗文同声相应,韵调一律。"和"主要表现于避忌"八病","八病"的避忌可以保证异声比偶,和而不同。韵律与和律一道,构筑起了永明诗歌的声文之体。具体到"鹤膝"避忌而言,其文体功用在于在四句两联的章体中支撑起"和"、"韵"一体的章体结构,实际表现无非是隔句押韵的韵体。避忌"上尾"的意义亦在于此,事实上避免了"鹤膝"也就避免了"上尾"。我们已经明确,"鹤膝"位置的同上去入就吟诵而言并不改变韵体,亦无关具体吟诵效果。既然如此,那么仍然强调避忌同上去入三声,其所能达到的只能是"和而不同"的观念意义。要之,我们在肯定沈约的声律思想有此一层观念意义基础上亦能推断:平声韵诗于"鹤膝"位置,上去入同声,在沈约永明声律中不为病是完全可能的。因为此处字声虽同声调但毕竟不同声韵,故它既符合沈约的吟诵规范,亦同时遵守了"和"、"韵"一体的章体结构原则。这里实际上植入的正是近体律诗平仄构体的基因。

泛永康江①

长枝萌紫叶，　平平平上入，

清源泛绿苔。　平平去入平。

山光浮水至，　平平平上去，

春色犯寒来。　平入上平平。

临睨信永矣，　去去去上上，

望美暖悠哉。　平上去平平。

寄言幽闺妾，　去平平平入，

罗袖勿空裁。　平去入平平。

本诗押脂平声韵。据刘氏指认：平头：长清、山春；蜂腰：源苔；旁纽：永矣（同属于母）；正纽：永悠（同属喻母）。

刘氏指出的平头病皆属第一字同平声，不为重病。可算作平头的是第一联中的"枝源"同平声，刘氏未指出。与前面所指平头例一样，此例上字在句中符合"浮声切响"原则，下字在韵句，与韵脚虽同平声，但按初腰说、平声非病说，则"源苔"未犯"蜂腰"病。这里，结合迄此所分析的所有平声蜂腰例，毫无例外发生于平韵诗韵句之现象，我们推断："初腰说"、"平声非病说"在沈约可合而为一，具体指平韵诗的韵句若出现二、五字同平声则不为病。"永矣"未犯隔字双声，故不为病。至于"永悠"不属沈约"大纽"之病，至多属"小纽"之病，故不算重病。

效古②

可怜桂树枝，　上平去去平

① ［南朝梁］沈约著，陈庆元校笺：《沈约集校笺》，杭州：浙江古籍出版社，1995年，第395页。

② ［南朝梁］沈约著，陈庆元校笺：《沈约集校笺》，杭州：浙江古籍出版社，1995年，第400页。

　　　　　　　单雄忆故雌。　平平入去平
　　　　　　　岁暮异栖宿，　去去去平入
　　　　　　　春至犹别离。　平去平入平
　　　　　　　山河隔长路，　平平入平去
　　　　　　　路远绝容仪。　去上入平平
　　　　　　　岂云无我匹，　上平平上入
　　　　　　　寸心终不移。　去平平平平

　　本诗押支(脂之同用)平声韵。据刘氏指认:平头:怜雄、暮至、云心;蜂腰:怜枝、雄雌、心移;旁纽:岁栖宿(同属心母)。

　　《效古》一诗4韵8句,犯平头、蜂腰各3处,加上旁纽三字,病犯较为严重。不过,其所谓"蜂腰"皆属同平声之犯,可免病讥。此外,"栖宿"未隔字不为病,主要是"岁"与"栖宿"犯双声"旁纽"。但沈约于五字一句之中只论"大纽(正纽)",不论"小纽(旁纽)",故这里的双声很难说在沈约永明声律病犯说中被视为多么严重的纽病。如此一来,本诗所犯的只是3处平头病。问题在于,本诗有其特殊性:标题所暗示出的拟古体性质。既然有古体性质,自然也就不宜用作考察沈约诗歌声病情况的典型对象。

　　综上分析,可以得出如次结论:刘跃进所指认的沈约病诗除极个别地方字声可以选择而倾向于病犯的字声之外,最根本的原因在于对沈约"八病"说的具体内容未及探明便以后世已有变化的"八病"标准加以审判,轻易得出沈约诗作不拘"八病"的结论。历来非议沈约,断定其"言行不一"的说法大多源于此。其实,欲较为准确地把握沈约病犯说的具体内容,只有通过对存于《谢灵运传论》中的沈约声律思想的辩证,并结合后世文献所载相关病犯诸说的考辨,参之沈约五言新体诗作声律运用情况案例的定性分析,方可得出近于事实的结论。这里亦表明,案例分析以及量化统计的方法都离不开沈约声律思想、病犯说的定性分析。三者是有机整体，必须运用系统思维方法，割裂使用三者，无疑偏离了解决问题的正确轨道。从系统思维的角度，我们作量化分析时还需注意：一方面依据《切韵》系韵书审慎选择异读字声，另一方面也要估计到从《四声切韵》《四声谱》到《切韵》系韵书，个别字声规范的变化。《切韵》保留的异读字声某种意义上反映了这种变化，但这种变化未必全部保留在《切韵》系韵书中。故此，定性分析与定量分析的结果不能完全相合，亦有其必然性。

第四节　沈约"八病"说的修正与再验证

一、"八病"说修正

通过既往探讨，我们已经明确沈约创制人为声律的根本目标不仅在于诗歌音韵美感的追求，而更在于规范字音声韵的吟诵，确保诗文在吟诵的过程中，尽可能避免韵移其义，离文破句现象的发生，保证声文相合而成体。为实现这一目标，沈约以四声定韵，具体诗文的创作错综运用四声以成特定体制，其体制便是所谓"声律"。"声律"主要表现为诗文在句体、邻句联体与邻联章体等不同层面的"和"与"韵"。遵循刘勰的称谓，和体谓之和律，韵体谓之韵律。和律与韵律相互依托而结构声文之体，"和韵"之体是律诗文体的首要标志。背离了和律、韵律规范则易于造成吟诵中出现声文解体，故谓之病。避忌"八病"的实际意义在此。此外，和律与韵律还蕴含了更深层次的观念或隐喻象征意义。对此，将有专题论述，暂不深究。下面只是依据上述已经揭示的声律原则及前此相关分析而形成的推测，对依据《文二十八种病》

所初步归纳出的沈约"八病"说的具体内容作进一步修正,具体如下:

平头:五言两句十字之中第一、第二字与第六、第七字同声(第一、第七字,第二、第六字同声不为病;第一字、第六字同平声不为病)。

上尾:五言两句十字之中,第五字与第十字同声(首句入韵诗之首联,不拘此限)。

蜂腰:五言二、三句式,第二字第五字同声(平韵诗的韵句若出现二、五字同平声则不为病);"二二一"句式,二、四字及四、五字同声(二、五字同声不为病)。按:"蜂腰"的判断与检验不得简单化,而必须分辨句式,而后选择相应的声律格式。严格说来,二、三句式细分尚有"二一二"句式,第三字多独字为分句,故第三、第五字同声,理论上亦当避忌。《领边绣》等诗表明,沈约诗句"二三"句式为常,但兼用"二二一"句式。

鹤膝:平声韵诗第五、十五字同平声犯鹤膝病(首韵不在此例),同异上去入声皆不为病。上去入声韵诗或简称入声(仄声)韵诗,第五字、十五字同上去入则为病;同平声或第五字为上去入(韵字调声除外)、十五字为平声皆不为病。

大韵:五言两句十字之中复用与韵脚同韵字。

小韵:五言两句九字之内复用韵字之外的与第九字同韵的字(叠韵词或未隔字叠韵不在此例)。

大纽:五字句中,使用声纽相同且韵母相同相近的字(不论声调)。

小纽:五言两句十字中犯双声(双声词或未隔字双声不在此例)。

二、"八病"说的新标准与沈约《怀旧诗九首》

下面我们通过沈约《怀旧诗九首》①的声律分析,对上述修正过的"八病"标准加以检验。

伤王融

三钟

元长秉奇调，平上上平去，

弱冠慕前踪。入去去平平。

眷言怀祖武，去平平上上，

一篑望成峰。入去去平平。

途艰行易跌，平平平去入，

命舛志难逢。入上去平平。

折风落迅羽，入平入去上，

流恨满青松。平去上平平。

《伤王融》为平韵诗。犯旁纽(沈约小纽)1处:落流。

伤谢朓

三十六养荡同用

吏部信才杰，去上去平入，

文锋振奇响。平平去平上。

调与金石谐，去上平入平，

思逐风云上。平入平平上。

岂言陵霜质，上平平平入，

忽随人事往。入平平去上。

---

① [南朝梁]沈约著,陈庆元校笺:《沈约集校笺》,杭州:浙江古籍出版社,1995年,第412—415页。

尺璧尔何冤，入入上平平，

　一旦同丘壤。入去平平上。

《伤谢朓》为上声韵诗。犯平头1处：言随。然"言"有平上两读，若读上声则无犯。诗中有同韵字两处，其中"尺璧"未隔字，不为病；"信振"为第3字、第8字，两字并非与第9字同韵，故不为小韵病。《伤谢朓》至多可计平头1处。

伤庾杲之
三萧宵同用

右率馥时誉，上入入平去，

秀出冠朋僚。去入去平平。

耸兹千仞气，上平平去去，

依此百寻条。平上入平平。

蕴藉含文雅，平去平平上，

散朗溢风飈。上上入平平。

楸槚今已合，平上平上入，

容范尚昭昭。平上去平平。

《伤庾杲之》为平声韵诗。犯平头3处：率出、楸容、槚范。"楸容"为首字同平声不为病，实际2处。但"率出"各自有去入两读，具有不确定性。大韵1处：昭昭，但属叠音词，可免病。按通常理解，鹤膝1处：誉气（同去声）。但新标准，平韵诗第五字、十五字同异上去入声皆不为病，故本诗未犯鹤膝病。犯小纽1处：千此。《伤庾杲之》诗至多可计平头2处，小纽1处。

伤王谌
十八尤侯幽同用

长史体闲任，上上上平去，

坦荡无外求。上上平去平。

持身非诡遇，平平平上去。

应物有虚舟。去入上平平，

心从朋好尽，平平平上上，

形为欢宴留。平去平去平。

欢宴未终毕，平去去平入，

零落委山丘。平入上平平。

　　《伤王谌》为平韵诗。犯平头4处：长坦、史荡与心形、欢零。荡有平上去三读，后两者为第一字同平声。故平头至多可计2处。鹤膝：任遇（同去声），循新例，此处不为病。小纽1处：体坦。《伤王谌》共计犯平头2处、小纽1处。

伤虞炎

十六哈

东南既擅美，平平去去上，

洛阳复称才。入平去平平。

携手同欢宴，平上平平去，

比迹共追陪。平入去平平。

事随短秀落，去平上去入，

言归长夜台。平平平去平。

　　《伤虞炎》为平声韵诗。犯平头2处：南阳、随归。蜂腰2处：阳才、归台，但皆属韵句同平声，故不为病。《伤虞炎》实际可计犯平头2处。

伤李珪之

二肿独用

少府怀贞节，去上平平入，

忘躯济所奉。去平去上上。

吏道勤不息，去上平入入，

　　繁文长自拥。平平平去上。

　　既阙优孟歌，去入平去平，

　　身没谁为宠。平入平平上。

　《伤李珪之》为上声韵诗。犯平头2处：少忘、阙没。鹤膝1处：节息（同入声）。小纽1处：孟没。

伤韦景猷
九麻独用

　　韦叟识前载，平上入平上，

　　博物备戎华。入入去平平。

　　税骖止营校，去平上平去，

　　沧迹委泥沙。平入上平平。

　　始知庸听局，上平平平入，

　　方悟大音赊。平去去平平。

　《伤韦景猷》为平声韵诗。小纽1处：始赊。①

伤刘沨
五质

　　处和无近累，上平平上上，

　　天然有胜质。平平上去入。

　　萧瑟负高情，平入上平平，

　　耿介怀秋实。上去平平入。

　　义贵良为重，去去平平上，

　　兰摧非所恤。平平平上入。

　　一罢平生言，入上平平平，

　　宁知携手日。平平平上入。

---

① 该诗"载"尚有去读，义不变，则载校同声。按旧例，犯鹤膝，然依新例则不为病。

《伤刘沨》为入声韵诗。犯平头1处：和然。大韵1处：瑟实。小纽1处：高耿。

伤胡谐之

十一暮

豫州怀风范，　去平平平上，

绰然标雅度。　入平平上去。

处约志不渝，　上入去入平，

接广情无忤。　入上平平去。

颉颃事刀笔，　入平去平入，

纷纶递朱素。　平平去平去。

美志同山阿，　上去平平平，

浮年迫朝露。　平平入平去。

《伤胡谐之》为去声韵诗。犯平头2处：州然、颉纶。"处渝"为五言一句中同韵，非一联内与第九字同韵，故不为病。《伤胡谐之》可计平头2处。

以上诗9首，平声韵诗5首，其中犯平头7处，小纽4处。仄声韵诗4首，四首皆有病犯，共犯：平头6处，鹤膝1处、小纽2处、大韵1处。九诗所犯韵纽四病很少，大韵只有1处，且属仄声韵诗，主要是小纽，乃轻缓之症，几乎可以忽略。仄声韵诗"鹤膝"一处，亦可视为失之偶然。可见，九诗实际犯病最突出的便是平头。

三、"平头"问题之讨论

如何看待沈约永明诗歌中的平头问题，是我们对沈约永明声律思想及其病犯之说的理解和把握尚未到位，还是事实本来如此——沈约永明诗人或视平头不为急病，从宽处理，或尚未用心去解决平头问题？

　　日本学者小西甚一在《文镜秘府论考·研究篇》中曾经说过:
"沈约所说的平头病,不是第一字和第六字,第二字和第七字那
样的单声的同调,而必定是'第一、第二字'和'第六、第七字'关
于复合字的同调。"① 言下之意,第一、二字,第六、七字各自作为
复合词语,整体同声方为病,而第一字和第七字或第二字和第六
字之间交叉同声则不为病。沈约所谓"参差用之",如"秋月(平
入)""白云(入平)"之类似乎体现了"复合字"的意识,但此一说法
所肯定的仍然是第一、六字,第二、七字不得同声。以上九诗"参
差用之"的只有《伤胡谐之》"处约—接广(上入—入上)"一例。若
论一联尾两字,尚有《伤王谌》"闲任—外求(平去—去平)"一例。
此种用声的特点是:对角同声,而横平竖直皆两字异声。既然以
复合字整体视之,则竖直两组同声是病,一组同声仍然是病。故
小西甚一的推断既无文献依据亦不合逻辑。倒是第一字、第六字
同平声不为病更符合沈约永明声律的原则。沈约"凡至句末,并
须要煞"表明复合字的语义节奏点在第二字、第七字,故平头第二
字、第七字异声理当从严,而第一字、第五字不在节奏点,自然可
以放宽。之所以优待平声,或许还是取决于"浮声切响"的吟诵
方式和吟诵效果的考虑。这里以"携手同欢宴(平上平平去),比
迹共追陪(平入去平平)"诗联为例。第五字为切响,故第六字浮
声韵移既无连句破文之弊,又有浮声切响互节,和体抑扬的效果。
此例换任一仄声,吟诵时都会造成离句破文,声气塞塞之弊。当
然,本解释主要适用于平声韵诗,仄声韵诗又当别论。要之,诗作
中犯平头病突出的事实只能表明沈约永明诗人或视平头不为急

---

① 参引自[日]遍照金刚撰,卢盛江校考:《文镜秘府论汇校汇考》,北京:中华书
　　局,2006年,第927页。

病,从宽处理,或尚未用心去解决平头问题。

萧子显《南齐书·陆厥传》云:"吴兴沈约、陈郡谢朓、琅琊王融以气类相推毂。汝南周颙善识声韵。约等文皆用宫商,以平上去入为四声,以此制韵,不可增减,世呼为'永明体'。"[1] 可见"永明体"最显著的表现是四声制韵。所谓四声制韵,"不可增减",正如前此所言,其意义主要在于:规范字音声韵的吟诵,确保诗文在吟诵的过程中,尽可能避免发生韵移其义、离文破句现象,保证声文相合而成体。和律别义,韵律合同,相得益彰而声文得体。上尾、蜂腰、鹤膝之病对声文合体的影响至为直接与显著,相较而言,平头之病之于声文成体的负面影响要小得多,避忌平头的文体学意义更多地体现于"和体"观念。故避忌平头一时未成为沈约永明诗人之急务,自在情理之中。

小　结

沈约关乎韵纽四病的声律原则与避忌声调四病的声律原则是呼应的,具有内在的逻辑一致性。这种逻辑一致性在于:对传统源自民间的吟咏方式的否定,并在四声制韵的基础上确立了新的吟诵规范。新的吟诵规范以及八病之说本具平仄二元化的倾向,且使得隔句平韵诗成为必然。语义节奏点和律的原则加上韵纽四病的避忌,客观上有利于吟诵时语音的和美雅正,音义合一,声文同体。沈约病犯说主要针对五言诗两联四句的篇体,已涉及律句律联。人们之所以有沈约"言行不一"的看法,其根本原因在

---

[1]［梁］萧子显:《南齐书卷五十二·列传第三十三文学·陆厥传》,北京:中华书局,1972年,第898页。

于对沈约"八病"说的具体内容未及探明便以后世已有变化的"八病"标准加以审判,以致轻易得出沈约诗作不拘"八病"的结论。"平头"问题表明:"永明体"作为律体尚未成熟,其声文形式作为和律与韵律相须为用,相反相成的律体结构尚处在建构之中;促成沈约永明声律思想发生的更深层次的文化文体学的"礼体"观念尚未充分显现并获得最为切当的隐喻象征形式。① 然而,这也正是永明之后的中国诗歌继续在律化的道路前行的动力与方向之所在。

———————

① 对于沈约声律思想所蕴含的"礼体"观念,本文将于第五章作专题论述与揭示。

第五章 沈约声律思想的
文体象征意义

　　有关律诗体声律形式的研究多局限于艺术形式美的体认,至于其历史的现实功能及其特定形式背后的文化体质或文化文体学内涵则很少见论者有系统深入的涉及。前此,本文就其历史的现实功能已有较为全面的论述,本章将侧重揭示其文化文体学的内涵或曰其体制背后的文化意味。

第一节 病犯说与文体意识

　　至于沈约永明时代何以生出声病的意识,近来海外学者梅维恒、梅祖麟作过较为系统而深入的研究。二梅认为:"沈约及其追随者在梵语诗病理论的影响下创制了汉语声律,目的在于使汉语诗歌取得与梵文诗歌同样悦耳动听的艺术效果。"① 当得出如此观点和结论时,二梅根本没有考虑过,沈约等的声病理论从未见于善音高僧的言谈及呗赞作品中,而偏偏发生于文士的论述及其五言诗创作中的事实,更不曾考虑过永明声病的理论与本土文

---

① 梅维恒、梅祖麟著,王继红译:《近体诗律的梵文来源》(上下),《国际汉学》,2007年第2期。

体学观念的内在因缘。二梅的探索无疑有其价值，但这里亦须指出，其探索的方向已有偏差，难免会对认清永明声律问题背后的真相造成某种遮蔽。在本文看来，"病犯"之谓显然是比喻，而且是身体的比喻，故病犯意识说穿了是中国传统的以体论文的文体意识。而中国古代文体意识的根基则是礼学思维、礼体观念。

这里并未打算从已有的观点或结论去加以演绎，而是从集中阐述了沈约声律思想的《谢灵运传论》本身去寻找通向历史真相的线索，以达到与已有认识的会合与相互印证。

一、声病说与文气说

沈约于《论》中批评两汉文学家云："王褒、刘向、扬、班、崔、蔡之徒，异轨同奔，递相师祖。虽清辞丽曲，时发乎篇，而芜音累气，固亦多矣。"[1] 管雄指出，文中所谓"芜音累气"，指的就是有病犯的句子，它既不符合于自然的声律，更不符合于沈约等人所倡导的人工的声律。[2] 可见，沈约声律论中本来是包含病犯思想的。"芜音累气"作为文病之目，暗示了"声病"说与"文气"说的内在关联。对此，郭绍虞、罗根泽早有揭示。

郭氏认为，"古文家之所谓文气，与骈文家之所谓声律，实在有同样的性质——至少有一部分属同样的性质"。讲声律乃不欲其文之"吃"，讲文气意欲其文之"贯"。曰"吃"曰"贯"其义一也，"不过一就消极言，一就积极言耳"。刘勰谓"吟咏滋味，流于字句；字句气力，穷于和韵"，是说骈文家的声律乃所以调其吟咏的气势。声

---

① [梁]沈约：《宋书卷六十七·列传第二十七·谢灵运传》，北京：中华书局，1974年，第1778页。
② 参管雄：《声律论的发生和发展及其在中国文学史上的影响》，《古代文学理论研究》第三辑，上海：上海古籍出版社，1981年。

律有文气的性质,文气亦有声律的性质,只是古文家所谓文气,近于自然的音调,骈文家所谓声病属人为的声律而已。陆厥《与沈约书》说明昔人明音律之理,举"魏文属论,深以清浊为言;刘祯奏书,大明体势之致"为例,实际上已是将气势之说,视作音律论的先声了。①罗根泽明确地说过,"音律说的前驱是文气说"。但他同时亦强调:曹丕的"文气"、刘祯的"体势",虽然暗示了文学上的"音律","但那是最自然的,不可捉摸的音律,不是有规矩可循的音律。有规矩可循的音律的创始者是沈约。沈约之创造音律说,固仰赖于四声的发明,但只就文学上的作用而言,则确在谋所以使有具体的文气"。"文气是最自然的音律,音律是最具体的文气"。罗氏还引沈约批评汉代文学家"芜音累气"语以为说明:"'累气'由于'芜音',而沈约等所以提倡音律,是在谋解'累气'之弊了。"② 由上亦可见出,论及"文气"与"声律"的关系,郭、罗二氏的说法大同小异,都是将"文气"理解为自然的"音调"或"音律",而"声律"则是人为吟咏的"气势"。罗根泽说"音律是最具体的文气",其"具体"二字的含义是可以与郭之人为吟咏的"气势"相通的。遗憾的是,郭绍虞与罗根泽都未能揭明历史由自然的"文气"说向"声律"说过渡的内在逻辑;亦未阐明"声律"说的病犯意识得以成立的理论依据究竟是什么。

二、"芜音"与"累气"之所指

罗根泽谓沈约等所以提倡音律,是在谋解"累气"之弊,但何以判断文章"累气"则语焉未详。管雄认为,罗氏的说法实际上是

---

① 参郭绍虞:《文气的辨析》,《照隅室古典文学论集》(上编),上海:上海古籍出版社,2009年,第115—123页。

② 参罗根泽:《中国文学批评史》,上海:上海书店出版社,2003年,第167—170页。

把"芜音"和"累气"对立起来,曲解了沈约的原意。因为在管氏看来,沈约所谓"芜音"和"累气"说的是同一回事,都是指有病犯的句子。而且这病犯的句子既不符合于自然的声律,更不符合于沈约等人规范的声律。管氏之说似乎化解了我们对罗说的提问,但管说自身实际上是混淆了不同层面的逻辑范畴。"累气"和"芜音"虽然相互联系,但毕竟有虚实内外、抽象具体之别。故罗氏将沈氏《传论》中的"芜音累气"理解为对举层递关系并无大错,只是"芜音"和"累气"尚待进一步阐明而已。

　　正确理解"芜音"和"累气"概念及其意义,必须结合《传论》的语境,顾及其文体论性质。刘知几《史通·杂说下》指出:"沈侯《谢灵运传论》,全说文体,备言音律,此正可为《翰林》之补亡,《流别》之总说耳。"①"芜音"和"累气"显然是就文章的体制、体格征象而言,而"芜"、"累"作为修饰词皆属贬义,其贬又是以"清辞丽曲"之文体征象为参照标准的。"清"、"丽"何谓?学界结合先秦以来的"清浊"观念与命题的演化,对魏晋南北朝文论中出现的"清"、"清丽"概念从文化学、美学批评的角度做过系统深入的探讨与辨析,已有很多研究成果,兹不赘述。②要者,"清"的基本语义不是取象于水便是取象于天。取象前者,"清"指"清静"、"清净";取象后者,则"清"可喻"清远"、"清高"、"清虚"、"清空"、"清轻"、"清明"、"清丽",皆由水、天之性状感悟而得。诸义有中性用法,但大多时候则有褒贬取舍。至于"丽",《周易·离》有"日月丽乎天"之谓,故"丽"亦取象于天,当可演出丽偶、文华之义,其实与"清明"、"清丽"

①[唐]刘知几著,姚松、朱恒夫译注:《史通全译·外篇卷第十八·杂说下第九》,贵阳:贵州人民出版社,1997年,第311页。
②参张甲子:《中古文学观念的演生——以清浊、隐秀、自然为中心》,东北师大博士论文,2013年,第3—4、9—70页。

义互通。那么沈约"清辞丽曲"又宜当何解呢？与"清辞丽曲"最为接近的命题是"清辞妙句"与"清词丽句"。前者出自陈琳《答东阿王笺》"音义既远，清辞妙句，焱绝焕炳"①；后者出自杜甫《戏为六绝句·其五》"不薄今人爱古人，清词丽句必为邻"②。诸命题皆为褒义，陈琳既突出了文章体格的"清远"（"妙"亦"玄远"之义），亦未弃"焱绝焕炳"的"丽文"；杜甫同样强调了体制体格的"清远"与"清丽"的合一，故曰"清辞丽句必为邻"。由陈琳称颂"清远"、"丽文"之表述不难看出，"清丽"体格见在于文辞音义的小体征象，推而言之，杜甫所谓亦是如此。参照陈琳、杜甫，沈约所谓的"清辞丽曲"无非是指文辞音义所体现的"清远"、"清丽"的文章体制与体格。"清辞"或偏于文义的高远，"丽曲"则偏于文辞音调的谐美。这亦可从沈约前此"屈平宋玉，导清源于前；贾谊相如，振芳尘于后。英辞润金石，高义薄云天"之称述中得到印证。当然，沈约的批评褒贬并未涉及具体作品，故无以就"清辞丽曲"于诸人作品作出切实的检讨，但可以肯定的是，"清辞丽曲，时发乎篇"意味着在沈约眼中，王褒诸人文章中的"清远"、"清丽"文辞都是其文体"不俗"的表现。"清"字寓褒贬在屈原时代就与"浊"相对，代表了不流于世俗，《楚辞·渔父》"举世皆浊我独清"云云可证。南朝文论中，作为中性对立的范畴，"清"与"浊"已有分离倚重，"浊"渐渐见弃而不用，"清"几乎成了"文"的同义语。范晔《狱中与诸甥侄书以自序》曰："吾思乃无定方，特能济难适轻重，所禀之分，犹当未尽。但多公

---

① [梁]萧统编，[唐]李善注：《文选第四十卷·陈孔璋答东阿王笺》，上海：上海古籍出版社，1986年，第1824页。
② [唐]杜甫著，[清]仇兆鳌注：《杜诗详注·戏为六绝句》，北京：中华书局，1979年，第900页。

家之言，少于事外远致，以此为恨，亦由无意于文名故也。"① 在范晔看来，"公家之言"乃俗事，源于其"少于事外远致"。"远致"亦即"清远"之义，此处"清远"与"文"其实不二，皆与"世俗"反义。

　　参照"清辞丽曲"，我们再来看"芜音累气"。

　　李善《文选注》："芜，秽也，累，犹负也。"②《六臣注文选》引李周翰曰："言文章清丽之句时时有之，芜秽累重固亦多矣。"③ 二李之释区别在"累"字，究竟谁释最合沈约原意呢？还是先来看疑义不大的"芜音"。相对于"清辞丽曲"，"芜音"若说得具体点可解作"浊重之音"或"杂乱之音"。若考虑沈约原文"清"、"丽"各有所偏指的话，则读作"杂乱之音"更为准确。因为"芜音"与"丽曲"相对，"丽曲"乃音调谐美之谓，而"杂乱之音"正是其反面。"芜音"在音韵节奏的层面，破坏了文章"清丽"体格的协调统一性，无疑是体病的征象。当然，若将"丽曲"之"丽"不仅简单地读作"谐美"，而且置入"清丽"的整体语境，则"丽曲"亦可读出文章音调华美而不俗之义。进而言之，"芜音"之杂乱则专指文章多杂流俗之音，而按陆法言等规范文言音韵的理想标准，亦可谓之背离了中正和平的文言雅音。两汉韵文分析表明，王褒、杨雄等人文体多杂有方俗之音，且韵式亦多繁杂。至于审音分韵，张衡、蔡邕最为严谨，张衡尤其精密。④ 沈

---

①［梁］沈约：《宋书卷六十九·列传第二十九·范晔传》，北京：中华书局，1974年，第1830页。

②［梁］萧统编，［唐］李善注：《文选·沈休文·宋书谢灵运传论》，上海：上海古籍出版社，1986年，第2218页。

③［梁］萧统编，［唐］李善等注：《六臣注文选》卷第五十，北京：中华书局，1987年，第945页。

④参罗常培、周祖谟：《汉魏晋南北朝韵部演变研究》（第一分册），北京：中华书局，2007年，第86、123、103页。

约所谓"芜音"大体上应与上述"方音"及韵式繁杂有关,其推崇张衡"绝唱高踪,久无嗣响"或多或少亦缘于张衡审音分韵的严谨与严密。① 要言之,"芜音"是从"声律"或"声文"的角度指出了汉代文章,"文体未精",多犯体病的症候。"芜音"性质既明,则"累气"的涵义也就不难理解了。既然"芜音"非雅正之音,则"累气"当以李善注释为"负气"为妥。所谓"负气",实指作者负才任气,亦即魏文"以气质为体"之谓。此"气"实乃作者未经雕饰调和的自然之"才气"、"体气"。那么沈约为何将"芜音累气"视作"文体未精",有犯体病的症候呢? 对此,下文拟展开更为深入的分析与揭示。

三、沈约之性灵、灵气说及其德性论意味

《传论》有云:

> 民禀天地之灵,含五常之德。刚柔迭用,喜愠分情。夫志动于中,则歌咏外发。六义所因,四始攸系,升降讴谣,纷披风什。虽虞夏以前,遗文不睹,禀气怀灵,理无或异。然则歌咏所兴,宜自生民始也。
>
> 周室既衰,风流弥著。屈平、宋玉,导清源于前,贾谊、相如,振芳尘于后,英辞润金石,高义薄云天。自兹以降,情志愈广。②

以上引文,涉及了灵气、性灵、才性、才气、情志等概念及其与诗歌文学的关系,而又以"情志"为枢纽。《传论》又云:

---

① 刘勰《文心雕龙·明诗》谓"四言正体","雅润为本",而"平子得其雅";又称平子四言《怨诗》"清典可味"。云"清典"即"清丽典雅",亦当涉及张衡诗歌语言音韵的雅正不俗。参周振甫:《文心雕龙今译·明诗第六》,北京:中华书局,1986年,第62页。

② [梁]沈约:《宋书卷六十七·列传第二十七·谢灵运传》,北京:中华书局,1974年,第1778页。

　　自汉至魏，四百余年，辞人才子，文体三变。相如巧为形似之言，班固长于情理之说，子建、仲宣以气质为体，并标能擅美，独映当时。是以一世之士，各相慕习，原其飚流所始，莫不同祖《风》《骚》。徒以赏好异情，故意制相诡。①

　　该段文字便是从"情志"的角度，论述了汉魏四百余年的文体源流嬗变及其体制多样性的原因。综合两段文字看，"情志"尽管为论文"枢纽"，但论述文章文体最具基础性和贯穿性意义的概念则是"禀气怀灵"的"灵气"。就古代"气"概念，郭绍虞有过较为系统的概括：

　　气字本象形，其本训为云气。云气嘘吸出入，虽无定形，但论其本义，并非绝对抽象的名词。其后一再引伸，以指天地之元气，以指吐纳之气息，以形容流动之气象，于是渐由具体而进入抽象。由是再展转引伸，以指个人之气禀，以指修养之气质，以指环境之气习，于是复由述自然现象者一变而论及人事，成为伦理上的术语了。此后再进一步以指行文之气势，于是始为文学批评上的术语。所以严格地讲，文气之说，不过指行文之气势言耳。②

　　为了删繁就简，具体到文学批评上的"文气"，郭氏只作了"行文之气势"的强调，但其随之又作了补充说明："当然，不是说哲学上的论气和文学上的论气没有关系，但是为要使文气说的理论简

---

① ［梁］沈约：《宋书卷六十七·列传第二十七·谢灵运传》，北京：中华书局，1974年，第1778页。

② 郭绍虞：《文气的辨析》，《照隅室古典文学论集》（上编），上海：上海古籍出版社，2009年，第115—116页。

单化一些,还以避免不谈为宜。"① 从"行文之气势"的界定出发,郭氏将"文气"说,与现代文体学论述的作家个性问题联系了起来:

> 其由于论行文之气势而探求其所以致此之本者,为说亦互异;或由气禀言,则指先天的禀赋,于是有才气体气之殊。才气分高下,体气别阴阳。才气相等,体气不妨互异;体气相同,才气或有差异。《文心雕龙·体性篇》谓"才有庸俊,气有刚柔",把它分开来讲,最为明确。曹丕之论文气,就才气言,所以清浊有体,而巧拙有素。姚鼐之论文气,就体气言,所以各有偏胜,而文变多端。要之都就作者的禀赋而言。易以现代用语,即是论作者先天的个性的问题。②

同时又从气禀气习气质三者综合的角度论述了作品的艺术风貌问题:

> 或由气象言,往往又合气禀气习气质三者言之,而近于风格的意义。气象之说,始见于严羽《沧浪诗话》,而钱谦益遂创为香气光气之说,甚至有鼻观望气之术,欲于文的气象进窥人的气韵气格,则又是近人所谓人格的表现的意义了。从这点讲,固然和作者的气禀气习气质有关,但是又涉及作品的艺术风貌,因为这是通过作者的构思所形成的。③

郭绍虞对传统"文气"说的辨析已非常全面和细致了,但其所谓"气禀气习气质"的概括并未考虑到沈约"禀气怀灵"的"灵气"。

---

① 郭绍虞:《文气的辨析》,《照隅室古典文学论集》(上编),上海:上海古籍出版社,2009年,第116页。

② 郭绍虞:《文气的辨析》,《照隅室古典文学论集》(上编),上海:上海古籍出版社,2009年,第116页。

③ 郭绍虞:《文气的辨析》,《照隅室古典文学论集》(上编),上海:上海古籍出版社,2009年,第117页。

"灵气"之"灵"与"心"、"心灵"有关。何谓"心"？早期的观念，"心"就是指人体的物质器官。但后来抽象化了，人们将人的诸多精神活动都视之为"心"的功能，甚至于最终将"精神"与"心"不加区分地直接等同起来。"心灵"便属此类。

《孟子》云："心之官则思。"① 可见，"心"有记忆想念思维的能力。不惟如此，凡人之良知良能，善良的意志和美好的情感皆源自于"心"。故孟子曰："恻隐之心，人皆有之。羞恶之心，人皆有之。恭敬之心，人皆有之。是非之心，人皆有之。恻隐之心，仁也。羞恶之心，义也。恭敬之心，礼也。是非之心，智也。仁、义、礼、智，非由外铄我也，我固有之也，弗思耳矣。"② 在孟子，"心"有先天性"智"能。尽管其"智性"偏于道德性，但毕竟属于一种人性本具认知判断力的观点，它与《礼记》"民有血气心知之性"③ 的说法是一致的。此外，"心性"本具意向性、意志力，即所谓"志"。孟子曰："务口腹者为小人，治心志者为大人。"④ 可见，作为心性，"志"本身并无先验的道德性，而只是人性禀受的能力之一。如果以现代哲学的话语为参照，"志"是最接近"自由意志"的概念。在孟子那里，"心志"虽然不等于"道德性"，但它是建立人之道德主

---

① 李学勤主编：《十三经注疏·孟子注疏·告子章句上》，北京：北京大学出版社，1999年，第314页。

② 李学勤主编：《十三经注疏·孟子注疏·告子章句上》，北京：北京大学出版社，1999年，第300页。

③ 李学勤主编：《十三经注疏·礼记正义·乐记》，北京：北京大学出版社，1999年，第1104页。

④ 李学勤主编：《十三经注疏·孟子注疏·告子章句上》，北京：北京大学出版社，1999年，第312页。

体性的人性基础。孟子自谓："我善养吾浩然之气。"① 所谓"浩然之气"，孟子的描述是："其为气也，至大至刚，以直养而无害，则塞于天地之间。其为气也，配义与道。无是，馁也。是集义所生者，非义袭而取之也。"② 其间，"配义与道"、"集义所生"都说明"心志"之于"养吾浩然之气"的重要性，故孟子曰："夫志，气之帅也。气，体之充也。夫志至焉，气次焉。"③

孟子的"心性"论已蕴含"心灵"、"灵气"的意思，先秦偏向自然主义的"性命"哲学因此发展出了具有道德主体性哲学意味的新维度，只是其时并未去造出一个"心灵"、"灵气"的名词概念罢了。但确凿无疑的是，历经汉魏晋至于宋齐，"心灵"的概念终被创造了出来。这一"概念"的最早现身却与沈约有莫大关联。

沈约《宋书·沈攸之传》载齐王檄攸之文曰："攸之豫禀心灵，宜同欢幸。"④《宋书·颜延之传》所载延之《庭诰》文，不仅使用了"性灵"、"心灵"的概念，而且其行文本身即可视为"心灵"概念及其所蕴含的哲学、文学思想的最好阐释，兹择其要者录之如次：

> 若立履之方，规鉴之明，已列通人之规，不复续论。今所载咸其素蓄，本乎性灵，而致之心用。夫选言务一，不尚烦密，而至于备议者，盖以网诸情非。古语曰得鸟者罗之一目，

---

① 李学勤主编：《十三经注疏·孟子注疏·公孙丑章句上》，北京：北京大学出版社，1999年，第75页。

② 李学勤主编：《十三经注疏·孟子注疏·公孙丑章句上》，北京：北京大学出版社，1999年，第75页。

③ 李学勤主编：《十三经注疏·孟子注疏·公孙丑章句上》，北京：北京大学出版社，1999年，第74页。

④ ［梁］沈约：《宋书卷七十四·列传第三十四·沈攸之传》，北京：中华书局，1974年，第1938页。

而一目之罗，无时得鸟矣。此其积意之方。

含生之氓，同祖一气，等级相倾，遂成差品，遂使业习移其天识，世服没其性灵。

欲者，性之烦浊，气之蒿蒸，故其为害，则熏心智，耗真情，伤人和，犯天性。

习之所变亦大矣，岂惟蒸性染身，乃将移智易虑。故曰："与善人居，如入芝兰之室，久而不知其芬。"与之化矣。"与不善人居，如入鲍鱼之肆，久而不知其臭。"与之变矣。是以古人慎所与处。唯夫金真玉粹者，乃能尽而不污尔。故曰："丹可灭而不能使无赤，石可毁而不可使无坚。"苟无丹石之性，必慎浸染之由。能以怀道为念，必存从理之心。道可怀而理可从，则不议贫，议所乐耳。或云："贫何由乐？"此未求道意。道者，瞻富贵同贫贱，理固得而齐。自我丧之，未为通议，苟议不丧，夫何不乐。

世务虽移，前休未远，人之适主，吾将反本。夫人之生，暂有心识，幼壮骤过，哀耗骛及，其间夭郁，既难胜言，假获存遂，又云无几。柔丽之身，亟委土木，刚清之才，遽为丘壤，回遑顾慕，虽数纪之中尔。以此持荣，曾不可留，以此服道，亦何能平。进退我生，游观所达，得贵为人，将在含理。含理之贵，惟神与交。幸有心灵，义无自恶。偶信天德，逝不上惭。①

由上引文，不难读出颜延之有关"心灵"思想的大义。《庭诰》之为文，本乎"性灵"。"性灵"实为"心"体之用，心性不二，"性灵"亦即"心灵"。"心灵"的主要内容是"心智"、"心识"，其得之于天，

---

① ［梁］沈约：《宋书卷七十三·列传第三十三·颜延之传》，北京：中华书局，1974年，第1894、1896、1898、1900—1901、1901—1902页。

又谓之"天识"。"得贵为人,将在含理",所谓"含理",即所谓"能以怀道为念,必存从理之心"。"含理之贵,惟神与交","惟神与交"说的亦是"性灵"、"心灵"之义。这里,最可注意的是,作为"心灵"的表现,"天识"与"道"、"理"的呼应。颜氏从反面论述了"欲"——实即感物而动之"情",此"情"可称之为"欲情"。"欲情",性之烦浊,其为害"则熏心智,耗真情,伤人和,犯天性"。"心智"、"真情"皆属天性,而"真情"与"欲情"相对,其异又不在于是否属"天性",而在于"心智"与"天识"的存亡;换而言之,其异在于是否立足于怀道从理之心。"怀道从理之心"者当与孟子"治心志者"相通。既然"欲情"为性之烦浊,则"真情"便为性之"纯清"。如此一来,人性的分裂在所难免。用后人之说,便是"义理之性"与"气质之性"的矛盾与对立。但颜氏并未灭绝"气质之性",因为"伤人和"是就"体气"、"体性"而言,而"人者兆气二德,禀体五常"。"二德"为阴阳二气,阴阳二气显刚柔清浊之性。性气和,人生而得体,故颜氏曰"含生之氓,同祖一气","和体"便是所谓"天德"。"含生之氓,同祖一气"说明人禀天德而生,概无例外,其谓"天之赋道,非差胡华,人之禀灵,岂限外内"①,说的是同样的道理。既然如此,为何人生之后遂有天德不全,性有差品呢? 那是因为:"等级相倾,遂成差品,遂使业习移其天识,世服没其性灵。""等级"与"世服"涉及的是门阀制度的生存环境,是那个时代的人一出生时就不得不沉浸于其中的有等级差异的具体生态。"业习",理论上说可由个体自由意志决定,然"等级"出身与"世服"业态,之于个体而言皆具有先天性意义,故"业习"亦难逃脱被决定的命运,自由意志的空间是极其有限

---

① [清]严可均辑,苑育新审订:《全上古三代秦汉三国六朝文·全宋文卷三十六·颜延之》,北京:商务印书馆,1999年,第359页。

的。要言之,当时的制度环境,移人天识,没人性灵,具有某种必然性。这里可以看出颜氏对时代的反思与批判,但作为士族的成员,既得利益者,其反思批判自然是有局限的。颜氏对"情欲"的态度是有保留的,仍视之为"性情"不可割舍的部分。故颜氏对南朝贵族们的声色享乐予以肯定,其理由是:"至夫愿欲情嗜,宜无间殊","愿欲情嗜"是人所共通的性。他只是告诫"或役人而养给"的贵族们:"是非大意,不可侮也。……服温厚而知穿弊之苦,明周之德;厌滋旨而识寡啖之急,仁恕之功。"一言以蔽之,存天识,保性灵,而知节情欲行天德而已。

颜氏的上述思想落实于其文学思想必然是求巧丽而合于自然,这一思想是切实体现于其文学创作之中的。对此,古人早有定评,汤惠休谓之"错彩镂金",而钟嵘述之:"尚巧似。体裁绮密,情喻渊深。动无虚散,一句一字,皆致意焉。又喜用古事,弥见拘束,虽乖秀逸,是经纶文雅才"。① 汤氏指出了其诗之"巧丽",而钟氏"经纶文雅才"之评语又重点涉及了颜诗典雅的一面,其典雅主要反映在颜氏的博于用事,善于用典。颜诗的用典亦最能体现南朝智识主义学风以及逞才而炫学的为文风气。② 学者谌东飚

---

① 参〔梁〕钟嵘撰,吕德申校释:《诗品校释》,北京:北京大学出版社,1986年,第131页。

② 学者胡宝国认为南朝是一个"知识至上"的时代。葛兆光的研究表明,崇尚"博学多识"的知识主义风气在东汉即已形成。"这种追求博学的风气正好越过正统经典的樊篱",为玄学兴起,佛教思想的引入提供了一个契机。杨满仁认为,南朝的知识主义学风接续的正是东汉的传统。本文以为"重智"的传统始于先秦,荀子的"圣智"观导其源。对此,下文将结合相关论题一并加以揭示。参胡宝国:《知识至上的南朝学风》,《文史》,2009年第4辑;葛兆光:《中国思想史》(第一卷),复旦大学出版社,2007年;杨满仁:《智识与情感:沈约的思想世界》,复旦大学博士论文,2011年。

《颜诗用典与诗的律化》一文，立足于颜诗用典特点的细致而又深入的分析，得出了颜氏用典促进了诗体律化的结论。颜氏从三个方面改进了用典方法：一是用集锦的方式，将散见于原典中的词语进行集中、浓缩；二是从原典中截取一两个关键性的有代表；三是改变典故的原结构。总之，颜氏用典，异于以前诗人忠实于原典文本，"摄取什么，摄取多少和如何摄取，都表现出很大的主观随意性"。而用典方法之改进有利于诗歌短小篇制的形成，有利于制造对偶句式，有利于协调平仄，"为近体诗的主要艺术形式——篇幅、对仗、声律——的规则的形成，起了铺路架桥的作用"。① 谌氏之论断显然准确且合乎事实，只是尚未论及颜氏诗体创新背后的文学思想以及更深层次的历史逻辑——崇智术重德性。

　　沈约显然是熟悉颜延之的"性灵"、"心灵"思想的，而且其强调心智、德性以及对现实批判的态度与颜氏不仅一致而且又进了一步。② 故说其"灵气"概念具有某种道德性意味，在有限的意

---

① 参谌东飚：《颜诗用典与诗的律化》，《求索》，1994年第6期。

② 对此，可以通过阅读沈约在《宋书·恩倖传序》中的一段有关古今官人制度的对比论述而获得清楚的认识。沈氏云："夫君子小人，类物之通称。蹈道则为君子，违之则为小人。屠钓，卑事也，版筑，贱役也，太公起为周师，傅说去为殷相。非论公侯之世，鼎食之资，明扬幽仄，唯才是与。逮于二汉，兹道未革，胡广累世农夫，伯始致位公相；黄宪牛医之子，叔度名重京师。且任子居朝，咸有职业，虽七叶珥貂，见崇西汉，而侍中身奉奏事，又分掌御服。东方朔为黄门侍郎，执戟殿下。郡县掾史，并出豪家，负文宿卫，皆由势族，非若晚代，分为二途者也。汉末丧乱，魏武始基，军中仓卒，权立九品，盖以论人才优劣，非为世族高卑。因此相沿，遂为成法。自魏至晋，莫之能改，州都郡正，以才品人，而举世人才，升降盖寡。徒以冯藉世资，用相陵驾，都正俗士，斟酌时宜，品目少多，随事俯仰，刘毅所云'下品无高门，上品无贱族'者也。岁月迁讹，斯风渐笃，凡厥衣冠，莫非二品，自此以还，遂成卑庶。周、汉之道，以智役愚，台隶参差，用成等级；魏晋以来，以贵役贱，士庶之科，较然（转下页）

义上,涉及了"自由意志"或曰文学道德主体性的思想,并非想当然。就此而言,沈氏论文学源流始于"性灵"、"灵气"而结于"情志愈广",既不能视为"言志"说、"文气"说的凑合,亦不能视作"缘情绮靡"说的翻版。欲精确把握沈氏"灵气"说的精义及其与声律思想、声病说的内在关联,尚待澄清"言志"说经由"文气"说向"缘情"说及"灵气"或"性灵"说嬗变的理路。对此,本章将随着问题推进,择机展开论述。

四、自然声律之病:负才任气与"小体"掩"大体"

无疑,在沈约看来,汉魏文体,虽有"相如巧为形似之言,班固长于情理之说,子建、仲宣以气质为体"之辨,但"形似"、"情理"与"气质"都关乎"情志"与"性灵"、"灵气"的体现,只是各有其所偏而已,故沈约统入之于"文体稍精"、"文体未精"之列。要者,沈约是主张有为之文学的,此一主张与颜氏"求巧丽而合于自然"的文学观具有高度的一致性。

"巧丽"本为传统文论之"文"的本义,且"人为性"是"文"概念的重要属性。但由于"文"一直以来与"质"对举,且更多的时候从属于"质"的范畴,故脱离了"质","文"便无"体"可言。但文人因其被想象为有异于众人的才性、才气而被历史发现、推崇之时,"巧丽"之"文"便于"文人"的"体性"中获得自己的体质,"文体"的概念于是方得以成立。但问题在于文人之异禀曾经是被"善感能作"的神圣性加以定义的,因此"文体"的生成一度被神化为不知

(接上页)有辨。"(沈约:《宋书卷九十四·列传第五十四·恩倖传》,北京:中华书局,1974年,第2301—2302页)时人亦谓沈约"才智纵横",为"人伦师表"(姚思廉撰《梁书卷十三·列传第七·沈约传》,北京:中华书局,1973年,第234、233页),沈约之"重智"亦是南朝学术风气的体现。

其然而然的自然过程。① 于是，文人的自由意志、文学的主体性，以及文体生成过程中的可以习得的人工巧艺都被彻底遮蔽了，尤为致命的是它放逐了"文"的道德性，这显然是大大背离了先秦礼乐文化建构的文学大传统。

明了以上关节，沈约谓自灵均以来，永明以前，多历年代，文体只是稍精而已（言下之意，此前"文体"或多有病）、陆厥引曹子建所云"人之著述，不能无病"也就变得可以理解了。

回过头来再看"芜音累气"之病中的"累气"。前此已点明"累气"实即李善说的"负气"，"负气"者，负才任气，发乎自然之谓也。其中的"气"应该是相对于"灵气"而言，即指偏于文人作家个性的"才气"（其中或许包括郭绍虞所谓的由环境所决定的"气习"之"气"）。刘勰谓建安诗人"慷慨以任气，磊落以使才"，旨在说明建安诗歌的慷慨磊落之风貌是诗人们才气的自然流露，亦即负才任气的结果。同样，沈约云汉代文章"芜音累气"固亦多矣，实际上是从文章音韵声律的角度，说明"芜音"之充斥，其缘由恰在于作家负才任气，纯依自然之声律。声律上的纯任自然正是前代"文体"未纯，难免文体之病的最突出表现。就此而言，罗根泽说沈约等所以提倡音律，用心在谋解"累气"之弊，可谓点到了要害之处，只是未及揭示其背后的理论意义，故所谓"累气"之真意及人为音律何以解"累气"之弊，终不得不付之阙如。

"累气"之弊在于"小体"掩"大体"，"大体"之义在"灵气"、"性灵"、"德性"。若无"大体"为质，"小体"之文终不得以自立。这层意思，可结合《南齐书·陆厥传》有关"声律"的辩论得到深入之理解。

---

① 当然，在礼乐文化语境中，文言语体的"文体"本身是具有"神圣"性基因的。

第二节　德性自然：沈约人为声律"天机"论

陆厥寄书主要是批评沈约视"声律说"为"独得胸襟"的自负以及表达自己反对"人为声律"的观点。其《与沈约书》云：

> 范詹事《自序》"性别宫商，识清浊，特能适轻重，济艰难。古今文人，多不全了斯处，纵有会此者，不必从根本中来。"沈尚书亦云"自灵均以来，此秘未睹。"或"暗与理合，匪由思至。张蔡曹王，曾无先觉，潘陆颜谢，去之弥远。"大旨钧使"官羽相变，低昂舛节。若前有浮声，则后须切响，一简之内，音韵尽殊，两句之中，轻重悉异。"辞既美矣，理又善焉。但观历代众贤，似不都暗此处，而云"此秘未睹"，近于诬乎？

> 案范云"不从根本中来"，尚书云"匪由思至"，斯可谓揣情谬于玄黄，摛句差其音律也。范又云"时有会此者"，尚书云"或暗与理合"，则美咏清讴，有辞章调韵者，虽有差谬，亦有会合，推此以往，可得而言。夫思有合离，前哲同所不免，文有开塞，即事不得无之。子建所以好人讥弹，士衡所以遗恨终篇。既曰遗恨，非尽美之作，理可诋诃。君子执其诋诃，便谓合理为暗。岂如指其合理而寄诋诃为遗恨邪？

> 自魏文属论，深以清浊为言，刘桢奏书，大明体势之致，岨峿妥帖之谈，操末续颠之说，兴玄黄于律吕，比五色之相宣，苟此秘未睹，兹论为何所指邪？故愚谓前英已早识官徵，但未屈曲指的，若今论所申。至于掩瑕藏疾，合少谬多，则临淄所云"人之著述，不能无病"者也。非知之而不改，谓不改则不知，斯曹、陆又称"竭情多悔，不可力强"者（也）。今许以有病有悔为言，则必自知无悔无病之地，引其不了不合为暗，

何独诬其一合一了之明乎？意者亦质文时异，古今好殊，将急在情物，而缓于章句。情物，文之所急，美恶犹且相半；章句，意之所缓，故合少而谬多。义兼于斯，必非不知明矣。

《长门》《上林》，殆非一家之赋，《洛神》《池雁》，便成二体之作。孟坚精正，《咏史》无亏于东主；平子恢富，《羽猎》不累于凭虚。王粲《初征》，他文未能称是；杨修敏捷，《暑赋》弥日不献。率意寡尤，则事促乎一日；翳翳愈伏，而理赊于七步。一人之思，迟速天悬；一家之文，工拙壤隔。何独宫商律吕，必责其如一邪？论者乃可言未穷其致，不得言曾无先觉也。①

沈约复书答辩曰：

宫商之声有五，文字之别累万。以累万之繁，配五声之约，高下低昂，非思力所举。又非止若斯而已也。十字之文，颠倒相配，字不过十，巧历已不能尽，何况复过于此者乎？灵均以来，未经用之于怀抱，固无从得其仿佛矣。若斯之妙，而圣人不尚，何邪？此盖曲折声韵之巧，无当于训义，非圣哲立言之所急也。是以子云譬之"雕虫篆刻"，云"壮夫不为"。

自古辞人，岂不知宫羽之殊，商徵之别。虽知五音之异，而其中参差变动，所昧实多，故鄙意所谓"此秘未睹"者也。以此而推，则知前世文士便未悟此处。

若以文章之音韵，同弦管之声曲，则美恶妍蚩，不得顿相乖反。譬由子野操曲，安得忽有阐缓失调之声，以《洛神》比陈思他赋，有似异手之作。故知天机启，则律吕自调；六情

---

① [梁]萧子显：《南齐书卷五十二·列传第三十三文学·陆厥传》，北京：中华书局，1972年，第898—899页。

滞,则音律顿舛也。

士衡虽云"炳若缛锦",宁有濯色江波,其中复有一片是卫文之服?此则陆生之言,即复不尽者矣。韵与不韵,复有精粗,轮扁不能言,老夫亦不尽辨此。①

陆厥书中引范詹事《自序》即沈约《宋书·范晔传》所录范晔《狱中与诸甥侄书以自序》文。陆引文与《传》稍异,《传》载《自序》曰:"性别宫商,识清浊,斯自然也。观古今文人,多不全了此处,纵有会此者,不必从根本中来。言之皆有实证,非为空谈。年少中,谢庄最有其分。手笔差易,文不拘韵故也。吾思乃无定方,特能济难适轻重,所禀之分,犹当未尽。"②据本传,范晔善为文章,晓音律;"善弹琵琶,能为新声"。其事迹吻合于《自序》所云:"性别宫商,识清浊……吾于音乐,听功不及自挥,但所精非雅声,为可恨。"钟嵘《诗品序》引齐王元长语曰:"宫商与二仪俱生,自古词人不知之。唯颜宪子乃云'律吕音调',而其实大谬。唯见范晔、谢庄颇识之耳。"③王元长语说明范晔、谢庄是声律的先觉先行者。今人程千帆亦云:"魏晋以降,骈俪大兴。诸撰史者,多遵班轨。洎乎范氏,遂弥复究心于宫商清浊,赞论则综缉辞采,序述则错比文华,而文史几于不别矣。"④陆厥以"范说"为例来质疑沈约"此秘未睹"的说法是极具挑战性的。据其所指:范云"不从根本中来",沈便谓"匪由思至";范又云"时有会此者",沈则曰"或暗与

①[梁]萧子显:《南齐书卷五十二·列传第三十三文学·陆厥传》,北京:中华书局,1972年,第899—900页。

②[梁]沈约:《宋书卷六十九·列传第二十九·范晔传》,北京:中华书局,1974年,第1830页。

③吕德申:《钟嵘〈诗品〉校释》,北京:北京大学出版社,1986年,第156页。

④程千帆:《闲堂文薮》,济南:齐鲁书社,1984年,第156页。

理合"。可见,在陆厥看来,魏文《论文》早有分清浊之言,继之刘桢《奏书》明体势之语,陆机《文赋》岨峿妥帖之谈,这些都是"前英已早识宫徵"之证,更不要说沈约《传论》论声律连口吻都酷肖范氏,有所因袭无疑,沈氏不得谓独得胸襟。况且,"人之著述,不能无病"。有病有悔,不等于说无知。曹、陆之称"竭情多悔,不可力强"者,恰恰意味着其必自知无悔无病之地。至于古人之诗文于声律合少而谬多者,那是因为"质文时异,古今好殊,将急在情物,而缓于章句",非古人不知声律明矣。

　　范氏谓"性别宫商,识清浊,斯自然也",若仅以"自然"为立论之基础,陆厥的质疑在逻辑上似乎无可挑剔辩驳。但问题在于,这里的"自然"是指"才性"、"才气"之"自然"吗?如果说是,何来有病有悔、质文缓急之说呢?可见,陆厥关心的并不是"声律"自然与否的问题,而根本则是反对人为声律。所以他才会说出"一人之思,迟速天悬;一家之文,工拙壤隔。何独宫商律吕,必责其如一邪"这样的话。那么范晔的声律观究竟如何呢?从其称"谢庄最有其分"与自谓"所禀之分,犹当未尽"与"所精非雅声"看,《自序》"性别宫商,识清浊"之"性"当为文人作家之"才性"。范氏虽性识声韵,而其所谓宫商清浊当由双叠之辨而来。范氏推崇谢庄,而本传又称谢庄最善双叠之辨可以为证。范氏《后汉书》序、论确已表现出明显的骈俪化倾向,但毕竟看不出自觉追求人为声律之迹象。[①] 而钟嵘《诗品》"唯颜宪子乃云'律吕音调'"明言只有颜宪子(颜延之)曾经言及人为声律,但又以"其实缪也"之评语

————————

[①]程方勇所撰《从骈俪倾向谈范晔〈后汉书〉序、论》一文认为,《后汉书》序、论的骈俪化特点,正是范氏"妙识音律、开拓音律创作的最好佐证"。程文载《中国社会科学院研究生院学报》,2005年第1期。

加以否定。如参之史传谓范氏为人"素无行检"、"轻薄无行"、"任情不羁"等描述以及范氏"所精非雅声"之自述,范晔亦未必能积极提倡人为声律。

　　沈约之前,我们看不到文献中有明确而具体的声律原则和病犯之说,其原因在于前人从未虑及过人为声律。陆厥所谓音律更多的是指对文章声、韵的美感意识与讲究,而并非是指以"四声定韵"为基础的人为声律。因此,沈约答辩曰:"自古辞人岂不知宫羽之殊,商徵之别?虽知五音之异,而其中参差变动,所昧实多,故鄙意所谓'此秘未睹'者也。以此而推,则知前世文士便未悟此处。"其中的关键在于,为字声定四声韵调,作为永明声律的基础,规范吟咏方式,确属前此辞人未曾顾及之新创。故沈氏敢断言"灵均以来,未经用之于怀抱"。

　　沈氏答辩书最值得玩味的是"若以文章之音韵,同弦管之声曲,则美恶妍蚩,不得顿相乖反"这段话。引文如单独去看,确如学者所言,沈约论及的是声、辞配合的问题。但如果考虑到此一整段话都是针对陆厥"一人之思,迟速天悬;一家之文,工拙壤隔。何独宫商律吕,必责其如一邪"之难的答辩时,则就有必要另寻解释的思路了。其中的关键在于,陆厥"宫商律吕"之问,意在表明文章的音韵变化万端,根本就不应该去强求声律划一。故沈氏之答辩"以文章之音韵"云云,不过是类比说明文章音韵亦如弦管之声曲,必有其一定的声律法则。① 故沈氏接着说:"譬由子野操曲,安得忽有阐缓失调之声?以《洛神》比陈思他赋,有似异手之作。"前者说明师旷一人操曲,理当不可能突然变调失声,因为有弦管

————————

① 文中"同"字当以"比类"义解之,至于此文章音韵之声律法则,无非是"浮声切响"、"四声八病"之类。

律吕在；以此为喻，说明《洛神》比陈思他赋，本当同调，风格一致，而不应"有似异手之作"。那么，又应该如何理解这种"体格"不一的现象、解答陆厥"一家之文，工拙壤隔"，"美咏清讴，有辞章调韵者"之于声律，差谬会合兼之的问题呢？"故知天机启，则律吕自调；六情滞，则音律顿舛也"，沈氏答案很简单："差谬会合"如此，一应"天机"启闭而已。也就是说，作为文章"小体"的音韵，其音律的法则或终极依据则在于"天机"。

何谓"天机"？概括古人之用法，主要有四义。

其一，"天机"名天象。《晋书》卷十一《天文志·二十八舍》载："北方。南斗六星，天庙也，丞相太宰之位，主褒贤进士，禀授爵禄，又主兵，一曰天机。"[1]

其二，"天机"指天命。《晋书》载晋鼓吹歌曲二十二篇傅玄作《宣受命》："宣受命，应天机。风云时动，神龙飞。"[2]《宋书》卷四十一《后妃传》颜延之为文帝袁皇后哀策文，其辞曰："用集宝命，仰陟天机。释位公宫，登耀紫闱。钦若皇姑。"[3]

其三，"天机"即"天运"，谕指自然变化。潘安仁《悼亡诗》曰："曜灵运天机，四节代迁逝。"《文选》卷二十三李善注："《楚辞》曰：'角宿未旦，曜灵焉藏？'《广雅》曰：'曜灵，日也。'陈琳《柳赋》曰：'天机之运旋，夫何逝之速也？'《庄子·天运篇》曰：'天其运乎？'

①［唐］房玄龄等：《晋书卷十一·志第一·天文》，北京：中华书局，1974年，第301页。

②［唐］房玄龄等：《晋书卷二十三·志第十三·乐》，北京：中华书局，1974年，第704页。

③［梁］沈约：《宋书卷四十一·列传第一·后妃传》，北京：中华书局，1974年，第1284页。

郭子玄曰：'不运而自行也。'"①

其四，"天机"指人的天性、德性。《淮南子·原道训》云："圣人处之，不为愁悴怨怼，而不失其所以自乐也。是何也？则内有以通于天机，而不以贵贱贫富劳逸失其志德者也。"②《淮南子·道应训》："伯乐喟然大息曰：'一至此乎！是乃其所以千万臣而无数者也！若埋之所观者天机也，得其精而忘其粗，在内而忘其外，见其所见而不见其所不见，视其所视而遗其所不视。若彼之所相者，乃有贵乎马者。'马至而果千里之马。"③《颜氏家训·勉学》篇云："士大夫子弟，数岁已上，莫不被教，多者或至《礼》《传》，少者不失《诗》《论》。及至冠婚，体性稍定，因此天机，倍须训诱。有志尚者，遂能磨砺，以就素业；无履立者，自兹堕慢，便为凡人。"④

最早以"天机"论人性的是庄子，《庄子·大宗师》有云："且有真人而后有真知。……古之真人，其寝不梦，其觉无忧，其食不甘，其息深深。真人之息以踵，众人之息以喉。屈服者，其嗌言若哇，其耆欲深者，其天机浅。"依郭象注，所谓"真人之息以踵"，云"乃在根本中来"；"屈服者，其嗌言若哇"指"气不平畅"；"其耆欲深者，其天机浅"，故"深根宁极，然后反一无欲"。⑤庄子"天机"论

①［梁］萧统编，［唐］李善注：《文选·潘安仁·悼亡诗三首》，上海：上海古籍出版社，1986年，第1092页。

②何宁：《淮南子集释卷第一·原道训》，北京：中华书局，1998年，第78—79页。

③何宁：《淮南子集释卷第十二·道应训》，北京：中华书局，1998年，第862页。

④［隋］颜之推著，王利器集解：《颜氏家训集解》，北京：中华书局，1993年，第143页。

⑤参［清］郭庆藩撰，王孝鱼点校：《庄子集释·内篇大宗师第六》，北京：中华书局，1961年，第226—229页。

重在"气",其"气"乃混一之元气。人皆秉此元气而生,获其性德。换而言之,"天机"藏于我身,其浅深有别在乎后天嗜欲,真人真知与凡人俗见,大别一在乎此。《淮南子》云圣人处逆境而自乐,"乃内有以通于天机,而不以贵贱贫富劳逸失其志德者也",九方堙相马观以"天机",其思理与《庄子》不二。

从"天机"人性论的角度去看,"德性"与"才性"的概念是有区别的,人之德性的差异乃后天存养之差异。就话语思维的形式结构而言,此与孟子所谓"养吾浩然之气"、"求放心"无异。颜之推谓人"体性稍定,因此天机,倍须训诱",其"体性"要与"才性"、"才质之性"、"气质之性"等概念相近,"倍"者,背"天机"也,实指才性德性相背离。才德之背离,其缘无非在于人人遂其嗜欲不知返而已,故颜氏开出"训诱"之方。"训诱"重在教养教化,与"存养"的自觉自为自由之理念,本质上是有差异的。

沈约以"天机"启闭论声律又当作何解呢? 据陆厥之见,沈约声律之说与范晔有极大的相似性。观范晔"性别宫商,识清浊,斯自然也"之论,其中"性别"、"性识"与"自然"的概念当偏于"才性",正因此,范又云:"观古今文人,多不全了此处,纵有会此者,不必从根本中来。"其根本亦可谓之"天机"。其中隐约可见郭象《庄子注》的影子:"从根本中来"意味着"平畅之气"、"混一元气",通于"天机",得之"真知"(或颜延之所谓"天识")。要者,其"自然"当非负才任气之自然。"负才任气"在范氏那里并无褒义,此义可从《自序》"班氏最有高名,既任情无例,不可甲乙辨"的评语中约略见之,因为"任情"与"任气"意义相近。如以玄学解范晔,则其"才性"自然的概念又近"玄德"之性。沈约谓前修"高言妙句,音韵天成,皆暗与理合,匪由思至"确实可与范晔之说相参。"天成"即"自然",而"自然"即"匪由思至"。问题在于,这里沈约肯定的不是"天成"而是"思至"。尽管沈约与范晔都一致反对"负才任气",但其所肯定者未必完全一致。范晔肯定"玄德"之"自然",故范晔不可能主张人为之声律。而沈约则是人为声律的积极倡导者,故其所言"天机"不可能于"玄德"自然中获得解释。若欲准确把握沈氏"天机"论,我们必须首先解决"自然"与"思至"是如何统一的问题。

"天机启,律吕自调"或与古人"律管候气"有关,则"天机"当指自然运气,四时节气。但考虑本句的对句乃"六情滞,音律顿舛",其涉及文体声律无疑,故作为与之意义相对的出句纵使有"律管候气"的背景,但在语境中,其重点亦应该在于借之晓谕"文体"。如果以上理解可从的话,则可以说,在沈约看来,"律吕调谐"的声律声文形式,当是德性自然的外显与实体,故谓之"天机启";而与之相反的情形则是,"音律互舛"的声病声文形式,乃才性自然的外显与实体,故谓之"六情滞"。"六情滞"即"六情"留滞于一端而不得流行,故又可谓之"天机闭"。但这里又必须同时指出,沈氏的"德性"当异于"玄德",否则无以解释沈氏不避人为,强调"思至"。实际上,沈氏的"德性"观植根于先秦儒家的"圣智"观,只有明确了这一深层联系,我们才能解决其"天机"论是如何将"自然"与"思至"统一起来的这一问题。对此一联系的揭示,可以结合《文赋》《毛诗大序》之相关论说的比较分析加以推进与展开。

第三节　声文体制：
儒家德性论与圣智观的统一

一、从陆机《文赋》《毛诗大序》"文学动机论"说起

由于沈约"天机"说，观其字面，显然于陆机《文赋》有所取材，故两者之间的异同之辨析有助于深化对沈氏"天机"论的理解。《文赋》云：

> 若夫应感之会，通塞之纪，来不可遏，去不可止。藏若景灭，行犹响起。方天机之骏利，夫何纷而不理。思风发于胸臆，言泉流于唇齿。纷葳蕤以馺遝，唯毫素之所拟。文徽徽以溢目，音泠泠而盈耳。及其六情底滞，志往神留，兀若枯木，豁若涸流。揽营魂以探赜，顿精爽于自求。理翳翳而愈伏，思乙乙其若抽。是以或竭情而多悔，或率意而寡尤。虽兹物之在我，非余力之所勠。故时抚空怀而自惋，吾未识夫开塞之所由。①

陆氏《文赋》主旨是论述文章创作规律，涉及构思与表达，所谓"恒患意不称物，文不逮意。盖非知之难，能之难也"②乃其中心观点。"意不称物"讲为文构思之时感物连类，观物取象的问题，类似于"象不尽意"的问题；"文不逮意"论表达，亦即"放言遣辞"时"辞不达意"的遗憾。以上文字重点在论文章构思之情状，同

---

① [晋]陆机著，张少康集释：《文赋集释》，北京：人民文学出版社，2002年，第241页。
② [晋]陆机著，张少康集释：《文赋集释》，北京：人民文学出版社，2002年，第1页。

于刘勰《文心雕龙·神思》篇所谓"思理为妙,神与物游"①之"神思",但亦兼及表达:"思风发于胸臆,言泉流于唇齿"便是。其总的规律是:天机骏利,无纷不理;六情底滞,文思枯竭。为文之"天机",来去无由,非作者勉力可求。勉力求者,文章多有不善,徒留后悔;率意为者(趁"天机"),文章往往天成,少有遗憾。可见,陆机所谓"天机"乃为文过程中出现的捉摸不定,才思不逮而赖以玉成其文的创作心理状态,今人谓之"灵感"。"灵感"遇之自然,故称"天机"。"天机"不遇,则"六情底滞"。此"六情"乃泛指思虑情感,"六情底滞"之状即"志往神留,兀若枯木,豁若涸流",形容才思顿失,情感枯竭。其与应感之会,"天机"开启之时,"思风发于胸臆,言泉流于唇齿。纷葳蕤以馺遝,唯毫素之所拟。文徽徽以溢目,音泠泠而盈耳"的状态形成鲜明对照。可见,陆机文中"天机"、"六情"概念之使用,除文章创作心理学的意义之外,基本上未涉及才性、性情、德性论的内容。其"天机"概念所蕴含的文学自然观的人性论背景,亦止于"物感"说。

陆云《考志赋》有云:"天机偏其挺盖,玉衡运而回襄。景弥修而日短,时愈促而夜长。和音变而改律,乘风革而为商。感秋林之夙暮,悲芳草之中霜。"②此处"天机"实星名,喻天时自运,四季物色变化;人心感此四季物色变化而生悲喜之情。心之感物,人情之所不免,立文之动机在此。陆云有"天机"说如此,其兄陆机又何尝不如是理解"天机"。故《文赋》云:"遵四时以叹逝,瞻万物而思纷。悲落叶于劲秋,喜柔条于芳春。心懔懔以怀霜,志眇

---

① 周振甫:《文心雕龙今译·神思第二十六》,北京:中华书局,1986年,第246页。
② [清]严可均辑,何宛屏等审订:《全上古秦汉三国六朝文·全晋文》,北京:商务印书馆,1999年,第1068页。

眇而临云。"又云："诗缘情而绮靡,赋体物而浏亮。"①陆机之后,
"物感"说成了文学动机论的主流话语。刘勰《文心雕龙·物色》
云："春秋代序,阴阳惨舒,物色之动,心亦摇焉。盖阳气萌而玄驹
步,阴律凝而丹鸟羞,微虫犹或入感,四时之动物深矣……是以诗
人感物,联类不穷。"②《明诗》又云："人禀七情,应物斯感,感物吟
志,莫非自然。"③钟嵘《诗品序》开篇即曰："气之动物,物之感人,
故摇荡性情,形诸舞咏。照烛三才,晖丽万有。灵祇待之以致飨,
幽微藉之以昭告。动天地,感鬼神,莫近于诗。"④文学批评的"物
感"说实导源于《礼记·乐记》。《乐记》云："凡音之起,由人心生
也。人心之动,物使之然也。感于物而动,故形于声。声相应,故
生变。变成方,谓之音。比音而乐之,及干戚、羽旄,谓之乐。"⑤
《毛诗·大序》云："诗者,志之所之也,在心为志,发言为诗。情动
于中而形于言,言之不足,故嗟叹之。嗟叹之不足,故永歌之。永
歌之不足,不知手之舞之、足之蹈之也。"⑥《序》虽然未言明何以
"情动于中",但其说"情动于中"实指"心动",其背后已包含了
《乐记》"人心之动,物使之然也"的答案。《毛诗大序》便成了文
学"物感"说的始作俑者。龚鹏程认为"物感"说的根底是气类相

---

① 陆机著,张少康集释:《文赋集释》,北京:人民文学出版社,2002年,第20、
　99页。
② 周振甫:《文心雕龙今译·物色第四十六》,北京:中华书局,1986年,第409—
　410页。
③ 周振甫:《文心雕龙今译·明诗第六》,北京:中华书局,1986年,第56页。
④ 吕德申:《钟嵘〈诗品〉校释》,北京:北京大学出版社,1986年,第35页。
⑤ 李学勤主编:《十三经注疏·礼记正义·乐记》,北京:北京大学出版社,1999
　年,第1074页。
⑥ 李学勤主编:《十三经注疏·毛诗正义》,北京:北京大学出版社,1999年,第
　6页。

感,天人合一的宇宙观,且从人性论的角度将其追溯到《吕氏春秋》。①

就文学动机论而言,沈约"民禀天地之灵,含五常之德。刚柔迭用,喜愠分情。夫志动于中,则歌咏外发"、"禀气怀灵,理无或异,然则歌咏所兴,宜自生民始也"之谓显然是有气类相感的"物感"说做底子的。然"感物吟志,莫非自然"的命题,由于其言下之意所预设的人类天生是诗人这种无差别的人文境界,只适用于无差别的人类社会,故在中古语境里出现这样的人人必参的话头,除了表明情感的人性论意义及其文学价值已为时代主流话语确认之外,并不能为我们提供更多的信息。在具体的话语言说者那里,藉之"物感"说所欲表达的文学思想显然是不尽相同的。观沈约《传论》全篇,其发论的重点显然不在动机论而在文体、声律论。

从文体论的角度去看,尽管沈约"禀气怀灵"之表述含有"以气为体"的理路,但"民禀天地之灵,含五常之德"则表明沈氏关注的焦点则在人之体性的"灵",亦即"含五常之德"。何谓"五常之德"?《文选》李善注有云:"《汉书》曰:夫人肖天地之貌,怀五常之性,聪明精粹,有生之最灵者也。应劭曰:肖,类也,头圆象天,足方象地。又曰:凡民函五常之性,而刚柔不同。《史记》曰:况怀五常,含好恶。郑玄《礼记注》曰:五常,五行也。孔安国《尚书传》曰:五行之德,王者相承以取法。"② 李善注释"五常之德"之义或偏《尚书·洪范》中的"金木水火土"之五行。五行之德重在形气,

---

① 参龚鹏程:《从〈吕氏春秋〉到〈文心雕龙〉》,载氏著《中国文学批评史论》,北京:北京大学出版社,2008年。

② [梁]萧统编,[唐]李善注:《文选·沈休文·宋书谢灵运传论》,上海:上海古籍出版社,1986年,第2217页。

未必合乎沈氏本义。颜师古释《汉书》"五常之性"曰："五常,仁、义、礼、智、信。"① 沈氏"五常之德"应如颜氏所谓"仁义礼智信"之德性。

其实,"五行"作为"五常之德"的名目本来就是先秦的传统。《荀子·非十二子》谓子思孟轲"案往旧造说,谓之五行"②,20世纪70年代马王堆、郭店相继出土的简帛《五行》便以"五行"名"仁义礼智圣"五德目,大多数学者认为简帛"五行之德"实际就是荀子所非的思孟学派的"五行"。汉代仍然延续了以"五行"称五常之德的传统。贾谊《新书·六术》云："人有仁义礼智圣之行,行和则乐。与乐则六,此之谓六行。"③ 讲"六行"实际只是"五行","乐"只是"五行"和的结果而已。《诗经·大雅·烝民·郑笺》云："天之生众民,其性有物象,谓五行仁、义、礼、智、信也。"④ 要言之,沈约的"五常之德"是心性之德。若从作者"体性"的角度去论文章"文体",沈氏所偏重者不在作者的"才性"而在"德性";德性有五行,沈约亦当如贾谊以"五行和乐"为尚。其论"体气"、"情性"而曰"刚柔迭用,喜愠分情",皆以体一分殊,对偶为言,同样表现出"尚和"的精神。

正因为立足于"体性尚和"的文体学视角,故沈约涉及文学动机的论述时以"志动于中,则歌咏外发"而非"情动于中"为说。这

---

① [汉]班固撰,[唐]颜师古注:《汉书卷二十三·刑法志第三》,北京:中华书局,1962年,第1080页。

② [清]王先谦撰,沈啸寰、王星贤点校:《荀子集解卷第三·非十二子篇第六》,北京:中华书局,1988年,第94页。

③ [汉]贾谊:《新书》卷第八,《文渊阁四库全书》第695册,第441页。

④ 李学勤主编:《十三经注疏·毛诗正义·大雅·烝民》,北京:北京大学出版社,1999年,第1218页。

里的表述可与《毛诗大序》进行对照阅读。

《大序》云："诗者，志之所之也。在心为志，发言为诗。情动于中而形于言，言之不足故嗟叹之。嗟叹之不足，故永歌之。永歌之不足，不知手之舞之，足之蹈之也。"可以看出，《大序》"情动于中"实际上就是"志动于中"，"情"、"志"之异只是动静内外之别而已。志之所之为"诗"，"诗"在外；"情动于中而形于言"之"言"在外，亦是指"诗"，故情志一也。《大序》显然由《尚书·舜典》"诗言志，歌永言"演绎而来，但以"情"、"志"连言互释，确实奠定了重"情"的趋势。朱自清《诗言志辨》早就说过，"诗言志"的命题产生于诗乐舞一体的时代语境，侧重于诗歌的理解和运用，其所言之志"非关修身，即关治国"；诗乐分离之后，重义不重声，论家始注意到诗之作者抒发情感之义，《诗大序》便是其例。但其所谓的抒情言志仍然关乎政教，是以讽谏或者抒发政治抱负为主的。①《大序》的诗论，尽管语境已由诗乐一体转进至诗乐分离的时代，但毕竟是以《诗经》为言说对象的，故朱自清对《大序》诗说性质的评定应该说是中肯的。至于"诗言志"说经由汉代《毛诗大序》之类的混情志为一的诗说演进到魏晋陆机以主情为特色的"诗缘情"说，其中的历史缘由，《诗言志辨》亦早有揭橥，这便是汉代五言诗的兴起。《诗言志辨》云：

> "诗言志"一语虽经引申到士大夫的穷通出处，还不能包括所有的诗。《诗大序》变言"吟咏情性"，却又附带"国史……伤人伦之废，哀刑政之苛"的条件，不便断章取义用来指"缘情"之作。《韩诗》列举"歌食"、"歌事"，班固浑称"哀乐之心"，又特称"各言其伤"，都以别于"言志"，但这些语句还

①参朱自清：《诗言志辨》，桂林：广西师范大学出版社，2004年，第3、23页。

是不能用来独标新目。可是"缘情"的五言诗发达了,"言志"以外迫切地需要一个新标目。于是陆机《文赋》第一次铸成"诗缘情而绮靡"这个新语。"缘情"这词组将"吟咏情性"一语简单化、普遍化,并赅括了《韩诗》和《班志》的话,扼要地指明了当时五言诗的趋向。①

后来的学者,大多沿着朱说的思路接着说。台湾学者吕正惠便说:"从文学批评史的角度来看,'缘情'说是对于刚刚形成的五言诗独特的抒情世界的反省。"②蔡英俊则进一步认为,《古诗十九首》才是中国抒情传统的历史起点,这"主要是因为他们完美地呈现了五言诗体的艺术形式,并且揭露了抒情的主体与人类存在处境之间的关系。而后者,启引了魏晋以后'缘情'的诗歌创作理论"③,同时他还一并揭示了其演变的哲学、美学意义:"魏晋以降,缘于现实哀乐之刺激,中国诗人发现了以情感为生命内容与特质的自我主体。并由对个人生命特质之肯定,建立了六朝'诗缘情'之说。汉《诗大序》所重视所强调的'志',是本于政治教化的社会群体、社会公众的共同志意。'缘情'说则在文学的根源上建立了文学的精神特质即个人生命性质的观念";"缘于道家哲学传统的点明,魏晋人从追求玄远的风气中,找到了一个解决自我生命之安顿的方案:因于'自然'。而此一形上意义的'自然',又具体化为山水的世界,而成为抒情的自我寄意托情的世界"。④龚鹏程《从〈吕氏春秋〉到〈文心雕龙〉》一文认为,蔡氏之说"是朱

①朱自清:《诗言志辨》,桂林:广西师范大学出版社,2004年,第28页。
②吕正惠:《物色论与缘情说:中国抒情美学在六朝的开展》,见氏著《抒情传统与政治现实》,台北:大安出版社,1989年,第33页。
③蔡英俊:《比兴、物色与情景交融》,台北:大安出版社,1986年,第33页。
④参蔡英俊:《比兴、物色与情景交融》,台北:大安出版社,1986年,第48、75页。

自清《诗言志辨》以'言志'和'缘情'对跖以来,集大成的讲法",这个解释系统确认了魏晋时期在文化史上所扮演的转变期角色。而这个解释系统将"缘情"视作"言志"的对反则遮蔽了许多事实。

虽然龚氏"不否认在汉朝末年,由于王朝秩序崩溃、瘟疫盛行、政治斗争而形成的黑色风暴,对于魏晋间人必有深刻的心灵戟刺";而且也肯定魏晋人"必然会在这'人命危浅'的世代,思考到生命存在的价值与安顿之道",但并不认为"缘情"说即是此一特殊响应,而没有思想内在的线索,便忽然兴起于魏晋之际。龚氏指出传统的解释系统一直将"缘情"视作"言志"的对反,实际上是忽略了六朝"缘情"论的哲学基础——"气类感应"说。在龚氏看来,"缘情"诗观的理论重点有三:正视情及情的作用;文学创作系来自一情感性主体;人为能感者,物为感人者,人与外在世界,为一感应关系,所谓"应物斯感"。此三点"都是汉代发展出来的,非魏晋时期忽然而有";"而从前我们讨论魏晋文学思想,只注意到两汉才性论与魏晋情性观念跟缘情诗观的关系(蔡英俊也提到运用景物表情的方式,如赋比兴,是在经学家手上推阐完成的),却在这方面未尝措意,故误以为缘情说乃魏晋之新变也"。龚文因此提出了"感性主体"(感物而动之心)的概念,并认为"感性主体"概念在汉代即已确立。"两汉人性论的表面语言虽然是性、是礼义道德教化,但其基本问题实环绕着'情'而展开。特别是情为一感性活动的认识,必然使得传统儒家坚守生命大本的立场松动,成为对人感性活动的重视"。由于先秦便有性静情动的观念,故刘向根据阳动阴凝的观点,直接将"性"静视为"阴","情"动视为"阳",并认为情不必为恶鄙贪利。荀悦《申鉴》引申其说,以"情"摄"性"。"情意心志者,皆性动之别名也,情见乎辞,是称情也"①。龚文特别指出："人性论发展至此，显然是因他们依天地气化以言性，由性而论气类交感，能感者性，感物而动者情，于是不仅要正视情的活动与流弊，而且性也逐渐只成为一感性主体而已。刘向荀悦性阴情阳、性不尽善情不尽恶之说，虽与董仲舒相反，但其理论脉络固自董仲舒之论气化自然而来。反倒是王充，因反对气类感应说，所以他的人性论论性不论情，完全不能注意到情及感性主体。今之谈六朝文论者，往往溯源于王充，误认祖祢矣。"龚氏论文最后总结道：

> 文学艺术为什么能独立？魏晋黑暗时代的感受就能让文学独立吗？个人主义浪漫精神即能使文学独立吗？文学艺术要独立成为一门艺术，须有其独立之理。我国哲学，以心性论为主，但道德心是开不出文学艺术的。当代执持道德主体性的哲学家，看不起顺气言性的进路，古代存天理去人欲的理学家，又诋毁文学。如果不是汉人以气感论性，提出感性主体，则文学与艺术即不能开显；如果不是汉人的气类感通可以通之于道德与美感两端，则日后文学独立后，又将与道德打成两概。换句话说，是因为有汉代这样的哲学，才使得魏晋，不，应该说是东汉，文学与艺术得以独立展开。②

在汉代的人性论中确实存在顺气言性的理路，《大序》的诗说亦成立于气类感通的认知背景，但"情感"本身是否能上升为"感性主体"的概念则是有待进一步思考的。《大序》尽管"情""志"概

---

① ［汉］荀悦撰，［明］黄省曾注：《申鉴》卷五，上海：上海古籍出版社，1990年，第33页。

② 以上参龚鹏程：《从〈吕氏春秋〉到〈文心雕龙〉——自然气感与抒情自我》，载氏著《中国文学批评史论》，北京：北京大学出版社，2008年，第92、93、98、99、108页。

念时而无辨,然其《诗》分正变,且以"发乎情,止乎礼义"为解,说明"情"、"志"还是不相混淆的。如果仅以"心能感物"作为"感性主体"概念之规定的话,则"鸟兽尽感",又当何以处之? 可见,龚氏无疑滥用了"主体"概念,何况先秦人性论就已以"气"言"性",确认了"心能感物"的观念。

郭店战国竹简《性自命出》云:"凡人虽有性,心无奠志。待物而后作,待悦而后行,待习而后奠。喜怒哀悲之气,性也。及其见于外,则物取之也。"上海博物馆藏竹简《性情论》亦有完全一致的说法,只有"奠志"作"正志"一字之差。① 可见,先秦时"情"就理解为"气"与"性",理解为"感物而后动",它显然是以"气感"说为依据的自然主义的人性论。但值得注意的是,"情气"与"心志"是分别而言的,"情性"并非是"心性"的全部内容。心无定(正)志,待习而后定(正)。若无"定志","情性"虽能感物,但只能属一自然被动的过程,其与"鸟兽尽感"无异,何来"主体性"。现代"主体性"概念尽管复杂,但论其内涵总得言及具有主动性的自由、自觉与自为之义。"志"作为"心性"在于"能习","习性"的作用尽管离不开环境、教化之功,之于个体而言难免被动之义,但与情性相较,也只有"能习"的"志"作为"意向性"才包含超越被动的自然、开导出自由自觉自为的人性意义之可能。故情志协和才有"感性主体"成立的可能,若情志不辨,以"情"代"志",是不可能有"感性主体"性可言的。当然,《性自命出》讲"心志"、"志意"是为礼乐教化以及道德主体性之建立预留逻辑空间的,故其曰:"性自命出,命自天降。道始于情,情生于性。始者近情,终者近义。知情【者能】出之,知义者能入之。好恶,性也;所好所恶,物也。善不【善,

①参郭沂:《〈性自命出〉校释》,《管子学刊》,2014年,第4期。

性也】；所善所不善，势也。""四海之内，其性一也。其用心各异，教使然也。"又曰：

> 凡道，心术为主。道四术，唯人道为可道也。其三术者，道之而己。《诗》《书》《礼》《乐》，其始出皆生于人。《诗》，有为为之也。《书》，有为言之也。《礼》《乐》，有为举之也。圣人比其类而论会之，观其先后而逆顺之，体其义而节文之，理其情而出入之，然后复以教。教，所以生德于中者也。①

上述文字虽然有许多难解之处，但大意是明确的，即论礼乐教化与人之德性的建立，其过程乃立志、正志或定志的过程。"志"正而后定，心生德性，则其感物者必近情，其所作者必近义，亦即《礼记·乐记》所谓"君子反情以和其志，比类以成其行"②者也。君子"反情"、"比类"亦即"知情"、"知义"，可见"德性"的概念与"心智"或曰"智性"的概念密切相关。"智性"蕴含"自觉"以及片面的"自由"则是毫无疑问的，故只有含"智"之"德性"才有主体性意义，由于此"主体"合"情性"、"志意"与"智性"为一体，故亦可命之为"感性主体"。可见，只有"心智"概念的确立才能协和情志，使得"能感者"为一"感性主体"。

二、荀子之性论与圣智观的传统

先秦继承《性自命出》《性情论》理路，以气言性而涉及"感性主体"建构的思想家有荀子。

荀子立"性"、"伪"二名，《荀子·正名》云：

---

① 参郭沂：《〈性自命出〉校释》，《管子学刊》，2014年，第4期。
② 李学勤主编：《十三经注疏·礼记正义·乐记》，北京：北京大学出版社，1999年，第1109页。

　　生之所以然者谓之性,性之和所生,精合感应,不事而自然谓之性。性之好、恶、喜、怒、哀、乐谓之情。情然而心为之择谓之虑。心虑而能为之动谓之伪。虑积焉、能习焉而后成谓之伪。①

　　"性"即情气,乃自然天就,而"伪"则是心虑积习所成,为后天人为造就。两者是对立的,《性恶篇》曰:"人之性恶,其善者伪也。"②"性恶论"虽为荀子新变,但"心虑"接近于竹简"心志",突出"心虑",强调后天积习、礼乐教化之于德性主体建立之重要性与竹简其实是一脉相承的。荀子与竹简人性论都基于自然人性的无差别境界,这又是与孔子"性相近,习相远"同义。但自然人性的无差别境界无法开出德性主体,故德性主体性的建立又必得以"圣人"、"圣德"、"圣智"的存在为先决条件。故《性自命出》云:"圣人比其类而论会之,观其先后而逆顺之,体其义而节文之,理其情而出入之,然后复以教。"③《荀子·性恶篇》亦云:

　　问者曰:"人之性恶,则礼义恶生?"应之曰:凡礼义者,是生于圣人之伪,非故生于人之性也。故陶人埏埴而为器,然则器生于工人之伪,非故生于人之性也。故工人斫木而成器,然则器生于工人之伪,非故生于人之性也。圣人积思虑,习伪故,以生礼义而起法度,然则礼义法度者,是生于圣人之伪,非故生于人之性也。

　　故圣人化性而起伪,伪起而生礼义,礼义生而制法度。

①[清]王先谦撰,沈啸寰、王星贤点校:《荀子集解卷第十六·正名篇第二十二》,北京:中华书局,1988年,第412页。

②[清]王先谦撰,沈啸寰、王星贤点校:《荀子集解卷第十七·性恶篇第二十三》,北京:中华书局,1988年,第434页。

③参郭沂:《〈性自命出〉校释》,《管子学刊》,2014年,第4期。

然则礼义法度者,是圣人之所生也。故圣人之所以同于众,其不异于众者,性也;所以异而过众者,伪也。①

既然圣人与众人同者"性",异者"伪",则圣人又何以能"化性起伪"呢? 何以能自成其"德性"呢? 这只能假设圣人"积思虑习"或曰"智性"异于众人。故《荀子·性恶篇》云:

> 有圣人之知者,有士君子之知者,有小人之知者,有役夫之知者:多言则文而类,终日议其所以,言之千举万变,其统类一也,是圣人之知也。少言则径而省,论而法,若佚之以绳,是士君子之知也。其言也谄,其行也悖,其举事多悔,是小人之知也。齐给、便敏而无类,杂能、旁魄而无用,析速、粹熟而不急,不恤是非,不论曲直,以期胜人为意,是役夫之知也。②

就情性而论,人性是无差别的;但就智性而论,人性是有差品的。此一人性论思考的路线为汉魏才性论与德性论的分离与对立埋下了伏笔。唐代韩愈《原性》推原唐前儒家人性论,集其大成,得最终结论:性体情用,人性三品,复归于孔子"唯上智下愚不移"的出发点。《原性》曰:

> 性也者,与生俱生也;情也者,接于物而生也。性之品有三,而其所以为性者五;情之品有三,而其所以为情者七。

> 曰何也? 曰:性之品有上中下三。上焉者,善焉而已矣;中焉者,可导而上下也;下焉者,恶焉而已矣。其所以为性者五:曰仁、曰礼、曰信、曰义、曰智。上焉者之于五也,主于一而行四;中焉者之于五也,一不少有焉,则少反焉,其于四

---

① [清]王先谦撰,沈啸寰、王星贤点校:《荀子集解卷第十七·性恶篇第二十三》,北京:中华书局,1988年,第437、438页。
② [清]王先谦撰,沈啸寰、王星贤点校:《荀子集解卷第十七·性恶篇第二十三》,北京:中华书局,1988年,第445—446页。

也混;下焉者之于五也,反于一而悖于四。性之于情视其品。情之品有上中下三,其所以为情者七:曰喜、曰怒、曰哀、曰惧、曰爱、曰恶、曰欲。上焉者之于七也,动而处其中;中焉者之于七也,有所甚,有所亡,然而求合其中者也;下焉者之于七也,亡与甚,直情而行者也。情之于性视其品。

　　孟子之言性曰:人之性善;荀子之言性曰:人之性恶;扬子之言性曰:人之性善恶混。夫始善而进恶,与始恶而进善,与始也混而今也善恶;皆举其中而遗其上下者也,得其一而失其二者也。叔鱼之生也,其母视之,知其必以贿死;杨食我之生也,叔向之母闻其号也,知必灭其宗;越椒之生也,子文以为大戚,知若敖氏之鬼不食也:人之性果善乎?后稷之生也,其母无灾,其始匍匐也,则岐岐然,嶷嶷然;文王之在母也,母不忧,既生也,傅不勤,既学也,师不烦:人之性果恶乎?尧之朱,舜之均,文王之管蔡,习非不善也,而卒为奸;瞽瞍之舜,鲧之禹,习非不恶也,而卒为圣:人之性善恶果混乎?故曰:三子之言性也,举其中而遗其上下者也;得其一而失其二者也。曰:然则性之上下者,其终不可移乎?曰:上之性,就学而愈明;下之性,畏威而寡罪;是故上者可教,而下者可制也。其品则孔子谓不移也。[1]

　　韩愈论性,性情合一,出乎德性,归乎德性,才性德性合一。但"三品"之说,又将人性人为分裂了。虽然回到了孔子出发点,但其与孔子以智愚分差品之义趣还是大为不同的。因为孔子于"性"还只是说"性相近,习相远",就此而言,孟子说性善与荀子说

---

① [唐]韩愈著,马其昶校注,马茂元整理:《韩昌黎文集校注》,上海:上海古籍出版社,2014年,第22—24页。

性恶都比韩愈距孔子近。孟子性善，重在"德性"，韩氏与之无异。但孟子谓人皆有"四端"，"人皆可为尧舜"，圣、凡之别不在"性"而在"求"与不"求"（放心）而已，换而言之，在于"志意"的不同而已。如此，"德性"则只是一个"主体性"的自觉与建立，亦即个体修养的问题，韩愈的性说则遮蔽了此一意义。荀子说"性恶"是偏自然才性立言，与孟子不同，而"化性起伪"之说可沟通才性德性，一凡圣，预留了"主体性"展开的空间，则又与孟子不远。此外，"化性起伪"重外在的"人文"，对汉魏以来的推重"文才"、"文采"以及文学的自觉与独立显然是有利的。

当然，荀子的"人性"论在学理方面显然是有内在矛盾的，因为"化性起伪"无疑内涵了圣凡善恶之别。圣人感物而动以生情，其与众人无异。但问题在于，圣人感物生情而有所作，以生道德文章，无不循善，则又是众人无以望其项背的。众人之作"伪"而欲善则又必须以圣人之"伪"——所生道德文章、礼义法度为绳墨。就道德性层面而言，圣人的主体性是绝对的，众人则是相对的。圣人的主体性源于"圣智"，其智虽不属"天性"之范畴，但因其先验性而异于众人。这与孔子智愚不移，亦当有所因袭，但孔子谓"智愚不移"，则"智愚"又难免近"性"；而荀子论圣"智"，其"智"则更近于今人所谓"智识"，因为荀子论圣人之"伪"亦是圣人"积思虑习"所成。故韩愈"三品"虽与孔子"智愚"论相近，而与荀子言圣凡差品则远，因为其差品在"德性"而不在荀子之"智识"。

至于扬雄所谓人性善恶混的观点亦是有先秦之渊源的。王充《论衡·本性篇》早就指出："周人世硕以为'人性有善有恶，举人之善性，养而致之则善长；恶性，恶养而致之则恶长。'如此，则情性各有阴阳，善恶在所养焉。故世子作《养性书》一篇。宓子贱、漆雕开、公孙尼子之徒，亦论情性，与世子相出入，皆言性有善有恶。"① 此外，《本性篇》还对董仲舒性阳情阴、性善情恶的情性说以及刘子政的性内情外、性阴情阳的情性说进行了批判。据《本性篇》，王充认为过往性论诸说皆未得其人性之实，"实者，人性有善有恶"。当然，其谓"有善有恶"不同于扬雄"善恶混"说，扬说是就一般的"体性"说的，而王说则是就个别的"体性"说的，本质上从才性、性命的角度说"性"的。故《本性篇》曰：

> 实者，人性有善有恶，犹人才有高有下也，高不可下，下不可高。谓性无善恶，是谓人才无高下也。禀性受命，同一实也。命有贵贱，性有善恶，谓性无善恶，是谓人命无贵贱也。九州田土之性，善恶不均，故有黄赤黑之别，上中下之差。水潦不同，故有清浊之流，东西南北之趋。人禀天地之性，怀五常之气，或仁或义，性术乖也；动作趋翔，或重或轻，性识诡也；面色或白或黑，身形或长或短，至老极死，不可变易，天性然也。②

在王氏看来，人生于天地之间，如同万物，皆"禀性受命"，皆"至老极死"，此天性使然，是其同也。然受命不均，千差万别，有高下、贵贱、善恶，亦存不可变易之理，这是一种较为彻底的天命论或宿命观。当然，其人性差品论基本上还是不离孔子"三品"之窠臼。因而王氏并未绝对排斥教化，故曰："余固以孟轲言人性善者，中人以上者也；孙卿言人性恶者，中人以下者也；扬雄言人性善恶混者，中人也。若反经合道，则可以为教；尽性之理，则未

---

① 黄晖：《论衡校释》，北京：中华书局，1990年，第132—133页
② 黄晖：《论衡校释》，北京：中华书局，1990年，第142页。

也。"① 上品下品之人，教化无以施，教化的作用只适合中品之人。虽说中品之人，教化可施，但"生德于中"未必奏效。因为，善恶并存，教之习之不能增其善，不能变其恶，就如教以知识学问不能高其才一样。故孟子之"求"，《大学》之"修身"，《易传》《中庸》之"穷理尽性"，之于中下品之人应属无理之谈。就"德性"而言，中品之人能教以节恶扬善，下品之人则只能如韩愈所言，用之以威，逼其就范了。这里，无论中下，皆崇他律，不存自律。可见，王充性说确实不利于"感性主体"的建立，倒是很容易被用作魏晋以来的"九品官人"及"门阀制度"的理论依据。而孟子"性善"与荀子"智识"则皆能刺激振起凡人向上一路，只是路径有异，孟子教人反求诸己，修身养性；荀子则可为人导向知识学问，以求文理。

实际上，从逻辑的角度看，最为自洽的也是最具普适性意义的应是孟子人性论。删除人性圣凡之间的藩篱，实与先秦老庄道家的精神并行不悖，然又与道家消解道德性主体不同，孟子则恰恰高扬了人类的道德主体性。后来"众生皆有佛性"的佛教人性论显然是与孟子传统相接续的，存此不论，孟子人性平等的精神也是有利于汉魏性情论之展开、"感性主体"之建立的。

竹书《性自命出》《性情论》与《荀子》则径直引导出汉魏顺气言性的"性情"论。三者皆预设了圣人绝对的道德主体性，这一特点整体上说亦为汉魏以来的儒家性情论所继承。这里，尤其值得注意的是荀子的圣王"智术"论。

尽管荀子云"性恶"，但究实言之，其眼中之"性"本身无所谓善恶。因为，在荀子那里，"性"只是宇宙间生命的一个展开过程而已，即性即情即欲。正所谓："性者，天之就也；情者，性之质也；

---

① 黄晖：《论衡校释》，北京：中华书局，1990年，第142—143页。

欲者,情之应也。以所欲为可得而求之,情之所必不免也。"① 可见,曰"性"只是明"情"与生俱来,天然尔;曰"情"乃明"性"之质、"性"之"体"乃气尔;曰"欲"则谓性情感应外物而动,必有所作所求尔。此"材性知能,君子小人一也;好荣恶辱,好利恶害,是君子小人之所同也"。② 荀子言"性恶",只具《性恶篇》,它篇绝不见"性恶"之谓。而《性恶篇》则云:"今人之性,生而有好利焉,顺是,故争夺生而辞让亡焉;生而有疾恶焉,顺是,故残贼生而忠信亡焉;生而有耳目之欲,有好声色焉,顺是,故淫乱生而礼义文理亡焉。然则从人之性,顺人之情,必出于争夺,合于犯分乱理而归于暴。故必将有师法之化,礼义之道,然后出于辞让,合于文理,而归于治。用此观之,然则人之性恶明矣。"③ 可见,所谓"性恶"只是说性生情,情泛滥而不得节理则为灾而已。若以此义谓之为"性恶"之主张,则儒家没有不是"性恶"论者。荀子此番言论乃感时而发,未可以逻辑哲理相求也。故杨倞《注》曰:"当战国时,竞为贪乱,不修仁义,而荀卿明于治道,知其可化,无势位以临之,故激愤而著此论。《书》曰:'惟天生民,有欲无主,乃乱,惟聪明时乂',亦与此义同也。"④ 在四库馆臣看来,荀子著书"主于明周孔之教,崇礼而劝学";"至其以性为恶,以善为伪,诚未免于理未

---

① [清]王先谦撰,沈啸寰、王星贤点校:《荀子集解卷十六·正名篇第二十二》,北京:中华书局,1988年,第428页。

② [清]王先谦撰,沈啸寰、王星贤点校:《荀子集解卷二·荣辱篇第四》,北京:中华书局,1988年,第61页。

③ [清]王先谦撰,沈啸寰、王星贤点校:《荀子集解卷第十七·性恶篇第二十三》,北京:中华书局,1988年,第434—435页。

④ [清]王先谦撰,沈啸寰、王星贤点校:《荀子集解卷第十七·性恶篇第二十三》,北京:中华书局,1988年,第434页。

融,然卿恐人恃性善之说,任自然而废学,因言性不可恃,当勉力
于先王之教"。"平心而论,卿之学源出孔门,在诸子之中最为近
正"。① 杨倞、馆臣之言,可谓得之。正因为荀子立说重在圣王礼
义教化,故"性""伪"两名,对待而立,相反相成,不可离异。故《礼
论篇》曰:"性者,本始材朴也;伪者,文理隆盛也。无性则伪之无
所加,无伪则性不能自美。性伪合,然后圣人之名一,天下之功于
是就也。故曰天地合而万物生,阴阳接而变化起,性伪合而天下
治。天能生物,不能辨物也;地能载人,不能治人也;宇中万物、生
人之属,待圣人然后分也。"② 性伪相合,则圣王功成名就。这里,
荀子崇隆圣王礼乐治道,也是推原圣王所以治之智术。故《解蔽
篇》曰:"圣也者,尽伦者也;王也者,尽制者也。两尽者,足以为天
下极矣。故学者,以圣王为师。"杨倞注曰:"伦,物理也。 制,法
度也。"③ 两尽者,内通于圣王智术,外现于圣王之所作礼乐。而
凡人亦具材性知能,其异于圣人者只在不能自尽自制自善罢了,
但资之以礼乐终可与圣王智术相接。故曰:"凡用血气、志意、知
虑,由礼则治通。"④ 亦所谓"阴阳接而变化起,性伪合而天下治"。
于是,凡人"知能"与圣人"智术"通达为一,转"知"成"智"。何谓
"知"? 何谓"智"? "是是、非非谓之知",杨倞注曰:"能辨是为是,

---

① 参[清]永瑢等:《四库全书总目·卷九十一·子部·儒家类一·荀子二十
卷》,北京:中华书局,1965年,第770页。

② [清]王先谦撰,沈啸寰、王星贤点校:《荀子集解卷第十三·礼论篇第十九》,
北京:中华书局,1988年,第366页。

③ [清]王先谦撰,沈啸寰、王星贤点校:《荀子集解卷第十五·解蔽篇第二十
一》,北京:中华书局,1988年,第407页。

④ [清]王先谦撰,沈啸寰、王星贤点校:《荀子集解卷第一·修身篇第二》,北
京:中华书局,1988年,第22页。

非为非,谓之智也。"①可见,"智"已超越循规蹈矩或自然被动的感知性判断,而是高度自由自觉的"能辨"意义上的理性判断。荀子圣人智术观显然突破了先秦"天命观",其与《天论篇》"明于天人之分,则可谓至人矣"、"从天而颂之,孰与制天命而用之"②之思想完全一致。就此而言,与孟子从感性角度弘扬人的道德主体性略异,荀子则从理性角度诠释了人之道德主体性成立的可能性。

　　尽管荀子亦不免假"圣王"以立说,但较之一般"天所以生圣人"的神秘主义更能与俗情相接,因而亦更具现实的可行性。圣王"智术"固然神圣,但荀子则将其落实于现世"师法"。《儒效篇》云:

　　　　故有师法者,人之大宝也;无师法者,人之大殃也。人无师法则隆性矣,有师法则隆积矣,而师法者,所得乎情,非所受乎性,不足以独立而治。性也者,吾所不能为也,然而可化也;情也者,非吾所有也,然而可为也。注错习俗,所以化性也;并一而不二,所以成积也。习俗移志,安久移质,并一而不二则通于神明,参于天地矣。③

　　"师法"的意义在于"隆积",此"积"应为化自然之性为"德性","德性"善为"伪"。之所以能化性起伪,实因为"师法"可接引"情"。情,外物所感者也,非吾人之天性,故可为。可为者即循之

---

①参[清]王先谦撰,沈啸寰、王星贤点校:《荀子集解卷第一·修身篇第二》,北京:中华书局,1988年,第24页。

②参[清]王先谦撰,沈啸寰、王星贤点校:《荀子集解卷第十一·天论篇第十七》,北京:中华书局,1988年,第308、317页。

③[清]王先谦撰,沈啸寰、王星贤点校:《荀子集解卷第四·儒效篇第八》,北京:中华书局,1988年,第143—144页。

师法，慎其所感，诱而为之。"师法"体现于"注错习俗"，"注错"即"师法"可使吾人所感"一之于礼义"，"文而类"。积其所感而成习俗，习俗移人志虑，志虑安定，久而久之便可移人之气质，亦即化人天性为德性。德性成，性伪合，故曰"并一而不贰则通于神明，参于天地矣"。"师法"之名替换"圣王智术"，在"圣"、"王"分离的时代语境中，其"师"明显偏于"尽伦（穷尽物理）"之圣者，而非"尽制"之王者；其"法"亦随之偏重于礼义、文理、师道而非"王法"。"智术"则更多聚焦于"圣者"、"师者"的智识与教化。其与《中庸》"君子尊德性而道问学"义理相接。

　　尽管荀子讲礼法，讲尊卑贵贱等级，但实际上则是对僵化的礼法、伦理秩序的反动。一方面强调"人之所以为人者，何已也？曰：以其有辨也"，"辨莫大于分，分莫大于礼，礼莫大于圣王"，而另一方面又说"圣王有百，吾孰法焉？故曰：文久而息，节族久而绝，守法数之有司极礼而褫。故曰：欲观圣王之迹，则于其粲然者矣，后王是也"。[①]虽说以后王为法，但其义趣则在"圣智"。故《非相篇》曰："圣人何以不欺？曰：圣人者，以己度者也。故以人度人，以情度情，以类度类，以说度功，以道观尽，古今一度也。类不悖，虽久同理。"杨倞注"圣人以己度"曰："以己意度古人之意，故人不能欺，亦不欺人也。"[②]实际上圣人之"度己"不欺，其依据在"圣智"，亦即"以道观尽"，善穷万物之理。其旨趣显然与《周

---

①参［清］王先谦撰，沈啸寰、王星贤点校：《荀子集解卷第三·非相篇第五》，北京：中华书局，1988年，第78—80页。

②［清］王先谦撰，沈啸寰、王星贤点校：《荀子集解卷第三·非相篇第五》，北京：中华书局，1988年，第82页。

易·说卦》谓圣人"和顺于道德而理于义,穷理尽性,以至于命"①、《中庸》所谓圣人至诚尽性以及《大学》论"格物致知"是高度一致的。只是较之后三者的重德性,荀子更偏于智性与学术。故《儒效篇》又曰:

> 我欲贱而贵,愚而智,贫而富,可乎?曰:其唯学乎。彼学者,行之,曰士也(彼为儒学者,能行则为士也。士者,修立之称——原注);敦慕焉,君子也(敦厚慕之);知之,圣人也(知之,谓通于学也。于事皆通,则与圣人无异也)。上为圣人,下为士君子,孰禁我哉(为学之后,则谁能禁我使不为圣人士君子也)!乡也,混然涂之人也,俄而并乎尧、禹,岂不贱而贵矣哉(混然,无所知之貌。并,比也。鄉音向。涂与途同)!乡也,效门室之辨,混然曾不能决也(效,白。辨,别也。向者,明白门室之别异,犹不能决,言所知浅也),俄而原仁义,分是非,图回天下于掌上而辩白黑,岂不愚而知矣哉(原,本也。谓知仁义之本。图,谋也。回,转也。言图谋运转天下之事如在掌上也)!

> 故君子务修其内而让之于外,务积德于身而处之以遵道。如是,则贵名起之如日月,天下应之如雷霆。②

可见,"圣智"可积学而得。凡人得"圣智"而进"德性"则与"圣人"无异。"圣者"虽或处于贫贱,但贵名起之,天下应之,早已超越世俗之富贵贫贱。故《修身篇》云:"志意修则骄富贵,道义重则轻王公,内省而外物轻矣。传曰:'君子役物,小人役于物。'此

---

①李学勤主编:《十三经注疏·周易正义·说卦》,北京:北京大学出版社,1999年,第325页。

②[清]王先谦撰,沈啸寰、王星贤点校:《荀子集解卷第四·儒效篇第八》,北京:中华书局,1988年,第125—126、128页。

之谓也。"[1] 隆圣薄王，崇智术重道义之倾向一目了然。而其间，
"圣者"俗化为"师者"，"师者"则因其道义、知识学问与教化之功
而圣化。师道相续，师道尊严的传统由此树立。

　　这里需要作出说明的是荀子性说虽然开辟了崇尚智术之途，
但其终极目标尚在德性主体建立、在圣治；且其"德性"成立之标
准亦无非是"和德于中"，合乎"中庸"之道。故其《修身篇》论"治
气养心之术"曰："血气刚强，则柔之以调和；知虑渐深，则一之以
易良；勇胆猛戾，则辅之以道顺；齐给便利，则节之以动止；狭隘褊
小，则廓之以广大。"[2] 道中庸是儒家德性论的纲领，荀子亦自恪
守之，无须多论。

　　更有必要指出的是，荀子崇尚智术的取向实际上开出了秦汉
学术的新路径，对此，以往论者却很少顾及。韩非、李斯受学荀
子而发展为尚术尚法的法家，则是将荀学引向极端的例子，可略
而不论。即便《吕氏春秋》《淮南子》《春秋繁露》所共持的气类感
应宇宙观以及建立于其上的政治伦理学，亦多表现出崇尚智术的
倾向。如董仲舒《春秋繁露》多言天人相与、天人感应，然其发论
则多以智辨穷理。《春秋繁露·深察名号》篇论性情曰："人之诚，
有贪有仁。仁贪之气，两在其身。身之名，取诸天。天两有阴阳
之施，身亦两有贪仁之性。天有阴阳禁，身有情欲柜，与天道一
也。"[3] 其中之智辨虽感于天道，其实不过类比思维而已。圣人穷

①［清］王先谦撰，沈啸寰、王星贤点校：《荀子集解卷第一·修身篇第二》，北
　京：中华书局，1988年，第27页。
②［清］王先谦撰，沈啸寰、王星贤点校：《荀子集解卷第一·修身篇第二》，北
　京：中华书局，1988年，第25—26页。
③［汉］董仲舒撰，［清］凌曙注：《春秋繁露》卷十，北京：中华书局，1975年，第
　363—364页。

理尽性,感而有作,概不例外。故《春秋繁露·四时之副》云:

> 天之道,春煖以生,夏暑以养,秋凉以杀,冬寒以藏。煖暑清寒,异气而同功,皆天之所以成岁也。圣人副天之所行以为政,故以庆副煖而当春,以赏副暑而当夏,以罚副凉而当秋,以刑副寒而当冬。庆赏罚刑,异事而同功,皆王者之所以成德也。庆赏罚刑与春夏秋冬,以类相应也,如合符。故曰王者配天,谓其道。天有四时,王有四政。四政若四时,通类也,天人所同有也。庆为春,赏为夏,罚为秋,刑为冬。庆赏罚刑之不可不具也,如春夏秋冬不可不备也。庆赏罚刑,当其处不可不发,若煖清寒暑,当其时不可不出也。庆赏罚刑各有正处,如春夏秋冬各有时也。①

所谓天人相副亦即天人相类,以天道喻人治,圣人穷理尽性若此。《春秋繁露·同类相动》又云:

> 百物去其所与异,而从其所与同。故气同则会,声比则应,其验皦然也。试调琴瑟而错之,鼓其宫,则他宫应之,鼓其商,而他商应之,五音比而自鸣,非有神,其数然也。美事召美类,恶事召恶类,类之相应而起也。如马鸣则马应之,牛鸣则牛应之。帝王之将兴也,其美祥亦先见,其将亡也,妖孽亦先见。物固以类相召也……非独阴阳之气可以类进退也,虽不祥祸福所从生,亦由是也。无非己先起之,而物以类应之而动者也。故聪明圣神,内视反听,言为明圣,内视反听,故独明圣者,知其本心皆在此耳。②

---

① [汉]董仲舒撰,[清]凌曙注:《春秋繁露》卷十三,北京:中华书局,1975年,第437—438页。

② [汉]董仲舒撰,[清]凌曙注:《春秋繁露》卷十三,北京:中华书局,1975年,第444—448页。

　　"同类相动"涉及符瑞之说,是感应说中最具神秘性与宗教性的部分,但董仲舒的解释不过"同类相召"之理,换言之"其数然也",自然之理存焉。圣人独明,明在心知此理,善于比类。实际上春秋战国以后,儒家言及圣人之感多在圣智,不在神秘的宗教体验,圣人感物而有作在其观物类物。《周易·系辞》云:"古者包牺氏之王天下也,仰则观象于天,俯则观法于地,观鸟兽之文,与地之宜,近取诸身,远取诸物,于是始作八卦,以通神明之德,以类万物之情。"①《贲·彖辞》云:"观乎'天文',以察时变;观乎'人文',以化成天下。"② 其所强调者皆是观物类物的圣人之智。诗歌文学创作的"比兴"之道,亦在"观物类物"这一点上与"圣智"相类通,可以说汉魏文才、文章之所以能被推崇并获得独立,正是因为荀子以来的圣人智术观蔚然成为学术主流为其提供了学理、逻辑上的可能。

三、诗人比兴、感物连类与"缘情绮靡"说的沈约式解读

　　蔡英俊、龚鹏程等人将儒家"气类感应"说理解为类似宗教的神秘体验,进而又将文学批评的感物兴起说与之相附会,且又将其"感"局限于自然情感,以呼应王世骧、高友工等建立的中国"抒情传统"之阐释话语,因此使得我们无法解释不重情感的汉赋何以能成为汉代文学典范,且汉赋之华藻丽句又何以能成为汉魏六朝文学批评话语中的文学之"文"的核心内涵。更难以理解的是,以"才气"、"才性"说论定"文才"、"文人"亦不因其多情多感,而实有取于其人驾驭文字,铺彩摛文之能。若只论情感,凡人皆能。

①李学勤主编:《十三经注疏·周易正义·系辞下》,北京:北京大学出版社,1999年,第298页。
②李学勤主编:《十三经注疏·周易正义·贲卦·彖辞》,北京:北京大学出版社,1999年,第105页。

如民间歌谣,纯属"缘事而发,感于哀乐",而民间歌者却无以藉此跻身于文人之域。"抒情传统"说固然多有发明,但于此则无解,其中之关键恰在于其论感物局限于自然情感,而忽视了"圣人智术"观给文学批评话语方式带来的影响。其实,圣人观物类物与文学诗歌比兴相连类,文人感物类物而作文章亦可成为圣人感通天地而作礼乐的结构性隐喻或转喻。文人、文章之神圣性,部分由此化出,其要点在文理智术(知识学问巧艺),汉大赋的文学意义主要在此。后人视大赋若字林类书,确实是抓住了要害。魏文经国之论、诗赋欲丽之说,士龙绮靡浏亮之言,皆可循此理路而得解。至于沈约以"形似之言"和"情理之说"分论相如、班固文体之长,亦系于文理、智术而不论情感;直至"子建、仲宣以气质为体",沈约才说"甫乃以情纬文,以文被质"。所谓"纬文被质"说明,尽管文学开始以作者情气为体质,但仍然没有忽略智术巧艺的要素,否则便无以理解建安文学作为文人文学的特性。如果仅以文人先天气质禀性与感物抒情去解读,我们就不能理解建安以后的文学何以走向骈体、律化的道路。

　　"纬文被质"实际上亦可视为陆士衡"缘情绮靡"说的沈氏解读。以往我们困惑于"缘情"与"绮靡"之文究竟有何必然联系的问题,也不见学者提出这样的问题。理论上说,感物抒情本乃一自然的过程,不必走向绮靡,如乐府之类任情之作多与绮靡无关。问题产生的关键是我们无视了陆说中内涵的智术巧艺的"文"义。明白了这一点我们自然会再次注意到《文赋》论文中的最为重要的范畴"意"。

　　《文赋》云:"恒患意不称物,文不逮意。"① 其中的"意"才是

① 陆机著,张少康集释:《文赋集释》,北京:人民文学出版社,2002年,第1页。

为文之关键。《周易·系辞》："子曰：'书不尽言，言不尽意。'然则
圣人之意，其不可见乎？子曰：'圣人立象以尽意。'"孔子"言不尽
意"之"意"乃作《易》者圣人之"意"，士衡所论之"意"属作文者之
"意"，两者同归作者之类。孔子谓"书不尽言，言不尽意"，孔颖
达疏曰："书所以记言，言有烦碎，或楚夏不同，有言无字，虽欲书
录，不可尽竭于其言。故云'书不尽言'也"；"'言不尽意'者，意有
深邃委曲，非言可写，是言不尽意也。圣人之意，意又深远。若言
之不能尽圣人之意，书之又不能尽圣人之言，是圣人之意，其不可
见也"。① 士衡所谓"文"即"放言遣辞"之文辞，可见"文不逮意"
实与"言不尽意"相仿佛。虽说书言皆难尽圣人之"意"，但孔子
说圣人"立象以尽意"。王弼《周易略例·明象》曰："夫象者出意
者也，言者明象者也。尽意莫若象，尽象莫若言。……象生于意，
而存象焉，则所存者乃非其象也。言生于象，而存言焉，则所存者
乃非其言也。然则忘象者乃得意者也，忘言者乃得象者也。得意
在忘象，得象在忘言。故立象以尽意，而象可忘也，重画以尽情，
而画可忘也。是故触类可为其象，合义可为其征。义苟在健，何
必马乎；类苟在顺，何必牛乎。"② 要者，"象"乃类"物"之"象"，由
"意"所生，触类皆可为其象，若龙马牛羊之类。士衡所谓"意不称
物"，其"物"应是类物，同于"象"；其"意"应属作者思虑志意。之
所以说"意"为思虑志意之属，是因为其不可能是感物之情意，如
果为情意，也就不存在"意不称物"的问题。作者感物而为文，其
初始之用心既不在"物"亦不在"感"，而在感物之后"内视反听"，

①参李学勤主编：《十三经注疏·周易正义·系辞上》，北京：北京大学出版社，
　1999年，第291页。
②［魏］王弼，［晋］韩康伯撰：《周易王韩注》卷十，台北：新兴书局，1972年，第
　64、65页。

观物取象。《周易·系辞》有云："圣人有以见天下之赜，而拟诸其形容，象其物宜。"①"观物取象"如同圣人"象其物宜"，以穷万物之理，以尽万物之性。"观物取象"与"象其物宜"同为类物辨义而用智的过程，故而"意不称物"本质上是指，为文最难做到穷万物之理，尽万物之性。这是作文章之文人与作《易》者的分野之所在，圣人因"见天下之赜"在先，故能拟诸形容，象其物宜，立象尽意，而文人非圣人"有以见天下之赜"以作文，而是效前圣先贤之有作，感物生情，志有所动而作文。故《文赋》云：

> 伫中区以玄览，颐情志于《典》《坟》。遵四时以叹逝，瞻万物而思纷。悲落叶于劲秋，喜柔条于芳春。心懔懔以怀霜，志眇眇而临云。咏世德之骏烈，诵先人之清芬，游文章之林府，嘉丽藻之彬彬。慨投篇而援笔，聊宣之乎斯文。②

文人作文动机如此。于《文赋》终篇，士衡又推原文章之为用曰：

> 伊兹文之为用，固众理之所因。恢万里使无阂，通亿载而为津。俯贻则于来叶，仰观象乎古人。济文武于将坠，宣风声于不泯。涂无远而不弥，理无微而弗纶。配沾润于云雨，象变化乎鬼神。被金石而德广，流管弦而日新。③

"文之为用"之"用"乃体用之"用"，《文选·文赋》刘良注曰："伊，惟也。惟此文之为用，固乃考众妙之理所因而成，使广大万

---

①李学勤主编：《十三经注疏·周易正义卷第七·系辞上》，北京：北京大学出版社，1999年，第293页。
②陆机著，张少康集释：《文赋集释》，北京：人民文学出版社，2002年，第20页。
③陆机著，张少康集释：《文赋集释》，北京：人民文学出版社，2002年，第261页。

里以为一也,通文章之津梁使得达也。"①"考众妙之理"者显然是作者的穷理智辨,而"众妙之理所因"者无非"道"而已。"道"为文之"体","理"为文之用。故诗虽感物缘情而作,但其得者在"文",在众妙之理、万物之性。而得性理者唯智辨,智辨系于作者之"意",因此,为文当以"意"为主,道其志而理其情,协和情志而已,"颐情志于《典》《坟》"正以圣人经典之"文"说明了此义。"缘情绮靡",亦应参照此义作解。

"绮",本为丝织品的一个品类。刘熙《释名》云:"绮,欹也。其文欹邪不顺经纬之纵横也。"② 以"绮"形容文章之"文",意味着文章有特殊之文理。宋代陆佃《埤雅》卷六释"雁"云:"雁行斜步侧身,故《庄子》谓'士成绮雁行避影而问老子'。《诗》曰:'鸿飞遵渚,公归无所,于女信处。鸿飞遵陆,公归不复,于女信宿。'盖鸿之为物,其进也有渐,其飞也有序,又其羽可用为仪,君子之道也。"③"士成绮"为《庄子·天道》篇中的人名,显属庄子杜撰,但有寓意,喻指士人绮行。故陆佃将之与雁行避影加以关联,又引《诗》为说,揭示鸿之为物,有渐有序有仪,可喻君子之道。士衡以"绮"之喻诗文,未必不存此义。至于"靡"字,扬雄《方言》卷二释曰:"东齐言布帛之细者曰绫,秦晋曰靡。"④《广雅》卷五又云:

①[梁]萧统编,[唐]李善等注:《六臣注文选》卷第十七,北京:中华书局,1987年,第316页。

②[汉]刘熙撰,[清]毕沅疏证:《释名卷第四·释彩帛第十四》,丛书集成初编本,北京:中华书局,1985年,第134页。

③[宋]陆佃撰,王敏红校注:《埤雅》卷六,杭州:浙江大学出版社,2008年,第58页。

④[汉]扬雄撰,[晋]郭璞注,[明]吴琯校:《方言》,丛书集成初编本,北京:中华书局,1985年,第16页。

"靡:丽,离也。"①"靡"有精细美好、丽偶杂比、光明艳丽等多种含义。"绮靡"连言自然可以形容"绮"的纹理之精细美好,色泽艳丽,工艺之精巧,若引申以喻文章,既可指妙理精微,又可指文辞华丽。无精微妙理则华丽文辞无以编织;无华丽文辞则精微妙理不得彰明。妙理丽辞实乃文体之两面。要言之,文之成体关乎作者"智术"。故"缘情绮靡"的命题以"君子反情以和其志,比类以成其文"为释最为切当。②

四、文以体制为先:化才性才情而入于德性之域

前此所引《文赋》两段原文,已现刘勰《文心雕龙》原道、征圣与宗经思想的萌芽。之所以陆机未特别加以阐明,其主要原因在于其论文的语境不同。魏晋之时,文章趁经学衰微,玄学兴起之势方露峥嵘,因其尚文且属智术之所作,类同圣人之创文而获得神圣性。文章超越经学,比肩经典,正如魏文所云乃"经国之大

---

① [魏]张揖:《广雅》卷五,《文渊阁四库全书》第221册,第444页。
② 学术界有一种较为流行的看法,认为《文赋》"诗缘情"突破了"诗言志"的诗学理论,为诗歌抒情传统奠定了理论基础。但观其本人的诗歌创作则多表现出寡情的特点,理论主张与创作实践严重脱节与矛盾。此一看法,既未能把握"缘情"主张的全部精神,又失察于陆机创作的风格特点。王夫之《古诗评选》云:"乐府之长,大端有二:一则悲壮奰发,一则旖旎柔入。曹氏父子各至其一,遂以狎主齐盟。平原别构一体,务从雅正,使被之管弦,恐益魏文之卧耳。顾其回翔不迫,优余不俭,于以涵泳志气,亦可为功。"(张国星点校:《古诗评选》,保定:河北大学出版社,2008年,第34—35页)"雅正"的概括,不仅适用于陆机乐府,也适应于陆机的拟古诗。学者崔向荣、魏中林论文《俗乐新声背景下别构"雅正"新体的诗法意识与实践——论陆机对古乐府、古诗的摹拟创作》详细分析了陆机诗歌"雅正"的风格表现,可参考(原文载《中国文学研究》,2013年第1期)。要之,陆机的诗歌实践很好体现了其"诗缘情而绮靡"的诗学理论,并不存在所谓二元化的问题。

业,不朽之盛事"。而其时才性论、性情论方兴未艾,文才与圣智,才性与德性的矛盾尚未凸显,故不存在"文统"的问题。而刘勰齐梁时代,文章在才性才情之文的道路上已经走得太远,德性之文不彰,圣人文体隐匿久矣,故刘勰趁时王复兴儒学之势重修文统,理所当然。由于陆机尚处玄风盛行的时代,故其论文又不可能不受玄学之影响,《文赋》"伫中区以玄览"的话头以及对灵感的重视便是明证。

引据观物取象,比类成文的圣人智术观固然可以成全文人文章的神圣性,但不能最终解决文人才性才情与德性分离的问题。圣人"有见天下之赜"而有作,其作之义在于化成天下,这是有圣人德比天地的天命观作依托的。正如董仲舒《天道施》所言:"天道施,地道化,人道义。圣人见端而知本,精之至也,得一而应万,类之治也。"[1]可见,圣人的德性、智用是一不是二,这是文人的才性、才情与智术文章终究无可比拟的。正因为如此,纯依比类成文的智术观或纯任文人才情观都不能解释或解决文章创作中的"意不称物,文不逮意"的现象与矛盾。而在此关节,玄学道家"圣智"观恰好可供应急之需。

玄学的"圣智"可称为"玄览"。"玄览"出自老子《道德经》,经云:"涤除玄览。"河上公释曰:"当洗其心使洁静也。心居玄冥之处,览知万事,故谓之玄览也。"[2]晋韩康伯注《周易》以"玄览"释圣人用智最能反映玄学的"圣智"观。《周易·系辞》:"阴阳不测之谓神。"韩注曰:

---

[1] [汉]董仲舒撰,[清]凌曙注:《春秋繁露》卷十七,北京:中华书局,1975年,第601页。

[2] 王卡点校:《老子道德经河上公章句》,北京:中华书局,1993年,第35页。

神也者，变化之极，妙万物而为言，不可以形诘者也，故曰"阴阳不测"。尝试论之曰：原夫两仪之运，万物之动，岂有使之然哉！莫不独化于大虚，欻尔而自造矣。造之非我，理自玄应；化之无主，数自冥运，故不知所以然，而况之神。是以明两仪以太极为始，言变化而称极乎神也。夫唯知天之所为者，穷理体化，坐忘遗照。至虚而善应，则以道为称。不思而玄览，则以神为名。盖资道而同乎道，由神而冥于神也。①

在韩氏看来，圣人用智在"穷理体化，坐忘遗照，至虚而善应"，"不思而玄览"。质言之，圣人乃以道应物、以道观物。此一圣人"智术"观直接从《庄子》"心斋"、"坐忘"与"朝彻"、"见独"、"撄宁"的思想中化出。何谓"心斋"？《庄子·人间世》曰："若一志，无听之以耳而听之以心，无听之以心而听之以气！听止于耳，心止于符。气也者，虚而待物者也。唯道集虚。虚者，心斋也。"②《大宗师》又曰："堕肢体，黜聪明，离形去知，同于大通。此谓坐忘。"郭象注云："夫坐忘者，奚所不忘哉！既忘其迹，又忘其所以迹者，内不觉其一身，外不识有天地，然后旷然与变化为体而无不通也。"③《大宗师》同时还描述了"朝彻"、"见独"的圣境：

南伯子葵曰："道可得学邪？"

曰："恶！恶可！子非其人也。夫卜梁倚有圣人之才而无圣人之道，我有圣人之道而无圣人之才，吾欲以教之，庶几

---

① 李学勤主编：《十三经注疏·周易正义·系辞上》，北京：北京大学出版社，1999年，第272页。

② ［清］郭庆藩撰，王孝鱼点校：《庄子集释·内篇人间世》，北京：中华书局，1961年，第147页。

③ ［清］郭庆藩撰，王孝鱼点校：《庄子集释·内篇大宗师》，北京：中华书局，1961年，第284—285页。

其果为圣人乎！不然，以圣人之道告圣人之才，亦易矣。吾犹守而告之，参日而后能外天下；已外天下矣，吾又守之，七日而后能外物；已外物矣，吾又守之，九日而后能外生；已外生矣，而后能朝彻；朝彻，而后能见独；见独，而后能无古今；无古今，而后能入于不死不生。杀生者不死，生生者不生。其为物，无不将也，无不迎也；无不毁也，无不成也。其名为撄宁。撄宁也者，撄而后成者也。"

郭象注"朝彻"云："遗生则不恶死，不恶死故所遇即安，豁然无滞，见机而作，斯朝彻也。"注"见独"云："当所遇而安之，忘先后之所接，斯见独者也。"又注"其为物……撄而后成者也"云："任其自将，故无不将。任其自迎，故无不迎。任其自毁，故无不毁。任其自成，故无不成。夫与物冥者，物萦亦萦，而未始不宁也。物萦而独不萦，则败矣。故萦而任之，则莫不曲成矣。"①以上说的都是圣人应物而冥于物的境界，郭象称之为"玄冥之境"。《庄子注·序》云："至仁极乎无亲，孝慈终于兼忘，礼乐复乎已能，忠信发乎天光，用其光则其朴自成，是以神器独化于玄冥之境。"②"玄冥之境"是圣人用智的写照。圣人用智，发乎天光，"故人见其人，物见其物"。正如《庄子·知北游》所云："天地有大美而不言，四时有明法而不议，万物有成理而不说。圣人者，原天地之美而达万物之理，是故至人无为，大圣不作，观于天地之谓也。"③既然圣

---

① 以上参［清］郭庆藩撰，王孝鱼点校：《庄子集释·内篇大宗师》，北京：中华书局，1961年，第252—255页。

② ［清］郭庆藩撰，王孝鱼点校：《庄子集释·庄子序》，北京：中华书局，1961年，第3页。

③ ［清］郭庆藩撰，王孝鱼点校：《庄子集释·外篇知北游》，北京：中华书局，1961年，第735页。

智忘机,无为不作,又如何能解释圣人的"盛德大业"呢?韩康伯亦意识到了儒道两家智术观的差异,当其以道释《易》时,不得不有所保留,故曰:"圣人虽体道以为用,未能全无以为体,故顺通天下,则有经营之迹也。"但最终还是以圣人"体同乎道"、无功而用道来解释大圣之作。故曰:"夫物之所以通,事之所以理,莫不由乎道也。圣人功用之母,体同乎道,盛德大业,所以能至。"①一言以蔽之,圣人致德业,本质在于圣人有"玄德"。士龙《逸民赋序》云:"富与贵人之所欲也,而古之逸民或轻天下,细万物,而欲专一丘之欢,擅一壑之美,岂不以身胜于宇宙,而恬贵于纷华者哉!故天地不易其乐,万物不干其心,然后可以妙有生之极,享无疆之休也。"陆云的"玄览"无疑是与玄学的圣智观一致的,尽管《序》论玄理多属文人感慨而不及庄玄的高度与深度,但其向往玄冥之境,无为忘机的思想显然源自庄玄的。故《赋》云:"美达人之玄览兮,邈藏器于无为。"②其兄陆机于"玄冥之境"亦不可能没有类似体察,当其以玄学的玄冥之境来比拟才人的观物感物、以玄学的圣智来晓谕文人的创作用心时,必然会如同韩康伯释圣人德业一样,始于术而归于道体——玄德之性。故虽以"意"主文且有"意不称物,文不逮意"之患,但理论上其患终可化解于天机自然——即今人所谓的"灵感"。

"灵感"论无疑增强了作文的神秘性,同时亦相应圣化了文人的才性才情。但问题在于,文人之才毕竟异于圣人之才,文人灵感亦只能貌似圣人之智。故如果偏向儒家圣智观,则必然会在

①以上参李学勤主编:《十三经注疏·周易正义·系辞上》,北京:北京大学出版社,1999年,第270—271页。
②以上参[清]严可均辑,何宛屏等审订:《全上古秦汉三国六朝文·全晋文》,北京:商务印书馆,1999年,第1061页。

创作中流于绮靡穷理、极尽工巧一路；若偏于玄学圣智观，则又极易滑向负才任气、纵情放逸的道路。因为"缘情绮靡"诗学所追求的毕竟是文人志意拟构的巧丽而自然的艺境，而巧丽与自然的统一是不可能单凭知识学问或单凭才性才情所能获得的，以庄子之言，必待"技进乎道"而后有成。故《文赋》云"非知之难，能之难也"①。其实，作文者本质上乃效儒家圣智②，故"文"之作欲臻于工巧而自然的艺境，必得经历转才知为圣智，穷理尽性以增进德业而成德性的过程。在儒家的文章德性问题未能得到很好的理论解决之前，文学的思想与创作必然偏于玄学的圣智观。具体言之，其"穷理"必止于自然玄理，其"尽性"亦当不离自然才性与物性。故玄言诗、山水诗的次第兴起乃必然之理。就此而言，蔡英俊所谓"缘于道家哲学传统的点明，魏晋人从追求玄远的风气中，找到了一个解决自我生命之安顿的方案：因于'自然'。而此一形上意义的'自然'，又具体化为山水的世界，而成为抒情的自我寄意托情的世界"是符合实际的说法。然而，在一个崇尚文人才性才情的时代，最终还是需要面对并解决才性才情与儒家德性不一或缺失的问题。

　　文以体制为先的文体学意识的兴起与不断强化便是文学之士面对此一问题所作的一种历史的且是自觉的选择。由于圣智所作礼文礼乐本当是化人情性而成德性之资，而当诗已远离礼乐而失却本体，礼乐之文而转为文人文章，则常人增进德业而成德性便失去了师范与依据。因此，曾经依附于礼乐之体的文言经典理所当然便成为文人文章的楷模范式，如此方有文章体类体制可

①［晋］陆机著，张少康集释：《文赋集释》，北京：人民文学出版社，2002年，第1页。

②道家的基本主张是反"文化"的，"智者不言，言者不智"是通过废言废文而全智的。

言。魏文论气质为体并及文章体类要领:"奏议宜雅,书论宜理,铭诔尚实,诗赋欲丽"①,陆机言物体有万殊而后谓文之体类各有规范:"诗缘情而绮靡,赋体物而浏亮,碑披文以相质,诔缠绵而凄怆,铭博约而温润,箴顿挫而清壮,颂优游以彬蔚,论精微而朗畅,奏平彻以闲雅,说炜晔而谲诳",皆从礼乐经典之文而来。陆机还同时强调:"虽区分之在兹,亦禁邪而制放。"② 此明确说明,文章体类之分的意义在于"禁邪而制放",亦即文章必得"义类"而成"体制"。文章重"体类"、"体制"的意识,实际上是文人才情、才性与德性分离之后,确立文章神圣性的返本(礼乐本体)之追求。"文体"因此成了"礼体"的替换物或转喻,经由"文体",才性才情方可进入德性之域。其中奥秘,《文赋》"颐情志于《典》《坟》"、"禁邪而制放"云云虽有暗示,但直至刘勰方得以阐明,文统文体观甫乃建立。《文心雕龙·体性》篇云:

> 夫情动而言形,理发而文见,盖沿隐以至显,因内而符外者也。然才有庸儁,气有刚柔,学有浅深,习有雅郑,并情性所铄,陶染所凝。是以笔区云谲,文苑波诡者矣。故辞理庸儁,莫能翻其才;风趣刚柔,宁或改其气;事义浅深,未闻乖其学;体式雅郑,鲜有反其习;各师成心,其异如面。

> 若总其归途,则数穷八体:一曰典雅,二曰远奥,三曰精约;四曰显附,五曰繁缛,六曰壮丽;七曰新奇,八曰轻靡。典雅者,熔式经诰,方轨儒门者也;远奥者,馥采典文,经理玄宗者也;精约者,核字省句,剖析毫厘者也;显附者,辞直义畅,

---

① [梁]萧统编,[唐]李善注:《文选·魏文帝·典论论文》,上海:上海古籍出版社,1986年,第2271页。

② 以上参[晋]陆机著,张少康集释:《文赋集释》,北京:人民文学出版社,2002年,第99页。

切理厌心者也；繁缛者，博喻酿采，炜烨枝派者也；壮丽者，高论宏裁，卓烁异采者也；新奇者，摈古竞今，危侧趣诡者也；轻靡者，浮文弱植，缥缈附俗者也。故雅与奇反，奥与显殊，繁与约舛，壮与轻乖，文辞根叶，苑囿其中矣。

若夫八体屡迁，功以学成。才力居中，肇自血气。气以实志，志以定言。吐纳英华，莫非情性……

夫才有天资，学慎始习。斫梓染丝，功在初化。器成彩定，难可翻移。故童子雕琢，必先雅制。沿根讨叶，思转自圆。八体虽殊，会通合数。得其环中，则辐辏相成。故宜摹体以定习，因性以练才。文之司南，用此道也。①

本篇论"体性"，重点不在"体性"之已然，而在"体性"之所以然，亦即"体性"之如何形成。故曰："文之司南，用此道也。"其"道"实为"智术"——导引"才情"成就"德性"之术。文章"大体"本于作者"体性"，作者"体性"实由摹体定习，因性练才始就。然其所习所练，必缘雅制。可见，虽然"吐纳英华，莫非情性"，然此"情性"已非止于天资"才情"、"才性"，而实已转成"德性"。

以"文体"论"德性"，实源自东汉扬雄论"书体"。扬子《法言·问神》篇曰："惟圣人得言之解，得书之体……故言，心声也，书，心画也，声画形，君子小人见矣。声画者，君子小人之所以动情乎！圣人之辞，浑浑若川，顺则便、逆则否者，其惟川乎！"②宋代刘清之《戒子通录》卷七载元城语云："刘道原之子羲仲本佳，近亦变坏。扬子云称：'言，心声；书，心画。'羲仲每有书来，呼儿辈

①周振甫：《文心雕龙今译·体性第二十七》，北京：中华书局，1986年，第254—258页。
②[汉]扬雄：《法言卷四·问神》，北京：中华书局，1985年，第14页。

译之数四,有不能识者。字小而暗弱,亦其心术之不明类此。安世每于书画之间,得其人之太半。"① 不仅"书体"可见"德性",而且"书体"直达"文体"。南朝有文笔之辨,据刘勰《文心雕龙·总术》篇所载,"颜延年以为:'笔'之为体,'言'之文也;经典则'言'而非'笔',传记则'笔'而非'言'"②。颜氏的文笔观念,实际上是以书辞文字为"文"的。依此,"文体"实可比类于兼声画之形的"书体"。观书犹如观文。清代顾蔼吉《隶辨述书法》引东汉蔡邕《笔论》云:"为书之体,须入其形。若坐若行,若飞若动,若往若来,若卧若起,若愁若喜,若虫食木叶,若利剑长戈,若强弓硬矢,若水火,若云雾,若日月。纵横有可象者,方得谓之书矣。"③ 刘清之《戒子通录》又引司马光语云:"凡观书,当先识其文,辨其音,然后可以求其义。"④ 书之象,"象其物宜"。书之观,观其体文亦是观"象";观其音、求其义,皆属辨书者德性。而刘勰《文心雕龙·情采》篇亦云"圣贤书辞,总称'文章'";又云"立文之道,其理有三:一曰形文,五色是也;二曰声文,五音是也;三曰情文,五性是也"。所谓文理亦即"文体",形文、声文类心声心画之形;而情文则可比之心声心画。心声心画发端于情性,情性成文乃五性和体。故刘勰接着便说:"五色杂而成黼黻,五音比而成《韶》《夏》,五情(疑作性)发而为辞章,神理之数也。"⑤ "辞章"为"五性"之

① [宋]刘清之:《戒子通录》卷七,《文渊阁四库全书》第703册,第88页。
② 周振甫:《文心雕龙今译·总术第四十四》,北京:中华书局,1986年,第380页。
③ [清]倪涛:《六艺之一录》卷二百十八《顾南原隶辨述书法》,《文渊阁四库全书》第834册,第696页。
④ [宋]刘清之:《戒子通录》卷七,《文渊阁四库全书》第703册,第92页。
⑤ 以上参周振甫:《文心雕龙今译·情采第三十一》,北京:中华书局,1986年,第284、285页。

发，故"情文"在体貌实指文义。形文、声文皆可谓之"象"，故"情文"向内求之于"质"，便与作者体性关联，实指作者"志意"。"志意"关乎"德性"，而非天资意义上的才情才性才气。凡此，与魏文论文以气质为体，触及文之体类而谓"能之者偏也，唯通才能备其体"者是大异其趣的。因为魏文论"体性"只及"才性"、"才气"而未及"德性"、"志气"。

结论：构建声律"大体"

沈约立论远在魏文、陆机之后而稍先于刘勰，明显精于曹丕、陆机而疏于刘勰。其"精"在于，比之曹丕、陆机论文章体类立足于才性而言及"体制"，进而可推及"德性"，沈约则立足于德性而凸显了文章以气质为体的偏颇与缺陷，进而说明了文因"智术"而明"体制"的重要性与必要性。沈约倡导人为声律的理论契机与深层目标一在于此。其所谓"天机启则律吕自调，六情滞则音律顿舛"，固然并非直接针对人为声律而发，但"六情滞则音律顿舛"却关乎"声文"小体不和之病与"情气"、"情文"的内在关联。不难看出，声病的根源则在于作者的"体性"局限于才性才气而未臻于五性和体。以此观之，天机开启而律吕自调并非指一般意义上的灵感，而是指体和之性、之气发为声文之自然调谐。由于沈约更多专注于德性与才性疏离之后而造成的文体不和之病，以及如何通过人为的声文体制以救其蔽，未及系统论述"体性"及其养成建构的问题，故而后人论及其声病之说及声律理论，大多着眼于其"技术"及其形式主义的一面，而很少发现其与传统"智术"观之间的深层联系及其"德性"意义。这也正是其理论疏于刘勰的表现。

明白以上关节，再来阅读沈约"欲使宫羽相变，低昂互节，若前有浮声,则后须切响。一简之内,音韵尽殊;两句之中,轻重悉异。妙达此旨,始可言文"之声律论断,也就不会局限于声律形式本身去理解了。"妙达此旨,始可言文"实际上说明了声文的体制或曰声律乃导引"才情"、"才性"合于"德性"体质的必要保证,如此之文,方可谓之成体得体。

而以往之文偏于才性之自然,虽于形文、情文不乏自觉,但毕竟昧于声文体性之理,故沈约方有"文体未精"之论。"德性"体质实为中和之气;德性成文,无非声色,声色著于文字方可为体。故文体只能明之于意象辞义与文章声气两端。刘勰"三文"合内外而言,其实形文、声文皆与情文不二。而以德性文体为标准,则自然可以说以往文人多任才性情气所为,故其文体难免声气不和,亦即声病。依和韵之声律的文言之诗正可比于礼体歌诗"声依永、律和声,八音克谐,无相夺伦",是谓之得体。"得体",情气得理,"才性"趋近于"德性",自然可免于文病。沈约病犯说的根本及其创始人为声律的要义无非在此。

综而言之,构建声律"大体"乃沈约倡导人为声律的理论契机与深层目标之所在。"永明体"文学声律化形式之追求乃礼体深层结构之变构、礼乐美学精神之复现。声律的形式非发乎自然而实属得之思理。自然的声律形式只是文之"小体",而思之所得的声律形式则象征了文之德性"大体"。可见,律诗文体乃礼体的隐喻或转喻。孔子曰:"礼之用,和为贵,先王之道斯由美。"这里,我们亦可仿其例而言之:文体之用,和为贵,声律之道斯由美。文章体制的意识与自觉直至变体、创体意识成为常态,与其视为文人阶层群我意识的觉醒与强化,还不如解读为文人才智自赏,并借此增进德性,出类拔萃,创文统而自圣的冲动。永明诗体的律化便根植于此一冲动。

第六章 转拘声韵:永明"声—文"体制的突破与近体诗律的初步建构

关于从永明五言新体诗到唐代近体律诗成立之间的声律演化情况,学界的研究似乎已非常细致、深入而全面。具有系统性的代表成果有:郭绍虞《从永明体到律体》等系列论文、徐青《古典诗律史》、何伟棠《永明体到近体》、吴小平《中古五言诗研究》以及杜晓勤的《齐梁诗歌向盛唐诗歌的嬗变》。① 至于何伟棠的研究,学界给予了充分肯定,大多数学者都认为,较之前人,其突破很大。故而,《永明体到近体》一书的影响亦大。曹础基在《永明体到近体》序中指出:

> 首先,他提出了永明体二五字异声、四声分用的观点,超越了前人以近体诗二四字异声的规律来衡量永明体的束缚;又以此为出发点,分析了声病之说,得出声病是以上二下三的律节为基础的结论;再根据声病条例所体现的要求,推论

---

① 郭绍虞论文载《照隅室古典文学论集》,上海:上海古籍出版社,1983年;徐青:《古典诗律史》,西宁:青海人民出版社,1980年;何伟棠:《永明体到近体》,广州:广东高等教育出版社,1994年;吴小平:《中古五言诗研究》,上海:上海古籍出版社,1998年;杜晓勤:《齐梁诗歌向盛唐诗歌的嬗变》,北京:北京大学出版社,2009年。

出永明体的各种类型的诗律格式，并从大量的永明诗歌中得到印证。至此，永明体的声律问题可以说是真正解决了。关于永明体向近体诗的过渡，作者否定了传统的说法，即认为沈约已经把四声二元化了。经过大量历史材料的细致分析之后，得出了令人信服的结论：这个过渡是由梁大同中的刘滔，到隋代的刘善经，再到初唐的元兢所完成的，由平仄代替了四声，二四异声代替了二五异声，二二一的语节代替了二三的语节，至唐中宗神龙年间，近体诗始告成熟。

在论证过程中，作者所采取的态度和方法，也是值得学习和提倡的。何伟棠同志对前人的许多结论，都进行过认真的检验才表示可否，他特别重视定量的分析，如对永明体声律，分析了代表作家沈约、王融、谢朓的五言诗366首；为了说明永明体向近体的过渡与近体的成熟，分析了从永明时期至初唐36位诗入共2298首五言诗（转韵的不算在内），归纳出各种类型的声律格式及其出现率。以出现率为标准，衡量近体的发展、成熟的水平。这是真真正正的实事求是的态度。所以他所得出的结论是比较可靠的、科学的。①

杜晓勤的最新研究主要是在何伟棠研究基础上作出的，就定量分析而言，杜氏的统计更趋细密，对律体形成的关键问题——联间黏缀法则在齐梁至盛唐间的演变轨迹及其原因的考察已比较深入。但就声律演化的具体观点而言，"杜氏说"与"何氏说"并无大的出入。目前，定量研究方兴未艾，现象描述愈来愈全面，线索似乎亦愈来愈清晰。众多学者几乎是用穷尽似的数学描述一致告诉读者：永

---

① 曹础基：《〈永明体到近体〉序》，何伟棠：《永明体到近体》，广州：广东高等教育出版社，1994年，第1—2页。

明以后，五言诗体，四声分用，日渐平仄二元化，二五异声渐为二四异声所替代，联间组合从无规律到或对式律或黏式律或黏对律混用，再进而至以黏式律为主，其他二律彻底不用，终至初盛唐之交，律诗文体完全成熟与定型。似乎一切都是在润物细无声的量变过程中自然而然地发生了质变。然而，这种悄然变化背后的动因究竟是什么？其具体的过程究竟如何展开，节点又在哪里？诸如此类问题，目前不仅尚未见到有令人满意的答案，而且涉足此一问题研究领域的学者亦属罕见。本章拟主要解决的正是这样的问题。

第一节　"四声二元化"问题辨证

一、沈约吟诵律对永明体四声律的影响

关于沈约等人是否提出过四声二元化的理论要求，永明体创作实施的是四声律还是平仄律，本来是有争议的。自从何伟棠《永明体到近体》一书问世以来，永明体二五异声，四声分用的观点差不多已成为定论。但本文前此研究表明，沈约的声律理论是包含四声二元化思想的，只是其与近体平仄概念之性质稍有不同而已。后者是文体的概念，而沈氏的"上去归于一人"而与平声相对是就诗文吟诵规范而设。至于永明体的诗文创作无疑依据声病之说，实施的是"四声律"而非"平仄律"。但吟诵规范的"平入律"之于"永明体"的实际创作是有所影响的，对此有必要进一步予以揭示。

由于沈约的吟诵规范是建立在文言字声四声制韵的基础之上的，其功能目标在于依字声吟咏，尽可能避免韵移其义，离文破句现象的发生，保证"声"、"文"相合而成体。问题在于，具体的吟诵最终依据的仍然是个别文体，故诗文体制的创设首先必须有利

于吟诵规范目标的实现。因此,声病之说特别关注诗文构体在不同层面的语义节奏点的字声措置,以与前后相邻语义节奏点的字声形成对比,而这种对比必然会与"平—入"律大体一致。

就联间层面而言,隔句押韵是永明体定制,其韵句末字与非韵句末字,平声韵诗毫无例外构成的是平声与上去入声的对比(联内、联间一律)。至于入声(包括上去)韵诗虽有例外,但亦以此例居多。如沈约《怀旧诗九首》:《伤谢朓》为入声韵诗,四韵八句,上去入自身对比联内2处,联间1处;平—入对比联内、联间各2处。《伤李珪之》为入声韵诗,三韵六句,上去入自身对比联内2处,联间1处;平—入对比联内、联间各1处。《伤刘沨》为入声韵诗,四韵八句,上去入自身对比联内2处,联间1处;平—入对比联内、联间各2处。《伤胡谐之》四韵八句,上去入自身对比联内2处,联间1处;平—入对比联内、联间各2处。可见,其整体趋向于平入对比。

再以《谢宣城集》载录的两组《同沈右率诸公赋鼓吹曲名先成为次》①的赋题诗为例。第一组作者依次为沈约、范云、谢朓、王融、刘绘,人赋一首;第二组作者未变,只是王融赋题两首。以上共四韵八句体诗十一首,分别如下:

> 同沈右率诸公赋鼓吹曲名先成为次
> 发萼九华隈, 入入上平去,
> 开跗露寒侧。 平平去平入。
> 氛氲非一香, 平平平入平,
> 参差多异色。 平平平去入。

---

① [南朝齐]谢朓著,曹融南校注集说:《谢宣城集校注》,上海:上海古籍出版社,1991年,第160—172页。范云《巫山高》"遥遥朝云出"之"遥遥"据《校注》改作"霭霭"。

宿昔寒飙举，入入平平上，
摧残不可识。平平入上入。
霜雪交横至，平入平平去，
对之长叹息。去平平去入。

——沈约《芳树》

对酒心自足，去上平去入，
故人来共持。去平平去平。
方悦罗衿解，平入平平上，
谁念发成丝。平去入平平。
徇性良为达，平去平为入，
求名本自欺。平平上去平。
迨君当歌日，上平平平入，
及我倾樽时。入上平平平。

——范云《当对酒》

千里常思归，平上平平平，
登台瞻绮翼，平平平上入。
才见孤鸟还，平去平上平，
未辨连山极。去上平平入。
四面动清风，去去上平平，
朝夜起寒色。平去上平入。
谁识倦游者，平入去平上，
嗟此故乡忆。平上去平入。

——谢朓《临高台》

仿像巫山高，上上平平平，
薄暮阳台曲。入去平平入。
烟云乍舒卷，平平去平上，

猿鸟时断续。平上平上入。

彼美如可期，上上平上平，

寤言纷在瞩。去平平去入。

怅然坐相望，上平去平去，

秋风下庭绿。平平上平入。

——王融《巫山高》

别离安可再，平平平上去，

而我更重之。平上平平平。

佳人不相见，平平入平去，

明月空在帷。平入平去平。

共衔满堂酌，去平上平入，

独敛向隅眉。入上去平平。

中心乱如云，平平去平平，

宁知有所思。平平上上平。

——刘绘《有所思》

同前再赋

早玩华池阴，上去平平平，

复鼓沧洲枻。去上平平入。

椅柅芳若斯，上平平入平，

葳蕤纷可结。平平平上入。

霜下桂枝销，平上去平平，

怨与飞蓬折。去上平平入。

不厕玉盘滋，入去入平平。

谁怜终萎绝。平平平平入。

——谢朓《芳树》

相望早春日，平去上平入，

烟花杂如雾。　平平入平去。

复此佳丽人，　去上平去平，

含姿结芳树。　平平入平去。

绮罗已自怜，　上平上去平，

萱风多有趣。　平平平上去。

去来徘徊者，　去平平平上，

佳人不可遇。　平平入上去。

　　　　　　　　　　　　——王融《芳树》

高台不可望，　平平入上去，

望远使人愁。　去上上平平。

连山无断绝，　平平平上入，

河水复悠悠。　平上入平平。

所思暧何在，　上平去平去，

洛阳南陌头。　入平平入平。

可望不可至，　上去入上去，

何用解人忧。　平去上平平。

　　　　　　　　　　　　——沈约《临高台》

如何有所思，　平平上上平，

而无相见时。　平平平去平。

夙昔梦颜色，　入入去平入，

阶庭寻履綦。　平平平上平。

高歌更何已，　平平去平上，

引满终自期。　上上平去平。

欲知忧能老，　入平平平上，

为视镜中丝。　平去去平平。

　　　　　　　　　　　　——王融《有所思》

高唐与巫山，　平平上平平，
参差郁相望。　平平入平去。
灼烁在云间，　入入去平平，
氛氲出霞上。　平平入平去。
散雨收夕台，　上上平入平，
行云卷晨帐。　平平上平去。
出没不易期，　入入入去平，
婵娟似惆怅。　平平上平去。

　　　　　　　　　　——刘绘《巫山高》

巫山高不极，　平平平入入，
白日隐光辉。　入入上平平。
霭霭朝云出，　去去平平入，
冥冥暮雨归。　平平去上平。
岩悬兽无迹，　平平去平入，
林暗鸟疑飞。　平去上平平。
枕席竟谁荐，　上入去平去，
相望空依依。　平去平平平。

　　　　　　　　　　——范云《巫山高》

　　以上赋题属拟乐府，十一首中共有六首入声韵诗。平声韵诗无须多论，来看六首入声韵诗：沈约《芳树》，四韵八句，上去入自身对比联内3处，联间2处；平—入对比联内、联间各1处。谢朓《临高台》，四韵八句，上去入自身对比联内、联间各1处；平—入对比联内3处、联间2处。王融《巫山高》，四韵八句，上去入自身对比联内2处、联间2处；平—入对比联内2处、联间1处。《同前再赋》中，谢朓《芳树》四韵八句，上去入自身对比联内、联间皆为0；平—入对比联内4处、联间3处。王融《芳树》，四韵八句，上去入自身对比联内2

处、联间1处；平—入对比联内2处、联间2处。刘绘《巫山高》，四韵八句，上去入自身对比联内、联间皆为0；平—入对比联内4处、联间3处。尽管引例只是乐府新体，尚多用入声韵，但即便入声韵诗，其平—入对比的倾向还是明显的，尤其值得一提的是谢朓《芳树》、刘绘《巫山高》与平韵诗毫无二致。关键在于，永明诗体平韵为主且极少异调混押。① 由此可见，永明体诗歌的韵律体制实际上就是"平—入"二元化思想的具体化，也可以说就是四声平仄二元化的滥觞。

至于"句体"层次，同样可以看出"平—入"二元化的投射。我们还是来观察上述例诗，主要考察的是单句内部的语义节奏点之间的字声对比情况。需要说明的是，永明体尽管多表现为二五异声，但沈约等在理论上并未规定只能有二五异声一种格式。因为沈约的用声原则——"凡至句末并须要煞"、"前有浮声，后须切响"，是与诗文句法、语义节奏密切关联的。故永明体不可能排斥二四异声的格式，这是我们在分析句例时必须顾及到的。

先看沈约《怀旧诗九首》②：

伤王融

三钟

元长秉奇调，平上上平去，

弱冠慕前踪。入去去平平。

眷言怀祖武，去平平上上，

一篑望成峰。入去去平平。

涂艰行易跌，平平平去入，

---

①参王俊英《永明诗体研究》，陕西师范大学博士论文，2010年，第85页。

②［南朝梁］沈约著，陈庆元校笺：《沈约集校笺》，杭州：浙江古籍出版社，1995年，第412—415页。

命舛志难逢。入上去平平。
折风落迅羽，入平入去上，
流恨满青松。平去上平平。

伤谢朓

三十六养荡同用

吏部信才杰，去上去平入，
文锋振奇响。平平去平上。
调与金石谐，去上平入平，
思逐风云上。平入平平上。
岂言陵霜质，上平平平入，
忽随人事往。入平平去上。
尺璧尔何冤，入入上平平，
一旦同丘壤。入去平平上。

伤庾杲之

三萧宵同用

右率馥时誉，去入入平去，
秀出冠朋僚。去入去平平。
耸兹千仞气，上平平去去，
依此百寻条。平上入平平。
蕴藉含文雅，平去平平上，
散朗溢风飙。上上入平平。
楸槚今已合，平上平上入，
容范尚昭昭。平上去平平。

伤王谌

十八尤侯幽同用

长史体闲任，上上上平去，

坦荡无外求。上上平去平。

持身非诡遇，平平平上去。

应物有虚舟。去入上平平，

心从朋好尽，平平平上上，

形为欢宴留。平去平去平。

欢宴未终毕，平去去平入，

零落委山丘。平入上平平。

伤虞炎

十六咍

东南既擅美，平平去去上，

洛阳复称才。入平去平平。

携手同欢宴，平上平平去，

比迹共追陪。平入去平平。

事随短秀落，去平上去入，

言归长夜台。平平平去平。

伤李珪之

二肿独用

少府怀贞节，去上平平入，

忘躯济所奉。去平去上上。

吏道勤不息，去上平入入，

繁文长自拥。平平平去上。

既阙优孟歌，去入平去平，

身没谁为宠。平入平平上。

伤韦景猷

九麻独用

韦叟识前载，平上入平去，

博物备戎华。入入去平平。

税骖止营校，去平上平去，

沦迹委泥沙。平入上平平。

始知庸听局，上平平平入，

方悟大音赊。平去去平平。

伤刘沨

五质

处和无近累，上平平上上，

天然有胜质。平平上去入。

萧瑟负高情，平入上平平，

耿介怀秋实。上去平平入。

义贵良为重，去去平平上，

兰摧非所恤。平平平上入。

一罢平生言，入上平平平，

宁知携手日。平平平上入。

伤胡谐之

十一暮

豫州怀风范，去平平平上，

绰然标雅度。入平平上去。

处约志不渝，上入去入平，

接广情无忤。入上平平去。

颉颃事刀笔，入平去平入，

纷纶递朱素。平平去平去。

美志同山阿，上去平平平，

浮年迫朝露。平平入平去。

上九诗共66句，在二五节奏点之间，平—入对比计47句，占比约为71.2%(远超过平仄异声的自然概率50%),上去入之对比17句,占比约25.8%。另有《伤虞炎》2句为韵句,同平声不成对。其中"言归长夜台(平平平去平)"一句语义节奏点可视为二、四、五字,则二、四字与四、五字构成的都是平—入对比。

再来看前此所引《谢宣城集》所载十一首赋题诗。总88句,其中在二、五节奏点之间,平—入对比计56句,占比约为64%,上去入之对比17句,占比约19%。此外,同平声13句,同上去入声2句。除掉同声例,对比例共73句,其中平—入对比占比约为77%,上去入之对比占比约23%。这里值得进一步说明的是:如果细分各句的语义节奏点,15句同声例中,可确定节奏点为二、三、五字的句子:求名本自欺(平平上去平)、高唐与巫山(平平上平平),节奏点为二、四、五字的句子:洛阳南陌头(入平平入平)、而无相见时(上平平去平)、冥冥暮雨归(平平去上平),则显然构成的是平—入对比。如此,平—入对比的句例增为61句,占对比总例约84%。

综上可见,沈约的吟诵律影响到了永明诗歌创作的结体,它不仅体现于韵体结构,同时也体现于和体结构。要言之,永明体尽管四声分用,但平仄二元化的意识与趋势已蕴涵在永明体的创作实践之中。

二、刘滔声律说解读

刘滔即刘绍,梁代大同中官任尚书祠部郎。① 其有关声律的论述主要见载于《文镜秘府论》保存的隋代刘善经《四声指归》的

---

① 参[日]弘法大师原撰,王利器校注:《文镜秘府论校注》,北京:中国社会科学出版社,1983年,第81—82页。

引文中：

> 刘氏云：蜂腰者，五言诗第二字不得与第五字同声。古诗云："闻君爱我甘，窃独自雕饰"是也。此是一句中之上尾。沈氏云："五言之中，分为两句，上二下三。凡至句末，并须要煞。"即其义也。
>
> 刘滔亦云："为其同分句之末也。其诸赋颂，皆须以情斟酌避之。如阮瑀《止欲赋》云：'思在体为素粉，悲随衣以消除。'即'体'与'粉'、'衣'与'除'同声是也。又第二字与第四字同声，亦不能善。此虽世无的目，而甚于蜂腰。如魏武帝《乐府歌》云：'冬节南食稻，春日复北翔'是也。"
>
> 刘滔又云："四声之中，入声最少，余声有两，总归一入，如征整政只、遮者柘只是也。平声赊缓，有用处最多，参彼三声，殆为太半。且五言之内，非两则三，如班婕妤诗云：'常恐秋节至，凉风夺炎热。'此其常也。亦得用一用四。若四，平声无居第四。如古诗云'连城高且长'是也。用一，多在第二。如古诗云'九州不足步'，此谓居其要也。然用全句平，止可为上句，取固无全用。如古诗云'迢迢牵牛星'，亦并不用。若古诗云'脉脉不得语'，此则不相废也。犹如丹素成章，盐梅致味，宫羽调音，炎凉御节，相参而和矣。"

——《文二十八种病·蜂腰》[1]

引文中刘滔语前半段，最引人注目的是二、四字同声不善之说。在何伟棠看来，以上论述文字虽然没有回避旧有的关于"蜂腰"的话题，但"重点则在发明其二、四字不得同声相犯的新论

---

① [日]遍照金刚撰，卢盛江校考：《文镜秘府论汇校汇考》，北京：中华书局，2006年，第956页。

点","这里刘滔第一个把二四字异声作为调声法则正式提出来了"。① 从"此虽世无的目,而甚于蜂腰"一语看来,永明"蜂腰"名目确实指二五同声的避忌,没有涉及二四同声问题。就此而言,二四字异声诚为永明体之后刘滔率先明确提出的新的声律格式。但我们必须看到其"新"并不能视为刘滔的孤明独发。从刘善经《四声指归》引文语境去看,刘滔的论述直接是承沈约"蜂腰"说而来的。刘善经谓沈氏云"五言之中,分为两句,上二下三。凡至句末,并须要煞",紧接着就说刘滔亦云"为其同分句之末也",不难看出,刘滔的调声法则与沈约是一致的,亦即句法、语义节奏决定字声节奏的安排措置。是故当他强调二四异声时并无排斥二五异声的说辞,这与沈约重点强调二五异声的"蜂腰"避忌并不否定二四异声的道理是一致的。正因为此,刘滔才推五言诗的"蜂腰"之说以及赋颂:"其诸赋颂,皆须以情斟酌避之。如阮瑀《止欲赋》云:'思在体为素粉,悲随衣以消除。'即'体'与'粉'、'衣'与'除'同声是也。"例中犯病之处既无关于二、五字位,亦无关于二、四字位,而是三、六字位。可见调声位置并非是抽象或纯粹形式的规定,而是取决于句体文义的单位切分,亦即所谓的"分句之末"。故刘滔所强调的二四异声并不可等同为新的调声法则。

　　刘滔重点提出二四异声的意义并不全在理论,而更多在于文学史的发现与体认。王季思早就指出:"由永明体的二五异声向唐律的二四异声衍变,似与五言句的由二、三两音步的句法向二、二、一三音步的句法衍变有关。"② 这是非常深刻的论述。杜晓勤的最新研究似乎证实了王氏的看法。杜文认为,梁代大同年间的

① 参何伟棠:《永明体到近体》,广州:广东高等教育出版社,1994年,第99页。
② 参何伟棠:《永明体到近体自序》,广州:广东高等教育出版社,1994年,第5页。

五言诗句法较之此前有突出的变化，"二二一"句式已成为五言诗的主要句式。①与何氏将二四异声视为新的"调声法则"不同，杜氏则命之为"大同律句"，这显然更为妥当。关于句法与律句的问题，暂不深究，我们还是来看看上面引文的后半段论述。

后半段的论述涉及了四声二元化问题，对此，何伟棠亦曾作过细致的解读。其总的看法是：它首次"较有系统地阐明了一个以平声为中心，使四声实际分别为平仄两类的二元化的诗律理论"。何氏主要从三个方面论述了这一观点。

首先，刘滔重视平声。刘滔之所以重视平声既有文学实践上的客观依据，又有音理上的客观依据。主要证据在于刘滔"平声赊缓，有用处最多，参彼三声，殆为太半"的说法以及《文笔十病得失》所载两处"或云"：

> 或云："平声赊缓，在用最多，参彼三声，殆为太半。"
> 或云："凡用声，用平声最多。"

郭绍虞在《文镜秘府论前言》中指出："由于特别重视平声，于是对'平'而言侧（'仄'），也就可以把平仄分为两类了。"刘滔的二元化理论正是从重视平声这一点上发端的。

其次，在声律格式的调组方面，刘滔另辟蹊径，首创标举平声之法。"平声之法"是"本质上有别于前人的新型的用声法"，它是用"直接方法来取代相对来说是带点消极性质的各种病犯规条"。"标举平声之法用于五言诗句上，产生一平、二平以至五平之例"。依据原文，何氏将刘滔平声法例分为三类：（1）二平、三平为一类；（2）一平、四平为一类；（3）五平为一类。刘滔说："五言之内，非两

---

① 杜晓勤认为，刘滔声律说的提出当在大同年间。参杜晓勤：《大同句律形成过程及与五言诗单句韵律结构变化之关系》，《岭南学报》，复刊第五辑。

则三,如班婕妤诗曰:'常恐秋节至,凉风夺炎热。'此其常也。"此
说明刘滔"视五言诗用二平声、三平声的句子为常例"。引诗上句
"常"、"秋"平声,为二平之例;下句"凉"、"风"、"炎"平声,乃三平
之例。刘滔说:"亦得用一用四。"引诗"九州不足步","州"平声,
为一平之例;"连城高且长"句,"连"、"城"、"高"、"长"平声,乃四
平之例。此外,何氏认为原文"然用全句平上可为上句取故无全
用"①云云,文字虽有误,但整体而言,意思是清楚的,"它必定是
讲用'五平'的问题"。其理由是:因为"迢迢牵牛星"全句属于五
平声。在何氏看来,"刘滔似乎是认为,五平句单用固不可,但下
句来一个'五仄',如'脉脉不得语','此则不相废也'。于是这又
成了谈用平声的问题,并且谈了处置这种偶然用例的特殊办法"。

　　最后,在用字位置的安排方面,刘滔提出了"平声居其要"的
原则。刘滔云:"若四,平声无居第四……用一,多在第二……此
谓居其要也。"《文笔十病得失》"或云"亦有同样说法:"亦得用
一用四。若四,平声无居第四;若一,平声多在第二,此谓居其要
也。"较之《文二十八种病》刘善经引文,省掉诗例,"居其要"原则
更为突出。在何氏看来,"居其要"原则,其要义在于:首先它是
一项以二、四字位为"要"的定位原则;其次,"在实际运用中能使
句中字声的对立真正成为二、四字位上的平声与上去入三声的对
立,因此,从性质上来看,它是属于平仄律而不是四声律的"。质
言之,"如果五言诗从一平至四平的各种句式都贯彻这项原则,
那么,一个崭新的五言律体的声谱系列就可以建立起来"。遗憾
的是,刘滔只是在"用一用四"条下才强调这项原则。否则,近体
句律的理论建构在刘滔手上也就完成了。但无论如何,刘滔作为

---

① 此处原文,何伟棠或取之王利器《文镜秘府论》校注本。

"第一个从理论上接触到四声的二元化问题的先导者"的地位是可以肯定的。①

　　整体言之,何伟棠的解读是中肯的,只是其论断与事实稍有背离。其实,沈约等人无论在理论还是在创作方面都已接触到四声二元化问题,刘滔的意义则在于,通过标举"平声之法"和"居其要"原则,推进了"四声二元化"的文体自觉和理论认知罢了。在本文看来,刘滔的声律论述尚有进一步阐释的空间。

　　首先,刘滔的"平声之法"从积极的角度肯定了"永明体"之正体地位。其所谓"非两则三","此其常也"应该是总结"永明体"的平声用法而得出的结论。所引班婕妤诗"常恐秋节至,凉风夺炎热"两句都是永明体惯用的句式。"常恐秋节至"句的四声是:平上平入去;"凉风夺炎热"句的四声是:平平入平入。第一句,四声皆备,二五异声;第二句亦属二五异声。诗联避平头上尾,整体言之属四声律无疑。

　　其次,一平、四平的论述与二四异声的平仄律未必有关。刘滔说:"若四,平声无居第四。"何氏断其诗例"连城高且长"的四声为:平平平上平,显然犯同平声"蜂腰",尽管不算重病。为何用四平声要在第四字位避忌平声呢? 如果按何氏理解,二四皆为"要"位,而"用一,多在第二",如"九州不足步(上平入入去)",无犯"蜂腰"。何以如此不同呢? 试想,如按平仄律,二四异声,则四平声的措置如平仄平平平、平平平仄平都属二四异声,都合律,并无本质区别。而五言一平声的措置如仄平仄仄仄、仄仄仄平仄亦是如此。其实,四平声例句"连城高且长"为"平声无居第四"例证,观

――――――――――

① 以上参何伟棠:《永明体到近体》,广州:广东高等教育出版社,1994年,第99—103页。

其语气,亦或属病例。因此,"且"虽有平上两读,但此处当读平声无疑。至于"长"读上声,乃"大"之义,形容"城",显然比长短之"长"更合适。何伟棠为了以此证成"正是这个刘滔,第一个指出'第二字与第四字同声亦不能善',从理论上提出向'二四字异声'转化的刘滔,立即使之跟二元化结合起来,于是,在他的二元化的诗律理论中,便产生视二、四两个字位为'要'的观点"这一判断,而将之视为正例。于是,在四声标注时,便将"且(平)"、"长(上)"互易为上平,造成例句二四平仄异声的事实。且就刘滔例诗的句式看,"连城高且长"显然不能归为二二一句式,而只能视为二三句式。要言之,由这里刘滔所讲的平声用法实在演绎不出二四异声的平仄律。

最后,有关五平的问题。何氏解读认为,五平句作为特例,刘滔给出的规则是:上句可五平连用,但下句必须五仄相对。此处解读,由于版本问题,难免受到局限。据卢盛江汇校本,此处原文考订为:"然用全句平,止可为上句,取固无全用。如古诗云'迢迢牵牛星',亦并不用。若古诗云'脉脉不得语',此则不相废也。"不过卢本仍然有费解之处。第一句大致意思是一联只有上句可用五平,下句则不可全用平声。那么下句是否可以全用仄声呢?或论平声,五平之外又当以几平为限呢?据诗例,"迢迢牵牛星"为五平声,其下句"皎皎河汉女"为"上上平去上"。似乎说明下句不必如何氏所说全用仄声。然"亦并不用"何意呢?疑卢本标点或可改动为:"然用全句平,止可为上句取,固无全用,如古诗云'迢迢牵牛星'。亦并不用,若古诗云'脉脉不得语',此则不相废也,犹如丹素成章,盐梅致味,宫羽调音,炎凉御节,相参而和矣。"文中"固无全用"应指上句既然已全用平声,下句就不能全用平声了,具体用几平声,平声当居何字位,此处并未说明。"亦并不用"或指上句全平声的一联之下句可以不用平声,以"脉脉不得语"为例。因为本句四声为:入入上(平入)入去。"不"尚有平入两读,但此处不读平声与"亦并不用"义相合。当然,"脉脉不得语"虽为诗联下句,但其自身上句"盈盈一水间(平平入上去)"却非五平句。这是小小的不谐处。要者,上句五平的诗联,下句全用仄声自然无咎,只要不全用平声,一至四平应该皆可。至于平声具体位置,并未明言,但原则无非是"相参而和",结合刘滔全部论述,要不出用二用三或用一用四时所论定的法则。要之,五平问题论述已涉及一联两句的用声法式,尽管属特例,但除其突出了四声二元化的意义之外,就声律原则而言,不外乎永明平头上尾避忌所依据的"和律"。

刘滔有关平声用法的论述,主要体现了四声二元化的观念。至于"平声居二四要位"的说法确实言前人之未言,似乎突破了永明声律理论,但与其"二四同声,亦不能善"的病犯之说意义有别。因为二四异声之说的提出,实际上并未否定二五异声的永明蜂腰之说。而"居其要"说就其用例看,实则抛弃了蜂腰说。况且,二四字位作为要位是有条件的,只有五言句用一平声时,第二字位才属要位,而且只是平声的要位;用四平声时则是平声忌居第四字位。总而言之,第二字位是平声要位,第四字位则是仄声要位。可见,其"要"的意义与对比节奏点的概念是不同的。其实,它所肯定的只是"仄平仄仄仄"、"平平平仄平"两种特定的调声格式,与五言句中的二四异声的平仄律没有必然的逻辑联系。此两种句格恰是后人所争议的孤平、孤仄的不合律句式。它显然是将沈约"前有浮声,后须切响"的和声原则狭义化或特异化了。由此似乎可以推测,刘滔有关平声用法的论述具有很强的经验性,应该属于对特定的五言诗创作经验的强调,而非试图创立新的声律规范,与其"二四异声"说的性质一致。这从其"此其常也"、"亦得"与"多在"的论述语气中亦能看出一二。

三、刘滔声律说与源自经典案例的检验

如果我们以刘滔的平声用法的思路去考察，便会发现永明体的五言诗，确实非二则三，很少用一用四，用五罕见。偶尔有用一用四之例，亦与刘滔的法则无关。如沈约《应王中丞思远咏月》"清光信悠哉（平平去平平）"，《效古》"岁暮异栖宿（去去去平入）、寸心终不移（去平平平平）；谢朓《永明乐歌辞》"皇风浮四溟（平平平去平）、"秋云湛甘露（平平平平去）"；范云《巫山高》"枕席竟谁荐（上入去平去）"。其中只有谢朓一例属于"若四，平声无居第四"的案例，其他皆属反例。

那么，永明以后，五言诗创作的调声情况又如何呢？

（一）以何逊诗歌为例

永明以后的齐梁诗人中，何逊最为沈约、范云等赏识。逊卒于梁天监十八年（公元519年），其诗于"永明体"有所传承自在情理之中。《梁书》本传云：

> 逊八岁能赋诗，弱冠州举秀才，南乡范云见其对策，大相称赏，因结忘年交好。自是一文一咏，云辄嗟赏，谓所亲曰："顷观文人，质则过儒，丽则伤俗。其能含清浊，中今古，见之何生矣。"沈约亦爱其文，尝谓逊曰："吾每读卿诗，一日三复，犹不能已。"其为名流所称如此。①

后人多以为何逊新体诗工于炼字，音韵和谐，已略具唐律规模，在永明体向近体律诗过渡中，具有重要意义。据日僧遍照金

---

①［唐］姚思廉：《梁书卷四十九·列传第四十三·文学上·何逊传》，北京：中华书局，1973年，第693页。

刚大师《文镜秘府论》所载，王昌龄论诗歌声律，便举其《伤徐主簿》诗三首为例；唐杜甫则深受其影响，为诗化用何氏佳句，自白"颇学阴何苦用心"；更有宋洪迈《万首唐人绝句》竟然将其《送司马长沙》误作唐人五绝选入。是说明，何逊五言诗的创作之于诗歌声律的探索有创变之功。故这里以何逊为例来检验刘滔新说具有一定的典型意义。

何逊现存诗116首，我们抽查了104首，其中80首涉及用一用四，少则一句，多则三句四句，一四并用，如：

渡连圻诗二首(一)①

此山多灵异，峻岨实非恒。　上平平平去，去上入平平。
洑流自洄纠，激濑视奔腾。　入平去平上，入去去平平。
悬崖抱奇崛，绝壁驾峻嶒。　平平上平入，入入去平平。
磈礌上争险，岝崿下相崩。　平平去平上，入入去平平。
百年积死树，千尺挂寒藤。　入平入上去，平入去平平。
诡怪终不测，回沉意难登。　上去平入入，平平去平平。
愿欲书闻见，聊以寄亲朋。　去入平平去，平上去平平。

与崔录事别兼叙携手②

去夏予回首，言乃重行行。　去去平平上，平上平平平。
今春游派滋，访子犹武城。　平平平去去，去上平上平。
暂别年逾半，同归月未盈。　去入平平去，平上入去平。
复道中寒食，弥留旷不平。　去上去平入，平平去入平。
道术既为务，欢惊苦未并。　上入去去去，去平上去平。
及尔沉痾愈，值兹秋序明。　入上平平上，去平平上平。

---

① [梁]何逊著：《何逊集》，北京：中华书局，1980年，第19页。
② [梁]何逊著：《何逊集》，北京：中华书局，1980年，第17页。

石碛沿江静,沙流绕岸清。　入入平平上,平平去去平。
川平看鸟远,水浅见鱼惊。　平平去上上,上上去平平。
逝将穷履历,方欲恣逢迎。　去平平上入,平入去平平。
何言聚易散,乡棹尔孤征。　平平上去去,平去上平平。
我本倦游客,心念似悬旌。　上上去平入,平去上平平。
闻离常屑涕,是别尽凄清。　平平平入去,上入上平平。
况此忘怀地,相爱犹弟兄。　去上去平去,平去平上平。
脉脉留南浦,悠悠返上京。　入入平平上,平平上去平。
欲镊星星鬓,因君示友生。　入入平平去,平平去上平。

如从四声律去看"一平"句式,何诗用到的一平句共77种:第一字位5种,第二字位24种,第三字位16种,第四字位25种,第五字位6种。若以四声二元化的平仄律视之,则可归纳为:"平仄仄仄仄"4句,"仄平仄仄仄"31句,"仄仄平仄仄"23句,"仄仄仄平仄"33句,"仄仄仄仄平"6句。从四声律去看四平句式,共8种。若以平仄律视之,则可归纳为:"平平平仄平"13句,"平仄平平平"11句,"平平平平仄"6句。一平句总93句,平声居第二、四字位是主要类型,占总句数比分别为33%、35%;其次第三字位23句,约占24%。四平句30句,平声未居第四字位13句,约占总句数比为43%;其他两类句式占比分别约为36.7%与20%。相较而言,四平句有倾向于"平平平仄平"句式的表现。但问题在于其他两种句式皆属与此种句式正相反对或如刘滔所言应当避忌的类型,两类合计则达17句,约占总比57%,远大于占比43%的正例。要之,合乎刘滔平声用法的用例反而低于不合的用例。

可见,何诗平声用二用三仍然具有绝对优势。用一用四例句虽亦为可观,且二、四字位居多,但尚未显示出平声多居第二字位和无居第四的规律。尽管如此,纵观所有用一用四例,二四字位构成平仄对比的现象已非常突出，在全部120例中占88句，达到了73.3%强，超过50%的自然概率23.3个百分点。是说明何逊已非常重视二四字位字声的调和，并且有明显的四声二元化意识。

（二）以阴铿诗歌为例

何逊之后，与何逊并称的梁陈诗人阴铿，其诗歌的律化水平最为后世学者所称道。这里，再取阴铿诗歌调声情况为例来说明刘滔的声律之说。

阴铿现存诗34首，全部为五言平韵诗。如涉及每首诗的具体系年自然有较大的难度，但可以肯定的是，这些诗大都作于梁大同年间及其前后。①34首阴诗，二韵三韵各1首、四韵16首、五韵10首、六韵5首、七韵1首，总312句。其中，"四平"共11句："平平平上平"3句，分别见于《西游咸阳中》《和登百花亭怀荆楚》《送始兴王》；"平平平去平"3句，见于《和傅郎岁暮还湘洲》《广陵岸送北使》《游始兴道馆》；"平平平入平"1句，见于《渡青草湖》；"平平上平平"2句，见于《渡青草湖》《南征闺怨》；"平平入平平"1句，见于《赋得夹池竹》，"平平去平平"1句，见于《夜发》。论平仄为两类，即："平平平仄平"与"平平仄平平"。前类7句，后类4句。"一平"共4句，即："去平去入上"，见于《游始兴道馆》；"去平入上上"，见于《晚出新亭》；"上上去平入"，见于《西游咸阳中》；"平上去入入"，见于《广陵岸送北使》。论平仄为三类，即："仄平仄仄仄"与"仄仄仄平仄"及"平仄仄仄仄"。第一类2句，第二类1句，第三类1句。整体言之，一平声例很少，几乎可以忽略不计，四平之例虽数量达11句，但占阴诗全部诗句之比亦仅3.5%。可见，用

① 参赵以武：《阴铿与近体诗》，哈尔滨：黑龙江教育出版社，1998年。又，下文34首阴诗的四声平仄句式分析依据赵书《附录一：阴铿诗声韵标示》。

二用三在阴诗中仍然占压倒性优势。当然，用一用四作为特例虽然不多，但较之何诗，阴诗更合乎刘滔平声用法，即：第二字位为平声要位，无居第四字位的比例则有了明显增加，"仄平仄仄仄"与"平平平仄平"句分别达到了50%、63%强，而其他各类则只占25%、25%与37%。

阴铿的新体诗表现出较为明显的注重平声及四声二元化意识，这除了34首诗全为平声韵诗为证之外，还可以从如下几个方面看出。

首先，多用平声。三平（包括四平）句例多达178句，明显超过134句的二平（包括一平）句例，占总比约54%。

其次，312句中，在二、四字位形成对比的句子就多达291句，占总比93%强。其中平仄对立的有289句，另两句分别为"去上"对立和"上入"对立。平仄对立在二四异声的句子中占比高达99.3%。平仄对立的289句中，平声在第二字位的有138句，在第四字位的有151句，分别占比约48%与52%，是说明阴铿并无以第二字位作平声要位的意识。二四位同声的句子有21句，其中同平声18句，同仄声只有3句。同平声句占二四同声句比85.7%。

再次，312句中，二五异声的共计240句，占总比76.9%，远低于二四异声的比例。值得注意的是，在二五异声的结构中：1.二五、二四同时平仄对立的句子就有229句，占结构比95.4%。2.二五四声（仄声）对立且二四平仄对立的句子有3句；二五平仄对立且二四同声的句子共16句，其中同平声13句，同仄声3句；二五、二四同为四声（仄声）对立的句子1句；二五平仄对立，二四四声对立的1句。

最后，二五同声的句子共72句，其中：1.二五同平声且二四平仄对立的句子计66句；2.二五、二四皆同平声的句子计4句；

3．二五同仄声且二四平仄对立的句子计2句。二五同平声的句子总计70句，占同声句比约97.2%。结合二四同平声比，可以看出，永明体优待平声，二五同平声不为病的声病原则仍然显著地体现在阴铿新体诗中。

　　以上可以说明：阴铿延续了永明体的声律原则与框架，但更加注重平声运用，四声二元化的意识则更为显著。阴铿尤其关注二四字位的平仄对比的和声结构，进一步突破了永明体重二五异声的和声结构，但尚未形成刘滔所说的以第二字位为平声要位的意识。不过，从有限的用一用四的特殊句例看，相比其他句格，阴铿确实更倾向于"仄平仄仄仄"与"平平平仄平"两种。

　　何逊、阴铿的文学活动先后相接，纵跨齐末梁陈，整体言之，其声律实践仍然可视为"永明体"的延续。所不同者，在不违背永明声病原则的前提下，更加关注二四字位平仄对比的和声结构而已。刘滔的声律新说首先是对梁陈五言诗声律实践这一新变趋势的肯定与强化。至于其标举"平声之法"，确实有利于四声二元化的理论自觉，但就具体的声律实践趋向于四声二元化的历史进程而言，理论上还谈不上创始之功及具有决定性作用。其真正的实践意义和理论价值尚有待进一步揭示。

第二节　二四字位平仄对比的
和声结构之建构

　　有关五言律句之所以由二五异声向二四异声衍化的解释，前此，已提及王季思的观点，即："与五言句的由二、三两音步的句法向二、二、一三音步的句法衍变有关"。同时，又提及杜晓勤实证这一观点的量化统计研究。此一观点的要义在于实际肯定了本文已经大力揭示的文法(句法)决定声法,声法配合文法的永明声律体制。但这种体制是否在二四字位平仄对比的和声结构之实际建构中发挥了决定性的作用,杜氏的论文并不能提供最终答案。因为杜氏论文提供给我们的宏观统计学数据只是现象上的关联,并非是逻辑上的关联。这里,只有进入贴近对象的具体、微观且具有整体性的考察和定性研究,方能揭示宏观现象背后的逻辑必然性。下面还是以案例的形式展开这一过程,首先选择存留在《何逊集》中的梁初14首联句诗作为分析考察对象。

一、与何逊有关的梁初联句的声律分析

连句体始于汉孝武元封三年刘彻君臣的柏梁台连句,东晋谢安与侄胡儿、侄女谢道韫有《咏雪联句》,形式同"柏梁台连句诗",每人各赋七言一句,同韵联属而作。晋末迄梁,连句的形式则多为四句五言一"断"或一"绝",即二韵连句。此期联句仍然以同韵相属为常,转韵间或有之。齐梁连句中的五言两韵体与同期同题共咏的赋题诗体式大多一致。永明声病说主要论及的五言二十字诗之内的病犯情况,实际上针对的正是五言两韵体。联句诗创作属于群体性的即兴式创作,自然最能体现时人所默认的形式规范。故以联句体诗为考察对象,最能见出当代诗歌的声律情况,体制特点。这里为了便于分析对照,先将14首联句诗①的声调谱本标上序号,罗列如下:

　　1.拟古三首联句

　　家本青山下,好上青山上。平上平平上,去上平平去。

---

①[梁]何逊:《何逊集》,北京:中华书局,1980年,第49—54页。

青山不可上，一上一惆怅。平平入上上，入上入平去。

（何逊）

匣中一明镜，好鉴明镜光。入平入平去，上去平去平。
明镜不可鉴，一鉴一情伤。平去入上去，入去入平平。

（范云）

少知雅琴曲，好听雅琴声。去平上平入，去去上平平。
雅琴不可听，一听一沾缨。上平入上去，入去入平平。

（听，多音，此处当读去声）

（刘孝绰）

2.往晋陵联句

临别我伤悲，送归子自适。平入上平平，去平上去入。
刘金不可散，卜盖何由惜。平平入上去，入去平平入。

（何逊）

从来重分阴，未曾轻尺璧。平平去去平，去平平入入。
故任情一异，于是望三益。去去平去，平上去平入。

（高爽）

尔自高楼寝，予返东皋陌。上去平平上，平上平平入。
寄语落毛人，非复平原客。去上入平平，平去平平入。

（何逊）

问舍且求田，音乱无可择。去去上平平，平去平上入。
胜门成好事，盘纡欲何索。去平平上去，平平入平入。

（高爽）

3.范广州宅联句

洛阳城东西，却作经年别。入平平平平，入入平平入。
昔去雪如花，今来花似雪。入去入平平，平平平上入。

（范云）

濛濛夕烟起，奄奄残晖灭。平平入平上，上上平平入。
非君爱满堂，宁我安车辙。平平去上平，去去平平入。

（何逊）

4. 相送联句（一）

寸阴常可惜，别至倍伤神。去平平上入，入去上平平。
子瞻天际水，予望路中尘。上平平去上，平去去平平。

（韦黯）

悯悯歧路侧，去去平生亲。上上平去入，去去平平平。
一朝事千里，流涕向三春。入平去平上，平平去平平。

（何逊）

5. 相送联句（二）

昔共入门笑，今成送别悲。入去入平去，平平去入平。
君还旧聚处，为我一颦眉。平平去上去，去上入平平。

（王江乘）

于今还促膝，自此客江湄。平平平入入，去上入平平。
愿子俱停驾，看我独解维。去上平平去，去上入上平。

（何逊）

6. 相送联句（三）

高轩虽驻轸，余日久无辉。平平平去上，平入上平平。
以我辞乡泪，沾君送别衣。上上平平去，平平去入平。

（何逊）

7. 至大雷联句

高谈良会夕，满酒对羁情。平平平去入，上上去平平。
闵闵风烟劲，萧萧江雨声。上上平平上，平平平去平。

（何逊）

密云穷浦暗，飞电远洲明。入平平上去，平去去平平。

　　若非今宴适，讵使客愁轻。　入平平去入，上上入平平。
　　　　　　　　　　　　　　　　　　　　　　（刘孺）

　　遥舟似连雁，远火若回星。　平平上平去，上上去平平。
　　江潭望如此，衔厄共君倾。　平平去平上，平平去平平。
　　　　　　　　　　　　　　　　　　　　　　（桓季珪）

8. 赋咏联句

　　弊履常决踵，眉高起半额。　去上平入上，平平上去入。
　　曼倩尔何为，独叹长安索。　去去上平平，入去平平入。
　　　　　　　　　　　　　　　　　　　　　　（何逊）

　　工商既惭巧，农士聊相易。　平平去平上，平上平平入。
　　螼腹有余资，鸿肩方可拍。　上入上平平，平平平上入。
　　　　　　　　　　　　　　　　　　　　　　（江革）

　　摄职媿握兰，滥官悲执戟。　入入去入平，去平平入入。
　　连章既不敏，高谈岂能剧。　平平去入上，平平上平入。
　　　　　　　　　　　　　　　　　　　　　　（刘孺）

　　逸翮任奋飞，窘步事羁勒。　入入去去平，上去去平入。
　　还鸟余能系，流言尔无惑。　平上平平去，平平上平入。
　　　　　　　　　　　　　　　　　　　　　　（江革）

　　忧怀乃千载，永欢常数刻。　平平上平上，上平平入入。
　　直是悲别离，非关念通塞。　入上平入平，平平去平入。
　　　　　　　　　　　　　　　　　　　　　　（何逊）

　　日照汀沙素，山影波浪黑。　入去平平去，平上平去入。
　　尔限大江南，余归茂陵北。　上上去平平，平平去平入。
　　　　　　　　　　　　　　　　　　　　　　（刘孺）

9. 临别联句

　　临别情多绪，送归涕如霰。　平入平平上，去平去平去。

君望长安城,予悲独不见。平去平平平,平平入入去。

(何逊)

尔来同去国,予归方异县。上平平去入,平平平去平。

怀别心独忧,手泪方溅溅。平入平入去,上去平平平。

(刘孺)

10.增新曲相对联句

酒阑日隐树,上客请调弦。上平入上去,去入上平平。

娇人挟瑟至,逶迤未肯前。平平入入去,平上去上平。

(刘孝胜)

旧爱今何在,新声徒自怜。去去平平上,平平平去平。

有曲无人听,徒倚高楼前。上入平平去,上上平平平。

(何澄)

徘徊映日照,转侧被风吹。平平去入去,上入上平平。

徒为相思响,伤春君不知。平去平平上,平平平入平。

(刘绮)

月昏楼上坐,含悲望别离。入平平去去,平平去入平。

已切空床怨,复看花柳枝。上入去平去,入去平上平。

(何逊)

11.照水联句

插花行理鬓,迁延去复归。入平平上去,平去去入平。

虽怜水上影,复恐湿罗衣。平平上去上,入上入平平。

(何逊)

临桥看黛色,映渚媚铅晖。平平去去入,去上去平平。

不顾春荷动,弥畏小禽飞。入去平平上,平去上平平。

(刘绮)

12. 折花联句

笑出春园里，望花联褰缬。去入平平上，平平平平入。

欲以间珠钿，非为相思折。入上去平平，平去平平入。

（何逊）

日照烂成绮，风来聚疑雪。入去去平上，平平上平入。

试采一枝归，愿持因远别。去上入平平，去平平上入。

（刘绮）

13. 摇扇联句

纨扇已新制，荡妇复新妆。平去上平去，上上去平平。

欲掩羞中笑，还飘袖里香。入上平平去，平平去上平。

（何逊）

在握时摇动，当歌掩抑扬。去入平平上，平平上入平。

谁云减罗袂，影日聊自障。平平上平去，上入平去平。

（刘绮）

14. 正钗联句

竹台归欲碍，花林出未通。入平平入去，平平入去平。

度簪先分影，转珥忽瞻风。去平平平上，上去入平平。

（何逊）

双翘耀宝钿，阗阗密复丛。平平去上去，平平入入平。

羞令挂缨阙，整插补余空。平去去平入，上入上平平。

（刘绮）

　　以上14首联句，涉及永明之后活跃在梁初诗坛上的12位诗人。其中，何逊16绝，刘绮5绝，刘孺4绝，范云、高爽、江革各2绝，何澄、刘孝绰、刘孝胜、韦黯、王江乘、桓季珪各1绝，总37绝74韵148句。平韵21绝，仄韵16绝。现就全部联句37绝试作如下分析：

（一）句律分析

首先，来看平韵诗二四、二五两组字位的和声对比情况，具体项目及其数据参见表一。二五字位之间，平仄异声的比例为69%，异四声（上去入）的比例为11.9%。前者的比例超过50%的自然概率19个百分点，说明梁初诗人在二五字位之间调平仄是高度自觉的行为。四声相异的比例虽然很小，但其存在则说明梁初诗人的调平仄是在四声律框架中的探索。在二四字位之间，平仄异声的比例为79.8%，异四声（上去入）的比例为6%。较之二五字位，二四字位的调平仄的概率更高，说明当时诗人对二、四字位的调平仄投入了更多的关注。无论从平仄律还是从四声律去看，非律句都很少，尤其是不合四声律的律句更少，两组字位之间的异声率分别达到了81%和85.7%，且二四字位的概率已超出二五字位4.7个百分点。此外，平韵诗中的二四、二五字位同上去入声的比例都很小（占比皆为4.8%），主要是同平声（占比分别为9.5%和14.3%）。二五字位同平声毫无例外地出现在韵句，而二四字位同平声亦毫无例外出现于一联的出句，极有规律。如果考虑永明体韵句二五同平声不为病，则两组字位的同平声都当视为合律。如此一来，二五、二四字位，合乎四声律的句子同时达到了95.2%。要之，平韵诗的整体表现，与刘滔标举平声用法及其"二四同声（刘滔所举同声例皆为同上去入声，似与同平声无关）亦不能善，甚于蜂腰"云云非常吻合。可见刘滔的说法并非个人的理论主张，而是梁初永明体创作经验的反映，代表了当时诗人的共识。

其次，来看仄韵诗二四、二五两组字位的和声对比情况，具体项目及其数据参见表二。二五字位之间，平仄异声的比例为57.8%，异四声（上去入）的比例为29.7%。在二四字位之间，平仄异声的比例为70.3%，异四声（上去入）的比例为9.4%。较之二五字位，仄声韵诗二四字位的调平仄的相对概率比平声韵诗显得更为突出。但从四声分用的角度去观察，二五异声的比例87.5%的数据还是大于二四异声79.7%的数据。至于同声不合和律的现象，二五字位整体上轻于二四字位，尽管同仄声比例高于二四字位。与平韵诗一样，同声现象亦主要表现于同平声。但与平韵诗有异的是，同平声现象主要表现于二四字位，占二四字位同声例的93%，至于二五字位，同上去入声的比例则占同例的62.5%，高于占比37.5%的同平声例24.5个百分点。此一现象与仄声韵式似乎还是有一定关联的。

综合以上现象可以初步推断，梁初"永明体"调四声趋向于调平仄的契机当存在于当时诗人对五言一句之中二、四字位调声和比的重视。与仄声韵诗比较，诗人更倾向于平声韵诗二四字位的声韵调和，这可以视为永明新体诗整体上重平声的特殊表现和延续。换而言之，永明以来，仄声韵式都被人们自觉或不自觉地视为新体与古诗体义的关联。《梁书》本传谓何逊"其能含清浊，中今古"，其具体所指当涉及何逊的仄韵新体诗，它开了唐以后"以古入律"说法的先河。

（二）句联律分析

首先，我们来考察一联两句之间在第二字位的对比和声情况，具体数据见表三。第二字位乃永明声病理论平头说最重视的关键字位，永明体主要诗人，多能免七病，唯"平头"病时有所犯。一联两句第二字位平仄异声及上去入四声异声的比例分别为63.5%和16.2%，从四声律看，第二字位异声的比例达79.7%，超出75%的自然概率不多，但两组数据对比，在全部异声例中，平仄异声占比则高达79.7%，明显见出当时诗人较高的平仄二分及调平仄的自觉及其水平。较之永明诗人，平头病问题至是亦已大为减轻。

分韵式统计，平韵诗平仄异声及上去入四声异声的比例分别为66.7%和14.3%，统以四声律，异声比例达81%，在全部异声例中，平仄异声占比82.4%。仄韵诗平仄异声及上去入四声异声的比例分别为59.4%和18.8%，统以四声律，异声比例为78.1%，在全部异声例中，平仄异声占比76%。整体言之，在一联两句第二字位的用声，平韵与仄韵诗没有突出的差异，只是比较而言，平韵诗的平仄二分、和声对比意识略强于仄声韵诗，这与句律的分析结论一致。此外，同声例中，同平声例占比高于同上去入声例，平韵诗高出4.8个百分点，仄韵诗高出3.1个百分点。两者数据，大体相当，韵式选择的影响不大。

其次，我们来考察一联两句之间在第五字位的对比和声情况，具体数据见表三。第五字位乃永明声病理论上尾说的关键字位，上尾病乃重病，永明体主要诗人几乎全能免之。联上尾字位平仄异声及上去入四声异声的比例分别为78.4%和21.6%，从四声律看，异声的比例高达100%。可见，梁初诗人同样重视上尾，杜绝上尾病。在全部异声例中，平仄异声占比则达78.4%，与平头字位基本持平。

上尾字位分韵式统计，平韵诗平仄异声及上去入四声异声的比例分别为100%和0%，统以四声律，异声比例亦为100%。仄韵诗平仄异声及上去入四声异声的比例分别为50%和50%，统以四声律，异声比例为100%。由此处平仄异声数据的对比，结合前面的分析结果，可以进一步推论，永明以来的新体诗是以平韵诗为正例、仄韵诗为变例的，且平韵新体本来就有四声二元化的意识与自觉。平仄律始于永明体的韵律结构的建构，进而向和律结构推进。此一进程于梁初已有很大进展，只是整体尚未脱去四声律的外衣罢了。

最后，重点关注一联两句之间在第四字位的对比和声情况，具体数据见表三。该字位平仄异声及上去入四声异声的比例分别为58.1%和9.5%，统以四声律，异声比例为67.6%，在全部异声例中，平仄异声占比86%。这个比例较之平头、上尾字位的数据略显偏低，尤其从四声律的角度去看，67.6%远低于75%的异四声的自然概率，似乎诗人在此并无调四声的意识。但58.1%、86%两组平仄异声的数据毕竟超出50%的自然概率很多，明显能看出诗人在联内该字位调平仄的努力。该字位同声比例虽略高，但主要同平声，占全联数的29.7%，同声例的91.7%。这里同样体现了优待平声或平声例外的现象。

第四字位分韵式统计，平韵诗平仄异声及上去入四声异声的比例分别为64.3%和11.9%，统以四声律，异声比例为76.2%，在全部异声例中，平仄异声占比84.4%。仄韵诗平仄异声及上去入四声异声的比例分别为46.9%和6.3%，统以四声律，异声比例为53.1%，在全部异声例中，平仄异声占比88.2%。以上数据说明，仄声韵诗在联内第四字位并无明显的调四声或调平仄的意识，但平韵诗则相反，不仅有非常显著的调四声意识，而且已自觉趋向于调平仄。由此看来，诗体的律化主要是通过平韵诗的和律建构加以推进的。

（三）韵体联间律分析

抽样联句37绝，能反映联间律情况的案例共37例（主要考察上联韵句与下联出句第二字位）。其中，对式律占70.3%，黏式律占29.7%。孤立地去看，二韵体的结构，反映其构体的联间律或对式或黏式，计以四声律，其自然概律亦分别为75%与25%；以平仄律论则各为50%。从四声律的标准看实际数据，对式律小于自然概率4.7个百分点,而相应的黏式律则超出了自然概率4.7个百分点。在对式律构成中,平仄对20处,四声对6处,占比分别为54.1%和16.2%,对平仄式占全部对式律例的76.9%。统以平仄律,则6处上去入四声对便归属黏式连接例,因此,黏式律占比升高为45.9%;与此同时,对式连接则少了6例,因而对式律占比则降为54.1%,前者低于自然概率4.1个百分点,后者高出自然概率4.1个百分点。这里又似乎说明黏式律的使用,并未成为诗人们处理联间声律的自觉。

那么,综合两组数据去看,案例究竟能说明什么呢? 梁初诗人是有还是没有黏式律的自觉呢? 如何理解两种标准的数据分析结果不一致的现象呢? 下面试为解释。

整体言之,永明体韵体结构(二韵一体)的联间连接本来自然倾向于对式律,且对式律又倾向于平仄对比和声,这是永明体本来面目。如以沈约《怀旧诗九首》为例,对式律占联间连接的87.5%,而对式律中,平仄对比又高达95.2%。之所以说永明体自然倾向于对式律,是因为八病说前四病都极力避免同声现象出现,此即和律。尽管永明体没有明确规定联间过渡的声律原则,但平头、上尾涉及的是一联出句与韵句之间的和声关系,亦即韵句与非韵句之关系,且鹤膝避忌与上尾避忌亦一道决定了联间两句(上联韵句与下联出句)末字必然是和声关系(除非一韵到底),而"蜂腰"又规定了一句的"二五异声",如此一来,如避免犯病,则联间两句第二字位异四声的概率便高达77.8%,未犯病而同声相黏的概率只剩下22.2%,这里为区别不考虑"四病"整体限制的75%与25%的一般性自然概率,我们称其为整体结构性自然概率。这意味着对式连接在永明体有大概率的趋向。若仅调平仄且欲杜绝四病,则对式律当为100%(不考虑首句入韵例）。换而言之，永明体联间的对式连接具有某种必然性。因此，如果永明体出现了对式律下降，黏式律上升，则大多亦可解释为与病犯或永明体从宽条例有关，尚难轻易断定为运用黏式律的自觉行为。

我们可以回头检视案例中出现的黏式连接的诗例：《摇扇联句》，何逊绝句，上联出句二五同四声，下联韵句二五同平声（二四皆平仄异声）；刘绮绝句，上联韵句二五同平声（二四异平仄）。《拟古三首联句》范云绝句，第二联犯平头，出句二五同四声（二四异四声）。《往晋陵联句》，何逊绝句1，仄韵，诗句皆二四异平仄，但第一联韵句属一平声特例。《相送联句（二）》王江乘绝句，上联韵句二五同平声（二四皆平仄异声）；何逊绝句，第二联犯平头，韵句二四同四声，其他皆二四异平仄。《赋咏联句》，刘孺绝句1，仄韵，第二联犯平头，刘孺绝句2，仄韵，第一联出句二五同四声（二四异平仄）。《正钗联句》，何逊绝句，第一联犯平头，韵句二五同平声（二四异平仄）。《至大雷联句》，何逊绝句，第二联出句二五同四声（二四异平仄）。诸黏式律例，多为病例，唯有何逊2例例外。进一步观察，犯病多在平头与蜂腰，至于蜂腰又多为韵句同平声，这属于永明体从宽的条例。由此又说明，溢出永明体对式律的黏式律存在亦属自然现象，质而言之，黏式律的上升具有自然的可能性，一旦诗人不能谨守永明声病的条例话，这种可能性就成为现实。问题是"不能谨守"有两种意义：一种是永明体初习者，调声技术的不娴熟；另一种则是有意突破永明声律的限制，尝试新的调声技术。案例中的诗人无疑不能归入前者，故联间对式律的下降，黏式律的上升现象当然应视为对永明声律的某种自觉突破。只是突破点的定位仍然是有待解决的问题，我们尚不能肯定突破点在联间律，因为它完全可以是伴随现象。如果欲确认此间黏式律的自觉地位,则先得排除犯病的条例来考察黏式律的概率,这才更具有科学性。案例中,严格地说,未犯病而相黏的诗例唯有2例,显然不足道。如果从宽处理,韵句同平声,包括仄韵诗韵句同仄声皆不为病的话,可取的诗例亦仅有3例,占37联间总例的8.1%,仍然低于黏式律结构性自然概率14.1个百分点。显然,案例并未自觉于黏式律的探索。

以上未区分韵式,如平韵诗、仄韵诗分别考察,情形又将如何呢?

若分韵式统计,平韵诗对式律、黏式律分别占66.7%与33.3%,而仄韵诗两者则分别为75%与25%。如参合四病避忌,对式律和黏式律的结构性自然概率则分别为77.8%和22.2%。故平韵诗黏式律数据超出自然概率11.1个百分点,仄韵诗黏式律数据超出自然概率2.8个百分点。可见对式律与黏式律的比例,平韵诗与仄韵诗有较大差异,但都超出了黏式律的自然概率。然而我们仍然不能因此就肯定平韵诗和仄韵诗或单独平韵诗体现了黏式律的自觉,因为上述数据未考虑除去病犯例。若以前此同样的标准取例,则平韵2例、仄韵1例,新的数据变为:平韵诗23.8%,仄韵诗18.8%。此处平韵诗的黏式律概率仅超出自然概率1.6个百分点,仄韵诗则低于黏式律的自然概率3.4个百分点。分韵统计分析亦表明,梁初诗人并无黏式律自觉,黏式律的上升虽是异于永明诗人的表现,但其只是伴随现象,突破点并不在联间律。如果进一步考察导致黏式律出现的病犯例,我们便会发现,病犯例几乎全部二四异声,同声只有一例,而且大多平仄异声。结合句律、句联律的分析,可以说句体层面的二四和律才是问题的关键之所在。

当然,以上数据分析样本量有局限,自然对时代的整体反映亦难免有局限性。尽管如此,理论上说,一般蕴于个别之中,局部能反映整体。尤其是多角度的分析,总能在个别中找到代表时代特征、反映变化趋势的个体。这里,再简单考察一下案例中涉及的不同诗人使用黏式律的情况。14首联句,按照四声律标准,涉及使用黏式律的有7首:平韵5首,仄韵2首;其中,涉及诗人各别数据为何逊6绝、刘绮1绝、范云1绝、王江乘1绝、刘孺2绝,由于各自案例样本为何逊16绝、刘绮5绝、范云2绝、王江乘1绝、刘孺4绝,故黏式律占各自诗绝数的37.5%、20%、50%、50%、100%、50%。综合来看,何逊、刘孺的二韵体运用黏式律具有较高的概率,应该具有一定的代表性。下面再引入何逊二韵体16绝作补充分析。

何逊二韵体尚有《送褚都曹》等16绝[①],其中对式律12绝,平仄对8绝,四声对4绝;黏式律4绝。仄韵6绝,黏式律1绝,余全为对式律,四声对2绝,平仄对3绝。平韵10绝,对式7绝,其中平仄对5绝,四声对2绝;黏式3绝。统以四声律,黏式律占16绝的25%,孤立地去看,等于自然概率。分韵统计,平韵体计黏式律为30%,超出自然概率5个百分点;仄韵体黏式律占比则为16.7%,低于自然概率8.3个百分点,而对式律则高达91.7%。这一数据对比倒是在联间律层面再次印证了前此所得出的平韵诗为新体正例,仄韵诗为新体变例而多古意的结论。当然,何逊二韵体平韵诗较高的黏式律概率是否即是黏式律自觉尚待进一步分析,亦即除去病犯例的数据分析。

《边城思》,第二联韵句同平声(二四同平声);《为人妾怨》,第一联出句二五同四声(二四对平仄),犯蜂腰病,韵句同平声,第五字与第十字同去声,犯鹤膝;《闺怨二首(一)》,仄韵,第二联犯平

---

① [梁] 何逊著:《何逊集》,北京:中华书局,1980年,第44—48页,第4页。

头；《闺怨二首(二)》，第一联韵句二五同平声(二四对平仄)。如此一来，可采的数据只有平韵诗两例，占比20%，低于22.2%的整体结构性自然概率2.2个百分点。故此间个别诗人案例分析所能得出的结论与以上联句诗人整体分析完全一致。

综上所述，我们可以得出一个初步的结论：梁初诗人虽然继承了永明体四声和律的原则与框架，延续了其四声二元化意识及声病理论，但对永明体的具体声律格式还是有整体性突破，其突破点更多表现在平韵诗句体层面的二四节奏点的和律建构。平仄律始于永明体的韵律结构的建构，进而向和律结构延伸；五言诗诗体的声律衍化主要是通过平韵诗律句的二四节奏点的和律建构自然影响到句联律以及联间律而整体推进的。

二、二四节奏点和律结构的性质及其建构的动因

"永明体"的二五和声依据的是"声—文"一致，文法决定声法，语义节奏决定声音节奏的原则，故"永明体"是允许二四和声结构存在的。理论上说，二四和声结构的形成与凸显，是永明体从句法层面自我变革的结果。至于这种句法变化的具体内容究竟如何，我们只能通过案例，加以具体考察。

（一）关于句法与句式的"韵律结构"

这里所谓"句法"也就是诗歌单句的文法结构，涉及沈约、刘滔所讲的诗句的"分句"及其组合形式。"分句"本质上是诗句中的语义节奏或意义节奏点切分的问题，语义节奏或意义节奏某种意义上可以同构于语言学界所谓的与语法结构相一致的韵律结构，诗学界多称之为音步或音顿。

自王力《汉语诗律学》问世以来，依据现代语言学理论研究古诗中的句法结构，语言学界已积累了丰硕的成果。最近，杜晓

勤综合语言学界的成果,对古代诗歌中与语法结构相一致的韵律结构类型做出了自己的归纳。杜氏认为:"五言诗自产生之初,就出现了语法结构各不相同的句式。而这些句式又大多可分为'二一二'句和'二二一'句两大类,其中'二二一'句式的语法结构和韵律结构之间存在相当程度的关联性。"同时,杜氏还指出,句法的变化与诗歌语言表现力的丰富与增强也是一致的。杜氏将"二二一"句式分为如下三种类型:

(1)"二′二′一"式。此句式的单句本身是一个具有双重修饰词的名词性短语。"从韵律结构的第一层级看,可勉强归入'二三'式"。如"青青河畔草,郁郁园中柳"等。

(2)"二／二′一"式。"此种句式多为动宾结构或省略谓语的主谓宾结构",从韵律结构的第一层级看,是比较明显的"二三"式。如"日出东南隅,照我秦氏楼"、"大子两千石,中子孝廉郎"等。

(3)"二／二／一"式。此种句式多为主谓宾结构或主谓结构,韵律结构是明显的"二三"式。如"北风初秋至"、"三五明月满,四五蟾兔缺"等。

以上三种句式从韵律结构都可分为"上二"、"下三"两个大的音步,二、五两字音节是两个明显的节奏点。

此外,论文行文过程中,杜晓勤还提及"四一"句式与"二二一"句式的第(4)类型:"二／／二／一"式。"四一"句式,前四字是偏正结构的韵律短语,与第五字构成主谓结构。韵律结构第一层级是"四／一",第二层级可分为"二′二／一"。如"习习和风起,采采丹云浮"等。"二／／二／一"式或名为"紧缩句",是两个主谓结构的叠加。就韵律结构而言,二、四两字音节成为明显的节奏点。如"云渡弦歌响,星移空殿回"等。从律句进化的角度看,该句式的出现、丰富与成熟是永明体向近体律诗过渡的关键。至于“二一二”句式，据杜氏所举谢灵运诗例“白云抱幽石，绿筱媚青涟”（入平／上／平入，入上／去／平平）、“池塘生春草，园柳变鸣禽”（平平／平／平上，平上／去／平平）、“密林含余清，远峰隐半规”（入平／平／平平，上平／上／去平）、“云日相辉映，空水共澄鲜”（平入／平／平去，平上／去平／平）看，单句大多可视为主谓宾结构，其韵律结构是“二／一／二”。关于“二一二”句式，杜文没有太多论述，只是指出了它是大谢诗中标志性句式。①

杜晓勤上述论文，就总的观点而言，应该与何伟棠《永明体到近体自序》中提及的王季思观点没有本质性的差异，但仍然可以视为律诗体研究的一个重要突破。稍有遗憾的是，他们都没有点出此一观点本来就存在于沈约本人的声律思想及其表述之中。具体到杜氏论文的细节，其所作的句式韵律结构的分析与归类，尚有不够明晰的地方。举例言之，“二一二”句式与“二二一”句式的区别问题。就语法结构分析去看，“二一二”句式与“二二一”句式中“二／二′一”类型近似，都是主谓宾结构，只是按照作者解

---

① 参杜晓勤：《大同句律形成过程及与五言诗单句韵律结构变化之关系》，《岭南学报》，复刊第五辑。论文注中对节奏符号的解释是“′”，用于偏正结构韵律短语中双音节修饰词与单音节中心词之间的切分，此处音顿较短或没有音顿，此符号前一音节是不明显的节奏点或非节奏点。“／”，用于各韵律词之间的切分，此处音顿较长，此符号前一音节是明显的节奏点。“／／”，用于一句中两个小分句（小分句可有两个或一个韵律词构成）之间的切分，此处音顿最长，此符号前一音节是句中最明显的节奏点。学者孙力平的古诗句法研究亦表明：在《古诗十九首》中，“二三”节奏地位已确立、双音结构词语已广泛运用、虚词数量明显减少、句式结构渐趋复杂。所谓“复杂”，主要指主谓句大量增加、修饰性成分增多、谓语形式多样化。参孙力平：《略论〈古诗十九首〉之句法特点及其诗史意义》，《浙江工业大学学报》（社会科学版），2014年第1期。

释，前者省略了谓语"是"，如"大子两千石，中子孝廉郎"。但为何韵律节奏判别不同呢？作者没有任何论述与解释。从示例"白云抱幽石"一句看，"白云"当然可以理解为偏正性短语作主语；"抱幽石"自然亦可视为动宾性结构作谓语，就语法结构而言，其与"照我秦氏楼"并无本质区别。"照我秦氏楼"压缩一下就成了"照我楼"或"照秦楼"。论及韵律结构，杜氏所提及的"二一二"句式，实际上未尝不可以切分为"二／一′二"，故"二一二"句式仍然可以归入"上二""下三"两个大的音步，二、五两字音节是两个明显的节奏点。

　　本文以为，从今人的"语法"概念去分析文言的"文法"自有其优势，但亦有其阻隔之处。如"大子两千石，中子孝廉郎"，句子中的"文法"用"语法"去分析就必须视为省略了语法成分的残缺句子，但在文言中本来就是一个很自然的完句。类似的句子，律诗中并不鲜见。从现代语法学的角度去看，单句非语法完句的诗句在《诗经》中比比皆是，如"关关雎鸠，在河之洲"、"采采卷耳，不盈顷筐"、"葛之覃兮，施与中谷，维叶萋萋"等等，前两例完句二分①，后一例完句三分。左思的"郁郁涧底松，离离山上苗。以彼径寸茎，荫此百尺条"，若细究，只能说成是完句四分了。按语法

----

① 业师李昌集早就注意到汉语诗歌中的完句二分现象，曾明确指出："研究者往往不注意周诗体的'二分完句'结构——即以两个分句构成一个完整句，这一点看上去似无深文大义，其实很重要：'二分完句'是中国古典诗体通见的规范句型，并以此为基础而构成古典诗歌最普遍的'二整句延展'体制——即以叙事抒情上具有连接意味的两个整句为语段，以二整句语段的延伸、转折、跳跃而展开构成全篇。这一体制，对中国古典诗体形成富有特色的叙述表意结构，具有十分重要的影响。"参李昌集：《周诗体式生成论：文化文体学的研究视角》，《中国社会科学》，2014 年第 7 期。

完句主谓宾定状补的结构,此四句诗所合成的只是一句:"离离山上苗以彼径寸之茎而荫此郁郁涧底松之百尺条"。语法完句有点类似于唐代王昌龄所谓的"意句"。其《诗格·论文意》云:

> 古文格高,一句见意,则"股肱良哉"是也。其次两句见意,则"关关雎鸠,在河之洲"是也。其次古诗,四句见意,则"青青陵上柏,磊磊涧中石,人生天地间,忽如远行客"是也。①

其实,如果我们稍加观察就会发现,现代语法结构与文言文法结构是有本质区别的。"语法"概念偏重于活动主体、时间进程的线性结构或曰情节性结构,而"文法"则偏重于事物性状情态、空间链接与转换的意合结构。要之,语法结构是分析性的逻辑结构,文法结构是聚合性的意象结构。"青青河畔草,郁郁园中柳"在语法结构分析者看来,两分句相合亦不能构成一个语法完句,但在文法结构的背景中,个别单句都是结构性完句,自然可以切分,故沈约、刘滔曰"分句"都是针对诗五言单句。

以上可见,就"句"的概念而言,"语法"概念与"文法"概念之差别是显著的。刘勰《文心雕龙·章句》云:"夫设情有宅,置言有位;宅情曰章,位言曰句。故章者,明也,句者,局也。局言者,联字以分疆;明情者,总义以包体。区畛相异,而衢路交通矣。夫人之立言,因字而生句,积句而成章,积章而成篇。"又云:"夫裁文匠笔,篇有大小;离章合句,调有缓急;随变适会,莫见定准。句司数字,待相接以为用;章总一义,须意穷而成体。"②何谓句?刘勰说得很明白,"位言曰句"。"位言"不仅指言语有次第,而且还指言

① 王昌龄《诗格》,见张伯伟《全唐五代诗格汇考》,南京:凤凰出版社,2002年,第161页。
② 周振甫:《文心雕龙今译·章句第三十四》,北京:中华书局,1986年,第306、307页。

语有体貌，亦即"因字而生句"，"句司数字，待相接以为用"。《文镜秘府论·天卷·诗章中用声法式》亦云："凡上一字为一句，下二字为一句，或上二字为一句，下一字为一句。（三言。）上二字为一句，下三字为一句。（五言。）上四字为一句，下二字为一句。（六言。）上四字为一句，下三字为一句。（七言。）"①可见，"句"的结构单元是"字"而不是一般意义上的"词语"，尽管"字"载"言"。刘勰《文心雕龙·原道》云："为五行之秀，实天地之心。心生而言立，言立而文明，自然之道也。"②"文明"虽缘于"言立"，而"言立"又缘于"心生"。"心"即心意、思维，何况刘勰说的是"天地之心"，故"言"绝非指自然言语，"字"载"言"的本质不在"言"而在"文"。简而言之，字言乃文言。"字言"，一字一言，一音一义，每字每言都体现了"文"的本质——形文象义或曰意象。积字为句实为意象的聚合，作为文法基元的句法亦即意象的聚合之法。意象聚合结构实依据主观情意而非客观逻辑，刘勰《文心雕龙·章句》论文、笔文法结构总则时有云：

> 启行之辞，逆萌中篇之意，绝笔之言，追媵前句之旨；故能外文绮交，内义脉注，跗萼相衔，首尾一体。若辞失其朋，则羁旅而无友，事乖其次，则飘寓而不安。是以搜句忌于颠倒，裁章贵于顺序，斯固情趣之指归，文笔之同致也。③

行文涉及章句文法结构的原则："外文绮交，内义脉注"，一本于"情趣之指归"。所谓"情趣"，无非"情意"。

从"意象"聚合结构去分析文法的"句"，"句"的切分自然可

---

① [日]遍照金刚撰，卢盛江校考：《文镜秘府论汇校汇考》，北京：中华书局，2006年，第173页。
② 周振甫：《文心雕龙今译·原道第一》，北京：中华书局，1986年，第10页。
③ 周振甫：《文心雕龙今译·章句第三十四》，北京：中华书局，1986年，第308页。

以至于"字"的单位，一字即可为一分句（独字为句在文言亦属常例）。就古人"文"、"文体"的观念而言，最基层的意象聚合为两字耦合，亦即刘勰所谓"外文绮交"①、"造化赋形，支体必双"②，否则，难以彰显文体之义。故《文心雕龙·章句》溯诗体之源云："至于'诗'、'颂'大体，以四言为正，惟《祈父》、'肇禋'，以二言为句。寻二言肇于黄世，《竹弹》之谣是也。"③诗颂二言为体，正显文体之原理。汉文言衍生词主体为双音节词，体现的是同一原理。可见，汉语文与文法相一致的自然韵律节奏（一般称之为意义节奏或语义节奏），大多只能是一音节和二音节的错综更迭。就五言体而言，理论上共有八种意义节奏类型：a.一／一／一／一／一；b.一／一／二／一；c.一／一／一／二；d.一／二／二；e.二／一／二；f.二／二／一；g.一／二／一／一；h.二／一／一／一。但事实上，a\g\h类五言句式罕见，b\c\d句式则偶一遇之，如：杜甫《秋日夔府》"紫收岷岭芋"、上官仪《奉和山夜临秋》"云飞送断雁"、孟郊《怀南岳隐士》"藏千寻布水，出十八高僧"；五言句式主要还是e\f两类。那么如何理解沈约、刘滔的"上二下三"分句呢？这显然是e\f两类句式下面"一／二"或"二／一"三字节意象聚合的结果。那么这种聚合有何规则呢？我们结合杜晓勤归纳的句式韵律结构类型试作探讨。

先看韵律结构第一层级是"四／一"，第二层级可分为"二′二／一"的句式，如"习习和风起（入入平平上）"。按杜氏语法结构的分析，前四字是偏正结构的韵律短语作主语，第五字为谓语。

①周振甫：《文心雕龙今译·章句第三十四》，北京：中华书局，1986年，第308页。
②周振甫：《文心雕龙今译·丽辞第三十五》，北京：中华书局，1986年，第314页。
③周振甫：《文心雕龙今译·章句第三十四》，北京：中华书局，1986年，第308页。

二三音节间应该停顿很短，第二音节不易成为节奏点。但谢灵运诗中此一句式二四异声、二五异声相同，都是16句，均占84.21%。故杜氏认为谢灵运是将此种句式的第二音节当作明显节奏点的。此例说明，意象聚合的结构并无偏正、主从的意识。其自然韵律单位是由意象的完整性与聚合关系决定的。如例句中"习习和风"，源自《诗经》"习习谷风"。毛氏曰："兴也。习习，和舒貌。东风，谓之谷风。阴阳和而谷风至。""习习"乃拟"和风至"性状之意象。"和风"为名意象，"和风"与"至"聚合成情态意象。无论是"习习和风"四言聚合，还是"习习和风至"的五言聚合，都与其后的意象单元构成独立且并置而又相互依存的关系。"和风习习"、"和风习习至"、"和风至习习"诸组合在文言文法中皆无大碍，正可说明这一点。故"习习和风至"的韵律结构作"二／二／一"或"二／二′一"皆无不可，都与意义节奏相一致。

　　再看杜氏所谓的"二′二′一"式，代表性的例句便是《古诗》"青青河畔草（平平平平去上），郁郁园中柳（入入平平上）"。上句"青青"、"河畔"、"草"三者皆为独立意象，除"青青"为拟物"性状"之意象，后者皆是命物之"名意象"。三个意象尚可自由组合为：河畔青青草、河畔草青青、草青青河畔、草河畔青青，就文法而言，此四类形式皆无不妥，究竟如何组合，取决于诗人情意，亦即刘勰所谓的"内义脉注"。"内义脉注"表现于"外文绮交"即"中心意象"的选择，"中心意象"是意象聚合的枢纽，它不同于"主体性"概念的语法主语。"习习和风至"中"和风"乃"中心意象"，作为名意象，它将性状意象"习习"与势态意象"至"聚合为意象整体。"青青河畔草"以名意象"河畔"为中心意象，前后聚合了性状意象"青青"与名意象"草"。其与"习习和风至"的韵律结构一样，作"二／二／一"或"二／二′一"皆无不可，都与意义节奏相一致。"郁郁园中柳"亦复如是。三句二四、二五都异声。此一句式本诗还有两联之上句："盈盈楼上女，皎皎当窗牖。娥娥红粉妆，纤纤出素手。"与首联写景不同，此联句写人，它更能看出本类句式的特点。有学者从语法分析的角度，将该两联下句视为句法变异，属宾语修饰语置于谓语之前。《迢迢牵牛星》中有同式句"纤纤擢素手，札札弄机杼"，其正常语序被断为"擢纤纤素手，弄札札机杼"。《十九首》中有"二一二"句式亦有类似变异，如"一心抱区区，惧君不识察"（《古诗十九首·孟冬寒气至》），正常语序被视为"抱区区一心"。至于此类变异句法，论者认为："究其原因，还是五言句在发展过程中满足自身'诗化'需要的产物。如果按普通句法道来，将'抱'、'擢'、'弄'置于句首，诗句节奏为'一四'，是为散文句法，因而将双音词语前置于句首。"① 所谓"诗化"，论者的理解侧重的是诗的"韵律节奏"与散文的不同，但未进一步揭示其背后的本质。就其本质而言，是句式的情意化、意象化，本文亦称之为"文体化"。句法的"文体化"重意象，与"言体化"重逻辑恰成对照，两者构成了中国诗体的张力结构。这一张力是促成中国诗句式演化的实际动力，《古诗十九首》的诗史意义在于奠立了古诗语体文体化的大趋势，"二二一"、"二一二"句式的韵律结构是其伴随现象。

至于杜氏细分的"二／二′一"与"二／二／一"两式，语法分析有区别，但文法都是意象聚合，如诗例"日出东南隅，照我秦氏楼"、"大子两千石，中子孝廉郎"、"北风初秋至"、"三五明月满，四五蟾兔缺"等，二、二、一音节各自在语境中基本上都具有意象

_____

①以上参孙力平：《略论〈古诗十九首〉之句法特点及其诗史意义》，《浙江工业大学学报》（社会科学版），2014年第1期。

的相对完整性，且下面的"二、一"亦同样易于聚合成三音节的意象，故其韵律结构没有多大区别。之所以分两类，是因为第二类句中两字节意象被视为语法主语，而其潜台词则是，主语应突出，故应有较明显停顿。其实，意象结构突出情意而非主语，《孟冬寒气至》中的"明月满"与"蟾兔缺"聚合所突出的不过是二种情态，以喻人生悲欢离合之意罢了。上述两式的韵律节奏点既可视为二四，亦可视为二五，皆与文法不悖。

最后，我们来考察一下杜氏所重点指出的典型的二四节奏句式"二／／二／一"。此一句式不见于《古诗十九首》，但据杜氏检索，谢灵运诗中成对涌现出这样的句式，共14句。例如"野旷沙岸近（上去平去去），天高秋月明（平平平入平）"（《初去郡》）。该类句式语法结构特点是有两个主谓结构或两个主语成分，而且第一个主谓结构是两个音节的主谓短语，而第二个主语成分又恰是两个音节，故二四两个字位被认为是最明显的两个节奏点。问题在于，看不出谢灵运在此也将第四字作为一个重要节奏点。因为据统计，谢灵运该类句式，二五异声达85.71%，而二四异声却只有42.5%。看来，谢灵运还是将此类句式当做二、三两个音步去处理的。当然，该类句式以文法的视角去分析，与前面的"二二一"句式，在韵律结构上并无大异，既可视为两个大的意象单位，又可视为三个小的意象单位。既然"野旷"、"天高"为名意象与情态意象聚合的一个完整的情态意象单位，那么，"沙岸近"与"秋月明"作为两个音节名意象与一个音节的情态意象聚合成一个完整的情态意象单位顺理成章，故其韵律分为二、三两个音步实属正常。

这里有必要指出："二／／二／一"句式，确实为新的句法，有其特殊意义。唐诗中此类句式司空见惯，蒋绍愚称之为"紧缩句"，并揭橥其意义云："这不但是为了用字精练，而且是为了用紧缩句（特别是表因果的紧缩句）来表现诗人观察的敏锐、细致，以增强诗歌的艺术表现力量。"① （从艺术表现力角度去看，此类句式的意义还可用王昌龄"格高"的标准去评述，因为一句见二意或二事。）杜晓勤在肯定了蒋绍愚说之后，又从句律演化的角度揭示其意义：

> 由于这种句式的第二音节和第四音节本来就是鲜明的节奏点，极易形成平仄异声的声律格式，很符合近体诗的句律，所以就更为唐代及后世诗人所喜用了。

杜氏说此一句式易于引起二四节奏点的关注，大致不差，但扯上四声二元化问题就有点似是而非了，某种意义上可以说遮蔽了此类句式诗体律化的本质。

从文法的角度去看，"二／／二／一"句式的特点是两个对立的情态意象的并置对比。关键在于，意象并置对比产生了单独情态意象所没有的新的意趣或情趣。如"野旷沙岸近"，"野旷"是一种远离的情态，而"沙岸近"则是趋近的情态，两者一经聚合却产生了无情却有情，自然异在却亲人的意趣与情致。其联下句"天高秋月明"，亦是同一义趣。"天高"乃疏离之势，而明明秋月则照彻无间，天地万物与人融入一片。② 此一句式将意象化结构的功能发挥到了极致，纯化了句法的文体意义。现在的问题仍然

---

① 参蒋绍愚：《唐诗语言研究》，语文出版社，2008年，第144页。
② 此一联句，若从语法角度分析，则便会将其视为因果关系的紧缩句，其所引导的阅读理解如次：沙岸近是因为原野开阔，秋月明是因为秋天的天高气爽。其效果是凸显了诗人即目之所见，写景之逼真，读者从中领略到的更多的是诗中所呈现的诗人对自然的即时印象或景中之理趣，而非建构诗句的诗人之情趣与情致。

是："二／／二／一"句式究竟是否实际影响到了二四异声的声律自觉？

（二）谢灵运诗句法与古、律之变

古今皆有学者认为古、律之变始于谢灵运。明代陆时雍《诗镜总论》云："诗至于宋，古之终而律之始也。体制一变，便觉声色俱开。谢康乐鬼斧默运，其梓庆之鐻乎？"①胡应麟说："陶、阮之变而淡也，唐古之滥觞也；谢、陆之增而华也，唐律之先兆也。"②20世纪的著名学者朱光潜在《中国诗何以走上"律"的路》③一文中，亦将律诗兴起首先关联于谢灵运。杜晓勤论文是从五言诗句法句式演化的过程来探讨五言诗单句律化原因的，在探讨的过程中谢灵运同样是作为乐府、古诗向永明体律诗演进的一个重要节点加以对待的。

杜氏依据句式分析的统计数据认为：汉乐府、《古诗十九首》虽已出现大量"二一二"及"二二一"句式，但尚未显现人为调声的痕迹，此与当时诗乐尚未分离的诗歌生态有关。但至谢灵运情况则有了新的变化，主要表现在谢灵运诗中300句"二二一"句式，整体二五异声比已达75.33%，高出汉乐府五言诗和《古诗十九首》(63.45%)将近12个百分点，已越过自然概率。分别考察则发现："二′二′一"式12句，占"二二一"大类4%，二五异声比83.33%，二四异声比很低；"二／二′一"式150句，占"二二一"大类50%，二五异声比79.33%，二四异声比为73.22%；"二／二／一"式80句，占大类26.67%，二五异声比86.25%(69句)、二四异声

①［明］陆时雍：《诗镜总论》，见丁福保《历代诗话续编》，北京：中华书局，1983年，第1406页。
②［明］胡应麟：《诗薮》，北京：中华书局，1962年，第29页。
③参朱光潜：《诗论》，北京：北京出版社，2005年，第237—273页。

亦达致81.25%(65句);"二′二/一"式19句,不见于汉乐府与古诗,二五异声、二四异声皆为16句,占比84.21%;"二//二/一"式14句,不见于汉乐府与古诗,二五异声比为85.71%,二四异声比为42.85%。此外,谢诗的韵律还有一个新变化,即"二二一"句多以对偶的形式出现,其与汉乐府与《古诗十九首》中"二二一"句多为零散单句,偶对不多的情况明显不同。

谢诗表现出的以上新变化究竟有何意味呢?杜晓勤只是推断谢灵运已觉察到"二二一"句式二、四节奏点位的存在,但亦未能得出谢灵运已有人为调声的自觉,尽管各别数据大大超出了自然概率。杜氏的谨慎是因为:现存谢灵运五言诗92首1378句,仍然以"二一二"式为主,共计1078句,而且,其中二五异声与二四异声比相近,均未超过自然概率。此外,在杜氏看来,当时四声尚未发现,即便谢灵运于诗句二、四节奏点位有所感知,亦未必能从声调方面自觉调谐。笔者就此再补充一句,即便当时已发现四声,若无或未接受沈约提出的"前有浮声,后须切响"的吟诵规范或和律原则,诗人亦不会自觉调谐。

如此一来,杜氏定量研究方法的矛盾、科学性问题便凸显出来了。利用量化统计方法来研究声律及其他学术问题已成为学界时尚,人们看重的是其方法的科学客观性。由于具体使用者缺乏对对象整体的定性把握,没有先行解决该方法使用的界域与条件,致使其数据分析的结论自相矛盾,科学性与客观性大打折扣。就诗律问题的研究而言,一般认为五言诗四声分用,排列组合,在任何两个点位构成异声关系,其概率为75%,与之相应,同声概率为25%,即所谓平均概率或自然概率。以此概率来测度人为自觉性,理论上说,数据大于75%愈高,其人为安排两点位之间异声关系的自觉性越高。但谁也没有限定高出多少才具有定论的性质,谁也没有考虑在线上概率的差距究竟反映的是能力水平问题还是自觉度的问题抑或其他问题。譬如,杜氏给出的谢诗"二∥二/一"式句二五异声比高达85.71%,超出自然概率10多个百分点,而且"二二一"句式整体二五异声比已达75.33%,越过标准0.33个百分点,虽然数字小,但毕竟越过标准线。至少可以论定谢灵运对"二∥二/一"句式的二五异声是自觉的安排,而杜氏并未给出肯定。事实上,一旦如此论定,则新的问题便接踵而至。因为"二∥二/一"句式在杜氏看来,其韵律结构突出的特点是第四字位作为句中节奏点地位,在所有"二二一"句式中最为显著,理论上说,二四异声的概率最大,而事实恰恰相反,其二五异声比为85.71%,在"二二一"式大类中最高,超出二四异声比(42.85%)达42.86个百分点。杜氏不以上述数据下定论的态度显然是可取的,也是科学的,但积累了如此多的数据,不下结论,又不做出合理解释,其定量的意义又何在呢?

　　定量研究实有值得反思之处。至为关键的便是标准概率的设置问题。75%的概率是纯粹的数学游戏的自然性体现,但诗歌即便是游戏也是汉文字的游戏,而大多诗人都有不自觉的遣字造句的惯性或偏好,这也是出于自然选择。此外,有声调的单音节汉字复合成双音节词汇,其节律安排亦有不对称性,大多表现为平上去入依次前后组合的倾向,即平上、平去、平入、上去、上入多见,颠倒配置则概率很小。[1] 这同样是一种源于文言本体的自然性,诗人遣字造句必然受其自然性限制。考虑上述两种自然性因素还有其他未能虑及的自然性因素,我们可以肯定地说,设置诗句点位之间异四声和同四声的标准概率75%和25%以作为判断

---

[1] 参周祖谟:《汉语骈列的词语和四声》,《北京大学学报》,1985年第3期。

人为调四声的临界点绝非科学客观,故在永明人为声律理论未出现之前,依据此标准去判定某个诗人的声律自觉与否是毫无意义的。进而言之,杜氏论文对谢诗句式韵律情况的定量研究没有也不可能解决古、律演进或句律建构过程中谢灵运诗的具体作用和意义的问题。

以往不少学者,都习惯于统计谢灵运诗句合乎唐律的比例多寡,以此来证明谢诗在诗体律化进程中的始基意义。如,刘跃进《门阀士族与永明文学》一书统计了谢灵运和颜延之的7首共48句诗,发现其中有严格入律的10句,特殊律句7句,占比35%;谌东飚等则据之认为:"如此高的比例,说明在谢灵运诗中,入律句的运用已非偶然现象。"进而得出结论:

> 无论是古音韵理论上的开研究风气之先,还是创作上的有意尝试,谢灵运都为格律诗的声律定型做了巨大努力。尽管其入律诗句在所有诗作中所占的比例不大,但是可以明显看出,对比前代诗人,这已经有了很大的进展,同时也表明这种入律诗句的增多不是诗人的无意为之,分明是一种有意的尝试。①

现在,我们基本上可以肯定,类似的简单统计研究,方法更不科学,其似是而非的结论,更不能用来证明谢诗在诗体律化进程中的特殊意义。

其实,古人定谢灵运诗为律诗之始,大多依其直觉,点到为止,缺乏系统论证。较之古人,杜晓勤从句式句法角度来全面探讨律诗体制建构的历史线索,其方向无疑是正确的。论文中,杜

---

① 参谌东飚、张志群:《略论谢灵运与诗的律化》,《集美大学学报》,2007年第1期。

氏于谢诗句式穷尽归类,条分缕析,对启发后进研究,进一步揭示谢诗的律化意义,亦功莫大焉。本文前此的思考论述主要是借鉴杜氏论文的成果得以展开的(下面仍然如此)正说明了这一点。

在进一步探讨谢诗律化意义之前,我们还是借助于杜氏论文的数据作一个初步的判断。无论何种句式,谢诗二五异声的比例都大于二四异声,恰好与永明体句律衔接,这至少能说明二、三音步是五言诗句式韵律结构的自然形态,永明体的人为声律是有其自然性基础的。① 换而言之,二五异声的句律是永明诗人吟诵规范化的原则衍生出来的诗文声文体制,亦是对五言诗句式既有的自然性韵律结构所作的规范性选择。如没有永明的声文自觉,即便有句式韵律节奏点的意识,也不会有所谓的二五异声或二四异声的句律。

很显然,如果仅就句式韵律结构而言,"二一二"式与"二二一"式,分别占现存谢诗92首1378句的78.23%和21.77%,正如杜晓勤所言,经过几百年的发展至谢灵运,"五言诗单句的语法结构以及'二一二'句式的韵律特征,均未有太明显的变化"。既然从句法句式的角度,谢诗对句律建构并无直接意义,那么究竟如何去理解古人所谓的谢诗新变呢?

学者谌东飚等注意到谢诗句法的语法新变,并着重分析论述了此种新变之于诗体律化的间接意义。其所著《谢诗句法与诗体的律化》一文,以唐代律诗为参照,比较谢诗以前的五言诗,重点归纳了谢诗句法的语法创新。为了深化探讨,下面对作者所揭示

① 五言诗自其始,句式的基本韵律结构便是上二下三,《古诗十九首》唯《去者日已疏》中"出郭门直视"一句例外,上三下二。至于"客从远方来"(《客从远方来》)、"人生天地间"(《青青陵上柏》)之类严格意义上说属一四,但归入二三节奏的模式于文义亦无大碍。

的谢诗语法创新加以重新整理归纳，介绍如下：

其一，句法错位。此一现象，《古诗十九首》就已存在，魏晋诗歌又出现了主谓倒置、述宾倒置、状语后置、介词宾语前置、宾语的定语前置（置于谓语之前）等错位形式。谢诗新式有：（1）定语后置。如："薄霄愧云浮，栖川怍渊沉"（《登池上楼》）等；（2）宾语置于主语前。如："羁苦孰云慰"（《行田登海口盘屿山》）、"妙物莫为赏，芳醑谁与伐"（《石门岩上宿》）等；（3）两句成分错位形成错位句。如："莫辨百世后，安知千载前"（《入华子岗是麻源第三谷》）等。

其二，成分省略。《古诗十九首》省略现象出现得最多的是："省主语、承前省、蒙后省、省比况动词、略介词宾语、歇后手法（即略去后半句）等"。诸形式为魏晋诗歌因袭沿用，未能推陈出新。至谢诗开始出现了一些首创的省略句法：（1）略谓语动词或存现动词，如"依稀采菱歌，仿佛含嚬容"（《行田登海口盘屿山》）等；（2）省略判断词"是"，如"檐上云结阴，涧下风吹清"（《悲哉行》）等；（3）介词省略，如"晓月发云阳，落日次朱方"（《庐陵王墓下作》）等，该式非发端于谢，然至谢而有大的发展。

其三，句型。（1）新式紧缩句：表示申说关系（即前果后因），如"差池燕始飞，夭袅桃始荣"（《悲哉行》）等；表示假设关系，如"滤澹物自轻，意惬理无违"（《石壁精舍还湖中作》）等。紧缩句这一句型，《古诗十九首》中不少见，有表因果关系、有表目的关系、有表条件关系、有表转折关系、表让步关系，魏晋时期又有所发展。前人句式谢诗有大量使用，上述两式为"前人或时人没有用过或用得较少的紧缩句形式"。（2）连贯句：传统的连贯句，"一般是上下两句贯通，即两句只有一套句子结构"，而谢诗中则出现了两种特殊的连贯句法。一者是"四句通义"（四个句子间意义贯通），如"延州协心许，楚老惜兰芳。解剑竟何及，抚坟徒自伤"

（《庐陵王墓下作》）等；再者是"倒续句对"（一联中对仗的两句相对，下联是继上联而来，却又句子顺序相反而形成的意义连贯的句子），如"潜虬媚幽姿，飞鸿响远音。薄霄愧云浮，栖川怍渊沉"（《登池上楼》）等。（3）名词句，分为"半句名词句"与"一句名词句"，一句名词句如"晓霜枫叶丹，夕曛岚气阴"（《晚出西射堂》）；半句名词句如"皎洁秋松气，（淑德春景暄）"（《日出东南隅行》）等。（此处原文分述举例或有误，今改正）

其四，词类活用。词类活用之法，较早见于散文，曹植《送应氏》"侧足无行径，荒畴不复田"之"田"字或为五言诗最早之例，后来者极少用，然至谢诗，此句法则处处可见，如"潜虬媚幽姿，飞鸿响远音"（《登池上楼》）中"媚"、"响"二字形容词用为动词等。

其五，对句排偶。汉魏以来，五言诗尚以散行为常，间或偶对，但至谢诗乃成"非对不发"之势。如《日出东南隅行》，全诗五言八句彻首尾成对。谢诗排偶并非孤例，至于偶对多于散句例，触目皆是。

有关谢诗语法的上述五点特征，其之于诗体律化的意义何在呢？作者的观点是：前四点都是与"后世律诗有关的句法"，至于第五点，它"促进了对偶这一格律要素的固定化"。① 综观作者的论述，所谓的谢诗五点"新变"，更多的只能说是五言诗句法在演化过程中某一表现形态在量上的变化，看不出有质的突破；而论及五点"新变"与律诗体的联系亦只是点明了其与唐律诗在现象上的关联，这并不能凸显证明谢灵运在诗体律化过程中的创始意义。若只及现象，所谓谢诗新变的许多方面其实都有可能找到先例。如省略判断词"是"的有"大子两千石，中子孝廉郎"（《长安有

①以上参谌东飚、胡西波：《谢诗句法与诗的律化》，《求索》，2008年第11期。

侠邪行》）、"耳中明月珠"（《陌上桑》）等；省略谓语动词或存现动词的有"今日良宴会"（《今日良宴会》）、"文采双鸳鸯，裁为合欢被"（《客从远方来》）等；再如所谓谢诗的新式紧缩句两例，作者自己就已注明早出现于《古诗十九首》，只是谢诗的使用频率更高而已；至于对偶的现象更毋庸细论。要之，从句式语法的角度很难揭示谢诗之于诗体律化的特殊意义。

其实，上述所谓的谢诗新变，从文法的角度看，只是进一步强化突出了《古诗十九首》业已形成的句法意象化或曰文体化的趋势，进一步践行了魏晋以来"诗赋欲丽"、"缘情绮靡"的理论主张。从句法层面，谢灵运确实表现出了高度文体化自觉。句法的文体化突破了语体语法的逻辑限制，是文言诗歌回归文言文体特性的具体表现，为"声—文"合一体制的建构亦即四声调制提供了更大的自由选择空间，同时亦为诗歌情意化表现开辟了丰富的途径。如谢诗《登池上楼》名句"池塘生春草，园柳变鸣禽"，今人多引为炼字炼句的范例。该句拟成"池塘春草生，园柳鸣禽变"或"池塘春草生，园柳变鸣禽"，就文法而言皆自然通达，但与原句比较，情意情趣效果则变得大为不同。春草、鸣禽成为中心意象后，"生"与"变"所对应的诗人由此前的沉闷而突生欣喜的情意随之隐匿而无从凸显。当然，原诗联声文"平平平平上，平上去平平"虽然符合永明句律，但其上句不符合二四异声律，如专注调声自然可取后拟句式，其声文则可轻易变为："平平平上平，平上平平去"、"平平平上平，平上去平平"。可见，句法文体化无论是对诗意表现还是声律调试都提供了极大的便利。实际上，诗体律化的最初表现是诗歌句法的文体化，声律化是其最后的阶段。海外学者在比较视野中论述中西诗歌之别的时候，多取律体为中国诗之代表，而且又普遍以其句法的文体化结构特征（意象并置）加以把握,叶维廉的《比较文学论文选》中的论文可视为代表。该书《中西诗歌山水美感意识的演变》一文曾抽样引用日本学者网佑次《中国中世纪文学研究》一书就中古山水诗写景和陈述句子的比例所做的统计。叶氏认为,纵观这些数据可以看出"陈述部分的渐次减去而达于纯然倾出"的趋势。① 图表叶氏引例如次:

作者	诗	写景行数	陈述行数
湛方生	帆入南湖	4（40%）	6（60%）
谢灵运	于南山往北山	16（72.73%）	6（27.27%）
鲍照	登庐山	16（80%）	4（20%）
谢朓	游东田 望三湖	8（80%） 6（75%）	2（20%） 2（25%）
沈约	游钟山诗第二首	全景（100%）	
范云	之零陵郡次新亭	全景（100%）	
王融	江皋曲	全景（100%）	
孔稚珪	游太平山	全景（100%）	
吴均	山中杂诗	全景（100%）	

　　所谓"陈述部分的渐次减去而达于纯然倾出"的趋势,用本文的说法,即句法结构意象化或文体化的趋势。所列写景句子与陈述句子的对比数据可以用来表征五言诗句式"言体—文体"结构,感知五言诗句法意象化或文体化的程度。从东晋湛方生诗例的景句与陈述句40%：60%至除谢朓之外的永明体诗人100%景句,

---

① 参叶维廉著,温儒敏、李细尧编:《寻求跨中西文化的共同文学规律——叶维廉比较文学论文选》,北京:北京大学出版社,1986年,第102页。

大体可以反映句法文体化程度与永明诗人为句律建构者的某种关联性,在其过程中,谢灵运、鲍照山水诗例景句远超过50%的数据,确能显示出其作为历史节点的意义,换而言之,谢、鲍之诗句法"文体"化自觉已非常明显。只有如上理解诗体的律化,才能彰显谢灵运诗句法与古、律之变的内在关联。

（三）从谢灵运至永明体

据杜晓勤提供的数据,永明三大诗人王融、谢朓与沈约的句式与韵律结构的详细情况可见附录表四、表五。

就"表四"看,永明三大诗人与谢灵运相比,纯"二一二"诗数量比有整体上升趋势,王融多出康乐诗11.96%的数据14.55个百分点,谢朓低1.32个百分点,沈约多出5.35个百分点;纯"二二一"诗数量比,只有王融(3首)高出康乐诗(1首)1.91个百分点,谢朓、沈约各1首都低于康乐诗百分数。此两组数据表明,谢灵运后五言整诗句式参差变化仍是主流,无实质性变化。从"二一二"与"二二一"句式之数据对比看,永明诗人"二一二"句式较之康乐诗略有下降,但仍然占绝对多数。变化在于二五异声比例大幅提高,最低亦高出11.97个百分点;二四异声无大的变化,在75%的自然概率左右。永明"二一二"句式二三音步的自然韵律与二五和声结构是一致的。至于"二二一"句式,永明诗中有所增加,但皆未超过8个百分点,而且还低于汉五言诗的30.12%的数据。变化在于,王融、谢朓在二五、二四节奏点位异声的比例都超出75%的自然概率很多,尤其是谢朓超出近10个百分点且同时表现出调四声意识;沈约二四异声比例略低,但亦超出2.18个百分点。"二二一"式,从文法角度来说,将第四字位作为节奏点和声安排,对"声—文"结体无负面影响(除非"二一二"句式追求二四和声)。数据说明,永明体注重二五异声并不排斥二四异声。

由谢朓与沈约对比可看出,永明体虽然以二三音步为主,但在"二二一"句式中已表现出重视二二一音步的端倪,某种意义上,这可视为声文节奏意识强化的表现。

　　"表五"是"二二一"句式韵律结构的细分。这类句式使用的比例,在永明三大诗人笔下仍然不高,但都超出谢灵运诗,谢朓超出最多,达6.58个百分点,总体呈现上升趋势。分而言之,"二'二'一"式呈整体下降态势;"二/二'一"式的使用,王融、谢朓诗都低于康乐诗,只有沈约诗大体持平;"二/二/一"式的使用,整体上升趋势明显,王融超出康乐诗20.8个百分点、汉五言诗12.47个百分点,但沈约则低于汉五言诗35.03%的数据0.08个百分点;康乐诗新创的"二'二/一"式,永明三大诗人使用不多,整体呈下降趋势;"二//二/一"式,整体言之,永明诗人使用频率不高,较之康乐诗,沈约、王融使用的比例有所下降,王融该句式只有1句,占其"二二一"句式的0.63%,只有谢朓高出其祖0.79个百分点。由于"二/二/一"、"二//二/一"式二四字位都是最明显的韵律节奏点,依据永明声律思想与原则,其二四异声的比例应该不低甚或高于前三式。就数据看,王融诗基本上与规律一致;谢朓表现最明显,其两式二四异声比例分别为87.06%、89.29%,各超出二四节奏点不太明显的"二'二'一"式2.44和4.57个百分点。沈约的情况特殊,其"二/二/一"句式二四异声82.78%的比例虽略低于同式二五异声比,但却超出"二'二'一"式与"二/二'一"式高达17.56与8.46个百分点,而且前者高出所谓自然概率7.78个百分点,后两者都低于自然概率。此外"二'二/一"式二四异声比亦很高,达82.35%,这是因为该式第四字位亦是明显节奏点。按杜氏统计,沈约最令人不解的是"二//二/一"式12句,其二五异声比和二四异声比持平,皆为

75%的自然概率。理论上不应如此,但由于杜氏未给出句例,无从直接加以检视。故这里仅按杜文语法分析得出的紧缩句标准(即两个主谓结构叠加),据陈庆元《沈约集校笺》①先搜出沈约五言诗句(包括"乐府")11例共20句:

1.寥戾(去)野风(平)急(入),芸黄(平)秋草(上)腓(平)。

　　　　　　　　　　　　　　——《留真人东山还》

2.江移(平)林岸(去)微(平),岩深(平)烟岫(去)复(入)。

　　　　　　　　　　　　　　——《循役朱方道路》

3.冰生(平)肌里(上)冷(上),风起(上)骨中(平)寒(平)。

　　　　　　　　　　　　　　——《白马篇》

4.岁(去)去(去,除也。上)芳(平)愿(去)违(平),年(平)来(平)苦(上)心(平)荐(去)。

　　　　　　　　　　　　　　——《长歌行》

5.月(入)落(入)霄(平)向(去)分(去)。

　　　　　　　　　　　　　　——《秋夜》

6.日(入)暮(去)桑(平)欲(入)萎(平)。

　　　　　　　　　　　　　　——《三月三日率尔成篇》

7.风(平)动(上)露(去)滴(入)沥(入),月(入)照(去)影(上)参(平)差(平)。

　　　　　　　　　　　　　　——《咏檐前竹》

8.叶(入)密(入)形(平)易(去)扬(平),风(平)回(平)响(上)难(平)住(去)。

　　　　　　　　　　　　　　——《听蝉鸣应诏》

---

① [南朝梁]沈约著,陈庆元校笺:《沈约集校笺》,杭州:浙江古籍出版社,1995年,第347、355、301、287、404、378、407、419、348、412、431页。

9.云（平）生（平）岭（上）乍（去）黑（入），日（入）下（上）溪（平）半（去）阴（平）。

——《登玄畅楼》

10.途（平）艰（平）行（平）易（去）跌（入），命（去）舛（上）志（去）难（平）逢（平）。

——《伤王融》

11.影（上）逐（入）斜（平）月（入）来（平），香（平）随（平）远（上）风（平）入（入）。

——《为邻人有怀不至》

杜氏统计的12句或在以上例中。问题在于，依语法分析，韵律结构明显属于"二／／二／一"式的只有第1、2、3、4例8句。第11例作语法分析，有两种结果，第一种"影逐"、"香随"皆视为主谓结构，则其为典型"二／／二／一"式；第二种将"来"、"入"分别视为"影"、"香"之谓语，"逐斜月"、"随远风"作修饰性状语，则其便成为"一三一"句式了。笔者以为第一种理解更显诗意，因为"影逐斜月"与"香随远风"虽能说得通，但与"邻人有怀"者了不相干，只为影香风月不见人；而"影逐"、"香随"作为独立结构，则意味着其省略的成分正好以"有怀之邻人"来充实。"影"、"香"暗喻邻人所怀者，"影逐"、"香随"两个意象所造成的正是"所怀者"恍若追随着"怀人"的幻象，"幻象"缘于"怀人"的情意所怀、主观切思之至；而后续的主谓分句与其所构成的转折关系又终将这种"幻象"打破了，"幻"的性质因此坐实，从而突出了"邻人有怀不至"的主题。实际上按文法分析，其韵律结构也只能归入"二三"式或"二二一"式，故这里将第11例视同"二／／二／一"式。如此一来，该式实可计者亦仅10句，姑且将全部例句归入，则二五异声18句，二四异声15句，分别占比90%与75%。数据提升仅限

于二五异声比,二四异声比无任何变化。究其实,诸例句固符合
杜氏的语法结构标准,而就音节韵律结构而言,第5、6、7、8、9、10
例10句则只能归为"二一二"式,因为后面的主谓结构的主语全是
单音节,故依语法分析,节奏点也应该主要体现于二、三字位。可
见纯依语法分析得出的"二//二/一"式实际上还包含了"二/
/一/二"式。该例共10句,其二、五字位与二、三字位异声的比
例分别为100%与90%。第1、2、3、4例毫无疑问属典型的"二/
/二/一"式,而其二、四字位异声比亦相应高达87.5%。当然,
如将第11例引入,则"二//二/一"式的数据便有所变化,二、
四异声比则又变成了70%。如何理解这种数据的反复呢?笔者
以为,沈约诗的抽样检视表明,永明句式的韵律结构未必与语法
结构完全相应,但与文法结构必然一致。沈约等的"分句"是文法
的分句,其切分对应于"声—文"一体的意象单元,而不能抽象地
说二四、二三或二五。就实际情形而言,典型的"二//二/一"
式语法句,沈约未必全都如此分句调声,如第11例2句虽全部二、
四同声,但二、五则全都异声,说明沈约是将"斜月来"、"远风入"
作为完整意象与前面作为完整意象的"影逐"、"香随"相对来分句
的,体现为二、三音步。其例虽不依语法单位作韵律单位的切分,
但其韵律结构完全合乎文法。第4、10例亦可如是观。综合上述
20句例,唯2句二、五同平声,其二、五异声比则高达90%,是说明
无论何种语法句式,沈约整体上是将其切分成二、三两个意象单
元构成音步加以调声的。当然,上述90%、87.5%的二、三字位与
二、四字位异声比数据似乎又表明:沈约在下三字节的合成意象
构成音步的前提下,同时亦表现出二次切分三字节复合意象加以
调声的倾向。

　　要之,上述数据分析,尤其是对沈约例的分析,再一次证明了永

明体句律是按句式文法结构分析所得的节奏点来调和四声的,因文法结构切分的粗细而呈现出一定的弹性,尽管重在二五异声调和。正是此一事实成就了刘滔后来"二四同声亦不能善"的说法。

(四)沈约与谢朓的比较分析

为了进一步探明永明体本身蕴含的变化的可能性,下面试将沈约与谢朓作一个比较分析。从数据看,谢朓使用"二二一"句式的比例只高出沈约0.70个百分点,大致相当,并无突出表现。形成比较大反差的是该句式二四异声比,谢朓高出沈约11.15个百分点。具体就二、四字位节奏点不太明显的"二′二′一"与"二／二′一"式而言,二四异声比谢诗则高出沈约19.4与7.16个百分点;二五异声比,谢诗"二′二′一"式也高出沈诗6.36个百分点,"二／二′一"式则大体持平。从文法的韵律结构来说,上述两式是较为明显的二三音步,沈约较低的二四异声比数据,是谨守永明"声—文"体制的正常表现;反之,谢朓的与二五异声比不分轩轾的高数据说明,尽管谢诗本质上没有破坏永明"声—文"体制,但毕竟表现出了明显的纯化诗句声韵节奏效果的倾向。文言单音节耦合而出是文言本体声韵美感的自然体现,故诗歌韵律的偶音节化本来就是文言诗体文体化表现的一个重要方面,这在《诗经》时代就已发生。众所周知,《诗经》体式的偶音节化主要通过叠音词和单音节实词加虚词化的实字组合实现的。汉魏以来,诗歌中虚词的使用遽然减少,直至不用。与之相应,绮靡丽文观念更促进了文学语言双音节耦合词的大量滋生繁衍。① 可见五言

────────

① 所述诗歌语言变化大势在《古诗十九首》中就已有充分体现,可参见孙力平:《略论〈古诗十九首〉之句法特点及其诗史意义》,《浙江工业大学学报》(社会科学版),2014年第1期。至于中古诗歌双音节词构造的整体情况,可参见王云路:《中古诗歌语言研究》,西安:世界图书出版西安有限公司,2014年。

诗"二三"音步的韵律结构演化为"二二一"音步是有其内因的,换而言之,谢朓强化二四字位的调声和谐是在永明"声—文"结体的大原则之外,复有追求诗句韵律自身美感的具体表现,这也正是谢诗数据异于沈诗数据的本质之所在。

正因为谢朓有超出沈约的声律追求,所以他对"二′二′一"与"二/二′一"式二四节奏点位表现出了与"二/二/一"、"二//二/一"式同样的敏感。"二/二/一"、"二//二/一"式本来二四节奏点位就非常清晰,谢诗二四异声比87%、89%的高数据表现当在情理之中。尤其是同句式二四异声比都一致高于二五异声比,这更加说明了谢朓二四字位调声和韵的自觉。

问题在于,杜晓勤提供的"二′二/一"式统计数据,沈、谢对比出现了反常。该式二五异声比,谢诗86.36%,而沈诗只有58.82%。谢诗实属正常,却反衬出沈诗的异常。至于该式的二四异声比,谢诗77.27%,沈诗却高达82.35%。此一数据,谢诗理当高出沈诗,结果却相反。按杜晓勤的语法分析,该式韵律结构第四字位应该是明显的节奏点,谢朓何以突然变得不如沈约敏感、二五异声本为沈约倡导,沈约何以于此变得如此不严谨了呢? 又如何解释其间数据比较而显示出来的反常现象呢? 问题出在数据统计本身,下面加以具体检视。

"二′二/一"句式,据杜氏统计沈诗17句、谢诗22句。笔者据陈庆元《沈约集校笺》、曹融南《谢宣城集校注》①搜索,分别得沈诗14句、谢诗32句:

---

① [南朝梁]沈约著,陈庆元校笺:《沈约集校笺》,杭州:浙江古籍出版社,1995年,第339、367、394、436、433、436、287、288页;[南朝齐]谢朓著,曹融南校注集说:《谢宣城集校注》,上海:上海古籍出版社,1991年,第145、147、155、156、191、233、280、203、327、335、336、338、339、367、370、377、414页。

沈约：

  1.穆穆宝化升，济济皇阶泰。（入入上去平，上上平平去）

    ——《三日侍林光殿曲水宴应制》

  2.虚馆清阴满。（平去平平上）

    ——《学省愁卧》

  3.凄锵笙管遒，参差舞行乱。（平平平上平，平平上平去）

    ——《乐将殚恩未已应诏》

  4.噭噭夜猿鸣，溶溶晨雾合。（去去去平平，平平平去入）

    ——《石塘濑听猿》

  5.眇眇玄涂旷。（上上平平去）

    ——《和王卫军解讲》

  6.邯郸风雨散，白登烟雾维。（平平平上去，入平平去平）

    ——《出重围和傅昭》

  7.连连舟壑改，微微市朝变。（平平平去上，平平上平去）

    ——《长歌行》

  8.依依往纪盈，霏霏来思结。（平平上上平，平平平去入）

    ——《长歌行》

谢朓：

  1.鎗鎗玉銮动，溶溶金障旋。（平平入平上，平平平去平）

    ——《郊祀曲》

  2.瑶池宝瑟惊，绮席舞衣散。（平平上入平，上入上平去）

    ——《钧天曲》

  3.寥唳清笳转，萧条边马烦。（平去平平上，平平平上平）

【"寥"曹本作"嘹"，据曹注改】

    ——《从戎曲》

4. 桂席羽觞陈,白云丘陵远。(去入上平平,入平平平去)

————《送远曲》

5. 寂寂深松晚。(入入平平上)

————《铜爵悲》

6. 杳杳云窦深,渊渊石溜浅。(上上平去平,平平入去上)

————《游山》

7. 暧暧江村见,离离海树出。(去去平平去,平平上去入)

————《高斋视事》

8. 参差百虑依。(平平入去平)

————《酬王晋安》

9. 澄澄明浦媚,衍衍清风烂。(平平平上去,上上平平去)

————《和》

10. 霢靡青莎被,潺湲石溜泻。(上上平平去,平平入去去)

————《和何议曹郊游二首其二》

11. 差池远雁没,飒沓群凫惊。(平平上去入,入入平平平)

————《和刘西曹望海台》

12. 参差世祀忽,寂寞市朝变。(平平去上入,入入上平去)

————《和伏武昌登孙权故城》

13. 故林衰木平,荒池秋草遍。(去平平入平,平平平上去)

————《和伏武昌登孙权故城》

14. 怆怆绪风兴,祁祁族云布。(去去上平平,平平入平去)

————《奉和随王殿下其三》

15. 穆穆神仪静,愔愔道言密。(入入平平上,平平上上入)

————《奉和随王殿下其五》

16. 连连绝雁举,眇眇青烟移。(平平入去上,上上平平平)

————《奉和随王殿下其十一》

17. 漠漠轻云晚,飒飒高树秋。(入入平平上,入入平去平)
——《侍筵西堂落日望乡》

以上引例中,沈诗二五异声11句,其他3句同平声;二四异声12句,其他两句同平声。二五异声比为78.6%,二四异声比为85.71%。谢朓诗二五异声26句,同平声5句,同去声1句;二四异声29句,同平声3句。二五异声比为81.25%,二四异声比90.63%。新的统计数据表明,沈诗二五异声比虽然低于二四异声比,但毕竟超出自然概率,关键在于,按永明律,二五同平声不为病,则其合律程度更高。其二四异声比数据亦很突出,仍然说明沈约是依据"声—文"体制进行调声的。谢朓的数据正合我们的预期,不仅遵守二五异声的永明律要求,而且在二四字位调声的兴趣大大超过了沈约。

综上所述,永明体就其"声—文"体制而言,本来就存在向所谓的"大同"句律演化的内因,只是其向"大同"句律演化尚存有另一种内因,即:谢朓诗业已表现出来的纯化诗句韵律美感的追求。究竟永明体之后的声律演化,哪种因素起主导作用,我们可以通过如次方式加以检验:如果"二一二"句式的二四异声比大幅提高,则说明后者起到了主导作用;如果"二二一"句式比例徒然上升,且二四异声比与之相应,二五异声比无大的变化,则说明永明"声—文"体制仍然起主导作用、二四调声意识的增强主要是句式演化的结果。下面我们结合杜晓勤提供的数据加以分析检验。

永明之后直至梁代,纯"二一二"诗的数量并无突出变化,如刘孝威、萧纲、庾肩吾、王褒等基本上与三大诗人相仿佛;纯"二二一"诗同样如此,甚至有所下降,如刘孝威、庾信、徐陵等都是零数据。至于两式诗句的数量亦无大的变化,"二一二"句为主体的基本格局未变。最显著的变化在于"二一二"句式二四异声比的徒然上升,依低到高排列如次:刘孝绰81.28%;萧纲87.76%;萧悫88.24%;刘缓88.73%;萧绎89.03%;刘孝胜89.23%;刘孝仪91.30%;徐陵91.53%;庾肩吾91.59%;刘孝威91.67%;王褒93.06%;庾信94.36%;徐摛100%。谢朓诗"二一二"句二四异声比为77.90%,三大诗人中已属最高,但与最低的梁初诗人刘孝绰相比尚且低3.38个百分点,更不要说与庾信、徐摛等相比了。可见,二四异声句律的确立,某种意义上可以说是谢朓纯化诗句韵律美感意识的延续、强化与放大。这一过程实际已经突破了永明声律的"声—文"体制,再度表现出了"声"与"文"离析的倾向。

就数据看,刘孝绰尚能遵循永明"声—文"体制。这主要体现在其虽于诗句二四字位的调声投入了关注,但其"二二一"句式93.35%的异声比显然高出"二一二"句式的81.28%很多。是说明句式的文法结构还是起到了主导作用。此外,两种句式的二五异声比分别为77.27%、81.25%,都超出了一般性的自然概率,是说明其意识中还是兼顾永明体制的。此外,徐摛尽管"二一二"句式二四异声比高达100%,但其二五异声比也达到了91.67%;即便"二二一"句式,其二五异声比也达到了81.25%,说明徐摛同样既突破又继承了永明体制。至于刘缓等其他诗人,其诗"二一二"句式的二五异声比与二四异声比的反差则显得异常突出了。刘缓二五异声为71.83%,未达到平均概率,低于二四异声16.9个百分点。其他诗人尽管二五异声亦有较高比例者,但整体言之,二五异声比低于二四异声比。萧纲低7.67个百分点,萧悫低0.91个百分点,萧绎低3.08个百分点;刘孝胜低3.08个百分点;刘孝仪低5.79个百分点,徐陵低15.26个百分点,庾肩吾低16.47个百分点,刘孝威低11.81个百分点,王褒低9.78个百分点,庾信低20.63个百分点,徐摛低8.33个百分点。其中最突出的是刘缓、王褒、刘孝威、徐陵、庾肩吾与庾信。此五人"二二一"句式的二五异声比亦低于二四异声比；刘缓低2.39个百分点，王褒低14.38个百分点，刘孝威低16.67个百分点，徐陵低14.90个百分点，庾肩吾低13.13个百分点，庾信低20.68个百分点。其中刘孝威、王褒、庾信二五异声比都在自然概率线以下。

综合比较数据的结果可以看出，梁代大同前后之五言诗创作，确实存在因重视诗歌自身的韵律美感而突破永明"声—文"体制的态势。

案例中的诗人大多可以归入梁代宫体诗派，庾肩吾等五大诗人都是宫体诗派的中坚力量，而史书所描述的"宫体"特征正与此声律大势相吻合。"宫体"是史家继"永明体"之后对五言新体诗的再度命名，其名首见于姚察、姚思廉父子修撰的《梁书》。是书徐摛本传云："摛文体既别，春坊尽学之。'宫体'之号，自斯而起。"①说明了"宫体"名号始于梁简文帝萧纲任东宫太子的梁中大通三年（公元531年）前后，"宫体"诗的成立缘起于徐摛的示范及围绕着太子周围的东宫诗人的群体效仿。太子萧纲亦在其中，《梁书·简文帝纪》云："（简文帝）雅好题诗，其序云：'余七岁有诗癖，长而不倦。'然伤于轻艳，当时号曰'宫体'。"②《梁书·庾肩吾传》云：

> 肩吾与东海徐摛，吴郡陆杲，彭城刘遵、刘孝仪，仪弟孝威，同被赏接。及居东宫，又开文德省，置学士，肩吾子信、摛子陵、吴郡张长公、北地傅弘、东海鲍至等充其选。齐永明中，文士王融、谢朓、沈约文章始用四声，以为新变，至是转拘

---

① [唐]姚思廉：《梁书卷三十·列传第二十四·徐摛传》，北京：中华书局，1973年，第447页。
② [唐]姚思廉：《梁书卷四十九·本纪第四·简文帝纪》，北京：中华书局，1973年，第109页。

声韵，弥尚丽靡，复逾于往时。①

传文具体涉及了梁宫体诗派的形成及"宫体"诗特征。日本学者兴膳宏曾明言：

> 这里已指出了宫体诗所具有的两个特征，只不过没有用"宫体诗"一词而已。一般说到宫体诗，人们往往片面强调"尚丽靡"的一面，其实"拘声韵"的一面也不可忽视。试翻《玉台新咏》，检讨一下简文帝及其周围诗人们的作品，即可知道，他们对声韵的关注简直到了烦琐的地步。《梁书》的记载也可以看做是指出了永明诗人是宫体诗的源头，是将永明体诗与宫体诗作为一个连续的流程来认识的。②

兴膳宏批评了今人理解"宫体"诗的偏颇，亦即只从题材风格的一面来定义梁代宫体诗，而无形中忽略了它与永明体诗的内在关联——重声律形式。其批评显然是有根据的，但其对"转拘声韵，弥尚丽靡"一语的理解未必精细。"拘声韵"无疑涉及声律形式，"尚丽靡"的今人理解固然可通，但是否即此一义则有可疑。魏文、陆机先有"欲丽"、"绮靡"之说，丽、靡皆指文辞形式，此处"丽靡"连用未必没有因袭其义。就此而言，"弥尚丽靡"便同样与"宫体"诗的体制特点有关。此外，传文尽管"是将永明体诗与宫体诗作为一个连续的流程来认识的"，但同时又指出了两者的分野。"转拘声韵，弥尚丽靡"不应只是指两者在量上的差异，同时也涉及了性质上的变化。因为"拘声韵"显然不适合用以定义永明"文章始用四声，以为新变"的性质。"拘"字说明了"宫体"诗的

---

①［唐］姚思廉：《梁书卷四十九·列传第四十三·文学上·庾肩吾传》，北京：中华书局，1973年，第690页。

②［日］兴膳宏：《五言八句诗的成长和永明诗人》，《东方丛刊》，2001年第2期。

声韵追求的纯形式主义的特质,它与永明体避忌声病,追求诗文在吟诵中"声—文"相合的声律体制是有本质区别的。具体言之,永明的声律体制的特质是文法决定声法,声法配合文法,而"宫体"的"拘声韵"则意味着其声法完全可以具有自足性,不必受文法的制约。以上主要"宫体"诗人的五言诗声律数据恰恰印证了史家"拘声韵"的说法,揭示了其本来含义。就声律演化而言,梁初何逊、刘孝绰及徐摛等人都是"永明体"向"宫体"演变的转关性人物。

第三节　宫体诗人"声—文"体制突破的诗体律化影响

前此有关何逊的探讨已表明,句律的变化会带来自然的连锁反应,会在诗体的其他层面有所表现,宫体诗的突破,其影响自然亦是如此。宫体诗的突破是对永明"声—文"体制的突破,于是,诗体律化或文体化便呈现出了"声"与"文"相互独立,齐头并进,同时又相互影响的发展格局。只是这种影响已呈现出声韵影响文法的偏向。就"声"而言,声律平仄化及黏对律水平的推进具有了更大的可能性;就"文"而言,为迁就声律,诗体句法的灵活性增加,更易于突破语体语法逻辑的限制,意象化程度提升的可能性更为显著。下面我们以徐陵、庾信二韵四句、四韵八句五言诗为例加以具体说明。

一、"名物化"与"无句"之句法

据许逸民《徐陵集校笺》[①],徐陵现存诗歌45首。其中,五言

[①] [陈]徐陵撰,许逸民校笺:《徐陵集校笺》,北京:中华书局,2008年。

诗38首，七言诗5首，杂言诗2首。五言诗中，五言八句者25首，另有五言六句者2首，五言十句者5首，五言十二句者4首，五言十四句者1首，五言十六句者1首。五言八句中有存疑者1首，今不取，得24首。又据许逸民校点《庾子山集注》①，庾信存诗两卷，其中五言二韵体诗55首，参吴兆宜《庾开府集笺注》增《咏桂》1首，计56首；四韵体79首，参逯钦立《先秦汉魏晋南北朝诗·庾信卷》增《七夕》1首，《咏画屏》诗从吴兆宜等本作二十五首，共得庾信四韵体81首。所取庾信五言总计137首。下文相关分析将主要以徐、庾这161首五言诗作为案例。

《徐陵集》中，凡二十四首五言八句诗大多为徐陵在梁时的应令唱和之作，其中"乐府"10首，诗14首。其"乐府"诗的最大特点是"赋题"，诗的内容主要是围绕着古题文字之联想与想象所作的敷衍。如《折扬柳》几乎无一字一句不与"杨柳"意象关联重叠。首联"袅袅河堤树，依依魏主营"，"袅袅"见于鲍照诗《在江陵叹年伤老》"袅袅柳垂道"句，状柳之辞；《古诗纪》云"河堤树"之"树"，一作"柳"，即便不作"柳"，袅袅所状之"河堤树"只能是"柳"。"依依"为状柳之辞最早见于《诗经·小雅·采薇》"昔我往矣，杨柳依依"句；"魏主营"又只能指"柳"，否则全句不通。"魏主"乃曹丕，有《柳赋》一篇，其序题云："昔建安五年，上与袁绍战于官渡，是时余始植斯柳。自彼迄今，十有五载矣！左右仆御已多亡，感物伤怀，乃作斯赋。"②"魏主营"实指魏主营中之柳。"江陵有旧曲，洛下作新声"联，据许逸民《徐陵集校笺》，实指梁元帝江陵所

①[北周]庾信撰，[清]倪璠注，许逸民校点：《庾子山集注》，北京：中华书局，1980年。
②[清]严可均辑，马志伟审订：《全上古秦汉三国六朝文·全三国文》，北京：商务印书馆，1999年，第41页。

作《折杨柳》及庾信仕周为洛州刺史时所作《杨柳歌》，全联归于题名。"妾对长杨苑，君登高柳城"两句虽用典事中的宫名、地名，但《校笺》亦指出诗中与宫名、地名无关，只是借"杨"、"柳"字而已。前三联反复敷衍杨柳之后，尾联"春还应共见，荡子太无情"合题见意。然稍加斟酌便发现，此看似关乎情意而实则仍然停留于文字。"春还应共见"一句所指为杨柳，但与真实情境中杨柳无关，最终导向的还是典事中的杨柳。"荡子太无情"实则由联想《古诗十九首·青青河畔草》"郁郁园中柳"、"荡子行不归，空床难独守"所生出的感想而已。整首诗的构筑虽不离景与物事，但皆维系于由"题名"而生出的典用。其用典字词化了，一首诗差不多成了类书的片段，此一特点在《洛阳道二首·其一》中表现得更为明显。作为诗的用典，在徐陵诗中大都以咏物出之。由徐陵乐府赋题诗不难推断，"名物化"应该代表了"宫体"诗最一般的特性。庾信《赋得鸾台诗》"九成吹玉琯，百尺上瑶台"、《乌夜啼》"虎贲谁见惜，御史讵相携"之类具有如此特性一目了然，即便入北之后的庾信五言诗仍然可以看出宫体"名物化"的特性，诸如"六月蝉鸣稻，千金龙骨渠"、"野情风月旷，山心人事疏"（《奉和永丰殿下言志诗十首》）、"残秋欲屏扇，余菊尚浮杯"（《聘齐秋晚馆中饮酒诗》）之类的诗句即是。

学界通常习惯于据女性题材以及对女性体态细致入微的观察与香艳描写来定义梁代"宫体"诗，而事实上，"宫体"诗远不限于女性题材，在徐陵编辑的《玉台新咏》中，咏物诗才是大宗。"宫体"诗超出题材、体裁的特性便是其"名物化"，在"宫体"诗中，女性体态的细致观察与描写的前提亦正是女性身体的"名物化"。这里可以徐陵《和王舍人送客未还闺中有望》一诗加以说明。题中点明该诗为和王舍人诗而作，《校笺》以为王氏或即王筠，所和

原诗乃《向晓闺情》一首。其诗曰："北斗行欲没，东方稍已晞。晨
鸡初下栖，玉台作振羽。衾裯徒有设，信誓果相违。讵忍开朝镜，
羞恨掩空扉。"王诗"讵忍开朝镜，羞恨掩空扉"与徐诗"对镜览红
颜"、"高扉掩未关"句相对照，可见和诗与原诗情境不完全一致。
原诗有明显的虚构性，因为结句"掩空扉"一语自我点明前此诗中
有关闺中的描写皆属想象之辞；而和诗则有意识地引进了诗人视
角，突显了诗歌的情境性以呼应诗题"送客未还闺中有望"。但
我们完全有理由怀疑诗歌真的是出于"闺中有望"。诗首联第一
句点明了所望之女性为"倡人"，那么此"倡人"为当下生活在宫中
的艺妓吗？显然不是，因为尾联第一句"良人在何处"之问说明诗
人希望看到的是倡人与良人（倡人夫君）同在，而事实却不然。宫
中"倡人"皆当妙龄，何来良人可言，故诗中"倡人"非宫中艺妓可
知。那么，"倡人"是否即途中真实所见呢？此想亦属似是而非。
"绮灯停不灭，高扉掩未关"说明倡人夜深习歌吹，晨曦未开歌吹
罢，而后"对镜览红颜"、"拭粉留花称，除钗作小鬟"，其间"高扉"
一直"掩未关"。试想若是真实所见，良人远游而一己孤身独处之
倡人，岂有夜深虚其扉之理？可见，这里的倡人只能属诗人臆想
而非当下目中所见。梁代宫体派诗人以"倡人"、"倡女"为吟咏对
象司空见惯。如，萧纲《伤美人》诗曰："昔闻倡女别，荡子无归期。
今似陈王叹，流风难重思。翠带留余结，苔阶没故基。图形更非
是，梦见反成疑。熏炉含好气，庭树吐华滋。香烧日有歇，花落无
还时。"[1] 本为伤美人诗，开篇发咏的却是"倡女"。又，刘邈《万
山见采桑人》诗曰："倡妾不胜愁，结束下青楼。逐伴西蚕路，相携

---

[1] 逯钦立辑校：《先秦汉魏晋南北朝诗·梁诗》卷二十一，北京：中华书局，1983
年，第1941页。

南陌头。"① 连咏采桑女也得切换为倡家女。可见，其时"倡女"实即美女丽人的代名词。最值得注意的是，这种倡女同咏诗，无论其描绘的细节如何，其主题的模式都指向了一个共同的原型——《古诗十九首·青青河畔草》中的"荡子游不归，空床难独守"，都是对古诗的演绎变奏。徐陵和诗亦不例外。与古诗中有血有肉的倡女不同，宫体诗人笔下之倡女即便浓妆艳抹，风情万种，终究在诗人的臆想中名物化了，成了诗人任意驱遣丽靡字词的道具。就"名物化"而言，徐陵的这首《和王舍人送客未还闺中有望》与其乐府赋题并无二致。宫体闺情诗之吟咏女性，虽被后人目曰艳情，但究其实，情虚文丽而已。

　　"名物化"是宫体诗的一般特性，对此，学者朱周斌在论及萧纲的专著中亦曾有过深入的揭示：

　　　　萧纲的诗歌无论有多少过分的描写，但这些描写仅仅是描写。他欣赏着美人们的身体，仔细地、迂回曲折或是直接地观察着她们，暗示着她们可能的哀愁和思念、美丽。但是，这些描写最终都没有触及到真实的肉体。如果他触及到了肉体，也只是通过他的目光、他的嗅觉来触及。更多的时候，这些触击仅仅是一种发生在词语之间的事情。与其说她是一个美人，不如说她是一个词，构成了一首诗歌的有机和重要部分。它将女性本身词语化了，他关于女性的描写首先是一种词语化的产物，而不仅仅是一种肉体上的沉沦。这是他的诗歌一贯的写作机制，如前面我们所读到的从风景到语言游戏那些诗歌一样。

①逯钦立辑校：《先秦汉魏晋南北朝诗·梁诗》卷二十一，北京：中华书局，1983年，第1890页。

但是,更多的时候,我们不仅仅要从道德层面上去阅读这些诗,更要深一层——而这一层便意外地"回"到了语言本身的层面上去——阅读他的诗歌。我们将会意识到:女性,无论是内人,还是美人,还是丽人,这些就像我们刚刚分析过的"药名"、"卦名"诗一样,不过是写作一首诗的契机,不过是一个核心的名词与诗歌要素,它们推动着一首诗歌的形成,构成了一首诗歌的外表与氛围。①

"名物化"对应的是诗人诗歌创作中文体(或曰意象)思维的强化,这在诗歌"因字积句"的句体结构中得到充分的表现。其宏观的表现无疑是对偶句,徐陵例诗五言四韵24首96联,68联为对句,占70.83%,其中有4首通篇对偶。庾信例诗五言二韵56首、四韵81首,总436联,312联为对句,占71.56%,其中通篇对偶的有15首。就微观而言,凡对偶句毫无例外地是描写性的句子——包括状物写景及描写人物情态,可统称为"情景句"。不惟如此,非对偶联亦以"情景句"居多,如"倡人歌吹罢,对镜览红颜"、"良人在何处,惟见月光还"之类。"情景句"就句法而言皆属意象聚合结构的文法,"离散性"大于"逻辑性",按后世的"语法"甚至可以说成"无句"。如朱熹批评时人句法云:"古人诗中有句,今人诗更无句,只是一直说将去。这般诗,一日作百首也得。如陈简斋诗'乱云交翠壁,细雨湿青松';'暖日薰杨柳,浓荫醉海棠',他是什么句法!"②朱子之所以谓陈诗无句,无非句皆情景意合,直陈感官耳目之间,无比兴,无客观逻辑。如"浓荫醉海棠","醉"字指"浓荫"、

---

① 朱周斌:《比较诗学视野下的萧纲研究》,长春:吉林大学出版社,2014年,第181、182页。
② [宋]黎靖德编,王星贤点校:《朱子语类》,北京:中华书局,1986年,第3330页。

"海棠"两可且皆无关客观事理；而名物直致，句序挣脱语体逻辑限制，离合自由，"海棠醉浓荫"抑或"浓荫海棠醉"，无可无不可。徐陵《和王舍人送客未还闺中有望》"惟见月光还"[①] 便有版本作"光惟见月还"句，许逸民《校笺》本不取后者，多少受了语体语法的影响。但无论如何，既然古本有此句例，那么至少可以说明在古人看来，它是合乎诗句文法的，并无不妥。"无句之句"在宫体诗中实属常态。再举徐陵一例试作分析，以加深观感与理解。《洛阳道》有"华轩翼葆吹，飞盖响鸣珂"[②] 一联，名物堆砌无甚于此。

吴兆宜《注》云：

> 江淹诗："许史乘华轩"。《说文》："轩，曲辀辒车也。"《蜀志》："先主少时戏言，吾必当乘此羽葆盖车。"
>
> 《通俗文》："马勒饰曰珂。"《本草》："珂，贝类。皮黄黑而骨白，可为马饰，生南海。"曹植《公谦诗》："清夜游西园，飞盖相追随。"[③]

据许逸民《校笺》：

> "华轩"，车曲辕而有幡……
>
> "葆吹"，葆车和鼓吹……"葆"，葆车，车盖饰以五彩鸟羽。"吹"，鼓吹，汉乐的统称……
>
> "飞盖"犹羽盖，亦称葆车……"珂"，马勒装饰物。一说玉石，《广雅·释地》："珂，玉之次石。"清王念孙《疏证》："珂者，马勒饰，石形似之，因以名焉。"又，《艺文类聚》卷四二《梁

①［陈］徐陵撰，许逸民校笺：《徐陵集校笺》，北京：中华书局，2008年，第129页。
②［陈］徐陵撰，许逸民校笺：《徐陵集校笺》，北京：中华书局，2008年，第25页。
③［陈］徐陵撰，［清］吴兆宜笺注，陆费逵总勘，高时显辑校，丁辅之监造：《徐孝穆集笺注》卷一《洛阳道》，《四部备要》（集部），上海中华书局据吴注原刻本校刊，第10页。

元帝洛阳道》:"玉珂鸣战马,金爪斗场鸡。"①

可见,全联十字只是更文叠字状一"轩"字,而其状又一"华"字可以了得。诗全篇是赋题,诗一联同样是赋题。此诗联只能观字而不能读句,否则毫无诗意。观字方可领略一种华丽之气势。翼,本为鸟翼,诗中状轩车飞动若鸟之高翔;"葆"字继之,渲染彩丽满目;"吹"字继之丽色,又壮声势之盛。"飞盖响鸣珂"字字都只在耸动人的视听感官,再次引人聚焦其声色之势而已。如此诗联确实难以成句,仿佛今之电影蒙太奇镜头变焦而已,作为诗句,其最终呈现的只能是两组对仗工整的文字。梁元帝《洛阳道》"玉珂鸣战马,金爪斗场鸡"、庾信《喜晴》"水白澄还浅,花红燥更浓"之句与徐诗当属同类。对比曹植"清夜游西园,飞盖相追随"诗句体格的质直自然,宫体诗人雕文琢字之功于此可见一斑。此外,值得指出的是,梁代宫体诗歌的无句之句法在笔体之文中亦有所体现,如刘孝标《与宋玉山元思书》"驱马金张之馆,飞盖许史之庐"句便是典型。

二、句式与句律

我们再来看看徐陵、庾信二韵、四韵体五言诗的句式与声律的关联情况。

徐陵24首四韵八句诗,共192句,其中"二一二"句式120句;占总数62.5%,"二二一"句式72句,占总数的37.5%。这个数据与杜晓勤统计的徐陵全部37首五言诗的数据相比,"二一二"句式低了9个百分点,"二二一"句式则高了9个百分点。这说明五言八句篇制"二二一"句式应高于其他篇制。前面分析何逊诗声律

---

① [陈]徐陵撰,许逸民校笺:《徐陵集校笺》,北京:中华书局,2008年,第27—28页。

情况时,我们得出的一个观点是,诗体律化是由二韵体向其他篇体推扩的,在梁代四韵体已成为主要篇体形式,某种意义上可以说,"二二一"句式数据在四韵体诗中相对上升的现象意味着该句式与诗体律化的整体趋势与水平有一定的关联。

徐诗四韵体"二一二"句式总比有所下降,但其二四异声句110句,占该句式总数比较之全部五言诗统计所得91.53%的数据则略有上升,达91.65%。二四平仄异声108句,其比例占全部"二一二"句的90%,占全部异声句的98.18%。二三异声95句,占总比约79.2%;其中平仄异声61句占总比为50.8%,在全部异声句中占64.21%。比较两组数据,明显看出徐陵突破句式本身的自然韵律结构,按"二二一"音步调平仄的形式主义追求。"二二一"句式72句,二四异声68句,同平声4句,异声句占总比94.44%。其中异平仄67句,占总比93.06%,占异声句数的比例高达98.54%。此组数据进一步说明了宫体诗人"转拘声韵"的本质或者说其声律化的水平。

庾信五言二韵体诗56首、四韵体81首。二韵体总224句,"二一二"句式108句,占总句数的48.21%。其中,二四异声102句,占该式总句数94.44%,而其平仄异声100句,占异声句数比高达98.04。此外同平声六句。该句式二三异声73句,占总句数67.59%,其中平仄异声50句,占总句数比46.3%、异声句数比68.5%。此外二三同平声31句,同仄声4句。

二韵体诗"二二一"句式116句,占总数的51.79%。二四异声104句,同平声12句。异声句占该式总句数比89.66%,其中平仄异声100句,占总句数比86.2%、异声句数比96.2%。

四韵体"二一二"句式352句,占648总句数54.32%。二四异声句320句,同平声30句,同仄声2句,其中平仄异声316

句。二四异声占该式总句数比为90.9%，平仄异声占总句数比为89.77%，占异声句数比高达98.75%。二三异声句259句，其中平仄异声177句，异上去入声82句，同平声83句，同上去入声10句。二三异声占该式总句数比为73.58%，平仄异声占总句数比为50.3%，占异声句数比高达68.3%。

四韵体除两句纯"二三"句式外，"二二一"句式294句，占648总句数45.4%。其中二四异声句282句，平仄异声句279句、异上去入声句4句。此外二四同平声12句。异声句占该式总句数比约96%，平仄异声占总句数比约94.9%，所占异声句数比高达98.94%。

总计庾信全部二韵、四韵体诗872句，除纯粹"二三"句式2句外，"二一二"句式460句，"二二一"句式410句，各占总句数比52.75%与47.02%。"二一二"句式二四平仄异声句424句，占该句式总数比92.17%，超过自然概率42.17个百分点。相比之下，二三异声句总计332句，平仄异声257句，异四声句占总数比72.2%，平仄异声句所占总数比亦只有55.87%。以上数据充分说明了庾信超越"声–文"体制，亦即诗句自然的语义节奏，纯粹依据文言本体形式的韵律结构调和平仄的意识与水平。至于其诗"二二一"句式47.02%的比例较之徐陵还要高出9.52个百分点。与杜晓勤所统计的庾信全部五言诗"二二一"句式的31.79%的比例，二韵体、四韵体诗的该句式出现的概率更是超出15.23个百分点。"二二一"句式异四声句398句，占总句数比97.07%；异平仄句395句，占总句数比96.34%、异声句数比99.25%。庾信"二二一"句式数据进一步支持了我们由徐陵四韵体诗分析所得出的该句式关联诗体律化的整体趋势与水平的结论。

徐陵、庾信五言新体诗"二二一"句式的上升与其名物化的运思方式及"弥尚丽靡"的艺术追求相表里，同时亦与其"转拘声韵"

有着深刻的关联。如徐陵《咏雪》"琼林玄圃叶，桂树日南华（平平平上入，去去入平平／平平平仄仄，仄仄仄平平）"①联，就语义结构而言，吟成"琼林叶玄圃，桂树华日南"、"玄圃琼林叶，日南桂树华"、"玄圃叶琼林，日南华桂树"固无不可，但声韵结构则大为不同，于是变成："平平入平上，去去平入平／平平仄平仄，仄仄平仄平"、"平上平平入，入平去去平／平仄平平仄，仄平仄仄平"、"平上入平平，入平平去去／平仄仄平平，仄平平仄仄"。句构新例1上句二四同声，下句不能构成平仄和声；新例3尽管句律和谐，但变成了仄声韵句。只有新例2声韵最善，为"二二一"句式，但较之原诗句，其下句二五同平声，虽不为病，然毕竟尚有瑕疵。庾信诗中，诸如此类的例子更多。《和春日晚景宴昆明池》有"上林柳腰细，新丰酒径多"②联，其别构可有"上林细柳腰，新丰多酒径"、"柳腰细上林，酒径多新丰"、"柳腰上林细，酒径新丰多"，其声韵结构则为："去平去上平，平平平上去／仄平仄仄平，平平平仄仄"、"上平去去平，上去平平平／仄平仄仄平，仄仄平平平"、"上平去平去，上去平平平／仄平仄平仄，仄仄平平平"。变例1不仅上句二五同平声，关键是转换成了仄声韵式；变例2则犯上尾巨病；变例3声韵最佳，只有上句二四同声，稍欠和谐。原诗句声韵为"去平上平去，平平上去平／仄平仄平仄，平平仄仄平"，虽然上句亦不免同声，但下句较之变例3则避开了后三字音节连平，构成了最为严整的"二二一"音步且平仄相间。《入道士馆》"云袍白鹤度，风管凤凰吹（平平入入入，平上去平平／平平仄仄仄，平仄

①［陈］徐陵撰，许逸民校笺：《徐陵集校笺》，北京：中华书局，2008年，第131页。

②［北周］庾信撰，［清］倪璠注，许逸民校点：《庾子山集注》，北京：中华书局，1980年，第317页。

仄平平)"① 亦有三种变式,"二一二"式两种:"云袍度白鹤,风管吹凤凰(平平入入入,平上平去平 / 平平仄仄仄,平仄平仄平)"、"白鹤度云袍,凤凰吹风管(入入入平平,去平平平上 / 仄仄仄平平,仄平平平仄)","二二一"句式一种:"白鹤云袍度,凤凰风管吹(入入平平入,去平平上平 / 仄仄平平仄,仄平平仄平)"。对比原句联"平平仄仄仄,平仄仄平平",三变式无疑更多声律瑕疵。再引几例②:

> 野人相就饮,山鸟一群惊。上平平去上,平上入平平。仄平平仄仄,平仄仄平平。
>
> ——《奉答赐酒》
>
> 柏叶随铭至,椒花逐颂来。入入平平去,平平入去平。仄仄平平仄,平平仄仄平。
>
> 流星向椀落,浮蚁对春开。平平去上入,平上去平平。平平仄仄平,平仄仄平平。
>
> ——《正旦蒙赵王赉酒》

所引例句声律形式已臻完美,其文字尚可重组,而声韵不可再变。

以上分析考察的是"二二一"句式,下面我们再来看看"二一二"诗句。

"洛阳驰道上,春日起尘埃(入平平上去,平入上平平 / 仄平平仄仄,平仄仄平平)"③,这是徐陵《洛阳道其二》中的首联。其

---

①［北周］庾信撰,［清］倪璠注,许逸民校点:《庾子山集注》,北京:中华书局,1980年,第329页。

②［北周］庾信撰,［清］倪璠注,许逸民校点:《庾子山集注》,北京:中华书局,1980年,第342、343页。

③［陈］徐陵撰,许逸民校笺:《徐陵集校笺》,北京:中华书局,2008年,第26页。

下句为"二一二"句式,异于上句"二二一"式。就声律而言,本联"仄平平仄仄,平仄仄平平"显然是完美且标准的律句律联。如下句文字重组成"春日尘埃起(平入平平上／平仄平平仄)"或"尘埃春日起(平平平入上／平平平仄仄)"的"二二一"式,则不仅变原诗为仄韵式,而且也破坏了原句联的声律结构。徐陵此处变下句为"二一二"显然出于声韵方面的考虑。再如徐诗《新亭送别应令》中间两联①:

> 野燎村田黑,江秋岸荻黄。上上平平入,平平去入平。
> 仄仄平平仄,平平仄仄平。

> 隔城闻上鼓,回舟隐去樯。入平平上上,平平上去平。
> 仄平平仄仄,平平仄仄平。

第一联为"二二一"句式,第二联属"二一二"句式,两者都是标准的律句律联。第二联亦可变为"二二一"句式:"隔城上鼓闻,回舟去樯隐(入平上上平,平平去平上／仄平仄仄平,平平仄平仄)。"作者不取该式而选择"二一二"句式,声韵的标准起到了重要作用是显而易见的。

类似徐诗例证,庾信诗中更俯拾皆是,兹略举如下:

> 秋光丽晚天,鹢舸泛中川。平平去上平,入上入平平。
> 平平仄仄平,仄仄仄平平。

> 密菱障浴鸟,高荷没钓船。入平平入上,平平入去平。
> 仄平平入仄,平平入去平。

> 碎珠萦断菊,残丝绕折莲。去平平上入,平平上入平。
> 仄平平上仄,平平上入平。

> 落花催斗酒,栖鸟送一弦。入平平上上,平平去入平。

---

① [陈]徐陵撰,许逸民校笺:《徐陵集校笺》,北京:中华书局,2008年,第98页。

仄平平仄仄,平平仄仄平。

——《和灵法师游昆明池二首其二》①

送寒开小苑,迎春入上林。去平平上上,去平入去平。
仄平平仄仄,仄平平仄平。

丝条变柳色,香气动兰心。平平去上入,平去上平平。
平平仄仄仄,平仄仄平平。

——《咏春近余雪应诏》②

凄清临晚景,疏索望寒阶。平平平上上,平入去平平。
平平平仄仄,平仄仄平平。

湿庭凝坠露,抟风卷落槐。入平平去去,平平上入平。
仄平平仄仄,平平仄仄平。

——《晚秋》③

酒醺人半醉,汗湿马全骄。上平平去去,去入上平平。
仄平平仄仄,仄仄仄平平。

归鞍畏日晚,争路上河桥。平平去入上,平去上平平。
平平仄仄仄,仄仄仄平平。

——《咏画屏风诗二十五首其一》④

逍遥游桂苑,寂绝到桃源。平平平去上,入入去平平。

---

① [北周]庾信撰,[清]倪璠注,许逸民校点:《庾子山集注》,北京:中华书局,1980年,第321页。
② [北周]庾信撰,[清]倪璠注,许逸民校点:《庾子山集注》,北京:中华书局,1980年,第350页。
③ [北周]庾信撰,[清]倪璠注,许逸民校点:《庾子山集注》,北京:中华书局,1980年,第352页。
④ [清]吴兆宜撰:《庾开府集笺注》卷五,《文渊阁四库全书》第1064册,第131页。

平平平仄仄，仄仄仄平平。

　　狭石分花径，长桥映水门。入入平平去，平平去上平。
仄仄平平仄，平平仄仄平。

　　管声惊百鸟，人衣香一园。上平平入上，平平平入平。
仄平平仄仄，平平平仄平。

　　定知欢未足，横琴坐石根。去平平去入，平平上入平。
仄仄平平仄，平平仄仄平。

　　　　　　　　　　　　——《咏画屏风诗二十五首其五》①

　　立德齐今古，资仁一毁誉。入入平平上，平平入上平。
仄仄平平上，平平仄仄平。

　　　　　　　　　　　——《奉和永丰殿下言志诗十首其一》②

　　绿槐垂学市，长杨映直庐。入平平入上，平平去入平。
仄平平入仄，平平仄仄平。

　　连盟翻灭郑，仁义反亡徐。平平平入去，平去上平平。
平平平仄仄，平仄仄平平。

　　　　　　　　　　　——《奉和永丰殿下言志十首其八》③

　　以上单句皆属"二一二"句式，且毫无例外地可以转化为
"二二一"句式，之所以取前式，有取声韵使然也。我们不难发现，
尽管纯属"二一二"句式，但庾信却是非常明确地按照"二二一"音
步调平仄的。

---

①［北周］庾信撰，［清］倪璠注，许逸民校点：《庾子山集注》，北京：中华书局，
　1980年，第353页。
②［北周］庾信撰，［清］倪璠注，许逸民校点：《庾子山集注》，北京：中华书局，
　1980年，第330页。
③［北周］庾信撰，［清］倪璠注，许逸民校点：《庾子山集注》，北京：中华书局，
　1980年，第336页。

　　若从律句角度去观察,我们会发现以上所涉及的律句,完全可以对应于今人所归纳的唐代律诗的基本律句。按照王力《汉语诗律学》归纳,五言基本律句有如次四种:A.仄仄平平仄;B.仄仄仄平平;C.平平平仄仄;D.平平仄仄平。而依启功《诗文声律论稿》中的"竹竿理论",四种基本律句分别是:A.仄仄平平仄;B.平平仄仄平;C.仄平平仄仄;D.平仄仄平平。综合两人看法,基本律句实际上变成了六种:A.仄仄平平仄;B.仄仄仄平平;C.平平平仄仄;D.平平仄仄平;E.仄平平仄仄;F.平仄仄平平。在上述所分析的徐陵、庾信诗的全部52句示例中,正是此六种基本律句占绝对主体。只有庾信诗中有两句例外,一句是"上林柳腰细(仄平仄平仄)",另一句是"迎春入上林(仄平仄仄平)"。前一句是较为典型的永明律句,而后一句则是"六种基本律句"D型律句的变体,唐人近体律诗亦偶见其例。

　　综上可见,徐陵、庾信五言新体诗,无论"二二一"句式,抑或"二一二"句式,其体制建构终取决于对诗歌声韵美感形式的追求。这里可以得出初步结论,梁代宫体诗人已完成了近体律句的建构。在此一建构的过程中,是对文言声韵本体和谐的这一韵律形式的追求引导了句法的结构,而不是相反。这也正是梁代宫体诗人异于前代永明诗人之处。而这一追求得以实现的前提条件则是诗歌思维、文法体制意象化或曰文体化水平的大幅提升。

三、句联及联间的韵律与声律表现

　　前此就徐陵、庾信诗歌句式与声律关系所作的分析表明,句式的选择在句联层面客观上倾向于避免仄韵式的韵律结构。其现象与我们揭示的平韵诗为律体正式、诗体律化的探索始于平韵诗并通过平韵诗的声律探索加以推进的观点是一致的。实际上,徐陵现存24首四韵体诗只有一首乐府《陇头水》属纯仄韵诗,另一首四韵体《为羊兖州家人答饷镜诗》属换韵,前两韵押入声十月韵,后两韵押上平声十六哈韵;其他全押平声韵。四韵体纯平韵诗亦有22首,占全部四韵体诗的91.7%。庾信仄韵诗,在56首二韵体中计有5首:《和侃法师三绝诗·其三》《赠别诗》《行途赋得四更应诏诗》《和江中贾客诗》《别张洗马枢诗》;在81首四韵体中计3首:《冬狩行四韵连句应诏诗》《和颖川公秋夜诗》《拟咏怀诗二十七首·其二十四》。仄韵诗总计8首,则平韵诗共计129首,占全部137首的94.2%。平韵诗在全部四韵体诗中占比更高达96.3%。这里,结合刘滔"平声用法"之说推断:梁代诗人,尤其是宫体诗人在实际创作中存在"用平声"的思维。

所谓"用平声"的思维除了偏好平声韵式的韵律结构之外,还将此一偏好推进到诗体的和律结构。具体言之,诗人在遣字造句,调和声韵时,首先考虑的是句体、句联层面的平声字数及其位置选择,然后再依据韵律、和律原则安排仄声韵字以调和句及联的声韵。下面通过徐陵、庾信诗例的具体考察加以分析验证。

(一)"标准律句"问题

今人所谓的近体标准律句或基本律句是据唐人律诗归纳总结出来的,本文认为标准律句是可以通过"用平声"思维加以推导的。

自永明体人为调和声律以来,五言诗句式的平声用法正如刘滔所言,非二即三。也就是说二平声或三平声是诗人选择平声用字的常态,因此,标准律句或基本律句首先必然是包含二平声或三平声的五言句式。依据和律二四异声、平仄相间的原则,理论上说,符合如此条件的五言句式共有如下12种:

A.仄仄平平仄

B.仄仄仄平平

C. 平平平仄仄

D. 平平仄仄平

E. 仄平平仄仄

F. 平仄仄平平

G. 平平仄仄仄

H. 仄仄平平平

I. 仄平仄仄平

J. 平仄仄平仄

K. 平仄平平仄

L. 仄平平仄平

按平仄二分，除五平之外的所有五言平声句总计30种，如果没有其他条件限制，二平、三平句式共20种，占比约为66.67%，而上述有条件限制的12种句式在二平、三平句中整体出现的平均概率则是60%，单式出现的平均概率应是5%。而在12类句式整体中，其单式出现的平均概率则约为8.33%。至于以上12种句式，哪几种更为基本，可以结合徐陵、庾信诗歌用例的统计分析加以推断（参附录表六）。

徐陵10首乐府80句，二平或三平句共计75句，合乎以上12种句式的总计66句。一平句2句，四平句3句，共计5句，涉及"平平平仄平"、"仄仄仄仄平"、"仄平仄仄仄"三种句式。实际上，一平句"仄平仄仄仄"1句、四平句"平平平仄平"3句是合乎二四平仄异声的和律原则的。这二种句式也正是刘滔所谓"二四要位"说所肯定的句式。二平或三平句占总句数比93.75%，远高于平均概率。二平、三平句中，二四同平仄句6句，涉及"平仄仄仄平"、"仄平仄平仄"、"平平仄平仄"三种句式。这三种句式都是永明律句，符合二五异声的原则。除去永明律句，合乎二四平仄异声的律句共计70句,占总句数的87.5%。二平、三平句合乎二四平仄异声的律句在全部律句中占比为94.29%。其中,单句占比超过8.33%的是:仄仄仄平平(11句,16.67%)、平仄仄平平(11句,16.67%)、仄仄平平仄(10句,15.15%)、平平仄仄平(10句,15.15%)、平平仄仄仄(10句,15.15%)、平平平仄仄(7句,10.6%)。

　　徐陵四韵徒诗14首112句,二平或三平句共计105句,合乎以上12种句式的总计97句。一平句4句,四平句3句,共计7句,涉及"平平平仄平"、"仄平仄仄仄"、"仄仄仄平仄"、"仄仄平仄仄"四种句式。实际上,一平句"仄平仄仄仄"2句、四平句"平平平仄平"3句是合乎二四平仄异声的和律原则的。这二种句式也正是刘滔所谓"二四要位"说所肯定的句式。二平、三平句占总句数比93.75%,与乐府同。二平、三平句中,二四同平仄8句,涉及"仄平平平仄"、"仄平仄平仄"、"平平仄平仄"三种句式。这三种句式也都是永明律句。除去永明律句,合乎二四平仄异声的律句共计102句,占总句数的91.07%。二平、三平句合乎二四平仄异声的律句在全部律句中占比则为95.1%。其中单句占比超过8.33%的是:仄仄仄平平(19句,19.59%)、平平仄仄平(19句,19.59%)、仄仄平平仄(17句,17.53%)、平仄仄平平(14句,14.43%)、平平平仄仄(10句,10.31%)。

　　以上分析说明,二平或三平的律句确实是最基本的律句。而在二四平仄异声的二平、三平律句中,无论是乐府还是诗,超过8.33%平均概率的单句都是"仄仄平平仄"、"仄仄仄平平"、"平平仄仄平"、"平仄仄平平"四种。"平平仄仄仄"句在乐府中出现频率亦很高,达到15.15%。只是在徐陵诗中,该律句计7句,只有7.22%的使用概率。这个数据如果放入二平、三平句整体中去统计,则变成6.67%,还是超过了5%的二平、三平句整体单句出现的平均概率。至于"仄平平仄仄"句,乐府为6.06%,诗则5.15%,若以整体单句概率计,前者5.33%,后者4.75%;前者略高于5%的整体平均概率,后者则略低于平均概率。其他六种,使用概率极低,大多为零概率,最高亦只有2.68%。

庾信二韵体诗56首224句,二平或三平句共计201句,四平句18句,一平句5句。二平或三平句占总句数比为89.73%,超过66.67%的平均概率23.05个百分点。其中12类句式共计178句,非12类句式23句。178句为二四平仄异声的律句,23句有22句为二五平仄异声的永明律句。12类句式占总句数比79.46%(高出66.67%的整体平均概率12.79个百分点),占二平三平句的88.56%(高出60%的平均概率28.56个百分点)。其中,"平平仄仄平"式37句,占20.78%;"仄平平仄仄"30句,占16.86%;"平仄仄平平"式28句,占15.73%;"仄仄平平仄"式23句,占12.92%。四式都绝对超过8.33%的单句在12式整体中出现的平均概率。仄仄仄平平(10.11%)、平平仄仄仄(8.98%)二式,亦超过平均概率。其他律式,概率较高的尚有:平仄平平仄(6.18%)、平平平仄仄(4.5%),前式以整体计,11句占比为5.47%,还是略高于5%的二平三平句整体单句出现的平均概率。其他各式的数据皆不足道也。值得一提的是,庾信二韵体诗四平、一平的用法。四平句18句,占总句数比8.03%,小于16.67%的平均概率。但其中有15句仄声居第四字位,只有两句居第二字位,一句居第三字位,也就是说"平平平仄平"式占四平句总数比为83.33%,远超出四平句整体单式出现的20%的平均概率。一平句5句,有4句平声居第二字位,只有一句居第四字位,也就是说一平句使用概率很小,远低于16.67%的平均概率,但"仄平仄仄仄"式占一平句整体比则高达80%，大大高出一平句整体单式出现的20%的平均概率。可见庾信二韵体诗的一平、四平声用法与刘滔所说的"要位"说高度一致。

庾信四韵体诗81首648句，二平与三平句共计580句，四平句45句，一平句23句。二平加三平句580句，占总句数比为89.51%，其中12类句式共计537句，非12类句式43句。12类句为二四平仄异声的律句，非12类句有42句为二五平仄异声的永明律句。12类句式占总句数比82.87%，占二平、三平句的92.59%。其中，"平平仄仄平"式119句，占22.16%；"仄平平仄仄"72句，占13.41%；"平仄仄平平"式69句，占12.85%；"仄仄仄平平"式67句，占12.48%；"仄仄平平仄"59句，占10.99%；"平平平仄仄"56句，占10.43%。六式都超过了8.33%的平均概率。此外，其他句式依其句数及出现概率高低的排序是：平平仄仄仄（44句，8.19%）、平仄平平仄（22句，4.1%）、仄仄平平平（16句，2.98%）、仄平仄仄平（8句，1.49%）、平仄平仄仄（4句，0.74%）、仄平平仄平（1句，0.186%）。以上各式只有"平平仄仄仄"一种超过了5%的二平三平句整体单句出现的平均概率，概率约为7.59%。这里值得一提还有：二平、三平句的永明类型虽只有42句，占全部二平、三平句的7.24%，但其中"平平仄平仄"式24句，所占二平、三平总句数比为4.14%，使用频率高于12类句式中的不少句式。该式在二韵体中亦有12句，占比为5.97%，情形与四韵体相同。此外，值得注意的是一平、四平句出现的概率。庾信四韵体诗四平句45句，一平句23句，总计68句，虽然只占总句数比10.49%，远低于33.33%的整体出现概率，但其中36句"平平平仄平"式占四平句总数比80%，高出四平句单句在其整体中出现的20%平均概率60个百分点。一平句各式据其出现多少依次排列为："仄仄仄平仄"9句，"仄平仄仄仄"6句，"仄仄平仄仄"4句，"平仄仄仄仄"2句，仄仄仄仄平2句；占一平句总数比分别为：39.13%、26.09%、17.39%、8.7%、8.7%。前两式同时超过了其在一平句整体中出现的20%平均概率。

　　总结以上有关徐陵、庾信诗的分型分式统计，合乎平仄律的最基本律句，略有诗型差异。徐陵乐府四韵体有六种：仄仄平平仄、仄仄仄平平、平平仄仄仄、平平仄仄平、平平仄平仄、平平平仄仄，其中二平句三种，三平句三种；诗四韵体五种，少乐府二平句"平平仄仄仄"一种。如果综合统计，"平平仄仄仄"亦超过了平均概率。可见，徐陵偏好的律句就是乐府六种。庾信二韵体基本律句有六种：仄仄平平仄、仄仄仄平平、平平仄仄仄、平平仄仄平、平仄仄平平、仄平仄平仄，二平句四种，三平句二种；四韵体六种，少二韵体"平平仄仄仄"式，代之以"平平平仄仄"式，变成三平句3种，二平句3种。如果综合统计，"平平仄仄仄"、"平平平仄仄"式占比都超过了平均概率。因此可以说，庾信偏好的律句多达七种。如果就徐陵、庾信诗例，取既分诗型而又可通约的律句为基本律句，则只有"仄仄平平仄"、"仄仄仄平平"、"平平仄仄平"、"平仄仄平平"四种。其中，二平句、三平句各两种。与王力归纳的四种基本律句相比，二平句全部相同；三平句有一式不同，即："平仄仄平平"式不同于王力"平平平仄仄"式。与启功归纳的四种基本律句相比，三平句全同，二平句有一式不同，即："仄仄仄平平"式不同于启功"仄平平仄仄"。

　　王力基本律句的归纳，其背后的理论依据是什么不得而知，启功倒是有其理论发明的。启功的理论便是"竹竿"理论。这种理论是以"五七言律诗以及一些词、曲、文章，句中的平仄大部是双叠的"这一事实认知作为逻辑前提的。"双叠"的意思有三层：其一,诗句的音步以偶音节为单位;其二,这种偶音节一般都是同声相偶——平平、仄仄各自相偶;其三,不同平仄的偶音节间出重叠延长就好比一根竹竿。按照句子的尺寸去截这根竹竿便得出了最基本的律句,用五言的尺子去截便得到五言的四种基本律句;用七言的尺子去截便得出七言的基本律句,即:在五言各式句首加一个异平仄的音步。由于五言或七言都是奇数单音节的尺子,故无论从竹竿的何处截取,都有可能形成孤平或孤仄的句子。只是孤单的音节位置是一定的,要么是句首,要么是句尾。"竹竿"理论的辅助假设是"盒子"说,其要义是偶音节音步的同声调耦合可以变易。两个音节的第二个音节相当于"盒底",第一个音节相当于"盒盖"。"盒底"需要稳定,不能变动;但"盒盖"则是可以变动的。也就是说该"平平"的音步可权变为"仄平",该"仄仄"的句式可权变为"平仄"。创"盒子"假说之目的是用以解释基本律句之外的变式。如果孤立地去依据"盒子"说,变例则为:A.仄仄平平仄——平仄平平仄、仄仄仄平仄、平仄仄平仄;B.平平仄仄平——仄平仄仄平、平平平仄平、仄平平仄平;C.仄平平仄仄——仄仄平仄仄、仄平平平仄、仄仄平平仄;D.平仄仄平平——平平仄平平、平仄仄平平、平平仄仄平。于是,C、D可变成A、B,故A、B显然不够基本。问题在于,"盒子"说只是一个比喻,并无独立的理论意义。具体的"盒子"是从诗句第一个音步算起的,并不考虑音步是否同平仄耦合。故五言有两个半盒子,七言有三个半盒子,这半个盒子总是在句尾。这半个盒子究竟是盒底还是盒盖就不得而知了,既然不得而知,也就谈不上变化了,故可变化的只是此前的奇数音节。因此,启功将盒子说与"一三五不论,二四六分明"的口诀联系了在一起。故实际的变式有两例不同于前此所举,即:C.仄平平仄仄——平平平仄仄、仄平仄仄仄、平平仄仄仄；D.平仄仄平平——仄仄仄平平、平仄平平平、仄仄平平平。但"盒子"说又不等于"一三五不论，二四六分明"的口诀，因为"盒子"说对B的变式"仄平仄平仄"是自我否定的，而且变也只限于首字。故在启功那里，五言基本律句加变式最终只有七样，即：A仄仄平平仄，a平仄平平仄；B平平仄仄平；C仄平平仄仄，c平平平仄仄；D平仄仄平平，d仄仄仄平平。其否定B变式的依据是所谓的"孤平说"。《诗文声律论稿》云："律句中忌'孤平'，是从来相传的口诀，但没有解释的注文，也没说哪个字的位置例外。如果有人看到'孤'字而推论到句首、句尾的单个平声也要避忌，岂不大错？因为'孤平'实指一平被两仄所夹处，句子首尾的单平并不在内。"①在启功看来，律句之所以避忌"孤平"，是因为其声调不好听。至于启功不取第三音节或一三音节同变例而未能贯彻"盒子"说，出于何种理由，则未见其作出解释。

　　由启功的理论、假说可比较容易地确定四种基本律句且可由此基本律句C、D各自推导出王力基本律句的C、B。而欲从王力的基本式C、B推导出启功的C、D式只能借助于"一三五不论，二四六分明"的口诀，至于其自身何以成为基本律句却没有任何理论的解释。相形之下，启功的基本律句及其理论和假说似乎更有启发意义。启功的理论和假说的启发意义主要在于明确了有关律句结构的三点认识：其一，律句自然倾向于双音节音步；其二，双音节音步又倾向于同平仄声调的耦合与对比；其三，双音节同平仄声调的耦合与对比属纯粹的声音美感形式的追求。此三点与我们已揭示的"永明律句"向"大同律句"演化的历史与逻辑

①以上参启功：《诗文声律论稿》，北京：中华书局，2009年，第23—24、33—34、99页。

基本上是一致的。但"竹竿理论"、"盒子假说"确实存在上面已指出的不自洽的一面,即按照其理论、假说设定的基本律句而推导出来的韵律形式有非律句。当然,这种矛盾与其认同清代王士祯以来诸多学者所谓的"孤平"说有关,并非其理论假说的固有矛盾。但尽管如此,其理论、假设既然不能始终一贯,至少说明了其理论或假说尚缺乏独立的品格,未能抓住律体思维的本质。

　　看来,我们还不能凭借启功理论来理解梁代宫体诗人新体诗创作中的律句问题。那么,我们能否依据徐陵、庾信诗的数据来选定大同律句的基本律句呢?综合去看,"仄仄平平仄"、"仄仄仄平平"、"平平仄仄平"、"平仄仄平平"四种在两大诗人那里可以通约,以此为基本律句未尝不可。但问题在于,以上四种,韵句与非韵句明显不对称,且从以上四种亦推导不出"仄平平仄仄"句。更有甚者,即便不以"盒子"说为依据,仅从音步节奏点从严,非节奏点从宽的角度去看待变化,以上句式中的"仄仄仄平平"与"平仄仄平平"却可以互变生成。可见,两式不可以同时进入基本律句的体系。如果取前者,实际上就变成了王力的体系,保留"仄仄仄平平"句,再加上"平平平仄仄";如果取后者又变成了启功的体系,保留"平仄仄平平",再加上"仄平平仄仄"。无论做何种选择,就源于现有诗例数据的支持而言,都有一定的缺陷。如"平平平仄仄"式,庾信二韵体诗占比只有4.49%;"仄平平仄仄"式,尽管庾信诗占比甚高,但徐陵乐府、诗占比分别只有6.06%、5.15%,合计占比仅5.52%。但比较而言,"平平平仄仄"式,庾信二韵体、四韵体综合占比却达到了8.95%,超过了平均概率,也超过了徐陵"仄平平仄仄"式的综合比。如此看来,选择王力基本律句的体系,还是比较趋近大同律句创作实际的,只是其背后的理论意义尚待阐明与揭示。

如果站在平声用法或思维的角度去看，启功式的基本律句表现出的是尽可能平节耦合而同时回避三连平的倾向，但难免会出现孤平、孤仄如何安置的问题；而王力式的基本律句表现出的则是尽可能平节耦合而同时回避孤平、孤仄的倾向，但难免会出现三连平如何处置的问题。前此，我们已经证明，尽管齐梁时代尚未出现"仄声"之总名以统上去入三声，但平仄二元化意识早已形成，在梁代宫体诗人那里更是得到了空前的强化。宫体诗人更加注重五言诗体形式之纯粹韵律美感，实际表现出了"二二一"音步的自觉，由此更加凸显了在二四字节的节奏点位调平仄的意识。由于其时尚未出现仄声总名，加之平声的特殊性，自然形成了以平声为枢纽的调平仄思维。音步的自觉加之平声思维，自然首先会考虑到两平声耦合为步节。至于二平声步节的措置，其最简单的选择便是以五言句二四节奏点位为依据。以第二点位为据，二平句可构成"平平仄仄仄"式、"仄平平仄仄"式；三平句可构成"平平仄仄平"式、"平平平仄仄"式；以第四点位为据，二平句可构成"仄仄平平仄"式、"仄仄仄平平"式，三平句可构成"平仄仄平平"式、"仄仄平平平"式。理论上说，上式八种便可代表梁代宫体诗人依据平声思维所能构建的律句体系。如果进一步引进节奏点位从严，非节奏点位从宽的可变化原则，进一步进行理论规约，则可同时得出基本律句的王力体系和启功体系。从徐陵、庾信诗律句数据的分析看，宫体诗人选择的似乎接近王力体系。下面通过该体系理论变式的分析，进一步验证这一推断。

先来看王力式基本律句体系之变式及其在诗例中的具体表现。

由其 A 式"仄仄平平仄"变化而来的"仄仄仄平仄"属一平句，非常例暂不深究。变式"平仄平平仄"，二四平仄异声，诗例中出现的频率较低。徐陵乐府1句,占比1.52%,诗3句,占比3.09%;庚信二韵体11句,占比6.18%,四韵体22句,占比4.1%。整体言之,该式暂不能断言是诗人刻意回避的句式,但可以肯定地说亦非诗人热衷选择的句式。变式"平仄仄平仄"属二平句,二四平仄异声。就徐陵、庚信诗实例看,该式:徐陵乐府、诗均为0句;庚信二韵体1句,在合乎二四异声原则的二平、三平句整体中只占0.56%,四韵体4句,占二四异声原则的二平、三平句整体比亦只有0.74%,明显属于诗人有意回避的句式。

由其B式"仄仄仄平平"变化而来的"平仄平平平"属四平句,亦非常例暂不讨论。变式"平仄仄平平"前此已介绍,数据绝对超过平均概率,无须多论,属诗人自觉选择的律句无疑。变式"仄仄平平平"在我们推断的梁代律句的八式之中,理论上说,出现频率不应该太低,但事实却恰恰相反。该式徐陵乐府1句、诗2句,占比分别为1.52%、2.06%;庚信二韵体4句、四韵体16句,占比分别为2.25%、2.98%。由此可以判断,该式属诗人有意回避的句式。那么,诗人回避此一律式的潜在考量究竟是什么呢?这里我们试作推断。该式虽合永明、大同律句的法式,但作为韵句,第四字位紧靠韵脚,三平连用容易犯韵,且作为节奏点的意义亦难凸显,故诗人一般尽可能避免使用该式。

由其C式"平平平仄仄"变化而来的"仄平仄仄仄"式属一平句,非常例,容后再议。变式"仄平平仄仄"、"平平仄仄仄"皆属上述"八式",且数据亦较为突出。在徐陵、庚信诗例中,前式出现句数分别为4句、5句、30句、72句,占比分别为6.06%、5.15%、16.86%、13.41%;后式出现句数分别为10句、7句、16句、44句,占比分别为15.15%、7.22%、8.98%、8.19%。前式徐陵诗综合比5.52%,未超出8.33%,但超出了5%;后式徐陵、庚信诗综合比分别为10.43%、8.39%,皆超出了8.33%。整体言之,两式是被诗人自觉选择的律句。

由其D式"平平仄仄平"变化而来的"平平平仄平"属四平句,亦非常例,暂不讨论。先来看变式"仄平平仄平"。该式由D式一三双变而来,二四平仄异声。在诗例中,该式徐陵乐府0句,诗0句;庚信二韵体1句,在合乎二四异声原则的二平、三平句整体中只占0.56,四韵体1句,占二四异声原则的二平、三平句整体比更只有0.18%。变式"仄平仄仄平"由D式首字节变化而来,属二平句,二四平仄异声,合乎大同律句的标准。其实际用例,徐陵乐府1句,占比约1.52%,诗1句,占比1.03%;庚信二韵体1句,占比0.56%,四韵体8句,占比1.49%。上述两式显然是被诗人有意回避的律句。

再来看启功基本律句体系之变式及其在诗例中的具体表现。启功A、B式同王力A、D式,所不同者为其C、D两式。

由其C式"仄平平仄仄"变化而来的"仄平仄仄仄"属一平句,容后再议。其变式"平平平仄仄"二四、二五平仄异声,徐陵、庚信诗中使用频率都很高。徐陵乐府7句,占比10.6%,诗10句,占比10.31%;庚信二韵体8句,占比4.49%,四韵体56句,占比10.43%,两项综合占比8.95%。其变式"平平仄仄仄"属二平句,二四、二五平仄异声,例诗中出现频率亦非常高。该式亦属王力体系C式变例,其实际情形,前此已有讨论。整体言之,上述两变式都超过了二四平仄异声的单句在其二平三平句整体中出现的8.33%的平均概率,毫无疑问属诗人自觉使用的律句。

由其D式"平仄仄平平"所变化出的"平仄平平平"属四平句,非常例,亦容后再议。其变式"仄仄仄平平",例诗中出现的频率非常之高。徐陵乐府11句、诗19句,占比分别为16.67%、

19.59%；庾信二韵体18句、四韵体67句，占比分别为10.11%、12.48%。该式属律句无疑。至于"仄仄平平平"式，前此已交待，出现概率极低，是诗人尽可能回避的句式，自然不能断为律句。

比较由王力、启功基本律句所得变式，皆为12种，加上各自的基本律句凡16种，全同；所不同者在于各自的变式有两式为对方的本式。启功本式"平仄仄平平"、"仄平平仄仄"分别由王力B式"仄仄仄平平"、C式"平平平仄仄"变出；王力本式"仄仄仄平平"、"平平平仄仄"分别由启功本式D式"平仄仄平平"、C式"仄平平仄仄"变出。这里的比较实际上又重新回到了何者为本变的问题。前此已就实际数据做过比较，得出了以王力为本的看法。得出如此看法，并非完全基于现有诗例数据的比较。更重要的还是源于王力基本律句不离散平声的特征更符合平声思维。下面还是围绕王力基本律句的变式在诗例中的表现加以探讨。

诗例中的变式，除一平句与四平句4式作为特例之外，剩下二平、三平句常例8式，其中可以判断为宫体诗人避忌的律句是：二平句"平仄仄平仄"、"仄平仄仄平"式，三平句"仄仄平仄平"、"仄仄平平平"式；其选择倾向明显的常用律句为：二平句"平平仄仄仄"、"仄平平仄仄"式，三平句"平仄仄平平"式。介于两者之间的是三平句"平仄平平仄"式。以上各项都符合二四异声的大同句律，为何在实际创作中会出现如此不平衡的现象呢？这里只能假定宫体诗人新的审美追求或新的声律思维在其中起到了决定性作用，据刘滔的提示我们认为其与平声用法或思维有关。

通过常用律句和避忌的律句之对比，我们可以发现两点：

其一，倾向于自觉选择的二平、三平律句都在平声思维建构的"八式体系"之中，其五言二平声的措置确实趋向于耦合为节，绝不孤立。二平声避忌离析犯孤，当一平声居首，另一平声居第四字位，或一平声居尾，另一平声居第二字位一概回避。① 现象上说，这里的句格确如前人所谓的"两仄夹一平"的"孤平"。但"孤平"概念的此一解释并未明确适用何种平声句，实际上，不同的平声句的要求是不一样的，如一平句中的"两仄夹一平"恰恰是被允许的。如欲回避两仄夹一平的句格，则一平句只能选择平声居首或居尾。居尾可视为律句的永明类型，而居首则显非律句。前此，我们统计分析徐陵、庾信的诗例已表明，尽管一平句整体占比有限，但一平句明显倾向于"仄平仄仄仄"或"仄仄仄平仄"式。庾信诗表现得尤为突出。其二韵体诗共计5句，4句为前式，1句为后式，前者占一平句总句数比为80%，高出平均概率60个百分点；后者则占20%，等于平均概率。其四韵体一平句总计23句，前式6句，后世9句，占一平句总句数比分别为26.09%、39.13%，明显超出单句出现的平均概率20%。两式一平句分别为王力、启功基本律句C式和A式的变式，数据分析至少可以表明，徐陵、庾信在实际创作中，对此两式都是不加以回避的。笼统的"孤平"概念及其"两仄夹一平"的解释都是不合适的。要言之，依平声用法或思维，选择两平声构句不能犯孤，无论其中孤立的平声居何位置；一平声构句，套用刘滔说法，平声必居二、四要位。

其二，三平声的安排如果二、一相间为用，孤平或居四或居五则皆属不宜。三平声若连用，宜居首而不宜居尾，更不宜居中。②

---

① "仄平仄平仄"式，无法由基本律句导出，且二四同声，诗例中出现的频率又极低，所占二平三平总句数比，徐陵例分别为1.33%、0.95%，庾信例分别为1.9%、1.55%，故此处无须多论。

② "仄平平平仄"式，属中位三连平，本来就不符合二四异声的大同句律，自然应该排除于律句之外。就徐陵庾信诗实例看，亦是如此，徐陵乐府0句，诗1句，在二平、三平句的整体中只占0.95%；庾信二韵体0句，四韵体0句。

综合三平声的两种用法，这里我们可以推断基本律句A的变式"平仄平平仄"之合法性。尽管在徐陵、庾信诗例中出现概率不高，但该式孤平的位置居首，不同于或居四或居五的二、一相间为用的句格。这里，据其特殊位置并参以三连平居首为宜，居尾力避的用法，我们可以推断，"平仄平平仄"式当属宫体诗人接受的律句。这里的三平声用法，与今人所谓的"孤仄"概念（即所谓的"两平夹一仄"）以及"三连平"或"三平调"的说法具有某种一致性。但作为平声用法或思维所论及的三平声句的结构更具有特指性与不对称性，而"孤仄"、"三平调"的概念易于流为泛论。如持"孤仄"的概念自然会排除A的变式"平仄平平仄"作为律句的合法性。此外，尽管"三平调"的说法很接近这里的三平声连用的法则，但所谓的"三平调"说法中还蕴含了所谓的"三仄调"的禁忌。三平声连用的法则还在四平句中得以体现。前此统计数据表明，由王力D式基本律句变化而来的"平平平仄平"式四平句在徐陵、庾信诗例中占绝对优势。该式占四平声句总数比，徐陵乐府、诗皆为100%；庾信二韵体、四韵体分别为82.22%、80%。四平句的平声用法的特点显然是三、一以分，相间为用，其孤平居尾，三连平居首，亦即刘滔所说的作为间声的仄声必居其四而无居其二，同样表现出了三连平用法的不对称性原则。①

　　综上所析，可以得出结论："宫体"诗四种基本律句②加其变

①刘滔"要位说"："若四，平声无居第四。"又："用一，多在第四。"由于仄声总名未出现，故刘氏原表述采用的是地道的平声思维表述。值得注意的是，"无居"二字表明的正是"三平声"位置的不对称性；而一"多"字正暗示了其说的经验性。这里，我们可以肯定地说："要位"说正是宫体诗声律探索与实践经验的即时总结。

②同王力四种。

式共11式，其中一平句2式、四平句1式、二平句4式、三平句4式，构建了宫体诗的律句体系：

（A）仄仄平平仄：A1.平仄平平仄　　A2.仄仄仄平仄

（B）仄仄仄平平：B1.平仄仄平平

（C）平平平仄仄：C1.仄平平仄仄　　C2.仄平平仄仄　　C3.平平仄仄仄

（D）平平仄仄平：D1.平平平仄平

在11式体系中，各平声句律句式样占比不均，从一平句至四平句分别为18.18%、36.36%、36.36%、9.09%。二平句很丰富，而且忌孤平。这一现象说明，"二二一"音步的自觉与二平声耦合成步节的意识高度一致。三平句律式同样丰富。其中有3式二、一相间为用，孤平或居首或居尾；有1式三平居首连用。四平仅1式，三一位分，三平亦居首连用。一平两式，平声各居二四要位。梁代宫体律句不仅二四异声，而且平仄异声。要言之，宫体律句体系与今人的"孤平"、"孤仄"以及"三平调"、"三仄调"概念无关，它是平声思维的建构，是律诗平声韵体结构及观念在句体层面的体现——和韵一体。

（二）联内平仄黏对的表现

徐陵四韵乐府10首，40联，其联内黏对情况是：全对（不考虑第3字位）18联，第二字位对37联，第4字位对31联，第二、四字位同对31联。全对式联占45%，其中仄韵诗1首为零，如不计仄韵诗则占比达50%。全对式联，只有按照最严格的"八病"标准，彻底回避了平头、上尾与蜂腰病才能达成。它毫无例外地属于四种基本律句加其变式5种：平平仄仄仄、仄平平仄仄、平仄仄平平、平平平仄平、仄平仄仄仄（共9种）之间的两两配置。9式律句全在11式体系中，而其中7式又在平声思维建构的二平、三平句的八式体系中，其他两式为典型的一平声律句和四平声律句。"仄平仄仄仄"的全对句为7式体系中的"平仄仄平平"。"平平平仄平"的全对句为7式体系中的"仄仄平平仄"，属基本律句。当然，该四平句式尚可与一平句式"仄仄仄平仄"形成全对。至于前面一平式尚可与四平句"平仄平平平"式构成全对，但由于回避三平声连用居尾，故罕见此种联对。这里的分析可进一步深化对刘滔"要位说"实践意义的理解。第二、四字位同对31联，占联数比77.5%。未成二、四字位同对9联，占总联数比22.5%，具体如下：

1. 仄平仄平仄，平平平仄仄。

2. 平仄平平仄，平平仄平仄。

3. 平平仄平仄，平仄仄平平。

4. 平仄平平仄，仄仄平平平。

5. 平平仄平仄，仄仄仄平平。

6. 平平仄平仄，平平仄平平。

7. 平平仄平仄，仄仄仄仄平。

8. 仄平仄平仄，平平平平平。

9. 仄平平平仄，平仄仄仄平。

上述9联，要么有非律句，要么犯平头，也有两者兼之。其中只有第8例为律句配置不当，导致犯平头，占不同对联数比达11.11%。句对问题主要表现在第4字位相黏度大于第2字位，其对数31联，占联数比77.5%；而第2字位失对很少，对37联，占比92.5%，较之第四字位77.5%的比率高出15个百分点。两字位间的不平衡现象说明"八病"说的影响尚在，永明声律原则在句联层面的突出表现便是平头问题近于解决；同时说明宫体声律新思想在句联层面还未得到充分的体现。

再来看徐陵四韵体诗。诗14首56联，其联内黏对情况是：全对(不考虑第3字位)25联,第二字位对46联,第4字位对43联,第二、四字位同对41联。全对式联占44.82%,其中仄韵诗1首为零,如不计仄韵诗则占比达48.08%。全对式联的律句构成与乐府一致,只有一平句"仄仄仄平仄"异于"仄平仄仄仄"。第二、四字位同对41联,占联数比73.21%,略低于乐府。未成二、四字位同对15联,占联数比26.79%。具体如下:

1. 仄平仄平仄,仄仄仄平平。

2. 仄平平仄仄,平平仄仄平。

3. 仄仄平平仄,平平仄仄平

4. 仄仄仄仄仄,平平仄仄平。

5. 平平仄平仄,平平仄平平。

6. 平平仄仄仄,仄仄仄平平。

7. 仄平平仄仄,平平仄仄平。

8. 平平仄仄仄,仄仄仄平平。

9. 仄仄平仄仄,平平仄平平。

10. 平平仄平仄,仄仄仄平平。

11. 平平仄平仄,平平仄仄平。

12. 仄平平仄仄,平平仄仄平

13. 仄仄仄平仄,平平平仄仄。

14. 仄平仄仄仄,平平平仄平。

15. 平仄平平仄,仄仄仄平平。

上述15联与乐府情形基本一致,不同的是,律句搭配不当导致犯平头的多出5例,占不同对联数比例达40%。句对问题主要表现还是第4字位相黏度高。第2字位失对很少,对46联,占比82.14%,比较第四字位对的78.57%的数据,高出3.57个百分点,两字位间的不平衡现象仍然存在,只是有所缩小而已。总体而言，诗的数据分析所能得出的结论与乐府大体一致。

庾信二韵体56首，112联，其联内黏对情况是：全对（不考虑第3字位）40联，第二字位对89联，第4字位69联，第二、四字位同对69联。全对式联占35.71％，其中仄韵诗4首2联，如不计仄韵诗则占比达39.58％。全对式联情形与徐陵诗一致，主要由9式律句两两配置而成，只有一联例外，属律句与非律句构成，即："平平仄平仄，平平平仄平"。第二、四字位同对69联，占61.61％；未成二、四字位同对42联，占总联数比37.5％。基本情形与徐陵诗相仿佛，但整体而言，二四同对比低于徐陵诗，同时合律句式因搭配不当造成平头的多达18例，占二四不同对联比例42.86％。句对问题同样表现在第4字位相黏度高。第2字位失对很少，对89联，占比79.46％。其数据略低于徐陵诗的概率，但与第四字位对69联、61.61％的概率相比，高出17.85个百分点，同样表现出了句对不平衡的现象。

庾信四韵体81首（包括乐府1首），324联，其联内黏对情况是：全对（不考虑第3字位）99联，第二字位对250联，第4字位234联，第二、四字位同对223联。全对式联占30.56％，其中仄韵诗3首4联，如不计仄韵诗则占比达30.45％。全对式联情形亦与徐陵诗一致，主要由9式律句两两配置而成，例外者有11式体系中的"仄仄仄平仄"与其他律句相配3联；尚有2联属律句与非律句构成，即："平仄平平仄，仄平仄仄平"。第二、四字位同对223联，占总联数比68.83％；未成二、四字位同对101联，占总联数比31.17％。二四同对比高出其二韵体诗7.22个百分点，但仍然低于徐陵诗。同时，合律句式因搭配不当造成平头的多达51例，占二四不同对联比例50.5％。该类句联主要有"仄平平仄仄，平平仄仄平"（37联）、"仄平平仄仄，平平平仄平"（7联）、"平平仄仄仄，平平仄仄平"（3 联）、"仄平仄仄仄，平平仄仄平"（3 联）、"平平仄仄仄，平平平仄平"（1 联）五种类型，其句式亦仅 5 式：二平句 2 式、三平句 1 式、四平句 1 式、一平句 1 式。第一种类型占比高达 72.55%，结构性倾向很明显。第 2 字位对 250 联，占总数比77.16%，数据低于二韵体诗的概率，与第四字位对 72.22% 的概率相比，句对不平衡的现象仍然存在，但其程度明显降低，只相差4.94 个百分点。

综合以上两位诗人四组数据的分析结果，可以表明两点：其一，以 9 式律句为主体的 11 式律句体系已趋稳定，换而言之，平仄律的律句在宫体诗人手上已建构完成；其二，永明诗律在句联层面影响尚在，新的诗律探索在句联层面的建构已逐渐与律句的新变相适应，但仍然处在进程当中，尚未完全脱离永明体诗律而与之浑然一体。

（三）联间平仄黏对的表现

徐陵四韵乐府 10 首，联间连接 30 联。第二字位黏 17 联，第四字位黏 16 联，二四字位全黏 12 联，占比各为 56.67%、53.33%、40%。前两者大于 50% 的自然概率，后者大于 25% 的结构性概率（此概率考虑二四异平仄的句律限制，如不考虑，亦为 50%）。如果以联间第二字为衡量标准的话，联间组合的黏式律水平高出自然概率 6.67 个百分点。徐陵乐府有《折杨柳》[①]（押清韵）：

　　嫋嫋河堤树，依依魏主营。上上平平去，平平去上平。仄仄平平仄，平平仄仄平。

　　江陵有旧曲，洛下作新声。平平上去入，入上入平平。平平仄仄仄，仄仄仄平平。

　　妾对长杨苑，君登高柳城。入去平平上，平平平上平。

①［陈］徐陵撰，许逸民校笺：《徐陵集校笺》，北京：中华书局，2008 年，第 16 页。

仄仄平平仄,平平平仄平。

　　春还应共见,荡子太无情。平平去去去,上上去平平。平平仄仄仄,仄仄仄平平。

全诗联间、联内一、二、四字位全部黏对,为最标准的近体五律。另有《关山月二首其一》①(押山、先、仙[同用]韵):

　　关山三五月,客子忆秦山。平平平上入,入上入平平。平平平仄仄,仄仄仄平平。

　　思妇高楼上,当窗应未眠。去上平平去,平平去去平。仄仄平平仄,平平仄仄平。

　　星旗映疏勒,云阵上祁连。平平去去入,平去上平平。平平仄仄仄,平仄仄平平。

　　战气今如此,从军复几年。去去平平上,平平去上平。仄仄平平仄,平平仄仄平。

全诗联间第二字位全黏、联内二、四字位全对,只是颈联第一字位未对、颈联尾联第一字位未黏而已。符合较为严格的标准,即在句、联、联间作为整体,体现了平仄黏对律格式的徐陵乐府诗可计2首,占徐陵全部乐府诗的20%。

　　徐陵四韵体诗14首,联间连接42联。第二字位黏31联,第四字位黏30联,二四字位全黏26联,占比各为73.81%、71.43%、61.9%。前两者大于50%的自然概率,后者大于25%的结构性概率。如果仅以联间第二字位为衡量标准的话,联间组合的黏式律水平高出自然概率23.81个百分点。按此标准,联间全部合乎黏式律的诗共有6首②:

---

① [陈]徐陵撰,许逸民校笺:《徐陵集校笺》,北京:中华书局,2008年,第19页。
② [陈]徐陵撰,许逸民校笺:《徐陵集校笺》,北京:中华书局,2008年,第93、97、119、129、141、158页。

1.登古城南［望］应令（仅见皎然《诗式》，押模韵）

圣教调三象，神州贡五都。去去平平上，平平去上平。仄仄平平仄，平平仄仄平。

山川浮紫塞，城阙应皇图。平平平上入，平入去平平。平平平仄仄，平仄仄平平。

业定商周鼎，功包天地炉。入去平平上，平平平去平。仄仄平平仄，平平平仄平。

宁唯战涿鹿，讵窘断飞狐。平平去入入，上去上平平。平平仄仄仄，仄仄仄平平。

2.新亭送别应令（押阳［唐同用］韵）

凤吹临伊水，时驾出河梁。去去平平上，平去入平平。仄仄平平仄，平仄仄平平。

野燎村田黑，江秋岸荻黄。上上平平入，平平去入平。仄仄平平仄，平平仄仄平。

隔城闻上鼓，回舟隐去樯。入平平上上，平平上去平。仄平平仄仄，平平仄仄平。

神襟爱远别，流睇极清漳。平平去去入，平去入平平。平平仄仄仄，平仄仄平平。

3.斗鸡（押咍韵）

季子聊为戏，陈王欲聘才。去上平平去，平平入上平。仄仄平平仄，平平仄仄平。

花冠已冲力，金爪复惊媒。平平上平入，平上去平平。平平仄平仄，平仄仄平平。

斗凤羞衣锦，双鸾耻镜台。去去平平上，平平上去平。仄仄平平仄，平平仄仄平。

陈仓若有信，为觅宝鸡来。平平入上去，去入上平平。

平平仄仄仄，仄仄仄平平。

4.和王舍人送客未还闺中有望（押删韵）

倡人歌吹罢，对镜览红颜。平平平去上，去去上平平。
平平平仄仄，仄仄仄平平。

拭粉留花称，除钗作小鬟。入上平平去，去平去上平。
仄仄平平仄，仄平去仄平。

绮灯停不灭，高扉掩未关。上平平平入，平平上去平。
仄平平平仄，平平仄仄平。

良人在何处，惟见月光还。平平去平去，平去入平平。
平平仄平仄，平仄仄平平。

5.内园逐凉（押东韵）

昔有北山北，今余东海东。入上入平入，平平平上平。
仄仄仄平仄，平平平仄平。

纳凉高树下，直坐落花中。入平平去上，入上入平平。
仄平平仄仄，仄仄仄平平。

狭径长无跡，茅斋本自空。入去平平入，平平上去平。
仄仄平平仄，平平仄仄平。

提琴就竹筵，酌酒劝梧桐。平平去入上，入上去平平。
平平仄仄仄，仄仄去平平。

6.别毛永嘉（押支韵）

愿子厉清规，归来振羽仪。去上去平平，平平去去平。
仄仄仄平平，平平仄仄平。

嗟余今老病，此别空长离。平平平上去，上入平平平。
平平平仄仄，仄仄平平平。

白马君来哭，黄泉我讵知。入上平平入，平平上去平。
仄仄平平仄，平平仄仄平。

　　　　徒劳脱宝剑，空挂陇头枝。平平入上去，平去上平平。
平平仄仄仄，平仄仄平平。

上引6首诗只有《斗鸡》《和王舍人送客未还闺中有望》各有
一联间未做到二、四字位全黏，前者颔联出句不在11式律句体系
中，属永明律句和新律句构成的律联；后者颔联、颈联、尾联各有1
句同前例。值得一提的是《别毛永嘉》，全诗联间、联内一、二、四
字位全部黏对，为最标准的近体五律。符合较为严格的标准，整
体体现了平仄黏对律格式的徐陵四韵体诗共有4首，占徐陵全部
四韵体诗的28.57%。这个概率高出了以二四平仄异声的句律为
限制条件的25%的结构性概率3.57个百分点。

　　庚信二韵体诗56首，联间连接56联。第二字位黏29联，第
四字位黏28联，二四字位全黏23联，占比各为51.79%、50%、
41.07%。前两者或大于或等于50%的自然概率，后者大于25%
的结构性概率。如果仅以联间第二字位为衡量标准的话，联间全
部合乎黏式律的诗共有29首，占全部二韵体诗比例为51.79%；若
以二四全黏为标准亦达23首，所占全部二韵体诗的比例亦达到
41.07%。29首诗引之如下[①]：

　　1.寄徐陵（押之脂韵）

　　　　故人倘思我，及此平生时。去平上平上，入上平平平。
仄平仄平仄，仄仄平平平。

　　　　莫待山阳路，空闻吹笛悲。入上平平去，平平去入平。
仄仄平平仄，平平仄仄平。

---

①［北周］庾信撰，［清］倪璠注，许逸民校点：《庾子山集注》，北京：中华书局，
　1980年，第367、370、370、371、369、371、372、372、372、372、373、373、374、
　374、375、375、376、376、377、377、378、378、379、379、380、381、381、382、
　384页。

2.送周尚书弘正其一（押仙先韵）

交河望合浦，玄菟想朱鸢。平平去入上，平去上平平。
平平仄仄仄，平仄仄平平。

共此无期别，知应复几年？去上平平入，平平去上平。
仄仄平平仄，平平仄仄平。

3.重别周尚书二首其一（押微韵）

阳关万里道，不见一人归。平平去上上，平去入平平。
平平仄仄仄，平仄仄平平。

惟有河边雁，秋来南向飞。平上平平去，平平平去平。
平仄平平仄，平平平仄平。

4.重别周尚书二首其二（押文韵）

河桥两岸绝，横歧数路分。平平上去入，平平去去平。
平平仄仄仄，平平仄仄平。

山川遥不见，怀袖远相闻。平平平入去，平去上平平。
平平平仄仄，平仄仄平平。

5.和侃法师三绝其二（押歌韵）

客游经岁月，羁旅故情多。入平平去入，平上去平平。
仄平平仄仄，平仄仄平平。

近学衡阳雁，秋分俱渡河。去入平平去，平平平去平。
仄仄平平去，平平平仄平。

6.徐报使来止得一见（押魂元韵）

一面还千里，相思那得论。入去平平上，平平上入平。
仄仄平平仄，平平仄仄平。

更寻终不见，无异桃花源。去平平入去，平去平平平。
仄平平仄仄，平仄平平平。

7. 行途赋得四更应诏（押马韵）

四更天欲曙，落月垂关下。去平平入去，入入平平上。
仄平平仄仄，仄仄平平仄。

深谷暗藏人，欹松横碍马。去入去平平，平平平去上。
仄仄仄平平，平平平仄仄。

8. 和江中贾客（押姥韵）

五两开船头，长桥发新浦。上上平平平，平平入平上。
仄仄平平平，平平仄平仄。

悬知岸上人，遥振江中鼓。平平去去平，平去平平上。
平平仄仄平，平仄平平仄。

9. 奉和平邺应诏（押清韵）

天策引神兵，风飞扫邺城。平入上平平，平平上入平。
平仄仄平平，平平仄仄平。

阵云千里散，黄河一代清。去平平上去，平平入去平。
仄平平仄仄，平平仄仄平。

10. 送卫王南征（押江韵）

望水初横阵，移营寇未降。去上平平去，平平去去平。
仄仄平平仄，平平仄仄平。

风尘马足起，先暗广陵江。平平上入上，平去上平平。
平平仄仄仄，平仄仄平平。

11. 仙山二首其一（押真韵）

金灶新和药，银台旧聚神。平去平平入，平平去去平。
平仄平平仄，平平仄仄平。

相看但莫怯，先师应识人。平平上入入，平平平入平。
平平仄仄仄，平平平仄平。

12.仙山二首其二（押真韵）

石软如香饭，铅销似熟银。入上平平去，平平上入平。
仄仄平平仄，平平仄仄平。

蓬莱暂近别，海水遂成尘。平平去上入，上上去平平。
平平仄仄仄，仄仄仄平平。

13.野步（押灰咍韵）

值泉仍饮马，逢花即举杯。去平平去上，平平入上平。
仄平平仄仄，平平仄仄平。

稍看城阙远，转见风雪来。去平平入上，上去平入平。
仄平平仄仄，仄仄平仄平。

14.闺怨（押歌韵）

明镜圆花发，空房故怨多。平去平平入，去平去去平。
平仄平平仄，仄平仄去平。

几年留织女，还应听渡河。上平平去上，平平去去平。
仄平平仄仄，平平仄仄平。

15.听歌一绝（押微韵）

协律新教罢，河阳始学归。入入平去上，平平上入平。
仄仄平仄仄，平平仄仄平。

但令闻一曲，余声三日飞。上平平入入，平平平入平。
仄平平仄仄，平平平仄平。

16.暮秋野兴赋得倾壶酒（押侵韵）

刘伶正促酒，中散欲弹琴。平平去入上，平去入平平。
平平仄入仄，平仄仄平平。

但令逢秋菊，何须就竹林。上去平平入，平平去入平。
仄仄平平仄，平平仄入平。

17.春望(押咍韵)

春望上春台,春窗四面开。平去上平平,平平去去平。
平仄仄平平,平平仄仄平。

落花何假拂,风吹会并来。入平平上入,平平去去平。
仄平平上仄,平平仄仄平。

18.新月(押先韵)

郑环惟半出,秦钩本独悬。去平平去入,平平上入平。
仄平平仄仄,平平仄仄平。

若交临酒影,堪言照弩弦。入平平上上,平平上上平。
仄平平仄仄,平平仄仄平。

19.秋日(押尤韵)

苍茫望落景,羁旅对穷秋。平平去入上,平上去平平。
平平仄仄仄,平仄仄平平。

赖有南园菊,残花足解愁。去上平平入,平平入去平。
仄仄平平仄,平平仄仄平。

20.望渭水(押删韵)

树似新亭岸,沙如龙尾湾。去上平平去,平平平扇平。
仄仄平平仄,平平平仄平。

犹言吟溟浦,应有落帆还。平平去平上,平上入平平。
平平仄平仄,平仄仄平平。

21.弄琴二首其一(押先韵)

雉飞催晚别,乌啼惊夜眠。上平平上入,平平平去平。
仄平平仄仄,平平平仄平。

若交新曲变,惟须促一弦。入平平入去,平平入入平。
仄平平仄仄,平平仄仄平。

22.弄琴二首其二(押侵韵)

不见石城乐,惟闻乌噪林。平去入平入,平平平去平。
仄仄仄平仄,平平平仄平。

新声逐弦转,应得动春心。平平入平去,平入上平平。
平平仄平仄,平仄仄平平。

23.咏羽扇(押微韵)

摇风碎朝翮,拂汗落毛衣。平平去平入,入去入平平。
平平仄平仄,仄仄仄平平。

定似回溪路,将军垂翅归。去上平平去,去平平去平。
仄仄平平去,仄平平仄平。

24.题结线袋子(押麻韵)

交丝结龙凤,镂彩织云霞。平平入平去,去上去平平。
平平仄平仄,仄仄仄平平。

一寸同心缕,千年长命花。入去平平上,平平平去平。
仄仄平平仄,平平平仄平。

25.赋得集池雁(押微韵)

逢风时回度,逐侣作争飞。平平平上去,入上入平平。
平平平仄仄,仄仄仄平平。

犹忆方塘水,今秋已复归。平入平平上,平平上去平。
平仄平平仄,平平仄仄平。

26.赋得荷(押支韵)

秋衣行欲制,风盖渐应欹。平平平入去,平去上平平。
平平平仄仄,平仄仄平平。

若有千年蔡,须巢但见随。入上平平去,平平上去平。
仄仄平平仄,平平仄仄平。

27.移树(押尤侯韵)

酒泉移赤柰,河阳徙石榴。上平平入去,平平上入平。仄平平仄仄,平平仄仄平。

虽言有千树,何处似封侯。平平上平去,平去上平平。平平仄平仄,平仄仄平平。

28.伤往二首其一(押脂韵)

见月长垂泪,花开定敛眉。去入平平去,平平去平平。仄仄平平仄,平平仄平平。

从今一别后,知作几年悲。平平入入去,平入上平平。平平仄仄仄,平仄仄平平。

29.示封中录二首其一(押佳韵)

贵馆居金谷,关扃隔薰街。去去平平入,平平入上平。仄仄平平仄,平平仄仄平。

冀君见果顾,郊间光景佳。去平去上去,平去平上平。仄平仄仄仄,平仄平仄平。

上引29首诗,第8、20、22、27、28共5首第4字位未黏。该类诗呈现出两点一致性:其一,首尾两联,总有一联失对,失对联或首联或尾联,或失在二字位或失在四字位,但毫无例外同平声;其二,失对联基本上都是由非律句(为永明律句)"平平仄平仄"为出句与11式体系的新律句作为对句构成,只有第8首稍有例外,由"平平仄平仄"为对句与另一个新体系避忌的三平句"仄仄平平平"作为出句构成。第1、3、4、7、11、12、14、23、24共9首,全诗联间一、二、四字位全部相黏。但其中第1、14、24三首,首联都是由永明律句为出句、新式律句为对句构成,第四字位失对;第11首尾联律句配置不当而致第四字位失对。其他五首皆联间、联内一、二、四字位全部黏对,属最标准的近体五律。剩下15首之中,有

14首联间、联内二、四字位全部黏对,亦属标准的近体五律;只有第13首虽联间二、四字位全部相黏,但尾联第四字位失对。失对联"仄平平仄仄,仄仄平仄平",亦是新律句与永明律句构成。符合较为严格的标准,整体体现了平仄黏对律格式的庾信二韵体诗共有19首,占庾信全部二韵体诗的33.93%,高出结构性自然概率8.93个百分点。

庾信四韵体诗81首,联间连接243联。第二字位黏132联,第四字位黏132联,二四字位全黏114联,占比各为54.32%、54.32%、46.5%。前两者相等,大于50%的自然概率,后者大于25%的结构性概率。如果仅以联间第二字位为衡量标准的话,联间全部合乎黏式律的诗共有10首;以二四全黏为标准亦唯此10首。庾信合乎黏式律的四韵体诗所占全部四韵体诗的比例为12.35%,引之如下①:

1.和灵法师游昆明池二首其一(押寒韵)

游客重相欢,连镳出上兰。平入上平平,平平入去平。仄仄仄平平,平平仄仄平。

值泉倾盖饮,逢花驻马看。去平平入上,平平去上平。仄平平仄仄,平平仄仄平。

平湖泛玉轴,高堰歇金鞍。平平去入入,平去入平平。平平仄仄仄,平仄仄平平。

半道闻荷气,中流觉水寒。去上平平去,平平入上平。仄仄平平仄,平平仄仄平。

2.和王内史从驾狩(押东钟韵)

<hr>

① [北周]庾信撰,[清]倪璠注,许逸民校点:《庾子山集注》,北京:中华书局,1980年,第320、328、346、347、330、354、354、356、357、360页。

冬狩出离官，还过猎武功。平去入平平，平平入上平。
平仄仄平平，平平仄仄平。

涧横偏碍马，山虚绝响弓。去平平去上，平平入上平。
仄平平去上，平平仄仄平。

更赢承落雁，韩卢斗蛰熊。去平平入去，平平去入平。
仄平平仄仄，平平仄仄平。

犹开三面网，谁肯一山重。平平平去上，平上入平平。
平平平仄仄，平仄仄平平。

3.蒲州刺史中山公许乞酒一车未送（押灰哈韵）

细柳望蒲台，长河始一回。去上去平平，平平上入平。
仄仄仄平平，平平仄仄平。

秋桑几过落，春蚁未曾开。平平上去入，平上去平平。
平平仄仄仄，平仄仄平平。

莹角非难驭，槌轮稍可催。平入平平去，平平去上平。
平仄平平仄，平平仄仄平。

只言千日饮，旧逐中山来。上平平入上，去入平平平。
仄平平仄仄，仄仄平平平。

4.舟中望月（押麻韵）

舟子夜离家，开舲望月华。平上去平平，平平去入平。
平仄仄平平，平平仄仄平。

山明疑有雪，岸白不关沙。平平平上入，去入入平平。
平平平仄仄，仄仄仄平平。

天汉看珠蚌，星桥似桂花。平去平平上，平平上去平。
平仄平平仄，平平仄仄平。

灰飞重晕阙，蓂落独轮斜。平平平去入，平入入平平。
平平平仄仄，平仄仄平平。

　5.奉和永丰殿下言志十首其一(押鱼韵)

　　立德齐今古,资仁一毁誉。入入平平上,平平入上平。
仄仄平平仄,平平仄仄平。

　　无机抱瓮汲,有道带经锄。平平上去入,上上去平平。
平平仄仄仄,仄仄仄平平。

　　处下惟名惠,能言本姓蘧。上上平平去,平平上去平。
仄仄平平仄,平平仄仄平。

　　未论惊宠辱,安知系惨舒。去平平上入,平平去上平。
仄平平仄仄,平平仄仄平。

　6.咏画屏风二十五首①其五(押元魂痕韵)

　　逍遥游桂苑,寂绝到桃源。平平平去上,入入去平平。
平平平仄仄,仄仄仄平平。

　　狭石分花径,长桥映水门。入入平平去,平平去上平。
仄仄平平仄,平平仄仄平。

　　管声惊百鸟,人衣香一园。上平平入上,平平平入平。
仄平平仄仄,平平平仄平。

　　定知欢未足,横琴坐石根。去平平去入,平平上入平。
仄平平仄仄,平平仄仄平。

　7.咏画屏风二十五首其六(押尤侯韵)

　　三春冠盖聚,八节管弦游。平平去去去,入入上平平。
平平仄仄仄,仄仄仄平平。

　　石险松横植,岩悬洞竖流。入上平平去,平平去上平。

---

① 本组诗有两首为五韵未录作案例。明张溥编《汉魏六朝百三家集》、吴兆宜《庾开府集笺注》皆作二十五首。又,组诗其一《文苑英华》作《侠客行》列入乐府卷,许逸民校点倪璠《庾子山集注》存疑,置于诗卷与乐府卷之间。本文从它本作二十五首。

仄仄平平仄，平平仄仄平。

　　小桥飞断岸，高花出迥楼。上平平上去，平平入上平。
仄平平仄仄，平平仄仄平。

　　定须催十酒，将来宴五侯。去平平入上，平平去上平。
仄平平仄仄，平平仄仄平。

　　8.咏画屏风二十五首其十二（押歌韵）

　　出没看楼殿，间关望绮罗。入入平平去，平平去上平。
仄仄平平仄，平平仄仄平。

　　翔禽逐节舞，流水赴弦歌。平平入入上，平上去平平。
平平仄仄仄，平仄仄平平。

　　细管吹丛竹，新杯卷半荷。去上平平入，平平上去平。
仄仄平平仄，平平仄仄平。

　　南宫冠盖下，日暮风尘多。平平去去上，入去平平平。
平平仄仄仄，仄仄平平平。

　　9.咏画屏风二十五首其十六（押模虞韵）

　　度桥犹徙倚，坐石未倾壶。入平平上上，上入去平平。
仄平平仄仄，仄仄仄平平。

　　浅草开长坞，行营绕细厨。上上平平入，平平上去平。
仄仄平平仄，平平仄仄平。

　　沙洲两鹤迥，石路一松孤。平平上上上，入去入平平。
平平仄仄仄，仄仄仄平平。

　　自可寻丹灶，何劳忆酒垆。去上平平去，平平入上平。
仄仄平平仄，平平仄仄平。

　　10.咏画屏风二十五首其二三（押微韵）

　　今朝好风日，园苑足芳菲。平平上去入，平上入平平。
平平仄仄仄，平仄仄平平。

　　　　竹动蝉争散，莲摇鱼暂飞。入上平平去，平平平去平。仄仄平平仄，平平平仄平。

　　　　面红新着酒，风晚细吹衣。去平平去上，平上去平平。仄平平平仄，平仄仄平平。

　　　　跋石多时望，莲船始复归。去入平平去，平平上去平。仄仄平平仄，平平仄仄平。

　　上引诗10首80句，几乎全是11式律句体系的7种最标准律句，"平仄平平仄"2句、"平平平仄平"1句虽不标准，但作为变式亦在11式律句体系当中。所有诗联间、联内二、四字位全部黏对，其中第9首联间、联内一、二、四字位同时全部黏对。10首整体体现了平仄黏对律格式的庾信四韵体诗，占庾信全部四韵体诗的12.35%。较之二韵体诗的33.93%的概率，低了21.58个百分点。是说明庾信二韵体律化的程度要高于四韵体，同时亦再次见证了前此所揭示的，齐梁以来诗体律化的探索是由五言二韵体向五言其他体式推进的这一规律。此外，与徐陵四韵体乐府、诗以及庾信自身的二韵体诗相比，庾信四韵体诗值得注意的现象有三点：其一，《咏画屏风诗二十五首》组诗中的二十三首四韵体诗，整体体现了平仄黏对律格式的就有5首，占庾信四韵体近体五律的50%，占该组诗四韵体的比例为21.74%。[1] 其二，联间二、四字位黏式连接的诗联数据持平，且按第二字位黏的标准与二、四字位同黏的标准分别统计的整诗完全相同。其三，合乎黏式律的诗，

_____

[1] 该组诗具体作年不得而知，吴兆宜《庾开府集笺注》引原注云："第一首一作《侠客行》。按《北史·文苑传》，齐后主'因画屏风敕通直郎萧放及晋陵王孝式，录古贤烈士及近代轻艳诸诗，以充图画'。是时，子山仕于周，岂遥为之咏耶？"要之，古人视其为庾信入北之作。这里如果不取第一首，则5首占组诗四韵体的比例达22.73%。

全部律句都在11式律句体系之中，无永明律句；全部句联二四字位无一失对。句、句联、联间和韵，似一气呵成，浑然一体。基于此三点可以推断庾信在创作这些律诗的时候，某种程度上已具备了近体诗的诗律意识。

综合以上两位诗人四组数据的分析结果，可以得出一个基本的结论：在诗体联间连接方面，以徐陵、庾信为代表的宫体诗人尽管尚未摆脱永明诗律的影响，但表现出了自觉探索使用黏式律的倾向和趋势。探索亦始于二韵体诗而后向四韵体诗推进，并以相当数量的合乎标准近体诗诗律的整诗凝聚了这一探索。

结　论

沈约的吟诵律影响到了永明诗歌创作的结体，它不仅体现于韵体结构，同时也体现于和体结构。永明体尽管四声分用，但平仄二元化的意识与趋势已蕴涵在永明体的创作实践之中。平仄律始于永明体的韵律结构的建构，进而向和律结构延伸，五言诗诗体的声律衍化主要是通过平韵诗律句的二四节奏点的和律建构自然影响到句联律以及联间律而整体推进。"永明体"的二五和声依据的是"声"、"文"一致，文法决定声法，语义节奏决定声音节奏的原则，故永明体就其"声—文"体制而言，本来就存在向所谓的二四调声的"大同"句律演化的内因，只是其向"大同"句律演化尚存有另一种内因，即：谢朓诗业已表现出来的纯化诗句韵律美感的追求。梁初诗人在继承永明"声—文"体制的前提下，已于平韵诗句体层面普遍表现出调和二四节奏点的倾向。至于宫体兴盛，转拘声韵，不仅强化了此一倾向，而且突破了永明"声—文"体制，在句法语体层面，再次呈现出声法游离文法而独立为用的偏向。刘滔的声律新说便是对梁陈五言诗声律实践这一新变趋势的理性肯定。

通过对宫体代表性诗人徐陵、庾信五言诗案例的具体分析，可以得出一个整体性结论：宫体诗人以"用平声"的思维建构了11式律句体系，这一体系合乎唐代近体五言的律句体系（是否等于唐代近体律句体系，下章将作进一步论证）；同时又在句联层面、联间层面扩大了这一新的成果，由于永明诗律影响尚在，故在句联、联间二四字位的平仄对黏方面还不够娴熟自如，但其整合的倾向、趋势非常明显，相当数量的在二四字位的句、联、联间三个层面完整体现了平仄黏对律格式的整诗的出现说明当时诗人已具备了近体诗的诗律意识。① 只是在理论自觉方面尚未得到充分的表现，刘滔的声律说经验性大于理论性，在宫体诗声律探索的理论总结方面尚未达到应有的高度。实际上，梁陈宫体诗的影响一直延续到唐代，直至元兢的"换头术"，宫体诗声律探索的理论自觉方达到应有的高度并告一个段落。

---

① 我们对张正见四韵乐府26首（其中《采桑》为残联）、二韵诗3首、四韵诗37首，总计255联510句，以及阴铿现存34首五言平韵诗及乐府（其中：五韵10首、六韵5首、七韵1首、二韵1首、三韵1首、四韵16首）156联312句的声律情况的分析亦可佐证此处所作的结论。

附录:

表一、平韵诗句二四、二五字位字声对比

诗序	诗人	二\五字位对比				二\四字位对比			
		异平仄	异四声	同平声	同四声	异平仄	异四声	同平声	同四声
1	范云	3			1	1	1	1	1
	刘孝绰	4				3		1	
4	韦黯	4				4			
	何逊	3	1			2	1	1	
5	王江乘	2		1	1	4			
	何逊	3	1			3			1
6	何逊	2	1	1		4			
7	何逊	2		1	1	4			
	刘孺	4				4			
	桓季珪	3		1		1		3	
9	刘孺	3		1		3			1
10	刘孝胜	4				3			1
	何澄	1	2	1		4			
	刘绮	2	1	1		4			
	何逊	2	1	1		3	1		

续表

诗序	诗人	二\五字位对比				二\四字位对比			
		异平仄	异四声	同平声	同四声	异平仄	异四声	同平声	同四声
11	何逊	4				3	1		
	刘绮	3	1			4			
13	何逊	1	1	1	1	4			
	刘绮	2	1	1		2	1	1	
14	何逊	3		1		3		1	
	刘绮	3		1		4			
总计84句		58	10	12	4	67	5	8	4
占平韵诗句总数百分比		69	11.9	14.3	4.8	79.8	6	9.5	4.8
异四声百分比		81				85.7			

表二、仄韵诗句二四、二五字位字声对比

诗序	诗人	二\五字位对比				二\四字位对比			
		异平仄	异四声	同平声	同四声	异平仄	异四声	同平声	同四声
1	何逊	1	2		1	4			
2	何逊	3	1			4			
	高爽	1	1	1	1	3	1		

续表

诗序	诗人	二\五字位对比				二\四字位对比			
		异平仄	异四声	同平声	同四声	异平仄	异四声	同平声	同四声
2	何逊	1	3			4			
	高爽	3	1			2	1	1	
3	范云	2		1	1	3		1	
	何逊	1	2	1		3		1	
8	何逊	2	1		1	3	1		
	江革	3	1			3		1	
	刘孺	4				2		1	1
	江革	2	2			2	1	1	
	何逊	4				1	1	2	
	刘孺	2	1		1	2	1	1	
9	何逊	3	1			3		1	
12	何逊	2	2			3		1	
	刘绮	3	1			3		1	
总计64句		37	19	3	5	45	6	12	1
占仄韵诗句总数百分比		57.8	29.7	4.7	7.8	70.3	9.4	18.8	1.6
异四声百分比		87.5				79.7			

表三、句联、联间的对比和声

诗序	诗人	韵式	联内二字位 对平仄	对四声	同平声	同四声	联内四字位 对平仄	对四声	同平声	同四声	联内五字位 对平仄	对四声	同平声	同四声	联间 对平仄	对四声	黏平声	黏四声
1	何逊	仄韵	1				1		1			2			1			
1	范云	平韵	1	1	1		2		1			1						1
1	刘孝绰	平韵	2				1					1			1			
2	何逊	仄韵	2				2		1		2				1		1	
2	高爽			1		1	1	1			2							
2	何逊		2		1	2				2	1				1			1
2	高爽		2				2		2		1	1					1	
3	范云	仄韵	2				1				1	1			1	1		
3	何逊		2				1		1		1				1			
4	韦黯	平韵	2			1	2				2				1			
4	何逊		1		1		1		1		2				1			
5	王江乘	平韵	2				2				2						1	
5	何逊		1			1	2			1	2							1

续表

诗序	诗人	韵式	联内二字位 对平仄	对四声	同平声	同四声	联内四字位 对平仄	对四声	同平声	同四声	联内五字位 对平仄	对四声	同平声	同四声	联间 对平仄	对四声	黏平声	黏四声
6	何逊	平韵	2				2				2					1		
7	何逊	平韵	2				2				2							1
	刘孺		2		1		2				2				1			
	栢季挂		1	1		1			2		2							
8	何逊	仄韵	1				1	1	1		2	1				1		
	江革		2		1		1		1		1	1			1			
	刘孺		1	1			1		1	1	1	1			1		1	
	江革		1				2		1		1	1				1		
	何逊		1		1		1		1		1	1			1			
	刘孺		1	1					1		1	1				1		
9	何逊	仄韵	2		1		1		1	1	1				1			1
	刘孺	平韵									2				1			

续表

诗序	诗人	韵式	联内二字位				联内四字位				联内五字位				联间			
			对平仄	对四声	同平声	同四声	对平仄	对四声	同平声	同四声	对平仄	对四声	同平声	同四声	对平仄	对四声	黏平声	黏四声
10	刘孝胜	平韵	2				1	1			2				1			
	何澄		1	1			1		1		2				1			
	刘绮		2		1		2				2					1		
	何逊		2				1	1			2				1			
11	何逊	平韵	1	1		1	1		1		2				1	1		
	刘绮		1				1	1	2		2				1			
12	何逊	仄韵	1	1					2		1	1			1			
	刘绮		2	1			1		1		1	1			1			
13	何逊	平韵	1	1			1		1		2						1	
	刘绮		2				2				2							1

续表

诗序	诗人	韵式	联内二字位				联内四字位				联内五字位				联间					
			对平仄	对四声	同平声	同四声	对平仄	对四声	同平声	同四声	对平仄	对四声	同平声	同四声	对平仄	对平声	对四声	黏平声	黏四声
14	何逊	平韵	1								2								
	刘绮			1	1	1		1	1		2				1			1	
单项数			47	12	9	6	43	7	22	2	58	16	0	0	20		6	5	6
合项数			74联				74联				74联				37绝				
单合比			63.5	16.2	12.2	8.1	58.1	9.5	29.7	2.7	78.4	21.6	0	0	54.1		16.2	13.5	16.2
对黏比			对81	对79.7			对67.6				对100				对70.3			黏29.7	
分韵统计	平韵		28	6	5	3	27	5	7	1	42	0	0	0	11		3	3	4
	仄韵		19	6	4	3	15	2	15	1	16	16	0	0	9		3	2	2
单合比	平韵		66.7	14.3	11.9	7.1	64.3	11.9	16.7	2.4	100	0	0	0	52.3		14.3	14.3	19
	仄韵		59.4	18.8	12.5	9.4	46.9	6.3	46.9	3.1	50	50	0	0	56.3		18.8	12.5	12.5
对黏比	平韵		对81				对76.2				对100（平仄）				对66.7			黏33.3	
	仄韵		对78.1				对53.1				对100（四声）				对75			黏25	

表四，单句韵律结构分析数据统计表

诗人	五言诗总数	纯"二二一"诗数及比	纯"二一二"诗数及比	总句数	二二一句			二一二句		
					句数及比	二五异声句及比	二四异声句及比	句数及比	二五异声句及比	二四异声句及比
王融	83	22 26.51%	3 3.61%	658	498 75.68%	437 87.75%	378 75.90	160 24.32%	134 83.75%	128 80%
谢朓	141	15 10.64%	1 0.70%	1598	1145 71.62%	990 84.46%	892 77.90%	453 28.35%	385 84.99%	382 84.33%
沈约	156	27 17.31%	1 0.64%	1537	1112 72.35%	963 86.60%	863 77.61%	425 27.65%	359 84.47%	328 77.18%

表五. "二二一"句式韵律结构分析统计表

诗人	句数及占总句数比	大同句及占比	永明句及占比	二一'二一'一			二'二一'一			二'二'一一			二二'一'一			二一'二'一		
				总数	永明句	大同句	总数	永明句	大同句	总数	永明句	大同句	总数	永明句	大同句	总数	永明句	大同句
王融	160 24.32	128 80	134 83.75	6 3.75	5 83.33	5 83.33	70 43.75	62 88.57	59 84.29	76 47.5	61 80.26	64 84.21	5 3.13	2 40	4 80	1 0.63	0	0

续表

诗人	句数及占总比		永明句及占比		大同句及占比		二/二/一			二/二/一			二/二/一			二/一/二/一			二/一/二/一		
	句数	占总比	永明句	占比	大同句	占比	总数	永明句	大同句	总数	永明句	大同句	总数	永明句	大同句	总数	永明句	大同句	总数	永明句	大同句
谢朓	453	28.35	385	84.99	382	84.33	13	11	11	189	166	154	201	166	175	22	19	17	28	23	25
							2.53	84.62	84.62	36.84	87.83	81.48	39.18	82.59	87.06	4.29	86.36	77.27	5.46	82.14	89.29
沈约	425	27.65	359	84.47	328	77.18	23	18	15	222	195	165	151	127	125	17	10	14	12	9	9
							5.32	78.26	65.22	51.39	87.84	74.32	34.95	84.11	82.78	3.94	58.82	82.35	2.78	75	75

表六、徐陵、庾信五言二韵，四韵诗平仄句式分析统计表

诗人\句式	徐陵			庾信		
	乐府（四韵）	诗（四韵）	合计	诗二韵	诗四韵	合计
仄仄平平仄	15.15%	17.53%		12.92%	10.99%	
仄仄仄平平	16.67%	19.59%		10.11%	12.48%	
平平平仄仄	10.6%	10.31%		4.49%	10.43%	8.95%
平平仄仄平	15.15%	19.59%	5.52%	20.78%	22.16%	
仄平平仄仄	6.06%	5.15%		16.86%	13.41%	

续表

诗人 句式	徐陵			庾信		
	乐府（四韵）	诗（四韵）	合计	诗二韵	诗四韵	合计
平仄仄平平	16.67%	14.43%		15.73%	12.85%	
平平仄仄仄	15.15%	7.22%	10.43%	8.98%	8.19%	8.39%
平平平仄平	100%	100%		83.33%	80%	
仄平仄仄仄	50%	50%		80%	26.09%	
仄仄仄平仄	0	25%		20%	39.13%	

第七章　王绩与律诗体制定型

就声律而言，梁陈宫体诗人的探索与实践实际上已大体完成了五言近体律诗形式的建构，但为何直至初唐武后、中宗朝以沈佺期、宋之问为代表的宫庭诗人出现时才被史家定义为近体律诗呢？由隋入唐直至初唐结束，其间的声律探索以及律诗文体学的建构究竟是如何发展的呢？本章及下面各章的内容将主要围绕其间的问题加以展开。

王绩诗歌创作在诗体律化方面所取得的成绩，学界已有一定认识，个别学者已经认为王绩即五言律奠基者。[①] 在本文看来，可以视王绩为律诗体的最早定型者。然而，迄今学界对唐诗整个文体格局形成与建构的历史认知并未有根本性的改变，全面系统而深入地阐述并论证王绩诗歌创作的文体学自觉及其与五言律体定型关系的论文亦属罕见。故本章重点拟以王绩全部存诗为考察对象，立足于文化文体学视角，以声律形式分析为切入点，运用定量分析与定性分析相结合的研究方法，力图阐明王绩在唐代诗歌文体格局形成与建构过程中的突出贡献，并揭示其深层原因。

---

① 参王志华：《五言律奠基者——重评王绩在诗歌史上的地位》，《晋阳学刊》，1990年第3期。

　　当然,就声律形式演化而言,毫无疑问,句与句、联与联之间的连接格式——对、黏律的上升并成为定式而统治全篇显然是大趋势。换言之,整篇对、黏的律诗在初唐人五言新体的创作中逐渐常态化而非如梁陈宫体诗只是体现于部分篇目。问题在于,宫体诗实践的11式律句体系至唐代近体定型时究竟有无变化呢?若依后世人看法,五言近体的律句体系或16式(明代真空和尚《新编篇韵贯珠集》)、或12式(清代王士祯《律诗定体》)、或15式(清代赵执信《声调谱》)、或17式(王力《汉语诗律学》)、或7式(启功《诗文声律论稿》),纷纭不一。要之,未有11式体系之说。究竟如何,我们还得依据对原始诗学材料的解读以及对具体案例的分析并结合学界最新研究成果作进一步探讨。只有解决了唐代定型之后的近体律诗的律句问题,我们才能为王绩五言诗律化水平的定量分析提供一个坚实基础。

第一节　《诗章中用声法式》
与唐代近体律句问题

　　《诗章中用声法式》保留在唐代日僧遍照金刚《文镜秘府论》"天卷"中,无疑是讨论律句问题的最原始文献,近来便有学者将其中相关内容视为对唐代近体律句的记载。[①] 实际上,该文献作者、产生时代均具有不确定性,学界一直有不同看法。卢盛江认为:"本篇可能为刘善经《四声指归》,也可能为元兢之论,总之是隋至初唐间保留之梁时旧说。"同时,据文中所引庾信《燕歌行》

---

① 参张培阳:《近体诗律研究》,南开大学博士论文,2013年,第131—147页。

"代北云气昼昏昏"等句推断其最早亦当作于庾信之后。① 卢说最为可信。下面来具体看看文献原文：

> 凡上一字为一句，下二字为一句，或上二字为一句，下一字为一句（三言）。上二字为一句，下三字为一句（五言）。上四字为一句，下二字为一句（六言）。上四字为一句，下三字为一句（七言）。
>
> 三言
>
> 一平声：惊七曜。诏八神。转金盖。
>
> 二平声：排阊阖。度天津。纷上驰。
>
> ……
>
> 五言
>
> 一平声：九州不足步。目击道存者。
>
> 二平声：玄经满狭室。绿水涌春波。雨数斜塍断。蒙县阙庄子。永惭问津所。咏歌殊未已。百行咸所该。
>
> 三平声：披书对明烛。兰生半上阶。无论更漏缓。天命多赢仄。终缺九丹成。水潢众浍来。浡雷扬远声。
>
> 四平声：儒道推桓荣。非关心尚贤。
>
> ……
>
> 七言……
>
> 六平声：朝朝愁向犹思床。桃花蕳蘛无极妍。春山兴云尽如罗。②

文本中值得注意的有几点：其一，"分句"的概念因袭齐梁之

① 参[日]遍照金刚撰，卢盛江校考：《文镜秘府论汇校汇考》，北京：中华书局，2006年，第176页。

② [日]遍照金刚撰，卢盛江校考：《文镜秘府论汇校汇考》，北京：中华书局，2006年，第173—183页。

旧；其二，用声法式普被诗文而不单就诗而言；其三，所有诗文用声，整句忌全用平声或仄声，此与刘滔说略异；其四，因袭了齐梁以来的平声思维。仅就五言句而言，《诗章中用声法式》涉及的律句有18式，分别是：

一平声2式：仄平仄仄仄、仄仄仄平仄；

二平声7式：平平仄仄仄、仄仄仄平平、仄仄平平仄、平仄平仄仄、仄平仄平仄、仄平平仄仄、仄仄平仄平；

三平声7式：平平仄平仄、平平仄仄平、平平平仄仄、平仄平仄平、平仄仄平平、仄平平仄平、仄平平平仄；

四平声2式：平仄平平平、平平平仄平。

与宫体11式比较，二平声多出平仄平仄仄、仄平仄平仄、仄仄平仄平3式；三平声多出平平仄平仄、平仄仄平平、仄平平平仄3式；四平声多出平仄平平平1式。例句"蒙县阙庄子（平仄仄平仄）"中的"县"读去声，"子"读上声；"百行咸所该（仄仄平仄平）"中的"行"读去声，"所"读上声。如果从永明四声律去看，多出来的七式，全合乎永明句律，除"仄平仄平仄"、"平平仄平仄"之外，其他5式同时又满足大同句律二四异声的要求。此7式，在我们统计的宫体诗人徐陵四韵乐府和诗中（总192句）概率为零的有"平仄仄平仄"、"仄仄平仄平"、"平仄仄平平"、"平仄平平平"4式。4式在庾信全部二韵体、四韵体诗872句中，其中间两式各出现2例，占比0.23%，首尾两式各出现5例，概率仅为0.57%。"仄平仄平仄"式，徐陵例中出现2例，占比约为1.04%；庾信例中出现13例，概率亦仅1.05%。"仄平仄仄平"式徐陵例中亦出现2例，占比约为1.04%；庾信例中则出现9例，概率仅1.03%。在两大诗人例诗中出现概率最高的只有"平平仄平仄"式，徐陵12例，庾信38例，分别占比约为6.24%与4.36%，两者都略高于单句出现于除五平之外的平声句整体中自然出现的3.33%的概率。而该句例在我们统计的阴铿全部平韵诗312句中的比例仅有1.89%，在我们统计的张正见全部510句诗例中，所占比例亦只有4.7%。值得注意的是，该式不合大同律句二四异声的原则，但显然回避了永明"蜂腰"病。整体言之，宫体诗是在尽可能遵循永明四声律原则的前提下而进行平仄律探索的。仅论平仄，《诗章中用声法式》中亦仅有"目击道存者"（仄仄仄平仄）、"雨数斜塍断"（仄仄平平仄）、"蒙县阙庄子"（平仄仄平仄）三式犯"蜂腰"，而此三例依四声，"击"和"者"、"数"和"断"均为入、上声对比；"县"和"子"乃去、上声对比，"蜂腰"病全免。"平仄平平平"有违刘滔"要位"之说，而且在实际的梁陈宫体诗人的诗例中接近于零概率。但此前的永明体诗人，三连平居尾是不加回避的。

　　综上分析，可以明显看出，《诗章中用声法式》给出的是四声律框架下的平仄律句体系。宫体诗11式体系虽蕴含于其中，但其毕竟首先从属于永明律句的体系，理论上说，我们不能据此18式来断定唐代近体律诗定型之后的平仄律句体系。

　　事实上，由隋入唐很长一段时间，"四声""八病"之说仍然实际影响着近体诗的创作。《文镜秘府论·天卷序》云："沈侯、刘善之后，王、皎、崔、元之前，盛谈四声，争吐病犯，黄卷溢箧，缃帙满车。贫而乐道者，望绝访写；童而好学者，取决无由。"[1] 其《西卷序》又云："颙、约已降，兢、融以往，声谱之论郁起，病犯之名争兴，家制格式，人谈疾累，徒竞文华，空事拘检，灵感沉秘，雕弊寔

────────────

① ［日］遍照金刚撰，卢盛江校考：《文镜秘府论汇校汇考》，北京：中华书局，2006年，第14页。

繁。"① 文中"王皎崔元",即王昌龄(？—756？)、释皎然(720—798？)、崔融(653—706)、元兢(生卒年不详,大致活动于高宗武后时期),四人分别著有《诗格》《诗中密旨》《诗议》《诗式》《唐朝新定诗格》与《诗髓脑》等。可见直到盛唐,四声律都是理论家们谈论声律要义的基本框架。那么,其实际的创作又如何呢？对此,日本学者加藤聪通过对初唐时期有代表性的十三位诗人(王绩、上官仪、四杰、陈子昂、文章四友、沈宋)的五言八句诗进行统计和分析,发现了"当以平仄律为主的近体诗声律完成的时候,初唐诗人仍然讲究四声律"的事实。也就是说,初唐诗人既讲究平仄律,又注意四声律。② 只是加藤氏没有意识到这是梁陈宫体诗声律传统在初唐的延续。理论上说,定型了的近体律诗,其平仄律句大体应与11式体系相当。张培阳在其专题博士论文《近体诗律研究》中,选取了唐代律诗定型期到晚唐的12位代表性诗人的2220首平韵五言律诗作为考察对象,对唐人所用的平仄律句范围,进行了一次较为彻底的统计和分析。这十二位代表性诗人分别是初唐的杜审言、沈佺期、宋之问,盛唐的孟浩然、王维、杜甫,大历的钱起、刘长卿,中唐的白居易、刘禹锡,晚唐的许浑和李商隐。数据(%)统计分析的结果是:

> 一平句:平仄仄仄仄(0.14)、仄仄平仄仄(0.24)、仄平仄仄(0.2)、仄仄仄平仄(1.51)、平仄仄仄仄#(0.01)、仄仄平仄仄#(0.03)【"#"表示其下句第三字为非平声,即下句为"平平仄仄平"——原注】

---

① [日]遍照金刚撰,卢盛江校考:《文镜秘府论汇校汇考》,北京:中华书局,2006年,第887页。

② 参加藤聪:《初唐诗人与其"八病说"运用》,《唐代文学研究》第九辑,桂林:广西师范大学出版社,2002年。

二平句：仄仄平平仄（13.31）、仄仄仄平平（11.91）、仄平平仄仄（10.48）、平平仄仄仄（2.53）、平平仄仄仄（0.01）、仄平平仄仄（0.27）、平仄平仄仄（0.11）、平平仄平仄#（0.01），

三平句：平平仄仄平（20.34）、平仄仄平平（14.20）、平平平仄仄（6.84）、平平平仄仄（6.77）、平平仄平仄（4.18）、仄平平仄平（1.46）、仄仄平平平（0.18），

四平句：平平平仄平（3.69）、平仄平平平（0.11），

非平句：仄仄仄仄仄（0.12）、仄仄仄仄仄#（0.01）①

由于原文作者基于自己的经验，站在综合比较后世律家异说的角度契入研究对象，又考虑到了所谓"拗律句"，于是便给出了21种近体律句的检验模型。而最终确立这一模型，数据分析的结果并未起到任何实质性作用，同时，作者亦未给出唐人自己的理论依据。笔者以为，探究唐人的律句体系，源自于唐人自己的理论依据是不可或缺的，同时还要考虑对前代的继承与时代因革，然后结合数据分析才能大体得出接近历史事实的结论。由于后世所谓的"拗律句"是相对"律句"而言的，故可以存而不论；同时，由于近体律诗定型期的唐人深受永明体和宫体诗声律成果的影响，故非平句（五仄句）应排除在近体律句范畴的考察之外。故以上25种律式，可考察者实际20种。理论上说，以上平声句单式出现概率低于3.33%的都不应视为律句，如此看去，可判作常规律句的只有9种：平平仄仄平、平仄仄平平、仄仄平平仄、仄仄仄平平、仄平平仄仄、平平平仄仄、平平仄平仄、平平仄平仄、平平平仄平。此9种与宫体诗11式相比，少"仄平仄仄仄"、"仄仄仄平仄"、

①据张培阳博士论文整理，凡相关内容皆请参阅张培阳：《近体诗律研究》，南开大学博士论文，2013年，第131—147页。

"平平仄仄仄",多出"平平仄平仄"。多出的"平平仄平仄"式包含在《诗章中用声法式》之中,该式可以说是较为典型的永明律句。具体看张氏论文给出的诗人个体的数据,杜审言(0.88)、沈佺期(2.3),都低于3.33%的自然概率。从宋之问(4.78)开始,出现频率开始高于自然概率,至王维(5.3)达到高峰。而杜甫(3.65)、李商隐(3.75)都趋近自然概率,其他诸人皆未有超过宋之问。故该式是否可断为近体标准律句,在未得到更多的唐人旧说支持之前,单凭数据是很难定论的。至于少出的三式由于有刘滔旧说及宫体诗的印证,我们在没有唐人疑说作依据的情况下,亦不能简单据其数据而排除之。

基于上述分析,我们初步推断唐代近体律句就是宫体11式。下面选择王绩、李百药、杜审言、李乂及沈、宋对黏全部合律的二韵、四韵五言近体诗作为典型案例加以考察分析,以此视作进一步验证。[①] 王绩由隋入唐,虽不乐在朝,却有三仕三隐的经历,唐高祖武德初则因嗜酒而入太乐署。学界公认其五言诗律化水平代表了当代最高水准,故其典型性是无须怀疑的。李百药"隋时,袭父德林爵,为太子通事舍人兼学士","唐太宗重其名,拜中书舍人,授太子右庶子","百药藻思沉郁,尤长五言"。[②] 其之于初唐五言新体诗创作的意义亦毋庸多疑。而其以下诸人及沈、宋,学界公认为近体律诗的主要定型者,其典型性更不必多论。至于选择对黏合律者,是因为新体诗的律化首先是由句律向对黏律推进演化的,唐代近体的成熟标志是对黏律定型,故可以说合乎对黏律的整

---

① 例诗据中华书局编辑部点校《全唐诗》(增订本),北京:中华书局,1999年。
② 据《全唐诗》"李百药小传"。中华书局编辑部点校:《全唐诗》(增订本),北京:中华书局,1999年,第536页。

诗,构成其基元的律句大体上应该是标准化的。且看如下表例：

诗人／句式	王绩	李百药	杜审言	李乂	沈佺期	宋之问	合计
	单式数及所占总数比	单式数及所占总数比	单式数及所占总数比	单式数及所占总数比	单式数及所占总数比	单式数及所占总数比	单式数及所占总数比
仄仄平平仄	28 20.59%	2 16.7%	32 18.18%	19 15.83%	54 13.92%	58 16.86%	193 16.41%
平平仄仄平	31 22.79%	3 25%	45 25.57%	28 23.33%	90 23.2%	82 23.84%	279 23.72%
仄平平仄仄	15 11.03%	0	26 14.77%	16 13.33%	45 11.6%	44 12.79%	146 12.41%
平仄仄平平	13 9.56%	2 16.7%	21 11.93%	20 16.67%	69 17.78%	42 12.21%	167 14.2%
仄仄仄平平	21 15.44%	1 8.33%	23 13.07%	11 9.17%	38 9.8%	50 14.53%	144 12.24%
仄平仄仄平	1 0.74%	0	1 0.57%	0	1 0.26%	0	3 0.26%
平平平仄平	5 3.68%	2 16.7%	1 0.57%	3 2.5%	8 2.06%	8 2.33%	27 2.3%
平仄平平仄	4 2.94%	0	11 6.25%	6 5%	30 7.73%	19 5.52%	70 5.95%
仄仄平平平	0	0	0	0	1 0.26%	0	1 0.085%
平平平仄仄	16 11.76%	1 8.33%	12 6.82%	10 8.33%	34 8.76%	25 7.27%	98 8.33%
平平仄仄仄	2 1.47%	0	2 1.14%	3 2.5%	14 3.61%	13 3.78%	34 2.9%
平仄仄平仄	0	1 8.33%	1 0.57%	3 2.5%	0	0	5 0.43%

诗人／句式	王绩	李百药	杜审言	李乂	沈佺期	宋之问	合计
	单式数及所占总数比	单式数及所占总数比	单式数及所占总数比	单式数及所占总数比	单式数及所占总数比	单式数及所占总数比	单式数及所占总数比
仄平仄仄仄	0	0	1 0.57%	0	2 0.52%	2 0.58%	5 0.43%
平仄平平平	0	0	0	1 0.83%	2 0.52%	0	3 0.26%
仄仄仄平仄	0	0	0	0	0	1 0.29%	1 0.085%
平平仄平仄	0	0	0	0	0	0	0
总句数	136	12	176	120	388	344	1176

　　由表中统计看,"平平仄平仄"式,所有诗人零数据,足以说明该式不在在唐人近体律句体系之中,为非律句。"仄平仄仄平"式,总概率0.26%,李百药、李乂、宋之问皆为零概率,而其他诗人各自亦仅出现1例,可视作偶然,故该式亦可视作非律句。数据接近的尚有"仄仄平平平"、"平仄平平平"、"仄仄仄平仄"与"平仄仄平仄"四式。其中,"仄仄仄平仄"式概率最低。但此式属宫体律句,表例的数据似乎表明,唐初诗人已罕用之,此处只有宋之问1例。尽管如此,但由于找不到出之于唐人的否定其为律句的任何理据,故从因袭的角度,推断唐人还是将其视作近体律句的。"平仄仄平仄"式,总概率最高,达0.43%。该式数据的偏高主要由于李乂一人占了3例,而王绩、李百药各自亦仅出现1例,关键的是沈、宋二人皆为零概率。该式不在宫体诗的律句体系中,且于唐人的声律新说中亦找不到能肯定其为律句的说法。故此,亦从因袭的

角度,这里只将其视为偶然性事例,而不视作近体律句。至于"三连平"两式,活跃于高宗武后时期的元兢的"相承说"似有涉及。《文镜秘府论·天卷·调声》载元氏曰:

> 若上句五字之内,去上入字则多,而平声极少者,则下句用三平承之。用三平之术,向上向下二途,其归道一也。三平向上承者,如谢康乐诗云:"溪壑敛暝色,云霞收夕霏。"上句唯有"溪"一字是平,四字是去上入,故下句之上用"云霞收"三平承之,故曰上承也。三平向下承者,如王中书诗云:"待君竟不至,秋雁双双飞。"上句唯有一字是平,四去上入,故下句末"双双飞"三平承之,故云三平向下承也。①

"相承说"讨论的是一平句与四平句之间的声韵搭配问题,有两种情形,所举例句分别出自谢灵运《石壁精舍还湖中作》和王融《古意》。由诗例四声看,四句皆符合二四异声的原则,属大同律句。但以平仄律衡量,"平入上去入(平仄仄仄仄)"显然非律句。其他三句平仄格式分别为"平平平仄平"、"仄平仄仄仄"、"平仄平平平",前两式为刘滔所肯定的宫体诗的标准律句格式,尾"三连平"则属被刘滔否定的、宫体诗亦罕见的律式。那么,这里是否可以肯定元兢理论将尾"三连平"的律式视为标准的律句呢?显然不能,因为元氏此间论及的则是非常用(包括非律句)的一平句式如何四声平仄搭配形成句联的问题,而无关律句。其间所论倒有点类似于后人所谓"拗救"的理路。此外,我们所统计的六位诗人,有四位诗人"平仄平平平"式为零概率,五位诗人"仄仄平平平"式为零概率,最值得一提的是宋之问两式皆为零概率。更重

---

① [日]遍照金刚撰,卢盛江校考:《文镜秘府论汇校汇考》,北京:中华书局,2006年,第167—168页。

要的是,统计的诗例中,亦无一例属元兢所举的"相承"之情形。要之,唐初乃至全唐,尾"三连平"出现的概率都极低,只能视为偶然或例外,而不应视作近体律句。

综上所述,基本可以论定,唐代近体的五言律句体系就是宫体11式。

第二节　王绩五言诗的声律学分析

王绩,隋开皇十年(590年)左右生,唐贞观十八年(644年)卒,一生有三仕三隐的经历。据韩理洲校点的五卷本《王无功文集》[①],王绩共存各体诗143首,分别见于卷二、卷三、卷五及"补遗"部分。卷二、卷三录四言2首、七言2首、五言113首;卷五"杂著"部分收录四言赞语诗19首,"补遗"部分不计残句1首,所录7首,其中五言5首,七言2首。五言诗共计118首,占王绩全部存诗的82.52%。由于"补遗"部分,韩理洲存疑,故不妨除去该部和"杂著"部分四言赞语,仅按第二卷、第三卷计,则五言诗所占比例高达96.58%。这一文体性选择间接说明了齐梁以来的五言新体诗创作风气对王绩的诗歌创作有着决定性影响。下面便以卷二、卷三所录113首五言诗作为声律学分析的对象。

一、五言二韵、四韵体诗声律分析

在王绩113首五言诗中,二韵体21首,四韵体36首,五韵及以上者56首。二韵、四韵体合占50.44%。

---

① [唐]王绩著,韩理洲校点:《王无功文集》,上海:上海古籍出版社,1987年。

（一）二韵体诗声律分析

21首二韵体诗，全为首句不入平韵式，仅《独酌》《尝春酒》2首失黏。失黏诗无非律句和失对情况。合乎黏式律数达到90.48%。

黏而平仄失对的分别是：《题酒店楼壁绝句八首》其一、四、八，《题酒店壁》《看酿酒》《夜还东溪中口号》《秋夜喜遇姚处士义》《题画幛背》，计8首。8首失对诗失对联为"仄平平仄仄，平平仄仄平"的有5首，为"仄仄平平仄，平仄仄平平"的1首。此6首无非近体律句。第5、8首所出现失对联为："平平仄平仄，仄仄平仄平"和"仄仄平平仄，仄仄平平平"。其中"平平仄平仄"、"仄仄平仄仄"、"仄仄平平平"3式皆非近体律句。21首二韵体诗84句，非律句仅此3式3句，近体律句占总句数比为96.43%。同平声失对6处、同仄声失对7处，总计13处。21首42联的联对合律率达84.52%。同仄声例除《题画幛背》《绝句八首》其八2处同去声外，其他则皆异上去入声。考虑四声律的影响犹在，故失对计8处亦可以说得通。如此，联对合律率亦达到了90.48%。

关键在于，句、对、黏全部合乎近体律式者多达11首，即：《题酒店楼壁绝句八首》其二、三、五、六、七、《山中别李处士播》《醉后口号》《戏题卜铺壁》《山夜调琴》《春初》《建德破后入长安咏秋蓬示辛学士》，占全部二韵体诗的52.38%。①

综上可以看出，王绩五言二韵体诗之近体化水平已达到前所

①《题酒店楼壁绝句八首》其三首联："对酒但知饮，逢人莫强牵"，其句中"强"通"勥（上声）"，勉强的意思。《建德破后入长安咏秋蓬示辛学士》尾联："孤根何处断？青叶强能飞。"其句中"强"通"僵（去声）"，枯干的意思。两联的平仄律调分别为："仄仄仄平仄，平平仄仄平"、"平平仄平仄，仄仄平平平"，皆属近体律联格式。

未有的高度。

　　(二)四韵体诗声律分析

　　36首四韵体诗全押平声韵,其中首句不入韵者22首,首句入韵者14首(10首属平起,4首属仄起)。合乎黏式律的有17首,占全部四韵体诗的47.22%;句、对、黏全部合格的有13首,即:《在边三首》其二和其三、《观石壁诸龛礼拜成咏》《野望》《九月九日赠崔使君善为》《冬夜载酒于乡馆寻崔使君善为》《山家夏日九首》其五、《咏怀》《性不好治产兴后言怀》《洛水南看汉王马射》《咏隐》《登垅坂二首·其一》《秋园夜坐》,占全部四韵体诗的比例亦达36.1%。合乎黏式律的17首诗中,失对者4首:《山中采药》《九月九日》《读真隐传见披裘公及汉滨老父因题四韵》《春夜过翟处士正师饮酒醉后自问答二首·其一》。

　　第一首失对的是第一联,"药"与"兴"为入声与去声的对比,考虑四声律的影响,此处不为失对。"岩"、"幽"虽同平声,但依永明以来的声病说,平韵诗韵句节奏点位若同平声不为病,无论"蜂腰"、"上尾"。以此推广开去,同样考虑四声律的影响,首联两韵句第四节奏点位同平声或亦当从宽。要言之,本诗不以失对论处,可视为对黏全都合格的近体律诗。如此一来,全部合乎对、黏律的四韵体诗便达到了14首,占四韵体总数比则高达38.89%。

　　第二首仅有颔联2处失对,全诗无"非律句"。第三首尾联失对2处,亦无"非律句"。第四首唯尾联出句1句为非律句,导致第四字位1处同平声失对。以上不合律处既可解释为永明诗律或声病说的余响,同时亦可解释为诗人偶尔之失误或其他原因,但无论如何,整体言之,三首诗仍然体现了近体对、黏律之观念。

　　余下失黏的19首,总152句,非律句仅4句,占比为2.6%;除《山家夏日九首》其四、《田家三首》其二、《春夜过翟处士正师饮酒醉后自问答二首》其二、《在边三首》其一等4首各有两处失黏,其余皆1处失黏,黏式连接数总计34,占19首四韵体联间连接总数的59.65%,超过平仄律联间连接50%自然概率9.65个百分点,表现出了明显的倾向性。

　　失黏的19首诗中,仅失黏1处而未失对的诗共有9首,分别是:《独坐》《裴仆射宅咏妓》《赠程处士》《山家夏日九首》其二和其六、《过郑处士山庄二首其二》《赠山居黄道士》《登垅坂二首其二》《同蔡学士君知咏云》。第七首《赠山居黄道士》最后一句缺字。这里不妨推测,颈、尾联失黏或因诗人迁就尾联之对造成,故拟此处声字或“平仄”或“仄仄”,进而归入未失对诗行列。以上9首无11式律句体系之外的句式,全部为近体律句。此9首诗,从声律的标准看,断为准近体律诗应该没有问题。

　　19首失黏诗中失黏1处且失对者计6首:《过郑处士山庄二首其一》《晚秋夜坐》《山家夏日九首》其七、其八、其九及《独坐》。6首诗共有7联10处平仄失对,概率分别为29.17%(7/24)、20.8%(10/48),低于75%的联失对平均自然概率45.83、54.2个百分点,合对率分别为70.83%、79.2%,超出50%的结构性自然概率或分计自然概率20.83和29.2个百分点。[①] 其中失对属平头性质的6处,皆为同平声。余下4处为第四节奏点位失对,即:《过郑处

————————

[①] 此处所谓联平均自然概率指不考虑联上下句是否律句时,以一联两处为计时平仄黏对的概率,其两处一处黏或同黏(谓之联失对)的自然概率为75%,两处同对的自然概率为25%;结构性自然概率是指:假定联句为平仄律句时的或黏或对的概率,其两处整体黏对的概率皆为50%。所谓分计自然概率,即两处黏对分计,不问联句是否律句,其平仄黏对的自然概率亦各为50%。为方便计,下面若涉及句联黏对平仄律倾向性之考察,主要参照50%的标准加以分析。

士山庄二首》"欲知幽赏处,青青松桂多(仄平平仄仄,平平平仄平)"、《晚秋夜坐》"蝉噪黏远举,鱼惊钩暂移(平仄平仄仄,平平平仄平)"、《独坐》"托身千载下,聊思万物初(仄平平仄仄,平平仄仄平)"、《山家夏日九首其九》"寄言覆苔客,无事果园中(仄平仄平仄,平仄仄平平)"。其中"赏"、"桂"字声为"上"、"去","远"、"暂"同为去声,"载"、"物"字声为"上"、"入",按四声律有2处不为失对,故全部失对数可计作8处,占全部联对数比仅为16.7%;换言之,6首诗合乎联对律的比例达83.3%,超过50%的结构性自然概率33.3个百分点。① 此外,还有必要指出的是,6首诗只有失对联含有非近体律句,计2式4句。非律句占总句数比为8.3%,而近体律句则占91.7%。综合对6首诗所作的分析可以看出,永明四声律的影响还在,但联内和律采用平仄对比的意识是非常突出的。以上六首诗就声律运用而言,大体亦可视为准近体律诗。

　　综上分析可见,王绩所创作的五言二韵体及四韵体诗具有非常明显的近体声律观念。近体声律观念脱胎于永明四声定韵,隔句押韵,和韵错置以为体、相须而为用的声韵结构与观念。梁代宫体诗人将这一结构与观念推进至五言诗的整个篇体所有层面。篇体整体律化由二韵体向四韵体蔓延,一定程度上表现出不同步与不平衡现象,这在代表性的宫体诗人徐陵、庾信那里都有充分的表现。王绩虽非宫体诗人,但明显继承了宫体诗人的声律探索成果并有了空前的进步。其进步突出体现于:近体的对黏格式在梁陈宫体诗人那里尚处于完形阶段,而在王绩这里已经臻于定

---

① 若四声分用,分句为二四异声的律句,其黏对的结构性自然概率仍然各为50%,其分计自然概率黏对各为25%和%75(下面从四声律考察句联黏对倾向性主要参照分计自然概率标准)。

型。① 尤其是21首二韵体绝句,近体律句达96.43%、联对、联间黏缀率近90.48%,且句、联及联间通体合乎近体格式的律诗已占总数的52.38%,这一系列的高数据充分说明了这一点。至于36首四韵体诗,其联间平仄黏式连接概率高达78.7%,句、联及联间通体严格合律的四韵体诗所占比例亦已达到38.89%,这一水平大大超越了此前所有诗人。就此而言,创作四韵体五律近体在王绩那里完全是高度自觉的行为,推论四韵体五律亦定型于王绩之手有充分的事实依据。

二、五言四韵体以上长诗的声律分析

王绩113首五言诗中,五韵体及以上者56首,占49.56%。而在这56首诗中,整篇合乎黏式律的就多达6首:《过山观寻苏道士不见题壁四首其二》《过山观寻苏道士不见题壁四首其四》《食后》《山园》(以上均6韵)《阅家书》(9韵)《游山寺》(10韵)。此6首可以用来与《补遗》中的疑作《过汉故城》(24韵)作对比分析。

---

① 前此研究表明:以徐陵、庾信等为代表的梁陈宫体诗人,以"用平声"的思维建构了11式平仄律句体系,这一体系合乎唐代近体五言的律句体系,同时又在句联层面、联间层面扩大了这一新的成果。由于永明诗律影响尚在,故在句联、联间二四字位的平仄对黏方面还不够娴熟自如,但其整合的倾向、趋势则非常明显。相当数量的在二四字位的句、联、联间三个层面完整体现了平仄对黏律格式的二韵体、四韵体整诗的出现,说明当时诗人已具备了近体诗的声律意识。只是其尚处于探索阶段,尚未有充分的观念自觉罢了,故谓宫体诗人之于近体律格建立的意义在于奠基、完形。所谓"定型",本文所持标准亦只涉及观念及其自觉的水平。如个体对某种体式已有明确观念,且在创作实践中自觉运用此一体式,便可谓之定型者,而不必非得以群体行为、理论著述及个体影响力来论"定型"。

非近体律句前6首唯《过山观寻苏道士不见题壁四首其二》中1句，占该诗句数比为8.33％，而疑诗《过汉故城》则多达7句，占该诗句数比则为14.59％。至于句对，前6首亦唯第1首失对1处，且为非近体律句所在联，占比为8.33％。6首中有5首句、联、篇全部与近体格律吻合。而疑诗《过汉故城》虽无失黏，但失对则多达6处，占比为12.5％。据韩理洲考证，《过汉故城》可定为盛唐诗人吴少微。而以上对比分析则表明：王绩的6首五言长诗的合乎近体平仄律程度，明显高于盛唐诗人吴少微的《过汉故城》，毫无疑问属非常典型的近体五言长律。

此外，值得注意的还有如下四点：

一是王绩五韵体以上的五言诗中，只失黏1处的尚有14首。其分别为：《卢新平宅赋古题得策杖隐士》(6韵)《春日山庄言志》(8韵)《山夜》(7韵)《赠薛学士方士》(6韵)《春庄走笔》(11韵)《春园兴后》(7韵)《驾过观猎》(8韵)《山中独坐自赠》(6韵)《自答》(6韵)《病后醮宅》(9韵)《过乡学》(8韵)《山中避暑》(6韵)《新园旦坐》(6韵)《久客斋府病归言志》(9韵)，其中6韵6首、7韵2首、8韵3首、9韵2首、11韵1首。

二是14首中，全部由近体律句构成且未失对的有《春日山庄言志》《赠薛学士方士》《过乡学》《新园旦坐》4首，将此4首归为近体长律应该不成问题。

三是14首中，全部由近体律句构成且仅失对1处的有《自答》《病后醮宅》2首，失对占比分别为8.33％、5.56％；1句属非近体律句且无失对的有《山中避暑》1首，非近体律句占百分比为8.33％。以上3首亦当视作律诗近体。

四是14首中，1句属非近体律句且只有1处失对的有《山中独坐自赠》《卢新平宅赋古题得策杖隐士》《春庄走笔》3首，占比分别为8.33%、8.33%，8.33%、8.33%，4.54%、4.54%；2句属非近体律句，失对1处的有《春园兴后》1首，占比分别为14.29%、7.14%；1句属非近体律句，失对2处的有《驾过观猎》1首，占比分别为6.25%、12.5%；2句属非近体律句，3处失对的有《山夜》《久客斋府病归言志》2首，占比为14.29%、21.43%，11.11%、16.67%。以上7首除《山夜》《久客斋府病归言志》2首非近体律句及失对比略超过《过汉故城》，其他5首的数据都低于吴诗。宽言之，此7首皆可视作律诗近体。严格地说，将其断为准近体律诗无疑是可以成立的。

如此看来，王绩的五言长律近体至少可计20首，占56首五韵体以上五言诗总数的35.71%。

综合以上所有分析，我们完全可以得出结论：王绩的五言新体诗标志着近体诗的声文体制的定型与相对成熟。这个结论尚可通过对王绩五言诗创作中所表现出来的体格三分的观念及其自觉的分析与揭示而得到进一步论证。

第三节　"古—近—齐梁格"
三分的体格观念与自觉

从声律形式去看，王绩的五言诗创作已明显表现出体分古、近的意识与自觉。对此，我们可以首先通过诗题标有"古意"的七首诗——《古意六首》《薛记室收过庄见寻率题古意以赠》的具体分析加以揭示。据韩理洲考订，《古意六首》当为诗人于隋炀帝大业末年退隐后所作；《薛记室收过庄见寻率题古意以赠》当作于武

德四年(621)十二月到武德五年(622年)三月之间。①7首诗分别
作于两个朝代。

一、《古意六首》组诗之分析

六首诗之用韵、用声情况分析如次：

（一）韵体

"六首"就篇体而言，最短七韵，最长十一韵。对照《广韵》，其
一、其二、其三、其四与其六基本一韵到底，出现邻韵亦属同用之
通例；其五出韵，但仅"此意那可忘"一句而已（"忘"，去声，在"漾"
韵部，漾宕同用）。"六首"隔句押韵，主要押仄声韵，只有其五1首
押平声韵（有出韵而押仄韵现象，程度极轻）。整体言之，其押韵
合乎永明四声制韵的法则。其一、其二、其六押入声韵；其三、其
四押去声韵。

（二）句体用声

"六首"总计102句，按近体平仄律标准，非律句51句，占
50%。这些非律句包括如下15式：

（1）平平仄平仄（21句）

（2）仄平仄平仄（4句）

（3）仄仄平仄平（4句）

（4）仄仄平平平（5句）

（5）仄平仄仄平（2句）

（6）仄平平平平（1句）

（7）平平平平仄（1句）

（8）平仄平仄平（2句）

---

① 参见韩理洲：《王绩诗文系年考》，《山西大学学报》，1983年第2期。

（9）平仄仄仄平（3句）

（10）仄仄平仄仄（2句）

（11）平仄仄平仄（1句）

（12）仄平平平仄（2句）

（13）平仄平仄仄（1句）

（14）仄平仄平平（1句）

（15）仄仄仄仄平（1句）

以上非近体律句占2句及以上的有9式。此9式有7种皆属典型的二五平仄异声的永明律句，"仄平仄仄平"1式属同平声例外。尚有第10式2句，就具体用例看，分别为二四、二五皆同上声，二四去上异声而二五同去声，不属任何一类人为律句。剩下6式，第7、12、15亦属二五平仄异声的永明律句；第6、14式二五同平声，既非永明律句亦非二四异声的大同宫体律句；第11式1句在具体用例中，二四平仄异声且二五去入异声，严格地说该句例可视作所谓的大同律句。由于其例与永明律句不相悖，可归入永明律句。要之，51句非近体律句主要由永明律句和自由句式构成，占比分别为90.2%、9.8%。

（三）句联用声

"六首"按"四声八病说"的标准，犯平头的句联主要有：其一第一、二、六、七联4处；其二第一、第八联2处；其三第一、第六、第九联3处；其四第一、第十一联2处；其五第二联1处；其六第五联1处。犯上尾者只有其六第二联1处，属同去声。平头例（只计第二字位）总计13处，所占比例为25.49%，略高于25%的平均概率。结合前4首都有首尾联犯平头现象去看，似乎诗人有意为之。上尾例与平头例恰恰相反，只占1.96%，诗人是竭力回避的，这与四声制韵、隔句押韵的韵制是高度一致的。

　　如以近体平仄律的标准去衡量,平头例、上尾例皆属失对,此处可不计上尾。除四声律平头失对外,第二字位失对的尚有其三第八联、其五第七联2处;第四字位失对的则有:其一第一、第三、第四、第五、第六、第七联6处;其二第三、第四联2处;其三第二、第四、第八联3处;其四第二、第四联2处;其五第三、第五、第六、第七联4处;其六第一、第五、第六联3处,共计20处。第二字位失对例总计15处,占比为29.41%;第四字位失对20处,占比39.22%。两组数据显然低于50%的平均概率,似乎说明诗人还是顾及到了平仄句对,尤其是在第二字位。这里可解释为"四声八病说"的某种影响。

　　事实上,对照"四声八病说",即考虑四声分用,则第二字位失对有13处,占比为25.49%;第四字位除去其三第八联去上对,其六第五联去入对、第六联上入对,实际失对17处,占比为33.33%。两组数据都高出25%的平均概率,尤其是第四字位高出8.33%个百分点。这足以说明诗人并未措意于四声句对,甚至由此可以看出诗人似乎有意在近体诗最为看重的句联第四字位的两个节奏点之间回避和声对比。

　　(四)联间章体及联间连接用声

　　考察"六首"二韵章体,按"四声八病说"的标准,犯鹤膝者唯《其三》1处,同去声。可见,诗人避忌鹤膝病的意识是非常自觉的。就联间连接而言(主要考察第二字位),衡之四声律标准,黏式连接有:《其一》第三第四联上上相黏,第四第五联、第六第七联平平相黏;《其二》第三第四联、第五第六联、第七第八联皆平平相黏,第四与第五联上上相黏,第六第七联去去相黏;《其三》第一第二、第四第五联平平相黏;《其四》第二第三联、第十第十一联平平相黏,第九第十联去去相黏;《其五》第一第二联、第二第三联平平相黏;《其六》第一第二联、第四第五联、第六第七联平平相黏。黏式连接共计18处,占比为40%。如衡之平仄律,则黏式连接达22处,占比为48.89%。前一数据高出25%的平均概率15个百分点,后一数据则低于50%的平均概率1.11个百分点。

整体言之,《古意六首》的创作并无突出的黏式律意识,甚至表现出了回避近体黏式律的倾向。

二、《薛记室收过庄见寻率题古意以赠》之分析

其用韵、用声情况分析如次:

(一)韵体

该诗篇体24韵,全诗押鱼韵,隔句押韵,基本一韵到底,唯尾联"挐"字押麻韵。麻韵与鱼韵虽不属《广韵》通押之例,但仍属平韵,合乎永明四声制韵的基本法则。

(二)句体用声

该诗48句,按近体平仄律标准,非律句28句,占全诗的58.33%。这些非律句共有14式,其中10式包括在《古意六首》15式之中,少第6、7、8、10式与第14等5式,又新增4式:(1)仄仄仄仄仄;(2)平仄仄仄仄;(3)平平平平平;(4)平平仄平平。

以上14式,出现频率达2次及以上的有7式,最为突出的是"仄仄平平平"、"仄仄平仄平"、"平仄仄仄仄",在非近体律句中占比依次为:21.43%、14.29%、10.71%。新增四式第3、4两式不属任何一类律句;第2式3例在具体使用中皆二五异上去入声,故同属永明律句;第1式在具体用例中二五去上异声,属永明律句。"仄平仄仄平"式一句,二五同平声,但属韵句,姑且视作永明律句特例。全部28句,除两例不属任何类型律句的自由句式外,其他全属永明律句。永明律句及自由句在非近体律句中占比分别为

92.86％、7.14％，大体与《古意六首》相近。

（三）句联用声

按"四声八病说"的标准，同平声而犯平头的句联有第四、五联2处；同上去入声而犯平头的有第八、十三、二十一、二十三联4处。平头例（只计第二字位）总计6处，所占比例为25％，等于平均概率。同平声上尾3处，占比12.5％，高出《古意六首》10.54个百分点，但低于平均概率12.5个百分点。要之，诗人还是遵守四声制韵、隔句押韵的韵制而回避上尾的。

如以平仄律的标准去衡量，平头例、上尾例皆属失对。不计上尾失对3例，除四声律平头失对6处之外，尚有第七、十三、十六、十七、十八、十九、二十二联7处，总计第二字位失对13处，占比为54.17％。第四字位失对的则有第一、第二、第七、第十一、第十四、第十七、十八、十九、二十一、二十二、二十四联11处，占比45.83％。第二字位失对数据高于平均概率4.17个百分点；而第四字位失对数据则低于平均概率4.17个百分点。综合两组数据去看，诗人并未措意于平仄句对。

如果考虑四声律，第二字位失对则为6处，占比同平头，为25％；第四字位除去第七联入上对、第二十二联上入对外，失对实计9处，占比为37.5％。前者等于平均概率，后者高出平均概率12.5个百分点。整体言之，诗人回避四声句对的迹象甚为明显。

（四）联间章体及联间连接用声

考察本诗二韵章体，按"四声八病说"的标准，犯鹤膝者唯其第九章1处，平韵诗而同平声，占比仅8.3％，低于自然概率16.7个百分点。可见，诗人避忌鹤膝病的意识是非常自觉的。此与诗人避忌上尾以及对四声制韵、隔句押韵的韵制的恪守有连带关系。

就联间连接（主要考察第二字位）而言，衡之以四声律标准，

第三四、第四五联、第五、六联(平平)，第十五、十六联(上上)、第
十七、十八联(去去)、第二十一、二十二联(上上)6例，皆属黏式连
接，占比为26.09%。如衡之以平仄律，同仄声连接增加8例，则黏
式连接达14例，占比为60.87%。前一数据高出自然概率1.09个
百分点，后一数据高出自然概率10.87个百分点。单从数据看，诗
人整体上是倾向于黏式律的。但如果将其与王绩本人整体黏式
律分别达90.48%、80.56%的二韵体和四韵体五言近体诗相比，
60.87%的数据就显得微不足道了。有人会说，其间的差距与诗
歌的篇幅所带来的调声的难易度有关。这种解释或难成立。假
如事实如此，《古意六首》黏式律概率应大于《以赠》，因为前者最
小篇制7韵，最大篇制亦不过11韵，而《以赠》长达二十四韵。结
果我们看到的则是后者平仄相黏的概率却高出前者11.98个百
分点。这里合理的解释只能是王绩已形成在声文体制方面区分
古体与近体的观念与自觉，因为古诗和永明体律诗皆未有过或黏
式或对式的联间连接规制，句联及联间的对黏律是近体律诗的
新制。

　　要言之，王绩以"古意"为题的诗，其"古意"不仅在于诗歌的
内容风格，同时也包括了声文体制的反近体。这显然是在对近体
声律有了明确的观念和自觉之后的复古体。从《古意六首》《以
赠》的声文分析可以清楚看出，"古意"诗除大体遵守了永明韵制
之"意"外，在句、联、联间所有层面都表现出了不以永明或近体声
文体制为限且试图有所突破的倾向。若仅就句体层面而言，"古
意"诗句例的主体合乎永明律式，非任何一类律句的自由句式亦
间或用之，如"平平平平平"、"去上平上上"、"上去平上去"之类。

　　综言之，就声文体制而言，王绩的五言古意诗具有自觉偏离
近体声律而趋向齐梁永明体及其上游古诗的特点，此种偏离在句

体律句层面表现得最为显著。套用后世说法，王绩以"古意"为题的诗代表了其五言创作中的"古体"与"近体"相对而立的观念。

三、其他三首古体诗之确认

如果我们将王绩"古意"诗的声文特点作为诗人五言"古体"的"小体"征象的话，则王绩的古体诗无疑还包括《赠梁公》《春旦直疏》《阶前石竹》3首。①

三首诗皆押平声韵，篇体分别为10韵、8韵、7韵不等。非近体律句，《赠梁公》18句、《春旦直疏》11句、《阶前石竹》11句，占比分别为90%、68.75%、78.57%；大多为永明律句（无"蜂腰"病），但亦有非律句的自由句式。此类句式《赠梁公》4句，《春旦直疏》6句，《阶前石竹》3句，占比分别为20%、37.5%、21.43%。此外，衡之以四声律，犯平头者《赠梁公》3处、《春旦直疏》1处、《阶前石竹》2处，占比分别为30%、12.5%、28.57%；犯上尾者《赠梁公》5处、《春旦直疏》3处、《阶前石竹》3处，占比分别为50%、37.5%、42.86%；犯鹤膝者《赠梁公》1处、《春旦直疏》1处、《阶前石竹》0处，占比分别为20%、25%、0%。

若以近体平仄律衡量，失对者《赠梁公》9处，《春旦直疏》10处、《阶前石竹》8处，占比分别为45%、62.5%、57.14%；失黏者《赠梁公》6处，《春旦直疏》4处、《阶前石竹》2处，占比分别为66.67%、57.14%、33.33%。

以上数据分析表明，王绩古体诗创作尽管不避永明律句，但亦无"八病"的避忌。之于"鹤膝"一目的数据整体上低于自然概

① 《赠梁公》"我本穷家子"一句中的"本"，它本皆作"今"。它本作"今"是，五卷本作"本"非。参《王无功文集》韩注。

率,说明诗人只是有恪守四声制韵,隔句押韵且一韵到底这一韵制的倾向。其韵式实滥觞于《古诗十九首》,只是到永明方形成律制罢了。① 此外,诗人并未措意于句联、联间的平仄对黏格式,甚至于表现出了回避对黏格式的倾向。

四、三首仄韵诗的体制与齐梁格古律

《古意六首》中有五首押仄声韵,唯一的一首平韵诗,其尾联还出入于仄韵。齐梁五言新体的主流是平韵诗,仄声韵体确乃"古意"征象之一种。除《古意六首》之外,五卷本《王无功文集》尚有《初春》(5韵)《采药》(10韵)《未婚山中叙志》(10韵)押仄声韵。中唐以后迄今之辨体多有仄韵为"古体"之论,而同时又有"仄声律诗"之概念。② 后人之辨体可存而不论,这里我们需要澄清的问题则是:究竟能否确认王绩也是将此三首当作"古体"来创作的呢? 我们还是通过具体诗歌的声文体制分析再作判断。

《初春》等三首仄韵诗,非近体律句占比分别为40%、25%、20%,三组数据不等,《初春》略高,但与前此所分析的古体诗相比还是低出不少。这些非律句除两句二五同平声的句例外,全可视为标准的永明律句,而三首诗总计11句近体"仄仄平平仄"式例句大多同时合乎永明律句的标准,只有《采药》"赤白寻双术"、《未婚山中叙志》"物外知何事"两句例外,"白"、"术"同入声,"外"、"事"同去声。此外,"仄仄仄平仄"式,《采药》《未婚山中叙志》各

---

① 关于《古诗十九首》的用韵情况,可参见练怡:《〈古诗十九首〉用韵研究》,《湖北广播电视大学学报》,2010年第4期;邹德文、王允雷:《〈昭明文选〉五言诗韵律类型》,《长春师范学院学报》,2012年第11期。

② 参张培阳:《仄韵近体格律考述》,《近体诗律研究》第七章,南开大学博士论文,2013年。

有1句,分别属同入声和同去声。其他近体律句除"平平仄仄平"5例之外,皆二五平仄异声,毫无例外地符合不犯"蜂腰"的要求。①

再来看三诗的句联及联章、联篇的情况。三诗所犯平头各自只有1处,毫无例外属同平声,占比分别为20%、10%、20%;上尾、鹤膝二病皆为零概率。若以近体平仄律衡量,失对者《初春》3处、《采药》2处、《未婚山中叙志》2处,亦毫无例外属同平声,占比分别为30%、10%、20%;失黏者《初春》2处、《采药》5处、《未婚山中叙志》1处,占比分别为50%、55%、25%。

综合以上各项数据大体可以看出,三诗是符合齐梁永明体的声律要求的。如果将三首诗与已确认的10首古体诗进行比较,我们便会发现:其一,尽管两者都由近体律句和非近体律句构成,且两种律句依四声律整体上属永明律句,但非近体律句在古体诗中的比例远远超出前者,同时古体诗还存在相当比例的不论声律的自由句式;其二,古体诗有回避对黏律的倾向,而三首仄韵诗看不出同样倾向,同时还表现出了讲究平仄句对的意识。前此章节已得出结论:永明以来的新体诗的声律实践运用平声思维,律化的推进始于平韵诗,以平韵诗为正例,仄韵诗为变例。结合这一认识,据其实际,我们可以推断,三首仄韵诗可以视为"大同永明体"律诗,亦可借用后世概念称之为"齐梁格"律诗,相对于王绩较为典型的近体律诗自然可谓之带有古意的"古律"。王绩五言诗除10首古体及典型的且相对成熟的近体之外,大体可归属于此类"齐梁格"古律诗。

---

① 综观王绩的标准近体诗中的"仄仄平平仄"式的具体使用,其情形亦是如此。至于二五同平声的近体句式,由于出现于平韵诗只作韵句,故此不谓病犯。这说明唐初近体平仄律与四声律在句体层面并行不悖。

总而言之,王绩五言诗创作已有高度的律诗近体的自觉,且非常清晰地呈现出"古—近—齐梁格(古律)"三分的文体格局。

第四节　王绩文体自觉及声律成就之根源

学界对唐代初期近体律诗建构的研究多聚焦于宫庭诗人的成就,这无疑是正确的方向。但众所周知,王绩历来被称为隐逸诗人,而其新体诗的律化水平却远高于其同时代的宫庭诗人,其律诗近体化意识与自觉的程度较之后来被认作律诗定型代表之"沈宋体"时代的宫廷诗人亦毫不逊色。如何看待这种历史事实与传统认知之间的反差,尤其是作为隐逸诗人的王绩在文体自觉及律诗体声律建构方面之所以取得如此成就,确实是不容回避的问题。本节将在前人相关研究基础上,立足于文化文体学视角,侧重于后一问题加以深入探讨。

一、前人成说之反思

直面以上问题并给出系统解释的研究成果并不多见,值得一提的是杜晓勤的相关研究。杜氏在其代表性专著《齐梁诗歌向盛唐诗歌的嬗变》中认为:"唐初宫体新体诗声律艰于创变的现象,首先与贞观君臣对齐梁诗风的态度有关",亦即当时反对齐梁文风的政治文化生态客观上阻碍了宫体诗人研讨、探索声律的热情;"其次,唐初宫体诗人在艺术修养方面较之隋代宫体诗人也有先天缺陷",具体言之,唐初宫廷中来自北方的诗人除李百药之外,大多不善作诗,不精声律,且对齐梁诗风持批评态度,故影响到了唐初新体诗的整体声律水平。至于王绩孤峰特立之原因的探讨,杜氏受其业师葛晓音教授的启发,得出了"王绩新体诗创作

'不仅从风格到艺术表现都继承了庾信的田园诗',而且在诗歌声律方面也直接继承并发展了庾信后期诗歌律化技巧"这一全新的结论。①

　　唐代武德、贞观初期宫廷诗人的五言诗创作在声律实践方面的停滞表现,与其时的政治、文化生态的影响有关应该是毫无疑义的,在此可存而不论。至于王绩的文体自觉及其律体创作成就是否单从其艺术渊源一途便能获得有效解释,本文以为这仍然是一个有待回答且须进一步辨析的问题。

　　这里我们首先还是循着杜氏的思路去探索。杜氏主要从两个层面论证了自己的新观点:其一,由王绩好友吕才《王无功文集序》载薛道衡见王绩《登龙门忆禹赋》而叹曰"今之庾信也"一事而推其新体诗在声律技巧上亦受庾信影响;其二,"由于王绩后来的田园生活与庾信颇为近似,使得王绩在创作其山水、田园乃至言志、抒怀诗时,均直接取法于庾诗",尤其是多效声律谨严的庾信后期新体诗,进而将庾诗的声律技巧一并移植于自己的诗中。②庾信在北朝及隋代诗坛的影响力为大众所周知,王绩诗赋取法"庾信体"合乎情理,此点毋庸多论。然而,由庾信田园诗影响进而到声律谨严的庾信后期新体诗影响来解释王绩声律方面的成就是否可行,则必待立论者所指认的相关事实得以澄清之后方有明确答案。

　　首先,论者断庾信在南朝新体诗无一首合乎近体黏式律,则未必与事实相符。学者徐宝余指出:"今天我们所见到的庾集是

①参杜晓勤:《齐梁诗歌向盛唐诗歌的嬗变》,北京:北京大学出版社,2009年,第25—28页。
②参杜晓勤:《齐梁诗歌向盛唐诗歌的嬗变》,北京:北京大学出版社,2009年,第28、29页。

明人以滕王宇文逌编的二十卷本为主体，又增补进了庾信南朝时期的作品以及滕王未来得及收入的北朝作品；庾集的编定即使从较为完备的倪璠注本来看，它也只是按类而编，而于每类之下，并未严格按时间来编。"①这也就意味着庾信作品的分期系年存在相当的难度。当然一般的研究者都认为北朝时期的作品为今天所能看到的庾集的主体。徐氏认为能准确考订的南朝时期的作品共有15首，即：《奉和泛江》《奉和山池》《将命至邺酬祖正员》《将命至邺》《将命使北始渡瓜步江》《入彭城馆》《反命河朔始入武州》《奉和同泰寺浮屠》《七夕》《和咏舞》《仰和何仆射还宅怀故》《燕歌行》《和回文》《周处士》《寻周处士弘让》；"而其余作品在没有明确证据下只能将之视为北朝的作品"。徐氏的观点与结论无疑是谨慎的，其受制于明人编订的庾集以滕王宇文逌编的二十卷本为主体这一版本源流的推定。徐氏结论尽管如此，但同时亦明确指出，历经金陵、江陵两次劫火，"庾信的江陵三卷并非如宇文逌所说的那样'一字无遗'，也有一部分得以幸运地保存了下来"；还有借助于他人所编总集、东魏以及北齐朝野的流传，庾信南朝时期的部分作品得以保存。②众所周知，庾信是影响南北朝的重要作家，其作品流传甚广，史载其"每有一文，都下莫不传诵"③。是说明民间存留的庾信南朝时期的作品应不在少数，扬都十四卷亦未必如宇文逌所说"百不一存"。而隋统一之后，庾信的影响有增无减，时人所编庾信新集未必就一定受滕王本的限制。因此，今人所见的庾集，南朝时期的作品究竟有多少确难断言。倪璠在

①徐宝余：《庾信研究》，上海：学林出版社，2003年，第138—139页。
②参徐宝余：《庾信研究》，上海：学林出版社，2003年，第141—145页。
③李延寿：《北史·文苑传·庾信》，北京：中华书局，1974年，第2793页。

其《庾子山集注》中所指认的作于南朝时期的庾诗仅有《奉和泛江》等9首，与之相比，徐氏所考订者就已多出6首。在此，徐氏已突破了版本学思路的限制而采取了日本学者清水凯夫的考证方法与思路。

　　在清水凯夫看来，"梁代的诗文是一律具有绮艳表现和游戏要素的作品"，"把重点放在声律和修辞技巧上，较之达意更为重视表现上的华丽巧致"。① 加上集团创作这个条件，梁代"东宫集团"创作了许多"'赋得——'与'和——'形式的诗。前者是几个人在一个共同的大题目下分为几个小题目竞争创作速度，后者是唱和某人（主要是集团主）的诗。总之，题材基本上只限于花鸟风月，醇酒美人，歌声舞影，闺房器物，在同一题材下创作的诗文很多"。而庾信是梁代"东宫集团"的重要诗人，故清水凯夫依据上述情形推测出庾信在南朝时期的诗歌作品共计34首。② 后进学者，在考订庾集中的南朝时期的作品时，大都采用了清水凯夫同样的方法与思路，尽管在具体篇目的论定上尚有出入。本文所统计的合乎黏式律的39首庾信二韵体和四韵体诗，就包括了清水凯夫考订的南朝时期的作品13首。其中，二韵体有《弄琴》其一、《弄琴》其二、《咏羽扇》《题结线袋子》《赋得荷》《闺怨》《赋得集池雁》7首，四韵体有《舟中望月》《咏画屏风诗二十四首》其五、其六、其十二、其十六、其二十三，计6首。当然，《咏画屏风》组诗究竟是否属于南朝时期作品历来有争议。这里，无需卷入此一学案，即便不考虑这一组诗，杜晓勤所谓庾信南朝新体诗无一首合

---

① 参[日]清水凯夫著，韩基国译：《六朝文学论文集·庾信文学》，重庆：重庆出版社，1989年，第273、274页。

② 这里《咏画屏风诗二十四首》只计作1首。以上参[日]清水凯夫著，韩基国译：《六朝文学论文集·庾信文学》，重庆：重庆出版社，1989年，第274—276页。

乎近体黏式律的说法也是很难成立的。

其次，庾信合乎黏式律的诗大多为"赋得——"与"和——"形式的诗，其中部分篇目虽亦不乏言志抒怀的内容，但确实没有一首真正意义上的山水田园诗。故杜晓勤接受师说而谓王绩新体诗创作"'不仅从风格到艺术表现都继承了庾信的田园诗'，而且在诗歌声律方面也直接继承并发展了庾信后期诗歌律化技巧"①时，显然有思虑不周之处，因为"接受庾信田园诗影响"与"继承发展庾信后期诗歌律化技巧"之间既非逻辑必然性的陈述，亦非事实的揭示。

通过以上两点分析，我们可以说王绩的田园诗尽管有不少是合律的近体，但仅从接受庾信田园诗影响的角度很难精准说明王绩声律上的成就，以及在近体律诗定型方面的贡献。

二、律体自觉与王绩学术思想及其文学观

本文以为，王绩之所以在律诗体定型方面取得突出成就，除了其顺应齐梁以来五言诗律化的大趋势（其中包括对庾信的接受）之外，尤其值得注意的是其学术思想与文学观所带来的文体学影响。明白其间的内在关系，首先需要改变传统的有关声律的形式主义看法。前此，本文已揭示：体现于律诗形文、声文现象层面的和韵一体的结构形式具有丰富的文化内涵与文体学意味，它包含了文言本体的意识与自觉、易的思维与易道的本体观、宇宙观与人生观，以及传统的性情哲学等。综言之，它是礼乐体制的转喻、文学再现或变奏，这才是律诗文体形式的真正意味。

---

① 杜晓勤：《齐梁诗歌向盛唐诗歌的嬗变》，北京：北京大学出版社，2009年，第28页。

（一）家学影响：礼乐传家，以"中道"为礼乐精髓

众所周知，王绩的学术思想有其家学渊源。隋唐王氏家族自觉以姬周为渊源，王绩三兄、"河汾之学"创始者王通，人誉"王孔子"。其门弟子所辑《中说·魏相篇》有云："子居家，不暂舍《周礼》。门人问子，子曰：'先师以王道极是也，如有用我，则执此以往。通也宗周之介子，敢忘其礼乎？'"①自许姬周礼乐传人，不独王通为然。王绩《游北山赋序》亦云："余周人也，本家于祁。"②王通之孙王勃《倬彼我系》亦云："倬彼我系，出自有周。"③可见，以礼乐传家是王氏家族家风家学的总渊薮。

推行礼乐王道，不仅是王通的政治主张，也是其人生理想。《中说·天地篇》云："吾视千载已上，圣人在上者，未有若周公焉，其道则一而经制大备，后之为政，有所持循。吾视千载而下，未有若仲尼焉，其道则一而述作大明，后之修文者，有所折衷矣。千载而下，有申周公之事者，吾不得而见也；千载而下，有绍宣尼之业者，吾不得而让也。"④可见，无论穷达，王通都以"礼乐王道"为职志。在今人看来，王通显得迂阔而不合时宜，其政治主张不为世主采纳自有其必然性。仁寿三年，王通上隋文帝十二策，虽"大为文帝知赏"而终不用。后越公杨素谓王绩曰："贤兄十二策，虽天下不施行，诚是国家长算。"⑤而王通门人房玄龄、魏征乃贞观重

① 张沛：《中说校注卷八·魏相篇》，北京：中华书局，2013年，第208页。
② ［唐］王绩著，韩理洲校点：《王无功文集》，上海：上海古籍出版社，1987年，第1页。
③ 中华书局编辑部点校：《全唐诗》（增订本），北京：中华书局，1999年，第671页。
④ 张沛：《中说校注卷二·天地篇》，北京：中华书局，2013年，第58页。
⑤ 吕才：《王无功文集序》，载韩理洲校点《王无功文集》，上海：上海古籍出版社，1987年，第2页。

臣,亦有是议。《中说·立命篇》载:"房玄龄谓薛收曰:'道之不行也必矣,夫子何营营乎?'薛收曰:'子非夫子之徒欤?'天子失道则诸侯修之,诸侯失道则大夫修之,大夫失道则士修之,士失道则庶人修之。修之之道:从师无常,诲而不倦,穷而不滥,死而后已;得时则行,失时则蟠。此先王之道所以续而不坠也,古者谓之继时。《诗》不云乎:'纵我不往,子宁不嗣音?'如之何以不行而废也?"①又据《中说·录唐太宗与房魏论礼乐事》载,唐太宗谓魏征曰:"朕思之,不井田,不封建,不肉刑,而欲行周公之道,不可得也。大易之义,随时顺人。周任有言:'陈力就列。'若能一一行之,诚朕所愿;如或不及,强希大道,画虎不成,为将来所笑。"魏征则跪奏曰:"陛下明德独茂,兼而有焉,虽未冠三代,亦千载一时。惟陛下虽休勿休,则礼乐度数徐思其宜,教化之行何虑晚也?"②从《中说·立命》看,与房、魏不同,王通另一位门弟子、与王绩过从甚密的薛收则深得老师用心。在薛氏看来,道虽不行,必待其人修之弘之,老师文中子正是这样一位修道、弘道而使"先王之道所以续而不坠也"的圣者。

王绩深受家学熏陶,三兄王通的影响尤其深刻。其于《重答杜使君书》明言:"先人遗旨,颇曾恭习。"③所谓"先人遗旨"当不外乎王通学术与行持中所体现出来的礼乐政治理想以及据之以安身立命的儒家性命之学。王绩诗文不时会流露出对三兄的景仰之情,以及因其人之道不行而深为惋惜之情。《游北山赋》云:

①张沛:《中说校注卷九·立命篇》,北京:中华书局,2013年,第245—246页。
②以上参张沛:《中说校注·录唐太宗与房魏论礼乐事》,北京:中华书局,2013年,第271页。
③[唐]王绩著,韩理洲校点:《王无功文集》,上海:上海古籍出版社,1987年,第139页。

"信兹山之奥域，昔吾兄之所止。许由避地，张超成市。察俗删《诗》，依经正史。康成负笈而相继，安国抠衣而未已。组带青衿，锵锵傂傂。阶庭礼乐，生徒杞梓。山似尼丘，泉凝泗涘。"①《负笈者传》又云："昔者，文中子讲道于白牛之溪。弟子捧书北面，环堂成列。"②《山夜》诗曰："礼乐存三代，烟霞主一丘。"③《答程道士书》则径直道出了王绩对家兄的推崇，以及自己的学术思想与家兄的直接联系。其文曰："昔者，吾家三兄，命世特起。光宅一德，续明六经。吾尝好其遗书，以为匡扶之要略尽矣！"④葛晓音教授认为：王绩在隋唐两代都不受重用与其推行礼乐教化的家学传统，尤其是王通的影响有关。进而指出，王绩"自视过高而不切实际，世忧虽深却又不识时务，这就是王绩与现实的主要矛盾"。这一矛盾激起的是"愤世嫉俗之叹和超尘出世之想"。⑤葛氏以此来解释王绩隐逸动机应该说是比较贴近实际的，亦有助于对王绩的学术思想如何转化为其文学这一问题的深入理解。

　　当然，仅泛泛从王通的影响去理解王绩的学术思想显然还不够。因为，同是穷通出处的人生选择，王绩的隐逸文学与王通的聚徒授业之"素王"事业，毕竟大异其趣。异趣现象之背后，是否有思想本质上的差异，亦是有待进一步阐明的问题。

①［唐］王绩著，韩理洲校点：《王无功文集》，上海：上海古籍出版社，1987年，第5页。
②［唐］王绩著，韩理洲校点：《王无功文集》，上海：上海古籍出版社，1987年，第174页。
③［唐］王绩著，韩理洲校点：《王无功文集》，上海：上海古籍出版社，1987年，第49页。
④［唐］王绩著，韩理洲校点：《王无功文集》，上海：上海古籍出版社，1987年，第159页。
⑤参葛晓音：《山水田园诗派研究》，沈阳：辽宁大学出版社，1997年，第92、93页。

　　孙望《王度考》一文曾指出，隋唐王氏家庭诸兄弟，真正能承继父祖的儒学传统，能接受王通思想影响的只有其弟王凝。王通、王凝为纯粹儒家，而其兄王度和弟王绩感情甚笃，两人与道士、阴阳占卜之士来往密切，思想上则趋于阴阳道家。孙氏感到诧异的是：王氏家族"儒学气氛弥漫澎湃"，而王绩为何偏偏后来全然走上了放傲不羁、与世不协、与整个家庭气氛极不调和的人生道路？孙氏的解释是：由于王绩对其兄王通及自己的不遇加以反思，且顺遂自己放逸傲慢之个性，故对儒学产生了不信任，进而促成其思想与生活态度的转变。王绩不唯对儒家思想产生了怀疑，而且还顺着自己简放的秉性自号"无功"，表现出了"对传统的封建礼教的反抗意义"。[①] 看来，若以孙氏视角去理解王通、王绩兄弟面临同样的际遇而表现出不同的思想和生活态度，则首先考察的应是两人个性之差异。据王绩莫逆之交吕才《东皋子后序》的说法，王绩"性好学，博闻强记"，"阴阳历数之术，无不洞晓"。又"性简放，饮酒至数斗不醉。常云：'恨不逢刘伶与闭户轰饮。'因著《醉乡记》及《五斗先生传》，以类《酒德颂》云。雅善鼓琴，加减旧弄，作《山水操》，为知音者所赏。高情胜气，独步当时。及为正字，端簪理笏，非其好也"。[②] 吕才叙事，似乎给人一个印象：王绩确具隐节而无仕进之心，且与其性情有关。问题在于：果真如此吗？王绩之好"阴阳历数之术"，喜《易》及《老》《庄》以至于释教，追迹魏晋名士，这些是否就意味着王绩断了其家学渊源，对儒学失去了信心，甚至于走上了反礼教的道路呢？答案显然是否

---

① 参孙望：《王度考（下）》，《学术月刊》，1957年第4期；《王度考（上）》，《学术月刊》，1957年第3期。

② 参［唐］王绩著，韩理洲校点：《王无功文集》，上海：上海古籍出版社，1987年，第220页。

定的。

首先,我们来看王绩后来的儒家立场。王绩对儒家的态度自始至终没有发生根本性变化,这可从前此所引《山夜诗》《游北山赋》《负苓者传》《答程道士书》诸诗文所表现出来的对王通的崇仰之情中看出。兹再引《游北山赋》序、文片段,以醒耳目:

> 余周人也,本家于祁。永嘉之际,扈迁江左。地实儒素,人多高烈。穆公衔建元之耻,归于洛阳;同州悲永安之事,退居河曲。

> 昔文中之僻处,谅遭时之丧乱。守逸步而须时,蓄奇声而待旦。旅人小吉,明夷大难。建功则鸣凤不闻,修书则获麟为断。惜矣吾兄,遭时不平。没身之后,天下文明。坐门人于廊庙,瘗夫子于佳城。死而可作,何时复生?

> 式瞻虚馆,载步前楹。眷眷长想,悠悠我情。俎豆衣冠之旧地,金石丝竹之余声。殁而不朽,知何所荣。(吾兄仲淹,以大业十三年卒于乡馆。时年四十二,门人谥为文中子。及皇家受命,门人多至公辅。而文中子道未行于时。余因游此溪,周览故迹,盖伤高贤之不遇也。)①

“诗者志之所之,赋者诗之流也”,这是王绩在《游北山赋序》中表达的看法,其不少诗直接以“叙志”、“言志”与“咏怀”命题。《晚年叙志示翟处士正师》②诗云:

> 弱龄慕奇调, 无事不兼修。
> 望气登重阁, 占星上小楼。

---

① [唐]王绩著,韩理洲校点:《王无功文集》,上海:上海古籍出版社,1987年,第1、5、6页。
② [唐]王绩著,韩理洲校点:《王无功文集》,上海:上海古籍出版社,1987年,第110—111页。

明经思待诏，学剑觅封侯。

弃繻频北上，怀刺几西游。

中年逢丧乱，非复昔追求。

失路青门隐，藏名白社游。

风云私所爱，屠博暗为俦。

解纷曾霸越，释难颇存周。

晚岁聊长想，生涯太若浮。

归来南亩上，更坐北溪头。

古岸多盘石，春泉足细流。

东隅诚已谢，西景惧难收。

无谓退耕近，伏念已经秋。

庚衮逢处跪，陶潜见人羞。

三晨宁举火，五月镇披裘。

自有居常乐，谁知我世忧？

　　诗人回顾一生，尽管少志难酬而隐处青门，躬耕南亩，但终未改其初心。"自有居常乐，谁知我世忧"，诗人忧世之深，昭然可见。王绩作为隐士的情怀若此，可见其儒家思想的根深蒂固。

　　其次，我们来看看所谓的礼教问题。人谓王绩反礼教主要依据于三类材料：其一，王绩《自作墓志文序》云："王绩者，有父母，无朋友。自为之字曰无功焉。人或问之，箕踞不对。盖以有道于己，无功于时也。"① 其二，王通对王绩的批评。《中说·事君篇》载曰："无功作《五斗先生传》，子曰：'汝忘天下乎？纵心败矩，吾不

────────────

① ［唐］王绩著，韩理洲校点：《王无功文集》，上海：上海古籍出版社，1987年，第184页。

与也。'"①《中说·礼乐篇》亦云:"子之叔弟绩字无功,子曰:'字,
朋友之职也。神人无功,非尔所宜也。'常名之。"② 其三,王绩诗
文涉及礼教的议论,如《赠程处士》诗"礼乐囚姬旦,诗书缚孔丘"
语。由上述三类材料去看,王绩确有愤世嫉俗而违逆传统礼法的
一面,但是否可断其真反礼教则又另当别论。王通批评王绩作
《五斗先生传》"纵心败矩",宋代阮逸注曰"责其败人伦之法"。其
实,此处批评所涉及的要害在于王绩的纵心任性而大言不惭。"汝
忘天下乎"之责问与"神人无功,非尔所宜也"所要表达的意思是
一致的,亦即责其未入圣人、神人之境而妄言自命,过于轻狂了。
"责其败人伦之法"倒在其次。当然,对于普通人而言,恪守礼法
的细枝末节是必要的。问题在于,王绩自命不凡,并未将自己当
成一个普通人,所以他对自己行为的解释是"盖以有道于己,无功
于时也"。其与《无心子》"凤凰不憎山栖,蛟龙不羞泥蟠;君子不
苟洁以罹患,圣人不避秽而养生"③ 云云异曲同工。可见,王绩并
非真心地要反礼教。鲁迅由魏晋名士的风流表象读出其热爱礼
教的深衷,王绩之所为起码在自己看来也是恪守善道而通权达变
的表现。至于《赠程处士》诗语尚有版本的取舍,韩理洲校点的五
卷本《王无功文集》便作"礼乐因姬旦,诗书传孔丘"④。即便不依
此本,全诗主旨亦不过在一个"愁"字——"不如高枕卧,时取醉消
愁"。卒章见其志,诗人忧怀仍在。"忧"之所系显然不离礼乐与

① 张沛:《中说校注卷三·事君篇》,北京:中华书局,2013年,第96页。
② 张沛:《中说校注卷六·礼乐篇》,北京:中华书局,2013年,第175页。
③ [唐]王绩著,韩理洲校点:《王无功文集》,上海:上海古籍出版社,1987年,
　第172页。
④ [唐]王绩著,韩理洲校点:《王无功文集》,上海:上海古籍出版社,1987年,
　第60页。

《诗》《书》所载的儒家之"道"，此与陶公渊明"忧道不忧贫"之"道"无异。故由"礼乐囚姬旦，诗书缚孔丘"一语断难推出王绩是真心站在道家的立场贬抑周孔，彻底否定礼教的结论。事实上，王绩对礼俗非常熟悉，于礼学有过切实的修习。

　　据《答刺史杜之松书》，刺史杜之松曾使博士陈龛往王绩处借《家礼》，且相邀讲《礼》。王绩虽以"弃俗遗名，与日已久"①为名婉拒讲《礼》之邀，但毕竟可以看出王绩修习礼学有所成就且为时人所知的事实。收到所借《家礼》之后，杜之松复书赞叹曰："蒙借《家礼》，今见披寻。微而精，简而备，诚经传之典略，闺庭之要训也。"②赞叹之余，杜氏又发问"丧礼新义"之请。此请王绩不仅没有拒绝，而且做出了非常耐心细致的解答。《重答杜使君书》云："奉报书，兼枉别帖，垂问《家礼·丧服新义》五道。度情振理，探幽洞微，诚非野人所敢酬析。但先人遗旨，颇曾恭习。虽困于荒晏，犹忆于异闻，谨因还使，条申如左。"③以下便是一篇非常精湛而专业的礼学论文。这里不妨推测，王绩高情胜气，自铭"有道于己，无功于时"，其底气亦当有源于自己娴熟礼学的自负。其于新朝盛世决定不仕，当与其礼乐之道不行之必然性的认知有关。"无功于时"，其"时"应理解为"时中"、"时遇"，而不应读作有关自己功名的客观陈述。当然，王通门弟子中娴熟礼乐的要数董常，不幸早亡，以至于文中子悲痛欲绝。《中说·问易篇》云："董常死，

---

① [唐]王绩著，韩理洲校点：《王无功文集》，上海：上海古籍出版社，1987年，第134页。

② [唐]王绩著，韩理洲校点：《王无功文集》，上海：上海古籍出版社，1987年，第138页。

③ [唐]王绩著，韩理洲校点：《王无功文集》，上海：上海古籍出版社，1987年，第139页。

子哭之,终日不绝。门人曰:'何悲之深也?'曰:'吾悲夫天之不相道也。之子殁,吾亦将逝矣。明王虽兴,无以定礼乐矣。'"① 此处王通表达的是天丧斯文、道行将不得其人的悲哀。而经历过贞观盛世的王绩未必以为然。其《自作墓志文序》云:"不听书,自达理。不知荣辱,不计利害。起家以禄仕,历数职而进一阶。才高位下,免责而已。天子不知,公卿不识,四十、五十而无闻焉。"② 客观的人生际遇只能让王绩产生道行非其时、时不我遇,而非不得其人的悲鸣。《游北山赋》有云:"子敬先亡,公明早卒。余自此而浩荡,又逢时之不仁。天地遂闭,雷云渐屯。与沮溺而同耻,共夷齐而隐身。幸收元吉,坐偶昌辰。容北海之嘉遁,许南山之不臣。养拙辞官,全和保真。"③ "时之不仁"云云,伤时之情,溢于言表。而于《重答杜使君书》"虽困于荒宴,犹忆于异闻"④ 之语亦可以看出,其有志于礼乐之道的情怀又何其深矣!

最后,我们来看看王绩思想构成的复杂性问题。就王绩的诗文与相关材料看,道家以及佛家的思想之于王绩诚多有体现,甚至于给人一种印象,道佛构成了其晚年思想的主体。那么是否可以说,王绩思想的道佛成分意味着王绩对儒家或其家学的背叛呢?上述对礼教问题的分析所得出的结论实际上已否定了此处

---

① 张沛:《中说校注卷五·问易篇》,北京:中华书局,2013年,第144页。
② [唐]王绩著,韩理洲校点:《王无功文集》,上海:上海古籍出版社,1987年,第184页。
③ [唐]王绩著,韩理洲校点:《王无功文集》,上海:上海古籍出版社,1987年,第6页。"全和保真"本作"含和保真",据文气思理及《东皋子集》《文苑英华》本改。
④ [唐]王绩著,韩理洲校点:《王无功文集》,上海:上海古籍出版社,1987年,第139页。

的推想。下面我们所做的只不过是就道家思想之于王绩的意义作进一步揭示而已。

　　王绩思想中杂有道家和佛家的元素并不难理解,其思想的兼容性当然可以视为南北学术交流、儒道释三教趋于合流的历史与时代精神的反映,但更为重要的是礼乐、易道本来就是阴阳、道家思想的共同源头,其精髓便是《礼记·中庸》的"极高明而道中庸",兼容通变,无所不周。① 王氏家族以礼乐传家,王通是王氏家学的集大成者,其学术思想的核心便是"中庸之道","易"之为道与"中庸之道"同实而异名。王通曰:"礼其皇极之门乎? 圣人所以向明而节天下也。其得中道乎? 故能辩上下,定民志。"② 又曰:"吾于天下,无去也,无就也,惟道之从。"③ "惟道之从",阮逸亦释为"从中道"。正因为持守"中道",以"中道"去思维,王通提出了"三教可一"的观点。《中说·问易篇》云:"子读《洪范谠议》,曰:'三教于是乎可一矣。'"阮逸注曰:"《洪范》五'皇极'者,义贵中道尔。致中和,天地位焉,万物育焉。人者,天地万物中和之物也。教虽三而人则一矣。"④ 正因为立足于"中道",王通强调"通变"、"道不虚行"之儒者担当。故其曰:"通其变,天下无弊法;执其方,天下无善教。"⑤ "《诗》《书》盛而秦世灭,非仲尼之罪也;虚玄长而晋室乱,非老庄之罪也;斋戒修而梁国亡,非释迦之罪也。

---

① 《易传》云:"夫《易》,圣人所以崇德而广业也。"《吴园周易解》疏曰:"圣人体易而法天地之大,故德崇而业广,极高明而道中庸之谓。"([宋]张根撰:《吴园周易解卷七·系辞解上》,上海:商务印书馆,1936年,第159页)
② 张沛:《中说校注卷六·礼乐篇》,北京:中华书局,2013年,第164页。
③ 张沛:《中说校注卷二·天地篇》,北京:中华书局,2013年,第69页。
④ 张沛:《中说校注卷五·问易篇》,北京:中华书局,2013年,第135页。
⑤ 张沛:《中说校注卷四·周公篇》,北京:中华书局,2013年,第102页。

《易》不云乎：'苟非其人，道不虚行。'"①王通之所以被时人目为王孔子，原因不仅在其志于"素王"之业，续"六经"，更重要的在其"尊德性而道问学"，以道为适，以圣人为期，确实达到了儒家的高境界。《中说·问易篇》载：

> 魏征曰："圣人有忧乎？"子曰："天下皆忧，吾独得不忧乎？"问疑，子曰："天下皆疑，吾独得不疑乎？"征退。子谓董常曰："乐天知命吾何忧？穷理尽性，吾何疑？"常曰："非告征也，子亦二言乎？"子曰："征所问者迹也，吾告汝者心也。心迹之判久矣，吾独得不二言乎？"常曰："心迹固殊乎？"子曰："自汝观之则殊也，而适造者不知其殊也，各云当而已矣，则夫二未违一也。"李播闻而叹曰："大哉乎一也！"②

由文中师徒有关圣人之忧与疑、心与迹及道一的问答去看王通的德行，几近于"穷理尽性以至于命"的境域。阮逸释文中"适造者"而云"其适至于道，乘时而用，惟义所在，无所拘执也"，正是点明了此一关节。据《中说·魏相篇》，王通曾答弟子薛收圣人、天地之问曰："天生之，地长之，圣人成之，（天阳地阴之谓道，圣人经之以善，成之以性。——阮注）故天地立而易行乎其中矣"③；又答其易之问曰："天地之中非他也，人也。（曰仁与义，成性之本。——阮注）"④薛收退而叹曰："乃今知人事修，天地之理得矣"⑤。《中说·立命篇》中，王通亦从"立命"的角度阐明了同一道理："命之立也，其称人事乎？（人生天地之间，所以立命也——阮

---

①张沛：《中说校注卷四·周公篇》，北京：中华书局，2013年，第113页。
②张沛：《中说校注卷五·问易篇》，北京：中华书局，2013年，第127—128页。
③张沛：《中说校注卷八·魏相篇》，北京：中华书局，2013年，第223页。
④张沛：《中说校注卷八·魏相篇》，北京：中华书局，2013年，第223页。
⑤张沛：《中说校注卷八·魏相篇》，北京：中华书局，2013年，第223页。

注）故君子畏之。无远近高深而不应也，无洪纤曲直而不当也，故
归之于天。易曰：'乾道变化，各正性命。'"①《中说·问易篇》中，
其答宇文化及问天道人事之问，曰"顺阴阳仁义，如斯而已"②，亦
是如此。

　　王通自期于"中道"境界，故其思广大，其行不拘而务求归于
易道天心，《中说·天地篇》有载，因其母铜川夫人好药而始述方，
其兄芮城府君重阴阳而始著《历日》。《中说·周公篇》载，弟子有
问嵇康、阮籍何人也，王通则评曰"古之名理者而不能穷也"，"道
不足而器有余"。又问刘伶何人也，则评曰"古之闭关人也"。③
按阮逸的理解，嵇康、阮籍都属于"谈名理不穷其变，或失于介或
失于放"之人；而刘伶则"藏身也，此世人所不能窥其阃阈"，"亦放
而已，非中道"。④ 以上诸例，究其思理，诚如其言："顺阴阳仁义，
如斯而已。"《中说·叙篇》虽叙其编纂体例，但实则揭橥王通"中
道"思想纲领，引之如下，可加深理解：

　　　　文中子之教，继素王之道，故以《王道篇》为首。古先圣
　　王，俯仰二仪必合其德，故次之以《天地篇》。天尊地卑，君
　　臣立矣，故次之以《事君篇》。事君法天，莫如周公，故次之
　　以《周公篇》。周公之道，盖神乎易中，故次之以《问易篇》。
　　《易》者教化之原也，教化莫大乎礼乐，故次之以《礼乐篇》。
　　礼乐弥文，著明则史，故次之以《述史篇》。兴文立制，燮理为
　　大，惟魏相有焉，故次之以《魏相篇》。夫阴阳既燮，则理性达
　　矣，穷理尽性以至于命，故次之以《立命篇》。通性命之说者，

①张沛：《中说校注卷九·立命篇》，北京：中华书局，2013年，第228页。
②张沛：《中说校注卷五·问易篇》，北京：中华书局，2013年，第148页。
③参张沛：《中说校注卷四·周公篇》，北京：中华书局，2013年，第99页。
④参张沛：《中说校注卷四·周公篇》，北京：中华书局，2013年，第99页。

非《易》安能至乎？关氏《易》之深者也，故次之《关朗篇》终焉。①

以上说明作为礼乐精髓的"中道"思想是王通思想的根本，也是王氏家学的根本。王绩虽喜阴阳道家思想，且有狷介、简放的行为表现，但其思想的根底仍然未脱离"中道"这一礼乐的精神。就个性旨趣而言，王通、王绩兄弟确有区别。王通务"适道"，其表现为经教之文；王绩重"适性"，其表现于文学之文。文者，皆不失其情。通唯道情，绩多性情，如此而已。陆淳《删东皋子后序》赞叹王绩曰："心与物冥，德不外荡，随变而适，即分而安。忘所居而迹不害教，遗其累而道不绝俗。故有陶公之去职，言不怨时；有阮氏之放情，行不忤物。旷哉渊乎！真可谓乐天之君子矣！"②陆氏对王绩的道德评价已不能再高。依其言，王绩已超出方内方外之辨而几近乎"冥内游外"之圣人境界，庄子之后唯一人。在陆氏看来，王绩的隐与仕一也，此圣人之隐与《易传》"乐天知命"的君子同义，文中子所论"天隐"者盖与之相仿佛。所谓"天隐"，《中说·周公篇》曰"至人天隐"③。《中说·礼乐篇》曰："仲长子光，天隐者也，无往而不适矣。"④又云："仲长子光曰：'在险而运奇，不若宅平而无为。'文中子以为知言。文中子曰：'其名弥消，其德弥长；其身弥退，其道弥进。此人其知之矣。'子曰：'知之者不如行之者，行之者不如安之者。'"⑤又据《中说·天地篇》载，薛收曾

---

① 张沛：《中说校注·叙篇》，北京：中华书局，2013年，第264页。
② ［唐］王绩著，韩理洲校点：《王无功文集》，上海：上海古籍出版社，1987年，第222页。
③ 张沛：《中说校注卷四·周公篇》，北京：中华书局，2013年，第119页。
④ 张沛：《中说校注卷六·礼乐篇》，北京：中华书局，2013年，第173页。
⑤ 张沛：《中说校注卷六·礼乐篇》，北京：中华书局，2013年，第174—175页。

问仲长子光于文中子，文中子以"天人"答之。其对所谓"天人"的解释是："眇然小乎，所以属于人；旷哉大乎，独能成其天。"①阮逸释曰："以形言之则人，以道言之则天。《礼》曰：'安则久，久则天。'"②文中子予以较高道德评价的仲长子光正是王绩道友，王绩著有《仲长先生传》，云"人有请道者，则书'老'、'易'二字示之"，且"文中子比之虞仲、夷逸"。③

综上可见，王绩思想中的道家元素，并不能简单地以秦汉以后儒道对立的眼光去看，而应视为儒家"中道"思想的另一种表现形态、王氏家学的自然延伸。正如其《游北山赋》之自白：道之不行而"与沮溺而同耻，共夷齐而隐身"，归趣在"全和保真"而已；当其说出"觉老释之言繁，恨文宣之技痒"、"戒非佞佛，斋非媚道。言誉无功，形骸自空"④之类的话时，实在没有必要去追究其思想之派属了。

（二）"适性会意"之文学观

明了以上关节，王绩的文学观就变得易于理解了。"诗者，志之所之；赋者，诗之流也"⑤，《游北山赋序》中所表达的对诗赋文学的理解，乃儒家文学观的经典表达。当陈子昂感叹文章道弊五百年、齐梁以下诗歌彩丽竞繁而兴寄都绝时，或许未虑及王绩，

① 张沛：《中说校注卷二·天地篇》，北京：中华书局，2013年，第48页。
② 张沛：《中说校注卷二·天地篇》，北京：中华书局，2013年，第48页。
③ 参[唐]王绩著，韩理洲校点：《王无功文集》，上海：上海古籍出版社，1987年，第178页。
④ 以上参[唐]王绩著，韩理洲校点：《王无功文集》，上海：上海古籍出版社，1987年，第1—8页。
⑤ [唐]王绩著，韩理洲校点：《王无功文集》，上海：上海古籍出版社，1987年，第2页。

若当时得睹《王无功文集》，其观感应该大不一样。王绩之文学，实即陈君所呼唤的"兴寄"的文学。安身田园，寄情山水，托志于诗文，在王绩那里显然是非常自觉的行为。其《游北山赋》自注直言："吾兄仲淹，以大业十三年卒于乡馆。时年四十二。门人谥为文中子。及皇家受命，门人多至公辅，而文中子道未行于时。余因游此溪，周览故迹，盖伤高贤之不遇也。"① 由此可见一斑。在《答处士冯子华书》中，王绩自谓"题歌赋诗，以会意为功。不必与夫悠悠闲人相唱和也"②，说明了其自觉告别齐梁以来的游戏文学而回归汉魏抒情言志的诗歌传统。

何谓"会意"？《答处士冯子华书》篇首有云：

> 夫人生一世，忽同过隙。合散消息，周流不居。偶逢其适，便可卒岁。陶生云："富贵非吾愿，帝乡不可期。"又云："盛夏五月，跂脚东窗下，有凉风暂至，自谓是羲皇上人。"嗟乎！适意为乐，雅会吾意。③

文中的"雅会吾意"即"正合吾之心意"，具体所指即陶渊明"适意为乐"的人生态度和生活方式。此种人生态度和生活方式的要义在于主观心意不受世俗之牵累，不以我之天命之外的所有事物（包括世俗权力、荣名以及肉体寿命等）为期的价值选择；以《答程道士书》中的说法即：去"适人之适"而就"自适其适"。进而言之，其价值意向之所指，亦即意之所会，唯天地自然而已。而

---

① ［唐］王绩著，韩理洲校点：《王无功文集》，上海：上海古籍出版社，1987年，第6页。

② ［唐］王绩著，韩理洲校点：《王无功文集》，上海：上海古籍出版社，1987年，第148页。

③ ［唐］王绩著，韩理洲校点：《王无功文集》，上海：上海古籍出版社，1987年，第147页。

"会意"或曰"适意"之证验便是一个"乐"字。此"乐"自非一般欲情之乐可喻,而应理解为"乐天知命"的君子之乐。"乐天"者,其实乃《易传》"穷理尽性,以至于命"①之谓也。王绩《答程道士书》云:"夫一气常凝,事吹成万;万殊虽异,道通为一。故各宁其分,则何异而不通?苟违其适,则何为而不阂?夫圣人者非他也,顺适无阂之名,即分皆通之谓。即分皆通,故能立不易方;顺适无阂,故能游不择地。其有越分而求皆通,违适而求无阂,虽有神禹,将独奈何?故曰:'凫胫虽短,续之则悲;鹤胫虽长,截之则忧',言分之不可违也;'梦为鸟,戾于天;梦为鱼,没于泉',言适之不可违也。"②程道士书今不得而见,但由王绩"足下欲使吾适人之适"③之答辞可以推测,程道士致王绩书是劝其仕进的。故答书之宗旨无非说明自己无出世之心而有归隐之志的理由。由此宗旨来读上述书辞,便可发现其有三层含义:其一,天地自然,森罗万象,各有性分,但皆乘阴阳和一之气而生存变化,故"道通为一",即如《易传》所谓"一阴一阳之谓道"④也。其二,圣人以道临天下,唯"顺适无阂"而已。《易传》云:"昔者圣人之作《易》也,幽赞于神明而生蓍,参天两地而倚数,观变于阴阳而立卦。发挥于刚柔而生爻,和顺于道德而理于义,穷理尽性,以至于命。"又云:

---

① 李学勤主编:《十三经注疏·周易正义》,北京:北京大学出版社,1999年,第325页。
② [唐]王绩著,韩理洲校点:《王无功文集》,上海:上海古籍出版社,1987年,第158页。
③ [唐]王绩著,韩理洲校点:《王无功文集》,上海:上海古籍出版社,1987年,第157页。
④ 李学勤主编:《十三经注疏·周易正义》,北京:北京大学出版社,1999年,第268页。

"昔者圣人之作《易》也，将以顺性命之理，是以立天之道曰阴与阳，立地之道曰柔与刚，立人之道曰仁与义。兼三才而两之。"①《老子》云："故道大，天大，地大，王亦大。域中有四大，而王居其一焉。人法地，地法天，天法道，道法自然。"②《中庸》云："唯天下至诚，为能尽其性；能尽其性，则能尽人之性；能尽人之性，则能尽物之性；能尽物之性，则可以赞天地之化育；可以赞天地之化育，则可以与天地参矣。"③经典之文尽管有儒道之异，但皆语及圣王之治，且所论道理不殊。其道理的核心在尽性，顺性命之理，与天地参，无为而自然。王绩谓圣人"顺适无阂"亦不过如此。这里虽讲圣王之治，但必然兼及内圣之道及圣人的天地境界。其三，王绩论圣王之治、圣人的天地境界，其归趣则在于尽人之性、尽物之性。言下之意，圣王治下，无人不得自适其适，无人不得尽其性命之情。这是非常吊诡的婉拒和自我辩护。表面上去理解，此处似乎告白于人，我之归隐，自适其适，恰可见证：圣王之治，当今即是。而究其实质，则是讽喻当今之世：王道之不行，人不得尽其性。故书中又特为点明：

> 昔者，吾家三兄，命世特起。光宅一德，续明"六经"。吾尝好其遗书，以为匡世之要略尽矣！然峄阳之桐，必俟伯牙；乌号之弓，必资由基。苟非其人，道不虚行。吾自揆审矣，必不能自致台辅，恭宣大道。夫不涉江汉，何用方舟？不思云霄，何事羽翮？故顷以来，都复散弃。虽周、孔制述，未尝复

①李学勤主编：《十三经注疏·周易正义》，北京：北京大学出版社，1999年，第326页。

②［魏］王弼注，楼宇烈校释：《老子道德经注校释》，北京：中华书局，2008年，第64页。

③［宋］朱熹：《四书章句集注》，北京：中华书局，1983年，第32页。

窥，何况百家悠悠哉？①

　　书中之义甚明，美其家兄，实明己志。既无圣王命世，吾才不遇必矣。故怀道藏迹，转情山水，全和保真。这里值得进一步追问的是：王绩究竟是如何在性分的意义上认识自我的呢？一般皆易于被其诗文反复渲染的不喜俗务，性好诗赋琴韵、烟霞山水与饮酒等自白所迷惑，以为凡此种种便是王绩自我认同的真性情。实际上，王绩是不断地在制造着幻象，诱惑着世人走近幻境以勘破真情。试想，若以好恶论性情，身之为人，王绩所渲染的好恶又有几人不同？其实，王绩真正的自我认同是自己的"才性"。《自作墓志文序》"才高位下"一语方道出实情。辅之上面引文，不难推出：在王绩的自我期许中，台辅之位、恭宣大道方配自己的才性与德性，方可尽其性命之情。②既然现实世界志不得申，不能尽其才性，转而韬光养晦，栖身于天地山水之间，自适其适，君子固然。因为君子善道本源于天地自然，尽性达命，顺适无阂。君子思不出其位，会意于山水，体之于诗文，孤寂而不失其乐，只因玄同于此一天心、道心与圣人之心。自然万物与人虽各得其性分，但感通一气，人所皆然。钟嵘《诗品序》以"气之动物，物之感人，故摇荡性情，形诸舞咏"③释"文"，则人皆有"文"。而君子之隐，

----

①［唐］王绩著，韩理洲校点：《王无功文集》，上海：上海古籍出版社，1987年，第159页。

②在才、德未有严分，以德赅才的西周时代，于时人而言，"德"、"位"相配是理所当然的。王绩虽处才、德分离，以才赅德的中古之世，其潜意识中未尝不存有"才"、"位"相合的观念。参张国安：《先秦"德"义原始——兼论乐教成为德教之可能》，《江苏社会科学》，2005年第3期。

③钟嵘著，吕德申校释：《钟嵘〈诗品〉校释》，北京：北京大学出版社，1986年，第35页。

亦为身文，用今天的概念术语称之便是所谓的"行为艺术"。作为隐士之文的行为艺术因隐士以天心、道心、圣人之心为心，故其所会之意在道境；其所谓"自适其适"亦不止于性分意义上的俗情，而是穷理尽性意义上的性命之情——"天乐"。隐士的行为艺术因其会意而示人其超凡脱俗的一面，成为自我神圣化的象征。①兹可以王绩诗文有关酒德的描写，来说明此义。

葛晓音指出：王绩田园诗最明显的缺陷便是饮酒的世俗化，总是指向人的感官刺激，诸如：《春初》"稍觉池亭好，偏闻酒瓮香"、《题酒店楼壁绝句》其五"饮时含救药，醉罢不能愁"、《田家》其三"恒闻饮不足，何见有残壶"，此类描绘极尽自己的馋态醉态。这就像其写山水的诗句《山夜调琴》"从来山水韵，不与俗人闻"一样，"总带有一种做给俗人看的清高"，反而显得世俗了。与之相反，陶渊明田园诗亦是篇篇有酒，但"酒中有深义，诗中无酒气。这是因为陶渊明只是表现饮酒的心境，从不涉及给人的感官刺激"。②若就诗歌的意象结构而言，陶诗与王诗的差异确实如此。就心境而言，王绩也的确表现出了一种清高与造作，但若说王绩的饮酒诗仅止于感官刺激而无深义则又另当别论了。

酒为一物，自有其性。酒性乐身醉人，物性之自然。人好之以醉，亦人性之自然。在《答程道士书》中，王绩自白："每一甚醉，便觉神明安和，血脉通利；既无忤于物，而有乐于身，故常纵心以自适也。"③这里的"自适"可以说是尽己之性以及物之性，但尚只是物性相感意义上的欲情之乐，常人境界皆如此。王绩接着说：

①实际上，中国的书法及水墨山水，亦是在此一语境中获得价值与意义的。

②参葛晓音：《山水田园诗派研究》，沈阳：辽宁大学出版社，1997年，第100页。

③参[唐]王绩著，韩理洲校点：《王无功文集》，上海：上海古籍出版社，1987年，第158页。

"而同方者,不过一二人,时相往来,并弃礼数。箕踞散发,玄谈虚论,兀然同醉,悠然便归,不知聚散之所由也。"① 此时,酒与醉酒即已发生喻意的转换,于是成为物我双忘之庄子圣人境界的征象。酒中天地,自为乐地。其乐已由欲情之乐升华为穷理、尽性以至于命意义上的君子"天乐",因为藉酒可入醉乡,可以昏昏默默而玄同于天地万物,可以体验王道圣德。王绩言适性于酒大多是如此会意赋义的,兹可再验之其他两篇言酒德之文:

> 醉之乡,去中国不知其几千里也。其土旷然无涯,无丘陵阪险;其气和平一揆,无晦明寒暑;其俗大同,无邑居聚落;其人任清,无爱憎喜怒,呼风饮露,不食五谷。其寝于于;其行徐徐。与鸟兽鱼鳖杂处,不知有舟车器械之用。昔者黄帝氏尝获游其都。归而杳然丧其天下……。②

> 有五斗先生者,以酒德游于人间。人有以酒请者,无贵贱皆往。往必取醉,醉则不择地斯寝矣,醒则复起饮也。尝一饮五斗,因以为号。先生绝思虑,寡言语,不知天下之有仁义厚薄也。忽然而去,倏焉而来;其动也天,其静也地;故万物不能萦心焉。尝言曰:"天下大可见矣! 生何为养,而嵇康著论;途何为穷,而阮籍恸哭? 故昏昏默默,圣人之所居也。"遂行其志,不知所如。③

若诗文统观,王绩诗中既有酒气,酒中亦有深义是再明显不

---

①[唐]王绩著,韩理洲校点:《王无功文集》,上海:上海古籍出版社,1987年,第158—159页。

②[唐]王绩著,韩理洲校点:《王无功文集·醉乡记》,上海:上海古籍出版社,1987年,第181页。

③[唐]王绩著,韩理洲校点:《王无功文集·五斗先生传》,上海:上海古籍出版社,1987年,第180页。

过了。《答处士冯子华书》云"题歌赋诗，以会意为功"，王绩并非随便一说，确也道出了自己创作的实际。依其会意，回看王绩诗中之俗情，则又不得不说其似俗非俗，即俗即雅，诚如明人何良俊之所谓"近而不浅，质而不俗"① 也。王绩的"适性会意"诗学观及其诗歌实践成功实现了"言志"与"缘情"诗学的有机统一。

结　论

　　王绩追迹魏晋名士，是名士自风流。风流源自名士有意识地将其行迹艺术化、文本化、文体化，据此方式，名士得以遂其远志。故清高造作不为王绩独专，凡名士皆不免其俗。当陶渊明自谓"少无适俗韵，性本爱丘山"② 时，又何尝不如是？身为儒士，当其感时不遇之际，蜕变为文士、名士或隐士，自有文化逻辑的必然性。所谓隐士无非是以行为艺术及文学的方式寄托远志，走向自我神圣化道路的儒士，亦即志于中道以追求"全和保真"的独善之士，王绩便是其杰出代表之一。"全和保真"是"适性会意"文学观、诗学观的要义，而和韵错置以为体，相须而为用之律体声文乃属和其声、理其气、性其情，助益"全和保真"的最佳文体形式，自有其转喻、替代礼乐之妙用。如此认识王绩的思想人格与文学，其自觉地顺承齐梁以来诗歌律化之趋势并推进律诗声文体制的定型也就变得容易理解了。王勃，王通之孙、王绩侄孙，"初唐四杰"之首。"四杰"尽管反对"上官体""绮错婉媚"之风习，但王勃

---

① ［唐］王绩著，韩理洲校点：《王无功文集·附录三》，上海：上海古籍出版社，1987年，第272页。
② ［晋］陶渊明著，逯钦立校注：《陶渊明集》：北京：中华书局，1979年，第40页。

律体成就却很高。此一现象，以往不太为人所理解，现在看来，绝非偶然，不过延续了其家族文化、文学的传统罢了。《周氏涉笔》曰：“旧传四声，自齐、梁至沈、宋，始定为唐律。然沈、宋体制，时带徐、庾，未若王绩剪裁锻炼，曲尽情玄，真开迹唐诗也。”[①]其说大体还原了历史真象。

附录：文中分析所涉及的　王绩五言诗之韵式及平仄

一、黏而平仄失对的8首二韵体诗：

(1)《题酒店楼壁绝句八首》其一
押真韵　　首句平起不入平韵式
洛阳无大宅，长安乏主人。仄平平仄仄，平平仄仄平。
黄金销欲尽，只为酒家贫。平平平仄仄，平仄仄平平。
(2)《题酒店楼壁绝句八首》其四
押阳韵　　首句仄起不入平韵式
欲识幽人伴，非是俗情量。仄仄平平仄，平仄仄平平。
有业开屠肆，无名坐饼行。仄仄平平仄，平平仄仄平。
(3)《题酒店楼壁绝句八首》其八
押东韵　　首句平起不入平韵式
仲任书卷尽，平君卜数充。仄平平仄仄，平平仄仄平。
相逢何以慰？细酌对春风。平平平仄仄，仄仄仄平平。

---

①［唐］王绩著，韩理洲校点：《王无功文集·附录三》，上海：上海古籍出版社，1987年，第267页。

（4）《题酒店壁》

押灰韵　首句平起不入平韵式

昨宵瓶始尽，今朝瓮即开。仄平平仄仄，平平仄仄平。

梦中占梦罢，还向酒家来。仄平平仄仄，平仄仄平平。

（5）《看酿酒》

押先韵　首句仄起不入平韵式

六月调神曲，正朝汲美泉。仄仄平平仄，平平仄仄平。

从来作春酒，未省不经年。平平仄平仄，仄仄仄平平。

（6）《夜还东溪中口号》

押删韵　首句平起不入平韵式

石苔应可践，丛枝幸易攀。仄平平仄仄，平平仄仄平。

青溪归路直，乘月夜歌还。平平平仄仄，仄仄仄平平。

（7）《秋夜喜遇姚处士义》

押微韵　首句平起不入平韵式

北场耘霍罢，东皋刈黍归。仄平平仄仄，平平仄仄平。

相逢秋月满，更值夜萤飞。平平平仄仄，仄仄仄平平。

（8）《题画幛背》

押东韵　首句平起不入平韵式

云霞图幛子，山水画屏风。平平平仄仄，平平仄仄平。

不应须对许，坐惯青溪中。仄仄平仄仄，仄仄平平平。

二、合乎黏式律的17首四韵体诗中失对的4首：

（1）《山中采药》

押侵韵　首句仄起入平韵式

采药北岩阴，乘兴独幽寻。仄仄仄平平，平仄仄平平。

涧尾泉恒细，山腰溪转深。仄仄平平仄，平平平仄平。

石横疑路断,云暗觉峰沉。仄平平仄仄,平仄仄平平。
薄暮归来去,松丘横夜琴。仄仄平平仄,平平平仄平。

(2)《九月九日》

押寒韵 首句仄起不入平韵式

九日重阳节,三秋季月残。仄仄平平仄,平平仄仄平。
菊花催晚气,黄房避早寒。仄平平仄仄,平平仄仄平。
霜浓鹰击远,雾重雁飞难。平平平仄仄,仄仄仄平平。
谁忆龙山外,萧条边兴阑?平仄平平仄,平平平仄平。

(3)《读真隐传见披裘公及汉滨老父因题四韵》

押侵韵 首句仄起不入平韵式

被褐延陵径,耕田汉水阴。仄仄平平仄,平平仄仄平。
由来欢击壤,何处视遗金?平平平仄仄,平仄仄平平。
季子停骖谢,张温下道寻。仄仄平平仄,平平仄仄平。
世人无所识,谁知方寸心。仄平平仄仄,平平平仄平。

(4)《春夜过翟处士正师饮酒醉后自问答二首》其一

押麻韵 首句仄起入平韵式

樽酒泛霞流,相将临岁华。平仄仄平平,平平平仄平。
酣歌吹树叶,醉舞拂灯花。平平平仄仄,仄仄仄平平。
对饮情何已,思归月渐斜。仄仄平平仄,平平仄仄平。
明朝解醒处,为道向谁家。平平仄平仄,平仄仄平平。

三、失黏的19首四韵体诗中,只失黏1处而未失对的诗9首:

(1)《独坐》

押虞韵 首句平起不入平韵式

问君樽酒外,独坐更何须?仄平平仄仄,仄仄仄平平。
有客谈名理,无人索地租。仄仄平平仄,平平仄仄平。

三男婚令族，五女嫁贤夫。　平平平仄仄，仄仄仄平平。

百年随分了，未羡陟方壶。　仄平平仄仄，仄仄仄平平。

(2)《裴仆射宅咏妓》

押阳韵　首句平起入平韵式

妖姬饰净妆，窈窕出兰房。　平平仄仄平，仄仄仄平平。

日照当轩影，风吹满路香。　仄仄平平仄，平平仄仄平。

早时歌扇薄，今日舞衫长。　仄平平仄仄，平仄仄平平。

不应须曲误，持此试周郎。　仄平平仄仄，平仄仄平平。

(3)《赠程处士》

押尤韵　首句平起不入平韵式

百年长扰扰，万事悉悠悠。　仄平平仄仄，仄仄仄平平。

日光随意落，水势任情流。　仄平平仄仄，仄仄仄平平

礼乐因姬旦，诗书传孔丘。　仄仄平平仄，平平平仄平。

不如高枕卧，时取醉销愁。　仄平平仄仄，平仄仄平平。

(4)《山家夏日九首》其二

押尤韵　首句仄起不入平韵式

隐士长松壑，先生孤竹丘。　仄仄平平仄，平平平仄平。

溪深常抱冻，涧冷镇含秋。　平平平仄仄，仄仄仄平平。

九春宁解褐，五月自披裘。　仄平平仄仄，仄仄仄平平。

谁信汤年旱，山燋金石流？　平仄平平仄，平平平仄平。

(5)《山家夏日九首》其六

押鱼韵　首句平起入平韵式

山中有蔽庐，竹树近扶疏。　平平仄仄平，仄仄仄平平。

傍岩开灶井，横涧引庭除。　仄平平仄仄，平仄仄平平。

障子游仙画，屏风章草书。　仄仄平平仄，平平平仄平。

谁言非面俗，更欲赋《闲居》。　平平平仄仄，仄仄仄平平。

（6）《过郑处士山庄二首》其二

押真韵　首句仄起不入平韵式

僻处开三径，幽居无四邻。仄仄平平仄，平平平仄平。
横文彪子褥，碎点鹿胎巾。平平平仄仄，仄仄仄平平。
断篱栖夜雉，荒砌起朝麇。仄平平仄仄，平仄仄平平。
薄暮东溪上，犹言在渭滨。仄仄平平仄，平平仄仄平。

（7）《赠山居黄道士》

押先韵　首句平起不入平韵式

洁身何必是，避俗岂能全？仄平平仄仄，仄仄仄平平。
动息都无闷，浮沉最可怜。仄仄平平仄，平平仄仄平。
嵇山高士传，庄叟让王篇。平平平仄仄，平仄仄平平。
逃名遂得志，□□若为传。平平仄仄仄，□□仄平平。

（8）《登陇坂二首》其二

押支韵　首句仄起不入平韵式

陇坂三秦望，游人万里悲。仄仄平平仄，平平仄仄平。
何关呜咽水，自是断肠时。平平平仄仄，仄仄仄平平。
风高黄叶散，日下白云滋。平平平仄仄，仄仄仄平平。
怅望东飞翼，忧来不自持。仄仄平平仄，平平仄仄平。

（9）《同蔡学士君知咏云》

押戈韵　首句平起不入平韵式

固阳阴正密，侍族□方和。仄平平仄仄，仄仄□平平。
巫山臣作赋，汾水帝为歌。平平平仄仄，平仄仄平平。
绘色还成锦，轻飞更作罗。仄仄平平仄，平平仄仄平。
无衣昔有咏，飘转独如何？平平仄仄仄，平仄仄平平。

四、19首失黏四韵体诗中，失黏一处且失对的诗6首：

(1)《过郑处士山庄二首》其一

押歌韵　首句平起不入平韵式

凿溪南浦曲，栽援北岩阿。　仄平平仄仄，平仄仄平平。

野膳调藜苙，山依缉薜萝。　仄仄平平仄，平平仄仄平。

钓潭因旧迹，樵路起新歌。　仄平平仄仄，平仄仄平平。

欲知幽赏处，青青松桂多。　仄平平仄仄，平平平仄平。

(2)《晚秋夜坐》

押支韵　首句平起入平韵式

园亭物候奇，舒啸乐无为。　平平仄仄平，平仄仄平平。

芰荷高出岸，杨柳下欹池。　仄平平仄仄，平仄仄平平。

蝉噪黏远举，鱼惊钩暂移。　平平平仄仄，平平平仄平。

萧萧怀抱足，何藉世人知？　平平平仄仄，平仄仄平平

(3)《山家夏日九首》其七

押先韵　首句平起入平韵式

幽居枕广川，长望郁芊芊。　平平仄仄平，平仄仄平平。

北岩采樵路，东坡种药田。　仄平平仄仄，平平仄仄平。

涧泉通院井，山气杂厨烟。　仄平平仄仄，平仄仄平平。

向夕林庭旷，萧条鸣一弦。　仄仄平平仄，平平平仄平。

(4)《山家夏日九首》其八

押寒韵　首句平起入平韵式

山居自可安，乐道不为难。　平平仄仄平，仄仄仄平平。

甲乙题书卷，梧桐数药丸。　仄仄平平仄，平平仄仄平。

树阴连户静，泉影度窗寒。　仄平平仄仄，平仄仄平平。

抱琴聊倚石，高眠风自弹。　仄平平仄仄，平平平仄平。

（5）《山家夏日九首》其九

押东韵　首句仄起入平韵式

避暑长岩东，萧条趣不穷。仄仄仄平平，平平仄仄平。

密藤成斗帐，疎树即檐枞。仄平平仄仄，平仄仄平平。

槿花碍前浦，荷香栏上风。仄平仄平仄，平平平仄平。

寄言覆苔客，无事果园中。仄平仄平仄，平仄仄平平。

（6）《独坐》

押鱼韵　首句平起不入平韵式

托身千载下，聊思万物初。仄平平仄仄，平平仄仄平。

欲令无作有，翻觉实成虚。仄平平仄仄，平仄仄平平。

周文方定策，秦帝即焚书。平平平仄仄，平仄仄平平。

寄语无为者，知君悟有余。仄仄平平仄，平平仄仄平。

五、整篇合乎黏式律的五言长律6首：

（1）《过山观寻苏道士不见题壁四首》其二（6韵）①

押阳韵

上月芝兰径，中岩紫翠房。仄仄平平仄，平平仄仄平。

金壶新炼乳，玉釜始煎香。平平平仄仄，仄仄仄平平。

六局黄公术，三门赤帝方。仄仄平平仄，平平仄仄平。

吹砂聊作鸟，动石试为羊。平平平仄仄，仄仄仄平平。

缑氏还程促，瀛洲会日长。平仄平平仄，平平仄仄平。

谁知北岩下，延首咏霓裳。平平仄平仄，平仄仄平平。

---

① 《全唐诗》等本题为《游仙四首》。

（2）《过山观寻苏道士不见题壁四首》其四（6韵）

押支韵

真经知那是，仙骨定何为。　平平平仄仄，平仄仄平平。

许迈心长切，嵇康命自奇。　仄仄平平仄，平平仄仄平。

桑疏金阙迥，苔重石梁危。　平平平仄仄，平仄仄平平。

照水燃犀角，游山费虎皮。　仄仄平平仄，平平仄仄平。

鸭桃闻已种，龙竹未经骑。　仄平平仄仄，平仄仄平平。

为向天仙道，栖遑君讵知！　平仄平平仄，平平平仄平。

（3）《食后》（6韵）

押阳韵

田家无所有，晚食遂为常。　平平平仄仄，仄仄仄平平。

菜剪三秋绿，飧炊百日黄。　仄仄平平仄，平平仄仄平。

胡麻山豺样，楚豆野麋方。　平平平仄仄，仄仄仄平平。

始曝松皮脯，新添杜若浆。　仄仄平平仄，平平仄仄平。

葛花消酒毒，萸蒂发羹香。　仄平平仄仄，平仄仄平平。

鼓腹聊乘兴，宁知逢世昌！　仄仄平平仄，平平平仄平。

（4）《山园》（6韵）

押青韵

幽人养性灵，长啸坐山扃。　平平仄仄平，平仄仄平平。

二月兰心紫，三春柳色青。　仄仄平平仄，平平仄仄平。

卷帘看水石，开牖望园亭。　仄平平仄仄，平仄仄平平。

琴曲唯留古，书名半是经。　平仄平平仄，平平仄仄平。

风烟长入咏，几杖悉为铭。　平平平仄仄，仄仄仄平平。

切直平生尽，何为劳是形？　仄仄平平仄，平平平仄平。

（5）《阅家书》（9韵）

押鱼韵

张氏前钞本，班家旧赐余。　平仄平平仄，平平仄仄平。

尚应千许帙，何啻五盈车。　仄平平仄仄，平仄仄平平。

缝悉龟文印，题皆龙爪书。　平仄平平仄，平平平仄平。

牙签过半在，玉轴已全疎。　平平仄仄仄，仄仄仄平平。

蘖系防黏蠹，芸香辟纸鱼。　仄仄平平仄，平平仄仄平。

下帷堪发愤，闭户足为储。　仄平平仄仄，仄仄仄平平。

为向扬雄说，无劳羡石渠。　平仄平平仄，平平仄仄平。

（6）《游山寺》（10韵）

押灰韵

赤城仙观启，青山梵宇裁。　仄平平仄仄，平平仄仄平。

中天疏宝座，半景出香台。　平平平仄仄，仄仄仄平平。

雁翼金桥转，鱼鳞石道回。　仄仄平平仄，平平仄仄平。

经文连树刻，仙影对岩开。　平平平仄仄，平仄仄平平。

别有迷方者，终惭无碍才。　仄仄平平仄，平平平仄平。

抠衣祇杖锡，敛袂谒浮杯。　平平平仄仄，仄仄仄平平。

暂识耆阇岭，聊询劫烬灰。　仄仄平平仄，平平仄仄平。

持花龙女至，献果象王来。　平平平仄仄，仄仄仄平平。

讲坐真乘阐，谈筵外法摧。　仄仄平平仄，平平仄仄平。

方希除八难，从此涤三灾。　平平平仄仄，平仄仄平平。

（7）《过汉故城》（24韵，用以比较）

押阳韵

大汉昔未定，强秦犹擅场。　仄仄仄仄仄，平平平仄平。

中原逐鹿罢，高祖郁龙骧。　平平仄仄仄，平仄仄平平。

经始谋帝坐，兹焉壮未央。　平仄平平仄，平平仄仄平。

规模穷栋宇，表里浚城隍。　平平平仄仄，仄仄仄平平。
群后崇长乐，中朝增建章。　平仄平平仄，平平平仄平。
钩陈被兰锜，乐府奏芝房。　平平仄平仄，仄仄仄平平。
翡翠明珠帐，鸳鸯白玉堂。　仄仄平平仄，平平仄仄平。
清晨宝鼎食，闲夜郁金香。　平平仄仄仄，平仄仄平平。
天马来东道，佳人倾北方。　平仄平平仄，平平平仄平。
何其赫隆盛，自谓保灵长。　平平仄平仄，仄仄仄平平。
历数有时尽，哀平嗟不昌。　仄仄仄平仄，平平平仄平。
冰坚成巨猾，火德遂颓纲。　平平平仄仄，仄仄仄平平。
奥位匪虚校，贪天竟速亡。　仄仄仄平仄，平平仄仄平。
魂神吁社稷，豺虎斗岩廊。　平平平仄仄，平仄仄平平。
金狄移灞岸，铜盘向洛阳。　平仄平仄仄，平平仄仄平。
君王无处所，年代几荒凉。　平平平仄仄，平仄仄平平。
宫阙谁家域？蓁芜冒我裳。　平仄平平仄，平平仄仄平。
井田唯有草，海水变为桑。　仄平平仄仄，仄仄仄平平。
在昔高门内，于今岐路傍。　仄仄平平仄，平平平仄平。
余基不可识，古墓列成行。　平平仄仄仄，仄仄仄平平。
狐兔惊魍魉，鸱鸮吓猵狂。　平仄平仄仄，平平仄仄平。
空城寒日晚，平野暮云黄。　平平平仄仄，平仄仄平平。
烈烈焚青棘，萧萧吹白杨。　仄仄平平仄，平平平仄平。
千秋并万岁，空使咏歌伤。　平平仄仄仄，平仄仄平平。

六、古体：

（1）《古意六首》其一（7韵）

押沃韵

幽人在何所？紫岩有仙躅。　平平仄平仄，仄平仄平仄。

月夜横宝琴，此外将安欲？　仄仄平仄平，仄仄平平仄。
材抽峄山干，徽点崑丘玉。　平平仄平仄，仄仄平平仄。
漆抱蛟龙唇，丝缠凤凰足。　仄仄平平平，平平仄平仄。
前弹广陵罢，后以明光续。　平平仄平仄，仄仄平平仄。
百金买一声，千金传一曲。　仄平仄仄平，平平平仄仄。
世无钟子期，谁知心所属？　仄平平仄平，平平平仄仄。

（2）《古意六首》其二（8韵）

押质韵

竹生大夏溪，苍苍富奇质。　仄平仄仄平，平平仄平仄。
绿叶吟风劲，翠茎犯雪密。　仄仄平平仄，仄平仄仄仄。
霜霰封其柯，鸳鸾食其实。　平平平平平，平平仄平仄。
宁知轩辕后，更有伶伦出？　平平平平仄，仄仄平平仄。
刀斧俄见寻，根株坐相失。　平仄平仄平，平平仄平仄。
裁为十二管，吹作雄雌律。　平平仄仄仄，平平平平仄。
有用虽自伤，无心复招疾。　仄仄平仄平，平平仄平仄。
不如山上草，离离保终吉。　仄平平仄仄，平平仄平仄。

（3）《古意六首》其三（9韵）

押纸韵（纸旨止同用）

宝龟尺二寸，由来宅深水。　仄平仄仄仄，平平仄平仄。
浮游五湖内，宛转三江里。　平平仄平仄，仄仄平平仄。
何不深复深，轻然至溱洧？　平仄平仄平，平平仄平仄。
溱洧源流狭，春秋不濡轨。　平仄平平仄，平平仄平仄。
渔人递往还，网罟相萦蘲。　平平仄仄平，仄平平平仄。
一朝失运会，刳肠血流死。　仄平仄仄仄，平平仄平仄。
枯骨输庙堂，鲜腴籍笾簋。　平仄仄仄平，平平仄平仄。
弃置谁怨尤？自我招此否。　仄仄平仄平，仄仄平仄仄。

余灵寄明卜，复来钦所履。　平平仄平仄，仄平平仄仄。

（4）《古意六首》其四（11韵）

押屑韵（屑薛同用）

松生北岩下，由来人径绝。　平平仄平仄，平平平仄仄。
布叶捎云烟，插根拥岩穴。　仄仄平平平，仄平平仄平。
自言生得地，独负凌寒洁。　仄平平仄仄，仄仄平平仄。
何时畏斤斧，几度经霜雪。　平平仄平仄，仄仄平平仄。
风惊西北枝，雹损东南节。　平平平仄平，仄仄平平仄。
不知岁月久，稍觉条枝折。　仄平仄仄仄，平仄平平仄。
藤萝上下碎，枝干纵横裂。　平平仄仄仄，平平仄平仄。
行当糜烂尽，坐共灰尘灭。　平平平仄仄，仄仄平平仄。
宁关匠石顾，岂为王孙折？　平平仄仄仄，仄平平平仄。
衰盛自有期，圣贤未尝屑。　平仄仄仄平，仄平平平仄。
寄言悠悠者，无为嗟大耋。　仄平平平仄，平平平仄仄。

（5）《古意六首》其五（8韵）

押阳唐（同用）韵；"忘"，漾韵，出韵

桂树何苍苍，秋来花更芳。　仄仄平平平，平平平仄平。
自然岁寒性，不知露与霜。　仄平仄平仄，仄平仄仄平。
幽人重其德，徙植临前堂。　平平仄平仄，仄仄平平平。
连拳八九树，偃蹇二三行。　平平仄仄仄，仄仄仄平平。
枝枝自相纠，叶叶还相当。　平平仄平仄，仄仄平平平。
去来双鸿鹄，栖息两鸳鸯。　仄平平平仄，平平仄平平。
荣阴诚不厚，斤斧亦勿伤。　平平平仄仄，平仄仄仄平。
赤心许君时，此意那可忘！　仄平仄平平，仄仄平仄仄。

（6）《古意六首》其六（8韵）

押漾韵

采凤欲将归，提罗出郊访。	仄仄仄平平，平平仄平仄。
罗张大泽已，凤入重云飏。	平平仄仄仄，仄仄仄平平。
朝栖昆阆木，夕饮蓬壶涨。	平平平仄仄，仄仄平平仄。
问凤那远飞，贤君坐相望。	仄仄仄仄平，平平仄平仄。
凤言何深德，微禽安足尚。	仄平平平仄，平平平仄仄。
但使雏卵全，无令缯缴放。	仄仄平仄平，平平平仄仄。
皇臣力牧举，帝乐箫韶畅。	平平仄仄仄，仄仄平平仄。
自有来巢时，明年阿阁上。	仄仄平平平，平平平仄仄。

（7）《薛记室收过庄见寻率题古意以赠》

押鱼韵；"拏"，麻韵，出韵

伊昔遭丧乱，历数当闰余。	平仄平仄仄，仄仄平仄平。
豺狼塞衢路，桑梓成丘墟。	平平仄平仄，平平平平平。
余及尔皆亡，东西各异居。	平仄仄平平，平平仄仄平。
尔为培风鸟，我为涸辙鱼。	仄平平平仄，仄平仄仄平。
逮承云雷后，欣逢天地初。	仄平平平仄，平平平仄平。
东川聊下钓，南亩试挥锄。	平平平仄仄，平仄仄平平。
资税幸不及，伏腊常有储。	平仄仄仄仄，仄仄平仄平。
散诞时须酒，萧条懒向书。	仄仄平平仄，平平仄仄平。
朽木不可雕，短翮将焉摅？	仄仄仄仄平，仄仄平平平。
故人有深契，过我蓬蒿庐。	仄平仄平仄，平仄平平平。
曳履出门迎，握手登前除。	仄仄仄平平，仄仄平平平。
相看非旧颜，忽若形骸疏。	平平平仄平，仄仄平平平。
追悼宿昔事，切切心相于。	平仄仄仄仄，仄仄平平平。
忆我少年时，携手游东渠。	仄仄仄平平，平仄平平平。

梅李夹两岸，花枝何扶疏。平仄仄仄仄，平平平平平。
同志亦不多，西庄有姚徐。平仄仄仄平，平平仄仄平。
尝爱陶渊明，酌醴焚枯鱼。平仄平平平，仄仄平平平。
尝学公孙弘，策杖牧群猪。平仄平平平，仄仄平平平。
追念甫如昨，奄忽成空虚。平仄仄平仄，仄仄平平平。
人生讵能几？蹙迫常不舒。平平仄平仄，仄仄平仄平。
赖有北山僧，教我以真如。仄仄仄平平，仄仄仄平平。
使我视听遣，自觉尘累祛。仄仄仄仄仄，仄仄平仄平。
何事须筌蹄？今已得兔鱼。平仄平平平，平平仄仄平。
旧游傥多暇，同此释纷挐。仄平仄平仄，平平仄平平。

(8)《赠梁公》(10韵)

押阳韵

我欲图世乐，斯乐难可常。仄仄平仄仄，平平平仄平。
位大招讥嫌，禄极生祸殃。仄仄平平平，仄仄平仄平。
圣莫若周公，忠岂逾霍光。仄仄仄平平，平平平仄平。
成王已兴谗，宣帝恒负芒。平平仄平仄，平仄平仄平。
范蠡何智哉！单舟戒轻装。仄仄平仄平，平平仄平平。
疏广岂不怀，杖策还故乡。平仄仄仄平，仄仄平仄平。
朱门虽足悦，赤族亦可伤。平平平仄仄，仄平仄仄平。
履霜成坚冰，知足胜不祥。仄平平平平，平仄平仄平。
我本穷家子，自言此见长。仄仄平平仄，仄平仄仄平。
功成皆能退，在昔谁灭亡！平平平平仄，仄仄平仄平。

(9)《春旦直疏》(8韵)

押庚韵

春夜犹自长，高窗来月明。平仄平仄平，平平平仄平。
耿耿不能寐，振衣步前楹。仄仄仄平仄，仄平仄平平。

怀抱暂无扰,自觉形神清。平仄仄平仄,仄仄平平平。
遐想太古事,俯察今世情。平仄仄平仄,仄仄平仄平。
淳薄何不同,运数之所成。平仄平仄平,仄仄平平平。
叹息万重陈,已闻晨鸡鸣。仄仄仄平仄,仄平平平平。
回首东南隅,□□□□□。平仄平平平,?????。
谁知忘机者,寂泊存其精! 平平仄平仄,仄仄平平平。

(10)《阶前石竹》(7韵)

押庚韵

上天布甘雨,万里咸均平。仄平仄平仄,仄仄平平平。
自顾微且贱,亦得蒙滋荣。仄仄平仄仄,仄仄平平平。
萋萋结绿枝,晔晔垂朱英。平平仄仄平,仄仄平平平。
常恐零露降,不得全其生。平仄平仄仄,仄仄平平平。
叹息聊自思,此生岂我情! 仄仄平仄平,仄平仄仄平。
昔我未生时,谁者令我萌? 仄仄仄平平,平仄平仄平。
弃置勿重陈,委化何所营。仄仄仄平平,仄仄平仄平。

七、三首仄声韵诗(齐梁体):

(1)《初春》(五韵)

押有韵

前旦出园游,林花都未有。平仄仄平平,平平平仄仄。
今朝下堂望,池冰开已久。平平仄平仄,平平平仄仄。
雪避南轩梅,风催北庭柳。仄仄平平平,平平仄平仄。
遥呼灶前妾,却报机中妇。平平仄平仄,仄仄平平仄。
年光恰恰来,满瓮营春酒。平平仄仄平,仄仄平平仄。

（2）《采药》（10韵）

押质韵

野情贪药饵，郊居倦蓬荜。　仄平平仄仄，平平仄平仄。
青龙护道符，白犬游仙术。　平平仄仄平，仄仄平平仄。
腰镰戊巳旦，负锸丙辛日。　平平仄仄仄，仄仄仄平仄。
时时断障横，往往孤峰出。　平平仄仄平，仄仄平平仄。
行披葛仙经，坐检神农帙。　平平仄平平，仄仄平平仄。
龟蛇采二苓，赤白寻双朮。　平平仄仄平，仄仄平平仄。
地冻根难尽，丛枯苗易失。　仄仄平平仄，平平平仄仄。
从容肉作名，薯蓣膏成质。　仄平仄仄平，仄仄平平仄。
家丰松叶酒，器贮参花密。　平平平仄仄，仄仄平平仄。
且复归去来，刀圭养衰疾。　平仄平仄平，平平仄平仄。

（3）《未婚山中叙志》（五韵）

押有韵

物外知何事？山中无所有。　仄仄平平仄，平平平仄仄。
风鸣静夜琴，月照芳樽酒。　平平仄仄平，仄仄平平仄。
直置百年内，谁论千载后。　仄仄仄平仄，平平平仄仄。
张奉聘贤妻，考莱藉嘉偶。　平仄仄平平，仄平仄平仄。
孟光傥未嫁，梁鸿正须妇。　仄平仄仄仄，平平仄平仄。

第八章 上官仪及"上官体"与律诗

律诗经由王绩之手,其声律体制实已定型,唐代诗歌的文体格局亦已见雏形。但王绩毕竟属在野诗人,且无相关理论阐述及有效提倡之功,故其时代影响极其有限。而学界一般又认为,整个武德、贞观时期的五言律诗创作仍然以宫廷诗人为主体,而其风格、体制,基本沿袭齐梁传统,并无根本性突破。[1] 聚焦宫庭诗人,忽略王绩,理势之必然。由于初唐宫庭诗人的时代影响,考察其在律诗体演化中的作用与意义自然是不可回避的课题。

在初唐诗坛第一个产生重大影响的宫廷诗人是上官仪。贞观初,仪擢进士第,召授弘文馆学士,迁秘书郎。上官仪以文才而深受太宗赏识,太宗雅好属文,"每遣仪视草,又多令继和,凡有宴集,仪尝预焉"。[2] 贞观末期,随着魏征、杨师道、房玄龄、李百药这些文馆学士且为重臣的诗人之相继谢世,上官仪实已成为文坛宗主。高宗即位时,仪之地位如日中天,其诗风靡,朝野效仿,史称"上官体"。《旧唐书》本传云:"高宗嗣位,迁秘书少监。龙朔二年,加银青光禄大夫、西台侍郎、同东西台三品,兼弘文馆学士如

---

[1] 参钱志熙:《论初唐诗歌沿袭齐梁陈隋诗风及其具体表现》,《励耘学刊·文学卷》,2005年第1期。

[2] 参[后晋]刘昫等:《旧唐书卷八十·列传第三十·上官仪传》,北京:中华书局,1975年,第2743页。

故。本以词彩自达,工于五言诗,好以绮错婉媚为本。仪既贵显,故当时多有效其体者,时人谓为'上官'体。"① 关于上官仪及"上官体"在律诗近体化进程中的作用及意义,学界迄今认识不一,有待进一步辨析。

第一节　上官仪诗与声律

上官仪存诗计31首②,其中二韵体8首,四韵体12首,总计20首,占全部存诗的64.52%。本文以此20首诗分析上官仪诗的声律运用情况。

一、句律

句式分析统计表

诗(首/句) 句式(句数)	诗(20/125)		合计/在全部诗句中所占比例
	二韵(8首/32句)	四韵③(12首/93句)	
1. 仄仄平平仄	9	16	25/20%
2. 平平仄仄平	11	9	20/16%

① [后晋]刘昫等:《旧唐书卷八十·列传第三十·上官仪传》,北京:中华书局,1975年,第2743页。
② 《全唐诗》录存一卷,计20首。今人补逸12首,参陈尚君辑校《全唐诗补编》,中华书局1992年,第675—677页。其中《全唐诗》中的《奉和山夜临秋》与《补编》中的《五言辽东侍宴山夜临秋同赋临韵应诏》同诗,前四韵八句,后十韵二十句。本文据《全唐诗》,计四韵体1首。
③ 《五言奉和咏棋应诏二首》《五言侍宴延庆殿同赋别离得凌霜雁应诏》中共有三句残句。

续表

诗（首/句）　　　诗（20/125）			合计/在全部诗句中所占比例
句式（句数）	二韵（8首/32句）	四韵（12首/93句）	
3. 仄仄仄平平	3	14	17/13.6%
4. 平平平仄仄	1	12	13/10.4%
5. 平仄仄平平	3	6	9/7.2%
6. 平平平仄平	0	8	8/6.4%
7. 平平仄平仄	0	8	8/6.4%
8. 仄平平仄仄	2	5	7/5.6%
9. 平平仄仄仄	1	3	4/3.2%
10. 仄仄平平平	0	3	3/2.4%
11. 平仄平平仄	0	4	4/3.2%
12. 仄平平平仄	1	1	2/1.6%
13. 仄仄仄平仄	1	1	2/1.6%
14. 仄仄平仄仄	0	1	1/0.8%
15. 仄平仄平仄	0	1	1/0.8%
16. 平仄平仄仄	0	1	1/0.8%

　　全部20首诗,125句,涉及16种声律格式。其中有六种不在宫体11式中,分别为:平平仄平仄、仄仄平平平、仄平平平仄、仄仄平仄仄(上入平入上)、仄平仄平仄、平仄平仄仄(平入平去上)。此六式共15句,占全部诗句比例12%。其不合近体用声,但合乎永明句律。非律句二韵体诗只有1句,四韵体诗14句,占各型总句数比分别为3.1%与15.05%。数据说明,其诗句体的律化水平,

二韵体诗远高于四韵体诗。

二、联对律

句联平仄失对情况分析统计表

诗型	失对联数及比例	在全部诗联中所占比例
二韵（8首/16联）	1/6.25%	61/1.64%
四韵（12首/45联，不计残句联）	14/31.1%	61/22.95%

二韵体诗失对联为《入朝洛堤步月》首联"脉脉广川流，驱马历长洲（仄仄仄平平，平仄仄平平）"，有2处失对。四韵体失对联为:《早春桂林殿应诏》颈联"风光翻露文，雪华上空碧（平平平仄平，仄平仄平仄）"，《奉和颍川公秋夜》首联、颔联与尾联"沈寥空色远，芸黄凄序变（仄平平仄仄，平平平仄仄）"、"涸浦落遵鸿，长飙送巢燕（仄仄仄平平，平平仄平平）"、"峻雉聆金柝，层台切银箭（仄仄平平仄，平平仄平仄）"，《谢都督挽歌》颔联与尾联"鲁幕飘欲卷，宛驷悲还顾（仄仄平仄仄，平仄平平仄）"、"怅然郊原静，烟生归鸟度（仄平平平仄，平平平仄仄）"，《王昭君》首联、颔联与尾联"玉关春色晚，金河路几千（仄平平仄仄，平平仄仄平）"、"琴悲桂条上，笛怨柳花前（平平仄平仄，仄仄仄平平）"、"缄书待还使，泪尽白云天（平平仄平仄，仄仄仄平平）"，《奉和山夜临秋》首联"殿帐清炎气，辇道含秋阴（仄仄平平仄，仄仄平平平）"，《江王太妃挽歌》颔联"埃凝写邻镜，网结和扉鱼（平平仄平仄，仄仄平平平）"，《高密长公主挽歌》首联与尾联"湘渚韬灵迹，娥台静瑞音（平平仄平仄，平平仄仄平）"、"寂寞平阳宅，月冷洞房深（仄仄平平仄，仄仄仄平平）"，《五言侍宴延庆殿同赋别离得凌霜雁应诏》

首联"凉沙起关塞,候雁下江干(平平仄平仄,仄仄仄平平)"。二韵体涉诗1首1联失对,情况较轻。四韵体涉及8首诗14联,占全部四韵体诗的66.7%,有的诗几乎通篇失对。

句体失对的数据表明,二韵体基本上已近体化,但四韵体近体化的程度极低,几乎回到了永明体的水平。

三、联间律

联间平仄连接情况分析统计表

诗型	黏式数及比例	对式数及比例	混式数及比例
二韵（8首）	1/12.5%	7/87.5%	0
四韵（12首）	1/8.3%	3/25%	8/66.7%
总计	2/6.67%	10/33.3%	8/26.67%

二韵体诗,除《从驾闾山咏马》一首为黏式,其余全部为对式连接,对式律占绝对优势。四韵体诗,除《王昭君》一首属黏式,《奉和山夜临秋》《故北平公挽歌》《高密长公主挽歌》三首为对式,其余皆为对黏混合式。就其数据看,四韵体倾向于混合式的迹象甚为明显。换而言之,上官仪四韵体诗并无近体黏式律观念。综合二韵体、四韵体整体数据亦可得出同样结论。

综合以上三项数据,可以得出结论:就诗歌创作而言,上官仪并无明确的近体声律观念,整体上还停留于齐梁古律诗阶段。

第二节　上官仪之对属论

数据分析基本上排除了上官仪在新体诗声律发展方面的贡

献，但学者杜晓勤还是坚持认为："在贞观中后期尤其是高宗朝前期，对新体诗声律发展影响最大的，当是上官仪"；只是由于上官仪现存诗歌太少，不能完全反映其诗律水平罢了；上官仪之于唐初近体律诗发展的重大意义更多体现于其诗律学理论。在杜氏看来，上官仪诗律学理论的重大贡献在于：其一，沈约只提出过"四声"理论，齐梁人只言及"四病"，是上官仪对齐梁声病说加以总结、发展，凝定为"八病"说。其二，"六对""八对"理论的提出，对推广、普及新体诗声律、提高当时新体诗声律水平影响较大。其三，上官仪诗律学直接导致了元兢诗律学尤其是调声术的产生。[①] 杜氏以上观点的疏漏是极其明显的，学者龚祖培已有明辨。[②] 在此，笔者无须多加饶舌。要之，上官仪诗律学贡献主要表现于对齐梁声病说的继承，自己并无多少发明，之于律诗近体声律学发展的影响是极其有限的。属对是律诗近体创作除声律之外的重要指标，故本节重点考察与上官仪有关的对属论。

上官仪诗学思想主要反映于《笔札华梁》一书，该书宋代已亡佚。[③] 其中有关对偶的论说，后世著述多有引据，如：南宋潘自牧撰《记纂渊海》、魏庆之撰《诗人玉屑》、王应麟撰《小学绀珠》，明彭大翼撰《山堂肆考》等。《诗人玉屑·属对》云：

> 唐上官仪曰：诗有六对：一曰正名对，天地日月是也；二曰同类对，花叶草芽是也；三曰连珠对，萧萧赫赫是也；四曰

[①] 以上参杜晓勤：《齐梁诗歌向盛唐诗歌的嬗变》，北京：北京大学出版社，2009年，第40—42页。

[②] 参龚祖培：《上官仪：统计数据与声律理论的悖论——与杜晓勤商榷》，《四川大学学报》，2009年第5期。

[③] 今有张伯伟据日本《定本弘法大师全集》第六卷《文镜秘府论》为底本，参校《文笔眼心钞》等本所得辑校本可供参考。

双声对,黄槐绿柳是也;五曰叠韵对,彷徨放旷是也;六曰双拟对,春树秋池是也。

又曰:诗有八对:一曰的名对,"送酒东南去,迎琴西北来"是也;二曰异类对,"风织池间树,虫穿草上文"是也;三曰双声对,"秋露香佳菊,春风馥丽兰"是也;四曰叠韵对,"放荡千般意,迁延一介心"是也;五曰联绵对,"残河若带,初月如眉"(《文镜秘府论·东卷·二十九种对》中为"残河河似带,初月月如眉"。)是也;六曰双拟对,"议月眉欺月,论花颊胜花"是也;七曰回文对,"情新因意得,意得逐情新"是也;八曰隔句对,"相思复相忆,夜夜泪沾衣。空叹复空泣,朝朝君未归"是也。①

诸书一律据北宋李淑《诗苑类格》,故其他文本与《诗人玉屑》无大异。日本唐代弘法大师留学长安,撰《文镜秘府论》,其《东卷·二十九种对》辑录了二十九种唐人所论属对名。所谓"六对"、"八对"的名目,除"同类对"外,基本上已被包括在《二十九种对》前十一种对中。据弘法大师"古人同出斯对"注②,罗根泽在其《中国文学批评史》中认为,"这些对偶说,在唐初已形成普通知识,不是上官仪一人所创造"。③卢盛江认为,《诗苑类格》中的"六对"、"八对"肯定各自出自于一人之手,但由于两者之间名目过于重复,故"恐怕其中有一个是伪托"。④张伯伟只将"八对"说归于

①[宋]魏庆之编:《诗人玉屑》,上海:上海古籍出版社,1959年,第165—166页。

②参[日]遍照金刚撰,卢盛江校考:《文镜秘府论汇校汇考》,北京:中华书局,2006年,第678页。

③罗根泽:《中国文学批评史》,上海书店出版社,2003年,第297—298页。

④参[日]遍照金刚撰,卢盛江校考:《文镜秘府论汇校汇考》,北京:中华书局,2006年,第681—682页。

上官仪名下。① 弘法大师《文镜秘府论·东卷·论对》云："余览沈、陆、王、元等诗格式等，出没不同。今弃其同者，撰其异者，都有二十九种对，具出如后。"② 其中提及"二十九种对"出处与沈、陆、王、元等"诗格式"有关。"诗格式"即《二十九种对》中大师"右六种对，出元兢《髓脑》"、"右八种对，出皎公《诗议》"、"右三种，出崔氏《唐朝新定诗格》"注所提及诸诗格、诗式类的诗学著述。"沈、陆、王、元"之王、元即王昌龄、元兢，分别著有《诗格》《诗髓脑》，至于沈、陆之实指则不易确认，但学者们大多以为即沈约、陆厥。其中虽未提及上官仪及其《笔札华梁》，但《二十九种对》在释例第九"叠韵对"下引《笔札》云："徘徊、窈窕、眷恋、彷徨、放畅、心襟、逍遥、意气、优游、陵胜、放旷、虚无、覆酌、思惟、须臾。如此之类，名曰叠韵对。"③ 据此，中泽希男推测"六对"或即上官仪之说，或《笔札》引上官仪说。④ 中泽氏是在《笔札》作者存疑的前提下作如是推测的。但"六对"说与上官仪有关则是可以肯定的。此外，卢盛江还认为"十一种对"中除"赋体对"之外，"隔句对"、"互成对"、"异类对"、"回文对"、"意对"都有内容与《笔札》相关。⑤ 小西甚一

---

① 参张伯伟：《全唐五代诗格汇考·笔札华梁》，南京：凤凰出版社，2002年版，第54—67页。
② [日]遍照金刚撰，卢盛江校考：《文镜秘府论汇校汇考》，北京：中华书局，2006年，第666页。
③ [日]遍照金刚撰，卢盛江校考：《文镜秘府论汇校汇考》，北京：中华书局，2006年，第745页。
④ 参[日]遍照金刚撰，卢盛江校考：《文镜秘府论汇校汇考》，北京：中华书局，2006年，第681、682页。
⑤ 参[日]遍照金刚撰，卢盛江校考：《文镜秘府论汇校汇考》，北京：中华书局，2006年，第848页。

认为，"总不对对"亦依据上官仪说。① 小西甚一《研究篇》是在将传《魏文帝诗格》与上官仪联系起来的情况下而作出上述论断的。由于《诗苑类格》所传上官仪"六对"、"八对"的内容在《二十九种对》中皆属"古人同出"之列，故何者为上官仪独创，确难以定论。综合罗根泽、中泽希男与卢盛江、小西甚一的观点，推测有三种可能性：其一，上官仪之前十一种偶对的名目或已经存在，上官仪作了辑录，从不同角度作了分析、归纳与整理的工作——"六对"乃基于字法的角度，"八对"则基于句法的角度，于是便有了"六对"与"八对"两个体系；其二，两个体系的偶对说古已有之，上官仪只是辑录照抄而已；其三，"八对"或本为"十一对"，由于"总不对对"属对中例外，"互成对"、"意对"皆属句对中的词类应用问题，后人引用又喜牵合"八"这一数字，故"十一对"便省略为"八对"。无论如何，将"六对"与"八对"之说视为代表了上官仪偶对意识及其诗学思想还是可信的。

又《文镜秘府论》北卷之首存《论对属》一文，未标出典。小西甚一认为，《论对属》以下至"未可以论文矣"，或出自《笔札华梁》，或出自《文笔式》，以上官仪说为基础。王梦鸥认为，"《笔札华梁》本有《论对属》之一章，先总叙，后凡例（亦即"六对""八对"）"；"《文镜秘府论》北卷开头至'未可以论文矣'这一段，即上官仪《论对属》一文"。② 本文从王梦鸥说。

为了更好地理解上官仪对属论的意义与价值，先来看看刘勰的"丽辞"说，以期获得一个分析与评价的历史参照。

---

① 参［日］遍照金刚撰，卢盛江校考：《文镜秘府论汇校汇考》，北京：中华书局，2006年，第834页。

② 参［日］遍照金刚撰，卢盛江校考：《文镜秘府论汇校汇考》，中华书局，2006年，第1677—1678页。

一、刘勰论"丽辞偶对"

刘勰是最早从文体学的角度来论述对偶修辞的文论家。《文心雕龙·丽辞》开篇即云："造化赋形，支体必双，神理为用，事不孤立。夫心生文辞，运裁百虑，高下相须，自然成对。"[①]文中"支体"，释为"肢体"未尝不可，但理解为动宾结构则更为合适。这里与《原道》由自然之文论述人文的理路是一致的。《原道》云："夫玄黄色杂，方圆体分；日月叠璧，以垂丽天之象；山川焕绮，以铺理地之形：此盖道之文也。仰观吐曜，俯察含章，高卑定位，故两仪既生矣。惟人参之，性灵所钟，是谓三才。为五行之秀，实天地之心。心生而言立，言立而文明，自然之道也。"[②]可见，造化创生自然万物，立其形体，必偶之为用。万物得偶，形体方立，这是文体本源性之所在。偶者，两仪既生，阴阳和合也。故人类运思，修辞摛文，见于形体，必对偶出之，此亦自然之道。刘勰不仅论证了骈文存在的合理性，而且亦指明了文言语体骈偶化的必然性。今人吴林伯有云："历史告诉我们，先秦诗、文，奇偶兼施，并以奇为主，以偶为次，二者出自自然，非有造作于其间。唯独汉、魏以降，作者缀文，渐以偶胜，于是文体有其骈、散之分。"[③]在吴氏看来，奇偶兼施是古代诗、文语体的自然常态。只是历史地观照，汉魏是文体演化分野之所在——文体渐由以奇为主而至以偶为胜。实际上，这是一个文体自然到文体自觉的过程。《丽辞》篇中，刘勰尽管亦强调"奇偶适变，不劳经营"，"迭用奇偶"，以之为贵，但"奇偶

---

①周振甫：《文心雕龙今译·丽辞第三十五》，北京：中华书局，1986年，第314页。
②周振甫：《文心雕龙今译·原道第一》，北京：中华书局，1986年，第9页。
③吴林伯：《文心雕龙义疏》，武汉：武汉大学出版社，2002年，第418页。

兼施"终归于"偶意"。离偶则言而无文,故曰:"唐虞之世,辞未极文,而皋陶赞云:'罪疑惟轻,功疑惟重。'益陈谟云:'满招损,谦受益。'"① 虽"唐虞之世,辞未极文",然皋陶之《赞》,益陈之《谟》,毕竟被刘勰视为辞文之始,"满招损,谦受益"确属奇偶兼施,而终归于偶之好例。文以偶为体,这是文言的特性及其作为文学本体的地位决定的,缀文偶辞,本质上是以文言思维的文化文体学建构,不是单纯的语言修辞。正因为此,刘勰才用"支体必双"、"自然成对"以形容神理言文;才会说出"体植必两,辞动有配"之赞辞。"必"字、"自然"之称谓,无疑是对"偶意"作为一种先在性、本体性与必然性的提示。唐刘知几《史通》论及叙事史文,慨乎其变云:"自兹已降(按:马班以降),史道陵夷,作者芜音累句,云蒸泉涌。其为文也,大抵编字不只,捶句皆双,修短取均,奇偶相配。故应以一言蔽者,辄足为二言;应以三句成文者,必分为四句。弥漫重沓,不知所裁。"② 刘氏乃针对史文骈体化而发,不无讥刺之意,然细读其文,可直观时人为文骈体化的实况:"编字不只,捶句皆双;修短取均,奇偶相配"、"一言辄足为二言,三句必分为四句"。其中所描述的文辞在字句两个层面的分合情形,其目标只有一个:成其偶意。而否定其意的刘知几在此为文缀辞亦难免其意,如用"陵夷"而不用"衰"者,"一言蔽者,辄足为二言"之例也;"芜音累句,云蒸泉涌"、"编字不只,捶句皆双"者,一句意足而分为两句之例也。而"编字不只,捶句皆双;修短取均,奇偶相配",本亦三句可达文义,现不觉衍为四句之文也。此一情形揭示了偶意为文的

---

① 周振甫:《文心雕龙今译·丽辞第三十五》,北京:中华书局,1986年,第314页。
② [唐]刘知几著,姚松、朱恒夫译注:《史通全译·内篇卷第六·叙事第二十二》,贵阳:贵州人民出版社,1997年,第340—341页。

更深一层含义——单音节文言构体在文气运行，声韵节奏上自然趋向于适偶而变。

　　刘勰所谓"丽辞"实即"偶辞"，双行不孤皆可谓之偶辞，唯偶辞合乎形体均衡、声势稳顺之美感。然形体声势之偶尚未穷尽文体偶意，只有偶而成对方谓之体备。如《诗经·关雎》"关关雎鸠，在河之洲；窈窕淑女，君子好仇"云云，二意分为四句，虽形声相偶，然偶而不"对"。刘勰"对"的概念侧重于情意的耦合，可对应的是《文心雕龙·情采》所谓的"三文"之"情文"。①"情文"以辞义为主，辞义相偶而成对，故刘勰以"对"来分析归纳"丽辞之体"。《丽辞》云：

　　　　丽辞之体，凡有四对：言对为易，事对为难，反对为优，正对为劣。言对者，双比空辞者也；事对者，并举人验者也；反对者，理殊趣合者也；正对者，事异义同者也。长卿《上林赋》云，"修容乎礼园，翱翔乎书圃"，此言对之类也；宋玉《神女赋》云，"毛嫱鄣袂，不足程式，西施掩面，比之无色"，此事对之类也；仲宣《登楼》云，"钟仪幽而楚奏，庄舄显而越吟"，此反对之类也；孟阳《七哀》云，"汉祖想枌榆，光武思白水"，此正对之类也。凡偶辞胸臆，言对所以为易也；征人之学，事对所以为难也；幽显同志，反对所以为优也；并贵共心，正对所以为劣也。又以事对，各有反正，指类而求，万条自昭然矣。

　　　　张华诗称"游雁比翼翔，归鸿知接翮"，刘琨诗言"宣尼悲

----

① 《文心雕龙·情采》云："立文之道，其理有三：一曰形文，五色是也；二曰声文，五音是也；三曰情文，五性是也。"（周振甫：《文心雕龙今译·情采第三十一》，北京：中华书局，1986年，第285页）"形文"刘勰以色相论，就文辞而言，实以言数论，因为"言"即文字，文字有其色相。"声文"自然以声韵论，而"情文"必显之于辞义。"三文"合之于物事。

获麟,西狩泣孔丘",若斯重出,即对句之骈枝也。①

首先,刘勰从辞义兴发与运思的角度将丽辞之体分为两大类:言对与事对。"言对者,双比空辞者也",亦即直言对、字词对。"事对者,并举人验者也",亦即典事对。"言对"所谓"空辞"并非仅指"辞语"或"抽象的字词"②的形文、声文的比偶,更重要的还是"情文"辞义的比偶。例对"修容乎礼园,翱翔乎书圃",吴林伯《义疏》云:"司马相如见西汉武帝奢侈,便作《上林赋》讽谏,说天子应在《礼经》的领域里修饰仪表,在《尚书》的园地里游涉,从而通达政事。"可见上下句各自所指向的是同样的讽喻之义,是辞义的重出比偶。凡字词因及物及事而获义,若不及物及事便是虚词,"空辞"显然不是虚词。"空辞"与"偶辞胸臆"同义,实指偶辞兴于主观情意,无所征验,而与"并举人验者"的"事对"相异。"事对"的所谓征验,实指作者偶辞兴于所学,有原典出处而已。"言对"任情,才气所使;"事对"用思,学养所成。故前者易,后者难。

其次,刘勰又从偶辞的辞义性质及构成的角度将"丽辞之体"分为"正对"与"反对",且"言对"、"事对"各自有反正。"正对",事异义同。如,孟阳《七哀》"汉祖想枌榆,光武思白水",上句写刘邦事,下句叙刘秀事,事虽不同,而辞义皆属抒发思乡之情。前析司马相如《上林赋》亦是如此,属言对中的正对。"反对",理殊趣合。如仲宣《登楼》"钟仪幽而楚奏,庄舄显而越吟",上典言钟仪穷则思故国,下典谓庄舄达而恋故乡,穷达理殊,而魂牵故国的情义则

---

① 周振甫:《文心雕龙今译·丽辞第三十五》,北京:中华书局,1986年,第315—317页。

② 王运熙、周锋译作"辞语",吴林伯释作"抽象的字词"。参[南朝梁]刘勰著,王运熙、周锋撰:《文心雕龙译注》,上海:上海古籍出版社,1998年,第319页;吴林伯:《文心雕龙义疏》,武汉:武汉大学出版社,2002年,第424页。

一致,此属"事对"之反。"言对"之反,刘勰未举例,兹举沈约《为邻人有怀不至》诗为例。诗云:"影逐斜月来,香随远风入。"上句写影逐因斜月升起,下句写香随因远风吹过,物理相异,但写邻人幻觉及其破灭,突出其深切的怀人之情以及"有怀不至"的主题则无二无别。刘勰以"反对"为优,"正对"为劣,其在具体论述中所给出的理由是:"幽显同志,反对所以为优也。并贵共心,正对所以为劣也。"这是就两个事对的例子而言的,是说前者以幽囚显达性质相异的事例说明共同的情感与志趣,所以为优;后者则是以同样贵为天子,性质相同的事例来表达人所共有的心愿,所以为劣。这里,刘勰并未抽象出一个判断优劣的形式原则和标准。但我们不难发现在刘勰心目中,双行的文辞只有义理相异相反才能称之为真正意义上的偶对,光有字词意义上的形文声文相偶对,而做不到文辞义理的偶对,所谓的"丽辞"就其文体而言,仍然是不完备的。今人钱锺书论对仗仍然持同样的思想,氏云:"世间事理,每具双边二柄,正反仇合;倘求义赅词达,对仗攸宜。"① 刘勰判断偶对优劣的形式原则和标准于此可见其仿佛,这是由其文体道本论决定的。

最后,刘勰论述了偶对之病。所谓病对,亦即双行文辞存在"重出"的现象,如:张华诗"游雁比翼翔,归鸿知接翮",刘琨诗"宣尼悲获麟,西狩泣孔丘"。张华诗上下两句都只是说雁行成行之理,且相偶又无文外之意,虽然其字词形文、声文相异,但字意词意则一,实属重复多余;刘琨诗上下两句皆用孔子因鲁人西狩获麟而悲伤一事,其意无别,字词形文、声文相异,然亦只是一义而犯复。"重出"实犹后世之所谓"合掌"。

————————

① 钱锺书:《管锥编》,北京:中华书局,1979年,第1474—1475页。

综上可见，刘勰有关"丽辞偶对"的论说，就"对偶"修辞的分类而言显然是粗疏的，其价值主要在于对"丽辞偶对"文化文体学意义的揭示。"对偶"概念的文体学本质在于偶辞而有对，亦即文辞双行，义理相异，合而同趣。若作引申，则正所谓"和实生物"、"和而不同"是也。

二、上官仪对属论

先来看上官仪对属论的总叙。据《文镜秘府论汇校汇考》，录其《论对属》文如下：

> 凡为文章，皆须对属，诚以事不孤立，必有配匹而成。至若上与下，尊与卑，有与无，同与异，去与来，虚与实，出与入，是与非，贤与愚，悲与乐，明与暗，浊与清，存与亡，进与退。如此等状，名为反对者也。（事义各相反，故以名焉。）①除此以外，并须以类对之。一二三四，数之类也。东西南北，方之类也。青赤玄黄，色之类也。风雪霜露，气之类也。鸟兽草木，物之类也。耳目手足，形之类也。道德仁义，行之类也。唐虞夏商，世之类也。王侯公卿，位之类也。及于偶语重言，双声叠韵，事类甚众，不可备叙。
>
> 在于文笔，变化无恒。或上下相承，据文便合，若云："圆清著象，方浊成形。""七曜上临，五岳下镇。"（"方"、"圆"，"清"、"浊"，"象"、"形"，"七"，"五"，"上"，"下"，是其对。）或前后悬绝，隔句始应，若云："轩辕握图，丹凤巢阁；唐尧秉历，玄龟跃渊。"（"轩辕"、"唐尧"，"握图"、"秉历"，"丹凤"，"玄龟"，"巢阁"、"跃渊"，是也。）或反义并陈，异体而属，若云：

---

① 括符内文字在原书为双行小字，为后人注文。

"乾坤位定，君臣道生。或质或文，且升且降。"（"乾坤"、"君臣"、"质文"、"升降"，并反义，而同句陈之。"乾坤"与"君臣"对，"质文"与"升降"对，是异体属也。）或同类连用，别事方成，若云："芝英蓂荚，吐秀阶庭；紫玉黄银，扬光岩谷。"（"芝英蓂荚"与"紫玉黄银"，"阶庭"与"岩谷"，各同类连对，而别事相成。）此是四途，偶对之常也。比事属辞，不可违异。故言于上，必会于下，居于后，须应于前，使句字恰同，事义殷合。（若上有四言，下还须四言；上有五字，下还须五字。上句第一字用"青"，下句第一字即用"白"、"黑"、"朱"、"黄"等字。上句第三字用"风"，下句第三字即用"云"，"烟"、"气"、"露"等。上有双声叠韵，下还即须用对之。）犹夫影响之相逐，辅车之相须也。

若其上升下降，若云："寒云山际起，悲风动林外。"（"山际"在上句第三、第四言，是升；"林外"在下句第四、第五字，是降。）前复后单，若云："日月扬光，庆云烂色。"（"日月"两事，是复；"庆云"一物，是单。）语既非伦，事便不可。然文无定势，体有变通，若又专对不移，便复大成拘执。可于义之际会，时时散之。

夫对属者，皆并见以致辞。（谓并见事类以成辞。假令云："便娟翠竹，声韵金风。的历红荷，光垂玉露。""翠竹"与"红荷"，"金风"与"玉露"，是异事并见也。凡为对者，无不悉然也。）不对者，必相因成义。（谓下句必因上句，止凭一事以成义也。假令叙家世云："自兹以降，世有异人。"叙先代云："布在方策，可得言焉。"叙任官云："我之居此，物无异议。"叙能官云："望之于君，固有惭色。"叙瑞物云："委之三府，不可胜记。"叙帝德云："巍巍荡荡，难得名焉。"皆下句接上句以成义也。)何则？偶辞在于参事，(凡为对属，皆偶其辞，事若不双，辞便有阙，故须参用，始得成之也。)孤义不可别言故也。(若不取对，即须就一义相因以置言，故不可用别也。)

在于文章，皆须对属。其不对者，止得一处二处有之。若以不对为常，则非复文章。(若常不对，则与俗之言无异。)就如对属之间，甚须消息。远近比次，若叙瑞云："轩辕之世，凤鸣阮隃；汉武之时，麟游雍畤。"(持"轩辕"对"汉武"，世悬隔也。)大小必均，若叙物云："鲋离东海，得水而游；鹏骞南溟，因风而举。"(将"鲋"拟"鹏"，状殊绝也。)美丑当分，若叙妇人云："等毛嫱之美容，类嫫母之至行。"("毛嫱"、"嫫母"，貌相妨也。)强弱须异，若叙平贼云："摧鲸鲵如折朽，除蝼蚁若拾遗。"("鲸鲵"、"蝼蚁"，力全校也。)

苟失其类，文即不安。以意推之，皆可知也。而有以"日"对"景"，将"风"偶"吹"，持"素"拟"白"，取"鸟"合"禽"，虽复异名，终是同体。若斯之辈，特须避之。故援笔措辞，必先知对，比物各从其类，拟人必于其伦。此之不明，未可以论文矣。[1]

通读全文，可归纳其要点如下：

理论纲领："凡为文章，皆须对属，诚以事不孤立，必有配匹而成"。此处继承了刘勰文章、文体道本论。

文章定义："在于文章，皆须对属；其不对者，止得一处二处有之。若以不对为常，则非复文章"。此处以"对属"定义文章，"若常不对，则与俗之言无异"。文章异于俗言，而成其为文章在于其

---

[1]参[日]遍照金刚撰，卢盛江校考：《文镜秘府论汇校汇考》，北京：中华书局，2006年，第1675—1686页。

语体的对属形式。

偶对原则:(1)"比物各从其类,拟人必于其伦",偶辞先须辨明事类,而后以类对之;(2)上下相会,前后呼应,"句字恰同,事义殷合";(3)对者,相反相成也,论对以"反对"为先。"反对者",字词名类同,事义各相反也。

偶对"四常":(1)"上下相承,据文便合",此属上下两句当位即对;(2)"前后悬绝,隔句始应",此属四句相偶,隔句而成对;(3)"反义并陈,异体而属",亦即单句缀以"偶语"①,上下句异体而相对;(4)"同类连用,别事方成"。所谓同类连用,据例中小注,"芝英蓂荚"与"紫玉黄银"同属祥瑞类,"阶庭"与"岩谷"皆属方位处所类,为"各同类连对";而"别事相成"无解。意"同类连用"与"反义并陈"相对,即"芝英"、"蓂荚"植物同类,"紫玉"、"黄银"矿物同类,故谓之"同类连用"。所谓"别事",亦即"芝英蓂荚,吐秀阶庭"、"紫玉黄银,扬光岩谷"各自成为典事,于是上下句方构成偶对,以示王者德泽兼施,瑞应并至之义。事异义合,即所谓"别事方成"也。②

病对:(1)句对病:常对之外,如犯"上升下降","前复后单"便属"语既非伦,事便不可"之病对。前者指偶对字词不当位,后

---

① "偶语"即今之所谓"反义词(组)"。

② 《汉书·王莽传》:"(王莽奏曰)今幸赖陛下德泽,间者风雨时,甘露降,神芝生,蓂荚、朱草、嘉禾,休征同时并至。"(班固:《汉书》,北京:中华书局,1962年,第4050页)明陈士元撰《论语类考》卷七引《世纪》云:"尧二十登帝位,厨生翣脯,阶生蓂荚。在位九十八年,寿一百十八岁。"(陈士元:《论语类考》,北京:中华书局,1991年,第77页)《宋书·符瑞》云:"芝英者,王者亲近耆老,养有道,则生。汉章帝元和中,芝英生郡国。"又云:"王者不藏金玉,则黄银紫玉光见深山。"(沈约:《宋书》,北京:中华书局,1974年,第867、864页)

者属当位字词单复结构相异,都违背了偶对上下相会,前后呼应,"句字恰同,事义殷合"的基本原则。(2)字词名对病:字词虽异,但属一事异名而义类同体,如"日"对"景",将"风"偶"吹",持"素"拟"白",取"鸟"合"禽",故为病。此即刘勰所指"重出"之病。

偶辞不对之原则:"夫属对者,皆并见以致辞",对者必属偶辞,为"丽辞"之一种,今人之谓"对偶"。"丽辞"尚有偶而不对者,或谓之"奇偶""散偶"。《论对属》"然文无定势,体有变通,若又专对不移,便复大成拘执;可于义之际会,时时散之",此之谓也。由于《论对属》通论诗文之对属,重点在骈文,故"时时散之"还应包括《文镜秘府论》北卷《句端》之例①。但《论对属》则更多涉及"奇偶""散偶",其构成形式及原则是:(1)"于义之际会"用之,连接对偶文辞,形成文势的变化;(2)"不对者,必相因成义",换而言之,即一事一义分作两句,文辞双行而不对,若文中例句"自兹以降,世有异人"之类。

综上分析可见,上官仪《论对属》丰富了刘勰有关"丽辞"的理论论述,且更为精细,可操作性更强。

三、上官仪与"六对""八对"说

《诗人玉屑》卷七《属对》云:

> 唐上官仪曰:诗有六对:一曰正名对,天地日月是也;二曰同类对,花叶草芽是也;三曰连珠对,萧萧赫赫是也;四曰

---

① 《句端》云:"属事比辞,皆有次第,每事至科分之别,必立言以间之,然后义势可得相承,文体因而伦贯也。"若"观夫""原夫""至如""至乃""乃知""方知""况乃""况则""岂独""岂唯""假令""假使"等等,诸如此类,句端连辞也。(参[日]遍照金刚撰,卢盛江校考:《文镜秘府论汇校汇考》,北京:中华书局,2006年,第1692—1739页)

双声对,黄槐绿柳是也;五曰叠韵对,彷徨放旷是也;六曰双拟对,春树秋池是也。

又曰:诗有八对:一曰的名对,"送酒东南去,迎琴西北来"是也;二曰异类对,"风织池间树,虫穿草上文"是也;三曰双声对,"秋露香佳菊,春风馥丽兰"是也;四曰叠韵对,"放荡千般意,迁延一介心"是也;五曰联绵对,"残河若带,初月如眉"(按:《文镜秘府论·东卷·二十九种对》中为"残河河似带,初月月如眉"。)是也;六曰双拟对,"议月眉欺月,论花颊胜花"是也;七曰回文对,"情新因意得,意得逐情新"是也;八曰隔句对,"相思复相忆,夜夜泪沾衣,空叹复空泣,朝朝君未归"是也。①

据后人引述,主要是针对诗,但诗可赅文。首先,我们来看看"六对"。"六对"可分为三组:"正名对"、"同类对"一组;"连珠"、"双声"、"叠韵"一组;"双拟"自为一组。

"正名对",据《二十九种对》,又称"的名对"、"正对"、"切对"。其释文云:

> 的名对者,正也。凡作文章,正正相对。上句安天,下句安地;上句安山,下句安谷;上句安东,下句安西;上句安南,下句安北;上句安正,下句安斜;上句安远,下句安近;上句安倾,下句安正。如此之类,名为的名对。初学作文章,须作此对,然后学余对也。②

又引"或曰":

----

① [宋]魏庆之编:《诗人玉屑》,上海:上海古籍出版社,1959年,第165—166页。

② [日]遍照金刚撰,卢盛江校考:《文镜秘府论汇校汇考》,北京:中华书局,2006年,第687页。

　　天、地，日、月，好、恶，去、来，轻、重，浮、沉，长、短，进、
退，方、圆，大、小，明、暗，老、少，凶、佞，俯、仰，壮、弱，往、
还，清、浊，南、北，东、西。如此之类，名正名对。①

　　释文"正正相对"与"或曰"所谓"正名对"意义相同，由两者举
例看，"正名对"即字义正好相反的字对。所不同者，"释文"就造
句构对而言，"或曰"则重在辨析字类。"或曰"显然与上官仪"正
名对"一致。

　　"同类对"，《二十九种对》第十四又称"同对"：

　　　同对者，若大谷、广陵，薄云、轻雾，此"大"与"广"、"薄"
　　与"轻"，其类是同，故谓之同对。②

　　又云：

　　　同类对者，云、雾，星、月，花、叶，风、烟，霜、雪，酒、觞，
　　东、西，南、北，青、黄，赤、白，丹、素，朱、紫，宵、夜，朝、旦，
　　山、岳，江、河，台、殿，宫、堂，车、马，途、路。③

　　"同对者"释文与"同类对者"云云应出自两人之口，前者若属
大师言，后者当为大师引古人说。就语文形式、风格而言，后者与
传世上官仪"六对"说一致，但就其例看，"花"、"叶"对同"六对"
说，而"东西""南北"对则又合上官仪"八对说"中的"的名对"。亦
许《二十九种对》"同类对"乃综合上官仪"六对说"的"同类对"与
"八对说"中的"的名对"而为说，而"八对"说之"的名对"与《二十九

①［日］遍照金刚撰，卢盛江校考：《文镜秘府论汇校汇考》，北京：中华书局，
　2006年，第687—688页。
②［日］遍照金刚撰，卢盛江校考：《文镜秘府论汇校汇考》，北京：中华书局，
　2006年，第765页。
③［日］遍照金刚撰，卢盛江校考：《文镜秘府论汇校汇考》，北京：中华书局，
　2006年，第765—766页。

种对》之"的名对"、"六对"之"正名对"内涵与外延有异,它应包括"六对"说中的"正名对"与"同类对",两者的分类角度与标准是不一致的。"六对"遵循的是《论对属》中的偶辞须辨明事类,而以"反对"为先的原则,"正名对"实即"反对",名异类同,事义相反。至于"同类对"是相对于"正名对"而言的,其名异类同,体义相近。

与第二组"三对"相应,《二十九种对》有文如下:

第四,联绵对。

> 联绵对者,不相绝也。一句之中,第二字、第三字是重字,即名为联绵对。但上句如此,下句亦然。

> 诗曰:"看山山已峻,望水水仍清。听蝉蝉响急,思卿卿别情。"

> 释曰:一句之中,第二字是"山",第三字亦是"山",余句皆然。如此之类,名为联绵对。

> 又曰:"嫩荷荷似颊,残河河似带。初月月如眉。"

> 释曰:两"荷"连读,放诸上句之中;双"月"并陈,言之下句之腹。一文再读,二字双来,意涉连言,坐兹生号。

> …………

> 或曰:朝朝、夜夜、灼灼、菁菁、赫赫、辉辉、汪汪、落落、索索、萧萧、穆穆、堂堂、巍巍、诃诃:如此之类,名连绵对。①

第八,双声对。

> 诗曰:"秋露香佳菊,春风馥丽兰。"

> 释曰:"佳菊"双声,系之上语之尾;"丽兰"叠韵,陈诸下句之末。秋朝非无白露,春日自有清风,气侧音谐,反之不

---

① [日]遍照金刚撰,卢盛江校考:《文镜秘府论汇校汇考》,北京:中华书局,2006年,第713、714页。

得。"好花"、"精酒"之徒,"妍月"、"奇琴"之辈。如此之类,俱曰双声。

……

或曰:奇琴、精酒、妍月、好花、素雪、丹灯、翻蜂、度蝶、黄槐、绿柳、意忆、心思,对德、会贤,见君、接子。如此之类,名双声对。①

第九,叠韵对。

诗曰:"放畅千般意,逍遥一个心。漱流还枕石,步月复弹琴。"

释曰:"放畅"双声,陈之上句之初;"逍遥"叠韵,放诸下言之首。双道二文,其音自叠;文生再字,韵必重来。"旷望"、"徘徊"、"绸缪"、"眷恋",例同于此,何藉烦论。

…………

《笔札》云:徘徊、窈窕、眷恋、彷徨、放畅、心襟、逍遥、意气、优游、陵胜、放旷、虚无、觺酌、思惟、须臾。如此之类,名曰叠韵对。②

"三对"属声韵关系,意义明显。而值得注意的是,上引文字前后两部分分别与传上官仪"八对""六对"说的表述次第相应。"联绵对"最能看出"六对"与"八对"之分类的不同:字对与句对的分别而论。字对中的"连珠对"实即重字构成叠音词,而后以类成对;句对中的"联绵对"只论重字而与叠音词无关。"一文再读,二字双来,意涉连言,坐兹生号",其又不仅属声对,同时又属义对。

---

① [日]遍照金刚撰,卢盛江校考:《文镜秘府论汇校汇考》,北京:中华书局,2006年,第739、740页。

② [日]遍照金刚撰,卢盛江校考:《文镜秘府论汇校汇考》,北京:中华书局,2006年,第745页。

因为,重字在"中"、"腹"位置,以语义节奏分句,前字在分句尾而后字在分句首,两字分承两分句的语义。

第三组之"双拟对",《二十九种对》有相关文字如下:

第三,双拟对。

> 双拟对者,一句之中所论,假令第一字是"秋",第三字亦是"秋",二"秋"拟第二字,下句亦然。如此之类,名为双拟对。

> 诗曰:"夏暑夏不衰,秋阴秋未归。炎至炎难却,凉消凉易追。"

> 释曰:第一句中,两"夏"字拟一"暑"字。第二句中,两"秋"字拟一"阴"字;第三句中,两"炎"字拟一"至"字。第四句中,两"凉"字拟一"消"字。如此之法,名为双拟对。

> ……

> 又曰:"议月眉欺月,论花颊胜花。"

> 释曰:上陈二"月",隔以"眉欺";下说双"花",间诸"颊胜"。文虽再读,语必孤来;拟用双文,故生斯号。

> ……

> 或曰:春树春花,秋池秋日;琴命清琴,酒追佳酒;思君念君,千处万处。如此之类,名双拟对。①

卢盛江认为:"双拟对有窄义和宽义二种:窄义之双拟对,为五言句中,第一第三字相重,而双拟第二字即围绕第二字写状拟态。如'夏暑夏不衰,秋阴秋未归';宽义的,则只要同一句中有二字相重并且隔开,又与下句相对,用同一字两次拟写某种情

---

①[日]遍照金刚撰,卢盛江校考:《文镜秘府论汇校汇考》,北京:中华书局,2006年,第706、707页。

态,不论这二字处于句中第几字均可,如'可闻不可见,能重复能轻。'"① 上引文字亦有与"八对"、"六对"各自相应之处,上官仪显然用其宽义。只是"六对"用例省略,已看不出双拟名义,《二十九种对》中的"或曰"可为弥补。

所传上官仪"八对"说,就其名目而言,少"同类对"而多出"异类对"、"回文对"与"隔句对"三目,《二十九种对》与其相关文字如下:

第六,异类对。

> 异类对者,上句安天,下句安山;上句安云,下句安微;上句安鸟,下句安花;上句安风,下句安树。如此之类,名为异类对。非是的名对,异同比类,故言异类对。但解如此对,并是大才。笼罗天地,文章卓秀,才无拥滞,不问多少,所作成篇,但如此对,益诗有功。

> 诗曰:"天清白云外,山峻紫微中。鸟飞随去影,花落逐摇风。"

> 释曰:上句安"天",下句安"山","天"、"山"非敌体,"白云"、"紫微"亦非敌体。第三句安"鸟",第四句安"花","花"、"鸟"非敌体,"去影"、"摇风"亦非敌体。如此之类,名为异类对。

> 又曰:"风织池间字,虫穿叶上文。"

> 释曰:"风"、"虫"非类,而附对是同;"池"、"叶"殊流,而寄巧归一。或双声以酬叠韵,或双拟而对回文。别致同词,故云异类。②

---

① 卢盛江:《〈文镜秘府论〉几种对属论研究》,《南开学报》,2013年第6期。
② [日]遍照金刚撰,卢盛江校考:《文镜秘府论汇校汇考》,北京:中华书局,2006年,第724—725页。

第十,回文对。

诗曰:"情亲由得意,得意遂情亲。新情终会故,会故亦经新。"

释曰:双"情"著于初、九,两"亲"继于十、二。又显头"新"尾"故",还标上下之"故"、"新"。列字也久,施文已周,回文更用,重申文义,因以名云。①

第二,隔句对。

隔句对者,第一句与第三句对,第二句与第四句对。如此之类,名为隔句对。

诗曰:"昨夜越溪难,含悲赴上兰。今朝逾岭易,抱笑入长安。"

释曰:第一句"昨夜"与第三句"今朝"对,"越溪"与"逾岭"是对。第二句"含悲"与第四句"抱笑"是对,"上兰"与"长安"对。并是事对,不是字对。如此之类,名为隔句对。

又曰:"相思复相忆,夜夜泪沾衣。空悲亦空叹,朝朝君未归。"

释曰:两"相"对于二"空",隔以"沾衣"之句,"朝朝"偶于"夜夜",越以"空叹"之言。从首至末,对属间来,故名隔句对。②

关于"异类对",上述引文有三种解释:其一,"非是的名对,异同比类,故言异类对";其二,偶辞非敌体,故名为异类对;其三,"别致同词,故云异类"。第一种解释与"的名对"相参照,这与"八对"说首立"的名对"之后而设"异类对"相一致。此处说明"的名

①[日]遍照金刚撰,卢盛江校考:《文镜秘府论汇校汇考》,北京:中华书局,2006年,第749页。

②[日]遍照金刚撰,卢盛江校考:《文镜秘府论汇校汇考》,北京:中华书局,2006年,第701页。

对"是合"六对"说的"正名对"与"同类对"而言的,两对虽有辞类的反义和同义(近义)相偶之别,但其辞类属同一事类范畴则是一致的,如,上句安天,下句安地;上句安东,下句安西:其义虽相反,而属类不外天体、方所。与此同类相偶有别,"异类对"则是异类相偶,如"上句安天,下句安山","天"与"山"事类相异。这与《论对属》"比物各从其类,拟人必于其伦"的偶对原则稍有出入,一严一宽。第二种解释之所谓"非敌体",亦即非伦类之相偶,其旨意与第一种解释相当。第三种解释,其引例见于上官仪"八对"说,而不见释文。其文与前两种解释同中有异,同者,论"类"就词类而言,云"风、虫非类"是也;异者,进而又论句义之同,云"附对是同"、"别致同词"是也。"附对是同"、"别致同词"亦即"风织池间字,虫穿叶上文"之上句归义于"字",下句归义于"文","字"、"文"显然事属同类,这与《论对属》"比物各从其类,拟人必于其伦"的偶对原则高度一致。由此例可以看出,上官仪"六对"说正应和了其《论对属》中偶辞先需辨明字词事类的思想,在熟悉"六对"的基础上教人如何在实际的遣字造句中,巧妙运用不同事类的字词比偶成对以致意,于是便有了"八对"说。故"八对"说的"的名对"与"异类对"为一组,是教人如何运用事类异同的字词比偶而成义对。

"八对"中的"双声对"、"叠韵对"、"联绵对"共属一组,则是教人使用声韵相类的字词比偶而成声对。就其用例看,"双声对"、"叠韵对"都是"双声"类"叠韵"类词各自上下句当位相偶,构成声对中的同类对,皆为《二十九种对》"双声对"释文所谓"气侧音谐"之例;"联绵对"则属既双声又叠韵的重字上下句当位相偶,亦为声对中的同类对。就调类看,"八对"例句的平仄分别为:"秋露香佳菊,春风馥丽兰(平仄平平仄,平平仄仄平)"、"放荡千般意,迁延一介心(仄仄平平仄,平平仄仄平)"、"残河河似带,初月月如眉

（平平平仄仄，平仄仄平平）"。三例上下句皆为近体律句，且二四字位都平仄相对，在"双声"、"叠韵"、"重字"对位处都做到了字字平仄相对。可见，"双声对"、"叠韵对"之声韵同类相偶而调异，亦即"气侧音谐"之义；"联绵对"重字音同，虽不可谓之"气侧"之类，且分承单句分句之义，只是字对而非词对，但同属比类为偶，异而成对。这与《论对属》中的偶对思想显然高度一致。

　　"八对"中的"双拟对"、"回文对"、"隔句对"次第相续，可归为一组。该组三对，就其名目而言，皆属由对属句式结构的特点来论偶对。如将《二十九种对》中的相关对例下面的释文视为不同对属论者的思想，则于比较中可以看出上官仪论此三对的特点。

　　前此述及"六对"中的"双拟对"，将其视为卢盛江所谓的宽义"双拟"对。总《二十九种对》的论例，罗根泽《中国文学批评史》将其分为三种情形：其一，一句之中一、三同字拟第二字，如"夏暑夏不衰，秋阴秋未归"例；其二，只论隔字同字而不论所拟之字，如"可闻不可见，能重复能轻"、"议月眉欺月，论花颊胜花"例；其三，隔字同字四言句例，如"春树春花，秋池秋日"、"琴命清琴，酒追佳酒"之类。就第三种，罗氏疑之曰："未悉只以此讲明何谓双拟对，抑双拟对亦可施用于'文'。"① 实际上，此第三种与前两种相异尚不仅在四言句，而且就其所举对例看，前两例与第三例"思君念君，千处万处"亦有异。其异在于：前两例上下句可以析成当位字词对，如"春树"对"秋池"，"春花"对"秋日"，"琴命"对"酒追"，"清琴"对"嘉酒"；而"思君"与"千处"，"念君"与"万处"皆偶尔不对。"思君"例倒类似于《论对属》中涉及的偶辞不对的"散偶""奇偶",之所以同归为"双拟对",实因两分句的结构形式与前两例一致。故第三种双拟对属论之重点在隔字重字的构句形式,同样句式相偶而句义不同即可谓之"双拟对"。就句例文字看,第三种与上官仪"六对"说中的"双拟对"有关,只是"六对"说因侧重于辨明字词事类,故例文"春树秋池"省而未具而已。《二十九种对》之双拟对属论中的第二种,就其例文"议月眉欺月,论花颊胜花"看,亦与上官仪"八对"说相关。观其下面释文"文虽再读,语必孤来;拟用双文,故生斯号",可以看出,所论"双拟"之义亦重在说明隔字重字的构句形式:文再读——隔字而重字,语孤来——字重而义不重("议月"与"眉欺月"语义不同),拟用双文——就单句言,指用隔字重文所拟(构)的句式;就对句言,谓双文形式的单句相并,拟(构)成偶对句。可见,论述"双拟对",上官仪"六对"说与"八对"说的精神是一致的——重文句构的形式。

《二十九种对》之"回文对"只列一家说,对例同"八对"说。其释文云:"双'情'著于初、九,两'亲'继于十、二;又显头'新'尾'故',还标上下之'故''新'。"可见,论"回文"还是由重文的句式特点来论述的。与双拟的单句的隔字重文不同,"回文"是偶句的隔句所构成的重文,而且表现为:上句的头字(或两字)与下句的尾字(或两字)重,经隔多字首尾相会而成完句——"列字也久,施文已周"之谓也;上句的尾字(或两字)与下句的头字(或两字)重,若再回首,又续前缘——"回文更用,重申文义"之谓也,上下偶句之间形成了一种连锁回环的关系。诗有"回文体",倒读亦成诗,"回文对"与其形似,然毕竟异趣,不可混淆。① "回文"之义尽

---

① 关于回文诗与回文对,卢盛江有较为详细的比较论述。参氏著《文镜秘府论汇校汇考》,北京:中华书局,2006年,第751—756页。

管表见于字词的特殊组合形式,但就偶对的原则去看,使回文成其为对的并非在字词层面,如"情亲"、"得意"不是词,而从字又不能直接成对。"回文"之对义显然见于事,换言之,即上下句义的相对,如"情亲"例,若单言,上句突出"情亲",下句突出的则是"得意",两句相偶,始成一义:情感的亲近源于莫逆于心。文虽重复,但表义相合而有所递进,故偶而成对。

"隔句对"之偶对之义甚为明显,卢盛江论《二十九种对》"隔句对"云:"隔句对与其他对式的区别只在是否隔句,因此,隔句可以是的名隔句,也可以是异类隔句,似也可以字侧隔句、邻近隔句,只是作者未一一举例罢了。"[1]见于"八对"说的"相思"一例亦见于《二十九种对》,其下释文云:"两'相'对于二'空',隔以'沾衣'之句,'朝朝'偶于'夜夜',越以'空叹'之言。从首至末,对属间来,故名隔句对。"[2]可见,与"双拟对"、"回文对"例释大体一致,亦是从字词事类在偶句中所形成的对属形式来说解"隔句对"的。这与《二十九种对》"隔句对者,第一句与第三句对,第二句与第四句对。如此之类,名为隔句对"[3]之首释只言句式而不言字词事类显然有异。

"八对"的分类,按照偶辞属对的原则,分别将以字词事义、字词声类以及字词事类组合成的不同偶对句式,分成三组,条理非常清晰。

综上所述,不难看出,《对属论》《六对》《八对》之间实存在内

[1] [日]遍照金刚撰,卢盛江校考:《文镜秘府论汇校汇考》,北京:中华书局,2006年,第704页。
[2] [日]遍照金刚撰,卢盛江校考:《文镜秘府论汇校汇考》,北京:中华书局,2006年,第701页。
[3] [日]遍照金刚撰,卢盛江校考:《文镜秘府论汇校汇考》,北京:中华书局,2006年,第701页。

在的逻辑关系,因此,上官仪有关偶对的思想是具有一定的体系性的。《笔札华梁》一书,就其名目看,重点在论文章文体。因此,上官仪对文章丽辞属对的论述尤为着力。"八对"中的声韵对、双拟对、回文对,实际上已突破了永明以来的声病说,大大削弱了韵纽四病的约束力。要言之,上官仪的对属论不仅有利于律诗的属对,也间接影响到了声律思维由消极的声病说向近体诗律的过渡,就此而言,上官仪对律诗近体的理论自觉无疑具有促进作用。

第三节　"上官体"之体征及其文体学意义

本传以"绮错婉媚"四字概括"上官体",至于何谓"绮错婉媚",古今论者则理解有异,观点不同。近有青年学者黄琪撰文指出:过往论者发论虽异,但将"上官体"理解为一种美感特征或审美风格则是一致的,只是褒贬不一而已。贬者认为"上官体"的基本特征就是"雕琢浮靡,缺乏气骨";褒者则认为"上官体""具有绮错的语言和婉媚的境界"。作者另辟蹊径,从诗歌体式的角度,对上官仪诗歌进行了分析论述,从而得出了"上官体"的个性化体征:"单字音义相对的作法、纤密的结构、跳跃的语义,以及由此带来的清雅流畅的语言风格、丰富生动的诗境。"① 黄氏的新意

① 参黄琪:《"上官体"的诗歌史价值重估》,《文学遗产》,2015年第3期。前此,王梦鸥曾提及过上官仪诗单字音义相对的特点,氏云:"如果说他对于'丽词'的构造有什么创见,应该是他不专在一些'正对'、'反对'、'事对'、'言对'等笼统的语式上用功,而是进一层着眼于构成偶句的每一个字的音和义的对称的效果,并根据那不同的效果来区分各种偶句的形式。"参王梦鸥:《有关唐代新体诗成立的两种残书》,载氏著《古典文学论探索》,台北:正中书局,1984年,第243页。

在于：紧扣上官仪诗歌的句法语体特色展开分析论述。为论述方便，本文以黄文成果为基础，展开进一步辨析。

在黄氏看来，"上官体"诗歌之语体特色主要体现于上官仪诗中"蝉噪野风秋"和"云飞送断雁"这两类艺术成就突出的句式之中。

第一类句式即语义韵律节奏为"二//二/一"型的两个主谓结构并置的紧缩句。现存上官仪五言诗中共发现4联8句属此类句式，分别是：

> 鹊飞山月曙，蝉噪野风秋。（《入朝洛堤步月》）
> 雨霁虹桥晚，花落凤台春。（《安德山池宴集》）
> 银消风烛尽，珠灭夜轮虚。（《江王太妃挽歌》）
> 木落园林旷，庭虚风露寒。（《故北平公挽歌》）

据杜晓勤《大同句律形成过程及与五言诗单句韵律结构变化之关系》（《岭南学报》，复刊第五辑）一文的考察，这类句式始创于谢灵运。据文中相关数据，笔者作了一个综合统计：在现存谢灵运五言诗1378句中，共有7联14句此类句式，占比1.02%。此后，齐梁主要诗人多有使用此类句式者。数据比较突出的有：沈约0.78%（12/1544），谢朓1.68%（28/1658），庾肩吾2.12%（17/802），萧纲2.4%（53/2208）。至于历梁陈、梁周的宫体诗代表人物徐陵、庾信，由于数据不全，无法统计。但杜氏在文中明确指出：这种句式"到庾信诗中数量更多、诗意更佳"，"是庾信体标志性句式之一"。其罗列的例句就有15联30句：

> 笳寒芦叶脆，弓冻纥弦鸣。平平//平入/去，平去//上平/平。（《出自蓟北门行》）
> 云度弦歌响，星移空殿回。平去//平平/上，平平//平去/平。（《道士步虚词十首》其一）
> 水流浮磬动，山喧双翟飞。上平//平去/上，平平//平入/

平。(《入彭城馆》)

　　置阵横云起,开营雁翼张。去去//平平/上,平平//去入/

平。(《从驾观讲武》)

　　采樵枯树尽,犁田荒隧平。上平//平去/上,平平//平去/

平。(《经陈思王墓》)

　　鸡鸣楚地尽,鹤唳秦军来。平平//上去/上,入入//平平/

平。(《拟咏怀二十七首》其二十七)

　　步摇钗梁动,红输被角斜。去平//平平/上,平平//去入/

平。(《奉和赵王美人春日》)

　　冰弱浮桥没,沙虚马迹深。平入//平平/入,平平//上入/

平。(《岁晚出横门》)

　　林寒木皮厚,沙迥雁飞低。平平//入平/上,平上//去平/

平。(《对宴齐使》)

　　灰飞重晕阙,冀落独轮斜。平平//平去/入,平入//入平/

平。(《舟中望月》)

　　冀新半壁上,桂满独轮斜。平平//去入/去,去上//入平/

平。(《望月》)

　　浦喧征棹发,亭空送客还。上平//平去/入,平平//去入/

平。(《应令》)

　　梨红大谷晚,桂白小山秋。平平//去入/上,去入//上平/

平。(《寻周处士弘让》)

　　书成紫微动,律定凤凰驯。平平//上平/上,入去//去平/

平。(《周宗庙歌十二首·皇夏》)

　　气离清浊割,元开天地分。去平//平入/入,平平//平去/

平。(《燕射歌辞·周五声调曲二十四首·宫调曲五首·其

一》)

　　以上示例，从语法分析的角度去看，有"置阵横云起，开营雁翼张"、"采樵枯树尽，犁田荒隧平"两例非标准型"二∥二∕一"句式，因为两例前两字都是省略了主语的动宾结构。但若依"紧缩句"的定义，仍可视为两个紧缩的主谓句并置构成的五言单句；而前一例两字替换位置尚能自然构成主谓结构。典型的"二∥二∕一"句式还有多例，如："石险松横植。岩悬涧竖流"（《咏画屏风诗二十五首》其六）、"竹动蝉争散，莲摇鱼暂飞"（《咏画屏风诗二十五首》其二十三）。即便按上面不完全举例，除掉非典型句例，庾信的数据在杜氏的统计中亦达到了 1.09%（30/2746）。黄氏亦认为，此句式齐梁诗人就已使用，且"自齐梁陈隋以来，大致呈增多趋势，但比例不高"。其统计的数据与杜氏提供的统计有很大出入，如：沈约 0.13%（2/1538），谢朓 0.85%（14/1634），萧纲 0.81%（18/2221）。至于庾信，其比例亦只有 0.61%（16/2615）。黄氏还对初唐与上官仪大致同时期的主要诗人此类句式作了一个统计：李义府今存 110 句五言诗，无此种句式。褚亮 128 句诗中，有 4 句例，占 3.13%；杨师道今存 170 句五言诗中，有 4 句属此类，占 2.35%；许敬宗 332 句五言诗，有 2 句属此类，占 0.70%。与以上所有诗人比较，上官仪此类句式所占比例最高，达 5.66%（8/142），可谓翘楚。[①] 如果从"二∥二∕一"句式的运用角度去看，姚、黄二氏所统计的数据虽有出入，但并不妨碍我们得出结论：上官仪在同时代人当中最为谙熟齐梁以来五言诗构体的文法技巧并有所推进。

　　此类句式在五言诗律体化进程中的功能与意义，本文第六章已有较为深入的的分析与论述，主要侧重于其文法、语体文体化

───────────

① 作者计算有误，实际占比为 5.63%。

以及造境方面。黄琪论文强调了上官仪利用此种句式在造境方面所取得的成就,如在比较杨师道、许敬宗"鸟散茅檐静"(《还山宅》)、"凫没水文圆"(《奉和秋日即目应制》)与上官仪"鹊飞山月曙,蝉噪野风秋"(《入朝洛堤步月》)之句联时说:

> 前后两个主谓结构多是时间先后或因果的并置关系,如"(因为)鸟散(所以)茅檐静"、"(随着)凫没(进而)水文圆",略微平实规矩,稍嫌意蕴不丰,未能将此种句式的优势最充分地体现出来。上官仪"鹊飞山月曙",抓住鸟鹊惊飞、山月渐落,天地之间曙光初露的一瞬间,在物态的细微变化之中蕴含着丰富变化的意境。"蝉噪野风秋",将名词"秋"用作谓词,调动"秋"字包含的视觉色彩及温度触感等多方面的内涵,将蝉声的嘶哑、郊野的萧飒和秋晨的微凉都涵括其中,前后两个主谓结构并非简单的时间先后或因果顺序,而是相辅相承,达到余味曲包的效果。故而"蝉噪野风秋"这一类句式,无论从所获时誉还是实际艺术水准上说,都是上官仪诗风的有力代表。

"二//二/一"句式从现代语法学角度去分析似乎有点特殊,但就文法、文体而论亦不过是名物直置。所谓的主谓结构并非总是遵循自然语体的现实逻辑,本质上还是应该理解为语体文体化的情意聚合。如:"鸟散茅檐静"句中的"散"固然可作为"鸟"的谓词以陈述鸟的行为状态,但"静"字却不是"茅檐"的简单谓词。"茅檐"无所谓"静"与"不静","静"与"不静"实取决于另一个潜在的主体——诗人的意想与情感内觉。"凫没水文圆"一句虽然可以进行典型的语法分析,但诗句中的两个主谓结构的耦合并非出于因果逻辑或者为了呈现思理。因为"凫没"与"水文圆"两个事象在诗句中并不能分离,凫刚没入水中或没入水中久了的话,"水文圆"的事象都不会存在,换而言之,"凫没"与"水文圆"没有恒定的普遍性的联系。"凫没水文圆"只能作为整体之境在诗人"即目"中瞬间呈现,它很好应和了"秋日即目应制"的诗题。之所以取此"水文圆"之瞬间,要亦导源于诗人颂圣、颂世的情意。下面重点来解析上官仪的经典句联。

　　"鹊飞山月曙"、"蝉噪野风秋"作为偶对联句之上下句,其结构相同。各单句前后两个部分确实像主谓结构且两部分之间"并非简单的时间先后或因果顺序",但若进一步分析我们便会发现,没有充分的理由断定:诗句中的"山月"、"野风"一定是偏正结构的复合词且作句子主语,"山月曙"、"野风秋"必定是主谓结构。实际上,月见于山际,风起于旷野,皆得之于诗人当下直感,未必思理所致;按照语法的逻辑,至少我们可以肯定"曙"和"秋"不可以直接用作谓词来陈述定义"月"与"风"。诗联拟作"山月鹊飞曙,野风蝉噪秋"亦自然成句,不失佳妙。可见,"曙"、"秋"同时与"鹊飞"、"蝉噪"相关联。故单句中的五字名物是并置的,作为整体之境而相互包涵。本诗联是感时的,上句为日时,下句为年时。日时取"曙境",年时取"秋境"。"时境"为虚,乃由实景物境化出。"时境"是由空间聚焦的特定的"时",是天地宇宙大化之流的一个横截面。据宋计有功《唐诗纪事》载:"高宗承贞观之后,天下无事。仪独持国政,尝凌晨入朝,巡洛水堤,步月徐辔,咏诗曰:'脉脉广川流,驱马入长洲。鹊飞山月曙,蝉噪野风秋。'音韵清亮,群公望之,犹神仙焉。"[1]故诗中所写"山月相临"之景当出现于月旺之日(农历十五、十六日)凌晨,因为只有在农历十五、十六日,随太阳落山,满月于地平线升起,于子夜而位居正南天空,入凌晨则

---

① [宋]计有功:《唐诗纪事》,上海:上海古籍出版社,2008年,第73页。

从西方地平线落下。凌晨亦即"曙",日欲晓,东方始明也。① 诗
句中唯摹写鹊飞之景而非它鸟翱翔,或与诗人对喜鹊习性的认知
有关。"鹊善相其地而累巢,安则致其功用。有惊惧之忧,则不累
也","盖鹊性多惧,就利违害",② 说明鹊鸟巢居而机警。故又有
"鹊噪而行人至"、"得时则蚁行,失时则鹊起"之类的传说。③ 王
维名句"月出惊山鸟"(《鸟鸣涧》),极写空静之境,后人多以为有
禅意,但"月出"与"山鸟惊鸣"之间的因果关系还是比较明确的。
而"鹊飞山月曙"句中之"鹊飞"是自然感应于月落日曙之瞬间光
影的变化,还是惊惧于诗人"步月徐辔"之声响呢? 诗句本身并没
有给出明确答案,但答案又必在其中。可见,较之王句,上官仪
"鹊飞山月曙"句更显张力,语义丰蕴而境浑圆。如参合《唐诗纪
事》"天下无事"、"群公望之,犹神仙焉"云云去看,诗句似乎亦可
读出空静悠闲,天下承平之意,但深味之则又感意犹未尽,尤其是
在将联下句"蝉噪野风秋"对读之后。《礼记·月令》谓孟秋之月
"凉风至,白露降,寒蝉鸣",宋张虑《月令解》云:"此记七月时候
也。凉未至于寒,故秋为凉风,若北风其凉则寒矣。露四时皆有
之,惟白露则气肃,白露为霜是也。蝉至秋则无声,非寒蝉何以能
鸣。"④ 可见,"蝉噪野风秋"之"蝉"非《月令》仲夏夏至"蝉始鸣"之

---

① 农历每月三十或初一为新月,与太阳同升同落,无法看见,除非日食。新月
　之后为娥眉月,日出方月出,故凌晨无法于东方观察到山月的景观。娥眉月
　之后入初七为上弦月,正午月出;上弦月之后入十一为凸月,正午后月出,故
　此段时间皆无观察到凌晨山月的可能性,只有满月才随着日出日没正反向
　出没。其后的月相都是先于日出而出,皆无可能观察到凌晨日出而山月相
　临的景观。
② 参[宋]陆佃著,王敏红校注:《埤雅》,杭州:浙江大学出版社,2008年,第175页。
③ 参[宋]陆佃著,王敏红校注:《埤雅》,杭州:浙江大学出版社,2008年,第93页。
④ [宋]张虑撰:《月令解》卷五,《文渊阁四库全书》第116册,第571页。

"蝉"，实为"寒蝉"。寒蝉七月始鸣，九月十月则其鸣凄切。① 寒蝉鸣于气肃，故始于白露，随寒气加剧而愈发凄切。诗中蝉噪当为七月白露寒蝉始鸣，而非九月十月深寒凄切之鸣，因为诗首联"脉脉广川流"非深寒地冻景象明也。故"野风"当为"寒凉之风"，因为毕竟已入白露为霜之时节，寒肃之气已成。以此语境讽味"蝉噪野风秋"，顿感气象萧瑟，诗境哀伤，绝非"蝉噪林逾静"②意境可比。再回味联上句，其境本来蕴涵的生动气象顿时打了折扣，不易觉察的对立与矛盾随之敞开。该句本欲写日晨之生气以和对下句之秋意，若仅限于此，诗联不过一般意义上的感时咏物，悲秋忧生，即若钟嵘《诗品序》之所谓"气之动物，物之感人，故摇荡性情，形诸舞咏"而已。问题在于，上句的日曙之境的中心却为西沉、行将瞬间消失的满月所占据，而"鹊飞"的意象则又加剧了危机伏于其境，令人警惧的气氛。整个句子，秋意挥之不去，很难以生趣与下句的秋意形成自然的对偶与平衡。整个诗联在清丽的表象之下透射着一种不测而难以避免的肃杀之气。这种"肃杀之气"是否是诗人忧惧之心的不自觉的流露呢？进而言之，"飞鹊"、"山月"是否诗人自我形象的投射，而"噪蝉"、"野风"又是"泄密者"、"谗言者"的象征呢？日月作为君臣之象是中国传统文化人谙熟于心的，诗中日明之微，月光之盛的对比十分鲜明，这不正是高宗受控于武后，而"仪独持国政"，贵显一时的真实写照吗？此诗当作于龙朔二年（662年）或三年（663年）上官仪为西台侍郎

---

① 柳永词《雨霖铃》有"寒蝉凄切"句，明冯复京撰《六家诗名物疏》卷二十九亦云寒蝉"九月十月中鸣甚凄急"。
② 梁代诗人王籍《入若邪溪》诗中名句。参逯钦立辑校：《先秦汉魏晋南北朝诗》，北京：中华书局，1983年，第1853页。

期间从驾东都时①，若联想到一、二年之后的麟德元年（664年），仪因高宗泄密、许敬宗构陷而为武后所杀的历史结局②，则就不能说以上解析纯为无稽之谈。果如是，则不得不感叹《入朝洛堤步月》诗乃上官仪自我作谶的一首诗。即便不视作谶诗，亦能断言此诗兴象错综复杂，意境深微高远而又浑圆，这正是上述杨师道、许敬宗例诗所不能比拟的。至于前此所引的庾信"二∥二／一"句型的诗联亦大多体现为体物之妙，而缺乏意境，绮靡缘情终为两截，在诗境的营构方面显然不及上官仪。若以《入朝洛堤步月》作为"上官体"诗的代表与典范，则可以得出初步结论：就艺术表现而言，上官仪无疑继承了齐梁新体诗的成就，在句体构造层面更加突出了律诗语体文体化特征，而在诗境的创造方面，"上官体"显然超越了诗之"物镜"与"情境"，而跻身于"意境"之域。③朝中诸公推崇《入朝洛堤步月》诗当感于其意境，传说者未明究竟或因其难言者而归之于诗文字句的"音韵清亮"，以及吟作者超拔飘逸的风神韵度。后世诗评家亦异声同腔，如明代胡震亨《唐音癸签》卷五便云："仪'鹊飞山月曙，蝉噪野风秋'，音响清越，韵度飘扬，齐、梁诸子，咸当敛衽矣。"④诗人之如何"韵度飘扬"，今人已无缘睹其真容，但声文的"音响清越"还是可以复检的。

全诗首句入韵，押下平声尤韵。其四声平仄为：

入入上平平，平上入平平。（仄仄仄平平，平仄仄平平。）

入平平入去，平去上平平。（仄平平仄仄，平仄仄平平。）

①参聂永华：《上官仪诗歌创作刍论》，《洛阳大学学报》，2003年第期。

②参《新唐书》上官仪、武后本传及《旧唐书》上官仪本传。

③唐王昌龄《诗格》云："诗有三境：一曰物境，二曰情境，三曰意境。"参张伯伟：《全唐五代诗格汇考》，南京：凤凰出版社，2002年版，第172页。

④［明］胡震亨：《唐音癸签》卷五，上海：上海古籍出版社，1981年，第44页。

　　就全诗单句看，四句皆为标准近体律句。就联对去看，首联失对，不合近体平仄律，但合乎永明四声律，未犯平头。尾联则既合四声律亦合平仄律。联间属对式连接，不合近体律格。整诗声律未脱离齐梁格，换而言之，就声韵去看，该诗无任何特别之处。当然，直观地去看，与标准的宫体诗比较，该诗语体结构的特点还是非常鲜明的。首联用散句言体，有古诗体格，气韵流畅；尾联为骈句文体，色彩缤纷，气象幽微深远。整诗言、文措置，文质彬彬，意脉流贯。最值得且仍然需要进一步分析的还是尾联。

　　仅就尾联去看，单字互出，绮错为句，音义在字辞、分句、句联等多个层面形成对比，工巧自然而无绮碎雕琢之弊。字对可分三类去分析，第一类"鹊（仄）"与"蝉（平）"、"山（仄）"与"野（平）"、"月（仄）"与"风（平）"，皆属名词同类对，只有"月"与"风"稍有特殊，作为气象，两者义类相同，而细别则一为天象，一为地候，故又可谓之异类对。第二类"飞（平）"与"噪（仄）"，写动物行迹，属动词同类对。"曙（仄）"与"秋（平）"，皆为时间名词，亦可谓之同类对。值得特别指出的是，时间名词抽象，其不名一物而兼及万物，所对应人的主观感受千差万别。统而言之，三类字对因义类同而比偶，但其中细作分析便可发现同类中又因内蕴相异相反的属性而对立。"月"与"风"毋庸再作分析，且看其他四对。"鹊"为禽，"蝉"为虫。鹊飞在上，无声可视；蝉噪在下，振翅可听。山野相连，同起于原，但野低山高，一旷一峻。曙度一日，秋度一年；曙气阳升，秋气阴凝。可见，整联字对不仅同义类而排偶，亦性相异而对反，真正构成了具有"和而不同"意义或者说"既对立又统一"的对偶。再看分句对比。"鹊飞"、"山月"皆属视觉意象，同类排比，而一前景，一背景，一动一静，且在诗人远近高低的流观中浑然成体，故两者亦为对偶的性质。这种对偶的性质在诗句的音韵绮合中同样有所体现。"仄平/平仄"两两相对,而其过渡则"平平"相连,绵延不绝。至于独字句"曙"作为特殊的时间意象,有光色可视,但不止于光色。从可视性去看,其与"山月"属同类意象的排比,但却是东西空间方向的对反。将其作空间连接的仍然是诗人的流观,而引导诗人流观的意象则是"鹊飞"。由"鹊飞"感得一轮明月将西落,又随"鹊飞"向东而见天空曙色。于是"鹊飞山月"定格于曙境而不再分。奇妙的是声韵,分句间的过渡"仄仄(入去)"相连,由于仄声不同于平声,其过渡构成的是不断而断,似断非断,断而又连的声韵关系,且整个句子的句首字"鹊(入)"与尾字"曙(去)"对比构成的亦是这种同而有别,别而有同的关系。要之,以上分析表明"鹊飞"、"山月"、"曙"三者有别而又浑然一体,在诗人的心眼流观通感以及吟咏讽诵之中构成的是一种整体流动的意境。诗联的下句"蝉噪野风秋"可以作同样的分析。"蝉噪"、"野风"皆属听觉意象,同类对比,而前者更多地表现为一种听觉存在,风声作为风气流动却同时诉诸体感,带有温度。于是在感通的世界中,声音有了远近,蝉声远,风声近。然而听觉本来就有融混性,故蝉声风声打成一片,相反相成,以至于蝉声获得了体温感,风声有了空间距离感。"秋"字为句,作为时间意象,本极抽象,此时在诗人的融混的听觉中现身,有了形象。其形象便是蝉声风声勾勒的凄寒野旷之境。与虞世南《蝉》"居高声自远,非是藉秋风"[1]之蝉声秋风了不相干异,此间的蝉声或高或低、或远或近则与旷野秋风共生灭浮沉,秋意秋境因此具有了动态。与之相应,在声韵结构上亦表现出且同且异的特点。分句"蝉噪"与"野风"平仄、仄平相对,而其过渡则是仄(上)仄(去)相连,同中有

---

[1] 中华书局编辑部点校:《全唐诗》(增订本),北京:中华书局,1999年,第478页。

异,似连非连。"野风"与"秋"平平相连,且句首字与之亦是平平相偶的关系。整联的声韵绝对的对仗工稳而又见由促急转和缓,由低沉向远扬流动之势。就句境而言,曙与秋同类相异而偶对,但秋境显然大于曙境,曙境统摄于秋境。上句的造境,在诗人心眼的流观中,其意识流虽随鹊飞而转向东,然西天的山月一刻也没有离开过诗人的心眼情意,故联下句造境首先凸显的便是有明显的西方方位感的蝉噪野风,诗境定格于凄寒野旷。可见,上下句意脉流贯,勾勒了一幅完整的"曙境秋意"图。"曙境秋意"当是其时上官仪处境、心境及其潜意识的自然投射与流露,尽管其文貌似工巧雕琢,但其实却是自然天成,这只有对文言文体的对偶技法烂熟于心,已不觉其为技巧的人才能做到。

至于学者提及的前代及同代诗人罕用的而在上官仪诗中屡见的"云飞送断雁"类句式,其特点、意义与价值亦有进一步分析的必要。

从语法分析的角度去看,该句式前面是主谓结构,后面是一个动宾结构。该句动宾结构的逻辑主语可以是前面的主谓结构的主语,也可以理解为整个的主谓结构。黄琪认为,"首字为单音节名词,第二、三字皆为动词,形成'一一一二'的语意节奏",但没有说明如此划分语意节奏的语言学依据是什么。由其强调第二、三字皆为动词这一点去看,似乎是将两个动词等量齐观的,故其有上述语意节奏的划分。实际上,两个动词的语法意义是有区别的。按现代语法学分类,后者及物,前者不及物,故其语法语义节奏的划分只能是"云飞//送/断雁"。当然,按照文法去分析,谓其语义节奏为"一一一二"似乎是合适的。说其合适是将"断雁"理解为不可分的体词"孤雁"。但问题在于:"孤雁"较早出现于蔡琰《胡笳十八拍》，内有"孤雁归兮声嘤嘤"[1]句，自此作为固定的搭配经常出现于后代诗人的诗中，如曹植《杂诗七首》其一"孤雁飞南游"[2]、鲍照《赠傅都曹别》"孤雁集洲沚"[3]、《和王護军秋夕》"孤雁夜往还"[4]等，而"断雁"却是前此诗文从未有过的用法。故上官仪诗中的"断雁"未必就是义同"孤雁"的体词，"断"与"雁"未必不可分。庾信《奉和赵王喜雨》有"惊鸟洒翼度，湿雁断行来"[5]句，其"雁断"实指排列整齐、有规律地呈现为或人字形或一字形的雁阵行列，因一场喜雨而散乱的情形。参之可知，上官仪诗中的"断雁"亦当涉及雁阵行列而非一只离群孤雁。诗中的"断"亦是动词，原句形成的便是"一一一一一"的语意节奏。句子首尾两个单字为名物体词，中间三字皆为动词。这种名物直置，单字绮错为句的构句法将诗歌语体的文体化推到了极致。全句读来有极大的不确定性和丰富的语象语义层次。"飞"既可指云在飞，亦可说是雁在飞，因为运动是相对的。当诗人的目光聚焦于云时，此时感觉的是雁在飞，云好像多情的人在目送着离别的飞雁，心里充满了期待；当诗人聚焦于雁时，此时感觉到的是云在飞，飞云遮断雁行，仿佛不归的浪子，留给思妇的则是"雁迷云兮路长"（卢照邻《悲夫》）[6]的惆怅与忧伤。云飞乎，雁飞乎？是"送"还是"断"？活动而立体的画面圆转切换，诗句极具张力，营造出了意

---

[1]逯钦立辑校：《先秦汉魏晋南北朝诗》，北京：中华书局，1983年，第201页。

[2]逯钦立辑校：《先秦汉魏晋南北朝诗》，北京：中华书局，1983年，第456页。

[3]逯钦立辑校：《先秦汉魏晋南北朝诗》，北京：中华书局，1983年，第1289页。

[4]逯钦立辑校：《先秦汉魏晋南北朝诗》，北京：中华书局，1983年，第1308页。

[5]逯钦立辑校：《先秦汉魏晋南北朝诗》，北京：中华书局，1983年，第2380页。

[6][清]董诰等编：《全唐文卷一六七·卢照邻》，北京：中华书局，1983年，第1703页。

蕴丰厚的迷离意境。

　　再看其对句"月上净疏林"。先讨论"疏林"的结构。一般易于将"疏林"视作体词,理解为偏正复合名词,"疏"为"稀疏"的意义。如此理解虽然说得通,但这样固定的搭配则前此罕见。前代诗文表达树林零落稀疏之义多用"林疏"的主谓结构。如,梁释慧令《和受戒诗》"沉寥秋气爽,摇落寒林疏"①、庾肩吾《奉和春夜应令》"月皎疑非夜,林疏似更秋"② 等。较早的"疏林"之搭配见于谢灵运《昙隆法师诔》文"开石通涧,剔柯疏林"③,直至陈阮卓《赋得咏风诗》"高风应爽节,摇落渐疏林"④ 诗句,"疏林"都是动宾结构,"疏"作动词。上官仪"月上净疏林"之"疏"亦可视为动词,整句的语意节奏及句法完全与出句相同。首尾"月"、"林"两个名物体词通过三个动词依次建立了不同层次而又相互映发的整体联系。"月上林"是第一层次,月升于林上,林上有月。这是一个特定的时空秩序,在此秩序中才有第二层次"月净林"的情景生发——月光洒落,如水清洗树林,使整个树林变得明净与清静。正是因为明净的月光透入林间所形成的斑斓的光影及清静的气氛,才让人顿感第三层次"月疏林"——月让树林显得格外疏朗的情致与趣味。是秋让林瘦身了,这是白天才能感知到的景象,而至此,只是写"月"写"林",不着"秋"字的诗句顿时有了秋意,不知不觉中呈现了诗题"山夜临秋"的意境。诗境大大淡化了秋气之萧瑟,让人感受的则是"山夜临秋"的静谧、清新、爽朗、适意与美好。

---

① 逯钦立辑校:《先秦汉魏晋南北朝诗》,北京:中华书局,1983年,第2190页。
② 逯钦立辑校:《先秦汉魏晋南北朝诗》,北京:中华书局,1983年,第1992页。
③ [清]严可均辑,苑育新审订:《全上古秦汉三国六朝文·全宋文》,北京:商务印书馆,1999年,第327页。
④ 逯钦立辑校:《先秦汉魏晋南北朝诗》,北京:中华书局,1983年,第2561页。

　　结合上下句,我们再来看联对的特点。一如"鹊飞山月曙,蝉噪野风秋","云飞送断雁,月上净疏林"亦单字绮错为句,在字辞、分句、句联等多个层面形成音义对比,工巧自然而无绮碎雕琢之弊。字对"云"与"月"同为气象,正名同类对,但一为亘古不变的天象,一为瞬息万变的气候,一实一虚,同中而有异。"雁"与"林",同为名物体词,一动物,一植物,一动一静,构成了正名异类对。但雁可栖于林,两者实有自然的联系。"飞"与"上"同为动词,描写物态行迹的意象,亦可谓之正名同类对,但一横行,一直上;一为由近及远的意象,一为由低渐高的意象,类同中又当别异。"送"与"净",作为及物动词,其促成的潜在主体与对象它物的联系都蕴含着亲近与改变的情感意味,但情意的动向则有不同,前者蕴含着由亲近而渐疏远的动向,而后者牵涉的则是由疏远而亲近以至浑然不分的动向。"断"与"疏",在诗句中皆为及物动词,但前者为阻断的意义,后者则为疏通的意象,所表征的情感意味亦正相反,故可称之为正名异类对。再看字对构成的分句对比。"云飞"与"月上"同为视觉意象,但前者晦暗且飘忽不定,后者则光明且愈高远愈普照,明朗而确定。"送断雁"与"净疏林"两个意象情调异质,前者怜惜而忧伤,后者澄净而朗悦。整个上下句的对比对偶自然造成了一种诗意的流动,空灵而又充实,最终形成了"山夜临秋"的特殊意境。

　　上面分析的是形文意对的应用及其成效,再看声文音韵的结构。全联四声结构为"平平去上去,入上去平平",为近体律联,基本上做到了单字的四声相对。尤其值得一提的是,与全联诗情诗意"扬—抑—扬"之流动变化相一致,诗联的声韵亦经历了"平—仄—平"的变化。声文形文的和谐一致,更加体现了诗联造境的别具匠心以及诗境的浑圆自然。

　　所分析的诗联出自《奉和山夜临秋》，全诗押下平声侵韵，全诗为：

　　　　殿帐清炎气，辇道含秋阴。去去平平去，上上平平平。仄仄平平仄，仄仄平平平。

　　　　凄风移汉筑，流水入虞琴。平平平去入，平上入平平。平平平仄仄，平仄仄平平。

　　　　云飞送断雁，月上净疏林。平平去上去，入上去平平。平平仄仄仄，仄仄仄平平。

　　　　滴沥露枝响，空蒙烟壑深。入入去平上，平平平入平。仄仄仄平仄，平平平仄平。

　　此诗约为贞观十九年（645年），上官仪从太宗征辽东侍宴应诏奉和之作，属同题共咏。① 整诗四韵八句，近体律句居绝对多数，联间混用对式、黏式连接，对式为主，然依平仄或四声，首联都失对。要之，就全诗声律而言属齐梁调。四联全部为对偶句，首联、颈联基本上是宫体诗堆砌名物典事的套路，尾联不失写景体物之妙，但谈不上有深刻的意境。唯颈联出古诗意味而造新体新境，只此一联，题意已足。若顾及全篇，此诗诚有藻采声色有余，意脉梗塞难通之弊。作者才艺虽可观，但终究只能算一首有句无篇之作。

　　当然，类似于"云飞送断雁"这样在句首句尾名物体词之间嵌入多个动词的句式确实不多见，上官仪诗中尚有"埃凝写邻镜，网结和扉鱼"（《江王太妃挽歌》）②、"雾掩临妆月，风惊入鬓蝉"

────────────

① 据陈尚君辑校《全唐诗补编》（北京：中华书局，1992年）第675页载，该诗题又作《五言辽东侍宴山夜临秋同赋临韵应诏》，全诗十韵二十句。
② 中华书局编辑部点校：《全唐诗》（增订本），北京：中华书局，1999年，第511页。

(《王昭君》)① 四例,亦不为多。虽然如此,这类句式确实能代表上官仪诗歌遣字造句的特点。对这种特点,学者们的简单概括便是单字音义相对。"雾掩临妆月,风惊入鬓蝉"充分体现了如此遣字造句的自觉。晋崔豹撰《古今注》云:"魏文帝宫人有绝所宠者,有莫琼树、薛夜来、陈尚衣、段巧笑四人,日夕在侧。琼树乃制为蝉鬓,缥缈如蝉翼,故曰蝉鬓。"② 可见"蝉鬓"乃偏正复合体词,专指女性的一种特殊发式,早已有之。而诗句中,诗人故意解构词体,重组单字,如此方使得"妆(平)"与"鬓(去)"、"月(入)"与"蝉(平)"分别音义相对且合乎韵体结构。这实际上是诗歌语体文体化自觉的延续与突出表现,首先给人造成的是语言陌生化效果,继而带来的则是清新雅致的风格感受;而就艺术表现而言,可以大大丰富并拓展诗歌意象的意蕴与表达空间,有利于诗歌意境的营构。"蝉噪野风秋"类句式的语体特点及其功能亦不过如此。故"上官体"语体的文体表现诉诸审美便极易产生一种美感——如同巧笑倩兮的美女,含情脉脉,欲言无语,似露非露,不露而露所带来的撩人心绪,摄人魂魄的审美效果。所谓的"婉媚"大抵如此。"绮错婉媚"确实不失为对"上官体"体征的准确且具有积极意义的概括。

小　结

综言之,上官仪之于近体律诗发展的贡献不在于声律方面的探索,而在于其对属论以及诗歌意境的创造。其对属论不仅有利

---

① 中华书局编辑部点校:《全唐诗》(增订本),北京:中华书局,1999年,第511页。
② [晋]崔豹撰,牟华林校笺:《古今注校笺》,北京:线装书局,2015年,第199页。

于律诗的属对,也间接影响到了声律思维由消极的声病说向近体诗律的过渡,就此而言,上官仪对律诗近体的理论自觉无疑具有促进作用。具有代表性意义的"上官体"诗歌,兴象玲珑,清新雅致,无疑开了盛唐诗境的先河。

第九章　元兢的诗学理论

元兢,字思敬,以文藻知名于世。《旧唐书·文苑传上》有其小传:"元思敬者,总章中为协律郎,预修《芳林要览》,又撰《诗人秀句》两卷,传于世。"① 又《新唐书·艺文志》著录元兢《宋约诗格》一卷、《古今诗人秀句》二卷。郑樵《通志》卷七十"诗评"亦提及元兢《宋约诗格》一卷。今之学者基本认定《宋约诗格》即《日本国见在书目》所著录的《诗髓脑》,其主要内容因弘法大师《文镜秘府论》得以传世,张伯伟《全唐五代诗格汇考》作了考校辑录,使得分散于《文镜秘府论》的《诗髓脑》文字会于一册。考察元兢诗学理论,今人主要依据的便是《诗髓脑》以及存留于《文镜秘府论·南卷》的《古今诗人秀句序》。

第一节　元兢"调声"说与"八病"说

《诗髓脑》主要包括"调声"、"对属"及"文病"三个部分。元兢论"调声"之术有三:一曰换头,二曰护腰,三曰相承。②

---

① [后晋]刘昫等:《旧唐书卷一百九十上·列传第一百四十上·文苑传上》,北京:中华书局,1975年,第4997页。
② 参张伯伟:《全唐五代诗格汇考》,南京:凤凰出版社,2002年,第114页。

　　"换头"有"双换"与"单换"。元兢以自己五言诗《于蓬州野望》为例释曰:"此篇第一句头两字平,次句头两字去上入;次句头两字去上入,次句头两字平;次句头两字又平,次句头两字去上入;次句头两字又去上入,次句头两字又平。如此轮转,自初以终篇,名为双换头。"又曰:"若不可得如此,即如篇首第二字是平,下句第二字是用去上入;次句第二字又用去上入,次句第二字又用平。如此轮转终篇,唯换第二字,其第一字与下句第一字用平不妨,此亦名为换头。"①亦即本文所谓"单换"。在元兢看来,"双换"最善,"单换"则是退而求其次,不得已而为之。元兢同时又强调了"单换"的禁忌,即"不得句头第一字是去上入,次句头用去上入",如此,"则声不调也"。据元氏文,"单换头"又有人名之为"括二"。"括二者,谓平声为一字,上去入为一字。第一句第二字若安上去入声,第二第三句第二字皆须平声。第四第五句第二字还须上去入声,第六第七句第二字安平声,以次避之"。"括二"之命名,除名号本身强调了四声平仄二分的观念之外,与"单换"概念无实质性差异。

　　元兢"换头"一节论述的要点可分析归纳如下:

　　其一,四声平仄二分,以此论调声。

　　其二,"换头"中的"换"实针对一联上下句而言,而"头"则以五言单句头两个音节为单位,表现出了今人所谓的"步节"概念。"双换"体现的是平仄步节相对的意识,"单换"则继承了齐梁以来调和"步节"节奏点的意识,以及平声优先的思维。

　　其三,"换头"概念,就其"换"义而言,适从"平头"概念转换而来。元兢论"平头病"云:

---

① 张伯伟:《全唐五代诗格汇考》,南京:凤凰出版社,2002年,第115页。

（平头诗者,五言诗第一字不得与第六字同声,第二字不得与第七字同声。同声者,不得同平上去入四声,犯者名为犯平头。）此平头如是,近代成例,然未精也。欲知之者,上句第一字与下句第一字,同平声不为病,同上去入声,一字即病。若上句第二字与下句第二字同声,无问平上去入,皆是巨病。此而或犯,未曰知音。今代文人李安平、上官仪,皆所不能免也。①

"单换"云及联上下句第一字不得同上去入,但同平声无妨;"平头"亦云:"上句第一字与下句第一字,同平声不为病,同上去入声,一字即病。"比较引文与"换头"之说,其间相互关系一目了然,只是"平头"乃消极避忌,"换头"乃积极建构,说法不同而已。

其四,"换头"说法是以联为单位,其原则以推衍的方式而及章与全篇。就章与全篇而言,实际构成的是隔句换头的关系。从声病的角度去看,又是"鹤膝"避忌原则——五言诗第五字不得与第十五字同声——的移置和放大。上官仪曰:"如班姬诗云:'新裂齐纨素,皎洁如霜雪。裁为合欢扇,团团似明月。''素'与'扇'同去声是也。此云第三句者,举其大法耳。但从首至末,皆须以次避之,若第三句不得与第五句相犯,第五句不得与第七句相犯。犯法准前也。"②《文二十八种病》"鹤膝"条未引元兢说,料元兢于此无异。元兢论"蜂腰"涉及"鹤膝":"如第二字与第五字同去上入,皆是病,平声非病也。此病轻于上尾、鹤膝,均于平头,重于四病。清都师皆避之。已下四病,但须知之,不必须避。"③ 文中"四

---

① 张伯伟:《全唐五代诗格汇考》,南京:凤凰出版社,2002年,第118页。
② 小西甚一认为此段关于"鹤膝"的论述出自《笔札华梁》。参[日]遍照金刚撰,卢盛江校考:《文镜秘府论汇校汇考》,北京:中华书局,2006年,第979、980页。
③ 张伯伟:《全唐五代诗格汇考》,南京:凤凰出版社,2002年,第119页。

病"指韵纽四病。要言之,元兢论"鹤膝"、"蜂腰"不属王斌五字制"鹤膝",十五字制"蜂腰",而应属沈约至上官仪一脉。

其五,"换头"例第一字不得同上去入而可以同平声,其实际意义又同时与句律相关。若第一字为同上去入仄声,则必有一句第二字为平声,极易造成孤平句。

元兢"护腰"说,以五言诗句第三字为"腰","护者,上句之腰不宜与下句之腰同声。然同去上入则不可,用平声无妨也"。以庾信《拟咏怀二十七首》诗联"谁言气盖代,晨起帐中歌"为例,①其四声为:平平去去去,平上去平平。"气"是第三字,上句之腰也;"帐"亦第三字,是下句之腰,而两字同去声,故为不调。分析"护腰"说,其要点在于:

其一,强调上下句第三字的平仄调和,无异于新的"蜂腰"说。此举将上下句对的要求严格到了第三个字节,超越了近体律对的要求,如例句"平平仄仄仄,平仄仄平平"显然是标准的近体律句律对,而元兢却谓之不调。而传统的"蜂腰",在元氏看来只是声病中的最轻的一种,只重于韵纽四病,且二五同平声不为病。"蜂腰"的从宽与改造,强化了句对意识,使得"平平仄仄平"句式作为律句得到理论确认。

其二,上下句第三字同平声不谓不调或曰腰病,显然再次体现了优待平声的思维。此一优待,实际上预留了尾三连平句式的合法性空间,如例句将第三字皆改作平声便出现如此情形:"平平平仄仄,平仄平平平"。此一情形与元兢所谓"相承"的句例不同而有相似之处。

元兢曰:"相承者,若上句五字之内,去上入字则多,而平声

---

① 以上参张伯伟:《全唐五代诗格汇考》,南京:凤凰出版社,2002年,第115页。

极少者，则下句用三平承之。用三平之术，向上向下二途，其归道
一也。""相承"又分"上承"与"下承"，"上承"者为上句仄声字极
多，而一平声居句头步节第一字，故下句前三字可用三平承之，如
例诗谢康乐《石壁精舍还湖中作》句联"溪壑敛暝色，云霞收夕霏
（平入上去入，平平平入平）"便是；"下承"者为上句仄声字极多，
而一平声居句头步节第二字，故下句用尾三平承之，如例诗王融
《古意》"待君竟不至，秋雁双双飞（去平去入去，平去平平平）"便
是。①"相承"说的要义可揭示如下：

（1）"相承"涉及的是句联层面的字声搭配与调和，整体而言，
避忌单句仄声字过多（实一平句），凡遇此一句式应于下句以三连
平句式（实四平句）相承相济。这里，同样延续了平声优先的思维。

（2）需要"相承"的句例属一平句的特例，亦即一平字居五言
诗句头步节第一字或第二字，分别于下句以首三平或尾三平的四
平句式承之济之。这里，与"换头"相一致，同样表现出了元兢对
字头步节调声的重视。

（3）就律句而言，"相承"说中的一平句特例"平仄仄仄仄"属
非律句，故用之必以"平平平仄平"句相承而调和之，对句本身则
属刘滔所认定的宫体律句；至于一平句"仄平仄仄仄"虽然亦属刘
滔认定的宫体律句，但元兢"相承"说实以非律句处之，在句联结
构层面给出其使用限制：作联上句且只能以尾三平的四平句相承
以对。"相承"为何不以两平承之的三平句，实因为无论以"平平仄
仄平"、"仄平平仄平"上承，还是以"平仄仄平平"下承，都会造成
"腰"之不调，与"护腰"的原则相冲突。

综上所述，元兢有关调声三术的理论主要立足于句联调声

---

① 以上参张伯伟：《全唐五代诗格汇考》，南京：凤凰出版社，2002年，第116页。

兼及联间与全篇,其中间接涉及律句问题,有很强的内在关联性。尤其值得注意的是:其一,"三术"继承了齐梁以来的用平声思维,转化传统声病说而成为具有积极建构意义的调声理论。其转化主要涉及了"平头"、"鹤膝"、"蜂腰"三病,突出了句头步节及第三字即所谓"腰"字的用声规范,在淡化韵纽四病的同时,从理论上构建了句对联黏的近体声律规范。① 其二,元兢已有较为明显的仄声概念。刘滔虽然涉及"仄平仄仄仄"句式,但只是将上去入与平声相对,用的是平声思维,故刘滔考虑到了出句为五平声句式的下句搭配问题,而并未如元兢"相承"术那样考虑上去入声占绝对优势的一平句之搭配。由此可以看出元兢已经表现出了立足于仄声概念进行调声的思维,尽管尚未对上去入声加以仄声的类名。② 其三,元兢对一平声在句首步节的一平句的使用作

① 据《文镜秘府论》,元兢谓"大韵":"此病不足累文,如能避者弥佳。若立字要切,于文调畅,不可移者,不须避之。"谓"小韵":"此病轻于大韵,近代咸不以为累文。"又云"傍纽":"此病更轻于小韵,文人无以为意者。"又于"正纽"曰:"此病轻重,与傍纽相类,近代咸不以为累,但知之而已。"就初唐诗人的创作实际看,诚如元兢所言,诗人甚少避忌此四病。参[日]遍照金刚撰,卢盛江校考:《文镜秘府论汇校汇考》,北京:中华书局,2006年,第1004、1011、1029、1049页。

② 盛唐人已见用"平侧"之名,殷璠《河岳英灵集叙》:"或五字并侧,或十字俱平。"该集选录了唐开元二年至天宝十二载(714—753)24位诗人的诗歌,编选时间大约在天宝后期。弘法大师在《文镜秘府论》简编《文笔眼心钞》引述元兢"换头"一段文字时,将"上去入"并作"侧"。弘法大师于唐德宗贞元二十年(804)随遣唐使来华,唐宪宗元和元年(806)回国。平侧之名为平仄取代,文献最早见于南宋陈鹄的笔记《西塘集耆旧续闻》:"近代声律尤严,或乖平仄,则谓之失黏。"以上参王克让:《河岳英灵集注》,成都:巴蜀书社,2006年,第1页;卢盛江校考:《文镜秘府论汇校汇考》,北京:中华书局,2006年,第1984页;陈鹄:《西塘集耆旧续闻》,北京:中华书局,1985年,第25页。

了限制——必以上三平或尾三平的四平句配对方可，实际上是将"平仄仄仄仄"与"仄平仄仄仄"同样视作了声律不调的句式，亦即后世所谓的拗句，并在对句中提出了救的方案，与刘滔五平句的处理体现了同样的思维。这一思维背后的观念亦即后世的"拗救"。① 其四，推测相承术，元兢似乎间接肯定了"仄仄平仄仄"、"仄仄仄平仄"、"仄仄仄仄平"三式一平句为律句。但考虑元氏并未否定刘滔"二四异声"说，故三式只有"仄仄仄平仄"才是他认定的律句。与刘滔"要位"说相较，尽管未有本质的变化，但确实显示出了差异：刘氏倾向于第二字位为一平句的平声要位，元氏则恰为颠倒，以第四字位为要。平声居第二字位的一平句，则需下句尾三平的四平句相承以救，实际上否定了其作为律句的地位。

第二节　元兢与新"八病"说

元兢《诗髓脑》云：

> 兢于八病之（外）别为八病。自昔及今，无能尽知之者。近上官仪识其三，河间公义府思其余事矣。八者何？一曰龃龉，二曰丛聚，三曰忌讳，四曰形迹，五曰傍突，六曰翻语，七

---

① 下承句例的单句在元兢以前本来都是合法的律句，联对亦合法，姑且不论。上承句例的上句在元兢以前就是非律句，与律句"平平平仄平"构成联对，第四字位平仄失对，不合近体正律。据学者统计，此用例，在元兢之后12位诗人的平韵五言律诗中，杜审言、沈佺期、宋之问、王维、钱起、刘长卿、许浑皆为零概率，孟浩然（5联/488联）、杜甫（13联/2476联）、白居易（2联/1602联）、刘禹锡（2联/624联）、李商隐（3联/572联），概率百分比分别为：1.02、0.53、0.12、0.32、0.52，其中还包括了下句为"仄平平仄平"非相承例。参张培阳：《近体诗律研究》，南开大学2013年博士论文，第140页。

曰长撷腰，八曰长解镫。

一、龃龉病。龃龉病者，一句之内，除第一字及第五字，其中三字，有二字相连同上去入是。若犯上声，其病重于鹤膝，此例文人以为秘密，莫肯传授。上官仪云："犯上声是斩刑，去入亦绞刑。"如曹子建诗云："公子敬爱客（平上去去入）。""敬"与"爱"是，其中三字，其二字相连同去声是也。平声不成病，上去入是重病，文人悟之者少，故此病无其名。兢案《文赋》云："或龃龉而不安"，因以此病名为龃龉之病焉。

二、丛聚病。丛聚病者，如上句有"云"，下句有"霞"，抑是常。其次句复有"风"，下句复有"月"，"云"、"霞"、"风"、"月"，俱是气象，相次丛聚，是为病也。如刘铄诗云："落日下遥林，浮云霭曾阙。玉宇来清风，罗帐迎秋月。"此上句有"日"，下句有"云"，次句有"风"，次句有"月"，"日"、"云"、"风"、"月"相次四句，是丛聚。盖略举气象为例，触类而长，庶物则同。上十字已有"鸾"对"凤"，下十字不宜更有"凫"对"鹤"；上十字已有"桂"对"松"，下十字不宜更用"桐"对"柳"。俱是丛聚之病，此又悟之者鲜矣。

三、忌讳病。忌讳病者，其中意义，有涉于国家之忌是也。如顾长康诗云："山崩溟海竭，鱼鸟将何依。""山崩"、"海竭"，于国非所宜言，此忌讳病也。此病或犯，虽有周公之才，不足观也。又如咏雨诗称"乱声"，沂水诗云"逆流"，此类皆是也。

四、形迹病。形迹病者，谓于其义相形嫌疑而成。如曹子建诗云："壮哉帝王居，佳丽殊百城。"即如近代诗人，唯得云"丽城"，亦云"佳丽城"。若单用"佳城"，即如滕公佳城，为形迹病也。文中例极多，不可轻下语也。

五、傍突病。傍突病者，句中意旨，傍有所突触。如周彦伦诗云："二亩不足情，三冬俄已毕。""二亩"涉其亲，宁可云"不足情"也？此与忌讳同，执笔者咸宜戒之，不可辄犯也。

六、翻语病。翻语病者，正言是佳词，反语则深累是也。如鲍明远诗云："鸡鸣关吏起，伐鼓早通晨。""伐鼓"，正言是佳词，反语则不祥，是其病也。

七、长撷腰病。长撷腰病者，每句第三字撷上下两字，故曰撷腰。若无解镫相间，则是长撷腰病也。如上官仪诗云："曙色随行漏，早吹入繁笳。旗文萦桂叶，骑影拂桃花。碧潭写春照，青山笼雪花。"上句"随"，次句"入"，次句"萦"，次句"拂"，次句"写"，次句"笼"，皆单字，撷其腰于中，无有解镫者，故曰长撷腰也。此病或名"束"。

八、长解镫病。长解镫病者，第一、第二字意相连，第三、第四字意相连，第五单一字成其意，是解镫；不与撷腰相间，是长解镫病也。如上官仪诗云："池牖风月清，闲居游客情，兰泛樽中色，松吟弦上声。""池牖"二字意相连，"风月"二字意相连，"清"一字成四字之意。以下三句，皆无有撷腰相间，故曰长解镫之病也。撷腰、解镫并非病，文中宜有之，不间则为病。然解镫须与撷腰相间，则屡迁其体。不可得句相间，但时然之，近文人篇中有然，相间者偶然耳。然悟之而为诗者，不亦尽善者乎。此病亦名"散"。①

"龃龉病"属声病，为五言诗一句之中间三字的用声避忌——相连两字不得同上去入声，同上声病重于同去入声。此病避忌，区分四声，优待平声是其表象，其实质则是为了达成在二四字位

---

① 张伯伟：《全唐五代诗格汇考》，南京：凤凰出版社，2002年，第120—123页。

形成平仄对比。因为该病的 12 种情形——上去去、上入入、去去上、入入上；去上上、去入入、上上去、入入去；入上上、入去去、上入、去去入，在二四字位都属异上去入声，显然符合刘滔的声病避忌标准，这无疑是在刘滔标准之上的进一步要求。按此要求，三字相连两字如欲避免同上去入声，只有换成同平声，如此，必然构成二四字位的平仄对比。可见，"龃龉病"的提出，亦是从声病的角度，为四声律向平仄律的过渡提供了又一种理论保证。这里，有必要追问，元兢是否允许中间三字同上去入声的情况出现呢？答案显然是否定的，因为元兢并未否定刘滔二四异声说。故"龃龉病"的避忌，实际上肯定了 6 种声律形式：上平平、平平上；去平平、平平去；入平平、平平入。如考虑二五同平声不为病，再加上一、五字不论四声，一个平仄律的律句体系便构造了出来。以上三字六种律式实为两种——仄平平、平平仄，以此两种为基础，添加一、五字的平仄，就有了如下 8 种平仄律句：

平仄平平仄、仄仄平平仄、平仄平平平、仄仄平平平；仄平平仄仄、仄平平仄平、平平平仄仄、平平平仄平。

"丛聚病"涉及偶对义类问题且以两对二十字为论，若同一义类字词复出便犯此病。"忌讳病"、"形迹病"、"傍突病"、"翻语病"四者皆关涉语义禁忌，以今言之即用词当否的问题，当否标准在于时人的伦理价值观。只是"形迹"、"翻语"二病比较特殊，前者涉及用典之义与当前所喻之对象产生吉凶冲突，后者则是所用字词音变之后的反语词，其义不吉利。

"长撷腰病"与"长解镫病"实为互缺病，亦即元氏所云："撷腰、解镫并非病，文中自宜有之，不间则为病。""撷腰"、"解镫"首次为语义节奏属"二一二"和"二二一"的两种句式作了命名，同时也为诗歌文体语体句式的运用作了规范——"撷腰"、"解镫"两种句式须交互使用，不得单行，否则为病。

结合元兢对旧"八病"的相关论述，不难看出，其新"八病"的提出，反映了元兢文体结构论思想具有声义并重且偏义的特点。

第三节　元兢对属论

据《文镜秘府论·二十九种对》，可以确认与元兢论述有关的偶对类别有"八对"。其分别是：一曰正对，二曰异对，三曰平对，四曰奇对，五曰同对，六曰字对，七曰声对，八曰侧对。"正对"、"异对"亦即上官仪等前人所共述的"的名对"、"异类对"，而以下"六对"除"同对"与上官仪"同类对"基本一致外，其他五对的命名应属元兢的专利。①

"五对"中，"平对"、"奇对"为一组：

> 平对者，若青山、绿水，此平常之对，故曰平对也。他皆放此。
>
> 奇对者，若"马颊河"、"熊耳山"，此"马"、"熊"是兽名，"颊"、"耳"是形名，既非平常，是为奇对。他皆放此。又如"漆沮"、"四塞"，"漆"与"四"是数名，又两字各是双声对。又如古人名，上句用"曾参"，下句用"陈轸"，"参"与"轸"者，同是二十八宿名。若此者，出奇而取对，故谓之奇对。他皆放此。②

本组是从构成偶对的字词用义的平常与新奇的角度对偶对丽辞所作的分类。

---

① 参［日］遍照金刚撰，卢盛江校考：《文镜秘府论汇校汇考》，北京：中华书局，2006年，第762、768页。
② 张伯伟：《全唐五代诗格汇考》，南京：凤凰出版社，2002年，第117页。

"字对"、"声对"、"侧对"可归为一组：

　　字对者，若"桂楫"、"荷戈"，"荷"是负之义，以其字草名，故与"桂"为对。不用义对，但取字为对也。

　　声对者，若"晓路"、"秋霜"，"路"是道路，与"霜"非对，以其与"露"同声故。

　　侧对者，若"冯翊"（地名，在右辅也。）、"龙首"（山名，在西京也。）。此为"冯"字半边有"马"，与"龙"为对；"翊"之半边有"羽"，与"首"为对。此为侧对。又如"泉流"、"赤峰"，"泉"字其上有"白"，与"赤"为对。凡一字侧耳，即是侧对，不必两字皆须侧也。①

　　本组对的共同特点是：构成偶对的字词非因其语境义而为对，恰恰是因其非语境义，如字对"荷戈"不取"负"之语境义而取单字"荷花"义，以与同属草木类的"桂"字构成同对；"侧对"是"字对"的特例——其构成字对的非整字而是构成某字的部件字，"泉流"、"赤峰"之所以成对，是因为"泉"上有"白"，可与同属颜色类的"赤"构成同对；"声对"亦是舍弃字词语境义而取其同声字，依其同声字之义而成字对，若"晓路"、"秋霜"，"路"与"霜"非对，必因其声而置换为"露"字方可成对。如是三对，就文辞体义而言实非对属，而是于体义之外牵强附会声形字形而虚拟成对。其与诗歌本体修辞无必然联系，更多表现为文字游戏性质，亦可归之于元兢所谓的"出奇而取对"的"奇对"范畴。

　　综上不难看出，元兢对属论就其表象而言，确实表现出了偏离工对、义对，追求属对奇巧的形式主义倾向。但就其本质而言，正如其文病说意在摆脱传统烦琐声律束缚一样，对属范畴的扩张

---

① 张伯伟：《全唐五代诗格汇考》，南京：凤凰出版社，2002年，第117—118页。

与衍生亦具有淡化传统丽辞偶对的硬性要求，为增强文辞的表意性争取了更大的空间。就诗歌文体的构造而言，其强调"撷腰"、"解镫"两种句式互用，之于均衡"言体—文体"的语体结构，客观上起到了理论引导的作用，为诗歌意境创造开辟了文体学空间。

第四节　元兢诗学审美观

除《诗髓脑》，元兢尚编有《诗人秀句》二卷（又名《古今诗人秀句》），新旧《唐书》分别有著录或记述，宋以后失传。幸运的是，《文镜秘府论》南卷"集论"存其序。序文详细介绍了选编秀句的经过及其选录原则与标准，从中不难发现元兢诗学审美观的创新意义。

一、前元兢"秀句"说

（一）陆机"警句"说——"秀句"说之滥觞

何谓"秀句"？唐人"秀句"的称谓实类同于"警句"。司空图《与李生论诗书》谓贾阆仙诗"诚有警句，然视其全篇，意思殊馁"[1]，其中"警句"便是"秀句"。元兢亦以"警策"之义论"秀句"。《序》云："方因秀句，且以五言论之。至如王中书'霜气下孟津'，及'游禽暮知返'，前篇则使气飞动，后篇则缘情宛密，可谓五言之警策，六义之眉首。"[2] 可见，其"秀句"观实滥觞于晋代陆机《文赋》。

《文赋》有云："立片言而居要，乃一篇之警策。虽众辞之有条，必待兹而效绩。"李善《文选注》曰："以文喻马也。言马因警策

---

[1]［清］董诰等编：《全唐文卷八百七·司空图》，北京：中华书局，1983年，第8485页。

[2]［日］遍照金刚撰，卢盛江校考：《文镜秘府论汇校汇考》，北京：中华书局，2006年版，第1539页。

而弥骏,以喻文资片言而益明也。夫驾之法,以策驾乘,今以一言之好,最于众辞,若策驱驰,故云警策。"又曰:"必待警策之言,以效其功也。"①陆机《文赋》重点在于通论文章文体,其所谓"警句"乃文章全篇纲领提挈之言,其重在"意脉"、"气脉"的贯通,解决的是"文繁理富,而意不指适"的问题。故"警句"非后世有句无篇的警拔秀出之句,而是文辞得以结撰文体,全篇得以生气贯注的腧穴之所在。

(二)刘勰"隐秀"论——"秀句"说之发展

在刘勰看来,晋宋以降,"去圣久远,文体解散,辞人爱奇,言贵浮诡"②,于是开始出现不论体要,只问章句的风习,钟嵘谓之"独观谓为警策,众睹终沦平钝"③。刘勰、钟嵘论"警句"、"秀句"之背景已与陆机不同。

"秀句"之名,最早出现于刘勰《文心雕龙·隐秀》篇中。其文云:"凡文集胜篇,不盈十一;篇章秀句,裁可百二:并思合而自逢,非研虑之所课也。或有雕削取巧,虽美非秀矣。故自然会妙,譬卉木之耀英华;润色取美,譬缯帛之染朱绿。朱绿染缯,深而繁鲜;英华曜树,浅而炜烨。秀句所以照文苑,盖以此也。"④关于刘勰《文心雕龙·隐秀》篇主旨,学界众说纷纭,且大多从现代文艺

①[梁]萧统编,[唐]李善注:《文选·陆士衡·文赋》,上海:上海古籍出版社,1986年,第767页。

②周振甫:《文心雕龙今译·序志第五十》,北京:中华书局,1986年,第445页。

③吕德申:《钟嵘〈诗品〉校释》,北京:北京大学出版社,1986年,第55页。

④《隐秀》一篇早期版本有缺文,明代末期刊本补齐。关于补文真伪,由清至今一直都是一个有争议的热点问题。本处引文参考了今天学者的考论,未取补文。参张国庆:《〈文心雕龙·隐秀〉篇补文真伪问题考论》,《文学遗产》2013年第4期。

理论与美学立论。① 实际上，与其抽象地讨论其主旨，还不如先从史学的角度切入而追问其动机，更有助于准确理解与把握该篇的理论内涵与主旨。吴林伯认为："魏晋以降，王室倾轧日剧，家家思乱，人人自危。明智之士，莫不悼国伤时，不能自静，因兹发咏，若曹魏阮籍之《咏怀》，东晋陶潜之《述酒》，皆恐罹祸招谤，辞隐而失之'晦塞'；且作者'偶俗'，摛文不免'淫丽'，'虽美非秀'，彦和为此而论隐、秀。"② 顾农则指出："东晋宋齐以来文风的一大弊端正在于作品中缺少余味曲包的情致和清新生动的意象，其中又可以分为两种情形，一种是'溺乎玄风'（《明诗》），大写其哲学讲义，'诗必柱下之旨归，赋乃漆园之义疏'（《时序》）；另一种是一味追求形似，'情必极貌以写物，辞必穷力而追新'（《明诗》），只有琐细的刻划和浮油式的文采。这两种倾向虽然方向各异，而乏隐无秀则同然。刘勰对此深感不满，所以要从正面提出一个'隐秀'的名目来，希望引起作家们的注意。"③ 吴、顾所论史事背景虽各有侧重，但指出刘勰说"隐"论"秀"乃各有针对则是一致的。换而言之，"隐"与"秀"是两事而非一事。原文分别定义"隐"、"秀"云："隐也者，文外之重旨者也；秀也者，篇中之独拔者也。隐以复意为工，秀以卓绝为巧。"依黄侃的解释，刘勰云"隐"，其理"盖言不尽意，必含余意以成巧"，故"言含余意"、"语具于此，而义存乎彼"、"情在辞外"皆可申"隐"之"文外重旨"之义；而刘勰说"秀"盖因"意不称物，宜资要言以助明"，"意资要言，则谓之秀"，"秀者，

①参陶水平：《〈文心雕龙·隐秀篇〉主旨新说》，《赣南师范学院学报》，2000年第4期；王万洪：《〈文心雕龙·隐秀〉主旨探原》，《四川教育学院学报》，2011年第12期。
②吴林伯：《〈文心雕龙〉义疏》，武汉：武汉大学出版社，2002年，第485页。
③顾农：《就"隐秀"问题与王钟陵先生商榷》，《学习与探索》，1992年第5期。

理有所致,而辞效其功","秀以卓绝为巧,而精语峙乎篇中","状
溢目前曰秀"。① 关于诗之言外之意,钱锺书有含蓄与寄托之辨。
钱氏云:"夫'言外之意',说诗之常,然有含蓄与寄托之辨。诗中
言之而未尽,欲吐复吞,有待引申,俾能圆足,所谓'含不尽之意,
见于言外',此一事也。诗中所未尝言,别取事物,凑泊以合,所谓
'言在于此,意在于彼',又一事也。"② 据此并结合黄侃释例,杨明
认为黄侃所理解的"隐"属寄托一类。"其所托之意是质实的,而
不是如司空图所说的那种虚灵的韵外之致、味外之旨。这样的理
解,是符合刘勰原意的。因为《文心雕龙·隐秀》用'秘响'、'伏
采'形容隐,就是说所隐之意是从字面上看不出的;用'变爻'、'互
体'比喻隐,就是说所隐之意犹如另外一卦而不是原卦的引申、阐
发,是原先'所未尝言,别取事物,凑泊以合',而不是'言之而未
尽'、'有待引申'"。至于"秀",杨明又指出:"综观黄先生所论,
他所理解的秀,或者是篇中的精言要义,或者是写景体物、抒情叙
事而自然明朗,总之是篇中卓绝之处","强调秀句艺术表现的自
然,黄先生也是很重视这一点的"。但同时又认为"黄先生说秀不
仅仅指描画物色……刘勰论秀,固然不可必其纯是指写景状物而
言,但至少这是秀的基本的、重要的方面";"《隐秀》篇之隐,与所
谓'味外之旨'、'韵外之致'不是一回事;而秀,却可说具有这种美
感"。③

　　将刘勰所谓的"隐"理解为"寄托"应该说切中肯綮。那么"寄
托"就其体制而言,究竟如何看待呢? 杨明归纳分析黄侃所举隐

①参黄侃:《文心雕龙札记》,上海:上海古籍出版社,2000年,第196—197页。
②钱锺书:《管锥编》,北京:中华书局,1979年,第108页。
③参杨明:《黄侃先生补〈隐秀〉篇蠡测》,《文学遗产》,2012年第3期。

例①,所得结论是:其所托之意是质实的,"多为字面上看不出来、不加以解释便难以体会到的一种寄托"。② 所谓"质实"亦即文中一字未言而其义指向当下现实语境的人和事,其"解释"如为后世读者之所为,无异于"索隐"式考据,至于当世熟悉时事的读者自然不假解释便可意会。之所以如此,源于古人"比类取象"的文体思维,以及建立于其上的经典阐释学传统。刘勰"原道"、"征圣"、"宗经"以探文体之原,其试图接续的是以"比兴寄托"为大体之义的儒家文统文体观。刘勰论"隐"曰"文外之重旨也",其要义大抵如此。关于"秀",刘勰曰"秀"乃"篇中之独拔者也"显然是就文章"语体"的小体征象而言,其与陆机"片言而居要,乃一篇之警策"之论精神一致,一目了然。故说"秀"不限于描写物色,应该与刘勰本意相差不会太远。只是黄侃云"或状物色,或附情理,皆可为秀",将"物色"、"情理"强行并列则未必符合刘勰初衷。因为刘勰论文,是针对"偶俗"而"淫丽","情必极貌以写物,辞必穷力而追新"的文章之弊的。其弊刘勰谓之为"讹体"、"文体解散",故"状物色"而"附情理"——"缘情体物"才是刘勰心目中的文章得"体"之义,自然不会将两者分裂。仅就《隐秀》残存的唯一说秀的例文——王瓒《杂诗》"朔风动秋草,边马有归心"③ 一句看,亦可明了其义。只是其句"物色"、"情理"相得益彰且出于自然,而非仅"雕削取巧"而已。当然,这里必须强调的是,"秀"之为义确因物

---

① 经典类:《易传》"言中事隐"、《左传》"微显志晦"、《礼》"举轻包重"、《诗》"陈古刺今";经典之外又有:《离骚》依《诗》取兴"、"《九辩》述志以谏君"、"贾谊吊屈以自伤"、"扬雄《剧秦》以寓讽"、"王粲《登楼》,叹匏悬之不用"、"子期闻笛,慭麦秀于为墟"、"令升《晋纪》之论,明金德之异包桑"等十二例。

② 参杨明:《黄侃先生补〈隐秀〉篇蠡测》,《文学遗产》,2012年第3期。

③ 周振甫:《文心雕龙今译·隐秀第四十》,北京:中华书局,1986年,第355页。

色，只是光有"物色"只能谓之"虽美非秀"，而"秀"者之功在于"动心惊耳，逸响笙匏"。"秀"与《物色》篇"物色尽而情有余者，晓会通也"①一句正可互参。

刘勰论秀句，基本上立于文章文体的角度。严羽《沧浪诗话·诗评》谓汉、魏古诗"气象混沌，难以句摘"②，而欲辨"秀句"，非摘句不可。但篇有秀句可摘，并不意味着篇体不完，当刘勰强调"隐"、"秀"皆出于自然妙会时，其"秀句"概念无疑与气脉贯注，意脉通畅的文章整体观念相一致。故刘勰所持"秀句"观与只论句而无问篇的"秀句"观还是有所区别的。正因为此，刘勰才将"隐"、"秀"合论，而不以秀句等同于"秀"。"隐"是"体"，"秀"亦是"体"。

（三）钟嵘"直寻"、"三义"论——"秀句"说之独立与完善

日本学者兴膳宏认为，刘勰继承了陆机的想法，而将"秀句"视为一篇诗文之"眼目"，而且与刘勰并时的钟嵘尽管在关于文学的许多观点上持有与刘勰不同的看法，"但是只就秀句的问题来看，他与刘勰的意见有不期而同之处"。③兴膳宏观点的前半部分可取，而后半部分尚可进一步讨论。

钟嵘《诗品》，尽管亦可归为诗歌文体论，但其"秀句"观与刘勰相比则有所变化。《诗品》"谢朓"条有云："齐吏部谢朓诗，其源出于谢混。微伤细密，颇在不伦。一章之中，自有玉石。然奇章秀句，往往警遒。足使叔源失步，明远变色。善自发诗端，而末篇

①周振甫：《文心雕龙今译·物色第四十六》，北京：中华书局，1986年，第412页。
②[宋]严羽撰，郭绍虞校释：《沧浪诗话校释·诗评》，北京：人民文学出版社，1983年，第151页。
③参[日]兴膳宏：《〈文心雕龙〉隐秀篇在文学理论上的地位》，《北京大学学报》，1996年第3期。

多颣,意锐而才弱也。"① 可见,钟嵘的"秀句"概念已无须联系篇体加以定义,换言之,"秀句"不再被视为一篇诗文之"眼目"。故在钟嵘那里,"秀句"是具有独立美学价值和美学意义而可独立进行讨论的对象。那么,钟嵘"秀句"观所涉及问题的本质究竟何在呢?

钟嵘谓谢朓"善自发诗端",此语无疑涉及"秀句",说明钟嵘理解的谢朓诗中的"秀句"大多处于篇首的位置。尽管我们无法确知钟嵘目中谢诗"秀句"究竟有哪些,但谢诗发端的句子大多为体物写景,故判断其所论"秀句"关乎"物色"则是可以肯定的。质言之,钟嵘眼中的"秀句"本质上涉及的是五言诗"体物写景"句的语体构成及其审美标准问题。《诗品序》云:

> 夫属词比事,乃为通谈。若乃经国文符,应资博古;撰德驳奏,宜穷往烈。至乎吟咏情性,亦何贵于用事?"思君如流水",既是即目;"高台多悲风",亦唯所见;"清晨登陇首",羌无故实;"明月照积雪",讵出经史?观古今胜语,多非补假,皆由直寻。②

由引文可知,钟嵘此处非通论"文章"、"文体",而仅涉及体类

---

① 学者徐达释此段文字曰:"玉石谓优劣也。清何焯《义门读书记》第四十六卷评谢朓《暂使下都夜发新林至京邑赠西府同僚》诗曰:'玄晖俊句为多,然求其一篇尽善,盖不易得。'谢朓诗佳句甚多,如'日出众鸟散,山冥孤猿吟'、'天际识归舟,云中辨江树'、'大江流日夜,客心悲未央'、'金波丽鳷鹊,玉绳低建章'、'风动万年枝,日华永露掌'、'余霞散成绮,澄江静如练'、'朔风吹飞雨,萧条江上来'之类。杨用修《升庵诗话》卷二曰:'五言律起句最难,六朝人称谢朓工于发端。如:大江流日夜,客心悲未央。雄压千古矣。'谢朓诗末篇喜用古事,以申今情。钟嵘论诗,以用典为累,所云'末篇多颣',盖指此也。'善自发诗端,而末篇多颣',恰为'玉石'之注脚也。"徐释可参,文见氏著《〈钟嵘诗品译注〉评议》,载《贵州大学学报》1988年第4期。

② 吕德申:《钟嵘〈诗品〉校释》,北京:北京大学出版社,1986年,第93—94页。

意义上的文体——诗体。"诗"的体类大义是"吟咏情性"——"气之动物,物之感人,故摇荡性情,形诸舞咏。"① 此一大义决定了诗歌文体的语体构成不以用事为贵,而以物色为尚。那么"物色"何以入诗,构成诗歌文体语体呢?钟氏答案:酌用赋、比、兴三义而已。《诗品序》云:

> 五言居文词之要,是众作之有滋味者也,故云会于流俗。岂不以指事造形,穷情写物,最为详切者邪?故诗有六义焉:一曰兴,二曰比,三曰赋。文已尽而意有余,兴也;因物喻志,比也;直书其事,寓言写物,赋也。弘斯三义,酌而用之。干之以风力,润之以丹采,使味之者无极,闻之者动心,是诗之至也。若专用比兴,则患在意深,意深则词踬。若但用赋体,则患在意浮,意浮则文散,体②成流移,文无止泊,有芜漫之累矣。③

钟嵘论诗之"三义"源出两汉以前儒家论《诗》"六义"或"六诗"无疑,但显而易见的是,《诗品》只涉及兴、比、赋,且较之风、赋、比、兴、雅、颂之"六义"或"六诗",其次第已有所不同。兴者,孔安国释作"引譬连类",朱熹释作"先言他物以引所咏之辞也"。孔、朱分别在钟氏先后,释义虽有差异,但概视"兴"为一种艺术手法。与之不同的是,钟嵘所谓"文已尽而义有余"之"兴"强调的则是诗文体所造成的一种艺术境界及其审美效果,其与"使味之者无极,闻之者动心"的"诗至"之论相呼应。黄侃《文心雕龙札记》便指出:"其(指钟嵘)解比兴,又与诂训乖殊。"④ 如从诗体本身去

---

① 吕德申:《钟嵘〈诗品〉校释》,北京:北京大学出版社,1986年,第35页。
② "体",诸本并作"嬉",引文从文渊阁四库全书本作"体"。
③ 吕德申:《钟嵘〈诗品〉校释》,北京:北京大学出版社,1986年,第49页。
④ 黄侃:《文心雕龙札记》,上海:上海古籍出版社,2000年,第174页。

看,钟嵘之"兴"的要义在"感兴"——诗歌的一种感发力量。此与刘勰论"秀"者之功在于"动心惊耳,逸响笙匏"显然一致。

理解钟嵘"兴"义的关键在于,"兴"的感发力量之构成与实现,换言之也就是"兴体"的构成特点及其创构问题。依原文,其体的结构特点无非是"义(意)余文(言)外",而创构其体又不外乎"比"、"赋"两途。"比","因物喻志"。何谓"因物喻志"? 一般皆抽象地理解为"借物言志",或如朱熹所谓"以彼物比此物也"。当代学者张伯伟简言而谓之"曲写",以与"赋"之"直写"相对,并指出:"'因物喻志'的'物',用《文心雕龙·比兴篇》上的话来说,是'取类不常:或喻于声,或方于貌,或拟于心,或譬于事'。将自己的情志借助于'物'表达出来,所以是曲写。"[1]古今解读的共同之处在将"因物"转译成"借物",此未必得钟氏本意。两者之义界,不得不察:"借物"难免用意在先而后寻物以托付,而"因物"则是乘物,随顺而自然,东坡云"君子如水,因物赋形"[2]便是。故"因物喻志"之物特指"气之动物,物之感人"之物,亦即"兴物"。这里不能不联系钟嵘的"物感"说。刘勰《情采》篇云:"昔诗人什篇,为情而造文;辞人赋颂,为文而造情。"[3]"兴物"涉及的问题与刘勰所论议者具有同等意义,是一个"立文之本源"的问题。"兴物"所对应的是"为情而造文",而非"为文而造情"。因此,兴体之文因"兴物"而"立象",因"兴象"而"喻志",自然而感人。故《诗品序》有云:

　　若乃春风春鸟,秋月秋蝉,夏云暑雨,冬月祁寒,斯四候

---

[1] 张伯伟:《钟嵘诗品研究》,南京:南京大学出版社,1999年,第103页。

[2] [宋]苏轼撰,孔凡礼点校:《苏轼文集·仁宗皇帝御书颂并叙》,北京:中华书局,1986年,第583页。

[3] 周振甫:《文心雕龙今译·情采第三十一》,北京:中华书局,1986年,第287页。

之感诸诗者也。嘉会寄诗以亲，离群托诗以怨。至于楚臣去境，汉妾辞宫；或骨横朔野，或魂逐飞蓬；或负戈外戍，杀气雄边，塞客衣单，孀闺泪尽；文士有解佩出朝，一去忘返；女有扬蛾入宠，再盼倾国：凡斯种种，感荡心灵，非陈诗何以展其义，非长歌何以骋其情？①

由上可见，"兴物"又包括"物色"与"人事"两端。比者之物，多为"物色"，其"兴象"之义偏重于"性情"。而"赋"者，依钟嵘之说，乃"直书其事，寓言写物"。其说后之解者多有疑惑，如陈衍《钟嵘诗品平议》卷上便云："既以赋为'直书其事'，又以'寓言'属之，殊为非是。'寓言'属于比、兴矣。"张伯伟因之作解曰："其实，这里的'寓言'并非指有寓托的语言，而是说寓托于或凭藉于语言，亦即'叙写'之意。《诗品序》又云：'今所寓言，不录存者。'与此处'寓言写物'之'寓言'的含义是一致的。所以，这与'直书'、'直写'是不矛盾的。"②张氏释"寓言"至确，然稍有遗憾的是，其并未说明"直书其事"与"寓言写物"之间的区别。事实上，由于"兴物"包括"物色"与"人事"两端，故"赋"义亦有两层：直陈人事与描绘物色。"赋"与"比"作为构造文体语体的两种方式分别对应于前此所言五言诗之"指事造形"与"穷情写物"。"指事造形"关乎"赋"，"指事"即"直书其事"，"造形"即"寓言写物"。"赋"之"寓言写物"重在用语言"造形"，亦即"巧构形似之言"。其与"指事（叙事）"一致，讲究事物之理。"比"之"写物"以"尽情"为要，直置感物之辞可得，无待巧构，此亦即与"用事"相对待的"直寻"之义，如"高台多悲风"之类。故"比兴"在钟嵘那里，其实指可一，亦

---

① 吕德申：《钟嵘〈诗品〉校释》，北京：北京大学出版社，1986年，第52页。

② 以上参张伯伟：《钟嵘诗品研究》，南京：南京大学出版社，1999年，第103页。

即诗中"兴象"或"意象"。就此而言，"赋"法亦不可或缺。"思君如流水"，"如流水"既是比辞又是兴辞，而"思君"则是直叙胸臆之事，是赋辞。"高台多悲风"亦如是，只是其兴比之义更婉曲深远而已。兴比赋构成的"兴象"或"意象"，析而道之便是"干之以风力，润之以丹彩"。钟嵘以"风力"称建安文学与刘勰一致。《文心雕龙·时序》论建安文学："观其时文，雅好慷慨，良由世积乱离，风衰俗怨，并志深而笔长，故梗概而多气也。"① 此谓"建安风骨"。"风力"、"风骨"，从文体学的角度去看，都与曹丕《典论·论文》之"文气"说有关。文以气质为体，其气质可指才气、情气以及文章气势等。"干之以风力"之"风力"不外乎"三气"的表现，以此"风力"为诗体骨干，不仅意在突出诗歌感发力，亦是揭示此一感发力的根源在诗人情志与个性。其呼应了"直寻"以及"真美"说。其说用心在于纠永明新体拘泥于声律及滥用典事而伤诗之"真美"之弊。何为"真美"？《诗品序》云："文制本须讽读，不可蹇碍，但令清浊通流，口吻调利，斯为足矣。"② 言下之意，"只要诗歌的音调和谐，诵读之时朗朗上口即可。为细琐的诗律规则所束缚的人工的音调的和谐之美并不是真美。只有在诗人遵循其内在的规律，并且表现其真性情时，诗歌的节奏之美才是自然天成的。而钟嵘认为这恰恰就是诗歌的'真美'所在"③。"自然"是"真美"说的要义，也是"直寻"说的要义。按"文气"说，"个性"即"自然"，就"语体"而言，则蕴含了"言体"化的倾向。但此一倾向，并不构成对诗歌语体文体化或曰近体化大趋势的否定，换而言之，

①周振甫：《文心雕龙今译·时序第四十五》，北京：中华书局，1986年，第399页。
②吕德申：《钟嵘〈诗品〉校释》，北京：北京大学出版社，1986年，第157页。
③［日］林田慎之助著，独孤禅觉译：《钟嵘的文学理念》，载胡晓明编：《中国文论与名家典范》，上海：华东师范大学出版社，2013年，第204页。

钟嵘并非反对丽辞偶对而主张诗歌语言的散文化。他之所以反对频繁用典，是因为用典者卖弄学问，拘挛补衲，拼凑饾饤，语无已意，丧失情趣，违背了诗体大义；之所以反对人为声律，拘忌声病，并非欲弃绝诗体音韵之美，而是因为声病拘忌危及了诗语讽诵的气韵流畅，展义骋情。① 故钟嵘在"干之以风力"的基础上，同时又强调"润之以丹采"，进而推崇陈思王五言诗"骨气奇高，词采华茂，情兼《雅》怨，体被文质"②，以之为"上品"的文体典范。其品第五言高下正是依照此一标准的，观其评论刘桢"壮气爱奇，动多振绝。真骨凌霜，高风跨俗。但气过其文，雕润恨少"③，便可一目了然。

　　钟嵘云酌用"三义"，又谓"干之以风力，润之以丹彩"，先后相承，都是用来说明篇体的格局及其构成。至于其后"若专用比兴，则患在意深"云云，无非进一步申说诗歌"兴"体达成，必得三义互用，不可偏废而已。偏废无非有两种情形："专用比兴"与"但用赋体"。前者之患在"意深词踬"，亦即文意深奥难明，文词艰涩而气韵不畅；后者之患在于"意浮文散"，亦即文意浅露漂浮，意脉不显，故而文词散漫流移而无体统。偏废之为病皆因失体，失体自

---

①学者王发国认为，钟嵘对沈约及其声律说的态度缘起于迎合梁武帝的趣好。其文云："联系《诗品序》对梁武帝'文丽日月，赏究天人'的恭维和《钟嵘传》中所记钟嵘在梁代'迎合'时政的表现以及史传所载梁武对沈约的一系列不满态度，不难发现钟嵘列沈约于中品及反对沈约声律论的真正原因是要和梁武帝保持一致，而非如《南史·钟嵘传》所说的'追宿憾'。"文见氏著：《周振甫诗品译注同评共估（上）》，《西南民族大学学报》，2004年第4期。

②吕德申：《钟嵘〈诗品〉校释》，北京：北京大学出版社，1986年，第69页。

③吕德申：《钟嵘〈诗品〉校释》，北京：北京大学出版社，1986年，第72页。

然不易产生"味之者无极,闻之者动心"的审美效果。①

综上言之,钟嵘诗体观仍然在"缘情绮靡"、"缘情体物"的范畴之中。"三义"之说,以"兴"为首,又以"兴"体义兼"比"、"赋",其实际用心或在于继玄言、山水与咏物诗次第勃兴之后,反思五言新体如何由一味崇智与游戏的风气中摆脱出来,复归诗体大义。此举与刘勰论文原道异曲同工。

以上澄清了钟嵘诗体观之大义,现在再回到"秀句"问题也就易于把握了。就《诗品》"谢朓"条的论述看,"秀句"是一章中的"玉"句。"秀句"之所以为"玉"句,无非是其体构合乎"兴体"的标准,切合诗歌体类之大义而已。因此,"秀句"不妨名为"兴句"。只是这里有必要说明一点,此"兴句"与《诗》"六义"说的"兴句"有别,因为此处"兴"义是体兼比赋的。张伯伟在论及钟嵘诗学立论的创作基础时说:

> 若就创作方面加以考察,乃以汉魏而下的五言诗为主。五言诗与四言诗,从表面上看只是一字增减的差异。而实际上在表现手法和审美效果等方面,都有许多不同。若就"兴"而言,按照传统的说法,在《诗经》中是一种表现手段,且位置在于一篇或一章之首。后世诗歌则多不分章,所以"兴"可以在篇首,也可以在篇中或篇末。

并以《古诗十九首·行行重行行》为例说明"兴句"之所在位置的变化及其在篇体构成中的作用:

---

① 行文至此,不难发现钟嵘的重自然声律、反对用事、标举"直寻"和"三义"互用,亦或多或少继承了沈约"文章三易"说的宗旨。《颜氏家训卷四·文章第九》云:"沈隐侯曰:'文章当从三易:易见事,一也;易识字,二也;易读诵,三也。'"(颜之推著,王利器集解:《颜氏家训集解》,北京:中华书局,1993年,第272页)

从第一句到第六句，极写别离之苦，转接无痕的时空交错，增强了感情的广度和浓度。"行行重行行"，是空间上的越走越远，也是时日上的越去越久。三、四句以"万余里"、"天一涯"抒写空间之辽远，五、六句则又由空间暌隔之"阻且长"，转入时间上"会面安可知"的遥遥无期。从诗意的表达来说，至此亦可形成一个间歇或跌宕。如果紧接以"相去日已远，衣带日已缓"，从句意的发展来看，连结得是很紧密的，但就感情的抒发而言，则又显得过于促迫。于是就有了七、八两句——"胡马依北风，越鸟巢南枝。"正属于"兴词"。

所论"兴词"之安排，其主要功能在于调节抒情的节奏。至于"兴词"的认定，张氏依据旧题王昌龄《诗格》所归纳的诗体十四种"入兴"方式，并借鉴了吴淇《古诗十九首定论》中的相关评语：

> 古诗："行行重行行，与君生别离。相去万余里，各在天一涯。道路阻且长，会面安可期。胡马依北风，越鸟巢南枝。"此六句叙事，一句衣带。
>
> ——《诗格》

> "行行"六句，一直赋去，如骏马下坂。忽用七句、八句作二比顿住，以下却缓缓赋来，格调最好……第七八句忽插一比兴语，有三义：一以紧应上"各在天一涯"，言北者自北，南者自南，永无相会之期；二以依北者北，依南者南，凡物皆有所依，遥伏下文"思君"云云，见己之心身唯君子是依；三以依北者不思南，巢南者不愿北，凡物皆有故土之恋，见游子当一返顾，以起"相去日已"云云。
>
> ——《古诗十九首定论》

因此，张氏认定"胡马"、"越鸟"二句就是"兴词"，尽管它不在篇首。"由于这两句诗含义丰富，吴淇谓其'有三义'，故能令人回味无穷。也就是钟嵘所谓'文已尽而意有余,兴也'。"①此两句作为"兴句",意义尚不仅仅在其"有三义",而且还在于其有"意"有"象"——"胡马"、"越鸟"、"北风"、"南枝"为意象;有"情"有"理"——"胡马"有依,"越鸟"有巢含其情,所依所巢者各得其所喻之理。一言以蔽之,曰:体兼兴比赋三义。古诗"兴句"之类例如此,钟嵘所谓的篇体非完璧之诗的"秀句"当不外乎其义,钟嵘"直寻"说中所举句例当属兴体秀句,前此分析,已有所点明,无须赘述。当然,此处尚需进一步说明的是谢朓诗与"秀句"的关系,因为《诗品》中正面出现一次"秀句"概念的情形毕竟只在有关"谢朓"的评语中。

　　《诗品》"谢朓"条谓谢诗"善自发诗端,而末篇多踬,此意锐而才弱也"②,历来注家对此作注时所引诗例多包括《暂使下都夜发新林至京邑赠西府同僚》《观朝雨》《郡内高斋闲望答吕法曹》《之宣城郡出新林浦向板桥》等诗。四诗发端句分别为:"大江流日夜,客心悲未央"、"朔风吹飞雨,萧条江上来"、"日出众鸟散,山暝孤猿吟"、"天际识归舟,云中辨江树",而其篇末句又分别为:"常恐鹰华击,时菊委严霜。寄言蔚罗者,寥廓已高翔"、"方同战胜者,去翦北山莱"、"若遗金门步,见就玉山岑"、"虽无玄豹姿,终隐南山雾"。其端句毫无例外被视为名句,而对篇末之句的评价,注家虽有异议,但其毫无例外属用事则无疑。③先来看这些用典的句子。这些句子无疑都可以说"文已尽而意有余",有言外之意,且体兼兴比赋三义,为何钟嵘还要视之为"踬"呢?稍作分析便可发现,其与作为名句的发端句相比,唯一的区别在于其非直寻目击,得之自然,

①相关内容参张伯伟:《钟嵘诗品研究》,南京:南京大学出版社,1999年,第
　　103—106页。
②吕德申:《钟嵘〈诗品〉校释》,北京:北京大学出版社,1986年,第143页。
③参谭笑:《钟嵘〈诗品〉谢朓条疏证》,中央民族大学硕士学位论文,2012年。

而是臆想智得,其"兴"更多类似于刘勰"兴寄",亦即"隐"的范畴。至于发端句无不属于刘勰论"秀句"所云:"并思合而自逢,非研虑之所课也。"① 若拟用钟嵘的话语去说当即:"惟才盛而自逢,非意锐之所课也。"要之,钟嵘"秀句"之"兴",体兼比赋,其"兴"之义重点还在感兴自然,而非一般意义上的文外重旨,言外之意。

行文至此,我们可以非常清晰地看出刘勰、钟嵘"秀句"说之明显差异:刘勰将"隐"体与"秀"体并论,不废用事与兴寄,表现出了整合"言志"诗学与"缘情"诗学的宗旨,而钟嵘明确反对用事,推崇直寻感物之"兴"而淡化甚至放逐寄托之"兴",实为"缘情"诗学之光大而与刘勰大异其趣。②

二、元兢对选本传统的批评与诗体观

《秀句序》开篇即云:

> 晚代铨文者多矣。至如梁昭明太子萧统与刘孝绰等撰集《文选》,自谓毕乎天地,悬诸日月。然于取舍,非无舛谬。方因秀句,且以五言论之。至如王中书"霜气下孟津",及"游禽暮知返",前篇则使气飞动,后篇则缘情宛密,可谓五言之警策,六义之眉首。弃而不纪,未见其得。及乎徐陵《玉台》,僻而不雅;丘迟《钞集》,略而无当。③

---

① 周振甫:《文心雕龙今译·隐秀第四十》,北京:中华书局,1986年,第356页。

② 当然,钟嵘推崇兴体秀句或曰"兴句"(其内核在于"兴象"),而弃用事,其因缘与其诗体观及其审美理想有关外,究其实际,尚与当时诗歌吟咏酬唱,口耳相承的创作与接受生态有关。沈约等始拘忌声病,倡导人为声律及"三易"说亦基于此背景。

③ [日]遍照金刚撰,卢盛江校考:《文镜秘府论汇校汇考》,北京:中华书局,2006年,第1539页。

文中评语可用以窥测其诗学思想的是针对《文选》与《玉台》的文句。《文选》的问题是"取舍舛谬",该选的未选,如王融五言诗《古意》二首[1]:

（一）

> 霜气下孟津,秋风度函谷。念君凄已寒,当轩卷罗縠。纤手废裁缝,曲鬓罢膏沐。千里不相闻,寸心郁氛氲。况复飞萤夜,木叶乱纷纷。

（二）

> 游禽暮知反,行人独不归。坐销芳草气,空度明月辉。嚬容入朝镜,思泪点春衣。巫山彩云没,淇上绿条稀。待君竟不至,秋雁双双飞。

按元氏说法:"前篇则使气飞动,后篇则缘情宛密。"据卢盛江《文镜秘府论汇校汇考》,第一句的表述源于刘勰,《文心雕龙》"才略"、"诠赋"分别有"阮籍使气以命诗"与"延寿《灵光》含飞动之势"的说法;第二句则直接承之陆机《文赋》"缘情绮靡"。[2]就诗去看,"霜气下孟津"一句显然是物色感兴的句子,按钟嵘的说法,"下孟津"既是"指事"亦是"造形",兴中有"赋"。从"造形"("寓言写物")的角度去看,句子有一种气势,故元兢说"使气飞动"。第二句语体构成同第一句,与之构成联对。就偶对而言,并不精工,"霜气"、"秋风"略显义重,犯了刘勰所谓的"重出"病(上官仪称之为"字词名对病")。接下来的几联除"曲鬓罢膏沐"化用《诗

---

① 诗文本据[陈]徐陵编,[清]吴兆宜注,程琰删补,穆克宏点校:《玉台新咏笺注》,北京:中华书局,1985年,第157页;诗歌次第依《秀句序》。

② 参[日]遍照金刚撰,卢盛江校考:《文镜秘府论汇校汇考》,北京:中华书局,2006年,第1549页。

经》典事外①，"多非补假，皆由直寻"所得的句子。"念君凄已寒，当轩卷罗縠"，乃直承第一联物侯变化的凄寒而来的念想与行为，饱含恋人间的情谊。该联接近流水对，兴兼赋，自然成对，一气直下。第三联"纤手废裁缝，曲鬓罢膏沐"对仗工巧，虽用事，但"易见事"若"赋"，不着痕迹。文势至此稍顿，情气婉转，因久已离别而生的闺怨之情和盘托出且叙事含蓄。该联蓄势已满，自然引出"千里不相闻，寸心郁氛氲"一联。第四联文虽偶对，但上下句的意蕴构成的是因果关系，故情气一贯。该联的情势聚焦于"郁氛氲"的赋形之句。"郁氛氲"直接摹写深秋萧瑟郁结的气象以状闺妇复杂的心理状态——是郁闷压抑？是忧是怨是嗔？应该都是。"况复飞萤夜，木叶乱纷纷"一联作结，续写秋天气象，亦属物色感兴的句子，但义有所推进，点明了闺妇纷乱凄凉寂寥之情，同时又回护句首，整诗气脉流畅，气象浑然。故谓之"使气飞动"。

至于第二首的首句"游禽暮知反"，作为感兴的句子的特点是兴体兼赋与比，由其对句"行人独不归"看，该联以比起兴的意义更为明显。接下来三联属对工巧，语体句式的构造一因首句，比赋起兴，反复渲染烘托思妇芳华流逝，思君君不归而产生凄苦、落寞与孤独之情。第三联属用事，亦有不落痕迹之妙。②"待君竟

---

① "曲鬓"化用《诗经·小雅·采绿》："予发曲局，薄言归沐"；"罢膏沐"，用《诗经·卫风·伯兮》意："自伯之东，首如飞蓬。岂无膏沐？谁适为容！"（李学勤主编：《十三经注疏·毛诗正义》，北京：北京大学出版社，1999年，第918、243页）

② "巫山"化用宋玉所赋高唐巫山神女故事；"淇上"用《诗经·鄘风·桑中》"送我乎淇之上"意。（参萧统编：《文选·高唐赋》，上海：上海古籍出版社，1986年，第875—882页；李学勤主编：《十三经注疏·毛诗正义》，北京：北京大学出版社，1999年，第191页）

不至，秋雁双双飞"，上句赋写，直书其事；下句为物色感兴句，用赋写，但多用比义。全联再次突出思妇所处寂寥落寞之境，烘托出其凄苦孤独之情。与第一首诗相比，其语体特点：工于对仗，繁复紧密，兴象构成多用比义。正因此，元兢谓之"缘情宛密"，"宛密"亦即"绮靡"之义。

上两例元兢谓之为"五言之警策，六义之眉首"。钟嵘《诗品》谓陈思《赠弟》、仲宣《七哀》、公干《思友》等作，"斯皆五言之警策者也"。又《文心雕龙·宗经》云："故文能宗经，体有六义：一则情深而不诡，二则风清而不杂，三则事信而不诞，四则义直而不回，五则体约而不芜，六则文丽而不淫。"《文心雕龙·风骨》云："诗总六义，风冠其首。斯乃化感之本源，志气之符契也。"卢盛江据之谓元兢的说法亦承之钟嵘与刘勰。① 当然，元兢的说法有自己的特点。钟嵘用"警策"一语是就五言诗全体而言的，其义与"六义"眉首直接关联，也即是说，这些诗都很好地继承了风诗缘情的传统，合乎五言诗"缘情体物"的诗体大义，是谓之"警策"。而元兢则是由发端秀句以论及全篇的，其所谓"五言之警策"，实即"霜气下孟津"、"游禽暮知反"之类的"秀句"。这些"秀句"之所以能成为全篇之"警策"是因为其作为"兴句"体现了风诗缘情的意义，而且其语体构成及其风格，为全篇奠立了基调和框架结构，如"使气飞动"、"缘情宛密"云云。前者偏质气、气韵，后者偏文采意象。在"言—文"的语体构成中，前者言体化——多用散句，后者文体化——以偶对为工。此外，与钟嵘严别诗、文语体，反对用事不同，元兢是赞成诗体用事的。

---

① 参［日］遍照金刚撰，卢盛江校考：《文镜秘府论汇校汇考》，北京：中华书局，2006年，第1549—1550页。

　　元兢评价徐陵《玉台》，用的是"僻而不雅"。何谓"僻而不雅"，由于未举例，详情不得而知。但值得一提的是，《文选》"弃而不纪"的王融的两首《古意》诗，《玉台》是收录的。故元兢"僻而不雅"并不能视为元兢对《玉台》的通盘否定，这里我们所能肯定的只是："雅"亦是元兢选文的审美标准之一。

　　钟嵘《诗品》曹植条云："其源出于《国风》。骨气奇高，词采华茂，情兼《雅》怨，体被文质。"① 其中"情兼雅怨"亦涉及"雅"。关于"雅怨"，学者们有不同解释，概而言之有"三说"。第一说认为"雅怨"为偏正结构，即"《雅》怨"。其源自《史记·屈原列传》："《国风》好色而不淫，《小雅》怨诽而不乱。"第二说认为"雅怨"为并列结构，指两种美学风格，即指雅正与怨诽两种美学风格。第三说为李定广之新说，其折衷二说而指出："钟嵘认为五言诗有《国风》《小雅》和《楚辞》三源，曹植诗源出于《国风》，同时兼备《小雅》和《楚辞》的特点，故而最高。"故"情兼雅怨"之"雅"，即指《小雅》及其所代表的风格，"怨"则是指《楚辞》及其所代表的风格。"三说"皆通，但比较而言，李定广说兼顾到了钟嵘对曹植诗的文体源流史的定位："陈思之于文章也，譬人伦之有周孔，鳞羽之有龙凤，音乐之有琴笙，女工之有黼黻"，说明了钟嵘的意图："曹植诗之源虽为《国风》，但又能兼该《小雅》和《楚辞》，这样，既得经（《国风》《小雅》）之正（即宗经），又得辞人（《楚辞》）之长，这样才能称得上真正的诗人之冠"。② 故李说最为可取。可见，钟嵘虽反对诗体用事，但就文体学而言，其与刘勰同样秉持正本清源的

① 吕德申：《钟嵘〈诗品〉校释》，北京：北京大学出版社，1986年，第69页。
② 以上参李定广：《"情兼雅怨"的内涵与曹植诗的"集大成"地位》，《上海师范大学学报》2014年第6期。

文统文体观。刘勰《文心雕龙·宗经》云：

> 故论、说、辞、序，则《易》统其首；诏、策、章、奏，则《书》发其源；赋、颂、歌、赞，则《诗》立其本；铭、诔、箴、祝，则《礼》总其端；纪、传、铭、檄，则《春秋》为根：并穷高以树表，极远以启疆，所以百家腾跃，终入环内者也。

> 若禀经以制式，酌雅以富言，是仰山而铸铜，煮海而为盐也。故文能宗经，体有六义：一则情深而不诡，二则风清而不杂，三则事信而不诞，四则义直而不回，五则体约而不芜，六则文丽而不淫。杨子比雕玉以作器，谓"五经"之含文也。夫文以行立，行以文传。四教所先，符采相济。励德树声，莫不师圣，而建言修辞，鲜克宗经。是以楚艳汉侈，流弊不还。正末归本，不其懿欤？①

《辨骚》又云：

> 自风雅寝声，莫或抽绪，奇文郁起，其《离骚》哉！固已轩翥诗人之后，奋飞辞家之前……

> 观其骨鲠所树，肌肤所附，虽取熔经意，亦自铸伟辞……

> 若能凭轼以倚《雅》《颂》，悬辔以驭楚篇，酌奇而不失其真，玩华而不坠其实；则顾盼可以驱辞力，欬唾可以穷文致，亦不复乞灵于长卿，假宠于子渊矣。②

文"雅"的要义在于文能"宗经"，"宗经"的体义既在义理，又在"语体"，亦即"禀经以制式，酌《雅》以富言"之谓也。后者主要就"语体"而言，所谓"酌《雅》以富言"，王运熙等译作"酌取《尔雅》

---

① 周振甫：《文心雕龙今译·宗经第三》，北京：中华书局，1986年，第30—31页。
② 周振甫：《文心雕龙今译·辨骚第五》，北京：中华书局，1986年，第40—46页。

的语言来丰富语汇"①，实即语体的"典雅"化或"文体"化。但刘勰并非一味推崇古雅语体，他同时也肯定了屈原"骚体"的"自铸伟辞"，并赞美《楚辞》"能气往轹古，辞来切今，惊采绝艳，难与并能矣"②。说明刘勰对才情化、个性化或曰"言体化"的语体倾向并不排斥，而是力求文章语体保持一种"言—文"的张力。元兢既褒"使气飞动"，又扬"缘情宛密"，应具有同样意义；其反对"僻而不雅"，所谓"僻"者，亦当与刘勰所针对的"酌奇而失其真，玩华而坠其实"、钟嵘所指陈的"庸音杂体，各各为容"③的文体失其统绪，"言—文"失去张力的流弊有关，故其所谓"雅"亦当秉承了刘勰、钟嵘正本清源的文统文体观之以"宗经"为"雅"的脉络。

请看元兢对褚亮秀句集《古文章巧言语》的批评：

> 皇朝学士褚亮，贞观中，奉敕与诸学士撰《古文章巧言语》，以为一卷。至如王粲"灞岸"、陆机《尸乡》、潘岳《悼亡》、徐干《室思》，并有巧句，互称奇作，咸所不录。他皆效此。诸如此类，难以胜言。借如谢吏部《冬序羁怀》，褚乃选其"风草不留霜，冰池共明月"，遗其"寒灯耿宵梦，清镜悲晓发"。若悟此旨，而言于文，每思"寒灯耿宵梦"，令人中夜安寝，不觉惊魂，若见"清镜悲晓发"，每暑月郁陶，不觉霜雪入鬓。而乃舍此取彼，何不通之甚哉。褚公文章之士也，虽未连衡两谢，实所结驷二虞，岂于此篇，咫步千里。良以箕毕殊好，风雨异

---

① ［南朝梁］刘勰著，王运熙、周锋撰：《〈文心雕龙〉译注》，上海：上海古籍出版社，1998年，第22页。

② 周振甫：《文心雕龙今译·辨骚第五》，北京：中华书局，1986年，第45页。

③ 吕德申：《钟嵘〈诗品〉校释》，北京：北京大学出版社，1986年，第55页。

宜者耳。①

元兢认为，王粲《七哀》等四诗"并有巧句，互称奇作"，而诸学士"咸所不录"。四诗中的《七哀》《室思》两首在钟嵘《诗品序》中出现过，前者属"五言之警策者"之列，后者则是钟嵘"直寻"说众多诗例之一。这里可以看出元兢与钟嵘之间的渊源关系，只是其所称引的"秀句"是否一致，于此很难论定。最能反映元兢"秀句"观和判断"秀句"标准的则是其对小谢《冬序羁怀》诗中"秀句"之异议。《冬序（绪）羁怀》②诗文如下：

> 去国怀丘园，入远滞城阙。
>
> 寒灯耿宵梦，清镜悲晓发。
>
> 风草不留霜，冰池共如月。
>
> 寂寞此闲帷，琴樽任所对。
>
> 客念坐婵媛，年华稍苒蒨。
>
> 夙慕云泽游，共奉荆台绩。
>
> 一听春莺喧，再视秋虹没。
>
> 疲骖良易返，恩波不可越。
>
> 谁慕临淄鼎，常希茂陵渴。
>
> 依隐幸自从，求心果芜昧。
>
> 方轸归与愿，故山芝未歇。

"风草不留霜，冰池共明月"一联，其巧在形似体物，用钟嵘的话说亦即有"指事造形"之妙。褚学士选此，"正反映出唐初士人习稔于六朝诗风，在诗歌口味上偏向外在物色的表现，而非情

---

① ［日］遍照金刚撰，卢盛江校考：《文镜秘府论汇校汇考》，北京：中华书局，2006年，第1539—1540页。

② 以下诗文本据曹融南《谢宣城集校注》，上海：上海古籍出版社，1991年，第269页。"明月"作"如月"。

绪的抒发"①。元兢云:"每思'寒灯耿宵梦',令人中夜安寝,不觉惊魂;若见'清镜悲晓发',每暑月郁陶,不觉霜雪入鬓。"可见,元兢理解的"秀句"就是钟嵘"干之以风力,润之以丹彩,使味之者无极,闻之者动心"的"兴句"。

三、"秀句"与"兴寄"

　　常与诸学士览小谢诗,见《和宋记室省中》,诠其秀句,诸人咸以谢"行树澄远阴,云霞成异色"为最。余曰:诸君之议非也。何则?"行树澄远阴,云霞成异色",诚为得矣,抑绝唱也。夫夕望者,莫不镕想烟霞,炼情林岫,然后畅其清调,发以绮词。府行树之远阴,瞰云霞之异色,中人已下,偶可得之。但未若"落日飞鸟还,忧来不可极"之妙者也。观夫"落日飞鸟还,忧来不可极",谓扪心罕属,而举目增思,结意惟人,而缘情寄鸟。落日低照,即随望断,暮禽还集,则忧共飞来。美哉玄晖,何思之若是也。诸君所言,窃所未取。于是咸服,咨余所详。②

　　以上涉及元兢在周王府参军任上与诸学士讨论小谢诗,诠选秀句的情形。周王府中的诸学士对小谢《和宋记室省中》诗的欣赏,一如秦王府学士褚亮推崇物色描绘,对"行树澄远阴,云霞成异色"一联表现出了浓厚的兴趣,以之为秀句之最。而元兢则力排众议,终激赏诗之首联"落日飞鸟还,忧来不可极"。元兢如此诠选,自有其理由。对此,学者查正贤有精彩释论:

---

① 查正贤:《元兢〈诗人秀句序〉释论——兼论其诗学对盛唐诗歌发展之意义》,《北京大学学报》,2005年第3期。
② [日]遍照金刚撰,卢盛江校考:《文镜秘府论汇校汇考》,北京:中华书局,2006年,第1555页。

其理由在于这一联极能写出作者的忧苦之情，尤其是小谢能巧借所见物色写出难言之情，这才是真正的秀句。可以看到，同他批评褚亮时重在诗歌以情绪感发读者相比，元兢在这里注意到的是诗歌的创作过程，而且是关注创作中如何通过物色来表现情绪这一根本问题。所谓"扪心罕属，而举目增思"，意谓诗人之忧思郁结于心，难以抒发，所以举目骋想。诗人这样做的目的，不仅是要藉外物纾解忧思，而且是试图在物色中使原本模糊不清的情绪得到更加清晰的呈现，前者可以说是每一个人都能够想到的，后者则非诗人不能深切体会到，所谓"增思"的本意正在此处。小谢正是在举目增思之时，发现落日飞鸟与其忧思正相发明，"暮禽还集，则忧共飞来"正是这个意思。因此元兢指出，这一联的好处正在于它将人的情绪寄寓于即目所见的外在物色，这样的构思才是美的，这样的诗句才是真正的秀句。①

诚如查氏所言，元兢关注的焦点涉及了创作论的问题，亦即"创作中如何通过物色来表现情绪这一根本问题"。但究其实质，仍然属于诗学诗体观的问题。"夫夕望者……中人以下，偶可得之"云云，乃说明"行树澄远阴，云霞成异色"一联不过是特定的"物色"（"清调"）巧借"丽辞"（"绮词"）的形式而得以自然呈现而已，其妙其得亦只在于指事造形。形理如此，不得不然，"中人以下，偶可得之"，故说不上个性或创造性。至于"落日飞鸟还，忧来不可极"一联，其上句虽然不外乎即目所见，即用"赋"法直写"物色"，但其引出的"下句"却是"胸臆之辞"（亦是"赋法"直呈）。按

---

① 查正贤：《元兢〈诗人秀句序〉释论——兼论其诗学对盛唐诗歌发展之意义》，《北京大学学报》，2005年第3期。

元兢的解释,诗人本来志虑在中,无以寄托(即所谓"扣心罕属"之意),故而举目而望,恰与落日飞鸟相遇,顿时忧思纷飞("举目增思"之谓),"怀归"之志得"喻"。正所谓"结意惟人,而缘情寄鸟",用钟嵘的说法,亦即"因物喻志"的比义。① 可见,"落日飞鸟还,忧来不可极"一联,就其语体特点而言不在"绮词"而在"兴寄"。故其背后的诗学虽表现为"缘情",但其根本已直抵"言志"。元兢的"秀句"文体观,其复"古体"的倾向甚为明显。故其总论诠选"秀句"标准云:

> 余于是以情绪为先,直置为本;以物色留后,绮错为末。助之以质气,润之以流华,穷之以形似,开之以振跃。或事理俱惬,词调双举。有一于此,罔或子遗。时历十代,人将四百,自古诗为始,至上官仪为终。②

文中"情绪/物色"、"直置/绮错"范畴两两相对,先后、本末分明。学者查正贤认为,前一对范畴直接渊源于刘勰《文心雕龙》之《情采》与《物色》两篇,且亦与刘勰强调"情"为"文之经",是"立文之本源",文章以"述志为本"之义相贯通;而后一对范畴又与钟嵘"直寻"说声气相通。要言之,"元兢的这一主张,是越过了六朝延续至初唐的偏重物色而忽视情绪的诗歌口味,直接接续了刘勰、钟嵘的理论传统"。③ "直置"的概念,还见于《文镜秘府

---

① 中唐皎然五格品诗谓大谢"真于情性,尚于作用,不顾辞彩,而风流自然"(参张伯伟:《全唐五代诗格汇考》,南京:凤凰出版社,2002年,第229页),其论诗标准及其审美观可于元兢此例找到最早的源头。

② [日]遍照金刚撰,卢盛江校考:《文镜秘府论汇校汇考》,北京:中华书局,2006年,第1555页。

③ 参查正贤:《元兢〈诗人秀句序〉释论——兼论其诗学对盛唐诗歌发展之意义》,《北京大学学报》,2005年第3期。

论·南卷·论文意》："《谏猎书》甚简小直置，似不用事，而句句皆有事。"①《诗品》谓陆机"尚规矩，不贵绮错，有伤直致之奇"②，其中"直致"与"绮错"对举，实与"直置"同义；"助之以质气，润之以流华"与《诗品》所谓"干之以风力，润之以丹采"之表述亦若合符节，故元兢之于钟嵘的继承关系是一目了然的。但亦有学者指出了其间的区别。日本学者中泽希男云："钟嵘崇尚'直寻'，反对用典雕饰，注重自然谐调，站在极力反对沈约声病说的立场上，元兢一方面在诗的本质问题上继承钟嵘说，主张'以情绪为先，直致为本'，另一方面又著《诗髓脑》，热心于属对声病说。钟嵘说是复古派的源流，而元兢说则代表了唐初折衷的主张。这就使他的主张和钟嵘说本相同而末显著不同。"③但无论如何，针对当时"上官体""绮错婉媚"的偏向，元兢同时强调"使气飞动"、"缘情寄物"的"秀句"观之于五言近体诗的发展显然在理论上具有革新的意义，与其属对、声病说一样，既强调了诗体的意趣与格调，又注意到了语体组织的"言—文"均衡与张力。

小　结

　　元兢的"调声"三术、新"八病"说，以及"对属"论，从理论上落实了梁陈以来的声律探索成果，确立了句对联黏的近体声律规范；淡化韵纽四病、传统丽辞偶对的硬性要求，以及强调"撷腰"、

①[日]遍照金刚撰，卢盛江校考：《文镜秘府论汇校汇考》，北京：中华书局，2006年，第1357页。
②吕德申：《钟嵘〈诗品〉校释》，北京：北京大学出版社，1986年，第79页。
③中泽希男：《文镜秘府论札记续记》，转引自卢盛江《文镜秘府论汇校汇考》，北京：中华书局，2006年，第1564—1565页。

"解镫"两种句式互用,为增强文辞的表意性、诗歌意境的创造开辟了文体学空间。

元兢的秀句诗学代表了一种新的诗学审美观——"婉媚"与"刚健"并重,"缘情"与"兴寄"合流。元兢有关"秀句"的思想始于"龙朔",而四杰继后而起,有力抨击了"龙朔文体"之积弊。杨炯《王勃集序》云:"尝以龙朔初载,文场变体,争构纤微,竞为雕刻。糅之金玉龙凤,乱之朱紫青黄,影带以狗其功,假对以称其美。骨气都尽,刚健不闻。"① 很显然,四杰倡导风骨凛然、刚健有力的文风,元兢实导夫先路,且更为辩证。有学者谓元兢诗学"基本上结束了唐人以声病、对属为中心的诗学兴趣,使之转到对诗歌体势的探讨上来。这是一个转折性的变化,开拓了初唐诗学一个新的发展方向"。② 此间所谓"体势"实与诗体的意趣与格调,或曰诗体大义有关:于诗歌小体的偶对、声律形式之外复追求诗歌体制的完整性。其文体学本质在于,将刘勰接续的以"比兴寄托"为大体之义的儒家文统文体观引入近体诗学。

----

① [唐]杨炯著,徐明霞点校:《杨炯集》,北京:中华书局,1980年,第36页。
② 参查正贤:《从声病到体势——论龙朔—开元间诗学发展及其实践》,《文艺理论研究》,2005年第5期。

律诗文体建构
与礼乐文化传统

张国安 著

下 册

中华书局

第十章 "沈宋体"与律诗定体辨

本文已有研究表明,就创作的实际看,五言诗体的律化至王绩,就其"小体"声律形式而言,基本上已趋于定型。只是王绩作为隐逸诗人长期处于主流诗坛之外,在当代及后世的影响都极为有限,加之体现于其实践成果的诗体观念并未同时呈现为系统的理论形态,故其在诗体演化史上的意义与地位至今未得到合理评估与充分肯定。关键是,唐人自身在反思律诗定体时,一开始就跳过了王绩。自中唐以下,文献总的趋势是将沈佺期(656?—716?)、宋之问(656?—712)暨所谓"沈宋体"与律诗定体加以关联的。今人许总概述了此一历史线索:

> 在中国文学史上,沈佺期与宋之问并称,他们的作品被称为"沈宋体",被视为唐代律诗定型的标志。如唐代中期的元稹在《唐故工部员外郎杜君墓系铭》中云"唐兴,学官大振,历世之文,能者互出,而又沈、宋之流,研练精切,稳顺声势,谓之为律诗",首次将"沈宋"之名与"研练精切,稳顺声势"意义上的"律诗"之体联系起来。其后,北宋宋祁在《新唐书·宋之问传》中云"汉建安后迄江左,诗律屡变,至沈约、庾信以音韵相婉附,属对精密,及之问、沈佺期又加靡丽,回忌声病,约句准篇,如锦绣成文,学者宗之,号为沈、宋",进而在诗歌律化进程的文学史意义上标明沈、宋与律诗形制的关

系及其地位。张表臣《珊瑚钩诗话》亦云"苏、李而上,高洁古淡,谓之古;沈、宋而下,法律精切,谓之律",则将沈、宋比配创制汉代五言古诗的苏、李而为唐代律诗精切定制的表征。至南宋,严羽撰《沧浪诗话》,不仅明标"沈宋体",而且在《诗体》开篇即云"风雅颂既亡,一变而为离骚,再变而为西汉五言,三变而为歌行杂体,四变而为沈、宋律诗","沈、宋"与"律诗"已合为一词,并进而被作为整个中国诗史上诗体嬗革过程的第四大变,亦即囊括发轫于六朝、极盛于唐代、渊被于宋世的一个漫长的诗体演进阶段的标志。沧浪论诗,在明清时期影响至大,因而将沈、宋与律诗关系构合定格,也就一直延承下来,如王世贞《艺苑卮言》"五言至沈、宋始可称律"、冯班《钝吟杂录》"沈、宋既裁新体"之类,在明清诗论中实在不胜枚举。①

由以上线索看,在历代史家的视野中,律诗的定体或定型确与沈、宋有关,理论上说,"沈宋体"代表了定体律诗或曰律诗正体。但沈、宋之所以为史家共推为唐律之祖,其实际意义究竟如何?在今天看来需要重新审视,并进一步加以探讨。

第一节　"沈宋体"律诗内涵今论之反思

"沈宋体"之所以被命名为律诗,显而易见,因其体征象在"律"。何谓"律"?综合唐宋人"研练精切,稳顺声势"、"以音韵相婉附,属对精密"、"又加靡丽,回忌声病,约句准篇"、"法律精切"之类的说法,学者吴小平将其概括为声律、对偶与篇制三个方面,认为:"总起来说,声律必须讲究平仄黏对,篇制必须以五言八

---

① 许总:《"沈宋体"形式与内涵新论》,《江西师范大学学报》,2002年3期。

句式为基础，对偶必须以中间二联作位置，这就是五言律诗的'法律'、'纪律'或'规矩'；三者有机完美地统一起来，便构成了五言律诗。"① 吴氏文专就五言律诗立说，这与五言律诗最早成熟及文献普遍视沈、宋为五言律诗的定型者的看法有关。但其"篇制必须以五言八句式为基础"的说法显然脱离了"沈宋体"语境。因为《元氏长庆集》《白氏长庆集》中的"律诗"别类表明，其时八句式的定律仍未确立。所谓"约句准篇"，杜晓勤认为："是将律诗的篇幅定为二韵四句、四韵八句、六韵十二句等几种偶数韵脚的篇制，而三韵六句、五韵十句、七韵十四句等奇数韵脚的篇制，在'沈宋体'中则很少使用或基本不用了，但并未定为四韵八句这一篇制。"② 杜氏的解释基本上是符合实际的，但其说"四韵八句只是盛唐以后五律的基本格式"③ 与事实还是有一定差距的。"约句准篇"的说法只是宋朝人的说法，唐元稹云沈宋律诗的"律"并无此说。那么"沈宋体"的艺术特征或律法究竟如何呢？

　　今人对"沈宋体"的研究大多因循古人的思路，基于诗律学的角度，以考察其诗体声律等小体征象，而研究的问题焦点却在于沈、宋之于律体定型或定体的意义。研究包括两个向度：其一，对"沈宋体"作为律诗定型或定体之时间标志的验证；其二，文献将沈、宋之名与律诗定型或定体加以关联的解释。研究的最新进展表现为定量分析方法的普遍使用，使得对律诗定型时间的认识日趋确定与接近，沈、宋之于律体定型或定体的意义也因此获得了

---

① 参吴小平：《论五言律诗的形成》，《文学遗产》，1987年第6期。
② 杜晓勤：《齐梁诗歌向盛唐诗歌的嬗变》，北京：北京大学出版社，2009年，第78页。
③ 杜晓勤：《齐梁诗歌向盛唐诗歌的嬗变》，北京：北京大学出版社，2009年，第78页。

新的认识,大体形成了两种代表性观点。

　　第一种观点认为,律诗定型于高宗朝晚期。持该说者以香港学者邝健行为代表。

　　邝氏认为,元兢"换头术"的提出,既然"标志着黏缀找到了正确的法则,也等于说律调自此完成"。而"换头术"提出的时间据邝氏考证很可能在上元、仪凤之间,即高宗朝晚期。据五言律调的定量分析数据看,初唐一百年间律调的发展过程,大致经历三个阶段。"第一个阶段以上官仪的死年、即公元664年左右结束,第二个阶段以骆宾王的死年、即公元687年左右结束;第三个阶段迄初唐之末、即公元712年"。第三阶段律诗得以定型。该阶段的代表性作家有李峤、苏味道、杜审言、杨炯、崔融、宋之问、沈佺期、陈子昂等,这些作家大抵在高宗前期出生,而文学活动跨越高宗后期和武后、中宗、睿宗三朝。诸家声调失误的程度虽有大有小,但多数比第二阶段的作家减轻;这是基本的趋势。"其中有作者全无失误(如李适),或者失误很微(如杜审言)。这不能看成为偶然的现象,而不妨看成他们能够彻底掌握了黏对法则的证明和五言律体已在他们手上全部完成的证明。单句平仄的安排在第二阶段已基本解决了,本阶段诸家进一步解决了联语的对黏方式,于是整体律调便告确立"。① 总之,"律调的确立在初唐高宗晚期,大约经过一段时期,到了玄宗开元年间,便普遍为人知悉和接受"②。

　　大陆学者龚祖培围绕《次苏州》一诗作者、作年的考辨,得出

---

① 以上参邝健行:《初唐五言律体律调完成过程之观察》,《唐代文学研究》第三辑,桂林:广西师范大学出版社,1992年。
② 邝健行:《吴体与齐梁体》,载氏著:《诗赋与律调》,北京:中华书局,1994年。

了与邝氏大体一致的结论。龚文证成《次苏州》作者李乂说，认为该诗是李乂现存诗作写作年代最早的五言律诗，作于武周朝天授二年(691)至长寿二年(693)这三年之中的某一年春季。而李乂现存41首近体诗声律特点是全部合乎格律。苏颋《唐紫微侍郎赠黄门监李乂神道碑》云："十一从学，极奥研几；十二属词，含商咀徵。中书令薛元超谓人曰：'此子必负海内盛名。'十九郡举茂才策第，考功郎刘思立一见又如之。……所著文集，成六十卷。五言之妙，一变乎时，流便清婉，经纶密致，犹乐萧韶，工韺㬊也。"①龚氏据之认为，李乂十二岁就受到元兢理论影响，钻研声律平仄，并将之运用于写作，是最早将声律理论与声律实践结合起来的诗人之一，其受薛元超、刘思立赏识或源于此。又李乂永隆二年(681)中进士，主考官便是刘思立。是年开始，进士试考诗赋成为定制。以上意味着李乂"写诗初始就有条件完全合律，再因其写作的偏好，交游与仕进的需要，就按诗体规则一直写了下去，从而形成习惯"，故其所留存近体诗能全部合律。龚氏因此推定五言律诗的声律形式在李乂写《次苏州》之前已经确立。而后他又将此诗与写作年代相当的其他诗人的合律作品加以系联，最后得出结论：高宗朝后期至武周朝前期，元兢的诗歌声律理论"不仅对宫廷诗人有影响，而且已经扩展到京城之外，格律已经成为诗人群体共同遵循的固定格式"，五言律诗恰定型于该期。实际上龚氏亦如邝氏将元兢"换头术"的提出视为律诗定型的时间上限，而此上限差不多也就是律诗定型的时间。只是与后者将此时间定为上元——仪凤(公元674—679年)之间不同，前者则直接认定"李乂十二岁时正是元兢'换头'理论问世之时"。李乂十二岁亦即上

---

① [清]董诰等编：《全唐文》卷二五八，北京：中华书局，1983年，第2609、2611页。

元元年(公元674年)。①

第二种观点认为,五言律体最后定型于武周后期。持该说者,以杜晓勤为代表。

与邝氏说稍异,杜氏认为:"元兢虽然在高宗朝前期就已提出了'换头'术,却并没有马上被时人所认可、采用,对当时新体诗的声律也没有立即发生影响。直到近三十年后,上官昭容重振祖风,'换头'术才得以和'上官体'一起大行于时,遂导致武周朝后期黏式律数量的激增,同时也促使五言律体最后定型。"② 杜说亦有定量分析的数据作为支撑。

尽管邝氏统计者有单句句调合律与否、失对联数、失黏首数等多项指标,杜氏数据只涉及黏式律数情况,但两者皆以黏式律作为律体定型的最终标志则无差异。两者提供的数据略有不合,依邝氏统计,其所谓初唐第三阶段的代表性诗人合律程度突出的前几位诗人的排序依次是:李适、杜审言、崔湜、沈佺期、杨炯、李峤、宋之问;而杜氏的统计的高低排序则为:李适、李峤、沈佺期、宋之问、崔湜、杜审言、杨炯。其原因在于邝氏考察统计的对象限于五言八句的律体或近乎五律的诗作,而杜氏则根据当时实情,将八句之外的五言"新体诗"也纳入到了分析统计的范围。但上述数据的差异于律诗定型时间的判定,未必构成决定性的意义。因为判定律诗体定型,两者大体都遵循了考察诗人群体是否共同遵守某种固定的诗歌写作格式,且以现存的诗作检验所谓合律情

---

① 以上参龚祖培:《五言律诗定型时间新考——以李乂〈次苏州〉为例》,《文史哲》,2010年第3期。

② 杜晓勤:《齐梁诗歌向盛唐诗歌的嬗变》,北京:北京大学出版社,2009年,第47页。

况这一基本思路。① 所谓的"律"亦是依托于现代诗律学的概括。上述作家合律情况排序的差异,并不影响群体的标准。两者在律诗定型时间认定上的差别,从统计学的角度来说,无本质性冲突,都在合理的区间之内,只是杜氏的选择更为谨慎而已。如果将诗人群体作为考察对象,从整体数据去看,则律调定型于高宗朝晚期的说法应该是可以成立的。现在的问题是如何看待沈、宋在律诗定型过程中的地位和作用的传统说法。

邝氏是否定传统说法的。邝氏的理由有三:

> 元兢写《诗脑髓》提出"换头"时,沈、宋大概是三十岁左右,刚刚出仕或出仕未久,诗法不一定已成熟,要在元兢提出"换头"之前已制定标准律调,可能性应该不高。其次,细审《新唐书》文字,只说二人注重声病,倒没有说二人对律调有创始之功。沈、宋为人所宗,那是因为二人作品在对仗、声音和词采三方面都有过人表现;从"锦绣成文"四字看,藻饰尤为突出。后人只就声音一点强调,并作文意之外的引申,说成创定律调,恐怕未是。再者初唐第三阶段作家今存的作品,据合律程度的大小依次排列,前面几个人是:李适、杜审言、崔湜、沈佺期、杨炯、李峤、宋之问。沈佺期还好,宋之问的位置偏低,因为宋氏的作品,句联对黏不合格的地方还比较多。如果说制定律调的人合格的程度比同时其他人还要

---

① 龚祖培还特为强调:"诗人群体不是同时代的全体诗人,也不是同体的全部诗作。换句话说,已经出现诗人群体的诗作完全符合格律的情形,即使还存在同时代其他诗人的作品不符合格律的现象,也可以判定这种诗体已经定型。"参氏著《五言律诗定型时间新考——以李乂〈次苏州〉为例》,《文史哲》,2010年第3期。

差,那是说不过去的。①

　　文中否定传统说法的理据有不周之处。据邝氏原文,沈、宋出生都被定在高宗显庆元年(公元656年)左右,则两人于武后垂拱二年(公元686年)正好三十岁左右。而邝氏定元兢提出"换头"理论则在高宗上元——仪凤(公元674—679年)之间,故沈、宋三十左右时,元氏"换头术"存世至少已达七年以上。可见邝氏第一条理据中所谓"在元兢提出'换头'之前已制定标准律调,可能性应该不高"实属无的放矢。其第二条理据云《新唐书》只说沈、宋二人注重声病,未及其二人在律调方面有创始之功。固然可以如此理解《新唐书》,但之于律诗定型而言,定型者未必非得创始理论,实践之、推广之皆可谓之有创始之功。何况中唐元稹已早于《新唐书》将沈、宋之流的新体诗创作实践,明确视为"律诗"创始。既然称之为"律诗",自然也应该包括律调方面的要素。

　　邝氏既然否定了传统说法,那么传统说法产生的原因必须要有一个合理的解释。邝氏解释的要义有三:"沈、宋毕竟是了解新声律的人",此其一;"沈、宋二人后来奉承权佞,官位转高,交游愈广",此其二;"后人不察,复因初唐论诗资料散佚",此其三。故后人"便把二人看成初唐新诗体的代表人物,赞美之余,很容易连律调完成之功也附加上去了"。②

　　邝氏对传统说法的质疑否定能否成立,暂不深究,这里还是回到杜晓勤的看法。

　　杜氏《齐梁诗歌向盛唐诗歌的嬗变》一书,是利用量化方法

---

① 邝健行:《初唐五言律体律调完成过程之观察》,《唐代文学研究》第三辑,桂林:广西师范大学出版社,1992年。
② 参邝健行:《初唐五言律体律调完成过程之观察》,《唐代文学研究》第三辑,桂林:广西师范大学出版社,1992年。

研究永明体诗律向沈宋体诗律演进的一部新锐之作,在学界颇具影响。是书分析统计的对象范围是齐永明以后直至初唐景龙年间五言"新体诗",主要针对的是五言"新体诗"联间黏缀法则及其演化过程。而据作者自己解释,其所谓"新体诗"一词,"采用清人王闿运《八代诗史》中的说法,意指齐永明时兴起的、直至唐代律体完成之前讲究人为声律的五言诗"。① 该书有一个总的看法,"许多年来,学术界并未充分认识到宫廷诗人在诗歌艺术发展过程中所起的巨大作用,甚至对其诗歌声律方面所取得的成就也给以政治道德性的贬低";而事实则是,"五言律体的形成虽然几经波折,但每一次发展都离不开宫廷诗人"。② 故杜氏不太可能否定律诗定型的传统说法。虽然依据杜氏自己提供的数据,在实践黏式规则方面,做得比沈、宋更好的诗人大有人在,但杜氏最终还是赞成沈、宋是公认诗律大师、律体的定型者。杜氏自然有自己的解释。在杜氏看来,沈、宋"不但在五言四句的'五律'中充分地运用了'换头'术,而且在四韵以上的五言律体中也严守'律'法,沈佺期甚至将五言诗之'律'法移植到七言新体诗中,又促进了七律的产生,而李峤、杜审言等人的律化多局限于五言四句之'五律',长篇律诗合律程度都远不如沈、宋";更重要的是,沈、宋不仅将"换头"术肯定下来,而且凭借他们在当时诗坛的宗师地位——尤其是沈佺期在武后、中宗朝曾三任考功员外郎,主持选举的身份与地位,更能使得时人争相效仿,严遵此"律"。③

---

① 参杜晓勤:《齐梁诗歌向盛唐诗歌的嬗变》,北京:北京大学出版社,2009年,第7页。

② 参杜晓勤:《齐梁诗歌向盛唐诗歌的嬗变》,北京:北京大学出版社,2009年,第85页。

③ 参杜晓勤:《齐梁诗歌向盛唐诗歌的嬗变》,北京:北京大学出版社,2009年,第76—79页。

杜氏解释不失为一种合理猜想，尤其是强调沈、宋当时的特殊影响力在律体定型中的示范作用，且兼顾到了元稹"沈宋之流"的说法，确实具有很强的说服力。但作为一种猜想性的解释，其细节亦非毫无可以质疑之处。对此，有必要指出，以便进一步加以讨论。

首先，还是要具体看看杜氏提供的数据。

据杜书附列的《初唐五言新体诗声律发展统计表》，沈佺期五言"新体诗"数量为101首，合黏式律数94首，占全部存诗的93.07%，黏对律数6首，占5.94%，对式律数1首，占0.99%；宋之问"新体诗"数量为135首，合黏式律数125数，占全部存诗的92.59%，黏对律数6首，占4.44%，对式律数4首，占2.96%。如果就此项数据看，黏式律数百分比高于沈、宋的三教珠英学士就有阎朝隐与徐彦伯，前者新体诗数3首，后者新体诗数12首，全部合乎黏式律，达到了百分之百。达到百分之百的还有其他诗人，从武德至武后朝都有，当然百分比与新体诗总量有关，达到百分之百的诗人，其新体诗总量大都在1首至7首之间，最引人注目的是李乂，其新体诗总量31首，全部合乎黏式律。武德诗人王绩亦非常突出，其新体诗总量72首，合乎黏式律的就占43首，超过了59.72%。"四杰"的数据亦非常显眼，尤其是杨炯新体诗总量29首，有25首合乎黏式律，高达86.21%。"文章四友"的数据亦相当可观：杜审言五言"新体诗"数量为35首，合乎黏式律数31首，占比88.57%，黏对律数4首，占比11.43%；李峤五言"新体诗"数量为187首，合乎黏式律数175首，占比93.58%，黏对律数12首，占比6.42%；崔融五言"新体诗"数量为9首，合乎黏式律数8首，占比88.89%，对式律数1首，占比11.11%；苏味道五言"新体诗"数量为15首，合乎黏式律数11首，占比73.33%，黏对律数4首，占比

26.67%。在"文章四友"之中，李峤的新体诗总量及合乎黏式律的百分比都超过了沈、宋。值得一提的还有苏颋，其"新体诗"数量为74首，合乎黏式律数72首，占比97.3%，黏对律数1首，占比1.35%，对式律数1首，占比1.35%。其新体诗合乎黏式律的百分比已大大超过了沈、宋与李峤。

杜氏为了消除以上数据比较中可能带来的人们观感上的落差——沈、宋新体诗律化程度与李峤等其他诗人比较并不突出所造成的沈、宋作为律体定型者之身份地位的失衡，又给出了一组立足于四韵以上新体诗合乎黏式律的统计数据，其排序是：宋之问、崔湜、沈佺期、李峤、杨炯、杜审言，占比分别是97.06%、88.9%、86.11%、85%、71.43%、57.14%。此组数据的意义，在杜氏看来："其中崔湜因所存诗作甚少，并不能充分说明问题。所以，沈、宋诗歌的合律程度明显高于其他人。"其言下之意则是，最能说明律化程度的是长律，因为篇体越大，律化难度也就越大。新数据及其辅助性解释固然合乎逻辑，亦可以冲淡前面数据比较给人们带来的观感上的不适，但它同时亦带来了新的疑惑：沈、宋四韵以上新体诗律化数据的高水平，则意味着沈、宋四韵新体诗律化数据相对的更低水平；既然按杜氏说法四韵新体诗在当时的律化水平已无太大差别，且难度相对不大，为何沈、宋的四韵新体诗的律化数据比较起来反而显得低水平呢？其间究竟意味着什么呢？杜氏并未给出一个答案。

杜氏之所以说崔湜的数据不能充分说明问题，是因为崔湜所存诗作量少的缘故（杜氏统计依据的中华书局标点本《全唐诗》，崔湜存诗总计40首，其中五言31首、七言2首、杂言7首）。这里涉及量化数据样本与统计方法的科学性问题。由于不同诗人存诗量的客观差异，故所得数据之间的比较并无绝对的意义。基于此，杜氏排除崔湜的数据作为比较，有一定的合理性。但如果兼及存诗总量及所谓合律诗歌百分比，则李峤、李乂两位诗人的参照意义无论如何也是不能忽略的。前者《全唐诗》存诗共有224首，五言"新体诗"数量为187首，合乎黏式律数175首，占比93.58%；后者《全唐诗》存诗共有43首，五言"新体诗"数量为31首，合乎黏式律数31首，占比100%。前者五言新体诗数量及合律诗歌百分比均超过沈、宋；后者虽总量不及，但全部合律，其意义自然不可低估。更重要的是两者存诗中，皆有七言合律之作，杜氏却未提及，笔者据《全唐诗》录之如次。

李峤：

二韵首句平起入平韵式的七言诗一首：

上清晖阁遇雪（支韵）①

　　　　千钟圣酒御筵披，六出祥英乱绕枝。

　　　　平平仄仄仄平平，仄仄平平仄仄平。

　　　　即此神仙对琼圃，何须辙迹向瑶池。

　　　　仄仄平平仄仄仄，平平仄仄仄平平。

二韵首句仄起入平韵式的七言诗三首，分别是：

1. 奉和圣制幸韦嗣立山庄应制（麻韵）②

　　　　万骑千官拥帝车，八龙三马访仙家。

　　　　仄仄平平仄仄平，仄平仄仄仄平平。

　　　　凤皇原上开青壁，鹦鹉杯中弄紫霞。

　　　　仄平平仄平平仄，平仄平平仄仄平。

---

① 中华书局编辑部点校：《全唐诗》（增订本），北京：中华书局，1999年，第728页。
② 中华书局编辑部点校：《全唐诗》（增订本），北京：中华书局，1999年，第727页。

2. 游苑遇雪应制(灰韵)①

　　散漫祥云逐圣回,飘飖瑞雪绕天来。

　　仄仄平平仄仄平,平平仄仄仄平平。

　　不能落后争飞絮,故欲迎前赛早梅。

　　仄平仄仄平平仄,仄仄平平仄仄平。

3. 送司马先生(文韵)②

　　蓬阁桃源两处分,人间海上不相闻。

　　平仄平平仄仄平,平平仄仄仄平平。

　　一朝琴里悲黄鹤,何日山头望白云。

　　仄平平仄平平仄,平仄平平仄仄平。

二韵首句仄起不入平韵式的七言诗一首:

侍宴桃花园咏桃花应制(文韵)③

　　岁去无言忽憔悴,时来含笑吐氛氲。

　　仄仄平平仄仄仄,平平平仄仄平平。

　　不能拥路迷仙客,故欲开蹊待圣君。

　　仄平仄仄平平仄,仄仄平平仄仄平。

四韵首句平起入平韵式的七言诗三首,分别是:

———————

① 中华书局编辑部点校:《全唐诗》(增订本),北京:中华书局,1999年,第728页。

② 中华书局编辑部点校:《全唐诗》(增订本),北京:中华书局,1999年,第728页。

③ 《侍宴桃花园咏花应制》题下序云:"《纪事》云:'张仁亶自朔方入朝,中宗于西苑迎之,从臣宴于桃花园,峤等各赋绝句。明日宴承庆殿,上令宫中善讴者唱之。词既婉媚,歌仍妙绝。乐府号桃花行。'"《桃花行》歌词除李峤一章外,尚有李乂《绮尊成蹊遍簇芳》、徐彦伯《源水丛花无数开》、苏颋《桃花灼灼有光辉》、赵彦昭《红尊竞妍春苑曙》四章,皆属七言二韵,合乎黏式律。参中华书局编辑部点校:《全唐诗》,北京:中华书局,1999年,第727、415页。

1.奉和初春幸太平公主南庄应制（灰韵）①

　　主家山第接云开，天子春游动地来。

　　仄平平仄仄平平，平仄平平仄仄平。

　　羽骑参差花外转，霓旌摇曳日边回。

　　仄仄平平平仄仄，平平平仄仄平平。

　　还将石溜调琴曲，更取峰霞入酒杯。

　　平平仄仄平平仄，仄仄平平仄仄平。

　　鸾辂已辞乌鹊渚，箫声犹绕凤皇台。

　　平仄仄平平仄仄，平平平仄仄平平。

2.太平公主山亭侍宴应制（灰韵）②

　　黄金瑞榜绛河隈，白玉仙舆紫禁来。

　　平平仄仄仄平平，仄仄平平仄仄平。

　　碧树青岑云外耸，朱楼画阁水中开。

　　仄仄平平云外耸，平平仄仄仄平平。

　　龙舟下瞰鲛人室，羽节高临凤女台。

　　平平仄仄平平仄，仄仄平平仄仄平。

　　遽惜欢娱歌吹晚，挥戈更却曜灵回。

　　仄仄平平平仄仄，平平仄仄仄平平。

3.人日侍宴大明宫恩赐彩缕人胜应制（萧韵）③

　　凤城景色已含韶，人日风光倍觉饶。

　　仄平仄仄仄平平，平仄平平仄仄平。

　　桂吐半轮迎此夜，莫开七叶应今朝。

---

①中华书局编辑部点校:《全唐诗》（增订本），北京:中华书局，1999年，第721页。

②中华书局编辑部点校:《全唐诗》（增订本），北京:中华书局，1999年，第721、722页。

③中华书局编辑部点校:《全唐诗》（增订本），北京:中华书局，1999年，第721页。

　　仄仄仄平平仄仄，平平仄仄仄平平。

　　鱼猜水冻行犹涩，莺喜春熙弄欲娇。

　　平平仄仄平平仄，平平平平仄仄平。

　　愧奉登高摇彩翰，欣逢御气上丹霄。

　　仄仄平平平仄仄，平平仄仄仄平平。

四韵首句仄起入平韵式的七言诗一首：

石淙（青韵）①

　　羽盖龙旗下绝冥，兰除薜幄坐云扃。

　　仄仄平平仄仄平，平平仄仄仄平平。

　　鸟和百籁疑调管，花发千岩似画屏。

　　仄平仄仄平平仄，平平平平仄仄平。

　　金灶浮烟朝漠漠，石床寒水夜泠泠。

　　平仄平平平仄仄，仄平平平仄仄平。

　　自然碧洞窥仙境，何必丹丘是福庭。

　　仄平仄仄平平仄，平仄平平仄仄平。

　　以上李峤，二韵七绝5首，四韵七律4首，计9首，全部合乎黏式律。

　　李乂：

　　二韵首句平起入平韵式七言诗三首，分别是：

1. 奉和三日祓禊渭滨（支韵）②

　　上林花鸟暮春时，上巳陪游乐在兹。

　　仄平平仄仄平平，仄仄平平仄仄平。

　　此日欣逢临渭赏，昔年空道济汾词。

---

① 中华书局编辑部点校：《全唐诗》（增订本），北京：中华书局，1999年，第728页。
② 中华书局编辑部点校《全唐诗》（增订本），北京：中华书局，1999年，第996页。

仄仄平平平仄仄，仄平仄仄仄平平。

2. 饯唐永昌（庚韵）①

田郎才貌出咸京，潘子文华向洛城。

平平平仄仄平平，平仄平平仄仄平。

愿以深心留善政，当令强项谢高名。

仄仄平平平仄仄，平仄平平仄仄平。

3. 侍宴安乐公主新宅应制（灰韵）②

牵牛南渡象昭回，学凤楼成帝女来。

平平平仄仄平平，仄仄平平仄仄平。

平旦鹓鸾歌舞席，方宵鹦鹉献酬杯。

平仄平平平仄仄，平平仄仄仄平平。

二韵首句仄起入平韵式七言诗二首，分别是：

1. 侍宴桃花园咏桃花应制（阳韵）③

绮萼成蹊遍籞芳，红英扑地满筵香。

仄仄平平仄仄平，平平仄仄仄平平。

莫将秋宴传王母，来比春华奉圣皇。

仄平平仄平平仄，平仄平平仄仄平。

2. 奉和幸韦嗣立山庄侍宴应制（尤韵）④

曲榭回廊绕涧幽，飞泉喷下溢池流。

仄仄平平仄仄平，平平仄仄仄平平。

只应感发明王梦，遂得邀迎圣帝游。

平平仄仄平平仄，仄仄平平仄仄平。

① 中华书局编辑部点校：《全唐诗》（增订本），北京：中华书局，1999年，第997页。
② 中华书局编辑部点校：《全唐诗》（增订本），北京：中华书局，1999年，第996页。
③ 中华书局编辑部点校：《全唐诗》（增订本），北京：中华书局，1999年，第996页。
④ 中华书局编辑部点校：《全唐诗》（增订本），北京：中华书局，1999年，第996页。

四韵首句平起入平韵七言诗五首,分别是:

1.奉和初春幸太平公主南庄应制(麻韵)①

　　平阳馆外有仙家,沁水园中好物华。
　　平平仄仄仄平平,仄仄平平仄仄平。
　　地出东郊回日御,城临南斗度云车。
　　仄仄平平平仄仄,平平平仄仄平平。
　　风泉韵绕幽林竹,雨霰光摇杂树花。
　　平平仄仄平平仄,仄仄平平仄仄平。
　　已庆时来千亿寿,还言日暮九重赊。
　　仄仄平平平仄仄,平平仄仄仄平平。

2.兴庆池侍宴应制(歌韵)②

　　神池泛滥水盈科,仙跸纡徐步辇过。
　　平平仄仄仄平平,平平平仄仄平平。
　　纵棹洄沿萍溜合,开轩眺赏麦风和。
　　仄仄平平平仄仄,平平仄仄仄平平。
　　潭鱼在藻供游咏,谷鸟含樱入赋歌。
　　平平仄仄平平仄,仄仄平平仄仄平。
　　寄语乘槎溟海客,回头来此问天河。
　　仄仄平平平仄仄,平平仄仄仄平平。

3.侍宴安乐公主山庄应制(萧韵)③

　　金舆玉辇背三条,水阁山楼望九霄。
　　平平仄仄仄平平,仄仄平平仄仄平。

---

① 中华书局编辑部点校:《全唐诗》(增订本),北京:中华书局,1999年,第993页。
② 中华书局编辑部点校:《全唐诗》(增订本),北京:中华书局,1999年,第993页。
③ 中华书局编辑部点校:《全唐诗》(增订本),北京:中华书局,1999年,第993页。

野外初迷七圣道,河边忽睹二灵桥。

仄仄平平仄仄仄,平平仄仄仄平平。

悬冰滴滴依虬箭,清吹泠泠杂凤箫。

平平仄仄平平仄,平仄平平仄仄平。

回晚平阳歌舞合,前溪更转木兰桡。

仄仄平平平仄仄,平平仄仄仄平平。

4.奉和春日幸望春宫应制(侵韵)①

东城结宇敞千寻,北阙回舆具四临。

平平仄仄仄平平,仄仄平平仄仄平。

丽日祥烟承罕毕,轻黄弱草藉衣簪。

仄仄平平平仄仄,平平仄仄仄平平。

秦商重沓云岩近,河渭萦纡雾壑深。

平平仄仄平平仄,平仄平平仄仄平。

谬接鹓鸿陪赏乐,还欣鱼鸟遂飞沉。

仄仄平平平仄仄,平平仄仄仄平平。

5.享龙池乐第八章(鱼韵)②

星分邑里四人居,水洊源流万顷余。

平平仄仄仄平平,仄仄平平仄仄平。

魏国君王称象处,晋家藩邸化龙初。

仄仄平平平仄仄,仄平平仄仄平平。

青蒲暂似游梁马,绿藻还疑宴镐鱼。

平平仄仄平平仄,仄仄平平仄仄平。

自有神灵滋液地,年年云物史官书。

---

① 中华书局编辑部点校:《全唐诗》(增订本),北京:中华书局,1999年,第994页。
② 中华书局编辑部点校:《全唐诗》(增订本),北京:中华书局,1999年,第994页。

仄仄平平平仄仄,平平平仄仄平平。

四韵首句仄起入平韵式七言律诗一首:

人日重宴大明宫恩赐缕人胜应制(东韵)①

诘旦行春上苑中,凭高却下大明宫。

仄仄平平仄仄平,平平仄仄仄平平。

千年执象褰瀛泰,七日为人庆赏隆。

平平仄仄平平仄,仄仄平平仄仄平。

铁凤曾骞摇瑞雪,铜乌细转入祥风。

仄仄平平平仄仄,平平仄仄仄平平。

此时朝野欢无算,此岁云天乐未穷。

仄平平仄平平仄,仄仄平平仄仄平。

以上李乂,二韵七绝5首,四韵七律6首,计11首,全部合律。李乂存诗43首,七言律诗就多达11首,算上五言31首,几乎全部为律诗,且合律度100%。

引二李为参照,不仅基于上述数据所反映出来的两者在诗律运用上的娴熟、独领风骚,远超沈、宋,同时也考虑到了两者在当时文坛上的影响力。《全唐诗》采撷史记为李峤小传云:

> 李峤,字巨山,赵州赞皇人。儿时梦人遗双笔,由是有文辞。弱冠擢进士第,始调安定尉,举制策甲科。武后时,官凤阁舍人。每有大手笔,皆特命峤为之。累迁鸾台侍郎,知政事,封赵国公。景龙中,以特进守兵部尚书同中书门下三品。睿宗立,出刺怀州。明皇贬为滁州别驾,改庐州。峤富于才思,初与王杨接踵,中与崔苏齐名,晚诸人没,独为文章宿老,

---

① 中华书局编辑部点校:《全唐诗》(增订本),北京:中华书局,1999年,第994页。

一时学者取法焉。①

又为李乂小传云：

　　李乂，字尚真，赵州房子人。年十二，工属文，第进士，茂才异等，调万年尉。长安中，擢监察御史，迁中书舍人，修文馆学士。睿宗朝，进吏部侍郎，改黄门侍郎，中山郡公。开元初，转紫微侍郎，未几，除刑部尚书。卒，年六十八。居官沉正方雅，识治体，时称有宰相器。与兄尚一、尚贞，俱以文章见称。有《李氏花萼集》。乂与苏颋对掌纶诰，明皇比之味道与峤，并称苏李。②

可见两者文名皆立于当世，影响延于盛唐。天宝六年尚有张庭芳为《李峤百咏》作序，称其"藻丽词清，调谐律雅，宏溢逾于灵运，密致掩于延年"。③而李乂则与苏颋齐名，"明皇比之味道与峤，并称苏李"。

总上言之，若依邝健行、杜晓勤等学者的解释思路，无论是就新体诗的合律程度，还是就文坛地位与影响，李峤、李乂等人似乎都比沈、宋更有资格成为律诗的代表性人物。

邝健行、杜晓勤提供的比较数据主要是基于合乎黏式律的分

―――――――――

① 中华书局编辑部点校：《全唐诗》（增订本），北京：中华书局，1999年，第687页。据葛晓音的研究，李峤作于武后朝的"百咏"组诗，实为唐初以来探究对偶声律之风的产物，无异于一部以诗体撰写的"作诗入门"的类书。"它采用大型组诗的形式，将唐初以来人们最关心的咏物、用典、词汇、对偶等常用技巧融为一体，以基本定型的五律表现出来，给初学者提供了便于效仿的创作范式"。（参葛晓音：《创作范式的提倡和初盛唐诗的普及——从〈李峤百咏〉谈起》，《文学遗产》，1995年第6期）可见，李峤"独为文章宿老，一时学者取法焉"绝非虚言。

② 中华书局编辑部点校：《全唐诗》（增订本），北京：中华书局，1999年，第989页。

③ 参[清]董诰等编：《全唐文》卷三百六十四，北京：中华书局，1983年，第3693页。

析,而近有李娟博士论文《"沈宋体"研究》,则按今人的律体标准,从篇制、平仄、用韵等多角度对王勃、杨炯、杜审言、李峤、沈佺期、宋之问的五、七言近体诗作了全方位的量化比较,然得出的基本结论仍然是:"五言律诗的定型之功,仅仅归之于沈、宋并不确切。"依李氏之见,五言律诗的定型,是一个渐进的过程:"以王勃、杨炯为代表的'初唐四杰'以创作为律诗定型奠定了必要的基础,五律在篇制、用韵等方面均已符合标准,初具雏形的五律已经出现;发展到杜审言、李峤时,律诗最重要的'黏对'规范也已经在创作中得到运用,这意味着律诗体式已经定型;沈、宋的创作年代与杜审言、李峤基本同时,且经历颇有交集,他们的'沈宋体'诗歌,一方面进一步推进了五言律诗体制的工密严整,另一方面,除了五律以外,还对五言绝句、五言排律、七言律诗等其他律体类型多有尝试,且大多协调合律,可以说杜审言、李峤的作用是主要集中于一种律体类型,促进了五言律诗的定型,而沈、宋则既有对格律精严的推进,又诸体兼备,促使律体基本达到全面成熟。"这里,"沈宋体"律诗的突出之处同样被作者归于"诸体兼备"。然前此已表明,这并非是全部合乎事实的判断。要之,单凭声律数据本身并不能很好说明沈、宋独得律体定型者之名的原因。故作者联系杜审言、李峤、沈佺期与宋之问四人的重要文学活动,并将之置于初唐历史的大背景下加以对照,又作出辅助性解释。作者认为,杜审言、李峤、沈佺期和宋之问的文学活动虽然均跨武后、中宗两朝,也都参与了两朝的宫廷文学活动,但程度各有不同,影响亦不同。具体表现如下:

首先,沈、宋与杜审言相比较。沈、宋均参与了武后朝圣历二年(699)张昌宗召集的修撰《三教珠英》的活动,珠英学士们经常奉敕宴集赋诗,而杜审言非珠英学士,故无缘参与这些宫廷文学活动。中宗朝时,于景龙二年,"修文馆赠置大学士四员、学士八员、直学士十二员,正式拉开了中宗朝时期频繁游宴、赋诗品评的序幕"。杜审言虽与沈佺期、宋之问同为直学士,但卒于本年十月,实际并未参与中宗朝时期的宫廷文学活动。"由此观之,尽管杜审言自视颇高","但他官位既低,远离宫廷文学中心,诗作数量亦不多,故在当时诗坛的地位和影响均无法与沈、宋匹敌,其对律体定型的推进之功也易为后人所忽视"。

其次,沈、宋与李峤相比较。尽管李峤与沈、宋同处于宫廷文学活动的中心,且在政治地位、在《全唐诗》的存诗总量以及文学影响力方面均超过沈、宋,"但在律体定型这一问题上,李峤在后代的声名却远不及沈、宋,究其原因,当在于两方面:一是李峤在诗体律化进程中的贡献主要在于推进五律定型,不及沈、宋已基本达到诸体兼备的程度;再就是与沈、宋在宫廷评诗活动中的几次胜出有关"。由宫廷文学活动中的诗人表现可见,"沈、宋诗作自有超越群伦之处,并在当时得到认同。这些宫廷文学活动的佳话广为流传,进一步扩大了沈、宋的影响,尤其当后人回顾这一时期的文学时,更易将目光集中于此,加上沈、宋的律体创作技巧也确实较其他诗人更为娴熟高超,因此,后人从肯定其'裁成六律,彰施五色'之功,进而把'沈、宋'与'律诗'合而为一,最终将沈、宋奉为初唐诸多诗人的代表,由其独得律体定型之功"。①

李氏解释侧重于诗人宫廷文学活动的参与度及诗人在宫廷文学活动中的实际影响,其思理较之邝、杜二君的解释,更为缜密与细致,亦更具说服力。但若细加审视,李说尚不能说揭示了逻辑必然性,仍然有可质疑之处。

―――――――

① 以上参李娟:《"沈宋体"研究》,浙江大学博士论文,2007年,第159—165页。

李氏谓杜审言"在当时诗坛的地位和影响均无法与沈、宋匹敌，其对律体定型的推进之功也易为后人所忽视"，其原因则是"他官位既低，远离宫廷文学中心，诗作数量亦不多"。所说三个原因与其结论并无必然联系。因为即便李氏所言三个方面皆合乎事实，亦不能导出其对律体定型的推进之功被后人所忽视的结论。这里除非唐人论诗人之文学地位与影响，一概不顾文学的标准，纯任世俗权利的逻辑。唐人显然不是，否则李、杜早就被埋没于当世，不要说名显于千古了。殷璠辑撰的《河岳英灵集》是一本盛唐诗歌选本，所辑录多为当世作者，其《自序》明言，所辑录者"如名不副实，才不合道，纵权压梁、窦，终无取焉"。① 唐人的不势利如此，可见一斑。

至于沈、宋与李峤的比较，李说的要点有二：就推进诗体律化进程的实际贡献而言，李峤只在五律，而不及沈、宋达到诸体兼备的程度，此其一；② 在宫廷文学活动的评诗记录中，沈、宋有优于李峤等人的实际表现，此其二。

李说的第一点与事实之不相符已先行点明，这里不妨再略作分析比较。据笔者统计，沈佺期七绝7首、七律15首，计22首，七言律体占存诗182首的12.1%；宋之问七绝6首，七律5首，计11首，七言律体约占存诗231首的4.8%；李峤，七绝5首，七律4首，

---

① 参李珍华、傅璇琮：《河岳英灵集研究》，北京：中华书局，1992年，第118页。
② 此处说法与杜晓勤观点一致。杜氏云："(沈、宋)不但在五言四句的'五律'中充分地运用了'换头'术，而且在四韵以上的五言律体中也严守'律'法，沈佺期甚至将五言诗之'律'法移植到七言新体诗中，又促进了七律的产生，而李峤、杜审言等人的律化多局限于五言四句之'五律'，长篇律诗合律程度都远不如沈、宋。"参杜晓勤：《齐梁诗歌向盛唐诗歌的嬗变》，北京：北京大学出版社，2009年，第79页。

计9首，七言律体占存诗224首的4.02%；李乂，七绝5首，七律6首，计11首，七言律体约占存诗43首的25.6%。其中，沈佺期七绝失对1首，七律失对1首、失黏对1首；宋之问七绝失对1首、失黏1首，七律失对1首、失黏2首、出韵2首、失黏对且出韵1首。而李峤仅七绝失对1首，七律全部合律；李乂亦仅七绝失对1首，其他全部合律。比较以上数据，可作一个排序。绝对数据排名：沈佺期、李乂、宋之问、李峤；相对数据排名：李乂、沈佺期、宋之问、李峤。失律程度排名：宋之问、沈佺期、李峤、李乂。从综合的数据看，李乂、李峤七言律化的水平显然在沈、宋之上，至少不低于沈、宋。可见，论推进诗体律化进程的实际贡献，说他人只在五律，而不及沈、宋达到诸体兼备的程度，是有悖事实的。何况，李氏亦曾明言："在律体的各类诗体中，五言律诗处于核心地位，排律、七律等诗体的形成均有赖于五律的定型，故要客观评价初唐诗人对律体定型的推进作用，还是以他们的五言律诗创作为考察重点。"[1]

　　至于李说的第二点，亦须辨析。李氏所举沈、宋在宫廷评诗活动中胜出例有三，这里逐次检视，以明其意义。

　　第一例涉圣历二年（699）春，武后幸洛阳龙门，群臣应制赋诗，之问以诗美夺得锦袍之事。事见于《旧唐书·文苑中·宋之问传》："（之问）预修《三教珠英》，常扈从游宴。则天幸洛阳龙门，令从官赋诗。左史东方虬诗先成，则天以锦袍赐之。及之问诗成，则天称其词愈高，夺虬锦袍以赏之。"[2] 事亦载于《唐诗纪事》

---

[1] 李娟：《"沈宋体"研究》，浙江大学博士论文，2007年，第162—163页。
[2] ［后晋］刘昫等撰：《旧唐书》卷一百九十中，北京：中华书局，1975年，第5025页。

卷十一:"武后游龙门,命群官赋诗,先成者赐以锦袍。左史东方虬诗成,拜赐。坐未安,之问诗后成,文理兼美,左右莫不称善,乃就夺锦袍衣之。其词曰:'宿雨霁氛埃……时雨来观农扈春。'"①诗即《全唐诗》宋之问卷《龙门应制》,全篇二十一联,前两联五言,后十七联七言,换韵。《龙门应制》诗,尽管律句较多,但显然不是典范性律体。此例不足以说明宋诗因其律化水平而超越群伦,并在当时得到认同。

第二例涉中宗朝景龙三年(709),沈佺期赋《回波乐》词,获赐牙绯事。事初见于唐孟棨撰《本事诗》:

> 沈佺期以罪谪,遇恩,复官秩,朱绂未复。尝内宴,群臣皆歌《回波乐》,撰词起舞,因是多求迁擢。佺期词曰:"回波尔似佺期,流向岭外生归。身名已蒙齿录,袍笏未复牙绯。"中宗即以绯鱼赐之。崔日用为御史中丞,赐紫。是时佩鱼须有特恩,亦因内宴,中宗命群臣撰词,日用曰:"台中鼠子直须谙,信足跳梁上壁龛。倚翻灯脂污张五,还来啮带报韩三。莫浪语,直王相,大家必若赐金龟,卖却猫儿相赏。"中宗亦以绯鱼赐之。②

《旧唐书》卷九十记此事云:

> 中宗尝宴侍臣及朝集使,酒酣,令各为《回波辞》。众皆为谄佞之辞,及自要荣位。次至景伯,曰:"回波尔时酒卮,微臣职在箴规。侍宴既过三爵,喧哗窃恐非仪。"中宗不悦,中书令萧至忠称之曰:"此真谏官也。"③

①[宋]计有功撰:《唐诗纪事》卷十一,上海:上海古籍出版社,2008年,第165—166页。
②[唐]孟棨:《本事诗》,上海:古典文学出版社,1957年,第24页。
③[后晋]刘昫等撰:《旧唐书》卷九十,北京:中华书局,1975年,第2920—2921页。

可见，此例中沈佺期获赐牙绯，与其诗艺胜出、诗名影响无丝毫干系。

第三例涉景龙三年（709）正月晦日，中宗幸昆明池赋诗，沈、宋等群臣应制事。事见《唐诗纪事》，其卷三云：

> 中宗正月晦日幸昆明池赋诗，群臣应制百余篇。帐殿前结彩楼，命昭容选一首为新翻御制曲。从臣悉集其下，须臾纸落如飞，各认其名而怀之。既进，唯沈、宋二诗不下。又移时，一纸飞坠，竞取而观，乃沈诗也。及闻其评曰："二诗工力悉敌。沈诗落句云：'微臣雕朽质，羞睹豫章材。'盖词气已竭。宋诗云：'不愁明月尽，自有夜珠来。'犹陟健举。"沈乃伏，不敢复争。宋之问诗曰："春豫灵池近，沧波帐殿开。舟凌石鲸动，查拂斗牛回。节晦蓂全落，春迟柳暗催。象溟看浴景，烧劫辨沉灰。镐饮周文乐，汾歌汉武才。不愁明月尽，自有夜珠来。"①

此例颇能说明沈、宋深得昭容赏识之情状，更能说明昭容及当时宫廷诗歌审美之趣味及评价之标准。从昭容评语看，其标准有二：工力、词气。"工力"当指"彩丽"②之文的营构，声调和谐的追求亦当包括于其中；"词气"当涉及后人"气格"、"意境"的标准。方回《瀛奎律髓》论宋之问诗云：

> 用"春"字、"豫"字便好。"节晦蓂全落"，见得是正月三十

---

① ［宋］计有功：《唐诗纪事》，上海：上海古籍出版社，2008年，第28页。

② 昭容即上官婉儿，《唐诗纪事》卷三云："自通天以来，内掌诏命。中宗立，进拜昭容。帝引名儒，赐宴赋诗，婉儿常代帝及后、长宁、安乐二公主，众篇并作，而采丽益新。又差第群臣所赋，赐金爵，故朝廷靡然成风。当时属辞大抵浮靡，然皆有可观，昭容力也。"（［宋］计有功：《唐诗纪事》，上海：上海古籍出版社，2008年，第28页）

日。急着"春迟柳暗催"一句,足其意。池象溟海而观浴日,既已壮丽,又引胡僧劫灰事为偶,则尤精切,可谓极天下之工矣。"镐饮"、"汾歌"一联,王禹玉袭为《上元应制》诗,殊不知之问已先用矣。尾句尤佳。"不愁明月尽",谓晦日则无月也。池中自有大蚌明月之珠,如近世罾社湖珠现是也。妙甚。①

方氏之论显然是着眼于诗歌的采丽工巧。《删补唐诗选脉笺释会通评林》云:"此诗经昭容评后,遂为千秋绝调。然非天挺才华神情,焉得焕发萃美如此,即延清亦不自知其工也。"②此论虽从赞诗人"工力"出,却又入于叹诗人才华气格了。《唐诗广选》引僧皎然曰:"此诗家射雕手,使曹、刘降格,未知孰胜。"又引梅禹金评语曰:"皇甫汸云:此诗结句,惟李诗'只愁歌舞罢,化作彩云飞'足以相似。予谓宋意含而远,李意扬而竭,终当宋胜。"③论之所及,直以曹刘、李白气格或意境相比拟,赞誉之辞可谓无以复加了。④一般而言,工巧易伤气格,损自然之美。《旧唐书》卷

①［元］方回选评,李庆甲集评校点:《瀛奎律髓汇评》,上海:上海古籍出版社,2005年,第587页。

②四库全书存目丛书编纂委员会:《四库全书存目丛书补编》第26册,周斑辑:《删补唐诗选脉笺释会通评林》,济南:齐鲁书社,2001年,第339页。

③《唐诗广选》引评参见陈伯海主编《唐诗汇评·宋之问》(增订本),上海:上海古籍出版社,2015年,第129页。

④当然,后人评价亦多有异议,如:王琦注《李太白全集》卷三十四引赵宦光《弹雅》语曰:"宋之问'不愁明月尽,自有夜珠来',李白'只愁歌舞散,化作彩云飞',语意皆殊,调亦不类。高下则差足雁行。宋又有'夜弦响松月,朝楫弄苔泉',李有'萝月挂朝镜,松风鸣夜弦',词意皆同,李直出数丈。"(王琦注:《李太白全集》,北京:中华书局,1977年,第1562页)贺裳《载酒园诗话又编》亦曰:"《晦日昆明应制》,精密警丽,自不待言,但反覆读之,终篇有颂无规,律以《卷阿》矢言之义,即宋固非其至。"(郭绍虞编选,富寿荪校点:《清诗话续编》,上海:上海古籍出版社,1983年,第301页)

一百六十《韩愈传》有云:"常以为自魏、晋已还,为文者多拘偶对,而经诰之指归,迁、雄之气格,不复振起矣。故愈所为文,务反近体。"①而明人唐元竑则云:"所恶于对偶太切者,谓恋句字伤气格耳。如使气格不伤,对偶固应工整。"②《评林》引语意宋诗"工而不自知其工也",说明宋诗庶几达到了工巧、气格相统一的境界。当然,这里所说的"境界"与殷璠《河岳英灵集序》之所谓盛唐人"声律风骨始备矣"③尚不全同,但亦庶几近之。后人赞誉宋诗,意味着宋诗籍自然之美表现出了兴趣、远致与意境——开盛唐之气象。昭容"犹陟健举"之四字评语当有见地,反映了时代审美的新趣味。

要之,此次之问诗之胜出,不在其诗声律之谐美,亦不在其采丽婉媚,而在其气象越逸于众人。若以声律韵式而论,沈、宋诗皆属五言六韵律诗,同押灰韵,全都合律,难分轩轾。沈、宋比较如此,当日同台献技的李乂、苏颋并有《奉和晦日幸昆明池》传世,亦属五言六韵律诗,声律和谐,丝毫不逊色于沈、宋。兹引四人诗注上韵律如下,可为比照:

奉和晦日幸昆明池④

宋之问

押十灰

春豫灵池会,沧波帐殿开。

平仄平平仄,平平仄仄平。

---

① [后晋]刘昫等:《旧唐书》卷一百六十,北京:中华书局,1975年,第4203—4204页。

② [明]唐元竑:《杜诗擥》卷一,《文渊阁四库全书》第1070册,第9页。

③ 傅璇琮编撰:《唐人选唐诗新编》,西安:陕西人民教育出版社,1996年,第107页。

④ 中华书局编辑部点校:《全唐诗》(增订本),北京:中华书局,1999年,第648页。

舟凌石鲸度，槎拂斗牛回。

平平仄平仄，平仄仄平平。

节晦蓂全落，春迟柳暗催。

仄仄平平仄，平平仄仄平。

象溟看浴景，烧劫辨沉灰。

仄平仄仄仄，平平仄平平。

镐饮周文乐，汾歌汉武才。

仄仄平平仄，平平仄仄平。

不愁明月尽，自有夜珠来。

仄平平仄仄，仄仄仄平平。

奉和晦日驾幸昆明池应制①

沈佺期

押十灰

法驾乘春转，神池象汉回。

仄仄仄平仄，平平仄仄平。

双星移旧石，孤月隐残灰。

平平平仄仄，平仄仄平平。

战鹢逢时去，恩鱼望幸来。

仄仄平平仄，平平仄仄平。

山花缇绮绕，堤柳幔城开。

平平平仄仄，平仄仄平平。

思逸横汾唱，欢留宴镐杯。

仄仄平平仄，平平仄仄平。

① 中华书局编辑部点校：《全唐诗》(增订本)，北京：中华书局，1999年，第1040页。

微臣雕朽质，羞睹豫章材。
平平平仄仄，平仄仄平平。

奉和晦日幸昆明池应制①
苏颋
押四支

炎历事边陲，昆明始凿池。
平仄仄平平，平平仄仄平。
豫游光后圣，征战罢前规。
仄平平仄仄，平仄仄平平。
霁色清珍宇，年芳入锦陂。
仄仄平平仄，平平仄仄平。
御杯兰荐叶，仙仗柳交枝。
仄平平仄仄，平仄仄平平。
二石分河泻，双珠代月移。
仄仄平平仄，平平仄仄平。
微臣比翔泳，恩广自无涯。
平平仄平仄，平仄仄平平。

奉和晦日幸昆明池应制②
李乂
押十一尤

玉辂寻春赏，金堤重晦游。

───────────

①中华书局编辑部点校:《全唐诗》(增订本)，北京:中华书局，1999年，第806页。
②中华书局编辑部点校:《全唐诗》(增订本)，北京:中华书局，1999年，第994页。

仄仄平平仄，平平仄仄平。

川通黑水浸，地派紫泉流。

平平仄仄仄，仄仄仄平平。

晃朗扶桑出，绵联杞树周。

仄仄平平仄，平平仄仄平。

乌疑填海处，人似隔河秋。

平平平仄仄，平平仄仄平。

劫尽灰犹识，年移石故留。

仄仄平平仄，平平仄仄平。

汀洲归棹晚，箫鼓杂汾讴。

平平平仄仄，平仄仄平平。

综上可见，学界基于现代诗律学原理，从律诗律调完型的角度，通过定量分析、数据比较，以及诗人政治地位、宫廷文学活动中的影响等层面，来解释传统说法将沈、宋及“沈宋体”与律调定型、近体确立加以关联的缘由，尚未得其要领，解决问题。要之，对“沈宋体”的理解与把握存在着片面性和表面性，这无助于推进对近体律诗所蕴含的文化文体学本质及诗学原理的揭示与全面认识。

第二节 “沈宋体”律诗的文化文体学意义

以体论文本是礼体、礼文的延伸与转喻，故论“文体”构成必然包括形与神、小体与大体两个方面。说某种文体的完型或定型，总是意味着形与神、小体与大体的和谐统一。已有的考察表明，当代学者在讨论律体定型、沈宋暨“沈宋体”与律体定型的关系时，大多只关注声律形制之类的律诗小体征象，而普遍忽略了神、大体维度的考察，更未曾从律诗的形与神、小体与大体的和谐统一的角度来考察律诗体定型以及沈、宋暨"沈宋体"在律诗体定型过程中的地位、作用与意义。即便是声律形制之类的律诗小体征象的考察,亦是以现代诗律学的诗律标准作为考察依据,而很少始终立足于考察对象所存身的文体生态、文体学语境。基于上述反思,本文将重新审视后世律诗定型论与沈、宋暨"沈宋体"的关系问题。

一、唐人律诗文体观与"沈宋体"律诗

（一）元稹眼中的沈、宋律诗

今人割裂大小体而观照"沈宋体"律诗的方式实滥觞于中唐元稹(779—831)。

元稹于江陵任职期满时,写了一封《叙诗寄乐天书》,书中云:

> 又不幸,年三十二时有罪谴弃。今三十七矣,五六年之间,是丈夫心力壮时,常在闲处无所役用。性不近道,未能淡然忘怀,又复懒于他欲。全盛之气,注射语言,杂糅精粗,遂成多大,然亦未尝缮写。适值河东李明府景俭在江陵时,僻好仆诗章,谓为能解,欲得尽取观览,仆因撰成卷轴。其中有旨意可观,而词近古往者,为古讽。意亦可观,而流在乐府者,为乐讽。词虽近古,而止于吟写性情者,为古体。词实乐流,而止于模象物色者,为新题乐府。声势沿顺属对稳切者,为律诗,仍以七言、五言为两体,其中有稍存寄兴、与讽为流者为律讽。①

元氏对诗体诗型的辨别区分是兼及诗歌旨意、文词风格、功能生态的大小体综合分析,而其对律诗体的界划则主要依据"声势沿顺,属对稳切"之小体征象。故其《唐故工部员外郎杜君墓系

---

① [唐]元稹撰,冀勤点校:《元稹集》卷三十,北京:中华书局,1982年,第352—353页。

铭序》云:"唐兴,官学大振,历世之文,能者互出,而又沈宋之流,研练精切,稳顺声势,谓之为律诗。"① 其中以"律诗"命名沈宋之流的新体诗,亦是对沈宋之流新体诗"声势沿顺,属对稳切"这一形式特征的发现与确认,只是换了"研练精切,稳顺声势"的说法而已。元氏的律诗辨体,实际上解构了"有机整体"意义上的传统文体观,无形中割裂了律诗文体大小体的内在关联。后人只以声律形式的规则来辨识律体,元氏乃始作俑者。晚唐李商隐《漫成五章》诗云:"沈宋裁辞矜变律,王杨落笔得良朋。当时自谓宗师妙,今日惟观对属能。"② 李商隐对沈宋、王杨等初唐诸子新体诗的轻视,显然有元稹类似的律诗文体观在起作用。当初唐以来的新体诗获得律诗之名后,律诗作为文体概念,也就逐渐定格为一种诗歌的体裁形式。正因此,南宋严羽的《沧浪诗话》"诗体"篇,在诗歌辨体时,以时而论,提出了"沈宋律诗"概念;又以人而论,正式命名了"沈宋体"。③ "沈宋律诗"实际上已抽离了沈宋诗歌的具体内容,承载了唐代诗歌新体纯粹形式的抽象意义;而专指沈宋新体诗且具有文体学意义的概念只能由"沈宋体"来承担了。

元稹之所以只取沈、宋新体的纯粹形式来认识初唐亦即沈宋时代的新体诗歌,实因唐诗经过盛唐的发展,诗歌的文体生态已发生了巨大的变化。而其认识沈、宋新体则明显立于盛唐以下

①[唐]元稹撰,冀勤点校:《元稹集》卷五十六,北京:中华书局,1982年,第601页。
②中华书局编辑部点校:《全唐诗》(增订本),北京:中华书局,1999年,第6269页。
③《诗体》云:"《风》《雅》《颂》既亡,一变而为《离骚》,再变而为西汉五言,三变而为歌行杂体,四变而为沈宋律诗。"又云:"以人而论,则有苏李体、曹刘体、陶体、谢体、徐庾体、沈宋体、陈拾遗体、王杨卢骆体、张曲江体、少陵体、太白体……陈简斋体、杨诚斋体。"(郭绍虞:《沧浪诗话校释》,北京:人民文学出版社,1983年,第48、58、59页)

背景,以杜甫作为参照。在元稹看来,沈、宋而后,"文变之体极焉。然而莫不好古者遗近,务华者去实;效齐梁则不逮于魏晋,工乐府则力屈于五言;律切则骨格不存;闲暇则纤秾莫备"①。唐诗新体已分化发展到了极致,形成了古、律相依,齐梁格、乐府歌行共存的整体格局。诗人于文体的大格局中各有偏胜、各有擅场,唯"至于子美,盖所谓上薄风骚,下该沈宋,古傍苏李,气夺曹刘,掩颜谢之孤高,杂徐庾之流丽,尽得古今之体势,而兼今人之所独专矣"②,"小大之有所总萃焉"③。可见,若顾及体势、体格、体调,或曰兼大小体为论,元氏实际上是将杜甫的律诗视作律诗的完善形态,或曰律诗正体的。以如是之眼光,烛照初唐沈、宋新体,所能看到的自然偏于声律形式,其体所不备了。在《叙诗寄乐天书》中,元稹所兴感叹正是如此:"得杜甫诗数百首,爱其浩荡津涯,处处臻到,始病沈、宋之不存寄兴,而讶子昂之未暇旁备矣。"④

要之,在元稹眼里,律诗体至沈宋律诗,其体格尚未完备,直至杜甫方得以成熟。但值得注意的是,元稹之前,唐人是以有机整体观来看沈、宋新体律诗的,其代表人物便是独孤及与皎然。

(二)独孤及、皎然与"沈宋体"

独孤及(725—777)对"沈宋体"诗歌的把握,所持的恰恰是兼及大小体的律诗文体观。其所撰《唐故左补缺安定皇甫(冉)公集序》论及五言诗源流有云:

> 五言诗之源,生于《国风》,广于《离骚》,著于李、苏,盛于曹、刘,其所自远矣。当汉魏之间,虽已朴散为器,作者犹

① [唐]元稹撰,冀勤点校:《元稹集》卷五十六,北京:中华书局,1982年,第601页。
② [唐]元稹撰,冀勤点校:《元稹集》卷五十六,北京:中华书局,1982年,第601页。
③ [唐]元稹撰,冀勤点校:《元稹集》卷五十六,北京:中华书局,1982年,第600页。
④ [唐]元稹撰,冀勤点校:《元稹集》卷三十,北京:中华书局,1982年,第352页。

质有余而文不足。以今揆昔，则有朱弦疏越，太羹遗味之叹。历千余岁至沈詹事、宋考功，始裁成六律，彰施五色，使言之而中伦，歌之而成声，缘情绮靡之功，至是乃备。虽去《雅》浸远，其丽有过于古者，亦犹路敤出于土鼓，篆籀生于鸟迹也。沈、宋既殁，而崔司勋颢、王右丞维复崛起于开元天宝之间，得其门而入者，当代不过数人，补缺其人也。①

独孤及论述五言诗演变，依据的是儒家文论最为传统的质文代变的理论。依其描述，五言源生于《国风》，广于《离骚》，著于李苏，盛于曹刘。这是五言诗"朴散为器"，渐见雕琢的过程，但汉魏之五言仍属"质有余而文不足"的阶段。其言下之意，自此以往，中经六朝，则是五言诗日趋绮丽，文胜于质的过程。直至沈佺期、宋之问，方"裁成六律"，"彰施五色"，使"言之而中伦，歌之而成声"，诗歌的"缘情绮靡之功"乃备。也就是说，沈宋的五言诗已达到了文质彬彬的境界。"绮靡"言其"文"，"缘情"论其质。值得注意的是，独孤及以"缘情绮靡之功乃备"并开启盛唐诗人风气来肯定沈、宋五言新体诗在五言诗发展史上的地位，概括"沈宋体"的本质。此一肯定与概括，较之"研练精切，稳顺声势"之类的纯形式主义观点，要显得精准、客观且深入得多。

与独孤及差不多同时的皎然（720—796？）在其诗学著作《诗式》中亦云：

> 洎有唐以来，宋员外之问、沈给事佺期，盖有律诗之龟鉴也。但在矢不虚发，情多、兴远、语丽为上，不问用事格之高下。宋诗曰："象溟看落景，烧劫辨沉灰。"沈诗曰："咏歌《麟趾》合，箫管《凤雏》来。"凡此之流，尽是诗家射雕之手。假使

---

①[清]董诰等编：《全唐文》卷三百八十八，北京：中华书局，1983年，第3940页。

曹、刘降格来作律诗,与二子并驱,未知孰胜。①

沈宋律诗之所以能为律诗之龟鉴,原因在于,沈宋新体不仅声律谐和,而且情多、兴远、语丽。所谓"矢不虚发",说明"律谐"、"语丽"、"情多"三者构成了一个形神兼备、有机统一的艺术整体,达到了"兴远"的艺术境界和审美效果。此处亦可与上官婉儿以词气有余、"犹陟健举"论宋诗相参照。皎然对沈宋律诗的认识,比之"缘情绮靡之功乃备"的说法,显然具有一致性,但更具体细腻,且褒奖的程度亦远超过独孤氏的评语。可见,单凭诗律学分析来把握"沈宋体"、理解古人视沈宋为律诗体定型代表的全部意义,显然有失偏颇。今天已有学者结合沈、宋具体作品的分析,部分验证了独孤及、皎然的说法。②稍显遗憾的是,此类研究尚属一般性的作品分析,并未表现出明显的文体学自觉,进而揭示"沈宋体"作为"正体"律诗的文化文体学意义。而此一关节正乃后继之研究者需要着力之处。

二、皎然以"沈宋体"为正律论

(一)皎然之陈子昂论与古律区分

皎然对沈宋与陈子昂都有过特别的关注,其相关评价及诗学

---

① 张伯伟:《全唐五代诗格汇考》,南京:凤凰出版社,2002年,第276页。

② 陶敏、易淑琼两位学者,从"诗歌题材和内容的开拓"、"诗歌意境的创造"、"诗歌语言的提炼"三个方面,对沈、宋诗歌作品作了较为全面的分析解读,证明了沈宋诗歌除格律形式之外,在以上三个方面都取得了超迈前人,领先于当世的突出成就。认为沈宋当属于诗歌的革新阵营,是盛唐诗歌的开启者。同时亦指出了沈宋作品中尚缺乏"道德人格的力量,抱负理想的光辉",因而存在着"气骨略嫌卑弱"的审美缺陷。这种缺陷是由他们人品、身份所造成的。参[唐]沈佺期、宋之问撰,陶敏、易淑琼校注:《沈佺期宋之问集校注·前言》,北京:中华书局,2001年,第3—12页。

观点值得重视,明辨之,有助于本章论题之探讨的深入与推进。

皎然对沈、宋的定位与评价已如前引"律诗之龟鉴"、"诗家射雕手"云云,暂且不论,还是先来看看其心目中的陈子昂。其《论卢藏用〈陈子昂集序〉》云:

> 卢黄门《序》评贾谊、司马迁"宪章礼乐,有老成之风",让长卿、子云"王公大人之言,溺于流辞"。又云:"道丧五百年而有陈君乎。"予因请论之曰:司马子长自序云:"周公卒五百岁而有孔子,孔子卒五百岁而有司马公。"迩来年代既遥,作者无限。若论笔语,则东汉有班、张、崔、蔡;若但论诗,则魏有曹、刘、三傅,晋有潘岳、陆机、阮籍、卢谌,宋有谢康乐、陶渊明、鲍明远,齐有谢吏部,梁有柳文畅、吴叔庠,作者纷纭,继在青史,如何五百之数独归于陈君乎?藏用欲为子昂张一尺之罗,盖弥天之宇,上掩曹、刘,下遗康乐,安可得耶?又子昂《感寓》三十首,出自阮公《咏怀》,《咏怀》之作,难以为俦。子昂诗曰:"荒哉穆天子,好与白云期。宫女多怨旷,层城蔽蛾眉。"曷若阮公"三楚多秀士,朝云进荒淫。朱华振芬芳,高蔡相追寻。一为黄雀哀,涕下谁能禁。"此《序》或未湮沦,千载之下,当有识者,得无抚掌乎?①

卢藏用(664—713)是陈子昂好友,其《陈伯玉文集序》指出:自汉魏以下五百年,文章之道凌夷,风雅之统失序。尤其是"宋、齐以来,盖憔悴逶迤,陵颓流靡。至于徐、庾,天之将丧斯文也。后进之士,若上官仪者,继踵而生,于是风雅之道扫地尽矣"。与之相反,《序》则以"天不丧斯文"之意,"道丧五百岁而有陈君"、

---

① 张伯伟:《全唐五代诗格汇考》,南京:凤凰出版社,2002年,第280页。

"以接乎天人之际者"之语极称子昂诗文复古道风雅之功。① 要之，卢氏誉子昂为横制颓波，接续风雅道统，开辟唐诗新境，引领时代潮流的诗歌第一人，而对齐梁以来的新体诗采取了明显的否定态度。由于卢氏与子昂同属新体当道的时代，同样身陷"道丧五百年"的诗歌传统中，且又努力疏远这一传统，自然不可能如后人那样，将子昂既视为古体之祖又视为律体之祖，② 更不可能反思"道丧五百年"的诗歌传统之于未来整个唐诗发展史的意义。卢《序》只能见证于后世：唐代的诗歌、文学一开始就是在两种文学思潮、两大诗学传统的交织互动、对立统一的复杂生态中展开、发展与前行的。卢氏的激赏之辞显然是针对子昂《感寓》三十首等古体诗而发的，而对卢氏的激赏之辞，皎然言语间则大不以为然，且以事实予以驳斥，结尾"当有识者，得无抚掌乎"云云甚而明显带有几分嘲讽的口吻。具有意味的是，皎然若生为后人，得知子昂为唐诗之祖的妙赞，再来读自己的这篇"论"时，想必他也不得不疑惑自己当时是否出于自嘲了。但无论如何，它代表了皎然对约半个世纪以前的诗歌前辈陈子昂古体诗的真实看法。

那么，皎然是如何区分古、律二体的呢？

其《诗议·论文意》云：

> 论人，则康乐公秉独善之姿，振颓靡之俗……中间诸子，时有片言只句，纵敌于古人，而体不足齿。或者随流，风雅泯绝。"八病""双拈"，载发文蠹，遂有古、律之别。（古诗三等，正、偏、俗，律诗三等，古、正、俗。）顷作古诗者，不达其旨，效

---

① 参［唐］陈子昂著，徐鹏校点：《陈子昂集》，北京：中华书局，1960年，第260—261页。

② 参［元］方回选评，李庆甲集评校点：《瀛奎律髓汇评》，上海：上海古籍出版社，2005年，第1页。

得庸音,竞壮其词,俾令虚大。或有所至,已在古人之后,意熟语旧,但见诗皮,淡而无味。予实不诬,唯知音者知耳。律家之流,拘而多忌,失于自然,吾常所病也。必不得已,则削其俗巧,与其一体。一体者,由不明诗对,未阶大道。①

关于古、律,《文笔眼心抄》亦云:"凡诗有二种,一曰古诗(亦名格诗)。二曰律诗。格诗三等:谓正、偏、俗。古诗以讽兴为宗,直而不俗,丽而不朽。格高而词温,语近而意远,情浮于语,偶象则发,不以力制,故皆合于语,而生自然。"②与《诗议》文略异。清赵执信认为,"古今体之分,成于沈宋"。③王力说,"在唐人看来,从《诗经》到南北朝的庾信,都算是古"。④就皎然《诗议》引文看,判定古、律之别的标准,首先应该是杜绝"八病",合乎"双拈"(黏式律)。于此似可推断,皎然应该持淡化四声八病、只问平仄黏对的唐律定型之后,诗古、律攸分的观点。文中谓"古诗"三等,其"正"或当李、苏并《古诗十九首》、建安。《诗式》云:"西汉之初,王泽未竭,诗教在焉。仲尼所删诗三百篇,初传卜商,后之学者,以师道相高,故有齐、鲁四家之目。其五言,周时已见滥觞,及乎成篇,则始于李陵、苏武。二子天予真性,发言自高,未有作用。《十九首》辞精义炳,婉而成章,始见作用之功。"⑤此与"古诗以讽兴为宗"云云义同。其"偏",或与《论文意》、《论卢藏用〈陈子昂集

---

① 张伯伟:《全唐五代诗格汇考》,南京:凤凰出版社,2002年,第203—204页。
② [日]遍照金刚撰,卢盛江校考:《文镜秘府论汇校汇考》,北京:中华书局,2006年,第1968页。
③ 参[清]赵执信:《谈龙录》(与翁方纲《石洲诗话》合集),北京:人民文学出版社,1981年,第6页。
④ 参王力:《诗词格律》,北京:中华书局,2001年,第14页。
⑤ 张伯伟:《全唐五代诗格汇考》,南京:凤凰出版社,2002年,第227—228页。

序〉》中所提及的康乐之辈的五言诗有关,也应该包括"齐梁诗"。
《诗式》卷四论"齐梁诗"云:

> 夫五言之道,惟工惟精。论者虽欲降杀齐梁,未知其旨。若据时代,道丧几之矣。诗人不用此论。何也?如谢吏部诗:"大江流日夜,客心悲未央。"柳文畅诗:"太液沧波起,长杨高树秋。"王元长诗:"霜气下孟津,秋风度函谷。"亦何减于建安?若建安不用事,齐梁用事,以定优劣,亦请论之。如王筠诗:"王生临广陌,潘子赴黄河。"庾肩吾诗:"秦王观大海,魏帝逐飘风。"沈约诗:"高楼切思妇,西园游上才。"格虽弱,气犹正。远比建安,可言体变,不可言道丧。①

此处不以时代论诗,针对若陈子昂、卢藏用"体变道丧"之类的复古诗论对齐梁诗的全盘否定,皎然认为齐梁"诗道"仍在,犹存古风,只是"古诗"发生了"体变"而已。齐梁"古诗","格虽弱,气犹正",应该属皎然所谓的古诗三等中的"偏"。② 所谓古诗之"俗",应该指有意偏离律体,故作诘屈高古,即如文中所言"顷作古诗者,不达其旨,效得庸音,竞壮其词,俾令虚大。或有所至,已在古人之后,意熟语旧,但见诗皮,淡而无味"之类的复多变少的唐人复古诗。皎然所谓律诗亦有三等。其所谓"古律",今有学者认为"可能指入律古风,可押仄韵,可以换韵"。③ 其意相当于许学夷《诗源辩体》中说的"高岑五言、子美七言,以古为律者"④,

---

① 张伯伟:《全唐五代诗格汇考》,南京:凤凰出版社,2002年,第304—305页。
② 从文中引诗及"格弱气正"的评语可以看出,皎然亦部分因袭了元兢诗学思想。
③ 参[日]遍照金刚撰,卢盛江校考:《文镜秘府论汇校汇考》,北京:中华书局,2006年,第1412页。
④ [明]许学夷著,杜维沫校点:《诗源辩体》,北京:人民文学出版社,1987年,第204页。

严羽所谓"有古律(陈子昂及盛唐诸公多此体)"①者。皎然所指的"古律"是否与后人之所指完全一致,是否也包括"永明体"以来的、唐律定型之前的所有讲究声律的五言诗,是需要进一步加以探讨的,但其所谓"正律",以"沈宋律诗"为代表,应该是容易确定的。其《诗式》论"律诗"明言:"楼烦射雕,百发百中,如诗人正律破题之作,亦以取中为高手。洎有唐以来,宋员外之问、沈给事佺期,盖有律诗之龟鉴也。"②其中名"正律"与沈、宋相连,可以为证。其所谓"俗律",应该即为其所病的"律家之流","拘而多忌,失于自然"之类只问声律、对属之能,伤及自然之质的一类新体诗。皎然论古体、律体皆有"俗"格,其判断"俗"大致都与刻意于"体"的形式,失于自然的风格有关。有学者认为,皎然《诗议》《诗式》先后继作,前后思想有变化,有些地方甚至有矛盾,但同时亦肯定两者思想有相同的地方:"主张自然出于苦思,对声律都持否定态度,在格高问题上看法也基本一致。"③说皎然对声律持否定态度,或许只看到皎然涉及对声律批评的片言只语,如《诗议》"论文意"中"律家之流"云云、《诗式》卷一"明四声"批评"沈休文酷裁八病,碎用四声"④等等。这些都不能说明皎然否定"声律",而只能证明其反对酷裁八病,碎用四声,拘而多忌,而风雅殆尽,失于自然的"俗律"。既然皎然"主张自然出于苦思",当然不会简单地否定"声律",正如他不可能简单地否定诗中的"用事"、"对属"一样。上引其论"齐梁诗",不以用事与否论诗之优劣;《诗议》"论文

---

① [宋]严羽著,郭绍虞校释:《沧浪诗话校释》,北京:人民文学出版社,1983年,第74页。

② 张伯伟:《全唐五代诗格汇考》,南京:凤凰出版社,2002年,第276页。

③ 卢盛江:《皎然〈诗议〉考》,《南开学报》,2009年第4期。

④ 张伯伟:《全唐五代诗格汇考》,南京:凤凰出版社,2002年,第223页。

意"否定时人"今人所以不及古者,病于俪词"之论,以及针对时人为了自然"则削其俗巧,与其一体"所作的"一体者,由不明诗对,未阶大道"的批评,皆可以为证。其中的关键在于,皎然作为一代诗僧,"中道"的观念与思维是其诗论的底蕴。《诗议·论文意》云:

> 且文章关其本性。识高才劣者,理周而文窒;才多识微者,句佳而味少。是知溺情废语,则语朴情暗;事语轻情,则情阙语淡。巧拙清浊,有以见贤人之志矣。大抵而论,属于至解,其犹空门证性有中道乎。何者? 或虽有态而语嫩,虽有力而意薄,虽正而质,虽直而鄙,可以神会,不可言得,此所谓诗家之中道也。①

这里并不是说皎然《诗议》与《诗式》之间,就不存在相互抵牾,看似矛盾的表述,但这种表述上的不一致,未必都是其诗学思想固有矛盾的反映。其不一致,有些是由其转换论题、论述对象,亦即论述角度改变所致。对此不加细论。

皎然不否定声律,但并非仅以声律形式的小体征象来区别古、律二体。其"论文意"论康乐公等之外的"中间诸子""时有片言只句,纵敌于古人,而体不足齿"云云,实承上文"以讽兴为宗"的汉魏五言"古诗"而发。意即晋宋以下,除谢灵运"五言""秉独善之姿,振颓靡之俗","自灵均已来,一人而已"之外,江宁侯等,于"五言"难免"体偏",其他"中间诸子"纵有片言只句或敌古人,但篇体已枯,不复完体。又"或者随流,风雅泯绝。'八病''双拈',载发文蠹,遂有古、律之别"。其所谓"随流"者,当指晋世以来愈演愈烈的"绮靡"风尚。其风所及,"风雅泯绝"。"风雅泯绝"本质上反映的是魏晋"缘情体物"诗学在实践中走向偏执,至"宫

---

① 张伯伟:《全唐五代诗格汇考》,南京:凤凰出版社,2002年,第209页。

体诗"达到极致,形成对儒家"言志教化"诗学的全面覆盖,意味着"五言"诗文体功能的质变。① 换而言之,诗歌古、律体制的分野既在声律对属——"绮靡浏亮"的形式,更在其诗体构成的理义大体——"缘情体物"的内质与功能。

质言之,源于陆机"诗缘情而绮靡,赋体物而浏亮"的文学文体观是"律体"得以孕育、演化并最终成立的诗学依据及内在逻辑。② 可见,皎然以"沈宋律诗"为律诗之"正"的看法与独孤及"至沈、宋,缘情绮靡之功乃备"的律诗史观是完全一致的。③

(二)皎然"复古通变体"与沈宋创体之功

值得注意的是,皎然有关"文体复变之道"之论述所涉及的对陈子昂古诗与沈宋律诗的看法。《诗式》卷五论"复古通变体"云:

> 作者须知复变之道。反古曰复,不滞曰变。若惟复不

---

① 葛晓音认为儒家"诗教说"在不同历史阶段有不同表现,汉魏六朝经历了由美刺并重向以颂美为主的转变过程。于是,它对诗歌发展的作用随之由助力而变成了阻力(参氏著《汉唐文学的嬗变》,北京大学出版社,1990年,第16—36页)。这同时亦可说明,"缘情体物"诗学有其发生的必然性和进步性。

② 葛晓音《南朝五言诗体调的"古"、"近"之变》一文表明:"在南朝五言诗体调由古趋近的渐变过程中,导致古、近体调之间差异的原因,不全取决于声律。五言诗的结构层次、创作方式、表现功能的变化,也是促使体调由古趋近的重要因素。"(葛文见《中国社会科学》,2010年第3期)其观察结果亦可以用以支持本文观点。诗的赋化与体物性追求——诗歌语体的"文体"化,使得五言诗在骈俪、辞采与声律的道路上一路高歌,终于在"宫体"诗人那里完成了律体的形式建构。问题在于,梁陈"宫体诗"在律体形式建构方面虽然功勋卓著,但同时亦丧失了"缘情体物"诗学"缘情"的内质。故律诗体的完备尚待唐人的努力,否定之否定——重建诗歌语体"言体"与"文体"的均衡,律诗体缘情、绮靡的内在统一。

③ 皎然对"律体"构成及其本质的认识、理解与把握,比之独孤及要远为具体、深入与全面。对此,暂不涉及,容后再论。

变,则陷于相似之格,其状如驽骥同厩,非造父不能辨。能知复变之手,亦诗人之造父也。以此相似一类,置于古集之中,能使弱手视之眩目,何异宋人以燕石为玉璞,岂知周客嘘唏而笑哉?又复变二门,复忌太过。诗人呼为膏肓之疾,安可治也?如释氏顿教,学者有沈性之失,殊不知性起之法,万象皆真。夫变若造微,不忌太过。苟不失正,亦何咎哉!如陈子昂复多而变少,沈、宋复少而变多。今代作者,不能尽举。吾始知复变之道,岂惟文章乎?在儒为权,在文为变,在道为方便。后辈若乏天机,强效复古,反令思扰神沮。何则?夫不工剑术,而欲弹抚干将、大阿之铗,必有伤手之患,宜其诫之哉! ①

以上论述可概括为皎然的“文体复变观”,它与刘勰的“文体通变观”虽一脉相承,但已有重大突破。观其言论之表,固复变兼及;若究其言论之实,言复不过为言变张本,其偏于变,一目了然。其突破刘勰“文体通变观”的最大标志是:所谓“反古曰复”俨然虚指,绝无丝毫刘勰“还宗经诰”,通儒家文统的气息。这里,无论皎然立足于何种诗学,但其超越了儒家“言志教化”、“风雅兴寄”的诗学则是肯定的。故皎然谓“陈子昂复多而变少,沈、宋复少而变多”时,其对子昂“古体”、沈宋“新体”的高下褒贬也就不言自明了。

皎然谓“反古曰复”,后人对陈子昂的激赏亦多在其以复古为变的“古诗”。尤其是其《感遇》三十八首,方回谓之“极为朱文公所称。天下皆知其能为古诗,一扫南、北绮靡”②。胡震亨《唐音癸签》卷五亦云:“子昂自以复古反正,于有唐一代诗,功为大耳。”③ 唐宋

①张伯伟:《全唐五代诗格汇考》,南京:凤凰出版社,2002年,第331页。
②[元]方回选评,李庆甲集评校点:《瀛奎律髓汇评》,上海:上海古籍出版社,2005年,第78—79页。
③[明]胡震亨:《唐音癸签》卷五,上海:上海古籍出版社,1981年,第45页。

至今，人们对陈子昂以复古之道扭转一代文学风气的功绩都给予了极大的肯定。尤其是明清两代学者，无论对陈子昂"古诗"褒贬如何，但大多一致赞同李攀龙在《唐诗选序》中批评陈子昂古诗时所得出的基本判断："唐无五言古诗，而有其古诗。陈子昂以其古诗为古诗。"①意即以陈子昂"古诗"为代表的唐代"古诗"与汉魏"古诗"已大为不同。此一认知，客观上肯定了陈子昂的复古创变之功。

对陈子昂、宋之问等取法汉魏古诗而创唐人自家古诗的具体情形，当代学者葛晓音从文体创新的角度曾作过点面结合而又深入细致的研究。其所形成的结论引之如下：

> 唐初以来，部分齐梁新体继续律化，律诗逐渐形成，对于律诗声律规则的建设，必然要求人们重新认识古诗的体调。但大部分五言处于半古半律的状态，只有少数作品上溯到宋齐古体乃至魏晋。这就促使陈子昂和宋之问几乎同时开始了区分古、律体调的探索。尽管在目前所见的初盛唐五言诗中，不少古诗和半古半律还不能确切界分，所谓"齐梁体"一直存在。但是由于陈子昂和宋之问的努力，确实产生了一部分能够明显地区别于律诗和齐梁体的古诗。在声调上，他们极力减少律化的句式，或多用仄韵，以此拉大古诗和律诗的距离；在结构上，他们摸索了八句体、十句体以及十二句体这三种从齐梁以来逐渐近体化的体式复古的途径，同时努力区分了中长篇五言古诗与五言排律的不同创作方式，从根本上把握了古诗无论句式散偶均应以散叙意脉贯穿的原理，以及抒情直白、曲折尽意、不避繁复、结构多变的特征，从而与

---

① 转引自[明]胡震亨：《唐音癸签》卷五，上海：上海古籍出版社，1981年，第45页。

缺乏叙述功能的五言律诗形成了鲜明的差别；在表现上，他
们综合了汉魏到宋齐古诗的各种经验，甚至吸收了近体诗的
某些特点，使古诗的表情达意获得前所未有的包容度和自由
度。唐代五古正是因他们的导向，才形成了不似汉魏古诗而
自"有其古诗"的独特风貌。①

　　葛氏论断新颖、具体，颇具启发性。但问题在于皎然却谓陈
子昂"复多变少"，显然否定了陈子昂诗歌的创变意义。"复多变
少"无异于说子昂之"反古"犯了"太过"之忌。而复之太过，"诗
人呼为膏肓之疾，安可治也？"言下之意，不可救药也。与之形成
鲜明对照的是，云沈、宋则为"复少变多"，而"变若造微，不忌太
过。苟不失正，亦何咎哉！"以上现象客观上应当如何理解呢？
在将陈子昂与沈、宋加以比较时，葛氏认为，两者虽然皆"从根本
上把握了古诗无论句式散偶均应以散叙意脉贯穿的原理，以及抒
情直白、曲折尽意、不避繁复、结构多变的特征"，但陈子昂往往
表现出刻意模仿汉魏诗歌的句式、词语和意象的一面，沈宋则很
少如此，故皎然评"陈子昂复多而变少，沈宋复少而变多"。皎然
此语"不仅仅是指陈子昂的古诗和宋之问的律诗，也可以概括两
人在摸索唐代五古体调方面的差别"。②对子昂模仿汉魏诗歌的
句式、词语和意象的现象，皎然确实洞若观火，其一针见血地指
出："子昂《感寓》三十首，出自阮公《咏怀》，《咏怀》之作，难以为
俦。子昂诗曰：'荒哉穆天子，好与白云期。宫女多怨旷，层城蔽
蛾眉。'曷若阮公'三楚多秀士，朝云进荒淫。朱华振芬芳，高蔡相

① 葛晓音：《陈子昂与初唐五言诗古、律体调的界分——兼论明清诗论中的"唐
　无五古"说》，《文史哲》，2011年第3期。
② 参葛晓音：《陈子昂与初唐五言诗古、律体调的界分——兼论明清诗论中的
　"唐无五古"说》，《文史哲》，2011年第3期。

追寻。一为黄雀哀,涕下谁能禁。'"①叶燮《原诗》卷一《内篇》上亦曾得出同样认识,谓"子昂古诗,尚蹈袭汉魏蹊径,竟有全似阮籍《咏怀》之作者,失自家体段"②。今有学者发现子昂《感遇》《蓟丘览古》等作品中确有许多模仿因袭《咏怀》之作,"如在《蓟丘览古》中,他写自己南登碣石,遥望黄金台,疾呼'丘陵尽乔木,昭王安在哉',其语意格调与阮籍《咏怀》第三十一之'驾言发魏都,南向望吹台。萧管有遗音,梁王安在哉'并无二致;再如其《感遇》第二十一之'布衣取丞相,千载为辛酸',二十三之'多材固为累,嗟息此珍禽',三十之'如何兰膏叹,感激自生冤',与《咏怀》第六之'膏火自煎熬,多材固为累。布衣可终身,宠禄岂足赖'等诗句,在反映忧谗畏讥、远祸全身的心理上可谓同出机杼"。③事实说明,皎然所批评的"顷作古诗者","或有所至,已在古人之后,意熟语旧,但见诗皮"的现象在陈子昂的古诗中确实存在。既然子昂古诗句式、词语和意象,甚至诗歌整体立意与诗境都存在蹈袭,那么说其"复多变少"也就是的论了。以此而论,子昂古诗也就谈不上什么自家面目,创变之功了。若论其文体创变,亦只能如葛晓音所言,子昂古诗自为古诗的意义在于相对于律诗和齐梁体古诗的破体、辨体了。④之于沈、宋古诗,虽然很少模仿汉魏诗歌的句式、

---

① 张伯伟:《全唐五代诗格汇考》,南京:凤凰出版社,2002年,第280页。
② 参[清]叶燮著,霍松林校注:《原诗》卷一,《内篇》上,北京:人民文学出版社,1979年,第8页。
③ 参甘生统:《皎然诗学渊源考论》,中央民族大学博士论文,2011年,第72页。
④ 从积极的意义上说,陈子昂等唐初诗家古诗,具有引汉魏、齐梁古诗入唐新体律诗,以促进新体律诗变革与发展的自觉意识。尽管其成果被后世称作非古诗之古诗,但它客观上造就了唐诗发展的全新生态,正是唐古诗开辟了唐新体律诗发展的空间及未来方向。

词语和意象,但按照葛氏的观点,其体式总体上说亦不过表现在对汉魏古诗的因袭与模仿。若论其稍异于汉魏古制的地方,也就是在表现上,"综合了汉魏到宋齐古诗的各种经验,甚至吸收了近体诗的某些特点,使古诗的表情达意获得前所未有的包容度和自由度"。① 在此,子昂与沈、宋表现出的是一致性。故沈、宋古诗自为古诗的意义亦不过在于相对于律诗和齐梁体古诗的破体、辨体,断不能得出皎然所作出的"复少变多"的结论。如此看来,皎然所谓的"复少变多"主要还是针对沈宋律诗。

　　何以见得沈、宋律诗"复少变多"呢?《诗式》卷二"律诗"条谓沈、宋律诗为律诗之龟鉴、诗家射雕手,肯定的是沈宋律诗"矢不虚发,情多、兴远、语丽"的体势、体格。翁方纲《石洲诗话》卷一就此指出:"沈、宋律句匀整,格自不高。杼山目以'射雕手',当指字句精巧胜人耳。"② 翁氏"字句精巧胜人"的说法合乎皎然"五言之道,惟工惟精",反对"意熟语旧"的诗品观,但说"沈、宋律句匀整,格自不高"显然出于己见,掺杂了文体尊卑的思想,未必能代表皎然的观点。其实,皎然评语是对沈宋律诗体格的整体把握,涉及沈宋律诗的创体之功,因此他将沈宋律诗视为"正律"。这才是皎然谓沈宋"复少变多"的依据。若单就"语丽"一点而言,齐梁初唐大多数诗人都是如此,自然无法看出"字句精巧胜人",如何能说"复少变多"。皎然论"语丽",合"情多"、"兴远"而出,是一个整体,使其成为整体的是"矢不虚发"一语所蕴含的喻意。表面上看,"矢不虚发"似承前文"正律破题之作,亦以取中为高手"而来,当言首联

---

① 参葛晓音:《陈子昂与初唐五言诗古、律体调的界分——兼论明清诗论中的"唐无五古"说》,《文史哲》,2011年第3期。
② [清]翁方纲:《石洲诗话》,北京:人民文学出版社,1981年,第26页。

破题。但此处"取中"、"中的"之喻已远远超出首联破题之律法。

要言之，皎然以"复少变多"评价沈宋，实就沈宋"正律"而言，肯定的是其创体之功。而其所谓"体"实已深入到了诗歌之体势、体格与体调，亦即律诗体的和谐整体，而非局限于声律形式。此外，可先行指出的是，皎然从创变的角度肯定沈宋律诗代表了其所处时代的普遍风气，与中唐元白新乐府运动及韩愈古文运动的旨趣本质上是一致的。

三、皎然、王昌龄诗说之比较

为了更加准确地认识与把握皎然对沈宋律诗所作的"正律"定位的意义，有必要宕开一笔，回溯王昌龄的相关诗学论述并将之与皎然诗说作比较，以看清皎然诗学之渊源及其本质。

（一）王昌龄诗体"格律调"论与皎然"因境辨体"、"复变创新"

先于皎然的王昌龄（690？—756？）有"诗体格律调"论，其《诗格》"论文意"条云："凡作诗之体，意是格，声是律，意高则格高，声辨则律清。格律全，然后始有调。用意于古人之上，则天地之境，洞焉可观。"[1]在唐人"诗格"类著作中，"格"有多种用法，既可作"格式"、"法式"解，亦可作文章"体格"、"风格"解，又可解作文章品格、品第。一般学者都认为此处的"格"是价值论的范畴，作"品格"解，是衡量艺术价值的标准。其实，在中国古人的思维与表达中，知识论与价值论并无绝对的分野。王昌龄谓"意是格，声是律"，显然是在说"格"与"律"构成了诗体形式，而"意"、"声"又是充实"格"、"律"的内容。这无疑是倾向于知识论的分析，此处的"意"、"格"与"声"、"律"都无价值论的意义。说"意高则格

---

[1] 张伯伟：《全唐五代诗格汇考》，南京：凤凰出版社，2002年，第160—161页。

高,声辨则律清"亦是如此,"格高律清"乃诗歌"体调"的一种模式而已。因为"格律全,然后始有调",而诗人用意有高有远有逸,用声亦有辨与不辨,不一而足,只要有格有律,格与律谐,都可以谓之"格律全",有"体调",亦即有"风格"。当然,当王昌龄说"用意于古人之上,则天地之境,洞焉可观"时,则又表明,他是倾向于"格高律清"这种"体调"的,因为这种"体调"用意高于(超越)古人,对应于"天地之境"。于是,"格"等范畴无疑又染上了价值论的色彩,只是并不因此而改变其作为知识论范畴的意义罢了。皎然《诗式·辩体有一十九字》有"因境辨体"论,曰:"夫诗人之思初发,取境偏高,则一首举体便高;取境偏逸,则一首举体便逸。"[1] 其论诗人因用思(意)取境之不同而成十九种诗体(体格、体调),并置"高"、"逸"之体于其首,实与昌龄"意格"说相呼应。

王昌龄倾向于"格高律清"的体调,实际上表明了他以创新、自由为最高艺术审美价值的旨趣。其《诗格》"论文意"条又云:"凡属文之人,常须作意。凝心天海之外,用思元气之前,巧运言词,精炼意魄。所作词句,莫用古语及今烂字旧意。改他旧语,移头换尾,如此之人,终不长进。为无自性,不能专心苦思,致见不成。"[2] 文中之意固然强调了诗人以创新为最高艺术审美价值的旨趣,但诗人又不是为创新而创新。诗人苦思,精炼意魄,当然为创新,但更重要的则在于:诗人自性不因"古语及今烂字旧意"所障而"致见不成"。何谓"致见不成"? 既指诗人不得见"自性",亦指诗人不得洞观"天地之境"。洞观"天地之境"即见"自性",二者义通为一。可见,艺术创新实为通向自由之境。梁僧佑《弘明集》卷

---

① 张伯伟:《全唐五代诗格汇考》,南京:凤凰出版社,2002年,第241页。
② 张伯伟:《全唐五代诗格汇考》,南京:凤凰出版社,2002年,第163—164页。

一《正诬论》有"佛经说天地境界"云云，王氏"天地之境"概念或源出释典，但儒家"人与天地参"、道家"原天地之美，而达万物之理"亦当是"天地境界"的表达。"自性"概念虽是佛门经常提起的话头，但亦是六朝以来儒、道、释相互格义的产物。《宋书》卷九十七载有其事实况。时庐山沙门慧琳兼外内之学，尝著《均善论》，其文曰：

> 有白学先生，以为中国圣人，经纶百世，其德弘矣，智周万变，天人之理尽矣。道无隐旨，教罔遗筌，聪叡迪哲，何负于殊论哉。有黑学道士陋之，谓不照幽冥之途，弗及来生之化，虽尚虚心，未能虚事，不逮西域之深也。于是白学访其所以不逮云尔。白曰："释氏所论之空，与老氏所言之空，无同异乎？"黑曰："异。释氏即物为空，空物为一。老氏有无两行，空有为异。安得同乎。"白曰："释氏空物，物信空邪？"黑曰："然。空又空，不翅于空矣。"白曰："三仪灵长于宇宙，万品盈生于天地，孰是空哉？"黑曰："空其自性之有，不害因假之体也。"①

综上不难看出，王昌龄之创新思想表征了唐代诗学拓展诗体诗境，整合儒道释的大势。皎然亦具有同样的艺术创新思想，略引其《诗议》《诗式》相关条目以参证：

《诗议·论文意》：

> 凡诗者，惟以敌古为上，不以写古为能。立意于众人之先，放词于群才之表，独创虽取，使耳目不接，终患倚傍之手。②

> 或曰：诗不要苦思，苦思则丧于天真。此甚不然。固须

① [梁]沈约：《宋书卷九十七·列传第五十七·夷蛮》，北京：中华书局，1974年，第2388页。
② 张伯伟：《全唐五代诗格汇考》，南京：凤凰出版社，2002年，第206—207页。

绎虑于险中,采奇于象外,状飞动之句,写冥奥之思。夫希世之珠,必出骊龙之颔,况通幽含变之文哉? 但贵成章以后,有其易貌,若不思而得也。①

且文章关其本性。②

《诗式》:

或云,诗不假修饰,任其丑朴。但风韵正,天真全,即名上等。予曰:不然。无盐阙容而有德,曷若文王太姒有容而有德乎? 又云,不要苦思,苦思则丧自然之质。此亦不然。夫不入虎穴,焉得虎子。取境之时,须至难至险,始见奇句。成篇之后,观其气貌,有似等闲不思而得,此高手也。有时意静神王,佳句纵横,若不可遏,宛如神助。(《取境》)③

两重意已上,皆文外之旨。若遇高手如康乐公,览而察之,但见情性,不睹文字,盖诗道之极也。向使此道尊之于儒,则冠六经之首。贵之于道,则居众妙之门。精之于释,则彻空王之奥。(《重意诗例》)④

前无古人,独生我思。(《立意总评》)⑤

诗人意立变化,无有倚傍,得之者悬解其间。(《立意总评》)⑥

"立意于众人之先,放词于群才之表"与"用意于古人之上","用思元气之前"无异,这是复变创新之道。但皎然又说"独创虽

---

① 张伯伟:《全唐五代诗格汇考》,南京:凤凰出版社,2002年,第208页。
② 张伯伟:《全唐五代诗格汇考》,南京:凤凰出版社,2002年,第209页。
③ 张伯伟:《全唐五代诗格汇考》,南京:凤凰出版社,2002年,第232页。
④ 张伯伟:《全唐五代诗格汇考》,南京:凤凰出版社,2002年,第233页。
⑤ 张伯伟:《全唐五代诗格汇考》,南京:凤凰出版社,2002年,第345页。
⑥ 张伯伟:《全唐五代诗格汇考》,南京:凤凰出版社,2002年,第346页。

取,使耳目不接,终患倚傍之手",此语该当如何理解呢?"立意于众人之先,放词于群才之表"虽然可致"独创"之功,但如果只停留于语词意格的新奇怪异,徒有"惊俗之貌"而无"达人之度"(《诗式·骇俗》),那只能是为创新而创新而非复变创新,或者说非洞彻诗道源头的创新。所以皎然谓之"独创虽取,使耳目不接,终患倚傍之手",此"耳目不接"实即王昌龄之所谓"致见不成"。上引皎然所论,义虽各有所偏,但不外乎强调诗体兴作,必待苦思炼意,方可摆脱古人依傍,而后耳目接乎天地之境,"通幽含变","但见情性(本性、自性)","悬解其间"。"悬解"语出《庄子》,皎然借此道出的是艺术自由的通义。皎然之所谓"自由"得于"诗人意立变化","工后而自然"的艺术创新。其艺术创新即艺术自由的思想,在诗道通达天地之境与诗人自性的意义上与王昌龄无疑一致,同样融合了儒道释三家的思想资源。

基于上述艺术创新即艺术自由的思想再来进一步审视昌龄的"体调"说、皎然沈宋律诗"复少变多"说,我们将会有更多的发现和全新的认识。

(二)王昌龄"声辨律清"与"正律"义解

1.“声辨律清”辨证

皎然"复少变多"说主要是就沈宋律诗所作的立论,而王昌龄"格高律清"的体调说,亦是针对近体律诗的。

先来看"声辨律清"。"声辨"即诗声的声调平仄相间;"律清"之"律"即"十二律"之"律",此处是转喻借代,指"气","律清"即"气清"。"十二律"之可以指"气",是因为在上古,"律"为述气者也。古人将十二律管用为"飞灰候气"之具,以察天地阴阳消息,且又引之校验历法礼乐。"气"有清浊之分,声气实相通,声应气而发。"十二律"代表了天地运行变化、天地正气,也代表了礼乐正声。① 故古人以礼乐赞天地化育又以之修身。② 当"诗三百"脱离礼乐、汉魏古诗独立于乐府之后,中国诗歌走向律化就成了必然趋势。理解"声辨律清",必须有这样的文化背景意识。

王昌龄《诗格》"调声"条云:

> 作语不得辛苦,须整理其道,格律③调其言,言无相妨。以字轻重清浊间之须稳。至如有轻重者,有轻中重,重中轻,当韵之即见。且"庄"字全轻,"霜"字轻中重,"疮"字重中轻,"床"字全重。如"清"字全轻,"青"字全浊。诗上句第二字重中轻,不与下句第二字同声为一管。上去入声一管。上句平声,下句上去入;上句上去入,下句平声。以次平声,以次又上去入;以次上去入,以次又平声。如此轮回用之,直至于尾。两

----

① 参张国安:《大师与历律——〈周礼〉乐官与先秦乐文化源流考述》,《艺术百家》,2007年第6期。

② 《礼记·乐记》云:"乐者,天地之和也。礼者,天地之序也。和故百物皆化,序故群物皆别。"《礼记·曲礼上》云:"道德仁义,非礼不成。"(李学勤主编:《十三经注疏·礼记正义》,北京:北京大学出版社,1999年,第1090、14页)

③ 此处文字标点,各家不一,本文从任学良说。任氏认为:"道"一读,"格"字属下。《论文意》云:"凡作诗之体,意是格,声是律。意高则格高,声辨则律清,格律全,然后始有调。"又云:"夫置意作诗,即须凝心,目击其物,便以心击之,深穿其境;如登高山绝顶,下临万象,如在掌中。以此见象,心中了见,当此即用。如无有不似,仍以律调之定,然后书之于纸。"据之可知,"格律调其言者,以意境与音韵调畅其言也"。卢盛江则认为,原文疑有阙文,或当作"整理其道,意高其格,律调其言"。"整理其道"是从贯通前后文脉诗理而言,"意高其格"当从高其立意而言,而"律调其言"则从调畅声韵而言。可备一说。(以上参见[日]遍照金刚撰,卢盛江校考:《文镜秘府论汇校汇考》,北京:中华书局,2006年,第115—116页)当然,"格律调其言"以下文字主要还是从律的方面去说,"格"的方面,散见于它处,与境思、意境有关。对此,本文在适当的时候将作重点阐释。

头管上去入相近,是诗律也。①

此段引文之前,王昌龄又有"凡四十字诗,十字一管,即生其意"的说法,可见文中"诗律"讲的是四韵八句五言诗的调声之术的。"律调其言,言无相妨"也就是"声辨",而判断"声辨"是以字声组织轻重清浊相间,整体声势稳顺为衡量的。这种声势稳顺的安排又首先是在五言十字的上下句联中去体现的,亦即上句第二字不能与下句第二字同声。理论上说,此处的同声即同轻重清浊,但文中接着说的却只涉及声调平仄。要言之,王氏调声术的核心仍然是句联上下句第二字之间的平仄相对,联间的平仄相黏,可视为元兢"换头术"的新版本。

《诗格》"论文意"条亦云:"夫文章,第一字与第五字须轻清,声即稳也。其中三字纵重浊,亦无妨。如'高台多悲风,朝日照北林'。若五字并轻,则脱略无所止泊处;若五字并重,则文章暗浊。事须轻重相间,仍须以声律之。如'明月照积雪',则'月'、'雪'相拨,及'罗衣何飘飘',则'罗'、'何'相拨,亦不可不觉也。"②此处亦涉及五言律句的调声术:一、五字须轻清,中三字重浊无妨。言下之意,以轻清为贵。但不可五字并轻,亦不可五字并重,须轻重相间。这里仍然是字声轻重清浊的一套说法。

字声的轻重清浊,其真实意味究竟是什么,是否可等同于声调平仄呢?参照古代音韵学,卢盛江认为,王昌龄对字声轻重清浊以及轻中重、重中轻的分辨,实际上是对声纽清音、浊音,送气音和不送气音的分别,而且还涉及擦音、塞音、塞擦音的细致分别。除对声纽有细致的分别外,且对韵类也有细致的分别,"而对

---

① 张伯伟:《全唐五代诗格汇考》,南京:凤凰出版社,2002年,第148—149页。
② 张伯伟:《全唐五代诗格汇考》,南京:凤凰出版社,2002年,第163页。

韵类的分别，实际就已经有了后来的等韵的观念，虽然没有提出等韵的概念"。尽管如此，涉及具体的诗歌调声的实践，王昌龄所论者只是声调平仄，而无关声纽清浊、韵之等类。如上述诗例：高台多悲风，朝日照北林——平清豪韵一等、平浊哈韵一等、平清歌韵一等、平清脂韵三等、平清东韵三等，平清宵韵三等、入清浊质韵三等、去清笑韵四等、入清德韵一等、平清浊侵韵三等。"这不是从声母清浊来区分，因为上句中间三字为'浊清清'，只有'台'一字浊声，下句中三字即使'日'字读为浊声，也是'浊清清'，只有'日'一字浊声。也不是从韵类等位来区分，因为上句前三字为一等韵，而后二字为三等韵，中三字既有一等韵，也有三等韵，后句则中三字既有四等韵（照），也有一等韵（北）和三等韵（日），都不符合中间三字重浊的条件。这里的轻清重浊，是就声调而言，而且是就下一句而言。下一句'朝日照北林'，中三字全部为仄声，而第一字和第五字都为平声，正与他所说的第一字与第五字须轻清、中间三字重浊的条件相合。就是说，他虽然也讲轻重清浊，实际上所讲是声调的平仄"。至于其所谓"相拨"二句，其四声和清浊分别是：明（平清浊）月（入清浊）照（去清）积（入清）雪（入清），罗（平清浊）衣（去清）何（平浊）飘（平浊）飖（平清浊）。"明字罗字均为清浊音。如果把清浊读作清音，则月雪同为清音而罗何一清一浊，如果把清浊读作浊音，则罗何均为浊音而月雪一清一浊，如何同为'相拨'？月雪、罗何相拨，当是从声母清浊之外的因素来说。月雪同为入声，分别为五言诗的第二字和第五字，按照永明声律说，二、五同声，犯蜂腰病；月字月韵，雪字薛韵，月韵和薛韵可通押，同一句内隔字用同韵字，又犯小韵病，因此说月雪相拨。至于罗何相拨，则是因为二字同属下平声七歌韵，同一句内隔字用同韵字，和月雪一样也犯小韵病，当然，还可能因为它们同为平声。这都与声纽的清浊轻重无关"。① 卢氏同字声"清浊"并注的依据未知,按现代语言学的研究,声母的清浊是依据发声时声带的颤动与否来划分的,不颤动者为清音,颤动的为浊音。谓"明字罗字均为清浊音"有点不太好理解。其实,古代学者将声母清浊作进一步划分,分为全清、次清与全浊、次浊四类。从现代语言学的观点去看,古代区别全清、次清与全浊、次浊特征的音理学依据是不一致的,次清的"次"乃就清声母的送气而言,与发音过程的气流强弱相关;次浊的"次"则主要指非塞音、塞擦音、擦音类浊声母,与发音过程中所遇阻碍方式有关。卢氏谓"相拨"即"声律上相互碰撞相互摩擦相互阻碍,是声律的不谐调",亦显得比较抽象。具体来说,应回到原文语境,即违背五字之内"轻重相间"的原则即可视为"相拨"。上述诗例,李珍华、傅璇琮就是按照清浊四类标注的:高台多悲风,朝日照北林——全清、全浊、全清、全清、全清,全清、次浊、全清、全清、次浊。明月照积雪——次浊、次浊、全清、全清、全清,罗衣何飘飘——次浊、次浊、浊、次清、次清。二氏认为,前两句的第一句虽五字皆平,但轻重相间,且第一、五字轻清;第二句亦轻重相间,第一字轻清,而第五字次浊,但为韵脚。至于后两例,二氏认为,"除了差能达到轻重相间的要求外,主要的和声来自于'月'和'雪'以及'罗'和'何'的相拨",正犯了刘勰"叠韵杂句而必睽"的毛病。② 那么字声轻重又是如何判定的呢? 李珍华、傅璇琮的标准是:一、以送气的声母为重,其中送气、带音为"全重"(床字),以送气不带音为"重中轻"(疮字);二、以不

---

① 以上内容参卢盛江:《唐诗调声术简论》,《学术研究》,2006年第12期。
② 参李珍华、傅璇琮:《河岳英灵集研究》,北京:中华书局,1992年,第86—87页。此处"叠韵杂句而必睽"的毛病实即卢盛江所说的"小韵"。

送气的声母为轻,以不送气,不带音为"全轻"(庄字);三、以不带音为"重中轻"(霜字)。① 原文第三条"重中轻"疑有误,当为"轻中重"。所谓"带音"和"不带音"即声母的"清"和"浊"。至于以送气与否作为轻重的标准,则必然要涉及中古全浊声母送气不送气的问题。现代音韵学研究围绕着全浊声母是否送气这一问题的讨论,形成了两种对立的观点:一种是主张送气的,以高本汉、罗常培、董同禾为代表;另一种是主张不送气的,主要以马伯乐、陆志韦、李荣为代表。至于王力,观点前后有变化,其所撰《汉语史稿》(1958)是主张送气的,而后来撰述《汉语语音史》(1985)时又认为是不送气的。李、傅二氏将送气、带音并列显然是主张浊音也是送气的。因此,浊音为全重,次清为重中轻,全清为全轻。问题在于,以不带音为"轻中重"并未体现送气不送气之标准,则凡清音即为"轻中重",这显然与"全轻"、"重中轻"的划分相冲突。如果加上送气的限制,则王昌龄的"重中轻"(疮字)与"轻中重"(霜字)也就无声辨的意义。姑且如此理解,再依照上述标准,来看例诗中的轻重安排:高台多悲风,朝日照北林——全轻、全重、全轻、全轻、全轻,全轻、全重、全轻、全轻、全重。明月照积雪——全重、全重、全轻、全轻、全轻,罗衣何飘飘——全重、全重、全重、重中轻、重中轻。"朝日照北林"符合一、五字清轻声稳的要求,中三字虽非全重浊,但不影响声稳。如果一、五轻清为定律,则中三字有一字重浊,亦可视为符合轻重相间的原则。"朝日照北林"由于第五字为重浊,故不全符合一、五清轻声稳的要求,而中三字是符合轻重相间原则的。至于"相拨"诗句,不能全部符合一、五轻清定律,但中三字差不多都符合轻重相间原则。"明月照积雪"中

---

① 参李珍华、傅璇琮:《河岳英灵集研究》,北京:中华书局,1992年,第77—78页。

二、五字月、雪属全重、全轻关系；"罗衣何飘飘"中一、三字罗、何属全重、全重关系。这里仅就轻重而论，确实看不出月雪、罗何为何"相拨"，倒是卢盛江说犯小韵病更合乎事实。

以上分析说明，如何理解王昌龄轻重清浊概念，仍然是一个没有得到很好解决的问题。依据卢盛江的观点，王昌龄虽然也讲轻重清浊，但实际上所讲是声调的平仄。如"朝日照北林（平入去入平）"正与一、五字须轻清、中三字重浊的条件相合。这无形中将"轻清""重浊"与声调的"平""仄"对应等同起来了。结果也就自然排除了"高台多悲风（平平平平平）"一句的正例作用，因为五平声等于五轻清，不合中三字重浊条件，也犯了五字并轻之忌，故只能视为反例。质言之，王昌龄虽辨字声清浊轻重，但终系于声调平仄。《论文意》谓"事须轻重相间，仍须以声律之"，其"声律"应该即声调平仄相和之律。这里实际上提出了两个现实而又理论的问题：王昌龄的轻重清浊概念究竟是如何产生的？其与平仄概念究竟如何发生关系？回答这两个问题，还是得回到《诗格》语境。

首先，应该明确，《调声》"律调其言"一段主旨是论诗律，而非专讲字声音韵。虽从字声个别讲起，但标的则在于字声轻重清浊间之稳顺协调。故其重点不是要对单字音节的音段构成做分析，也不是要对单字音节的声调特征的形成及其与音段构成的各语音要素的关系作出阐释。"律调其言"的最终目标在于字声轻重清浊或声调平仄的组合安排要使得整个诗篇的语调和谐。明确了这一话题目标，也就不难发现，王昌龄对字之轻重清浊的辨识是在字声音节所构成语调的整体关系中发生的。"至如有轻重者，有轻中重，重中轻，当韵之即见"一句则非常清楚地道明了这一点。

"当韵之即见",也就是说字声的轻重清浊,"讽咏即见也"。① 刘勰《文心雕龙·声律》云:

> 凡声有飞沉,响有双迭。双声隔字而每舛,迭韵杂句而必睽;沉则响发而断,飞则声扬不还,并辘轳交往,逆鳞相比,迕其际会,则往蹇来连,其为疾病,亦文家之吃也。夫吃文为患,生于好诡,逐新趣异,故喉唇纠纷;将欲解结,务在刚断。左碍而寻右,末滞而讨前,则声转于吻,玲玲如振玉;辞靡于耳,累累如贯珠矣。是以声画妍蚩,寄在吟咏,滋味流于下句,气力穷于和韵。②

钟嵘《诗品序》亦云:"余谓文制本须讽读,不可蹇碍,但令清浊通流,口吻调利,斯为足矣。"③ 刘勰、钟嵘说的都是在具体吟咏之中去安排、体会字声的高下、清浊与轻重的和谐。王昌龄的意思亦不过如此,故其所举两组例字,若从音韵学、现代语音学的观点去看,难以做到一贯的理解。其谓"庄"字全轻,"霜"字轻中重,"疮"字重中轻,"床"字全重,若依《广韵》,四字均为齿音下平声阳韵,头音分别为照母、审母、穿母、床母,其辨似乎可视为声纽之辨;至于说"清"字全轻,"青"字全浊,与《广韵》末附《辨四声轻清重浊法》"平声下"以清为轻清,青为重浊相一致,且轻与清、重与浊亦相关。在《广韵》,"清"字为韵首字,下平声,庚清同用;"青"字亦为韵首字,下平声,独用。两者皆属"清"母字,但不同韵部,似乎两字的轻重清浊之辨缘于韵。其实,此段文字的第一部分涉及的是具体吟

---

① 任学良《文镜秘府论校注》持见如此,笔者认为得其正解。参[日]遍照金刚撰,卢盛江校考:《文镜秘府论汇校汇考》,北京:中华书局,2006年,第116、119页。

② 周振甫:《文心雕龙今译·声律第三十三》,北京:中华书局,1986年,第300页。

③ 吕德申:《钟嵘〈诗品〉校释》,北京:北京大学出版社,1986年,第157页。

咏中的字声与字韵的问题，亦即轻重清浊问题，其与字音的发声、收声暨字声转换有关，确实具有相对性。在字声吟咏的转换处，在整体语感上，上字显然易于与尾音韵母有关，下字则又易于与头音声母有关，故轻重清浊的感受既可辨乎母音又可辨乎子音。

其次，至于篇中王昌龄接着说"诗上句第二字重中轻，不与下句第二字同声为一管。上去入声一管"①时，话题已转换。此处及以下文字疑有阙误。前此已说过："凡四十字诗，十字一管，即生其意。头边廿字一管亦得。六十、七十、百字诗，廿字一管，即生其意。"②此以文意论"管"。本段重点论四十字诗，五言十字，两句一联为一管。因此，承上文而云"诗上句第二字重中轻，不与下句第二字同声为一管"，意思即上句第二字为"重中轻"的字，下句第二字就不应该再用同样的字。说法与"平头"义同，也就是和对。接着说"上去入声一管"显然不通。因为，此句应是承上启下的句子，下面都是说声调平仄与平头避忌、对黏诗律的，一管就是一联，一联之间只能平仄和对，故"上去入声一管"义无着落。本句据卢盛江《校记》："'一管'上原有'一声'两字，《校注》同，实为衍字。"③卢氏据它本删去"一声"两字。意此处"一管"或为"衍字"，"一声"则是本意。"上去入声一声"意思明确，即指四声中"上去入"可归为一类与平声相对，如此，则与"上句平声，下句上去入"云云连接便显得文从字顺，否则扞格不通。下文"两头管，上去入相近"一句，据卢盛江《校记》所引《校勘记》"两头管"当为

①张伯伟：《全唐五代诗格汇考》，南京：凤凰出版社，2002年，第149页。
②张伯伟：《全唐五代诗格汇考》，南京：凤凰出版社，2002年，第148页。
③[日]遍照金刚撰，卢盛江校考：《文镜秘府论汇校汇考》，北京：中华书局，2006年，第117页。

"两头一管",中间脱一"一"字是。①"两头"即下文所谓"五言平头正律势尖头"、"五言侧头正律势尖头"中的"平头"与"侧头","侧头"即"仄头"义。②整句意思是:平头句与侧头句构成一管,上去入一类,同属侧头。故全文应该如下:

> 诗上句第二字重中轻,不与下句第二字同声为一管。(平声一声),上去入声一声。上句平声,下句上去入;上句上去入,下句平声。以次平声,以次又上去入;以次上去入,以次又平声。如此轮回用之,直至于尾,两头(一)管,上去入相近,是诗律也。

在此,分明亦是将轻重清浊之辨等同于声调平仄之辨了,重点涉及的是平仄对黏的诗律。

对于王昌龄混异质概念而言之的现象,给予进一步解释的学者并不多,只有日本学者小西甚一在其《文镜秘府论考·研究篇》(上)中,从王昌龄概念来源的角度给出了自己的推断:

> 我想,大体上,王昌龄的分类,不是实验性归纳的结果,不过是考虑到可以承认有轻和重的中间声调,而且可以有的轻的色彩强一点,有的重的倾向多一点。如果头音的系统性分类确立了,就能选择正确的例字。由于还不是这样,因此让实际例子跟从思辨性的分类就不行。③

在小西甚一的推断中,王昌龄的轻重清浊概念与声调是有关

---

① 参[日]遍照金刚撰,卢盛江校考:《文镜秘府论汇校汇考》,北京:中华书局,2006年,第118页。

② "五言平头正律势尖头"、"五言侧头正律势"分别指五言正律诗的两种韵式:平起首句不入韵式与仄起首句不入韵式。

③ 参[日]遍照金刚撰,卢盛江校考:《文镜秘府论汇校汇考》,北京:中华书局,2006年,第123页。

的。由于出于思辨而非实验归纳，且音韵学头音的系统性分类尚未确立，故其无法得知字声轻重清浊缘于声纽的分别。将王昌龄轻重清浊概念与声调概念加以关联应该说是实事求是的，但毕竟囿于现代实验语言学的分析思维与立场，故未能将王昌龄字声的轻重清浊之辨放在语调的整体中加以揭示，且试图将其还原为字声音节音段特征的表现，进而推断王昌龄的分类仅出于思辨。笔者认为，如果从声调与语调关系的整体去看，王昌龄概念的提出应该具有实验性的依据。只是这种实验性不是通过现代仪器去实现的，而是通过讽咏的内觉体验与听感加以区别辨认的。尽管此种实验性无疑具有极强的主观性，但整个古代音韵学亦无非建立在这种体验的主观性及其思辨的基础之上的。古代韵书以四声为框架，或声纽系属或韵部系属，反切注音配以字义，构成形声义一体的字声体系，足以说明这一点。我们无法排除王昌龄及其同时代人，在吟咏诵读中对不同的字音构成、发声及其吟咏诵读效果是有概念和整体感受的。实际上，至五代、宋，等韵学虽已相当成熟，但宋人诗话有关音韵的话语仍然延袭传统的经验形态，"四声"与轻重、清浊的概念加以关联使用。《蔡宽夫诗话》云："声韵之兴，自谢庄、沈约以来，其变日多。四声中又别其清浊以为双声，一韵者以为叠韵，盖以轻重为清浊尔，所谓'前有浮声，则后有切响'是也。"[1]王观国《学林》云："古人以四声为切韵，纽以双声叠韵，必以五音为定，盖谓东方喉声为木音，西方舌声为金音，南方齿声为火音，北方唇声为水音，中央牙声为土音也。双声者，同音而不同韵也；叠韵者，同音而又同韵也。'炫'、'䕶'同为唇音，而二字不同韵，故谓之双声；'碱'、'礚'同为牙音，而二字又同韵，

---

[1]参郭绍虞辑：《宋诗话辑佚》，北京：中华书局，1980年，第379—380页。

故谓之叠韵。"[1] 蔡宽夫将"四声"亦即声调的区分进一步细别为"清浊"之不同,又将"清浊"之别,等同于"双声"之辨,描述为"轻重"、"浮声"与"切响"的主观感受。这显然是混声调概念而笼统言之。王观国说双声、叠韵与蔡宽夫又有不同,将双声体察为发声部位的相同,而将叠韵体察为发声部位同且四声韵调亦同。其体察虽然不及清浊轻重,但仍然偏于四声吟咏的经验感受,清浊轻重的概念应该也是隐含于其中的。

　　除了上面分析的语感经验,王昌龄话语中之清浊轻重四声概念混用,确有出之思辨的缘由。在思辨的领域,其字声清浊轻重以及四声平仄的概念获得了象征的意味。字声音韵的象征,沈约《答甄公论》在解释"四声"之辨的时候就已涉及。后世等韵学论三十六母字声清浊、轻重亦秉持同样理路。如《切韵指掌图·辨字母次第例》即云:

　　　　辨字母者,取其声音之正,立以为本。本立,则声音由此而生。故曰:母以三十六字母演三百八十四声,取子母相生之义。是故一气之出,清浊有次,轻重有伦,合之以五音,运之若四时。故始牙音,春之象也,其音角,其行木;次曰舌音,夏之象也,其音徵,其行火;次曰唇音,季夏之象也,其音宫,其行土;次曰齿音,秋之象也,其音商,其行金;次曰喉音,冬之象也,其音羽,其行水。所谓五音之出,犹四时之运者,此也。[2]

　　当然,王昌龄辨字声清浊轻重之象征意味远未达到《辨字母次第例》那样的清晰,但其使用清浊、轻重这些声韵概念时,其必如《辨字母次第例》、沈约四声五音之论一样,背后立着一个理论

---

①[宋]王观国撰,田瑞娟点校:《学林》,北京:中华书局,1988年,第265页。
②[宋]司马光:《宋本切韵指掌图》,北京:中华书局,1986年,第9—10页。

话语的背景。沈约论"四声"有一个四象思维的理论模式，王氏当有所继承，只是已染上了时代特色，这特色或与唐代医家的"五运六气"理论有关。

《周易·系辞传》"四象"涉及气化的第三个层次，阴阳之气二分为四：老(太)阳、少阳、老(太)阴、少阴。其与四时相对应：春夏气主阳，秋冬气主阴，而又以春为少阳，夏为太阳，秋为少阴，冬为太阴。老、少概念反映的是阳主进由少而老、阴主退由老而少的四时循环，生生不息的观念。但二阴二阳，万物未成。《老子》云："道生一，一生二，二生三，三生万物。"① "三"在《周易》蕴于"八卦"三爻之象，四象演为八种样态，后世医家三阴三阳的"六气"概念当由其导出。在《黄帝内经》，"三阴三阳"的思维建构已趋完型。《素问·至真要大论》云："帝曰：善。愿闻阴阳之三也何谓？岐伯曰：气有多少，异用也。帝曰：阳明何谓也？岐伯曰：两阳合明也。帝曰：厥阴何也？岐伯曰：两阴交尽也。"② 唐代王冰《黄帝内经素问注》曰：

> 太阴为正阴，太阳为正阳。次少者为少阴，次少者为少阳。又次为阳明，又次为厥阴，厥阴为尽。义具《灵枢·系日月论》中。

> 《灵枢·系日月论》曰："辰者，三月，主左足之阳明；巳者，四月，主右足之阳明。两阳合于前，故曰阳明也。"

> 《灵枢·系日月论》曰："戌者，九月，主右足之厥阴；亥

① ［魏］王弼注，楼宇烈校释：《老子道德经注校释》，北京：中华书局，2008年，第117页。
② ［唐］王冰撰，［宋］林亿等新校正，范登脉校注：《重广补注黄帝内经素问》，北京：科学技术文献出版社，2011年，第594—595页。

者,十月,主左足之厥阴。两阴交尽,故曰厥阴也。"①

其《生气通天论篇注》云:

> 五神藏者,肝藏魂,心藏神,脾藏意,肺藏魄,肾藏志,而此成形矣。十二节者,十二气也,天之十二节气。人之十二经脉而外应之咸同天纪,故云皆通乎天气也。十二经脉者,谓手三阴三阳、足三阴三阳也。②

《刺热篇注》又云:

> 又,太阳病而刺写阳明,阳明病而刺写少阳,少阳病而刺写太阴,太阴病而刺写少阴,少阴病而刺写厥阴,如此,是为反取三阴三阳之脉气也。③

有研究认为,《黄帝内经》"三阴三阳"的理论与思维,就其结构与发生过程而言,受到过《易经》《道德经》《黄帝四经》《易传》中"一分为二"、"一分为三"、"一分为六"及"三才学说"等的影响,其中马王堆出土的帛书《黄帝四经》之"六分思想"是其形成的关键点。在马王堆出土的医学帛书《阴阳脉死候》《足臂十一脉灸经》及《阴阳十一脉灸经》中已以"三阳"、"三阴"命名"天气"、"地气"直至以"太阳、阳明、少阳、太阴、少阴、厥阴"命名经脉。④虽然《黄帝内经》成书甚早,传承有序,但其理论影响未见超出医家领域。

---

① [唐]王冰撰,[宋]林亿等新校正,范登脉校注:《重广补注黄帝内经素问》,北京:科学技术文献出版社,2011年,第595页。

② [唐]王冰撰,[宋]林亿等新校正,范登脉校注:《重广补注黄帝内经素问》,北京:科学技术文献出版社,2011年,第18页。

③ [唐]王冰撰,[宋]林亿等新校正,范登脉校注:《重广补注黄帝内经素问》,北京:科学技术文献出版社,2011年,第225页。

④ 参熊益亮、张其成:《中医三阴三阳思维的形成》,《中华中医药杂志》,2015年第9期。

唐太仆令王冰自天宝九年（750）至宝应元年（762），费时十二年之久，撰成《黄帝内经素问注》二十四卷，合八十一篇，《黄帝内经》中的运气理论经王冰阐释更显细密完备。《黄帝内经素问注》一书的撰著及其完成，至少可以说明：《黄帝内经》在唐代具有实质性影响，运气理论的传播客观上获得了有利条件。王昌龄是否与王冰有过交集不得而知，但王昌龄撰著《诗格》的年代大约在其天宝元年出任江宁丞期间（742—749）①，其与王冰撰《黄帝内经素问注》的时代颇为接近。

　　"三阴三阳"实际上是将阴阳本身按所含阴阳气的多寡盛衰再细别为三的。三阴之中，厥阴所含阴气最少，其次乃少阴，太阴所含阴气最盛。三阳之中，少阳所含阳气最少，其次阳明，太阳中所含阳气最盛。王昌龄云字声"轻中重"、"重中轻"、"全清"、"全浊"之类，无疑通于医家的三阴三阳理论。清浊就气质而言，亦即气分阴阳，阳清阴浊；轻重之分源于运气发声时身体的统觉通感，实与清浊相应，清轻浊重；而清轻浊重又与阳气上升，阴气下降相感通。故说字声清轻浊重与说长短、高低、抑扬的声调不二，因为字声清浊轻重之分实源于声气阴阳的多寡盛衰。"轻中重"等于"清中浊"与"阳中阴"，"阳中阴"在医家或指"阳明"，或指"厥阴"；"重中轻"等于"浊中清"与"阴中阳"，"阴中阳"在医家即"少阴"。此外，"全清"、"全浊"比"太阳"、"太阴"，"次清"、"次浊"类"少阳"、"少阴"。当然，王昌龄混言四声平仄以及字声清浊轻重的理路在后世医家的著述中，变得更加清晰。如明代张介宾《类经附翼·律原》论"五音"云：

　　　　宫音，五音之首，其声极长、极下、极浊；徵音，宫所生，

---

① 参张伯伟：《全唐五代诗格汇考》，南京：凤凰出版社，2002年，第146页。

其声次短、次高、次清；商音，徵所生，其声次长、次下、次浊；羽音，商所生，其声极短、极高、极清；角音，羽所生，其声在长短、高下、清浊之间。①

张介宾的五音之说，其依据显然亦是三阴三阳的运气理论，且将五音的众多属性统摄于音调。若与字声相比附，则宫音类阴平，商音类阳平，角音类上声，徵音类去声，羽音类入声。

要言之，王昌龄重点在说"诗律"，"律调其言，言无相妨"是其语境。其意在于如何理论上解决刘勰所谓"声转于吻，玲玲如振玉；辞靡于耳，累累如贯珠矣"、钟嵘所谓"清浊通流，口吻调利"的语感效果问题，而并非是在讨论字声音韵的构成问题。故四声与轻重、清浊可以混言，用平仄代替四声，上去入三声可以一类处理，终以声调平仄律统摄众义。其"相拨"概念因此可以获得全新认识。"相拨"例"平仄仄仄仄"、"平仄平平平"虽非律句，然若将"相拨"字"月"换成平声、"何"换成仄声，则就不会出现上句二五同仄声的蜂腰病，也不会出现下句三平调，而自然变成了"平平仄仄仄"、"平仄仄平平"的标准律句。可见，"相拨"例尽管涉及小韵病，但已超出了"叠韵杂句而必暌"的意义，显然与平仄诗律所产生的语感效果论述有关，而非单纯地辨析字声音节的清浊轻重。"声辨律清"的依据在诗律，"律调其言"之"律"，实际上就是其时已成为规范的近体诗律。

2."正律"体辨义

《调声》重点论述了诗律之后，紧接着便从"诗律"的角度举例说明了律诗体格声势的类型，其包括五言平头正律势尖头、五言绝句、五言侧头正律势尖头，以及齐梁调诗与七言尖头律：

---

①［明］张介宾：《类经附翼》卷二，《文渊阁四库全书》第776册，第972页。

五言平头正律势尖头：

中司龙节贵，上客虎符新。平平平入去，上入上平平。
平平平仄仄，仄仄仄平平。

地控吴襟带，才光汉缙绅。去去平平去，平平去去平。
仄仄平平仄，平平去仄平。

泛舟应度腊，入境便行春。平平去去入，入上去平平。
平平仄仄仄，仄仄仄平平。

何处歌来暮，长江建邺人。平去平平去，平平去入平。
平仄平平仄，平平仄仄平。

——皇甫冉《独孤中丞筵陪饯韦君赴升州》①

欲知禺谷好，久别与春还。入平平入上，上入上平平。
仄平平仄仄，仄仄仄平平。

莺暖初归树，云晴却恋山。平上平平去，平平入去平。
平仄平平仄，平平仄仄平。

石田耕种少，野客性情闲。入平平去上，上入去平平。
仄平平仄仄，仄仄仄平平。

求仲时应见，残阳且掩关。平去平平去，平平上上平。
平仄平平仄，平平仄仄平。

——钱起《献岁归山》②

不归江畔久，旧业已凋残。平平平去上，去入去平平。
平平平仄仄，仄仄仄平平。

----

① ［日］遍照金刚撰，卢盛江校考：《文镜秘府论汇校汇考》，北京：中华书局，
2006年，第132页。

② ［日］遍照金刚撰，卢盛江校考：《文镜秘府论汇校汇考》，北京：中华书局，
2006年，第132页。

露草虫丝湿，湖泥鸟迹干。去上平平入，平平上入平。
仄仄平平仄，平平仄仄平。

买山开客舍，选竹作鱼竿。上平平入去，上入去平平。
仄平平仄仄，仄仄仄平平。

何必劳州县，驱驰效一官。平入平平去，平平去入平。
平仄平平仄，平平仄仄平。

——陈闰《罢官后却归旧居》①

五言绝句：

胡风迎马首，汉月送娥眉。平平平上上，去入去平平。
平平平仄仄，仄仄仄平平。

久戍人将老，长征马不肥。上去平平上，平平上入平。
仄仄平平仄，平平仄仄平。

——？　②

五言侧头正律势尖头：

正位开重屋，凌空出火珠。去去平平入，平平入上平。
仄仄平平仄，平平仄仄平。

夜来双月满，曙后一星孤。去平平入上，去上入平平。
仄平平仄仄，仄仄仄平平。

天净光难灭，云生望欲无。平去平平入，平平去入平。
平仄平平仄，平平仄仄平。

终期圣明代，国宝在名都。平平去平去，入上上平平。

① ［日］遍照金刚撰，卢盛江校考：《文镜秘府论汇校汇考》，北京：中华书局，2006年，第138页。
② 此诗作者难定，或系郭震，或系钱起，或系陈闰，卢盛江认为皆不可据。参［日］遍照金刚撰，卢盛江校考：《文镜秘府论汇校汇考》，北京：中华书局，2006年，第132、137页。

平平仄平仄,仄仄仄平平。

——崔曙《试得明堂火珠》①

齐梁调诗:

平子归田处,园林接汝坟。平上平平去,平平入上平。
平仄平平仄,平平仄仄平。

落花开户入,啼鸟隔窗闻。入平平去入,平上入平平。
仄平平仄仄,平仄仄平平。

池净流春水,山明敛霁云。平去平平上,平平上去平。
平仄平平仄,平平仄仄平。

昼游仍不厌,乘月夜寻君。去平平去去,平入去平平。
仄平平仄仄,平仄仄平平。

——张谓《题故人别业》②

世上逸群士,人间彻总贤。去上入平上,平平入上平。
仄仄仄平仄,平平仄仄平。

毕池论赏讬,蒋径笃周旋。入平去上入,上去入平平。
仄平仄仄仄,仄仄仄平平。

——何逊《伤徐主簿》其一③

一旦辞东序,千秋送北邙。入去平平上,平平去入平。
仄仄平平仄,平平仄仄平。

客箫虽有乐,邻笛遂还伤。入平平上入,平入去平平。

①[日]遍照金刚撰,卢盛江校考:《文镜秘府论汇校汇考》,北京:中华书局,
2006年,第138页。

②[日]遍照金刚撰,卢盛江校考:《文镜秘府论汇校汇考》,北京:中华书局,
2006年,第141页。

③[日]遍照金刚撰,卢盛江校考:《文镜秘府论汇校汇考》,北京:中华书局,
2006年,第141—142页。

仄平平仄仄,平仄仄平平。

——何逊《伤徐主簿》其二①

提琴就阮籍,载酒觅扬雄。平平去上入,去上入平平。
平平仄仄,仄仄仄平平。

直荷行罩水,斜柳细牵风。入平平去上,平上去平平。
仄平平仄仄,平仄仄平平。

——何逊《伤徐主簿》其三②

七言尖头律:

闲看秋水心无染,高卧寒林手自栽。平平平上平平上,
平去平平上去平。

庐阜高僧留偈别,茅山道士寄书来。平上平平平去入,
平平上上去平平。

燕知社日辞巢去,菊为重阳冒雨开。去平上入平平去,
入去平平去上平。

残薄何时称献纳,临歧终日自迟回。平入平平平去入,
平平平入去平平。

——皇甫冉《秋日冬郊作》③

自哂鄙夫多野性,贫居数亩半临湍。去上上平平上去,
平平入上去平平。

溪云带雨来茅洞,山鹊将雏上药栏。平平去上平平去,

①[日]遍照金刚撰,卢盛江校考:《文镜秘府论汇校汇考》,北京:中华书局,
2006年,第142页。

②[日]遍照金刚撰,卢盛江校考:《文镜秘府论汇校汇考》,北京:中华书局,
2006年,第142页。

③[日]遍照金刚撰,卢盛江校考:《文镜秘府论汇校汇考》,北京:中华书局,
2006年,第152页。

平入平平上入平。

　　仙篆满床闲不厌，阴符在箧老羞看。平入上平平入去，
平平上入上平平。

　　更怜童子宜春服，花里寻师到杏坛。平平平上平平入，
平上平平去上平。

——钱起《幽居春暮书怀》①

　　以上律诗类型例诗涉皇甫冉诸人，有学者认为诸人实在王昌龄之后，故疑例诗出于后人或昌龄门人补入。②此说当可成立，但这里最可注意的是王昌龄已先于皎然提出了"正律"的概念。而"正律"式主要指五言四韵体诗，且分两类：首句平起不入平韵式、首句仄起不入平韵式。观引诗，句式主体为四种基本律句，有少量变式句，但皆属宫体十一式句；强调句联二四字位平仄相对、联间第二字位平仄相黏（单换头）。这里，值得追问的问题是："七言尖头律"就例诗去看，亦为四韵体，亦有首句平起不入平韵式、首句仄起不入平韵式两种，且从句、联、联间律的角度去看，亦是后世所谓的标准式的"七律"，那么王昌龄为何不以"正律"命之，而独称五言四韵体的律式为"正律"呢？是否因互文的书法而省呢？皎然《诗式·卷二·律诗》谓"诗人正律"所引诗例亦只有五言四韵诗或五言六韵诗而不及七言，看来王昌龄以五言律诗为"正律"绝非偶然。③

---

① [日]遍照金刚撰，卢盛江校考：《文镜秘府论汇校汇考》，北京：中华书局，2006年，第152—153页。

② 参张伯伟：《全唐五代诗格汇考》，南京：凤凰出版社，2002年，第149页。

③ 五言四韵或六韵为"正律"，其"律"主要就声律而言，尚不及中间联偶对，首尾联散语的语体格式。但"正律"概念为宋元人将"律诗"概念专属于五、七言四韵近体律诗提供了最早的依据。

《诗格·论文意》云:

> 夫文章之体,五言最难。声势沉浮,读之不美。句多精巧,理合阴阳。包天地而罗万物,笼日月而掩苍生。其中四时调于递代,八节正于轮环。五音五行,和于生灭;六律六吕,通于寒暑。①

文中"夫文章之体,五言最难"四句,维宝《文镜秘府论笺》曰:"论五言诗备众义而最难,调声不应则浮沉而讽读不优美也。"②推测其言下之意,五言诗体之所以难作,其因有二:其一,备众义难;其二,调声难。第二点意义显豁,不难理解。至于第一点,何谓"众义",维宝并未指实,但就全章看,"众义"但含摄以下所有文字。据维宝笺,"精巧四句"是说"五言诗句中,不漏天地阴阳,精密能伸其理,掩抚苍生,而无遗也";"其中"一句为"述调声",言调声更代"如四时运转,宫商有次序也"。"八节"一句亦当属调声之喻。"八节"即二分、二至与四立八个节气。卢盛江《考释》引《周髀算经》赵爽注云:"二至者,寒暑之极;二分者,阴阳之和;四立者,生长收藏之始。"③"五音"即宫商角徵羽,五行即金木水火土。《白虎通·礼乐》云:"土谓宫,金谓商,木谓角,火谓徵,水谓羽。……所以名之为角者何?角者,跃也。阳气动跃。徵者,止也。阳气止。商者,张也。阴气开张,阳气始降也。羽者,纡也。阴气在上,阳气在下。宫者,容也,含也。含容四时者也。"④

---

① 张伯伟:《全唐五代诗格汇考》,南京:凤凰出版社,2002年,第171页。

② 参[日]遍照金刚撰,卢盛江校考:《文镜秘府论汇校汇考》,北京:中华书局,2006年,第1375—1376页。

③ 以上参[日]遍照金刚撰,卢盛江校考:《文镜秘府论汇校汇考》,北京:中华书局,2006年,第1376—1377页。

④[清]陈立撰,吴则虞点校:《白虎通疏证》,北京:中华书局,1994年,第120页。

其中论及"五音"与"五行"配置。至于"五音"与四时的配置,汉以后文献皆同于《礼记·月令》,记作:春之月,其音角;夏之月,其音徵;中央土,其音宫;秋之月,其音商;冬之月,其音羽。① 其中"宫音"配方位中央土,所以不名四时,其义在其五行之性"含容四时者也"。《白虎通·五行》又释曰:"土所以不名时者?地,土之别名也。比于五行最尊,故不自居部职也。"② "和于生灭",卢盛江《考释》云:"佛教语,依因缘和合而有谓之生,依因缘和合而无谓之灭。"③ "六律"两句与古人律管飞灰候气事有关。《周礼·春官·大师》云:"大师掌六律六同,以合阴阳之声。阳声:黄钟、大蔟、姑洗、蕤宾、夷则、无射。阴声:大吕、应钟、南吕、函钟、小吕、夹钟。"④《礼记·月令》孟春之月"律中太蔟"云云即是其义。宋代张虑《礼记·月令解》云:"大蔟者,月建寅之律也。律,候气之管,以铜为之,实以葭灰以罗縠覆之,置缇缦室中。孟春气至,则大蔟之律应而吹灰。中者,气与律相当也。"⑤《后汉书·明帝纪》载明帝于"二年春正月辛未,宗祀光武皇帝于明堂","事毕,升灵台,望元气,吹时律"。章怀太子李贤注曰:"元气,天气也。王者承天心,理礼乐,通上下四时之气也,故望之焉。时律者,即《月令》'孟春律中太蔟,仲春律中夹钟'之类。《大戴礼》曰:'圣人截

---

① 参李学勤主编:《十三经注释·礼记正义》,北京:北京大学出版社,1999年,第438—542页。

② [清]陈立撰,吴则虞点校:《白虎通疏证》,北京:中华书局,1994年,第168页。

③ [日]遍照金刚撰,卢盛江校考:《文镜秘府论汇校汇考》,北京:中华书局,2006年,第1377页。

④ 李学勤主编:《十三经注疏·周礼注疏》,北京:北京大学出版社,1999年,第607页。

⑤ [宋]张虑:《月令解》,《文渊阁四库全书》第116册,第541页。

十二管,察八音之清浊,谓之律吕。律吕不正则诸气不和。'"①综上不难看出,王昌龄所论五言文体,显然是一种思辨,一种象喻。其欲阐明的"众义"实际上乃是礼乐文化体制所承载的气化宇宙观、天人相与之道。《礼记·乐记》云:"大乐与天地同和,大礼与天地同节。……天高地下,万物散殊,而礼制行矣。流而不息,合同而化,而乐兴焉。春作夏长,仁也。秋敛冬藏,义也。仁近于乐,义近于礼。"又云:"故圣人作乐以应天,制礼以配地,礼乐明备,天地官矣。"②唐太宗撰《晋书·律历志》云:

> 《易》曰:"形而上者谓之道,形而下者谓之器。"夫神道广大,妙本于阴阳;形器精微,义先于律吕。圣人观四时之变,刻玉纪其盈虚,察五行之声,铸金均其清浊,所以遂八风而宣九德,和大乐而成政道。然金质从革,侈弇无方;竹体圆虚,修短利制。是以神瞽作律,用写钟声。乃纪之以三,平之以六,成于十二,天之道也。又叶时日于晷度,效地气于灰管。故阴阳和则景至,律气应则灰飞。灰飞律通,吹而命之,则天地之中声也。故可以范围百度,化成万品,则《虞书》所谓"叶时月正日,同律度量衡"者也。中声节以成文,德音章而和备,则可以动天地,感鬼神,导性情,移风俗。叶言志于咏歌,鉴盛衰于治乱。故君子审声以知音,审音以知乐,审乐以知政,盖由兹道。③

---

① [宋]范晔撰,[唐]李贤等注:《后汉书卷二·显宗孝明帝纪第二》,北京:中华书局,1965年,第100—101页。

② 李学勤主编:《十三经注疏·礼记正义》,北京:北京大学出版社,1999年,第1087、1093、1094页。

③ [唐]房玄龄等:《晋书卷十六·志第六·律历上》,北京:中华书局,1974年,第473页。

《乐记》实可与唐太宗语相参,其中言及礼乐大道一也,王昌龄意中的五言诗体所备"众义"当不外乎由此大道而出。正因为此,《调声》篇虽重点论"律",论"作语",但却兼及"道"、"格"而云"作语不得辛苦,须整理其道,格律调其言"。

"不得辛苦",义即《论文意》所云:"自古文章,起于无作,兴于自然,感激而成,都无饰练,发言以当,应物便是。"① 文章体于"文字",而文字起于"皇道"。故《论文意》开篇即云:

> 夫文字起于皇道,古人画一之后方有也。先君传之,不言而天下自理,不教而天下自然,此谓皇道。道合气性,性合天理,于是万物禀焉,苍生理焉。尧行之,舜则之,淳朴之教,人不知有君也。后人知识渐下,圣人知之,所以画八卦,垂浅教,令后人依焉。是知一生名,名生教,然后名教生焉。以名教为宗,则文章起于皇道,兴乎《国风》耳。②

"皇道"既指圣人无为而统理天下,又指自然之道。"文字起于皇道"亦是说文字始于"画一"之理。何谓"一"?《说文》曰:"惟初太始,道立于一,造分天地,化成万物。"③《老子》云:"昔之得一者,天得一以清,地得一以宁,神得一以灵,谷得一以盈,万物得一以生,侯王得一以为天下贞。"④ 可见"一"之名就其存在的本质而言,乃宇宙自无至有的中介,天地神明万物皆所秉之以为性命者,故昌龄曰"道合气性,性合天理,于是万物禀焉,苍生理焉"。此种

---

① 张伯伟:《全唐五代诗格汇考》,南京:凤凰出版社,2002年,第160页。
② 张伯伟:《全唐五代诗格汇考》,南京:凤凰出版社,2002年,第159—160页。
③ [汉]许慎撰,[宋]徐铉校定:《说文解字》第一上,北京:中华书局,2013年,第1页。
④ [魏]王弼注,楼宇烈校释:《老子道德经注校释》,北京:中华书局,2008年,第105—106页。

意义上的"一"与"太极"、"元气"无异,故《易传》谓"易有太极,是生两仪,两仪生四象,四象生八卦"① 也。然就自然化成人文的角度而言,此"一"又与圣人开物成务,发明"易象"、"易数"而立人文之极密切相关。徐锴《说文解字系传·错综卷第三十八》云:

> 昔圣人之作书也,观象于天而生文,观变于阴阳而为字;幽赞于神明而河出图、洛出书,极数于万物而秬秠降,测实于幽冥而鬼哭。察于无声,著于无形。曲而因之,随而模之,一而绳之,所以穷高远而彻幽隐者也。……故画一以极其本,加二以致其变,屈曲究竟以尽其意,孳而乳之以穷其机。②

徐锴无疑是将文字的缘起追溯到了圣人作《易》,其所谓"画一"显然指天象生"文","加二"当指于象中复别阴阳,"文"一而变化成二,有形有声,形声相益而为文字。有文字始有"文言",故圣人始可垂文教,以尽其教化之意,以穷万物变化之机。昌龄所谓"画一"、"名教"云云,大体应与徐锴之义相仿佛,故又谓"文章起于皇道"。就此而言,昌龄论文章之道而原文字之道,与刘勰论文原道的理路实有一脉相承之处。《文心雕龙·原道》云:

> 文之为德也大矣,与天地并生者何哉?夫玄黄色杂,方圆体分;日月叠璧,以垂丽天之象;山川焕绮,以铺理地之形:此盖道之文也。仰观吐曜,俯察含章,高卑定位,故两仪既生矣。惟人参之,性灵所钟,是谓三才。为五行之秀,实天地之心。心生而言立,言立而文明,自然之道也。
>
> 人文之元,肇自太极,幽赞神明,《易》象惟先。庖牺画

---

① 李学勤主编:《十三经注疏·周易正义·系辞上》,北京:北京大学出版社,1999年,第289页。
② [南唐]徐锴:《说文解字系传》,北京:中华书局,1987年,第328页。

其始,仲尼翼其终。而《乾》《坤》两位,独制《文言》。言之文也,天地之心哉! 若乃《河图》孕乎八卦,《洛书》韫乎九畴,玉版金镂之实,丹文绿牒之华,谁其尸之,亦神理而已。

自鸟迹代绳,文字始炳。

爰自风姓,暨于孔氏,玄圣创典,素王述训,莫不原道心以敷章,研神理而设教,取象乎《河》《洛》,问数乎蓍龟,观天文以极变,察人文以成化;然后能经纬区宇,弥纶彝宪,发辉事业,彪炳辞义。故知道沿圣以垂文,圣因文而明道,旁通而无滞,日用而不匮。《易》曰:"鼓天下之动者存乎辞。"辞之所以能鼓天下者,乃道之文也。①

当然,刘勰原道意在征圣、宗经,树立文统,而王昌龄"整理其道"并无此意。其"整理其道"的归趣则在于结构文体,解决遣字造语如何合于自然的问题。具体言之,"整理其道"即"格律调其言"。

"格"涉及作者如何用"意","律"涉及作者如何处理文字音韵。前者关乎"语体"之文,其道同礼,处理的是"性合天理"的问题;后者关涉"语体"之言,其道同乐,处理的是"道合气性"的问题。遣字造语,依据声律而合乎自然,其义易晓,因为在王昌龄话语中,诗律之"律"已成礼乐十二律以及候气律管之转喻。《史记·律志》云:"律历,天所以通五行八正之气。"②《类经附翼·律原》云:"律乃天地之正气,人之中声也。"③《论文意》有云:"夫文章兴作,先动气,气生乎心,心发乎言,闻于耳,见于目,录于

①周振甫:《文心雕龙今译·原道第一》,北京:中华书局,1986年,第9、11、12、13—14页。

②[汉]司马迁撰,[宋]裴骃集解,[唐]司马贞索隐,[唐]张守节正义:《史记卷二十五·律书第三》,北京:中华书局,1959年,第1243页。

③[明]张介宾:《类经附翼》卷二,《文渊阁四库全书》第776册,第973页。

纸。"① 故以律调其言,则其字声音韵既发乎作者情气,又合乎天地自然之正气而不失情性之正,亦即"道合气性"之谓也。"道合气性"诠释了"声辨律清"的本义,同时也揭示了诗律形式小体的大体之义——作为礼乐体制的转喻与象征。于此,五言四韵八句体律诗作为正律之"正"的含义也一并得以彰显:五言对应于五正声;一韵两句一管,上下要位平仄相对,意味着阴阳异声,中和为正;四韵四管,象征四时;四韵八句,每句一节,象征四时八节,亦即五行八正之气;平声为韵,代表了阳律之正;隔句押韵,平仄交替,象征了律吕相生,阴阳进退,循化不息。② 五言六韵十二句律诗为"正律",其象征意味亦因其理。"正律"所蕴含的文化观念在唐代的显现与成立亦可在中宗景龙二年修文馆体制建构中找到互证。③

(三)"意境"说:"正律体"成立之诗学理论基础

"律调其言",道合气性,其自然人文之理已如上述。至于遣字造语,"格高其意"而合乎自然则有待进一步辨析和揭示。

---

① 张伯伟:《全唐五代诗格汇考》,南京:凤凰出版社,2002年,第162页。

② 《五行大义·论律吕》引《三礼义宗》云:"律者,法也,言阳气施生,各有其法;吕者,助也,助阳成功。"又云:"律,帅也,帅导阳气,使之通达也;吕者,侣也,以对于阳,与之为侣。亦吕,距也。谓阴阳之气,有时相距。明阳出则阴除,阴升则阳损,故有相距之意。"([隋]萧吉著,钱杭点校:《五行大义》,上海:上海书店出版社,2001年,第87页)

③ 据《新唐书》载:"初,中宗景龙二年,始于修文馆置大学士四员、学士八员、直学士十二员,象四时、八节、十二月。于是李峤、宗楚客、赵彦昭、韦嗣立为大学士,适、刘宪、崔湜、郑愔、卢藏用、李乂、岑羲、刘子玄为学士,薛稷、马怀素、宋之问、武平一、杜审言、沈佺期、阎朝隐为直学士,又召徐坚、韦元旦、徐彦伯、刘允济等满员。其后被选者不一。"([宋]欧阳修、宋祁:《新唐书卷二百二·列传第一百二十七·文艺中》,北京:中华书局,1975年,第5748页)

　　王昌龄活跃于盛唐,近体诗律早已定型,声律病犯之类自然退居其次,诗体格意的探讨成为《诗格》的重点,理所当然。在王昌龄,"格"、"意"是两个关系度极高且又可以分开使用的名词概念。一般而言,在具体语境中,"意"实指作者用思与立意,两者都与作者心意或曰意向性有关。王昌龄论"格高其意"有静态与动态之别。且看其静态论述:

　　　　古文格高,一句见意,则"股肱良哉"是也。其次两句见意,则"关关雎鸠,在河之洲"是也。其次古诗,四句见意,则"青青陵上柏,磊磊涧中石。人生天地间,忽如远行客"是也。又刘公幹诗云:"青青陵上松,瑟瑟谷中风。风弦一何盛,松枝一何劲。"此诗从首至尾,唯论一事,以此不如古人也。①

　　　　　　　　　　　　　　　　　　——《诗格·论文意》

　　　　景物入兴十二。曹子建诗:"明月照高楼,流光正徘徊。"此诗格高,不极辞于怨旷,而意自彰。②

　　　　　　　　　　　　　　　　——《诗格·起首入兴体十四》

　　　　高格一。曹子建诗:"从军度函谷,驰马过西京。"③

　　　　　　　　　　　　　　　　　　——《诗格·诗有五趣向》

　　　　诗意高谓之格高,意下谓之格下。古诗:"耕田而食,凿井而饮。"此高格也。沈休文诗:"平生少年日,分手易前期。"此下格也。④

　　　　　　　　　　　　　　　　　——《诗中密旨·诗有二格》

---

① 张伯伟:《全唐五代诗格汇考》,南京:凤凰出版社,2002年,第161页。
② 张伯伟:《全唐五代诗格汇考》,南京:凤凰出版社,2002年,第176页。
③ 张伯伟:《全唐五代诗格汇考》,南京:凤凰出版社,2002年,第182页。
④ 张伯伟:《全唐五代诗格汇考》,南京:凤凰出版社,2002年,第194页。

　　以上四例,阐释意高格高的角度不同,标准不一。第一例、第三例、第四例为当句了意,格高只与"意"的呈现直捷了当以及句体形式的表意能力有关,与"意"的内容与性质无关。第二例,"意"即情意,其格高在于:写景抒情如王国维《人间词话》所言"不隔","景语"即"情语",浑然天成。《论文意》云:"诗有天然物色,以五彩比之而不及。由是言之,假物不如真象,假色不如天然。如此之例,皆为高手。如'池塘生春草,园柳变鸣禽',如此之例,即是也。中手倚傍者,如'余霞散成绮,澄江静如练',此皆假物色比象,力弱不堪也。"[1]可引为参证。本论例旨在突出高妙的语体特点及风格。四例的共同点在于:意出言表,直捷了当,造语自然,浑然天成,其"意"与通常所谓的主题立意,思想内容的高下无关。

　　至于"格高其意"的动态论述,主要涉及高妙自然的语体特点及风格如何实现的问题。故"意"的论述侧重于如何用思,在此,王昌龄《诗格·论文意》的答案是"境思":

　　　　夫作文章,但多立意。令左穿右穴,苦心竭智,必须忘身,不可拘束。思若不来,即须放情却宽之,令境生。然后以境照之,思则便来,来即作文。如其境思不来,不可作也。

　　　　夫置意作诗,即须凝心,目击其物,便以心击之,深穿其境。如登高山绝顶,下临万象,如在掌中。以此见象,心中了见,当此即用。如无有不似,仍以律调之定,然后书之于纸,会其题目。[2]

　　所谓"境思"涉及的是创作思维的问题,即因"境"生"思"。"境思"是"境照"的伴随物、副产品,得之自然而非刻意追求。"境照"的表现乃凝心内观,心目击物。此"物"实心中之象而非外物,

---

[1] 张伯伟:《全唐五代诗格汇考》,南京:凤凰出版社,2002年,第166页。
[2] 张伯伟:《全唐五代诗格汇考》,南京:凤凰出版社,2002年,第162页。

"击物"即以心意取象，故云"如登高山绝顶，下临万象，如在掌中"。所谓"意高"之义当于此化出。"意象"存于"境照"，出于"境思"，不同于一般意义的"物色"。按照王昌龄的说法，其乃"天然物色"，五彩比之而不及，亦即"真象"。"池塘生春草，园柳变鸣禽"可谓得之"真象"；而与之相对的便是"假象"，例如"余霞散成绮，澄江静如练"。"假象"者，"假物色比象，力弱不堪也"。得"真象"者，空无依傍，谓为高手；得"假象"者，有所依傍，只能说是中手。"真象"之所以为"真"，一如《论文意》"用意于古人之上，则天地之境，洞焉可观"①之所谓：得之于洞观天地之境。可见，"意象"、"真象"、"境照"、"境思"诸概念皆通向"格高其意"的命题，其围绕的核心是诗中之"境"。

何谓诗"境"，其《诗格·诗有三境》有云：

物境一。欲为山水诗，则张泉石云峰之境，极丽绝秀者，神之于心。处身于境，视境于心，莹然掌中，然后用思，了然境象，故得形似。

情境二。娱乐愁怨，皆张于意而处于身，然后驰思，深得其情。

意境三。亦张之于意，而思之于心，则得其真矣。②

"三境"说针对的是山水诗的创作用思，但具有一般性，因为诗的构成要素，大都不离物色形象。"三境"虽别为三，但皆发生于"境照"中，都是"境思"。其别在于"境思"观取所得之不同："物境"之思得物之形象，"情境"得物之情状，"意境"得天地万物之真象。此处别义，可以结合王昌龄具体的诗评语获得进一步理解。

①张伯伟：《全唐五代诗格汇考》，南京：凤凰出版社，2002年，第160—161页。
②张伯伟：《全唐五代诗格汇考》，南京：凤凰出版社，2002年，第172—173页。

《论文意》云：

> 诗有"明月下山头，天河横戍楼。白云千万里，沧江朝夕流。浦沙望如雪，松风听似秋。不觉烟霞曙，花鸟乱芳洲"。并是物色，无安身处，不知何事如此也。

> 诗有平意兴来作者："愿子励风规，归来振羽仪。嗟余今老病，此别恐长辞。"盖无比兴，一时之能也。

> 诗有"高台多悲风，朝日照北林"，则曹子建之兴也。阮公《咏怀诗》曰："中夜不能寐（谓时暗也），起坐弹鸣琴（忧来弹琴以自娱也）。薄帷鉴明月（言小人在位，君子在野，蔽君犹如薄帷中映明月之光也），清风吹我襟（独有其日月以清怀也）。孤鸿号外野，翔鸟鸣北林（近小人也）。"①

评"明月"诗，昌龄云"并是物色，无安身处"，是说只得形似，属"物境"。"无安身处"实言未入"情境"。《论文意》有云：

> 若诗中无身，即诗从何有。若不书身心，何以为诗。是故诗者，书身心之行李，序当时之愤气。气来不适，心事不达，或以刺上，或以化下，或以申心，或以序事，皆为中心不决，众不我知。由是言之，方识古人之本也。②

"书身心之行李，序当时之愤气"，言情寄于物，物得深情，即入"情境"之域。"情境"诗，昌龄有种种不同的说法，如云："凡诗，物色兼意下为好。若有物色，无意兴，虽巧亦无处用之。如'竹声先知秋'，此名兼也。"③此处"兼"名，既有物色，又有意兴，与说"情境"无异。当然，光有意兴，而无物色，亦不可谓之"兼"而得

---

① 张伯伟：《全唐五代诗格汇考》，南京：凤凰出版社，2002年，第168—169页。
② 张伯伟：《全唐五代诗格汇考》，南京：凤凰出版社，2002年，第164页。
③ 张伯伟：《全唐五代诗格汇考》，南京：凤凰出版社，2002年，第165页。

"情境"。"愿子励风规"诗便属有意兴而无物色的无"情境"之诗，故昌龄评之曰"盖无比兴，一时之能也"。之于子建《杂诗》、阮籍《咏怀诗》例，可谓有比兴而得"兼"者。得"兼"者固然得"情境"，但多归中手之作，未必可以称得上"意境"之作。《论文意》尚有一段文字，或可视作昌龄说明"意境"诗的补充举例：

> 凡高手，言物及意，皆不相倚傍。如"细柳夹道生，方塘涵清源"，又"方塘涵白水，中有凫与雁"，又"绿水溢全塘"，"马毛缩如蝟"，又"池塘生春草，园柳变鸣禽"，又"青青河畔草"，"郁郁涧底松"，是其例也。①

文中诗句除"绿水溢全塘"未知出处外，其他依次见于刘桢《赠徐幹诗》《杂诗》、鲍照《代出自蓟北门行》、谢灵运《登池上楼》、《古诗十九首》、左思《咏史》。此间举例，旨在说明高手之作，"言物及意，皆不相倚傍"。下接一段文字说诗有"天然物色"，"假物不如真象"时亦涉及谢灵运《登池上楼》句。由此看来，昌龄所谓得"真象"之诗，有"意境"之诗，首先得满足"言物及意，皆不相倚傍"的条件。《宋书·谢灵运传论》云："并直举胸情，非傍诗史。"②钟嵘《诗品》云："观古今胜语，多非补假，皆由直寻。"③两者说的是同一个意思，亦即非因袭、取法经史，为文用典的意思。有学者认为，昌龄所谓的"倚傍"无此义，而是依附、依靠之义。④此说或可适用"言物"之例，指写物造形，不像"余霞散成绮，澄江静如练"那

---

① 张伯伟：《全唐五代诗格汇考》，南京：凤凰出版社，2002年，第165—166页。
② [梁]沈约：《宋书卷六十七·列传第二十七·谢灵运传》，北京：中华书局，1974年，第1779页。
③ 吕德申：《钟嵘〈诗品〉校释》，北京：北京大学出版社，1986年，第94页。
④ 参[日]遍照金刚撰，卢盛江校考：《文镜秘府论汇校汇考》，北京：中华书局，2006年，第1341页。

样有假它物,换而言之即不用比物之法。至于"言物及意"之"意"当异于"意境"说"亦张之于意,而思之于心"中的"意"。后者指"境照"、"境思"中的"意向性",而前者当指"境思"的结果,涉及诗人志意及其表达,亦即"言意"。说"言意"而"不相倚傍"自然是在说不依傍经史,因袭前人成语。故昌龄云:"凡属文之人,常须作意。凝心天海之外,用思元气之前,巧运言词,精练意魄。所作词句,莫用古语及今烂字旧意。改他旧语,移头换尾,如此之人,终不长进。为无自性,不能专心苦思,致见不成。"① 要言之,"倚傍"之弊在于不能于天地之境中让诗人之自性与物之自性相互映发,自然呈现。谢诗《登池上楼》名句"池塘生春草,园柳变鸣禽",史上多引为秀句的范例。此前笔者曾说过,该句拟成"池塘春草生,园柳鸣禽变"、"池塘春草生,园柳变鸣禽",就文法而言皆自然通达,但与原句比较,情意情趣效果则变得大为不同。春草、鸣禽成为中心意象后,"生"与"变"所对应的诗人由此前的沉闷而突生欣喜的情意则随之隐匿而无从凸显。换言之,原句之妙在于:诗人自性与物之自性相互映发而得以自然呈现,集中体现了谢氏追求"穷通顺冥数",处心自然,含和保真,遁世无闷的情怀与志意。②《诗有六贵例·直意二》所举刘桢《赠从弟诗》"岂不罹凝寒,松柏有本性"③ 句较为明白地道出了诗人自性与物之自性相互映发的

① 张伯伟:《全唐五代诗格汇考》,南京:凤凰出版社,2002年,第163—164页。
② 白居易《读谢灵运诗》云:"吾闻达士道,穷通顺冥数。通乃朝廷来,穷即江湖去。谢公才廓落,与世不相遇。壮志郁不用,须有所泄处。泄为山水诗,逸韵谐奇趣。大必笼天海,细不遗草树。岂惟玩景物,亦欲摅心素。往往即事中,未能忘兴谕。因知康乐作,不独在章句。"(谢思炜撰:《白居易诗集校注》,北京:中华书局,2006年,第603页)白诗可参。
③ 张伯伟:《全唐五代诗格汇考》,南京:凤凰出版社,2002年,第187页。

本质。昌龄所举其他句例皆可如是理解。

这里,有必要指出"言物及意,皆不相倚傍"说与钟嵘"直寻"、元兢"直置"二说的本质性差异。就崇尚比兴自然的诗学趣味而言,三说显然是一致的,但其背后的理论框架则大为不同。钟、元之说无疑立足于古老的"物感"说。宋魏庆之《诗人玉屑·品藻古今胜语》云:"'池塘生春草,园柳变夏禽',世多不解此语为工。盖欲以奇求之耳。此诗之工,正在无所用意,卒然与景相遇,备以成章,不假绳削,故非常情之所能到。诗家妙处,当须以此为根本,而思苦言艰者,往往不悟。钟嵘诗评,论之最详。"① 魏说显然脱胎于钟嵘,其"无所用意"云云,与钟嵘云"即目所见"、元兢谓"举目增思"而得秀句无异,都是感物自成的意思。"物感"说的要义是感应,是被动的,故据其理论必然排斥"思苦言艰"之创作过程及其情态,与创作必有构思的实际不符。其说最大问题在于,混审美感受与审美表达为一事,取消了作者的主体性,无以处理工巧与自然的辩证关系问题。而于"意境"说,不仅"苦心竭智"、"专心苦思"在境生之前乃必经阶段,而且境照、境思中意得真象之后,"仍以律调之定,然后书之于纸"。于此不难看出,昌龄的"不相倚傍"说与"直寻"、"直置"说的差异是本质性的。

综上可见,"言物及意,皆不相倚傍"所通向的也正是《论文意》"道合气性,性合天理"② 的义理,境说所谓"意境"得其"真"的含义也正在于此。故格高其意,质而言之,其本即诗体意境的营构,诗得意境,则意高格高,工且自然。昌龄析境为三,其实"意

---

① [宋]魏庆之编:《诗人玉屑》卷第十二,上海:上海古籍出版社,1978年,第251页。

② 张伯伟:《全唐五代诗格汇考》,南京:凤凰出版社,2002年,160页。

境"一名便含三境。①"意境"说构成了王昌龄诗学的核心,而皎然"创心"、"精思"、"悬解"、"逸格"、"取境"诸说实承昌龄"意境"说而发展之:

> 夫诗工创心,以情为地,以兴为经,然后清音韵其风律,丽句增其文彩。②(《诗议·论文意》)

> 夫诗者,众妙之华实,六经之菁英。虽非圣功,妙均于圣。彼天地日月,元化之渊奥,鬼神之微冥,精思一搜,万象不能藏其巧。其作用也,放意须险,定句须难,虽取由我衷,而得若神表。至如天真挺拔之句,与造化争衡,可以意冥,难以言状,非作者不能知也。③(《诗式序》)

> 诗人意立变化,无有倚傍,得之者悬解其间。④(《诗式·立意总评》)

> 高手述作,如登衡、巫,觌三湘、鄢、郢山川之盛,萦回盘礴,千变万态。(文体开阖作用之势。)或极天高峙,崒焉不群,气腾势飞,合沓相属。(奇势在工。)或修江耿耿,万里无波,欻出高深重复之状。(奇势互发。)古今逸格,皆造其极妙

---

① 王国维云:"词以境界为上。有境界则自成高格,自有名句。"又云:"境非独谓景物也。情感亦人心中之一境界。故能写真景物、真感情者,谓之有境界;否则谓之无境界。"且论"成就一切事,罔不历三种境界"云:"'昨夜西风凋碧树。独上高楼,望尽天涯路',此第一境也;'衣带渐宽终不悔。为伊销得人憔悴',此第二境也;'众里寻他千百度。回头蓦见,那人正在,灯火阑珊处',此第三境也。"王氏说法不仅可以成为昌龄"格意"说、"三境"说的诠释,而且可以直接视作昌龄说的现代版。参王国维著,彭玉平编:《人间词话》,北京:中华书局,2010年,第187、188、190页。

② 张伯伟:《全唐五代诗格汇考》,南京:凤凰出版社,2002年,第209页。

③ 张伯伟:《全唐五代诗格汇考》,南京:凤凰出版社,2002年,第222页。

④ 张伯伟:《全唐五代诗格汇考》,南京:凤凰出版社,2002年,第346页。

矣。①（《诗式·明势》）

　　或云，诗不假修饰，任其丑朴。但风韵正，天真全，即名上等。予曰：不然。无盐阙容而有德，曷若文王太姒有容而有德乎？又云，不要苦思，苦思则丧自然之质。此亦不然。夫不入虎穴，焉得虎子。取境之时，须至难至险，始见奇句。成篇之后，观其气貌，有似等闲不思而得，此高手也。有时意静神王，佳句纵横，若不可遏，宛如神助。不然，盖由先积精思，因神王而得乎？②（《诗式·取境》）

　　总而言之，"格律调其言"与自然之理相通而不悖，王昌龄、皎然的"意境"说在理论上突破了"物感"说的物感情应的单向度而导致的无以解释文体创新之局限。进而言之，从"缘情绮靡"说的提出，至"意境"说的诞生，律诗文体的创作基本上完成了其理论建构。③永明声律思想基于"物感"说的理论背景，仅从道和气性而性其情的角度，强调人为声律，提倡四声八病说，难免被动而消

①张伯伟：《全唐五代诗格汇考》，南京：凤凰出版社，2002年，第222—223页。
②张伯伟：《全唐五代诗格汇考》，南京：凤凰出版社，2002年，第232页。
③"意境"说论诗作，不废苦心竭智，不废人工，而又归本于境照、境思中的自性呈现，其受禅宗渐修派禅悟见性思想之启发的痕迹甚为明显。而就其思理而言，境照、境思不离自性之论实又取之佛家法相唯识宗"三界唯心，万法唯识"的理论。《成唯识论》卷三云："领顺等相定属己者，名境界受。不共余故。想，谓于境取像为性，施设种种名言为业。思，谓令心造作为性，于善品等役心为业。"（《大正新修大藏经》第31卷，第11页）窥基《成唯识论述记》卷七云："心意识所缘，皆非离自性。"（《大正新修大藏经》第43卷，第489页）据今人考证，皎然于禅宗之道，出南入北而归宗于北秀，且亦钟情于天台宗法（参徐文明《唐代诗僧皎然的宗系和思想》，载王尧编《佛教与中国传统文化》，北京：宗教出版社，1997年）。北宗神秀属渐修派，天台宗旨可以"止观"与"实相"四字概之。当然，唯佛一家，亦无"意境"理论，"意境"理论可总谓之三家思想的熔铸。

极,其建构的律诗文体显然隐匿了诗人身心之个体性与主体性维度。而"意境"说所蕴含的"道合气性,性合天理"之原理以及"境思"、"境照"、"取境"、"格律调其言"之创体思想,不仅彰显了诗人身心的个体性与主体性维度,而且从理论上较为有效地解决了律诗文体建构中的意与象、言与意、情与理、才与识、工巧与自然等诸多辩证关系问题,真正树立了大小体合一的律诗文体观。尤其是"道合气性,性合天理"的原理,以律诗文体生于天地之境的观念,在儒道释合流的语境中重新诠释了"大乐与天地同和,大礼与天地同节"的礼乐之道,从文统道原的意义上推进了律诗文体地位的确立。

正是基于"意境"说及沈宋律诗在造境方面所取得的成就,皎然赋予了沈宋律诗为正体律诗代表的地位,为律诗定型者以及律诗之祖沈宋说奠定了文体学基础。

四、"复少变多"与沈宋体律诗之"意境"创造

皎然论复变之道,其宗旨在通于变也。"反古曰复",是手段、方法与途径,其鹄的在"不滞曰变"。"不滞"是不滞于古,是变古为今。故"复古通于变"的要义在"反",而非如缺乏天机之后辈之"强效复古,反令思扰神沮"[1]。"复古"不通达"天机"不可谓之"反",只能谓之复古太过,犯诗家膏肓之疾,皎然以释氏顿教为喻便是"沉性之失"。此处"沉性"之喻实指学者一味放弃有为法,"不知性起之法,万象皆真"[2];其于诗家则是废作用、苦思、工巧,而不知"虽欲废巧尚直,而思致不得置;虽欲废言尚意,而典丽不

---

① 张伯伟:《全唐五代诗格汇考》,南京:凤凰出版社,2002年,第331页。
② 张伯伟:《全唐五代诗格汇考》,南京:凤凰出版社,2002年,第331页。

得遗"①。可见,皎然《复古通变体》重点是在充分肯定齐梁以来新体诗成果的基础上来探讨诗歌发展变化之道的。故云:"夫变若造微,不忌太过。苟不失正,亦何咎哉!"②

何谓"造微"? 在唐代文献中,该词的用法多与"玄理"有关。唐许嵩撰《建康实录》卷五云:"(卫玠)长好玄理,每一言论,皆以造微。"③《晋书·郗鉴传》云:"沙门支遁以清谈著名于时,风流胜贵,莫不崇敬,以为造微之功,足参诸正始。"④ 两例皆谓当事人之言论切中幽深微妙之理。唐王起《葭灰应律赋》云:"彼葭灰之造微,与天地而宜契。"⑤"葭灰"为物,谓之"造微",乃指其应节候而飞、冥合天地之气的规律性运行。要之,"造微"说的是一事一物之体表与天地自然的作用之理密合无间,换言之即天地自然作用之本身。皎然的"造微"概念又如何呢? 其所撰《画救苦观世音菩萨赞》云:"公之小君兮,惠性造微。我之大士兮,慈心莫违。保幼子兮,永贞无悔;觌真仪兮,常明不昧。"⑥ 文中"造微"指樊公造像意在使其幼女自性作用,时时能与观音菩萨慈心相应,永贞无悔,常明不昧。"造微"偏指佛家的自性妙用,明显通于"性起之法,万象皆真"的说法。就诗道而言,"变若造微"实指诗人之用思及其表达为文体,皆属天地之境中的自性作用。自性作用的"造微",

---

① 张伯伟:《全唐五代诗格汇考》,南京:凤凰出版社,2002年,第225页。
② 张伯伟:《全唐五代诗格汇考》,南京:凤凰出版社,2002年,第331页。
③[唐]许嵩撰,张忱石点校:《建康实录卷第五·中宗元皇帝》,北京:中华书局,1986年,第124页。
④[唐]房玄龄等:《晋书卷六十七·列传第三十七·郗鉴传》,北京:中华书局,1974年,第1805页。
⑤[清]董诰等编:《全唐文》,北京:中华书局,1983年,第6477页。
⑥[清]董诰等编:《全唐文》,北京:中华书局,1983年,第9556页。

变化是其根本,它内涵了"时"与"中"之大义,自然无"太过"与"失正"之患。故皎然以"在儒为权,在文为变,在道为方便"总论"复变之道"。沈宋"复少变多"当于此获得正解,其"复"在于复天地之境中的自性作用,而非如陈子昂泥于古人文章字句,失却"时"与"中"之大义。就原理而言,皎然的"造微"之说与王昌龄"道合气性,性合天理"之说不二,故"造微"之诗实为意境的创造。皎然谓沈宋"复少变多"是从"意境"观而全面定位评价其律体诗的,因此,喻沈宋为百发百中的诗家射雕手,而谓其律诗为正律诗的代表。

今人观沈、宋作品,一般习惯于将其分为前后两个时期分别对待。二人前期作品主要为应制奉和之作,因其内容多点缀升平、歌功颂德而被人忽视。至于其后期作品多涉及二人流贬之遭遇,其诗多以其感情真挚、内容充实而为今人所称道。皎然肯定沈宋之作亦有"情多"的评语,但肯定的则主要是沈宋的前期作品。在皎然的诗品五格中,沈宋被列于第二格的多是前期作品。这恰恰与今人的品评相左。个中原委有待作具体的分析与揭示。

《诗式》卷一云:"诗有五格:不用事第一;(已见评中。)作用事第二;(亦见评中。其有不用事而措意不高者,黜入第二格。)直用事第三;(其中亦有不用事而格稍下,贬居第三。)有事无事第四;(比于第三格中稍下,故入第四。)有事无事,情格俱下第五。(情格俱下可知也。)"[①]皎然的诗品,总的说来,具体到作品,不以时代、诗人为限。如:第一格有西汉诗亦存齐梁诗,其他格亦是如此;沈、宋有诗入第二格,亦有见于第三、四格,其他诗人亦复如是。其分类品评的第一级标志是"作用"与否。此处所谓"作用"

---

①张伯伟:《全唐五代诗格汇考》,南京:凤凰出版社,2002年,第227页。

当指诗人的"创意"与"构思"。据此,皎然将五言诗实分为两类:第一类如李陵、苏武"天予真性,发言自高,未有作用"的诗;第二类如《十九首》辞精义炳,婉而成章,始见作用之功"的诗。① 此两类见时代之体,前者为西汉体,后者为东汉体。尽管西汉体纵其才气性情,"未有作用"为高,但皎然非常清楚,代表五言诗发展

———————————

① 参张伯伟:《全唐五代诗格汇考》,南京:凤凰出版社,2002年,第228页。关于皎然诗学中的"作用"概念,众说纷纭,但学者们大都立足于传统哲学的"体用"范畴加以理解。有学者认为"作用"的本意即"自然而然",是"'自然'道式的一种行为方式,一种存在状态"。复有学者从创作论角度指出:其意义主要指向诗歌的"意",是指诗歌创作过程中对诗意的琢磨与锤炼(参王世海:《皎然"明作用"释解》,《殷都学刊》,2010年第3期;李江锋《皎然〈诗式〉"作用"与唐五代诗格的"磨炼"理论》,《中国古代文学理论学会第十八届年会论文集》)。其实皎然论"作用"兼及本体、创作与鉴赏,而统一于"境"说。凡诗文的创作,无外乎诗人内心的精神活动外化为语言文字的文体化过程,其中关乎运思是必然的,故云:"取境之时,须至难至险,始见奇句。成篇之后,观其气貌,有似等闲不思而得,此高手也。"(《诗式》,见张伯伟:《全唐五代诗格汇考》,南京:凤凰出版社,2002年,第232页)"绎虑于险中,采奇于象外,状飞动之句,写冥奥之思。"(《诗议》,见张伯伟:《全唐五代诗格汇考》,南京:凤凰出版社,2002年,第208页)"有似等闲不思而得"、"写冥奥之思"既说明了最终结成文体的诗得之于思,又揭示诗的文体即此"冥奥之思"的摹写,只是皎然又从诗文体鉴赏的角度提示:观其文体,气象浑融,不露凿痕,方为高格而已。须知,皎然所谓的诗思不同于一般意义上的思维活动,而是"万象不能藏其巧"的境中"精思","精思"即"作用",是心体自性的作用。故云:"其作用也,放意须险,定句须难,虽取由我衷,而得若神表。"(《诗式序》,见张伯伟:《全唐五代诗格汇考》,南京:凤凰出版社,2002年,第222页)其"作用",放意定句,取舍在我,得若神表。我意犹神意的表述,显然已进入体用本体论之论域。"险"与"难"都是思至造极而抵达无人之境,于此方显自性作用。五言诗始创,不存在超越前人的问题,故无须"作意"(创作之意),诗人纵其才气性情,即成高格妙境。虽云"未有作用",但其实仍然不出自性作用也。

趋势的是始见作用之功的东汉体。故其最高的品诗标准实际上不在于诗歌"作用"与否，而在于如何"作用"。《诗式·文章宗旨》评谢康乐云：

> 康乐公早岁能文，性颖神彻。及通内典，心地更精。故所作诗，发皆造极，得非空王之道助邪？夫文章，天下之公器，安敢私焉？曩者尝与诸公论康乐为文，真于情性，尚于作用，不顾词彩，而风流自然。彼清景当中，天地秋色，诗之量也；庆云从风，舒卷万状，诗之变也。不然，何以得其格高、其气正、其体贞、其貌古、其词深、其才婉、其德容、其调逸、其声谐哉？至如《述祖德》一章，《拟邺中》八首，《经庐陵王墓》《临池上楼》，识度高明，盖诗中之日月也，安可扳援哉？惠休所评"谢诗如芙蓉出水"，斯言颇近矣。故能上蹑风骚，下超魏晋。建安制作，其椎轮乎？①

可见，在皎然看来，"真于情性，尚于作用，不顾词彩，而风流自然"的谢灵运才是五言诗的最高典范，芙蓉出水，工巧见于自然才是其品诗基本的也是最高的标准。其评《邺中集》曰："邺中七子，陈王最高。刘桢辞气偏，王得其中，不拘对属，偶或有之，语与兴驱，势逐情起，不由作意，气格自高，与《十九首》其流一也。"②皎然推崇陈思王诗是因为其气正格高有丽辞，然辞采偶发，情兴所致，不由作意，虽不失自然，但毕竟远离"尚于作用"而归于"风流自然"的境界。其质有余，其文不足，虽缘情而未臻绮靡，是故皎然以谢诗为参照，谓建安制作为椎轮草创。

---

① 张伯伟：《全唐五代诗格汇考》，南京：凤凰出版社，2002年，第229页。
② 张伯伟：《全唐五代诗格汇考》，南京：凤凰出版社，2002年，第228页。"陈王"、"王"，张伯伟皆指实为陈思王。似依据不足，姑且存疑。

在"尚于作用"标准确立的前提下,皎然将古今诗(主体为五言)类分为五格,而五格是按照诗意的艺术表达方式加以区分的。其"格"的用法基本上与王昌龄"意是格"的概念保持一致,是从取境立意的角度加以界别的。所谓"不用事第一"中的"用事"与一般人所谓的诗中"用典"是有差别的。其评"用事"曰:

> 诗人皆以征古为用事,不必尽然也。今且于六义之中,略论比兴。取象曰比,取义曰兴,义即象下之意。凡禽鱼、草木、人物、名数,万象之中义类同者,尽入比兴,《关雎》即其义也。如陶公以"孤云"比"贫士";鲍照以"直"比"朱丝",以"清"比"玉壶",时人呼比为用事,呼用事为比。如陆机诗:"鄙哉牛山叹,未及至人情。爽鸠苟已徂,吾子安得停?"此规谏之忠,是用事,非比也。如康乐公诗:"偶与张、邴合,久欲归东山。"此叙志之忠,是比,非用事也。详味可知。①

文中指出,征古事未必即用事,征古事有比兴与用事的区别,不得不辨。其辨在于古事义用于叙志还是叙事。皎然又评"语似用事义非用事"曰:

> 此二门未始有之,而弱手不能知也。如康乐公诗:"彭、薛才知耻,贡公未遗荣。或可优贪竞,未足称达生?"此商榷三贤,虽许其退身,不免遗议,盖康乐欲借此成我诗意,非用事也。如古诗:"仙人王子乔,难可与等期。"曹植诗:"虚无求列仙,松子久吾欺。"又古诗:"师涓久不奏,谁能宣我心。"上句言仙道不可阶,次句让求之无效。下句略似指人,如魏武呼"杜康"为酒。盖作者存其毛粉,不欲委曲伤乎天真,并非

---

① 张伯伟:《全唐五代诗格汇考》,南京:凤凰出版社,2002年,第230页。

用事也。①

"不欲委曲伤乎天真"一语,亦即不欲"委曲"被"天真"所伤。据诗例,此处或指不欲言质而害文。可见,上述文字论诗语虽涉及古人、古事,但诗人用为修辞,成我诗意,不谓用事。此论与比兴叙志非用事义属同类。要之,皎然并不一味否定诗人作为修辞的用典或诗人学识,关键在于典事是否入诗之体,以出己意。皎然对"用事"做出如上之辨,显然是为自己将"不用事"作为诗品第一格张本的。其直接针对的是当时存在的"诗不假修饰,任其丑朴。但风韵正,天真全,即名上等"的诗品观,以捍卫自己对谢灵运诗的推崇。② 由于五格是以"出意"加以区分的,西汉诗、东汉诗、魏晋诗、谢灵运诗,直至齐梁诗,因真于情性,同出自然故,皆有置入"不用事第一格",但论入选诗歌体调风格整体,皎然心目中还是有其独特的品级区分的,并非唯古为是。皎然"作用事第二格"选诗则始于西汉前诗,而且包括七言骚体,如《风萧萧兮易水寒》《大风歌》。其《作用事第二格》前评语曰:

> 古人于上格分三品等,有上上逸品。今不同此评,但以格情并高,可称上上品,不合分三。又虽有事非用事,若论其功,合入上格。又有三字物名之句,仗语而成,用功殊少。如襄阳孟浩然云:"气蒸云梦泽,波撼岳阳城。"自天地二气初分,即有此六字。假孟生之才,加其四字,何功可伐,即欲索入上流

---

① 张伯伟:《全唐五代诗格汇考》,南京:凤凰出版社,2002年,第231页。
② 事实上,其"用事"之辨,若联系沈约的"三易"说、钟嵘的"直寻"说去看,则多少显得有点迂曲且强词夺理。当然,如从诗歌创作理论的高度去看,其说强调了诗歌创作思维的最高形式或境界是艺术自由,而艺术自由又与诗人思维的主体性创造密切关联;从文体学角度去看,其说又同时凸显了文言文体自我生成与创新的路径与能力。就此而言,皎然诗说具有较高的理论价值。

邪？若情格极高，则不可屈。若稍下，吾请降之于高等之外，以惩后滥。如此，则诗人堂奥，非好手安可扪其枢哉？又官阙之句，或壮观可嘉，虽有功而情少，谓无含蓄之情也。宜入直用事中，不入第二格，无作用故也。今所评不论时代近远，从国朝以降，其中无爵命有幽芳可采者，拔出于九泉之中，与两汉诸公并列，使攻言之子体变道丧之谈，于兹绝矣。①

评语中的最后一句明显针对卢藏用"道丧五百年而有陈君"云云而发，意在为新体诗正名。说新体诗体变合乎历史事实，但不可言"道丧"，体变本身即诗道之必然。"诗道"的要义体现于"尚作用"，故云"虽有事非用事，若论其功，合入上格"。其以孟浩然"气蒸云梦泽，波撼岳阳城"诗句说明此义。如单从复古论调，专言气质自然，该诗联"仗语而成，用功殊少"即可入于上流，而皎然则不以为然，因为"格情并高"是皎然立品的主要依据。该诗也许用语工巧，但在皎然眼中则"情格稍下"。皎然此处用意可参考王昌龄《诗格·诗有五用例》的论述得到进一步理解。何谓"诗有五用例"？"一曰用字，二曰用形，三曰用气，四曰用势，五曰用神"。而用事不如用字，用字不如用形，用形不如用气，用气不如用势，用势不如用神也。王氏"五用例"显然属于"诗尚作用"的观念。文中的"用字"云云，涉及诗意的艺术表现，诗歌文体的构成。与皎然观点稍异，王氏对典事并无从功能效果的角度区别出"虽有事非用事"一门，故凡诗中征古应该一概贬低。其所谓"用字"相当于句眼炼字，皎然"仗语成句"与之略同。值得辨析的是王氏用形以下四用例的意义及等级区分的问题。其所谓"用形"的诗例是古诗"东城高且长，逶迤自相属"、谢灵运诗"石浅水潺

---

①张伯伟：《全唐五代诗格汇考》，南京：凤凰出版社，2002年，第252—253页。

湲,日落山照耀","用气"的诗例是刘公幹诗"谁谓相去远,隔此西
掖垣","用势"的诗例是王仲宣诗"南登灞陵岸,回首望长安","用
神"的诗例是古诗"盈盈一水间,脉脉不得语"。① 依例可以推断:
"用形"即写景状物,巧构形似之言;"用气"即善用语词,直抒情
气;"用势"即善用情状动词,婉呈意绪情态;"用神"即思入意想之
境,善于形容,虚实变化,情意婉转不尽。关于"用神",卢盛江曾
有精彩分析,引之可为参照:

> 至于"用神",则是传神。用是使用,也是表现。诗在情
> 景交融的描写中表现一种风神韵致,这就是"用神"。他举了
> 《古诗》之例:"盈盈一水间,脉脉不得语"二句是景,也是情。
> 盈盈是水,也是泪,脉脉是水波,更是眼波泪波,是人物相视
> 而含情含愁。情亦景,景亦情,而人物缠绵之情,委婉不尽之
> 意,尽含其中。在情景交融的描写中追求一种意蕴幽远、有
> 着韵外之致的传神境界,既传导出对象的神情韵味,也传导
> 出诗人的情思精神。②

文中对"古诗"即景即情,即物即人的分析显然是非常到位
的。"盈盈"、"脉脉"皆属叠字摹状词。诗上句"盈盈"状天河之水
的充盈,而"天河"本是意想之物象,故"盈盈一水间"是虚拟的实
景。诗下句"脉脉"状人之间含情凝眸相望之情状,此乃虚象中的
虚象,因为其情虽有状,但其状非即视之象,而是由"不得语"暗
示出来的。但读者神思及此再去细味诗语,"盈盈"所状者便自然
由盈盈天河水幻化成了可望不可及,相见不得语之离人的汪汪泪

---

① 以上参张伯伟:《全唐五代诗格汇考》,南京:凤凰出版社,2002年,第189页。
② 卢盛江:《殷璠"神来、气来、情来"论——唐诗文术论的一个问题》,《东方论
　坛》,2006年第5期。

水与愁苦了,而"脉脉"所状者亦随之转进为离人之间的那心心相印、割舍不断的绵绵共情了。于是,诗上句"一水间"三字短语的艺术表现力亦随之发挥到了淋漓尽致,令人感叹整个诗联造语达到了一字不可增减的境地。诗歌审美效果的发生固然有赖于读者的神思想象,但其所缘者毕竟是诗人创造的语体语境。此一创造终归于诗人之神游其境,共鸣在先,故诗体传导出的既有诗中形象的神情韵味,又有诗人的情思精神,简言之"用神"即"传神"。进而言之,"用神"实即虚实相生,含不尽之意见于言外的诗歌"意境"之创造。正因为此,首创"意境"理论的王昌龄从语体构造的文术的角度将"用神"列为最高等级的诗例。皎然论"取境"曰:"取境之时,须至难至险,始见奇句。成篇之后,观其气貌,有似等闲不思而得,此高手也。有时意静神王,佳句纵横,若不可遏,宛如神助。"① 又评"重意诗例"云:"两重意已上,皆文外之旨。若遇高手如康乐公,览而察之,但见情性,不睹文字,盖诗道之极也。"② 凡此论述皆关涉诗歌意境及其创造,与王昌龄的"用神"之说高度一致。

有了以上论述作铺垫,我们再回到皎然"作用事第二格"前评语,看看皎然"格情并高"的具体标尺又是如何与"意境"观联系在一起的。

何谓"格高"、"情高"?

先看"高"。《辨体有一十九字》云:"夫诗人之思初发,取境偏高,则一首举体便高;取境偏逸,则一首举体便逸。"③ 此处用法,前一个"高"字与诗人"取境"有关,当涉诗人用思立意;后一

① 张伯伟:《全唐五代诗格汇考》,南京:凤凰出版社,2002年,第232页。
② 张伯伟:《全唐五代诗格汇考》,南京:凤凰出版社,2002年,第233页。
③ 张伯伟:《全唐五代诗格汇考》,南京:凤凰出版社,2002年,第241页。

个"高"字则指诗歌风格体调。作为风格体调的"高",《辨体有一十九字》的形容是"风韵朗畅"。皎然论"高"又习惯于与"逸"并言。"逸",《辨体有一十九字》中同样有两种用法:与"取境"有关的"逸思"、"逸意",与风格体调有关的"体格闲放"的逸体。"格"字不见于《辨体有一十九字》,但"情"、"气"二字皆有之。就取境而言,"气"乃用思于"气","情"乃用思于"情";就风格体调而言,"气"即"风情耿介","情"即"缘景不尽"。综观《辨体有一十九字》,"取境"接近于王昌龄"用神"云云,但就"体"而言,"一十九字"所标之境、之体皆本乎"情思",属"文章德体",其间并未作出高下之分。之所以如此,或当与"一十九字"总摄于意境的创造有关。

在《文章宗旨》中,皎然论及谢灵运为文,直接言及"格高"一语:"其格高、其气正、其体贞、其貌古、其词深、其才婉、其德容、其调逸、其声谐。"① 原文叙及上述诸项用的是反问句的形式以强调此诸项得以成立的根源:"康乐为文,真于情性,尚于作用,不顾词彩,而风流自然。彼清景当中,天地秋色,诗之量也;庆云从风,舒卷万状,诗之变也。"② 此根源,简言之即为文发乎情性之思,尚于作用,接于天地变化之境。此处就原理而言,又回到了皎然的"变若造微"、王昌龄"道合气性,性合天理"之说。看来,一得"意境"便自然归于诗道,格高气正,九项具足。分言之,九项可以高、正、贞、古、深、婉、宏、逸、谐界别之;而统言之,九项实又可以"高"一字形容之。《诗有四不》云:"气高而不怒,怒则失于风流;力劲而不露,露则伤于斤斧;情多而不暗,暗则蹶于拙钝;才赡而不疏,疏

---

① 张伯伟:《全唐五代诗格汇考》,南京:凤凰出版社,2002年,第229页。
② 张伯伟:《全唐五代诗格汇考》,南京:凤凰出版社,2002年,第229页。

则损于筋脉。"① 又《邺中集评语》曰："语与兴驱,势逐情起,不由作意,气格自高。"② 其中,"气"亦以"高"去形容,但此处的"高"实已脱离"意境"为体的语境,更接近于"情多"之中的"多"的用法。当然,若"情多而不暗"自然可以谓之"情高",则其"情"便转化为"文章德体"之"情",亦即"缘景不尽"。此"情"恰可以今人所谓"情景交融,含不尽之意见于言外"称之。而"缘景不尽"实又包含"意":言外之意,象下之意。皎然谓"文章德体"之"意"为"立言盘泊(盘礴)",其释评"池塘生春草"、"明月照积雪"云:

> 客有问予,谢公此二句优劣奚若? 余因引梁征远将军记室钟嵘评为"隐秀"之语。且钟生既非诗人,安可辄议,徒欲聋瞽后来耳目。且如"池塘生春草",情在言外。"明月照积雪",旨冥句中。风力虽齐,取兴各别。古今诗中,或一句见意,或多句显情。王昌龄云:"'日出而作,日入而息。'谓一句见意为上。"事殊不尔。夫诗人作用,势有通塞,意有盘礴。势有通塞者,谓一篇之中,后势特起,前势似断,如惊鸿背飞,却顾俦侣。即曹植诗云:"浮沉各异势,会合何时谐。愿因西南风,长逝入君怀"是也。意有盘礴者,谓一篇之中,虽词归一旨,而兴乃多端,用识与才,蹂践理窟。如卞子采玉,徘徊荆岑,恐有遗璞。其有二义:一情一事。事者如刘越石诗曰:"邓生何感激,千里来相求。白登幸曲逆,鸿门赖留侯。重耳用五贤,小白相射钩。苟能隆二伯,安问党与仇"是也。情者,如康乐公"池塘生春草"是也。抑由情在言外,故其辞似淡而无味,常手览之,何异文侯听古乐哉!《谢氏传》曰:"吾尝在永嘉西

---

① 张伯伟:《全唐五代诗格汇考》,南京:凤凰出版社,2002年,第224页。
② 张伯伟:《全唐五代诗格汇考》,南京:凤凰出版社,2002年,第228页。

堂作诗，梦见惠连，因得'池塘生春草'，岂非神助乎？"①

可见，作为"文章德体"的"意"乃"兴"义，又具分为"事兴"与"情兴"二义，其审美效果总归于余味曲包，意犹不尽。灵运"春草"句，皎然"情兴"之例。其情在言外，其辞似淡而无味，比如古乐，非常人所能欣赏。灵运《登池上楼》入"第二格"，并标为"意"体。王昌龄谓"意高则格高"，皎然显然亦是将《登池上楼》视为"格高"的，且为"格情并高"。由此亦可看出皎然的"格高"与王昌龄所推崇的"格高"之差别。王氏的"格高"是"一句见意"，与"意"的呈现直捷了当以及句体形式的表意能力有关。其间的差别实质上反映的还是两人对古体与近体态度之不同，王昌龄推崇古体的倾向甚为明显，而皎然则明显地表现出存古体为近体张目，隆近体甚于古体。② 但王昌龄亦未排斥近体，其"意境"说实与近体有关。前此论及王氏"格高"说涉及曹子建"明月照高楼，流光正徘徊"诗，其评语便是："此诗格高，不极辞于怨旷，而意自彰。"此处"格高"与皎然"格情并高"并无二致，只是就语体而言，相较于灵运诗的丽辞，子建诗略显流易多气而已。当然，王昌龄《论文意》亦引过灵运"春草"诗，并谓之为高手之作。要言之，王昌龄、皎然的"格情并高"诗大凡同属于"有意境"之例。

---

① 张伯伟：《全唐五代诗格汇考》，南京：凤凰出版社，2002年，第261页。
② 卢盛江曾撰《皎然"格高"说刍议》一文，对皎然、王昌龄"格高"说加以分析比较，其"摘要"云："皎然不以气骨之力为格高，他的倾向清雅高逸闲旷，还包含识度高明的意思。这种'格高'说和王昌龄《诗格》以意阔心远，气骨天纵为格高明显不同。皎然这种思想倾向对一些诗家的评价可能多少带有一点家族观念。可能还受到吴中地域文化的影响，但是更主要的是反映了当时士风和诗风的变化，有的可能带有某种理想化的成份。"（文见《辽宁工学院学报》，2005年第2期）

现在看来，孟浩然"气蒸云梦泽，波撼岳阳城"诗之所以"格情"不高，显然不在于写景真切与否，亦不在于有无气势，而恰恰在于势未通塞，意无盘礴。具体言之，孟诗前半截与后半截意不相顾，势不相连，前半气雄，后半力弱，而且前面景语置于全篇又因归趣只在干谒乞接引，顿觉兴义全无，苍白至极。① 至于皎然"又宫阙之句"云云与何人之诗有关不得而知，但其意是清楚的，该诗"或壮观可嘉"，但毕竟"有功而情少"，只能归入"直用事第三格"。"壮观"或指"气格"高，"有功情少"皎然说得很明白，"无含蓄之情也"。总之"无作用"亦即未合"尚于作用"的标准，准"境"说，情格不高，无意境之美。

通过以上辨析，我们再来看皎然"第二格"中所列入的沈、宋律诗及其评语自然就易于理解了。见于第二格的沈宋律诗原文如次②：

> 宋之问《晦日幸昆明池应制》："舟凌石鲸度，槎拂斗牛回。""象溟看落景，烧劫辨沉灰。""不愁明月尽，自有夜珠来。"意也。闲也。（立言盘泊曰意。情性疏野曰闲。）③

> 又《入崖口寄李适》："路极意谓尽，势回趣转绵。人远草木秀，山深云景鲜。""时扳乳窦憩，屡薄天窗眠。夜弦响松

---

① 后世不乏类似评语。王夫之《唐诗评选》卷三："此作力自振拔，乃貌为高而格未免卑下，宋人之鼻祖，开天之下驷。"毛先舒《诗辩坻》卷三："襄阳'洞庭'之篇，皆称绝唱，至欲取压唐律卷。余谓起句平平，三四雄，而'蒸'、'撼'语势太矜，句无余力。'欲济无舟楫二语'，感怀已尽，更增结语，居然蛇足，无复深味。又上截过壮，下截不称。"以上转引自陈增杰：《唐人律诗笺注集评》，杭州：浙江古籍出版社，2003年，第89页。

② 张伯伟：《全唐五代诗格汇考》，南京：凤凰出版社，2002年，第276—278页。

③ "意也。闲也"之类，原文皆作小字体，括号内文字为笔者据《辩体有一十九字》加。下文同例。参张伯伟：《全唐五代诗格汇考》，南京：凤凰出版社，2002年，第242页。

月，朝楫弄苔泉。"静也。（非如松风不动，林狄未鸣，乃谓意中之静。）

又《大荐福寺应制》："乘龙太子去，驾象法王归。水入禅心定，云从宝思飞。欲知皇劫远，初降六铢衣。"德也。（词温而正曰德。）

又《早发韶州》："绿树秦京道，青云洛水桥。故园常在目，魂梦不须招。"思也。（气多含蓄曰思。）

又《梁王挽歌》："陇日寒无影，郊云重不飞。君王留此地，驷马欲何归。"悲也。（伤甚曰悲。）

沈佺期《乐安郡主满月侍宴应制》："除夜子星回，天孙满月杯。咏歌《麟趾》合，箫管《凤雏》来。"德也。意也。（词温而正曰德。立言盘泊曰意。）

又《答宁处州书》："书报天中赦，人从海上闻。九泉开白日，六翮奋青云。"

又《骓州作》："山空闻斗象，江静见游犀。"静也。意也。（非如松风不动，林狄未鸣，乃谓意中之静。立言盘泊曰意。）

又《从幸故青门应制》："汉皇建都邑，渭水对青门。朝市俱东逝，坟陵共北原。荒凉萧相宅，芜没邵平园。"悲也。（伤甚曰悲。）

引诗后小字属"文章德体"之目，就其内容指向而言，要不过"思"、"情"、"意"三字。皎然《律诗总评》曰：

洎有唐以来，宋员外之问、沈给事佺期，盖有律诗之龟鉴也。但在矢不虚发，情多、兴远、语丽为上，不问用事格之高下。宋诗曰："象溟看落景，烧劫辨沉灰。"沈诗曰："咏歌《麟趾》合，箫管《凤雏》来。"凡此之流，尽是诗家射雕之手。假使曹、刘降格来作律诗,与二子并驱,未知孰胜。①

情多、兴远、语丽三者合言之实即:情格并高,尚于作用,风流自然。尤其值得注意的是:合"兴远"、"语丽"而言"情",其"情多"乃"缘景不尽"之谓,在今人看来则是情淡无味也;而其"情少"乃"情暗",亦即"无含蓄之情",在今人看来恰是多情。皎然推崇的"情"终为"道情"而非"俗情",其以"情格并高"为诗"有意境"的指标,与王昌龄"道合气性,性合天理"的诗道原理高度吻合,一道深化推进了"缘情绮靡"诗说,且较之昌龄的"意境"说,皎然的"意境"说不仅可指向一种诗歌的审美理想,而且因其具体、可操作性强,更具有引导创作与批评的意义。

综上所述,站在诗歌意境创造的角度,皎然的五格品诗,见于沈、宋作品恰与今人相左当在情理之中;唯有立足于皎然"格"、"情"并高的"意境"说,才能理解皎然谓沈宋"复少而变多",进而将其视为唐人近体律诗创体之代表的真实意味。在皎然眼里,沈宋律诗的意义不在于特定的声律形式,而在于创造了充实、活化此一声律形式之文体学意味的诗歌意境,这是复归于诗道自性作用的创造。此乃所谓"复少而变多"的真实含义,也正是此一含义奠定了"沈宋体"在皎然心目中的律诗正体地位。前此,我们已较为充分地揭示了王绩律诗以及典型"上官体"之于律诗体演化的意义与贡献。两人在诗歌意境的创造方面都达到了极高的水平。但与"沈宋体"相比,典型的"上官体"之声律形式及语体风格尚多因袭齐梁体制,故其体制自然不能代表律诗近体。至于王绩五

---

① 张伯伟:《全唐五代诗格汇考》,南京:凤凰出版社,2002年,第276页。

言诗，尽管其有功于近体的声律形式，但其体质则多古体之意。①
因此，王绩律诗在中唐皎然眼中或只能归入"气格自高"之列，而
不可能被视作"情格并高"的正体律诗的代表。

小　结

　　沈、宋及"沈宋体"律诗之被后世共推为律诗的定型者、正律
诗的代表，其娴于声律，政治地位显赫，以及宫廷文学活动中的良
好声誉，并非主因。沈、宋作为唐律之祖地位的奠立，实赖于唐代
"意境"诗学的建构。"意境"诗学揭示了正律诗的文化文体学意
味，同时也发现了"沈宋体"律诗始备"缘情绮靡"之功的诗学、诗
史价值，及其独创的"情格并高，尚于作用，风流自然"的风格与意
境。在此一建构的过程中，王昌龄、独孤及与皎然等都发挥了重
要作用，但皎然的作用则是决定性的。

---

①之于王绩律诗体质多承古体之意，宋人周氏看得异常分明。其著《周氏涉
笔》基于宋人崇盛唐的唐诗观，评价王绩律诗而置于沈、宋之上，谓其开迹唐
诗，进而极言"牧人驱犊返，猎马带禽归"诸诗"盖渊明古体，蟠屈入八句中，
浑然天成，又唐宋诸家所不能也"。周氏评语参见王绩著，韩理洲校点：《王
无功文集》附录，上海：上海古籍出版社，1987年版，第267页。

第十一章　七言诗的律体化

中国古代诗歌的体式虽然很丰富，有四言体、五言体、七言体、杂言体等等，但其中的五言体和七言体在整个古代诗歌中则占有主导地位，且五言律诗和七言律诗又代表了古代诗歌体式演化的终极成果。就可考的文献以及学界的研究去看，通篇七言的七言体诗歌先秦就已出现，并不晚于五言体诗歌，如《左传》成公五年所载《莱人歌》，《吴越春秋》所载《穷劫曲》《采葛妇歌》，以及《战国策·秦策》所引逸诗《木实繁者披其枝》等。文人之介入七言体创作亦始于汉代，著名的如：汉武帝君臣联句《柏梁诗》、司马相如《琴歌二首》、张衡《四愁诗》等。① 当然，汉魏以下直至杜甫出现之前的文人诗歌创作，大体由五言主宰，七言体的发展远滞后于五言。② 诗歌律化的完成亦是以唐代五言近体为标志的，唐

---

① 严格地说，文献记载的先秦民间七言歌诗亦当归于文人的创作，因为文人用文字记录本身已是翻译，姑且称之为"文译"。是文人的"文译"赋予了民间歌诗以我们可以阅读理解的七言为句的文言节奏形式，且被载录于文献而传承至今。《说苑》所载《榜枻越人歌》事例足可说明之。

② 关于七言发展滞后于五言之原因的探讨，本文暂不涉及。读者可参考松浦友久《中国诗歌原理》(辽宁教育出版社1990年)、《节奏的美学——日中诗歌论》(辽宁大学出版社1996年)二书中译本相关章节，以及葛晓音《先秦汉魏六朝诗歌体式研究》(北京大学出版社2012年)一书的相关论述。

人亦是以四韵、六韵五言律诗为律诗正体或曰正律诗，无形之中，七言律诗自然亦被视作律诗变体。至于七言体律化进程的探讨，学界虽有涉及，但整体而言还有许多值得进一步探讨的问题。本章拟在已有成果的基础上着重解决七言近体律句、七言篇体律化进程，以及杜甫七律拗体变格等问题。

第一节　七言近体律句

七言近体律句似乎是个无须探讨的问题，但事实并非如此。仅就五言律句而言，自王士禛《律诗定体》将五言律句定为12种以来，迄今亦未形成唯一结论。如赵执信《声调谱》列为15种，翟翚《声调谱拾遗》定为23种，而今人王力《汉语诗律学》则定为17种，启功《诗文声律论稿》只承认7种，不一而足。前人对五言律句的认定并没有统一的理论标准，大都凭借经验归纳、主观判断，可想而知，作为五言律句变化而来的七言近体律句的认定显然难免五花八门，难以统一，如王力《汉语诗律学》定为19种，启功《诗文声律论稿》则定为14种。[1] 基于此一现状，不得不承认，澄清七言近体律句的种类仍然是今天探讨七言体律化之首要任务。

本文前此就五言近体律句表明，成熟定型的五言近体律句仍然属于宫体11式。签于五言体律化及其成熟在前的事实，理论上说，七言近体句式当由五言近体平仄律句增加一个平节音步或仄节音步而来。依据平声思维，以及步节节奏点从严，非节奏点从

---

[1] 王士禛《律诗定体》、赵执信《声调谱》、翟翚《声调谱拾遗》，见丁福保辑《清诗话》，上海：上海古籍出版社，2015年；王力《汉语诗律学》，上海：上海教育出版社，1979年；启功《诗文声律论稿》，北京：中华书局，2009年。

宽的和律原则，七言近体律句可在宫体11式律句基础上通过两种方式变化得出。直接在五言11种律句的基础上推导出七言的律句体系，是为第一种方式；由四个五言基本律句推导出七言基本律句，然后再依据变化原则，通过基本律句推导出七言的律句体系，是为第二种方式。

依第一种方式得出结果如下：

（A）（平平）仄仄平平仄：

A1.（平平）平仄平平仄

A2.（平平）仄仄仄平仄

A变.（仄平）仄仄平平仄

A1变.（仄平）平仄平平仄

A2变.（仄平）仄仄仄平仄

（B）（平平）仄仄仄平平：

B1.（平平）平仄仄平平

B变.（仄平）仄仄仄平平

B1变.（仄平）平仄仄平平

（C）（仄仄）平平平仄仄：

C1.（仄仄）仄平平仄仄

C2.（仄仄）仄平平平仄

C3.（仄仄）平平平仄仄

C变.（平仄）平平平仄仄

C1变.（平仄）仄平平仄仄

C2变.（平仄）仄平平平仄

C3变.（平仄）平平平仄仄

（D）（仄仄）平平仄仄平：

D1.（仄仄）平平平仄平

D 变．（平仄）平平仄仄平

D1 变．（平仄）平平平仄平

以上共得七言律句 22 式。

依第二种方式先得出基本律句,然后按节奏点灵活变化规律形成如下可能组合:

1.平平仄仄平平仄:

一变:仄平仄仄平平仄,平平平仄平平仄,平平仄仄仄平仄。

二变:仄平平仄平平仄,平平平仄平仄,仄平仄仄仄平仄。

三变:仄平平仄仄平仄。

2.仄仄平平仄仄平:

一变:平仄平平仄仄平,仄仄仄平仄仄平,仄仄平平平仄平。

二变:平仄仄平仄仄平,仄仄仄平仄平,平仄平平平仄平。

三变:平仄仄平平仄平。

3.仄仄平平平仄仄:

一变:平仄平平平仄仄,仄仄仄平平仄仄,仄仄平平仄仄仄。

二变:平仄仄平平仄仄,仄仄仄平仄仄仄,平仄平平仄仄仄。

三变:平仄仄平仄仄仄。

4.平平仄仄仄平平:

一变:仄平仄仄仄平平,平平平仄仄平平,平平仄仄平平平。

二变:仄平平仄仄平平,平平平仄平平平,仄平仄仄平平平。

三变:仄平平仄平平平。

以上基本句式加四类变化总共 32 式,比按第一种方式推得的多出 10 式,分别是:平平仄仄平平平、仄平平仄平平平、仄平仄仄平平平、平平平仄平平平、平平平仄仄平仄、仄平平仄仄平仄、仄仄仄平仄仄平、平仄仄平仄仄仄、仄仄仄平平仄仄、平仄平平平仄平。除此,亦为 22 式,与依第一种方式所得 22 式同。借鉴平声思

维,我们将22式依平声多寡整理如下:

一平声:仄仄仄平仄仄仄。

二平声:仄平仄仄仄平仄,仄仄仄平平仄仄,仄仄平平仄仄仄,平仄仄平仄仄仄。

三平声:仄平仄仄平平仄,平平仄仄仄平仄,仄仄平平仄仄平,仄仄平平平仄仄,平仄仄平平仄仄,平平仄平仄仄仄,仄平仄仄平平。

四平声:平平仄仄平平仄,仄仄平平仄平平,仄仄平平平仄平,仄仄平平平仄仄,平平平平仄仄仄,平平仄仄仄平平,仄平平仄仄平平。

五平声:平平平仄平平仄,平仄平平平仄平,平平平平仄平平。

六平声:平平平仄平平平(不在22式内)。

22式作为唐人七言近体律句,由于有一定的理论与历史依据,成立的可能性很大。之于32式除去22式之外的10种句式只是理论上具有成为律句的可能性,故尤其需要进一步探讨与检验。下面我们结合《文镜秘府论·天卷·诗章中用声法式》①中的七言句式的四声平仄作一初步讨论:

七言二平声:

将军一去出湖海。去平入去入平上　　仄平仄仄仄平仄

信是薄命向谁陈。去上入去去平平　　仄仄仄仄仄平平

井上双桐未掩凤。上去平平去上去　　仄仄平平仄仄仄

---

① [日]遍照金刚撰,卢盛江校考:《文镜秘府论汇校汇考》,北京:中华书局,2006年,第183页。

嫁得作赋弹琴声。　去入入去去平平　　仄仄仄仄仄平平 ①
寒雁一一渡辽水。　平去入入去平上　　平仄仄仄仄平仄
谁堪坐感箧里扇。　平平上上入上去　　平平仄仄仄仄仄

三平声：

相抱长眠不愿起。　平上平平入去上　　平仄平平仄去仄
自有倾城荡舟妾。　去上平平上平入　　仄仄平平仄平仄
燕宫美女旧出名。　平平上上去入平　　平平仄仄仄仄平
复娉无双独立人。　入去平平入入平　　仄仄平平仄仄平
二人拂镜开珠幕。　去平入去平平入　　仄平仄去平平仄
都护府里无相识。　平去上上平入入　　平仄仄仄平仄仄
岱北云气昼昏昏。　去入平去去平平　　仄仄平去仄平平
自从将军出细柳。　去平平平入去上　　仄平平平仄去仄
左被深闺行且宜。　上入去平平上平　　仄仄去平平仄平
聊看玉房素女术。　平平入平去上入　　平平仄平去仄仄

四平声：

秋鸿千百相伴至。　平平平入平去去　　平平平仄平仄仄
曾舞纤腰入金谷。　平上平平入平入　　平仄平平仄平仄
妾用丹霞持作衣。　入去平平平去平　　仄仄平平平仄平
燕山去塞三千里。　平平去去平平上　　平平去去平平仄
金门巧笑本如神。　平平上去上平平　　平平仄仄仄平平
洛城秋风依竹进。　入平平平平入去　　仄平平平平仄仄
玉钗长袖共留宾。　入平平去去平平　　仄平平去去平平
唯见张女玄云调。　平去平上平平去　　平仄平仄平平仄

---

① 该句未知出处。据《广韵》，弹琴之"弹"应为平声，弹丸之"弹"为仄声。由于文中其他字无异读，故将此处"弹"定为仄声而成为二平声句。

河畔青青唯见草。平去平平平去上　　平仄平平平仄仄

前期岁寒保一双。平平去平上入平　　平平仄平仄仄平

五平声：

高楼岧峣连粉壁。平平平平平上入　　平平平平平仄仄

可怜春日桃花敷。上平平入平平平　　仄平平仄平平平

忙时俱来堪见迎。上平平平去平　　仄平平平仄平平

鸳鸯多情上织机。平平平平上入平　　平平平平仄仄平

云归沙幕偏能暗。平平平入平平去　　平平平仄平平仄

还嗟团扇匣中秋。平平平去入平平　　平平平仄仄平平

深入遑遑偏易平。平入平平平去平　　平仄平平平仄平

将军勒兵讨辽川。平平入平上平平　　平平仄平仄平平

初言度燕征玄菟。平平去去平平平　　平平仄仄平平平

六平声：

朝朝愁向犹思床。平平平去平平平　　平平平仄平平平

桃花蓲蘛无极妍。平平平入平平平　　平平平仄平平平 ①

春山兴云尽如罗。平平平平上平平　　平平平平仄平平

以上所列未见一平句，共计 37 种。其中有 12 种包含于 22 式平仄律句体系：二平句为仄平仄仄仄平仄、仄仄平平仄仄仄，少仄仄仄平平仄仄、平仄仄平仄仄仄 2 式；三平句为仄平仄仄平平仄、仄仄平平仄仄平、平仄平平仄仄仄，少平平仄仄仄平平、仄仄平平平仄仄、平仄仄平平仄仄、仄平仄仄仄平平 4 式；四平句为平平仄仄平平仄、平平仄仄仄平平、仄平平平平仄平、平平平仄仄、仄平平仄仄平平，少仄平平仄平平仄、平仄平平仄仄

---

① 该句未知出处。据《广韵》，句中"极"亦为入声字。若选择"极"作入声，则原句作为六平声例句只能标为：平平平平平仄平。如此，则六平句共为 3 式。

平2式;五平句为平仄平平平仄平、平平平仄仄平,少平仄平平平仄平1式。若与32式平仄律句体系相对照,除已提及的12式之外,尚有平平仄仄平平平、仄平平仄平平平、平平平仄平平平、仄仄仄平平仄平4式包含于32式体系。可见,《诗章中用声法式》尚有21种①句式的用声之法与我们的推断不相吻合。如果以调平仄的声律法则去看,我们确实看不出这21式有什么规律。当我们尝试以四声律去观察,庶几看出这样的特点:作为四三分句的七言句式,其句末第4、第7字位间,除同平声之外,一律异四声;在第2、第4字位间重复同样的律法;第4、第6字位间只有"谁堪坐感箧里扇(平平上上入上去)"一句同上声例外。由此可以推断,《诗章中用声法式》整体上属四声律的永明律法,只是它自然包含了近体的平仄律句而已。

通过以上简要的对比分析,七言近体的平仄律句绝不会超出32式体系。现在真正需要核定的是超出22式之外的10式在唐人的七言近体的创作实践中究竟有没有被当做律句加以使用。下面我们还是通过具体的文本声律情况的分析加以考核。平仄相黏的黏式律,是近体声律模式定型的最后标志,故我们选择初盛唐之交、主要活跃于武后中宗朝律体已普及时期诗人的符合黏式律的七言近体诗案例加以考核。②

所选诗例为:

二韵体:沈佺期《奉和幸韦嗣立山庄应制》《饯唐永昌》《上巳日被禊渭滨应制》《苑中遇雪应制》《狱中闻驾幸长安二首其一》《狱

---

① 如六平声例句2标为"平平平平平仄平",则是22种。

② 诗文依据中华书局编辑部点校《全唐诗》(增订本),北京:中华书局,1999年。判断"黏"的标准,依据元兢"单换头"理论,只考察联间第2字位。此外,凡有一处不黏皆不计入。

中闻驾幸长安二首其二》《夜宴安乐公主宅》；杜审言《赠苏绾书记》《渡湘江》《戏赠赵使君美人》；李峤等《杂曲歌辞·桃花行五首》；李峤《上清晖阁遇雪》《奉和圣制幸韦嗣立山庄应制》《游苑遇雪应制》《送司马先生》；李乂《奉和三日被襖渭滨》《饯唐永昌》《奉和幸韦嗣立山庄侍宴应制》《侍宴安乐公主新宅应制》；苏颋《奉和圣制幸韦嗣立庄应制》《重送舒公》《夜宴安乐公主新宅》，共26首104句。

四韵体：沈佺期《古意呈补阙乔知之》《奉和春初幸太平公主南庄应制》《奉和春日幸望春宫应制》《侍宴安乐公主新宅应制》《红楼院应制》《再入道场纪事应制》《嵩山石淙侍宴应制》《和上巳连寒食有怀京洛》《奉和立春游苑迎春》《人日重宴大明宫赐彩缕人胜应制》《陪幸太平公主南庄诗》①《兴庆池侍宴应制》《从幸香山寺应制》《遥同杜员外审言过岭》；杜审言《杂曲歌辞·大酺乐其二》《守岁侍宴应制》；崔融《嵩山石淙侍宴应制》；李峤《奉和初春幸太平公主南庄应制》《太平公主山亭侍宴应制》《人日侍宴大明宫恩赐彩缕人胜应制》《石淙》；李乂《奉和初春幸太平公主南庄应制》《兴庆池侍宴应制》《侍宴安乐公主山庄应制》《奉和春日幸望春宫应制》《郊庙歌辞·享龙池乐章·第八章》《人日重宴大明宫恩赐彩缕人胜应制》；苏颋《郊庙歌辞·享龙池乐章·第七章》《侍宴安乐公主山庄应制》《赠彭州权别驾》《寒食宴于中舍别驾兄弟宅》《奉和春日幸望春宫应制》《广达楼下夜侍酺宴应制》《扈从鄠杜间奉呈刑部尚书舅崔黄门马常侍》《春晚紫微省直寄内》《景龙观送裴士曹》《兴庆池侍宴应制》《人日重宴大明宫恩赐彩缕人胜应制》《九月九日望蜀台》，共39首312句。

七韵体：崔融《从军行》，计1首14句。

---

① 该诗一作苏颋诗。

以上总计430句。分总统计如下表：

诗人\句式	崔融 句数	沈佺期 句数	杜审言 句数	李峤 句数	李乂 句数	苏颋 句数	合计 句数及所占百分比
仄仄仄平仄仄仄							0
仄平仄仄仄平仄							0
仄仄仄平平仄仄		1	2	1		1	5/1.16
仄仄平平仄仄仄		1		1	1		3/0.7
平仄仄平仄仄仄							0/0
仄平仄仄平平仄	1	1		4		1	7/1.63
平平仄仄仄平仄					1		1/0.23
仄仄平平仄仄平	6	19	5	11	14	23	78/18.1
仄仄平平平仄仄	2	15	1	4	12	16	50/11.6
平仄仄平平仄仄	1	4		2		1	8/1.86
平平平仄平仄仄	1	2					3/0.7
仄平仄仄平平平		2	1	2	1	1	7/1.63
平平仄仄平平仄	4	15	3	5	6	18	51/11.9
仄平平仄平平仄		4	1	3	1	2	11/2.56
平仄平平仄仄平	1	10	2	10	4	9	36/8.37
仄仄平平平仄平		7	2	1			10/2.33
平仄平平平仄仄		5	2	2	1	2	12/2.79
平平仄仄仄平平	5	28	4	14	13	19	83/19.3
仄平平仄仄平平		8	2	4	2	5	21/4.88
平平平仄平平仄		3					3/0.7
平仄平平平仄平		3		1			4/0.93
平平平仄仄平平	1	9	3	2	8	8	31/7.21
平仄仄平平仄平						1	1/0.23
仄仄平平仄平仄		3		1		1	5/1.16
合计	22	140	28	68	64	108	430

综观统计数据,使用最多的句式为四平句,其次三平句,再次五平句,二平句偶有使用,未见一平句和六平句。这些句式基本上没有超出22式体系,只有"仄仄平平仄平仄"、"平仄仄平平仄平"二式例外。① 该二种句式属于32式体系,有必要对二式用法作一具体分析。

先看"仄仄平平仄平仄"式。该式见于沈佺期《和上巳连寒食有怀京洛》《狱中闻驾幸长安二首其一》《遥同杜员外审言过岭》尾联:"坐见司空扫西第,看君侍从落花朝(仄仄平平仄平仄,平平仄仄仄平平)"、"扈从由来是方朔,为申冤气在长平(仄仄平平仄平仄,平平平仄仄平平)"、"两地江山万余里,何时重谒圣明君(仄仄平平仄平仄,平平平仄仄平平)",以及李峤《上清晖阁遇雪》尾联:"即此神仙对琼圃,何须辙迹向瑶池(仄仄平平仄平仄,平平仄仄仄平平)"、苏颋《景龙观送裴士曹》颈联:"雨雪长疑向函谷,山泉直似到流沙(仄仄平平仄平仄,平平仄仄仄平平)"。可以看出,5联皆于第6字位失对,且作为出句,该式句中都出现了专有名词,如司空、西第、明君、方朔与琼圃,以及函谷等。诗中本式应为"仄仄平平仄仄仄",由于迁就专有名词而导致尾三字出现"仄平仄"调,以至于失对。故可以推断"仄仄平平仄平仄"为非律句。

再看"平仄仄平平仄平"式。该式出现于苏颋《奉和春日幸望春宫应制》首联:"东望望春春可怜,更逢晴日柳含烟(平仄仄平平仄平,平平平仄仄平平)",仅此一见。该句联未出现失对情况,理论上无法排除该式为律句的可能性。由于该式由五言句式"仄

①表中一平句"仄仄仄平仄仄仄"与二平句"仄平仄仄仄平仄"、"平仄仄平仄仄仄"三式虽未见使用,但考虑表中案例有限且其属于22式体系,故不能排除其为律句。

平平仄平"变化而来,而我们前此研究表明,宫体诗人是回避使用"仄平平仄平"式的。即便有唐一代的五言诗,该式使用的频率亦是极低的。有学者对唐代律诗定型期到晚唐的12位代表性诗人的2220首平韵五言律诗17760句的统计表明,该式总计262句,只占1.48%。而其中晚唐许浑一人即占106句,为其全部诗例的5.8%。其次是刘禹锡41句、白居易31句、杜甫29句,占各自诗句的比例分别为3.29%、1%、0.59%,其他9位诗人总计55句,占全部句例的0.82%。若仅就杜审言、沈佺期、宋之问三人统计数据而言,仅见3例,占其全部诗例1248句的0.24%。① 基于以上分析,"仄平平仄平"式是可以排除在常规五言近体律句体系之外的。既然如此,以该式为基础的七言句式"平仄仄平平仄平"即便不能断定为非律句,亦只能视为常规七言律句之外的特例。②

　　综上所述,我们可以得出一个初步结论:七言近体平仄律句主体为四平句7式、三平句7式、五平句3式,以及2平句4式、1平句1式,总计22式。借鉴五言近体四平句构体经验,诗人一般不会多用6平句,若诗人用6平声,32式体系中唯有"平平平仄平平平"可视为律句。这应该是近体律句出现尾三平的特列,32式体系中多出的9式可断为非律句。

第二节　七言句式律化溯源

　　《诗章中用声法式》云:"凡上一字为一句,下二字为一句,或上二字为一句,下一字为一句(三言)。上二字为一句,下三字为

---

① 参张培阳:《近体律句考——以唐五律为中心》,《文学遗产》,2013年第3期。
② 对该二种句式,下文还有进一步讨论。

一句（五言）。上四字为一句，下二字为一句（六言）。上四字为一句，下三字为一句（七言）。"① 这里说明在唐或唐前古人看来，作为积字为句的诗歌语体构成的基本句式主要有三言、四言、五言、六言与七言，正是这些基本的二合整句式构成了中国诗歌文体的全部体式：齐言体的三言、四言、五言、六言与七言，以及由这些基本的二合整句式交织构成的杂言体。② 这里完句二分的规定从现象上去看，关乎诵读的节奏或意义节奏，但就其本质而言，则是对自然表达方式的一种文言化选择，有着深刻的文化文体学意义。对此意义需专文揭示，这里只表明它是广义的诗体律化的一部分。

一、魏晋宋初与七言四三节奏句式建构

探讨七言句式律化自然首先需要考察七言四三节奏句式的建构、自觉与定型，对此，前辈学者作过许多有价值的探索，尤其值得提及的是，近来葛晓音教授的先秦汉魏六朝诗歌体式的系统研究大大拓展了人们认识该问题的视野。众所周知，先秦汉魏时期的七言，无一例外的是单句成行，句句押韵。此一特征，学者们大都理解为此时的七言句式实际上是被诗人视作四言与三言两个完句的。换言之，七言句式尚未成为自觉。葛晓音教授认为，"要从句句韵转变为隔句韵，其前提条件是单句成行变成双句成行，只有诗行结构的改变才能带来押韵方式的改变"；而此一转变

---

① ［日］遍照金刚撰，卢盛江校考：《文镜秘府论汇校汇考》，北京：中华书局，2006年，第173页。
② 现《诗章中用声法式》论分句时阙四言，而下文示例平声用法则列四言，由此推测原文在传播抄写过程中或有遗失。

最早是由刘宋鲍照促成的。① 也许正因此，许多学者将七言近体的滥觞推原至鲍照。如王运熙早在20世纪50年代撰写的一篇论文中就提出了七绝滥觞作品乃鲍照的《夜听妓》、汤惠休的《秋思引》的观点。不过王氏主要是从七言隔句韵式以及四句篇制的角度来得出这一结论的，未必考虑七言双句成行，亦即七言四三句式的定型与自觉的问题。因为王氏论文特别提请读者注意一个文献事实：《宋书·乐志》记录魏缪袭"魏鼓吹曲"《旧邦曲》、韦昭"吴鼓吹曲"《克皖城篇》则分别书写为如下格式：

　　　旧邦萧条　心伤悲　孤魂翩翩　当何依　游士恋故涕如摧　兵起事大　今愿违

　　　博求亲戚　在者谁　立庙置后　魂来归

　　　右《旧邦曲》凡十二句，其六句句三字，六句句四字。②

　　　克灭皖城　遏寇贼　恶此凶孽　阻奸愿　王师赫征众倾覆　除秽去暴　戢兵革

　　　民得就农　边境息　诛君吊臣　昭至德

　　　右《克皖城曲》凡十二句，其六句句三字，六句句四字。③

　　由此，王氏认为，即便歌辞是完整的七言诗，但记录者是明显将七言两句当做四句看待的。④ 言下之意，记录者或尚未有七言句体的自觉。本文认为，《宋书·乐志》编撰者沈约按语是就句句韵的七言诗篇而言，未必意味着沈约无七言句体的自觉。西晋挚虞《文章流别论》云：

---

① 参葛晓音《中古七言体式的转型——兼论"杂古"归入"七古"类的原因》，《北京大学学报》，2008年第2期。

② ［梁］沈约：《宋书》卷二十二，北京：中华书局，1974年，第645页。

③ ［梁］沈约：《宋书》卷二十二，北京：中华书局，1974年，第658页。

④ 参王运熙：《七言诗形式的发展和完成》，《复旦学报》，1956年第2期。

　　古之诗,有三言、四言、五言、六言、七言、九言。古诗率以四言为体,而时有一句二句杂在四言之间,后世演之,遂以为篇。古诗之三言者,"振振鹭、鹭于飞"之属是也,汉郊庙歌多用之。五言者,"谁谓雀无角,何以穿我屋"之属是也,于俳谐倡乐多用之。六言者,"我姑酌彼金罍"之属是也,乐府亦用之。七言者,"交交黄鸟止于桑"之属是也,于俳谐倡乐世用之。①

　　又傅玄《拟四愁诗序》云:"张平子作《四愁诗》,体小而俗,七言类也。"②可见,西晋人就已有七言句体的自觉。也就是说,时人如同《诗章中用声法式》一样是将七言诗的七字句视为四三两个分句构成的整一单句,否则归类为四言、三言或杂言体诗可矣,不必称为七言诗了。沈《志》亦可如是观。当然,只有在双句成行,隔句押韵的七言篇体中,七言句体才能稳定下来,这是毫无疑问的。故将鲍照等刘宋诗人的作品视作七言近体的滥觞、七言句体建构的完成是客观可行的。只是七言句体的自觉声律化自然要待永明声律运动发生之后方有可能。下面可通过案例来简单考察一下此前的七言诗句的自然声律情况。首先选择被学者们视为近体滥觞的鲍照、汤惠休的两首诗作一具体分析。

　　鲍照《夜听妓其二》(歌韵鱼韵)③

　　　　兰膏消耗夜转多,　平平平去去上平。平平平仄仄仄平。
　　　　乱筵杂坐更弦歌。　去平入上去平平。仄平仄仄仄平平。

---

①[清]严可均辑,何宛屏等审订:《全上古秦汉三国六朝文·全晋文》,北京:商务印书馆,1999年,第820页。

②[陈]徐陵编,[清]吴兆宜注、程琰删补,穆克宏点校:《玉台新咏笺注》,北京:中华书局,1985年,第404页。

③逯钦立辑校:《先秦汉魏晋南北朝诗·宋诗卷九》,北京:中华书局,1983年,第1305页。

　　　　倾情逐节宁不苦，平平入入平平去。平平仄仄平平仄。
　　　　特为盛年惜容华。入去去平入平平。仄仄仄平仄平平。
　　汤惠休《秋思引》（歌韵）①
　　　　秋寒依依风过河，平平平平平去平。平平平平平仄平。
　　　　白露萧萧洞庭波。入去平平去平平。仄仄平平仄平平。
　　　　思君末光光已灭，平平入平平去入。平平仄平平仄仄。
　　　　眇眇悲望如思何。上上平去平平平。仄仄平仄平平平。

　　以上四声平仄据《广韵》。如纯依中古音韵，则鲍照诗首两句可判为押歌韵，但第三四句不能押韵。若依今人所拟上古音，首两句押歌韵平声，第三四句同为鱼韵，而声调则一上声一平声。汤惠休诗无论按中古音还是按上古音，河波何三字皆属歌韵平声（《广韵》波为戈韵，歌戈同用）。就声韵分析看，鲍照诗属两句一韵、句句韵的转韵诗，只有汤惠休《秋思引》才是真正意义上的隔句韵诗。仅从篇体韵式看，说汤诗为七言近体滥觞应该更为贴切。当然，鲍诗双句成行的七言句体意识是显而易见的，如果撇开后世七绝七律的四句八句的篇体概念，鲍照之于七言体诗歌近体化的意义是无庸置疑的。这在其杂曲歌辞《拟行路难十八首》中表现得尤为明显，《行路难其一》②可谓典型案例：

　　　　奉君金卮之美酒，上平平平平上上。仄平平平平仄仄。
　　　　瑇瑁玉匣之雕琴。去去入入平平平。仄仄仄仄平平平。
　　　　七彩芙蓉之羽帐，入上平平平去去。仄仄平平平仄仄。
　　　　九华蒲萄之锦衾。上平平平平上平。仄平平平平仄平。

---

① 逯钦立辑校：《先秦汉魏晋南北朝·宋诗卷六》，北京：中华书局，1983年，第1245页。
② ［南朝宋］鲍照著，钱仲联增补集说校：《鲍参军集注》，上海：上海古籍出版社，2005年，第224页。

红颜零落岁将暮，平平平去去平去。平平平仄仄平仄。

寒光宛转时欲沉。平平上去平入平。平平仄仄平仄平。

愿君裁悲且减思，去平去平上上去。仄平仄平仄仄仄。

听我抵节行路吟。平上上入平去平。平仄仄仄平仄平。

不见柏梁铜雀上，平去入平平入去。仄仄仄平平仄仄。

宁闻古时清吹音。平平上平平去平。平平仄平平仄平。

　　该诗亦按《广韵》标出四声平仄，全诗隔句押平声侵韵（上古音对照亦侵韵平声），共五韵，隔句押韵，一韵到底，无上尾。尤为值得注意的是，诗为齐言体，联联偶对，尽管尚不甚工整。前两联四句"之"字如视为虚字，则四句还算不上典型的七言句式，只能视为由四个复杂的七言词组构成的排比。但"之"字在诗中完全可以读成实字。《广韵》谓"之"为"间也"，而"间"又有"错杂"、"参与"的意思，故前四句自然可以读成："奉君金卮配美酒，瑚瑁玉匣合雕琴。七彩芙蓉绣羽帐，九华蒲萄饰锦衾。"可见，一经转换，不仅各句是典型的四三节奏的七言句式，而且双双构成工整的对仗。此诗更能清楚地看出鲍照七言体诗的特点及其近体化意义。

　　下面我们还是回到声律问题，不妨以《燕歌行》同题乐府诗为线索，来看看从魏到宋的变化情况。所选择的诗人同题作品有魏文帝2首，魏明帝1首，陆机1首，谢灵运2首。据《广韵》标出四声平仄如下：

　　魏文帝二首：

其一

一解

秋风萧瑟天气凉，平平平入平去平。平平平仄平仄平。阳（阳平）①

---

①括号内为上古音该尾字韵母声调，依据唐作藩《上古音手册》标出，下同。该诗押韵，上古音与中古音全同。

草木摇落露为霜。上入去去去平平。仄仄仄仄仄平平。阳（阳平）

二解

群燕辞归鹄南翔，平去平平入平平。平仄平平仄平平。阳（阳平）

念吾客游多思肠。去平入平平去平。仄平仄平平仄平。阳（阳平）

三解

慊慊思归恋故乡，上上平平去去平。仄仄平平仄仄平。阳（阳平）

君何淹留寄他方。平平平平去平平。平平平平仄平平。阳（阳平）

四解

贱妾茕茕守空房，去入平平上平平。仄仄平平仄平平。阳（阳平）

忧来思君不敢忘。平平平平入上平。平平平平仄仄平。阳（阳平）①

五解

不觉泪下沾衣裳，平入去上平平。平仄仄仄平平。阳（阳平）

援瑟鸣弦发清商。平入平平入平平。平仄平平仄平平。阳（阳平）

六解

短歌微吟不能长，上平平平入去平。仄平平平仄仄平。阳（阳平）

明月皎皎照我床。平入上上去上平。平仄仄仄仄仄平。阳（阳平）

七解

星汉西流夜未央，平去平平入去平。平仄平平仄仄平。阳（阳平）

牵牛织女遥相望，平平入上平平。平仄仄平平。阳（阳平）

尔独何辜限河梁。上入平平上平平。仄仄平平仄平平。阳（阳平）

（以上晋乐所奏七解）②

---

①《广韵》"忘"字本读漾韵去声，但上古音属"阳"韵平声。《广韵》阳韵字有"䟊"即"忘"之意，故此处即便据中古音仍然可以标注为"阳"韵。

②［宋］郭茂倩编撰：《乐府诗集》卷三十二，北京：中华书局，1979年，第469页。

其二

别日何易会日难，入入平去去入平。仄仄平仄仄仄平。寒（元平）

山川悠远路漫漫。平平平去去去去。平平平仄仄仄仄。翰（元去）

郁陶思君未敢言，入平平去上平。仄平平平仄仄平。元（元平）

寄声浮云往不还。去平平平上入平。仄平平平仄仄平。仙（元平）

涕零雨面毁容颜，上平去去上平平。仄平仄仄仄平平。删（元平）

谁能怀忧独不叹。平去平平入入平。平仄平平仄仄平。寒（元平）

展诗清歌聊自宽，上平平平平去平。仄平平平平仄平。先（元上）

乐往哀来摧肺肝。入上平平平去平。仄仄平平平仄平。寒（元平）

耿耿伏枕不能眠，上上去上入去平。仄仄仄仄仄仄平。先（真平）

披衣出户步东西。平平入上去平平。平平仄仄仄平平。齐（脂平）

仰看星月观云间，上平平入平平平。仄平平仄平平平。仙（元平）

飞鸧晨鸣声可怜。平平平平平上平。平平平平平仄平。先（真平）

留连顾怀不能存。平平去平入去平。平平仄平仄仄平。魂（文平）

（以上本辞）[1]

魏明帝一首[2]：

白日晼晼忽西倾，入入上上忽平平。仄仄仄仄仄平平。清（耕平）

霜露惨凄涂阶庭。平去上平平平平。平仄仄平平平平。青（耕平）

秋草卷叶摧枝茎，平上上入平平平。平仄仄仄平平平。耕（耕平）

翩翩飞蓬常独征，平平平平平入平。平平平平平仄平。清（耕平）

有似游子不安宁。上上平上入平平。仄仄平仄仄平平。青（耕平）

陆机一首[3]：

---

①［宋］郭茂倩编撰：《乐府诗集》卷三十二，北京：中华书局，1979年，第470页。

②［宋］郭茂倩编撰：《乐府诗集》卷三十二，北京：中华书局，1979年，第470页。

③［宋］郭茂倩编撰：《乐府诗集》卷三十二，北京：中华书局，1979年，第470页。

四时代序逝不追，去平去上去入平。仄平仄仄仄仄平。脂（微平）

寒风习习落叶飞。平平入入入入平。平平仄仄仄仄平。微（微平）

蟋蟀在堂露盈墀，入入上平去平平。仄仄上平去平平。脂（脂平）

念君远游恒苦悲。去平去平平上平。仄平仄平平仄平。脂（微平）

君何缅然久不归，平平上平上入平。平平仄平仄仄平。微（微平）

贱妾悠悠心无违。去入平平平平平。仄仄平平平平平。微（微平）

白日既没明灯辉，入入去入平平平。仄仄仄仄平平平。微（微平）

夜禽赴林匹鸟栖。入平去平入上平。仄平去平仄仄平。齐（脂平）

双鸣关关宿河湄，平平平平去平平。平平平平仄平平。脂（脂平）

忧来感物泪不晞。平平上入去不平。平平仄仄去仄平。微（微平）

非君之念思为谁，平平平去平去平。平平平仄平仄平。脂（微平）

别日何早会何迟。入入平上去平平。仄仄平仄仄平平。脂（脂平）

谢灵运二首①：

其一

孟冬初寒节气成，去平平平入去平。仄平平平仄仄平。清（耕平）

悲风入闺霜依庭。平平入平平平平。平平仄平平平平。青（耕平）

秋蝉噪柳燕栖楹，平平去上去平平。平平仄仄仄平平。清（耕平）

念君行役怨边城。去平去入去平平。仄平仄仄仄平平。清（耕平）

君何崎岖久徂征，平平平平上平平。平平平平仄平平。清（耕平）

岂无膏沐感鹳鸣。上平平入上平平。仄平平仄仄平平。庚耕清同用（耕平）

对酒不乐泪沾缨，去上入去去平平。仄仄入平仄平平。清（耕平）

辟窗开幌弄秦筝。入平平上去平平。仄平平仄仄平平。耕（耕平）

---

①［宋］郭茂倩编撰：《乐府诗集》卷三十二，北京：中华书局，1979年，第470—
471页。

调弦促柱多哀声，平平平上平平平。平平仄仄平平平。清（耕平）
遥夜明月鉴帷屏，平去平入去平平。平仄平仄仄平平。青（耕平）
谁知河汉浅且清，平平平去平平平。平平平仄平平平。清（耕平）
展转思服悲明星。上平平入平平平。仄平平入平平平。青（耕平）

其二

四时推迁迅不停，去平平平去入平。仄平平平仄仄平。青（耕平）
三秋萧瑟叶解轻。上平平入入上平。仄平平仄仄上平。清（耕平）
飞霜被野雁南征，平平去上去平平。平平仄仄仄平平。清（耕平）
念君客游羁思盈。去平入平平去平。平平平平平去平。清（耕平）
何为淹留无归声，平去平平平平平。平仄平平平平平。清（耕平）
爱而不见伤心情。去平入去平平平。仄平平去平平平。清（耕平）
朝日潜辉华灯明，平入去平平平平。平仄仄平平平平。庚耕清同
用（耕平）
林鹊同栖渚鸿并。平入平平上平平。平仄平平仄平平。清（耕平）
接翩偶羽依蓬瀛，入入上上平平平。仄仄上上平平平。清（耕平）
仇侪旅类相和鸣。平平上去平平平。平平仄仄平平平。庚耕清同
用（耕平）
余独何为志无成，平入平去去平平。平仄平去仄平平。清（耕平）
忧缘物感泪沾缨。平平入上去平平。平平仄仄仄平平。清（耕平）

先来看用韵情况。

魏文帝二首，其一为晋乐所奏，该诗无论是从上古音还是从
《广韵》音看都是句句韵，且同为"阳韵"平调。其二依《广韵》，则
韵律不齐，但按上古音则主要押"元"韵，个别处出韵。魏明帝一
首，依《广韵》押"清"、"青"二韵，韵律亦参差不严谨，但据上古音
则属耕韵平调，句句韵。陆机一首依《广韵》涉及微、脂、齐三韵，
但三者不能通押。据上古音则当涉及微、脂二韵平调通押，句句

韵且偶句成篇。综合魏晋四首文人乐府看,其时押韵未若后来律诗分韵之细致、严谨,所押主要在韵母,甚或主元音。尚多用上古音,但已呈现出向《广韵》音的过渡。整体言之,除魏文帝《其二》一首外,已开始表现出以调统韵的意识。以上特点和趋势在谢灵运两首同题乐府诗中表现得已非常突出。该诗按《广韵》音,韵律亦非常整齐。其最大特点还在于,虽句句韵,却偶句成篇。两首诗各12句,总计24句,皆耕韵平调一以贯之。结合吕静《韵集》一书编订的情况,以及鲍照的《拟行路难十八首其一》看,说晋宋之际,诗人有了以调统韵的自觉,一点也不为过。质而言之,就声韵而言,自魏至宋,七言诗与五言诗一样,已处在近体化的前夜。

再来看句律的情况。声律句式的考察,依《广韵》中古音。

如果依四声去看,文帝、明帝与陆机诗皆一句一式,文帝28句28式,明帝5句5式,陆机12句12式,总计45式。相互间亦无任何重复。

45式可以分为两大类:四七字位同平声类与异声(平仄)类,只有文帝《燕歌行其二》"平平平去去去去"一式例外。文帝同平声例15、同仄声1、异平仄12;明帝同平声2例、异平仄3例;陆机同平声6例,异平仄6例。总计同声21例,异声24例。以上同声、异声比分别为:文帝57.14%、42.86%,明帝40%、60%,陆机50%、50%;总计46.67%、53.33%。

从二四字位看,文帝异四声例18、同上声1例、同平声9例;明帝异四声3例、同上声1例、同平声1例;陆机异四声7例、同入声1例、同平声4例。总计异声28例、同声17例。以上同声、异声比分别为:文帝35.71%、64.29%,明帝40%、60%,陆机41.67%、58.33%;总计37.78%、62.22%。

综合以上事像,除了侧重平声韵的现象外,看不出魏晋诗人在七言句的声律方面有什么特殊安排,具有很强的自发性与自然性。

再来单独看看谢灵运诗。谢灵运二首24句,其涉及四声句式22种。其中"平平去上去平平"式2句,其他各式皆为一句,"去平入平平去平"、"平平入上平平平"、"平平入上去平平"、"上平平入平平平"4式皆见于文帝诗。24句亦可分作两类,四七字位同平声类和异声类。同平声类8句,异声(平仄)类16句,占比为33.33%、66.67%。此比例与魏晋诗人无本质性区别。

从二四字位看,谢诗同平声5例,异四声20例,占比分别为20.83%、83%。该项数据与魏晋诗人比较,还是有点突出,异声比超过自然概率达8个百分点。但我们显然不能断定谢诗已具有明确的律句意识,只能说谢诗自然表现出了诗句的律调倾向。

上面是从四声角度的讨论,说明自魏迄宋初,尚未形成七言律句的自觉,但还是表现出了某种趋近于诗句和律的自然倾向。下面纯从平仄的角度来考察一下几位诗人的诗句的用声情况。

四位诗人使用的平仄句式总计41式。其中同于近体律句22式的有仄仄平平仄仄平、平仄平平仄仄平、仄平仄仄仄平平、仄仄平平平仄平、平平仄仄仄平平、平仄平平平平仄、仄平仄仄仄平仄、仄平平仄仄平平8式,占比19.51%。同于32式中10式的尚有平仄仄仄平平平、仄平平仄平平平、平平平仄平平平、仄平仄仄平平平4式,占比9.76%。这4式符合永明声律原则,姑且亦视为律句。如此,则广义的律句总12式,占比为29.27%。12式律句的分布如次:文帝8式8句,陆机1式1句,谢灵运7式9句,占各自诗句的比例分别为:28.57%、8.33%、37.5%。这组数据虽然不能说明更多问题,但结合前面四声角度的分析,这些有限的诗人案例至少可以表明自魏迄宋初,诗人对七言诗句律调的敏感度亦有加强的趋势,即将到来的永明声律运动无疑是与其趋势相衔接的。

二、齐梁永明体与七言句式的声律化

　　作为文言规范化的声律运动肇始于魏晋,标志性事件便是李登《声类》、吕静《韵集》的问世,但其演化为文学文体学革新运动则在宋末齐初,其标志性事件便是沈约等人发起的永明体的声律化运动。永明体文学的声律化运动本来具有全域性,不仅涉及诗,同时也辐射文。由于五言体是当时文人诗歌创作的主流,律化的实践始于五言,自不待言,但作为全域性的文学运动,其他诗型包括七言体诗卷入其中,当在情理之中。只是由于其时七言存于乐府题中,文人创作的数量极其有限,且声病理论多以五言为例,七言律诗的成熟流行又晚于五言,故后人溯源诗歌近体化,考察永明体时首重五言而忽略七言势所必然。永明五言律化最显著的表现无疑有四点:首先,四声制韵,隔句押韵,平声韵调成为主流;其次,二三句式主导,意义节奏与韵律节奏一致,二五节奏点异四声,形成律句;复次,非韵句与韵句首尾节奏点异四声形成律联;最后,两联首句尾字异四声构成二韵体断章。晋宋之际,七言同于第一点的趋势已形成,但由于七言长期依附于乐府歌行杂言体制,句句韵的体式经久不衰,故发展缓慢,直到齐梁,齐言体七言仍然流行句句韵,但四句转韵的体式大为流行。值得注意的是,七言的用韵已完全合于《广韵》,说明七言与五言同处于诗歌语体近体化进程中。① 对同于第一点的七言进展情况,以及同于第三、四点的联、章律的进展情况暂不涉及,下面还是重点考察七

---

① 合于《广韵》现象表明文言上古音向中古音的过渡接近完成,或者说,《广韵》
　　音的厘定是以齐梁以来的声律学成果及其文学语言为基础的,诗歌语体的
　　近体化是与文言发展的历史进程同步的。

言句体的律化情况。

先来看沈约二首七言诗，一为舞曲歌辞《四时白纻歌》四章，一为《上巳华光殿》徒诗一首：

四 时 白 纻 歌 ①

春 白 纻

兰叶参差桃半红，　平入平平平去平。　平仄平平平仄平。　东
飞芳舞縠戏春风。　平平平入去平平。　平平平仄仄平平。　东
如娇如怨状不同，　平平平去去入平。　平平平仄仄仄平。　东
含笑流眄满堂中。　平去平上上平平。　平仄平平仄平平。　东
翡翠群飞飞不息，　去去平平平入入。　仄仄平平平仄仄。　职
愿在云间长比翼。　去上去平平平入。　仄仄仄平平仄仄。　职
佩服瑶草驻容色，　去入平上去平入。　仄仄平仄去平仄。　职
舜日尧年欢无极。　去入平平平无入。　仄仄平平平平仄。　职

夏 白 纻

朱光灼烁照佳人，　平平入入去平平。　平平仄仄仄平平。　真
含情送意遥相亲。　平平去去平平平。　平平仄仄平平平。　真
嫣然宛转乱心神，　平平上去去平平。　平平仄仄仄平平。　真
非子之故欲谁因。　平上平去入平平。　平仄平仄仄平平。　真
翡翠群飞飞不息，　去去平平平入入。　仄仄平平平仄仄。　职
愿在云间长比翼。　去上去平平平入。　仄仄仄平平仄仄。　职
佩服瑶草驻容色，　去入平上去平入。　仄仄平仄去平仄。　职
舜日尧年欢无极。　去入平平平平入。　仄仄平平平平仄。　职

---

① [宋]郭茂倩编撰：《乐府诗集》卷五十六，北京：中华书局，1979年，第806—807页。

秋白纻

白露欲凝草已黄，入去入平平去平。仄仄仄平平仄平。唐

金琯玉柱响洞房。平上入上上平平。平仄仄仄仄平平。唐

双心一意俱徊翔，平平入去平平平。平平仄仄平平平。阳

（阳唐同用）

吐情寄君君莫忘。上平去平平入平。仄平仄平平仄平。阳

翡翠群飞飞不息，去去平平平入入。仄仄平平平仄仄。职

愿在云间长比翼，去上去平平平入。仄仄平平平仄仄。职

佩服瑶草驻容色，去入平上去平入。仄仄平仄去平仄。职

舜日尧年欢无极。去入平平平平入。仄仄平平平平仄。职

冬白纻

寒闺昼寝罗幌垂，平平去上平上平。平平仄仄平平平。支

婉容丽心长相知。上平去平平平平。仄平仄平平平平。支

双去双还誓不移，平去平平去入平。平仄平平仄仄平。支

长袖拂面为君施。平去入去去平平。平仄平仄去平平。支

翡翠群飞飞不息，去去平平平入入。仄仄平平平仄仄。职

愿在云间长比翼，去上去平平平入。仄仄平平平仄仄。职

佩服瑶草驻容色，去入平上去平入。仄仄平仄去平仄。职

舜日尧年欢无极。去入平平平平入。仄仄平平平平仄。职

上巳华光殿 ①

于维盛世即轩妫，平平去去入平平。平平仄仄仄平平。支

朝鄽宴镐复在斯。平平去上去上平。平平仄仄仄仄平。支

①逯钦立辑校：《先秦汉魏晋南北朝诗·梁诗卷七》，北京：中华书局，1983年，
　　第1662—1663页。

朝光灼烁映兰池，平平入入去平平。平平仄仄仄平平。支
春风婉转入细枝。平平上去入去平。平平仄仄仄仄平。支
时莺顾慕声合离，平平去去平入平。平平仄仄平仄平。支
轻波微动漾羽厄，平平平上去上平。平平平仄仄仄平。支
河宗海若生蛟螭，平平上入平平平。平平仄仄平平平。支
浮梁径度跨回漪，平平去去去平平。平平仄仄仄平平。支
朱颜始冶景将移，平平上入上平平。平平仄仄仄平平。支
安得壮士驻奔曦。平入去上去平平。平仄仄仄仄平平。支

　　歌辞四首皆为句句韵的转韵体，每韵章四句，总计32句，而入声断章四首重复计1次，则共有20句，加上一韵到底的徒诗10句合32句可作为律句分析的样本。先考察第4、7字位的用声情况。同平声5句、同仄声1句、同上去入0，则异平仄26句、异四声27句，占比分别为81.25%、84.4%。异声比超出异平仄自然概率31.25个百分点，超出异四声自然概率近10个百分点。若仅考虑徒诗，则异声比无论论平仄抑或论四声都达到了百分之百。再考察第2、4字位的用声情况，发现同平声2句、同仄声6句、同上去入声2句，则异平仄24句、异四声28句，占比分别为75%、87.5%，超出异平仄自然概率25、异四声自然概率近12.5个百分点。此外，诗的异四声比仍然是百分之百。需要提及的是，32句中有10句属于22式近体平仄律句体系中的律句，近体律句高达31.25%。以上数据足以说明，在沈约那里，四三节奏的七言句式的建构完全是自觉的，二、四字位调声意识的同时强化意味着七言句式实质上已被自觉诵读为"二二三"节奏。要之，七言诗句式进入到了律化暨近体化阶段，与五言句式的近体化完全同步。

　　以上由沈约个案得出的判断可通过齐梁另四位重要诗人部分齐言体七言句式的统计分析的综合数据得到进一步检验。句

例包括吴均《行路难》其一（转韵体，首句入韵、隔句押韵者3章、句句韵者1章）20句、王筠《行路难》（转韵体，首句入韵、隔句押韵者3章）20句、刘孝威诗《禊饮嘉乐殿咏曲水中烛影》（首句入韵、隔句押韵）4句、萧纲诗《和萧侍中子显春别诗四首》（句句韵1首、首句入韵隔句押韵2首、首句不入韵隔句押仄韵1首）18句、《夜望单飞雁》（首句入韵、隔句押韵）4句，总计66句。①分析结果如下：

第4、7字位同平声：吴均2句、王筠3句、刘孝威1句、萧纲4句，总10句，占比为15.15％；异平仄：吴均17句、王筠15句、刘孝威2句、萧纲14句，总48句，占比为72.73％。异四声：吴均18句、王筠16句、刘孝威3句、萧纲18句，总55句，占比为83.33％。

四、七字位异声比超出异平仄自然概率22.73个百分点、异四声自然概率8.33个百分点。

第2、4字位同声：吴均同平声1句和同仄声3句、王筠同平声3句、仄声2句和同去声1句、刘孝威0句、萧纲同平声2句和同仄声1句，总13句，占比19.7％。异平仄53句，占比高达80.3％；异四声59句，占比则高达89.4％。

二、四字位异声比超出异平仄自然概率33.3个百分点、异四声自然概率14.4个百分点。

合乎22式体系的平仄律句：吴均9句、王筠10句、刘孝威4句、萧纲16句，总39句，占比59.1％，已超过全部句数的一半，超出沈约近体律句概率24.72个百分点。尤其是刘孝威与萧纲的表现，刘百分百合乎近体律句，萧纲也达到了72.73％，远超出平均

① 参逯钦立辑校：《先秦汉魏晋南北朝诗》，北京：中华书局，1983年，第1727—1728、2011、1884、1977—1978页。吴均《行路难》诗句"洛阳名工"、"对君子"，从《乐府诗集》分别作"洛阳名士"、"对君王"。王筠《行路难》诗句"复畏"、"裹衣香"，从《乐府诗集》分别作"伤畏"、"薰衣香"。

水平。萧、刘二位皆是南梁代表性的永明体诗人,也是重要的宫体诗倡导者与实践者,前此研究已表明,宫体诗是五言近体化的重要节点,正是梁陈宫体诗人完成了五言近体律句体系的建构。七言体究竟如何,尚待进一步考察。但综上足以证明:齐梁之际,七言律句与五言律句差不多是同步演化的。

三、梁陈重要宫体诗人与七言律句

本文先前的考察已说明,梁陈宫体诗人庾信、徐陵真正促成了五言永明体向五言近体的过渡。下面我们亦围绕庾信、徐陵的七言体来具体考察一下梁陈宫体诗人之于七言近体律句建构的贡献。

这里首选庾信《乌夜啼》《燕歌行》《杨柳歌》以及徐陵《乌棲曲二首》《杂曲》共六首齐言体七言诗[1]作一集中考察:

庾信诗计70句,徐陵诗计28句,总98句。

第4、7字位同声:庾信同平声27句、仄声3句,徐陵同平声2句、仄声6句,平仄异声:庾信40句、徐陵20句,占比各为57.14%、71.43%。两人总异平仄比61.22%。如果从四声律去看,庾信异四声43句、徐陵25句,占比各为61.43%、89.29%。两人总异四声比69.39%。整体而言,此处统计的数据较上一节引例中沈约、吴均的统计数据[2]则有所下降,尤其是庾信个体数据,下降尤其明显。之所以如此,当与庾信等宫体诗人开始重点关注

---

[1] 参[北周]庾信撰,[清]倪璠注,许逸民校点:《庾子山集注》,北京:中华书局,1980年,第405、407、411页;[陈]徐陵撰,许逸民校笺:《徐陵集校笺》,北京:中华书局,2008年,第57、72页。

[2] 沈约、吴均异声比分别为:81.25%(异平仄)、84、4%(异四声),85%(异平仄)、90%(异四声)。

四、六字位的调声密切相关。请看下面的数据分析：

第4、6字位同声：庾信同平声5句、仄声5句，徐陵同平声5句、仄声2句；平仄异声：庾信60句、徐陵21句，占比各为85.71％、75％。两人总异平仄比82.65％。如果从四声律去看，庾信异四声62句、徐陵22句，占比各为88.57％、78.57％。两人总异四声比85.71％。此处异平仄概率基本与异四声概率持平，且较第4、7字位异声比数据有大幅提升。四、六字位异平仄比高出四、七字位：庾信为28.57个百分点、徐陵为3.57个百分点。此一现象尤其是庾信的表现说明：双音步节观念（四、六字位异声）以及平仄二元化意识的加强同样体现于七言句的和声调律，四声律蕴含平仄律且呈现出渐向平仄律转化的趋势。

我们可以再取前此引例中沈约等5人诗第4、6节奏点位的数据加以对比，以深化此一认识。

若按平仄律，上引沈约32句诗中同平声3句、同仄声6句，吴均20句诗同平声1句、同仄声6句，王筠20句诗同平声2句、仄声1句，刘孝威同声0句，萧纲同平声1句、仄声1句。异平仄沈约23句、吴均13句、王筠17句、刘孝威4句、萧纲20句。异平仄比分别为71.88％、65％、85％、100％、90.91％。各自超出自然概率21.88、15、35、50、36.36个百分点。但其与第4、7字节数据相比，沈约降低了9.37个百分点，吴均降低了10个百分点，而王筠高出10个百分点，萧纲、刘孝威则分别高出27.27和50个百分点。

若依四声律，沈约32句诗同平声3句、同上去入声4句，吴均20句诗同平声1句、同上去入声3句，王筠20句诗同平声2句，刘孝威同声0句，萧纲同平声1句；异上去入声沈约25句、吴均16句、王筠18句、刘孝威4句、萧纲21句，占比分别为78.13％、80％、90％、100％、95.45％。各自超出自然概率3.13、5、15、25、20.45

个百分点。而与第4、7字节数据相比，沈约降低了6.27个百分点，吴均降低了20个百分点，王筠高出10个百分点，萧纲、刘孝威则分别高出13.63和25个百分点。

沈约、吴均的数据表明，尽管二人皆有平仄二分的意识，但其更为关注的则是4、7字位的和声对比，这与强调五言二五异四声的蜂腰避忌的原则是一致的。因为这是充分考虑到了七言句式的四三节奏。整体而言，其调声立足于四声律的框架，平仄律蕴含于其中。最为值得注意的是王筠、刘孝威、萧纲的数据，表现出了与庾信、徐陵诗歌的一致性，且有过之而无不及。可以明显看出，较之第4、7字位的调声，第4、6字节的和声对比意识在诸例中得到了空前强化。此与五言诗二四异声观念的建立具有高度一致性，是一个重大转折。尽管四、七字位异平仄概率普遍低于沈约、吴均，但四、六字位异平仄数据则毫无例外地大大超过了自然概率，低者亦超过了35个百分点，尤其是沈约、吴均以下诗例，包括庾信、徐陵，异平仄与异四声数据之间的差率显著降低，毫无例外地降到了5个百分点以内，是说明四声律虽然还在起作用，但平仄律开始成为主导。宫体诗人"转拘声韵"的审美趣味在七言句律化的过程中同样得到了彰显，它意味着四三节奏主导的七言句式在梁代宫体诗那里实际上已被诵读成"二二二一"节奏。对此，下面围绕庾信、徐陵诗例二、四字位的和声情况及其近体律句的考察作进一步验证，并结合其他诗人诗例相关数据的对比分析推进已有认知。

就第2、4字位而言，按平仄律，庾信同平声9、同仄声7，计16句；徐陵同平声1、同仄声2，计3句。则异平仄：庾信54句、徐陵25句，占比分别为77.14%、89.29%。各自数据超出异平仄自然概率22.14、39.29个百分点。

依四声律,庾信同平声9、同上去入0,同声计9句,徐陵同平声1、同上去入声1,同声计2句。异四声庾信61句、徐陵26句,占比分别为87.14%、92.86%。各自数据超出异四声自然概率12.14、17.86个百分点。

庾信、徐陵在二、四字位调声的意识都非常强,相形之下,徐陵在继承四声律的法则之外,更加强化了调平仄意识,换言之,二、四字位的调声,徐陵表现出来的近体化水平更高。当然,自沈约以来,二、四字位的异声概率都非常高,变化的只是异平仄概率的急剧攀升而已。就前此所引沈约等诗人诗例去看,第2、4字位异声数据:沈约为75%(异平仄)、87.5%(异四声),吴均为80%(异平仄)、95%(异四声),王筠为70%(异平仄)、80%(异四声),刘孝威为100%(异平仄),萧纲为86.36%(异平仄)、90.91%(异四声)。异四声概率在沈约、吴均分别高于异平仄概率12.5和15个百分点,此差率至王筠、庾信已缩小到10个百分点,而在萧纲、徐陵诗例中则降至4.55和3.57个百分点,刘孝威诗例差率甚至为零,这与诸诗人在四、六字位的调声表现是高度吻合的。

二、四字位调声数据的对比分析不仅进一步验证了七言句式节奏由“二二三”节奏向“二二二一”节奏的演化,综上分析还可以看出,在七言句式律化的过程中,诗人们确实是在五言律句之上加一个与五言句首异四声或异平仄的音步而建构七言律句的。

再来具体看一下庾信、徐陵例诗中合乎22式的七言近体律句情况。例诗中的近体律句,庾信41句、徐陵17句,各自占比为58.57%、60.71%。合计58句,占比为59.18%。庾信、徐陵诗例近体律句的比例无论是个别数据还是综合数据,都远高于此前例诗中沈约34.38%、吴均45%、王筠50%的概率。近体律句概率的上升,在梁陈宫体诗人的七言诗中并非个别现象。如前此引例中的刘孝威、萧纲的表现。刘孝威诗1首则百分百合乎近体律句；萧纲亦达到了72.73%，远超出平均水平。

当然，刘孝威《禊饮嘉乐殿咏曲水中烛影》只有4句，不能代表其整体水平，但用来表征七言诗句律化大趋势的意义还是可行的。刘氏尚有齐言体七言《拟古应教一首》①（《玉台新咏》题）：

> 双栖翡翠两鸳鸯，平平去去上平平。平平仄仄仄平平。阳
> 巫云落月乍相望。平平入入去平平。平平仄仄仄平平。阳
> 谁家妖冶折花枝，平平平上入平平。平平平仄仄平平。支
> 蛾眉曼睇使情移。平平去去上平平。平平仄仄仄平平。支
> 青铺绿琐琉璃扉，平平入上平平平。平平仄仄平平平。微
> 琼筵玉笥金镂衣。平平入去平去平。平平仄仄平仄平。微
> 美人年几可十余，上平平上上入平。仄平平仄仄仄平。鱼
> 含羞转笑敛风裾。平平上去上平平。平平仄仄仄平平。鱼
> 珠丸出弹不可追，平平入平入上平。平平仄平仄仄平。脂
> 空留可怜持与谁。平去上平平上平。平仄仄平平仄平。支

（支脂同用）

该诗《乐府诗集》题刘孝威《东飞伯劳歌》②：

> 双栖翡翠两鸳鸯，平平去去上平平。平平仄仄仄平平。阳
> 巫云洛月乍相望。平平入入去平平。平平仄仄仄平平。阳
> 谁家妖冶折花枝，平平平上入平平。平平平仄仄平平。支
> 衫长钏动任风吹。平平去上去平平。平平仄仄仄平平。支
> 金铺玉锁琉璃扉，平平入上平平平。平平仄仄平平平。微

---

①［陈］徐陵编，［清］吴兆宜注、程琰删补，穆克宏点校：《玉台新咏笺注》，北京：中华书局，1985年，第437页。
②［宋］郭茂倩编撰：《乐府诗集》卷六十八，北京：中华书局，1979年，第978页。

花钿宝镜织成衣。平平上去入平平。平平仄仄仄平平。微
美人年几可十余，上平平上上入平。仄平平仄仄仄平。鱼
含羞骋笑敛风裾。平平上去上平平。平平仄仄仄平平。鱼
珠丸出弹不可追，平平入平入上平。平平仄仄平仄平。脂
空留可怜持与谁。平去上平平上平。平仄仄平平仄平。支
（支脂同用）

以上不同版本，文字稍有出入者2句，然句声小异。近体律句
按《玉台》本5句，占50%；《乐府》本6句，占60%。简文帝萧纲尚
有齐言体七言《东飞伯劳歌二首》《乌夜啼》① 三首28句，近体律句
亦有14句，占比亦达到50%。

梁陈宫体诗人最值得注意的是梁元帝萧绎和江总。萧绎《春
别应令诗四首》《燕歌行》② 总40句，近体律句就有35句，占比高
达87.5%。《燕歌行》百分百属近体律句。江总七言体篇目相对较
多，句律化水平亦高。其《怨诗二首》《东飞伯劳歌》《乌栖曲》③ 四
首22句，近体律句19句，占比已高达86.36%。《怨诗二首》则百
分百属近体律句。其长篇《宛转歌》④38句，近体律句20句，占比
亦达52.63%。值得提及的还有《宛转歌》中的非律句。这些非律
句，论四声句有18式，论平仄句15式：

1. 入入平上平平平（仄仄平仄平平平）
2. 平平平平平上入（平平平平平仄仄）

---

① ［宋］郭茂倩编撰：《乐府诗集》，北京：中华书局，1979年，第978、691页。
② 逯钦立辑校：《先秦汉魏晋南北朝诗》，北京：中华书局，1983年，第2058—
　2059、2035页。
③ 逯钦立辑校：《先秦汉魏晋南北朝诗》，北京：中华书局，1983年，第2572、
　2573页。
④ 逯钦立辑校：《先秦汉魏晋南北朝诗》，北京：中华书局，1983年，第2575页。

3. 平去去上平上平（平仄仄仄平仄平）

4. 入上平平上平去（仄仄平平仄平仄）

5. 入平上入平入平（仄平仄仄平仄平）

6. 去上入平入去平（仄仄仄平仄仄平）

7. 上去平平去平去（仄仄平平仄平仄）

8. 入入上平平去平（仄仄仄平平仄平）

9. 平平平上平平平（平平平仄平平平）

10. 去入平平去平去（仄仄平平仄平仄）

11. 上平平平平入平（仄平平平平仄平）

12. 上平平入平平平（仄平平仄平平平）

13. 入去平平上平去（仄仄平平仄平仄）

14. 上平入平平入上（仄平仄平平仄仄）

15. 去去平平去平去（仄仄平平仄平仄）

16. 上上去去平平平（仄仄仄仄平平平）

17. 入上平去平平去（仄仄平仄平平仄）

18. 入上平去上平平（仄仄平仄仄平平）

四声18式中，除3式四、七字位同平声，1式四、七字位同去声之外，14式异声，且异平仄。如果同时考虑二、四、七字位的四声和比情况，则相互之间异四声的亦有12式。质言之，所谓的非律句，应该严格地说属永明律句。平仄15式中尚有仄仄仄平仄仄平、仄仄仄平平仄平、平平平仄平平平、仄仄平平仄平仄、仄平平仄平平平5式在我们推断的32式近体律句体系的范围之内，应该属永明律句向近体律句的过渡形式，可以称之为准近体律句。

综上所述不难看出：梁、陈宫体诗人，差不多亦已完成七言句律的近体化建构。

四、初唐：七言近体化律句的定型

这里以见载于《全唐诗》的初唐60位诗人的127首四韵体七言诗1016句为样本加以分析检讨，以验证七言句律的定型情况。

其中100首以同题形式集体见于初唐十次唱和应制活动中：《七夕赋咏成篇》共4首，涉及诗人陆敬、沈叔安、何仲宣、许敬宗；《饯中书侍郎来济》共2首，涉及诗人唐太宗李世民、许敬宗；《游石淙》共17首，涉及诗人武则天、李显、李旦、张昌宗、武三思、姚崇、狄仁杰、阎朝隐、张易之、徐彦伯、杨敬述、苏味道、于季子、崔融、李峤、薛曜、沈佺期；《立春日游苑迎春》共8首，涉及诗人李显、卢藏用、阎朝隐、马怀素、崔日用、李适、韦元旦、沈佺期；《奉和初春幸太平公主南庄应制》共8首，涉及诗人韦嗣立、宋之问、李峤、李乂、苏颋、李邕、沈佺期、邵升；《侍宴安乐公主山庄应制》共15首，涉及诗人刘宪、李迥秀、岑羲、李峤、薛稷、赵彦昭、萧至忠、宗楚客、卢藏用、马怀素、苏颋、韦元旦、李乂、李适、沈佺期；《人日侍宴大明宫恩赐彩缕人胜应制》共12首，涉及诗人赵彦昭、韦元旦、马怀素、苏颋、李峤、李乂、崔日用、郑愔、李适、沈佺期、阎朝隐、刘宪；《奉和春日幸望春宫应制》共14首，涉及诗人崔湜、岑羲、刘宪、张说、武平一、韦元旦、苏颋、崔日用、郑愔、马怀素、薛稷、李适、李乂、沈佺期；《兴庆池侍宴应制》共11首，涉及诗人刘宪、苏瑰、徐彦伯、李适、武平一、苏颋、沈佺期、韦元旦、李乂、张说、马怀素；《龙池篇》共9首，涉及诗人姜皎、蔡孚、姜晞、张九龄、沈佺期、姚崇、崔日用、卢怀慎、裴漼。其他27首散见之作是：杨师道《咏马》，陈子良《于塞北春日思归》，上官仪《咏画障》，文德皇后《春游曲》，杜审言《守岁侍宴应制》《春日京中有怀》《大酺》，沈佺期《遥同杜员外审言过岭》《和上已连寒食有怀京洛》《守岁应制》《古意呈补阙乔知之》《红楼院应制》《再入道场纪事应制》《从幸香山寺应制》,宋之问《函谷关》《和赵员外桂阳桥遇佳人》《三阳宫侍宴应制得幽字》,薛曜《九城寻山水》,张谔《九日》《延平门高斋亭子应岐王教》,于季子《早春洛阳答杜审言》,郭震《寄刘校书》,苏颋《景龙观送裴士曹》《春晚紫微省直寄内》,宗楚客《奉和圣制喜雪应制》,贾曾《奉和春日出苑瞩目应令》,蔡希周《奉和扈从温泉宫承恩赐浴》。①

　　以上诗句非律句52句,律句964句,占比分别为5.12%、94.88%。非律句依次出现,共有如下23式:

　　1.仄仄平平仄平仄17句

　　2.仄平平平平仄仄1句

　　3.仄平平平仄仄仄1句

　　4.仄仄平仄仄平平6句

　　5.仄仄仄仄平平平1句

　　6.仄仄平仄平平仄1句

　　7.平平平平平仄平1句

　　8.平平仄平平平仄1句

　　9.仄仄仄仄平平仄3句

　　10.平平平平仄平平1句

　　11.仄平仄平平仄仄1句

---

① 诗歌初唐的下限依袁行霈定于玄宗开元八年(公元720年),诗歌平仄标注参考借鉴了广西民族大学研究生梁小玲依据本校已故海柳文教授自主研究开发的语言语音材料处理软件所得出的分析结果,个别字声有所校正(参袁行霈:《百年徘徊——初唐诗歌的创作趋势》,《北京大学学报》,1994年第6期;梁小玲:《初唐七律格律研究·附录二》,广西民族大学硕士学位论文,2012年)。

12. 平仄仄平仄平平 1 句

13. 平仄平平仄平仄 6 句

14. 平平仄仄平平平 2 句

15. 仄仄仄平平平平 1 句

16. 平仄仄仄仄平仄 1 句

17. 仄平平仄平仄平 1 句

18. 平仄仄平平仄平 1 句

19. 平平仄平平仄平 1 句

20. 平平仄仄平仄仄 1 句

21. 仄平平仄仄仄仄 1 句

22. 平平平仄仄仄仄 1 句

23. 仄仄平仄平平平 1 句

以上非律句出现频率较高的依次是：仄仄平平仄平仄、仄仄平仄仄平平、平仄平平仄平仄、仄仄仄仄平平仄、平平仄仄平平平5式，占比分别为 1.67%、0.59%、0.59%、0.295%、0.197%。其他各自只出现 1 次，占比仅有 0.098%，可以忽略不计。5 式中只有"平平仄仄平平平"属于 32 式体系中的偏例，然出现频率最低。看来，尽管二、四、六节奏点位构成了平仄和声对比，但作为五平声的七言句式，尾三平的句例，还是被近体诗创作实践加以规避的。至于"仄仄平仄仄平平"式，出现概率相对较高，但实际上仅出现于沈叔安、许敬宗二人 3 首诗中，沈诗 1 句，许诗独占 5 句，故该式因二四字位同仄声，可直接排除于近体平仄律句之外。"平仄平平仄平仄"、"仄仄仄仄平平仄"二式亦只出现于极个别诗中，可以同样排除。唯"仄仄平平仄平仄"式，出现频率相对较高，有必要再作一次具体分析，以确认其身份。

抽象地去看，该式四六同平声而四七异声，属典型的永明律句。问题在于其在初唐七言诗例中存在的长期性，从陆敬《七夕赋咏成篇》直至沈佺期《遥同杜员外审言过岭》《和上巳连寒食有怀京洛》都遇到过该句式。原因何在？简要抽象的解答自然是永明体的影响尚在，这也就意味着七言句律尚未定型。事实究竟如何呢？具体考察下来，从陆敬《七夕赋咏成篇》至沈佺期《遥同杜员外审言过岭》《和上巳连寒食有怀京洛》，我们发现该句式都出现于失对联的上句，其下句毫无例外是基本律句"平平仄仄仄平平"，及其变式"平平平仄仄平平"。由此可以推测，如果诗人自觉为律诗的话，则在具体的创作中，"仄仄平平仄平仄"是被视同或误作"仄仄平平仄仄仄"律式的。"视同"是自觉的，因语义表达需要而不得不使用某一平声字，如陆敬《七夕赋咏成篇》句中的"阊阖"、李显《立春日游苑迎春》句中的"歌舞"皆属固有名词等；为句式对仗工整而选择平声字，如韦嗣立《奉和初春幸太平公主南庄应制》联"历乱旌旗转云树，参差台榭入烟霄"选择平声字"云"等。"误作"乃韵书厘定某为平声字，诗人则完全有可能因另字形音相近而读作仄声字，如许敬宗《游石淙》句"万乘腾镳警歧路"之"歧"字，误读成"跂"字去声。此外，又因另字音近义同而读作仄声字，如沈佺期《过岭》句中"两地江山万余里"之"余"，义乃"饶也"，而"裕"亦"饶也"，两者一平声一去声，故读"余"为"裕"调或顺理成章。阎朝隐《游石淙》"天洛宸襟有余兴"属同例。具体考察下来，"仄仄平平仄平仄"式大多属上述四种情形。

综上可以得出结论，"仄仄平平仄平仄"式实非近体律句，唐代伊始，七言律句随着五言近体律句的定型亦得以定型。

第三节 七言联章篇体的近体化

文人七言体的创作于魏晋以后虽然有长足的发展,但远远无法与五言相提并论。尽管其句体律化的进程差不多与五言同步,但就篇体律化而言则大大滞后了。

一、梁陈宫体诗人与七言联章篇体的近体化

就联章篇体律化而言,梁陈宫体诗人同样是发轫者。请看刘孝威《禊饮嘉乐殿咏曲水中烛影诗》[①]:

　　火浣花心犹未长,上上平平平去平。仄仄平平平仄平。阳
　　金枝密焰已流芳。平平入上去平平。平平仄仄仄平平。唐
（阳唐同用）
　　芙蓉池畔涵停影,平平平去平平上。平平平仄平平仄。
　　桃花水脉引行光。平平上去上平平。平平仄仄仄平平。唐

该诗为首句入平韵的二韵体绝句,隔句押韵。参照永明体律法,篇体已与永明体律诗很接近。王筠《行路难》虽属乐府转韵体长篇,但每韵章的体制都合乎律诗的双句成行,偶句成篇;首句入韵,隔句押韵,一韵到底的规格:

行路难（转韵三韵章）[②]
一（阳韵,阳唐同用）
　　千门皆闭夜何央,平平平去去平平。平平平仄仄平平。阳
　　百忧俱集断人肠。入平平入上平平。仄平平仄仄平平。阳

①逯钦立辑校:《先秦汉魏晋南北朝诗·梁诗卷十八》,北京:中华书局,1983年,第1884页。
②[宋]郭茂倩编撰:《乐府诗集》,北京:中华书局,1979年,第1004页。

探揣箱中取刀尺，平上平平上平入。平仄平平仄平仄。
拂拭机上断流黄。入入平去上平平。仄仄平仄仄平平。唐
情人逐情虽可恨，平平入平平上去。平平仄平平仄仄。
伤畏边远乏衣裳。平去平去入平平。平仄平仄仄平平。阳
已缫一茧催衣缕，去平入上平平上。仄平仄仄平平仄。
复捣百和薰衣香。去上入平去平平。仄仄仄平仄平平。阳
犹忆去时腰大小，平去去平平去上。平仄仄平平仄仄。
不知今日身短长。入平平入平上平。仄平平仄平仄平。阳

二(末韵，曷末同用)

裲裆双心共一袜，上平平平去入入。仄平平平仄仄。末
袥复两边作八襊。入入上平入入入。仄仄仄平入入。末
襟带虽安不忍缝，去去平平入上平。仄平仄平仄仄平。
开孔裁穿犹未达。平上平平平去入。平仄平平平仄仄。曷

三(先韵)

胸前却月两相连，平平入入上平平。平平仄仄仄平平。
本照君心不照天。上去平平入去平。仄仄平平仄仄平。
愿君分明得此意，去平去平入上去。仄平仄平仄仄仄。
勿复流荡不如先。入去平去入平平。仄仄平仄仄平平。
含悲含怨判不死，平平平去去入上。平平平仄仄仄仄。
封情忍思待明年。平平上去上平平。平平仄仄仄平平。

　　值得注意的是，每韵章除韵联之外，基本上已很少见到平头、上尾、鹤膝病。但整体而言，宫体诗时代的早期诗人，无论是以七言第二字位还是第四字位为关键字位，平头病还是比较严重的，如萧纲《和萧侍中子显春别诗四首》①：

①逯钦立辑校：《先秦汉魏晋南北朝诗·梁诗卷二十二》，北京：中华书局，1983年，第1977页。

其一（齐韵）

　　别观葡萄带实垂，入去平平去入平。仄仄平平仄仄平。

　　江南豆蔻生连枝。平平去去平平平。平平仄仄平平平。

　　无情无意犹如此，平平平去平平上。平平平仄平平仄。

　　有心有恨徒别离。上平上去平入平。仄平仄仄平仄平。

其二（暮韵）

　　蜘蛛作丝满帐中，平平去平上去平。平平仄平仄仄平。

　　芳草结叶当行路。平平入入平平去。平平仄仄平平仄。

　　红脸脉脉一生啼，平平入入入平平。平平仄仄仄平平，

　　黄鸟飞飞有时度。平上平平上平去。平仄平平仄平仄。

　　故人虽故昔经新，去平平去入平平。仄平平仄仄平平。

　　新人虽新复应故。平平平平去去去。平平平平仄仄仄。

其三（宵韵）

　　可怜淮水去来潮，平平平上去平平。仄平平仄仄平平。

　　春堤杨柳覆河桥。平平平上去平平。平平平仄仄平平。

　　泪痕未燥讵终朝，去平去上去平平。仄平仄仄仄平平。

　　行闻玉佩已相要。平平入去去平平。平平仄仄仄平平。

其四（阳韵）

　　桃红李白若朝妆，平平上入上平平。平平仄仄仄平平。

　　羞持憔悴比新芳。平平平去上平平。平平平仄仄平平。

　　不惜暂住君前死，平入去去平平上。平仄仄仄平平仄。

　　愁无西国更生香。平平平入去平平。平平平仄仄平平。

　　四首之中，唯其二、其四二首，若以第四字位为头，庶几可以说避免了同四声的平头病。萧纲尚有《乌夜啼》①四韵八句七言

---

①［宋］郭茂倩编撰：《乐府诗集》，北京：中华书局，1979年，第691页。

诗一首,今人多将其与庾信同题诗同视作最早的七律,其文及律式如下:

绿草庭中望明月,入上平平去平入。仄仄平平仄平仄。

碧玉堂里对金铺。入入平上去平平。仄仄平平仄平平。虞

鸣弦拨捋发初异,平平入去入平去。平平仄仄仄平仄。

挑琴欲吹众曲殊。上平入平去入平。仄平平平仄仄平。虞

不疑三足朝含影,入平上入平平上。仄平平仄平平仄。

直言九子夜相呼,入平上上去平平。仄平仄仄仄平平。模

(虞模同用)

羞言独眠枕下泪,平平入平上上去。平平仄平仄仄仄。

托道单栖城上乌。入上平平平去平。仄仄平平平去平。模

该诗篇体律化水平并无突出表现,与庾信《乌夜啼》比较差不多等齐。请看庾信《乌夜啼》(齐韵)①:

促柱繁弦非子夜,入去平平平上去。仄仄平平平上仄。

歌声舞态异前溪。平平上去去平平。平平仄仄仄平平。

御史府中何处宿,去上上平平去入。仄仄仄平平仄仄。

洛阳城头那得栖。入平平平那得平。仄平平平仄仄平。

弹琴蜀郡卓家女,平平入去入平上。平平仄仄仄平仄。

织锦秦川窦氏妻。入上平平去上平。仄仄平平仄仄平。

讵不自惊长泪落,上平去上平去入。仄仄仄平平仄仄。

到头啼乌恒夜啼。去平平平平去平。仄平平平平仄平。

但例外的是萧纲二韵体诗《夜望单飞雁诗》(微韵)②:

---

①[宋]郭茂倩编撰:《乐府诗集》,北京:中华书局,1979年,第692页。

②逯钦立辑校:《先秦汉魏晋南北朝诗·梁诗卷二十二》,北京:中华书局,1983年,第1978页。

　　天霜河白夜星稀，平平平入去平平。平平平仄仄平平，
　　一雁声嘶何处归。入去平平上去平。仄仄平平仄仄平。
　　早知半路应相失，上平去去平平入。仄平仄仄平平仄，
　　不如从来本独飞。入去平平上入平。仄仄平平仄仄平。

　　该诗不仅按四声律避免了平头病，即以平仄律而论亦是如此，换言之，除联间为对式连接外，该诗已是一首纯为平仄律句构成的合乎联对律的近体律绝了。

　　陈代诗人江总已能写出首句不入平韵式的句、联、联间百分之百合律的近体律绝了，《怨诗二首》①便是其代表：

其一（侵韵）

　　采桑归路河流深，仄平平仄平平仄。
　　忆昔相期柏树林。仄仄平平仄仄平。
　　奈许新嫌伤妾意，仄仄平平平仄仄。
　　无由故剑动君心。平平仄仄仄平平。

其二（尤韵）

　　新梅嫩柳未障羞，平平仄仄仄平仄。
　　情去思移那可留。平仄平平平仄平。
　　团扇箧中言不分，平仄仄平平仄仄。
　　纤腰掌上讵胜愁。平平仄仄仄平平。

　　当然，完全合律的二韵体七言在梁陈尚属罕见，四韵体及以上篇体的七言尚未出现。但江总五韵体的《闺怨篇》②在句律联对方面基本上已合乎近体平仄律了：

①逯钦立辑校：《先秦汉魏晋南北朝诗·陈诗卷七》，北京：中华书局，1983年，第2572。
②逯钦立辑校：《先秦汉魏晋南北朝诗·陈诗卷八》，北京：中华书局，1983年，第2596页。

寂寂青楼大道边，仄仄平平仄仄平。先

纷纷白雪绮窗前。平平仄仄仄平平。先

池上鸳鸯不独自，平仄平平平仄仄。

帐中苏合还空然。仄平平仄平平平。仙（仙先同用）

屏风有意障明月，平平仄仄仄平仄。

灯火无情照独眠。平仄平平仄仄平。先

辽西水冻春应少，平平仄仄平平仄。

蓟北鸿来路几千。仄仄平平仄仄平。先

愿君关山及早度，仄平平平仄仄仄。

念妾桃李片时妍。仄仄平仄仄平平。先

　　该诗除不合联间黏式律外，只有2句非近体律句，无失对，已是近体化程度很高的七言长律了。完全合乎近体诗律的四韵体七律差不多呼之欲出了。

二、隋、唐初与成熟的近体七律

　　完全合律的五言近体律诗在梁陈即已出现，至隋唐际诗人王绩已趋于定型。通篇合律的四韵体七言近体律诗虽然尚未见诸梁陈诗人传世诗篇，但我们毕竟已看到了梁陈诗人创作的二韵体律绝。① 进入隋唐之际，王绩之于七言的律化仍然具有不可忽视的意义。其《过程处士饮率尔成咏》《解六合丞还》已非常接近标准的四韵体七言律诗：

---

① 据《万首唐人绝句》(明赵宧光、黄习远编定)，初唐二韵体七言总计128首，主要为晚期之作。但值得注意的是，最早见载的太宗《破阵乐》即为通体合律的二韵体律绝。全诗平仄格式为：平平仄仄仄平平，仄仄平平仄仄平。平仄仄平平仄仄，平平仄仄仄平平。

过程处士饮率尔成咏①

寒韵

莫道山中泉石好，仄仄平平平仄仄。

莫畏人间行路难。仄仄平平平仄平。

蜀郡炉家何必闹，仄仄平平平仄仄。

宜城酒店旧来宽。平平仄仄仄平平。

杯至定知悬怪晚，平仄仄平平仄仄。

饮尽祇应速唱看。仄仄平平仄仄平。

但使百年相续醉，仄仄仄平平仄仄。

何愁万里客衣单。平平仄仄仄平平。

解六合丞还②

先韵

我家沧海白云边，仄平平仄仄平平。

还将别业对林泉。平平仄仄仄平平。

不用功名喧一世，仄仄平平平仄仄。

直取烟霞送百年。仄仄平平仄仄平。

彭泽有田唯种黍，平仄仄平平仄仄。

步兵从宦岂论钱？仄平平仄仄平平。

但使百年相续醉，平仄平平平仄仄。

何辞夜夜瓮间眠。仄平仄仄仄平平。

以上2首四韵诗，尽管有失对失黏，但无非律句，且第1首诗联间黏式连结的概率已达66.67%。基本与王绩同时代的隋唐际

---

① [唐]王绩著,韩理洲校点:《王无功文集》,上海:上海古籍出版社,1987年,第58页。

② [唐]王绩著,韩理洲校点:《王无功文集》,上海:上海古籍出版社,1987年,第61、62页。

诗人陈子良、何仲宣、陆敬的3首七言四韵体诗亦值得一提。陈子良《于塞北春日思归》①已杜绝非律句。何仲宣《七夕赋咏成篇》②不仅杜绝非律句，而且仅有1处失黏，3处失对，差不多已接近标准体式的七律了：

> 日日思归勤理鬓，　仄仄平平平仄仄。
> 朝朝伫望懒调梭。　平平仄仄仄平平。戈
> 凌风宝扇遥临月，　平平仄仄平平仄。
> 映水仙车远渡河。　仄仄平平仄仄平。歌（歌戈同用）
> 历历珠星疑拖珮，　仄仄平平平仄仄。
> 冉冉云衣似曳罗。　仄仄平平仄仄平。歌
> 通宵道意终无尽，　平平仄仄平平仄。
> 向晓离愁已复多。　仄仄平平仄仄平。歌

陆敬《七夕赋咏成篇》③虽然非律句比重较大，有4句之多，但联失对亦仅3处，合格率达到了75%，最可注意的是其联间黏式连接率则高达100%：

> 凤驾鸣莺启閟阖，　仄仄平平仄平仄。
> 霓裳遥裔俨天津。　平平仄仄仄平平。真
> 五明霜纨开羽扇，　仄平平平平仄仄。
> 百和香车动画轮。　仄仄平平仄仄平。谆（真谆同用）
> 婉娈夜分能几许，　仄仄仄平平仄仄。
> 靓妆冶服为谁新。　仄平仄仄仄平平。真
> 片时欢娱自有极，　仄平平平仄仄仄。

---

① 中华书局编辑部点校：《全唐诗》（增订本），北京：中华书局，1999年，第502页。
② 中华书局编辑部点校：《全唐诗》（增订本），北京：中华书局，1999年，第457页。
③ 中华书局编辑部点校：《全唐诗》（增订本），北京：中华书局，1999年，第456页。

　　　　已复长望隔年人。仄仄平仄仄平平。真

　　当然，七言律在唐初的进展显然是缓慢的，直到上官仪，其律化水平仍然停留于王绩等人的水平，以其《咏画障》①为例，可见一斑：

　　　　芳晨丽日桃花浦，平平仄仄平平仄。
　　　　珠帘翠帐凤凰楼。平平仄仄仄平平。侯
　　　　蔡女菱歌移锦缆，仄仄平平平仄仄。
　　　　燕姬春望上琼钩。平平平仄仄平平。侯
　　　　新妆漏影浮轻扇，平平仄仄平平仄。
　　　　冶袖飘香入浅流。仄仄平平仄仄平。尤（尤侯同用）
　　　　未减行雨荆台下，仄仄平仄平平仄。
　　　　自比凌波洛浦游。仄仄平平仄仄平。尤

　　该诗还是能见到非律句，且联对合格率也只有66.67%，仍然失黏1处。可见活跃于高宗代及前期的隋唐际诗人所创作的七言律诗，在律句、律联、黏式律成篇三个层面整体表现出来的是不均衡状态，说明七言律的创作仍然处在探索的过程中。

　　然太宗朝以后，进入高宗、武后、中宗时期，随着文章四友、沈宋等新生的一代大唐诗人进入文场，各领风骚，七言四韵新体诗的创作出现了一个小高潮，其律化水平大大提高，其体式开始趋于定型并普及。这一过程通过几组同题应制诗②三层面的律化水平的具体分析，可以得到清晰的呈现：

　　武后久视元年（公元700年）的唱和应制诗《游石淙》。该组诗涉及武后、四友、沈宋等17位诗人的17首七言律，共计68联136句，其中非律句11句、失对20处、失黏19处，整体分层合律率

①中华书局编辑部点校：《全唐诗》（增订本），北京：中华书局，1999年，第512页。
②诗文依据中华书局编辑部点校：《全唐诗》（增订本），北京：中华书局1999年。

分别为91.91%、90.2%、62.75%。黏式律使用的整体表现似乎不够理想，但崔融、李峤、薛曜、沈佺期4人之作已通篇整体合律，占参与诗人总数比达23.53%。尚有7位诗人律化水平亦非常高：徐彦伯仅1句非律句、失对2处，其他皆合律；苏味道非律句1句、失对仅1处，其他皆合律；于季子仅失黏1处，其他全部合律；杨敬叔仅失粘2处，其他皆合律，张昌宗亦如之；姚崇失对失粘各1处，非律句1句，其他皆合律，狄仁杰亦如之。

中宗景龙二年（公元708年）十二月《立春日游苑迎春》唱和应制诗。该组诗涉及李显、沈佺期等8位诗人七言四韵体诗8首，共计32联64句。其中非律句5句、失对6处、失黏3处，整体合律率分别为92.19%、93.75%、87.5%。整体而言，较之《游石淙》，律句与对、黏的水平都有所提升，尤其黏式律水平提高了24.75个百分点。分别言之，通篇整体合律的有阎朝隐、李适、韦元旦与沈佺期4人，占参与诗人总数比达50%。律化水平较高的尚有4位：崔日用全黏，仅失对1处、非律句2句；李显全黏，失对4处，非律句1句；马怀素失黏1处，失对1处、非律句1句；卢藏用失黏2处，非律句1句。

中宗景龙三年（公元709年）二月《奉和初春幸太平公主南庄应制》诗。该组诗涉及韦嗣立、宋之问等8位诗人七言四韵体诗8首，共计32联64句。其中非律句2句、失对2处、失黏2处，整体分层合律率分别为96.88%、97.92%、91.67%。韦嗣立诗非律句1句、失对1处、失黏2处，李邕非律句1句、失对1处。宋之问、李峤、李乂、苏颋、沈佺期、邵升诗皆通体合律。通体合律者占参与诗人总数比已高达75%。

中宗景龙三年（公元709年）八月《侍宴安乐公主山庄应制》诗。该组诗涉及李峤、沈佺期等15位诗人七言四韵体诗15首，共计60联120句。总计非律句9句、失对19处、失黏8处，整体分层合律率分别为92.5%、89.44%、82.22%。本组数据,较前《立春日游苑迎春》组,律句合格率又有所提升,但对、黏水平则有所下降。较《奉和初春幸太平公主南庄应制》组分层合律率皆有所下降。这主要由5位诗人的低水平造成:薛稷1人失对5处、失黏2处、非律句2句;刘宪失对4处、失黏1处、非律句1句;岑羲失对4处、失黏1处、非律句2句;萧至忠失对3处、失黏1处、非律句2句;李迥秀失对2处、失黏3处、非律句1句。但值得注意的是,本组李峤、沈佺期、宗楚客、卢藏用、马怀素、韦元旦、苏颋、李乂、赵彦昭9人诗通体合律,通体合律的诗人占全部诗人的比例仍然达到了60%。此外,李适全黏,仅失对1处,非律句1句,其七言四韵体近体化水平已经很高。

中宗景龙四年(公元710年)正月《人日侍宴大明宫恩赐彩缕人胜应制》诗。该组唱和应制诗涉及赵彦昭、韦元旦等12位诗人七言四韵体诗12首,共计48联96句。其中非律句2句、失对2处、失黏2处,整体分层合律率分别为97.92%、98.61%、94.44%。失误率最高的是刘宪,非律句、失对、失黏各存1例;次者,阎朝隐非律句、失对各1例;马怀素仅失黏1处。本组诗,赵彦昭、韦元旦、李适、沈佺期、崔日用、郑愔、李峤、李乂、苏颋9人诗通体合律,通体合律的诗人占全部诗人的比例高达75%,比此前景龙三年八月应制高出15个百分点,与景龙三年二月应制相等齐。

中宗景龙四年(公元710年)三月《奉和春日幸望春宫应制》。该组唱和应制诗涉及崔日用、崔湜等14位诗人七言四韵体诗14首,共计56联112句。其中非律句4句、失对3处、失黏3处,整体分层合律率分别为96.43%、98.21%、92.86%。本组合律整体数据较前稍有下降,原因在于,除刘宪诗有非律句1句之外,崔湜、苏颋、崔日用各有1句,四人除苏颋之外,失对各有1处,3处失黏皆属刘宪诗。本组诗人中,岑羲、张说、武平一、韦元旦、郑愔、马怀素、薛稷、李适、李义、沈佺期10人诗通体合律，占全部诗人的比例达71.43%，此数据较前次有所下降。当然，如果仅以黏式律运用的标准去衡量，则对近体黏式律的运用已相当娴熟的诗人已达到了92.86%的高比例。

中宗景龙四年（公元710年）四月《兴庆池侍宴应制》诗。该组唱和应制诗涉及刘宪、徐彦伯等11位诗人七言四韵体诗11首，共计44联88句。其中非律句1句、失对0处、失黏3处，整体分层合律率分别为98.86%、100%、90.91%。刘宪诗1句非律句乃平平仄仄平平平式，首联颔联1处失联，律化水平就其个人而言已有显著提升。苏瑰诗唯失黏2处，其他全合律。徐彦伯、李适、武平一、苏颋、沈佺期、韦元旦、李乂、张说、马怀素9人诗通体合律，通体合律的诗人占全部诗人的比例亦达81.82%。

综上分析可以得出结论：就声律而言，至迟于武后久视元年，沈佺期、崔融、李峤、薛曜、徐彦伯、苏味道等众多诗人已按同一的声律规范创作七言诗，故近体七律已告定型，此后便进入推广阶段。进入盛唐之前，四韵体七律体式在宫廷诗人群体中已得到普及。① 七言律诗体式的定型虽然晚于五言律诗，但其被普遍认同差不多同时，且与五言近体律诗体式的普及同处于武后中宗时代。律诗体式近体化偏于此间完成，当与其时帝歌臣赋的宫廷崇

---

① 七言二韵体律绝的定型与普及亦于此际。此外，同期诗人已能写出通体合律的七言长律，如张一南在《唐代的七言排律》一文中所列举的崔融《从军行》（七韵）、张说《赠崔二安平公乐世词》（五韵）《遥同蔡起居偃松篇》（五韵）。五言律体式的定型，意味着五言古、近、齐梁调格局的形成。而就七言而言，同样如此。葛晓音教授将齐梁调专属五言，认为介乎七言古绝与律绝之间的是所谓"折腰体"，与本文使用的"齐梁调"概念有异。参张一南：《唐代的七言排律》，《西南民族大学学报》，2016年第7期；葛晓音：《论初盛唐绝句的发展——兼论绝句的起源和形成》，《文学评论》，1999年第1期。

文风气之再度勃兴有关。张说《唐昭容上官氏文集序》云："自则天久视之后，中宗景龙之际，十数年间，六合清谧。内峻图书之府，外辟修文之馆。搜英猎俊，野无遗才。右职以精学为先，大臣以无文为耻。每豫游宫观，行幸河山。白云起而帝歌，翠华飞而臣赋，雅颂之盛，与三代同风。岂惟圣后之好文，亦云奥主之协赞者也。"① 张说之论可为注脚。

第四节　杜甫律诗拗体辨

据学界一般看法，律诗发展至杜甫而生一大变化，即所谓"拗体"律诗之出现。"拗体"概念最早出自宋末元初方回之《瀛奎律髓》。《瀛奎律髓·拗字类序》云：

> 拗字诗在老杜集七言律诗中谓之"吴体"，老杜七言律一百五十九首，而此体凡十九出。不止句中拗一字，往往神出鬼没。虽拗字甚多，而骨骼愈峻峭。今"江湖"学诗者，喜许浑诗"水声东去市朝变，山势北来官殿高"、"湘潭云尽暮山出，巴蜀雪消春水来"，以为丁卯句法。殊不知始于老杜，如"负盐出井此溪女，打鼓发船何郡郎"、"宠光蕙叶与多碧，点注桃花舒小红"之类是也。如赵嘏"残星几点雁横塞，长笛一声人倚楼"，亦是也。唐诗多此类，独老杜"吴体"之所谓拗，则才小者不能为之矣。五言律亦有拗者，止为语句要浑成，气势要顿挫，则换易一两字平仄，无害也，但不如七言"吴体"全拗尔。②

---

① [清]董诰等编：《全唐文》卷二二五，北京：中华书局，1983年，第2275页。
② [元]方回选评，李庆甲集评校点：《瀛奎律髓汇评》，上海：上海古籍出版社，2005年，第1107页。

　　方说要点有三：其一，称"拗字"的诗首先定体为"律诗"；其二，杜甫七言律诗中的"拗字"诗称之为"吴体"，其句法又同于"丁卯句法"；其三，不同于五言律因内容表达需要而易一两字平仄之拗，七言吴体全拗。事实究竟如何，下面加以具体考辨。

一、吴体、齐梁体与永明体

　　大历二年于夔州，杜甫作《愁》①诗，其题下注曰："强戏为吴体。"诗云：

　　　江草日日唤愁生，　　平仄仄仄仄平平，　平上入入去平平，
　　　巫峡泠泠非世情。　　平仄平平平仄平。　平入平平平去平。
　　　盘涡鹭浴底心性，　　平平仄仄仄平仄，　平平去入上平去，
　　　独树花发自分明。　　仄仄平平仄平平。　入去平入去平平。
　　　十年戎马暗南国，　　仄平平仄仄平仄，　入平平上去平入，
　　　异域宾客老孤城。　　仄仄平平仄平平。　去入平入上平平。
　　　渭水秦山得见否，　　仄仄平平仄仄仄，　去上平平入去上，
　　　人今罢病虎纵横。　　平平平仄仄平平。　平平平去上平平。

　　全诗四联八句，押平声清韵（庚耕清同用），首联与中两联对仗，基本合乎律体章法。就平仄声律而言，非律句有首联出句，颔联对句，颈联出句、对句共4句，占全部句数的50%；失对有首联第二字位，颔联第四、六字位，颈联第四、六字位，共5处，失对率41.67%；首联、颔联、颔联、颈联失黏，共2处，失黏率66.67%，显然出律。可见，从诗体形式去分析，"吴体"具有似律非律的特点。黄庭坚《杜诗笺》评时人改杜甫《南邻》诗句云："'野艇恰受两三人'，

---

①［唐］杜甫著，［清］仇兆鳌注：《杜诗详注》，北京：中华书局，1979年，第1599页。

改作'航'殊无理,此特'吴体',不必尽律。"① 黄氏所谓"不必尽律"正是此意。

据方回之说,"吴体"不限于七言四韵体的篇制,四韵体以上者亦可谓之"吴体"。方氏注杜甫六韵体诗《释闷》曰:"此亦所谓'吴体'拗字。"②《释闷》③云:

四海十年不解兵,	去上入平入上平	仄仄仄平仄仄平
犬戎也复临咸京。	上平上去平平平	仄平仄仄平平平
失道非关出襄野,	入上平平入平上	仄仄平平仄平仄
扬鞭忽是过湖城。	平平入上平平平	平平仄仄平平平
豺狼塞路人断绝。	平平入去平上入	平平仄仄平仄仄
烽火照夜尸纵横。	平上上去平平平	平仄仄仄平平平
天子亦应厌奔走,	平上入平去平上	平仄仄平仄平仄
群公固合思升平。	平平去入平平平	平平仄仄平平平
但恐诛求不改辙,	去去平平入上入	仄仄平平仄仄仄
闻道嫠孽能全生。	平上去入平平平	平仄仄仄平平平
江边老翁错料事,	平平上平入去去	平平仄平仄仄仄
眼暗不见风尘清。	上去入去平平平	仄仄仄仄平平平

该诗亦押平声清韵(庚耕清同用),全诗除首尾联外,中间全对,以后世概念是典型的七言排律。由于该诗多三平脚、三仄脚,又多孤平句,按今人律句标准,则全诗皆拗句。但依本文标准,

①[宋]黄庭坚著,刘琳、李勇先、王蓉贵校点:《黄庭坚全集》,成都:四川大学出版社,2001年,第1547页。

②[元]方回选评,李庆甲集评校点:《瀛奎律髓汇评》,上海:上海古籍出版社,2005年,第1361页。

③[唐]杜甫著,[清]仇兆鳌注:《杜诗详注》,北京:中华书局,1979年,第1070页。

仄仄平平仄仄仄1句应为律句,律句占全诗句数8.33%。① 失对联有第二联第六字位、第三联第四字位、第四联第六字位、第五联第二字位,共4处,失对率22.22%。失黏共3处,失黏率60%。

　　综上分析可以看出,方回所谓的杜诗"吴体",就其形式而言,乃七言诗中篇体结构样式合律,而声律形式不拘近体的一种诗歌体式。清人李重华谓此体"竟是古体音节,但式样仍是律耳"②,今人施蛰存云"吴体""是律诗的形貌与古诗的声调的混血儿"③,都是针对"吴体"诗歌体式的特点而下的结论。若就形貌与声调的统一而言,说"吴体"为七言"齐梁体"律诗未尝不可。四库馆臣《六朝声偶》提要即指出唐齐梁体诗律同于永明体。④ 仿永明声律去看,则《愁》诗八句,无论是计四七字位抑或是计二四字位,皆仅一句同平声,其他皆异四声,"蜂腰"病几乎全免;第二联上下句第四字位同入声失对,但考虑四声律以句首步节为"头"的"平头"概念,则全诗无"平头"病;又因首句入韵,故全诗"上尾"、"鹤膝"病亦全免。《释闷》诗与永明律调亦全相合。关于"吴体"即"齐梁体"的观点,今人邝健行论证最为有力。⑤

---

① 仇兆鳌注"思"、"道"二字作去声,"料"字作平声。依《广韵》,"思"、"料"本有平、去异读,若"思"去读,则律句可增加1句,占比则达16.67%。

② 丁福保辑:《清诗话·贞一斋诗说》,上海:上海古籍出版社,2015年,第963页。

③ 施蛰存著:《唐诗百话》,上海:上海古籍出版社,1987年,第283页。

④ 四库馆臣《六朝声偶》提要云:"况永明体载在《齐书·王融传》,声病宫商载在《梁书·沈约传》,而李商隐、温庭筠诸集所谓齐梁体者亦皆具有明文。"[清]永瑢等撰:《四库全书总目·卷一百九十二·集部·总集类存目二·六朝声偶七卷》,北京:中华书局,1965年,第1747页。

⑤ 邝健行对此问题撰有三篇论文:《"吴体源于民歌说"新议》《论吴体和拗体的贴合程度》《吴体与齐梁体》(收入氏著:《诗赋与律调》,北京:中华书局,1994年)。第一篇论文否定了"吴体"源于吴歌说,第二篇证明了吴体句调与拗体句调完全一致,第三篇最终证明吴体即齐梁体。

　　问题在于,以"齐梁体"命名诗作始于盛唐,而唐人自己所命名的"齐梁体"诗大多暗合近体诗律。最早的诗例为岑参五言《夜过盘石隔河望永乐寄闺中效齐梁体》①:

盈盈一水隔,	平平仄仄仄,	平平入上入,
寂寂二更初。	仄仄仄平平。	入入去平平。
波上思罗袜,	平仄平平仄,	平去平平入,
鱼边忆素书。	平平仄仄平。	平平入去平。
月如眉已画,	仄平平仄仄,	入平平上去,
云似鬓新梳。	平仄仄平平。	平上去平平。
春物知人意,	平仄平平仄,	平入平平去,
桃花笑索居。	平平仄仄平。	平平去入平。

　　如果从律调看,岑参所谓的齐梁体完全合乎近体诗律。对此,邝健行的解释是:"岑参诗全合近体格调,可知他心中的'齐梁体',只从风貌内容说的。"②杜晓勤进而认为,岑参诗之"齐梁体"特征,"不只是表现在风貌内容方面,还体现在章法和辞藻方面,即通篇用偶对的写法、绮秀的笔触表现寄闺、赠妇之情"。③王昌龄《诗格》又有"齐梁调诗"名,诗例为张谓《题故人别业》与何逊《伤徐主簿》④:

张谓《题故人别业》:

| 平子归田处, | 平上平平去, | 平仄平平仄, |
| 园林接汝坟。 | 平平入上平。 | 平平仄仄平。 |

①中华书局编辑部点校:《全唐诗》(增订本),北京:中华书局,1999年,第2093页。
②邝健行:《吴体与齐梁体》,见氏著:《诗赋与律调》,北京:中华书局,1994年。
③参杜晓勤:《盛唐"齐梁体"诗及相关问题考论》,《北京大学学报》,2011年第2期。
④参张伯伟:《全唐五代诗格汇考》,南京:凤凰出版社,2002年,第150—151页。

落花开户入，入平平去入，仄平平仄仄，
啼鸟隔窗闻。平上入平平。平仄仄平平。
池净流春水，平去平平上，平仄平平仄，
山明敛霁云。平平上去平。平平仄仄平。
昼游仍不厌，去平平去去，仄平平仄仄，
乘月夜寻君。平入去平平。平仄仄平平。

何逊《伤徐主簿》：

其一

世上逸群士，去上入平上，仄仄仄平仄，
人间彻总贤。平平入上平。平平仄仄平。
毕池论赏托，入平平上入，仄平平仄仄，
蒋迳笃周旋。上去入平平。仄仄入平平。

其二

一旦辞东序，入去平平上，仄仄平平仄，
千秋送北邙。平平去入平。平平仄仄平。
客箫虽有乐，入平平上入，仄平平仄仄。
邻笛遂还伤。平入去平平。平仄仄平平。

其三

提琴就阮籍，平平去上入，平平仄仄仄，
载酒觅扬雄。去上入平平。仄仄仄平平。
直荷行罩水，入平平去上，仄平平仄仄，
斜柳细牵风。平上去平平。平仄仄平平。

观诗例，仅何逊《伤徐主簿·其三》有一处失黏，其他皆合乎近体诗律。杜晓勤认为，王昌龄《诗格》"齐梁调诗"不应从《文镜秘府论》作"齐梁调诗"而应从《文笔眼心钞》作"齐梁调声"，"王昌龄《诗格》所举诸诗旨在说明齐梁体之调声方法，其中何逊有两首

诗虽为粘式律，然只能说明与近体诗律暗合而已"。"从诗律角度
看，王昌龄《诗格》'齐梁调声'部分告诉我们，盛唐人已经总结出
齐梁体诗联内调声的两种方法，即首句第二字用平声、第二句第
二字用仄声的'平头齐梁调声'术，和首句第二字用仄声、第二句
第二字用平声的'侧头齐梁调声'术，这两种调声术均可有效避忌
永明声病说中的'平头'病"。"王昌龄可能是受到元兢近体诗律
'调声三术'的启发，然后根据八病中最为重要的'平头'病的避忌
规则，总结出了齐梁诗创作中的这两种积极调声法"。① 杜氏对
王昌龄《诗格》"齐梁调诗"之"齐梁调声"的辨析虽有一定道理，但
无法解释诗例从律句及黏缀差不多全部合乎近体，光用平头、侧
头的主动调平仄之法去诠释还是难以令人信服的。这里只能说
盛唐人所谓的"齐梁体"或"齐梁调"诗是"永明体"到"近体诗"的
过渡形态。这也是可以理解的，因为就声律而言，至梁代宫体诗
阶段，近体诗律差不多已趋完形，只是联间黏缀律尚未确立而已。
当然，《诗格》引"齐梁调"诗例同时考虑到了体现在章法和辞藻方
面的因素——"偶对的写法、绮秀的笔触"，也是有可能的。

　　我们再来看看中唐白居易与刘禹锡相互唱和的两首"齐梁体
(格)"诗：

洛阳春赠刘李二宾客(齐梁格)②

白居易

水南冠盖地，上平去入去，　仄平仄仄仄，

① 参杜晓勤：《盛唐"齐梁体"诗及相关问题考论》，《北京大学学报》，2011年第
　2期。
② 中华书局编辑部点校：《全唐诗》(增订本)卷四百五十二，北京：中华书局，
　1999年，第5142—5143页。该诗置于《白氏长庆集》卷二十九"律诗"下，标
　注"齐梁格"。

城东桃李园。平平平上平。平平平仄平。

雪消洛阳堰，入平入平去，仄平仄平仄，

春入永通门。平入上平平。平仄仄平平。

淑景方霭霭，入上平去去，仄仄平仄仄，

游人稍喧喧。平平去平平。平平仄平平。

年丰酒浆贱，平平上平去，平平仄平仄，

日晏歌吹繁。入去平去平。仄仄平仄平。

中有老朝客，平上上平入，平仄仄平仄，

华发映朱轩。平入去平平。平仄仄平平。

从容三两人，平平平上平，平平平仄平，

藉草开一尊。入上平入平。仄仄平仄平。

尊前春可惜，平平平上入，平平平仄仄，

身外事勿论。平去去入平。平仄仄仄平。

明日期何处，平入平平去，平仄平平仄，

杏花游赵村。上平平上平。仄平平仄平。

和乐天洛城春齐梁体八韵①

刘禹锡

帝城宜春入，去平平平入，仄平平平仄，

游人喜意长。平平上去平。平平仄仄平。

草生季伦谷，上平去平入，仄平仄平仄，

花出莫愁坊。平入入平平。平仄仄平平。

断云发山色，去平入平入，仄平仄平仄，

轻风漾水光。平平去上平。平平仄仄平。

楼前戏马地，平平去上去，平平仄仄仄，

---

① 中华书局编辑部点校：《全唐诗》（增订本），北京：中华书局，1999年，第3997页。

树下斗鸡场。去上去平平。仄仄仄平平。
白头自为侣，入平去平上，仄仄平仄仄，
绿酒亦满筯。入上入上平。仄仄仄仄平。
潘园观种植，平平平去入，平平平仄仄，
谢墅阅池塘。去上入平平。仄仄仄平平。
至闲似隐逸，去平上上入，仄平仄仄仄，
过老不悲伤。去上入平平。仄仄仄平平。
相问焉功德，平去平平入，平仄平平仄，
银黄游故乡。平平平去平。平平平仄平。

　　二诗押平声韵，联间连接皆为混合式，不拘黏缀；既有近体律句亦有非近体律句，而非近体律句基本上属于避忌"蜂腰"的永明律句。此外，二诗"上尾"、"鹤膝"全免；只有首联犯同平声"平头"，似乎有意为之。要之，中唐"齐梁体"表现出的是"永明体"向"近体"过渡的声律特点。

　　以上"齐梁体"诗例属五言，下面重点考察晚唐皮日休、陆龟蒙所创作的4首七言二韵体的"齐梁体"诗：

　　皮日休二首：

寄题天台国清寺齐梁体①

暮韵

十里松门国清路，入上平平入平去，仄仄平平仄平仄，
饭猿台上菩提树。去平平去平平去。仄平平仄平平仄。
怪来烟雨落晴天，去平平上入平平，仄平平仄入平平，
元是海风吹瀑布。平上上平平入去。平仄仄平平仄仄。

①中华书局编辑部点校：《全唐诗》（增订本），北京：中华书局，1999年，第7150页。

奉和鲁望齐梁怨别次韵①

铎韵

芙蓉泣恨红铅落，平平入去平平入，平平仄仄平平仄，
一朵别时烟似幕。入上入平平上入。仄仄仄平平仄仄。
鸳鸯刚解恼离心，平平平上上平平，平平平仄仄平平，
夜夜飞来棹边泊。入入平平去平入。仄仄平平去平仄。

陆龟蒙二首：

寄题天台国清寺齐梁体②

缉韵

峰带楼台天外立，平去平平平去入，平仄平平平仄仄，
明河色近罘罳湿。平平入上平平入。平平仄仄平平仄。
松间石上定僧寒，平平入去去平平，平平仄仄仄平平，
半夜楮溪水声急。去去平平上平入。仄仄平平上平仄。

齐梁怨别③

铎韵

寥寥缺月看将落，平平入入平平入，平平仄仄平平仄，
檐外霜华染罗幕。平去平平上平入。平仄平平仄平仄。
不知兰棹到何山，入平平去去平平，仄平平仄仄平平，
应倚相思树边泊。平上平去平平入。平仄平平仄平仄。

　　四诗押仄声韵。前三首各有1联、第四首有2联在第六字位同平声失对，而失对联或出句或对句属孤平句，但诸孤平句式二四、四七字节皆异声，符合永明律。此外，四诗平头、上尾、鹤膝

①中华书局编辑部点校：《全唐诗》(增订本)，北京：中华书局，1999年，第7153页。
②中华书局编辑部点校：《全唐诗》(增订本)，北京：中华书局，1999年，第7261页。
③中华书局编辑部点校：《全唐诗》(增订本)，北京：中华书局，1999年，第7280页。

病全免；皮、陆"齐梁体"题诗皆黏式连接、"齐梁怨"题诗皆对式连接，黏对不拘。据上述现象，说唐人"齐梁体"合乎永明律诗体貌并无不妥，然四诗近体律句则有11句，占比高达68.75%，且除"饭猿台上菩提树（去平平去平平去）"、"寥寥缺月看将落（平平入入平平入）"二句外，这些近体律句又同时合乎永明声律。

综上不难看出，就声律而言，准确的说法应该是：唐人"齐梁体"乃"永明体"至定型近体诗的过渡形态，谓之"齐梁调声"或"齐梁格"都是合适的。杜晓勤将"吴体"与唐人"齐梁体"区别对待具有一定的科学性，也是必要的。论声律形式，杜甫"吴体"则更近"永明体"律诗，四库馆臣将"齐梁体"直接等同于"永明体"未为至论。

二、吴体、丁卯句法、拗救

方回又云杜甫吴体句法乃许浑"丁卯句法"之滥觞，其所举许浑诗例分别出自七言四韵体诗《登故洛阳城》《凌歊台》的颔联，杜甫诗例则分别出自《十二月一日三首其二》《江雨有怀郑典设》的颔联与颈联。许浑2联的平仄格式皆为：平平平仄仄平仄，平仄仄平平仄平；杜甫2联的平仄格式皆为：仄平仄仄仄平仄，仄仄仄平平仄平。实际上，这两种格式都是由"平平仄仄仄平仄，仄仄仄平平仄平"格式变化过来的。清人则将"丁卯句法"与所谓的"拗救"说联系了起来。《四库全书总目》卷一百九十六赵执信《声调谱》提要云：

> 律诗以本句平仄相救为单拗。出句如杜甫之"清新庾开府"，对句如王维之"暮禽相与还"是也。两句平仄相救为双拗。如许浑之"溪云初起日沉阁，山雨欲来风满楼"是也。其他变例数条，皆本此而推之。而起句结句不相对偶者则不在

此限焉。其说颇为精密。①

就馆臣提要诗例看，"单拗"涉及"清新庾开府（平平上平上—平平仄平仄）"、"暮禽相与还（入平平上平—仄平平仄平）"两类五言句式；"双拗"涉及许浑七言句联"溪云初起日沉阁，山雨欲来风满楼（平平平上入平入—平平平仄仄平仄，平上入平平上平—平仄仄平平仄平）"格式。两者都与"孤平"、"孤仄"的律调有关。在"拗救"说看来，"平平仄平仄"本式应为"平平平仄仄"，由于第三字位该平而仄，故第四字位该仄而易平以相救；"仄平平仄平"本式应为"平平仄仄平"，由于头字该平而仄，故第三字位该仄而易平以相救。至于许浑七言例，在"拗救"说看来，其联句本式应为：平平仄仄平平仄，仄仄平平仄仄平。上句由于第三字位该仄而平，故第五字位该平易仄以相救；下句由于第三字位该平而仄，故第五字位该仄易平以相救。宋元人只有"拗字"的说法，"拗救"说显然是由清人发明出来的。在清人基础上，后来人总结的"拗救"义例越来越复杂。仅以最具代表性的王力之说为例，其关于"拗救"的表述就与上述清人不全同，且自己的观点先后亦有变化。《诗词格律》《诗词格律十讲》《诗词格律概要》是王氏最为普及的三本讲诗词格律的书，三书可概见一般。

《诗词格律》将拗救分成三类：

a 本句自救。在该用"（仄仄）平平仄仄平"的地方，五言第一字、七言第三字用了仄声，则在五言第三字、七言第五字补偿一个平声，以免犯孤平。【（仄仄）平平仄仄平——（仄仄）仄平平仄平】

b 对句相救。在该用"（平平）仄仄平平仄"的地方，五言第四

①［清］永瑢等：《四库全书总目·卷一百八十六·集部·诗文评类二·声调谱一卷》，北京：中华书局，1965年，第1794页。

字、七言第六字用了仄声(或五言三四两字、七言五六两字都用了仄声)就在对句的五言第三字、七言第五字改用平声来补偿。【(平平)仄仄平平仄,(仄仄)平平仄仄平——(平平)仄仄平仄仄,(仄仄)平平平仄平;(平平)仄仄平平仄,(仄仄)平平仄仄平——(平平)仄仄仄仄仄,(仄仄)平平平仄平】

　　c半拗,可救可不救。在该用"(平平)仄仄平平仄"的地方,五言第三字、七言第五字用了仄声。可不救,也可在对句五言第三字、七言第五字改用平声来补偿。【(平平)仄仄平平仄,(仄仄)平平仄仄平——(平平)仄仄仄平仄,(仄仄)平平仄仄平;(平平)仄仄平平仄,(仄仄)平平仄仄平——(平平)仄仄仄平仄,(仄仄)平平平仄平】①

　　《诗词格律十讲》亦将拗救分成三类:

　　(1)五言出句二、四字同平,七言出句四、六字同平,则本句中五言第一字、七言第三字必须用平声。【(平平)仄仄平平仄,(仄仄)平平仄仄平——(平平)平平仄平仄,(仄仄)平平仄仄平】

　　(2)五言出句二、四字同仄,七言出句四、六字同仄,则在对句中的五言第三字、七言第五字必须用平声。义略同《诗词格律》中的b类。【(平平)仄仄平平仄,(仄仄)平平仄仄平——(平平)仄仄平仄仄,(仄仄)平平平仄平】

　　(3)孤平拗救。义同《诗词格律》中的a类。②

　　《诗词格律概要》则将拗救分成两大类,第二类中又分成两小类:

　　(1)本句自救,即属a类的孤平拗救。

---

① 参王力:《诗词格律》,北京:中华书局,2001年,第34—35页。
② 参王力:《诗词格律十讲》,北京:中华书局,1978年,第25—30页。

（2）对句相救，又分两种：

（甲）大拗必救，即：出句平仄脚句型，五言第四字拗，七言第六字拗，必须在对句的五言第三字、七言第五字用一个平声字作为补偿。【（平平）仄仄平平仄，（仄仄）平平仄仄平——（平平）仄仄平仄仄，（仄仄）平平平仄平】

（乙）小拗可救可不救，即：出句平仄脚句型，五言第三字拗，七言第五字拗，可以在对句五言第三字、七言第五字用一个平声字作为补偿；这种小拗也可以不救（即可以看作该书上一章节所讲的"平仄的变格"，但诗人往往在这种地方用救。）【（平平）仄仄平平仄，（仄仄）平平仄仄平——（平平）仄仄仄平仄，（仄仄）平平平仄平；（平平）仄仄仄平仄，（仄仄）平平仄仄平】①

可见，从《诗词格律》《诗词格律十讲》到《诗词格律概要》，前两书中的 a 类拗救已被视作"平仄的变格"而被剔除"拗救"的范畴。近来，已有不少学者开始对"拗救"说加以反思，得出了较为一致的看法，即：纷纭不一的"拗救"说是没有唐人声律理论和创作实践支撑的伪说。②

馆臣提要中的许浑诗联为"双拗"，其"双拗"概念与王力对句相救的"大拗"相似，但意义不同。此处许浑的"双拗句法"实即方回所谓"丁卯句法"之一种，同杜甫"冰声东去市朝变，山势北来

---

① 参王力：《诗词格律概要》，北京：北京出版社，2002年，第72—82页。

② 比较代表性的论文有：钟如雄《近体诗"拗救"说之检讨》（《励耘学刊·语言卷》第1辑，2010年）；龚祖培《汉语诗歌"拗救"说辨伪》（《文史哲》，2015年第5期）；曾思《试析"丁卯句法"的结构形式及其影响》（《新国学》第十四卷，2017年）。刘滔有关五言诗的"五言用声法式"，以及元兢的"相承说"，还是体现了"拗救"的观念，但其例不一，亦未成为律例，实际影响过律诗的创作实践。

宫殿高"例。所谓"双拗"或"大拗"在本文看来即七言律联"平平仄仄仄平仄,仄仄平平平仄平"的变体,而其所谓拗句"(平平)仄仄平平仄"确非近体律句,就所举具体诗例看亦不尽合永明诗律。然"(平平)仄仄仄平仄"实为近体律句,则无所谓拗与不拗,自然亦无所谓救与不救。

三、50首为学者断为"拗体七律"的杜甫七言诗分析

下面具体考察杜甫命为"吴体"及其他被称之为"拗体"的七言律诗。

由于"拗体"概念界定不一,故今人所能指认的杜诗"拗律"亦有差异,本文选择一家加以考察。学者于年湖将杜甫拗体范畴定为广义和狭义两类。广义说法,一首律诗中只要存在拗句(仅限于拗而无救的句子)或拗调就是拗律;狭义说法,一首律诗中既有拗句又有拗调称之为拗律。依此界定,"杜诗中广义的拗体七律共有50首,狭义的有38首(杜诗五律中亦有拗体,但数量远少于七律)"。①38首是包含在50首之内的,杜甫自注为"吴体"的《愁》诗亦在其中。

下面将基于本文已有的观点,具体分析于著所认定的这50首所谓的七言拗律,弄清其体类归属。

(一)近体律诗:

1.《曲江对酒》,颈联"纵饮久判人共弃,懒朝真与世相违(仄仄仄仄平仄仄,仄平平仄仄平平)"上句"判"字,古注多引郑曰"普

---

① 参于年湖:《杜诗语言艺术研究》,济南:齐鲁书社,2007年,第68—69页。50首杜诗之文本,于氏依据的是浦起龙《读杜心解》。

官切，正作拚"，读平声字，则该诗尽合近体诗律。①

2.《题郑县亭子》，依平仄律，无失粘，非律句（拗句）② 仅有第7句，失对有尾联第6字位。尾联失对与"更欲题诗满青竹（仄仄平平仄平仄）"第6字位"青"字拗有关，而"青竹"为成词固定用法。故该诗可断为近体律诗。

3.《恨别》，首句"仄平仄仄仄平仄"为律句，属标准近体律诗。

4.《江上值水如海势聊短述》，首句末字"句"为去声而非平声，故为标准近体律句，全诗合律。

5.《寄杜位》，未失黏，全部合乎近体诗律，为标准近体律诗无疑。

6.《野望》，首句"金华山北涪水西（平平平仄平仄平）"为非律句，致使首联第二、四字位失对，但考虑"金华山"、"涪水"为山水专名，不得不然，且为首句入韵，故该诗基本可断为近体律诗。

7.《送王十五判官扶侍还黔中得开字》，只有首句第二字拗，成非律句而致失对，其他皆合律。关键在于，首句属用事。《补注杜诗》云："洙曰：后汉曹世叔妻者，班彪之女，名昭，字惠姬，和帝数召入宫，令王后贵人师事焉，号曰大家。子殼为陈留长、垣县长，大家随至官，作《东征赋》以叙行李。赵曰：大家指言王判官母。"③可见，"大家"之"家"通"姑"，人名字号之属。故致该仄而平。

8.《将赴成都草堂途中有作先寄严郑公五首其三》，尾联"肯

---

①该诗学者们断定为失黏是因为将二、四、六字位全"黏"作为近体"黏式律"的定义所致，其实并无理论根据。本文依据元兢"换头"说及王昌龄"诗律"论，凡"黏二"皆断为合乎近体"黏式律"。

②此处"非律句"义同所谓"拗句"，下不具。

③［宋］黄希撰，黄鹤补注：《补注杜诗》卷二十四，《文渊阁四库全书》第1069册，第461页。

藉荒亭春草色，先判一饮醉如泥"之"判"，《九家注杜诗》曰"普宫切"，作平声，故其调声非"仄仄平平平仄仄，平仄仄仄仄平平"一字拗而失对，实属标准律联。①

9.《白帝》，依平仄律，失黏有首联与颔联，非律句有第2句，失对有首联第二字位。失黏、失对处皆因非律句所致，而该句调声应为"仄平平仄仄平平"，由于头三字为"白帝城"属固定名词，故而造成拗字。该诗实际可断为近体律诗。②

10.《见萤火》，首句"巫山秋夜萤火飞（平平平仄平仄平）"为非律句，首联第2、4字位失对。《杜诗详注》谓"巫山秋夜"当作"秋夜巫山"也，③ 若此，则首句调声为"平仄平平平仄平"，全诗合律。

11.《覃山人隐居》，依平仄律，无失黏，非律句有第2句，失对有首联第4、6字位。但考虑首联"南极老人自有星，北山移文谁勒铭（平仄仄平仄仄平，仄平平平平仄平）"中之"北山移文"属专有名词，而导致第2句拗而失对，故该诗可归为近体律诗。

（二）偏永明体的"吴体"律诗：

1.《崔氏东山草堂》，依平仄律，失黏有颈联与尾联，非律句有第1、2、3、4、7句，失对有颔联第四字位、颈联全部字位、尾联第二字位。若据"四声律"④，非律句有第6句（四、七字位同平声，具有

---

①"判"作"拚"。

②仇兆鳌《杜诗详注》云："有律体似歌行者，如'白帝城中云出门，白帝城下雨翻盆'是也。然起四句一气滚出，律中带古何碍。"可见，此处拗字失对受歌行语体自然声调影响，显然是杜甫有意为之。［唐］杜甫著，［清］仇兆鳌注：《杜诗详注》，北京：中华书局，1979年，第1351页。

③［唐］杜甫著，［清］仇兆鳌注：《杜诗详注》，北京：中华书局，1979年，第1676页。

④指齐梁永明声律，这里只考察前四病，不考察韵纽四病。

"大同律句"特征)①；尾联犯平头(同平声)②，首颔联犯鹤膝③；无上尾。

　　2.《至后》，依平仄律，失粘有首联与颔联、颔联与颈联，非律句有第1、2、5、6，失对有首联第二字位。若据四声律，非律句有第4句(具有大同律句特征)；无平头、上尾、鹤膝。

　　3.《白帝城最高楼》，依平仄律，失黏有颈联与尾联，非律句有第1、2、4、5、6、8句，失对有首联第四字位。若据四声律，非律句仅有第8句(四、七字位同平声，具有大同律句特征)；无平头、上尾、鹤膝。

　　4.《愁》(强戏为吴体)，依近体平仄律，失黏有首联与颔联、颔联与颈联，非律句有第1、4、5、6句，失对有首联第2字位，颔联第4、6字位，颈联第4、6字位。若据四声律，犯蜂腰的非律句仅有第2句(四、七同平声，具有大同律句特征)，无平头、上尾、鹤膝。

　　整体上说，"吴体"调声近"永明体"。

　　(三)偏永明体向近体过渡的"齐梁体"律诗：

　　1.《郑驸马宅宴洞中》，若依平仄律无失黏，失对则有首联第4和第6字位、颔联第6字位、颈联第4和第6字位，非律句有第1、2、4、5、6、8句。若据四声律，非律句有第1、6句(第1句四七同去

----

① "非律句"一般指五言诗二五、七言诗四七字位同四声而犯"蜂腰"，"大同律句"指五言诗句二四字位异四声，这里指七言诗句四六字位异四声。按本文的研究，永明五言平韵诗韵句二五同平声、四七平声不算病犯。

② 实际的"永明体"诗，尽管避忌"平头"，但平头问题仍然较为多见。该诗属平韵诗，永明体平韵诗平头同平声尚属轻病。

③ 这里遵循的是对"鹤膝"的一般性理解：平韵诗单数句亦即两联非韵句末字同上去入声。而按本文的研究，永明体同、异上去入声皆不为病，故在永明体，本诗一、三句末同上声是允许的。

声,具有大同律句特征;第6句具有大同律句特征,四七同平声),鹤膝1处,无平头、上尾。

2.《城西陂泛舟》,依平仄律,失黏有首联与颔联、颔联与颈联,非律句有第2句,无失对。若据四声律,非律句有第2、4、5、6句(第5句四七同去声,具有大同律句特征;第2、4、6句具有大同律句特征,四、七同平声),无平头、上尾、鹤膝。

3.《宣政殿退朝晚出左掖》,依平仄律,失粘有颔联与颈联,无非律句、无失对。若据四声律,非律句有第2、8句(具有大同律句特征,四七同平声),无平头、上尾、鹤膝。

4.《题省中院壁》,依平仄律,无失黏,非律句(拗句)有第1、2、4、5、8,失对有首联颔联第二字位。若据四声律,非律句有第1、6句(皆韵句,具有大同律句特征,四七同平声),无平头、上尾、鹤膝。

5.《望岳(西岳)》,依平仄律,失黏有首联与颔联、颔联与颈联,非律句有第4句,失对有颔联第二字位。若据四声律,非律句有第1、6句(皆韵句,四七同平声、具有大同律句特征),无平头、上尾、鹤膝。

6.《卜居》,依平仄律,无失黏,非律句唯有第2句,失对有首联全部字位。若据四声律,非律句有第4、8句(具有大同律句特征,四七同平声);首联平头,无上尾、鹤膝。

7.《有客(宾至)》,依平仄律,失黏有颔联与颈联,无非律句,无失对。若据四声律,非律句有第8句(具有大同律句特征,四七同平声);无平头、上尾、鹤膝。

8.《所思》,依平仄律,失黏有颔联与颈联、颈联与尾联,非律句有第5句,无失对。若据四声律,非律句有第5句(四七同去声,具有大同律句特征);无平头、上尾、鹤膝。

9.《严公仲夏枉驾草堂兼携酒馔得寒字》,依平仄律,失黏有颔联与颈联,无非律句,无失对。若据四声律,非律句有第1、4、6句(皆韵句,具有大同律句特征,四七同平声);无平头、上尾、鹤膝。

10.《章梓州橘亭饯成都窦少尹得凉字》,依平仄律,无失黏,非律句有第1、2、3、4句,失对有颔联第六字位。若据四声律,非律句有第1、4、8句(皆韵句,具有大同律句特征,四七同平声);无平头、上尾、鹤膝。

11.《九日》,依平仄律,失黏有首联与颔联,非律句有第1、2、5、6句,无失对。若据四声律,非律句有第4、5、6、8句(第5句四七同入声,具有大同律句特征,其他四七同平声,亦具大同律句特征);无平头、上尾、鹤膝。

12.《奉寄章十侍御》,依平仄律,失黏有颔联与颈联,非律句有第7句,失对有尾联第六字位。若据四声律,非律句有第1、3、4、6句(第3句四七同去声,具有大同律句特征,其他具大同律句特征,四七同平声);无平头、上尾、鹤膝。

13.《将赴成都草堂途中有作先寄严郑公五首其五》,依平仄律,失黏有首联与颔联,非律句有第1、2、3、4、5句,失对有颔联第六字位。若据四声律,非律句有第1、6句(皆韵句,四七同平声,具有大同律句特征);首联犯平头,无上尾、鹤膝。

14.《拨闷》(一作《赠严二别驾》),依平仄律,失黏有颔联与颈联,无非律句,无失对。若据四声律,非律句有第1、3、4、5、6句(第3、5句四七分别同去声、上声,具有大同律句特征;其他皆韵句,四七同平声,具大同律句特征);无平头、上尾、鹤膝。

15.《十二月一日三首其一》,依平仄律,失黏有颔联与颈联、颈联与尾联,非律句有第1、2、3、7、8句,失对有首联第二、六字位,尾联第六字位。若据四声律,非律句有第2、3、4、5、6、8句(第3、5句四七分别同去声、上声,具有大同律句特征;其他皆韵句,四七同平声，具大同律句特征）；首联犯平头，无上尾、鹤膝。

16.《十二月一日三首其二》，依平仄律，失黏有首联与颔联、颔联与颈联，非律句有第5、6、7、8句，失对有颈联第二、六字位，尾联第四字位。若据四声律，非律句有第2、3、4、5、6、8句（第3、5句四七分别同上声、入声，具有大同律句特征；其他皆韵句，四七同平声，具大同律句特征）；颈联犯平头，无上尾、鹤膝。

17.《黄草》，依平仄律，失黏有首联与颔联，非律句有第1、2句，失对有首联第二字位。若据四声律，非律句有第1、4、8句（皆韵句，具有大同律句特征，四七同平声）；无平头、上尾、鹤膝。

18.《咏怀古迹五首之二》，依平仄律，失黏有首联与颔联，无非律句，无失对。若据四声律，非律句有第1、6句（皆韵句，四七同平声，具有大同律句特征）；无平头、上尾、鹤膝。

19.《即事·暮春三月》，依平仄律，失黏有首联与颔联、颔联与颈联，非律句有第1句，失对有首联第6字位。若据四声律，非律句有第2、4、6句（具有大同律句特征，四七同平声）；无平头、上尾、鹤膝。

20.《暮春》，依平仄律，无失黏，非律句有第1、2、5、6、7句，失对有首联第6字位。若据四声律，非律句有第2、4、6、8句（具有大同律句特征，四七同平声）；无平头、上尾、鹤膝。

21.《赤甲》，依平仄律，无失黏，非律句有第1、3、4句，无失对。若据四声律，非律句有第2、3、4、6句（第3句四七同上声，具有大同律句特征；其他四七同平声，具有大同律句特征）；无平头、上尾、鹤膝。

22《江雨有怀郑典设》，依平仄律，失黏有首联与颔联，非律句有第2、3句，失对有首联、颔联第2字位。若据四声律，非律句有第1、5句（第1句韵句，四七同平声；第5句四七同入声。皆具有大同律句特征）；颔联犯平头，无上尾、鹤膝。

23.《雨不绝》，依平仄律，无失黏，非律句有第1、2句，失对有首联第4字位。若据四声律，非律句有第1、2、4、8句（皆韵句，四七同平声。除第2句，其他皆具有大同律句特征）；无平头、上尾、鹤膝。

24.《滟滪》，依平仄律，失黏有颔联与颈联，非律句有第1、2、7句，失对有尾联第6字位。若据四声律，非律句有第2、4、5、6句（第5句四七同上声，具有大同律句特征；其他四七同平声，皆具大同律句特征）；无平头、上尾、鹤膝。

25.《季夏送乡弟韶陪黄门从叔朝谒》，依平仄律，失黏有颔联与颈联，无非律句，无失对。若据四声律，非律句有第3、4、6句（第3句四七同入声，具有大同律句特征；其他四七同平声，具大同律句特征）；无平头、上尾、鹤膝。

26.《七月一日题终明府水楼二首之二》，依平仄律，失黏有颔联与颈联、颈联与尾联，非律句有第2、3、5、6、7，失对有首联、颔联第4、6字位。若据四声律，非律句有第2、4、6、8句（四七同平声，具有大同律句特征）；无平头、上尾、鹤膝。

27.《简吴郎司法》，依平仄律，失黏有首联与颔联，非律句有第1、2句，失对有首联第2、4、6字位。若据四声律，非律句有第4、7、8句（第7句四七同去声，其他四七同平声，具有大同律句特征）；无平头、上尾、鹤膝。

28.《即事·天畔群山》，依平仄律，无失黏，非律句有第3句，失对有颔联第4、6字位。若据四声律，非律句有第1、4、8句（四七同平声，具有大同律句特征）；无平头、上尾、鹤膝。

29.《题柏学士茅屋》，依平仄律，失黏有首联与颔联、颔联与颈联，非律句有第1、2句，失对有首联第4、6字位。若据四声律，非律句有第6句（四七同平声，具有大同律句特征）；无平头、上尾、鹤膝。

30.《暮归》，依平仄律，失黏有颔联与颈联，非律句有第1、2、4、5句，无失对。若据四声律，非律句有第1、6、8句(四七同平声，具有大同律句特征)；无平头、上尾、鹤膝。

31.《晓发公安》，依平仄律，无失黏，非律句有第1、2、3、4、6句，失对有颔联第4、6字位。若据四声律，非律句有第2、3、8句(第3句四七同入声，其他同平声，皆具有大同律句特征)；首联犯平头，无上尾、鹤膝。

32.《长沙送李十一衔》，依平仄律，失黏有首联与颔联，非律句有第1、2句，无失对。若据四声律，非律句有第2、6句(四七同平声，具有大同律句特征)；无平头、上尾、鹤膝。

以上两类总36首，依四声律分析，其所谓非律句大多为韵句四七同平声，此类句在永明律是合法的律句，且合乎大同律句，唯《雨不绝》第2句一句例外。此外有少量的非韵句四七同上去入声，但皆合乎大同律句。

(四)近古体：

1.《早秋苦热堆案相仍》，依平仄律，全篇失黏，非律句有第1、2、3、4、5、6、8句，失对有首联、颈联第二字位。若据四声律，非律句有第1句(具有大同律句特征)；首联、颈联犯平头，又犯鹤膝1处，无上尾。由于该诗多犯平头，又犯鹤膝，且似避忌黏式律，故更接近古体。①

2.《立春》，依平仄律，全篇失黏，非律句有第1、2、3、7句，失对有首联第2、4字位，颔联第2字位，尾联第4、6字位。若据四声律，非律句有第2句(具有大同律句特征)；犯平头有首联与颔联，

---

① 凡全篇失黏又犯平头2处以上，且依平仄律多非律句，四声律又见蜂腰句的诗，我们断为近古体。

无上尾、鹤膝。

3.《昼梦》，依平仄律，全篇失黏，非律句有第1、2、3、4、5、6、8句，失对有首联第2、4、6字位，颔联第4字位，颈联第2、6字位，尾联第6字位。若据四声律，非律句有第6句(具有大同律句特征)；犯平头有首联与颈联，无上尾、鹤膝。

综上分析，今人断为拗体律诗的50首诗，细别可归为四类：近体律诗11首，吴体律诗4首，齐梁体律诗32首，近古体3首。可见，真正的拗体律诗只有36首①，而此36首合而言之，可笼统称之为"齐梁体"律诗。

四、"诗律细"与"拗律变格"之辨

(一)"诗律细"辨

杜甫于代宗大历二年(767)居夔州期间写了一首著名的诗：《遣闷戏呈路十九曹长》，诗中自谓"晚节渐于诗律细"②，道出了其诗歌创作在进入"晚节"之后的变化趋势。至于杜甫自命的"晚节"始于何时，诗中并无明确交待，难免众说纷纭，③ 但可以肯定的是，上元二年(761)杜甫即已写出"老去诗篇浑漫与，春来花鸟莫深愁"(《江上值水如海势聊短述》)④ 这样叹老的诗句，居夔州时的杜甫显然早已进入"晚节"。故说此时的杜诗由"渐于"的过渡阶段完全进入"诗律细"的阶段应该是毫无疑义的。关键在于

---

① 入蜀前6首，蜀中12首，夔州之后18首。
② ［唐］杜甫著，［清］仇兆鳌注：《杜诗详注》，北京：中华书局，1979年，第1602页。
③ 参邝健行：《"晚节渐于诗律细"可能不是杜句的初步揣度》，《杜甫研究学刊》，2013年第3期。
④ ［唐］杜甫著，［清］仇兆鳌注：《杜诗详注》，北京：中华书局，1979年，第810页。

澄清"诗律细"所指何谓的问题。纵观前人理解，"诗律"要不过"声律"或"诗法"二义，而"声律"之义又可包涵于"诗法"概念之中。这里侧重考察的是"声律"。何谓"声律细"，杜诗的"声律细"究竟又是如何表现的呢？

清人李因笃及其友人朱彝尊是较早对杜诗"声律细"给出答案的学者，朱彝尊《曝书亭集》卷三十三《寄查德尹编修书》有云：

> 蒙窃闻诸昔者吾友富平李天生之论矣：少陵自诩"晚节渐于诗律细"，曷言乎"细"？凡五七言近体，唐贤落韵共一纽者不连用，夫人而然。至于一三五七句用仄字上去入三声，少陵必隔别用之，莫有迭出者，他人不尔也。蒙闻是言，尚未深信，退与李十九武曾共宿京师逆旅，挑灯拥被，互诵少陵七律，中惟八首与天生所言不符。①

李、朱二氏所发现的杜甫"诗律细"不过是指通常所理解的永明四声律避忌"鹤膝"病而已。②实际上，齐梁平韵律诗单数句尾字同、异上去入声皆可谓之合律，至唐代近体律诗平仄律更是如此。如确如朱、李所言，则不可不谓之为杜甫近体律诗的一大特点，进而言之，其作为"诗律细"的表现之一无疑是可以成立的。然而，今之学者邝健行依据《广韵》，经过仔细检阅151首杜甫七律

---

①［清］朱彝尊：《曝书亭集》，上海：世界书局，1937年，第416页。

②当然，通常所谓"鹤膝"病主要涉及二韵四句诗，四韵以上平韵诗隔别用声当指一三、五七、九与十一等等非韵句末字不得同上去入。如同四声律未规定二韵两联之间是对式连接还是黏式连接一样，其"鹤膝"之说亦未明确规定平韵诗二韵两联以上的非韵句，亦即三五、七九等等句末字不能同上去入声；加之"鹤膝"避忌的主要功能在于维护四声制韵、隔句押韵的体制，而平韵诗四句韵章的过渡句亦即下一韵章首句末字无论同异上去入，皆于和韵一体的韵律体制无损，故这里理解"鹤膝"避忌且等同于李、朱二氏的"隔别用声"，以二韵四句一韵章为断，不考虑相邻韵章之间的非韵句末字是否同上去入声。

（四韵体）之后发现：其单数句末字声调"不合朱彝尊'诗律细'者
起码十七首，占全数的百分之十一左右"，且合乎朱彝尊"诗律细"
者亦贯穿始终，并无明显的阶段性。写于《遣闷》之后的《赤甲》
《又作此奉卫王》还是出错。邝氏又检视《遣闷》以后大历二年三
个季度所创作的112首五律，发现其中不符合隔别准则的起码有十
首。此外检验大历二年杜甫创作的两首篇幅很大的五言长律——
《秋日夔府咏怀奉寄郑监审李宾客之芳一百韵》和《寄刘峡州伯华
使君四十韵》，发现两首诗各自有一处不符合隔别准则。邝氏还发
现，"杜甫早期的五言长律，也有句末声调全不出错的，譬如集中第
一回出现、作于玄宗天宝四五载（745—746）间的五言长律《赠特进
汝阳王二十二韵》即如此"；"又譬如写于肃宗至德二载（757）、前此
不曾有过如此长度的《奉送郭中丞兼太仆卿充陇右节度使三十韵》
的五言长律，同样一无错失"。邝氏所作检阅的目的在于：说明李、
朱二氏揭示的"诗律细"规则并无阶段性，进而言之，其与杜甫诗中
所谓的"晚节渐于诗律细"之"诗律"未必有多少关系。① 要之，邝
氏是倾向于杜甫没有写过"晚节渐于诗律细"这句诗，《遣闷》是伪
作这一观点的。但无论如何，李因笃、朱彝尊揭示的杜诗所表现

---

① 以上参邝健行：《李因笃、朱彝尊杜甫"诗律细"说平议引论》，载张忠刚主编
《杜甫研究论集——中国杜甫研究会第六届年会论文集》，西安：西安出版
社，2013年。从"鹤膝"的角度看，邝氏所指出的七律病例，除《玉台观二首》
其一五七入同声外，《闻官军收河南河北》《又作此奉卫王》三五上上同声
并未犯病。此外，如《秋兴八首其七》三五同入声、《题郑县亭子》三五同去声
同样不可谓之为病。邝氏所举十首五律病例，其中《向夕》《凭孟仓曹将书觅
土娄旧庄》《白帝楼》《白帝城楼》三五同上去入声皆不属病犯。至于所举大
历二年所作五言百韵长律《秋日夔府咏怀》例字"落"与"没"，则分属二十六
韵章和二十七韵章；五言四十韵长律例字"觑"与"酒"则分属五韵章与六韵
章。不在同一韵章之同上去入声，自然亦不可视之为病犯。

出来的异于他者的声律现象确实是客观存在的。如果从本文所定义的避忌鹤膝的角度去理解，说杜甫律诗"诗律细"是恰如其分的，尤其是五言长律。对此，邝氏也是不完全否认的，只是其囿于《遣闷》"晚节渐于诗律细"之"渐于"一义的理解而有所疑惑罢了。

　　其实，在本文看来，151首杜甫七律[①]，犯所谓"鹤膝"的实际只有11首，占7.28%。112首五律犯所谓"鹤膝"的实际只有5首，占4.46%。此外大历二年所作百韵、四十韵五言长律无一处犯病。至于邝氏所举两首早期没有病犯的两首五言长律，一首大致作于杜甫三十四、五岁、游齐鲁而归长安时；另一首作于杜甫四十六岁任左拾遗时。从时间及过程去看，两例的成立与"晚节渐于"并无本质上的冲突。因为邝氏亦承认，据唐代文献，唐人"晚节"一词的用法，其上限可以拉得很早。如骆宾王数说武后"洎乎晚节，秽乱春宫"便与高宗为太子时入侍一事有关。其时武氏不到二十八岁，骆宾王便已用上"晚节"了。故以两首没有病犯的五言长律的创作时间作为杜甫"晚节"的开始皆无不可。即便杜甫已经意识到诗律细了，个别诗句偶有出例亦属正常。尽管现存杜集全部诗歌1400余篇，四十五岁以前的诗篇不到全部的十分之一，但并非如邝氏所说，"诗律细"原则适合阶段的作品量太大，与前此阶段作品的比对意义也就不大了。因为，存诗比例失衡情况下的前后阶段的概率比较，是具有一定客观意义的。[②]值得注意的是，十一首犯鹤膝的七律：

　　一、《题张氏隐居二首其一》玄宗开元二十四年后（736后）

　　二、《郑驸马宅宴洞中》玄宗天宝四五载（745—746）

①依据［清］浦起龙著：《读杜心解》，北京：中华书局，1961年。
②以上内容参邝健行：《"晚节渐于诗律细"可能不是杜句的初步揣度》，《杜甫研究学刊》，2013年第3期。

三、《赠田九判官梁丘》玄宗天宝(十三载)(754)

四、《崔氏东山草堂》肃宗乾元元年(758)

五、《至日遣兴奉寄北省旧阁老两院故人二首其一》肃宗乾元二年(759)

六、《江村》肃宗上元元年(760)

七、《客至》肃宗上元二年(761)

八、《江上值水如海势聊短述》肃宗上元二年(761)

九、《进艇》肃宗上元二年(761)

十、《秋尽》肃宗宝应元年(762)

十一、《赤甲》代宗大历二年(767)

只有《赤甲》一首作于《遣闷》之后。此后所创作七律,依《读杜心解》总计36首,占全部七律的23.84%,而犯鹤膝病者唯此1例,仅占36首七律的2.78%、全部七律的0.66%。若以夔州及以后全部73首计,犯病率则降至1.37%。肃宗乾元二年(759)末到代宗大历元年(766)春属杜甫创作的蜀中时期,该期总共创作七律54首,犯病者5首,占比9.26%。入蜀前杜甫全部七律24首,最晚的是《至日遣兴奉寄北省旧阁老两院故人二首》,犯病例亦为5首,占比为20.8%。如果24首七律再分段,天宝四五载及以前只有2首:《题张氏隐居二首其一》《郑驸马宅宴洞中》,此后直至入蜀共创作七律22首①。天宝四五载及此前创作的七律百分之百犯

①这二十二首七律是:《城西陂泛舟》《赠田九判官梁丘》《赠献纳使起居田舍人澄》《送郑十八虔贬台州司户伤其临老陷贼之故阙》《腊日》《奉和贾至舍人早朝大明宫》《宣政殿退朝晚出左掖》《紫宸殿退朝口号》《题省中壁曲江陪郑八丈南史饮》《曲江二首》《曲江对酒》《曲江对雨》《因许八奉寄江宁旻上人》《题郑县亭子》《望岳》《早秋苦热堆案相仍》《九日蓝田崔氏庄》《崔氏东山草堂》《至日遣兴奉寄北省旧阁老两院故人二首》。

鹤膝,此后至入蜀前犯鹤膝例3首,占比为13.64%。四个阶段的犯病数据排序是:天宝四五载(745—746)及以前100%,乾元二年(759)末以前13.64%,蜀中9.26%,夔州及以后1.37%。这样的数据形成的曲线表明,天宝四、五载(745—746)确实是一个重要节点,自此杜甫开始重视律诗创作鹤膝避忌的四声分用,此间创作的五言长律《赠特进汝阳王二十二韵》全不出错并非偶然。自此以往至蜀中的数据正表现了"渐于"之特点,而入夔州之后"鹤膝"病几乎全免。① 可见,杜甫自谓的"晚节"可以定在天宝四五载,诗人三十四、五岁以后。以此为节点,从四声分用,避忌"鹤膝"的角度去看,"晚节渐于诗律细"的自白大体上是可以与诗人创作的实际相呼应的。

　　综言之,以平韵律诗避忌"鹤膝"作为杜甫"晚节渐于诗律细"的表现之一是可以成立的。

　　今人谈"诗律细"者,具体到声律又关涉到杜甫律诗的创格变体,亦即所谓的拗律诗的创作。如学者鲜于煌认为,杜甫所说的"诗律","就是从南北朝以来逐渐形成的作诗所必须遵循的许多格律"。其"诗律细"一方面包括了杜诗"精细地使用平仄"——"遣词必中律",合乎正律诗的声律格式;而另一方面同时又指涉杜甫"对正体标准律诗格式的一种突破而演变成的一种新型的律诗",也就是所谓的"拗律诗"。② 就声律而言,一般理解"拗律诗"涉及"拗救"安排,自然可谓之为"细"。不过,以"拗律诗"作为"诗律细"的表现,仍然需要通过"晚节渐于"的检验。邝健行便指出:

①《赤甲》诗第五句"荆州郑薛寄书近"末字"近"本有上读与去读的选择,从意义上说二读并无太大区别,如选择去声,则五、七去上异声,不为病例。
②参鲜于煌:《试论杜甫的"晚节—渐于—诗律—细"》,《渝州大学学报》,1999年第2期。

　　如果说由正体转为拗体，杜甫早期作品也能见出变化，像写于玄宗天宝四五载（745—746）的《郑驸马宅宴洞中》、写于肃宗乾元元年（758）的《题省中壁》和《早秋苦热堆案相仍》，已是全诗四分之三以上均属拗句的大拗律体，是绝对成熟的拗体。这样的大拗作品，属于"晚节"的也就不过四首：写于代宗大历元年（766）的《白帝城最高楼》和《昼梦》、写于代宗大历三年（768）的《暮归》和《晓发公安》。虽然说杜甫晚期拗体七律整体数目比前期多，但"多"不等于"细"，不辩自明。①

　　邝氏的质疑可有新的解释。据本文前此考述，后人所谓的杜甫"拗律诗"不过法齐梁声律的古律诗而已。《早秋苦热堆案相仍》《立春》《昼梦》三首可归入"古体"，故杜甫创作全部七律实际总计148首。其中，"拗律诗"亦即"齐梁体"的七言古律诗共36首，天宝四五载及以前1首，此后至赴蜀间5首，蜀中时期12首，夔州及以后18首，各期所占全部古律诗的比例分别为2.8%、13.9%、33.3%、50%。②齐梁诗律四声分用，避忌八病，较之只讲平仄黏对的近体律诗来说，用"诗律细"去概括显然贴切。就此而言，表述上，"诗律细"与创作量的多少还是具有相互替代意义的。故从上述四期的齐梁体律诗所占比例看，大体也是体现了"晚节渐于

────────────────

① 以上内容参邝健行：《"晚节渐于诗律细"可能不是杜句的初步揣度》，《杜甫研究学刊》，2013年第3期。

② 据浦起龙《读杜心解》所定全部151首七律减去本文考订的三首古体所得数目，实际上现存七律148首，其分布是：天宝四五载及此前2首，其后至入蜀前21首，蜀中54首，夔州及以后71首。最早的一首齐梁体律诗为《郑驸马宅宴洞中》，按永明诗律未犯"鹤膝"，但据杜甫此后所有齐梁体诗所体现的上去入声分用而入蜀之后几无犯例的情形看，该诗就已算犯"鹤膝"，亦可以说不够"细"了。

诗律细"之趋势的。

　　综上两端可以初步看出,前人所体认的杜诗的"声律细"主要关系到四声律的运用,仅就避忌"鹤膝"一项的考察可以发现,杜诗的上去入声的隔别运用还包括了五言、七言近体。所谓的变体拗律诗实即齐梁体律诗而已。而与唐人以"齐梁体(齐梁格)"为题名的律诗相比,其于平韵诗"鹤膝"位置上去入声隔别使用确实独特。①36首齐梁体律诗在杜甫全部148首四韵体七言律诗中,所占比例已达到24.32%,这个比例已相当高了。要言之,将杜甫创作的具有齐梁体声律特征的七言律诗视作杜甫"晚节渐于诗律细"的表现之一亦是可行的。

　　(二)拗律诗"变格"辨

　　在后世,杜甫七律普遍被认为是律诗的变格,尤其是所谓的拗律诗。杜甫之所以变正律诗为拗律诗,明人王嗣奭的说法最具代表性,其评价《愁》诗云:"愁起于心,具有一段郁戾不平之气,而因以拗语发之,公之拗体大都如是。"②今天的学者认识杜甫拗律,大体上亦秉承同样思路。于年湖论《白帝城最高楼》说:"全诗以拗折艰涩之语,写抑郁凄苦之情,声情相合,又能在拗折中有法度,杜甫实知音之通人。"③就风格体调而言,元人方回便谓杜甫拗体律诗"虽拗字甚多,而骨骼愈峻峭"④;今人则视之为老杜有

---

①如前此引例中涉及的岑参五言四韵齐梁体诗一首、白居易与刘禹锡于开成二年(837)相互唱和的五言八韵齐梁体诗二首,于鹤膝位置皆有两处同上去入声。

②[明]王嗣奭:《杜臆》,上海:上海古籍出版社,1983年版,第245页。

③于年湖:《杜诗语言艺术研究》,济南:齐鲁书社,2007年版,第74页。

④[元]方回选评,李庆甲集评校点:《瀛奎律髓汇评》卷二十五,上海:上海古籍出版社,2005年,第1107页。

意为"拗"而追求"奇峭"之美①。稍加辨析,古今看法在观念上还是有一定差异的。古人论杜甫拗律诗之形成多倾向于情气内容决定形式,亦即得之于自然的观念;而今人则更关注杜甫在律诗创作方面所表现出来的自觉创体。

关于杜诗七律变体在声情配合方面的追求,葛晓音有具体细致的论述,认为杜甫是"在意象的组合中探索与声调的配合关系"。其分析《白帝城最高楼》首句"城尖径仄旌旆愁"云:"与此高耸尖峭的城楼相应,句中'尖'、'径仄'、'旌'连用四个声母相近的塞音,使犹如硬挤出来的拗口声调与尖窄的意象配合,营造出压抑的声情,强化了城楼的险峭之感。"进而指出:"杜甫有意调动文字在意象和声调方面的特点,通过精心的构句,使文字形成的节奏声韵体现出意象本身所不能完全表达的心理感受。这样的探索远远超出了传统七律来自歌行的自然声调,进入了诗歌表现审美感受的最深层面。"换言之,在葛氏看来,杜甫七律变体的深层原因在于:"探索七律体式原理和发掘其表现潜力的自觉意识";其探索的意义在于:"从多种角度发掘了七律体式对各类题材的适应性,大大拓展了七律的抒情和议论功能,使七律在体调和表现上进一步与七言古体区别开来,并以其能'融各体之法,各种之意'的巨大容量成为中唐以后应用最广的诗歌体裁"。葛氏所说的七言"古体"实即"歌行体",而"七律"源于"歌行体"的律化,以王维为代表的盛唐七言正律,受歌行语体自然声调的影响,形成了一种"平和优雅,高华壮丽"的格调。②可见,葛氏论文所指出

---

① 参于年湖:《杜诗语言艺术研究》,济南:齐鲁书社,2007年版,第73页。
② 以上参葛晓音:《论杜甫七律"变格"的原理和意义——从明诗论的七言律取向之争说起》,《北京大学学报》,2011年第6期。

的杜甫七律之创体显然不限于拗体律诗,更不限于声律体式①,其最终指向的当是杜甫的律诗文体观以及律诗审美观的突破,而不仅止于杜甫在律诗诗法上的创格。王世贞有云:"凡为摩诘体者,必以意兴发端,神情傅合,浑融疏秀,不见穿凿之迹,顿挫抑扬,自出宫商之表可耳。虽老杜以歌行入律,亦是变风,不宜多作,作则伤境。"②王氏比较王维与杜甫,虽涉及歌行入律的问题,然其关注的焦点则在诗境。杜甫的七律尽管重意象组合,但往往渗透时事的叙写,"也有以事态叙写作为主要的抒情方式乃至结构主体的"。而"杜诗的事态叙写,走的是写实的路子,体现一种写实的审美风格。相对于盛唐诗歌意象抒情,这是一种由'虚'转'实'的审美思维、诗艺方式和审美取向,一种新的诗歌范型与诗美形态"。③王世贞批评杜律"伤境",与杜律入歌行语体,用自然声调本身无关,其所针对的正是杜律对盛唐那种兴象玲珑,意境高远的诗歌范型与诗美形态的突破。就此而言,杜甫七律创体之本质并非在于因大大拓展了七律的抒情、议论功能或叙事功能,"使七律在体调和表现上进一步与七言古体区别开来",而恰恰是在功能上泯灭了律体与古体的界限,将古诗的现实主义精神注入了七言律诗,完成了律诗的进化,故使得七律成为中唐以后应用最广泛的诗歌体裁。

　　就叙事、抒情、议论的功能以及句法构成的语体特点,乃至风格体调而言,杜甫的七言近体与拗体除声律格式之外,并无本质上的

①如其论文在分析杜诗声情配合的成就时,所举例诗《登高》便高度吻合于近体声律格式。

②[明]王世贞:《艺苑卮言》,见丁福保辑:《历代诗话续编》,北京:中华书局,1983年,第1009页。

③参邹进先:《从意象营造到事态叙写——论杜诗叙事的审美形态与诗学意义》,《文学遗产》,2006年第5期。

差异，如写于夔州时的《白帝》与《白帝城最高楼》。《白帝》诗首联有一字之拗而致全诗形变为失对失黏的拗调诗，但其属方回所谓"止为语句要浑成，气势要顿挫"而换一字平仄而已，整体上合乎近体声律格式无疑。至于《白帝城最高楼》，依近体声律，全篇皆拗，是典型的拗体。但在抒发不平之气、叙写感时伤世之情的力度，密集的意象组合而形成的文体化句式与歌行散语构成的言体化句式之相互交织，奇特峻峭的风格体调等方面，两首诗则是高度一致的。那么，杜甫自觉而为的所谓拗律诗，其文体学意义究竟有何特殊之处呢？

　　杜甫律诗之变主要表现为其相对于盛唐正律诗的功能领域、诗境及其诗美范型之变，本质上是大体之变，其欲达到的文体学目标则是：以自然气质为主的古诗与以中和雅正为旨趣的律诗体之深度融合。而杜甫实现这一目标大多凭借的是近体正律的诗律形式，如作于广德元年（763）的《闻官军收河南河北》、大历元年（766）的《秋兴八首》以及大历二年（767）的《登高》，尤其是后两者不仅声律平仄黏对完全吻合近体声律格式，而且首尾联散起散结，中间两联对仗极其工整，篇体结构亦是典型的近体。至于前此提及的杜甫拗律的代表作《白帝城最高楼》，其声律格式主体是齐梁四声律，论者提及其首句为应声情合一而有意为之的声语拗峭其实是犯"大纽"，这样的例子在拗律诗中其实也是极为罕见的，而同样的情形倒是在七言正律中亦偶而见之。① 可见，传统上专以拗语峻峭、声情合一来说明杜甫的拗律变格难免有隔靴搔痒之嫌。其实，杜甫之拗律不过创造性借用了齐梁四声律的声律格式而已。此举缘由或在于：齐梁律诗本来就是古诗至近体律诗

---

① 如《将赴成都草堂途中有作先寄严郑公五首其三》中的"橘刺藤梢咫尺迷"一句便犯大纽。

的中介诗体,对于欲引古诗精神入近体,深度融合古近体的杜甫来说,其无疑是最合适亦是最具象征性意义的诗体;更重要的是杜甫为了更好体现律诗创格的意义,在小体声律形式上选择齐梁体更易于在体式上形成与盛唐正律诗的鲜明区别与对照。

综上所述,杜甫七言拗律诗之创作,乃借助齐梁声律形式以完成自己律诗变格创体的策略性选择而已。其文体学上的特殊意义在于别体,别体不在于别古近体,而是在风格大体意义上以别盛唐律诗正体。正因此,杜甫的"拗律诗"创作是有限的,也并未对未来七言律诗的近体声律形式产生革命性影响。

第五节　杜甫七律句法"拗句"说辨

后人论杜甫律诗之奇变创格,多涉及其句法之多变。在今人看来,老杜诗正是以其变幻莫测的句法而"出奇制胜"的。[①]

关于杜诗句法以及诗歌句法问题的研究始于宋代,将现代语法学理论应用于古典诗歌句法研究的奠基者则是王力及其撰著的《汉语诗律学》。[②]《汉语诗律学》问世以后,论诗之句法,一般都是指诗句的构成形式及其构造方法,主要包括诗句的意义节奏以及字词构句的语法。蒋绍愚认为,唐人近体诗(包括受近体诗影响的古诗)在句法方面形成了不同于散文的特点。就意义节奏而言,五言、七言句除通常的二三、四三句式之外都有着诸多变式;就字词构句的方式看,可简要归纳为"省略"与"错位"。所谓

---

① 参余光中:《中国古典诗的句法》,《余光中集》第4卷,天津:百花文艺出版社,2004年,第442页。

② 关于诗歌句法研究的学术史可参考孙力平《杜诗句法艺术阐释》第一章。孙力平:《杜诗句法艺术阐释》,南昌:江西教育出版社,2001年。

的"省略"与"错位"显然是相对于"散文"且立足于现代汉语语法学分析才具有意义的概念。蒋氏《唐诗语言研究》第三章专论"唐诗的句法"。观其内容,第一节重点从意义节奏角度举例论述唐诗句式以及分句之间的语法与逻辑关系;第二、三节分别举例论述唐诗的"省略"、"错位"之诸多类型;第四节则举例论述了"只在唐诗中出现,散文中是很少见到"的几种特殊的句式。其用以分析的概念术语以及论述的框架基本上因袭了王力《汉语诗律学》,所形成的名目类型虽颇为复杂,但就其根本皆立足于以主、谓、宾、定、状、补等语法要素所定义的"句子"概念的基础之上。值得注意的是,蒋氏句法举例,每一种类型,其多数都是源自于杜甫的诗例。这无疑印证了杜诗句法极其变化之能事的通说。

　　问题在于,从变格的角度去关注杜诗句法,人们最希望了解的则是杜甫相对于前代及同辈诗人的创新之所在。

　　当代学者孙力平撰有专著《杜诗句法艺术阐释》,对杜诗句法艺术进行过系统研究。从是书第七章的章节标题去看,孙氏似乎力图给出一个有关杜诗句法如何创新之问题的答案。作者认为,就历时性去看,中国古典诗歌的句法大致经历了三个发展阶段,形成了三大类别,即接近于散文句法的"文句"、高度浓缩凝练的"律句"、突破规范的"拗句"。"三种句法虽然产生时间有先后,在不同诗歌体式中也分布不一(如古诗以文句为主,近体诗则律句占有较大比例),但在唐诗中已经三者并存,发挥各自的表意和艺术功能。杜诗作为唐诗的集大成者,三种句法都运用自如,各占相当的比例"。① 由于欲澄清杜甫句法独创性这一具体问题,涉及海量诗歌文献的分析比较,显然非一人之力、一日之功所能完

① 参孙力平:《杜诗句法艺术阐释》,南昌:江西教育出版社,2001年,第185页。

成,故该章"杜诗独创句法"目下,作者不得不发出"难以尽数"之
叹,最终只得据经验以示例而已。叶嘉莹曾说过,杜甫"以其过人
之感性与知性,带领着七言律诗的句法进入了另一完全突破传统
的新境界。那就是因果与文法之颠倒与破坏"。引用叶氏语之
后,孙氏紧接着便说:"正是从杜诗开始,有异于一般'律句'的'拗
句'才逐渐增多。"① 可见,所谓的"拗句"亦是被视为杜甫律诗的
"创新句法"的。笔者姑且称之为杜律句法"拗句"说。

依孙氏表述,"拗句"之句法特点"显然是词语和句法成分的
错位异置"。② 然而,由于此处并未将一般"律句"之句法与"拗句"
句法加以对照说明,故杜诗"拗句"的独创性只能归于悬置而回到
一般,因为"词语和句法成分的错位异置"本来就是现代诗律学所
普遍承认的"律句"的句法特点。

我们还是先来看看作者对杜诗七言律诗的意义节奏类型的
归纳与分析。

据孙力平归纳,杜甫四韵体七律共有句式七种,即:四三、
二五、五二、一六、六一、二二三、三四。二韵体七绝少五二、三四
两种。③ 要之,杜甫七言律诗句式变化可以四韵体七律作为代表。
七类句式依其语法结构的复杂性,各自作简单句与复杂句的划
分,这些简单句、复杂句出现于杜诗中,按照二级语法的分析——
"主—述宾"、"主—状述"、"主—主谓"之类,总计有70种句法结
构类型。其中,四三式28种、二五式26种、五二式2种、一六式3
种、六一式2种、三四式1种、二二三式8种。孙氏指出:

①以上参孙力平:《杜诗句法艺术阐释》,南昌:江西教育出版社,2001年,第190页。
②参孙力平:《杜诗句法艺术阐释》,南昌:江西教育出版社,2001年,第190页。
③参孙力平:《杜诗句法艺术阐释》,南昌:江西教育出版社,2001年,第78—
　　113页。

　　四三式和二五式显然是七言律诗的正宗,这与五言以二三为主流是一致的,因为大部分的四三式和二五式的下位都是二二／三或二／二三式,也就是相当于在五言的基础上增加一个双音节音步。①

　　如是看来,杜甫七律异于通常"律句"的"拗句"应该主要指语义节奏为:五二式、一六式、六一式、三四式、二二三式的16种。下面结合孙氏书中所举例句,对此16种句式作一具体分析。②

五二式

(一)简单句

1. 主＋述

杖藜叹世者—谁子?(泣血进空回白头)。(《白帝城最高楼》)

(二)复杂句

2. 主谓＋状述

寺下春江深—不流,山腰官阁迥—添愁。(《涪城县》)

永夜角声悲—自语,中天月色好—谁看?(《宿府》)

一六式

3. 主—述

盘—剥白鸦谷口栗,饭—煮青泥坊底芹。(《崔氏东山》)

鱼—知丙穴由来美,酒—忆郫筒不用酤。(《将赴成都五首》其一)

我—已无家寻弟妹,君—今何处访庭闱?(《送韩十四》)

予—见乱离不得已,子—知出处必须经。(《覃山人隐》)

---

① 孙力平:《杜诗句法艺术阐释》,南昌:江西教育出版社,2001年,第94页。
② 以下例句及其分析归类参孙力平:《杜诗句法艺术阐释》,南昌:江西教育出版社,2001年,第92—94页。

4.述—宾

顾—我老非题柱客，知—君才是济川功。(《陪李七司马》)

5.状—述

昼—引老妻乘小艇，晴—看稚子浴清江。(《进艇》)

六一式

6.主谓＋名词语

楷林碍日吟风—叶，笼竹和烟滴露—梢。(《堂成》)

宓子弹琴邑宰—日，终军弃襦英妙—时。(《七月一日》)

昨日玉鱼蒙葬—地，(早时金碗出人间)。(《诸将五首》其一)

7．并列语＋名词

(竟日淹留佳客坐)，百年粗粝腐儒—餐。(《宾至》)

舍舟策马论兵—地，拖玉腰金报主—身。(《季夏送乡》)

万里伤心严遣—日，百年垂死中兴—时。(《送郑十八》)

二二三句式

8.主谓＋主谓＋主谓

风急—天高—猿啸哀，渚清—沙白—鸟飞回。(《登高》)

露下—天高—秋水清，(空山独夜旅魂惊)。(《夜》)

城尖—径仄—旌旆愁，(独立缥缈之飞楼)。(《白帝城最高楼》)

(天时人事日相催)，冬至—阳生—春又来。(《小至》)

(运移汉祚终难复)，志决—身歼—军务劳。(《咏怀古迹》)

9．主谓＋主谓＋述宾

才微—岁晚—尚虚名，(卧病江湖春复生)。(《酬郭十五》)

身老—时危—思会面，(一生襟抱向谁开)。(《奉待严大夫》)

10．述宾＋述宾＋述宾

仗钺—襄帷—瞻具美，投壶—散帙—有余清。(《江陵节度》)

正翮—抟风—超紫塞，(玄冬几夜宿阳台)。(《见王监兵》)

11. 述宾＋述宾＋状述

思家—步月—清宵立,亿弟—看云—白日眠。(《恨别》)

出门—转眄—已陈迹,(药饵扶吾随所之)。(《晓发公安》)

(古往今来皆涕泪),断肠—分手—各风烟。(《公安送韦》)

(暂语船樯还起去),穿花—贴水—益沾巾。(《燕子来舟》)

12. 主谓＋主谓＋名词语

云白—山青—万余里,(愁看直北是长安)。(《小寒食舟》)

竹寒—沙碧—浣花溪,橘刺—藤梢—咫尺迷。(《将赴成都》)

13. 名词语＋主谓＋主谓

旌旗—日暖—龙蛇动,宫殿—风微—燕雀高。(《奉和贾至》)

百年—地僻—柴门迥,五月—江深—草阁寒。(《严公仲夏》)

14. 名词语＋名词语＋主谓

高江—急峡—雷霆斗,古木—苍藤—日月昏。(《白帝》)

落花—游丝—白日静,鸣鸠—乳燕—青春深。(《题省中壁》)

秋日—野亭—千橘香,玉杯—锦席—高云凉。(《章梓州》)

(露下天高秋水清),空山—独夜—旅魂惊。(《夜》)

15. 其他

背郭—堂成—荫白茅,缘江—路熟—俯青郊。(《堂成》)

欢剧—提携—如意舞,喜多—行坐—白头吟。(《舍弟观赴》)

万里—悲秋—常作客,百年—多病—独登台。(《登高》)

幽栖—地僻—经过少,老病—人扶—再拜难。(《宾至》)

出师—未捷—身先死,(长使英雄泪满襟)!(《蜀相》)

三四句式

(一)简单句

16. 主—述

渔人网—集澄潭下,贾客船—随返照来。(《野老》)

（楚宫腊）送荆门水，白帝云—偷碧海春。（《奉送蜀州》）

就具体诗例看，以上五种句式的韵律节奏，明显与四三句式不一致或冲突的仅有五二式与三四式。此外，一六式颇为特殊，尚待阐明。而六一式、二二三式则可直接视作四三式。蒋绍愚亦认为，二五式、五二式是七言中较特殊的节奏型式，最特殊的节奏句式是五言的三二、七言的三四式。之所以说三二或三四是最特殊的句式，是因为"诗歌（不论是近体还是古体）一般都是三字尾的，如果变为'三二'和'三四'，就类似散文的句法了"①。胡震亨《唐音癸签》卷四云："五字句以上二下三为脉，七字句以上四下三为脉，其恒也。有变五字句上三下二者（如元微之"庾公楼怅望，巴子国生涯"，孟郊"藏千寻布水，出十八高僧"之类），变七字句上三下四者（如韩退之"落以斧引以墨微"，又"虽欲悔舌不可扪"之类），皆蹇吃不足多学。"②这里揭示了三四句式特殊性之所在——诗语行散文句法而文气蹇吃不舒。五二式的特殊性或在于此。只是此类句式在杜甫律诗中并不多见，孙力平所举例诗中，"四三"式七律句三例，"五二"式七律句五例。"五二"式例句意义节奏的划分，尚存异议。如谢思炜便认为："在杜甫七律中，只见到一例打破节点的五二式'杖藜叹世者谁子'（《白帝城最高楼》），应属特例。另'中天月色好谁看'（《宿府》）一句，归入四三、五二两可。"③至于孙力平所举"一六"式"主—述"例句，如"予见乱离不得已，子知出处必须经"（《覃山人隐居》）之类，谢思炜皆断为"二五"式。

①参蒋绍愚：《唐诗语言研究》，北京：语文出版社，2008年版，第138—139页。
②[明]胡震亨：《唐音癸签》卷四，上海：上海古籍出版社，1981年，第31页。
③谢思炜：《试论五言诗与七言诗的句式异同——以杜甫七律为例》，《江苏师范大学学报》，2017年第4期。

　　之所以具体到杜甫诗句意义节奏划分时,学者们会出现歧见,根源在于"以西方文法来规范中国语言的思维方式",而西方文法似的句法解析本质上是一种重知性逻辑、强调科学分解性的"先思后感"的解读方式。① 正如本文前此所阐明的那样,它违背了文言诗歌语体文体化最深层的意合结构原则。故"文法书虽工言排列组织之法,而于旧文有所不能施用"②。当然,这只是问题的一面,而另一面则是文言诗歌语体同时也固有一种顺应知性逻辑的言体化趋向,这也就是所谓诗语并行散文化句法的可能性之所在。

　　首先来具体考察一下杜诗的"五二"句式。"杖藜叹世者谁子"一句,从思维的过程去看,前五字显然是意合的结构,勾勒了一位衰老而哀叹时世者的形象,而后两字则突转入意象的内省,造成了句式气脉的暂时顿挫。这里,疑问的语气出于知性的反思,既是理性力图超越的表现,又同时呈现为强烈的自我体认感。于是形成了极具张力的"文体""言体"交替并行的五言句后追加二言句的七言句式。就其形态看,这一七言句式确实奇特,既不能视为纯粹的意合句,亦不等同于纯粹的散文语法句。由于前五言末字为虚字上声"者",虽属下而平声轻读亦不影响语义,且五二分句之间意脉未断,故吟诵全句,气脉虽有拗涩之感,但仍然不失四三节奏的诗语韵味。至于《涪城县》诗联"寺下/春江//深/不流,山腰/官阁//迴/添愁"两句,整体偏意合结构,按意象句切分皆可视作"四三"节奏句式。只有《宿府》诗"永夜角声悲—自语,中天月色好—谁看"联句略同于"杖藜叹世者谁子",可视作

---

① 参叶维廉:《中国诗学》,北京:生活·读书·新知三联书店,1992年,第21—22页。

② 黄侃:《文心雕龙札记》,上海:上海古籍出版社,2000年,第143页。

"五二"节奏的"文体""言体"交替并行的七言句式。虽然两句前五言末字非虚字,但由于属可延长的平声字,故吟诵起来仍然具有一种四三节奏的诗语韵味。值得注意的是,该诗联属流水对,整体倾向于言体散文的句法,亦即所谓的十四字句或连贯句。作为连贯句,联下句整句成为上句"悲自语"的宾语,仿佛"永夜角声"因大好月色无人欣赏而悲叹自语。然"角声"无所谓"悲",亦无所谓"自语",如此解读实际上又违背了知性逻辑。因为"永夜角声悲"、"中天月色好"皆属意合,"悲"、"好"二字对应的显然是投射了诗人自我的心理意象。这里,"永夜角声"叠加的恰是诗人的悲叹自语,中天月色大好而无人欣赏映射的正是诗人命运的自我体认。以上分析可见该联句语体"言—文"构造的张力平衡及其所能感发的隽永诗意。

其次,再来看看杜诗中被认为最为特殊的"三四"句式。《野老》诗颔联"渔人网集澄潭下,贾客船随返照来"由于被理解成了简单主谓句——视"渔人"、"贾客"分别为"网"、"船"的定语,"集澄潭"、"随返照"分别为"下"、"来"的状语,故联句被读成了"三四"节奏。如此解读,诗句就变成了在强调渔人的网、贾客的船,也就变成了语言学家们所谓的"话题句"。① 尚有一种解读,

---

① 著名语言学家赵元任早就发现,在英语的主谓句中,"主语和谓语的关系可以是动作者和动作的关系",而在汉语里,"这种句子(即使把被动的动作也算进去,把"是"也算进去)的比例是不大的,也许比50%大不了多少"。故而认为:"在汉语里,把主语、谓语当作话题和说明来看待,较比合适。"赵氏的观点已为学界普遍接受,基本上形成了"话题优先"乃汉语突出特征的共识。张斌指出:"许多诗句很难分出主语和谓语,但是能区分话题和陈述。"故在汉诗句法的分析中,将"主语"置换为"话题","谓语"置换为"述语",成了学者们的不二法门。参赵元任:《汉语口语语法》,北京:商务印书馆,1979年,第45页;张斌:《汉语语法学》,上海:上海教育出版社,1998年,第147页。

出句"集"读作"聚集",则句末"下"便为方位词。于是,全句即可读成"三一三"句式,对联变成了所谓的"假平行"。何种解读最为贴切,有必要结合全诗的意脉加以把握。《野老》[①] 诗云:

> 野老篱边江岸回,柴门不正逐江开。
>
> 渔人网集澄潭下,贾客船随返照来。
>
> 长路关心悲剑阁,片云何事傍琴台。
>
> 王师未报收东郡,城阙秋生画角哀。

仇兆鳌《杜诗详注》云:"此在草堂而感时也。上四写景,下四言情。江岸回曲,其柴门不正设者,为逐江面而开也。渔网客舟,即临江所见者。剑阁琴台皆无佳趣,正为东郡未平,而角吹声哀也。"又引黄生曰:"前幅摹晚景,真是诗中有画。后幅说旅情,几于泪痕湿纸矣。"[②] 对黄生之说,吴瞻泰则有不同看法:"白山谓:前半赋景,后半写怀。对此景,抱此怀,捉笔一直写就,诗成乃拈二字为题。余谓不然。'野老',即杜陵野老也,平生欲为国家建大功抒大难,今日干戈扰攘,徒以'野老'自废,触景兴嗟,一篇著意在此二字,非《能画》《历历》等篇之比也。'渔人'、'估客',全为'野老'作陪。网集澄潭,船随返照,绝不关心理乱。独此'野老',刻刻关心王师耳。但关心而无济于时,则亦终为'野老'而已。铸题炼意,高迈等伦,可知前半正深于言情,看作景语便浅。'野老'、'关心'四字,是大眼目,拆见使人不觉,结尾'野老'、'王师'、'柴门'、'城阙',针锋相向,正其惨澹经营处。"[③] 仇注诗章情景截然二分实承黄氏之说。依此说,前半只是据眼前实景写出,

① [清]浦起龙著:《读杜心解》,北京:中华书局,1961年,第617页。

② [唐]杜甫著,[清]仇兆鳌注:《杜诗详注》,北京:中华书局,1979年,第748页。

③ [清]吴瞻泰撰,陈道贵、谢桂芳校点:《杜诗提要》卷十一,合肥:黄山书社,2015年,第268页。

妙于体物，所谓诗中有画也。只是画中如何能转出后半抒怀却不得而知，故黄氏说此景此怀，诗人一笔写就，而后拈出"野老"二字为题时，难免显得突兀。诗画说似乎主张全诗属兴之所到，自然天成，无所经营之作，若杜公自谓"老去诗篇浑漫与"（《江上值水如海势聊短述》）也。吴瞻泰所见则恰恰相反，诗全篇以"意"为主，意到兴到，惨淡经营而不失自然之妙，应属"为人性僻耽佳句，语不惊人死不休"（《江上值水如海势聊短述》）之类。在吴氏看来，前半景语即情语也，全篇铸题炼意正在"野老"二字，渔人估客，不过为野老作陪而已。吴说甚是。庾信将"野老"二字最早写入诗句，如其《拟咏怀二十七首之十六》"野老披荷叶，家童扫栗跗"、《卧疾穷愁》"野老时相访，山僧或见寻"等，诗中"野老"显然非指乡野年老者，而是寄寓隐逸高洁情趣的志者形象。当然，杜甫自喻野老，又并非闲逸之情所致，其除暗示自己无以用世的真实处境外，更多的在于明志。正因此"意"，首联"野老"二字引出的是篱边江岸的迂回曲折以及故意斜设柴门逐江流而开的意象。"野老"、"篱"、"柴门"意象的并置易于让人联想到隐士悠然闲适的生活情趣，然本诗则不然。一般而言，江岸回曲之处是好的港湾，因为江面貌似平静，然平静的江面之下则是江流的动荡回旋。这也正是杜甫草堂时期相对平静生活之不平静的真实写照，斜设柴门逐江流而开的意象亦正是杜甫身处僻境而时时心系大唐动荡不安的时局与命运的表征。可见，首联静中有动，破题即生波澜。颔联直承其势，其势由深微至显著，诗句意合构成的是一幅动态的画面，亦即颔联上下句意象聚合的中心与焦点在网与船的动势与情态，而不在于静态的网与船或网与船的归属。故其意义节奏大体应是二五句式，细分则可读作：渔人 // 网集 / 澄潭 / 下，贾客 // 船随 / 返照 / 来。集，归向、朝向；下即降，总写渔人捕鱼，鱼网自然抛撒的情态。随,顺随;来,归来,总写贾客行商,日暮顺随斜阳而归的情态。诗句后五字,其表层自然关涉渔人贾客的日常生活:其表虽忙碌而动,而其里则心无它顾而静;其深层则又与首联"野老"相勾连:动态的画面实由"野老"心目中化出,首颔两联动静表里的对照又将"野老"心底的波澜推向高潮。于是,诗篇自然托出"野老关心"的后半段,诗人掩抑不住的忧悲之情喷薄而出。[1]可见,该联如果不作意象结构的分析,而仅通过一般意义上的"话题句"式分析[2],其意脉婉转将会被强行割断,其诗味亦因此而荡然无存。要之,该联句式本质上没有与四三节奏形成冲突。

其他被学者们视为"三四"节奏的杜诗句尚有三例:"白帝云—偷碧海春"(《奉送蜀州》),"棋局动—随幽涧竹,袈裟忆—上泛湖船"(《因许八奉寄江宁旻上人》),"献纳司—存雨露边"(《赠献纳使起居田舍人》)。第一例上句为"楚宫腊送荆门水"。《杜诗详注》云:"五六,时地兼举。送行在腊而云春者,所谓腊近已含春也。东方春气先行,故又言云碧海春。"[3]联上句显然为"二二三"句式,而下句可初分成"二五"句式,意味是于白帝城已可感春天气息。此处"云"字重点不是指可视的云彩,而应是云气——无所

---

① 参读杜甫写为同时期的《江亭》,对《野老》诗的意趣将获得更深的印象。《江亭》云:"坦腹江亭卧,长吟野望时。水流心不竞,云在意俱迟。寂寂春将晚,欣欣物自私。江东犹苦战,回首一颦眉。"[清]浦起龙著:《读杜心解》,北京:中华书局,1961年,第415页。

② 当美国学者高友工认为"话题句""应当是脱离了现实,在想象世界中一无所依地表现心象的理想句式"时,其所肯定的无非是该类句式的意象性结构的句法特点。参高友工:《美典:中国文学研究论集》,北京:生活·读书·新知三联书店,2008年,第192页。

③ [唐]杜甫著,[清]仇兆鳌注:《杜诗详注》,北京:中华书局,1979年,第1578页。

不在且为人体所感的春天气息,故全句"白帝"二字除表明诗人所处地理位置外,并无限定"云"的意义。"偷春"为诙谐说法,就实感而言未必不可读成"透春"。要之,全句读成"白帝//云偷/碧海春"则诗味盎然。第二例读成"三四"句式无论依语法句还是话题句都不合适。依前者,"棋局动"、"袈裟忆"不合事理逻辑;依后者,全联只是说明强调"棋局动"、"袈裟忆",则不知其所云,亦甚无味。若按意象分析则诗味全出:"棋局"为一"意象",乃诗人情事自喻,"幽涧竹"为一意象,喻指旻上人及其所处境界;袈裟又为一意象,亦乃借代旻上人情事,"泛湖船"则指诗人当初情态,亦是诗人自喻的意象。全联亦叙事亦抒情,喻指诗人与旻上人的深情厚谊:"棋局"意象引起诗人回忆当初如何带着棋局拜访上人,终日动静相随,弈棋问道的情形;意想"袈裟"则更翻进一层,诗人设想此时此刻,上人亦或沉浸于当初回访登舟且与诗人并肩泛舟湖上情形的回忆之中。故全联读作"棋局//动随/幽涧竹,袈裟//忆上/泛湖船"最为恰切。同前例,最后一例亦当读作"献纳//司存/雨露边"。"献纳司"并不能理解为机构名称,"献纳"为一意象,实指"起居田舍人","雨露"为天子意象。"存"若理解为"存在"则大谬,"司存"实为同一意象,喻指舍人日常献纳的工作情态。全句营构的是舍人遂志于献纳,得以亲近天子并获恩荣的意境,而且境之营构本身实蕴藏了诗人因设身处地而自伤自悼之情意。

由上分析可见,为今人所称举的杜诗"三四"句式实出于后人误读。类似韩愈"落以斧—引以墨微"、"虽欲悔—舌不可扪"这样典型的"三四"句式在杜诗中是不存在的。韩句语体显已突破诗语"情意"结构的框架,变成了严重偏向以事理逻辑结构为主导的言体化的散文句式;而杜诗中的所谓"三四"句式实际上是意象句,本质上属"四三"韵律节奏。

最后,再来看看所谓的"一六"句式。将《崔氏东山草堂》句中"盘"、"饭"视作话题句中加以强调的题语,殊不可解。诗前六句渲染的都是东山草堂生活的清静与自然,刻意突出"盘"、"饭",其趣甚为不谐。"盘剥"、"饭煮"或为当时俗语俗词,抑或诗人造语。"盘剥"作为合成词较早出现于《宋史·河渠志》:"水手、牛驴、牵户、盘剥、人等,邀阻百端,商贾不行。"[①]清代宋荦《西陂类稿》卷三十七《请白粮减存米随漕带运疏》又有"以供旗丁盘剥耗费之用"[②]的用法。诗中"盘剥"当为名词性结构,乐取食物的意象,意指闲食,犹如今人休闲零食。全句是说闲食便取白鸦山谷口所产的栗子。下句"饭煮"亦当为名词性结构,意指正餐。[③]全句意为:正餐则以青泥河水烹煮青泥河堤下边自然生长的野芹作为羹汤。可见句联作意象结构的分析,其韵律节奏便成为:盘剥//白鸦/谷口栗,饭煮//青泥/坊底芹,仍然在四三节奏句式的范畴内。"昼引老妻乘小艇,晴看稚子浴清江"(《进艇》)实际上可视为五言句头加了一个双音节结构构成的情态意象,自然与四三节奏吻合一致。《将赴成都五首》其一例句即便读成"一六"句式亦不合通常语法逻辑。实际上,作为意象,"丙穴"、"郫筒"并非实指某

---

① [元]脱脱等:《宋史》卷九十六,北京:中华书局,1977年,第2383页。

② [清]宋荦:《西陂类稿》,《清代诗文集汇编》第135册,第435页,上海:上海古籍出版社,2010年。

③ 明代高启咏"芹"句当化自杜诗,《芹》诗曰:"饭煮忆青泥,羹炊思碧涧。"(高启:《大全集》卷十六,文渊阁四库全书本)又明朱橚《普济方》卷二百五十五云:"今用不蚛皂荚三寸,去黑皮,以水三合捼汁,便入粟米饭煮,令水尽。"(朱橚:《普济方》,文渊阁四库全书本)前者"饭煮"合言甚明,后者尽管"煮"字属下读亦通,但属上读则文脉更畅。

地之穴、某地之竹筒。左思《蜀都赋》早有"嘉鱼出于丙穴，良木攒于褒谷"①的说法。又宋范成大《吴船录》卷上有云："郫筒，截大竹长二尺，以下留一节为底，刻其外为花纹，上有盖以铁为提梁，或朱或黑，或不漆，大率挈酒竹筒耳。《华阳风俗记》所载，乃刳竹倾酿，闭以藕丝蕉叶，信宿馨香达于外，然后断取以献，谓之郫筒酒。"②可见，"丙穴"二字即指"由来美"之嘉鱼，"郫筒"即借代"不用酤"之美酒。"鱼知"、"酒忆"各自二字组合未必即动宾结构的倒序，自可理解为"鱼"、"酒"唤起的诗人有关成都物产丰美之想象情态。故诗句读作"鱼知//丙穴/由来美，酒忆//郫筒/不用酤"节奏，并无语意阻塞之感。《陪李七司马》诗句如执着于语法分析，则既可视为"一六"句式：后六字为首字宾语；亦可视为"三四"句式：为兼语句式。当然，亦可切分作"二五"句式："顾我"与"老非题柱客"，"知君"与"才是济川功"各乃相互说明的并置意象。

综上可以得出结论：就韵律节奏而言，杜甫七律句法的特殊性并不在于突破七言诗语"四三"节奏的框架，从而故作声调拗折，变成纯散文句式的拗句。

下面我们结合学者们经常提及并为孙力平视作杜甫"独创句法"的案例，对杜诗七言句法再作进一步的考察与分析。

杜诗中有大量类似于"云白/山青/万余里（《小寒食舟中作》）"、"白沙/翠竹/江村暮（《南邻》）"的句式，孙力平《杜诗句法艺术阐释》概括为"一句三结构"。孙氏指出：

---

① ［梁］萧统编，［唐］李善注：《文选·左太冲·蜀都赋》，上海：上海古籍出版社，1986年，第178页。
② ［宋］范成大：《吴船录》卷上，北京：中华书局，1985年，第1—2页。

在杜诗之前,五言一句三折的诗句几乎没有,七言一句三折的诗句数量也很少,且大多是几个名词性词组的平列并置,如:

妖童宝马铁连线,娼妇盘龙金屈膝。(卢照邻《长安古意》)

……

杜诗却不仅把一句三折式推广到五言中,而且大量涌出三个谓词性词组的并列并置句:

束带／发狂／欲大叫。(《早秋苦热》)

……

对食／暂餐／还不能。(《早秋苦热》)①

此种句式实即所谓的"紧缩句"。紧缩句的形式早在谢灵运五言诗中就已出现,但一句三折的句式确实罕见,尤其是不同于名词性结构的谓词性结构之三折句确实可视之为杜甫独创。三折句式的特点多表现为意象密度的增强及其所造成的诗句意蕴错综多绪和意脉演进的跌宕曲折。该句式将七言句的表现力发挥到了极致。对杜诗三折句的表意功能,古人早有注意。《诚斋诗话》谓"诗有一句七言而三意者"便以杜句"对食暂餐还不能"为例。当代学者葛兆光分析"三意者"云:"'对食'是一层,用一个'暂'字勉强自己进餐,显示了心理上强忍痛苦,是二层,后面再用'还'字转回来说'不能',表现了痛苦得饭难以强咽,是三层,在一句里就有了感情上的峰回路转。"②当然,葛氏对该句例的评析,强调的是该句例中虚字之于"详尽委婉曲折的情感"表达的妙用:"不用虚字有时能增加意象却并不能增加意思,意思多

---

① 孙力平:《杜诗句法艺术阐释》,南昌:江西教育出版社,2001年,第192页。
② 葛兆光:《汉字的魔方》,沈阳:辽宁教育出版社,1999年,第167页。

不是意象多,更要紧的是详尽委婉曲折的情感过程,构成回环往复的意脉流动。"① 其实,杜诗谓词性结构的三折句的特殊之处不仅在于"虚字"本身,而且亦在于其与谓词组合构成了特殊的情态意象,不同性质的情态意象并置自然形成了具有张力的句势。这种句势构成的正是潜藏于诗歌意象之中的跌宕曲折的意脉流动。

此外,杜诗中尚存在大量"桤林碍日吟风叶,笼竹和烟滴露梢(《堂成》)"类句式,孙力平概括为"首尾分置"结构:"分处于句首和句尾的两个或三个字合起来是一个词或一个句法结构(主谓、偏正等),实际正是诗人要重点描述和突出的对象。"② 此种结构实际上是通常所谓的"错序"现象之一种,例中"桤林叶"、"笼竹梢"被理解为固定结构的强行拆散而分置于句子首尾,自然亦可谓之为"错序"。然细究之,成片的竹木皆谓之"林","桤"、"笼竹"分别只是木、竹之一种,"桤林"、"笼竹"作为名物意象一般是不能拆分的。至于"叶"一般指竹、木等植物与空气接触,进行光合作用,实现吸收营养功能的末端器官;而"梢"即通指竹、木等植物的末端。故"桤林叶"、"笼竹梢"之组合固然合乎逻辑,然将其拆分亦不违背逻辑。原诗句若保持两者组合的结构,则变成"桤林叶—碍日吟风,笼竹梢—和烟滴露"之"三四"节奏句式。可见,不拆分的句式才是孙氏所说的强调和突出"桤林叶"、"笼竹梢"的话题句。于是,诗句不仅因散文化而改变了律诗声调平仄的和谐,失去了诗语韵味,而且也改变了诗意诗境。原诗句"桤林碍日"、"笼竹和烟"皆为远观获得的意象,总写草堂竹木茂盛,幽

---

① 葛兆光:《汉字的魔方》,沈阳:辽宁教育出版社,1999年,第167页。
② 孙力平:《杜诗句法艺术阐释》,南昌:江西教育出版社,2001年,第193页。

微闲静的环境;"吟风叶"、"滴露梢"是进入这一环境之中通过听觉、视觉所体会到的盎然生趣。"吟风叶"、"滴露梢"的妙处在于:林叶(不限于林叶,亦当包括竹叶)因风摇摆而有声,加之"吟"字拟人化,中观则视听溶为一片,主客情景和为一体;竹梢实指"叶"(不限于竹梢,亦当包括木梢)因烟雾凝成的滴露而下垂,近察则形中藏声,"滴露"俨然可听。整联恰是诗人怡然自得心境的写照,而境中又深藏移步换景而带来的视听感受的曲折变化,诗句意脉因此婉转流动。

被学者们理解为拆分式的错序结构句在杜诗中还有不少,再看两例:

春水—船如天上坐,老年—花似雾中看。(《小寒食舟中作》)

香稻—啄馀鹦鹉粒,碧梧—栖老凤凰枝。(《秋兴八首》其八)

"春水"例为二五句式,是学者们理解的典型话题句。诗联后五字的结构显然相似于沈佺期"船如天上坐,人似镜中行"(《钓竿篇》)。沈诗虽不失体物之妙,但意思单一,全联都只是状水澄清平静,犹如明镜映云照人。此一意境造语,杜甫只用了七言一句,而且突出了春水之"春"意,直启下句之"雾"之"花"字。至于以雾中看花写老境中人因体衰而生迷离恍惚的精神状态亦逼真形象。全联由实境入虚境,于平静中生波澜(对应于诗人淡淡的忧伤之情),自然转出"戏蝶过"、"轻鸥下"的动态场景与意象(对应于此生如戏,人命危浅的哀叹),且意脉直贯尾联"云白山青万余里,愁看直北至长安"(对应于诗人于绝望中仍然不失信念之耿耿情怀)。该诗联若按所谓的正常语序,当然可以改作"春水如天上坐船,老年似雾中看花",且语义更加直白晓畅,顺乎逻辑,但节奏则变成了"三四",失去了诗语韵味,声调亦由"平仄平平平仄仄,仄平平仄仄平平"的律联变成了"平仄平平仄仄平,仄平平仄仄平平平"之非律联律句了,更要紧的还在于原诗句所蕴含的深微曲折的情意因逻辑条理化而隐匿不彰。

　　"香稻"句为经典案例,有必要多费点笔墨。该例若视作拆分错序,则即以"香稻粒"、"梧桐枝"为固定结构,中间插入了其他成分而变成了首尾分置句式,而其中插入的成分"啄馀鹦鹉"、"栖老凤凰"又被视作倒置结构。清人顾宸《辟疆园杜诗注解》云:"旧注以'香稻'一联为倒装句法,今观诗意,本谓香稻乃鹦鹉啄馀之粒,碧梧则凤凰栖老之枝。盖举鹦鹉凤凰以形容二物之美,非实事也。重在稻与梧,不重在鹦鹉凤凰。若云'鹦鹉啄馀香稻粒,凤凰栖老碧梧枝',则实有鹦鹉凤凰矣。"① 今人王力亦指出:"杜甫《秋兴》(第八首)'香稻啄馀鹦鹉粒,碧梧栖老凤凰枝',有人以为就是'鹦鹉啄馀香稻粒,凤凰栖老碧梧枝'。那是不对的。'香稻'、'碧梧'放在前面,表示诗人所咏的是香稻和碧梧,如果把'鹦鹉'、'凤凰'挪到前面去,诗人所咏的对象就变为鹦鹉和凤凰,不合秋兴的题目了。"② 依二氏之意,原句不过强调所咏对象乃"香稻"、"碧梧",大体本无倒序,这实际上部分继承了王嗣奭的说法:"'香稻'二句,所重不在'鹦鹉'、'凤凰',故非颠倒其语,文势自应如此。"③ 只是依王氏"文势"的概念,强调题语、成分省略、拆分而后插入倒置成分之类说解皆属多余,故将本句读成补足了谓词的"香稻乃鹦鹉啄馀之粒,碧梧则凤凰栖老之枝"或"香稻乃鹦鹉

---

① 转引自萧涤非:《杜甫诗选注》,北京:人民文学出版社,1998年,第251页。
② 王力:《诗词格律》,北京:中华书局,2001年,第144页。
③ [明]王嗣奭:《杜臆》,上海:上海古籍出版社,1983年,第277页。

啄馀之粒，碧梧则凤凰所栖老枝"同样不妥。其实，即便补足了谓词，说"香稻"是"粒"、"碧梧"是"枝"也是不符合自然语言习惯及逻辑的。台湾语言学者竺家宁立足于转换生成语法理论，仍然认为"香稻"句是杜甫由基本叙述句"鹦鹉啄稻粒"变来的：

> 首先，他在"啄"后加上补语"余"，在"稻粒"前加上定语"香"。然后，再经过两次移位变形：把"啄余"后移至"香稻"之后，把'鹦鹉'后移至"啄余"之后，形成了"诗的语言"中的"走样句"——"香稻啄余鹦鹉粒"。①

竺说甫出便有语言学者明确指出，其所构拟的杜诗句生成过程是不足采信的。② 语言学界尚存在另一种解读：

> "香稻"联中的两个句子整体上属于"有"字句，前句宾语"啄余鹦鹉粒"和后句宾语"栖老凤凰枝"分别属于定中型被动式和定中型使动式，这些结构类型在当时的汉语中都是存在的，杜甫所做的工作只是选择。③

也就是说，"香稻"联句是省略了"有"字等成分的存在句，补足了之后即："香稻中有被鹦鹉啄食剩下的颗粒，碧梧上有让凤凰栖息至老的枝杈"。较之前人诸说，新解读显然更符合自然语言的习惯与逻辑。当然，就其分析解读背后的诗体观念而言，本质上没有变化。其本质，竺家宁表达得最为透彻："诗的语言仍是自然语言的延伸与规律放宽，并不是完全独立，重新塑造的新语言。它可以说是自然语言的一个'方言变体'。"④ 换言之，即诗语体乃

---

① 竺家宁：《语言风格学之观念与方法》，《扬州大学学报》，2003年第3期。
② 参韩陈其、立红：《论汉语诗歌语言的释读原则与途径——以"香稻啄馀鹦鹉粒，碧梧栖老凤凰枝"释读为例》，《徐州师范大学学报》，2004年第2期。
③ 张延俊：《杜甫诗"香稻"联句法新解》，《语文知识》，2013年第1期。
④ 竺家宁：《语言风格学之观念与方法》，《扬州大学学报》，2003年第3期。

自然散语体的加工改造。静态且抽象地去看,此说大体无误,但如从古人诗语创作的实际去看,则先行预设了古人在创作的过程中象今人的分析解读一样,必须经过思维的逆向转换。这一预设究竟可信度如何并未得到证明,至少王嗣奭"文势自应如此"的说法是否定了这一预设的。否定竺家宁说的大陆语言学者韩陈其等则提出了汉语诗歌语言释读的新原则新途径:

> 语言的终端在语义,语义的理解和实现在语境。汉语诗词的语言精髓表现在于意象,而意象是由视觉类具象、听觉类具象、触觉类具象、嗅觉类具象、味觉类具象、动觉类具象、错觉类具象、联觉类具象等各种具象组合配置而形成的。具象的组合配置,说到底,就是由各种语义关系构成各种语义关系网络,从而形成所谓的"意象"。因此,汉语诗词的"意象"释读——尤其是汉语诗词中诸如"香稻啄馀鹦鹉粒,碧梧栖老凤凰枝"的复杂的"意象"释读,更是在于语义,而语义的理解又在于语境,在于从语境中寻绎出由各种语义关系构成的语义关系网络。①

新原则新途径的核心是:摒弃语法形式的分析而从词汇意义出发,在词汇扑朔迷离的意义网络关系中理清诗句的头绪。遗憾的是,之于"香稻"联的特殊性、合理性,持论者虽然提供了一定的分析与解释,然就诗意及其艺术性却并未给出丝毫定见。值得提及的是,美国学者高友工等对"香稻"联的艺术分析倒是吻合词汇中心原则的,所撰《杜甫的〈秋兴〉》一文指出:

---

① 韩陈其、立红:《论汉语诗歌语言的释读原则与途径——以"香稻啄馀鹦鹉粒,碧梧栖老凤凰枝"释读为例》,《徐州师范大学学报》,2004年第2期。

即使不分析该联的语法和意义,仅从措词上也能看出它内在的不和谐。"香稻"、"鹦鹉"、"碧梧"、"凤凰"都带有某些舒适的感性特征:色彩的鲜艳、声音的悦耳、气味的怡人、姿式的优美,但"老"和"余"则可能引起一种随着美的消逝而必然产生的悲哀情绪。

在整个组诗中,措词的不和谐具有如此自然的效果,是有其内在根源的。这组诗的题目叫"秋兴",传统上,秋天是令人悲伤的季节,这时,各种生命纷纷凋亡。从盛唐起,诗人们就习惯于运用七律这种体裁,在官廷宴饮,游山玩水和良辰佳节之际唱和酬答——杜甫用这种体裁写秋天,第一次独具匠心地使七律成为表达个人强烈感情的工具。所以,"秋兴"在形式上继承了词藻华美的时尚,同时,它的主题又需要带有忧郁色彩的词藻进入诗中,每一个词的存在都有其自己的理由,它们的繁集就导致了词与词的尖锐矛盾,正是这种矛盾体现着杜甫后期的七律作品中忧喜参半的特点,并使其它的作品也受到影响。①

上述解读,无疑属语境中的词汇分析,进而言之乃偏于情气的意象分析,其要义在于揭示了词与词的尖锐矛盾或曰情气的不和谐。这种"内在的不和谐"恰恰为偏于语序的分析所遮蔽了。当然,"语境"乃结构性概念,既客观又主观,本身就复杂多元。就客观而言,涉及文本的可以无限延伸拓展的上下文结构;就主观

---

① 高友工、梅祖麟著,李世耀译,武菲校:《唐诗的魅力——诗语的结构主义批评》,上海:上海古籍出版社,1989年,第23页。

而言,涉及审美阅读者"以意逆志"的"志"、"意"结构。① 如拓展"语境"去看诗联中的措辞,"不和谐"的性质当贯穿于每一词汇意象。

　　"香稻",史志文献多有记载。四库《四川通志》卷三十八"香稻"条云:"各州县出,其气芬芳。"② 又《广西通志》卷三十一云:"香稻色味香美胜余米。"③ 可见"香稻"得名之由来及其尊贵,各地供品当用之。"鹦鹉",《曲礼》有云:"鹦鹉能言,不离飞鸟。猩猩能言,不离禽兽。今人而无礼,虽能言,不亦禽兽之心乎?"④ 据《杜阳杂编》:"代宗朝,异国所献奇禽驯兽,自上即位,多放弃之。建中二年,南方贡朱来鸟,形有类于戴胜,而红嘴绀尾,尾长于身,巧解人语,善别人意。其音清响,闻于庭外数百步,宫中多所怜

---

① 孟子提出过"以意逆志"的命题,其中"意"指说诗者之心意,"志"乃诗人寄托于文辞之心意。其举《周诗》例表明,诗人之志意当于文辞的自然逻辑语义之外求之,否则便有可能以文害辞,以辞害意。这里已涉及诗辞文法的问题,其法的依据实际上即诗人的情意结构。清代学者吴瞻泰、黄生等则已将情意结构与种种诗法,尤其句法的分析结合起来。吴瞻泰《杜诗提要·评杜诗略例》云:"少陵自道曰'沉郁顿挫'。其沉郁者意也,顿挫者法也。意至而法亦无不密。以意逆志,是为得之。故不加肤词赞美以取无关痛痒之讥。"(吴瞻泰撰,陈道贵、谢桂芳校点:《杜诗提要·评杜诗略例》,合肥:黄山书社,2015年,第5—6页)黄生《杜诗说序》云:"余以为说诗者,譬若出户而迎远客,彼从大道而来,我趋小径以迎之,不得也;彼从中道而来,我出其左右以迎之,不可也。宾主相失,而欲与之班荆而语、周旋揖让于阶庭几席之间,岂可得哉? 故必知其所由之道,然后从而迎之,则宾主欢然把臂,欣然促膝矣。此'以意逆志'之说也。"(黄生撰,徐定祥点校:《杜诗说》,合肥:黄山书社,1994年,第1页)

② [清]黄廷桂:《(雍正)四川通志卷三十八之六·物产》,《文渊阁四库全书》第561册,第243页。

③ [清]金鉷修撰:《(雍正)广西通志卷三十·物产》,《文渊阁四库全书》第565册,第784页。

④ 李学勤主编:《十三经注疏·礼记正义》,北京:北京大学出版社,1999年,第15页。

爱，常为玉屑和香稻以啖之。"① 祢衡《鹦鹉赋》所赋"绀趾丹嘴"、形似"戴胜"的"朱来鸟"当属"鹦鹉"之类。可见，代宗朝宫中就已多奇禽驯兽，其中当包括鹦鹉类奇禽。至于"碧梧"、"凤凰"亦有故事，《庄子·秋水》载：

> 惠子相梁，庄子往见之。或谓惠子曰："庄子来，欲代子相。"于是惠子恐，搜于国中三日三夜。庄子往见之，曰："南方有鸟，其名鹓雏，子知之乎？夫鹓雏，发于南海而飞于北海，非梧桐不止，非练实不食，非醴泉不饮。"②

"鹓雏"实属"凤凰"类神鸟，"梧桐"乃其栖居之所，故事寓意甚为明显。《秋兴八首》作于诗人去蜀东下，寄篱于夔州期间。时局不仅不见诗人所期望的好转，反而继续恶化：

> 宦官鱼朝恩权势日炽，大历元年八月，仅能执笔辨章句的鱼朝恩竟然至国子监升座讲经。宰相元载专权，竟然奏请百官论事须先白宰相。第五琦行什一税法，民苦其重，多流亡。大历元年（766）十月，代宗生日，诸道节度使广献奇珍，中书舍人常衮上言谏之，不听。大历二年（767）七月，代宗始重佛，常于禁中饭僧百余人，寇至即令颂经祷之，寇去则大加赏赐。胡僧官至卿监，势移权贵，官吏皆废人事而奉佛。军事上河北诸镇割据如故，大历元年有周智光作乱，扰乱关中。永泰元年（765），吐蕃、回纥兵至奉天，京城震恐。大历二年吐蕃围灵州，京师戒严。蜀中亦因汉州刺史崔旰攻杀西川节度使郭英义，军阀互相征讨，一时大乱，几年前唐军收复长安、洛阳后一度出现，曾令杜甫兴奋不已的"中兴"局面就象

---

①［唐］苏鹗撰：《杜阳杂编》，北京：中华书局，1985年，第8页。
②陈鼓应注译：《庄子今注今译》，北京：中华书局，1983年，第442页。

海市蜃楼一样转瞬即逝了。①

以上典故与时事构成了一个极为丰富广阔的语境,若将诗联置于这样的语境中,再说"香稻"、"碧梧"、"鹦鹉"、"凤凰"只存"美好"之义,或者贯穿起来又说"这两句本意不是要写鹦鹉和凤凰,而是要写香稻和碧梧——其实也不是要写香稻和碧梧,而是要写开元天宝年间那太平的'盛世'"②,则难免显得表浅了点。

清人胡煦曾指出:"《三百篇》唯比兴为妙,比兴始于《易象》。《离骚》学《诗》之比兴者也。诗家推尊工部《秋兴》八首,则杜子之《离骚》也。"并认为"其中或喻世乱,或喻君不得所,或喻用非其人,或喻己之不复见用,或喻为时之既暮,皆诗之比兴体也",而历来注释家则皆未达其旨。③又说:

> 工部集中最深最曲最妙最精者,无若"香稻啄馀鹦鹉粒"二句,自来但作境话会,是以均未得解,亦并未有专注。须知读古人之书,皆当论世,孔子之《春秋》,定哀多微词,盖必有难于显言者矣。下系第六章,非由论世,固莫可得而解也。工部世值乱离,而居位食禄者率皆无益于国家。己虽有拨乱之志,乃因家属避乱,迁居于蜀,幸获生还,遂毅然致仕而归。其后困抑无聊,又见时事日非,朝无拨乱之人,己无复用之日,抚时自思,觉为时之将暮,是以有《秋兴》八首。香稻句喻食禄之非其人也,碧梧句喻固位之非其人也。盖香稻非泛然养物者也,今香稻已啄馀矣,亦知其为鹦鹉之粒乎?观啄馀之下用鹦鹉粒一摆,然后知啄馀香稻者非鹦鹉,是本不应啄

---

①莫砺锋:《杜甫评传》,南京:南京大学出版社,1993年版,第170页。
②叶嘉莹:《杜甫诗在写实中的"象喻性"》,《华中师范大学学报》,2005年第4期。
③参[清]胡煦著,程林点校:《周易函书》,北京:中华书局,2008年,第1056页。

而今竟啄而馀也。今碧梧已栖老矣,亦知其为凤凰之枝乎?
观栖老之下用凤凰枝一摆,然后知栖老碧梧者非凤凰,是本
不应栖而今竟栖而老也。啄馀喻食禄之丰,栖老喻固位之
久,在朝所用既非其人,乃己之贫而无位,实能有为,皆在言
外。此等字法句法,精深曲折又极显亮,工部集中当为第一
等妙文,那得轻易放过。①

　　胡氏解读,切中肯綮,甚得诗文妙义。当然,诗中措辞之语
义也许比胡氏点明者还要多。"香稻"不仅可喻指"食禄",当"啄
馀"、"鹦鹉粒"次第而出,则全句自然会使熟悉其时语境者生出五
谷养人,乃以饲鸟,民不聊生之叹,因此,诗中讽喻现实之义顿显。
"碧梧"又不仅喻指"固位",亦可喻指"美政"或"国运",既观"栖
老"又察"凤凰枝",遂令人生出美政不再,国运飘摇的现实联想,
然后合全句细思之,乃知其所喻——栖老碧梧者非凤凰。继之
全联互文而读,则又知栖老碧梧者乃鹦鹉之类也,于是:"啄馀"喻
食禄之丰,"栖老"喻固位之久,在朝所用既非其人,其义方显。其
中,既说"啄"者,自非其人,而言"老"者,当涉运盛而衰也。思与
忧,讥与刺,愤与悲,百感交集,既在言内,又在言外。要之,诗联
每句三节,各为意象,又相互映发,辞约义丰,婉曲境浑,全联文势
自然,极"沉郁顿挫"之致。宋范温谓"古人律诗亦是一片文章,语

①[清]胡煦著,程林点校:《周易函书》,北京:中华书局,2008年,第1056—1057
页。明人唐元竑亦有类似解读:"稻为鹦鹉粒,纪实也;梧实凤凰枝,不以凡
鸟栖故,没其本色也。五谷养人,乃以饲鸟,凤皇不至,梧亦虚名。世称公诗
史,此等句法颇类史笔,言外各有含蓄,泛作悲慨语看便嫌合掌。又谓之倒
句,此直顿挫耳,不可言倒。何以故? 如'鹦鹉啄馀香稻粒'可耳,'凤凰栖老
碧梧枝'难通矣。本应如是,非谓倒也。"([明]唐元竑:《杜诗攟》卷三,《文渊
阁四库全书》第1070册,第28页)只是唐氏说得有点含糊,不够透彻而已。

或似无伦次，而意若贯珠"①，"香稻"联无疑是最好的诠释。

最后，我们还是极其简略地分析一下杜诗对偶句法的独创性。

关于偶句的形式，历世文献所及，名目繁多，仅《文镜秘府论》所归纳者就有二十九种之多。清人黄生将对法亦归入句法的分析之中，据今人研究，黄生所归纳的杜诗对法共有12种：走马对、流水对、倒叙联、开合对、交互对、背面对、开门对、换柱对、参差对、衬对、虚实对、不对而对、对而不对、借音对。② 这些对法虽名目或与它说有异，但究其形状大体上都在《文镜秘府论》所概括的"二十九种对"之中，真正属于杜甫首创者并不多。杜甫《客至》颔联云："花径不曾缘客扫，蓬门今始为君开。"黄生谓该联"上下两意，交互成对"，③ 即所谓"交互对"。有学者认为，"交互对"概念同于罗大经《鹤林玉露》卷七中的"互体"，亦即"上下句的意思互为申补，上句隐含下句，下句隐含上句"，如本联上句"不曾"而暗含"今始"，下句"今始"而兼有"不曾"之意。该对联"交互见义，将殷勤迎客之情，表达尽致"，乃杜甫独创句法。④ 但王维"烹葵邀上客，看竹到贫家"（《晚春严少尹与诸公见过》）⑤ 使用交互对，显

---

① ［宋］范温《潜溪诗眼》，见郭绍虞：《宋诗话辑佚》，北京：中华书局，1980年，第318页。

② 参刘重喜：《黄生论杜诗句法》，《文学研究》，第2卷第2期，南京：南京大学出版社，2016年。杜诗对法实际超出这12种，仅据何庆善《黄生析唐诗字法句法举要》，杜诗对法尚有"借义对"、"借字对"。参黄生等著，何庆善点校：《唐诗评三种》，合肥：黄山书社，1995年，第395页。

③ 参［清］黄生等撰，何庆善点校：《唐诗评三种》，合肥：黄山书社，1995年，第214页。

④ 参陈增杰：《唐人律诗笺注集评》，杭州：浙江古籍出版社，2003年，第360页。

⑤ 中华书局编辑部点校：《全唐诗》（增订本），北京：中华书局，1999年，第1276页。

然先于杜甫。① 那么究竟如何理解杜诗对法的独创性呢？

　　前此有关杜诗句法案例分析，实已包括对偶句法的分析，如
"渔人网集澄潭下，贾客船随返照来"、"棋局动随幽涧竹，袈裟忆
上泛湖船"、"桤林碍日吟风叶，笼竹和烟滴露梢"、"春水船如天上
坐，老年花似雾中看"、"香稻啄馀鹦鹉粒，碧梧栖老凤凰枝"，集所
有案例分析则可勾画出一个整体印象：分析杜诗句法，我们无法
局限于单句，必得联系其上下句，而分析其偶句又不得不谋及其
篇章以寻索其意脉的流动。

　　许学夷《诗源辩体》卷一九云："或问：'子美五七言律，较盛
唐诸公何如？'曰：盛唐诸公，惟在兴趣，故体多浑圆，语多活泼。
若子美则以意为主，以独造为宗，故体多严整，语多沉着耳。"②
又云："盛唐诸公律诗，得风人之致，故主兴不主意，贵婉不贵深。
（谓用意深，非情深也。）冯元成谓'得风人之旨而兼词人之秀'是
也。子美虽大而有法，要皆主意而尚严密，故于《雅》为近，此与
盛唐诸公，各自为胜，未可以优劣论也。"③ 可见，杜诗的"独造"、
"严整"、"沉着"皆与"主意"有关，"意"贯穿所有"法"。当然，其
"意"非明确之理念或思想，而是运思于境、感于万象而生发出来
的冥契于象之"意"，亦即王昌龄、皎然"意境"说中之"意"。盛唐
诸公诗与杜诗的区别在于"兴象"与"意象"之间，前者偏于气质、
感兴，后者重在性情、比兴，情婉而意深。"意象"之"意"化作诗辞

---

①参何庆善《黄生析唐诗字法句法举要》，载黄生等撰，何庆善点校：《唐诗评三
　　种》，合肥：黄山书社，1995年，第390页。
②［明］许学夷著，杜维沫校点：《诗源辩体》卷十九，北京：人民文学出版社，1987
　　年，第214页。
③［明］许学夷著，杜维沫校点：《诗源辩体》卷十九，北京：人民文学出版社，1987
　　年，第183页。

文句,其义自然远胜于言意之表。这也就是黄生分析杜诗近体可以"将章法、字法、韵律、用典、赋比兴、情景等内容都纳入其句法论之中"① 的原因之所在。杜诗句法,包括对偶句法的独创性也只能求之于其"意"与"法"的有机结合中。正是基于此一理路,吴瞻泰才会说:"少陵自道曰'沉郁顿挫'。其沉郁者意也,顿挫者法也。"② "沉郁顿挫"作为"意"与"法"的有机结合,亦构成了后世人眼中杜诗艺术境界或风格的标签。作为艺术境界或风格的"沉郁顿挫"究竟有何具体内涵,"意"与"法"又是如何结合而成就了杜诗"沉郁顿挫"的艺术境界或风格的呢?古今学者对此多有申说,纵观诸说,古代学者当以许学夷所见最为精到,而当代学者则以莫砺锋之论最为透彻圆备。

　　先分析解读许学夷说。《诗源辩体》云:"子美律诗,大都沉雄含蓄、浑厚悲壮,然有句法奇警而沉雄者,有意思悲感而沉雄者,有声气自然而沉雄者。"③ 以七言句例言之,"江间波浪兼天涌,塞上风云接地阴"之类属句法奇警而沉雄者,"万里悲秋长做客,百年多病独登台"之类属意思悲感而沉雄者,"无边落木萧萧下,不尽长江滚滚来"之类则属声气自然而沉雄者。许氏进而指出:"然句法奇警、意思悲感者,人或识之,声气自然者,则无有识也。学

---

① 刘重喜:《黄生论杜诗句法》,《文学研究》,第2卷第2期,南京:南京大学出版社,2016年。

② [清]吴瞻泰撰,陈道贵、谢桂芳校点:《杜诗提要·评杜诗略例》,合肥:黄山书社,2015年,第5页。

③ [明]许学夷著,杜维沫校点:《诗源辩体》卷十九,北京:人民文学出版社,1987年,第215页。

杜者必先得其声气为主,否则终非子美耳。"①其所推崇的还是
"声气自然而沉雄"一格。这里的重点是以句法、句体为例,而许
氏亦曾结合《冬至》一诗的比较分析,将此格的认识推及全篇:

> 或问:"子美'年年至日'一篇,一气浑成,与崔颢《黄鹤》
> 《雁门》宁有异乎?"曰:律诗诣极者,以圆紧为正,骀荡为变。
> 《黄鹤》前四句虽歌行语,而后四句则甚圆紧,《雁门》则语语圆
> 紧矣。"年年"一篇,虽通篇对偶,而淋漓骀荡,遂入小变。机趣
> 虽同,而体制则异也。然读"年年"等作,便觉《秋兴》诸篇语多
> 窒碍。予尝谓子美七言律,变胜于正,终不能祛后世之惑。②

律体本色乃"圆紧"——体制格律严整,律体之变则为"骀
荡"——不拘格律而疏放。这里显然是就律诗语体结构的文体化
与言体化的辩证关系立说的。"一气浑成"显然义同诗语"骀荡"
所带来的"声气自然"。崔颢《黄鹤楼》前四句用歌行语且不拘平
仄而声气自然,而后四句则过于"圆紧",全篇"骀荡"、"圆紧"分
为两截。至于《雁门胡人歌》则全篇谨守格律,语语圆紧,故又乏
之"骀荡"之变,难免如杜诗《秋兴》诸篇语多窒碍"。要之,两种
情形皆不属于许氏所理解的"一气浑成"。唯有《冬至》,"虽通篇
对偶,而淋漓骀荡,遂入小变"。就语体去观察,全篇平仄对偶合
律,有律体正色。首联"年年至日长—为客,忽忽穷愁泥—杀人"
可视作五二节奏(但不妨碍读成四三节奏)。篇首叠音字"年年"
义为时间的循环往复,变而不变,语气凝重,为全篇奠定了情感基
调。"至日"作为节气,乃阴之极,阳之始,亦乃太阳南行至极,日

---

① [明]许学夷著,杜维沫校点:《诗源辩体》卷十九,北京:人民文学出版社,1987
　 年,第215页。
② [明]许学夷著,杜维沫校点:《诗源辩体》卷十九,北京:人民文学出版社,1987
　 年,第218—219页。

影最长亦是夜晚最长的一天,故曰"至日长"。作为意象的"至日"本可寄寓"冬天到了,春天还会远吗"这样的诗意,但其一经与"年年"、"长"相组合,其义不仅隐匿了,反而诗句显得更加凝重。诗人于至日为何心情如此凝重呢?"为客"二字将答案和盘托出。对句首字"忽忽"重言,意为飘忽不定,动荡不测,既与"年年"构成反义对,又自然画出了诗人长期漂泊流离,他乡为客之情状。"穷愁"二字之"穷"既有"穷尽"之义又有"困厄"、"失志"之义,前者关照"至日"之"至",后者修饰"愁",进一步揭示"为客"之态与"愁"之所出。"至日"与"穷愁",在结构上构成"正对",而从意义上看恰是"流水对"。"泥"字,"俗谓柔言索物曰泥,乃计切,谚所谓软缠也"①,挥之不去之义。因此,"穷愁"之"泥"足以"杀人"。"杀人"亦为俗语,非常磨人的意思。"为客"与"杀人"或"长为客"与"泥杀人"皆可构成正对而流水。首联回环照应,曲折有致,一气呵成,点明"至日穷愁"的题意。颔联"江上形容吾独老,天涯风俗自相亲","江上"点明此时此地,为实,"天涯"暗含自长安故乡视之,为虚,皆指向诗人"为客"之地,看似合掌,但虚实有异,意趣不同。"形容"与"风俗"看似不对,但拆字即对,"形"与"风"皆关乎"气"字而为义类对,"容"与"俗"皆含"谷",可为字侧对。《容斋随笔》"杜诗用字"条云:"律诗用自字、相字、共字、独字、谁字之类,皆是实字。"②"吾独老"、"自相亲"便是。就单句而言,"江上"句承首联"为客穷愁",对句"天涯风俗"直承"江上"又回应"至日",同时拓开心系家园故国之新境,故有"自相亲"之谓。陆士龙《答

---

①杨慎:《升庵集》卷六十一,《文渊阁四库全书》第1270册,第589页。
②[宋]洪迈著,鲁同群、刘宏起点校:《容斋随笔》,北京:中国世界语出版社,1995年,第176页。

张士然》诗云：“百城各异俗，千室非良邻。欢旧难假合，风土岂虚亲。”① 杜诗此处化用其义。诗为大历二年公滞留于夔州所作，此时欢旧半零落，而又身在天涯，故只有于“孤独”境中独自回望家园故国才会稍得“相亲”之慰藉。此处“相亲”，实诗人单相思也。“江上”句有比兴存焉，暗用《楚辞·渔父》之句：“屈原既放，游于江潭，行吟泽畔，颜色憔悴，形容枯槁。”② 现实是残酷的，回望亦只能徒增愁绪，更生悲情，于是自然转出颈联：“杖藜雪后临丹壑，鸣玉朝来散紫宸。”就字面去看，联上句叙实境，诗人杖藜雪后而身临丹壑，画面色彩冷艳；下句遥想当年鸣玉早朝归来，离开紫宸宫之情形，格调清越高雅，全联对仗工整，情调悲亦喜，喜亦悲。细读之，“杖藜”状老态，从“江上”句一气滚来，“雪后”明丽之景、“丹”字之艳，虽平添一份暖意亮色，然其辉映老态，加之“丹壑”本为阻隔意象，故全句仍不免漾出悲意，正如公作于同年春的《立春》诗所抒发者：“巫峡寒江那对眼，杜陵远客不胜悲。”按一般理解，本联为荣枯并置，穷达对比，故下句往往被读成实言诗人得意之情。其实不尽然，下句虽接续“自相亲”意脉，遥忆公一生最得意之时，但须知忆文的重点则在“朝来”以及伴随“朝来”的“散紫宸”。“散”字有“分离”、“分散”之义，又有“失去”、“丧失”之义，故“散紫宸”不能简单理解为早朝之后离开宫殿的写实。“紫宸”本来即指“北极星”，比喻天子，“散紫宸”的意象显然蕴含了诗人对左拾遗任上营救房琯而获罪天子这段人生经历的反思。此段经历实是诗人距离实现平生理想与抱负最近的起点，不意起点即为顶

---

① ［梁］萧统编，［唐］李善注：《文选·陆士龙·答张士然》，上海：上海古籍出版社，1986年，第1167—1168页。

② ［宋］洪兴祖撰，白化文等点校：《楚辞补注》，北京：中华书局，1983年，第179页。

点和终点，从此诗人便陷入人生的断崖至今，故由"临丹壑"而联想"散紫宸"，表层为空间方位的工对，而深层则为意脉情气相通的流水对，"临丹壑"、"散紫宸"写尽了诗人的失路之悲。"雪后"、"朝来"对举亦含深意，"雪后"本当是"晴天"，"朝来"本该是"欢喜"，但事实则不然。前者喻指大唐王朝遭劫以来的命运：离中兴之日遥遥无期；后者象征诗人一己之命运：历经国家劫难的诗人至老仍陷于"忽忽穷愁"之境。于是忧国伤老之情交织，煎迫诗人，几置诗人于绝望之地："心折此时无一寸，路迷何处见三秦。"尾联"无一寸"、"见三秦"为数字对，"此时"、"何处"属时空对，皆极工巧，然"心折"对"路迷"有因果关系，属流水对，领起联句，则是一意贯穿，气脉不滞。旧注释尾联，多引江文通《别赋》"使人意夺神骇，心折骨惊"以及"项羽立三秦王"故事。现别句析之。上句"心折此时"即由忧国伤老之情交相煎迫所致，前三联之义脉收束于此四字，"一寸"同于"方寸"，即指"心志"，"无一寸"形容"心折"之状。"无一寸"形容"心折"，喻指诗人"心失"之义，"失志"之悲，乃绝望之语。因"心失"而"路迷"，进而生出下句。"何处"乃疑问语气，声气因此振起，如绝境中之呐喊。"见三秦"承上句连读，即指：心折路迷无以得见"三秦"。结合当时政治背景及"三秦"典故，其喻意当是：此时于诗人心目中，朝廷迷乱，所用非人，军阀割据，国家根本看不到一寸一丝太平气象。由于"何处"一语插入，声气突扬，令读者深深感受到绝境中的诗人仍然没有全然丧失对家国的忧心以及对国运复兴的期盼，诗人感激于逼仄之境而迸发出来的一股豪气击面而来。

　　《冬至》案例分析表明，杜律"声气自然而沉雄"者，确实一气浑成而又千回百折，其语体"圆紧"不失"骀荡"，"骀荡"出于"圆紧"，"沉郁顿挫"之中，"意""法"浑然无间，文体化之"文法"与言体化之

"语法"实现了在"文法"框架中的高度平衡。当然,许学夷并不认为《秋兴》诸篇为"声气自然而沉雄"者,其谓之"语多窒碍"或由于《秋兴》多"香稻"之类的对句所致。其实,《秋兴》体虽严整,语亦沉着,但意气婉转,同样不失自然流畅。"香稻"联将文言"文法"推到了极致,若按许氏理路,其所谓"声气自然"者或更偏于言体"语法"的"言—文"平衡。许氏云:"学杜者必先得其声气为主,否则终非子美耳。"可见其推崇杜甫的性情为诗甚于杜甫的主意造语、沉郁为思。杜集中确实不乏偏于言体"语法"的"言—文"平衡的七言律诗,典型者莫过于《闻官军收河南河北》《又呈吴郎》:

闻官军收河南河北 ①

剑外忽传收蓟北,初闻涕泪满衣裳。
却看妻子愁何在,漫卷诗书喜欲狂。
白首放歌须纵酒,青春作伴好还乡。
即从巴峡穿巫峡,便下襄阳向洛阳。

又呈吴郎 ②

堂前扑枣任西邻,无食无儿一妇人。
不为困穷宁有此,只缘恐惧转须亲。
即防远客虽多事,便插疏篱却甚真。
已诉征求贫到骨,正思戎马泪盈巾。

以上两首,寓情于叙事议论之中,多用虚字动词组合构成动态意象,字法、句法接近散文语法,但声律形式则属七律正格,首联之外全篇都为流水对,"骀荡"而不失"圆紧"。尤其是《又呈吴郎》,今人有称"白话体"。历代评杜者甚众,或因其句法特点及内容之

---

① [清]浦起龙:《读杜心解》,北京:中华书局,1961年,第628页。
② [清]浦起龙:《读杜心解》,北京:中华书局,1961年,第670页。

近俗而贬之为"不成诗"、"叫花腔"、"为文句法"、"不成语"者。诸如此类，难免冬烘之气。①《杜臆》卷九云："此亦一简，本不成诗。然直写情事，曲折明了，亦成诗家一体。大家无所不有，亦无所不可也。"②王嗣奭颇有见地。《杜诗详注》卷二十引卢世㴶曰："杜诗温柔敦厚，其慈祥恺悌之衷，往往溢于言表。如此章，极煦育邻妇，又出脱邻妇，欲开示吴郎，又回护吴郎。八句中，百种千层，莫非仁音，所谓仁义之人，其言蔼如也。"③卢说最得杜律"声气自然"、"沉郁顿挫"之真谛，其评价显然超出了语体句法层面的"言"、"文"之辨，已将"意"、"法"融合的认识推进到了诗人性情人格的层面。

再说莫砺锋评杜。莫氏论杜诗则以"老成"境界与"沉郁顿挫"风格概之。

杜甫《戏为六绝句》其一云："庾信文章老更成，凌云健笔意纵横。"④莫氏认为，"老成"亦是对杜诗境界的夫子自道，它不是一种艺术风格，而是一种艺术境界。其确切内涵即"凌云健笔意纵横"——"能纵心所欲地表现一切内容，传递各种感情，而不受技巧、形式、乃至题材走向等传统的束缚，变化神妙，浑成无迹"。始于长安十年，杜诗即已逐渐接近此种境界。⑤换言之，"老成"意味着杜诗创作，达到了一种无可无不可、游刃有余的自由境界。

至于"沉郁顿挫"风格，莫氏则分层加以论述。其表层包括语

① 参陈增杰：《唐人律诗笺注集评》，杭州：浙江古籍出版社，2003年，第412、413页。
② ［明］王嗣奭：《杜臆》，上海：上海古籍出版社，1983年，第326页。
③ ［唐］杜甫著，［清］仇兆鳌注：《杜诗详注》，北京：中华书局，1979年，第1763页。
④ ［清］浦起龙：《读杜心解》，北京：中华书局，1961年，第841页。
⑤ 参莫砺锋：《杜甫评传》，南京：南京大学出版社，1993年，第249页。

言、意象、结构、声调等方面，"举凡语言之凝炼、意象之精警、结构之波澜起伏、声调之抑扬顿挫，都给人以凝重、深沉、千锤百炼、千回百折之感，这在总体上形成了沉郁顿挫的艺术风貌"。其深层则涉及杜诗的艺术构思，实指杜甫善用比兴，运思深刻而呈现出来的深沉凝重之面貌：含蓄与曲折。此两层显然是由诗法角度切入的分析论述，亦可视作"意"与"法"的有机融合，本文前此有关杜诗句法的诸多案例分析亦可印证之。最后一个层面的揭示则是有关杜诗的"思想"、"情意"的内容指向及其品格，主要体现为杜甫"对国家和人民的命运的深切忧虑，以及对国家兴亡盛衰原因的深沉思考"。"感情的深挚和思想的深刻是杜诗沉郁风格最深层面的内涵"。① 莫氏指出："诗歌风格是诗人人格的艺术表现，一位伟大的诗人的人格必定具有丰富的内涵，所以其诗歌风格也必定具有多姿多采的特征，杜诗就是如此。"② 可见，莫氏对杜诗"沉郁顿挫"风格的分析论述最终亦归结于杜甫的性情与人格，其人格的品质乃儒家人格。"老成"尽管特指杜诗所达到的艺术境界，更多地与杜甫的艺术功力有关，但如果脱离了杜甫的性情与人格，则也就不再与杜甫的艺术境界有关。因此可以说，"老成"境界本来就是杜甫"沉郁顿挫"风格的重要组成部分。

　　综上所述，杜诗句法虽然变化多姿，穷尽百态，但仅就其形式而言，罕见专属杜甫独创的"拗句句法"。单纯以句式韵律节奏以及词语和句法成分的错位异置等特征，来说明杜甫律诗句法的独创性及其艺术成就，显然不得要领。杜甫七律句法的特殊性并不在于突破七言诗语"四三"节奏的框架，从而故作声调拗折，变成纯散文句式

① 参莫砺锋：《杜甫评传》，南京：南京大学出版社，1993年，第264—269页。
② 参莫砺锋：《杜甫评传》，南京：南京大学出版社，1993年，第261页。

的拗句；亦不在于离析词语，错综语序，成为无意脉可寻，无文法可言，不成语句的"陌生句"。杜甫七律句法的创造性及其成就只能从文言语体文体化大背景中的"言""文"辩证及其平衡，以及杜甫诗思有效融合"意"与"法"的角度方能得到解释，而此一解释最终只有结合杜诗"沉郁顿挫"的艺术风格的理解才能得到真正的落实。

结　论

　　七言诗尽管长期依附于乐府歌行的文体生态，滞后于五言诗的发展，但其律化进程则紧追五言诗步伐。七言律诗体式的定型略晚于五言律诗，而其体式被普遍认同的时间则与五言近体律诗体式的普及无异——同处于武后中宗时代。七言近体平仄律句主体为四平句7式、三平句7式、五平句3式，以及2平句4式、1平句1式，总计22式。"平平平仄平平平"可视为七言近体律句的特例。七言近体律诗至杜甫方从"大体"上超越乐府歌行之文体生态而独立并成熟。史上所谓的杜甫七言"吴体"或"拗体"律诗共有36首，就其声律形式而言，可笼统称之为"齐梁体"律诗。前人所体认的杜诗"声律细"主要关系到四声律的运用。杜甫律诗之创变主要表现为其相对于盛唐正律诗的功能领域、诗境及其诗美范型之变，本质上是大体之变，其欲达到的文体学目标则是：以自然气质为主的古诗与以中和雅正为旨趣的律诗体之深度融合。杜甫实现这一目标大多凭借的是近体正律的诗律形式。杜甫七言拗律诗之创作，乃借助齐梁声律形式以完成律诗变格创体的策略性选择而已，其文体学上的特殊意义在于别体。别体不在于别古近体，而是在风格大体意义上以别盛唐律诗正体。后人多以变幻莫测的句法论杜甫律诗，尤其是七言律诗的奇变创格。清人管世铭云:"七言律诗,至杜工部而曲尽其变。盖昔人多以自在流行出之,作者独加以沉郁顿挫。其气盛,其言昌,格法、句法、字法、章法,无美不备,无奇不臻,横绝古今,莫能两大。"① 要言之,杜甫七言律诗句法的创造性不在于形式上的刻意求变,炫奇立异,而是表现为在律诗语体文体化的架构中,最大限度地拓展了文言语体的诗语表现力,其成果便是在"文体"化与"言体化"两个向度将诗语"言—文"结构的平衡推向了极致,成就了具有标志性的"沉郁顿挫"的杜诗风格。当然,此一成果同时也体现了杜甫努力将古诗的诗学精神融入律诗的审美追求,而这一审美追求则又根源于杜甫独特的性情与健全的儒家人格。

附录:50首为学者断为"拗体七律"的杜甫七言诗之平仄②

1 郑驸马宅宴洞中【玄宗天宝五年】

主家阴洞细烟雾,留客夏簟青琅玕。

仄平平仄仄平仄,平仄仄仄平平平。

春酒杯浓琥珀薄,冰浆碗碧玛瑙寒。

平仄平平仄仄仄,平平仄仄仄仄平。

误疑茅堂过江麓,已入风磴霾云端。

仄平平平仄平仄,仄仄平平平平平。

自是秦楼压郑谷,时闻杂佩声珊珊。

---

① 管世铭:《读雪山房唐诗凡例·七律凡例》,参引自陈增杰编著:《唐人律诗笺注集评》,杭州:浙江古籍出版社,2003年,第286页。
② 诗文及年谱依据浦起龙:《读杜心解》,北京:中华书局,1961年。

仄仄平平仄仄仄，平平仄仄平平平。

2 城西陂泛舟【玄宗天宝十三年】

青蛾皓齿在楼船，横笛短箫悲远天。
平平仄仄仄平平，平仄仄平平仄平。
春风自信牙樯动，迟日徐看锦缆牵。
平平仄仄平平仄，平仄平平仄仄平。
鱼吹细浪摇歌扇，燕蹴飞花落舞筵。
平平仄仄平平仄，仄仄平平仄仄平。
不有小舟能荡桨，百壶那送酒如泉。
仄仄仄平平仄仄，仄平平仄仄平平仄。

3 宣政殿退朝晚出左掖【肃宗乾元元年】

天门日射黄金榜，春殿晴曛赤羽旗。
平平仄仄平平仄，平仄平平仄仄平。
宫草霏霏承委珮，炉烟细细驻游丝。
平仄平平平仄仄，平平仄仄仄平平。
云近蓬莱常五色，雪残鸂鶒亦多时。
平仄平平平仄仄，仄平平仄仄平平。
侍臣缓步归青琐，退食从容出每迟。
仄平仄仄平平仄，仄仄平平仄仄平。

4 题省中壁【肃宗乾元元年】

掖垣竹埤梧十寻，洞门对雪常阴阴。
仄平仄平平仄平，仄平仄仄平平平。
落花游丝白日静，鸣鸠乳燕青春深。
仄平平平仄仄仄，平平仄仄平平平。
腐儒衰晚谬通籍，退食迟回违寸心。
仄平平仄仄平仄，仄仄平平平仄平。

　　衮职曾无一字补,许身愧比双南金。
　　仄仄平平仄仄仄,仄平仄仄平平平。

5 曲江对酒【肃宗乾元元年】

　　苑外江头坐不归,水精春殿转霏微。
　　仄仄平平仄仄平,仄平平殿仄平平。

　　桃花细逐杨花落,黄鸟时兼白鸟飞。
　　平平仄仄平平仄,平仄平平仄仄平。

　　纵饮久判人共弃,懒朝真与世相违。
　　仄仄仄平平仄仄,仄平平仄仄平平。

　　吏情更觉沧州远,老大徒伤未拂衣。
　　仄平仄仄平平仄,仄仄平平仄仄平。

6 题郑县亭子【肃宗乾元元年】

　　郑县亭子涧之滨,户牖凭高发兴新。
　　仄平平仄仄平平,仄仄平平仄仄平。

　　云断岳莲临大路,天清宫柳暗长春。
　　平仄仄平平仄仄,平平平仄仄平平。

　　巢边野雀群欺燕,花底山蜂远趁人。
　　平平仄仄平平仄,平仄平平仄仄平。

　　更欲题诗满青竹,晚来幽独恐伤神。
　　仄仄平平仄平仄,仄平平仄仄平平。

7 望岳(西岳)【肃宗乾元元年】

　　西岳危稜竦处尊,诸峰罗立如儿孙。
　　平仄平平仄仄平,平平平仄平平平。

　　安得仙人九节杖,挂到玉女洗头盆。
　　平仄平平仄仄仄,仄仄仄仄仄平平。

　　车箱入谷无归路,箭栝通天有一门。

平平仄仄平平仄，仄仄平平仄仄平。

稍待秋风凉冷后，高寻白帝问真源。

平仄平平平仄仄，平平仄仄仄平平。

8 早秋苦热堆案相仍【肃宗乾元元年】

七月六日苦炎蒸，对食暂餐还不能。

仄仄仄仄仄平仄，仄仄仄平平仄平。

每愁夜中自足蝎，况乃秋后转多蝇。

仄平仄平仄仄仄，仄仄仄平仄平平。

束带发狂欲大叫，簿书何急来相仍。

平仄仄平仄仄仄，仄平平仄平平平。

南望青松架短壑，安得赤脚踏层冰。

平仄平平仄仄仄，平仄仄仄仄平平。

9 崔氏东山草堂【肃宗乾元元年】

爱汝玉山草堂静，高秋爽气相鲜新。

仄仄仄平仄平仄，平平仄仄平仄平。

有时自发钟磬响，落日更见渔樵人。

仄平仄仄平仄仄，仄仄仄仄平平平。

盘剥白鸦谷口栗，饭煮青泥坊底芹。

平仄仄平仄仄仄，仄仄平平平仄平。

何为西庄王给事，柴门空闭锁松筠。

平平平平仄仄仄，平平平仄仄平平。

10 卜居【肃宗上元元年】

浣花溪水水西头，主人为卜林塘幽。

仄平平仄仄平平，仄仄仄平平仄平。

已知出郭少尘事，更有澄江销客愁。

仄平仄仄仄平仄，仄仄平平平仄平。

无数蜻蜓齐上下，一双鸂鶒对沉浮。

平仄平平平仄仄，仄平平仄仄平平。

东行万里堪乘兴，须向山阴上小舟。

平平仄仄平平仄，平仄平平仄仄平。

11 有客【肃宗上元元年】

幽栖地僻经过少，老病人扶再拜难。

平平仄仄平平仄，仄仄平平仄仄平。

岂有文章惊海内，漫劳车马驻江干。

仄仄平平平仄仄，仄平平仄仄平平。

竟日淹留佳客坐，百年粗粝腐儒餐。

仄仄平平平仄仄，仄平平仄仄平平。

不嫌野外无供给，乘兴还来看药栏。

仄平仄仄平平仄，平仄平平仄仄平。

12 恨别【肃宗上元元年】

洛城一别四千里，胡骑长驱五六年。

仄平仄仄仄平仄，平仄平平仄仄平。

草木变衰行剑外，兵戈阻绝老江边。

仄仄平平平仄仄，平平仄仄仄平平。

思家步月清宵立，忆弟看云白日眠。

平平仄仄平平仄，仄仄平平仄仄平。

闻道河阳近乘胜，司徒急为破幽燕。

平仄平平仄仄仄，平平仄仄仄平平。

13 至后【肃宗上元元年】

冬至至后日初长，远在剑南思洛阳。

平仄仄仄仄平平，仄仄仄平平仄平。

青袍白马有何意，金谷铜驼非故乡。

平平仄仄仄平仄，平仄平平平仄平。

梅花欲开不自觉，棣萼一别永相望。

平平仄平仄仄仄，仄仄仄仄仄平平。

愁极本凭诗遣兴，诗成吟咏转凄凉。

平仄仄平平仄仄，平平平仄平平平。

14 江上值水如海势聊短述【肃宗上元二年】

为人性僻耽佳句，语不惊人死不休。

平平仄仄平平仄，仄仄平平仄仄平。

老去诗篇浑漫与，春来花鸟莫深愁。

仄仄平平平仄仄，平平平仄仄平平。

新添水槛供垂钓，故着浮槎替入舟。

平平仄仄平平仄，仄仄平平仄仄平。

焉得思如陶谢手，令渠述作与同游。

平仄平平平仄仄，平平仄仄仄平平。

15 所思【肃宗上元二年】

苦忆荆州醉司马，谪官樽俎定常开。

仄仄平平仄平仄，仄平平仄仄平平。

九江日落醒何处？一柱观头眠几回。

仄平仄仄平平仄，仄仄平平平仄平。

可怜怀抱向人尽，欲问平安无使来。

仄平平仄仄平仄，仄仄平平平仄平。

故凭锦水将双泪，好过瞿塘滟滪堆。

仄平仄仄平平仄，仄仄平平仄仄平。

16 寄杜位【肃宗上元二年】

近闻宽法离新州，想见归怀尚百忧。

仄平平仄仄平平，仄仄平平仄仄平。

逐客虽皆万里去,悲君已是十年流。
仄仄平平仄仄仄,平平仄仄仄平平。
干戈况复尘随眼,鬓发还应雪满头。
平平仄仄平平仄,仄仄平平仄仄平。
玉垒题书心绪乱,何时更得曲江游。
仄仄平平平仄仄,平平仄仄仄平平。

17 严公仲夏枉驾草堂兼携酒馔得寒字【代宗宝应元年】

竹里行厨洗玉盘,花边立马簇金鞍。
仄仄平平仄仄平,平平仄仄仄平平。
非关使者征求急,自识将军礼数宽。
平平仄仄平平仄,仄仄平平仄仄平。
百年地辟柴门迥,五月江深草阁寒。
仄平仄仄平平仄,仄仄平平仄仄平。
看弄渔舟移白日,老农何有罄交欢。
仄仄平平平仄仄,仄平平仄仄平平。

18 野望【代宗广德元年】

金华山北涪水西,仲冬风日始凄凄。
平平平仄平仄平,仄平平仄仄平平。
山连越巂蟠三蜀,水散巴渝下五溪。
平平仄仄平平仄,仄仄平平仄仄平。
独鹤不知何事舞,饥乌似欲向人啼。
仄仄仄平平仄仄,平平仄仄仄平平。
射洪春酒寒仍绿,目极伤神谁为携。
仄平平仄平平仄,仄仄平平平仄平。

19 送王十五判官扶侍还黔中得开字【代宗广德元年】

大家东征逐子回,风生洲渚锦帆开。

仄平平平仄仄平,平平平仄仄平平。

青青竹笋迎船出,白白江鱼入馔来。

平平仄仄平平仄,仄仄平平仄仄平。

离别不堪无限意,艰危深仗济时才。

仄仄仄平平仄仄,平平平仄仄平平。

黔阳信使应稀少,莫怪频频劝酒杯。

平平仄仄平平仄,仄仄平平仄仄平。

20 章梓州橘亭饯成都窦少尹得凉字【代宗广德元年】

秋日野亭千橘香,玉杯锦席高云凉。

平仄仄平平仄平,仄平仄仄平平平。

主人送客何所作,行酒赋诗殊未央。

仄平仄仄平仄仄,平仄仄平平仄平。

衰老应为难离别,贤声此去有辉光。

平仄平平平仄仄,平平平仄仄平平。①

预传籍籍新京尹,青史无劳数赵张。

仄平仄仄平平仄,平仄平平仄仄平。

21 九日【代宗广德元年】

去年登高郪县北,今日重在涪江滨。

仄平平平仄仄仄,平仄平平仄平平。

苦遭白发不相放,羞见黄花无数新。

仄平仄仄仄平仄,平仄平平平仄平。

世乱郁郁久为客,路难悠悠常傍人。

仄仄仄仄仄平仄,仄平平平平仄平。

---

① 《杜诗详注》:应,平声;离,去声。参[唐]杜甫著,[清]仇兆鳌注:《杜诗详注》,北京:中华书局,1979年,第1026页。

酒阑却忆十年事，肠断骊山清路尘。

仄平仄仄仄平仄，平仄平平平仄平。

22 奉寄章十侍御【代宗广德二年】

淮海维扬一俊人，金章紫绶照青春。

平仄平平仄仄平，平平仄仄仄平平。

指麾能事回天地，训练强兵动鬼神。

仄平平仄平平仄，仄仄平平仄仄平。

湘西不得归关羽，河内犹宜借寇恂。

平平仄仄平平仄，平仄平平仄仄平。

朝觐从容问幽仄，勿云江汉有垂纶。

平仄平平仄平仄，仄平平仄仄平平。

23 将赴成都草堂途中有作先寄严郑公五首其三【代宗广德二年】

竹寒沙碧浣花溪，橘刺藤梢咫尺迷。

仄平平仄仄平平，仄仄平平仄仄平。

过客径须愁出入，居人不自解东西。

仄仄仄平平仄仄，平平仄仄仄平平。

书签药里封蛛网，野店山桥送马蹄。

平平仄仄平平仄，仄仄平平仄仄平。

肯藉荒庭春草色，先判一饮醉如泥。

仄仄平平平仄仄，平仄仄仄仄平平。

24 将赴成都草堂途中有作先寄严郑公五首其五【代宗广德二年】

锦官城西生事微，乌皮几在还思归。

仄平平平平仄平，平平仄仄平平平。

昔去为忧乱兵入，今来已恐邻人非。

仄仄平平仄平仄，平平仄仄平平平。

侧身天地更怀古，回首风尘甘息机。

仄平平仄仄平仄，平仄平平平仄平。

共说总戎云鸟阵，不妨游子芰荷衣。

仄仄仄平平仄仄，仄平平仄仄平平。

25 拨闷（一作赠严二别驾）【代宗永泰元年】

闻道云安曲米春，才倾一盏即醺人。

平仄平平仄仄平，平平仄仄仄平平。

乘舟取醉非难事，下峡消愁定几巡。

平平仄仄平平仄，仄仄平平仄仄平。

长年三老遥怜汝，捩柂开头捷有神。

平平平仄平平仄，仄仄平平仄仄平。

已办青钱防雇直，当令美味入吾唇。

仄仄平平平仄仄，平平仄仄仄平平。

26 十二月一日三首其一【代宗永泰元年】

今朝腊月春意动，云安县前江可怜。

平平仄仄平仄仄，平平仄平平仄平。

一声何处送书雁，百丈谁家上濑船。

仄平平仄仄平仄，仄仄平平仄仄平。

未将梅蕊惊愁眼，要取椒花媚远天。

仄平平仄平平仄，仄仄平平仄仄平。

明光起草人所羡，肺病几时朝日边。

平平仄仄平仄仄，仄仄平平平仄平。

27 十二月一日三首其二【代宗永泰元年】

寒轻市上山烟碧，日满楼前江雾黄。

平平仄仄平平仄，仄仄平平平仄平。

负盐出井此溪女，打鼓发船何郡郎。

仄平仄仄仄平仄，仄仄仄平平仄平。

新亭举目风景切，茂陵著书消渴长。

平平仄仄平仄仄，仄平平平平仄平。

春风不愁不烂熳，楚客唯听棹相将。

平平仄平仄仄仄，仄仄仄平平平平。

28 白帝城最高楼【代宗大历元年】

城尖径仄旌旆愁，独立缥缈之飞楼。

平平仄仄旌旆愁，仄仄平平平平楼。

峡坼云霾龙虎卧，江清日抱鼋鼍游。

仄仄平平平仄仄，平平仄仄平平平。

扶桑西枝对断石，弱水东影随长流。

平平平平仄仄仄，仄仄平仄平平平。

杖藜叹世者谁子，泣血迸空回白头。

仄平仄仄仄平仄，仄仄仄平平仄平。

29 白帝【代宗大历元年】

白帝城中云出门，白帝城下雨翻盆。

仄仄平平平仄平，仄仄平平仄仄平。

高江急峡雷霆斗，古木苍藤日月昏。

平平仄仄平平仄，仄仄平平仄仄平。

戎马不如归马逸，千家今有百家存。

平仄仄平平仄仄，平平平仄仄平平。

哀哀寡妇诛求尽，恸哭秋原何处村。

平平仄仄平平仄，仄仄平平平仄平。

30 黄草【代宗大历元年】

黄草峡西船不归，赤甲山下人行稀。

平仄仄平平仄平，仄仄平仄平平平。

秦中驿使无消息，蜀道兵戈有是非。

平平仄仄平平仄，仄仄平平仄仄平。

万里秋风吹锦水，谁家别泪湿罗衣。

仄仄平平平仄仄，平平仄仄仄平平。

莫愁剑阁终堪据，闻道松州已被围。

仄平仄仄平平仄，平平平仄平仄平。

31咏怀古迹五首之二【代宗大历元年】

摇落深知宋玉悲，风流儒雅亦吾师。

平仄平平仄仄平，平平平仄仄平平。

怅望千秋一洒泪，萧条异代不同时。

仄仄平平仄仄仄，平平仄仄仄平平。

江山故宅空文藻，云雨荒台岂梦思。

平平仄仄平平仄，平仄平平仄仄平。

最是楚宫俱泯灭，舟人指点到今疑。

仄仄仄平平仄仄，平平仄仄仄平平。

32立春【代宗大历二年】

春日春盘细生菜，忽忆两京全盛时。

平仄平平仄平仄，仄仄仄平平仄平。

盘出高门行白玉，菜传纤手送青丝。

仄平平平平仄仄，仄平平仄仄平平。

巫峡寒江那对眼！杜陵远客不胜悲。

平仄平平仄仄仄，仄平平仄仄平平。

此身未知归定处，呼儿觅纸一题诗。

平平仄平平仄仄，平平仄仄仄平平。

33 愁(强戏为吴体)【代宗大历二年】

江草日日唤愁生,春峡泠泠非世情。
平仄仄仄仄平平,平仄平平平仄平。

盘涡鹭浴底心性,独树花发自分明。
平平仄仄仄平仄,仄仄平仄仄平平。

十年戎马暗南国,异域宾客老孤城。
仄平平仄仄平仄,仄仄平仄仄平平。

渭水秦山得见否?人今罢病虎纵横。
仄仄平平仄仄仄,平平平仄仄平平。

34 昼梦【代宗大历二年】

二月饶睡昏昏然,不独夜短昼分眠。
仄仄平仄平平平,仄仄仄仄仄平平。

桃花气暖眼自醉,春渚日落梦相牵。
平平仄仄仄仄仄,平仄仄仄仄平平。

故乡门巷荆棘底,中原君臣豺虎边。
仄平平仄平仄仄。平平平平平仄平。

安得务农息战斗,普天无吏横索钱。
平仄仄平仄仄仄,仄平平仄仄平平。

35 暮春【代宗大历二年】

卧病拥塞在峡中,潇湘洞庭虚映空。
仄仄仄仄仄仄平,平平仄平平仄平。

楚天不断四时雨,巫峡长吹万里风。
仄平仄仄仄平仄,平平仄平仄平平。

沙上草阁柳新暗,城边野池莲欲红。
平仄仄仄仄平仄,平平仄平平平平。

暮春鸳鹭立洲渚,挟子翻飞还一丛。

仄平平仄仄平仄，仄仄平平平仄平。

36 即事【代宗大历二年】

暮春三月巫峡长，晶晶行云浮日光。
仄平平仄平仄平，仄仄平平平仄平。

雷声忽送千峰雨，花气浑如百和香。
平平仄仄平平仄，平平平平仄仄平。

黄莺过水翻回去，燕子衔泥湿不妨。
平平平仄平平仄，仄仄平平仄仄平。

飞阁卷帘图画里，虚无只少对潇湘。
平仄仄平平仄仄，平平仄仄仄平平。

37 赤甲【代宗大历二年】

卜居赤甲迁居新，两见巫山楚水春。
仄平仄仄平平平，仄仄平平仄仄平。

炙背可以献天子，美芹由来知野人。
仄仄仄仄仄平仄，仄平平平平仄平。

荆州郑薛寄诗近，蜀客郗岑非我邻。
平平仄仄仄平仄，仄仄仄平平仄平。

笑接郎中评事饮，病从深酌道吾真。
仄仄平平平仄仄。仄平平仄仄平平。

38 江雨有怀郑典设【代宗大历二年】

春雨暗暗塞峡中，早晚来自楚王官。
平仄仄平平仄平，仄仄平仄仄仄平。

乱波纷披已打岸，弱云狼藉不禁风。
仄平平平仄仄仄，仄平仄仄仄平平。

宠光蕙叶与多碧，点注桃花舒小红。
仄平仄仄仄平仄，仄仄平平平仄平。

谷口子真正忆汝，岸高瀼滑限西东。

仄仄仄平仄仄仄，仄平平仄仄平平。

39 雨不绝【代宗大历元年】

鸣雨既过渐细微，映空摇飏如丝飞。

平仄仄平仄仄平，仄平平平平平平。

阶前短草泥不乱，院里长条风乍稀。

平平仄仄平仄仄，仄仄平平平仄平。

舞石旋应将乳子，行云莫自湿仙衣。

仄仄平平仄仄仄，平平仄仄仄平平。

眼边江舸何匆促，未待安流逆浪归。

仄平平仄平平仄，仄仄平平仄仄平。

40 滟滪【代宗大历二年】

滟滪既没孤根深，西来水多愁太阴。

仄仄仄仄平平平，平平仄平平仄平。

江天漠漠鸟双去，风雨时时龙一吟。

平平仄仄仄平仄，平仄平平平仄平。

舟人渔子歌回首，估客胡商泪满襟。

平平平仄平仄仄，仄仄平平仄仄平。

寄语舟航恶年少，休翻盐井搁黄金。

仄仄平平仄平仄，平平平仄仄平平。

41 季夏送乡弟韶陪黄门从叔朝谒【代宗大历二年】

令弟尚为苍水使，名家莫出杜陵人。

仄仄仄平平仄仄，平平仄仄仄平平。

比来相国兼安蜀，归赴朝廷已入秦。

仄平仄仄平平仄，平平平平仄仄平。

舍舟策马论兵地，拖玉腰金报主身。

仄平仄仄平平仄,平仄平平仄仄平。

莫度清秋吟蟋蟀,早闻黄阁画麒麟。

仄仄平平平仄仄,平平仄仄仄平平。

42七月一日题终明府水楼二首之二【代宗大历二年】

虑子弹琴邑宰日,终军弃繻英妙时。

仄仄平平仄仄仄,平平仄平平仄平。

承家节操尚不泯,为政风流今在兹。

平平仄仄仄不泯,平仄平平平仄平。

可怜宾客尽倾盖,何处老翁来赋诗?

仄平平仄仄平仄,平仄仄平平平平。

楚江巫峡半云雨,清簟疏帘看弈棋。

仄平平仄仄平仄,平仄平平仄仄平。

43见萤火【代宗大历二年】

巫山秋夜萤火飞,疏帘巧入坐人衣。

平平平仄平仄平,平平仄仄仄平平。

忽惊屋里琴书冷,复乱檐边星宿稀。

仄平仄仄平平仄,仄仄平平平仄平。

却绕井阑添个个,偶经花蕊弄辉辉。

仄仄仄平平仄仄,仄平平仄仄平平。

沧江白发愁看汝,来岁如今归未归。

仄平仄仄平平仄,平仄平平平仄平。

44简吴郎司法【代宗大历二年】

有客乘舸自忠州,遣骑安置瀼西头。

仄仄平仄仄平平,仄仄平平平平平。

古堂本买藉疏豁,借汝迁居停宴游。

仄平仄仄仄平仄,仄仄平平平仄平。

云石荧荧高叶曙，风江飒飒乱帆秋。

平仄平平平仄仄，平平仄仄仄平平。

却为姻娅过逢地，许坐曾轩数散愁。

仄平平仄平平仄，仄仄平平仄仄平。

45覃山人隐居【代宗大历二年】

南极老人自有星，北山移文谁勒铭？

平仄仄平仄仄平，仄平平平平仄平。

征君已去独松菊，哀壑无光留户庭。

平平仄仄仄平仄，平仄平平平仄平。

予见乱离不得已，子知出处必须经。

平仄仄平仄仄仄，仄平仄仄仄平平。

高车驷马带倾覆，怅望秋天虚翠屏。

平平仄仄仄平仄，仄仄平平平仄平。

46即事【代宗大历二年】

天畔群山孤草亭，江中风浪雨冥冥。

平仄平平平仄平，平平平仄仄平平。

一双白鱼不受钓，三寸黄甘犹自青。

仄平仄平仄仄仄，平平平平平仄平。

多病马卿无日起，穷途阮籍几时醒？

平仄仄平平仄仄，平平仄仄仄平平。

未闻细柳散金甲，肠断秦川流浊泾。

仄平仄仄仄平仄，平平平平平仄平。

47题柏学士茅屋【代宗大历二年】

碧山学士焚银鱼，白马却走身岩居。

仄平仄仄平平平，仄仄仄仄平平平。

古人已用三冬足，年少今开万卷余。

仄平仄仄平平仄，平仄平平仄仄平。

晴云满户团倾盖，秋水浮阶溜决渠。

平平仄仄平平仄，平平平平仄仄平。

富贵必从勤苦得，男儿须读五车书。

仄仄仄平平仄仄，平平平仄仄平平。

48暮归【代宗大历三年】

霜黄碧梧白鹤栖，城上击柝复乌啼。

平平仄平仄仄平，平仄仄平仄乌平。

客子入门月皎皎，谁家捣练风凄凄？

仄仄仄平仄仄仄，平平仄仄平平平。

南渡桂水阙舟楫，北归秦川多鼓鼙。

平仄仄仄仄平仄，仄平平平平仄平。

年过半百不称意，明日看云还杖藜。

平平仄仄平仄仄，平仄平平平仄平。

49晓发公安【代宗大历三年】

北城击柝复欲罢，东方明星亦不迟。

仄平仄仄仄仄仄，平平平平仄平平。

邻鸡野哭如昨日，物色生态能几时。

平平仄仄平仄仄，仄仄平平平仄平。

舟楫眇然自此去，江湖远适无前期。

平仄仄平仄仄仄，平平仄仄平平平。

出门转眄已陈迹，药饵扶吾随所之。

仄平仄仄仄平仄，仄仄平平平仄平。

50长沙送李十一衔【代宗大历五年】

与子避地西康州，洞庭相逢十二秋。

仄仄仄仄平平平，仄平平平仄仄平。

远愧尚方曾赐履，竟非吾土倦登楼。

仄仄仄平平仄仄，仄平平仄仄平平。

久存胶漆应难并，一辱泥涂遂晚收。

仄平平仄平平仄，仄仄平平仄仄平。

李杜齐名真忝窃，朔云寒菊陪① 离忧。

仄仄平平平仄仄，仄平平仄仄平平。

———————

①陪通倍，读上声。

第十二章 杜甫"诗圣"地位的确立 与律诗文体学的终极建构

律诗体式就其声律"小体"一端而言,在初唐即已定型,但就其"大体"建构而言则远未完成。直至中唐独孤及、皎然重新发现"缘情绮靡"诗说的意义,完善"意境"诗学,推崇沈、宋为唐律之祖,律诗文体学的建构方成格局。但问题在于,这一文体学建构是在与唐初以来的复古诗学的对立中完成的,并未全面关照盛唐诗歌的全部创作实践,充分考量、吸纳复古诗学的诉求及其思想成果,故律诗文体学的建构仍然在其途中。沈、宋作为唐律之祖有赖于皎然等的"意境"诗学的建构与发现,而律诗文体学建构的完成则有待于杜甫的被发现及其诗圣地位的确立。

第一节 唐诗整体态势与杜甫诗之定位

就创作而言,自初唐王绩、四杰等,律诗文体即已突破狭隘的应制这一题材、功能领域,盛唐以往逐渐成为可以反映当时诗人所有日常生活经验的言志抒怀、彰显个体才情及人格的文体样式。然而,在此一过程中,诗体不同类型的发展仍然呈现出不均衡的变化与发展态势。仅从当时诗人创作不同诗型的数量对比即可看出此一态势。民国学者施子愉通过对《全唐诗》存诗一卷以上诗人的全部33932首诗的分体分型统计,给出了一组对比性数据① :

时期 诗型	初唐	盛唐	中唐	晚唐	分型总数
五言古诗	663 (12;32.3)	1795 (32.8;33.5)	2447 (45.3;18.6)	561 (10.3;4.2)	5466 (16.1)
七言古诗	58 (3.3;2.8)	521 (29.3;9.7)	1006 (56.6;7.6)	193 (10.9;1.5)	1778 (5.2)

① 施子愉:《唐代科举制度与五言诗的关系》,《东方杂志》,1944年第40卷第8期。表中分型、分期总数及各项总数比为笔者所加,其中分型、分期总数栏中括号内数字分别为分诗型总数、分时期总数占全部33932首诗总数的百分比,其他方格中括号内数字依次是表格内诗篇数占分型总数、分期总数的百分比。百分比数值取小数点后一位,四舍五入。《全唐诗》收录唐诗究竟有多少,今人统计不一,但去重及误收、加上今人补逸,今存全唐诗要不超过五万首。发愤重新校录全唐诗的古代文学研究大家陈尚君的最新估计是:"今存数在五万三千首上下,绝对可靠者大约略过五万首。"(陈尚君:《存世唐诗知多少》,文汇报/2017年/4月/17日/第W02版)以五万首计,施氏统计的数据已达全唐诗的67.86%。对其数据的分析,基本上能反映唐诗文体创作的实况。施子愉论文对唐诗所作的分体,因袭的是宋元人的做法。关于唐人自己的诗体分类,则无有定见。今人王运熙分古体、齐梁体、今体、歌行、乐府五种;钱志熙则定为近体、古体、乐府体三种;李定广又作歌行、乐府、古体诗、律诗、杂体诗五种。尽管本文认为从声律形式的角度,唐诗实际可作古体、近体、齐梁体之体类三分,但本章所依据的分体统计数据则准施子愉因袭的宋元以来的分类法而获得。参:王运熙《唐人的诗体分类》,《中国文化》,1995年第2期;钱志熙《论唐诗体裁系统的优势》,《陕西师范大学学报》,2005年第4期;李定广《唐诗的体裁系统及其艺术优越性》,《学术月刊》,2013年第5期。

续表

时期 诗型	初唐	盛唐	中唐	晚唐	分型总数
五言律诗	823 （8.6；40.1）	1651 （17.3；30.8）	3233 （33.8；24.3）	3864 （40.4；29.3）	9571 （28.2）
七言律诗	72 （1.2；3.5）	300 （5.1；5.6）	1848 （31.3；13.9）	3683 （62.4；27.9）	5903 （17.4）
五言排律	188 （9.7；9.6）	329 （17；6.1）	807 （41.7；6.1）	610 （31.5；4.6）	1934 （5.7）
七言排律	0 （0）	8 （11.4；0.13）	36 （51.4；0.27）	26 （37.1；0.2）	70 （0.21）
五言绝句	172 （8；8.4）	279 （13；5.2）	1015 （47.4；7.6）	674 （31.5；5.1）	2140 （6.3）
七言绝句	77 （1.1；3.8）	472 （6.7；8.8）	2930 （41.4；22）	3591 （50.8；27.2）	7070 （20.8）
分期总数	2053 （6.1）	5355 （15.8）	13322 （39.3）	13202 （38.9）	33932 （全）

数据反映了三点事实：

其一，就诗歌创作总量而言，初唐经盛唐至中唐呈加速递增趋势，然后进入稳定发展的晚唐阶段。

其二，从历时角度看分体演化，诗歌古体的创作，自初唐经盛唐至中唐，数量加速增长（尤其是七言古诗），出现高峰，而后在晚唐急剧下降；五言律诗一路飙升，晚唐出现峰值；七言律诗自初唐至盛唐呈现上升态势，增幅较明显，进入中唐而急剧上升，晚唐达到峰值；五言绝句，初唐向盛唐，平稳上升，中唐急剧增长，晚唐始呈下降趋势；七言绝句则于初唐盛唐平稳增长，中唐而飙升，晚唐达到峰值;五排、七排的数量有唐一代亦非常有限,尤其是七排几乎可忽略不计,其发展皆以中唐为界点,先上升后下降。

其三,从共时角度去看,不同诗型构成的比例自高及低的排序是:初唐:五言律诗、五言古诗、五言排律、五言绝句、七言绝句、七言律诗、七言古诗;盛唐:五言古诗、五言律诗、七言古诗、七言绝句、五言排律、七言律诗、五言绝句、七言排律;中唐:五言律诗、七言绝句、五言古诗、七言律诗、七言古诗、五言绝句、五言排律、七言排律;晚唐:五言律诗、七言律诗、七言绝句、五言绝句、五言排律、五言古诗、七言古诗、七言排律。

综合以上三点事实,可以得出如下分析判断:

有唐一代,确实是诗歌兴盛发达的时代,而且是一个近体律诗急剧发展且开始全面取代古体诗的时代。初唐时,五言古诗与五言律诗占主体,五律已超过五古,七言最不发达,但七言律诗还是超出七言古诗。虽然五言律诗与五言古诗在同期创作的全部诗歌所占比例中仍在伯仲之间,但律诗数据已超出古诗7.8个百分点。至盛唐,五言律诗与五言古诗的比较数据虽略有变化颠倒,后者超出前者2.7个百分点,然综合其他诗型(绝句除外)去考察,古体诗仅超出近体诗0.57个百分点。距离的拉近是由七言近体数据的相对提升造成的。进入中唐,五言律诗已超出五言古诗5.7个百分点、七言律诗已超出七言古诗6.3个百分点,加上排律数据(不计绝句),近体已超出古体18.37个百分点。晚唐结束,五言律诗超出五言古诗25.1个百分点,七言律诗超出七言古诗26.4个百分点,加上排律数据(不计绝句),整个近体已超出古体56.3个百分点,可以说,五言、七言差不多全面律化,唐代诗歌亦几乎全面近体化。

就律诗近体自身的发展进化而言,有唐一代,五言律诗在四期诗型构成的大格局中,呈现的是一个稳中有降的趋势,与之相反,七言律诗则是一个有序上升的趋势,直至晚唐两者均衡并立格局的形成。至于二韵体绝句,与四韵体律诗情形相仿佛,五言整体上呈递减态势,只是盛中唐之际略有抬升。最终五言绝句在33932首全唐诗中只占了6.3%的份额。而七言则增速极快,尤其是中晚唐,最终七言绝句由占2053首初唐诗3.8%的份额直至在33932首全唐诗中则占了20.8%的份额。20.8%的数据在排序中已是第2位,仅次于五言律诗的28.2%。其他诗型据所占份额大小依次是:七言四韵体律诗(17.4%)、五言古诗(16.1%)、五言绝句(6.3%)、五言排律(5.7%)、七言古诗(5.2%)、七言排律(0.21%)。这里需要说明的是,施氏表格中的五绝、七绝未作进一步分体。一般而言,如不做说明,基本上是将绝句视作近体律诗的。而实际上二韵体的五言、七言情况略显错综,尚有古、近与齐梁调三分或古绝、律绝二分的情形,如何判别自然会影响到相关数据,古、律的数据自然亦受此影响。当然,如果标准一致,其数据的参考价值仍然是无须怀疑的。

要言之,唐诗的整体面貌基本上是由近体律诗决定的,其中五言近体与七言近体经历了由定型、成熟与发展的过程。在此一过程中,七言近体虽晚熟但发展迅速,不仅可与五言争奇斗艳,而且表现出了压过五言近体的势头。① 而这一大趋势形成的节点,从宏观上去看则在中唐。由此拐点推断,近体律诗真正成熟的时间应在盛中唐之交。② 而就诗人个体而言,之于唐代律诗乃至唐

---

① 仅就列表中的二韵体、四韵体律诗统计,中唐七言近体已占全部中唐诗歌的35.9%,超五言近体(所占总数比为31.9%)4个百分点。

② 有关近体律诗"成熟"的标准,固然有不同的理解,但有一项应该是基本的,即:奠定了由五、七言二韵体、四韵体律诗所构成的律诗文体的基本格局,确立了以近体律诗为主体的未来诗歌发展趋势。

诗的成熟,杜甫无疑具有标志性意义。这固然有待杜甫身后千年诗史的确认,但这一诗史显然早在中唐即已奠定,而为其奠基的人物仍然首推定义律诗并以沈、宋为律诗始祖的元稹。

元稹《唐故工部员外郎杜君墓系铭并序》云:

> 予读诗至杜子美,而知小大之有所总萃焉。……唐兴,官学大振。历世之文,能者互出,而又沈宋之流,研练精切,稳顺声势,谓之为律诗。由是而后,文变之体极焉。然而莫不好古者遗近,务华者去实;效齐梁则不逮于魏晋,工乐府则力屈于五言;律切则骨格不存;闲暇则纤秾莫备。至于子美,盖所谓上薄风骚,下该沈宋,古傍苏李,气夺曹刘,掩颜谢之孤高,杂徐庾之流丽,尽得古今之体势,而兼今人之所独专矣。使仲尼考锻其旨要,尚不知贵,其多乎哉!苟以为能所不能,无可无不可,则诗人以来,未有如子美者。时山东人李白,亦以奇文取称,时人谓之李杜。予观其壮浪纵恣,摆去拘束,模写物象及乐府歌诗,诚亦差肩于子美矣。至若铺陈终始,排比声韵,大或千言,次犹数百,词气豪迈而风调清深,属对律切而脱弃凡近,则李尚不能历其藩翰,况堂奥乎!
>
> 予尝欲条析其文,体别相附,与来者为之准,特病懒未就。①

以上文字所蕴藏的信息极其丰厚与重大,兹试择其要者,揭櫫如下:

其一,《序》乃由文体视角契入的一篇有关中唐以前的中国诗歌史论文。

其二,论文表明,自尧舜君臣歌诗相和以来直至唐兴,诗文体变从未停止过,然以沈宋为代表的律诗体则具有特殊意义。因为

---

① [唐]元稹撰,冀勤点校:《元稹集》,北京:中华书局,1982年,第600—601页。

律诗体成立之后，"文变之体极焉"，亦即诗文体式的历史演化出现了终结性形态。自此而后，诗型或诗之体制（体裁）基本呈现出古体、近体、齐梁体三分的文体大格局。而促成此一大格局的形成的源动力则是唐代官学之振兴。

其三，杜甫前之律诗，其体裁形式虽于初唐即已定型成熟，然未备古今体势，换言之，律诗文体尚未完善。因为，其时作者无不好尚一端，偏于体势，古今纷呈，体变而未融通。

其四，唯诗至杜甫，乃"小大之有所总萃"，集古今体势之大成。

其五，李杜优劣始判，其标准多依律体成就。

其六，杜诗文体兼备，可为后世法。

其六，"苟以为能所不能，无可无不可，则诗人以来，未有如子美者"之语论及杜诗大化境界，以之合参集大成说、李杜优劣论以及立法说，可以看出"诗圣"建构已具雏形。

其七，站在今人的角度去看元《序》，不仅可视为中唐前中国诗歌的极简史，同时也预言了中唐及其后的诗歌文体发展大势，可以说是一部预成的中国古代诗歌极简史。

以上诗史至为关键的节点无疑是杜诗的成就及杜甫诗圣地位的确立，而此一过程同时亦意味着律诗体的完善，以及律诗文体学的终极建构。

元氏诗史观最易引人注目的无疑是杜甫作为集诗歌艺术之大成的诗者形象。就其集大成的具体表现，元氏首先突出的便是杜诗兼备古今诗歌之体势这一鲜明特质，而其中自然亦包括最直观的诗歌体裁、体式的完备。其他暂且不论，仅诗歌体裁、体式完备一项，通过相关数据即可加以呈现并得以证明，甚而通过相关数据的对比分析，尚可进一步彰显其开拓诗史之意义。

据清人浦起龙《读杜心解》，杜甫存诗总计1458首，分体统计且按数量大小排序则为：五律630首，五古263首，七律151首，七古141首，五排127首，七绝107首，五绝31首，七排8首。① 各式占总数百分比分别为：五律43.21，五古18.04，七律10.36，七古9.67，五排8.71，七绝7.34，五绝2.12，七排0.55。以上数据说明杜甫诗歌创作除体裁兼备之外，其格局与初盛唐诗的整体格局相比已明显呈现出几个重要特点：(1)相对于盛唐诗歌整体数据，杜甫诗歌古体诗比例明显下降，近体诗(不计绝句)比例徒然上升，近体916首，占比高达62.14%，若计绝句，则近体1054首，占比已高达72.3%。近体已占绝对优势。(2)五、七言八句律诗在近体律诗中所占比例的相对上升，分别高出盛唐五律构成比12.41个百分点、七律构成比4.76个百分点。(3)五排所占比例相对上升，高出盛唐、中唐五排构成比皆为2.61个百分点、晚唐五排构成比4.11个百分点；七排数量是盛唐的全部，高于中唐七排构成比0.28个百分点、晚唐七排构成比0.35个百分点。(4)近体七言律诗(不计绝句)构成比相对于盛唐高出5.16个百分点，计绝句则高出3.67个百分点。纵观杜甫一生的诗歌创作，就数量而言，近体占压倒性优势。五排、七排冠绝全唐，嗣后绝响。四韵体五律、七律构成了创作主体，尤其是151首四韵体七律，是盛唐主要诗人王维、孟浩然、高适、岑参、李颀、崔颢、王昌龄、储光羲七律总和数58首的2.6倍。②

　　综上数据比较说明，宏观地去看，杜甫诗歌不仅体裁、体式兼备，而且其构成的格局已呈现并吻合了中、晚唐古体诗数量急剧下降，四韵体律诗，尤其四韵体七律数据迅速增长的大趋势、大格

---

① 参［清］浦起龙：《读杜心解·目录》，北京：中华书局，1961年。
② 八位诗人七律数据取自葛景春《唐诗成熟的标志——论杜甫律诗的成就》，文载《杜甫研究学刊》，2006年第1期。

局。① 就此而言,杜甫又不仅是集诗之大成者,而且亦如后人所言乃开新诗世界者。② 律诗体成熟与律诗文体学的终极建构问题,实际上与杜诗的被发现以及杜甫诗史地位的最终确立属同一问题。

第二节　唐代杜诗经典化过程中的矛盾现象及其文体学问题

元稹的《唐故工部员外郎杜君墓系铭并序》大约写于宪宗元和八年(813年),这也就意味着一生穷困潦倒的杜甫,其诗歌创作成就在其去世四十多年后就获得了世人高度肯定与赞誉。而推崇杜甫者不止元稹一人,元氏好友白居易亦有同样观点:"又诗之豪者,世称李、杜。李之作才矣奇矣,人不逮矣。索其风雅比兴,十无一焉。杜诗最多,可传者千余篇,至于贯穿今古,覼缕格律,尽工尽善,又过于李。"③ 韩愈论诗名篇《调张籍》则云:"李杜文章在,光焰万丈长。不知群儿愚,那用故谤伤。蚍蜉撼大树,可笑不自量。"④ 对李、杜不加分别地给予了极高的评价。尽管元和诗

---

① 据施子愉《唐代科举制度与五言诗的关系》一文提供的数据,进入晚唐,五、七言古体仅占全部晚唐诗的5.7%,而五、七言四韵体律诗则占全部晚唐诗的57.2%(其中五律占29.3%,七律占27.9%)。宋、元人将"律诗"之名专系于五、七言四韵体律诗,其必然性肇始于杜甫,至晚唐即已酿成。

② 宋人王禹偁诗《日长简仲咸》云:"子美集开诗世界,伯阳书见道根源。"见《全宋诗》(第2册),北京:北京大学出版社,1991年,第737页。

③ 白居易《与元九书》,见白居易著,朱金城笺校:《白居易集笺校》,上海:上海古籍出版社,1988年,第2791页。

④ [唐]韩愈著,屈守元、常思春主编:《韩愈全集校注》,成都:四川大学出版社,1996年,第703页。

坛已极称李杜,但今存"唐人选唐诗"集自殷璠《河岳英灵集》始,历中唐多种选集皆不录杜诗,直至晚唐韦庄的《又玄集》方选录杜诗7首:《西郊》《春望》《禹庙》《山寺》《遣兴》《送韩十四东归觐省》《南邻》。在散佚的唐人选本中,最早入选杜诗的亦是晚唐顾陶的《唐诗类选》。《文苑英华》所存《唐诗类选序》云:"国朝以来,人多反古,德泽广被,诗之作者继出,则有杜李挺生于时,群才莫得而问。"① 序中顾陶一改贞元以下形成的李杜并称之习惯②,而称杜李,明白无误地置杜于李之前。今有学者,详加考稽,得出了《类选》选杜诗46首,是第一部尊杜选本的结论。③ 以上所描述的杜诗经典化过程中所存在的唐人口号与唐人选诗之间的反差与不同步现象是非常值得研究的课题。

　　其间矛盾形成的原因及其诗史意义自然可有多元理解与阐释,但有一种解释是非常直接的:通过推崇某位前辈诗人以宣誓诗学主张与通过选诗来体现诗学主张具有本质上的差异。前者由于不受选本接受流通等客观因素的制约,故观念性、个体性、超越性更强,而后者,接受、流通等客观因素构成了其行为的最直接的目标,故其通过选诗体现主张时又不得不考虑受众对象、主流

---

① [宋]李昉等编撰:《文苑英华》卷七一四,北京:中华书局,1966年,第3686页。
② 李一飞认为唐人李杜并称,始于贞元,盛于元和。陈尚君新近撰文亦认为,李杜齐名在其生前即被部分人认可,获得举世公认则在其身后三五十年间完成。参李一飞:《李杜并称、李杜优劣论探源》,《湘潭师范学院学报》,1991年第2期;陈尚君:《李杜齐名之形成》,《岭南学报》(复刊号第一、二辑合刊)。
③ 参卞孝萱:《顾陶〈唐诗类选〉是第一部尊杜选本》,载氏著《唐代文史论丛》,太原:山西人民出版社,1986年;金程宇:《追寻消逝的唐诗选本——顾陶〈唐诗类选〉的复原与研究》,《古典文献研究》第十八辑下卷;胡可先:《〈唐诗类选〉选杜诗发微》,《杜甫研究学刊》,1993年第2期。

审美趣味,乃至于政治以及诗人在世人心目中的声名地位与形象等非诗学因素。就杜甫不入盛唐、中唐人选集而言,除诗集所选年代断限等原因之外,主流的审美趣味当是其中重要原因之一。如:殷璠天宝十二年左右选定《河岳英灵集》时,杜诗流传于吴越的多为"戏题剧论"①,显然有悖于殷氏主风骨、兴象,兼备声律的宗旨,以及盛唐尚古的审美趣尚;至于差不多同时出现的高仲武《中兴间气集》、令狐楚《御览诗》、姚合《极玄集》三个选本,皆"是以王维趣味为趣味,风格上取清雅雍丽,形式上以五言为主,创作主体上也是京城和江南两大诗歌群落为主"②,虽"杜甫雄鸣于至德、大历间,而诗人或不尚之"③。韩愈"不知群儿愚,那用故谤伤"中的"群儿"之所指固不易确认,但至少可以说明元和及此前诗坛审美风尚是排斥杜诗的。尚有一个至为关键的因素亦即文体学因素,并未引起学界深入探讨。自初盛唐之交,律诗近体形式定型并形成普遍性自觉以来,律诗体都是作为古体的对立面而存身于诗世界的,而且古体于盛唐存在以主动疏离律诗体而得以自我体认的倾向,大大限制了律诗体的发展,而杜甫无论是其创作实际,还是其诗学主张都与律诗体有着千丝万缕的联系,其自觉效仿乃祖杜审言律体于诗坛起步而历整个开天时期如此,开天以后,至德、大历声名卓著时更是如此。走向开天以后的杜甫诗歌不仅律诗的数量激增,而且亦愈加成熟,其自谓"寻句新知律"、

①［唐］杜甫著,［清］仇兆鳌注:《杜诗详注·樊晃杜工部小集序》,北京:中华书局,1979年,第2237页。

②王志清:《从〈中兴间气集〉看盛中唐过渡期的王维接受》,《文学遗产》,2008第6期。

③［清］董诰等编:《全唐文卷八百六十五·王赞·元英先生诗集序》,北京:中华书局,1983年,第9070页。

"遣辞必中律"、"晚节渐于诗律细"足以说明这一点。故杜甫的不入时,除学界发掘殆尽的各种主客观因素之外,究极言之,与世人对脱胎于齐梁的律诗体的文体学偏见有莫大关联。

一、盛中唐三大选家之文体观

在今人看来,殷璠的《河岳英灵集》、高仲武的《中兴间气集》是最能反映一代诗风,而且具有诗歌史发展眼光的两部唐人诗选集。① 元结《箧中集》尽管选诗不多,但后世影响一直都在,四库馆臣以选诗精善誉之。② 殷璠、元结、高仲武可以说是唐人选诗三大家,其文体观显然具有代表性,有必要加以分析考察。

我们先来看看殷璠。殷璠《河岳英灵集序》云:

> 夫文有神来、气来、情来,有雅体、野体、鄙体、俗体。编纪者能审鉴诸体,委详所来,方可定其优劣,论其取舍。至如曹、刘诗多直语,少切对,或五字并侧,或十字俱平,而逸驾终存。然挈瓶庸受之流,责古人不辨宫商徵羽,词句质素,耻相师范。于是攻异端,妄穿凿,理则不足,言常有余,都无兴象,但贵轻艳。虽满箧笥,将何用之? 自萧氏以还,尤增矫饰。武德初,微波尚在。贞观末,标格渐高。景云中,颇通远调。开元十五年后,声律风骨始备矣。实由主上恶华好朴,去伪

---

① 参李珍华、傅璇琮:《唐人选唐诗与〈河岳英灵集〉》,《中国韵文学刊》,1988年第2·3期。

② 四库馆臣《箧中集》提要云:"《箧中集》,其诗皆淳古淡泊,绝去雕饰。非惟与当时作者门径迥殊,即七人所作见于他集者,亦不及此集之精善。"[清]永瑢等:《四库全书总目·卷一百八十六·集部·总集类一·箧中集》,北京:中华书局,1965年,第1688页。

从真,使海内词场,翕然尊古,南风周雅,称闻今日。①

又《河岳英灵集论》曰:

> 昔伶伦造律,盖为文章之本也。是以气因律而生,节假律而明,才得律而清焉。宁预于词场,不可不知音律焉。孔圣删《诗》,非代议所及。自汉魏至于晋宋,高唱者十有余人,然观其乐府,犹有小失。齐梁陈隋,下品实繁,专事拘忌,弥损厥道。夫能文者匪谓四声尽要流美,八病咸须避之,纵不拈二,未为深缺。即"罗衣何飘飘,长裾随风还",雅调仍在,况其他句乎?故词有刚柔,调有高下,但令词与调合,首末相称,中间不败,便是知音。而沈生虽怪,曹王曾无先觉,隐侯言之更远。璠今所集,颇异诸家,既闲新声,复晓古体,文质半取,风骚两挟,言气骨则建安为传,论宫商则太康不逮。②

合观《序》《论》可以看出,殷璠重声律而不拘声律,其对声律的理解偏于自然的气律而反对人为声律。在殷氏看来,讲究特定声律格式与切对工整的律诗体难免文胜于质,有损气格、情格而致诗体词、调分离(词对应情气,调对应字声语调。实指语体"言—文"不谐),乏骨气、兴象。换言之,律诗就其体质而言,就不是适合讬言寄兴,任气使才,张扬个性的诗体。明人胡震亨谓"殷璠酷以声病为拘,独取风骨",又云"诗自萧氏《选》后,艳藻日富,律体因开,非专重风骨裁甄,将何净涤余疵,肇成一代雅体",③其意亦在于此。依殷

---

① 傅璇琮编撰:《唐人选唐诗新编》,西安:陕西人民教育出版社,1996年,第107页。

② 傅璇琮编撰:《唐人选唐诗新编》,西安:陕西人民教育出版社,1996年,第108页。

③ 参[明]胡震亨:《唐音癸签》卷三十一,上海:上海古籍出版社,1981年,第322页。

璠文体观,只有突破律诗语体的声律、格律,诗歌才能复归雅正。故《英灵集》多选古体而少选律诗当在情理之中。① 集中李白全为古体,常建五律3首,王维五律2首,孟浩然五律4首、七绝1首,李颀五律1首、七绝1首,崔颢五律1首、七律1首、七绝1首,其他诗人亦多古体。诚如殷氏所言,即便有律诗选入,其所选对象亦风骨、兴象唯尚而不拘于律。如常建《宿王昌龄隐居》虽基本合律,然颈联皆为非律句且失对;《题破山寺后禅院》颈联对句则犯三平调。再如:王维五律《入山寄城中故人》虽全诗黏二,但非近体律句就多达7句;崔颢七律《黄鹤楼》全诗黏二,然首、颔联3句则皆属非近体律句。② 质言之,殷氏所选律诗大多为今人所谓的带有古风的律诗。

---

① 据蒋寅律体标准从宽的分体统计,古体达171首,占总数76%,近体仅67首,占总数只有24%。(参蒋寅:《从〈河岳英灵集〉到〈中兴间气集〉——关于大历诗风演变的抽样分析与假说》,《广西师范大学学报》,1988年第4期。)据浦起龙《读杜心解》,《河岳英灵集》选诗区间(开元二十五年至天宝十三年),杜甫存诗86首,其中五古13首,七古19首,五律31首,七律5首,五排16首,七绝2首,共计古体32首,近体54首,其百分比分别为37%和63%。(参杨胜宽:《从〈河岳英灵集〉不选杜诗说到殷璠的选诗标准》,《杜甫研究学刊》,1994年第1期)

② 《黄鹤楼》,或谓唐七律第一,或谓前半首为古风。今注平仄如次:仄平仄平仄平仄,仄仄平平平仄平。平仄仄平仄仄仄,平平平平平仄平。平仄仄仄平平仄,平平平平平仄平。仄仄平平平仄仄,平平平仄仄平平。学者张亦伟谓唐人作律诗,多音字多有借声例,《黄鹤楼》前半首便属此例,"乘"借作去声,"去"借作平声,"空"借作去声。张氏将前半首平仄易为:平平仄仄平平仄,仄仄平平平仄平。仄仄平平平仄仄,平平平仄仄平平。不同于《河岳英灵集》,此处首句"白云"作"黄鹤"。若仍依"白云"字,则为:平平仄仄仄平仄,仄仄平平平仄平。仄仄平平平仄仄,平平平仄仄平平。问题在于,即便承认"借声"的规律,"昔"为仄声,"黄"为平声,"白"为仄声都不能改易。故前半首无论如何都有不合律之处。参张亦伟:《诗联的借声合律——兼谈崔颢〈黄鹤楼〉的格律》,《古典文学知识》,2010年第4期。

当然，殷璠"律为文章之本"、"气因律而生，节假律而明，才得律而清"之说法还是触及到了律诗文体形式背后的文章本体及其转喻礼体的文化文体学意味，对王昌龄格律调理论中的"正律"观还是有所继承的。

再来看看元结和高仲武。

元结虽与杜甫多有交集，但元结编于乾元三年（公元760年）的《箧中集》所收仅七人，诗24首，且只录古体，完全不取近体。《箧中集序》代表了其对律诗近体的看法，其自序云：

> 风雅不兴，几及千岁，溺于时者，世无人哉。呜呼！有名位不显，年寿不将，独无知音，不见称显，死而已矣，谁云无之。近世作者，更相沿袭，拘限声病，喜尚形似，且以流易为词，不知丧于雅正。然哉彼则指咏时物，会谐丝竹，与歌儿舞女，生污惑之声于私室可矣。若今方直之士，大雅君子，听而诵之，则未见其可矣。①

对此序言，今之学者批评道："从诗歌理论的发展上来看，元结的观念是陈旧的，他似乎缺乏整体把握的能力。他在创作上侧重于质朴，有时不免枯槁，于是对盛唐诗歌中所表现的阔大壮丽，就较为忽视，或者竟而视作'以流易为词'。因此，面对前一时期创作的丰富实绩，元结不但没有作出相应的理论上的总结或开拓，而且显出受儒家传统的诗教观念的极大束缚，使人感到一种浓厚的复古气息。"②此一批评无疑切中肯綮，但至为关键的还在于，元氏不分青红皂白，基本上将近体律诗等同于齐梁新体咏物

---

① 傅璇琮编撰：《唐人选唐诗新编》，西安：陕西人民教育出版社，1996年，第299页。

② 李珍华、傅璇琮：《唐人选唐诗与〈河岳英灵集〉》，《中国韵文学刊》，1988年第2·3期。

诗或宫体诗,直接将律诗近体与古体对立了起来。较之王昌龄、殷璠,元结律诗文体观看到的更多的只是律体的声文形式,大大忽略了其潜在的大体意味。

高仲武编于大历、建中之际的《中兴间气集》是一部收录当代诗人的诗集,其诠选之诗虽说"格律兼收",但就其实际看,近体律诗则共选106首,占全部132首选诗的80%。[1] 由此数据似乎可以断言,高仲武及其时代,律诗文体受到了前所未有的尊重应该是毫无疑义的,反观元结"近世作者,更相沿袭,拘限声病,喜尚形似,且以流易为词,不知丧于雅正"的说法,亦可说明此义。这里需要进一步追问的是,高仲武本人及入选《中兴间气集》的至德、大历时期诗人所认知与实践的究竟是怎样的一种律诗文体观呢?

就选集去看,所选近体律诗以五律为主,五律占近体数的60%,且全书七言极少(总计15首),又列在每人五言之后,仅"附之而已"。可见,高氏重视五律。这里所反映的应该是同于王昌龄、皎然以四韵五言近体为正律诗的观念。前此说明,学界已有共识:《中兴间气集》与《御览诗》《极玄集》选诗皆与王维脱不了干系。换言之,将王维五言近体律诗视作正律诗或诗体典范在中唐初期具有普遍性。《中兴间气集》首列诗人为钱起,高氏评曰:

> 员外诗,体格新奇,理致清赡。越从登第,挺冠词林。文宗右丞,许以高格,右丞没后,员外为雄。救宋齐之浮游,削梁陈之靡嫚。迥然独立,莫之与群。且如"鸟道挂疏雨,人家残夕阳",又"牛羊上山小,烟火隔云深",又"长乐钟声花外尽,龙池柳色雨中深",皆特出意表,标准古今。又"穷达恋明

---

① 参蒋寅:《从〈河岳英灵集〉到〈中兴间气集〉——关于大历诗风演变的抽样分析与假说》,《广西师范大学学报》,1988年第4期。

主,耕桑亦近郊",则礼义克全,忠孝兼著,足可弘长名流,为后生楷式。士林语曰:"前有沈宋,后有钱郎。"①

"文宗右丞,许以高格。右丞没后,员外为雄"云云说明钱起继承的是王维一路,同时也说明,高氏选诗的标准是以王维为典范的。文中"体格新奇,理致清赡"又与《序》所谓"体状风雅,理致清新"②一致,其义实承殷璠王维诗品语而来。殷氏曾评王维诗曰:"词秀调雅,意新理惬。在泉为珠,着壁成绘,一句一字,皆出常境。"③可见,高氏及当时诗人对王维的审美认知与接受主要是其"词秀调雅,意新理惬"的风格。结合高氏所引士林"前有沈宋,后有钱郎"语,以及独孤及《唐故左补缺安定皇甫(冉)公集序》"沈、宋既殁,而崔司勋颢、王右丞维复崛起于开元天宝之间,得其门而入者,当代不过数人,补缺其人也"④、皎然谓沈宋"情多、兴远、语丽","复少而变多"⑤云云,可以看出,在盛中唐之际的唐人诗史观中普遍存在以沈宋、崔颢、王维、皇甫冉、钱起等人那种意境清新的五言近体诗为唐诗正脉的唐诗史意识。当然,这一唐诗主脉的划定,显然有异于殷璠所标榜的风骚并重、声律风骨同视、文质半取而实际又偏于推崇楚骚、汉魏风骨之古体的审美取向,其赓续的则是缘情绮靡而风雅清新的新体诗传统。

① 傅璇琮编撰:《唐人选唐诗新编》,西安:陕西人民教育出版社,1996年,第463页。
② 傅璇琮编撰:《唐人选唐诗新编》,西安:陕西人民教育出版社,1996年,第456页。
③ 傅璇琮编撰:《唐人选唐诗新编》,西安:陕西人民教育出版社,1996年,第128页。
④〔清〕董诰等编:《全唐文卷三百八十八·独孤及·唐故左补缺安定皇甫公集序》,北京:中华书局,1983年,第3940页。
⑤ 张伯伟:《全唐五代诗格汇考》,南京:凤凰出版社,2002年,第276、331页。

二、选家体分古、近之本质与王维的文体学意义

选家之所以区分古体、近体,其本质在于对诗体所折射的某种人格倾向的审美体认。

就诗歌文体大体观而言,古诗体质更多对应于创作主体的禀自自然的才情与气质,而近体体质则更偏于创作主体的智观与识见。若于诗境观其背后的人格精神,盛唐以来,古体多崇刚健豪迈的人格气象,而近体则又偏于清逸澹远之趣。李白诗之能入殷璠法眼者,恰在于充盈其诗体的那种飞扬跋扈、俯瞰尘寰的人格气象。《河岳英灵集》谓李白云:"白性嗜酒,志不拘检,常林栖十数载,故其为文章,率皆纵逸。至如《蜀道难》等篇,可谓奇之又奇。然自骚人以还,鲜有此体调也。"① 至于王维,见于《河岳英灵集》中的诗如"圣代无隐者,英灵尽来归"(《送綦毋潜落第还乡》)② 之类固然可吻合后世津津乐道的盛唐气象,但殷璠之所取所重者当在其调雅理惬,这与王维田园山水诗的旨趣是高度一致的。殷氏释评"词秀调雅,意新理惬"所引王诗警句"落日山水好,漾舟信归风"、"涧芳袭人衣,山月映石壁"、"天寒远山净,日暮长河急"③,以及选诗《入山寄城中故人》"行到水穷处,坐看云

---

① 傅璇琮编撰:《唐人选唐诗新编》,西安:陕西人民教育出版社,1996年,第120—121页。

② 参傅璇琮编撰:《唐人选唐诗新编》,西安:陕西人民教育出版社,1996年,第132、133页。

③ 傅璇琮编撰:《唐人选唐诗新编》,西安:陕西人民教育出版社,1996年,第128页。

起时"① 等多吻合田园山水诗的玄理玄趣。殷璠选诗,标格声律、风骨、兴象,"既闲新声,复晓古体"②,实际又以古体为主。然值得注意的是,殷璠未必纯以今人所体认的那种一味乐观开朗,奋发进取,反映盛世精神的"盛唐气象"为标准而取舍诗人诗篇。据学者对《河岳英灵集》选诗内容的具体考察,殷璠尽管尊古,但具体选诗则又"流露出他壮志难酬的苦闷、对闲逸隐沦生活的向往的心理",尤其是其所选56首律诗。其中,吟咏闲情逸致,抒写隐沦情怀;感叹悲剧人生、抒写壮志难酬的苦闷,以及抒写离愁别恨及思乡怀人之情内容的诗多达44首,占近体诗总数的78.6%;而抒写理想壮志,表明用世之情的只有5首,仅占近体律诗总数的8.9%。③ 清人何焯总评《河岳英灵集》所选云:"此集所取不越齐、梁诗格,但稍汰其靡丽者耳。唐天宝以前诗人能窥建安门径者,唯陈拾遗、杜拾遗、李供奉、元容州,诸人集中独取供奉,又持择未当;他如常建、王维则古诗仅能法谢元晖,近体仅能法何仲容,殆不足以传建安气骨也。此书多取警秀之句,缘情言志,理或未当。"针对何氏之评,李珍华、傅璇琮认为"陈义甚高,却不切合实际",同时作了全面深入的分析与批判。④ 何氏总评或有未当,但说集中常建、王维的诗无论古近不足以传建安气骨多少还是有

① 傅璇琮编撰:《唐人选唐诗新编》,西安:陕西人民教育出版社,1996年,第129页。

② 傅璇琮编撰:《唐人选唐诗新编》,西安:陕西人民教育出版社,1996年,第108页。

③ 参卢燕新:《殷璠〈河岳英灵集〉的选诗心态》,《山西大学学报》,2007年第6期。

④ 何氏总评及李、傅批判并参李珍华、傅璇琮著《唐人选唐诗与〈河岳英灵集〉》一文,文载《中国韵文学刊》,1988年第2·3期。

一定的合理性的。是说明殷氏固然崇古体、重"风骨",但更重"兴象"。于此亦可看出,至少在殷氏眼中,王维偏于近体的"词秀调雅,意新理惬"的格调与意境亦代表了盛唐诗的重要一脉。结合前此对《河岳英灵集》选诗内容的具体考察以及殷璠之视李白为"奇调",甚至于可以说殷璠也是将王维格调视作盛唐诗正脉的。

　　赵昌平说:"王维不仅以'一代文宗',直接衣被大乱之后失落而渴望休憩的大历一代,更进一步完成山水诗由主玄趣到主禅趣的转关,从而通过诗心与诗艺,为传统的'独善'之义注入了新的涵义。"[①] 无论玄趣、禅趣,其背后的人格面向皆可谓之"玄学人格"。比较诗仙李白与诗佛王维,赵昌平亦以孔子之所谓"狂者"、"狷者"以别之。就诗心与诗艺而言,作为"狷者"的王维终归寄心迹于山水田园,故其"狷者"人格表用为诗则无疑渊源于玄学的传统。依闻一多之见,正是王维山水诗"替中国诗定下了地道的传统,后代中国人对诗的观念大半以此为标准,即调理性情,静赏自然"。[②] 这一传统实际上奠基于"缘情绮靡"的诗学观,贯穿于晋宋山水、齐梁新体诗。可见,王维诗歌就其境界而言更趋近于近体之体格。

　　无论是偏古体的唐人诗选,还是偏近体的唐人诗选,王维的身影一般不会缺席,这说明王维以其独特的人格气质融通了古体与近体。更具有诗史意义的是:王维以其处于盛唐这个特定的历史时空并领风骚于当时诗坛的优势,使得律诗文体的形式被历史地体认为一种人格的自然,而非一般意义上的于智观玄鉴中达成的转喻、象征某种人格的意境。有关盛唐诗风特质及其形成过

---

① 赵昌平:《诗佛·诗仙·诗圣》,《书城》,2007年第4期。
② 参郑临川记录,徐希平整理:《笳吹弦诵传薪录——闻一多、罗庸论中国古典文学》,上海:上海古籍出版社,2002年,第121页。

程,赵昌平《开元十五年前后——论盛唐诗的形成与分期》一文作过全面深入细致的分析与论述。论文指出:"一个时代诗风的形成,是时代(社会、文化氛围)、诗人、诗史三者不可缺一的机缘凑合"。"开元十五年前后是盛唐诗形成的关键时期,其作品最能反映盛唐气象。其特点可以'英特越逸,秀朗浑成,兴象玲珑'来概括。这个浑成既非一味自然而得,又非与初唐之典丽雅致对立,而恰恰是对初唐并非截然相反的朝野两种诗体发展趋势的完美综合。盛唐人以兴、象相合为中心的艺术境界的营构,应当说比初唐诗人来得更艰难,是对初唐的诗艺的去芜存精。唯其以英逸之气为主脉,以炼意取境为根本,故虽声辞均炼,却能结体浑成,不露针迹。以偏重于感觉而较少理性审视的英特逸越之气为内含,以'精意玄鉴,物无遗照'为营构的主要手段,是这一时期诗作秀朗浑成,兴象玲珑格调的主要成因"。① 赵文最精到之处是发现了历史的因缘际会恰于开天之际酿成了一种玄宗所谓的"英特越逸之气"的新兴文士阶层所普遍具有的精神气象。这种气象的内核实际上基于个体的才情气质。由于豪奢文华且开放进取的社会文化氛围的鼓荡,个体的才情气质得以超越世俗狭隘,进而凝聚成为自我意识普遍得以充分发扬的时代精神面貌。故盛唐的重要诗人在诗歌文体创作中各有擅场,皆能自然浑成,不失自家面目。因此,从诗人之诗境,后人更易体认其为人,将其诗格读成其人格。就王维而言,尽管其与佛门的联系可指认出千丝万缕,但毕竟未遁入空门,且其诗境透入禅境的篇目亦屈指可数,然

---

① 参赵昌平:《开元十五年前后——论盛唐诗的形成与分期》,《中国文化》,
　1990第2期。

因其诗作"真于情性,尚于作用,不顾辞彩,而风流自然"①,终究会有敏锐的读者于其经历及其"秀朗浑成"的整体诗境中洞见其才情气质倾向于玄学人格的可能性。尽管王绩《野望》之类的近体诗亦得以玄学人格映照而秀朗充盈,但因其所处齐梁宫体绮靡积习浓厚的初唐,难免显得疏野,加之其自觉疏离主流诗坛,无法获得时世体认,势所必然。历史运会如此。

综上可以看出,以元和为界的盛中唐选家,除元结之外,本质上都不排斥近体乃至亲近近体。至于殷璠强调"风骨",固然关乎对"为文造情"而缺失自然人格魅力的靡丽诗风的反拨,但更直接的因缘则在于对个性张扬的盛唐时代精神的个性化体认。究极言之,盛中唐意境诗学的底蕴仍然不过是发轫于魏晋玄学"任自然"的人格理想。以王维诗境作为初唐以后唐诗的正脉典范,实际上意味着律诗文体的演化进入到了以现实的玄学人格加以体认的阶段。正因为玄学人格体认多与近体关联,故古体所代表的儒家诗学精神因尚未完成对近体的渗透而独立分流,换言之,近体的礼乐文化建构仍然在过程之中。

三、元白文体观与杜诗的发现

通过上面的分析论述发现,选家显然有以近体为唐诗正脉的倾向,但由于其文体观是以玄学人格理想的体认作为近体的文化内蕴和文体大义,这与杜甫近体诗所投射的儒家人格气象显然相悖,故文体观应该是选家忽略杜诗的深层原因之一。这里,有待进一步追问的是,推崇杜甫的元、白是因为文体观的改变而发现杜诗

---

① 皎然称美谢灵运语,同样适用于王维。皎然语参张伯伟:《全唐五代诗格汇考》,南京:凤凰出版社,2002年,第229页。

意义的吗？回答此一问题，当从元白文体观的考察开始。

（一）元白文体观

元稹于江陵任职期满时，写了一封《叙诗寄乐天书》，书云：

> 年三十二时有罪谴弃。今三十七矣，五六年之间，是丈夫心力壮时，常在闲处无所役用。性不近道，未能淡然忘怀，又复懒于他欲。全盛之气，注射语言，杂糅精粗，遂成多大，然亦未尝缮写。
>
> 适值河东李明府景俭在江陵时，僻好仆诗章，谓为能解，欲得尽取观览，仆因撰成卷轴。其中有旨意可观，而词近古往者，为古讽。意亦可观，而流在乐府者，为乐讽。词虽近古，而止于吟写性情者，为古体。词实乐流，而止于模象物色者，为新题乐府。声势沿顺属对稳切者，为律诗，仍以七言、五言为两体。其中有稍存寄兴、与讽为流者为律讽。①

据以上文献，中唐时的元稹对自己诗集按五类编次：古讽、乐讽、古体、新题乐府、律诗、律讽。其分类的第一级标准是诗歌旨义，故其诗可分三类：有讽喻意义的讽喻诗与止于吟写性情的古体、模象物色的新题乐府。这显然是按照诗歌功能大体的意义加以分类的，以此分类，"律诗"一门无法全体纳入。其分类的第二级标准是"词"之性质或广义的语体形式，结合其第一级分类，其诗集方完成五类编次。在这种繁复叠加的编类观念中，律诗除了其语体形式的体征以及可寄兴为讽得以确定之外，其功能大体的意义并未得到最终确认。元稹受其好友白居易委托，于长庆四年（824年），将白氏诗文编为五十卷的《白氏长庆集》，依白氏原来诗集编次列其诗为讽喻、闲适、感伤、杂律四类。白居易《与元九书》云：

---

① ［唐］元稹撰，冀勤点校：《元稹集》，北京：中华书局，1982年，第352—353页。

　　　　仆数月来,检讨囊箧中,得新旧诗各以类分,分为卷目。自拾遗来,凡所遇所感,关于美刺兴比者,又自武德讫元和,因事立题,题为新乐府者,共一百五十首,谓之讽谕诗。又或退公独处,或移病闲居,知足保和,吟玩情性者一百首,谓之闲适诗。又有事物牵于外,情理动于内,随感遇而形于叹咏者一百首,谓之感伤诗。又有五言七言长句绝句,自一百韵至两韵者四百余首,谓之杂律诗。凡为十五卷,约八百首。
　　　　……
　　　　故仆志在兼济,行在独善。奉而始终之则为道,言而发明之则为诗。谓之讽谕诗,兼济之志也。谓之闲适诗,独善之义也。故览仆诗,知仆之道焉。其余杂律诗,或诱于一时一物,发于一笑一吟,率然成章,非平生所尚者,但以亲朋合散之际,取其释恨佐欢。今铨次之间,未能删去。他时有为我编集斯文者,略之可也。①

　　《与元九书》中,白居易已将五言、七言二韵体绝句属为律诗。②从白居易自己的解说中可以看出,其讽谕诗、闲适诗皆与自己所奉的兼济、独善之道有关,亦即属言志抒怀之作,而杂律诗一类则仅具亲朋合散之际"释恨佐欢"的功能,自己并不看重杂律诗。杂律诗"释恨佐欢"自然关乎"情",且有孔子所谓《诗》可"兴、观、群、怨"之"群"的功能,那白氏为何自以为其无关乎道而有删略之的念头呢?这显然涉及白氏对律诗文体大义的理解。闲适诗的大义乃"吟玩情

---

① [唐]白居易著,朱金城笺校:《白居易集笺校》,上海:上海古籍出版社,1988年,第2794—2795页。
② 白居易《江上吟元八绝句》云:"大江深处月明时,一夜吟君小律诗。""绝句"又称作"小律诗"。参[唐]白居易著,朱金城笺校:《白居易集笺校》,上海:上海古籍出版社,1988年,第940页。

性"，其与杂律诗的"释恨佐欢"之抒情究竟有何区别呢？至少从白氏的态度可以推测，前者是"道情"、"性情"，后者是"私情"、"俗情"。如果结合传统诗学话语背景去考察，白居易还是将自己的诗类分为古、律二体的。古体是言志抒怀，具有政教意义的诗体；而律诗仍然只是以缘情体物的意义加以界定的无关道情、政教的诗体。换言之，律诗的文体价值似乎更多地适合表现诗人个体的世俗情感、气质及其才情之美。尽管白居易自己不看重自己的杂律诗，但世人所欣赏的则主要是其律诗。《与元九书》云："今仆之诗，人所爱者，悉不过杂律诗与《长恨歌》已下耳。时之所重，仆之所轻。至于讽谕者，意激而言质；闲适者，思澹而词迂。以质合迂，宜人之不爱也。"① 又元稹《白氏长庆集序》云："扬、越间多作书模勒乐天及予杂诗，卖于市肆之中也"；"予于平水市中，见村校诸童竞习诗，召而问之，皆对曰：'先生教我乐天、微之诗。'固亦不知予之为微之也"。② 此例亦可看出时人对元白律诗的推崇，也印证了白居易"今仆之诗，人所爱者，悉不过杂律诗与《长恨歌》已下耳"这一说法。此处间接反映了中唐人重世俗之情的审美趣尚，同时亦以他者为参照，间接说明了白居易及时人对律诗文体特质的理解与认同。

　　元稹受托编《白氏长庆集》三年之后，亦即大和二年（828）秋，白居易又一次编次文集，合已编《白氏长庆集》为《白氏文集》。白氏为新集《后序》云：

　　　　前三年，元微之为予编次文集而叙之。凡五帙，每帙十
　　卷。讫长庆二年冬，号《白氏长庆集》。迩来复有格诗、律诗、

①［唐］白居易著，朱金城笺校：《白居易集笺校》，上海：上海古籍出版社，1988年，第2795页。

②参［唐］元稹撰，冀勤点校：《元稹集》，北京：中华书局，1982年，第555页。

碑、志、序、记、表、赞，以类相附，合为卷轴，又从五十一以降，卷而第之。①

《后序》中，白氏将其新作之诗简编为格诗、律诗两大类。何谓"格诗"？历来众说纷纭，格诗即律诗、即古体诗、即五言古诗、即齐梁体诗，不一而足。最新观点认为，格诗义有广狭，广义的格诗即古诗，狭义的格诗即齐梁体。②笔者认为，白居易的"格诗"概念实等于"古诗"。高仲武自序其《中兴间气集》选诗"朝野通取，格律兼收"；又评注孟云卿诗云："余感孟君好古，著《格律异门论》及《谱》三篇，以摄其体统焉。"③高氏文中"格"、"律"对举，显见同于"古"、"律"。日本弘法大师《文笔眼心钞》有文与皎然《诗议》同者，直接将"古诗"释作"格诗"。④白居易《后序》中所谓的"格诗"、"律诗"亦当属"古诗"、"律诗"之异说。之所以称"古诗"为"格诗"，当与王昌龄《诗格·论文意》"凡作诗之体，意是格，声是律"⑤的诗体构成观有渊源关系。换言之，大历以后的中唐诗人对近体的运用尤为注重严谨的声律形式；而对古体的体认则更重主旨立意及其功能大义，且有意识地远离近体的声律或语体形式。这从元、白诗集五类、四类编次及其说明中，以及元稹《唐故工部员外郎杜君墓系铭序》对沈宋律诗所下定义中可见端倪。由

①[唐]白居易著，朱金城笺校：《白居易集笺校》，上海：上海古籍出版社，1988年，第1396页。

②参叶汝骏：《"格诗"正诠》，《浙江学刊》，2017年第2期。

③傅璇琮编撰：《唐人选唐诗新编》，西安：陕西人民教育出版社，1996年，第456、518页。

④参[日]遍照金刚撰，卢盛江校考：《文镜秘府论汇校汇考》，北京：中华书局，2006年，第1968页。

⑤[日]遍照金刚撰，卢盛江校考：《文镜秘府论汇校汇考》，北京：中华书局，2006年，第1299页。

此亦可推断白氏"格诗"概念无关"齐梁体"。就事实而言,"齐梁
体"概念无论如何理解都与声韵的讲究有关,而白集中的"格诗"
则明显表现出回避齐梁声律的倾向,谨以如下二首"格诗"为例:

《一叶落》①:仄韵止纸同用

烦暑郁未退,平上入去去。平仄仄仄仄。

凉飙潜已起。平上平去上。平仄平仄仄。

寒温与盛衰,平平去去平。平平仄仄平。

递相为表里。去平平上上。仄平平仄仄。

萧萧秋林下,平平平平上。平平平平仄。

一叶忽先委。入入入平上。仄仄仄平仄。

勿言微摇落,入平平去入。仄平平仄仄。

摇落从此始。去入平上上。仄仄平仄仄。

《自咏五首》其一②:仄声古韵式

朝亦随群动,平入平平上。平仄平平仄。

暮亦随群动。去入平平上。仄仄平平仄。

荣华瞬息间,平平去入去。平平仄仄仄。

求得将何用?平入平平去。平仄平平仄。

形骸与冠盖,平平去平去。平平仄平仄。

假合相戏弄。上入平去去。仄仄平仄仄。

何异睡著人,平去去平平。平仄仄平平。

不知梦是梦。入平去入去。仄平仄仄仄。

《一叶落》属仄韵诗,除第二句犯"蜂腰"病外,其余属永明律

---

① [唐]白居易著,朱金城笺校:《白居易集笺校》,上海:上海古籍出版社,1988
年,第1404页。

② [唐]白居易著,朱金城笺校:《白居易集笺校》,上海:上海古籍出版社,1988
年,第1427页。

句。然平头、上尾、韵纽病皆有所犯。《自咏五首》其一，虽无犯蜂腰，但平头、上尾、韵纽病亦皆有所犯，且为古韵式，不以调制韵。此二例足以说明，白居易"格诗"概念除同"古诗"义外，绝无"齐梁体"的狭义。即便我们能在集中找到完全吻合齐梁诗律的诗例，亦只能说白氏的"古诗"概念可包容永明体的声律形式。《文笔眼心钞》有云："古诗以讽兴为宗，直而不俗，丽而不朽。格高而词温，语近而意远，情浮于语，偶象则发，不以力制。故皆合于语，而生自然。"[1] 此段文字是否引之皎然《诗议》可存而不论，但与白居易在《与元九书》中解释自己的"讽喻诗"、"闲适诗"之文体特点乃"意激而言质，思澹而词迂"之语还是可以互参的。要之，两者相较，讽兴为宗，意与语合，生于自然的精神是一致的。陈子昂《与东方左史修竹篇序》力倡风雅兴寄，骨气端翔，音情顿挫的诗歌风格，其背后本来就蕴藏了新兴的文士阶层日益增长的政治诉求，故主动疏离齐梁以来绮靡的新体，而将政教传统重新纳入诗歌文体的大义有其必然性。盛唐、中唐的古诗文体观皆与陈子昂一脉相承。[2]

---

① ［日］遍照金刚撰，卢盛江校考：《文镜秘府论汇校汇考》，北京：中华书局，
　　2006年，第1968页。

② 自高宗永隆二年，杂文正式成为进士考试内容之后，唐代科举真正进入诗赋取士的时代。诗赋取士促进了唐代诗歌的繁荣，这已是老生常谈，无须多论。需要注意的是，当时对"诗赋取士"的批评之声也是不绝于耳的。如，肃宗上元元年刘峣上疏曰："国家以礼部为孝秀之门，考文章于甲乙，故天下响应，驱驰于才艺，不务于德行。夫德行者，可以化人成俗；才艺者，可以约法立名。致有朝登甲科而夕陷刑辟，制法守度使之然也。陛下焉得不改而张之？至如日诵万言，何关理体？文成七步，未足化人。昔子张学干禄，仲尼曰：'言寡尤，行寡悔，禄在其中矣。'又曰：'行余有力，则以学文。'今舍其本而循其末。况古之作，文必谐风雅。今之末学，不近典谟。劳心于草木之间，极笔于烟云之际。以此成俗，斯大谬也。"（董诰编：《全唐文》卷四百三（转下页）

　　盛唐确实是古体诗尤其是五言古诗兴盛的时代,这从唐代诗歌分体统计的数据中一目了然。此外,亦可于当代的唐诗选集中寻到盛唐崇尚古体的佐证。① 问题在于这只是问题的一面,另一面则是:盛唐也是律诗,尤其是五言律诗发展迅速的时代。至中唐初期,唐人的选诗观即已逆转,表现出了对律诗体的强烈倾向。高兴武《中兴间气集》选录了肃宗至德初(756)到代宗大历末(779)20多年间26位诗人的132首诗,其中律诗多达106首,占全部选诗的80%;而五律又独占60%,七言总计15首,"附之而

────────────

(接上页)十三,北京:中华书局,1983年,第4424页)肃宗宝应二年礼部侍郎杨绾条奏贡举疏曰:"近炀帝始置进士之科,当时犹试策而已。至高祖朝刘思立为考功员外郎,又奏进士加杂文,明经加帖经,从此积弊,浸转成俗。幼能就学,皆诵当代之诗;长而博文,不越诸家之集。递相党与,用致虚声。'六经'则未尝开卷,'三史'则皆同挂壁,况复征以孔门之道,责其君子之儒者哉! 祖习既深,奔竞为务。矜能者曾无愧色,勇进者但欲凌人。以毁讟为常谈,以向背为己任。投刺干谒,驱驰于要津;露才扬己,喧腾于当代。古之贤良方正,岂有如此者乎! 朝之公卿以此待士,家之长老以此垂训,欲其返淳朴,怀礼让,守忠信,识廉隅,何可得也!"([后晋]刘昫:《旧唐书卷一百一十九·列传第六十九·杨绾传》,北京:中华书局,1975年,第3430—3431页)可见进士举实质推动的是律诗体的繁荣,而陈子昂以来的诗文复古运动正是基于诗赋取士背景,一方面正面呼应了类似于上述之对"诗赋取士"的质疑之声,另一方面直接促成了儒家诗教传统的回归和盛唐古体诗的兴起及其文体观的确立。

① 殷璠《河岳英灵集序》云:"自萧氏以还,尤增矫饰。武德初,微波尚在。贞观末,标格渐高。景云中,颇通远调。开元十五年后,声律风骨始备矣。实由主上恶华好朴,去伪从真,使海内词场,翕然尊古,南风周雅,称阐今日。"(傅璇琮编撰:《唐人选唐诗新编》,西安:陕西人民教育出版社,1996年,第107页)据蒋寅统计,殷璠《河岳英灵集》录诗228首,其中五古107首,五律29首,五排11首,五绝6首,七古20首,七律1首,七绝10首。五古一体便占了46.93%。(蒋寅:《大历诗人研究》,北京:中华书局,1995年,第1页)

已"。① 唐宪宗元和十二年（817），翰林学士兼中书舍人令狐楚集刘方平、皇甫冉等三十名诗人的作品为一卷，奉敕纂进，名曰《御览诗》。"《御览诗》录诗286首，全为近体，诗人作品基本按照五律、五绝、七律、七绝的顺序排列。其中五律109首，五绝57首，七绝107首，七律12首，七言共计119首，占41.6%，以全集观之五言与七言几呈平分秋色之势"。② 律诗的前行能于古风的阐扬中一路高歌，无疑与科举进士考试考核试律诗之风尚不可逆转有着密切关系。换言之，"诗赋取士"的制度，尽管质疑声不断，但其兴盛不衰则当基于其固有的进步性与合理性。有学者对此作过较为全面的分析概括，总结为五点，直引之如下以为参考：

其一，社会以进士科为荣美，将诗赋作为一种必备的人文素养，极大地提高了社会的文明化程度。

其二，科举为士人的竞争提供了机会形式平等的竞技场（平台），诗赋考试的实行则为这种竞技比赛增加了新的游戏规则，这一创设虽然使竞技增加了难度，但亦增加了公正性与智能性，从考试检测角度看有其优越性。

其三，从学术上来评价，诗赋仅论声律工拙，具有一种中立性，易于排除政治的权威，以文学的标准来衡量文学。

其四，文学可以自学成才，不完全依赖学校教育，严格之师承家法可以打破，以当时社会的情形而投资文学，成功的概率更高。

其五，文学求新逐异，多具怀疑精神与自由意志，唐代诗

①参蒋寅：《从〈河岳英灵集〉到〈中兴间气集〉——关于大历诗风演变的抽样分析与假说》，《广西师范大学学报》，1988年第4期。
②参石树芳：《唐人选唐诗研究》，浙江大学博士论文，2013年，第147页。

赋文学既有社会批判，又有道德关怀，诗文中保存了哲学的良知。①

以上五点认识可以拿来与唐人选唐诗的体例及其标准的变化相互印证。唐人选唐诗的早期选本《翰林学士集》《珠英学士集》等，其选诗对象皆为朝中贵族，且依诗人官职、等级排列。尽管如此，但这种选集中所体现的贵族等级观念当时即已出现松动之迹象。《大唐新语》卷七载：

> 张说拜集贤学士，于院厅宴会，举酒，说推让不肯先饮，谓诸学士曰："学士之礼，以道义相高，不以官班为前后。说闻高宗朝修史学士有十八九人，时长孙太尉以元舅之尊，不肯先饮，其守九品官者亦不许在后，乃取十九杯一时举饮。长安中，说修《三教珠英》，当时学士亦高卑悬隔，至于行立前后，不以品秩为限也。"遂命数杯一时同饮，时议深赏之。②

"学士之礼，以道义相高"俨然以"道义"标准突破了官阶尊卑等级的观念。换言之，在学术、文学领域人人平等的意识已呼之欲出。殷璠删略群才，"如名不副实，才不合道，纵权压梁、窦，终无取焉"（《河岳英灵集序》）③，高仲武选诗"朝野通取，格律兼收"（《中兴间气集序》）④，其间所焕发出的自由平等精神与文学标准的确立息息相关，而文学标准的确立若离开了"诗赋取士"这一

---

① 参李浩：《唐代"诗赋取士"说平议》，《文史哲》，2003年第3期。
② ［唐］刘肃撰，许德楠、李鼎霞点校：《大唐新语》，北京：中华书局，1984年，第103页。
③ 傅璇琮编撰：《唐人选唐诗新编》，西安：陕西人民教育出版社，1996年，第107页。
④ 傅璇琮编撰：《唐人选唐诗新编》，西安：陕西人民教育出版社，1996年，第456页。

政治生态、文化土壤的滋养与培育显然无以得到一以贯之的合理诠释。

以上说明了近体律诗的发展及其演为唐诗乃至中国古典诗歌之主流具有一定的必然性，但问题仍然在于，在律诗近体的先进性、合理性已然得到确认的中唐元和时代，元白为何对自己大量创作的近体律诗仍然表现出轻视的态度呢？事实究竟如何，值得进一步探析。

文学史上称元白"元和体"的那部分诗歌大都属近体律诗。有学者以元稹《上令狐相公诗启》（元和十四年）以及《白氏长庆集序》（长庆四年）这两则一手资料为基础，对"元和体"的指涉范围、称号来由、嬗变情形、传播地域、接受者层级和态度等诸多因素作了系统分析与梳理之后认为：元白"元和体"诗歌主要指在元和五年前，经长庆至大和初创作的小碎篇章与次韵唱和的长篇排律两类作品。前者既包括艳情诗，也包括感于世事人生而"取其释恨佐欢"的自我吟畅之作；后者"既有艺术形式上争难斗胜、呈技献巧的成份，也不无创前古所未有、示来世以轨辙的新变意图"。两类作品皆用以代书、自我吟畅或戏投，因而皆"具有世俗化、私人化、情感化和游戏化、技巧化、创新性等特征"。正因这些特征，元白元和体诗得以广泛传播以及被人效仿，而这种传播、效仿反过来又使这些特征得以强化乃至定型。面对时人称扬、传播、效仿自己"元和体"诗歌，元白心态微妙，自抑与自矜心理并存。个中原因主要与对接受者蜂拥而拙劣的效仿所造成的负面影响之警惕有关，如《诗启》谓江湖新近小生"不知天下文有宗主，妄相仿效而又从而失之，遂至于支离褊浅之词，皆目为元和诗体"，又云"江湖间为诗者，复相仿效，力或不足，则至于颠倒语言，重复首尾，韵同意等，不异前篇，亦自谓为元和诗"。实际上，元白对自己"元和体"诗歌的自得之情是大于自抑之情的。① 其所表现出来的"自抑"实际上是自觉为自己的"元和体"诗歌的正名，也是重新命名。更有学者认为此举乃元白"自新诗学的实施手段，是他们主观追求的传播效果"，乃传播策略而已。"元和体"之传播，促成了"元白"之并称，而就白居易而言，为其在李杜之后确立新的"第三极"的巨大影响起到了推波助澜的作用。② 还有学者于其自得之情的背后读出了诗人执着于"德性、政事、文学"之"三不朽"的信念与追求，③ 言下之意，据元白的本意，其自我体认的"元和体"诗与讽喻诗一样可以置于"立言"不朽之域的。

要言之，据今天学者们的看法，元白对"元和体"的表态，未必是其对律诗文体的真实态度。换言之，就其客观倾向而言，他们对律诗这一文体形式是喜爱且加以肯定的。尽管如此，但一旦上升到理性层面，论及其文体观，我们就会发现，元白自我体认的律体所存在的分裂与矛盾现象还是没有得到很好的解释。

白氏五律《久不见韩侍郎戏题四韵以寄之》云："近来韩阁老，疏我我心知。户大嫌甜酒，才高笑小诗。"④ 诗中戏言韩愈视"律诗"为"小诗"，其本人亦当有此体认在先的。元稹《见人咏韩舍人新律诗因有戏赠》云："喜闻韩古调，兼爱近诗篇。……轻新便妓

---

① 以上参尚元亮、李丹：《"元和体"原初内涵考论》《论"元和体"之形成与接受学的关联》，文分别见载于：《文学评论》2006年第2期、《福建论坛》2006年第6期。

② 参罗时进：《白居易在唐代诗歌史上的"第三极"意义》，《文艺理论研究》，2014年第3期。

③ 参任文京：《唐人选唐诗背后权要与士人的博弈》，《河北学刊》，2018年第5期。

④ [唐]白居易著，朱金城笺校：《白居易集笺校》，上海：上海古籍出版社，1988年，第1274页。

唱,凝妙入僧禅。"① 元氏赠韩愈诗亦以"戏"字为题,咏韩愈新律诗却以"喜闻韩古调"蓄势入题,赞韩新律诗又以"轻新便妓唱,凝妙入僧禅"之类为喻。凡此,大体可以看出,元氏眼中,律诗固然可爱,但相对于古调毕竟无关大雅。在《上令孤相公诗启》中,元氏径直称"律体卑下,格力不扬"②。当然,今人完全可以从文体语体形式的审美特点来理解这一表述。因为"贯通十字的古体诗的联语意偏于动态的流贯,而五字一顿的新体诗的联语偏于静态的细味,故五言古体诗比较适合于叙事和表达充沛、激昂的感情,而五言新体诗则长于抒情和表达宛转缠绵的感情"。③ 与古体比较,五言律体的语体形式本身就不适合叙事,以及表达充沛、激昂的感情(亦通七言律体),这也就是律体"格力不扬"的原因。故"格力不扬"不必是价值判断,但问题在于"卑下"二字的褒贬色彩是难以抹去的。元白轻视律体显然无法避讳,且这种文体性认知未必能通过律诗创作题材、主题的个别性突破而得到根本性改观,如元氏虽有"稍存寄兴与讽为流"的律诗,然其律诗文体观则依然如是。之所以如此,就其表象而言,无疑与律体用于科举考试的世俗性背景脱离不了干系,而其深层原因则在于礼乐文化传统尊古卑近的文体学思维使然。

　　律诗用以表现诗人个体的才情学识之美,这是律诗于其源头便获得的文体规定性,此一规定性之体认至元白都是律诗文体观之主流。但值得注意的是元白律诗文体观所蕴含的新变。其新变的事实有二:其一,元氏以律体寄兴与讽谕;其二,白氏自觉于

---

①[唐]元稹撰,冀勤点校:《元稹集》,北京:中华书局,1982年,第134页。
②[唐]元稹撰,冀勤点校:《元稹集》,北京:中华书局,1982年,第633页。
③参李珍华、傅璇琮:《河岳英灵集研究》,北京:中华书局,1992年,第62页。

见兼济独善之义的道情诗之外,特别树立并标榜律体表现个体世俗情感之义。

（二）元白诗史文体观

元氏《叙诗寄乐天书》自谓"得杜甫诗数百首,爱其浩荡津涯,处处臻到,始病沈、宋之不存寄兴,而讶子昂之未暇旁备矣"①。由此可见,其律诗文体观及其创作实践的拓进亦可视为对杜甫之发现与体认。其发现和体认的意义在于:用事实表明古、律的文化文体学对立是可以超越的。而确认此一超越的背后是元氏非常自觉的"诗文史鉴"的诗史意识。元氏《和李校书新题乐府十二首序》云:

> 予友李公垂贶予《乐府新题》二十首,雅有所谓,不虚为文。予取其病时之尤急者,列而和之,盖十二而已。昔三代之盛也,士议而庶人谤。又曰:世理则词直,世忌则词隐。予遭理世而君盛圣,故直其词以示后,使夫后之人,谓今日为不忌之时焉。②

文中"直其词以示后"云云显然超出了乐府讽喻诗"惟歌生民病,愿得天子知"（白居易《寄唐生》）③的匡济之义,而直白道出了以诗纪史,以诗鉴史的诗学观念。元氏《乐府古题序》所谓"自《风》《雅》,至于乐流,莫非讽兴当时之事,以贻后代之人"④,表达的是同一诗学观念。元稹这一诗学观诞生于以杜甫"即事名篇,无复倚傍"⑤的新题乐府为楷模的新乐府运动,具有划时代的意义。

---

①［唐］元稹撰,冀勤点校:《元稹集》,北京:中华书局,1982年,第352页。
②［唐］元稹撰,冀勤点校:《元稹集》,北京:中华书局,1982年,第277—278页。
③［唐］白居易著,朱金城笺校:《白居易集笺校》,上海:上海古籍出版社,1988年,第43页。
④［唐］元稹撰,冀勤点校:《元稹集》,北京:中华书局,1982年,第255页。
⑤［唐］元稹撰,冀勤点校:《元稹集》,北京:中华书局,1982年,第255页。

　　表面上看,与元稹诗史观有异,白居易的乐府诗学观更多体现的则是兼济独善之义。其《读张籍古乐府》评张籍乐府诗云:"上可神教化,舒之济万民。下可理情性,卷之善一身。"① 而在《新乐府序》中,白氏自谓其新乐府讽喻诗则云:"其辞质而径,欲见之者易谕也。其言直而切,欲闻之者深诫也。其事核而实,使采之者传信也。其体顺而肆,可以播于乐章歌曲也。总而言之,为君、为臣、为民、为物、为事而作,不为文而作也。"② 由此段表白,固仍然可以看出匡济之义,但最可注意的则是其所称述的新乐府诗之文体学追求:辞质而径、言直而切、事核而实、体顺而肆。班固云:"自刘向、扬雄博极群书,皆称迁有良史之才,服其善序事理,辨而不华,质而不俚。其文直,其事核,不虚美,不隐恶,故谓之实录。"③ "辞质而径、言直而切、事核而实"三者实与"其文直,其事核;不虚美,不隐恶"之义相通。"体顺而肆"亦可参照"辨而不华,质而不俚"而得解。可见,白氏之所谓"不为文而作"实际上无异于视诗之文为史之文,其以诗为史的意识又不言自明也。

　　元白的诗史观以及诗体史文意识并非凭空产生而是有历史机缘的。宋人赵彦卫《云麓漫钞》卷八云:

　　　　唐之举人,先藉当世显人,以姓名达之主司,然后以所业投献;逾数日又投,谓之温卷,如《幽怪录》《传奇》等皆是也。盖此等文备众体,可以见史才、诗笔、议论。至进士则多以诗

---

①[唐]白居易著,朱金城笺校:《白居易集笺校》,上海:上海古籍出版社,1988年,第5页。

②[唐]白居易著,朱金城笺校:《白居易集笺校》,上海:上海古籍出版社,1988年,第136页。

③[汉]班固撰,[唐]颜师古注:《汉书卷六十二·司马迁传第三十二》,北京:中华书局,1962年,第2738页。

为贽,今有《唐诗》数百种行于世者是也。①

德宗朝崇奖文辞,科举极盛;贞元以后,"尤欲以文辞粉饰苟安之政局"。陈寅恪考释赵氏科举以传奇文温卷及传奇文备众体之说,将贞元、元和间文治之特点与小说传奇兴盛,古文运动,以及古文运动中坚人物兼善传奇文、元白创作歌行等诸多事项加以关联。其《元白诗笺证稿·长恨歌》云:

> 夫当时叙写人生之文衰弊至极,欲事改进,一应革去不适描写人生之已腐化之骈文,二当改用便于创造之非公式化之古文,则其初必须尝试为之。然碑志传记为叙述真实人事之文,其体尊严,实不合于尝试之条件。而小说则可为驳杂无实之说,既能以俳谐出之,又可资雅俗共赏,实深合尝试且兼备宣传之条件。……是故唐代贞元元和间之小说,乃一种新文体,不独流行当时,复更辗转为后来所则效,本与唐代古文同一原起及体制也。唐代举人之以备具众体之小说之文求知于主司,即与以古文诗什投献者无异。元稹李绅撰莺莺传及歌于贞元时,白居易与陈鸿撰长恨歌及传于元和时,虽非如赵氏所言是举人投献主司之作品,但实为贞元元和间新兴之文体。此种文体之兴起与古文运动有密切关系,其优点在便于创造,而其特征则尤在备具众体也。②

陈氏论文旨在说明传奇文这一新文体之于整个中唐文体革新的枢纽性意义。当然,20世纪以来围绕赵彦卫"温卷"说是否可信有过持续的争论,一直延续至本世纪。尽管今日学者的研

---

① [宋]赵彦卫撰,傅根清点校:《云麓漫钞》,北京:中华书局,1996年,第135页。
② 以上参陈寅恪:《元白诗笺证稿·长恨歌》,北京:生活·读书·新知三联书店,2001年,第1—45页。

究基本上排除了唐代士子以小说投卷的可能性,但最终还是印证了小说传奇的创作兴盛于德宗、宣宗时期,作者多为进士及第者;其内容也多与科举考试的内容有关联,传奇文可以说是"进士的文学"。至于赵氏传奇"文备众体"说也大体上是合乎实际的。① 这里,最可注意的是台湾清华大学陈珏的相关看法。陈氏认为:陈寅恪论文是对赵彦卫小说备众体说的一个"创造性和颠覆性的阐释"。"史才、诗笔、议论"之模式存在于传奇文中,也存在于"古文"和诗歌中,"与其说是一个文体意义上的模式,不如说是一个思想史意义上的模式"。从思想文化史的角度,陈珏提及了中唐古文运动前后发生的经典重判的思潮。就史学经典而言,《史记》越过《汉书》而成为"正史的最高典范"。"《史记》是'发奋著书','为时、为世'而作的'才子书'","与《汉书》之史笔不同,在于《史记》之史笔中,'说话'——或者更确切地说——'口传史料'的运用,是一个有机的组成部分"。"中唐、晚唐之际,无论是'古文'和传奇文,其上品者,均能以史笔称,而其'史笔',无论今人看去有'口传'之俗,或'文人'之雅,法《史记》则一矣"。② 陈珏文重点在"传奇文"辨体,而未深及诗歌。其实,在元白那里,诗歌的上品者亦是以史笔称,其"史笔"亦取法《史记》。白氏《与元九书》云:

> 又诗之豪者,世称李、杜,李之作才矣奇矣,人不逮矣。索其风雅比兴,十无一焉。杜诗最多,可传者千余篇,至于贯穿今古,覼缕格律,尽工尽善,又过于李。然撮其《新安吏》《石壕吏》《潼关吏》《塞芦子》《留花门》之章,"朱门酒肉臭,

① 以上内容可参康韵梅:《唐代小说"文备众体"之研究——以赵彦卫的"文备众体"说及其指涉的相关议题为主》,《文学与文化》,2011年第1期。
② 以上参陈珏:《中唐传奇文"辨体"——从"陈寅恪命题"出发》,《汉学研究》第25卷第2期(2007年12月)。

路有冻死骨"之句,亦不过三四十首。杜尚如此,况不逮杜者
乎? 仆尝痛诗道崩坏,忽忽愤发,或食辍哺,夜辍寝,不量才
力,欲扶起之。①

于上述文字中,今之学者多读出白氏李杜优劣论、以讽喻为
主题的新乐府诗学观及其诗学观的保守,不一而足,但少有揭橥
其源于《史记》"发奋著书",贯穿"实录"精神的诗史诗品观。② 这
样的一种立足于"史笔"的诗品观显然颠覆了孔子以来《诗经》学
接受视野中的温柔敦厚的风雅传统,在风雅诗道的正统观看来,
难免粗俗怪异。宋人就表现出了对杜甫、白居易此一路诗风的鄙
视,黄庭坚外甥洪炎《豫章黄先生退听堂录序》便云:"若察察言,
如老杜《新安》《石壕》《潼关》《花门》之什,白公《秦中吟》《乐游园》
《紫阁村》诗,则几于骂矣,失诗之本旨也。"③ 实际上,白氏此类诗
创作之初,即已招来讥谤非议。其在《与元九书》中说得非常清楚:

　　岂图志未就而悔已生,言未闻而谤已成矣。又请为左右
终言之。凡闻仆《贺雨》诗,而众口籍籍,已谓非宜矣。闻仆
《哭孔戡》诗,众面脉脉,尽不悦矣。闻《秦中吟》,则权豪贵
近者相目而变色矣。闻《乐游园》寄足下诗,则执政柄者扼
腕矣。闻《宿紫阁村》诗,则握军要者切齿矣。大率如此,不
可遍举。不相与者,号为沽名,号为诋讦,号为讪谤。苟相与

---

①［唐］白居易著,朱金城笺校:《白居易集笺校》,上海:上海古籍出版社,1988
　年,第2791页。

②元稹为文取《史记》笔法也是非常自觉的,其《进田弘正碑文状》云:"臣所以
　效马迁史体,叙事直书……不隐实功,不为溢美。文虽朴野,事颇彰明。"
　（［唐］元稹撰,冀勤点校:《元稹集》,北京:中华书局,1982年,第405页）

③黄庭坚著,刘琳、李勇先、王蓉贵校点:《黄庭坚全集》,成都:四川大学出版
　社,2001年,第2380页。

者,则如牛僧孺之戒焉。乃至骨肉妻孥皆以我为非也,其不
我非者,举世不过三两人。①

　　就背景看,白氏作这些招人讥谤非议的诗,恰逢宪宗初即位
而广开言路,身处翰林学士并左拾遗位,故如其言"擢在翰林,身
是谏官,月请谏纸,启奏之外,有可以救济人病,裨补时阙,而难于
指言者,辄咏歌之。欲稍稍递进闻于上。上以广宸聪,副忧勤;次
以酬恩奖,塞言责;下以复吾平生之志"②,似有诗代谏书之义。而
自述其背后理念及其形成则云:"自登朝来,年齿渐长,阅事渐多。
每与人言,多询时务;每读书史,多求理道。始知文章合为时而著,
歌诗合为事而作。"③可见,其文章歌诗系于时事亦即为君、为臣、
为民、为物、为事而不为文而作的理念乃直承《书》《史》之启迪。既
取法于《史记》笔法,则诗之文体自然倾向于直言时事而多不平之
气。《太史公自序》曰:"《诗》三百篇,大抵贤圣发愤之所为作也。"④
太史公实以《骚》喻《诗》,而"风骚"之义显然异于体现"温柔敦厚"
之旨之"风雅"也。此中,太史公亦以"风骚"自喻,鲁迅赞其"史家
之绝唱,无韵之《离骚》"⑤概以此。元稹《白氏长庆集序》云乐天
"因为《贺雨》《秦中吟》等数十章,指言天下事,时人比之《风》《骚》

①[唐]白居易著,朱金城笺校:《白居易集笺校》,上海:上海古籍出版社,1988
　　年,第2792—2793页。
②[唐]白居易著,朱金城笺校:《白居易集笺校》,上海:上海古籍出版社,1988
　　年,第2792页。
③[唐]白居易著,朱金城笺校:《白居易集笺校》,上海:上海古籍出版社,1988
　　年,第2792页。
④[汉]司马迁撰,[宋]裴骃集解,[唐]司马贞索隐,[唐]张守节正义:《史记卷
　　一百三十·太史公自序第七十》,北京:中华书局,1959年,第3300页。
⑤鲁迅:《汉文学史纲要》,北京:北京联合出版公司,2014年,第44页。

焉"①，其"风骚"显然直承太史公《诗三百》圣贤发愤之义。可以说《贺雨》《秦中吟》之类，其诗笔即史笔，叙事、议论即舒情也。

尽管招讥见谤，但白氏一直都看重这一类讽喻诗，从未有过毁匿之意。而且多次结集，不惜自我推崇，甚而以"《诗》三百篇之义"相标榜。② 可见，作者赋予此类诗的意义不仅在于代谏书影响当时，而更在于藉之传史且扬名于后世也。其《与元九书》中一段自白足显其情：

> 日者又闻亲友间说，礼吏部举选人，多以仆私试赋判传为准的。其余诗句，亦往往在人口中。仆恧然自愧，不之信也。及再来长安，又闻有军使高霞寓者，欲聘娼妓。妓大夸曰：我诵得白学士《长恨歌》，岂同他妓哉？由是增价。又足下书云：到通州日，见江馆柱间有题仆诗者，复何人哉？又昨过汉南日，适遇主人集众乐娱他宾，诸妓见仆来，指而相顾曰：此是《秦中吟》《长恨歌》主耳。自长安抵江西，三四千里，凡乡校、佛寺、逆旅、行舟之中，往往有题仆诗者。士庶、僧徒、孀妇、处女之口，每每有咏仆诗者。此诚雕虫之戏，不足为多。然今时俗所重，正在此耳。虽前贤如渊、云者，前辈如李、杜者，亦未能忘情于其间哉！古人云："名者公器，不可以多取。"仆是何者？窃时之名已多。既窃时名，又欲窃时之富贵。使己为造物者，肯兼与之乎？③

---

① [唐]元稹撰，冀勤点校：《元稹集》，北京：中华书局，1982年，第554页。

② 《新乐府序》云："凡九千二百五十二言，断为五十篇。篇无定句，句无定字，系于意，不系于文。首句标其目，卒章显其志，《诗》三百之义也。"（[唐]白居易著，朱金城笺校：《白居易集笺校》，上海：上海古籍出版社，1988年，第136页）

③ [唐]白居易著，朱金城笺校：《白居易集笺校》，上海：上海古籍出版社，1988年，第2793—2794页。

　　元稹《白氏长庆集序》有云："乐天《秦中吟》《贺雨》讽谕等篇，时人罕能知者。然而二十年间，禁省、观寺、邮候墙壁之上无不书，王公妾妇、牛童马走之口无不道。至于缮写模勒，衒卖于市井，或持之以交酒茗者，处处皆是。"① 元白口中所道实情恰可表明，新乐府诗之创作显已超出古时献诗、采诗之义，而更多见于作者"传播"之志意，而"传播"之"志意"又不能不系于个体之扬名，白氏《与元九书》中"虽前贤如渊、云者，前辈如李、杜者，亦未能忘情于其间哉"一句已说得再直白不过。由此，我们可以看出元白诗史意识的独特内涵。前贤多以为魏晋文的自觉乃人的自觉之表征，其实，元白的诗史意识才真正代表了作为自由个体意义上的人的自觉。

　　若深入考察元白诗史观念的形成与实践，有几点尤为值得注意：

　　其一，元白重新定义且颠覆了周秦两汉以来的圣德、盛德的雅颂传统。《乐记》《诗大序》皆云："治世之音，安以乐，其政和。乱世之音，怨以怒，其政乖。亡国之音，哀以思，其民困。"②《诗谱序》亦云："及成王，周公致太平，制礼作乐，而有颂声兴焉，盛之至也。"③ 而元稹《和李校书新题乐府十二首序》则云："昔三代之盛也，士议而庶人谤。"又曰："世理则词直，世忌则词隐。予遭理世而君盛圣，故直其词以示后，使夫后之人，谓今日为不忌之时焉。"④ 又白氏《贺雨》诗曰："皇帝嗣宝历，元和三年冬。自冬及春暮，不雨旱爞爞。上心念下民，惧岁成灾凶。遂下罪己诏，殷勤告

――――――――――

① [唐]元稹撰，冀勤点校：《元稹集》，北京：中华书局，1982年，第555页。

② 李学勤主编：《十三经注疏·礼记正义·乐记》《毛诗正义》卷一，北京：北京大学出版社，1999年，第1077页，第8页。

③ 李学勤主编：《十三经注疏·毛诗正义》，北京：北京大学出版社，1999年，第6页。

④ [唐]元稹撰，冀勤点校：《元稹集》，北京：中华书局，1982年，第277、278页。

万邦。帝曰予一人,继天承祖宗。忧勤不遑宁,夙夜心忡忡。"① 可见元白定义的圣德、盛德与美颂之音毫无关系,而是时无顾忌,上下同忧。此所继承的恰是《易》之圣德、盛德观② 而又有所超越。

其二,史家多称美开天盛唐气象,而盛唐气象从来就不是一片歌功颂德之声。今人多谓王湾以其"海日生残夜,江春入旧年"(《次北固山下》)之雄浑壮丽、朝气蓬勃的诗句开启了诗歌盛唐。于是想象:大幕开启,"圣代无隐者,英灵尽来归"(王维《送綦毋潜落第还乡》)的盛世交响曲在大唐的天空回旋激荡。盛唐一代诗人沐浴着理想的光芒,以慷慨激昂的歌喉讴歌着那个激动人心的时代。他们"无论是快乐或是痛苦,都是爽朗的健康的,永远给人以无穷的想象、光明的展望"③。前此的论述业已表明,所谓的盛唐气象乃因一时豪奢文华且开放进取的社会文化氛围的鼓荡,文士个体的才情气质得以超越世俗狭隘,进而凝聚成为自我意识普遍得以充分发扬的时代精神面貌。盛唐之音是盛唐文士的命运交响曲,当随着社会文化氛围的改变和个人命运展开时难免遭受的多舛与不测,盛唐文士的命运交响曲必由"仰天大笑出门去,我辈岂是蓬蒿人"(李白《南陵别儿童入京》)般"英特越逸"之调转向"寂寞向秋草,悲风千里来"(高适《宋中十首》其一)的"盛世

---

① [唐]白居易著,朱金城笺校:《白居易集笺校》,上海:上海古籍出版社,1988年,第1页。

② 《易传》云:"鼓万物而不与圣人同忧,盛德大业,至矣哉! 富有之谓大业,日新之谓盛德。"圣人不失忧患,日新其德而合于生生之易道,方成就盛德大业(参李学勤主编:《十三经注疏·周易正义·系辞上》,北京:北京大学出版社,1999年,第270—271页)。

③ 林庚:《中国文学简史》,北京:北京大学出版社,1995年,第210页。

悲鸣"①。"盛唐之音"的构成虽是多声部的混合交响,但作为时代精神的主旋律,其底色无疑可描述为文士世俗情感的一次空前积聚与放大,强烈的自我意识在诗歌世界中的集体性绽放。敏感多情,自然不羁,少有畏忌,色彩斑斓,是盛唐精神面目的最佳写照。如此理解盛唐,我们便不难看出,元白重新定义的圣德、盛德的雅颂传统实际上是盛唐精神的回响,也是其对诗歌盛唐的自觉回望与重新发现。以风骚为雅颂本来就是盛唐精神的核心部分,感叹"大雅久不作,吾衰竟谁陈。王风委蔓草,战国多荆榛。龙虎相啖食,兵戈逮狂秦。正声何微芒,哀怨起骚人。扬马激颓波,开流荡无垠"②的李白,正是其早期杰出代表。只是开天繁华的外表暂时掩盖了潜伏的政治危机,个人际遇中的挫折并不能带来自我意识高扬的诗人深刻的社会反思和时弊针砭,而大多转化为"大道如青天,我独不得出"③、"人生在世不称意,明朝散发弄扁舟"④、"安能摧眉折腰事权贵,使我不得开心颜"⑤似的不平之气与冲天悲鸣。盛唐诗人的群体之于天宝以后人已留下了有才艺,无德行的形象:"矜能者曾无愧色,勇进者但欲凌人。以毁讟为常谈,以向背为己任。"⑥肃宗礼部侍郎杨绾的一句"露才扬己,喧腾于当

---

① 参杜晓勤:《从"盛唐之音"到盛世悲鸣——开天诗坛风貌的另一考察维度》,《文学评论》,2016年第3期。
② 中华书局编辑部点校:《全唐诗》(增订本),北京:中华书局,1999年,第1673—1674页。
③ 中华书局编辑部点校:《全唐诗》(增订本),北京:中华书局,1999年,第343页。
④ 中华书局编辑部点校:《全唐诗》(增订本),北京:中华书局,1999年,第1814页。
⑤ 中华书局编辑部点校:《全唐诗》(增订本),北京:中华书局,1999年,第1785页。
⑥ [后晋]刘昫等撰:《旧唐书卷一百一十九·列传第六十九·杨绾传》,北京:中华书局,1975年,第3430—3431页。

代"① 定格了盛唐文士,也定格了盛唐诗人。而在元白看来,正是飞扬跋扈,露才扬己的诗人形象见证了盛唐之盛。

其三,以风骚为雅颂的圣盛观的意义在于,巧妙地赋予了个体世俗性情感以合法性及超越个体自我意识的社会学与文化学意义。② 换言之,它打通了雅俗之间的区隔,消解了个体性情感与社会性情感的对立。进而言之,以风骚为雅颂的圣盛观促进了元白诗史观的形成,也构成了其诗史观的内核。元白之"以诗为史"乃自觉地将个体的心灵史、生活史融入了社会风俗史、政治史并赋予了其正史之意义,大大拓宽并深化了古人"立言不朽"的外

---

① [后晋]刘昫等撰:《旧唐书卷一百一十九·列传第六十九·杨绾传》,北京:中华书局,1975年,第3431页。

② 李白、元白的风雅、圣盛观是有思想文化史的脉络可寻的。前此分析王绩拒绝入世理由时提及,儒道所设计的圣王之治,道理相通,其核心在王绩所谓的"顺适无阂"。换言之,盛德之世无人不得自适其适,无人不得尽其性命之情。王绩自我期许甚高而有时不我遇之感,故选择归隐,自适其适。此一选择构成了一个有趣的悖论:一方面,选择归隐而自适其适恰可见证:圣王之治,当今即是;而另一方面,脱世的行为本身却又暗示了盛德有亏,非人人得尽其性,故归隐行为又同时显现了讽喻的意义。故讽喻诗的形态是有多种面向的,山水田园诗是超世隐喻的形态,而杜甫、元白那种直击现实,针砭时事的新乐府讽喻诗则是入世的明喻形态。在白居易尚有介于讽喻诗与山水田园诗之间的"闲适诗",其实也是一种讽喻的形态。"闲适诗"之类尽管被打上了"知足保和,吟玩情性"的标签,但其指涉时事的线索还是隐约可见的,如《常乐里闲居偶题十六韵》:"帝都名利场,鸡鸣无安居。独有懒慢者,日高头未梳。工拙性不同,进退迹遂殊。幸逢太平代,天子好文儒。小才难大用,典校在秘书。三旬初入省,因得养顽疏。"其讽喻意义明显,这也正是白居易谓其"闲适诗"为"思淡而词迂"的见道诗之缘由。据《唐语林》,文宗欲置诗学士,李钰谏曰:"臣闻宪宗为诗,格合前古。当时轻薄之徒,摛章绘句,聱牙崛奇,讥讽时事,尔后扇鼓名声,谓之'元和体',实非圣意好尚如此。"([宋]王谠著,周勋初校证:《唐语林校证》,北京:中华书局,1987年,第149—150页)李钰所谓"元和体"讥讽时事,亦当包括白氏"闲适"诗的。

延与内涵。元白的"元和体"诗——包括令达官贵人变色，亲人非之而被后人视作"几近骂矣，失诗本旨"的讽喻诗，能很快在朝野上下广泛传播，除说明了其通俗性、时事性强的特点之外，亦充分说明了元白诗作史鉴并藉之名世的意识非常强烈而自觉。这里从一个侧面亦见证了德宗、宪宗时代特有的中兴气象。

其四，独特的诗史观说明了反映个体世俗生活及其情感的诗歌不仅具有"补察时政，泄导人情"的政治学与社会学意义，而且也具有考史鉴远，彰显后世的价值与意义。正因此，元白对"释恨佐欢"之类的律诗尽管外表不以为意，但其实是有所珍视且加以期待的。白居易《与元九书》在言及"杂律诗，或诱于一时一物，发于一笑一吟，率然成章，非平生所尚者，但以亲朋合散之际，取其释恨佐欢。今铨次之间，未能删去，他时有为我编集斯文者，略之可也"① 一段话之后，紧接着又说道：

> 微之！夫贵耳贱目，荣古陋今，人之大情也。仆不能远征古旧，如近岁韦苏州歌行，才丽之外，颇近兴讽，其五言诗又高雅闲澹，自成一家之体。今之秉笔者谁能及之？然当苏州在时，人亦未甚爱重，必待身后，然人贵之。今仆之诗，人所爱者，悉不过杂律诗与《长恨歌》已下耳。时之所重，仆之所轻。至于讽谕者，意激而言质，闲适者，思澹而词迂。以质合迂，宜人之不爱也。今所爱者，并世而生，独足下耳。然千百年后，安知复无如足下者出而知爱我诗哉？故自八九年来，与足下小通则以诗相戒，小穷则以诗相勉，索居则以诗相慰，同处则以诗相娱。知吾最要，率以诗也。如今年春游城南

---

① ［唐］白居易著，朱金城笺校：《白居易集笺校》，上海：上海古籍出版社，1988年，第2795页。

时，与足下马上相戏，因各诵新艳小律，不杂他篇。自皇子陂归昭国里，迭吟递唱，不绝声者二十里余，樊、李在傍，无所措口。知我者以为诗仙，不知我者以为诗魔。何则？劳心灵，役声气，连朝接夕，不自知其苦。非魔而何？偶同人当美景，或花时宴罢，或月夜酒酣，一咏一吟，不知老之将至。虽骖鸾鹤游蓬、瀛者之适，无以加于此焉。又非仙而何？微之，微之！此吾所以与足下外形骸，脱踪迹，傲轩鼎，轻人寰者，又以此也。当此之时，足下兴有余力，且欲与仆悉索还往中诗，取其尤长者，如张十八古乐府，李二十新歌行，卢、杨二秘书律诗，窦七、元八绝句，博搜精掇，编而次之，号《元白往还诗集》。①

文中虽说其自好与时人有异，但实未轻弃杂律诗，且其自号"诗仙"以及"元白"者多涉及杂律诗。白氏《余思未尽加为六韵重寄微之》"制从长庆辞高古，诗到元和体变新"自注云："微之长庆初知制诰，文格高古，始变俗体，继者效之也。众称元白为千字律诗，或号元和格。"② 诗及自注亦可证明元白对律诗尤其是排律的自重，同时亦可看出其于律诗文体的创变。关于其"体"之特质，

---

① ［唐］白居易著，朱金城笺校：《白居易集笺校》，上海：上海古籍出版社，1988年，第2795—2796页。

② ［唐］白居易著，朱金城笺校：《白居易集笺校》，上海：上海古籍出版社，1988年，第1532页。《元氏长庆集原序》云："唐人之文，亡逸者多矣。呜呼，樵夫牧叟诡异怪诞之说；鬼神幻惑不根之言，时时萃为一书，以诒好事者观览。至于士君子道德仁义之文，经国济时之论，乃或沉没无闻，岂不惜哉！元微之有盛名于元和、长庆间，观其所论奏，莫不切当时务，诏诰、歌词自成一家，非大手笔曷臻是哉！"（［唐］元稹撰，冀勤点校：《元稹集》，北京：中华书局，1982年，第733页）宋代刘麟序中所称之文显然超越文类，论元稹之文，当论、奏、诏、诰、歌词合言自成一家，而以"切当时务"为眼。

五代王定保《唐摭言》以"尚轻浅"①概之,实不如清代史学家赵翼"尚坦易,务言人所共欲言"②之语剀切。元稹《酬孝甫见赠十首之二》"怜渠直道当时语,不著心源傍古人"实可况之。大体言之,尚实事直情,通俗语共情,亦是元白律体自成一家的表征,而其根源无非在于诗为心灵史的自觉,以及诗文史笔的运用。

以上独特的诗史观构成了元白文体观的思维与价值取向,立于其中的立场使得元白发现并推崇李杜,也正是基于同一立场,元白分出了李杜的优劣。

第三节　"诗史"杜甫形象之演化

成书于唐僖宗光启二年(公元886年)的孟棨《本事诗·高逸第三》云:"杜所赠二十韵,备叙其事(按:李白事)。读其文,尽得其故迹。杜逢禄山之难,流离陇蜀,毕陈于诗,推见至隐,殆无遗事,故当时号为'诗史'。"③这是文献中最早明确以"诗史"概念称杜诗之例。据"当时"云云可以推断,杜诗"诗史"的得名不在杜甫在世之时,亦应早于孟棨的记录。今之学者限于文献,一般都谨慎地认为,孟棨是第一位正式以"诗史"概念称说杜诗者。其实,若深入了解了元白的诗文史笔观念,便不难看出孟棨"诗史"说的内涵与元白实一脉相承。

《本事诗》之书名本身即具有以史说诗,或以诗观史的理论蕴

---

① [五代]王定保:《唐摭言》,上海:上海古籍出版社,1978年,第121页。
② [清]赵翼著,霍松林、胡主佑校点:《瓯北诗话》,北京:人民文学出版社,1963年,第36页。
③ [唐]孟棨著:《本事诗·高逸第三》,上海:古典文学出版社,1957年,第17页。

含。所谓"本事",《汉书·艺文志》论左丘明为《春秋经》作《传》云:"丘明恐弟子各安其意,以失其真,故论本事而作传,明夫子不以空言说经也。《春秋》所贬损大人当世君臣,有威权势力,其事实皆形于传,是以隐其书而不宣,所以免时难也。"①《孟子》谓"诗亡然后《春秋》作"②,实际上亦是诗、史同观的。《毛诗》序传已开本事说《诗》之先河。"推见至隐"则又本司马迁说《春秋》:"《春秋》推见至隐,《易》本隐之以显,《大雅》言王公大人而德逮黎庶,《小雅》讥小己之得失,其流及上。所以言虽外殊,其合德一也。相如虽多虚辞滥说,然其要归引之节俭,此与《诗》之讽谏何异。"③此处,太史公经、史、文学作文体通观,要在切事与讽谏二义,元白文体观的思维与价值取向正与之相合。今人观《本事诗》之史源,多注意其杂采传闻、诗序或前人小说之特点,而其所反映的正是"元和间新兴之文体"之"诗才、史笔、议论"模式的变异形态,其"诗史"说虽指向杜甫,但又不妨视为对元白诗文史笔之"诗史"观的一次正式命名。孟棨所云当时号杜诗为"诗史"者,理当包括元白。

"诗史"观突破了传统诗文体观的藩篱,元稹《铭序》所发现并推崇的杜甫显然未受诗分古近体的影响,恰恰相反,杜诗正因其排律的创作成就首次获得了超越李白之上的桂冠。孟棨指为"诗史"的《寄李十二白二十韵》固为律体,其所谓"禄山之难,流离陇

---

① [汉]班固撰,[唐]颜师古注:《汉书卷三十·艺文志第十》,北京:中华书局,1962年,第1715页。

② 李学勤主编:《十三经注疏·孟子注疏》,北京:北京大学出版社,1999年,第226页。"诗",该标点本作《诗三百》解,未为妥帖,今不从。

③ [汉]司马迁撰,[宋]裴骃集解,[唐]司马贞索隐,[唐]张守节正义:《史记卷一百一十七·司马相如列传第五十七》,北京:中华书局,1959年,第3073页。

蜀"时之创作亦大都为律体。① 可见,从元白以后,近体律诗在新的话语体系中得到了全新的体认。而这一体认在宋初欧阳修等撰著的《新唐书·杜甫传》中得到了确认:"甫又善陈时事,律切精深,至千言不少衰,世号'诗史'。"② 诗至杜甫,"叙事性"不再是诗古近攸分的体征。入宋以后,杜诗作为"诗史"的意义与价值得到了广泛而深入的探讨,而其中"叙事性"的艺术特质得到了具体细致而又系统的揭示且超越了"时事"或一般"叙事性"范畴。

首先,以史家"实录"概念理解杜诗的"叙事性"仍然是重要的维度,如王得臣《麈史》便云:"予以谓世称子美为诗史,盖实录也。"③ 当然,诗毕竟非史,故所谓"实录"主要是指诗人叙事写物时所遵循的客观性与真实性的原则,实际上亦即史家所谓"信而有征"。据洪迈《夷坚志》载:

> 绍兴十六年,林熙载自温州赴福州侯官簿,道过平阳智觉寺,见殿一角无鸱吻,问诸僧,僧曰:"昔日双鹳巢其上,近为雷所震,有蛇蜕甚大,怪之未敢葺。"僧因言:"寺素多鹳,殿之前大松上,三鹳共一巢。数年前,巨蛇登木食其雏,鹳不能御,皆舍去。俄顷,引同类盘旋空中,悲鸣徘徊,至暮始散。明日复集,次一健鹳自天末径至,直入其巢,蛇犹未去,鹳以爪击之,其声革革然。少选飞起,已复下,如是数反。蛇裂为三四,鹳

---

① 据《读杜心解》统计,在1548首杜诗中,蜀中时期共473首,其中五律223首、七律54首、五排25首、七排2首、五绝15、七绝62首,计381首;夔州以后594首,其中五律253首、七律73首、五排67首、七排5首、五绝15、七绝43首,计456首。流蜀之后总计诗1067首,而律诗总计837首,占其中的78.44%。

② [宋]欧阳修、宋祁撰:《新唐书》,北京:中华书局,1975年,第5738页。

③ [宋]王德臣撰,俞宗宪点校:《麈史》,上海:上海古籍出版社,1986年,第44页。

亦不食而去。"林诵老杜《义鹘行》示之，始验诗史之言，信而有证。①

故事说明"义鹘"之取象比类非苟取其义，而是于现实生活有所征信而已。《集千家注杜工部诗集·卷四·义鹘行注》曰："石勒与李阳邻居，争沤麻池，日相殴击。及贵乃召阳与酣，谑引阳臂笑曰：'孤往日厌卿老拳，卿亦饱孤毒手。'梦弼曰刘禹锡尝曰：'作诗用僻字须有出处，尝读杜员外"巨颡拆老拳"，意恐无据，及读《石勒传》乃知子美岂虚言哉！'"②《注》之所云《义鹘行》不虚用僻字，亦是信而有征之意。

其次，以"《春秋》笔法"极誉杜诗的"叙事性"，如周煇《青波杂志》载曰：

> 煇复考少陵诗史，专赋梅才二篇，因他泛及者固多。取专赋，略泛及，则所得甚鲜；若并取之，又有疑焉。叩于汝阴李退年，李曰："诗史犹国史也；《春秋》之法，褒贬于一字，则少陵一联一语及梅，正《春秋》法也。如'巡檐索笑'、'满枝断肠'、'健步移远梅'之句，至今宗之以为故事，其可退遗？"③

李退年云及"春秋笔法"诗例分别为：杜甫《舍弟观赴蓝田取妻子到江陵喜寄三首》其二"巡檐索共梅花笑，冷蕊疏枝半不禁"联；高适《人日寄杜二拾遗》"柳条弄色不忍见，梅花满枝空断肠"联；杜甫《苏端薛复筵简薛华醉歌》"安得健步移远梅，乱插繁花向晴昊"联。至于三诗三联之"梅"字如何体现"春秋笔法"则语焉未

---

① [宋]洪迈撰：《夷坚志》，丛书集成初编本，第33—34页。
② [元]高楚芳辑：《集千家注杜工部诗集》卷四，《文渊阁四库全书》第1069册，第740页。
③ [宋]周煇撰，刘永翔校注：《清波杂志校注·卷第十·梅苑》，北京：中华书局，1997年，第455页。

详，要不过"一字以褒贬"①之义。关于杜诗"春秋笔法"的论述，宋人黄彻更为具体，其《䂬溪诗话》云：

> 诸史列传，首尾一律；惟左氏传《春秋》则不然，千变万状，有一人而称目至数次异者，族氏、名字、爵邑、号谥，皆密布其中而寓诸褒贬，此史家祖也。观少陵诗，疑隐寓此旨，若云："杜陵有布衣"，"杜曲幸有桑麻田"，"杜子将北征"，"臣甫愤所切"，"甫也东西南北人"，"有客有客字子美"，盖自见其里居名字也。"不作河西尉"，"白头拾遗徒步归"，"备员窃补衮"，"凡才污省郎"，补官迁陟，历历可考。至叙他人亦然，如云："粲粲元道州"，又云："结也实国干"，凡例森然，诚《春秋》之法也。②

引例中皆涉通过称谓的变化来表达对相关时事的态度或情感倾向，亦即"寓诸褒贬"，如《北征》诗涉诗人因谏房琯罢相而获罪，肃宗诏放其归鄜省家事，其中"杜子将北征"之句以"杜子"自称便微妙表达了诗人自尊不悔，于其事以道义相期许，进而寓以褒贬之义。黄彻还以《北征》首联"皇帝二载秋，闰八月初吉"为例说明杜诗的"史笔森严"。③此例确实为典型的《春秋》书法，尽管因谏获罪，但诗人尊王之意、忠义之心因此昭然。以《春秋》笔法誉杜诗，显然蕴含了以杜甫为"诗圣"的旨趣。

其三，宋人已突破"叙事性"之艺术规定，杜诗中那些强烈的

---

① 刘勰《文心雕龙·征圣》云："《春秋》一字以褒贬。"杜预有《春秋》五例之说："一曰微而显，二曰志而晦，三曰婉而成章，四曰尽而不污，五曰惩恶而劝善。"《春秋》笔法实可视为一种特定的文章修辞结构及其政教功能。

② ［宋］黄彻著，汤新祥校注：《䂬溪诗话》，北京：人民文学出版社，1986年，第3页。

③ 参［宋］黄彻著，汤新祥校注：《䂬溪诗话》，北京：人民文学出版社，1986年，第10页。

抒情性诗歌亦一并被纳入"诗史"的范畴,如胡宗愈《成都新刻草堂先生诗碑序》即云:"先生以诗鸣于唐,凡出处去就,动息劳佚,悲欢忧乐,忠愤感激,好贤恶恶,一见于诗。读之,可以知其世。学士大夫,谓之诗史。"①立足于个人生活与情感的抒情性诗歌之具有史学价值,其缘在于"读之可以知其世"。而"诗情可以见世"说与"缘事而发,感于哀乐"之乐府诗学是相衔接的,同时又与"诗以言志"说相表里,故此处"知其世"之"知"与如何"读诗"亦有关联。孟子云:"说《诗》者不以文害辞,不以辞害志,以意逆志,是为得之。如以辞而已矣,《云汉》之诗曰:'周余黎民,靡有孑遗。'信斯言也,是周无遗民也。"赵岐《孟子注》云:"志,诗人志所欲之事。意,学者之心意也。"②可见,读诗者是通过观诗人之志而知其世的。当然,理论上说,肯定诗人之情志外化为其诗文而能提供观世的价值,实际上也一并肯定了诗文蕴含的诗人情志无虚饰与矫伪。

　　"知其世"的"诗史"说尚可视为元白"诗史"观的继承与具体阐发③,而宋僧释惠洪在此基础上建立的"诚实"说则是"诗史"说的进一步深化。惠氏《冷斋夜话》云:

---

① 参[清]仇兆鳌:《杜诗详注·附编》,北京:中华书局,1979年,第2243页。

② 李学勤主编:《十三经注疏·孟子注疏·万章章句上》,北京:北京大学出版社,1999年,第253页。

③ 元白显然是立足于诗史观得以肯定反映个体私生活情感的律诗的价值与意义,而"知其世"说本质上是视诗歌为诗人心灵史和生活史的统一体。对此,明代江盈科说得更加透彻,其《雪涛诗评》云:"子美作诗之时,即有意于传世。观其诗曰:'平生性癖耽佳句,语不惊人死不休。'"又曰:"李青莲是快活人,当其得意时,斗酒百篇,无一语一字不是高华气象。及流窜夜郎后作诗甚少,当由兴趣消索。杜少陵是固穷之士,平生无大得意事,中间兵戈乱离,饥寒老病,皆其实历,而所阅苦楚都于诗中写出。故读少陵诗,即当得少陵年谱看。"(转引自《杜诗详注·附编》,北京:中华书局,1979年,第2324页)

　　李格非善论文章,尝曰:"诸葛孔明《出师表》,刘伶《酒德颂》,陶渊明《归去来辞》,李令伯《陈情表》,皆沛然从肺腑中流出,殊不见斧凿痕。是数君子,在后汉之末,两晋之间,初未尝以文章名世,而其意超迈如此。吾是知文章以气为主,气以诚为主。"故老杜谓之诗史者,其大过人在诚实耳。①

　　孔子曰:"辞达而已矣。"《论语注疏》引孔安国释语曰:"凡事莫过于实,辞达则足矣,不烦文艳之辞。"②是言修辞切于事而已。《周易·乾卦·文言》又载孔子曰:"君子进德修业。忠信所以进德也,修辞立其诚,所以居业也。"《孔疏》云:"'进德'则'知至',将进也,'修业'则'知终',存义也。'忠信所以进德'者,复解进德之事,推忠于人,以信待物,人则亲而尊之,其德日进,是'进德'也。'修辞立其诚,所以居业'者,辞谓文教,诚谓诚实也。外则修理文教,内则立其诚实,内外相成,则有功业可居,故云'居业'也。"③"诚实"二字固然首先说明了杜诗所表达情感的真挚性,然结合"诚实"二字的儒家文化的话语背景,则不难看出,其用之于老杜诗显然超出了"文气"说之立意,多了"修言立其诚"的儒家道德内涵。因此,"诚实"说不仅可融通于《春秋》大义,亦可见以儒家道德人格说杜诗的端倪,故其揭示杜诗的"诗史"内涵更为深刻。

　　其五,以"备众体,集大成"说"诗史"。明代释普文《诗论》云:"老杜之诗,备于众体,是为诗史。"④"备于众体"与"集大

---

①[宋]释惠洪撰,陈新点校:《冷斋夜话》,北京:中华书局,1988年,第26页。

②李学勤主编:《十三经注疏·论语注疏·卫灵公第十五》,北京:北京大学出版社,1999年,第218页。

③以上参李学勤主编:《十三经注疏·周易正义·乾卦》,北京:北京大学出版社,1999年,第15、16页。

④参[清]仇兆鳌:《杜诗详注·附编》,北京:中华书局,1979年,第2325页。

成"无异。杜诗"备众体,集大成"说始于元稹,毫无疑问。《新唐书·杜甫传》直接肯定了元稹的说法:"至甫,浑涵汪茫,千汇万状,兼古今而有之,它人不足,甫乃厌余;残膏剩馥,沾丐后人多矣。故元稹谓:'诗人以来,未有如子美者。'"① 当然,"集大成"概念的直接提出则始于苏轼。苏云:"子美之诗,退之之文,鲁公之书,皆集大成者也。"② 而秦观和之,其《韩愈论》云:

> 杜子美之于诗,实积众家之长,适当其时而已。昔苏武、李陵之诗长于高妙,曹植、刘公幹之诗长于豪逸,陶潜、阮籍之诗长于冲澹,谢灵运、鲍照之诗长于峻洁,徐陵、庾信之诗长于藻丽。于是杜子美者,穷高妙之格,极豪逸之气,包冲澹之趣,兼峻洁之姿,备藻丽之态,而诸家之作所不及焉。然不集诸家之长,杜氏亦不能独至于斯也。岂非适当其时故耶?孟子曰:"伯夷圣之清者也,伊尹圣之任者也,柳下惠圣之和者也,孔子圣之时者也。孔子之谓集大成。"呜呼,杜氏、韩氏,亦集诗文之大成者欤! ③

可见,秦氏"集大成"概念的内涵不外乎指风格体调之兼善,似乎仍然未超出元稹评价之理路,清代潘德舆考元稹《工部墓志》后即指出:"此即'集大成'之义,特未明言耳,则亦非东坡少游之创论也。"④ 实际上,秦氏"集大成"说的新义在于:明确地以孟子"孔子圣之时者"以转喻杜诗之"集大成"适当其时。潘德舆自然

①[宋]欧阳修、宋祁:《新唐书》,北京:中华书局,1975年,第5738页。
②[清]何文焕辑:《历代诗话·后山诗话》,北京:中华书局,1981年,第304页。
③[宋]秦观著,徐培均笺注:《淮海集笺注》,上海:上海古籍出版社,1994年,第751—752页。
④[清]潘德舆:《养一斋李杜诗话》,见郭绍虞编选,富寿荪校点:《清诗话续编》(下),上海:上海古籍出版社,1983年,第2183页。

亦意识到此，但其否定的亦乃"正当其时"说："顾少游谓子美'集众家之长'可，谓由于'适当其时'则不可。假令子美生于六朝，生于宋、元，将不能'集众家之长'耶？抑非其时而遂降与众家等也？少游，词人之俊耳，论诗则胶矣。"①潘氏之所以作此论，实因在其看来，元稹直至秦少游以诗歌艺术的风格体调论杜诗集大成之义远不能与称甫为"圣之时者"相称，故紧接着指出：

> 且孔子所以为"圣之时者"，时中之义。今既谓子美"集诗之大成"，则宜取微之所言"无可无不可"者当之。若以"适当其时"之"时"，为"圣之时者"之"时"，不几于郢书燕说耶？至以"豪迈"目曹植，则不尽其量；以"冲澹"目阮籍，以"峻洁"目灵运，则不得其情。此与微之以"孤高"目颜、谢者，同一粗疏也。其尤疏者，微之、少游尊杜至极，无以复加，而其所以尊之之由，则徒以其包众家之体势姿态而已，于其本性情、厚伦纪、达六义、绍《三百》者，未尝一发明也，则又何足以表洙、泗"无邪"之旨，而允为列代诗人之称首哉？②

今有学者认为："秦观在论杜诗'集大成'时，两次强调其'适当其时'，充分注意到杜甫创作的时代，注意到'集大成'的客观条件，是应该重视的、值得肯定的。潘氏过分看重杜甫自身的主观因素，有失偏颇。"③此一批评尽管有现代文学理论的依据，但就传统文化语境而言尚有隔靴搔痒之嫌。因为潘氏眼中的"圣之时

---

①〔清〕潘德舆：《养一斋李杜诗话》，见郭绍虞编选，富寿荪校点：《清诗话续编》（下），上海：上海古籍出版社，1983年，第2183页。

②〔清〕潘德舆：《养一斋李杜诗话》，见郭绍虞编选，富寿荪校点：《清诗话续编》（下），上海：上海古籍出版社，1983年，第2183页。

③马承五：《诗圣·诗史·集大成——杜诗批评学中之誉称述评》，《杜甫研究学刊》，1997年第3期。

者"之"时"乃"时中"之义。何谓"时中"？潘氏说得很明白，宜取微之所言"无可无不可"者当之。很显然，"时中"涉及圣人道德文章与"中庸"之关联。朱熹释"君子之中庸也，君子而时中；小人之中庸也，小人而无忌惮也"云：

> 君子之所以为中庸者，以其有君子之德，而又能随时以处中也。小人之所以反中庸者，以其有小人之心，而又无所忌惮也。盖中无定体，随时而在，是乃平常之理也。君子知其在我，故能戒谨不睹、恐惧不闻，而无时不中。小人不知有此，则肆欲妄行，而无所忌惮矣。①

可见，君子"时中"指涉的是君子道德体性发用时所表现出来的无可无不可的大化境界。《论语·微子》载孔子评逸民伯夷、叔齐、虞仲、夷逸、朱张、柳下惠、少连之行事后而曰："我则异于是，无可无不可。"朱熹《论语集注》云："孟子曰：'孔子可以仕则仕，可以止则止，可以久则久，可以速则速。'所谓无可无不可也。"②其无非是说，孔子适时进退，皆合乎道义也。《章句》所引孟子语乃称颂孔子为"圣之时者也"，称誉之后孟子随之又曰：

> 孔子之谓集大成。集大成也者，金声而玉振之者也。金声也者，始条理也；玉振之也者，终条理也。始条理者，智之事也；终条理者，圣之事也。智，譬则巧也；圣，譬则力也。由射于百步之外也，其至，尔力也；其中，非尔力。③

而苏辙解孟子智、圣之喻则云：

---

① ［宋］朱熹：《四书章句集注·中庸集注》，北京：中华书局，1983年，第19页。
② ［宋］朱熹：《四书章句集注·论语集注》，北京：中华书局，1983年，第186页。
③ ［宋］朱熹：《四书章句集注·孟子集注》，北京：中华书局，1983年，第315—316页。

以巧喻智，以力喻圣，何也？巧之所能，有或不能；力之所尝至，无不至也。伯夷、伊尹、柳下惠之行，人之一方也，而以终身焉，故有不可得而充。至于孔子可以速而速，可以久而久，可以仕而仕，可以处而处，然后终身行之而不匮。故曰：由射于百步之外，其至，尔力也，是可常也；其中，非尔力也，是巧也，是不可常也。巧亦能为一中矣，然而时亦不中，是不如力之必至也。①

可见，孟子谓孔子为"圣之时者"与谓孔子为"集大成者"，其义是一不是二。孟子以乐之事喻"集大成"，"言孔子集三圣之事而为一大圣之事，犹作乐者集众音之小成而为一大成也"；金声玉振为纲纪，乐之始终，众音得以贯通与条理也。又以金声、玉振喻智、圣，则言乐"合众小成而为一大成，犹孔子之知无不尽，而德无不全也"。孟子进而又以射之事喻圣与智："圣"犹如射者之"体力"，"智"犹如射者之"巧艺"。要之，孔子之所以为孔子在于圣智兼备，非如三子者智之所知偏于一，而德之所就亦偏于一也。换言之，孔子天赋圣德又进之以圆智，故可以始之以条理，终之以条理，无可无不可，总谓之集大成。故在潘氏看来，以"圣之时者"誉杜甫当合杜甫德性与才艺兼备而言，而不能偏于其才艺一端。正是基于此，其批评少游、元稹之尊杜为集大成者乃徒以杜甫包众家之体势姿态而已，因为论者未见诸家德性才智之偏而云杜甫包众家之体势，实际上是未能理解杜诗体势之多元多变乃根源于杜甫的德全才大。正因为其德全才大，故其多而不失人格的统一，其变而不失性情之正。潘氏此义实又渊源于苏轼，苏之《王定国诗集

---

① ［宋］苏辙撰，陈宏天、高秀芳点校：《苏辙集》，北京：中华书局，1990年，第955页。

叙》云：

> 太史公论《诗》，以为"《国风》好色而不淫，《小雅》怨诽而
> 不乱"。以余观之，是特识变风、变雅耳，乌睹《诗》之正乎？
> 昔先王之泽衰，然后变风发乎情，虽衰而未竭，是以犹止于礼
> 义，以为贤于无所止者而已。若夫发于性止于忠孝者，其诗
> 岂可同日而语哉！古今诗人众矣，而杜子美为首，岂非以其
> 流落饥寒，终身不用，而一饭未尝忘君也欤！ ①

引文中不可放过的是苏轼"发乎情，止于礼义"与"发乎性，
止于忠孝"之间的区别。前者是智情，关乎礼义，而后者则是德
性，意味着道德主体性的自觉与建立。就哲学根源而言，前者与
荀子人性论、圣智观多有关联，而后者则直承孟子人性论与圣智
观。杜诗学专家杨胜宽认为，此处苏轼"重在阐明杜甫之所以能
够成为古今众多诗人之首，乃在其尽管一己流落饥寒，终身不受
重用，仍然心系君国，为天下安危而食不甘味，他有着系心国家和
民众安危忧乐的博大胸怀和崇高精神，所以其诗不同凡响，超越
古今作者"。此一认识切中肯綮，但杨氏又随之强调："杜甫的遭
遇、阅历与体验是独一无二的，他的诗能够超越古今，根本原因在
此。"而且批评潘氏之说："仿佛杜甫是一天生诗圣，时代条件和诗
人境遇都无关紧要。今天看来，潘氏的观点，不只是'胶'，甚至完
全有悖常识，连知人论世的道理都不懂。"②杨氏有取于今人辩证
唯物主义观点方有以上论述，实际上误会了苏说，也误会了潘说。
二说本质上都只不过强调了杜诗所表现出的儒家理想人格之统
一性与纯粹性，杜诗的出类拔萃正在此处，其"适当其时"而成为

---

① ［宋］苏轼撰，孔凡礼点校：《苏轼文集》，北京：中华书局，1986年，第318页。
② 参杨胜宽：《杜诗"集大成"义解》，《杜甫研究学刊》，2014年第3期。

集大成者不仅在于其才大更在于其德全。杜甫之才大或德全固然可由其"读书破万卷"、"转益多师"等主观因素以及家族文化熏陶等客观因素获得理解，但"才大""德全"兼备显然是无法仅凭后天主观因素以及时代条件和诗人境遇等客观因素简单凑合加以解释的。在苏、潘之潜观念中，实际上是有视杜甫为天生诗圣之倾向的。同一时代诗人众矣，境遇相似而多才者亦不在少数，而如杜诗随时多变而不失其方与人格之纯粹者唯杜甫为首，必得承认其人格天赋有过人处，否则无法理解杜诗始终之义。程千帆及其弟子们合撰的《被开拓的诗世界》一书对杜甫等人创作的一组同题共作的《登慈恩寺塔》诗的深入解读与比较分析，充分说明了杜甫对历史脉搏的敏锐直觉及其超出其他三位诗人的思想高度。这固然可解释为杜甫异于同时代其他诗人的才智使然，但更应该看到诗人充满忧患意识和使命意识的人格因素之影响。因此，作者指出：

　　　　在完全相同的大环境(社会历史背景)和基本相同的小环境(个人生活经历、社会地位因素)下，四位诗人的"同题共作"在思想倾向上的差别却是非常大的。这说明影响作家创作倾向的因素是多方面的。长期以来，我们总是不恰当地强调社会背景和作家的阶级属性等外在因素，甚至把它们看作决定作家创作倾向及其成就的惟一原因。其实，这些外在因素固然不能忽视，但是更重要的还是作家的胸襟、品格、个性等内在因素，诚如清人薛雪所云："有胸襟然后能载其性情智慧"，"具得胸襟，人品必高。人品既高，其一謦一咳、一挥一洒，必有过人处"。只有明白了这一点，才能理解文学史上的许多现象。

　　　　相同的情形下，决定作家创作成就高低的原因是作家的内在因素，包括世界观、政治态度、艺术才能、性情学识等等，用传统的术语来说,就是沈德潜所云:"有第一等襟抱、第一等学识,斯有第一等真诗。"正因为杜甫的胸襟和才学在四位诗人中最为杰出,所以其成就迥出三家之上。也正由于这个原因,尽管那么多诗人经历了安史之乱前后的大时代(或者说受到时代的"玉成"),却只有杜甫一人登上了古典诗歌的顶峰。①

据《被开拓的诗世界·后记》,《杜诗集大成说》一文乃全书总结,旨在说明杜甫之集大成,最重要的意义不在于承前而在于启后(按:可与孔子"集大成"为后世法意义相比类);同时《后记》亦指出杜甫并非天生诗圣。②尽管如此,但全书所揭示的千姿百态,千变万化的杜诗新世界,自始自终总能让人看到诗人忠义之气,仁民爱物之心这一儒家理想人格涂抹的底色。要之,才大德全的杜诗虽由时代淬炼而玉成且有一个与时俱进的过程,但其间的天赋性因素亦是毋庸讳言的。其实,少游以杜甫之"集大成"比类孔子之"集大成"亦有天赋诗圣之旨。③

回首再看,潘氏对少游的批评显然立于纯粹的儒家道德文章

①程千帆、莫砺锋:《他们并非站在同一高度上——读杜甫等同题共作的登慈恩寺塔诗札记》,载《程千帆全集·第九卷·被开拓的诗世界》,石家庄:河北教育出版社,2000年,第126、134页。

②参程千帆:《程千帆全集·第九卷·被开拓的诗世界》,石家庄:河北教育出版社,2000年,第189页。

③《论语·子罕》载:"太宰问于子贡曰:'夫子圣者与?何其多能也?'子贡曰:'固天纵之将圣,又多能也。'……"子云:'吾不试,故艺。'"(杨伯峻:《论语译注·泰伯篇第八》,北京:中华书局,2009年,第87—88页)于引文可看出,时人已有视孔子天赋圣人的表现;亦可看出孔子儒家"圣"之概念是不排斥才艺的,而是偏向德性与才艺的统一,其与孔子所谓"文质彬彬"的君子人格相呼应。

学立场,对杜诗的观照亦是基于由诗及人,诗如其人,论及全体的整体观。这里涉及了人品与文品或曰德性与才性关系的传统命题,后人之所以推尊杜甫为"诗史"与"集大成"者,无疑是因为杜诗提供了一个人品与文品,德性与才性高度统一,亦即德全智圆的伟大典范而已。正因为此,杜甫的道德文章是一不是二,故其诗因情婉转,假物赋形,随时而化,而至集大成,而可为诗史。就此而言,释普文"备于众体,是为诗史"说得杜诗之根蒂,元稹以来的各有特色的"诗史"说、"集大成"说,实已蕴涵"诗圣"说的理义,只是囿于诗史观话语之解释学框架而一时未及作文化文体学观照,正面阐发,拈出"诗圣"二字而已。

第四节　"诗圣"的命名与确立

有学者认为,历史上,杜甫"诗圣"称号的内涵有偏于艺术集大成之分析与偏于"本性情、厚伦纪、达六义、绍三百"教化标准的两类,而少游属前一类之代表,潘德舆属后一类之代表。① 但若明白少游以孔子之"集大成"比附杜诗、苏轼以"发乎性"体认杜诗之深意,则少游与潘氏之间的矛盾或距离是可以磨平的,亦即"诗圣"的内涵乃诗艺与儒家理想人格的统一。基于前此所作分析,由元稹《唐故工部员外郎杜君墓系铭并序》"予尝欲条析其文,体别相附,与来者为之准"② 一语可以看出,元稹不仅暗示了自己受益于杜甫,同时亦预言了杜甫可为后世法。进而言之,元稹之"集

---

① 参许德楠:《"诗仙"、"诗圣"内涵的定位及外延的嬗变》,《宁夏社会科学》,2003年第4期。
② [唐]元稹撰,冀勤点校:《元稹集》,北京:中华书局,1982年,第601页。

大成"说已具继往开来之意,结合其"无可无不可"之解释,"集大成"说无疑亦是"诗圣"说之滥觞。

　　入宋以后,除苏轼、秦观之外,将杜甫视为诗中之圣人者已不在少数,如陈善谓"老杜诗当是诗中之'六经'"、张戒曰"子美独得圣人删诗之本旨"之类,只是在今人看来这些说法都还是"仿道统、文统说,认为杜甫在诗统的传承过程中,得圣人衣钵,杜诗是《诗经》嫡传"①罢了,换言之,仍然尚未脱离诗史说的阐释框架,偏于艺术的分析。莫砺锋认为,杜甫的"诗圣"之称虽然始于明代,但仍然得追源于宋代苏轼。宋人之推崇杜甫,沿两个维度进行:其一,欲于唐代诗人中,寻找一位人格意义堪称典范的人物;其二,欲于唐代诗人中选评一位艺术水准上堪称典范的人物,最后聚焦到杜甫身上。②实际上,这样的一种聚焦,宋代尚未完成,凝聚诗艺与人格而不可分的"诗圣"概念的正式建立并专属杜甫还是要等到明清以后。

　　少游之后的朱熹(1130—1200)仍然偏从艺术角度使用"诗圣"概念:"杜诗初年甚精细,晚年横逆不可当,只意到处便押一个韵。如自秦州入蜀诸诗,分明如画,乃其少作也。李太白诗,非无法度,乃从容于法度之中,盖圣于诗者也。"③且此处名"诗圣"显然不专属杜甫,无论如何也应该包括李白,甚而与杜甫无关。推测此处"圣"的涵义乃仿孔子自谓"从心所欲而不逾矩"之人生境界以言说李、杜诗所达到的艺术境界,其间似乎无人格性质的提示与区别,更多关乎诗人的才气与学识所造成的入乎法度而又不

---

①罗浩刚:《论杜甫"诗圣"誉称在明代的逐步确立》,《平顶山学院学报》,2009年第1期。

②参莫砺锋:《"诗圣"的意义》,《名作欣赏》,2015年第25期。

③[宋]朱熹:《论文》,载黎靖德编,王星贤点校:《朱子语类》,北京:中华书局,1986年,第3326页。

拘于法度的浑然天成的艺术至境。朱熹"诗圣"观值得注意的是，除侧重于艺术标准之外，又将杜诗作了明确的界划和主观评价："杜甫夔州以前诗佳，夔州以后自出规模，不可学"，"李太白终始学《选》诗，所以好。杜子美诗好者，亦多是效《选》诗，渐放手，夔州诸诗则不然也"①，"人多说杜子美夔州诗好，此不可晓"②。可见，在朱子看来，杜甫真正能称得上艺术"圣"境的诗主要还是夔州以前诗。这一观点显然针对的是苏轼以来即已形成的主流看法。东坡云"子美夔州以后诗，句法简易，而大功出焉"，山谷谓"子美夔州以后诗，不烦绳削，而规矩自合"，而此一分期论杜诗的看法经元明清直至今天都是主流的看法。③当然，朱子论杜诗也并非与人格的标准一直无关，如他评杜诗《同谷七歌》云："杜陵此歌，豪宕奇崛，诗流少及之者。顾其卒章，叹老嗟卑，则志亦陋矣。人可以不闻道哉！"④此处以志趣是否系于道而有是评。孔子曰："志于道，据于德，依于仁，游于艺。"⑤又曰："士志于道，而耻恶衣

---

① 参［宋］朱熹：《论文》，载黎靖德编，王星贤点校：《朱子语类》，北京：中华书局，1986年，第3324、3326页。

② ［宋］朱熹：《论文》，载黎靖德编，王星贤点校：《朱子语类》，北京：中华书局，1986年，第3326页。

③ 莫砺锋曾指出，朱熹对杜甫夔州诗批评的要点在于："他认为杜甫晚年作诗不再遵循固有的法度（尤指'选诗'的法度），也不复着意推敲字句，而是随心所欲地率意成篇，而这正是黄庭坚大加赞赏的艺术境界。两人的分歧在于：黄认为这种做法是'自合'，而朱认为是'自出规模'，即'不合'。"（莫砺锋：《杜甫评传》，南京：南京大学出版社，1993年版，第253页）

④ ［宋］朱熹撰，朱杰人等主编：《朱子全书·晦庵先生朱文公文集·卷第八十四·跋杜工部同谷七歌》，上海：上海古籍出版社；合肥：安徽教育出版社，2010年，第3952页。

⑤ ［宋］朱熹：《四书章句集注·论语集注》，北京：中华书局，1983年，第94页。

恶食者,未足与议也。"①孟子亦曰:"居天下之广居,立天下之正位,行天下之大道。得志与民由之,不得志独行其道。富贵不能淫,贫贱不能移,威武不能屈。此之谓大丈夫。"②朱子之评当依据孔孟之道,说明其还是有以乐道固穷的君子人格标准来评价杜诗之一面的,只是在其眼中,《同谷七歌》之类杜诗尚未得性情之正,未达到艺术标准与人格标准高度统一的境地罢了,尽管其高许杜工部与诸葛亮忠武侯、颜文忠公、韩文公、范文正公同为汉代以来历史上的仅有的"五君子"。如何看待朱子论诗与论人的矛盾呢?若与苏轼泛言杜诗"发乎性"相比,倒是可以看出朱子似乎倾向于杜甫并非是天生君子或诗圣的观点,换言之,于晚期杜诗,朱子看到的并非是其心目中的儒家君子气象。作为集大成的理学家,其偏于理,而其理实又隐含玄禅的义趣,故影响到了对杜甫人格及其含有不平之气诗歌的评价。其比较杜甫、陶渊明、韦苏州诸人之诗时所说的一番话,颇能说明问题:

> 杜子美"暗飞萤自照",语只是巧。韦苏州云:"寒雨暗深更,流萤度高阁。"此景色可想,但则是自在说了。因言:"《国史补》称韦'为人高洁,鲜食寡欲。所至之处,扫地焚香,闭阁而坐。'其诗无一字做作,直是自在。其气象近道,意常爱之。"问:"比陶如何?"曰:"陶却是有力,但语健而意闲。隐者多是带气负性之人为之。陶欲有为而不能者也,又好名。韦则自在,其诗直有做不着处便到塌了底。晋宋间诗多闲淡。杜工部等诗常忙了。陶云"身有余劳,心有常闲",乃《礼记》

---

①[宋]朱熹:《四书章句集注·论语集注》,北京:中华书局,1983年,第71页。
②[宋]朱熹:《四书章句集注·孟子集注》,北京:中华书局,1983年,第265—266页。

“身劳而心闲，则为之也”。①

由此一节看，朱子心目中的“诗圣”应该还包括韦苏州。②

朱子稍后的王义山（1214—1287）论杜甫圣于诗则兼及夔州前后全部杜诗，其《赵东村希夔诗集序》在叙及东坡诸子仅赞誉夔州诗后即反问道：

> 果尔，则子美夔州以前诗，句法有未简易者乎？规矩有未合者乎？未至于纯熟如弹丸乎？诸君子之病吾子美也，何故？尝爱诚斋谓子美圣于诗，夫圣，孔子不居，诗敢居乎？诗至于大而化则圣矣！子美夔州以前诗大而化之之圣也；夔州以后诗圣而不可知之，神矣！神则天。③

---

① [宋]朱熹：《论文》，载黎靖德编，王星贤点校：《朱子语类》，北京：中华书局，1986年，第3327页。

② 朱熹对陶渊明的人格也是赞从的，其《题霜杰集》诗即云“平生尚友陶彭泽，未肯轻为折腰客”。两宋从人格上并尊杜甫、陶渊明，自苏轼已然。子由《追和陶渊明诗引》载苏轼论诗曰：“吾于诗人无所甚好，独好渊明之诗。渊明作诗不多，然其诗质而实绮，癯而实腴。自曹、刘、鲍、谢、李、杜诸人，皆莫及也。”又曰：“吾于渊明，岂独好其诗也哉？如其为人，实有感焉。”有学者就此从宋代文化与士风的角度作过解释：“宋代哲学既赋予士人以高度的政治自觉和道德自律，又于‘天人之际’高扬以人为本的主体精神，造成了人的主体的独立性和依附性的扭曲结合。同时，宋代城市经济繁荣，官员俸禄优厚，奢侈享乐之风盛行。因此，宋代士人一面在公共场合大倡仁义道德、忠君爱国，一面在私人生活中以游冶享乐为务，以文采风流见长。这种人格的分裂是宋文化本身矛盾和分裂的体现，而陶、杜两个典范的树立，正是宋人在矛盾和分裂中力图取得平衡的结果。”同时又认为：“陶渊明作为宋代休闲文化的典范，取得了和杜甫并称的资格，但他提供的生活模式只是宋代儒道互补文化模式下的一种补充。杜甫才是宋代文化的主要典范。”（梁桂芳：《宋代杜甫接受的文化阐释——以杜甫与韩愈、李白、陶渊明宋代接受之比较为中心》，《文史哲》，2006年第3期）此一观点亦具有一定代表性，可参考。

③ [元]王义山：《稼村类藁》卷五，《文渊阁四库全书》第1193册，第31页。

　　此纯依孟子语说杜诗，宋人推崇杜诗无过于此，艺术标准与人格标准同时聚焦于杜诗自是完成，"诗圣"内涵基本确立，只是王氏仍然没有正面创立二字名号而已。

　　明代中期已创立"诗圣"之名，然并非专属杜甫，径直以"诗圣"同称李、杜者不乏其人，如杭淮（1462—1538）《挽李献吉四首用曹太守韵》其二云"李杜得诗圣，迥出诸家前。寂寞千载后，身死名流传"①，茅坤（1512—1601）云"李、杜诗圣而韩、欧文匠"②。除同称李、杜为"诗圣"之外，明代还存在扬李抑杜的倾向，如杨慎（1488—1559）《周受庵诗选序》云"唐则陈子昂海内文宗，李太白为古今诗圣"③，语及诗圣却独称李白而未及杜甫。④

　　可注意的是王穉登（1535—1612）之"李仙杜圣"说，其《合刻李杜诗集序》云：

　　　　余曷敢言诗，闻诸言诗者，有云供奉之诗仙，拾遗之诗圣，圣可学，仙不可学，亦犹禅人所谓顿渐，李顿而杜乃渐也。杜之怀李曰"诗无敌"，李之寄杜曰"作诗苦"，二先生酬赠亦各语其极耳。⑤

　　王氏之说尽管并称李杜，但已分别论之，而定格于"诗仙"与"诗圣"的不同诗学境域。从"闻诸言诗者"一语看，这也许不是王

---

①［明］杭淮：《双溪集》卷一，《文渊阁四库全书本》第1266册，第257页。

②［明］茅坤：《与蔡白石太守论文书》，载［明］贺复徵《文章辨体汇选》卷二百四十，《文渊阁四库全书》第1405册，第95页。

③［明］杨慎：《升庵集》卷三，《文渊阁四库全书》第1270册，第34页。

④清代彭孙遹《衍波集序》："昔杨用修先生有云：'诗圣如子美。'"或据之谓杨氏为并尊李杜诗圣者，其实不然。杨氏"扬李抑杜"倾向甚为明显。可参高小慧《孰为"诗圣"——杨慎"扬李抑杜"论》，载《运城学院学报》，2009年第6期。

⑤［唐］李白著，［清］王琦注：《李太白全集》，北京：中华书局，1977年，第1514页。

氏一己之见,而是当时流行的观点。王氏采取了宋人以禅喻诗的做法,但还是可以看出宋人张戒以才性气质分别"圣于诗者"的影响。张戒《岁寒堂诗话》云:"韵有不可及者,曹子建是也。味有不可及者,渊明是也。才力有不可及者,李太白、韩退之是也。意气有不可及者,杜子美是也。"①李诗胜于才力,杜诗胜于意气。王氏《李翰林分体全集序》有云:"李才情俊,杜才情郁;李情旷达,杜情孤愤;李若飞将军用兵,不按古法,士卒逐水草自便;杜则肃部伍,严刁斗,西宫卫尉之师也。"②其说实同于才力、意气之辨,又与顿、渐之别相呼应,而其中又多少隐含了崇李的倾向。

　　实际上,先于杨慎、王稚登的明代大儒陈白沙(1428—1500)已明确称"子美诗之圣"③,而且专属杜甫。稍后点的费宏(1468—1535),已拈出"诗圣"二字独称杜甫,其《题蜀江图》便云"杜从夔府称诗圣"④。然二人称"诗圣",取向或有不同,前者泛论,后者则偏艺术且有时限。明确可以看出偏于人格标准而专称杜甫为"诗圣"的当首推孙承恩(1485—1565),其《古像赞·杜工部子美》云:"诗圣惟甫,崇雅镇浮。力敌元化,手遏颓流。宗社隐忧,稷契素志。一时旅人,令名百世。"⑤就"诗圣惟甫"一语口吻看,明显针对当时同称李杜为诗圣之观点。其意无非以人格的标准将李杜加以区分,这于"李仙杜圣"说的形成客观上具有推助之功。

①[南宋]张戒:《岁寒堂诗话》,北京:中华书局,1985年,第3页。
②[唐]李白著,[清]王琦注:《李太白全集》,北京:中华书局,1977年,第1515页。
③[明]陈献章著,孙通海点校:《陈献章集》(下),北京:中华书局,1987年,第517页。
④[明]曹学佺:《石仓历代诗选》卷四百三十,《文渊阁四库全书》第1392册,第701页。
⑤[明]孙承恩:《文简集》卷四十一,《文渊阁四库全书》第1271册,第518页。

王穉登后,"李仙杜圣"说差不多定格,但仍然存在李杜优劣的问题。与王穉登偏艺术标准且略有扬李之嫌有异,王嗣奭(1566—1648)"李仙杜圣"说崇杜的倾向甚为明显,其《梦杜少陵作》云:"青莲号'诗仙',我翁号'诗圣'。仙如出世人,轩然远泥泞。在世而出世,圣也斯最盛。诗祖三百篇,我翁嫡孙子。"①诗中对"诗仙"与"诗圣"的人格作了明确的文化界定,可以清晰看出儒道之分野。当然,王嗣奭以儒家理想人格推崇杜诗并未放弃艺术标准,其《杜诗笺选旧序》立足于文体学视角,对"诗圣"意义所作阐发即可说明其坚持的是人格与艺术相统一的标准。②结合其七十犹从新儒学大家刘宗周问学的人生经历去看,王氏论杜诗"集大成"之因缘而强调杜甫学识才力兼具及其真于性情,明显存在由性情学问进至道德文章之儒家"内圣外王"之道以说"诗圣"的理路。此一理路与杜诗"文章千古事,得失寸心知"的自白实可相互发明。③

入清以后,基本上因袭了王嗣奭的"李仙杜圣"说,尤其是其以儒家道德人格定义杜甫为"诗圣"。如:吴兴祚(1632—1697)《杜诗论文序》云:"千载杜公,邈乎诗圣,古今骚人拟学而卒未能学,屡注而卒未能注,所以者何?杜公忠诚恻怛,格物穷理,为儒者之粹美,特以遭时不偶,守死善道,不免假六义以立言,申忠孝于天下耳。"④仇兆鳌(1638—1717)《杜诗详注序》云:"宋人之论

---

① 参[清]仇兆鳌:《杜诗详注・附编》,北京:中华书局,1979年,第2294页。
② 《序》云:"少陵起于诗体屡变之后,于书无所不读,于律无所不究,于古来名家无所不综……诗之有少陵,犹圣之有夫子,可谓金声玉振,集其大成者矣。"([明]王嗣奭:《杜臆》,上海:上海古籍出版社,1983年,第1—2页)
③ 兹不赘言,容后再作详论。
④ [清]吴见思:《杜诗论文》卷首序二,清康熙十一年常州岱渊堂刻本。

诗者，称杜为诗史，谓得其诗可以论世知人也。明人之论诗者，推杜为诗圣，谓其立言忠厚，可以垂教万世也。"① 尽管此后"李杜优劣"论一直存在，但以儒道人格的气象去分别二公之诗几乎是确定了下来。乾隆《再咏南池四首》其三云："诗仙诗圣漫区分，总属个中迥出群。李杜劣优何以见，一怀适己一怀君。"② 其说尤为简要。黄子云（1691—1754）有些特殊，如其《野鸿诗的》则云："古来称诗圣者，唯陶、杜二公而已。陶以己之天真，运汉之风格，词意又加烹炼，故能度越前人；若杜，兼众善而有之者也。余以为靖节如老子，少陵如孔子。"③ 似乎并尊陶、杜为诗圣，但这里显然偏诗艺而立说，若就其譬喻而言，还是分出了道家之圣与儒家之圣，故其又云："孔子兼尧、舜、禹、汤、文、武、周公而成圣者也；杜陵兼《风》《骚》、汉、魏、六朝而成诗圣者也。"④ 只是其仍然本"道统"、"文统"、"诗史"而为说罢了。

综上不难看出，以人格与艺术相统一的标准聚焦杜诗，是杜甫定格为"诗圣"的根本原因，而其思想文化底蕴无疑都指向了孟子圣人大化境界说。《孟子·尽心下》载：

> 浩生不害问曰："乐正子何人也？"孟子曰："善人也，信人也。""何谓善？何谓信？"曰："可欲之谓善，有诸己之谓信，充实之谓美，充实而有光辉之谓大，大而化之之谓圣，圣而不可

①［唐］杜甫著，［清］仇兆鳌注：《杜诗详注》，北京：中华书局，1979年，第1页。
②［清］爱新觉罗·弘历著，［清］于敏中校刊：《御制诗集三集》卷五十，《文渊阁四库全书》第1306册，第106页。
③［清］黄子云撰，丁福保辑：《清诗话·野鸿诗的》，上海：上海古籍出版社，2015年，第896页。
④［清］黄子云撰，丁福保辑：《清诗话·野鸿诗的》，上海：上海古籍出版社，2015年，第882页。

知之之谓神。乐正子二之中,四之下也。"

　　在孟子看来,道德人格境界有六等:善、信、美、大、圣、神。善者,宋代孙奭《疏》曰"即仁义礼智也"。① 如此释"善"显然与孟子人性论有关。《孟子·告子上》云:"恻隐之心,人皆有之。羞恶之心,人皆有之。恭敬之心,人皆有之。是非之心,人皆有之。恻隐之心,仁也。羞恶之心,义也。恭敬之心,礼也。是非之心,智也。仁、义、礼、智,非由外铄我也,我固有之也,弗思耳矣。故曰求则得之,舍则失之。或相倍蓰,而无算者,不能尽其才者也。"② 可见,"善"是人之为人的固有境界,求之则得而为人,舍之则失而非人,用今天的话说,是为人的道德底线,故曰"可欲也"。至于"信"者,朱子《集注》谓"凡所谓善,皆实有之"③ 也,实亦同《大学》"诚于中,形于外"④ 之谓也。孟子曰:"仁者如射,射者正己而后发。发而不中,不怨胜己者,反求诸己而已矣。"⑤ 又曰:"万物皆备于我矣。反身而诚,乐莫大焉。"⑥ 故曰"有诸己之谓信"。"美"者,《集注》谓"力行其善,至于充满而积实,则美在其中而无待于外"⑦ 也。理解"美"的关键在于"充实"二字。何谓"充实"? 此当联系孟子"养气"说去求解。《孟子·公孙丑》载:"'敢问夫子恶乎长?'曰:'我知言,我善养吾浩然之气。''敢问何谓浩然之气?'曰:

① 以上参李学勤主编:《十三经注疏·孟子注疏·尽心章句下》,北京:北京大学出版社,1999年,第394—395页。

② 李学勤主编:《十三经注疏·孟子注疏·告子章句上》,北京:北京大学出版社,1999年,第300页。

③ [宋]朱熹:《四书章句集注·孟子集注》,北京:中华书局,1983年,第370页。

④ [宋]朱熹:《四书章句集注·大学章句》,北京:中华书局,1983年,第7页。

⑤ [宋]朱熹:《四书章句集注·孟子集注》,北京:中华书局,1983年,第239页。

⑥ [宋]朱熹:《四书章句集注·孟子集注》,北京:中华书局,1983年,第350页。

⑦ [宋]朱熹:《四书章句集注·孟子集注》,北京:中华书局,1983年,第370页。

'难言也。其为气也,至大至刚,以直养而无害,则塞于天地之间。其为气也,配义与道,无是,馁也。'"① 所谓"充实"者,浩然正气也。有此刚正之气,方能"力行其善","行之勇决,无所疑惮"②,以至有为进取,成就终身德业,亦即"充实而有光辉之谓大"。"大而化之之谓圣"者,《集注》谓"大而能化,使其大者泯然无复可见之迹,则不思不勉、从容中道,而非人力之所能为"也,又引张子语曰"大可为也,化不可为也,在熟之而已矣"。③ 至于"圣而不可知之之谓神"者,《集注》引程子语曰:"圣不可知,谓圣之至妙,人所不能测。非圣人之上,又有一等神人也。"④ 程子语是,其理与"美人"、"大人"并非别为两等人无异。凡充实者必有光辉,美者必大。凡大而化之者,自然无形迹可求,必不可知,故圣者必神。要之,在孟子看来,心体本具德相。若人尽其天赋才气之养,自然会成就德体。德体妙用,通达周流,赋形万物,适时变化,无不合乎中道,这就是圣人的大化境界。孟子之"圣",凡人皆求之可得,故"圣"不必得势方可为之,人人皆可为圣,她只是理想的道德人格而已。有势的圣王制礼作乐化成天下是谓德业,而诗人的诗歌感天地、动鬼神而直达人心自然亦可视之为化成天下的德业,这正是诗者成为诗圣的道德依据之所在。

　　孟子所论"圣"之大化境界,是道德的境界,也是艺术或美学的境界。宋代王义山直至明代王嗣奭,凡同时以艺术标准与人格标准聚焦杜诗者,本质上渊源于孟子圣人境界说。换言之,由元稹杜诗"备于众体"、"集大成"说而至"杜甫诗圣"说,其间有文化

---

① [宋]朱熹:《四书章句集注·孟子集注》,北京:中华书局,1983年,第231页。
② [宋]朱熹:《四书章句集注·孟子集注》,北京:中华书局,1983年,第231页。
③ 参[宋]朱熹:《四书章句集注·孟子集注》,北京:中华书局,1983年,第370页。
④ [宋]朱熹:《四书章句集注·孟子集注》,北京:中华书局,1983年,第370页。

史与思想史的必然逻辑,其逻辑节点恰在于盛中唐"文儒"的自觉及其所开启的新儒学运动。

第五节　中唐新儒学运动暨古文运动与杜甫

一、盛唐"文儒"之自觉与礼乐文治

20世纪90年代,葛晓音在研究盛唐文人所受文化教育的状况时有一个重要发现:一个时称"文儒"的知识阶层于开元年间形成,礼乐观念在盛唐普及。所谓"文儒"亦即"儒学博通及文词秀逸"者。初唐罕见"文儒"提法,其因在于唐初虽有兴学崇儒举措,但太宗君臣上下并未将兴正礼乐视作当务之急,而"老易之学与史学的沟通是初唐学术风气主要特征",故初唐新进士人多不重视儒学。"文"、"儒"的结合始于高宗武后时因突出帝王尊严以及申命于天的需要而对礼乐的提倡,而真正将复兴儒学与提倡礼乐结合起来的是张说合礼乐与仁义为一谈的主张在开元时的被接受与普遍重视。"张说在提倡礼乐的同时,猛烈抨击初唐以来晋人浮虚之学流行的风气,促使初唐学术从易与史的结合转向易与礼的结合,是使礼乐观念在开元得以深入人心的重要原因"。"'儒'与'文'之所以能在开元时期结合,根本原因在于以礼乐为核心,必然需要雅颂之文"。同时,由于当时如张说等著名"文儒"参与修史,且史家多文才亦为儒者,故盛唐"文儒"又多与史家得以沟通,"造成了盛唐经、史、文并重的局面"。开元时始实行的两项政治文化举措对天宝以后"文儒"特点的形成产生了重大影响:其一,开元十年,玄宗亲自训注《孝经》,颁示天下;至天宝三载则明确规定"自今以后,令天下家藏《孝经》一本,精勤诵习。乡学之中,倍增教授"。其二,开元二十八年于玄元皇帝庙置崇玄学,天宝四载后列老子《道德经》为诸经之首。前者促使了天宝以后文儒从礼乐向道德的转化,后者又使得天宝文人大都熟习老子,长于论道。"文儒"阶层的兴起与复古倾向相伴而行,是中唐复古思潮滥觞于盛唐的重要原因。①

　　葛氏是由士人知识结构的考察而契入"文儒"话题的。宏观地去看,隋唐是儒道释三教鼎立的时期,如仅从知识构成的角度去理解当时的"文儒"概念,并可发现其内涵是游移不定的。例如葛氏所指出的天宝文儒之长于论道的特点,而其"道"实际上又不限于老子之道,亦当包括释迦之道,被称为"文儒"的王维、白居易之逃禅就可以说明这一点。

　　"文儒"概念若溯其源当与东汉王充《论衡·超奇篇》中的"鸿儒"有关。是篇论曰:"故夫能说一经者为儒生,博览古今者为通人,采掇传书以上书奏记者为文人,能精思著文连结篇章者为鸿儒。故儒生过俗人,通人胜儒生,文人逾通人,鸿儒超文人。"②龚鹏程认为,唐代"文儒"合"文人"、"鸿儒"而为言,皆为"作者"而与"儒生"、"通人"之"述者"相区别。③那么,"文人"如何转进为"鸿儒"呢?依王充之说,司马子长、刘子政之徒,虽累积篇第,文以万数,终"因成纪前"而"无胸中之造",若与"陆贾、董仲舒,论说世事,由意而出,不假取于外"相比,似乎又低了一级。④可见"文人"向"鸿儒"的转化,其文必得出自心源而有所创造。然陆、董论说虽

---

① 以上参葛晓音:《盛唐"文儒"的形成和复古思潮的滥觞》,《文学遗产》,1998年第6期。

② 黄晖:《论衡校释》,北京:中华书局,1990年,第607页。

③ 参龚鹏程:《唐朝中叶的文人经说》,《湖南大学学报》,2006年第1期。

④ 参黄晖:《论衡校释》,北京:中华书局,1990年,第607—608页。

出己意,却"浅露易见,观读之者,犹曰传记",比之"阳成子长作《乐
经》,扬子云作《太玄经》"则又不可同日而语矣。因为二子作两经,
"造于助(眇)思,极窅冥之深,非庶几之才,不能成也"。① "孔子得
《史记》以作《春秋》,及其立义创意,褒贬赏诛,不复因《史记》者,眇
思自出于胸中也"。② 故"二子作两经"亦"所谓卓尔蹈孔子之迹,
鸿茂参贰圣之才者也"。③ 兹又表明,为文造于眇思,穷极窅冥之
深,方可谓之"鸿儒"。可见,"文人"之进为"鸿儒",其因不仅在于
一般意义上的造作文章,而更在于其著文见道也。东汉才性论盛
行,王充论"文人"变"鸿儒"又待圣之才智者也,"圣之才智者"又隐
喻了"圣人"之德性。换言之,"鸿儒"即"文圣"也。通过"鸿儒"之
论,王充重新定义了"文"与"文人"。《超奇篇》论"文"云:

> 文有深指巨略,君臣治术,身不得行,口不能绁(泄),表
> 著情心,以明己之必能为之也。孔子作《春秋》,以示王意。
> 然则孔子之《春秋》,素王之业也;诸子之传书,素相之事也。
> 观《春秋》以见王意,读诸子以睹相指。故曰:陈平割肉,丞相
> 之端见;叔孙敖决期思,令君(尹)之兆著。观读传书之文,治
> 道政务,非徒割肉决水之占也。足不强则迹不远,锋不铦则割
> 不深。连结篇章,必大才智鸿懿之俊也。④

其中,将孔子《春秋》之文、诸子传书之文分别视为素王之业、
素相之事,立为文章的最高典范。此义正可与魏文"文章乃经国
之大业,不朽之盛事"相互发明,只是在王充看来,可见王意相旨
的鸿懿之文,不仅是文人作者代王、相立言,而且意味着文人作者

①参黄晖:《论衡校释》,北京:中华书局,1990年,第608页。
②参黄晖:《论衡校释》,北京:中华书局,1990年,第606页。
③参黄晖:《论衡校释》,北京:中华书局,1990年,第608页。
④黄晖:《论衡校释》,北京:中华书局,1990年,第609—610页。

本来就具有言而能行的王、相之才，故紧接着虚设世人对文人的质疑并加以辩驳：

> 或曰："著书之人，博览多闻，学问习熟，则能推类兴文。文由外而兴，未必实才学（与）文相副也。且浅意于华叶之言，无根核之深，不见大道体要，故立功者希。安危之际，文人不与，无能建功之验，徒能笔说之效也。"

> 曰：此不然。周世著书之人，皆权谋之臣；汉世直言之士，皆通览之吏，岂谓文非华叶之生，根核推之也？心思为谋，集扎为文，情见于辞，意验于言。商鞅相秦，致功于霸，作《耕战》之书；虞卿为赵，决计定说，行退作□□□□。《春秋》之思，起城中之议；《耕战》之书，秦堂上之计也。陆贾消吕氏之谋，与《新语》同一意；桓君山易晁错之策，与《新论》共一思。观谷永之陈说，唐林之宜言，刘向之切议，以知为本，笔墨之文，将而送之，岂徒雕文饰辞，苟为华叶之言哉？精诚由中，故其文语感动人深。是故鲁连飞书，燕将自杀，邹阳上疏，梁孝开牢。书疏文义，夺于肝心，非徒博览者所能造，习熟者所能为也。①

在世俗的观点看来，著书之文人只因"博览多闻，学问习熟"而能推类兴文而已，未必真见大道体要，未必有建功之能效。对此，王充以周代直至当代的事实加以驳斥，并力图说明真正的文人或鸿儒（必大才智，鸿懿之俊）文章，皆根于大道体要，精诚由中而其文其语感人至深，故其建功之验不仅有事实为证，亦当在情理之中。王充所谓的"鸿儒"虽然境界超奇，世所稀有，但本质上属于立言之"文人"。他推崇"鸿儒"是感叹具有鸿儒之才的"文人"得不到应有的重用，故曰："夫鸿儒希有，而文人比然，将相长

---

① 黄晖：《论衡校释》，北京：中华书局，1990年，第610—612页。

吏,安可不贵?岂徒用其才力,游文于牒牍哉?"① 又以其会稽同乡周长生的事迹加以申发:

> 周长生者,文士之雄也,在州,为刺史任安举奏;在郡,为太守孟观上书,事解忧除,州郡无事,二将以全。长生之身不尊显,非其才知少、功力薄也,二将怀俗人之节,不能贵也。使遭前世燕昭,则长生已蒙邹衍之宠矣。长生死后,州郡遭忧,无举奏之吏,以故事结不解,征诣相属,文轨不尊,笔疏不续也。岂无忧上之吏哉?乃其中文笔不足类也。长生之才,非徒锐于牒牍也,作《洞历》十篇,上自黄帝,下至汉朝,锋芒毛发之事,莫不纪载,与太史公《表》《纪》相似类也。上通下达,故曰《洞历》。然则长生非徒文人,所谓鸿儒者也。②

由上述文字不难看出,当时文才之士大多身陷笔吏之位,不得尊显于世,叙事中饱含了对文士的同情及期许以及对业已僵化的经学取士制度的不满。要言之,在王充的潜意识中,能为"文章"之士皆有可能具有王、相之才,圣人之智,绝非一般儒生或通人可比。王充的文人、鸿儒论,实际上不过是元古圣王原天道而为文(文字、礼乐)以化成天下之德业观念的文人化的时代表达,意味着陷于逼仄的仕进之途的汉代文章之士自我意识的高度觉醒。"鸿儒"之论,实发愤之作,其推崇仕进之途坎坷、不为世俗所重而转向著述的文章之士并为之辩护,又何尝不是对自我的高度期许。"鸿儒"之文乃见"道"之文,然其"道"又不必限于后世所谓的儒家之"道"(由所著《问孔》《刺孟》二篇,可逆其意),其"文"之造作不过表见文士志在圣王之道德境界与文治理想,"以明己

---

① 黄晖:《论衡校释》,北京:中华书局,1990年,第613页。
② 黄晖:《论衡校释》,北京:中华书局,1990年,第613—614页。

之必能为之也"而已。班固批评屈原辞赋"露才扬己",其实在王充看来,"露才扬己"正是无位的"文士"为文之本义,亦是应有之义。这正是文士自我意识、自我体认之所在。① 历来文人辞章之士,多获放浪、无行之讥,亦根源于此。四库馆臣谓充书大旨:"内伤时命之坎坷,外疾俗之虚伪,故发愤著书。其言多激,《刺孟》《问孔》二篇,至于奋其笔端,以与圣贤相轧,可谓悖矣。又露才扬己,好为物先。"② 此一批评,亦是老套,王充若有知,必不为意。

　　王充"鸿儒"论作为文人、文章的自觉,先行预设了一个合乎文人理想的政治:由于文章的神圣性、形上依据在"妙乎道",而文人造作见道之文的终极旨趣则在于"弘道",而"弘道"又必得其"位"以获建功之验,故"以文取士"的制度势当必行。汉魏六朝虽然未形成这样的一种制度,但建安以下之尚文,以及围绕着权贵周围的文人集团的兴起,实际呈现的正是这样一种历史大势。问

---

① 《周易·系辞》云:"八卦成列,象在其中矣。因而重之,爻在其中矣。刚柔相推,变在其中矣。系辞焉而命之,动在其中矣。"又云:"爻象动乎内,吉凶见乎外,功业见乎变,圣人之情见乎辞。天地之大德曰生,圣人之大宝曰位。何以守位?曰仁。何以聚人?曰财。理财正辞,禁民为非曰义。古者包牺氏之王天下也,仰则观象于天,俯则观法于地,观鸟兽之文,与地之宜,近取诸身,远取诸物,于是始作八卦,以通神明之德,以类万物之情。"可见,圣人亦是"推类兴文"。然古之圣人与文人鸿儒所不同者在于,圣人有"大宝曰位"。王弼《周易注》曰:"夫无用则无所宝,有用则有所宝也。无用而常足者,莫妙乎道,有用而弘道者,莫大乎位,故曰:'圣人之大宝曰位。'"无位的文人之自我体认实际上是以"妙乎道"者自居,故王充以素王、素相事业期许于文人文章。参李学勤主编:《十三经注疏·周易正义卷第八·系辞下》,北京:北京大学出版社,1999年,第294—298页。

② [清]永瑢等:《四库全书总目·卷一百二十·子部·杂家类四·论衡三十卷》,北京:中华书局,1965年,第1032页下。

题在于,纷乱险恶的政治环境,以及门阀制度的影响,使得建安以往的文人虽获一时尊显,但由文章通达事功的道路依然逼仄,故文人命运系于文章者,或慷慨以任气,或游心于太玄,或游戏于文字声韵。"露才扬己"与"放浪形骸",构成了文人生存空间的历史性选择,更多的是才情、智识充实了其时文章的体貌,以致于人们不得不质疑假文章以自圣之文人的可靠性。擅长于文章者,真的同时兼具实际的治能吗? 其文章又岂能与先圣道德文章之相比拟? 总之,文人文章作为德性、才智、治能合一的表征,确实不易得到历史证验的机会,但这并不妨碍文人的自我意识、自我体认以之作为高标,亦不妨碍历史准之以对文人文章作出期待。实际上,王充所期许的鸿儒境界、理想之追求构成了中国整个文学史和文化史的主旋律,汉魏以后的文学,慷慨以任气,游心于太玄,游戏于文字都不过是这一主旋律的时代变奏。慷慨任气者,乃志在兼济天下之文;游心太玄者,乃志在高蹈,无用自足而乐道独善之文;游戏文字声韵者,乃潜返文章礼乐本体,怡养性情,彰显圣智之文。当历史的步伐跨进大唐,"以文取士"的理想政治终于成为现实之时,文士们源于历史、文化传统深处的自圣意识得到了群体性的亦是空前绝后的张扬,于是以诗文奏响的盛唐之音盘旋于大唐的天空。

　　基于以上对汉代"鸿儒"概念的简单考察,可以说开元、天宝以往,以张说、张九龄、孙逖等为中心的几代文士自命文儒,且世人亦多好文儒相称誉,有历史的必然性。此一现象之出现当然有赖时代之机缘,但亦非君王一人之好恶,某个文人偶然之得势所能促成。当文士以群体之势进入历史舞台中心时,必然要以实现文治理想担当起历史的责任,张说之兴正礼乐教化的意义正在于此。今人多从当时政治结构中文学势力、儒学势力以及吏能势力

之间的对抗与平衡的角度,来解释张说文治举措的儒家意识形态功能及其文学意义,如臧清便指出:

> 在张说等人之前,出于传统儒家观念和现实忧患意识,王勃等人曾大声疾呼社会风气、文学风气的改造,然而他们或因自身文与儒的矛盾无法协调,或因其理念缺乏现实支点而流于抽象化、空泛化,因而对时代的影响有限。而陈子昂鼓吹"风雅兴寄"、"建安骨力",理论上复多变少,对时代潮流采取了反拨的姿态,而眼下方兴未艾的新王朝既非"白骨蔽平原"的建安之世所能比拟,唐代士子昂扬干进的心态也与邺下文人的忧生之嗟大异其趣,这些都难以被殊乏时代新意的"古道"所牢笼。因此,陈子昂文学革新的倡议在其生时未能引起广泛回响,应该说也是不奇怪的。以张说为代表的开元诸公,则对时代潮流采取了更具历史有效性的利导的方式。作为盛唐时代的弄潮儿,他们本身就深深地浸淫于时代风气之中,而又能借镜自身,把握现实政治和社会态势的走向,努力立足于当代来解决问题。他们既不赞同以儒学来取代文学,也不取后来沉缅诗艺锻造而遗失儒道本旨的做法,而是在最贴近盛世理解的天人关系的理性基础上,使其礼乐观念深入人心,再于天人交感的礼乐体系中找到了儒学与文学的契合点,为传统的诗教文学观注入了同步于、相容于时代的新内涵,也为他们的志趣、行为、立身方式乃至社会地位做出了定位和解释。张说有关"文"如何更好地助成礼乐目的的实现的论述,尤能超越文、儒对立的僵固思路,切中时代肯綮,在有着根本重要性的意识形态领域为时代文学张目。张说这一文与儒有机勾连的文学观为盛唐文学的发展开拓

了广阔的现实空间和理论空间。①

　　实际上,礼乐观念本来就是汉代以来文章、文体得以成立的形上依据,构成了文章朝向骈化、律化方向演化的内在动力之一。陈子昂等的文学复古之所以无法产生实质性影响,除了时运和个人因素之外,本质上是因为站在与近体文学对立的立场而选择了逆文学潮流而动的姿态。张说之所以能开启一代文学、文化的风气,其因缘不仅在于功业卓著又兼善文学、儒学的个人特质,以及与玄宗遇合的特殊机缘,关键在于复兴礼乐文治是文士通达功业之途,实现鸿儒理想的自然选择。盛唐文士大多怀揣鸿儒之理想与志业,即便李白这样的狂放纵逸之士,亦以"近礼乐,正雅颂"为其诗歌革新思想的主调。②问题在于,当文士群体自觉为"文儒"时,其悲剧即已注定。因为自命之"文儒"之士,大多以素王、素相的事业为自我定位,唯帝王师、股肱相位是求。"白上探玄古,中观人世,下察交道,海内豪俊,相识如浮云。自谓德参夷、颜,才亚孔、墨。"(《送戴十五归衡岳序》)③"君看我才能,何似鲁仲尼?大圣犹不遇,小儒安足悲。"(《书怀赠南陵常赞府》)④"我志在删述,垂辉映千春。希圣如有立,绝笔于获麟。"(《古风》之一)⑤"但

---

①臧清:《唐代文儒的文学与历史承担——从张说到孙逖》,《郑州大学学报》,2004年第4期。

②葛晓音认为:"李白又特别重视清乐,创作了大量以清乐为背景的古乐府,这是他革新诗歌的重要实绩之一。而清乐和雅乐得到盛唐士大夫的大力提倡,正与开元时重视制礼作乐的背景有关。"见氏著:《盛唐"文儒"的形成和复古思潮的滥觞》,《文学遗产》,1998年第6期。

③[唐]李白著,[清]王琦注:《李太白全集》,北京:中华书局,1977年,第1275页。

④[唐]李白著,[清]王琦注:《李太白全集》,北京:中华书局,1977年,第643页。

⑤[唐]李白著,[清]王琦注:《李太白全集》,北京:中华书局,1977年,第87页。

用东山谢安石,为君谈笑静胡沙。"(《永王东巡歌十一首》其二)①
可见,李白对自己德才的自负已无异于自视大圣、名相了。李白
如此,杜甫亦不例外,杜诗亦有自白可证:"甫昔少年日,早充观国
宾。读书破万卷,下笔如有神。赋料扬雄敌,诗看子建亲。李邕求
识面,王翰愿为邻。自谓颇挺出,立登要路津。致君尧舜上,再使
风俗淳"(《奉赠韦左丞丈二十二韵》)②、"杜陵有布衣,老大意转
拙。许身一何愚,窃比稷与契"(《自京赴奉先县咏怀五百字》)③。
与李白稍有不同的是,杜甫并未径以德才自命,参比圣贤,而是
藉文学的自负上升为圣贤之志。无论实际情形如何,文士们的高
自期许恰恰还原了文儒之本相。盛唐文儒现象之所以突出,是时
代为文士还原其本相提供了前所未有的政治文化环境。由于"露
才扬己"乃文儒为文之本义,故"狂放"成为有志于文儒事业的文
士示现给社会的群体形象在所难免。据史传,杜诗中提及的王翰
"发言立意,自比王侯。颐指俦类,人多嫉之"④,还有李邕虽名位
尚卑而敢无视则天颜色,且放言曰"不愿不狂,其名不彰。若不
如此,后代何以称也"⑤。王、李皆为当时进士科及第的文士,其例
不胜枚举,其辈狂放若此,并非偶然。"有俊才,无士行"、"露才扬
己"之类针对登进士第文士的评语在史传文献中俯拾皆是,其根

---

①[唐]李白著,[清]王琦注:《李太白全集》,北京:中华书局,1977年,第427页。

②[唐]杜甫著,[清]仇兆鳌注:《杜诗详注》,北京:中华书局,1979年,第74页。

③[唐]杜甫著,[清]仇兆鳌注:《杜诗详注》,北京:中华书局,1979年,第264页。

④[后晋]刘昫等:《旧唐书卷一百九十中·列传第一百四十中·文苑中》,北
京:中华书局,1975年,第5039页。

⑤[后晋]刘昫等:《旧唐书卷一百九十中·列传第一百四十中·文苑中》,北
京:中华书局,1975年,第5040页。

本原因并不在于登进士第的文士无关儒学①，而在于"狂放"、"露才扬己"根源于"文儒"的以文才进取的方式以及高远的人生理想。"文儒"高自期许的人生理想在任何政治体制中（更不要说在君主政治的环境中）都注定了是一个不切实际，不可能充分实现的人生理想，这也就决定了以"文儒"自命的大多数文士将在怀才不遇的自我感受中或放飞豪情或空自悲鸣，前者如李白，后者如杜甫。

"文儒"的自觉与礼乐文治的倡导具有共生性，礼乐观念的深入人心必然会造成新兴的文士阶层昂扬进取，奋发有为的人格气象，但同时亦由于"文儒"的自我体认本来就植根于文章创作的想象及其所引发的虚幻性神圣体验，故随着现实的政治境遇的改变，昂扬进取，奋发有为的人格气象又极易蜕变为或徒狂或徒狷而越礼傲世、冷心逃世的士风士貌。要之，开天之际的"文儒"阶层崛起，提倡礼乐以复兴儒学，于盛唐气象的形成功不可没，但并

---

① 唐代科举，分两大类，一为常科，一为制举。常科每年开科，制举不定期举行。常科中，主要有明经与进士两大类。明经又分常明经、准明经、类明经；进士则分常进士、类进士。明经考试与儒学有关毋庸多言，即便进士科考试亦关乎儒学。常进士包括正进士、特进士，特进士考一史。类进士者又以孝廉举。后人所乐道的"以诗取士"仅限正进士一科。"唐朝制度屡有变易，以进士科来说，诗就不是主要的，许多时候并不考诗。主干是帖经与对策，诗赋属于杂文。开元间，始以赋或以诗做为杂文的一部分。专用诗赋，事在天宝末年，实施至文宗太和七年，礼部又奏罢诗赋，进士'先帖经，并略问大义，取经义精通者'。此为进士科之变革"。（参龚鹏程：《唐朝中叶的文人经说》，《湖南大学学报》，2006年第1期）开元以后，进士科考试重诗赋、尚文词且影响了整个社会风气固为事实，但进士科亦须帖经考经义，试对策。故进士科不可能脱离儒学，只是其更偏重文章制作和经世致用罢了。如此制度设计确实有利于文儒的培育与成长。

未如其初衷真正改变初唐以来晋人浮虚之学流行的风气,反而起到了一种推波助澜的作用。盛唐之学风、士风,整体而言,倾向于空疏与世俗,"文儒"作为"儒"应有的"仁以为己任,死而后已"之弘毅人格并未得以普遍建立。安史之乱爆发,唯颜氏(真卿)一族拼死抵抗。"玄宗初闻禄山之变,叹曰:'河北二十四郡,岂无一忠臣乎!'"① 结合王维等文儒在安史之乱时期的表现以及大唐的迅速溃败,不得不说,玄宗之叹道出了某种实情。也正因此,才显得颜真卿、杜甫等个别文儒的难能可贵。

二、中唐"文儒"的再度自觉与儒学精神之内在转向

有学者认为:"在开元礼乐文章熏陶之下成长起来的文儒如萧颖士、李华、贾至、独孤及等,对现实普遍感到压抑和不满,表现在文学上,滋生了浓厚的复古思潮。这股思潮经过安史之乱的激荡,终于形成声势浩大的古文运动。"② 据本文前此论述,文儒对现实普遍感到压抑和不满有其历史必然性,但由压抑和不满而滋生了浓厚的复古思潮,最终形成声势浩大的古文运动,其间的逻辑究竟是什么则未及揭示。

美国学者宇文所安对古文运动兴起的逻辑有一种解释:"传统的知识分子,尤其是在唐代,倾向于将政治、社会和经济危机视作文化危机的症候,而文化危机通常被认为是语言和文章的危机",古文运动、新乐府运动的倡导者们都基于以上的危机感与紧迫感,希望以新文章来救世,重建社会的道德秩序。宇文发现中唐文学

---

① [后晋]刘昫等:《旧唐书卷一百二十八·列传第七十八·颜真卿传》,北京:中华书局,1975年,第3590页。
② 何诗海:《唐代经学与文章之学》,《浙江学刊》,2009年第1期。

嬗变的重要的轨迹之一便是："意识到个人身份,特别是'真'的身份,必须有与众不同的特性";"当'真'的价值在中唐渐与特性联系在一起时,文人便对文学语言中的滥调和媚俗有了越来越高的警觉,把他们视为矫伪。无论是韩愈集团还是白居易集团都对'空文'感到极端怀疑"。① 总而言之,在宇文所安看来,文章的复古是传统知识分子以"质文"取代"空文",以因应社会危机,重建社会道德秩序的行为。宇文的解释方向是正确的,但过于宽泛,适应于所有时代的文学复古思潮,未能揭示由新兴的文儒阶层所发起的中唐古文运动背后儒学转型的深层文化内涵。但宇文在中唐文学中发现了文人个人身份的自觉,此一发现无疑具有启示意义。

　　日本学者副岛一郎受到日本史学界"唐宋历史文化转型"说,以及皮锡瑞"汉儒多言礼,宋儒多言理"说的影响,注意到了儒学由盛唐以前重礼乐至中唐而重仁义的转向。在副岛一郎看来,礼乐是取法天地秩序的,其成为儒学的根据在此,唐初礼学盛行的原因亦在于此。六朝门阀重视维护家族秩序,崇尚礼乐,势所必然。但入唐以后,随着科举制度的推行,加之"武后朝至玄宗朝所行的滥官政策,卖官鬻爵风行,庶族地主阶级得以大量进入官场"、"安史之乱以后,藩镇割据的出现,辟召制的普遍化,使得庶族阶级的入仕人数及社会影响力进一步扩大",士人结构发生改变,士庶差异随之模糊,使得以礼乐为中心的儒学失去了社会存在的基础。因此,从玄宗朝起就有议论认为,经世济时不应拘泥于古礼。随之,"把礼乐盛衰当作国家兴亡之本的看法似乎也逐渐消失",儒学因此完成质的转变。"礼的非中心化",动摇了骈文

----

① 以上参宇文所安著,陈引驰、陈磊译:《中国"中世纪"的终结—中唐文学文化论集》,北京:生活・读书・新知三联书店,2006年,第9、10、11、14、16页。

形式美取法于天地秩序的形而上学基础。"当人类社会秩序与天之间的关系被否定时,与天地秩序之美相对应的文体'所以能鼓天下者'也随之消亡"。随着儒学经世原理的中心自然转向道德仁义,"明道"亦随之被安放在文章的中心。"在安史之乱后的社会大变动中,士人们对作为社会存在的自我定位感到迫切需要。作为这种自我定位的基准的,既不是门阀也不是礼乐修养,而是科举官僚的身份。而且,这种官僚生活的现实要求他们具备人的内在性一面即仁义"。"明道不是单纯的学问或文艺上的思潮,而是与作为士人而生存的根基切实相关的问题。这种追求内在规范的精神,恐怕是不承认该以骈文形式或某种特定经典的文体为依据的,因为人们已不相信外在的规范可以确保内实"。① 副岛一郎对儒学中心转移与古文运动之内在逻辑关联的解释,在宏观上似乎具有较强的说服力,但就其细节以及解释的完备性而言,尚有进一步探讨的必要。

　　副岛一郎实际上只将礼乐的崇尚视作门阀士族的内需,而忽略了礼乐信念与"文儒"身份意识的历史及其逻辑之关联。如前所述,开天时期的礼乐兴盛本来就是由以文儒自命的新兴文士阶层所发起。当文士以群体的面目初次登上历史舞台承担历史责任时,倡导礼乐经世实际上亦是因循了其文儒身份意识本具的历史逻辑,体现了很强的自发性。然而,随着文儒阶层作为一种政治势力日益壮大且不可替代,士庶之别的观念又日益淡化,文士性格及其文儒信念中先天就存在的虚诞性亦得以充分暴露,加之

---

① 以上参[日]福岛一郎:《从"礼乐"到"仁义"——中唐儒学的演变及其背景》,载氏著《气与士风——唐宋古文的进程与背景》,上海:上海古籍出版社,2005年,第81—100页。

遭遇安史之乱这样剧烈的社会变动，真正具有历史担当意识的文儒们不得不再次调整自我定位，重塑文儒形象。此一自觉，至为关键的便是反省"文儒"自我体认得以可能的形上基础——自拟圣人取法天地秩序而为文章礼乐之信念。而实际上，这种信念亦与文章文体问题密切相关。

本文前此相关章节的论述已充分表明：魏晋以来的文体独立与自觉成立于礼体的转喻与象征，这亦是诗文体律化的奥秘之所在。其深层的逻辑依据则是荀子以来的圣人智术观的返本开新。①其本亦即"文言"本体——圣人开物成务而人文化成的初始本源；其新亦即文章之文体化因得以转喻象征礼体而获得了与自然之道的有机关联。但问题在于这种关联的有机性又不得不借助于玄学圣智观而偏向天地自然之境作体物性的展开，如此展开的代价则是文章直面历史与现实的感受性维度隐晦不彰，道德主体性消解，导致文士才情智识与现世道德世界的分离。刘勰早就发出过"去圣久远，文体解散"的警告。在刘氏看来，"文体解散"意味着文章生成得以发生的"天文—人文"交感互渗、自然绵延的文化空间秩序构成的连续性和整体性之崩解，文学活动彝伦失叙，失去了"天道—人伦—性情"作为有机世界的生命贯通与和谐。美国学者宇文所安比较生动地描述了此一过程及现象所带来的诗学之不安：

> 中国传统中最为古老且具权威性的各家诗学，都坚持诗歌创作的有机性。无论怎样认识文本之后的动力——是道德风尚、宇宙进程、个人感受，抑或是三者间的某种结合——都被认为是自然的，而不是从有意的技巧中产生。汉代偶尔发现的关涉到文学技巧的愉悦，引起了强烈的负面反应：用扬雄

---

① 王充"鸿儒"论，亦继承了此一"圣人智术观"。

的话来说，就是"雕虫"，即一种被虚耗浪费了的专注力，这种被浪费的注意力显示一个人容易产生道德懈怠。诗歌技巧在南朝成为人们强烈的兴趣所在，然而理论家们依然将它视为社会道德败坏的迹象。在那个时代伟大的文学论著《文心雕龙》中，刘勰（465？—520？）竭力将诗歌技巧和创作有机论结合起来，但两者往往不过只是处在不和谐的联结状态中。①

其实，问题的全部症结在于，礼乐本源意义上的圣人智术、道德、文章的有机性及其向历史展开本来就是历史的自然设定，不可能存在任何不和谐，而南朝文士假隐喻礼体的文章文体以自圣的前提只能是背离现世道德性而向自然物性世界展开的才智游戏，其积极意义更多在于性其情，玄其德。故魏晋诗文的格律化进程最终充实的只能是玄学的人格。

古圣比类为文是向现实世界展开的伦理秩序的构建，有充分的道德主体性（势、位以及为历史所认定的完善的德性）作依据，而文士之感通天地之境，比类而为文，最上者不过如王充所言，虽有"深指巨略，君臣治术"，但"身不得行，口不能泄"，唯有"表著情心，以明己之必能为之"；或如刘勰之谓诸子者"述道见志"罢了。自觉为文章者，其道德主体性的不完整显而易见。故其为文客观上只能基于文本体的信仰——唯"文"可名世不朽。② 汉魏以后

---

① 宇文所安著，陈引驰、陈磊译：《中国"中世纪"的终结：中唐文学文化论集》，北京：生活·读书·新知三联书店，2006年，第87页。

② "文"以不朽的观念，自先秦就有，贯穿始终。"立言不朽"，其"言"应为"文言"，孔子曰："言之无文，行之不远。"孔子之"文"主要指使"言"著于竹帛的文字。其义亦为中唐文儒论"文"所保留，如皇甫湜便认为："以文为贵者，非他，文则远，无文即不远也。以非常之文，通至正之理，是所以不朽也。"（《答李生第二书》，见[清]董诰等编：《全唐文》，北京：中华书局，1983年，第7021页）

文章制作多与此一信念相关,经世之义则退居其次。刘勰序志云:"夫宇宙绵邈,黎献纷杂,拔萃出类,智术而已。岁月飘忽,性灵不居,腾声飞实,制作而已。……形同草木之脆,名逾金石之坚,是以君子处世,树德建言。岂好辩哉? 不得已也!"① 又论叙诸子之文曰:"诸子者,入道见志之书。太上立德,其次立言。百姓之群居,苦纷杂而莫显;君子之处世,疾名德之不章。唯英才特达,则炳耀垂文,腾其姓氏,悬诸日月焉。"② 可见,文人的自我意识多系于智术文才的自信与自负,以及藉之名世不朽的人生理想。"文章"因此可以超越现世的伦理世界而获得道德性。刘勰通过推原圣人为文之道心、经体文章之通变,以及接续文统的文体学论述,指出了后世文人道德性文体确立的途径。只是其"道心"的论述不出"自然"之旨,故其"树德"不得不偏向由才性概念所引导的玄德,其"建言"又不得不倚重"智术",两者之结合并未达致和谐平衡。宇文谓"刘勰竭力将诗歌技巧和创作有机论结合起来,但两者往往不过只是处在不和谐的联结状态中",其根本原因在此。唐人的"意境"说理论上解决了此一难题,但在现实中确认的则是超越现世伦理世界的玄学人格与生活境界。这一诗学中存在的理论问题为唐代"文儒"的再次自我反省提供了逻辑原点,"文儒"在纷乱异常的现世中如何真正以儒学性格立身成了问题的关键。于是促成了儒学由"礼乐"向"仁义"的转向,文体学思维不得不突破隐喻"礼体"的自足性,转向现世人格的道德性建立以寻求"文体"成立的形上以及现实的依据。诚如福岛一郎所言,唐代"文儒"身份的再次体认之现实条件已发生质变,社会已确认了其作为科举

---

① 周振甫:《文心雕龙今译·序志第五十》,北京:中华书局,1986年,第444页。
② 周振甫:《文心雕龙今译·诸子第十七》,北京:中华书局,1986年,第154页。

官僚的身份,亦即所谓的"士大夫"。① 时代促成"文儒"加以进一步反思的核心问题已是"官德"而不再是想象、隐喻中的"文德"。一方面,官德的建树直接影响到士风、世俗的变化;另一方面,由于官僚的进身之阶与为政之资皆系于文,故文德的建树又直接影响到官德的成就以及社会道德风气的好坏。对此,天宝以后崭露头角的文儒李华就已具有非常自觉的意识,其《赠礼部尚书清河孝公崔沔集序》云:"文章本乎作者,而哀乐系乎时。本乎作者,六经之志也;系乎时者,乐文武而哀幽厉也。立身扬名,有国有家,化人成俗,安危存亡。于是乎观之,宜于志者曰言,饰而成之曰文。有德之文信,无德之文诈。"又云:"文顾行,行顾文,此其与

① 参[日]福岛一郎:《从"礼乐"到"仁义"——中唐儒学的演变及其背景》,载氏著《气与士风——唐宋古文的进程与背景》,上海:上海古籍出版社,2005年。黄正建基于对两《唐书》中"士大夫"一词的使用及其意义的统计分析而得出结论:"士大夫"一词在北朝时期多指门阀士族,至唐初亦然。逐渐地,"士大夫"开始主要指称官员,特别是"熟诗书、明礼律"的官员,但并没有形成一个有固定特色的阶级。社会对他们还没有一个统一的要求。他们也不是社会舆论的主要担当者。这时,一般仍认为社会大致由"公卿大夫"和"士庶人"两大阶层构成。"公卿大夫"是官员,其中文人色彩比较浓的逐渐被称为"士大夫"。至于"士庶人"中的"士",则多非官员,其中的佼佼者既有操守,又承担着社会舆论职责,被称为"士君子"。到宋代,"士大夫"不再指门阀士族,甚而成了士族的对立面。宋代的"士大夫"具备了唐代"士君子"所具有的操守和左右舆论的能力,成为一个成熟的有自己固定特质的阶级,是皇帝统治依靠的基本对象。(参氏著:《唐代"士大夫"的特色及其变化——以两《唐书》用词为中心》,《中国史研究》,2005年第3期)黄氏所谓"文人色彩比较浓的逐渐被称为'士大夫'"之说法实际意味着作为官僚的"文儒"自觉区别于传统士大夫的角色认同。陈寅恪认为唐代已形成了"两种新旧不同之士大夫阶级"(参陈寅恪著:《唐代政治史述论稿》,上海:上海古籍出版社,1982年,第73页)。所谓新阶级主要是指科举尤其是进士入仕的官员。据吴宗国统计,贞元、元和始,高级官员大多由进士科出身(转下页)

于古轶。"①"文"、"行"相顾便是有德之文,"文德"以"信"立义,其所指向者显然涉及对为文者现世生活中的具体德行之要求,关乎文儒人格形象的儒家确认以及官德的建树。故肇始于天宝、兴盛于中唐的儒学精神之内在转向与古文运动密切关联。

三、古文运动之本质及其历史文化追求

古文运动就其表象而言似乎直接针对骈文,革新骈体是其目标,变骈为散是其直接成果,这是在复古的名义下实现的。复古文本质上是回归"六经"(宗经),重建文统,然与刘勰的文统建树有本质差异的是:中唐文统之重建的根本与关键则在于儒家道统的确立。众所周知,中唐的儒学突破和古文运动是在朝廷三教并用的文化政策实行已久,文儒、士大夫阶层亦深受道禅浸染的思想文化背景下发生的。此一情势决定了儒学必须在道学上有所作为,以获得意识形态的统治地位。至于如何作为,文儒内部则有不同看法,但大多认为儒学必须取佛、道之长,补儒学之短,三家思想融会贯通,唯有韩愈"以道自任,因孟子距杨、墨,故终身亦辟佛老"②。韩愈实乃中唐儒学转型和古文运动的中坚型人物。其《答李翊书》

（接上页）者担任；顺宗至武宗期间,左右仆射进士出身者21人,占总数的70%；六部尚书进士出身者73人,占总数的54%,且愈往后比重愈大。自宪宗朝开始,作为官员最高层的宰相,进士出身者占据绝对优势,终唐未有变化。（参吴宗国著：《唐代科举制度研究》,沈阳：辽宁大学出版社,1992年,第180—183页）

① [清]董诰等编：《全唐文》,北京：中华书局,1983年,第3196页。

② [清]赵翼著,霍松林、胡主佑校点：《瓯北诗话》,北京：人民文学出版社,1963年,第35页。

谓己始学者："非三代两汉之书不敢观,非圣人之志不敢存"①,《上宰相书》谓己读书著文："其所读皆圣人之书,杨墨释老之学,无所入于其心,其所著皆约六经之旨而成文,抑邪与正,辨时俗之所惑","歌颂尧舜之道"②。韩愈及其所领导的中唐古文运动,其历史性贡献的核心部分便是儒家道学的突破以及儒学道统的建立。

何谓"道",韩愈《原道》篇有集中的论述,其开篇总言之曰:"博爱之谓仁,行而宜之之谓义,由是而之焉之谓道。"也就是说依循仁义而行便是道。可见,韩愈所谓"道"是人道而非天道,是人之为人的内在依据及其行为表达。如是之"道"不是"比类为文"性质的礼的规范,因为"礼"是外在的,而"道"不孤立,必以己"德"为配。何谓"德"?"足乎己无待于外之谓德"。故"道"、"德"并非两物,只是言于内外之称名而已,其实即"仁义"。故云:"仁与义为定名,道与德为虚位。"这里所强调的是"仁义"之外无道德,仁义即道德。如是强调有明显的辟佛老之意,故韩愈接着说:"凡吾所谓道德云者,合仁与义言之也,天下之公言也。老子之所谓道德云者,去仁与义言之也,一人之私言也。"又批评佛老之法曰:"必弃而君臣,去而父子,禁而相生养之道,以求其所谓清净寂灭者。"除辟佛老灭纲常之义外,韩愈的道德仁义之论显然承之《孟子》与《大学》。其引《大学》文曰:"'古之欲明明德于天下者,先治其国。欲治其国者,先齐其家。欲齐其家者,先修其身。欲修其身者,先正其心。欲正其心者,先诚其意。'然则古之所谓正心而诚其意者,将以有为也;今也欲治其心而外天下国家,灭其天

---

① 屈守元、常思春主编:《韩愈全集校注》,成都:四川大学出版社,1996年,第1455页。
② 屈守元、常思春主编:《韩愈全集校注》,成都:四川大学出版社,1996年,第1239页。

常。"① 其言"道"之文实际上直接由孟子"四端"说、"由仁义行，非行仁义"说化出。当然，韩愈道论的特色是非常鲜明的，表现出了唐代文儒立身于士大夫阶层的高度的道德主体性自觉，有很强的个体性意识。② 韩愈道论，虚道德而实仁义，其实际意义在于将外在的转身离世的道学落实为个体心性之学，侧重于引导个体现世的生活行为与道德实践的关联。其《原性》认为人性与生俱生，有上中下三品，其"上焉者，善焉而已矣；中焉者，可导而上下也；下焉者，恶焉而已矣"。其批评孟子"性善"说、荀子"性恶"说以及杨子"性善恶混"说皆属"举其中而遗其上下者也，得其一而失其二者也"。在韩愈看来，性之上下者其终不可移，但"上之性，就学而愈明；下之性，畏威而寡罪。是故上者可教而下者可制也，其品则孔子谓不移也"。《原性》亦不忘与佛老划清界限，故设问曰："今之言性者异于此，何也？"而答曰："今之言者杂佛老而言也。杂佛

---

① 以上参屈守元、常思春主编：《韩愈全集校注》，成都：四川大学出版社，1996年，第2662—2664页。

② 在唐代士大夫群体的发展历程中，韩愈对自己所属的这一群体的自我认识也有转变。胡明曌以"士大夫"为主题词，检索《全唐文》，"士大夫"概念的使用共计109处。其中，初唐和盛唐11处，盛唐中唐6处，中晚唐出现频率急剧增加，高达85处。而使用"士大夫"频率最高的是韩愈，共使用23次，接近中晚唐使用总数的1/3。是说明韩愈有着高度的士大夫群体的归属感。值得注意的是韩愈对自己所属群体的自我认识表现出了变旧为新的特点：其概念使用，少见魏晋以来士大夫的"士族"、"公卿大夫"之意，注重进士科举背景，大多特指文人士大夫。其在与文学素养较深的士大夫的通信中，更多侧重仁义道德和诗文修养；在履行职责代表朝廷撰写的碑文中对士大夫的文武不作区分，强调不惮辛劳、忠诚报国之道德操守。韩愈"士大夫"之论，寄予了他对士大夫群体的期望。（参胡明曌：《试析唐代士大夫的转型——以韩愈所论"士大夫"为中心》，《学术研究》，2011年第10期）

老而言者,奚言而不异?"①韩愈性说在为礼乐刑政与文章教化赋予形上意义、提供无庸置辩的内在依据的同时,也为习以为常的"人文化成"的话头充实了具体而现实的内涵,为玄虚的道德引入了向历史展开的形下生成之维度。故其道学论述自然被导向先王之教以及所谓道统的建构:

> 夫所谓先王之教者何也?博爱之谓仁,行而宜之之谓义,由是而之焉之谓道,足乎己无待于外之谓德。其文《诗》《书》《易》《春秋》,其法礼、乐、刑、政,其民士、农、工、贾,其位君臣、父子、师友、宾主、昆弟、夫妇,其服麻丝,其居官室,其食粟米、果蔬、鱼肉,其为道易明,而其为教易行也。是故以之为己,则顺而祥;以之为人,则爱而公;以之为心,则和而平;以之为天下国家,无所处而不当。是故生则得其情,死则尽其常,郊焉而天神假,庙焉而人鬼享。曰:斯道也,何道也?曰:斯吾所谓道也,非向所谓老与佛之道也。尧以是传之舜,舜以是传之禹,禹以是传之汤,汤以是传之文、武、周公,文、武、周公传之孔子,孔子传之孟轲。轲之死,不得其传焉。荀与扬也,择焉而不精,语焉而不详。由周公而上,上而为君,故其事行;由周公而下,下而为臣,故其说长。然则如之何而可也?曰:不塞不流,不止不行。人其人,火其书,庐其居。明先王之道以道之,鳏寡孤独废疾者有养也,其亦庶乎其可也。②

韩愈之所谓道实即生民与民生之道,流行于人类的生活日

---

① 以上参屈守元、常思春主编:《韩愈全集校注》,成都:四川大学出版社,1996年,第2686—2688页。
② 屈守元、常思春主编:《韩愈全集校注》,成都:四川大学出版社,1996年,第2665页。

用中。《易传》谓"生生之谓易"①，圣王的道德不过体现于"生生"二字。韩愈《原人》云"圣人一视而同仁"②，实指"生生"之德，故曰"博爱之谓仁"。明儒直言"生生之谓仁"③，当与韩愈之说一脉相承。生民之道行，民生各得其宜，万物各得其情，也就是所谓的"义"。当生活日用中充满了仁义精神时，社会也就变成了人人足乎己而无待乎外的和谐的道德社会。要言之，"道"根源于古圣先王之教。由于周公而上者而为君，政教合一，圣德圆通，故其事行而道见于事；周公而下者为臣，其时圣德有缺，故其说长而道存于文，道赖文而得传。于是便有了儒家之道的文化与传承问题，亦即所谓道统之说，因此，道统与文统便自然形成了内在关联。然先王之道、之教至孟子即已失传，故韩愈基于文儒士大夫的高度自觉，主动担当起以"文"明道与传道的责任。其《谏臣论》即云："君子居其位，则思死其官；未得位，则思修其辞以明其道。我将以明道也。"④韩愈发起古文运动全部用心在此，可见古文运动绝非单纯的文学运动，而是有明显政治意图的以复兴儒学为目标的文化运动。

　　韩愈新儒学的重点固然是建立儒家道统，而其道统建立的依据则是先秦以来就存在的儒家心性之学，故其推崇《孟子》与《大

---

① 李学勤主编：《十三经注疏·周易正义·系辞上》，北京：北京大学出版社，1999年，第271页。
② 屈守元、常思春主编：《韩愈全集校注》，成都：四川大学出版社，1996年，第2699页。
③ [明]黄宗羲撰，沈芝盈点校：《明儒学案卷三十九·甘泉学案三·郡守洪觉山先生垣》，北京：中华书局，1985年，第929页。
④ 屈守元、常思春主编：《韩愈全集校注》，成都：四川大学出版社，1996年，第1170页。

学》。当然,仅就学理而言,其心性之学中的"三品"说显然有异于
《孟子》与《大学》,这是韩愈深明时势,注重现实,师心自用所决定
的。尽管韩愈理论上说先王之道易明,先王之教易行,但在佛道
流行,道德危机重重的中晚唐,欲以独尊儒学救世谈何容易。更
何况君权不测,作为臣子的韩愈自然非常清楚。在《原毁》中其
追尧舜论周公,最终只得归结于"将有作于上者,得吾说而存之,
其国家可几而理欤"①,与杜甫"致君尧舜上"同一口吻。其间埋
藏着自先秦孔子以来的儒者"得君行道"的共同理想与期待,韩愈
对此尤为自觉。其《进士策问十三首》开篇即曰:"《书》称'汝则
有大疑,谋及乃心,谋及卿士,以至于庶人、龟筮,考其从违,以审
吉凶',则是圣人之举事兴为,无不与人共之者也。"②策问首推此
义,其心可见一斑。然圣君可遇不可求,韩愈之振兴儒道的行为
与其说期待得君行道,还不如说寄希望于促成文人士大夫群体的
自我振拔、道德主体性的建立,以充当整个士大夫群体和社会的
价值导向,进而促成政治现状的改变。其性分三品,推重《大学》,
排斥佛道,实欲强调"学"与"修身"③的重要。其志向守官至死,
修辞明道,伸张仁义,所表现出的是一种非常清醒的自我身份意
识,亦即道德主体的本位意识。凡此两端,足以看出韩愈发起并

---

① 屈守元、常思春主编:《韩愈全集校注》,成都:四川大学出版社,1996年,第
　2695页。
② 屈守元、常思春主编:《韩愈全集校注》,成都:四川大学出版社,1996年,第
　1296页。
③ 韩愈《师说》云:"古之圣人,其出人也远矣,犹且从师而问焉。今之众人,其下圣
　人也亦远矣,而耻学于师。是故圣益圣,愚益愚。圣人之所以为圣,愚人之所
　以为愚,其皆出于此乎?"其文针砭时弊,亦是基于性之"三品"说而强调"学"与
　"修身"之于众人(中品之人)的重要,同时亦体现了《大学》之旨。参屈守元、常
　思春主编:《韩愈全集校注》,成都:四川大学出版社,1996年,第1508页。

领导的中唐古文暨儒学的复兴运动,本质上是重塑文儒形象以及文人士大夫群体道德人格自树立的文化运动。①

四、古文运动与文体通变及杜诗形象的聚焦与定格

一般认为,古文的兴起是针对骈文的文体革命,有学者从逻辑上推论儒学之转向仁义之道后的礼乐的非中心化必然带来骈文的解构。但事实却并非如此,至少此前的论述业已表明,在诗歌领域,讲究骈俪的律诗文体的发展并未受到革命性影响。其原因何在,显然亦有待进一步解释。

(一)古文家之文体追求与骈文体命运

韩愈《上宰相书》自谓:"其所著皆约六经之旨而成文。"② 龚鹏程据之认为:"古文运动,非文人辞章家采用儒家思想来创造一种新的文学样貌,乃是儒者约六经之旨以成文,表达周孔之意的一种方式。""则文儒约六经之旨以成文,所重就在文义,或者应该

---

① 后世从学理上批评韩愈道学的不乏其声,如其言"博爱"与墨子"兼爱"相合,故有人便以孟子"无父"之说而排之。苏子由亦曰:"愈之学,朝夕从事于仁义礼智,刑名度数之间,自形而上者,愈所不知也。《原道》之作遂指道德为虚位,而斥佛老与杨墨同科,岂为知道哉! 韩愈工于文者也。"其实,诸如此类的批评纯从理论出发,用王承福的话说"是不通于世变者也"(参魏仲举编:《五百家注昌黎文集》卷十一,文渊阁四库全书本)。今人龚鹏程亦曾指出,中唐的科举考试对经学产生过深刻影响,这种影响使得中唐经学呈现出文辞说经的形态及其注重时务的特点(参龚鹏程:《唐朝中叶的文人经说》,《湖南大学学报》,2006年第1期)。要之,后人因不通世变、不识时务而导致了对韩愈发动并领导的古文暨儒学复兴运动的本质或曰本衷的视而不见,进而影响到了对韩愈道学的审视与理解。

② 屈守元、常思春主编:《韩愈全集校注》,成都:四川大学出版社,1996年,第1239页。

说是义理与文采的结合。"① 就此而言，古文多指论说文，但又不限于论说文。"约六经之旨而成文"之"文"乃广义的"文"，自然可以包括诗歌。柳宗元《送文郁师序》云："今有文郁师者，读孔氏书，为诗歌逾百篇，其为有意乎文儒事矣。"② 其意文郁师为诗歌而有意乎文儒事，即合于"约六经之旨而成文"之义，亦可谓之古文。韩愈"李杜文章在，光焰万丈长"（《调张籍》）③ 之"文章"显然兼诗歌为义。韩愈弟子李翱《答朱载言书》中的文章论可以说明中唐古文家的文体追求：

> 天下之语文章，有六说焉：其尚异者，则曰文章辞句，奇险而已；其好理者，则曰文章叙意，苟通而已；其溺于时者，则曰文章必当对；其病于时者，则曰文章不当对；其爱难者，则曰文章宜深不当易；其爱易者，则曰文章宜通不当难。此皆情有所偏滞而不流，未识文章之所主也。
>
> 故义虽深，理虽当，词不工者不成文，宜不能传也。文、理、义三者兼并，乃能独立于一时，而不泯灭于后代，能必传也。仲尼曰："言之无文，行之不远。"子贡曰："文犹质也，质犹文也。虎豹之鞟，犹犬羊之鞟。"此之谓也。④

作为"文体"的古文，其文、理、义三者兼并，质文不可分离。李翱所谓的三者合一的古文实即道之文，故其《答朱载言书》又曰："吾所以不协于时而学古文者，悦古人之行也；悦古人之行者，爱古人之道也。故学其言，不可以不行其行；行其行，不可以不重

---

① 龚鹏程：《唐朝中叶的文人经说》，《湖南大学学报》，2006年第1期。
② ［清］董诰等编：《全唐文》，北京：中华书局，1983年，第5853页。
③ 屈守元、常思春主编：《韩愈全集校注》，成都：四川大学出版社，1996年，第703页。
④ ［清］董诰等编：《全唐文》，北京：中华书局，1983年，第6411、6412页。

其道;重其道,不可以不循其礼。"①古人之文,言、行、礼一义而贯通,具有有机性,道即文,文即道。之所以如此,李翱《寄从弟正辞书》作了更为明确的揭示:

> 性于仁义者,未见其无文也;有文而能到者,吾未见其不力于仁义也。由仁义而后文者,性也……仁义与文章生乎内者也。②

是说明道之文乃合乎仁义之道的"足乎己无待于外"之心性德体的成立与发用,故其文自然通达周流,无内外之分,言行之裂。李翱之说正可与吕温《人文化成论》相呼应:

> 有圣作则,实为人文。若乃夫以刚克,妻以柔立,父慈而教,子孝而箴,此室家之文也;君以仁使臣,臣以义事君,予违汝弼,献可替否,此则朝廷之文也;三公论道,六卿分职,九流异趣,百揆同归,此则官司之文也;宽则人慢,纠之以猛,猛则人残,施之以宽,宽以济猛,猛以济宽,此刑政之文也;乐胜则流,遏之以礼,礼胜则离,和之以乐,与时消息,因俗变通,此教化之文也。文者,盖言错综庶绩,藻绘人情,如成文焉,以致其理。然则人文化成之义,其在兹乎!而近代谄谀之臣,特以时君不能则象乾坤,祖述尧舜,作化成天下之文,乃以旂裳冕服,章句翰墨为人文也。遂使君人者,浩然忘本,沛然自得,盛威仪以求至理,坐吟咏而待升平。流荡因循,败而未悟,不其痛欤! ③

吕温所谓"人文化成"乃圣人建立的整个社会的治理体系与

---

①[清]董诰等编:《全唐文》,北京:中华书局,1983年,第6412页。
②[清]董诰等编:《全唐文》,北京:中华书局,1983年,第6422页。
③[清]董诰等编:《全唐文》,北京:中华书局,1983年,第6342页。

和谐的道德秩序,其为文之意在痛切反思中唐以前,君德有缺而文儒们徒以翰墨章句、礼乐文章为核心的儒学济世的失败,呼吁回归圣人道德文章的根本。其本亦即韩愈、李翱所主张的"仁义道德"。仁义而文章方可谓之"焕乎其有文章"。古文运动是觉醒之后的文儒士大夫们主动担当历史责任之表现,是意欲通过道德自救,进而垂范社会以挽回人心,进而有济世道。深味吕温"特以时君不能"、"遂使君人者,浩然忘本"之语气,足见其义。这与吕氏痛切反思的盛唐以及前代的文士、文儒们那种"素王"、"素相"的宏图志愿,显然不是同一种兼济模式,而是一种更具现实感、普适性,以及历史可能性的模式。这也是儒学介入历史得以可能的正道或曰康庄大道。宋代文儒士大夫们基于历史机缘得以"与君行道"而共商国是,显然与中唐古文运动暨儒学更化所促成的文人士大夫群体的道德自觉有莫大关联;当明儒遭遇时君不能则象乾坤,浩然忘本时能于理学之后开辟儒学新境,走向"觉民行道"的自觉,亦可于中唐文儒们的道德自觉与自我树立的历史中找到端倪。① 换言之,明儒之走向"觉民行道",乃中唐文儒的道德自觉及其所创立的新儒学得以深化和成熟的表现。就此而言,清人叶燮提出的"中唐"乃中国诗歌、文化史的"百代之中"② 这一命

---

① "得君行道"、"觉民行道"是余英时用来概括中国思想史在宋、明两代各有突破的命题,其意在于强调两代之间思想史的断裂,侧重于考察具体的政治生态对思想史的影响。笔者以为,若立足于社会基础性结构,以及思想文化史内在逻辑,则可以说,中唐以后思想史的种种变化亦是有贯穿始终的脉络可寻的。参余英时:《中国文化史通释》,北京:生活・读书・新知三联书店,2012年。

② 叶燮《百家唐诗序》云:"吾尝上下百代,至唐贞元、元和之间,窃以为古今文运、诗运,至此时为一大关键也。是何也? 三代以来,文运如百谷之川流,莫可纪极;迨贞元、元和之间,有韩愈氏出,一人独力而起八代之衰,自是而文之格、之法、之体、之用分条共贯,无不以是为前后之关键矣。三代以(转下页)

题,确乃真知灼见。其命题蕴意,当代学人几已阐发殆尽。[1] 但无论如何,其终极则当归因于中唐文儒士大夫阶层的崛起及其群体性的道德自觉。而这一群体自觉是以如韩愈等先觉者的个体性意识的空前强化而得以呈现的。中唐文儒们继承了盛唐文人张扬个性的一面,但却在时代的反思以及对盛唐精神遗产的批判中深化并升华了个体性意识,最终落实到了道德性自我的建树。因此,在中唐文儒们的文章观念中,理想的文体应当是文即道,道即文,性于仁义而发为文章,"文犹质也,质犹文也"。

"性于仁义而发为文章"虽然重视文章的德性根基,但"义"字却预设了文章体貌的多样性以及作者的独创性。李翱《答朱载言书》对"六经"的盛赞道尽其意:

> "六经"之旨也,浩浩乎若江海,高乎若丘山,赫乎若日火,包乎若天地。掇章称咏,津润怪丽。六经之词也,创意造言,皆不相师。故其读《春秋》也,如未尝有《诗》也;其读《诗》

(接上页)来,诗运如登高之日上,莫可复跻,迨唐贞元、元和之间,有韩愈、柳宗元、刘长卿、钱起、白居易、元稹辈出,群材竞起,而变八代之盛,自是而诗之调、之格、之声、之情,凿险争奇,无不以是为前后之关键矣。起衰者,一人之力专,独立砥柱,而文之统有所归;变盛者,群才之力肆,各途深造,而诗之尚极于化。今天下于文之起衰,人人能知而言之;于诗之变盛,则未有能知而言之者。皆因胸无成识,不能有所发明,不过各因其时之差别,而号之曰'中唐',又号之曰'晚唐'。不知此'中'也者,乃古今百代之中,非有唐之所独得而称'中'者也。"(参席启寓编《唐诗百名家全集》卷首,清康熙四十一年洞庭席氏琴川书屋刻本)

[1] 蒋寅《百代之中——中唐的诗歌史意义》一书指出,叶燮"百代之中"命题提出之后,经同光体诗人、陈寅恪直至当代学者的阐释发挥,中唐已被视作对社会、政治、经济、人文、艺术等多方面都具有承上启下意义的整个中国历史的一个中轴。参蒋寅:《百代之中——中唐的诗歌史意义》,北京:北京大学出版社,2013年。

也，如未尝有《易》也；其读《易》也，如未尝有《书》也；其读屈原、庄周也，如未尝有"六经"也。故义深则意远，意远则理辩，理辩则气直，气直则辞盛，辞盛则文工。①

李翱虽与韩愈一样排佛，但吸收佛道心性学说的合理成分，援佛入儒，则是非常自觉的。故其《去佛斋论》批评一味排佛者为"不知其心，虽辩而当，不能使其徒无哗而劝来者"②。其《复性书》云："百姓之性与圣人之性弗差也。虽然，情之所昏，交相攻伐，未始有穷，故虽终身而不自睹其性焉。"又云："圣人者，人之先觉者也。觉则明，否则惑，惑则昏"；"寂然不动，邪思自息。惟性明照，邪何所生"；"妄情灭息，本性清明，周流六虚，所以谓之能复其性也"。③此间话语显然与禅宗"众生皆有佛性"、"觉者"、"明"、"无明"、"禅定"、"明心见性"诸概念与命题相仿佛，而与韩愈《原性》之理路有异。但《复性书》运思的逻辑则是贯穿于《易》《孟子》《中庸》《大学》等儒家经典的"中道"思想；以之融化佛道义理，客观上可视为王通"三教可一"说的一次具体实践。南宋叶梦得云："李翱《复性书》，即佛氏所常言……吾谓唐人善学佛而能不失其为儒者，无如翱。"④其评价切中肯綮。《中庸》引孔子曰"君子之中庸也，君子而时中"，故柳宗元诗云"知命儒为贵，时中圣所臧"⑤。李

①［清］董诰等编：《全唐文》，北京：中华书局，1983年，第6411页。
②［清］董诰等编：《全唐文》，北京：中华书局，1983年，第6425页。
③以上参［清］董诰等编：《全唐文》，北京：中华书局，1983年，第6433、6435、6436页。
④［宋］叶梦得：《避暑录话》卷下，明刻津逮祕书本。
⑤［唐］柳宗元：《弘农公以硕德伟材屈于诬枉左官三岁复为大僚天监昭明人心感悦宗元窜伏湘浦拜贺末由谨献诗五十韵以毕微志》。（中华书局编辑部点校：《全唐诗》（增订本），北京：中华书局，1999年，第3938页）

翱正是基于"时中"之义，参孟子性说、气论以及大化圣境，而盛赞"六经"：其旨"包乎若天地"，其词"创意造言，皆不相师"、"义深意远"、"理辩气直"、"辞盛文工"。由此不难推出："性于仁义而发为文章"者，其文章体貌必具多样性以及作者的独创性。

尽管李翱在道学理论上较之韩愈已有很大出入，但其道学文章论的内在精神与韩愈实一脉相承。

今人多熟悉韩愈"陈言务去"之主张，"气盛言宜"、"不平则鸣"之说，但一般则不去理会背后支撑其说的道学。"陈言务去"、"气盛言宜"皆出自《答李翊书》，"不平则鸣"则出自《送孟东野序》。《书》云：

> 将蕲至于古之立言者，则无望其速成，无诱于势利。养其根而俟其实，加其膏而希其光。根之茂者其实遂，膏之沃者其光晔。仁义之人，其言蔼如也。

> 抑又有难者，愈之所为，不自知其至犹未也。虽然，学之二十余年矣。始者，非三代两汉之书不敢观，非圣人之志不敢存。处若忘，行若遗，俨乎其若思，茫乎其若迷。当其取于心而注于手也，惟陈言之务去，戛戛乎其难哉！其观于人，不知其非笑之为非笑也。如是者亦有年，犹不改。然后识古书之正伪，与虽正而不至焉者，昭昭然白黑分矣。而务去之，乃徐有得也。当其取于心而注于手也，汩汩然来矣。其观于人也，笑之则心以为喜，誉之则以为忧，以其犹有人之说者存也。如是者亦有年，然后浩乎其沛然矣。吾又惧其杂也，迎而距之，平心而察之，其皆醇也，然后肆焉。虽然，不可以不养也。行之乎仁义之途，游之乎《诗》《书》之源。无迷其途，无绝其源，终吾身而已矣。气，水也；言，浮物也。水大而物之浮者大小毕浮。气之与言犹是也，气盛，则言之短长与声之高下者皆宜。

> 虽如是，其敢自谓几于成乎？虽几于成，其用于人也奚

取焉？虽然，待用于人者，其肖于器邪？用与舍属诸人。君子则不然，处心有道，行己有方，用则施诸人，舍则传诸其徒，垂诸文而为后世法。①

全文叙述了自己有志于效古人立言而明道养德，而后著文章传道并择其人的过程及其情感经历。立此背景，不难看出，其论为文"陈言务去"、"气盛言宜"之境界，不过是说仁精义熟之后，心性德体发用而自然"焕乎其有文章"而已，其与孟子论"养浩然之气"与"圣"境界显然义脉相通。

《序》云：

> 大凡物不得其平则鸣。草木之无声，风挠之鸣；水之无声，风荡之鸣。……人之于言也亦然！有不得已者而后言……人声之精者为言，文辞之于言，又其精也，尤择其善鸣者而假之鸣。其在唐、虞，咎陶、禹其善鸣者也，而假以鸣。夔弗能以文辞鸣，又自假于《韶》以鸣。夏之时，五子以其歌鸣。伊尹鸣殷，周公鸣周。凡载于《诗》《书》六艺，皆鸣之善者也。周之衰，孔子之徒鸣之，其声大而远。《传》曰："天将以夫子为木铎。"其弗信矣乎！其末也，庄周以其荒唐之辞鸣。楚，大国也，其亡也以屈原鸣。臧孙辰、孟轲、荀卿，以道鸣者也。杨朱、墨翟、管夷吾、晏婴、老聃、申不害、韩非、慎到、田骈、邹衍、尸佼、孙武、张仪、苏秦之属，皆以其术鸣。秦之兴，李斯鸣之。汉之时，司马迁、相如、扬雄最其善鸣者也。其下魏、晋氏，鸣者不及于古，然亦未尝绝也；就其善者，其声清以浮，其节数以急，其辞淫以哀，其志弛以肆，其为言也，乱

---

① 屈守元、常思春主编：《韩愈全集校注》，成都：四川大学出版社，1996年，第1454—1455页。

杂而无章,将天丑其德莫之顾邪?何为乎不鸣其善鸣者也?

　　唐之有天下,陈子昂、苏源明、元结、李白、杜甫、李观,皆以其所能鸣。其存而在下者,孟郊东野,始以其诗鸣,其高出魏、晋,不懈而及于古,其他浸淫乎汉氏矣。从吾游者,李翱、张籍其尤也。三子者之鸣,信善矣,抑不知天将和其声,而使鸣国家之盛邪?抑将穷饿其身,思愁其心肠,而使自鸣其不幸邪?三子者之命,则悬乎天矣。其在上也奚以喜,其在下也奚以悲!东野之役于江南也,有若不释然者,故吾道其命于天者以解之。①

汤汉《妙绝古今》云:"此篇谓凡形之于声,皆不得已。于不得已之中,又有善不善者焉。所谓善者,又有幸不幸之分,则系乎天也。"②何谓鸣之善者?"凡载于《诗》《书》六艺,皆鸣之善者也"。通读全文,韩愈所用"善"字,涵义比较复杂。就文辞而言,除"六义(六经)"之外,其所举它例,无疑都可称之为"善鸣"。故所谓"善"只是就"不得已"三字而言,凡有所鸣者,皆顺应时势,不得不鸣也。此正如赵南塘所云:"凡有怀而欲吐者,皆为不得其平,非必有所愤激也。"③进而言之,善鸣者皆有所怀。然"所怀"不一,其善亦应有异。如臧孙辰、孟轲、荀卿等怀道,故皆以道鸣;而杨朱、苏秦之属怀术,故皆以其术鸣。那么,在韩愈那里,道鸣与术鸣究竟有无高下及善与不善之别呢?读其下文便知,答案显然是

---

① 屈守元、常思春主编:《韩愈全集校注》,成都:四川大学出版社,1996年,第1464—1465页。
② [宋]汤汉:《妙绝古今卷三·送孟东野序·评注》,丛书集成续编本,上海:上海书店出版社,1994年,第380页。
③ [宋]汤汉:《妙绝古今卷三·送孟东野序·评注》,丛书集成续编本,上海:上海书店出版社,1994年,第379页。

"有"。其论云及魏晋氏鸣者虽不及于古，然未尝绝也，但就其善鸣者而又谓"其声清以浮，其节数以急，其辞淫以哀，其志弛以肆；其为言也，乱杂而无章"。故韩愈感叹道："将天丑其德，莫之顾邪！何为乎不鸣其善鸣者也！"可见"德"有美丑，故"善"中复分善恶。① 至于文末所举唐之能鸣、善鸣者之例，主要突出序主孟郊。故侧重善鸣者之不幸，李、杜皆如是。但韩愈对幸与不幸所作的"其命于天"的解释，则大有深意在。其当与"天将以夫子为木铎"引语相呼应。孟子有云："天将降大任于是人也，必先苦其心志，劳其筋骨，饿其体肤，空乏其身，行拂乱其所为，所以动心忍性，曾益其所不能。"② 参孟子语可知，此一节叙善鸣者之不幸，旨在赞叹或唤醒弟子以道鸣的使命担当意识。《争臣论》云："自古圣人贤士，皆非有心求于闻用也，闵其时之不平，人之不乂，得其道不敢独善其身，而必以兼济天下也。孜孜矻矻，死而后已。"③ 如此看来，善鸣者又无所谓幸与不幸。因为善鸣者鸣于不平不乂非自鸣其不幸，而是得其道，道心德体为不平不乂所激，故不得不鸣也。

综言之，韩愈所谓的"不平则鸣"、"陈言务去"、"气盛言宜"不可与"缘情"说、"文以气为主"的"文气说"相混淆，也不能简单地等同于今人所谓的文学独创说，其三者指向的皆属同一种文学理想：性于仁

---

① 韩愈《答尉迟生书》云："夫所谓文者，必有诸其中。是故君子慎其实。实之美恶，其发也不掩。本深而末茂，形大而声宏，行峻而言厉，心醇而气和；昭晰者无疑，优游者有余。体不备不可以为成人，辞不足不可以为成文。"其文亦可为参证（参屈守元、常思春主编：《韩愈全集校注》，成都：四川大学出版社，1996年，第1462页）。
② ［宋］朱熹：《四书章句集注·孟子集注》，北京：中华书局，1983年，第348页。
③ 屈守元、常思春主编：《韩愈全集校注》，成都：四川大学出版社，1996年，第1169页。

义而发为文章。可见，韩、李师徒，观点高度一致，实可相互发明。

由于仁义文章是心性德体因时应事而自然发用，故其"能所不能，无可无不可"当在情理之中。韩愈等于其时代倡导文章的新变与独创并非只是文学艺术或者一般文体学意义上的诉求，更是一种道德人格意义上的自我树立。故韩愈《答刘正夫书》云：

> 或问："为文宜何师？"必谨对曰："宜师古圣贤人。"曰："古圣贤人所为书具存，辞皆不同，宜何师？"必谨对曰："师其意，不师其辞。"又问曰："文宜易宜难？"必谨对曰："无难易，惟其是尔。"如是而已。非固开其为此，而禁其为彼也。……若圣人之道，不用文则已，用则必尚其能者，能者非他，能自树立，不因循者是也。有文字来，谁不为文？然其存于今者，必其能者也。①

文中所谓"意"、"是"、"能"皆关乎"自树立"，而其"自树立"显然不同于一般意义上的"特立独行"，而是唯圣贤文章之道是从。"唯道是从"，必当有仁义德体的内在支持。故此，为文方臻于无难易，无可无不可，能所不能之境。② 换言之，仁义文章本无所拘泥，"言之长短与声之高下者皆宜"，"惟其是尔"。故理论上说，

---

① 屈守元、常思春主编：《韩愈全集校注》，成都：四川大学出版社，1996年，第2050—2051页。

② 美国学者宇文所安于中唐文学作品中发现了一种在个人身份层面上的"特立独行"。这种"特立独行"表现为一种独特而易于辨识的风格，它虽然可以为他人所袭用，但却总是与一个个体作家挂钩。（参宇文所安著，陈引驰、陈磊译：《中国"中世纪"的终结——中唐文学文化论集》，北京：生活·读书·新知三联书店，2006年，第3页）实际上，若仅就风格面貌的个体多样性与独创性去看，而不考虑中唐文儒"仁义文章"之理想以及个体道德人格自我树立的自觉追求这一背景，就很难理解形成这种"特立独行"的真正缘由，也很难将盛唐与中唐加以区别。

韩愈及其领导的古文运动并不存在排斥讲究声韵丽辞之骈体的必然性。其《题哀辞后》云："愈之为古文，岂独取其句读不类于今者邪？思古人而不得见，学古道则欲兼通其辞。通其辞者，本志乎古道者也。……然则吾之所为文皆有实也。"① 由文中语气可以看出，其倡导古文与反近体并无直接关联。《旧唐书》谓愈所为文务反近体，则未必切实。事实上，时至韩愈时代，"骈俪"即"文"的观念已深入人心。此一观念在贞元、元和之际入唐的空海之《文镜秘府论》所引的唐人对属论中乃为共识："在于文章，皆须对属，其不对者，止得一处二处有之。若以不对为常，则非复文章。"② 韩愈对"文章"之理解不能不受此一传统观念的影响，只是韩愈在不否定文之小体的形式之外，更加强调文章大体之质而已，故其自许曰"吾之所为文皆有实也"。就文体形式而言，韩之古文存在大量骈体成分。其文叙事多用散体，议论或抒情则常用骈句以助长声势。"从34岁到39岁的6年间，韩愈骈文成分较浓的创作达到了27篇的最高峰，这些文章又不是不得不用骈体的表状之类，而大多是韩愈成名后气盛言宜的论道书"。③ 李翱曾针对当时行状文的撰作风气提出批评："今之作行状者，非其门生，即其故吏，莫不虚加仁义礼智，妄言忠肃惠和，或言盛德大业，远而愈光，或云直道正言，殁而不朽，曾不直叙其事，故善恶混然不可明。……臣今请作行状者，不要虚说仁义礼智，忠肃惠和，盛德大业，正言直道，芜秽简册，不可取信。但指事说实，直载其词，则善恶功迹，

---

① 屈守元、常思春主编：《韩愈全集校注》，成都：四川大学出版社，1996年，第1500—1502页。

② ［日］遍照金刚撰，卢盛江校考：《文镜秘府论汇校汇考》，北京：中华书局，2006年，第1686页。

③ 参付琼：《韩愈"古文"中的"骈文成分"》，《周口师范学院学报》，2006年第3期。

皆据事足以自见矣。"① 可见，李翱批评所针对的是撰作者缺乏诚实，文章内容不可征信，而非批评其骈体文之形式。其直接批评的是文风，但最终指向的还是文人作者的道德人格问题。总之，为古文者并不一定局限于单行散体的语言形式，正如清人刘熙载之所谓"文有古近之分。大抵古朴而近华，古拙而近巧，古信己心而近取世誉，不是作散体便可名古文也"②。

这里有必要指出的是，后人使用"古文"概念大都是与"骈文"相对而行的。所谓的"骈文"一开始即非体类意义上的文体概念，"古文"概念亦复如是。近人钱基博定义"古文"云："古文者，自韩愈厌弃魏晋六朝骈俪之文，而返之于'六经'、两汉，从而名焉者也。"③ 要之，"古文"与"骈文"各就其语体形式而得以分别，前者偏散语，后者偏偶语，按本文说法，亦即文言文体之言体化与文体化之别。自晚唐李商隐始用"四六"命名其幕府公文文集，此后，"四六"迅速成为骈体文的代名词。此一现象，一者说明骈文本是文章语体形式的特点而并非文章体类之称名，再者说明骈文语体趋于定型或格式化，正如宋人谢伋之所谓"四六"上"施于制诰表奏文檄"，"下至往来笺记启状，皆有定式"④。

尽管"韩愈大力提倡古文，附和者不少，一时颇有声势，但未能取得代替骈文的优势。整个中晚唐时代，骈文仍占主导地

①［清］董诰等编：《全唐文》，北京：中华书局，1983年，第6400页。
②［清］刘熙载：《艺概》，上海：上海古籍出版社，1978年版，第45—46页。
③钱基博：《韩愈志》，北京：中国书店出版社，1988年，第1页。
④［宋］谢伋：《四六谈麈》，丛书集成初编本，北京：中华书局，1985年，第1页及"序"。

位"。① 清人姜宸英《唐贤三昧集序》云:"古文自韩、柳始变而未尽,其徒从之者亦寡。历五代之乱,几没不传。宋初柳、穆阐明之于前,尹、欧诸人继之于后,然后其学大行,盖唐与宋相赓续而成者也。"② 北宋古文运动虽然成果卓著,但并不能断了骈文的命脉。实际上,历北宋古文运动直至清末,公私应用文皆属骈体的天下。清代以骈文著名的经学大家不乏其人,如毛先舒、毛奇龄等,即便顾炎武、王夫之这样的大儒亦写骈文。清代骈文家更是仿古文家道统、文统说以为骈体文正名。蒋士铨便指出:"文章有俪体,'六经'开权舆。凡物比奇偶,整散为密疏。取材各有宜,载道无差殊。"③ 骈文权舆于"六经",故亦载道之器,与偏散语的古文并无差异。袁枚则直接点明:"古圣人以文明道,而不讳修词。骈体者,修词之尤工者也。'六经'滥觞,汉、魏延其绪,六朝畅其流。论者先散行后骈体,似亦尊乾卑坤之义。然散行可蹈空,而骈文必征典,骈文废,则悦学者少,为文者多,文乃日敝。"④ 骈文不仅可明道,而且可以兴学。倡骈文则悦学者多,悦学者多则文、学不相离,文学不离则道可传。否则,任散行蹈空之文盛行,则悦学者必少;悦学者少,则文、学分离,文失统而道不可传。故曰:"为文者多,文乃日敝。"至阮元,以"骈文"为文章正宗的文统文体学观念得以建立。阮氏论曰:"孔子于《乾》《坤》之言,自命

---

① 参王运熙:《关于唐代骈文、古文的几个问题》,《南阳师范学院学报》,2004年第1期。

② 周兴陆辑著:《唐贤三昧集汇评》,南京:凤凰出版社,2016年,第2页。

③ [清]蒋士铨:《题随园骈体文》,载袁枚著,周本淳标校:《小仓山房诗文集》,上海:上海古籍出版社,1988年,第1944页。

④ [清]袁枚著,周本淳标校:《小仓山房诗文集·胡稚威骈体文序》,上海:上海古籍出版社,1988年,第1398页。

曰'文'。此千古文章之祖也。"①"两汉文章,著于班、范,体制和正,气息渊雅,不为激音,不为客气。"②又曰:"自齐梁以后,溺于声律,彦和雕龙,渐开四六之体。至唐,而四六更卑。然文体不可谓之不卑,而文统不得谓之不正。自唐、宋韩、苏诸大家,以奇偶相生之文为八代之衰而矫之,于是昭明所不选者,反皆为诸家所取,故其所著者,非经即子,非子即史,求其合于《昭明序》所谓文者,鲜矣;合于班孟坚《两都赋序》所谓文章者,更鲜矣";"明人号唐、宋八家为古文者,为其别于'四书'文也,为其别于骈偶文也。然'四书'文之体皆以比偶成文,不比不行,是明人终日在偶中而不自觉也";"是'四书'排偶之文,真乃上接唐、宋四六为一脉,为文之正统也"。③阮元得以建立"骈文"文统观,当有多种时势因素促成,但其最深刻的原因无疑是汉语文言语体建构自然倾向于"骈化"的历史与逻辑使然。

综上所述,可以看出,中唐古文家的文体追求在于文章体格的质实与雅正,仁义德体发用而为文章,最终指向的则是儒家道德人格的自我建树,本来就超越了文章语体形式的骈散对立,加之文言语体建构的自然倾向,故"古文"之兴起并不必然造成"骈文"的解构。进而言之,"古文"的兴起不仅不会否定律诗文体存在的根基,反而会促进律诗文体体格的更化。

---

① [清]阮元撰,邓经元点校:《研经室集·文言说》,北京:中华书局,1993年,第605页。

② [清]阮元撰,邓经元点校:《研经室集·与友人论古文书》,北京:中华书局,1993年,第609—610页。

③ 参[清]阮元撰,邓经元点校:《研经室集·书梁昭明太子文选序后》,北京:中华书局,1993年,第608、609页。

（二）韩愈学杜、"以文为诗"与宋诗的"以韩学杜"

中唐古文运动并非是直接针对骈文语体的革命已显而易见，但其追求道德人格意义上的自我树立以及仁义文章的崇高目标确实对文言文学语体的建构带来了实质性影响，这就是造成了不拘泥于骈散而奇偶相生的新文体。新文体在文言语体向骈俪之"文"单向度发展的大势中重新建立了文言语体"言—文"的平衡，为"文言"文学进一步发展开辟了内源于作者心性而同时又面向现实生活的广阔空间。人格自我树立的意识促成了中唐文章文体"创奇求变"之审美风尚的形成，正是立于此一背景，韩愈对李、杜文章推崇备至。那么，在李、杜之间，韩愈是否有所倚重呢？这里又不得不再次涉及元、白所引发的"李杜优劣"论的公案。一般认为，韩愈不仅于李、杜无所倚重，而且以《调张籍》一诗猛烈地回击了元、白之"李杜优劣"论；也有认为《调张籍》一诗与元白无关，或另有所针对。① 但总而言之，基本的看法都是韩愈李、杜并尊。然而，就其具体的创作实践看，历来的观点大多还是认为韩愈接受杜甫的影响远大于李白。

清人赵翼曰："韩昌黎生平，所心摹力追者，唯李、杜二公。顾李、杜之前，未有李、杜；故二公才气横恣，各开生面，遂独有千古。至昌黎时，李、杜已在前，纵极力变化，终不能再辟一径。惟少陵奇险处，尚有可推扩，故一眼觑定，欲从此辟山开道，自成一家。此昌黎注意所在也。"② 且按叶燮的看法，自甫以后诗歌大家，包

---

① 参谢思炜《李杜优劣论争的背后》，《北京大学学报》，2009年第2期；李一飞《李杜并称、李杜优劣论探源——兼为元稹"李杜论"一辩》，《湘潭师范学院学报》，1991年第2期。

② ［清］赵翼著，霍松林、胡主佑校点：《瓯北诗话》，北京：人民文学出版社，1963年，第28页。

括韩愈，无有出杜甫牢笼者："自甫以后，在唐如韩愈、李贺之奇
夐，刘禹锡、杜牧之雄杰，刘长卿之流利，温庭筠、李商隐之轻艳，
以至宋、金、元、明之诗家，称巨擘者，无虑数十百人，各自炫奇翻
异；而甫无一不为之开先。"① 清人的说法如此，今人的观点亦大
多倾向于此。当代学者张忠纲便认为："韩愈并尊李杜，故其诗风
格既有李诗的豪逸，又有杜诗的雄奇。而更主要的，是他继承杜
甫完成了诗风诗格的新变，并发展了杜诗以文为诗、以议论为诗
的奇险倾向，形成自己奇崛险怪、豪健奔放的独特风格。"张氏更
进一步从思想史的角度揭示了韩愈学杜奇险的更深渊源：

> 杜甫是原始儒家思想即孔孟思想的继承者和实践者。他
> 的阐释和恢复原始儒家道统的思想，远在韩愈之前。……杜
> 甫是实践孟子"恻隐之心为仁"的典型。其《过津口》诗云："物
> 微限通塞，恻隐仁者心。"杜甫明确指出恻隐之心即仁心，这就
> 具有在我国思想史上独立地重新发明失落已久的孟子人性思
> 想核心的意义。"安史之乱"后，杜甫过着颠沛流离的困苦生
> 活，亲身经历了国家深重的苦难，接近了广大劳苦群众，加之
> 深厚的传统文化素养，使他深深懂得儒家"邦以民为本"的道
> 理。因此，他对饱尝战乱之苦，处于水深火热之中的广大人民
> 抱着深切的同情。他继承和发扬了孟子的"大丈夫"精神，以
> 天下为己任，忧国忧民，爱国爱民。……韩愈是思想家，又是
> 开宗立派的诗人，他是韩孟（郊）诗派的领袖人物。正是由于
> 在恢复儒家道统上思想的一致，所以韩愈对杜甫非常推崇。②

---

① [清]叶燮著，霍松林校注：《原诗》，北京：人民文学出版社，1979年，第8页。
② 以上参张忠纲：《诗趋奇险谱新篇——从杜甫到韩愈》，《文史哲》，2012年第
　　6期。

　　思想上的心有灵犀是韩愈推崇杜甫的深层原因，张氏之揭示至为深刻。思想在某种意义上亦可视为特定人格精神的体现，就此而言，尽管韩愈没有明确分出李杜优劣，但说其在内在人格精神层面更趋近杜甫则是可以成立的。只是韩愈刻意于杜诗奇险倾向的文化文体学意味尚待进一步揭示。

　　何谓以文为诗、以议论为诗？"以文为诗"最早出自强调诗文辨体的陈师道，其《后山诗话》云："杜之诗法，韩之文法也。诗文各有体，韩以文为诗，杜以诗为文，故不工耳。"①"以议论为诗"则出自严羽，其《沧浪诗话》云："诗之极致有一，曰入神。诗而入神，至矣，尽矣，蔑以加矣，惟李杜得之，他人得之盖寡也。……盛唐诸人，惟在兴趣，羚羊挂角，无迹可求。……近代诸公乃作奇特解会，遂以文字为诗，以才学为诗，以议论为诗。夫岂不工，终非古人之诗也。"②陈、严同为诗文体别论者，故对"以文为诗"、"以议论为诗"都是持贬抑态度的。今人既有将两者分别而论，亦有将其合而言之的。程千帆则将"以文为诗"理解为一种具体的艺术手段，其内涵即"以古文的章法、句法为诗"和"以议论为诗"。③江辛眉《论韩愈诗的几个问题》基本上同于程氏合而言之的做法，只是具体表述略微不同，其所谓的"以文为诗"则主要包括散文化的句式、虚词的运用、以文章的气脉入诗（此条包括议论）三个方

①［清］何文焕辑：《历代诗话·后山诗话》，北京：中华书局，1981年，第303页。
②［清］何文焕辑：《历代诗话·沧浪诗话》，北京：中华书局，1981年，第687—688页。
③参程千帆：《韩愈以文为诗说》，载莫砺锋编：《程千帆全集》第八卷，石家庄：河北教育出版社，2000年，第303—327页。

面,一言以蔽之曰诗的散文化。① 张忠纲则是将"以文为诗"、"以议论为诗"加以区分,并与"探索新的体式和句式"一道视为杜甫追"奇"的手段。其所谓"以文为诗",是指诗的散文化,即以作文之法作诗,主要指诗备文章诸体。"以议论为诗"即诗中多论理之语。至于"探索新的体式和句式"指新创体式体格,如新题乐府、新创韵式、拗律、丁卯句法,突破二三、四三句式以及不避俚语俗语之类。② 张氏所论三项基本上可归约于程千帆所说的"以文为诗"范畴。

要之,纵观今人对杜诗与韩诗的举证,所谓的"以文为诗"都指向了一种逆传统文言文学文体化(近体化)大势而偏于言体化(散文化)的趋向。但后山"韩以文为诗"与"杜以诗为文"明显是对言的,至于其间差异,论者则并未予以足够关注,只有程千帆似有所留意。赵翼《瓯北诗话》卷五云:"以文为诗,自昌黎始;至东坡益大放厥词,别开生面,成一代之大观。"③ 可见,清人赵翼论

---

① 参江辛眉:《论韩愈诗的几个问题》,《中华文史论丛》,1980年第1辑,上海:上海古籍出版社,1980年。

② 张忠纲:《诗趋奇险谱新篇——从杜甫到韩愈》,《文史哲》,2012年第6期。张氏谓"以文为诗"主要为"诗备众体",这可由其引清人管世铭文推出。管世铭《读雪山房唐诗凡例·五古凡例》云:"杜工部五言诗,尽有古今文字之体。前后《出塞》《三别》《三吏》,固为诗中绝调,汉、魏乐府之遗音矣。他若《上韦左丞》,书体也;《留花门》,论体也;《北征》,赋体也;《送从弟亚》,序体也;《铁堂》《青阳峡》以下诸诗,记体也;《遭田父泥饮》,颂体也;《义鹘》《病柏》,说体也;《织成褥段》,箴体也;《八哀》,碑状体也;《送王砅》,纪传体也。可谓牢笼众有,挥斥百家。"(郭绍虞编选,富寿荪校点:《清诗话续编》,上海:上海古籍出版社1983年,第1546页)管氏说实指杜诗"备众体"。

③ [清]赵翼著,霍松林、胡主佑校点:《瓯北诗话》,北京:人民文学出版社,1963年,第56页。

"以文为诗"始于韩愈而尚未延及杜甫。金人赵秉文《闲闲老人滏水文集》卷第十九《答李天英书》云:"然杜陵知诗之为诗,而未知不诗之为诗。而韩愈又以古文之浑浩溢而为诗,然后古今之变尽矣。"① 其意是说杜甫尚以诗为本位,而未知"以文为诗"。"以古文之浑浩溢而为诗"即"以文为诗",其与韩愈"余事作诗人"(《和席八十二韵》)的自白实可相呼应。程千帆就此指出:

> 就形式论,古诗近于古文,而律绝诗近于骈文。因此,以文为诗,古诗接受古文的影响易,而律、绝接受古文的影响,即使不是不可能,也很困难。同时,韩愈又并非一位骈文家而是一位伟大的古文家。由于这两点,韩愈的以古文为古诗,就成为理所当然,势有必至。……至于高步瀛《唐宋诗举要》卷五引吴北江评韩愈的七言律诗《左迁蓝关示侄孙湘》的颔联"欲为圣朝除弊事,肯将衰朽惜残年"云:"大气盘旋,以文章之法行之。"则似认为律句的开合动荡,也自古文中来,恐不尽然。如其有之,也只是个别现象。……韩愈以文为诗,其实际意义就在于要突破诗的旧界限,开拓诗的新天地,这不但有助于形成他自己的独特面目,而且成为宋诗新风貌的先驱。②

依程千帆看法,韩愈"以文为诗"有限于古诗而与近体无关。此一看法多少还是属于推论,但无论如何,陈后山论韩愈"以文为诗"未设此限则是明确的。现存韩愈律诗远少于古诗固为事实,但"以文为诗"若限于古诗,则其"突破诗的旧界限,开拓诗的新

---

① [金]赵秉文:《闲闲老人滏水文集》卷第十九,上海:商务印书馆,1937年,第230页。
② 程千帆:《韩愈以文为诗说》,载莫砺锋编:《程千帆全集》第八卷,石家庄:河北教育出版社,2000年,第315—317页。

天地"的意义显然就要大打折扣。韩诗"欲为圣朝除弊事，肯将衰朽惜残年"之句法与其如高氏说从古文中来，不如说从杜律中来。当然，程氏侧重韩愈古文溢为古诗的观点无疑值得重视，其启发意义在于，促使人们注意到韩愈"以文为诗"的"古文"本位意识，这与杜甫"诗是吾家事"，"以诗为文"的诗本位意识应有本质区别。

宋末刘辰翁《赵仲仁诗序》云：

> 后村谓文人之诗与诗人之诗不同，味其言外，似多有所不满，而不知其所乏适在此也。吾尝谓诗至建安，五七言始生，而长篇反复，终有所未达，则政以其不足于为文耳。文人兼诗，诗不兼文也。杜虽诗翁，散语可见，惟韩、苏倾竭变化，如雷霆河汉，可惊可快，必无复可憾者，盖以其文人之诗也。诗犹文也，尽如口语，岂不更胜彼一偏一曲自擅？诗人诗局局焉，靡靡焉，无所用其四体，而其施于文也亦复恐泥，则亦可以睠然而悯哉。①

刘氏观点与后山对韩愈"以文为诗"和杜甫"以诗为文"一视同仁的批评不同，其褒韩、苏"以文为诗"而贬杜甫"以诗为文"的态度很明显。细味其"文人兼诗，诗不兼文也。杜虽诗翁，散语可见"云云，确有难解之处。同为"散语"入诗，为何作为古文家的韩、苏之诗就一定胜出作为诗人之诗的杜诗呢？难道仅仅是文人与诗人身份之不同所决定的吗？这里确实看不出有多少道理。从"诗犹文也，尽如口语"云云看，刘氏似乎是将"散语"视作"口语"体的，同时亦是主张"诗"之语体忌"口语"的。由是而言，刘氏

---

①［宋］刘辰翁撰，段大林校点：《刘辰翁集》，南昌：江西人民出版社，1987年，第172页。

是肯定诗之近体的。但问题仍然在于文人的"以文为诗"与诗人的"以诗为文"究竟有何不同，刘氏终未讲清楚。揣摩其"诗至建安，五七言始生，而长篇反复，终有所未达，则政以其不足于为文耳。文人兼诗，诗不兼文也"之说法，似乎表明五、七言诗即使长篇巨制，亦有其不到之处。所谓不到之处似指"诗"体的表现力以及功能领域是有限的，无以承担"文"体的功能，这也就是诗文体别的意思。然"文人兼诗"无异于说"文可兼诗"，也就是说"文体"可介入"诗体"，反之则不可，其尊"文"体卑"诗"体之意昭然。刘氏身处宋代古文运动大功告成，江西风靡之后的南宋，故其所谓"文"当实指"古文"。"古文"的体制、体性，自韩柳以来就是以偏散语且取法经史而"明道"、"载道"加以界定的，则"文人兼诗"亦即"以文为诗"，文参诗体，以高行卑；"以高行卑"的参体只能就其"小体"为度，实即"散语"入诗。而"诗不兼文"则同时限制了"诗体"功能向"明道"、"载道"等政教领域的延伸，于是似又透漏出刘氏眼中是以"近体"为"诗体"本色与正宗的。因此才会反问："诗犹文也，尽如口语，岂不更胜彼一偏一曲自擅？"换言之，若欲"以诗为文"不如彻底"口语"化，而果真如此，则"诗"也就不复为"诗"了。"诗人之诗"亦即本色之诗，本来就"局局焉，靡靡焉，无所用其四体"，施之于文则难免拘执而行不通。这里论诗显然是就诗歌语体形式而言的，结合前此"长篇"之说推测，刘氏对杜甫的"排律"应是持否定态度的。进而言之，杜诗中若《又呈吴郎》一类偏于"散语"叙事与议论的近体律、绝，在刘氏亦未必看好。而事实却又并非如此，兹略引其杜诗评点便可明了：

　　《曲江二首》其一："一片花飞减却春"下：钟情语。"细推物理须行乐，何用浮名绊此身"下：小纵绳墨，最是颠倒，律诗不甚缚律者，警策之至，可以动悟，不徒丽句而已。

《旱秋苦热堆案相仍》:"况乃秋后转多蝇"下:本属无稽，笔纵如此。

《江畔独步寻花七绝》总评:此八九绝(本诗与《漫兴》)皆放荡自然，足洗凡陋，何必《竹枝》《乐府》哉!

《闻官军收河南河北》:"却看妻子愁何在，漫卷诗书喜欲狂"下:写喜意真切，愈朴而近。"白日放歌须纵酒，青春作伴好还乡"下:自然是喜意，流动得人。"即从巴峡穿巫峡，便下襄阳向洛阳"下:此何等语，然喜愿之诚有如此，他语不足易也。①

可见，刘氏评点非常推重"纵放"二字。"纵放"不仅指纵"语"，而且还包括纵"意"，如"况乃秋后转多蝇"句"本属无稽，笔纵如此"之评。这里，显然突破了"诗史"说外求"信而有征"的阐释理路，此处"纵意"突出的是"情意"真切，"信而有征"的则是诗人之内在的"诚意"。要之，刘氏褒扬杜律的正是"散语"入律，"以文为诗"。当然，这种褒扬是有前提的。纵观举例，"散语"虽"纵放"，然终不失律体之"严谨"，按前章老杜句法分析所使用的说法亦即:"驰荡"、"圆紧"一体，"意"、"法"高度融合。进而言之，在刘氏看来，杜律纵放与严谨的统一亦当归根于诗人之真性情。参其如下评点可进一步坐实其义:

《寒峡》篇末:怨伤忠厚，得诗人之正。

《春夜喜雨》"润物细无声"下:有善评诗者，以此为相业，亦有味乎，其言之至也……真有德者气象。②

于上述理义，清人边连宝亦有非常独到而精辟的揭示，其《杜

---

①焦印亭:《刘辰翁评点杜甫诗辑录》，《国学》第二集，成都:四川人民出版社，2015年。

②焦印亭:《刘辰翁评点杜甫诗辑录》，《国学》第二集，成都:四川人民出版社，2015年。

律启蒙·凡例》云:"律有二义:一曰音律,言其叶也;一曰法律,言其严也。然律欲严而不欲拘,若为律所缚,寸步不能自展,局促如辕下驹,又奚贵焉?惟杜律变化神明,不可方物。动以古文散行之法,运于排比声偶之中。"又云:"杜诗中不无拙句、俚句、晦句、粗质句、堆累填凑句,然自不害其为大家。若如近世诗人,字字甘滑,言言工美,了无真意行乎其间,则亦诗中之乡原而已,何大家之有?"① 行文至此,我们发现评点杜诗的刘辰翁与作"诗人之诗"与"文人之诗"之辨的刘辰翁似乎判若两人。何以致此呢?刘氏所表现出来的矛盾确实有必要得到合理解释。

须知,元稹即已指出,诗体演化至律诗,"文变之体极焉",而"诗至杜子美,而知小大之有所总萃焉"、"尽得古今之体势,而兼今人之所独专矣"。② 杜甫乃诗之集大成者,是始条理者亦是终条理者,至宋代这差不多已成文人之共识。理论上说,诗至杜甫已是诗文体演化的终结,后世诗人欲逃逸杜甫牢笼而有所超越几无可能,当清人叶燮总结中唐以后诗史时亦不得不依据事实作出如是结论。承接杜甫并开辟杜甫以后诗史而功勋最为卓著者,无疑是元白与韩愈,尤其是韩愈。然韩愈不同于元白诗名于当世,其文名远大于诗名。最早揄扬韩诗的当属晚唐的司空图,其《题柳柳州集后》云:

　　金之精粗,效其声皆可辨也,岂清于磬而浑于钟哉!然则作者为文为诗,格亦可见,岂当善于彼而不善于此耶?思观文人之为诗,诗人之为文,始皆系其所尚。既专,则搜研愈至,故能炫

①[清]边连宝著,韩成武等点校:《杜律启蒙》,济南:齐鲁书社,2005年版,第3页。

②参[唐]元稹撰,冀勤点校:《元稹集》,北京:中华书局,1982年,第600、601页。

其工于不朽。亦犹力巨而斗者,所持之器各异,而皆能济胜以为劲敌也。愚常览韩吏部歌诗数百首,其驱驾气势,若掀雷挟电,撑抉于天地之间,物状奇怪,不得不鼓舞而徇其呼吸也。①

　　文中虽未出现杜甫之名,但其别文人为诗,诗人为文,又以才大者诗文必兼善之说而同其异,乃至以才力论韩诗之雄奇险怪,无不开宋人论杜诗与韩诗之先河。有宋一代最先推阐韩诗的是古文家柳开,其《昌黎集后序》云:"观先生之文、诗,皆用于世者也……酌于先生之心,与夫子之旨无有异趣者也。"②开乃怀揣复兴儒学、古文以新一代风气的初衷而推尊韩愈的,此一衷怀构成了北宋初期韩诗声誉隆盛的必然情势。韩诗如日中天景观的出现则在欧阳修、梅尧臣等领袖文坛之时。欧诗有云:"韩孟放文词,两雄力相当。偶以怪自戏,作诗惊有唐。"③又梅诗云:"既观坐长叹,复想李杜韩。愿执戈与戟,生死事将坛。"④至是,韩诗得以与李杜并尊,且开始进入实质性影响宋诗建构之阶段。欧、梅皆属自觉接受韩诗影响的诗人。梅尧臣《依韵和永叔澄心堂纸答刘原甫》诗云:"退之昔负天下才,扫掩众说犹除埃。……欧阳今与韩相似,海水浩浩山嵬嵬。"⑤诗盛赞欧若韩,才大气盛,力振一代文坛颓风。民国学者陈延杰就曾明确指出:"欧阳修诗原出昌

①［唐］司空图:《司空表圣文集》,四部丛刊初编本。
②［宋］柳开:《河东先生集》,四部丛刊初编本。
③［宋］欧阳修著,李逸安点校:《欧阳修全集·读蟠桃诗寄子美》,北京:中华书局,2001年,第36、37页。
④［宋］梅尧臣著,朱东润编年校注:《梅尧臣集编年校注》,上海:上海古籍出版社,1980年,第845页。
⑤［宋］梅尧臣著,朱东润编年校注:《梅尧臣集编年校注》,上海:上海古籍出版社,1980年,第800、801页。

黎，痛绮靡之作，始矫昆体，以气格为主，故其诗敷腴，宋诗风气为之一变，最长七言古体，幽咽豪迈，不可一世。"①欧阳修发现的韩愈乃负才任气的古文家韩愈，其易于体认的韩诗自然亦是最能体现韩愈雄奇险怪风格的古诗，其《六一诗话》云：

> 退之笔力，无施不可，而尝以诗为文章末事，故其诗曰："多情怀酒伴，余事作诗人"也。然其资谈笑，助谐谑，叙人情，状物态，一寓于诗，而曲尽其妙。此在雄文大手，固不足论，而余独爱其工于用韵也。盖其得韵宽，则波澜横溢，泛入傍韵，乍还乍离，出入回合，殆不可拘以常格，如《此日足可惜》之类是也。得韵窄，则不复傍出，而因难见巧，愈险愈奇，如《病中赠张十八》之类是也。②

这里必得提及时人所盛传的一则公案，即：欧公尊韩而不喜杜。刘攽《中山诗话》云："欧公亦不甚喜杜诗，谓韩吏部绝伦。吏部于唐世文章，未尝屈下，独称道李杜不已。欧贵韩而不悦子美，所不可晓；然于李白而甚赏爱，将由李白超卓飞扬为感动也。"③韩本并尊李杜，而欧又贵韩，依理不当如此，故刘攽为之困惑。有同样困惑的还有陈师道、黄庭坚。《后山诗话》云：欧阳永叔不好杜诗，苏子瞻不好司马《史记》，余每与黄鲁直怪叹，以为异事。"④刘、陈、黄虽然皆属欧阳公晚辈，但毕竟同时代，当言之有据。刘攽虽说"所不可晓"，但由其对欧阳赏爱李白原因之揣度语看，其心中还是有一个答案的：这就是在欧阳公那里，杜甫天赋才情不及李白，

①陈延杰：《宋诗之派别》，载郑振铎编《中国文学研究》（上），上海：上海商务印书馆，1927年。
②［清］何文焕辑：《历代诗话·六一诗话》，北京：中华书局，1981年，第272页。
③［清］何文焕辑：《历代诗话·中山诗话》，北京：中华书局，1981年，第288页。
④［清］何文焕辑：《历代诗话·后山诗话》，北京：中华书局，1981年，第303页。

李诗"超卓飞扬"比之杜诗"沉郁顿挫"更合乎其审美趣味。其实，在当时尊杜的大背景中，欧阳不可能于杜甫视而不见，其《堂中画像探题得杜子美》有云："风雅久寂寞，吾思见其人。杜君诗之豪，来者孰比伦？生为一身穷，死也万世珍。言苟可垂后，士无羞贱贫。"[1] 评价不可谓不高，但与李白相比，其趣尚亦是显而易见的：

> "落日欲没岘山西，倒著接籬花下迷。襄阳小儿齐拍手，拦街争唱《白铜鞮》"，此常言也。至于"清风明月不用一钱买，玉山自倒非人推"，然后见其横放，其所以警动千古者，固不在此也。杜甫于白得其一节，而精强过之。至于天才自放，非甫可到也。[2]

上述公案折射了欧阳公之审美趣味与杜诗的隔膜，但亦间接地反映了其疏远律诗的文体观。欧阳修是北宋古文和儒学复兴运动的第二代领袖，其欲革新的恰是流行于当世的以"取材博赡，练词精整"[3]为风格特点的"西昆"律诗，且其好尚李白古风气质背后又是韩愈以来所建构的儒家道统与古文文统背景，立于此一背景，有关文体进化的理念或思路必然由盛唐以前的以"诗"化"文"转成以"文"化"诗"。杜甫律诗的巨大成就实际上已入于以"诗"化"文"的边界，为前一进程几乎划上了句号，而后一进程则由韩愈开启，至北宋始辟新径而宋诗自家面目逐渐清

---

①［宋］欧阳修著，李逸安点校：《欧阳修全集》，北京：中华书局，2001年，第760—761页。

②［宋］欧阳修著，李逸安点校：《欧阳修全集·李白杜甫诗优劣说》，北京：中华书局，2001年，第1968页。

③四库馆臣《西昆酬唱集》提要评"西昆"诗云：取材博赡，练词精整，非学有根柢亦不能镕铸变化，自名一家固亦未可轻诋。"永瑢等：《四库全书总目》，北京：中华书局，1965年，第1693页。

晰之前仍然在行进之中。故作为北宋古文运动的领袖,欧公不喜杜诗乃历史情势之使然。细究欧公的表现,我们亦不难发现在其深层观念中,客观上已存在区分"以诗为文"与"以文为诗"、"诗人之诗"与"文人之诗",且将杜甫与韩愈分别作为两者代表的倾向,不喜杜大体意味着其对杜甫律体成就及其文学史意义的盲视。

　　欧阳修之后,自苏轼始,宋人对韩愈的接受与体认,已非常自觉地回到了晚唐杜牧"杜诗韩笔"的定位。苏轼云:"诗至于杜子美,文至于韩退之,书至于颜鲁公,画至于吴道子,而古今之变,天下之能事毕矣。"① 黄庭坚云:文章骫骳而得韩退之,诗道弊而得杜子美,篆籀如画而得李阳冰,皆千载人也。"② 又云:"老杜作诗,退之作文,无一字无来处。"③ 苏、黄重新归位韩愈文宗的意义何在呢?其最直接的意义自然是诗文辨体意识的反映,魏泰《临汉隐居诗话》中所记载的沈括等四人"馆下谈诗"故事可视为当时实情的纪录。④ 正因为辨体意识增强,才会出现"诗文各有体,韩以

---

① [宋]苏轼著,孔凡礼点校:《苏轼文集·书吴道子画后》,北京:中华书局,1986年,第2210页。

② [宋]黄庭坚著,刘琳、李勇先、王蓉贵校点:《黄庭坚全集》,成都:四川大学出版社,2001年,第767页。

③ [宋]黄庭坚著,刘琳、李勇先、王蓉贵校点:《黄庭坚全集》,成都:四川大学出版社,2001年,第475页。

④ 沈括存中、吕惠卿吉父、王存正仲、李常公择,治平中同在馆下谈诗。存中曰:"韩退之诗乃押韵之文耳,虽健美富赡,而格不近诗。"吉父曰:"诗正当如是,我谓诗人以来,未有如退之者。"正仲是存中,公择是吉父,四人交相诘难,久而不决。公择忽正色谓正仲曰:"君子群而不党,公何党存中也?"正仲勃然曰:"我所见如是,顾岂党耶?以我偶同存中遂谓之党,然则君非吉父之党乎?"一座大笑。(魏泰著,陈应鸾校注:《临汉隐居诗话校注》,巴蜀书社,2001年,第61—62页)

文为诗,杜以诗为文,故不工尔"的理论命题。该命题重新提出了诗歌体制及其法度的问题,故《后山诗话》在引出苏子瞻云"子美之诗,退之之文,鲁公之书,皆集大成者也"之后,接着便说:"学诗当以子美为师,有规矩故可学。退之于诗,本无解处,以才高而好尔。渊明不为诗,写其胸中之妙尔。学杜不成,不失为工。无韩之才与陶之妙,而学其诗,终为乐天尔。"① 后山明确了"诗"体当追求雅正的趣尚,同时否定了韩愈的"以文为诗",亦即"文溢而为诗"。问题是,同属"不工"之列的"以诗为文"的杜诗是否包括在其可学的对象之中呢? 在时人记载中,后山所说的"以文为诗"是指韩愈"以诗句似做文样做","以诗为文"是指杜甫"以文章似吟诗样吟"。② 在今人看来,两者皆与"散语"、"散文"的语体形式及章法结构有关,如果仅就诗之"小体"一端为言,否定"以诗为文"也就成了必然。然如此一来,韩诗杜诗体格之辨也就无从谈起,更不会衍生出与之关联的"文人之诗"和"诗人之诗"这一对立命题。个别学者的研究已充分证明:若仅从"小体"出发求解韩诗"以文为诗"之独特价值,则其努力将会无功而返。③ 这同样适用

---

① [清]何文焕辑:《历代诗话·后山诗话》,北京:中华书局,1981年,第304页。

② 馆中会茶,自秘监至正字毕集。或以谓少陵拙于为文、退之窘于作诗,申难纷然,卒无归宿。独陈无己默默无语。众乃诘之,无己曰:"二子得名,自古未易定价。若以谓拙于文、窘于诗,或以谓诗文初无优劣,则皆不可。就其已分言之,少陵不合以文章似吟诗样吟,退之不合以诗句似做文样做。"于是议论始定,众乃服膺。(吴坰:《五总志》,载江畬经编辑:《历代小说笔记选》,上海书店,1983年,第203页)

③ 熊飞《韩愈"以文为诗"的历史渊源及其创新与贡献》一文根据学者们对"以文为诗"内涵的揭示与概括,逐项回溯文学史,发现其形式的所有类别自先秦而下皆已出现。由是说明:"'以文为诗',并不全是韩愈的独创,它的出现,有着深厚的历史文化渊源。"(《唐代文学研究》第十辑)

于杜诗。"小体"形式确实可以构成韩诗与杜诗形貌上的关联,而后山此处则是循"大体"得以将两者区别开来。欲究明此义,必须将其置于北宋历史变革的大背景中加以考察。

早有学者指出,"北宋自庆历一代士大夫开始,便上继中唐韩柳精神,更新并深化儒家学说,努力以儒家理想改造社会",而由于新旧党争的影响,促使了士大夫的精神世界由外向而转入内在的变化。从晚年的王安石到黄庭坚,"政治色彩逐渐弱化,价值取向逐渐由实现改造社会的理想,转为内在道德的完善。他们的安身立命之处,逐渐从'国家'中抽身出来转向对个人信念的持守"。① 因此,士大夫们更加关注个体的心性修养与独立人格。王安石虽将韩愈编入《四家诗选》,但对韩愈的"学"、"艺"与"人品"的评价都是有保留的。② 其《韩子》诗云:"纷纷易尽百年身,举世何人识道真。力去陈言夸末俗,可怜无补费精神。"③ 由此可见一斑。在当时,对韩愈人品颇有微词者不在少数。苏轼谓:"退之示儿……所示皆利禄事也。至老杜则不然……所示皆圣贤事也。"④ 程颐云:"学本是修德,有德然后有言,退之却倒学了。"又云:"退之正在好名中。"⑤ 朱熹说得更为直截了当:"(韩愈)皆说

① 参范金晶:《江西风味何所似:"江西诗派"内涵辨析》,《新宋学》第六辑。
② 钱锺书《谈艺录》云:"或就学论,或就艺论,或就人品论,未尝概夺而不与也。有之,则自王荆公始。"(钱锺书:《谈艺录》,北京:中华书局,1984年,第62页)
③ [宋]王安石撰,[宋]李壁注:《王荆公诗注卷四十八律诗·韩子》,《文渊阁四库全书》第1106册,第372页。
④ 参[唐]韩愈撰,[宋]魏仲举编:《五百家注昌黎文集》卷七,《文渊阁四库全书》第1074册,第152页。
⑤ [宋]程颢、程颐撰,王孝鱼点校:《二程集》,北京:中华书局,1981年,第232页。

得好，只是不曾向里面省察，不曾就身上细密做工夫。"① 与此同时，宋人则发现了一位在心性人格意义上自然践行儒家仁义之道的杜甫。发明此义最为透彻的是黄彻，其《䂬溪诗话》云：

> 《孟子》七篇，论君与民者居半，其欲得君，盖以安民也。观杜陵"穷年忧黎元，叹息肠内热"，"胡为将暮年，忧世心力弱"，《宿花石戍》云"谁能扣君门，下令减征赋"，《寄柏学士》云"几时高议排金门，各使苍生有环堵"，宁令"吾庐独破受冻死亦足"，而志在大庇天下寒士，其心广大，异夫求穴之蝼蚁辈，真得孟子所存矣！东坡问：老杜何如人？或言似司马迁，但能名其诗耳。愚谓老杜似孟子，盖原其心也。②

于是，杜诗的形象不再局限于"诗史"，而更在于道化为性情的杜甫人格。有此体会，诗学观回到吟咏性情的传统亦顺理成章之事。"吟咏性情"也正是后山心目中的诗体本色或"大体"意味，以此为标准，才有"以文为诗"、"以诗为文"皆不工之谓。但于两者的态度，后山又未必不分轩轾。后山云："诗欲其好，则不能好矣。王介甫以工，苏子瞻以新，黄鲁直以奇。而子美之诗，奇常、工易、新陈莫不好也。"③ 可见，杜诗中有"奇变"之格，如：《又呈吴郎》以诗代简，通篇议论；《闻官军收河南河北》只是叙事。诸如此类皆属所谓"以诗为文"者，然其大多情真意切，道义流淌于性情，非欲诗好而不得不然者也。后山倾情于杜诗，倾向于"诗人之诗"是明显的，苏、黄及其门人重新定位"杜诗韩文"的深意当蕴藏于其中。

---

① [宋]黎靖德编，王星贤点校：《朱子语类》卷第一百三十七，北京：中华书局，1986年，第3273页。

② 黄彻著，汤新祥校注：《䂬溪诗话》卷一，北京：人民文学出版社，1986年，第5—6页。

③ [清]何文焕辑：《历代诗话·后山诗话》，北京：中华书局，1981年，第306页。

　　问题在于,从文体大体的角度去看,"诗人之诗"与"文人之诗"之辩毕竟意味着诗学观的裂痕,而且诗学观的矛盾内在于同一个主体,这无疑表明了"以文为诗"问题的复杂性。进一步的观察发现,主体矛盾心态的形成既有复杂的社会原因,又有文学自身的原因。就前者而言,宋代取士制度的长期争议(宋代党争的核心内容)当是其决定性因素之一。熙宁三年(1069)开始,王安石主持变法,改革进士科考试,罢诗赋,试经义。"自熙宁六年(1073)至北宋灭亡,诗、赋这两项最主要的科举文体基本上退出了科场舞台(元祐六年是例外),研习诗赋只能成为文人的业余爱好。徽宗后期,当政者视诗赋为元祐学术,为消除苏轼等元祐文人的政治文化影响,'政和中,遂著于令,士庶传习者,杖一百。畏谨者,至不敢作诗。'在这种视诗赋为仇敌的政治环境下,以诗赋取士已没有可能。"直至南宋,仿元祐进士考试诗赋、经义兼收,建立了经义与诗赋分科的考试制度。① 此一情势,意味着唐人所开辟的以诗赋进取之路已被堵死,进而也终结了诗歌干预政治的讽谏传统。黄庭坚《书王知载朐山杂咏后》云:

　　　　诗者,人之情性也,非强谏争于廷,怨忿诟于道,怒邻骂坐之为也。其人忠信笃敬,抱道而居,与时乖逢,遇物悲喜,同床而不察,并世而不闻,情之所不能堪,因发于呻吟调笑之声,胸次释然,而闻者亦有所劝勉,比律吕而可歌,列干羽而可舞,是诗之美也。其发为讪谤侵陵,引颈以承戈,披襟而受矢,以快一朝之忿者,人皆以为诗之祸,是失诗之旨,非诗之

---

①参钱建状:《南宋进士分科考试制度的形成契机——兼论宋代科举史上的"经义与诗赋之争"》,《厦门大学学报》,2008年第5期。

过也。①

弥漫于文字之表者,除了一股浓厚的道学气息之外,便是作者强烈而又沉痛的现实感。最值得玩味的是其道学内涵,"忠信笃敬"固为儒道,然谓"抱道而居,与时乖逢,遇物悲喜,同床而不察,并世而不闻",则其"道"无疑更近释老,而其又未必是山谷本意。当山谷拾起六朝人烂熟的谈诗话头,将诗与现实加以隔离时,几多无赖溢于言表。要之,"情性"说并不能代表山谷及江西诗人的全部诗学观。《潜溪诗眼》云:"孙莘老尝谓老杜《北征》诗胜退之《南山》诗,王平甫以谓《南山》胜《北征》,终不能相服。时山谷尚少,乃曰:'若论工巧,则《北征》不及《南山》;若书一代之事,以与《国风》《雅》《颂》相为表里,则《北征》不可无,而《南山》虽不作未害也。'二公之论遂定。"② 山谷之论与苏轼谓《北征》诗"识君臣大体,忠义之气,与秋色争高"③ 显然不同调。山谷之所以说《南山》不作无害,实因其为韩愈逞才之作④,而其扬《北征》固不在诗人的忠义之气,而在其强烈的现实关怀。胡小石《杜甫〈北征〉小笺》曰:"至杜甫兹篇,则结合时事,加入议论,撤去旧来

---

① [宋]黄庭坚著,刘琳、李勇先、王蓉贵校点:《黄庭坚全集》,成都:四川大学出版社,2001年,第666页。这里,黄氏实际上颠覆了元白"诗史"观以及"风骚"即"雅颂"的盛圣观,否定了杜甫、元白的新题乐府。

② [宋]范温:《潜溪诗眼》,郭绍虞辑:《宋诗话辑佚》,北京:中华书局,1980年,第327页。

③ [宋]罗大经撰,王瑞来点校:《鹤林玉露》,北京:中华书局,1983年,第341页。

④ 《五百家注昌黎文集》卷一《南山》注云:"洪(驹父)曰:'此诗似《上林》《子虚》赋,才力小者不可到也。'"([宋]魏仲举撰:《五百家注昌黎文集》卷一,《文渊阁四库全书》第1074册,第25页)

藩篱,通诗与散文而一之。"①胡氏之论应最得少时山谷之用心。山谷"情性"说的提出,既割裂了杜甫,亦割裂了韩愈:凸显了"温柔敦厚",满纸"忠义之气"的杜甫,遮蔽了"诗史"与屡发哀怨之辞的"骚人"杜甫;放大了以才情才学为诗的韩愈②,模糊了以雄奇险怪一路力挽诗坛颓风的韩愈。

　　以上分析了社会现实所造成的主体诗学观显与潜的矛盾,下面从文学自身的原因去揭示"诗人之诗"和"文人之诗"之辨所蕴含的主体矛盾心态。从文学艺术发展的角度去看,梁代萧子显早就深刻意识到,文章若无新变,不能代雄。尽管苏、黄诸子公认诗至杜子美,文至韩退之,而天下之能事毕矣。但作为当时领文坛风骚的黄、陈不可能没有推陈出新,自成一家的渴望,何况建构自家面目的诗格本来就是人格自我树立的表征之一,黄庭坚《戏为人评书》诗"随人作计终后人,自成一家始逼真"③便是明证。故黄、陈等人不可能真正否定同为破体而雄奇的杜诗与韩诗,这也

---

① 胡小石著,周勋初编:《胡小石文史论丛》,南京:南京大学出版社,2008年,第150页。

② 亦即"多情怀酒伴,余事作诗人"的韩愈,欧阳修释之为"资谈笑,助谐谑,叙人情,状物态,一寓于诗,而曲尽其妙"的雄文大手。韩诗虽多古体(今存韩诗四百首,古诗过半),然亦有近体,近体以五律居多,共三十六首,七律最少,仅十三首,余者绝句。元稹《见人咏韩舍人新律诗因有戏赠》云:"喜闻韩古调,兼爱近诗篇。玉磬声声彻,金铃个个圆。高疏明月下,细腻早春前。花态繁于绮,闺情软似绵。轻新便妓唱,凝妙入僧禅。"可见,韩诗近体亦有轻新圆美者(参何文焕辑:《历代诗话·六一诗话》,北京:中华书局,1981年,第272页;元稹撰,冀勤点校:《元稹集》,北京:中华书局,1982年,第134页)。

③ [宋]黄庭坚:《题乐毅论后》,载刘琳、李勇先、王蓉贵校点:《黄庭坚全集》,成都:四川大学出版社,2001年,第712页。

就意味着区别"以诗为文"与"以文为诗",乃至进一步树立"诗人之诗"、"文人之诗"或"杜诗韩文"的分际,皆可视为肯定、否定交错,合取杜韩,更好地为我所用,以利于求变创新的策略。实际的创作,黄、陈诸人无不高标杜诗暗学韩,学杜无须多论,学韩则更多地取法其古诗,以文为诗,乃至约其古文之旨而为诗①。这里,理论与实践的矛盾是显而易见的。

综上可见,"以诗为文"、"以文为诗"等命题产生于特定时代,有复杂的社会背景,蕴含了种种矛盾,并非纯粹的诗学理论命题。正因为如此,诸命题一经出现就争议不断。最早对"诗人之诗"、"文人之诗"命题割裂肢解杜甫感到极为不满的是李复,其《与侯谟秀才》曰:"承问子美与退之诗及杂文。子美长于诗,杂文似其诗;退之好为文,诗似其文,退之诗非诗人之诗,乃文人之诗也。诗岂一端而已哉!子美波澜浩荡,处处可到,词气高古,浑然不见斤凿,此不待言而众所知也,若以一联一句观子美,未可与议。"②至南宋末,被视为江湖诗派的刘克庄仍然在延续同样的话题:"余尝谓以情性礼义为本,以鸟兽草木为料,风人之诗也。以书为本,以事为料,文人之诗也。世有幽人羁士饥饿而鸣,语出妙一世,亦

---

① 南宋罗大经就举证过这样的事例,其《鹤林玉露》载:"韩文公作《欧阳詹哀词》云:'詹,闽人也。父母老矣,舍朝夕之养,以来京师。其心将以有得于是,而归为父母荣也。虽其父母之心亦然。詹在侧,虽无离忧,其志不乐也。詹在京师,虽有离忧,其志乐也。'山谷《送秦少章从苏公学》云:'斑衣儿啼真自乐,从师学道也不恶。但使新年胜故年,即如常在郎伯前。'后山云:'士有从师乐,诸儿却未知。欲行天下独,信有俗间疑。秋入川原秀,风连鼓角悲。目前豚犬类,未必慰亲思。'二诗皆用韩意,而后山之味永。"(参罗大经撰,王瑞来点校:《鹤林玉露》卷七,北京:中华书局,1983年,第132页)

② [宋]李复:《潏水集》卷五,《文渊阁四库全书》第1121册,第51页。

有硕师鸿儒宗主斯文,而于诗无分者,信此事之不可勉强欤?"①
其"情性礼义"说与黄庭坚"情性道义"说实无二致,只是语境有
异,其时宋诗面目大体已定,文中除了崇尚诗人诗,还包括了对
江西末流以及出自理学家之手的"儒者诗"②的批判。在其看来:
"唐文人皆能诗,柳尤高,韩尚非本色。迨本朝则文人多,诗人少。
三百年间,虽人各有集,集各有诗,诗各自为体;或尚理致,或负材
力,或逞辨博。少者千篇,多至万首,要皆经义策论之有韵者尔,
非诗也。"③可见,后村是按其对诗之体性的界定而否定韩愈及宋
诗的,其对宋诗的体认与严羽"以文字为诗,以才学为诗,以议论
为诗"④之说法几乎一致。值得注意的是,刘氏又并非一味反对
文人之诗,其推崇柳宗元而否定韩愈,当可与《跋何谦诗》"世有幽
人羁士饥饿而鸣,语出妙一世,亦有硕师鸿儒宗主斯文,而于诗无
分者"语相呼应。要之,后村尽管有"风人之诗"与"文人之诗"之
辨,但同时亦有"文人兼诗"的意思,这也正是刘辰翁的观点,只是
两人推崇的文人诗对象不同而已。二刘的冲突在于,对"文人诗"
概念的把握,后村侧重的是诗文体的体性体质,而辰翁则偏向于
诗文体的语体形式。二人"文人诗"概念的差异,既关涉到了诗文
体的大小体之辨,亦蕴含了唐宋诗之辨。就理论层面去看,刘克
庄既强调了诗自有其本色,不能与文混淆,但同时又有所保留地
推崇文人之诗;刘辰翁则干脆弃诗歌体性之辨而不顾,直接从语

---

① [宋]刘克庄:《跋何谦诗》,《后村先生大全集》卷一百六,四部丛刊景宋钞本。
② "硕师鸿儒"之诗应在"文人诗"之外,当指理学家创作的"理学诗",祝尚书
　命之为"儒者诗"。参祝尚书:《论宋人的"诗人诗"、"文人诗"与"儒者诗"之
　辨》,《北京大学学报》,2009年第2期。
③ [宋]刘克庄:《竹溪诗序》,《后村先生大全集》卷九十四,四部丛刊景宋钞本。
④ [清]何文焕辑:《历代诗话·沧浪诗话》,北京:中华书局,1981年,第688页。

体、才气角度褒扬韩愈、苏轼的以文为诗,而于其杜诗评点中则又
处处彰显了其诗歌体性意识。矛盾的结构共在,只是矛盾的内涵
不一而已。二刘最明显的差异则在于对流行宋诗的态度:后村抑
多扬少,辰翁则抑轻褒重。当然,二刘相通者亦同样存在,主要表
现为通过"文人兼诗"命题的各自理解,试图消除文人之诗与诗人
之诗的对立。此在晚宋具有普遍性。

何梦桂《洪百照诗集序》云:"尝与友人谭诗,谓文人之诗与诗
人之诗异。友曰:'不然。诗患不到好处,诗到好处,又奚文人诗
人之辨哉!'此语真诗家阳秋也。"①"诗到好处"说得毕竟模糊了
点,这里只能结合其"不到好处"的把握才能略知一二,遗憾的是
何之"友人"是谁已不得而知。张戒《岁寒堂诗话》有云:"用事押
韵,何足道哉?苏、黄用事押韵之工,至矣尽矣,然究其实,乃诗人
中一害。"依张戒的看法,苏黄用事押韵之工不仅不是诗的好处,
而且还会成为诗人中一害。因为苏黄"使后生只知用事押韵之
为诗,而不知咏物之为工、言志之为本也"。《岁寒堂诗话》又云:
"建安、陶、阮以前,诗专以言志;潘、陆以后,诗专以咏物;兼而有
之者,李、杜也。言志乃诗人之本意,咏物特诗人之余事。"②可
见,若工于咏物,本于言志,庶几诗到好处,唯李杜二公至矣。就
诗学本质而言,"咏物为工,言志为本"说可以通古近体为一,然其
尊古的倾向亦是明显的,极易遮蔽杜诗之开出中晚唐乃至宋诗的
意义,进而亦会影响到对宋诗的客观认知,如其关于杜诗用"粗俗
语"的看法就颇值得玩味:

---

① [宋]何梦桂:《潜斋集》卷六,《文渊阁四库全书》第1188册,第455页。
② 以上参[宋]张戒:《岁寒堂诗话》,北京:中华书局,1985年,第3、1页。

> 世徒见子美诗之粗俗，不知粗俗语在诗句中最难，非粗俗，乃高古之极也。自曹、刘死至今一千年，惟子美一人能之。中间鲍照虽有此作，然仅称俊快，未至高古。元、白、张籍、王建乐府，专以道得人心中事为工，然其词浅近，其气卑弱。至于卢仝，遂有“不唧溜钝汉”、“七碗吃不得”之句，乃信口乱道，不足言诗也。近世苏、黄亦喜用俗语，然时用之亦颇安排勉强，不能如子美胸襟流出也。①

这里，为时人诟病的杜诗多用粗俗语不仅不是杜诗的不好处，而且还是诗的极致，恰是诗到好处的表现，“自曹、刘死至今一千年，惟子美一人能之”，其判断的标准只在“高古”二字。他人用之不是“其词浅近，其气卑弱”，就是“信口乱道，不足言诗”，或者“安排勉强”。那么又如何判断“高古”呢？用“粗俗语”必得“如子美胸襟流出”？元、白等“专以道得人心中事为工”，其与“子美胸襟流出”差异又在何处呢？确实不易给出一个明确的答案，但究其根本，大概与有心无心，乃至于人格气质不同有关。张戒如此肯定杜甫，实际上也就取消了“诗人诗”与“文人诗”之辨，但代价则是否定宋诗自家面目。著名学者钱基博谈论宋诗的一段话对理解由张戒诗话所引出的问题不无裨益：

> 诗境至师道而益仄，时境至师道而已穷，辞藻既以力湔，才气又不敢骋，无才无华，只见瘦硬。盖师道运思欲幽，造语欲僻，而倡为“宁拙”、“宁朴”、“宁粗”、“宁僻”之论；又谓：“学者不由黄、韩而为老杜，则失之浅。”余谓老杜诗探怀以出，无心于“好”、“不好”，而刚健婀娜，自然妙造。白居易，苏轼，能为“好”者也；逸趣横生，寓怨悱于风情，以警快出闲暇。

①［宋］张戒：《岁寒堂诗话》，北京：中华书局，1985年，第1页。

韩愈,能为"不好"者也;硬语盘空,发妩媚于粗朴,以迟重出雄矫。至于黄庭坚、陈师道,欲为"不好"者也;枯其笔,僻其句,而趣不足以发奥,气不能以运辞。然庭坚危仄之中,自有驱迈;而师道瘦硬以外,别无兴会。庭坚尚致力二谢而得其隽致,师道则一味韩黄而益为瘦硬。①

　　钱氏文中主要谈后山诗"瘦硬"风格的形成,而兼及杜甫等其他诗人。他将杜甫以来主要诗人分成三类:无心于"好"还是"不好"者、能为"好"者与能为"不好"者。第一类应为诗之至境,杜甫一人而已。杜诗的特殊性在于"探怀以出"亦即"胸襟流出",其他两类诗人,无论如何,其与杜甫的区别都应在于有所偏执。若与杜诗比较,"偏执"的诗应该远于怀抱胸襟,失之诗与性情的内在联系。如此推论,虽未照顾到钱说的细节,但距其宏观之义不应该太远。要之,杜甫之后,诗道已变,换言之,从韩愈、元白开始,后人无论是否学杜甫,但已不可能为杜甫,因为"诗"已不再是以前的诗,这到底还是延续了苏轼"诗格之变,自退之始"的说法。钱说实际上又回到了"诗人之诗"与"文人之诗"的传统之辨,或直接就是唐宋之辨。其关于宋诗成立的说法似可作为印证:

　　　　诗则欧阳修以韩学杜,以文为诗,仗气爱奇。而苏轼抑扬爽朗,天生一枝健笔,有必达之辞,无难显之情,意到笔随,无不如己所欲出。而以俗为雅,以故为新,苏轼为其易,黄庭坚为其难;苏轼抒以疏快,黄庭坚欲为生拗;而要之以文为诗,以韩学杜,则固一脉相衍。于是宋诗体以成。②

① 钱基博:《中国文学史》(中),上海:上海古籍出版社,2011年,第525—526页。
② 钱基博:《中国文学史》(中),上海:上海古籍出版社,2011年,第420页。

　　宋诗"以韩学杜,以文为诗",其所学杜者自然是杜诗的"以诗为文",就诗法技艺等小体形式而言,两者当有承接,而就大体言之已有质变:杜诗托之性情意气,而宋诗则多赖之才学理趣。古今论者大多于此不辨,以致于对"以文为诗"以及"诗人诗"、"文人诗"之命题纠缠不清。

　　从诗法技艺等小体形式去看宋诗,其"以文为诗"的特征确实明显,其例俯拾即是,兹仅举黄庭坚七言诗《送石长卿太学秋补》①一例可见一斑:

　　　　长卿家亦但四壁,文君窥之介如石。

　　　　胸中已无少年事,骨气乃有老松格。

　　　　汉文新览天下图,诏山采玉渊献珠。

　　　　再三可陈治安策,第一莫上登封书。

　　此诗乃刻意为古调的诗。首句就是一个不成诗语的"三四"节奏的叙事散文句,"长卿"二字揭题,由此直转入用事,一贯到底,语句看似平易,通篇议论,实不知所云。以文字为诗、以文为诗、以议论为诗,以用事为工,莫过于此。该诗正应了钱锺书对山谷诗的印象式批评:"假如读《山谷集》好像听异乡人讲他们的方言,听他们讲得滔滔滚滚,只是不大懂。"②但宋诗的形貌并非只此一种,朱熹就曾批评宋人诗有不成句者:"古人诗中有句,今人诗更无句,只是直说将去。这般诗,一日作百首也得。如陈简斋诗:'乱云交翠壁,细雨湿青松';'暖日薰杨柳,浓阴醉海棠。'他

---

①[宋]黄庭坚著,刘琳、李勇先、王蓉贵校点:《黄庭坚全集》,成都:四川大学出版社,2001年,第110页。

②钱锺书:《宋诗选注》,北京:人民文学出版社,1989年,第102页。

是什么句法!"①简斋乃方回所说的江西诗派三宗之一,其句法实属意合结构的典型诗语,只是朱熹之"诗句有法"显然是以散文句法为标准罢了。钱锺书谓:"读《后山集》就仿佛听口吃的人或病得一丝两气的人说话,瞧着他满肚子的话说不畅快,替他干着急。只要陈师道不是一味把成语古句东拆西补或者过分把字句简缩的时候,他可以写出极朴挚的诗。"②说明后山诗亦多有朱熹所谓的"无句之句",亦即有违散文句法的句子。而类似这样刻意不讲语法的句子在黄庭坚那里亦不少见,如"行乐亦云聊"之类。

以上说明,今人理解的"以文为诗"不足以从整体上把握宋诗。宋诗的质变只有结合诗文体的大体观方能获得较为准确的定位,这就是立足于"诗史"观乃至道学背景的"理趣"。"散文"化句法、章法与"理趣"的和谐统一最能体现诗人的才情气质,恰到好处的宋诗大抵应如是,既是诗亦是文,诗文不辨;文人兼诗的理由或在于此。"天街小雨润如酥,草色遥看近却无"(《早春呈水部张十八员外》其一),韩愈七言小诗实已开其端倪,至于众所周知者,如苏轼《题西林壁》"横看成岭侧成峰,远近高低各不同。不识庐山真面目,只缘身在此山中"③,朱熹《观书有感》"半亩方塘一鉴开,天光云影共徘徊。问渠那得清如许,为有源头活水来",则更无须赘言。

宋诗体的散文化,其深层意味则是文言思维或曰诗歌运思方式的变化。欧阳修《六一诗话》云:

　　诗人贪求好句,而理有不通,亦语病也。如"袖中谏草朝

---

① [宋]黎靖德编,王星贤点校:《朱子语类》卷第一百三十七,北京:中华书局,1986年,第3330页。
② 钱锺书:《宋诗选注》,北京:人民文学出版社,1989年,第102页。
③ "远近高低各不同"一句异文最多,尚有"无一同"、"总不同"、"了不同"等。

天去,头上官花侍宴归",诚为佳句矣,但进谏必以章疏,无直用稿草之理。唐人有云:"姑苏台下寒山寺,半夜钟声到客船",说者亦云:"句则佳矣,其如三更不是打钟时!"①

史正志《菊谱后序》所载"欧王相笑"故事亦具同样性质:

> 王介甫《残菊》诗:"黄昏风雨打园林,残菊飘零满地金。"欧阳永叔见之,戏介甫曰:"秋花不比春花落,为报诗人仔细看。"介甫闻之笑曰:"欧阳九不学之过也,岂不见楚词云:'夕餐秋菊之落英'。"②

两则故事说明,宋人的诗歌造语,其背后的文言思维驱动或价值取向,始由内在的情意偏向于外在的事理逻辑。黄山谷对"奇语"的看法亦因其义:"好作奇语自是文章病,但当以理为主。理得而辞顺,文章自然出群拔萃。"③ 要之,宋诗面貌的形成乃由多思所致,根源于文言思维的逻辑转向,文言的语体构造由"文体化"而向"言体化"倾斜乃是其伴随现象,两者不过是内外表里关系。④ 即便宋诗不乏朱熹所批评的"无句之句",但其思维的本色则是"散语"的"言体"思维。今人谓杜句"香稻啄余鹦鹉粒"乃由

---

① [清]何文焕辑:《历代诗话·六一诗话》,北京:中华书局,1981年,第269页。

② [明]彭大翼:《山堂肆考》卷一百九十九,《文渊阁四库全书》第978册,第100—101页。

③ [宋]黄庭坚著,刘琳、李勇先、王蓉贵校点:《黄庭坚全集》,成都:四川大学出版社,2001年,第470页。

④ 日本汉学家吉川幸次郎谓宋诗乃"悲哀的扬弃"、"平静的获得"(氏著《宋元明诗概说》,郑州:中州古籍出版社,1987年,第22、31页),平静中易得人生理趣,而人生哲理的彻悟方使人超越悲哀,归于平静。思与悟,一体之两面。当然,宋诗特点的形成亦表现于诗人对平淡自然风格的艺术追求。梅尧臣云:"作诗无古今,唯造平淡难。"(《伏高致辄书一时之语以奉呈》)陶渊明诗对宋诗之影响亦不可低估,若论"以文为诗",得之自然者,当首推陶诗。

"鹦鹉啄稻粒"之"言句"生成转换而来虽有偏,然其义用之于宋诗之炼句则颇为切当,前此所举黄庭坚句"行乐亦云聊"可谓典型案例。至于杜甫诗句,无论骈散,皆受意气驱遣,论其造语运思,尚未脱离境中意象的"文"体思维。故其"散语"之表现,大多系于心中不平之气的激荡所造成的省思使然,杜诗近体多问句便属此例①。以上分辨,若站在朱熹或今人"言体"思维的立场,自然亦可引钱基博之"无心于'好'、'不好'与欲为'不好'者也"之说法以概之。

当然,"好"与"不好"的用字本身就代表了两种审美价值观的对立,"好"可以对应于"美"或"雅正"之属,"不好"可以对应于"丑"或"奇险"之类。要之,这里还是可以看出"以文为诗"命题所内蕴的复杂矛盾。即便我们以"得理趣"来纯化宋诗的形象,也只是暂时回避了矛盾,矛盾仍然在那里,而转化为唐宋诗之争。尽管宋代推崇杜诗,但由于上述矛盾的客观存在,杜诗只能以多元化的碎片形式呈现,一时难以得到整体而又完美的定格。

(三)文统文体观之冲突与杜诗接受

事实上,仅就诗歌语体形式而言,韩愈及宋诗的"以文为诗"与杜甫的"以诗为文"似乎并无大的区别,如三四节奏的文句在杜诗中亦偶而见之,只是没有韩诗与宋诗那样普遍而已,然就文化文体学的角度去看,两者之间的差异则具有本质性。"以文为诗"者是以"文"(口语、散语、散文)为本位,而"以诗为文"者则是以"诗"(骈语,包括声韵节奏)为本位。前者之"文"于诗的意义只在语体结构,其功能则在吟咏性情,正如韩愈"多情怀酒伴,余事作诗人"之所谓;而后者,其"文"的意义又不仅在于诗的语体结构,更在于向

---

① 据侯孝琼《少陵律法通论》(郑州:中州古籍出版社,1996年)统计,在杜甫600多首律诗中,疑问句共200多句,150多首七律中,疑问句90句。

其他文类的功能领域延伸与拓展，小体之变连带诗体功能大体的突破，正如后人云杜诗"为史、为书、为论、为赋、为序、为记、为颂、为箴、为碑状、为纪传"而集大成备众体之所谓。以是观之，作为另类诗文辨体者，刘辰翁褒韩、苏"以文为诗"而贬杜"以诗为文"又当在情理之中。这里有待进一步指出的是，刘氏立足于"文"本位反映的是以散文文体为正宗的文统观，其与韩、苏一脉相承，而与之相对的杜甫之"诗"本位反映的则是以骈文文体为正宗的文统观。要之，宋人"以文为诗"与"以诗为文"或"文人之诗"与"诗人之诗"命题的对立，实际上是两种文统观、文学观的对立——亦即认"骈语"为文言之本之源与认"散语"为文言之本之源的两种不同观念的对立。杜甫将诗人之"诗"推到了极致，而韩愈等古文家们则将"散文"推到了极致，而其所借助的艺术手段皆不外乎文言语体的变革，亦即逆传统文言文学"文体"化（近体化）大势而偏于"言体"化（散文化）的趋向，这正是杜"诗"与"古文"的会合处，两种文统观的交集。故此，作为古文家的韩愈能于诗人杜甫处获得灵感与文章变革的力量。当北宋古文运动成功之后，陈善很快意识到这一点，故能一改后山"不工"之腔调，其《扪虱新话》云：

> 韩以文为诗，杜以诗为文，世传以为戏。然文中要自有诗，诗中要自有文，亦相生法也。文中有诗则句语精确，诗中有文则词调流畅。谢元晖曰："好诗圆美流转如弹丸"，此所谓诗中有文也。唐子西曰："古文虽不用偶俪，而散句之中暗有声调步骤驰骋，亦有节奏。"此所谓文中有诗也。前代作者皆知此法，吾谓无出韩杜。观子美到夔州以后诗，简易纯熟，无斧凿痕，信是如弹丸矣。①

---

① ［宋］陈善：《扪虱新话》，丛书集成初编本，北京：中华书局，1985年，第3页。

陈善眼中的"文"主要是"古文(散文)",而其"诗"主要是指"近体"诗(夔州以后杜诗主要为近体,占全部诗的77.1%),故其"诗中有文"、"文中有诗"主要关乎语体的骈散与声韵节奏问题。所谓"相生法"就其语义逻辑而言,难免有不周之处,但深究其观念背后的事实,则发现他触及到了汉语文言本体的"文—言"并存相生的双螺旋结构与逻辑。正是基于文言本体内在的结构与逻辑,偏于"文体(骈语)"的"诗"与偏于"言体(散语)"的"古文",在其各自独立形态结构自身即能够表现出彼此相互包涵的特性。

当然,陈善以后的杜、韩接受史,以及文学批评史,并未有充分的文化文体学意识与自觉,因而一直围绕着后山命题争论不休直至当代(这种争论有时沿着严羽的诗学论述表现为唐宋优劣之争);即便褒扬杜诗、韩诗的清代学者叶燮以至当代学者张忠纲仍然以"奇险"一语概括杜甫"以诗为文"所造成的审美风格,以及这一风格对韩诗的影响。"奇险"的命名本身显然是有深刻意味的。

客观而言,无论"以诗为文"还是"以文为诗"都不过是一种艺术手段以及表现于诗歌文体的语体特点,而将其以"奇险"相称时显然已包涵了一种特定的审美认知与评价。"奇险"是本无定指的相对性概念或范畴,所谓"奇"乃相对于"雅正"而言,"险"又可与流易、平淡相对为说。作为诗歌文体的语体风格及其审美认知与评价而谓之"奇险",显然是为了有别于当时主流的、众人习以为常的诗歌文体。这种文体实际上与以王维风格为主脉的诗歌近体风格有关。故有学者在解释韩愈并尊李杜的原因时指出:"韩愈论诗极推李、杜,其实质不仅在于李、杜诗不杂佛理老旨,表现为纯粹的儒家思想,与韩愈辟释老倡儒学的思想合拍,更在于欲以李、杜诗反映社会现实深广(尤其是杜诗)及其雄奇风骨矫正大历以来诗歌反映社会现实淡薄及讲求意境精致幽美而雄奇不足之缺陷。"① 所谓"反映社会现实"、"雄奇风骨"皆与诗参文体的艺术手段的运用及其在当时文化语境中所产生的审美效果有关。值得注意的是,在诗歌的创作中,追求"奇险"是杜甫非常自觉和执着的行为,"为人性僻耽佳句,语不惊人死不休"便是其最好写照。如何做到语可"惊人"? 疏离主流故常的"奇险"之语自然容易达到这样的效果。杜甫自谓"老夫平生好奇古",又有以"古"为"奇险"之义。韩愈古文及诗时作诘屈聱牙之态,元白诗喜用浅白俚俗之语又何尝不是一种"奇险"之追求。韩愈便自云其文"怪怪奇奇","时有感激怨怼奇怪之辞"。东坡云:"诗须要有为而后作,用事当以故为新,以俗为雅。好奇务新乃诗之病。"② "以故为新,以俗为雅"交通"奇险",其与"好奇务新"之间的区别仅在于出于救时之弊,杜甫、韩愈以及元白等追求的"奇险"之语显然在此之列。

　　"奇险"概念用之于杜诗、韩诗,相沿而不衰,说明以骈语骈文为中国文章正宗的文统观与文学观一直都在发挥着历史的影响。清代刘熙载对韩愈甚为推崇。其论文曰:"论文或专尚指归,或专尚气格,皆未免著于一偏。《旧唐书·韩愈传》'经、诰之指归,迁、雄之气格'二语,推韩之意以为言,可谓观其备矣。"③ 又论诗曰:"诗文一源。昌黎诗有正有奇,正者即所谓'约六经之旨而成文',奇者即所谓'时有感激怨怼奇怪之辞'。"④ 对韩愈文的"奇险",刘氏则予以高度肯定,谓"八代之衰,其文内竭而外侈",而"昌黎易之以万怪惶惑、抑遏蔽掩,在当时真为补虚消肿良剂"。同时赞韩

①常思春:《韩愈论李、杜新探》,《四川师范大学学报》,2006年第1期。
②参[宋]张镃:《仕学规范卷三十九·作诗》,《文渊阁四库全书》第875册,第193页。
③[清]刘熙载:《艺概》,上海:上海古籍出版社,1978年,第21页。
④[清]刘熙载:《艺概》,上海:上海古籍出版社,1978年,第62页。

论文以"是(曰正曰真)"与"异"相结合,并指出"若不异之是,则庸而已;不是之异,则妄而已"。① 然刘氏却又同时对韩诗的"奇险"似乎不无批评,其《诗概》云:"昌黎诗往往以丑为美,然此但宜施之古体,若用之近体,则不受矣。是以言各有当也。"② 此语确有点令人不解。今之学者江辛眉便认为:"这几句话实在说得含糊不清。诗是强调美的文学样式。既说是'丑',那末不论是近体或古体,同样都在'不受'之列。何以'不受'于'近体'而'但宜施之'于'古体'呢? 可知刘熙载之所谓'丑',其含义应相当于《荀子》'记丑而博'之'丑',仅仅是指韩诗中部分险怪的风格而言。"同时又引赵翼论韩诗"奇险"之语并指出:"赵翼的见解,虽未必全中肯紧,但较之刘熙载,似乎要高明得多。至少他已经看清楚形成韩诗风格的渊源。而所谓'专以此求胜',则跟刘熙载'以丑为美'的说法,意义上是相近似的,当然也是指韩诗险怪的一面。"③ 刘熙载论韩愈诗、文确实有矛盾的表现。其总论诗文不辨体,所谓"诗文一源",诗、文皆以"是"、"异"相须,不避"奇险"。而专论诗时却又有古近之辨,其辨本身复有异说。一方面说古体可受"丑"而近体不宜;另一方面则又说"善古诗必属雅才,俗意俗字俗调,苟犯其一,皆古之弃也"④,似乎"俗"之"丑"绝不可犯。其实,"俗"

---

① 参[清]刘熙载:《艺概》,上海:上海古籍出版社,1978年,第21页。

② [清]刘熙载:《艺概》,上海:上海古籍出版社,1978年,第63页。宋人刘邠似早有类似辨证,其《中山诗话》云:"韩吏部古诗高卓,至律诗虽称善,要有不工者,而好韩之人,句句称述。未可谓然也。"([清]何文焕辑:《历代诗话》,北京:中华书局,1981年,第285页)

③ 参江辛眉:《论韩愈诗的几个问题》,《中华文史论丛》,1980年第1辑,上海:上海古籍出版社,1980年。

④ [清]刘熙载:《艺概》,上海:上海古籍出版社,1978年,第71页。

亦可为"奇险"之例,如其评价香山之"常语"云:"常语易,奇语难,此诗之初关也;奇语易,常语难,此诗之重关也。香山用常得奇,此境良非易到。"①"常语"亦即"俗语",香山之例实际无异于肯定了古体可"受俗",亦即受"丑"之说。刘熙载文学文体观整体而言倾向于以古文为正宗。其"诗品出于人品"观,便有取于对韩愈诗句的理解。《诗概》云:"昌黎自言其行己不敢有愧于道,余谓其取友亦然。观其《寄卢仝》云:'先生事业不可量,惟用法律自绳己。'荐孟郊云:'行身践规矩,甘辱耻媚灶。'以卢、孟之诗名,而韩所盛推乃在人品,真千古论诗之极则也哉!"②其论律诗体则云:"律诗声谐语丽,故往往易工而难化。能求之章法,不惟于字句争长,则体虽近而气脉入古矣。"③于此两端,其好尚"古文"传统显而易见;而其诗之古近之辨,近体不宜受"丑"之说则意味着另一种观念传统的影响。质言之,刘氏文体论所表现出的不和谐本质上根源于两种文统文体观的矛盾,这一矛盾内在于汉语文言"言—文"一体的既对立又统一的双螺旋结构。律诗骈文是这一结构的平衡态之表征,其形成于以致"中和"为理想的礼乐文化体系向文学文体分形生长的历史过程中,其代表的正是以骈语骈文为正宗文体之文统观,而中唐之古文运动突破的恰恰是文言文体至初、盛唐即已建立起来的律诗骈文所代表的"言—文"相对稳定的平衡结构,因而重建了以"古文"亦即散文为正宗文体的文统观。故刘熙载之辨体所表现出的不和谐与矛盾具有内在性和普遍性,江辛眉所肯定的赵翼之论亦不例外。赵氏既然说韩愈于杜诗奇险处加以推扩,劈山开道,

①[清]刘熙载:《艺概》,上海:上海古籍出版社,1978年,第65页。
②[清]刘熙载:《艺概》,上海:上海古籍出版社,1978年,第63页。
③[清]刘熙载:《艺概》,上海:上海古籍出版社,1978年,第73页。

遂自成一家,又何以接着便说"奇险处亦自有得失。盖少陵才思所到,偶然得之;而昌黎则专以此求胜,故时见斧凿痕迹。有心与无心异也"①?其说实与严羽"盛唐诸公唯在兴趣"同一腔调,显然是对韩愈推扩杜诗"奇险"而成家说的否定。焉知少陵"奇险"处便是"偶然得之"?"语不惊人死不休"可是少陵亲口说的。"奇险"本来就是自觉追求,何来有心与无心之别。既然有心,便失之自然;失之自然,自成一家也就成了凿空之论。故赵氏又不得不弥纶之曰:"其实昌黎自有本色,仍在文从字顺中,自然雄厚博大,不可捉摸,不专以奇险见长。恐昌黎亦不自知,后人平心读之自见。若徒以奇险求昌黎,转失之矣。"故其罗列《南山》诗之"突起莫间簉"、《和郑相樊员外》诗之"禀生肖勤刚"、《征蜀》诗之"剟肤浃痍疮"、《陆浑山火》之"𥥆池波风肉陵屯"诸诗句,而后批评道:"此等词句,徒聱牙轇舌,而实无意义,未免英雄欺人耳。"②这里,赵氏成全了"文从字顺"的"本色"论、"自然"论,但却割断了与少陵"奇险"的必然性联系,无疑自我解构了韩诗乃推扩少陵奇险处而自成一家的立论。③赵氏之论所表现出的不和谐,究其实质仍然根源于两种文统文体观的结构性矛盾。

---

① [清]赵翼撰,霍松林、胡主佑校点:《瓯北诗话》,北京:人民文学出版社,1963年,第28页。
② [清]赵翼撰,霍松林、胡主佑校点:《瓯北诗话》,北京:人民文学出版社,1963年,第30页。
③ 据谢思炜的研究,韩愈诗语之"奇险"可谓空前绝后。其所使用的特殊语词包括:一、古语词;二、口语词和社会语词;三、诗人自创的语词。其中第一类中以古语词语素所造新词和第三类词语为诗人的"造语","造语往往不得不使用生僻字,或打破习惯组合"。"韩愈诗中的造语数量远超出于前人,对于形成其独特诗风和奇诡诗境起到了十分重要的作用"(参谢思炜:《试论韩愈诗歌的"造语"》,《文学遗产》,2015年第5期)。可见,离开"奇险"之语,韩诗自家面目便无从谈起。

　　两种文统观基于文言本体的特性,每当文学处于因应现实的需要而实施文体革新之时,其固有的矛盾便会凸显,而杜诗恰处于两种文统观的衔接交汇处。在以"骈文"为"文"之本源与正宗的文统观看来,杜甫既可视为诗之集大成者,亦可视为诗体终结者;而在以"散语"、"散文"为"文"之本源与正宗的文统观看来,杜甫无疑是诗体之开新者,唐宋古文运动促成的正是这样的一种文统观。立于不同的文统观观照杜诗,其取舍自然不一,复杂而多元。尽管有宋一代尊杜具有普遍性,但并非惟褒无贬,如针对杜甫夔州诗,山谷谓之"不烦绳削而自合矣",朱熹则辩之曰"人多说杜子美夔州诗好,此不可晓",又劝门人"毋惑于不烦绳削之说"。而叶适则更是贬退王、苏、黄直至杜甫:

　　　　诗自曹刘至二谢日趋于工,然犹未以联属校巧拙;灵运自夸"池塘生春草",而无偶句亦不计也。及沈约、谢朓竞为浮声切响,自言"灵均所未睹",其后浸有声病之拘,前高后下,左律右吕,匀致丽密,哀思宛转,极于唐人而古诗废矣。杜甫强作近体,以功力气势掩夺众作,然当时为律诗者不服,甚或绝口不道。至本朝初年,律诗大坏,王安石、黄庭坚欲兼用二体擅其所长,然终不能庶几唐人;苏氏但谓七言之伟丽者,则失之尤甚,盖不考源流所自来,姑因其已成者貌似求之耳。

　　　　王安石七言绝句,人皆以为特工,此亦后人貌似之论尔。七言绝句,凡唐人所谓工者,今人皆不能到,惟杜甫功力气势之所掩夺,则不复在其绳墨中;若王氏则徒有纤弱而已。而今人绝句,无不祖述王氏,则安能窥唐人之藩墙! 况甫之所掩夺者,尚安得至乎! ①

①[宋]叶适:《习学记言序目》,北京:中华书局,1977年,第705、707页。

叶氏眼中,杜甫徒以功力气势强作近体,律诗道坏正始于杜甫。这显然是立于"骈文"之文统观而对杜甫律诗变体的通盘否定。无论立于何种文统文体观,杜诗的形象都难免不蒙受阴影而现裂痕,这是由杜诗博大而穷极变化的特性决定的。直至宋末元初,方回发明杜诗拗律说,以"格高律熟"的标准论诗选诗,确认江西"一祖三宗"之宗系,杜甫之于律诗文体创格的意义方在理论上具备了定格的可能性。① 自是往后,直至"五四"新文化运动文言文体革命发生之前,唐宋诗之争依然不断,两种文统文体观的矛盾亦客观存在,但杜诗作为完璧加以体认的历史趋势已经确立,不可逆转。

不同于方回赞成宋诗,明代杨升庵则崇唐抑宋,解构宋人以诗史说杜传统,且眼中杜诗亦不无瑕疵,但其仍然以接武《三百篇》而说杜,还杜甫诗人本来面目。② 而早于升庵,杨士奇就曾对杜甫律诗作过精准定位与极高的评价:

---

① 方回《瀛奎律髓》卷二十三杜甫《狂夫》诗后评语曰:"然格高律熟,意奇句妥,若造化生成。为此等诗者,非真积力久不能到也。学诗者以此为准,为吴体、拗字、变格,亦不可不知。"《瀛奎律髓》卷一陈与义《与大光同登封州小阁》诗后评语有云:"老杜诗为唐诗之冠,黄、陈诗为宋诗之冠。黄、陈学老杜者也,嗣黄、陈而恢张悲壮者,陈简斋也。"(参[元]方回选评,李庆甲集评校点:《瀛奎律髓汇评》,上海:上海古籍出版社,2005年,第993、42页)

② 《升庵诗话》云:"夫六经各有体:《易》以道阴阳,《书》以道政事,《诗》以道性情,《春秋》以道名分。后世之所谓史者,左记言,右记事,古之《尚书》《春秋》也。若《诗》者,其体其旨,与《易》《书》《春秋》判然矣。《三百篇》皆约情合性而归之道德也,然未尝有道德字也,未尝有道德性情句也……杜诗之含蓄蕴藉者,盖亦多矣,宋人不能学之。至于直陈时事,类于讪讦,乃其下乘末脚,而宋人拾以为己宝,又撰出'诗史'二字,以误后人。"(王仲镛:《升庵诗话笺证》,上海:上海古籍出版社,1987年,第125—126页)

　　律诗始盛于开元天宝之际，当时如王、孟、岑、韦诸作者，犹皆雍容萧散有余味，可讽咏也。若雄深浑厚，有行云流水之势，冠冕佩玉之风，流出胸次，从容自然，而皆由夫性情之正，不局于法律，亦不越乎法律之外，所谓"从心所欲不逾矩"，为诗之圣者，其杜少陵乎！ ①

　　明确地以诗之圣者定位杜甫律诗的艺术成就，杨士奇当为第一人。如此定位，显然突破了元白设定的"诗史"说框架，超越了唐宋诗之对立以及文统文体观的矛盾。自杨士奇至于明清之际，王嗣奭以儒家人格统摄杜诗，杜甫诗圣地位得以最终确立，律诗文体的礼乐文化建构臻于完成。

结论与余论：杜甫独立人格之体认 与律诗文体建构之圆成

　　元白开启了以"诗史"说"诗圣"的杜诗阐释与接受理路，韩愈则通过古文运动将对杜诗的阐释纳入了道学视野，且以"以文为诗"的创作实践为宋人体认杜甫创格诗体的意义与价值，进而形成宋诗自家面目提供了津梁。有宋一代，历史波澜曲折，士夫文儒命运浮沉不定，建构诗圣杜甫的两条线索并行展开，时有交叉，姿态横生，纬繣相纠，传统诗学以及文体学的固有矛盾随之凸显，杜甫诗圣形象亦因之多变而模糊不定。究其根本，当与中唐发起的新儒学运动之道学建构尚未完成，其所期许的道德目标未得到合理性论证和实证有关。

---

① ［明］杨士奇：《东里集·东里续集卷十四·杜律虞注序》，《文渊阁四库全书》第1238册，第541—542页。

魏晋以来的文体独立与自觉成立于礼体的转喻与象征,这亦是诗文体律化的奥秘之所在,其深层的逻辑依据则是荀子奠立并由王充"鸿儒"论加以光大的圣人智术观的返本开新。其本亦即"文言"本体——圣人开物成务而人文化成的初始本源;其新亦即文章之文体化因得以转喻象征礼体而获得了与自然之道的有机关联。然而,这种关联的有机性又不得不借助于玄学圣智观而偏向天地自然之境作体物性的展开,如此展开的代价则是文章的直面历史与现实的感受性维度隐晦不彰,道德主体性消解,导致文士才情智识与现世道德世界的分离。韩愈道论,虚道德而实仁义,欲将外在的转身离世的道学落实为个体心性之学,侧重于引导个体现世的生活行为与道德实践的关联。韩愈道学虽于孟子有所发明,但其性之三品说则又否定了孟子心性之学。其性分三品,推重《大学》,有强调"修身",推崇"师道"及个体"才学"之义,寄希望于促成文人士大夫群体的自我振拔,道德主体性的建立,以充当整个士大夫群体和社会的价值导向,进而引导政治现实的改善。这显然意味着,韩愈等中唐文儒阶层,正努力探索建构一种如何安身立命于险恶多变的现实政治而又有所作为的新模式。相对于盛唐及其前代文儒那种以"素王"、"素相"的宏图志愿为理想,期待"得君行道"的济世模式,新模式无疑是一种更具现实感、普适性,以及历史可能性的模式。这也是儒学介入历史得以可能的正道或曰康庄大道。

然而,由于中唐的新儒学运动更多地内涵了变革现实的政治诉求,故其在道学上的建树极为有限,尤其是代表复兴儒家性命之学的韩愈性三品说,恰恰是对孟子道德主体性精神的阉割,以至于新儒学的理论价值只能局限于:为礼乐刑政与文章教化赋予形上意义且提供无庸置辩的人性论依据,为习以为常的"人文化成"的话头充实具体而现实的内涵,为玄虚的道德引入向历史展开的形下生成之维度;而于建立文儒济世新模式的核心——道德修身,人格垂范,并无推进意义。古文家们固然积极主张"性于仁义而发为文章",以明道、载道相号召的古文运动无疑是觉醒之后的文儒士大夫们主动担当历史责任之表现,某种意义上亦体现了其道德主体性意识,但由于人格意义上的道德主体性之建立非一蹴可就,故古文运动的最终落实只能体现为变革文体、文风的文学运动。这种有为的变革,除文学内容的更张之外,其最终凭借的亦只能是个体的才气与学力,以及突破既定文学传统的自由创造精神。正是立于此一背景,韩愈发现了杜诗并借鉴杜诗"奇险"一路,竭力张扬才气学力而寻求自我树立。韩愈对杜诗的接受显然偏狭,难免会遮蔽"性于仁义而发为文章"的杜甫。

　　有宋一代,古文运动获得巨大成功,理学大大推进了儒家道学的成长,但新儒学的实际价值或更多体现在对儒家圣智传统以及君臣道德伦理秩序的本体性论证,而于心性之学并无实质性突破。不惟如此,更徒生"气质之性"与"义理之性"的分别与纠缠。北宋文儒士大夫们基于历史机缘得以"与君行道"而共商国是,无论得失,大多不失儒家君子风范,是说明文人士大夫群体的道德自觉具有普遍性,但问题在于,历史机缘不可重复,一旦政治环境变得恶劣,文儒士大夫不得不持守内心时,又大多自觉选择与现实世界相隔离,普遍地表现出寄托于玄禅的倾向。这无疑说明新儒学尚未真正消融佛老之学,儒家心性之学的建构尚在途中,中唐所欲建立的文儒济世的新模式亦有待更为有力的道学论证与现实的确认。因此,宋诗主流的进路大体上并未越出"以韩学杜"的选择,杜甫作为儒家诗圣的形象再度模糊,难以定格,势所必然。

　　明代是中唐以来的儒家道学发展的成熟期,至王守仁"龙场悟道",儒家心性之学获得重大转机。关于此次悟道的情形,守仁门弟子钱德洪等所撰写的《王阳明年谱》有详细记载:

　　　　(正德)三年戊辰(1508年),先生三十七岁,在贵阳。春,至龙场……龙场在贵州西北万山丛棘中,蛇虺魍魉,蛊毒瘴疠,与居夷人鴃舌难语,可通语者,皆中土亡命。旧无居,始教之范土架木以居。时瑾憾未已,自计得失荣辱皆能超脱,惟生死一念尚觉未化,乃为石墩(椁)自誓曰:"吾惟俟命而已!"日夜端居澄默,以求静一;久之,胸中洒洒。而从者皆病,自析薪取水作糜饲之;又恐其怀抑郁,则与歌诗;又不悦,复调越曲,杂以诙笑,始能忘其为疾病夷狄患难也。因念:"圣人处此,更有何道?"忽中夜大悟格物致知之旨,寤寐中若有人语之者,不觉呼跃,从者皆惊。始知圣人之道,吾性自足,向之求理于事物者误也。乃以默记"五经"之言证之,莫不吻合,因著《五经臆说》。①

　　此段文字描写阳明悟道情形,所可注意者在其描写次第:其一,所居环境极其恶劣;其二,悟道前,阳明静心功夫已入不计得失荣辱之境,惟生死一念尚未了脱;其三,处此穷困,阳明自置之死地,依然端居澄默,久之,胸中洒洒,而从者皆病;其四,因从者皆病,而断然弃"静一"之心,而后心生万念万行;其五,万念万行系于一心,其无关一己得失荣辱生死,惟扶危济困安众而已;其六,处念生万端之后,继生一念:"圣人处此,更有何道?"其七,中

---

①〔明〕王守仁著,吴光等编校:《王阳明全集》(新编本),杭州:浙江古籍出版社,2010年,第1234页。新编本"墩"字有误。四库本钱氏《年谱》作"石掷",黄绾《阳明先生形状》作"石槨",后者是。

夜大悟,由悟格物致知之旨而知圣人之道:吾性自足;其八,悟道之后,以五经相印证,无不吻合。依此叙事,不难发现,阳明贬谪龙场之前,实已生遁世之念而转向佛老静坐养生。德洪它处亦云"先师始学,求之宋儒不得入,因学养生,而沉酣于二氏,恍若得所入焉。"① 故入此险恶之境,众人皆病,独阳明胸中洒洒。然此不过坐中养生,得其境界而已,初与圣人之道无关。阳明悟圣人之道恰在出离"静一"而身行念起之后。当其念行发动,始终如一,随境变化,扶危济困安众,止于利他,故知其中之道不过儒家"仁义之道"。阳明追问"圣人处此,更有何道","此"字当指人生极端处境,用德洪的话说即"衡困拂郁,万死一生"之境。其显然远离显达富贵,无关仁政,无关政教,无关格物致知,更无关"得君行道"、"与君行道",然阳明心以仁义,行以仁义,这不正印证了孟子"四端"之心,《大学》"明明德,止于至善"之旨吗? 故阳明悟知圣人之道,德洪以"吾性自足"四字概之。而于《阳明先生年谱序》中,德洪又云:"(阳明)谪居龙场,衡困拂郁,万死一生,乃大悟'良知'之旨。始知昔之所求,未极性真,宜其疲神而无得也。盖吾心之灵,彻显微,忘内外,通极四海而无间,即三圣所谓'中'也。本至简也而求之繁,至易也而求之难,不其谬乎?"② "吾性自足"论心体,"良知"说体用,圣人之道不远不二,至微、至简、至易而无所不在,极高明而道中庸,一体之仁,求之本心可矣。阳明于"龙场悟道"亦有自白:

> 众人只说格物要依晦翁,何曾把他的说去用? 我着实曾用来。初年与钱友同论做圣贤要格天下之物。如今安得这

①［明］王守仁著,吴光等编校:《王阳明全集》(新编本),杭州:浙江古籍出版社,2010年,第1394页。
②［明］王守仁著,吴光等编校:《王阳明全集》(新编本),杭州:浙江古籍出版社,2010年,第1372页。

等大的力量？因指亭前竹子，令去格看。钱子早夜去穷格竹子的道理，竭其心思，至于三日，便致劳神成疾。当初说他这是精力不足，某因自去穷格。早夜不得其理，到七日，亦以劳思致疾。遂相与叹圣贤是做不得的，无他大力量去格物了。及在夷中三年，颇见得此意思。乃知天下之物，本无可格者。其格物之功，只在身心上做，决然以圣人为人人可到，便自有担当了。这里意思，却要说与诸公知道。①

"吾性自足"之"性"是心性，是本体，故无圣人凡夫之别，逆境顺境之异；是体是用，即为圣贤，即圣人道行，故谓"以圣人为人人可到"。于是，"便自有担当了"，绝对的道德主体随之成立。

早有学者指出："甲申以后，王嗣奭阐释杜诗的主旨，除了从'抒写性情'到'得性情之正'的转变外，又进一步由'得性情之正'发展成为杜甫的'穷'而'闻道'——这一阐释杜诗的终极主旨，右仲体会尤深，对杜诗的发明尤大。"②谓杜甫"穷而因诗悟道"③实在与德洪说阳明"龙场悟道"有点相似。其所理解的"道"亦即儒家圣人之道，不过"仁义"二字。阳明"决然以圣人为人人可到"，右仲亦有是意，其论《自京赴奉先县咏怀》诗曰：

　　人多疑自许稷契之语，不知稷契元无他奇，只是己溺己饥之念而已。伊尹得之而念庶纳沟，孔子得之而欲立欲达，

---

① [明]王守仁著，吴光等编校：《王阳明全集》（新编本），杭州：浙江古籍出版社，2010年，第131—132页。

② 刘重喜：《明遗民王嗣奭的"诗圣"说》，《杜甫研究论集——中国杜甫研究会第六届年会论文集》，西安：西安出版社，2013年。

③ 王嗣奭《杜臆原始》云："余谓古来诗人无如少陵，余旧序似得其概，而因诗悟道，则近得之，要亦穷之所炼也。"（[明]王嗣奭：《杜臆》，上海：上海古籍出版社，1983年，第2页）

圣贤皆同此心。篇中业已和盘托出,而东坡乃引《舜举十六相》《秦用商鞅》之诗为证,何舍近而求远也? ①

"己溺己饥",语出孟子。孟子曰:"禹思天下有溺者,由己溺之也;稷思天下有饥者,由己饥之也,是以如是其急也。"② 右仲晚年从学刘宗周,刘之为学"得源于王守仁,而为说又异"③,"于阳明之学凡三变,始疑之,中信之,终而辨难不遗余力"④,故其思想有几分神似阳明,当在情理之中。理学推己及人得为仁道的理论前提乃是:"仁者,以天地万物为一体,莫非己也。"⑤ 此义心学亦有相承,但"体"字,义有不同:前者理体,后者心体。阳明已说"向之求理于事物者误也"。刘宗周亦云:"我与天地万物本无间隔,即欲容其自私自利之见以自绝于天而不可得。不须推致,不烦比拟,自然亲亲而仁民,仁民而爱物,义、礼、智、信一齐俱到,此所以为性学也。"⑥ 其义显然否定了格物致知,穷理尽性,与阳明无异。心本一体之仁,圣贤与我不二,这当是心学承接孟子心性之学而有所变化者。

阳明本即"穷而悟道",其悟实属行其道之后之"自觉"而已。

---

① [明]王嗣奭:《杜臆》,上海:上海古籍出版社,1983年,第35—36页。《杜诗详注》引文"篇中"后有"忧民治国等语"六字。

② [宋]朱熹:《四书章句集注·孟子集注》,北京:中华书局,1983年,第299页。

③ 姚名达:《刘宗周年谱》,吴光主编《刘宗周全集》第九册,杭州:浙江古籍出版社2012年,第205页。

④ 刘汋:《蕺山刘子年谱》,吴光主编《刘宗周全集》第九册,杭州:浙江古籍出版社2012年,第143页。

⑤ 程颐语。参程颢、程颐著,王孝鱼点校:《二程集》,北京:中华书局,1981年,第15页。

⑥ [明]刘宗周:《答履思五》,吴光主编《刘宗周全集》第五册,杭州:浙江古籍出版社,2012年,第277页。

由于先前行过"格物致知"的功夫而无有所得,故自觉而后传道论道即特别点出"良知"二字:"吾'良知'二字,自龙场已后,便已不出此意,只是点此二字不出,于学者言,费却多少辞说。今幸见出此意,一语之下,洞见全体,真是痛快。"①"良知"二字可隐栝全体,那么何谓"良知"呢? 阳明曰:"良知只是个是非之心,是非只是个好恶,只好恶就尽了是非,只是非就尽了万事万变。"②"良知"概念亦源于孟子,《孟子·尽心上》云:

> 人之所不学而能者,其良能也;所不虑而知者,其良知也。孩提之童,无不知爱其亲者;及其长也,无不知敬其兄也。亲亲,仁也;敬长,义也。③

孟子"良知"与"良能"虽平行而列,但"不学"、"不虑"说明两者同生于"四端",两者不过一体之异用,故阳明谓"一语之下,洞见全体"。阳明"知行合一"的命题理当包含在"良知"概念中。"知"必有"为",亦即"只是非就尽了万事万变"。然阳明悟道传道经历本身则说明,为圣人道者不必知其为圣人之道,故"良知"亦当有分。就龙场例而言,可辨为"能之知"与"觉解之知"。用现代概念去说,前者关乎"情意",属"实践理性";后者关乎"反思认知",属"纯粹理性"。"反思认知"既可表现为能者自觉,亦可表现为就觉之能者为学而后觉。理论上说,能者先觉而觉后觉,既然有"吾性自足"的心性本体作保证,后觉者自当会回向"能之知",知行合一。然事实却未必尽然,否则世上就不会出现坐而论道者

①[明]王守仁著,吴光等编校:《王阳明全集》(新编本),杭州:浙江古籍出版社,2010年,第2089页。
②[明]王守仁著,吴光等编校:《王阳明全集》(新编本),杭州:浙江古籍出版社,2010年,第121页。
③[宋]朱熹:《四书章句集注·孟子集注》,北京:中华书局,1983年,第353页。

滔滔多是,起而行道者微乎其微的景观;晚明也就不会出现"圣人满街走,贤人多如狗"之讥了。其实,阳明之说,"心"、"性"似乎自为本体。"吾性自足",无非性本体论。就此而言,"知行合一","良知"即"良能",人可作圣。然在别处,阳明则谓:"良知良能,愚夫愚妇与圣人同。但惟圣人能致其良知,而愚夫愚妇不能致,此圣愚之所由分也。"①可见,"良知"、"良能"并非如影随形。其中,"致良知"被人理解为导向"良能"的功夫,圣愚因此有所别。其实,"不能致"一语说明了其别是本体性的,多少还能看出孔子"惟上智下愚不移",韩愈"性分三品"说的影子。要者,阳明心学本体论是有缺陷的。所传阳明"四句教"曰:"无善无恶是心之体,有善有恶是意之动,知善知恶是良知,为善去恶是格物。"②"无善无恶"为心体,就此而言,圣愚所同。然心体之用,圣凡则别道,此别又只能理解为"性分"。综上可见,阳明"心之体"与"吾性自足"显然落入两边,心性分离。心性分离的危害是显而易见的,必然导向道德的虚无主义,人心的自然主义。阳明弟子王龙溪即已指出:"若悟得心是无善无恶之心,意即是无善无恶之意,知即是无善无恶之知,物即是无善无恶之物。"③刘宗周通过疏解性分之说,提出了自己的"慎独"之说,试图弥补阳明心学在学理上的缺陷以及对世道人心所造成的负面影响:

---

① [明]王守仁著,吴光等编校:《王阳明全集》(新编本),杭州:浙江古籍出版社,2010年,第54页。

② [明]王守仁著,吴光等编校:《王阳明全集》(新编本),杭州:浙江古籍出版社,2010年,第128页。

③ [明]王守仁著,吴光等编校:《王阳明全集》(新编本),杭州:浙江古籍出版社,2010年,第1659页。

　　或曰："有气质之性，有义理之性。"则性亦有二欤？为此说者，正本之人心道心而误焉者也。程子曰："论性不论气不备，论气不论性不明，二之则不是。"若既有气质之性，又有义理之性，将使学者任气质而遗义理，则"可以为善，可以为不善"之说信矣。又或遗气质而求义理，则"无善无不善"之说信矣。又或衡气质义理而并重，则"有性善有性不善"之说信矣。三者之说信，则性善之旨复晦，此孟氏之所忧也。须知性只是气质之性，而义理者，气质之本然，乃所以为性也。心只是人心，而道者人之所当然，乃所以为心也。人心道心，只是一心；气质义理，只是一性。识得心一性一，则工夫亦一。静存之外，更无动察；主敬之外，更无穷理。其究也，工夫与本体亦一。此慎独之说，而后之解者，往往失之。①

　　心体性体为一，工夫本体为一，便是"慎独"之说。"慎独"概念源于《中庸》"君子慎其独也"。《中庸》"慎独"指君子修道独处，当存戒慎恐惧之心，毋纵放离道之念，亦即《大学》正心诚意之义。明人释"独"已赋予其形上之义，罗念菴弟子万廷言就曾指出："独是知体灵然不昧处，虽绝无声臭，然是非一些瞒他不得。寂然自照、不与物对，故谓之独。须此处奉为严君，一好一恶皆敬依着他，方是慎。"②其"独"实即能反思的"自觉"心，用现代概念去说即"自我意识"，只是"自我意识"并无廷言所赋予的具有"良知"性质的"德性"主体之意味罢了。当然，"奉为严君，一好一恶皆敬依着他"的"独"未必不会反转为人欲横流而无耻，如此，则"慎"也就

---

① ［明］刘宗周著，吴光主编：《刘宗周全集》第三册，杭州：浙江古籍出版社，2012年，第271页。
② ［明］黄宗羲著，沈芝盈点校：《明儒学案卷二十一·万思默约语》，北京：中华书局，1985年，第503页。

无从谈起了。刘之学术本有为而作,纠时之弊乃其致思方向。其早年即辩证阳明、朱子学曰:"王守仁之学,良知也,无善无恶,其弊也必为佛、老,顽钝而无耻。顾宪成之学,朱子也,善善恶恶,其弊也必为申、韩,惨刻而不情。"又曰:"职窃见近日世道交丧,党论方兴,其病乃在学术未明。"① 有学者因此而指出:刘子乃自觉以"明学术"为使命,并自觉以"慎独"之说为终身宗旨,来对治"顽钝而无耻","惨刻而不情"等"学术未明"之病。② 此说甚是。纵观刘子所有"慎独"之论,其所揭示的"独"实即心性本体,性体即心体即独体。故曰:"《大学》言心到极至处,便是尽性之功,故其要归之慎独。《中庸》言性到极至处,只是尽心之功,故其要亦归之慎独。独,一也。形而上者谓之性,形而下者谓之心。"③ 又曰:"独是虚位,从性体看来,则曰莫见莫显,是思虑未起,鬼神莫知时也。从心体看来,则曰十目十手,是思虑既起,吾心独知时也。然性体即在心体中看出。"④ 总而言之:"慎独是学问第一义。言慎独,而身、心、意、知、家、国、天下一齐俱到,故在《大学》为格物下手处,在《中庸》为上达天德统宗,彻上彻下之道也。""慎独"作为功夫,只在致中和,"慎独"之道只是中庸之道。故曰:"一独耳。指其体

---

① 以上参[明]刘宗周著,吴光主编:《刘宗周全集》第四册,杭州:浙江古籍出版社,2012年,第18页,第250页。

② 参陈畅:《刘宗周中晚年思想转变及其哲学意义——兼论刘宗周思想发展之分期》,《人文论丛》,2009年卷。

③ [明]刘宗周著,吴光主编:《刘宗周全集》第三册,杭州:浙江古籍出版社,2012年,第351页。

④ [明]刘宗周著,吴光主编:《刘宗周全集》第三册,杭州:浙江古籍出版社,2012年,第343页。

谓之中,措其用谓之和。"① 又曰:"独之外,别无本体;慎独之外,别无工夫,此所以为《中庸》之道也。"② 刘子由"中庸之道"而论"一体之仁",殊胜前贤:

> 天地之大,本吾一体。盈天地间有一物失所,即我之失所。非徒安全之而已,又必与天下同归于善,然后有以尽其性。盖吾善善之量原如此,而况处纲常伦理之近乎？遇父有不慈,而曰"吾孝已至也",得乎？遇君有不仁,而曰"吾忠已至也",得乎？君子之言孝,正以成父之慈也;君子之言忠,正以成君之仁也。拔一毛而引周身之痛,一毛非外也。外周身而护一毛,又可得乎？知血肉之痛而不知义理之痛,亦不仁之甚者矣。③

伟哉斯言,识度超迈,恰可证成"天下兴亡,匹夫有责"之义,又岂能以"爱敬"二字说尽"仁义之道"哉！此处,天地万物人伦系于一身,而身则一无所依,唯道是从。如此,独立自在的道德主体方得以成立。于是,吾之所行,道之所化,无可无不可,止于至善。杜甫之大异于人而成圣者,其依据当在于此,岂是区区"忠义之气,恻隐情怀"所能尽之！

明儒心学多有人人作圣作贤之义,这是时代精神的体现,具有浓厚的平民主义和个性主义色彩,但此义在阳明那里更多体现为精英意识,尽管他亦曾有过"须作个愚夫愚妇,方能与人讲学"

---

① 以上参[明]刘宗周著,吴光主编:《刘宗周全集》第三册,杭州:浙江古籍出版社,2012年,第357页。

② [明]刘宗周著,吴光主编:《刘宗周全集》第三册,杭州:浙江古籍出版社,2012年,第270页。

③ [明]刘宗周著,吴光主编:《刘宗周全集》第三册,杭州:浙江古籍出版社,2012年,第336页。

的门人之诚。① 一旦有了精英意识,圣愚之鸿沟自然无法抹平,其所谓的"内圣之道"也就失去了普适性。而刘宗周恰于此处有高度自觉:"才见圣人为不可为,姑做第二等人,便是自弃。才说圣人为必可为,仍做第二等人,便是自欺。"② 此处所言,无异于对"圣道"之普适性的变相重申,故而刘子对阳明"良知"说不惜痛下针砭:

> 阳明子言良知,每谓"个个人心有仲尼",至于中和二字,则反不能信,谓"必慎独之后,方有此气象"。岂知中和若不是生而有之,又如何养成得? 中只是四时之中气,和只是中气流露处。天若无中气,如何能以四时之气相禅不穷? 人若无中气,如何能以四端之情相生不已? 故曰:"哀乐相生,循环无端,正明目而视之,不可得而见,倾耳而听之,不可得而闻。"故曰:"是故君子戒慎乎其所不睹,恐惧乎其所不闻。"呜呼! 其旨微矣。③

------

① 余英时认为,"龙场悟道"之前,阳明未脱宋儒"得君行道"之意识。悟道之后,虽仍然坚持变天下无道为有道的理想,但抛弃了自上而下变革,"得君行道"的幻想,"决定向社会投诉,对下层老百姓说法,掀起一个由下而上的社会改造的大运动"。这也就是所谓的明儒之"觉民行道"。(参余英时:《中国文化史通释》,北京:生活·读书·新知三联书店,2012年)"觉民行道"虽具有一定的民主意识,但更多启蒙主义色彩,其义与阳明浓厚的自圣意识或精英意识有关,同时亦意味着中唐新儒学运动建立文儒士大夫道德主体性的目标至心学时代,具有了真正得以落实之可能。中国现代新文化运动中兴起的启蒙思想,其本土资源当于明儒心学中去寻找。
② [明]刘宗周著,吴光主编:《刘宗周全集》第三册,杭州:浙江古籍出版社,2012年,第346页。
③ [明]刘宗周著,吴光主编:《刘宗周全集》第三册,杭州:浙江古籍出版社,2012年,第372页。

"中和"之义,人生而有之,天下皆同,故其普适,自为立道修道之根基。"中和"之要见于"时中":

> 性情之德,有即心而见者,有离心而见者。即心而言,则寂然不动,感而遂通,当喜而喜,当怒而怒,当哀而哀,当乐而乐。由中导和,有前后际,而实非判然分为二时。离心而言,则维天于穆,一气流行,自喜而乐,自乐而怒,自怒而哀,自哀而复喜。由中导和,有显微际,而亦非截然分为两在。然即心离心,总见此心之妙,而心之与性,不可以分合言也。①

> 喜怒哀乐,一气流行,而四者实与时为禅代。如春过了夏,秋过了冬,冬又春,却时时保个中气,与时偕行,故谓之时中。此非慎独之至者,不足以语此,故与小人之无忌惮相反。②

综上不难看出,"慎独"说既是道学亦是诗学,儒家"言志"与"缘情"诗学至刘子"慎独"说揭出"中和"本体之义,方真正得到条理与贯通。

行文至此,我们可以肯定:作为刘子门人,王嗣奭谓杜甫"穷而闻道"、"以诗悟道",而其所谓道者当为其师尊"慎独"说所揭示的"中庸之道"以及"中和人格"。③道学背景以及自期于儒家圣贤人格,决定了右仲于杜诗能作出"道化人格"的发现,否则《杜臆》断不可能处处以见道之语说解杜诗。略具数例,以窥其本:

---

① [明]刘宗周著,吴光主编:《刘宗周全集》第三册,杭州:浙江古籍出版社,2012年,第372页。

② [明]刘宗周著,吴光主编:《刘宗周全集》第三册,杭州:浙江古籍出版社,2012年,第412页。

③ 就其德目而言,"中庸之道"实即"仁义之道","中和人格"亦即"性于仁义而发为文章"者。

解《遣意》：

世有大可忧者，众人不忧，唯君子独忧之。然世有可适意者，众人不知所适，唯君子独取之。如"一径野花落，孤村春水生"，"云掩初弦月，香传小树花"，此景趣谁不见之，而取之以适者君子也。此其忧世之志，兼乐天之诚者也。①

解《宿凿石浦》"斯文忧患徐，圣哲垂《彖》《系》"：

俊异因穷途而多，见穷之有益于人；恩惠因乱世而少，见处穷途者又当自安，不应以少恩责备乎人。鄙夫日在穷途，正天之所以益我；而不知自爱，放荡草草以卒岁。岂知有忧患后有斯文，斯文乃忧患之余，独不观圣哲以忧患而"垂彖系"乎？公之自负如此，乃知其虽穷而有以自乐也。向使终身富贵，安有一部《杜诗》悬于日月乎？②

解《缚鸡行》：

老杜自谓"乾坤一腐儒"，余读此诗而笑其能自知也。公晚年溺佛，意主慈悲不杀，见鸡食虫蚁而怜之，遂命缚鸡出卖。见其被缚喧争，知其畏死，虑及卖去遭烹，遂解其缚，又将食虫蚁矣。鸡得则虫失，虫得则鸡失，世间类者甚多，故云"无了时"。计无所出，只得"注目寒江倚山阁"而已。……师厚云："天下之利害，当权轻重。除寇则劳民，爱民则养寇。与其养寇，孰若劳民！与其食虫，孰若存鸡！"此论圣人不易。得此解，天下无难处之事矣。始知浮屠法不可以济世。③

右仲亦曾自称"东海腐儒"，《杜臆》写定之后又作诗云："蒿里

①［明］王嗣奭：《杜臆》，上海：上海古籍出版社，1983年，第131页。
②［明］王嗣奭：《杜臆》，上海：上海古籍出版社，1983年，第368页。
③［明］王嗣奭：《杜臆》，上海：上海古籍出版社，1983年，第288—289页。

重来遗憾少,草堂一梦晤言亲。已招稷契作前辈,应许偁翁为后身。"由是不难看出,其是以"同情之理解"来读杜解杜的。① 然从上述引例看,"杜臆"亦不妨视为右仲借杜诗而对刘子"慎独"说作以诗学注解。只是谓"公晚年溺佛"云云,似表明其于刘子"一体之仁"之精义以及"时中"思想或有悟之未彻之处,亦或其思想本来就有立异之处。② 然无论如何,右仲以"在世而出世"来为"诗圣"画像,无疑契合"慎独"说融化释道而建构起来的具有独立精神的儒家理想人格,此一人格足以统摄其对杜诗穷神极化的艺术风格所作的诗学描述与阐释:

> 少陵起于诗体屡变之后,于书无所不读,于律无所不究,于古来名家无所不综,于得丧荣辱、流离险阻无所不历,而材力之雄大,又能无所不挈。故一有感会,于境无所不入,于情无所不出;而情境相傅,于才无所不伸,而于法又无所不合。当其搦管,境到、情到、兴到、力到;而由后读之,境真、情真、神骨真而皮毛亦真。至于境逢险绝,情触缤纷,纬繣相纠,榛楚结塞,他人攦指告却,少陵盘礴解衣。凡人所不能道、不敢道、不经道、甚而不屑道者,矢口而出之,而必不道人所常道。③

----

① 参董利伟:《儒学价值观与王嗣奭的杜甫诠释》,《杜甫研究学刊》,2016年第1期。

② 刘宗周论"时中",有时亦难免神秘主义色彩,甚至散发出庸人气息,如《学言》所云:"天命一日未绝,则为君臣;一日既绝,则为独夫。故武王以甲子日兴,若先一日癸亥,便是篡,后一日乙丑,便是坐失事机。严哉!学者于进退、语默、动静之宜,皆如此看。"究其实,与商周"天命观"一脉相承。(参刘宗周著,吴光主编:《刘宗周全集》第三册,杭州:浙江古籍出版社,2012年,第348页)

③ [明]王嗣奭:《杜臆·杜诗笺选旧序》,上海:上海古籍出版社,1983年,第1—2页。

　　此乃《杜诗笺选旧序》中的赞颂语,其时偶翁尚未"闻道",故其尚不得不借助"备众体"、"集大成"的话头。当其收入《杜臆》之后,偶翁则补题曰:"此序虚器矣,而赞颂语颇称,故存之。然未尝及其闻道也。臆!晨钟发省,此道机耶!自笑尔时称老杜真知己,犹未也。"①"赞颂语颇称",意即其往言不虚,有道存焉,可统摄于少陵之独立人格。至此,有血有肉的"诗圣"卓然挺立。曾经对立的"言志"、"缘情"两大诗学传统因杜诗而得以融会贯通,而直至明儒"道学"消融佛、老,完成了儒家独立人格的理论建构,其诗学意义方得到本体论揭示,而律诗文体之礼乐文化建构亦因杜甫独立人格之发现之体认而得以圆成。

---

① [明]王嗣奭:《杜臆·杜诗笺选旧序》,上海:上海古籍出版社,1983年,第2页。

参考文献

古代典籍文献 · 经部①

[汉]董仲舒撰,[清]凌曙注:《春秋繁露》,北京:中华书局,1975年。

[汉]服虔:《通俗文》,邃雅斋丛书本,1934年。

[汉]服虔撰,段书伟辑校:《通俗文辑校》,郑州:中州古籍出版社,1993年。

[汉]刘熙撰,[清]毕沅疏证:《释名疏证》,丛书集成初编本,北京:中华书局,1985年。

[汉]史游撰,[唐]颜师古注:《急就篇》,文渊阁四库全书本。

[汉]许慎撰,[南唐]徐锴传:《说文解字系传》,北京:中华书局,1987年。

[汉]许慎撰,[清]段玉裁注:《说文解字注》,上海:上海古籍出版社,1988年。

[汉]许慎撰,[宋]徐铉校订:《说文解字》,北京:中华书局,2013年。

[汉]扬雄撰,[晋]郭璞注,[明]吴琯校:《方言》,丛书集成初编本,北京:中华书局,1985年。

[汉]扬雄撰,[清]戴震疏证:《方言疏证》,《戴震全集》第5册,北京:清华大学出版社,1997年。

---

① 参考文献每个小类内部按音序排列。

[明]陈第:《毛诗古音考》,北京:中华书局,1988年。

[明]陈第:《屈宋古音义》,文渊阁四库全书本。

[明]陈士元:《论语类考》,北京:中华书局,1991年。

[明]冯复京:《六家诗名物疏》,文渊阁四库全书本。

[明]朱谋㙔:《骈雅》,文渊阁四库全书本。

[清]爱新觉罗·弘历:《钦定礼记义疏》,文渊阁四库全书本。

[清]曾钊:《周易虞氏义笺》,续修四库全书本。

[清]陈澧撰,罗伟豪点校:《切韵考》,广州:广东高等教育出版社,
　　2004年。

[清]陈廷敬编撰,薛治点校:《日讲四书解义》,北京:华龄出版社,
　　2012年。

[清]顾炎武:《音学五书》,北京:中华书局,1982年。

[清]洪亮吉:《汉魏音》,续修四库全书本,上海:上海古籍出版社,
　　1995年。

[清]胡渭:《洪范正论》,文渊阁四库全书本。

[清]胡煦撰,程林点校:《周易函书》,北京:中华书局,2008年。

[清]黄宗炎:《周易象辞》,文渊阁四库全书本。

[清]纪容舒:《孙氏唐韵考》,文渊阁四库全书本。

[清]劳乃宣:《等韵一得》(内外篇),光绪戊戌吴桥官廨刻本。

[清]阮元校刻,李学勤等整理:《十三经注疏》(标点本),北京:北
　　京大学出版社,1999年。

[清]吴玉搢:《别雅》,文渊阁四库全书本。

[清]阎若璩撰,黄怀信、吕翊欣校点:《尚书古文疏证》,上海:上海
　　古籍出版社,2013年。

[三国魏]王弼,[晋]韩康伯:《周易王韩注》,台北:新兴书局,
　　1972年。

[三国魏]张揖:《广雅》,文渊阁四库全书本。

[宋]陈彭年等:《重修广韵》,文渊阁四库全书本。

[宋]陈彭年等撰,周祖谟校:《广韵校本》,中华书局,2004年。

[宋]戴侗:《六书故》,文渊阁四库全书本。

[宋]丁度:《附释文互注礼部韵略》,文渊阁四库全书本。

[宋]丁度:《集韵》,文渊阁四库全书本。

[宋]丁易东:《易象义》,文渊阁四库全书本。

[宋]林之奇:《尚书全解》,文渊阁四库全书本。

[宋]陆佃著,王敏红校注:《埤雅》,杭州:浙江大学出版社,2008年。

[宋]司马光:《类篇》,文渊阁四库全书本。

[宋]司马光:《宋本切韵指掌图》,北京:中华书局,1986年。

[宋]卫湜:《礼记集说》,文渊阁四库全书本。

[宋]吴棫:《韵补》,文渊阁四库全书本。

[宋]张虑:《月令解》,文渊阁四库全书本。

[宋]张根:《吴园周易解》,上海:商务印书馆,1936年。

[宋]朱熹:《论孟精义》,文渊阁四库全书本。

[宋]朱熹:《四书章句集注》,北京:中华书局,1983年。

[唐]陆德明撰,黄焯断句:《经典释文》,北京:中华书局,1983年。

[唐]无名氏:《原本广韵》,文渊阁四库全书本。

[周]卜商:《子夏易传》,文渊阁四库全书本。

黄怀信主撰,孔德立、周海生参撰:《大戴礼记汇校集注》,西安:三
    秦出版社,2005年。

吴承仕著,秦青点校:《经典释文序录疏证》,北京:中华书局,1984年。

杨伯峻:《春秋左传注》,北京:中华书局,2009年。

杨伯峻:《论语译注》,中华书局,2009年。

古代典籍文献·史部：

[北齐]魏收：《魏书》，北京：中华书局，1974年。

[汉]班固撰，[唐]颜师古注：《汉书》，北京：中华书局，1962年。

[汉]刘向编集，贺伟、侯仰军点校：《战国策》，济南：齐鲁书社，2005年。

[汉]司马迁撰，[宋]裴骃集解，[唐]司马贞索隐，[唐]张守节正义：《史记》，北京：中华书局，1959年。

[后晋]刘昫等撰：《旧唐书》，北京：中华书局，1975年。

[晋]陈寿撰，[宋]裴松之注：《三国志》，北京：中华书局，1959年。

[梁]沈约：《宋书》，北京：中华书局，1974年。

[梁]萧子显：《南齐书》，北京：中华书局，1972年。

[清]黄廷桂：《（雍正）四川通志》，文渊阁四库全书本。

[清]黄宗羲著，沈芝盈点校：《明儒学案》，北京：中华书局，2008年。

[清]江藩等：《汉学师承记（外二种）》，北京：生活·读书·新知三联书店，1998年。

[清]金𫓧修：《（雍正）广西通志》，文渊阁四库全书本。

[清]赵翼：《廿二史札记》，北京：中华书局，1963年。

[宋]范成大：《吴船录》，北京：中华书局，1985年。

[宋]范晔撰，[唐]李贤等注：《后汉书》，北京：中华书局，1965年。

[宋]欧阳修、宋祁撰：《新唐书》，北京：中华书局，1975年。

[唐]房玄龄等撰：《晋书》，北京：中华书局，1974年。

[唐]李百药：《北齐书》，北京：中华书局，1972年。

[唐]李延寿：《南史》，北京：中华书局，1975年。

[唐]刘知几著，姚松、朱恒夫译注：《史通全译》，贵阳：贵州人民出版社，1997年。

[唐]魏征等撰：《隋书》，北京：中华书局，1973年。

［唐］许嵩撰，张忱石点校：《建康实录》，北京：中华书局，1986年。

［唐］姚思廉：《梁书》，北京：中华书局，1973年。

［元］脱脱等撰：《宋史》，北京：中华书局，1977年。

［战国］左丘明著，［三国］韦昭注，胡文波校点：《国语》，上海：上海古籍出版社，2015年。

古代典籍文献·子部：

［汉］贾谊：《新书》，文渊阁四库全书本。

［汉］刘向撰，王锳、王天海译注：《说苑全译》，贵阳：贵州人民出版社，1992年。

［汉］王符撰，［清］汪继培笺：《潜夫论》，上海：上海古籍出版社，1978年。

［汉］荀悦撰，［明］黄省曾注：《申鉴》，上海：上海古籍出版社，1990年。

［汉］扬雄：《法言》，北京：中华书局，1985年。

［汉］扬雄撰，［晋］范望注：《太玄经》，上海：上海古籍出版社，1990年。

［金］刘祁撰，崔文印点校：《归潜志》，中华书局，1983年。

［晋］崔豹撰，牟华林校笺：《古今注校笺》，北京：线装书局，2015年。

［晋］张湛注，［唐］卢重玄解，［唐］殷敬顺、［宋］陈景元释文，陈明校点：《列子》，上海：上海古籍出版社，2014年。

［梁］释慧皎撰，汤用彤校注，汤一玄整理：《高僧传》，中华书局，1992年。

［梁］萧绎：《金楼子》，文渊阁四库全书本。

［明］彭大翼：《山堂肆考》，文渊阁四库全书本。

［明］张介宾：《类经附翼》，文渊阁四库全书本。

［南朝宋］刘敬叔撰，范宁校点：《异苑》（与《谈薮》合集），中华书局，1996年。

［清］毕沅校注，吴旭民校点：《墨子》，上海：上海古籍出版社，2014年。

［清］陈立撰，吴则虞点校：《白虎通疏证》，北京：中华书局，1994年。

［清］冯班著，何焯评：《钝吟杂录》，北京：中华书局，1985年。

［清］郭庆藩撰，王孝鱼点校：《庄子集释》，北京：中华书局，1961年。

［清］王先谦撰，沈啸寰、王星贤点校：《荀子集解》，北京：中华书局，1988年。

［清］王先慎撰，钟哲点校：《韩非子集解》，北京：中华书局，1998年。

［日］高楠顺次郎、渡边海旭主编：《大正新修大藏经》，台北：财团法人佛陀教育基金会出版部印赠本，1990年。

［宋］陈鹄：《西塘耆旧续闻》，丛书集成初编本，北京：中华书局，1985年。

［宋］程颢、程颐著，王孝鱼点校：《二程集》，北京：中华书局，1981年。

［宋］洪迈著，鲁同群、刘宏起点校：《容斋随笔》，北京：中国世界语出版社，1995年。

［宋］洪迈撰：《夷坚志》，丛书集成初编本。

［宋］黎靖德编，王星贤点校：《朱子语类》，北京：中华书局，1986年。

［宋］刘清之：《戒子通录》，文渊阁四库全书本。

［宋］罗大经撰，王瑞来点校：《鹤林玉露》，北京：中华书局，1983年。

［宋］邵博撰，刘德权、李剑雄点校：《邵氏闻见后录》，北京：中华书局，1983年。

［宋］沈括撰，胡道静校注：《新校正梦溪笔谈》，北京：中华书局，1957年。

［宋］王谠著，周勋初校证：《唐语林校证》，中华书局，1987年。

［宋］王德臣撰，俞宗宪点校：《麈史》，上海：上海古籍出版社，1986年。

［宋］王观国撰，田瑞娟点校：《学林》，北京：中华书局，1988年。

［宋］王辟之：《渑水燕谈录》，文渊阁四库全书本。

［宋］吴坰：《五总志》，江畲经编辑：《历代小说笔记选》，上海：上海
　　书店，1983年。

［宋］叶梦得：《避暑录话》，明刻津逮祕书本。

［宋］叶适：《习学记言序目》，中华书局，1977年。

［宋］张镃：《仕学规范》，文渊阁四库全书本。

［宋］赵彦卫撰，傅根清点校：《云麓漫钞》，北京：中华书局，1996年。

［宋］周辉撰，刘永翔校注：《清波杂志校注》，北京：中华书局，1997年。

［隋］萧吉撰，钱杭点校：《五行大义》，上海：上海书店出版社，
　　2001年。

［唐］封演：《封氏闻见记》，北京：中华书局，1985年。

［唐］刘肃撰，许德楠、李鼎霞点校：《大唐新语》，北京：中华书局，
　　1984年。

［唐］欧阳询撰，汪绍楹校：《艺文类聚》，北京：中华书局，1965年。

［唐］苏鹗：《杜阳杂编》，北京：中华书局，1985年。

［唐］王冰撰，［宋］林亿等新校正，范登脉校注：《重广补注黄帝内
　　经素问》，北京：科学技术文献出版社，2011年。

［唐］赵璘：《因话录》，文渊阁四库全书本。

［魏］刘邵著，［西凉］刘昞注：《人物志》，上海：上海古籍出版社，
　　1990年。

［魏］王弼注，楼宇烈校释：《老子道德经注校释》，北京：中华书局，
　　2008年。

［五代］王定保：《唐摭言》，上海：上海古籍出版社，1978年。

陈鼓应：《庄子今注今译》，北京：中华书局，1983年。

何宁：《淮南子集释》，北京：中华书局，1998年。

黄晖：《论衡校释》，北京：中华书局，1990年。

黎翔凤撰,梁运华整理:《管子校注》,北京:中华书局,2004年。

王卡点校:《老子道德经河上公章句》,北京:中华书局,1993年。

王利器:《颜氏家训集解》,北京:中华书局,1993年。

许维遹撰,梁运华整理:《吕氏春秋集释》,北京:中华书局,2009年。

杨明照:《抱朴子外篇校笺》,北京:中华书局,1997年。

杨永杰、龚树全主编:《黄帝内经》,北京:线装书局,2009年。

余嘉锡撰,周祖谟、余淑宜整理:《世说新语笺疏》,北京:中华书局,1983年。

张沛:《中说校注》,北京:中华书局,2013年。

古代典籍文献·集部:

[北周]庾信撰,[清]倪璠注,许逸民校点:《庾子山集注》,北京:中华书局,1980年。

[北周]庾信撰,[清]吴兆宜笺注:《庾开府集笺注》,文渊阁四库全书本。

[陈]徐陵编,[清]吴兆宜注,程琰删补,穆克宏点校:《玉台新咏笺注》,北京:中华书局,1985年。

[陈]徐陵撰,[清]吴兆宜笺注:《徐孝穆集笺注》,四部备要本。

[陈]徐陵撰,许逸民校笺:《徐陵集校笺》,北京:中华书局,2008年。

[宋]洪兴祖撰,白化文等点校:《楚辞补注》,北京:中华书局,1983年。

[金]赵秉文:《闲闲老人滏水文集》,上海:商务印书馆,1937年。

[晋]陆机著,张少康集释:《文赋集释》,北京:人民文学出版社,2002年。

[晋]陶渊明著,逯钦立校注:《陶渊明集》:北京:中华书局,1979年。

[梁]何逊著:《何逊集》,北京:中华书局,1980年。

［梁］刘勰著，郭晋稀注译：《文心雕龙注译》，兰州：甘肃人民出版社，1982年。

［梁］刘勰著，陆侃如、牟世金译注：《文心雕龙译注》，济南：齐鲁书社，1981年。

［梁］刘勰撰，范文澜注：《文心雕龙注》，北京：人民文学出版社，1958年。

［梁］刘勰撰，刘永济校释：《文心雕龙校释》，北京：中华书局，1962年。

［梁］任昉著，［明］陈懋仁注：《文章缘起》，文渊阁四库全书本。

［梁］萧统编，［唐］李善等注：《六臣注文选》，北京：中华书局，1987年。

［梁］萧统编，［唐］李善注：《文选》，上海：上海古籍出版社，1986年。

［明］曹学佺：《石仓历代诗选》，文渊阁四库全书本。

［明］陈献章著，孙通海点校：《陈献章集》，北京：中华书局，1987年。

［明］程明善：《啸余谱》，续修四库全书本。

［明］杭淮：《双溪集》，文渊阁四库全书本。

［明］贺复徵编撰：《文章辨体汇选》，文渊阁四库全书本。

［明］胡应麟：《诗薮》，北京：中华书局，1962年。

［明］胡震亨：《唐音癸签》，上海：上海古籍出版社，1981年。

［明］李东阳：《怀麓堂集》，文渊阁四库全书本。

［明］刘宗周著，吴光主编：《刘宗周全集》，杭州：浙江古籍出版社，2012年。

［明］沈承撰，毛孺初辑评：《毛孺初先生评选即山集》，四库禁毁书丛刊本，北京：北京出版社，1997年。

［明］沈宠绥：《度曲须知》，《中国古典戏曲论著集成》五，北京：中国戏剧出版社，1959年。

［明］石珤：《熊峰集》，文渊阁四库全书本。

［明］孙承恩：《文简集》，文渊阁四库全书本。

［明］唐元竑:《杜诗攟》,文渊阁四库全书本。

［明］王守仁著,吴光等编校:《王阳明全集》(新编本),杭州:浙江
　　古籍出版社,2010年。

［明］王嗣奭:《杜臆》,上海:上海古籍出版社,1983年。

［明］吴讷、徐师曾:《文章辨体序说文体明辨序说》,北京:人民文
　　学出版社,1998年。

［明］许学夷著,杜维沫校点:《诗源辩体》,北京:人民文学出版社,
　　1987年。

［明］杨慎:《升庵集》,文渊阁四库全书本。

［明］杨慎著,王仲镛笺证:《升庵诗话笺证》,上海:上海古籍出版
　　社,1987年。

［明］杨士奇:《东里集》,文渊阁四库全书本。

［明］张溥辑:《汉魏六朝百三家集》,文渊阁四库全书本。

［明］赵宦光、黄习远编定,刘卓英校点:《万首唐人绝句》,北京:书
　　目文献出版社,1983年。

［明］周珽辑:《删补唐诗选脉笺释会通评林》,四库全书存目丛书
　　补编本,济南:齐鲁书社,2001年。

［南朝梁］刘勰撰,［清］黄叔琳注,［清］纪昀评点,李详补注,刘咸
　　炘阐说,戚良德辑校:《文心雕龙》,上海:上海古籍出版社,
　　2015年。

［南朝梁］刘勰撰,王运熙、周锋著:《文心雕龙译注》,上海:上海古
　　籍出版社,1998年。

［南朝梁］刘勰撰,詹锳义证:《文心雕龙义证》,上海:上海古籍出
　　版社,1989年。

［南朝梁］沈约著,陈庆元校笺:《沈约集校笺》,杭州:浙江古籍出
　　版社,1995年。

［南朝宋］鲍照著，钱仲联增补集说校：《鲍参军集注》，上海：上海古籍出版社，2005年。

［齐］谢朓著，曹融南校注集说：《谢宣城集校注》，上海：上海古籍出版社，1991年。

［清］爱新觉罗·弘历著，［清］于敏中校刊：《御制诗集》，文渊阁四库全书本。

［清］爱新觉罗·永瑢等撰：《四库全书总目》，北京：中华书局1965年。

［清］边连宝著，韩成武等点校：《杜律启蒙》，济南：齐鲁书社，2005年。

［清］董诰等编：《全唐文》，北京：中华书局，1983年。

［清］归庄：《归庄集》，北京：中华书局，1962年。

［清］何文焕辑：《历代诗话》，北京：中华书局，1981年。

［清］洪亮吉著，陈迩冬校点：《北江诗话》，北京：人民文学出版社，1983年。

［清］胡文学编：《甬上耆旧诗》，文渊阁四库全书本。

［清］黄生等撰，何庆善点校：《唐诗评三种》，合肥：黄山书社，1995年。

［清］黄生撰，徐定祥点校：《杜诗说》，合肥：黄山书社，1994年。

［清］刘熙载：《艺概》，上海：上海古籍出版社，1978年。

［清］倪涛：《六艺之一录》，文渊阁四库全书本。

［清］彭定求辑，中华书局编辑部点校：《全唐诗》（增订本），北京：中华书局，1999年。

［清］浦起龙著：《读杜心解》，北京：中华书局，1961年。

［清］阮元撰，邓经元点校：《研经室集》，北京：中华书局，1993年。

［清］沈德潜：《说诗晬语》，续修四库全书本。

［清］沈季友：《檇李诗系》，文渊阁四库全书本。

［清］沈廷芳：《隐拙斋集》，乾隆二十二年刻本。

［清］宋荦：《西陂类稿》，清代诗文集汇编本，上海：上海古籍出版社，2010年。

［清］孙梅著，李金松校点：《四六丛话》，北京：人民文学出版社，2010年。

［清］田雯：《古欢堂集》，文渊阁四库全书本。

［清］王德辉、徐沅澂：《顾误录》，《中国古典戏曲论著集成》九，北京：中国戏剧出版社，1959年。

［清］王夫之评选，张国星点校：《古诗评选》，保定：河北大学出版社，2008年。

［清］王夫之著，戴鸿森笺注：《姜斋诗话笺注》，上海：上海古籍出版社，2012年。

［清］王士禛编，周兴陆辑著：《唐贤三昧集汇评》，南京：凤凰出版社，2016年。

［清］吴见思撰：《杜诗论文》，清康熙十一年常州岱渊堂刻本。

［清］吴瞻泰撰，陈道贵、谢桂芳校点：《杜诗提要》，合肥：黄山书社，2015年。

［清］席启寓编：《唐诗百名家全集》，康熙四十一年洞庭席氏琴川书屋刻本。

［清］徐大椿撰，吴同宪、李光译注：《乐府传声译注》，北京：中国戏剧出版社，1982年。

［清］严可均辑：《全上古三代秦汉三国六朝文》，北京：商务印书馆，1999年。

［清］叶燮著，霍松林校注：《原诗》，北京：人民文学出版社，1979年。

［清］袁枚著，周本淳标校：《小仓山房诗文集》，上海：上海古籍出版社，1988年。

［清］赵翼著，霍松林、胡主佑校点：《瓯北诗话》，北京：人民文学出版社，1963年。

［清］赵执信、翁方纲著，陈迩冬校点：《谈龙录　石洲诗话》，北京：人民文学出版社，1981年。

［清］朱彝尊：《曝书亭集》，上海：世界书局，1937年。

［日］遍照金刚撰，卢盛江校考：《文镜秘府论汇校汇考》，北京：中华书局，2006年。

［日］弘法大师原撰，王利器校注：《文镜秘府论校注》，北京：中国社会科学出版社，1983年。

［宋］陈模著，郑必俊校注：《怀古录校注》，北京：中华书局，1993年。

［宋］陈善：《扪虱新话》，丛书集成初编本，北京：中华书局，1985年。

［宋］郭茂倩编撰：《乐府诗集》，北京：中华书局，1979年。

［宋］何梦桂：《潜斋集》，文渊阁四库全书本。

［宋］黄彻著，汤新祥校注：《䂬溪诗话》，北京：人民文学出版社，1986年。

［宋］黄庭坚著，刘琳、李勇先、王蓉贵校点：《黄庭坚全集》，成都：四川大学出版社，2001年。

［宋］计有功：《唐诗纪事》，上海：上海古籍出版社，2008年。

［宋］李昉等编撰：《文苑英华》，北京：中华书局，1966年。

［宋］李复：《潏水集》，文渊阁四库全书本。

［宋］李廌：《济南集》，文渊阁四库全书本。

［宋］刘辰翁撰，段大林校点：《刘辰翁集》，南昌：江西人民出版社，1987年。

［宋］刘克庄：《后村先生大全集》，四部丛刊景宋钞本。

［宋］柳开：《河东先生集》，四部丛刊初编本。

［宋］吕祖谦：《古文关键》，文渊阁四库全书本。

［宋］梅尧臣撰，朱东润编年校注：《梅尧臣集编年校注》，上海：上海古籍出版社，1980年。

［宋］欧阳修著，李逸安点校：《欧阳修全集》，北京：中华书局，2001年。

［宋］秦观著，徐培均笺注：《淮海集笺注》，上海：上海古籍出版社，1994年。

［宋］释惠洪撰，陈新点校：《冷斋夜话》，北京：中华书局，1988年。

［宋］苏轼撰，孔凡礼点校：《苏轼文集》，北京：中华书局，1986年。

［宋］苏辙撰，陈宏天、高秀芳点校：《苏辙集》，北京：中华书局，1990年。

［宋］汤汉：《妙绝古今》，丛书集成续编本，上海：上海书店出版社，1994年。

［宋］王安石撰，［宋］李壁注：《王荆公诗注》，文渊阁四库全书本。

［宋］王铚：《四六话》，文渊阁四库全书本。

［宋］魏庆之：《诗人玉屑》，上海：上海古藉出版社，1959年。

［宋］魏泰著，陈应鸾校注：《临汉隐居诗话校注》，巴蜀书社，2001年。

［宋］魏仲举编：《五百家注昌黎文集》，文渊阁四库全书本。

［宋］吴沆：《环溪诗话》，丛书集成初编本，北京：中华书局，1985年。

［宋］谢伋：《四六谈麈》，丛书集成初编本，北京：中华书局，1985年。

［宋］严羽著，郭绍虞校释：《沧浪诗话校释》，北京：人民文学出版社，1983年。

［宋］张戒撰：《岁寒堂诗话》，丛书集成初编本，北京：中华书局，1985年。

［宋］真德秀辑：《文章正宗》，文渊阁四库全书本。

［宋］朱熹撰，朱杰人等主编：《朱子全书·晦庵先生朱文公文集》（修订本），上海：上海古籍出版社；合肥：安徽教育出版社，

2010年。

[唐]白居易著,谢思炜校注:《白居易诗集校注》,北京:中华书局,2006年。

[唐]白居易著,朱金城笺校:《白居易集笺校》,上海:上海古籍出版社,1988年。

[唐]陈子昂著,徐鹏校点:《陈子昂集》,北京:中华书局,1960年。

[唐]杜甫著,[清]仇兆鳌注:《杜诗详注》,北京:中华书局,1979年。

[唐]杜甫著,[宋]黄希、黄鹤补注:《补注杜诗》,文渊阁四库全书本。

[唐]杜甫著,[元]高楚芳辑:《集千家注杜工部诗集》,文渊阁四库全书本。

[唐]段安节:《乐府杂录》,丛书集成初编本,北京:中华书局,1985年。

[唐]韩愈著,马其昶校注,马茂元整理:《韩昌黎文集校注》,上海:上海古籍出版社,2014年。

[唐]李白著,[清]王琦注:《李太白全集》,北京:中华书局,1977年。

[唐]孟棨:《本事诗》,上海:古典文学出版社,1957年。

[唐]沈佺期、宋之问撰,陶敏、易淑琼校注:《沈佺期宋之问集校注》,北京:中华书局,2001年。

[唐]司空图:《司空表圣文集》,四部丛刊初编本。

[唐]王绩著,韩理洲校点:《王无功文集》,上海:上海古籍出版社,1987年。

[唐]杨炯著,徐明霞点校:《杨炯集》,北京:中华书局,1980年。

[唐]元稹著,冀勤点校:《元稹集》,北京:中华书局1982年。

[元]陈绎曾:《文说》,文渊阁四库全书本。

[元]方回选评,李庆甲集评校点:《瀛奎律髓汇评》,上海:上海古籍出版社,2005年。

[元]王义山:《稼村类藁》,文渊阁四库全书本。

吕德申：《钟嵘〈诗品〉校释》，北京：北京大学出版社，1986年。

屈守元、常思春主编：《韩愈全集校注》，成都：四川大学出版社，
　　1996年。

王克让：《河岳英灵集注》，成都：巴蜀书社，2006年。

吴林伯：《文心雕龙义疏》，武汉：武汉大学出版社，2002年。

周振甫：《文心雕龙今译》，北京：中华书局，1986年。

现当代著述文献·专著：

[法]昂利·巴比塞等著，王忠琪等译：《法国作家论文学》，北京：
　　生活·读书·新知三联书店，1984年。

[古希腊]柏拉图：《柏拉图文集》，北京：中国戏剧出版社，2008年。

[美]高友工、梅祖麟著，李世耀译，武菲校：《唐诗的魅力——诗语
　　的结构主义批评》，上海：上海古籍出版社，1989年。

[美]高友工：《美典：中国文学研究论集》，北京：生活·读书·新
　　知三联书店，2008年。

[美]乔纳森·卡勒著，盛宁译：《结构主义诗学》，北京：中国社会
　　科学出版社，1991年。

[美]叶维廉：《中国诗学》，北京：生活·读书·新知三联书店，
　　1992年。

[美]叶维廉著，温儒敏、李细尧编：《寻求跨中西文化的共同文学
　　规律——叶维廉比较文学论文选》，北京：北京大学出版社，
　　1986年。

[美]余英时：《中国文化史通释》，北京：生活·读书·新知三联书
　　店，2012年。

[美]宇文所安著，陈引驰、陈磊译：《中国"中世纪"的终结：中唐文
　　学文化论集》，北京：生活·读书·新知三联书店，2006年。

［日］福岛一郎：《气与士风——唐宋古文的进程与背景》，上海：上海古籍出版社，2005年。

［日］冈村繁著，陆晓光译：《冈村繁全集》（卷一，卷三）上海：上海古籍出版社，2002年。

［日］吉川幸次郎著，李庆等译：《宋元明诗概说》，郑州：中州古籍出版社，1987年。

［日］清水凯夫著，韩基国译：《六朝文学论文集》，重庆：重庆出版社，1989年。

［日］松浦友久著，石观海、赵德玉、赖幸译：《节奏的美学——日中诗歌论》，沈阳：辽宁大学出版社，1996年。

［日］松浦友久著，孙昌武、郑天刚译：《中国诗歌原理》，沈阳：辽宁教育出版社，1990年。

北京大学古文献研究所编：《全宋诗》（第2册），北京：北京大学出版社，1991年。

卞孝萱：《唐代文史论丛》，太原：山西人民出版社，1986年。

蔡英俊：《比兴、物色与情景交融》，台北：大安出版社，1986年。

陈伯海主编：《唐诗汇评》（增订本），上海：上海古籍出版社，2015年。

陈尚君辑校：《全唐诗补编》，北京：中华书局，1992年。

陈寅恪：《金明馆丛稿二编》，北京：生活·读书·新知三联书店，2015年。

陈寅恪：《唐代政治史述论稿》，上海：上海古籍出版社，1982年。

陈寅恪：《元白诗笺证稿》，北京：生活·读书·新知三联书店，2001年。

陈增杰：《唐人律诗笺注集评》，杭州：浙江古籍出版社，2003年。

程千帆：《闲堂文薮》，济南：齐鲁书社，1984年。

程千帆撰，莫砺锋编：《程千帆全集》第八、九卷，石家庄：河北教育出版社，2001年。

丁福保辑:《历代诗话续编》,北京:中华书局,1983年。

丁福保辑:《清诗话》,上海:上海古籍出版社,2015年。

丁福保撰:《佛学大辞典》,上海:上海书店出版社,1991年。

东方文化艺术研究所编:《禅门日诵》,四川成都文殊院印行,1995年。

杜晓勤:《齐梁诗歌向盛唐诗歌的嬗变》,北京:北京大学出版社,2009年。

傅璇琮编撰:《唐人选唐诗新编》,西安:陕西人民教育出版社,1996年。

葛晓音:《汉唐文学的嬗变》,北京:北京大学出版社,1990年

葛晓音:《山水田园诗派研究》,沈阳:辽宁大学出版社,1997年。

葛晓音:《先秦汉魏六朝诗歌体式研究》,北京:北京大学出版社2012年。

葛兆光:《汉字的魔方》,沈阳:辽宁教育出版社,1999年。

葛兆光:《中国思想史》(第一卷),上海:复旦大学出版社,2007年。

龚鹏程:《中国文学批评史论》,北京:北京大学出版社,2008年。

郭沫若:《周代金文图录及释文(三)》(增订本),台北:大通书局,1971年。

郭绍虞:《照隅室古典文学论集》(上下编),上海:上海古籍出版社,1983年。

郭绍虞:《照隅室语言文字论集》,上海:上海古籍出版社,1985年。

郭绍虞:《照隅室杂著》,上海:上海古籍出版社,1986年。

郭绍虞:《中国文学批评史》,上海:上海古籍出版社,1979年。

郭绍虞编选,富寿荪校点:《清诗话续编》,上海:上海古籍出版社,1983年。

郭绍虞辑:《宋诗话辑佚》,北京:中华书局,1980年。

何伟棠:《永明体到近体》,广州:广东高等教育出版社,1994年。

洪为法:《古诗论》,北京:商务印书馆,1937年。

侯孝琼:《少陵律法通论》,郑州:中州古籍出版社,1996年。

胡安顺:《音韵学通论》,北京:中华书局,2004年。

胡小石著,周勋初编:《胡小石文史论丛》,南京:南京大学出版社,2008年。

胡耀:《佛教与音乐艺术》,天津:天津人民出版社,1992年。

黄德宽、陈秉新:《汉语文字学史》,合肥:安徽教育出版社,1990年。

黄侃:《文心雕龙札记》,上海:上海古籍出版社,2000年。

黄翔鹏:《溯流探源》,北京:人民音乐出版社,1993年。

姜亮夫:《瀛涯敦煌韵书卷子考释》,昆明:云南人民出版社,2002年。

蒋绍愚:《唐诗语言研究》,北京:语文出版社,2008年。

蒋寅:《百代之中——中唐的诗歌史意义》,北京:北京大学出版社,2013年。

蒋寅:《大历诗人研究》,北京:中华书局,1995年

邝健行:《诗赋与律调》,北京:中华书局,1994年。

李新魁:《古音概说》,广州:广东人民出版社,1979年。

李新魁:《汉语等韵学》,北京:中华书局,2004年。

李珍华、傅璇琮撰:《河岳英灵集研究》,北京:中华书局,1992年。

梁启超:《佛学研究十八篇》,上海:上海古籍出版社,2001年。

林庚:《中国文学简史》,北京:北京大学出版社,1995年。

刘大杰:《中国文学发展史》,上海:上海古籍出版社,1962年。

刘麟生:《中国骈文史》,北京:东方出版社,1996年。

刘盼遂:《文字音韵学论丛》,北京:人文书店,1935年。

刘师培:《中国中古文学史讲义》,北京:人民文学出版社,1957年。

刘跃进:《门阀士族与永明文学》,北京:生活·读书·新知三联书店,1996年。

刘钊:《郭店楚简校释》,福州:福建人民出版社,2005年。

卢盛江:《文镜秘府论研究》,北京:人民文学出版社,2013年。

鲁迅:《汉文学史纲要》,北京:北京联合出版公司,2014年。

陆志韦:《陆志韦语言学著作集》(一),北京:中华书局,1985年。

逯钦立辑校:《先秦汉魏晋南北朝诗》,北京:中华书局,1983年。

逯钦立遗著,吴云整理:《汉魏六朝文学论集》,西安:陕西人民教育出版社,1984年。

罗常培、周祖谟合著:《汉魏晋南北朝韵部演变研究》(第一分册),北京:中华书局,2007年。

罗常培:《罗常培语言学论文选集》,北京:中华书局,1963年。

罗根泽:《中国文学批评史》,上海:上海书店出版社,2003年。

罗宗强:《魏晋南北朝文学思想史》,北京:中华书局,1996年。

吕正惠:《抒情传统与政治现实》,台北:大安出版社,1989年。

莫砺锋:《杜甫评传》,南京:南京大学出版社,1993年。

启功:《诗文声律论稿》,北京:中华书局,2009年。

钱基博:《韩愈志》,北京:中国书店出版社,1988年。

钱基博:《中国文学史》,上海:上海古籍出版社,2011年。

钱锺书:《管锥编》,北京:中华书局,1979年。

钱锺书:《宋诗选注》,北京:人民文学出版社,1989年。

钱锺书:《谈艺录》,北京:中华书局,1984年。

饶宗颐:《梵学集》,上海:上海古籍出版社1993年。

施蛰存:《唐诗百话》,上海:上海古籍出版社,1987年。

孙力平:《杜诗句法艺术阐释》,南昌:江西教育出版社,2001年。

唐圭璋编:《词话丛编》第2册,北京:中华书局,1986年。

唐兰:《古文字学导论》,济南:齐鲁书社,1981年。

唐作藩:《上古音手册》,南京:江苏人民出版社,1982年。

王德埙:《中国乐曲考古学理论与实践》,贵阳:贵州人民出版社,
　　1998年。

王国维:《王国维全集》(第六卷),杭州:浙江教育出版社,2010年。

王国维原著,彭玉平编著:《人间词话》,北京:中华书局,2010年。

王国维著,彭林整理:《观堂集林》,石家庄:河北教育出版社,2003年。

王力:《汉语诗律学》,上海:上海教育出版社,1979年。

王力:《汉语音韵学》,济南:山东教育出版社,1986年。

王力:《汉语语音史》,北京:中国社会科学出版社,1985年。

王力:《诗词格律》,北京:中华书局,2001年。

王力:《诗词格律概要》,北京:北京出版社,2002年。

王力:《诗词格律十讲》,北京:中华书局,1978年。

王梦鸥:《古典文学论探索》,台北:正中书局,1984年。

王铁均:《中国佛典翻译史稿》,北京:中央编译出版社,2006年。

王云路:《中古诗歌语言研究》,西安:世界图书出版西安有限公
　　司,2014年。

王运熙、杨明:《魏晋南北朝文学批评史》,上海:上海古籍出版社,
　　1996年。

王运熙:《中国古代文论管窥》,济南:齐鲁书社,1987年。

吴承学:《中国古代文体学研究》,北京:人民出版社,2011年。

吴相洲:《永明体与音乐关系研究》,北京:北京大学出版社,2006年。

吴小平:《中古五言诗研究》,上海:上海古籍出版社,1998年。

吴宗国:《唐代科举制度研究》,沈阳:辽宁大学出版社,1992年。

萧涤非:《杜甫诗选注》,北京:人民文学出版社,1998年。

谢无量:《谢无量文集》第七卷,北京:中国人民大学出版社,2011年。

徐宝余:《庾信研究》,上海:学林出版社,2003年。

徐复观:《中国文学精神》,上海:上海书店出版社,2006年。

徐青:《古典诗律史》,西宁:青海人民出版社,1980年。

许世瑛:《许世瑛先生论文集》,台北弘道文化事业公司,1974年。

颜昆阳:《六朝文学观念丛论》,台北:正中书局,1993年。

杨海明:《唐宋词美学》,南京:江苏教育出版社,1998年。

于年湖:《杜诗语言艺术研究》,济南:齐鲁书社,2007年。

余光中:《余光中集》第4卷,天津:百花文艺出版社,2004年。

俞敏:《俞敏语言学论文集》,北京:商务印书馆,1999年。

詹锳:《语言文学与心理学论集》,济南:齐鲁书社,1989年

张斌:《汉语语法学》,上海:上海教育出版社,1998年。

张伯伟:《全唐五代诗格汇考》,南京:凤凰出版社,2002年。

张伯伟:《钟嵘诗品研究》,南京:南京大学出版社,1999年。

章太炎:《国故论衡》,上海:上海古籍出版社,2003年。

赵诚:《中国古代韵书》,北京:中华书局,2003年。

赵以武:《阴铿与近体诗》,哈尔滨:黑龙江教育出版社,1998年。

赵元任:《汉语口语语法》,北京:商务印书馆,1979年。

郑临川记录,徐希平整理:《笳吹弦诵传薪录——闻一多、罗庸论中国古典文学》,上海:上海古籍出版社,2002年。

周广荣:《梵语〈悉昙章〉在中国的传播与影响》,北京:宗教文化出版社,2004年。

周祖谟:《古音有无上去二声辨》,太原:山西人民出版社,2015年。

周祖谟:《唐五代韵书集存》,北京:中华书局,1983年。

周祖谟:《问学集》,北京:中华书局,1981年。

朱光潜:《诗论》,北京:北京出版社,2005年。

朱晓农:《方法:语言学的灵魂》,北京:北京大学出版社,2008年。

朱周斌:《比较诗学视野下的萧纲研究》,长春:吉林大学出版社,2014年。

朱自清:《诗言志辨》,桂林:广西师范大学出版社,2004年。

邹昌林:《中国礼文化》,北京:社会科学文献出版社,2002年。

现当代著述文献·论文(辑刊、论文集):

[美]梅维恒、梅祖麟著,王继红译:《近体诗律的梵文来源》(上下),《国际汉学》,2007年第2期。

[日]加藤聪:《初唐诗人与其"八病说"运用》,《唐代文学研究》第九辑,桂林:广西师范大学出版社,2002年。

[日]林田慎之助著,独孤禅觉译:《钟嵘的文学理念》,胡晓明编:《中国文论与名家典范》,上海:华东师范大学出版社,2013年。

[日]平山久雄:《陆法言切韵十卷稿本的假定及其蓝本的探讨》,《语言学论丛》第五十辑,北京:商务印书馆,2014年。

[日]斯波六郎:《文心雕龙范注补正》(汉译本),黄锦鋐编译:《文心雕龙论文集》,台北:学海出版社,1979年。

[日]兴膳宏:《五言八句诗的成长和永明诗人》,《东方丛刊》,2001年第2期。

曾思:《试析"丁卯句法"的结构形式及其影响》,《新国学》第十四卷,成都:四川大学出版社,2017年。

陈畅:《刘宗周中晚年思想转变及其哲学意义——兼论刘宗周思想发展之分期》,《人文论丛》2009年卷,北京:中国社会科学出版社,2010年。

陈珏:《中唐传奇文"辨体"——从"陈寅恪命题"出发》,《汉学研究》第25卷第2期,2007年。

陈尚君:《李杜齐名之形成》,《岭南学报》(复刊号第一、二辑合刊),2015年。

陈秀美:《反思〈文心雕龙〉"文体通变观"之近现代学者的问题视域》,中国《文心雕龙》学会编:《文心雕龙研究》第9辑,保定:河北大学出版社,2011年。

陈延杰:《宋诗之派别》,郑振铎编:《中国文学研究》(上),《小说月报》第十七卷号外,上海:上海商务印书馆,1927年。

董利伟:《儒学价值观与王嗣奭的杜甫诠释》,《杜甫研究学刊》,2016年第1期。

杜晓勤:《大同句律形成过程及与五言诗单句韵律结构变化之关系》,《岭南学报》,复刊第五辑,上海:上海古籍出版社2016年。

段熙仲:《〈文心雕龙·辨骚〉的从新认识》,甫之、涂光社:《〈文心雕龙〉研究论文选》,济南:齐鲁书社,1988年。

范金晶:《江西风味何所似:"江西诗派"内涵辨析》,《新宋学》第六辑,2017年。

葛景春:《唐诗成熟的标志——论杜甫律诗的成就》,《杜甫研究学刊》,2006年第1期。

管雄:《声律论的发生和发展及其在中国文学史上的影响》,《古代文学理论研究》第三辑,上海:上海古籍出版社1981年。

郭绍虞:《论吴体》,《古典文学论丛》(复旦学报社会科学版增刊),上海:上海人民出版社,1984年。

郭绍虞:《声律说续考——关于〈声类〉〈韵集〉的问题》,《古代文学理论研究丛刊》第三辑,上海:上海古籍出版社,1981年。

郭绍虞:《再论永明声病说》,中华书局上海编辑所编:《中华文史论丛》第四辑，中华书局，1963年。

胡宝国：《知识至上的南朝学风》，《文史》，2009年第4辑。

胡可先：《〈唐诗类选〉选杜诗发微》，《杜甫研究学刊》，1993年第2期。

华学诚：《论〈通俗文〉的方俗语词研究》，《汉语史学报》第二辑，上海：上海教育出版社，2002年。

江辛眉：《论韩愈诗的几个问题》，《中华文史论丛》，1980年第1辑，上海：上海古籍出版社，1980年。

焦印亭：《刘辰翁评点杜甫诗辑录》，《国学》第二集，成都：四川人民出版社，2015年。

金程宇：《追寻消逝的唐诗选本——顾陶〈唐诗类选〉的复原与研究》，《古典文献研究》第十八辑下卷，2015年。

邝健行：《"晚节渐于诗律细"可能不是杜句的初步揣度》，《杜甫研究学刊》，2013年第3期。

邝健行：《初唐五言律体律调完成过程之观察》，《唐代文学研究》第三辑，桂林：广西师范大学出版社，1992年。

邝健行：《李因笃、朱彝尊杜甫"诗律细"说平议引论》，张忠刚主编：《杜甫研究论集——中国杜甫研究会第六届年会论文集》，西安：西安出版社，2013年。

来国龙：《文字起源研究中的"语言学眼光"和汉字起源的考古学研究》，北京大学考古文博学院编：《考古学研究（六）》，北京：科学出版社，2006年。

李江锋：《皎然诗式"作用"与唐五代诗格的"磨炼"理论》，《中国古代文学理论学会第十八届年会论文集》，2013年。

李中华：《钩沉申论推陈出新——石观海〈诗词格律新说〉评析》，《珠江论丛》，北京：社会科学文献出版社，2014年。

梁绳祎:《文学批评家刘彦和评传》,郑振铎编:《中国文学研究》
　　（下）,上海:商务印书馆,1927年。

刘重喜:《黄生论杜诗句法》,《文学研究》第2卷第2期,南京:南京
　　大学出版社,2016年。

刘重喜:《明遗民王嗣奭的"诗圣"说》,《杜甫研究论集——中国杜
　　甫研究会第六届年会论文集》,西安:西安出版社,2013年。

卢盛江:《调四声谱研究》,《罗宗强先生八十寿辰纪念文集》,北
　　京:中华书局,2009年。

卢盛江:《四声发现与呋陀三声的两点思考》,《人文中国学报》第
　　15期（香港浸会大学）,上海:上海古籍出版社,2009年。

马承五:《诗圣·诗史·集大成——杜诗批评学中之誉称述评》,
　　《杜甫研究学刊》,1997年第3期。

缪俊杰:《〈文心雕龙〉研究中应注意文体论的研究》,《古代文学理
　　论研究》第四辑,1981年

聂溦明:《晋唐间的晋史编撰——由唐修〈晋书〉的回溯》,《中华文
　　史论丛》,2016年第2期。

钱志熙:《论初唐诗歌沿袭齐梁陈隋诗风及其具体表现》,《励耘学
　　刊·文学卷》,2005年第1辑,北京:学苑出版社。

钱锺书:《中国固有的文学批评的一个特点》,《文学杂志》第1卷
　　第4期,上海:商务印书馆,1937年。

钱锺书:《中国文学小史序论》,《国风》第3卷第8期,1933年10月。

裘锡圭:《〈战国文字及其文化意义研究〉绪言》,《出土文献与古文
　　字研究》第六辑,上海:上海古籍出版社,2015年。

沈钟伟:《方言音节结构的分析问题》,《东方语言学》创刊号,上
　　海:上海教育出版社,2006年。

唐兰:《刊谬补缺切韵跋》,《唐写本王仁昫刊谬补缺切韵》,故宫博

物院,1947年。

熊飞:《韩愈"以文为诗"的历史渊源及其创新与贡献》,《唐代文学研究》第十辑,2004年。

徐文明:《唐代侍僧皎然的宗系和思想》,王尧编:《佛教与中国传统文化》,北京:宗教出版社,1997年。

杨公骥:《西汉歌舞剧巾舞〈公莫舞〉的句读和研究》,《中华文史论丛》,1986年第1辑。

杨胜宽:《从〈河岳英灵集〉不选杜诗说到殷璠的选诗标准》,《杜甫研究学刊》,1994年第1期。

杨胜宽:《杜诗"集大成"义解》,《杜甫研究学刊》,2014年第3期。

姚静:《论柳宗元的"以诗为文"——以〈永州八记〉为中心》,《唐代文学研究》十一辑,2004年。

姚小鸥:《关于〈巾舞歌辞〉的角色标识字问题》,《中华戏曲》第31辑,北京:文化艺术出版社,2004年。

叶桂桐:《汉〈巾舞歌诗〉试解》,《文史》第三十九辑,北京:中华书局,1994年。

殷正林:《李登〈声类〉性质管窥》,《辞书研究》第6期,上海:上海辞书出版社,1983年。

张国安:《乐礼文化·礼乐文明——先秦乐教原始背景管窥》,童庆炳主编:《全球化语境与民族文化、文学》,北京:中国社会科学出版社,2002年。

赵逵夫:《我国最早的歌舞剧〈公莫舞〉演出脚本研究》,《中华文史论丛》,1989年第1辑。

中古音讨论组:《关于〈切韵〉性质和音系基础的讨论》,《语言研究集刊》第4辑,上海:上海辞书出版社,2007年。

钟如雄:《近体诗"拗救"说之检讨》,《励耘学刊·语言卷》,2010

年第1辑,北京:学苑出版社。

朱晓农:《声调起因于发声——兼论汉语四声的发明》,《语言研究
　　集刊》第六辑,上海:上海辞书出版社,2009年。

现当代著述文献·论文(期刊):

[日]井上一之:《沈约声病说新探》,《学海》,2000年第2期。

[日]兴膳宏:《〈文心雕龙〉隐秀篇在文学理论上的地位》,《北京大
　　学学报》,1996年第3期。

[日]远藤光晓:《关于〈切韵〉的韵序》,《南阳师范学院学报》,
　　2014年第11期。

白平:《汉〈公莫舞〉歌词试断》,《山西大学学报》,1987年第1期。

蔡平、张学松:《〈南齐书·陆厥传〉"永明体"内涵辨证》,《中州学
　　刊》,2012年第5期。

查正贤:《从声病到体势——论龙朔—开元间诗学发展及其实
　　践》,《文艺理论研究》,2005年第5期。

查正贤:《元兢〈诗人秀句序〉释论——兼论其诗学对初盛唐诗歌
　　发展之意义》,《北京大学学报》,2005年第3期。

常思春:《韩愈论李、杜新探》,《四川师范大学学报》,2006年第
　　1期。

陈福滨:《〈管子·地员〉五音说之探究》,《贵州大学学报》(艺术
　　版),2013年第4期。

陈建梁:《〈通俗文〉作者考》,《文献》,1995年第2期。

陈鹏:《论六朝表文的骈化及其艺术得失》,《青岛大学师范学院学
　　报》,2008年第4期。

陈鹏:《论六朝赋的骈化及其艺术成就》,《湖北社会科学》,2009
　　年第9期。

陈鹏:《论六朝诔文的骈化及其艺术成就》,《嘉兴学院学报》,2008年第4期。

陈鹏:《论六朝论文的骈化及其艺术得失》,《五邑大学学报》,2009年第1期。

陈鹏:《论六朝书牍文的骈化及其艺术得失》,《三明学院学报》,2009年第1期。

陈鹏:《论六朝颂文的骈化及其艺术得失》,《盐城工学院学报》,2008年第4期。

陈顺智:《"四声"之形成与佛经"转读"无关论》,《西南师范大学学报》,2005年第1期。

陈顺智:《沈约"四声"说本于传统文化之四象理论》,《武汉大学学报》,2000年第5期。

陈文安:《"三声腔"与"核腔"之比较》,《民族音乐》,2014年第2期。

陈新雄:《梅祖麟〈有中国特色的汉语历史音韵学〉讲辞质疑》,《语言研究》,2003年第1期。

陈寅恪:《四声三问》,《清华学报》,第九卷第二期。

谌东飚、胡西波:《谢诗句法与诗的律化》,《求索》,2008年第11期。

谌东飚、张志群:《略论谢灵运与诗的律化》,《集美大学学报》,2007年第1期。

谌东飚:《颜诗用典与诗的律化》,《求索》,1994年第6期。

程方勇:《从骈俪倾向谈范晔〈后汉书〉的序、论》,《中国社会科学院研究生院学报》,2005年第1期。

储泰松:《等韵发音部位认知探源》,《语言科学》,2015年第2期。

崔泉馨:《谈近现代中国民族声乐唱法中呼吸技术之阶段性嬗

变》，《中国音乐》，2013年第3期。

崔向荣、魏中林：《俗乐新声背景下别构"雅正"新体的诗法意识与实践——论陆机对古乐府、古诗的摹拟创作》，《中国文学研究》，2013年第1期。

代莉莉：《从〈史记〉〈汉书〉叙事散偶之别看骈化之轨迹》，《贵州师范学院学报》，2014年第7期。

戴伟华：《佛经转读与四声发现献疑》，《世界宗教研究》，2013年第1期。

戴伟华：《论五言诗起源》，《中国社会科学》，2005年第6期。

戴伟华：《四声与南北音》，《学术研究》，2013年第10期。

戴燕：《20世纪中古文学研究与佛教的因缘》，《杭州师范大学学报》，2011年第4期。

但夏：《浅析民族唱法的发声特点及技术训练》，《北方音乐》，2014年第2期。

邓心强：《论魏晋批评文体的赋化与南北朝批评文体的骈化》，《理论与现代化》，2013年第5期。

丁宏武：《〈抱朴子外篇〉的骈化倾向》，《宁夏师范学院学报》，2007年第4期。

杜晓勤：《"王斌首创四声说"辨误》，《文学遗产》，2012年第3期。

杜晓勤：《从"盛唐之音"到盛世悲鸣——开天诗坛风貌的另一考察维度》，《文学评论》，2016年第3期。

杜晓勤：《盛唐"齐梁体"诗及相关问题考论》，《北京大学学报》，2011年第2期。

杜晓勤：《吴声西曲与永明体成立关系的诗律学考察》，《陕西师范大学学报》，2012年第2期。

冯源：《20世纪"文笔"说研究述评》，《南都学坛》，2005年第3期。

冯蒸:《论汉语上古声母研究中的考古派与审音派——兼论运用谐声系统研究上古声母特别是复声母的几个问题》,《汉字文化》,1998年第2期。

付琼:《韩愈"古文"中的"骈文成分"》,《周口师范学院学报》,2006年第3期。

傅暮蓉:《佛教梵呗华化之始考辨》,《中国音乐》,2012年第4期。

高华平:《"四声之目"的发明时间及创始人再议》,《文学遗产》,2005年第5期。

高小慧:《孰为"诗圣——杨慎"扬李抑杜"论》,《运城学院学报》,2009年第6期。

葛晓音:《陈子昂与初唐五言诗古、律体调的界分——兼论明清诗论中的"唐无五古"说》,《文史哲》,2011年第3期。

葛晓音:《创作范式的提倡和初盛唐诗的普及——从〈李峤百咏〉谈起》,《文学遗产》,1995年第6期

葛晓音:《论初盛唐绝句的发展——兼论绝句的起源和形成》,《文学评论》,1999年第1期。

葛晓音:《论杜甫七律"变格"的原理和意义——从明诗论的七言律取向之争说起》,《北京大学学报》,2011年第6期。

葛晓音:《南朝五言诗体调的"古""近"之变》,《中国社会科学》,2010年第3期。

葛晓音:《盛唐"文儒"的形成和复古思潮的滥觞》,《文学遗产》,1998年第6期。

葛晓音:《中古七言体式的转型——兼论"杂古"归入"七古"类的原因》,《北京大学学报》,2008年第2期。

耿振声:《论谐声原则——兼评潘悟云教授的"形态相关"说》,《语言科学》,2003年第5期。

龚鹏程:《唐朝中叶的文人经说》,《湖南大学学报》,2006年第
　　1期。

龚祖陪:《上官仪:统计数据与声律理论的悖论——与杜晓勤商
　　榷》,《四川大学学报》,2009年第5期。

龚祖培:《汉语诗歌"拗救"说辨伪》,《文史哲》,2015年第5期。

龚祖培:《五言律诗定型时间新考——以李乂〈次苏州〉为例》,《文
　　史哲》,2010年第3期。

顾农:《就"隐秀"问题与王钟陵先生商榷》,《学习与探索》,1992
　　年第5期。

郭锡良:《音韵问题答梅祖麟》,《古汉语研究》,2003年第3期。

郭沂:《〈性自命出〉校释》,《管子学刊》,2014年,第4期。

郭英德:《论"文选"类总集文体排序的规则与体例》,《北京师范大
　　学学报》,2005年第3期。

韩陈其、立红:《论汉语诗歌语言的释读原则与途径——以"香稻
　　啄馀鹦鹉粒,碧梧栖老凤凰枝"释读为例》,《徐州师范大学学
　　报》,2004年第2期。

韩理洲:《王绩诗文系年考》,《山西大学学报》,1983年第2期。

何诗海:《唐代经学与文章之学》,《浙江学刊》,2009年第1期。

洪波:《关于〈说文〉谐声字的几个问题》,《古汉语研究》,1999年
　　第2期。

胡从曾:《三十六字母与等韵——兼证古声十九纽》,《浙江师范大
　　学学报》,1987年第4期。

胡明曌:《试析唐代士大夫的转型——以韩愈所论"士大夫"为中
　　心》,《学术研究》,2011年第10期。

黄琪:《"上官体"的诗歌史价值重估》,《文学遗产》,2015年第
　　3期。

黄正建:《唐代"士大夫"的特色及其变化——以两〈唐书〉用词为中心》,《中国史研究》,2005 年第 3 期。

吉联抗:《〈词源·讴曲旨要〉试译》,《中国音乐》,1983 年第 3 期。

江荻:《论声调的起源和声调的发生机制》,《民族语文》,1998 年第 5 期。

姜亮夫:《切韵系统》,《浙江师范学院学报》,1995 年第 1 期。

蒋德平:《从失传的楚简新出字看战国时期的"文字异形"》,《古汉语研究》,2015 年第 1 期。

蒋寅:《从〈河岳英灵集〉到〈中兴间气集〉——关于大历诗风演变的抽样分析与假说》,《广西师范大学学报》,1988 年第 4 期。

蒋寅:《中国古代文体互参中"以高行卑"的体位定势》,《中国社会科学》,2008 年第 5 期。

蒋祖怡:《刘勰对"文笔之辨"的卓越贡献》,《杭州大学学报》,1988 年第 1 期。

康保成:《从"啭喉"看昆曲的发声技巧及渊源》,《戏剧艺术》,2003 年第 6 期。

康韵梅:《唐代小说"文备众体"之研究——以赵彦卫的"文备众体"说及其指涉的相关议题为主》,《文学与文化》,2011 年第 1 期。

李昌集:《周诗体式生成论:文化文体学的研究视角》,《中国社会科学》,2014 年第 7 期。

李春阳:《20 世纪汉语的言文一致问题商兑》,《中山大学学报》,2011 年第 5 期。

李定广:《"情兼雅怨"的内涵与曹植诗的"集大成"地位》,《上海师范大学学报》,2014 年第 6 期。

李定广:《唐诗的体裁系统及其艺术优越性》,《学术月刊》,2013

年第5期。

李海英:《〈切韵〉研究性质综论》,《鲁东大学学报》,2014年第
　　3期。

李浩:《唐代"诗赋取士"说平议》,《文史哲》,2003年第3期。

李丽静:《〈慧琳音义〉引〈声类〉佚文考》,《南阳师范学院学报》,
　　2010年第1期。

李文衡:《晋初民间歌舞剧〈公莫巾舞歌行〉试解》,《四川师范大学
　　学报》,1992年第2期。

李亚:《论阮元"沉思翰藻"说对〈文选序〉的某些误读——以阮元、
　　萧统对"文"的不同理解为着眼点》,《郑州大学学报》,2006
　　年第6期。

李一飞:《李杜并称、李杜优劣论探源》,《湘潭师范学院学报》,
　　1991年第2期。

李裕政:《文笔之辨研究述略》,《三峡大学学报》,2015年第2期。

李运富:《战国文字"地域特点"质疑》,《中国社会科学》,1997年
　　第5期。

李珍华、傅璇琮:《唐人选唐诗与〈河岳英灵集〉》,《中国韵文学
　　刊》,1988年第2·3期。

练怡:《〈古诗十九首〉用韵研究》,《湖北广播电视大学学报》,
　　2010年第4期。

梁桂芳:《宋代杜甫接受的文化阐释——以杜甫与韩愈、李白、陶
　　渊明宋代接受之比较为中心》,《文史哲》,2006年第3期。

林源:《〈通俗文〉的体例与特点》,《浙江师范大学学报》,2016年
　　第1期。

林源:《〈通俗文〉书名考》,《中国语文》,2009年第3期。

刘俐李:《二十世纪汉语声调理论的研究综述》,《当代语言学》,

2004 年第 1 期。

刘明华:《拗体三论》,《漳州师院学报》,1998 年第 3 期;

刘造杰等:《汉语自然口语中声调识别的研究》,《物理学报》,2007 年第 12 期。

卢盛江:《〈文镜秘府论〉几种对属论研究》,《南开学报》,2013 年第 6 期。

卢盛江:《蜂腰论》,《文学遗产》,2011 年第 3 期。

卢盛江:《皎然"格高"说刍议》,《辽宁工学院学报》,2005 年第 2 期。

卢盛江:《皎然〈诗议〉考》,《南开学报》,2009 年第 4 期。

卢盛江:《齐梁声律论几个问题新探》,《江西师范大学学报》,2010 年第 5 期。

卢盛江:《四声发现与佛经转读关系的再考察》,《社会科学战线》,2015 年第 9 期。

卢盛江:《四声指归与唐前声病说》,《北京大学学报》,2011 年第 2 期。

卢盛江:《唐诗调声术简论》,《学术研究》,2006 年第 12 期。

卢盛江:《殷璠"神来、气来、情来"论——唐诗文术论的一个问题》,《东方论坛》,2006 年第 5 期。

卢燕新:《殷璠〈河岳英灵集〉的选诗心态》,《山西大学学报》,2007 年第 6 期。

罗浩刚:《论杜甫"诗圣"誉称在明代的逐步确立》,《平顶山学院学报》,2009 年第 1 期。

罗江文:《〈诗经〉与两周金文韵部比较》,《思想战线》,2003 年第 5 期。

罗时进:《白居易在唐代诗歌史上的"第三极"意义》,《文艺理论研究》,2014年第3期。

莫道才:《六朝诗赋文的同步骈化与文体互融》,《求索》,2017年
　　第4期。

莫道才:《以诗为文:骈文文体诗化特征论》,《广西师范大学学
　　报》,1997年第2期。

莫砺锋:《"诗圣"的意义》,《名作欣赏》,2015年第25期。

莫砺锋:《从苏词苏诗之异同看苏轼"以诗为词"》,《中国文化研
　　究》,2002年第2期。

木斋、彭文良、梁英岩:《苏轼"以诗为词"涵义综论》,《长春师范学
　　院学报》,2008年第6期;

聂永华:《上官仪诗歌创作刍论》,《洛阳大学学报》,2003年第期。

彭玉平:《唐宋语境中的"以诗为词"》,《复旦学报》,2009年第
　　5期。

蒲亨强:《Do　Mi　Sol三音列新论》,《黄钟》,1987年第3期。

蒲亨强:《论民歌的基础结构——核腔》,《中央音乐学院学报》,
　　1987年第2期。

钱建状:《南宋进士分科考试制度的形成契机——兼论宋代科举
　　史上的"经义与诗赋之争"》,《厦门大学学报》,2008年第
　　5期。

钱志熙:《论唐诗体裁系统的优势》,《陕西师范大学学报》,2005
　　年第4期。

钱志熙:《论中国古代的文体学传统——兼论古代文学文体研究
　　的对象与方法》,《北京大学学报》,2004年第5期。

钱志熙:《再论古代文学文体学的内涵与方法》,《中山大学学报》,
　　2005年第3期。

任文京:《唐人选唐诗背后权要与士人的博弈》,《河北学刊》,2018

年第 5 期。

任学良:《先秦言文并不一致论》,《杭州师范学院学报——古书中口语和文言同时并存》,1982 年第 1 期。

尚元亮、李丹:《"元和体"原初内涵考论》,《文学评论》,2006 年第 2 期。

尚元亮、李丹:《论"元和体"之形成与接受学的关联》,《福建论坛》,2006 年第 6 期。

沈丹蕾:《试论今文〈尚书〉的叹词》,《广西师范大学学报》,1998 年第 2 期。

施子愉:《唐代科举制度与五言诗的关系》,《东方杂志》,1944 年第 40 卷第 8 期。

孙力平:《略论〈古诗十九首〉之句法特点及其诗史意义》,《浙江工业大学学报》(社会科学版),2014 年第 1 期。

孙望:《王度考(上)》,《学术月刊》,1957 年第 3 期。

孙望:《王度考(下)》,《学术月刊》,1957 年第 4 期。

谭洁:《关于"四声"与佛经转读关系的研究综述》,《河北大学学报》,2009 年第 3 期。

陶礼天:《六朝"文笔"论与文学观——〈文心雕龙〉"文笔之辨"探微》,《文艺研究》,2005 年第 5 期。

陶水平:《〈文心雕龙·隐秀篇〉主旨新说》,《赣南师范学院学报》,2000 年第 4 期。

万献初:《服虔、应劭〈汉书音义〉音切考辨》,《古汉语研究》,2013 年第 3 期。

王丹:《东汉诔文的骈化》,《社会科学辑刊》,2005 年第 4 期。

王发国:《周振甫〈诗品译注〉同评共估(上)》,《西南民族大学学报》,2004 年第 4 期。

王开扬:《从术语学论"韵"和"韵部"的定义》,《古汉语研究》,
　　2004年第2期。

王奎光:《方回的"吴体"诗论及其诗学批评意义》,《文学遗产》,
　　2008年第4期。

王力:《先秦古韵拟测问题》,《北京大学学报》,1964年第5期。

王世海:《皎然"明作用"解释》,《殷都学刊》,2010年第3期。

王水照:《文体丕变与宋代文学新貌》,《中国文学研究》,1996年
　　第4期。

王万洪:《〈文心雕龙·隐秀〉主旨探原》,《四川教育学院学报》,
　　2011年第12期。

王相飞:《南朝政治制度演变与公文骈体化》,《北方论丛》,2011
　　年第5期。

王小盾、金溪:《经呗新声与永明时期的诗歌变革》,《文学遗产》,
　　2007年第6期。

王晓萌:《论晋宋之际文笔之辨的社会背景》,《文学遗产》,2011
　　年第4期。

王运熙:《从〈文选〉所选碑传文看骈文的叙事方式》,《上海大学学
　　报》,2007年第3期。

王运熙:《从文论看南朝人心目中的文学正宗》,《文学遗产》,1984
　　年第4期。

王运熙:《关于唐代骈文、古文的几个问题》,《南阳师范学院学
　　报》,2004年第1期。

王运熙:《七言诗形式的发展和完成》,《复旦学报》,1956年第
　　2期。

王运熙:《唐人的诗体分类》,《中国文化》,1995年第2期。

王志华:《五言律奠基者——重评王绩在诗歌史上的地位》,《晋阳

学刊》,1990年第3期。

王志清:《从〈中兴间气集〉看盛中唐过渡期的王维接受》,《文学遗产》,2008第6期。

王子初:《周乐戒商考》,《中国历史文物》,2008年第4期。

吴承学,李冠兰:《命篇与命体——兼论中国古代文体观念的发生》,《中国社会科学》,2015年第1期。

吴承学,沙红兵:《中国古代文体学学科论纲》,《文学遗产》,2005年第1期。

吴承学:《〈文体通释〉的文体学思想》,《古典文学知识》,2007年第5期。

吴承学:《辨体与破体》,《文学评论》,1991年第4期。

吴海清:《形而上世界与历史世界的统一——释刘勰的通变观》,《南京师范大学文学院学报》,2005年第3期。

吴相洲:《永明体的产生与佛经转读关系再探讨》,《文艺研究》,2005年第3期。

吴小平:《论五言律诗的形成》,《文学遗产》,1987年第6期。

吴正岚:《论南齐江东士族"太极"说滞后于新兴思潮及其原因》,《南京大学学报》,2016年第2期。

夏中易:《论"入声短促急收藏"——入声论之九》,《成都大学学报》,2006年第3期。

鲜于煌:《试论杜甫的"晚节—渐于—诗律细"》,《渝州大学学报》,1999年第2期。

谢思炜:《李杜优劣论争的背后》,《北京大学学报》,2009年第2期。

谢思炜:《试论韩愈诗歌的"造语"》,《文学遗产》,2015年第5期。

谢思炜:《试论五言诗与七言诗的句式异同——以杜甫七律为

例》,《江苏师范大学学报》,2017年第4期。

熊益亮、张其成:《中医三阴三阳思维的形成》,《中华中医药杂志》,2015年第9期。

修海林:《"声曲折"概念的重新界定与音韵学研究视点》,《音乐研究》,1999年第1期。

徐达:《〈钟嵘诗品译注〉评议》,载《贵州大学学报》,1988年第4期。

徐通锵:《声母语音特征的变化和声调的起源》,《民族语文》,1998年第1期。

许德楠:《"诗仙"、"诗圣"内涵的定位及外延的嬗变》,《宁夏社会科学》,2003年第4期。

许总:《"沈宋体"形式与内涵新论》,《江西师范大学学报》,2002年3月。

薛凤生:《中国音韵学的性质与目的——从两个"事件"说起》,《古汉语研究》,2003年第2期。

杨景龙:《试论"以诗为文"》,《文学评论》,2010年第4期。

杨匡民:《曾侯乙编钟音列及其它》,《黄钟》,1988年第4期。

杨匡民:《湖北民歌的地方音调简介——湖北民歌音调的地方特色问题探索》,《音乐研究》,1980年第3期。

杨明:《黄侃先生补〈隐秀〉篇蠡测》,《文学遗产》,2012年第3期。

杨明:《六朝文论若干问题之商讨》,《中州学刊》,1985年第6期。

姚爱斌:《论徐复观〈文心雕龙〉文体论研究的学理缺失》,《文化与诗学》,2008年第2期。

姚爱斌:《论中国古代文体论研究范式的转换》,《文学评论》,2006年第6期。

姚爱斌:《有特征的文章整体与有特征的语言形式——中国古代

文体论与西方Stylistics的本体论比较》,《郑州大学学报》,2007年第1期。

姚爱斌:《中国古代文体观念与文章分类思想的关系——兼与西方文类思想比较》,《海南大学学报》,2007年第3期。

姚小鸥:《〈巾舞歌辞〉校释》,《文献》,1998年第4期。

叶嘉莹:《杜甫诗在写实中的"象喻性"》,《华中师范大学学报》,2005年第4期。

叶汝骏:《"格诗"正诠》,《浙江学刊》,2017年第2期。

于景祥:《〈文心雕龙〉与〈文选〉所揭示的赋体骈化轨迹》,《社会科学辑刊》,2006第6期。

喻遂生:《两周金文韵文和先秦"楚音"》,《西南师范大学学报》,1993年第2期。

袁行霈:《百年徘徊——初唐诗歌的创作趋势》,《北京大学学报》,1994年第6期。

臧清:《唐代文儒的文学与历史承担——从张说到孙逖》,《郑州大学学报》,2004年第4期。

詹杭伦:《〈文心雕龙〉"文笔"说辨析——附论"集部"之分类沿革》,《文艺研究》,2009年第1期。

张峰屹:《逞才游艺与魏晋南朝诗歌及诗学》,《文学评论》,2011年第5期。

张国安:《"言"与商周礼仪及其歌咏——汉文化歌唱传统探源》,《文艺理论研究》,2014年第5期。

张国安:《〈周礼〉"乐德"教义通释》,《中文自学指导》,2007年第4期。

张国安:《大师与历律——〈周礼〉乐官与先秦乐文化源流考述》,《艺术百家》,2007年第6期。

张国安:《大司乐与师保——〈周礼〉乐官与先秦乐文化源流考述》,《艺术百家》,2008 年第 5 期。

张国安:《另类"行为艺术"——〈仪礼〉"仪注"呈现的中国古代仪式礼乐》,《艺术百家》,2009 年第 3 期。

张国安:《四夷乐官与夷夏之辨——〈周礼〉乐官与先秦乐文化源流考述》,《艺术百家》,2008 年第 2 期。

张国安:《先秦"德"义原始——兼论乐教成为德教之可能》,《江苏社会科学》,2005 年第 3 期。

张国庆:《〈文心雕龙·隐秀〉篇补文真伪问题考论》,《文学遗产》,2013 年第 4 期。

张培阳:《近体律句考——以唐五律为中心》,《文学遗产》,2013 年第 3 期。

张鹏兵:《六朝文的骈化与士族意识》,《忻州师范学院学报》,2014 年第 4 期。

张鹏飞:《辨章"反切"》,《江汉大学学报》,2008 年第 6 期。

张平忠:《试论吕静〈韵集〉韵部系统》,《福建教育学院学报》,2007 年第 4 期。

张秋娥:《方回〈瀛奎律髓〉中"吴体"之所指分析》,《殷都学刊》,2007 年第 1 期。

张树铮:《反切、破读与方言音韵——殷焕先先生在音韵学领域的贡献》,《文史哲》,2011 年第 5 期。

张炜:《论"永明体"之为文章之体》,《中国韵文学刊》,2016 年第 2 期。

张延俊:《杜甫诗"香稻"联句法新解》,《语文知识》,2013 年第 1 期。

张一南:《唐代的七言排律》,《西南民族大学学报》,2016 年第

7期。

张亦伟：《诗联的借声合律——兼谈崔颢〈黄鹤楼〉的格律》，《古代文学知识》，2010年第4期。

张忠纲：《诗趋奇险谱新篇——从杜甫到韩愈》，《文史哲》，2012年第6期。

赵昌平：《开元十五年前后——论盛唐诗的形成与分期》，《中国文化》，1990第2期。

赵昌平：《诗佛·诗仙·诗圣》，《书城》，2007年第4期。

赵静：《"永明声律论"百年研究综述》，《南阳师范学院学报》，2005年第7期。

赵仁珪：《苏轼"以诗为文"论》，《文学遗产》，1988年第1期。

郑张尚芳：《〈辨十四声例法〉及"五音"试解》，《语言研究》，2011年第1期。

周广荣：《梵语〈悉昙章〉与等韵学的形成》，《古汉语研究》，2001年第4期。

周兴陆：《"文笔论"之重释与近现代纯杂文学论》，《文学评论》，2015年第5期。

周祖谟：《汉语骈列的词语和四声》，《北京大学学报》，1985年第3期。

朱晓农、焦磊、严至诚、洪英：《入声演化三途》，《中国语文》，2008年第4期。

朱晓农：《说元音》，《语言科学》，2008年第5期。

诸葛忆兵：《"以诗为词"辨》，《北京大学学报》，2011年第1期。

竺家宁：《语言风格学之观念与方法》，《扬州大学学报》，2003年第3期。

祝尚书：《论宋人的"诗人诗"、"文人诗"与"儒者诗"之辨》，《北京大学学报》，2009年第2期。

邹德文：《〈昭明文选〉五言诗韵律类型》，《长春师范学院学报》，2012年第11期。

邹进先：《从意象营造到事态叙写——论杜诗叙事的审美形态与诗学意义》，《文学遗产》，2006年第5期。

现当代著述文献·学位论文：

陈鸿：《战国文字谐声系统与古音研究》，福建师范大学博士论文，2005年。

范市兵：《〈晋书〉的编纂及其文献学成就》，安徽大学硕士论文，2010年。

甘生统：《皎然诗学渊源考论》，中央民族大学博士论文，2011年。

李娟：《"沈宋体"研究》，浙江大学博士论文，2007年。

梁小玲：《初唐七律格律研究》，广西民族大学硕士学位论文，2012年。

刘莉：《汉魏音读异读字研究》，北京大学博士论文，2012年。

石树芳：《唐人选唐诗研究》，浙江大学博士论文，2013年。

谭笑：《钟嵘〈诗品〉谢朓条疏证》，中央民族大学硕士学位论文，2012年。

王俊英：《永明诗体研究》，陕西师范大学博士论文，2010年。

王欣：《中古文学场域研究》，苏州大学博士论文，2011年。

杨满仁：《智识与情感：沈约的思想世界》，复旦大学博士论文，2011年。

张甲子：《中古文学观念的演生——以清浊、隐秀、自然为中心》，东北师范大学博士论文，2013年。

张培阳：《近体诗律研究》，南开大学博士论文，2013年。

张玉新:《汉代考古新资料与汉乐府古辞〈巾舞歌诗〉研究》,东北师范大学博士论文,2014年。

周波:《战国时代各系文字间的用字差异现象研究》,复旦大学博士论文,2008年。